中国文学艺术界联合会年鉴

China Federation of Literary and Art Circles Yearbook

《中国文学艺术界联合会年鉴》编委会　编

2019

新 华 出 版 社

图书在版编目（CIP）数据

中国文学艺术界联合会年鉴.2019/《中国文学艺术界联合会年鉴》编委会编.
--北京:新华出版社,2019.12
ISBN 978-7-5166-5024-0
Ⅰ.①中… Ⅱ.①中… Ⅲ.①中国文学艺术界联合会-2019-年鉴Ⅳ.①Ⅰ2-232
中国版本图书馆CIP数据核字(2019)第280790号

中国文学艺术界联合会年鉴. 2019

编　　者:《中国文学艺术界联合会年鉴》编委会

责任编辑: 张　谦　　**封面设计:** 朱　江

出版发行: 新华出版社
地　　址: 北京石景山区京原路8号　　**邮　　编:** 100040
网　　址: http: //www.xinhuapub.com
经　　销: 新华书店、新华出版社天猫旗舰店、京东旗舰店及各大网店
购书热线: 010-63077122　　**中国新闻书店购书热线:** 010-63072012

照　　排: 仁德永泰
印　　刷: 北京鑫益晖印刷有限公司

成品尺寸: 210mm×285mm　　**印　　张:** 46.5
彩插印张: 6　　**字　　数:** 1600千字
版　　次: 2019年12月第一版　　**印　　次:** 2019年12月第一次印刷

书　　号: ISBN 978-7-5166-5024-0
定　　价: 398.00元

《中国文学艺术界联合会年鉴（2019）》
编 辑 委 员 会

郑希友	中国文联人事部主任
刘国强	中国文联机关党委常务副书记
庞井君	中国文联离退休干部局局长
唐延海	中国文联机关服务中心主任兼办公厅副主任
谢　力	中国文联网络文艺传播中心主任
冀彦伟	中国文联文艺志愿服务中心主任
周由强	中国文联文艺评论中心副主任
傅亦轩	中国文联文艺研修院常务副院长
暴淑艳	中国文联出版社社长（兼）
康　伟	中国艺术报社总编辑
向云驹	中国文学艺术基金会秘书长
梁相斌	新华出版社社长
陈　彦	中国戏剧家协会分党组书记、驻会副主席
张　宏	中国电影家协会分党组书记、驻会副主席
韩新安	中国音乐家协会分党组书记、驻会副主席、秘书长

徐　里　中国美术家协会分党组书记、驻会副主席，
中国文联美术艺术中心主任

董耀鹏　中国曲艺家协会分党组书记、驻会副主席（兼）

罗　斌　中国舞蹈家协会分党组书记、驻会副主席、
秘书长，中国文联舞蹈艺术中心主任

邱运华　中国民间文艺家协会分党组书记、驻会副主席、
秘书长

郑更生　中国摄影家协会分党组书记、驻会副主席

陈洪武　中国书法家协会分党组书记、驻会副主席

王仁刚　中国杂技家协会分党组书记、驻会副主席、
秘书长

廖　垦　中国电视艺术家协会分党组书记、驻会副主席、
秘书长

陈　宁　北京市文联党组书记、常务副主席

万镜明　天津市文联党组书记、常务副主席

解晓勇　河北省文联党组书记、副主席

郭　健　　山西省文联党组书记、常务副主席

张　宇　　内蒙古自治区文联党组书记、副主席

盖成立　　辽宁省文联党组书记、主席

陈耀辉　　吉林省委宣传部副部长，省文联党组书记、主席

杨殿军　　黑龙江省文联党组书记

尤　存　　上海市文联党组书记、专职副主席

水家跃　　江苏省文联党组书记、常务副主席、书记处第一书记

陈　瑶　　浙江省文联党组书记、副主席、书记处常务书记

何　颖　　安徽省文联党组书记、副主席、书记处第一书记

张作兴　　福建省文联党组书记、书记处书记、副主席

郑　翔　　江西省文联党组书记

王世农　　山东省文联党组书记、副主席

王守国　　河南省文联党组书记、副主席

邓长青　　湖北省文联党组书记、常务副主席

夏义生　　湖南省文联党组书记、副主席

王　晓　　广东省文联党组书记、专职副主席

白志繁　　广西壮族自治区文联党组书记、主席

孙　苏　　海南省文联党组书记、主席

陈若愚　　重庆市文联党组书记、副主席

平志英　　四川省文联党组书记、常务副主席

杨晓曼　　贵州省文联党组书记、副主席

李　勇　　云南省文联党组书记、常务副主席

段胜前　　西藏自治区文联党组书记、副主席

吴丰宽　　陕西省文联党组书记、常务副主席

王登渤　　甘肃省文联党组书记、主席

崔晓华　　宁夏回族自治区文联党组书记、副主席

班　果	青海省文联党组书记、主席
张新生	新疆维吾尔自治区文联党组书记、副主席
李　斌	新疆生产建设兵团文联党组成员、副主席
庞崇娅	中国煤矿文联主席
徐文荣	中国石油文联主席
王志国	中国铁路文联主席
杨　昆	中国电力文协主席
何源满	中国水利文协主席
李云鹏	中国石化文联主席
王　俭	全国公安文联主席
杨　明	中国检察官文联主席
郝敬华	中国人民银行文联主席
杨志翔	中国金融文联主席

《中国文学艺术界联合会年鉴（2019）》
编辑部

《中国文学艺术界联合会年鉴（2019）》
撰 稿 人

武震鑫	邓 攀	李翌辰	刘燕铭	周利利
展华云	李 丽	王 威	潘世静	李春光
卢明英	魏康奇	刘婷秀	何 美	李 楠
卞正兰	冷 怡	颜 静	莫惊涛	柏媛媛
吴美玲	王菲菲	张小卫	唐 坤	程 溪
任 娟	吕慧波	赵 倩	李克琴	陈杨萍
陈 双	李晓宇	李云鹏	樊丽红	姜尚普
常 明	林 晗	邓婉莹	吴建勤	汤学君
何冰凌	方 毅	徐 健	张 童	刘多彬
王渼海	孙广雪	王 迅	温航军	伍震环
刘江陵	陈 武	郑宗新	李洪川	汪金玉
刘彦宏	马 宽	吴 岩	雷 海	刘新超
魏 军	李 军	刘 鹏	郭培堂	黄 珊
曾正贤	马德仲	刘 萱	吴美杰	

《中国文学艺术界联合会年鉴（2019）》
编 辑 说 明

一、《中国文学艺术界联合会年鉴》（以下简称《中国文联年鉴》）由中国文学艺术界联合会（以下简称中国文联）主办，中国文联、中国艺术报社、新华出版社联合编辑出版。《中国文联年鉴》是一部全面反映我国文联系统工作情况的综合性年刊，创刊于2007年，面向全国发行，本卷为第十三卷。

二、《中国文联年鉴》坚持以习近平新时代中国特色社会主义思想为指导，全面贯彻落实党的十九大和十九届二中、三中全会精神，贯彻落实习近平总书记关于宣传思想工作、文艺工作和文联工作的重要论述，深入贯彻落实全国宣传思想工作会议和全国宣传部长会议部署，力求全面准确客观真实地反映中国文联及各团体会员全年工作成就、事业发展状况和总体工作情况，以发挥年鉴的资治、宣传、交流、存史作用，总结经验、加强交流，不断开创文联工作新局面。

三、《中国文联年鉴》内容有：重要讲话及文献，重要会议、活动，团结引导、联络协调、服务管理、自律维权，中国文联各团体会员工作情况，中国文联大事记等。《中国文联年鉴》内容详实、数据准确、覆盖面广、史料性强，是中国文联各团体会员及相关部门、单位必备的参考工具书。

四、《中国文联年鉴》采用篇目、类目、分目、条目四级编辑体例，并分别以不同字体、字号加以区分，条目为年鉴内容的基本载体。

五、文联工作与发展情况是本刊的主要内容，着重在以下篇目中反映：

《**重要讲话及文献**》：中央、上级主管部门领导同志和中国文联主要领导关于文联工作的重要讲话，有关重要文献。

《**重要会议、活动**》：中国文联的重要会议、具年度特色或品牌意义的重要活动，以及文艺界名人纪念活动等。

《**团结引导、联络协调、服务管理、自律维权**》：中国文联及各直属单位开展的重要工作。

《**中国文联各团体会员（一）**》：中国文联所属各全国文艺家协会开展的主要工作。

《**中国文联各团体会员（二）**》：各省（自治区、直辖市）文联，新疆生产建设兵团文联和产（行）业文联的主要工作。

《**中国文学艺术界联合会大事记**》：对中国文联在2018年度所开展重要工作的记录。

《中国文联年鉴》主要内容由中国文联各团体会员、中国文联机关各部门及各直属单位提供。

Content

目　录

重要讲话及文献

重要会议、活动

重要会议活动

品牌活动

全国性文艺大奖、艺术节

文艺志愿服务活动

重点文艺工程

文化名人、著名艺术家纪念活动

团结引导、联络协调、服务管理、自律维权

组织联络工作

对外及对港澳台地区文化交流工作

理论研究

文艺评论

权益保护

出版业改革发展与管理

机关建设

信息化建设

文艺研修

基金会工作

中国文联出版社

中国艺术报社

中国文联各团体会员（一）

中国戏剧家协会

中国电影家协会

中国音乐家协会

中国美术家协会

中国曲艺家协会

中国舞蹈家协会

中国民间文艺家协会

中国摄影家协会

中国书法家协会

中国杂技家协会

中国电视艺术家协会

中国文艺评论家协会

中国文联各团体会员（二）

北京市文联

天津市文联

河北省文联

山西省文联

内蒙古自治区文联

辽宁省文联

吉林省文联

黑龙江省文联

上海市文联

江苏省文联

浙江省文联

安徽省文联

福建省文联

江西省文联

山东省文联

河南省文联

湖北省文联

湖南省文联

广东省文联

广西壮族自治区文联

海南省文联

重庆市文联

四川省文联

贵州省文联

云南省文联

西藏自治区文联

陕西省文联

甘肃省文联

青海省文联

宁夏回族自治区文联

新疆维吾尔自治区文联

新疆生产建设兵团文联

中国石油文联

中国铁路文联

中国煤矿文联

中国电力文协

中国水利文协

全国公安文联

中国人民银行文联

中国金融文联

2018年中国文学艺术界联合会大事记

索　引

彩色插页

第一部分

第二部分

第三部分

中国文联十届三次全委会

1
2 3

1. 1月20日至21日，中国文联第十届全国委员会第三次会议在京召开。图为中国文联十届三次全委会会场。
2. 中国文联主席铁凝主持会议。
3. 中国文联党组书记、副主席李屹作题为《深入学习贯彻党的十九大精神 努力推动新时代社会主义文艺繁荣兴盛》的工作报告。

中国文联十届三次全委会

1	2
3	4
5	

1. 中国文联党组成员、副主席赵实出席会议。
2. 中国文联党组成员、副主席左中一出席会议。
3. 中国文联党组成员、副主席李前光出席会议。
4. 中国文联党组成员、副主席郭运德出席会议。
5. 中国文联党组成员、书记处书记陈建文出席会议。

重点文艺创作工程

1. 10月17日至27日，中国文联与中国摄协、中国民协联合在北京中国文艺家之家展览馆举办“影像见证新时代 聚焦扶贫决胜期 2018–2020 大型影像跨界驻点调研创作工程”2018年汇报展示展览。
2. 5月23日，由中国文联、中国美协、中国文学艺术基金会共同主办的“2018中国文联 中国美协 ‘中国精神·中国梦——美丽乡村行’写生采风作品展”在文化部恭王府博物馆开幕。
3. 2018年“传承与发展”——“中华情·中国梦”中秋展演活动在厦门举办，图为启动仪式现场。
4. 8月1日，由中宣部、中国文联、财政部、文化和旅游部主办，中国美术家协会承办的“不忘初心 继续前进——庆祝中国共产党成立100周年大型美术创作工程”在北京会议中心召开动员会。
5. 3月12日，“中国精神·中国梦——画乡莲都 美丽乡村行”中国文联、中国美协古堰画乡采风写生活动在浙江丽水拉开序幕。

深入生活、扎根人民主题实践活动

1. 中宣部、中国文联等单位联合开展2018年“我们的中国梦——文化进万家”活动暨文化文艺小分队演出和慰问活动。
2. 8月13日，由中国文联、西藏自治区党委宣传部、中国音协、中国舞协和西藏自治区文联联合主办的中国文联“深入生活、扎根人民”音乐舞蹈艺术家赴西藏采风创作成果汇报演出首站在拉萨市文化体育中心举行。
3. “到人民中去——2018山东文艺界5·23文艺志愿服务活动”在山东菏泽东明县长兴集乡竹林村举行。
4. 6月8日至21日，中国音协、中国舞协组织30余名著名词曲作家、舞蹈家和新兴音乐群体代表赴内蒙古自治区通辽市等多地，开展2018年“深入生活、扎根人民”知名音乐舞蹈艺术家赴内蒙古采风创作活动。

百花迎春

1 2
3 4
5
6

1. 1月20日下午，“百花迎春——中国文学艺术界2018春节大联欢”在北京国家会议中心举行，来自全国各艺术门类的老中青几代艺术家欢聚一堂。图为田华、王铁成、雷恪生、田连元、刘全和、刘全利、戴志诚、全维润表演三句半《盛世芬芳》。
2. 关牧村、杨洪基、么红、霍勇演唱维吾尔族歌曲。
3. 北京舞蹈学院表演藏族舞蹈《玄音鼓舞》。
4. 殷秀梅、廖昌永演唱歌曲《茉莉花》。
5. 吕思清演奏小提琴曲《我的父亲》。
6. 王晓棠、陈振濂、解海龙、牛群、黄豆豆、李幼斌、李雪飞、吴京畅谈文艺工作者心声。

公益惠民慰问文艺活动

1. 1月26日，“我们的中国梦——文化进万家”慰问演出在内蒙古科右中旗举行。图为中宣部、中国文联向科右中旗脱贫攻坚先进工作者赠送“福”字。
2. 3月28日晚，由中国文联、中国文艺志愿者协会主办，中国文联文艺志愿服务中心、浙江省文联、杭州市文联承办的“花开新时代”——中国文联文艺志愿服务团文化文艺小分队慰问演出在杭州剧院举行。
3. 7月17日至19日，中国文联对口帮扶甘肃陇南武都区20年，中国文联主席铁凝率中国文联文艺志愿服务团赴武都开展“七月椒红筑梦小康”慰问演出。
4. 8月8日，为庆祝宁夏回族自治区成立60周年，“中国梦·宁夏情”慰问演出在宁夏石嘴山市行政中心广场举行。图为中国文联党组书记、副主席李屹和艺术家代表向石嘴山市赠送书法作品。
5. 8月10日，中国文联文艺志愿服务团赴宁夏盐池县开展慰问演出。图为黄豆豆与盐池县第五小学同学们共同表演舞蹈《红星闪闪》。
6. 11月11日，中国文联走进广西崇左举行庆祝广西壮族自治区成立60周年慰问演出。

文艺志愿服务

1. 中国舞协文艺志愿服务团赴重庆城口慰问演出暨“阳光计划”文艺扶贫系列活动启动仪式现场。
2. 中国文联、中国书协 5·23 中国文艺志愿者服务日送文化下基层活动现场。
3. 湖北省文联组织艺术家和文艺志愿者到阳新县开展文艺志愿服务活动。
4. 中国文联文艺志愿服务队赴云南木康边防检查站慰问演出合影。
5. 中国文联、中国文艺志愿者协会组织选派文艺志愿者奔赴武汉、长沙、广州等地的高铁科研单位和建设一线慰问演出。

文化名人、著名艺术家纪念活动

1. 6月11日，由中国音协、中国音乐学院主办的纪念马可同志诞辰100周年座谈会在中国文联报告厅举行。
2. 6月21日，由中国文联指导，中国民协、新疆维吾尔自治区文联联合在乌鲁木齐成功举办“纪念居素普·玛玛依诞辰100周年座谈会”。
3. 7月6日，由中国文联、中国舞协主办的“纪念盛婕先生百年诞辰”研讨会在中国文艺家之家举行。
4. 12月19日，纪念石少华同志诞辰100周年座谈会在中国文艺家之家举行。
5. 为纪念美术家潘天寿诞辰120周年，李桦、李可染、叶浅予诞辰110周年，张仃诞辰100周年，1月15日，由中国文联、中国美协主办的“纪念潘天寿、李桦、李可染、叶浅予、张仃百年诞辰座谈会”在京召开。

对外及对港澳台交流

1
2 3
4
5

1. 5 月 9 日至 18 日，中国文联代表团赴希腊、克罗地亚、突尼斯访问交流。图为中外嘉宾参观在希腊举办的“艺术与和平——中国当代美术作品展”。
2. 10 月 30 日，中国文联和俄罗斯克拉斯诺达尔国立文化艺术学院等单位共同举办“今日中国”艺术周系列活动。图为俄罗斯观众观看“影像中国 40 年”摄影展。
3. 12 月 25 日至 29 日，第 10 届海峡两岸暨港澳地区艺术论坛 · 第 7 届海峡两岸电视艺术节在台北举办。图为启动仪式。
4. 6 月 4 日至 8 日，由中央政府驻澳门联络办公室、中国文联支持，中国视协、中国文联港澳台办公室、澳门中华文化联谊会共同主办的 2018 “濠江之春”、“情满濠江”文化交流活动在澳门举办。图为澳门曲艺名家朱振华等表演粤剧。
5. 2 月 1 日，“今日中国”艺术周中国芭蕾舞专场演出在印度拉开帷幕。图为在那格浦尔苏莱巴剧场演出后，嘉宾与演员合影。

理论研究和文艺评论

1. 4 月 11 日至 12 日，全国文联研究部门工作会议在厦门召开。
2. 6 月 20 日，由中国文联组织编写的《 2017 中国艺术发展报告》在中国文艺家之家举办出版发布会。
3. 7 月 27 日，召开中国文联 2018 年第三季度新闻通气会。
4. 11 月 2 日，召开中国文联 2018 年第四季度新闻通气会。
5. 11 月 17 日至 18 日，中国文联理论研究室组织召开中国文联 2018 年宣传舆情工作培训班。
6. 12 月 26 日至 29 日，中国文联理论研究室参与筹办的第十届海峡两岸暨港澳地区艺术论坛在中国台湾省台北市成功举办。

出版和权益保护

1. 4月25日，中国文联权益保护部与首都版权产业联盟举行合作签约仪式，图为出席仪式的部分领导嘉宾合影。
2. 9月19日，中国文联党组成员、副主席李前光在中国文艺家之家会见了来访的国际作者和作曲者协会联合会总干事加迪·奥龙先生一行。

3. 6月，中国文联文艺法律志愿服务团走进苏州大学，开展“文艺法律志愿服务进校园”活动。
4. 4月20日至26日，中国文联权益保护部举办了中国文联知识产权宣传周活动，图为宣传海报。
5. 12月2日至8日，中国文联权益保护部组织开展了“宪法宣传周活动”。
6. 7月24日，中国文联文艺法律志愿服务团在中国非遗传承人产业基地（北京）开展法律志愿服务暨“两新”权益保护调研。

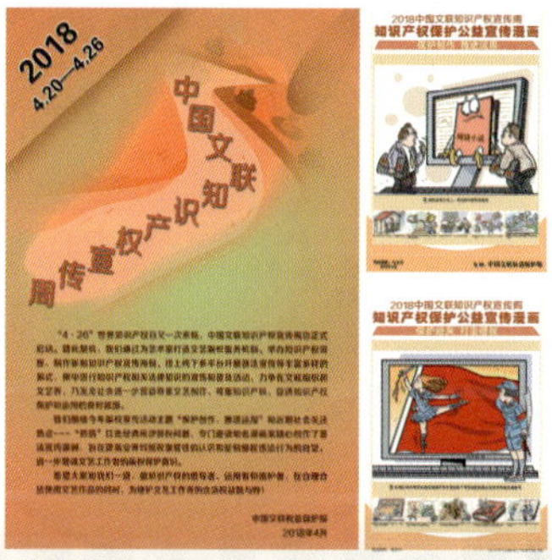

党的建设

1	2
3	4
	5
6	

1. 3月2日，中国文联2018年全面从严治党工作部署会议在京召开，图为会议现场。
2. 9月26日，中国文联团体会员党组（分党组）主要负责人培训班在京举办。图为培训班现场。
3. 5月3日至4日，中国文联系统离退休干部党支部书记委员春季培训班举办。图为培训班现场。
4. 组织举办“学用新思想 建功新时代”青年干部短剧展演活动。
5. 中国文联青联邀请电影表演艺术家卢奇做客“中国文联大讲堂”。
6. 4月23日，中国文联机关团委走进鲁迅文学院，与作家高研班党支部共同举办“让我们一起阅读”读书交流活动。

行政服务和后勤保障

1	2
3	4
5	
6	

1. 中国文联知名老艺术家艺术成就展在京举办。
2. 中国科协机关服务中心前来调研。
3. 年终开展安全大检查。
4. 赴塞罕坝举行党日活动。
5. 参观廉政教育基地——恭王府。
6. 中国文联机关服务中心举办技能竞赛。

离退休干部工作

1	2
3	4
	5
6	

1. 1月25日，中国文联2018年机关老干部新春团拜会在京举行，中国文联党组领导出席活动。
2. 中国文联党组领导看望离休干部。
3. 9月26日，中国文联举办老干部集体祝寿会，80余名老干部参加。
4. 中国文联老年艺术大学开展摄影课户外教学实践活动，组织学员前往中国磨盘柿子第一村的房山区张坊镇大峪沟村。
5. 中国文联老年合唱团参加新春团拜会演出。
6. 10月15日至21日，由中国文联系统老艺术家组成中国文联老艺术家志愿服务采风团，赴甘肃张掖市等地开展文艺采风和志愿服务活动。

信息化建设

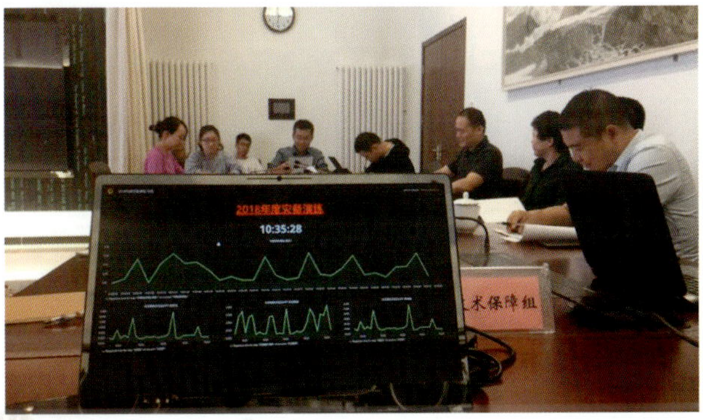

1 2
3 4
5
6

1. 中国文联网络文艺传播中心参观改革开放 40 周年系列展。
2. 中国文联信息化建设工作领导小组工作会议暨“互联网 + 协会”工作推进会现场。
3. 全国文联“互联网 + 文艺”工作培训班现场。
4. 全国中青年网络音乐人才培训班。
5. 灾备演练现场。
6. 庆祝改革开放 40 周年全国书法大展 VR 展厅。

文艺研修

1	2
3	4
5	6
7	8

1. 中国文联赴俄罗斯舞台艺术编导创作高级研修班党日活动。
2. 2018 延安铸梦计划《奔向延安》演出现场。
3. “传承与创新”澳门文艺人才赴韩国访学活动。
4. 第 2 期全国新文艺群体拔尖人才高级研修班开班式现场。
5. 第 3 期文联年轻干部培训班。
6. 第 3 期全国新文艺群体拔尖人才高级研修班结业。
7. 第 6、7 期全国少数民族地区文艺骨干研修班开班式现场。
8. 第 6 期全国少数民族文艺骨干（新疆地区）研修班现场。

文联出版社

1 2
3 4
5
6

1. 电影《文朝荣》全国首映式。
2. 《中国民间文学大系》编纂出版工作协调会。
3. 北京图书订货会现场。
4. 退休职工游览怀柔“雁栖湖”风景区。
5. 国家出版基金资助项目“马克思主义文艺理论论著书系”书影。
6. 《中国民间文学大系》出版工程第一期业务培训。

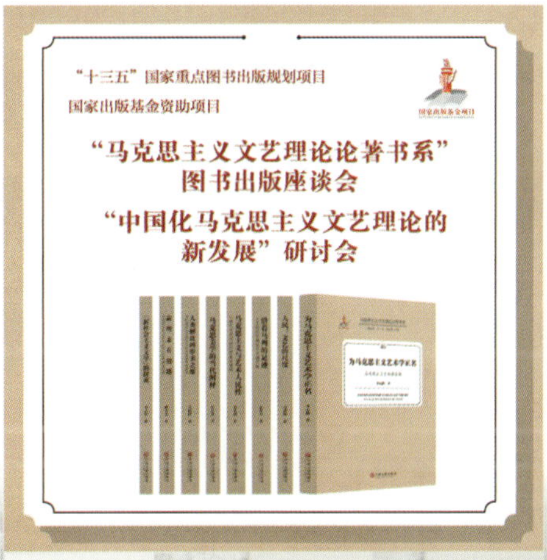

1	2
3	4
5	6
7	8

1. 中国艺术报社和广州市委宣传部、广州市文联主办的“新时代·新生活”全国速写作品邀请展暨第四届广州速写作品展8月中旬在中国文艺家之家展览馆举行。
2. 中国艺术报社总编辑康伟，凤县县委常委、宣传部部长袁瑞，宝鸡市委宣传部纪检组长胡惠荣观看由中国艺术报社和陕西凤县主办的展览。
3. 8月27日，由中国艺术报社牵头编纂的四卷本《中华史诗图文志——中华文明历史题材美术创作工程文献集》新书首发式在中央文史研究馆举行。
4. 4月2日下午，中国艺术报社党支部赴中共中央党校开展以“不忘初心 牢记使命”为主题的党日活动。
5. 11月9日，改革开放40周年安徽采访座谈会现场。
6. 11月12日至17日，中国艺术报社会同四川省文联，在成都、绵阳、遂宁、广安等地文联的支持下，举办了“壮阔东方潮 奋进新时代——纪念改革开放40周年四川文艺成就采访活动”，图为座谈会现场。
7. 11月5日至9日，中国艺术报社纪念改革开放40周年采访组与深圳文艺界深入座谈。
8. 纪念改革开放40周年浙江省文艺家座谈会现场。

基金会发展

1	2
3	4
	5
6	

1. 1月21日，中国文学艺术基金会第五届第二次理事会在京召开。
2. 7月18日，中国文学艺术基金会重点资助的“中华意蕴——中国油画艺术国际巡展意大利展”举办。
3. 2018年，由中国文学艺术基金会主办的“回家过年——全国关爱老年春节大联欢” 在CCTV-7春节档播出。
4. 2月4日，“新时代 新童谣——萌娃儿歌新春展演活动”在北京电影学院举行。
5. 7月8日，由中国文学艺术基金会重点资助的《百年巨匠——梁思成》开机仪式在四川省宜宾市李庄古镇举行。
6. 4月23日，由中国文学艺术基金会重点资助的百集大型系列人物传记纪录片《百年巨匠》第二季启动暨建筑篇开机仪式在故宫博物院举行。

中国戏剧家协会

1. 中国文联党组成员、副主席李前光，中国文联副主席、中国剧协顾问董伟，中国文联副主席、中国剧协主席濮存昕出席第六届中国校园戏剧节开幕式。
2. “为时代放歌——中国文联、中国剧协庆祝改革开放四十周年京剧名家名段演唱会”在京举办。
3. 中国剧协文艺志愿服务团“送欢乐下基层”走进革命老区江西南昌慰问演出。
4. 中国剧协文艺志愿服务团“送欢乐下基层”走进西昌卫星发射中心慰问演出。
5. 中国剧协文艺志愿服务团“送欢乐下基层”走进广西凭祥慰问演出。
6. 纪念田汉诞辰120周年座谈会在北京人民大会堂举行。

中国戏剧家协会

7. 第二十二届中国少儿戏曲小梅花荟萃活动佩花晚会。
8. 第六届中国校园戏剧节：音乐剧《你好·青春》剧照。
9. 第六届中国校园戏剧节：话剧《种子天堂》剧照。
10. 安徽省徽京剧院的徽剧《惊魂记》赴韩国参加第 25 届 BeSeTo（中韩日）戏剧节。
11. 中国剧协接待俄罗斯戏剧家代表团。
12. 中国剧协民间职业剧团工作委员会成立大会在京召开。

中国电影家协会

1	
2	3
4	5

1. 12 月 29 日，中共中央政治局委员、中央书记处书记、中宣部部长黄坤明接见中国电影家协会第九届、第十届主席团成员。
2. 12 月 28 日，中国电影家协会第十次全国代表大会开幕式。
3. 12 月 28 日，在中国电影家协会第十次全国代表大会期间，中共中央政治局委员、中央书记处书记、中宣部部长黄坤明看望出席会议的老艺术家。
4. 12 月 29 日，中国电影家协会第十届主席团第一次会议。
5. 12 月 29 日，中国电影家协会第十次全国代表大会闭幕式。

中国电影家协会

6	7
8	9
	10
11	

6. 6 月 29 日，“认真学习贯彻习近平总书记重要指示精神 做有信仰、有情怀、有担当的新时代文艺工作者”座谈会。
7. 3 月 2 日，中国电影家协会第九届主席团第七次会议。
8. 11 月 10 日，第 27 届中国金鸡百花电影节闭幕式暨第 34 届大众电影百花奖颁奖典礼颁发中国文联终身成就电影艺术家荣誉。
9. 4 月 19 日，《中国电影艺术报告（2018 卷））正式发行。
10. 9 月 13 日，第 13 届华语青年影像论坛开幕式。
11. 1 月 26 日，“我们的中国梦——文化进万家”慰问演出走进内蒙古自治区兴安盟科尔沁右翼中旗。

中国音乐家协会

1	2
3	4
5	
6	

1. 3 月 31 日，中国音协在上海举办了中国音乐家协会行风建设委员会成立大会，审议通过了《中国音协行风建设委员会章程》《中国音乐家协会行风建设委员会委员履行职责暂行办法》。
2. 4 月 1 日，中国音协第八届理事会第二次会议在上海举行。
3. 4 月 9 日，由中国音协、江苏省委宣传部、江苏省文联主办，江苏省音协承办的“新时代歌曲创作座谈会”在南京举行。
4. 5 月 16 日至 20 日，“金色的田野”——庆祝改革开放 40 周年全国歌曲采风创作活动在安徽举办。
5. 6 月 11 日，中国音乐家协会联合中国音乐学院在京举办了“纪念马可同志诞辰 100 周年座谈会”。
6. 4 月 1 日，为纪念改革开放 40 周年，由中国音协主办、上海市浦东新区川沙新镇人民政府承办的“向人民汇报”——中国音协“金钟之星”艺术团走进川沙慰问演出在迪士尼大通音乐谷精彩上演。

中国音乐家协会

7. 8 月 25 日至 30 日，由中国音协、江苏省委宣传部、江苏省文联主办，中国音协二胡学会、江苏省音协、无锡市梁溪区政府承办的 2018 中国音乐小金钟全国二胡展演系列活动在江苏无锡举办。
8. 9 月 18 日至 22 日，中国音协新兴音乐群体工作委员会成立暨培训班在北京举办。
9. 9 月 17 日，由中国音乐家协会支持的 2018 中国青岛国际（即墨）合唱大会在青岛即墨举行。
10. 9 月 23 日，由中国音协、甘肃省委宣传部、省文化厅、省文联共同主办的 2018 金钟之星“一带一路”民族音乐会在敦煌大剧院精彩呈现。
11. 9 月 4 日至 17 日，中国文联组派中国音协“丝路花语”艺术团赴南非约翰内斯堡、开普敦、德班、法属留尼汪和毛里求斯举办“2018 广州文化周”。
12. 9 月 5 日，中国音协“金钟之星”艺术团在长春下基层慰问演出。

中国美术家协会

1. 12 月 22 日至 24 日，中国美术家协会第九次全国代表大会在北京召开，图为中共中央政治局委员、中央书记处书记、中宣部部长黄坤明与新当选中国美协主席团和分党组班子成员合影。
2. 12 月 22 日，中国美协第九次全国代表大会在北京开幕。
3. 6 月 8 日，中国文联党组领导参观第六届全国青年美展。
4. 5 月 10 日，中外嘉宾参观“艺术与和平——中国当代美术作品展希腊巡展”。
5. 5 月 23 日，中国文联、中国美协“中国精神・中国梦——美丽乡村行采风写生作品展”在北京开幕。

中国美术家协会

6. 纪念何香凝、丰子恺、吴作人、王琦百年诞辰座谈会。
7. 第十三届全国美展申办工作会。
8. 中国美协2018中青年文艺骨干和文艺管理干部培训班举办。
9. 中国精神——第四届中国油画进京展开幕。
10. 中国美协漫画、少儿、雕塑、民族美术艺委会换届大会。
11. “开放与融合”2018·深圳首届大芬国际油画双年展在红立方开幕。

中国曲艺家协会

1. 6月，第二批牡丹绽放曲艺英才培育行动启动仪式在中国文艺家之家举办。
2. 3月，第九届中国曲艺节在天津举行，图为闭幕式节旗交接仪式。
3. 4月，全国青年曲艺工作者联盟在四川彭州成立。
4. 5月，中国曲艺艺术研究基金课题正式结项，图为参与人员合影。
5. 6月，全国曲协系统深化改革推进会在杭州召开。
6. 9月，说唱新时代 共筑中国梦——庆祝改革开放40周年优秀曲艺节目展演周在北京举办，图为盛小云、艾哲罗（芬兰）表演苏州弹词《枫桥夜泊》。

中国曲艺家协会

7	
8	10
9	11
12	

7. 11 月，中国曲协在京举行《曲艺》杂志数字出版和新媒体营销工程结项暨曲艺 APP 上线仪式。
8. 8 月，第六届全国道德模范故事汇基层巡演走进安徽阜阳。
9. 9 月，第三届全国曲艺理论学术研讨会在广西百色召开。
10. 11 月，姜昆出席中国曲协行风建设与权益保护研讨会。
11. 11 月，中国曲协党总支组织党员干部赴国家博物馆参观“伟大的变革——庆祝改革开放 40 周年大型展览”。
12. 10 月，第六届国际幽默艺术周在江苏张家港举办。

中国舞蹈家协会

1 2 3

1. 9 月 30 日，六秩春秋 甲子风华——《舞蹈》杂志创刊 60 周年纪念展览在北京举行。
2. 10 月，中国现当代舞蹈发展论坛在广州举行。
3. 8 月 13 日，中国文联“深入生活、扎根人民”音乐舞蹈艺术家赴西藏采风创作成果汇报演出在拉萨市文化体育中心举办。

中国舞蹈家协会

4. 5月25日，湖南湘潭张翼翔“从无到有——身体基础训练”工作坊日常训练。
5. 6月14日，甘肃武都区鱼龙镇中心小学“美育进校园·阳光路上有你有我”教学成果汇报。
6. 9月1日，“送欢乐下基层”赴小岗村慰问演出，文艺志愿者教孩子们跳舞。
7. 7月21日至23日，中日舞蹈国际交流——荷花奖“小荷风采”精品剧目在东京展演。
8. 10月13日，“培青项目”国家大剧院小剧场演出田湉作品《俑2》。
9. 12月6日，“顶尖舞者进校园”走进上海一师附小。

中国民间文艺家协会

1 2
3 4
5
6

1. 7 月 25 日，《中国民间文学大系出版工程》学术委员会第一次会议在北京举办。中国文联党组书记、副主席、大系出版工程领导小组组长李屹（左一）为学术委员会主任冯骥才（右一）颁发聘书。

2–3. 1 月 19 日，“跨文化视野下的中国优秀传统文化教育与传承——《钟敬文全集》出版与钟敬文学术文化思想座谈会”在人民大会堂召开。

4. 8 月 22 日至 26 日，中国民协第二期深入学习贯彻习近平新时代中国特色社会主义思想和党的十九大精神研讨班在陕西省西安市举办。

5. 8 月 5 日至 20 日，2018 年耶路撒冷国际艺术和手工艺博览会在耶路撒冷举办。

6. 11 月 23 日至 26 日，第十四届中国民间文艺山花奖·优秀民间艺术表演作品初评（鼓舞鼓乐）在山西省祁县举行。

中国民间文艺家协会

7 8
9 10
11
12

7. 5 月 3 日，2018 中国传统村落保护（海南）高峰论坛在海南省儋州市举行。
8. 9月2日至6日，在青海省民和县等地举办“我们的节日·土族纳顿节”。
9. 9 月 22 日至 23 日，首届“我们的节日·中国农民丰收节（秋分）民俗庆典活动——中国炎帝农耕文化论坛”和第二届长治农合发展博览周在山西省长治市举办。
10. 11 月 20 日至 24 日，全国胡仁乌力格尔大会在内蒙古通辽市扎鲁特旗举办。
11. 11 月 13 日至 20 日，贵州黔东南开展“我们的节日——少数民族聚居区文化行系列之贵州苗族芦笙节”民俗调研活动。
12. 11 月，中国民间文艺家协会“民间文化进校园”志愿服务小分队来到吉安市开展志愿服务活动，现场展示国家级非物质文化遗产、省级非物质文化遗产以及竹马舞、抖空竹、采茶戏、剪纸、陶艺、凤凰故事王等独具特色的传统民间文化。

中国摄影家协会

1	2
3	4
5	
6	

1. 8月30日，影像见证40年全国摄影大展在中国国家博物馆开幕。图为中国文联主席、中国作协主席铁凝，中国文联党组成员、副主席李前光在中国摄协分党组书记、驻会副主席郑更生等的陪同下观看展览。
2. 8月30日，影像见证40年全国摄影大展在中国国家博物馆开幕。图为中国文联党组书记、副主席李屹，党组成员、副主席李前光在中国摄协分党组书记、驻会副主席郑更生等陪同下观看展览。
3. 11月18日晚，第十二届“中国摄影金像奖”颁奖盛典在三门峡举行。中国文联党组书记、副主席李屹，中国文联党组成员、副主席李前光出席颁奖活动。
4. 10月17日，“影像见证新时代 聚焦扶贫决胜期 2018–2020 大型影像跨界驻点调研创作工程”2018年汇报活动在北京举行。中国文联党组书记、副主席李屹，中国文联党组成员、副主席李前光出席并观看汇报展演。
5. 1月19日，中国摄协第九届主席团第二次会议在京召开。
6. 11月17日，“中外摄影对着拍——庆祝中国改革开放40年摄影展”在郑州举办。中国文联党组成员、副主席李前光宣布开幕。

中国摄影家协会

7. 12月19日，由中国文学艺术界联合会、中国摄影家协会主办的“纪念石少华同志诞辰100周年座谈会”在北京召开。中国文联党组成员、副主席李前光出席座谈会。
8. 6月8日，第三届全国青年摄影大展首展开幕式暨作品集首发式在北京中华世纪坛中国摄影展览馆举办。中国文联党组成员、副主席李前光在中国摄协分党组书记、驻会副主席郑更生，分党组成员、秘书长高琴等的陪同下参观展览。
9. 3月13日，“一带一路”摄影项目研讨会在京召开。
10. 4月12日，中国摄协2018年全国摄影工作会议在湖南长沙召开。
11. 4月14日至17日，首期中国摄影家协会团体会员单位秘书长培训班在湖南韶山举办。图为参会人员合影。
12. 11月18日，第十二届中国摄影艺术节暨第二届三门峡白天鹅·野生动物国际摄影大展开幕式在三门峡开幕。

7	8
9	10
	11
12	

中国书法家协会

1 2
3 4
5

6 7

1. 11 月 7 日，书写新时代 · 全国新文艺群体书法作品汇报展在北京开幕。
2. 3 月 27 日，中国书协 2018 年度工作会议在京召开。
3. 10 月 11 日，中国书协名誉主席沈鹏先生做学术报告——国学修养与书法。同日，第五届全国青年书法创作骨干高研班开班。
4. 2 月 24 日，纪念周恩来同志诞辰 120 周年全国书法名家邀请展在淮安开幕。
5. 6 月至 7 月，2018 中国书协第七届专业委员会工作会在北京召开。
6. 中国书协七届七次主席团会议在北京召开。
7. 中国书协学习贯彻习近平新时代中国特色社会主义思想和党的十九大精神专题培训班在北京召开。

中国书法家协会

8. 庆祝改革开放 40 周年全国书法大展。
9. 中国书法家协会 2018 年全国基层书法骨干培训班。
10. “书法家送万福进万家”志愿服务公益活动走进甘肃东乡。
11. “书法家送万福进万家”志愿服务公益活动走进华北油田。
12. “送欢乐下基层”5·23 中国文艺志愿者服务日暨联合党日活动。
13. 中国书协开展“不忘初心，重温入党志愿书”专题组织生活会。
14. 第 34 届成田山全国竞书大会中日友好青少年书法交流会。

8 9
10 11
12
13 14

中国杂技家协会

1. 陈建文、边发吉、王仁刚等领导启动第十届中国杂技金菊奖全国魔术比赛。
2. 2018 中国·濮阳（国际）杂技艺术节开幕仪式。
3. 中国杂协邀请世界马戏组织负责人和国际著名马戏专家到中国文联，举行国际马戏艺术交流座谈会。
4. 全国杂技院团负责人及管理人才培训班在云南昆明举办。
5. 新疆各族人民欢度古尔邦节，中国杂协“精品杂技下基层”赴新疆喀什慰问演出。
6. 第十届中国杂技金菊奖全国滑稽比赛开幕式演出结束后，嘉宾与演员合影。

中国杂技家协会

7	8
9	10
11	
12	

7. 在第十届中国杂技金菊奖全国滑稽比赛期间，中国杂协在开封举办了中国滑稽创新创作研讨会。
8. 第六届中国西湖国际魔术交流大会在杭州举办。
9. 上海杂技团《突破——抖杠》节目荣获第 42 届蒙特卡洛国际马戏节金小丑奖。
10. 辽宁李诺亚方舟《九儿》获得第十届中国杂技金菊奖全国魔术比赛魔术节目奖。
11. 天津市杂技团滑稽节目《三个和尚》荣获第十届中国杂技金菊奖全国滑稽比赛金菊奖。
12. “到人民中去——精品杂技下基层”、“我们的中国梦——文化进万家”慰问演出系列活动在湖南韶山举办。

中国电视艺术家协会

1. 10月12日，第29届中国电视金鹰奖、第12届中国金鹰电视艺术节开幕式晚会在湖南长沙举行，晚会上宣读了习近平总书记写给老艺术家牛犇同志的信。
2. 4月25日，由中国文联、中国视协、柏林竹苑德中文化交流促进会主办，德国科隆媒体艺术学院、路德维希博物馆电影论坛承办的“中德电视纪录片创作研讨会”在科隆成功举办。
3. 9月25日至28日，由中国视协、中国文联文艺研修院共同主办的重点现实题材电视剧剧本创作编剧培训班在京举办。
4. 5月16日，中国视协在京召开电视剧《大牧歌》专家研讨会。
5. 9月12日，第五届“中国电视好演员”推选活动在京举办启动仪式。
6. 6月27日，由中国文联、中国视协主办，广西壮族自治区新闻出版广电局、广西文联、广西电视艺术家协会协办，广西民族大学承办的“中国视协基层电视艺术工作者业务培训（广西）”在南宁开班。

中国电视艺术家协会

7. 10 月 14 日晚，第 29 届中国电视金鹰奖颁奖晚会在湖南举行，第 12 届中国金鹰电视艺术节落下帷幕。
8. 1 月 13 日，中国视协送欢乐下基层慰问演出活动走进江西余干县。
9. 5 月 10 日，中国视协、江苏省广播电视总台在京召开电视剧《娘亲舅大》专家研讨会。
10. 11 月 12 日至 16 日，由中国视协、福建文联、福建广电、平潭区党工委主办的“声耀平潭 · 第十届海峡两岸电视主持新人大赛”在平潭综合实验区顺利落幕。
11. 6 月 10 日，《当代电视》2018 年理事编委会会议在浙江绍兴召开。
12. 4 月 1 日，首届亚洲旅游影视艺术周启动仪式暨新闻发布会在北京举行。

中国文艺评论家协会

1. 6月20日，《2017中国艺术发展报告》出版发布会在京举行。

2. 10月15日，《中国文艺评论》创刊三周年座谈会在京举行。

3. 4月9日，中国文艺评论进校园首场活动暨“网络文艺评论与发展” 论坛在京举行。

4. 4月14日至15日，第四届中国青年文艺评论家“西湖论坛”宁波峰会在浙江举办。

中国文艺评论家协会

5. 7 月 25 日至 27 日，第二届民族文艺论坛在内蒙古锡林浩特市举办。

6.《中国文艺评论》杂志入选第二届“期刊主题宣传好文章”和“中国最美期刊”。

7. 11 月 15 日，中国文艺评论新媒体观影观展微评活动在京举办。

5
6
7

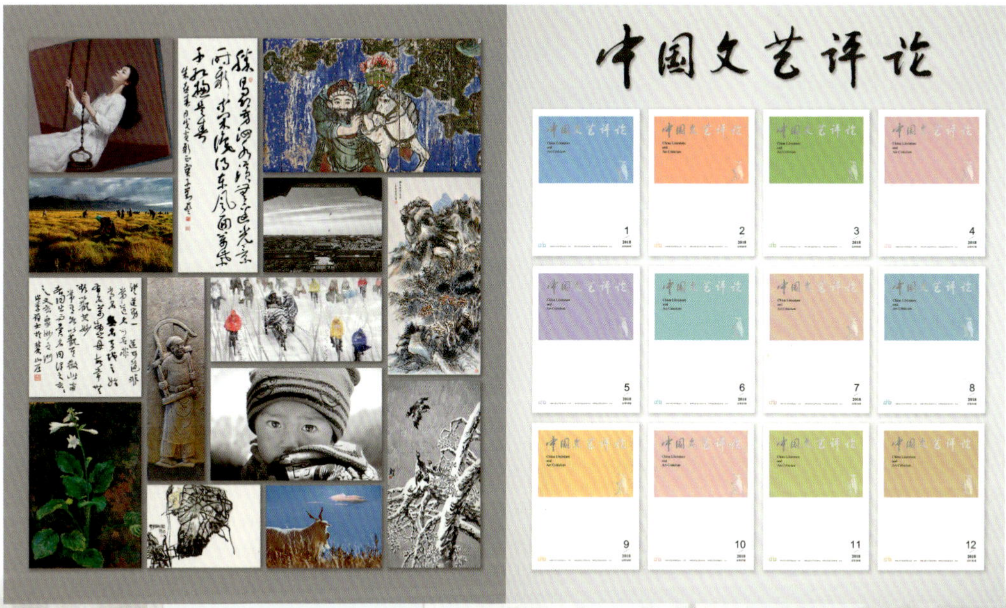

Important speeches and documents

2019

重要讲话及文献

在中国美术家协会第九次全国代表大会开幕式上的讲话

（2018年12月22日）

中共中央政治局委员、中央书记处书记、中宣部部长　黄坤明

各位代表、同志们：

在全党全国各族人民庆祝改革开放40周年之际，中国美术家协会第九次全国代表大会今天隆重开幕了。这是我国美术界的一次盛会，也是文艺界的一件盛事。开好这次会议，对于深入学习贯彻习近平新时代中国特色社会主义思想和党的十九大精神，深入学习贯彻习近平总书记在全国宣传思想工作会议上的重要讲话精神，更好团结凝聚广大美术工作者、促进美术事业繁荣发展，推动社会主义文化强国建设具有重要意义。在此，我谨向大会胜利召开表示热烈祝贺，向各位代表、全国美术工作者致以崇高的敬意和诚挚的问候！

中国美术源远流长、独树一帜，传承着中华民族的精神基因，彰显着中华民族独特的审美追求，是中华文明的璀璨瑰宝，在世界美术殿堂中占据重要位置。改革开放40年特别是党的十八大以来，广大美术工作者认真贯彻党的文艺方针，用多彩的画笔、鲜活的形象，展示美好生活，反映时代变迁，推动中国美术事业实现了历史性发展。美术创作的题材不断丰富，形式语言、样式风格多姿多彩，艺术设计水平不断提高，国画、油画、版画、雕塑、新视觉艺术等竞相绽放，涌现出一大批精品力作；坚持面向基层、服务群众，“送欢乐下基层”“美术支教”等惠民活动和美育教育活动开展得有声有色，让群众得到心的享受、美的熏陶；中外美术交流持续扩大，中国美术走出去步伐加快，国际影响力进一步增强；美术人才队伍不断壮大，老一辈美术家青春焕发、桃李满天下，一批中青年美术人才脱颖而出、展现风华。总的看，我国美术事业与国家同发展、与时代共进步，呈现生机勃勃、欣欣向荣的良好局面，为满足人民群众美好生活需要、推动社会主义文艺繁荣发展做出了重要贡献。

当前，中国特色社会主义进入新时代，中国美术事业迎来无限广阔、更加绚丽的发展前景。习近平总书记关于文艺工作的重要思想，深刻回答了新时代文艺事业发展的一系列全局性、根本性、战略性问题，为我们指明了前进方向、提供了根本遵循。不久前，习近平总书记给中央美术学院的老教授回信，勉励大家坚持立德树人，扎根时代生活，遵循美育特点，弘扬中华美育精神，充分体现了习近平总书记对美术事业的高度重视，对广大美术工作者的亲切关怀和殷切期望。我们一定要始终坚持以习近平新时代中国特色社会主义思想为指导，增强“四个意识”，坚定“四个自信”，牢牢坚持以人民为中心的工作导向，坚持“二为”方向和“双百”方针，坚持创造性转化、创新性发展，自觉承担举旗帜、聚民心、育新人、兴文化、展形象的使命任务，积极投身实现中华民族伟大复兴中国梦的伟大实践，为人民泼墨挥毫，为时代描绘画卷，不断开创新时代美术事业发展的新局面。借此机会，我向广大美术工作者提几点希望。

第一，希望广大美术工作者热情拥抱新时代，浓墨重彩绘就盛世华章。美术表现时代，也引领时代，美术家应该是时代风气的先觉者、先倡者。认识和反映我们这个伟大时代，挖掘和表达新时代的精神内涵，展现新时代的万千意象，是中国美术和美术家的时代责任。李可染的《万山红遍》、董希文的《开国大典》、陈逸飞的《黄河颂》，都表现着一个时代的主题、凝结着一个时代的精神。在新时代的伟大实践和伟大斗争中，我们党领导亿万人民创造了惊天动地的伟业，中华大地演绎着一幕幕动人精彩的传奇，涌现着千千万万令人敬仰的英雄，这些可知可感的景象、生动鲜活的故事，是艺术创作取之不尽、用之不竭的源泉。广大美术工作者要珍惜时代机遇，更加自觉地走进时代、融入时代，在社会发展的变迁中，在人

民实践的创造中，描绘时代风云、塑造时代典型、弘扬时代精神，努力成就新时代美术事业的大格局、大气象。

这几年，我们先后实施了马克思诞辰200周年主题创作和庆祝中国共产党成立100周年大型美术创作工程等，就是要用艺术的形式塑造国家和民族形象，推出一批讴歌党、讴歌祖国、讴歌人民、讴歌英雄的精品力作，更好激发人们矢志不渝、砥砺前行的强大力量。马克思诞辰200周年主题创作工程已经产生了一批好作品并公开展出，赢得社会广泛好评。庆祝建党100周年美术创作工程正在实施中，在座的很多美术家都参与了这项工作。希望大家以对历史、对时代负责的精神，倾心投入、潜心创作，真情描绘我们党顽强奋斗、苦难辉煌的恢宏画卷，生动抒写党领导人民开天辟地、改天换地的经典篇章，努力创作出具有民族气派和史诗气质的优秀作品，在建党百年之际，接受党和人民的检阅。

第二，希望广大美术工作者坚定文化自信，生动呈现中华美学风范。文化自信，是更基础、更广泛、更深厚的自信，是更基本、更深沉、更持久的力量。一个民族的美术，凝结着这个民族的文化传承和独特气质，只有以坚定的文化自信为底色，创作出来的作品才能有风骨、有格调、有神采。历史已经证明，那些流传久远、影响广泛的经典名作，无不凝结着中华文化的思想精髓，无不传扬着中华美学的独特风范，无不彰显着中华民族的精神追求。傅抱石、关山月合作的《江山如此多娇》，将东升的旭日、苍劲的青松、莽莽的原野、蜿蜒的长城、奔腾的长江黄河等中国景象融为一体，呈现出气势恢宏的民族精神意象，表达了对祖国壮丽河山的无限热爱、对新中国勃勃生机的深情礼赞，是当代中国美术创作彰显中华美学精神的经典之作。当今世界正处在大发展大变革大调整时期，各种思想文化交流交融交锋更加频繁，坚定文化自信具有更为重要的现实意义。希望广大美术工作者坚守中华文化立场，植根中华文化沃土，将中华美学精神融入现实的艺术创造，以生动的美术语言、鲜活的艺术形象、富于创造力的画面造型，创作出更多富有中华文化底蕴、审美神韵，彰显中国风格、中国气派的优秀作品。

第三，希望广大美术工作者坚持深入生活扎根人民，用心用情用功为人民书写。人民是历史的创造者，是时代的塑造者。一切优秀文艺工作者的艺术生命都源于人民，一切优秀的文艺创作都为了人民。无论时代如何发展，社会如何变迁，文艺形态样式如何创新，源自人民、服务人民、属于人民始终是社会主义文艺屹立不倒的旗帜，以人民为中心永远是美术创作必须奉行的准则。面对决胜全面小康、实现民族复兴的宏伟事业，面对如火如荼、生机勃发的改革实践，广大美术工作者要走出画室、走进人民，到改革开放第一线、经济建设最前沿、社会生活最基层，感受百姓生活，观察社会风貌，从人民的伟大实践和丰富多彩的生活中汲取营养，升华人生感悟、拓展创作视野，不断进行生活和艺术的积累，不断进行美的发现和美的创造。要聚焦人民的冷暖、人民的奋斗，把对人民的情感倾注于笔端，描绘和讴歌百姓生活中的美好、平凡中的力量，坚定人们用奋斗追求幸福、用拼搏成就未来的信念信心。

第四，希望广大美术工作者树立精品意识，以大美之艺绘传世之作。推动文艺繁荣发展，筑就文艺高峰，最根本的是要创作出无愧于我们这个伟大民族、这个伟大时代的优秀作品。广大美术工作者应该牢记，创作是自己的中心任务，作品是自己的立身之本，要静心、潜心、精心搞创作，努力为人民、为时代奉献文化杰作、创造不朽作品。人民英雄纪念碑碑座上的十块大型浮雕，是铭刻在中国人集体记忆中的艺术经典。当年雕塑家刘开渠先生在主持创作纪念碑浮雕时，广泛搜集形象资料，每一杆枪、每一条皮带的细节都不含糊，为了更好展现红旗的飘动，刘老请人举着旗子来回奔跑，直至找到满意的旗纹，这种对历史的高度负责、对艺术的精益求精令人感动。这些年，在美术的百花园中涌现出了许多文质兼美的优秀作品，但总体上讲传世之作、“高峰”之作还不够多。希望广大美术工作者坚持思想精深、艺术精湛、制作精良，把提高质量作为文艺作品的生命线，把提高作品的精神高度、文化内涵、艺术价值作为不懈追求，努力创作更多体现中华传统文化精髓、传播当代中国价值观念、符合世界进步潮流的优秀作品。要加强美术理论评论工作，加快建设具有中国特色的美术评价体系，为繁荣创作夯实基础、提供支撑。要把创新精神贯穿到美术创作全过程，大胆探索、大胆创造，在拓展题材、内容、形式、手法上下功夫，不断提高美术创作的原创力，在继承优良传统的基础上推陈出新，努力形成体现中国精神的新画风、新画派。

第五，希望广大美术工作者追求德艺双馨，做有信仰、有情怀、有担当的新时代美术家。立业先立德，为艺先为人。艺术家一生所写，都是他的品格与情操。中国美术历来有“人品画品”之论，凡是为人尊敬、广受赞誉的名家大师，无不兼具精湛的艺术和高尚的品格。齐白石先生在抗战期间展现出刚直不屈的民族气节，徐悲鸿先生在留法期间以“人不可有傲气，但不可无傲骨”自况自省，潘天寿先生的传世杰作更是其为人刚正敦厚、宏大严谨的真实写照。今天，市场经济的大潮、各种利益的诱惑，现实考验着每一位文艺工作者的理想坚守、艺术追求、职业操守。希望广大美术工作者把崇德尚艺作为一生的功课，把为人、做事、从艺统一起来，提高学养、涵养、修养，矢志追求真才学、好德行、高品位，努力做德艺双馨的艺术家。要积极践行和弘扬社会主义核心价值观，自觉讲品位、讲格调、讲责任，自觉遵守国家法律法规，坚决抵制和反对低俗、庸俗、媚俗，用健康向上的文艺作品和做人处事陶冶情操、启迪心智、引领风尚，为历史存正气，为世人弘美德，为自身留清名。

中国美术家协会是党和政府联系美术工作者的桥梁和纽带。要认真落实党中央关于群团改革的决策部署，按照增强政治性、先进性、群众性的要求，深入推进协会改革工作，强化行业服务、行业管理、行业自律，不断增强美协组织的向心力、凝聚力和影响力。要创新工作思路，延伸工作手臂，加强对新的美术组织和新的美术群体的团结引导，把广大美术工作者紧紧凝聚在党的周围。要真情关心美术工作者，帮助解决实际困难和问题，努力把中国美协建设成为美术工作者的温馨和谐之家。

各位代表、同志们，中华民族的伟大复兴必然伴随着文化的繁荣兴盛，火热的改革发展实践必将催生伟大的美术作品。让我们紧密团结在以习近平同志为核心的党中央周围，团结一心、奋发有为、开拓进取，奋力攀登新时代的文艺高峰，不断谱写中国美术事业的新篇章！

最后，祝大会圆满成功！祝各位美术家身体健康、事业常青！

深入学习贯彻党的十九大精神 努力推动新时代社会主义文艺繁荣兴盛

——在中国文联十届三次全委会上的工作报告

（2018年1月20日）

中国文联党组书记、副主席、书记处书记　李屹

各位委员、同志们：

我受中国文联主席团委托，向全委会做工作报告，请予审议。

刚刚过去的2017年，是党的十九大胜利召开之年，是党和国家发展进程中具有重要里程碑意义的一年。一年来，在党中央坚强领导和中宣部有力指导下，中国文联及各团体会员紧紧围绕迎接学习宣传贯彻党的十九大精神这条主线，以习近平新时代中国特色社会主义思想为指导，全面落实党中央一系列重大决策部署，团结引领广大文艺工作者围绕中心、服务大局，深入生活、扎根人民，深化改革、履职尽责，加强行业服务、行业管理、行业自律，扎实推进完成中国文联十届二次全委会各项工作安排，为推动社会主义文艺繁荣兴盛做出了积极贡献。

一、全面履行文联新职能，2017年工作取得新进展

1.突出迎接学习宣传贯彻党的十九大主线，自觉用党的创新理论武装头脑、指导文艺实践。我们坚持把迎接、学习、宣传、贯彻党的十九大，学习贯彻习近平总书记系列重要讲话作为文联系统首要政治任务，认真抓紧抓好抓出实效。通过党组中心组学习会、文艺家座谈会、专题研讨班、培训班、主题论坛、专题讲座等多种形式，深入领会精神实质，准确把握思想精髓，扎实推进贯彻落实。组织文艺界十九大代表和知名艺术家组成宣讲团到基层一线，面对面阐释十九大精神的丰富内涵。依托中国文联所属媒体，与中央主要媒体密切合作，通过策划开辟专题专栏专版等方式，全方位、多角度深入宣传习近平新时代中国特色社会主义思想和党的十九大精神，深入宣传文艺界学习贯彻十九大盛况，营造浓厚氛围，不断掀起学习热潮。以学习习近平总书记系列重要讲话特别是文艺工作座谈会和十次文代会重要讲话精神为重点内容，首次大规模组织全国文艺骨干大培训，文联系统上下联动、密切合作，累计举办培训班241期，培训会员8.5万人（其中通过邮寄教材方式培训2.6万人），圆满完成预定的两年培训任务。精心组织中青年文艺人才高级研修班、首届新文艺群体拔尖人才研修班、全国地县级文联负责人研修班、少数民族摄影人才培训班等各类专题培训班20余个，累计培训学员1300余人次。通过学习培训，广大文艺工作者自觉以习近平新时代中国特色社会主义思想武装头脑，进一步坚定了道路自信、理论自信、制度自信、文化自信，切实增强了繁荣兴盛新时代社会主义文艺的自觉性、主动性和创造性。

2.积极开展重大主题文艺实践活动，汇聚正能量、唱响主旋律。我们紧紧围绕迎接学习宣传贯彻党的十九大、“一带一路”、脱贫攻坚等党和国家工作大局，庆祝建军90周年、香港回归20周年等重大时间节点，开展了一系列主题文艺实践活动。组织中国少儿戏曲小梅花20周年汇报演出、第26届金鸡百花电影节、“金钟奖”获奖作品展演、“最美中国人”美术作品展、“欢声笑语在军营”曲艺演出、“喜迎十九大　唱响中国梦”全国优秀曲艺节目展演、中国舞蹈年度巡礼、全国优秀民间欢庆锣鼓展演、“镜头里的人民军队”摄影展、第26届摄影艺术展览、“民族脊梁”全国书法展、“一带一路”诗书万里行基层采风主题实践活动、第10届上海国际魔术节、“影视小屋”北京夏令营、“追寻红色脚印”革命历史题材作品系列研讨采风活动等。努力传承中国优秀传统文化，推进梅花奖数字电影工程和中国民间文学大系出版工程。继续实施“中国精神·中国梦”主题文艺创作工程和青年文艺创作扶持计划。中国文联选

送的舞剧《八女投江》、社会主义核心价值观组歌《幸福少年》荣获“五个一”工程优秀作品奖。

3.坚持以人民为中心的创作导向，“深入生活、扎根人民”主题实践和文艺志愿服务取得丰硕成果。我们牢牢把握为人民服务的根本宗旨，精心组织各方面各领域文艺工作者，积极投身“深入生活、扎根人民”主题实践和文艺志愿服务。认真落实习近平总书记关于河北塞罕坝林场建设者感人事迹的重要批示精神，组织一批知名美术家、摄影家深入塞罕坝林场采风创作，举办作品展览，大力弘扬礼赞塞罕坝精神。认真学习贯彻习近平总书记给乌兰牧骑队员回信的重要指示精神，在全国文联系统号召继承和发扬乌兰牧骑精神，广泛开展“扎根生活沃土 服务基层群众”主题实践活动。一年来，中国文联文艺志愿服务团分赴20多个省区市开展“送欢乐下基层”活动，直接受益群众260多万人。大力开展文艺支教和文艺培训，在边远贫困地区开展文艺支教2.8万课时，直接服务中小学生5.4万人。实施百花放映电影惠民工程，在全国放映电影1.7万场，受益群众1400万人次。举办书法家“送万福 进万家”公益活动、“精品杂技下基层”等惠民活动。大力开展文艺扶贫工作，举办“喜迎十九大 唱响幸福歌”文艺扶贫原创作品音乐会，实施曲艺扶贫星火计划，助力精准扶贫。精心组织采风创作，成功举办格桑花开新时代、天域舞风等西藏题材歌曲、舞蹈展演，生动演绎和检验了文艺工作者深扎基层人民、潜心创作的丰硕成果。

4.统筹推进文联深化改革，在顶层设计、体制机制创新上取得实质性进展。我们把文联深化改革作为推动文联组织和文联工作创新发展的重大历史机遇，全面协调、统筹推进各项改革工作任务。进一步加强顶层设计，研究制定贯彻落实《中国文联深化改革方案》的任务分工方案，明确改革的路线图、时间表、任务书。先后出台《加强和改进各全国文艺家协会会员队伍建设工作的意见》《制定各艺术门类行业标准和行业规范的工作方案》《继续深化全国性文艺评奖制度改革的意见》《加强新文艺群体服务管理工作的意见》等，指导各文艺家协会制定《会员工作条例》《协会主席团成员、理事会理事履职工作规则》《协会专业委员会（艺委会）工作条例》等一批具有“四梁八柱”性质的深改配套文件。积极推进改革实施，对协会代表大会、理事会、主席团人员构成进行了优化调整，大幅增加了新文艺群体代表、基层和创作一线代表比例，切实增强代表性和广泛性。发挥中国文联职业道德委员会的作用，推动各全国文艺家协会成立行风建设组织。加快网上文联建设，召开全国文联“互联网+文艺”工作会议，将中国文联文艺资源中心更名为中国文联网络文艺传播中心。加强会员服务网络化数字化管理，推进协会会员数据库和网络工作平台一体化建设。高度关注新文艺群体，围绕创作生产、生存状况、文艺诉求、职称评定、权益保护等深入开展调研。加强改革指导，11个全国文艺家协会改革方案几经修改出台，“三定”方案已对接确定。着力创新文艺维权机制，积极参与《著作权法》《国歌法》等有关立法工作，推进从源头依法维权。开展“百花迎春”品牌商标等维权行动，有力维护文联组织社会声誉和权益。把握好改革的时度效，稳妥推进非时政类报刊事业单位转企改制。经过一年的努力，文联改革迈出了坚实步伐。

5.大力加强文艺评奖和评论工作，导向引领作用进一步增强。我们认真贯彻落实中央关于评奖改革的要求，积极做好全国性文艺评奖工作，推动文艺评奖改革向纵深发展。成功举办第6届中国戏剧奖、第31届中国电影金鸡奖、第11届中国音乐金钟奖、第11届中国舞蹈荷花奖（民族民间舞、古典舞）、第13届中国民间文艺山花奖、第6届中国书法兰亭奖、第10届中国杂技金菊奖（杂技）等评奖工作，共评出奖项114个。加强对优秀文艺工作者的宣传推介，授予12位德高望重老艺术家“中国文联终身成就艺术家”荣誉称号。为潘天寿、李桦、李可染、叶浅予、侯宝林、蒋月泉、周小燕、盛婕、张仃等举办诞辰纪念活动，举办“百年巨匠”43位文学艺术大师作品展，为才旦卓玛、夏菊花、白淑湘等三位老艺术家举办艺术成就展，充分展示艺术名家的艺术风采和人格风范。深入实施文艺评论工程，成功举办第2届“长安论坛”、第3届“西湖论坛”等品牌活动，组织编写出版《2016年度中国艺术发展报告》。组织召开春晚语言类节目等研讨会，制作播出《青衣张火丁》电视评论专题片，营造了积极健康的文艺评论氛围。加强文艺评论阵地建设，组建中国文艺评论传播联盟，在中央主要媒体和文联所属媒体开办文艺评论专栏，围绕年度重要事件、现象和作品积极发声，不断扩大主流评论声音。文艺评论组织体系进一步健全，中国文艺评论家协会已发展省级文艺评论家协会团体会员27家。注重加强文艺舆论引导，建立健全文艺舆情收集报送、研判应对机制，及时处置应急性、突发性文艺舆情。推动中国文联和各文艺家协会所属媒体融合发展，做强传统媒体，做优互联网及“两微一端”等新媒体，巩固拓展文艺传播阵地，发挥导向引领作用。

6.广泛开展对外和对港澳台民间文化交流活动，努力推动中华优秀文艺走出去。我们积极服务党和国家全方位外交布局，开展形式多样的对外和对港澳台民间文化交流活动，不断扩大中华文艺的传播力、影响力。全年共开展交流活动157项、2200多人次。聚焦讲好中国故事，举办第7届北京国际美术双年展、“艺术心桥”中国文艺境外系列主题展演、中华曲艺海外行等丰富多彩的展览展演活动。围绕“一带一路”建设，赴有关国家举办第3届中国欧盟文化艺术节、中国当代发展纪实摄影展、“丝路花语”中国民族音乐演奏会、中国电影周、中国—东盟青少年舞蹈交流展演、汉字之美——中国中青年书法家作品展，在国内举办多彩印度文化节、海上丝绸之路国际艺术周等。贯彻“亲诚惠容”外交理念，与尼泊尔、越南签署民间文艺务实合作备忘录，赴印度举办第2届中印音乐节，赴新加坡举办第24届新中曲艺精品汇演，在北京主办第28届中日友好自作诗书交流展，在杭州举办第24届中韩日戏剧节。积极参与国际文化领域多边交流，成功举办国际剧协传统戏剧论坛首届会议、金鸡百花国际影展、第12届国际书法交流大展，参加第42届耶路撒冷国际艺术节、第4届高加索国际表演艺术节等。选送优秀杂技节目参加国际赛事并获大奖。积极推动两岸四地交流合作，成功举办第9届海峡两岸暨港澳地区艺术论坛、第7届濠江之春大联欢、第10届海峡两岸合唱节、第7届海峡两岸曲艺欢乐汇、庆祝香港回归20周年香港摄影家作品展、第6届海峡两岸电视艺术节等活动，进一步增强了港澳台同胞的民族认同感和归属感，扩大了中华文化的影响力感召力。

7.加强党的领导，以党建带群建，文联工作规范化科学化水平不断提升。我们坚决贯彻中央关于全面从严治党的部署要求，坚持以上率下、注重基层、加强督导，深入推进“两学一做”学习教育常态化制度化，进一步强化党员干部的政治意识、大局意识、核心意识、看齐意识，筑牢党员干部思想根基和精神支柱。认真履行从严治党和党风廉政建设主体责任，制定中国文联贯彻《中国共产党问责条例》实施办法，专题召开全面从严治党会议，与各部门各单位主要负责人签订全面从严治党责任书。大力加强领导班子和干部队伍建设，为文艺事业和文联事业发展选好干部、用好干部。圆满完成曲协、摄协、视协换届工作，严明换届纪律“十不准”，确保换届工作风清气正。严格落实中央八项规定精神，紧盯重要节庆节点，加强督查检查，严防“四风”反弹。坚决贯彻落实意识形态工作责任制，制定《加强当前意识形态工作的意见》《建立健全舆情信息和综合信息报送反馈机制的实施办法》，扎实开展新闻舆情工作培训，确保各单位主要负责人的意识形态主体责任落地生根。加强制度建设，制定完善《中国文联党组工作规则》《中国文联党组关于加强督促检查工作的实施办法》等规章制度。着力加强基层党组织建设，研究制定《关于进一步规范党内组织工作的通知》《党支部工作规则》，加强文联业务主管的33家社会组织党的建设，实现党的组织全覆盖、党的工作全覆盖。

一年来，各地文联、各产行业文联认真贯彻落实地方党委政府决策部署和中国文联全委会工作安排，围绕地方工作大局和行业发展，立足实际、发挥优势、锐意进取，以有为求有位，积累了新经验，做出了新贡献。积极服务地方发展大局。各地文联立足行业和区域发展实际，紧紧围绕党委政府中心工作，抓住重大工作部署、重大活动、重点建设工程和重要时间节点，主动策划、承接承办大型主题文艺活动，通过举办迎接庆祝十九大美术书法展、主题摄影图片展、主题创作工程等多种方式，歌颂党的领导，展示辉煌建设成就，为新时代人民追求更加美好的精神文化生活提供了正能量。扎实推进文联深化改革。上海、重庆文联改革试点工作取得阶段性成效，其他省区市文联相继制定或出台改革方案，积极探索扩大有效覆盖、延伸工作手臂、创新服务方式、加强行业建设的有效途径，在新文艺群体职称评定、加强文艺评论、发展网络文艺，建立文艺家联合工会、群众演员工会、演艺工作者联合会等方面涌现了一系列改革新经验新亮点，全国文联系统改革呈现出全面启动、各具特色、纵深推进的良好态势。深入基层、服务群众更加扎实有效。各地文联坚持以人民为中心的创作导向，积极参与和推动“深入生活、扎根人民”主题实践活动和文艺志愿服务，团结引导各级各类文艺工作者深入群众中间、深入基层一线、深入重大工程和建设工地前沿，体验生活、采风创作，以丰富多彩的艺术形式，广泛开展深受人民群众欢迎的文艺惠农、文艺扶贫、文艺支教等活动，汲取了创作素材和营养，创作了一批生动鲜活的文艺作品，丰富了基层群众精神文化生活。基层基础工作不断夯实。各级文联积极争取党委政府的支持，积极推动出台支持文艺发展和文联工作的相关文件，政策环境、资金投入、基础设施、队伍建设得到明显改善和加强。一些省级文艺家之家、美术馆、展览馆等相继建成并投入使用，极大地激发了广大文艺工作者、文联工作者的工作热情。文联内部机构职能得到调整优化，组织网络体系不断完善。人才队伍建设得到加强。各地文联紧紧抓住全国文艺骨干大培训契机，结合各自实际，对地方文艺工作者进行了政治和业务培训。一些省级文联推进媒介融合，积极拓展网络文艺新阵地，运用新媒介、新手段、新平台服务广大文艺工作者，营造了出人才、出成果的良好环境和氛围。有的省级文联开展了德艺双馨文艺人才评比表彰活动，进一步凝聚了队伍，团结了人才，巩固了阵地。

同志们，2017年各项成绩的取得，是党中央亲切关怀和中宣部正确领导的结果，是广大文艺工作者辛勤耕耘、挥洒汗水的结果，是主席团各位成员、全委会各位委员和各级文联干部同心协力、认真履职、积极奉献的结果。在此，我谨代表中国文联主席团，向大家表示衷心感谢和诚挚敬意！

2018年是贯彻党的十九大精神的开局之年，是改革开放40周年，是决胜全面建成小康社会、实施“十三五”规划承上启下的关键一年。今年工作的总体思路是：坚持以习近平新时代中国特色社会主义思想为指导，紧紧围绕学习贯彻党的十九大精神，落实全国宣传部长会议精神，坚持“二为”方向和“双百”方针，坚持创造性转化、创新性发展，坚定文化自信，大力弘扬和践行社会主义核心价值观，突出以人民为中心的工作导向，突出聚焦中国梦、讴歌新时代主题，突出引导推动创作、多出精品多出人才中心任务，突出全面推进文联深化改革，转变职能、转换思路、调整结构、改进作风，充分发挥在行业建设中的主导作用，最广泛地团结引导广大文艺工作者听党话、跟党走，努力肩负起繁荣兴盛新时代社会主义文艺的神圣使命，为实现中华民族伟大复兴中国梦做出新贡献。

二、深入学习领会习近平新时代中国特色社会主义思想和党的十九大精神，勇担繁荣兴盛社会主义文艺的历史使命

具有划时代意义的党的十九大确立了习近平新时代中国特色社会主义思想，确定了新时代的奋斗目标和战略部署，开启了决胜全面建成小康社会、全面建设社会主义现代化强国的新征程。习近平新时代中国特色社会主义思想，具有强大思想引领力、实践指导力、精神感召力，是统一思想、凝聚力量的主心骨，是有效应对前进道路上各种风险挑战的强大思想武器。坚持用习近平新时代中国特色社会主义思想武装头脑，是党的十九大提出的重大战略任务，也是宣传思想文化战线必须肩负的重要政治责任。十九大报告立足中国特色社会主义进入新时代这个发展坐标，对社会主义文化发展方向、发展道路、发展方针、工作举措等进行了具有历史深度、理论高度、实践厚度的深刻阐述，做出了战略安排。特别是十九大报告用标题性段落对繁荣发展社会主义文艺做出专门阐述，体现了以习近平同志为核心的党中央对文艺工作的高度重视，对广大文艺工作者的殷切期待和重托，对于我们做好新时代文艺工作和文联工作，具有深远的指导意义。

1.坚定文化自信，切实担当建设社会主义文化强国的神圣使命。党的十九大报告指出，没有高度的文化自信，没有文化的繁荣兴盛，就没有中华民族伟大复兴。文化自信，是更基础、更广泛、更深厚的自信，是更基本、更深沉、更持久的力量。坚定中国特色社会主义道路自信、理论自信、制度自信，说到底是要坚定文化自信。我们要深刻领会坚定文化自信在统筹推进“五位一体”总体布局、实现中华民族伟大复兴中的战略地位和实践要求，努力肩负起推动社会主义文化繁荣兴盛、建设社会主义文化强国的历史使命。要团结引导广大文艺工作者，以马克思主义为指导，坚守中华文化立场，弘扬中华美学精神，立足当代中国现实，发展面向现代化、面向世界、面向未来的，民族的科学的大众的社会主义文化。要深入挖掘中华优秀传统文化，继承革命文化，发展社会主义先进文化，不忘本来、吸收外来、面向未来，坚定不移用中国人独特的思想、情感、审美去创作属于这个时代、又有鲜明中国风格的优秀作品，不断增强全党全国各族人民在新时代奋进前行的精神力量。

2. 主动适应社会主要矛盾变化，努力满足人民美好生活需要。党的十九大报告提出，中国特色社会主义进入新时代，我国社会主要矛盾已经转化为人民日益增长的美好生活需要和不平衡不充分发展之间的矛盾。社会主要矛盾新变化对文化建设和文艺工作提出了新要求。当前，人民群众的美好生活需要是多方面、多领域、多层次、立体化、全方位的。随着物质生活水平不断迈上新台阶，人民对精神文化生活的需求也越来越强烈，更加期待优秀的文艺作品，更加追求丰富多彩、和谐美好的社会生活，更加盼望社会风气和道德风尚的提升。当前我国文艺发展面临着历史上难得的黄金机遇期，创作持续繁荣，精品力作不断涌现，评价体系导向更加鲜明，生态环境更加优化，前景无限广阔。但是，我们也要清醒地认识到，我国文艺发展不平衡不充分的问题也依然存在。比如，原创性标志性的高峰作品还比较少，现实题材的文艺精品不够多；文艺工作者深入生活、扎根人民的长效机制还没有真正建立起来；如何充分发挥文艺在弘扬社会主义核心价值观方面的特性和优势，还需要探索更有效、更有感染力的手段和途径；文艺人才结构不合理的现象还比较明显；文联组织发展呈倒金字塔型，基层基础力量薄弱，等等。这些差距和不足要引起足够重视。我们要着力解决好发展不平衡不充分问题，正确把握好质量、效益、导向要求，满足人民群众多样化、多层次、多方面的精神文化需要。

3. 坚持立心铸魂，发挥文艺弘扬社会主义核心价值观的重要作用。党的十九大报告深刻阐述了社会主义核心价值观的丰富内涵和实践要求，对培育和践行社会主义核心价值观做出新的重大部署。社会主义核心价值观是当代中国精神的集中体现，凝结着全体人民共同的价值追求，是决定文艺性质方向的最深层次的精神力量。培育和践行社会主义核心价值观，文艺的作用不可替代。我们要引导广大文艺工作者继承“文以载道”“艺以弘道”的优良传统，努力践行社会主义核心价值观，做到言为士则、行为世范。要遵循艺术创作规律，把握现代传播规律，把社会主义核心价值观体现在文艺创作之中，让广大受众在健康文艺的熏陶中感悟认同主流价值观，形成人民有信仰、国家有力量、民族有希望的正大气象。要充分发挥各类艺术的特性和价值，使爱国主义主旋律在人们的心灵中激荡回响，让人民群众在欣赏和享受文艺的审美境界中，涵育和养成正确的历史观、民族观、国家观、文化观，引导人们向往和追求讲道德、尊道德、守道德的生活。要大力弘扬中华优秀传统文化，展现中华审美风范，培植涵养核心价值观的历史源泉和文化土壤，结合时代要求实现创造性转化和创新性发展，让核心价值观以文艺的形式展现时代风采和永久魅力。

4. 坚持以人民为中心的创作导向，加强文艺创新，推出更多文艺精品。党的十九大报告就繁荣发展社会主义文艺，从创作方向、创作道路、创作内涵、创作重点、创作追求等方面，提出了明确具体的新要求。社会主义文艺是人民的文艺，必须坚持以人民为中心的创作导向。以人民为中心，是我们党对文艺战线提出的一项基本要求，也是决定文艺事业前途命运的关键所在。要团结引导广大文艺工作者牢固树立马克思主义文艺观，真正做到以人民为中心，把满足人民精神文化需求作为文艺和文艺工作的出发点和落脚点，发扬乌兰牧骑精神，坚持深入生活、扎根人民，把人民作为文艺表现的主体，把人民作为文艺审美的鉴赏家和评判者，把为人民服务作为文艺工作者的天职，聚焦新时代伟大实践，把创新精神贯穿创作生产全过程，在提高原创力上下功夫，切实加强现实题材创作，专心致志、孜孜以求，努力推出一批讴歌党、讴歌祖国、讴歌人民、讴歌英雄的精品力作，构筑新时代文艺发展高峰。要引导广大文艺工作者自觉把党的创新理论融入文艺创作，使之转化为作品的思想内涵和文艺元素，转化为文艺工作者的创作精神和艺术品质，实现用科学理论引领文艺创作，用文艺手段传播科学理论。要建立新时代文艺发展的良好生态环境，调动人民群众参与文艺生活的积极性主动性创造性，让人民群众在享受文艺作品、参与文艺活动、满足文化需要的同时，激发文化创造的内在活力，在全社会形成文化发展和文艺繁荣的崭新风貌。

5. 坚持追求德艺双馨，建设一支高素质的文艺人才队伍。党的十九大报告强调指出，要加强文艺队伍建设，造就一大批德艺双馨名家大师，培养一大批高水平创作人才。文艺工作者是人类灵魂的工程师，要赢得人民的爱戴和敬仰，不但要有优良的艺术素养，更要有高尚的道德品质。德艺双馨不仅是有理想有抱负的文艺家一生的必修课，也是人民大众对优秀文艺工作者的要求和期待。要引导广大文艺工作者不断提高学养、涵养、修养，自觉践行爱国、为民、崇德、尚艺的文艺界核心价值观，模范遵守《中国文艺工作者职业道德公约》，努力追求德艺双馨，在攀登艺术高峰的进程中提升思想境界、实现人生价值。要扩大工作覆盖面，延伸工作手臂，加强对新文艺群体、新文艺组织的联系服务，用全新的眼光看待他们，用全新的政策和方法团结吸引凝聚他们。要切实加强行风建设和行业自律，探索建立文艺领域综合治理联动机制，深入研究制定行业规范和行业标准，大力培育担当民族复兴大任的时代新人，弘扬共筑美好生活梦想的时代新风。

三、提高思想认识，抓住历史机遇，倾力谋划和推进文联深化改革

中国特色社会主义进入新时代，对文联工作提出了更高要求和更大挑战。我们要清醒地认识到，在新的形势和任务面前，文联组织在思想观念、体制机制上存在诸多不适应，在组织结构、工作方式上还存在不少短板，一些长期困扰文联发展的难题亟须破解。深化改革不仅是中央交给文联的重要政治任务，也为文联组织和文联工作创新发展提供了重大机遇，我们要倍加珍惜、倍加努力，坚决克服为改革而改革的被动心态。要强化改革意识，强化问题导向，强化基础工作，补齐工作短板，增强“三性”、提高“四力”，在新的历史条件下不断彰显文联组织生机和活力。2018年是中国文联深化改革关键之年、攻坚之年，我们要以更大的勇气、更大的力度、更实的举措、更强的韧性，确保圆满完成改革阶段性任务。

1. 要以团结引导新文艺群体为重点，着力延伸服务手臂，扩大工作覆盖。团结引导新文艺群体，是中央交给文联的重要任务，也是文联组织发挥职能的必然要求。文联作为人民团体，本职就是做人的工作，文联团结的人越多，发挥作用就越好，这是检验改革成效的一条重要标准。要加强对行业性、地域性文艺组织的联系服务，与民营经纪机构、艺术工作室、网络社群等各种新文艺组织建立工作联系，有针对性地开展教育培训、创作指导等服务。要密切关注北京、上海、浙江横店、江西景德镇等新文艺群体聚集区，坚持专业性和地域性相结合、行业服务和分层分级服务相结合，探索联系服务新模式，做好工作措施衔接。要在中宣部统筹指导下，加强与有关部门沟通协商，鼓励有条件的地方先行先试，积极推进新文艺群体职称评定工作，切实把这项联络服务新文艺群体的工作抓在手上，稳步实质性推进。要建立新文艺群体创作人才库，打造“青年艺术家之友”平台，加大创作扶持，努力为新文艺群体成长铺路。

2. 要以常态性培训为重要抓手，着力强化对文艺界思想政治引领。思想政治引领是体现文联政治性的首要职能任务。2016年以来，我们用一年多时间，在全国范围内首次开展大规模的各全国文艺家协会会员大培训，取得了很好效果。今后，我们要把以会员为重点的培训作为文联及协会履行团结引导职能的重要载体和有力抓手，建立常态化培训机制，长期坚持、深入推进。文联培训研修机构和各团体会员要科学制定培训规划，分级分类开展包括新文艺群体在内的文艺骨干培训，进一步扩大培训覆盖面。要把政治理论培训和业务培训、品行修为的涵养有机结合起来，既着眼于提高广大文艺工作者的思想政治水平，又着力于提高业务能力和职业素养。

3. 要以提升职业道德素养为切入点，着力加强文艺界行风建设。行风问题直接关系到文艺界的社会形象，对整个社会风尚也有重要影响。目前，中国文联文艺工作者职业道德建设委员会和各协会行风建设委员会都已成立，要以此为依托，切实履行好行风建设的责任。要高扬社会主义核心价值观旗帜，做好文艺界先进典型的挖掘、推介、表彰，发挥榜样的力量，倡导广大文艺工作者积极践行文艺界核心价值观，自觉树立良好社会形象。要加快建立健全各艺术门类管理制度、行业规范和自律公约，与有关部门形成联动机制，加强对个别演艺明星失德失范行为的教育引导。要有效发挥文艺传播媒体监督作用，对文艺界不良现象集体发声，形成激浊扬清的舆论态势，努力营造风清气正的行业环境。

4.要坚持服务与管理并举，着力加强会员工作。会员管理是文联及协会工作的基础，必须抓好抓实。各全国文艺家协会要结合行业发展变化和特点，认真修订完善个人会员入会细则，科学设置入会条件和审批程序，进一步畅通各类文艺工作者入会渠道。要重点关注基层一线、青年文艺工作者和新文艺群体，在他们当中发现优秀人才，加大吸纳力度，为壮大会员队伍提供新鲜血液。要切实加强会员服务管理基础性工作，克服“重发展、轻服务、缺管理”的倾向，彻底解决好会员工作方面存在的会员失联、底数不清等问题。要加强会员基础性信息整理，建立健全会员网络管理平台，真正把会员基础性工作做扎实。要加大会员纪律约束，建立和完善会员服务、监管、激励、惩戒和退出机制，明确会员权利和义务，把组织覆盖、建章立制和规范管理有机结合起来，推动建立上下联动贯通、总体协调一致的管理工作体系。

5.要顺应互联网发展大势，着力加强网上文联建设。做好新时代文联工作，必须高度重视互联网的建设应用。要加强网上文联统筹规划和顶层设计，制定近中期目标和具体实施方案。力争用一年时间完成各全国文艺家协会信息资源有效整合和互联互通，基本实现会员在线服务和重大活动线上线下一体运行，到2020年初步建成“网上文艺之家”。要重视应用体验，不断完善功能，加强“互联网+文联”“互联网+协会”的基础性、技术性、平台性建设，做到使用方便、推行简易，使其真正成为服务广大文艺工作者的便捷工具。要大力扶持推进网络文艺精品创作和传播，注重内容建设，提高传播能力，做大做强以中国文艺网为龙头的网上文联网站群，实现优秀文艺作品和重大活动展演网络化传播。要坚持整体推进和分类指导并重，中国文联网络文艺传播中心统筹协调，各全国文艺家协会跟进落实，各地文联主动融入，加快实现全国文联系统网上信息互联互通、资源共建共享。

6.要以提高履职能力为目标，着力加强协会主席团、理事会、专委会建设。主席团、全委会、理事会是文联及协会工作的领导机构和重要力量，要重视发挥成员履行职能的基础性作用，实现荣誉和职责相统一，充分集中和发挥集体的智慧。目前，我们正在制定中国文联主席团成员、全委会委员履职相关规定，力争尽早出台实施，以调动主席团成员、全委会委员的积极性主动性，形成履职工作长效机制，切实提高履职能力。各协会要加快制定出台主席团、理事会履职工作规则，建立监督考核机制，细化实化工作举措。主席团成员、理事会理事要把参加工作会议和重大文艺活动作为自己应尽职责，在行业建设、学术引领、艺术创新、人才培养等方面发挥专长、贡献智慧，在崇德尚艺方面做出表率。要切实加强专委会、艺委会工作，认真研究制定专委会、艺委会工作条例，坚持问题导向，做好清理整顿，对于作用发挥较好的，予以大力支持，对于职能不清、有名无实、管理混乱的，限期整改纠正或者予以撤销。要建立健全专委会、艺委会内部管理制度，严格把好主要负责人人选关，严格履行工作报批程序，严格遵守经费使用规定，做到定位精准、遵章守法、管理规范，真正把专委会、艺委会打造成专家艺术家发挥特长、团结引领广大文艺工作者的有效平台和行业建设的有效载体。

7.要坚持改革的系统性整体性协同性，着力推动文联系统的改革。今年，文联系统的改革进入实质性推动和全面落实阶段。要抓好统筹协调、整体谋划，充分发挥各团体会员改革主体载体导体作用和基层文联改革前端作用，召开全国文联系统深化改革座谈会，交流经验，推动全国文联系统面上改革。各团体会员要进一步统一思想认识，增强改革的自觉性、主动性和创造性。要按照中央下发的《中国文联深化改革方案》总体要求，结合各地工作实际，加强调查研究，抓紧制定出台改革方案，同时加强对基层文联改革的指导。根据中央要求，中国文联深化改革任务要用两年时间于今年年底前完成。各团体会员要切实增强紧迫感责任感，按照目标要求和任务时限，把握好改革进度，抓好改革督查问效，确保改革按步骤、有计划推进。中国文联主办的地县级文联负责人研修班要把推动文联组织深化改革作为培训研修的重要内容。各级文联组织要把深化改革和业务工作有机结合起来，统筹处理好改革与业务的关系，既通过改革强化基础、补齐短板、扩大覆盖、增强活力，有力地促进业务工作，又通过业务工作更好地体现改革成效，真正做到相互促进、相得益彰。

四、认真抓好今年的几项重点工作

1.进一步把学习贯彻习近平新时代中国特色社会主义思想和党的十九大精神引向深入。学习贯彻习近平新时代中国特色社会主义思想和党的十九大精神，要在学懂弄通做实上下功夫。要按照中央统一部署，结合文联工作实际，精心组织、周密安排，通过学习座谈、专题报告、辅导讲座、集中培训等各种方式，全面系统学、及时跟进学、原原本本学，不断深化对习近平新时代中国特色社会主义思想的理论品格、思想魅力、实践价值的认识。要在理论联系实际上下功夫，把学习贯彻十九大精神与文艺工作座谈会、群团工作会议、十次文代会精神相结合，切实把习近平新时代中国特色社会主义思想体现到做好今年各项工作之中。要组织文艺理论评论家围绕习近平新时代中国特色社会主义思想开展系列专题研讨和重点理论阐释，推出一批有价值、有深度、有分量的研究成果。要发挥中国艺术报、中国文艺网等文联所属媒体的传播阵地作用，设立专栏、组织专访、约请专稿，充分反映广大文艺工作者学习贯彻的良好风貌和最新成果。要把学习贯彻习近平新时代中国特色社会主义思想和党的十九大精神作为主线与重点培训内容，纳入2018年中国文联文艺研修院和各全国文艺家协会常态性文艺培训研修计划，总结借鉴全国文艺骨干大培训成功经验，形成一定规模，把学习教育辐射、覆盖到整个文艺界。要特别加强对青年文艺工作者和新文艺群体、新文艺组织学习贯彻的组织引导，进一步提升广大文艺工作者的思想政治素质和业务创新能力。

2.深入开展“讴歌新时代 共筑中国梦”等主题创作实践活动。要重点抓好“讴歌新时代 共筑中国梦”主题实践活动，与“中国精神·中国梦”主题创作工程、“深入生活、扎根人民”主题实践活动、青年文艺扶持计划等整合起来，明确创作导向，分门别类做好创作主题、资金投向的协调统筹，充分发挥中国文学艺术基金作用，力争推出一批有较大影响的精品力作。要突出现实题材创作，围绕改革开放40周年、新中国成立70周年、2020年全面建成小康社会和建党100周年等重要时间节点，引导支持文艺工作者在新时代伟大实践中把握施展才华的重要机遇，生动记录“一带一路”“脱贫攻坚”等重大战略的积极进展，突出反映我国各条战线取得的巨大成就和时代楷模、道德模范、最美人物、身边好人的先进事迹。主题创作实践活动要科学安排、分阶段实施，今年重点办好纪念改革开放40周年主题美术作品展、主题交响音乐会、优秀曲艺节目展演、“影像见证新时代”摄影展览、全国书法大展、主题影视作品和纪录片展播展映等系列活动，有序衔接推进纪念中国共产党成立100周年大型美术创作工程、新中国成立70周年全国书法名家邀请展等。要始终把社会主义核心价值观润物无声地融汇到文艺创作中，组织第6届全国道德模范故事汇基层巡演、曲艺专家名家创作示范工程、社会主义核心价值观书法作品全国基层巡展、核心价值观少儿组歌全国推广等活动。要把作品质量放在第一位，在主题提炼、内容表达、形式呈现的示范引导上下功夫，着力推出一批讴歌党、讴歌祖国、讴歌人民、讴歌英雄的优秀作品。要大力传承弘扬中华优秀传统文化，继续推进实施中国民间文学大系出版工程、中国民间工艺传承传播工程、“一带一路”中国民间文化探源工程等，办好“我们的节日”、“中华情·中国梦”中秋文艺展演等活动，让中华传统文化在新时代焕发光彩。

3.进一步完善“深入生活、扎根人民”主题实践和文艺志愿服务常态化机制。要坚持“全国文联一盘棋”工作理念，继续推进“深入生活、扎根人民”主题实践多样化常态化制度化，把工作重点从组织活动转到健全机制、形成常态上来，推动解决创作浮躁、脱离大众等问题，强化对体验生活、采风创作、慰问演出、结对帮扶的指导扶持力度，在深入上下功夫，在出精品上见成果。要深入贯彻习近平总书记给乌兰牧骑队员的回信指示精神，大力弘扬乌兰牧骑的优良传统，开展“扎根生活沃土 服务基层群众”主题实践活动，注重落小落深落实，创作更多接地气、传得开、留得下的优秀作品。要围绕“文艺扶贫奔小康”持续开展文艺志愿服务，继续推动“到人民中去”“送欢乐下基层”和梅花奖艺术团“送戏下基层”、“百花放映”、“金钟之星”、“美术支教”、曲艺家“送欢笑”、新农村少儿舞蹈美育工程、“民间文艺进校园”、“翰墨薪传·全国中小学书法教师培训”、“影视小屋”等志愿服务品牌项目。广泛动员各艺术门类文艺工作者开展形式多样、内容丰富、优质便捷、“送”“种”结合的文艺志愿服务。要实施文艺培训志愿服务工程，开展“乡村学校少年宫”艺术师资培训计划。高质量办好“百花迎春”大联欢。要进一步优化文艺志愿者队伍结构，引导广大文艺工作者增进与人民群众的深厚感情，在回报人民的实践中不断汲取创作营养、提高创作能力。

4.深化文艺评奖改革，加强文艺评论工作。要进一步深化文艺评奖改革，落实《中国文联关于继续深化全国性文艺评奖制度改革的意见》，对评奖相关文件进行修订完善，不断凸显公正性和公信力。要办好第34届大众电影百花奖、第13届中国美术奖、第10届中国曲艺牡丹奖、第11届中国舞蹈荷花奖（现代舞、当代舞、舞剧）、第14届中国民间文艺山花奖、第12届中国摄影金像奖、第10届中国杂技金菊奖（魔术、滑稽）、第29届中国电视金鹰奖等全国性文艺评奖。做好电影、美术、曲艺、摄影、杂技、电视等艺术门类的“中国文联终身成就艺术家”推荐表彰工作。要进一步加强各艺术奖项的正面宣传推介，注重评奖与推出新人新作相结合，强化与现代传播方式的深度融合，加大权威发布的力度，提升评奖工作关注度、参与度、传播力和影响力。要切实加强文艺评论组织建设，充分发挥各级文艺评论家协会的积极作用，加快推进省级文艺评论家协会建设步伐，发挥好中国文艺评论传播联盟、中国文艺评论基地和各文艺家协会理论评论委员会的作用。要进一步加强文艺理论研究，继续深入实施文艺评论工程，组织开展中国青年文艺评论家“西湖论坛”、中国文艺“长安论坛”、中国校园戏剧发展论坛、华语青年影像论坛、新时代音乐创作研讨会、全国曲艺理论学术研讨会、中国舞蹈高峰论坛、全国摄影理论研讨会、中国杂技高峰论坛、“中国电视创业60周年”等系列研讨活动。要加强对重大创作主题、重点文艺作品、热点文艺现象的评论引导，办好“啄木鸟杯”中国文艺评论年度推优活动，以有力的文艺批评引导创作、推出精品、提高审美、引领风尚。要加强文艺评论阵地建设，组织编写好《2017年度中国艺术发展报告》，发挥《中国文艺评论》月刊等文联所属各类文艺评论媒体作用，不断提升文艺评论影响力引导力。

5.加强文艺人才队伍建设，依法维护文艺家权益。文艺研修培训是文联和协会的重要职能。要发挥中国文联文艺研修院作用，重点开展德艺双馨文艺工作者、中青年文艺人才、新文艺群体拔尖人才、少数民族地区文艺人才等专题培训，加大力度办好地县级文联负责人研修班，继续实施好“铸梦计划”，精心组织实施好文艺骨干人才海外研修项目。各协会要结合工作实际，加大培训力度，把思想政治教育、职业道德教育和业务培训结合起来，制定好今后3-5年的培训规划，办好民间职业剧团戏剧创作人才、民营电影机构制片人及网络电影编剧、民间手工艺专业人才、少数民族摄影人才、国学修养与书法、基层电视从业人员、中青年文艺评论家等各类专业人才研修班，实施曲艺英才培育行动、舞蹈“培青计划”等，不断提升文艺队伍整体综合素质。要加大对优秀文艺工作者的宣传推介力度，办好田汉、王琦、石少华等著名艺术家纪念活动。继续推进“艺坛大家”和“艺苑百花”项目，开设网上专栏集中展播展映。要积极开展文艺维权工作，依法维护文艺工作者的著作权、名誉权、社会保障权等合法权益。配合做好国家相关文化立法工作，加大普法宣传力度。加强对中国文联系统品牌活动的知识产权保护。大力开展文艺法律志愿服务活动。

6.积极拓展对外和对港澳台民间文化交流。要认真贯彻落实《关于加强和改进中外人文交流工作的若干意见》，助力“一带一路”建设等外交战略，办好2018“今日中国”艺术周、第4届中国欧盟艺术节、“艺术心桥”系列展演等重点交流项目，会同相关团体会员举办波兰中国电影展、第3届中印音乐节、全国美展国际巡展、中国瓷文化展、中华曲艺海外行、荷花奖获奖作品海外巡演、“汉字之美”书法展、“一带一路”国际摄影季等活动，反映我国决胜全面小康、脱贫攻坚伟大成就和人民群众美好生活变化，充分展示中国精神、中国风格、中国气派。要进一步密切中外艺术家之间的交流交往，请进来、走出去，办好赴美国策展人研修班、赴马其顿舞台艺术人才培训、澳门艺术人才赴国外访学等交流项目。组织好杂技等各艺术门类参加各大国际节赛，向世界推介我国的优秀文艺作品。进一步加强对港澳台的文化交流，办好第10届海峡两岸暨港澳地区艺术论坛、第8届“濠江之春”澳门与内地艺术家大联欢、第8届海峡两岸曲艺欢乐汇等，切实加强对港澳台文艺工作者的联系合作，共同为弘扬中华优秀文化、树立当代中国良好形象做出新的贡献。建设中国文联对外文化传播与交流网络平台，反映推介文联工作成果和中国文艺最新发展动态。

7. 切实加强党的建设和干部队伍建设。要坚持党对文艺工作、文联及协会工作的统一领导，把新时代党的建设总要求落实到文联党的建设工作各方面。要牢牢抓住党的政治建设这个根本，全面落实党组（分党组）全面从严治党的主体责任，牢固树立“四个意识”，严守政治纪律和政治规矩，坚决维护习近平总书记党中央的核心、全党的核心地位，坚决维护党中央权威和集中统一领导，始终在思想上政治上行动上同以习近平同志为核心的党中央保持高度一致。要加强党的思想建设，以学习贯彻习近平新时代中国特色社会主义思想和十九大精神为主线，按照中央统一部署，深入开展“不忘初心、牢记使命”主题教育，推动全体党员干部进一步坚定“四个自信”，自觉用习近平新时代中国特色社会主义思想武装头脑、指导实践、推动工作。要进一步加强文艺界意识形态工作，全面落实意识形态工作责任制，坚持正确的舆论导向，加强对文艺活动、评论评奖及文联系统报刊出版单位等意识形态阵地的建设和管理。要坚持党管干部原则，坚持新时期好干部标准和正确选人用人导向，完善干部培养选拔任用考核考察机制，加强对党员干部的教育培训和严格管理监督，注重能力建设，切实增强“八种本领”，倡导奉献精神，努力培养一支忠诚干净担当的高素质专业化干部队伍。做好中国美协、中国影协和中国文艺志愿者协会换届工作。要加强基层党组织建设，严格落实“三会一课”等基本制度，创新党组织活动形式，充分发挥党支部的战斗堡垒作用和党员的先锋模范作用。要认真贯彻落实习近平总书记关于“作风建设永远在路上”的重要指示精神，按照新出台的中央政治局贯彻执行八项规定实施细则精神，健全长效机制，纠正“四风”不止步，切实解决形式主义、不严不实和机关化、行政化等问题，切实转变工作作风、改进工作方式，努力营造风清气正、干事创业的环境。要切实加强文联党风廉政建设，强化反腐败的各项工作措施，让党员干部知敬畏、存戒惧、守底线，习惯在受监督和约束的环境中工作生活。

同志们，党的十九大开启了中华民族伟大复兴的光明前景，描绘了夺取新时代中国特色社会主义伟大胜利的新蓝图，为文艺事业的进一步繁荣发展指明了前进方向。让我们紧密团结在以习近平同志为核心的党中央周围，深入贯彻党的十九大精神，高举中国特色社会主义伟大旗帜，认真学习贯彻习近平新时代中国特色社会主义思想，不断增强政治意识、大局意识、核心意识、看齐意识，不忘初心、牢记使命，埋头苦干、攻坚克难，为开创文联工作新局面、繁荣发展社会主义文艺、建设社会主义文化强国做出新的更大贡献！

在全国文联系统深化改革座谈会上的讲话

（2018年3月29日）

中国文联党组书记、副主席、书记处书记　李屹

今天，我们在这里组织召开全国文联系统深化改革座谈会，主要任务是以习近平新时代中国特色社会主义思想为指导，深入学习贯彻党的十九大和十九届一中、二中、三中全会精神，贯彻落实中央关于文联深化改革的工作部署和中央改革办督查要求，交流全国文联系统深化改革进展情况和工作经验，研究分析存在的问题，推动各级文联加快进度、加大力度做好深化改革工作。

来自全国各省、自治区、直辖市、生产建设兵团文联、产行业文联、副省级城市文联的主要负责同志，各全国文艺家协会的主要负责同志等出席这次座谈会，在此，我代表中国文联党组，对各位的到来表示热烈欢迎！

在这次座谈会前，中国文联深改办专门下发了通知，书面征集、了解掌握了全国文联面上改革的总体情况，各地文联报送了本单位深化改革的主要做法和体会，其中有不少工作亮点和创新举措。一会儿，有6个单位的负责同志还要作大会发言，希望大家相互交流、学习借鉴、深入思考，更加明确改革的任务要求，制定有力措施，加快推动文联改革工作。

关于文联深化改革，我在中国文联十届三次全委会上作过梳理和部署，下面，我结合前一阶段改革工作进展情况，就全国文联系统贯彻落实中央有关要求，进一步推进深化改革，重点强调几点意见，与同志们交流共勉。

一、全国文联深化改革有序推进，取得重要阶段性成果

2016年12月4日中央印发《中国文联深化改革方案》以来，中国文联党组和地方各级党委坚决贯彻中央深化改革决策部署，采取制定工作方案明确分工、顶层设计建立制度、优化职能加强服务、督促检查强化落实、搭建平台促进交流等措施，推动文联改革任务落实落地、有序推进。

中国文联把深化改革视为重要发展机遇，从战略上认识和把握，成立中国文联深化改革领导小组，统筹推进文联深化改革工作。先后召开了主席团会、全委会、改革动员部署会、改革专题会等，制定印发了贯彻落实中国文联深化改革方案的任务分工方案，把改革方案中的43项改革任务细化分解成67项具体措施，并已落实完成54项。结合召开第十次全国文代会，大幅增加基层和创作一线文艺工作者在文联领导机构中的比例，文联组织的代表性和广泛性显著增强。先后制定出台《加强和改进各全国文艺家协会会员队伍建设的意见》《加强各全国文艺家协会主席团成员理事会理事履职工作的意见》《关于加强对新文艺群体服务管理工作的意见》等一系列指导性文件，积极推动重点改革任务落实。精简了中国文联本级行政编制，增设职业道德建设办公室和新文艺群体联络办公室等新的职能处室，成立中国文联文艺工作者职业道德建设委员会，为履行新职能提供组织保障。推进文联机关与全国文艺家协会干部双向交流工作，首批30名双向交流挂职干部已经全部到岗任职。围绕推进文联深化改革和提高履职能力、青年文艺人才成长规律和培养机制、新文艺群体联系服务等课题，深入开展改革专项调研，着力解决改革难点问题。积极与有关部门沟通协商，稳步推进新文艺群体专业技术职称评定工作，探索加强对“北漂”“横漂”等的联系管理，强化文联组织对新文艺群体的团结引领。11个全国文艺家协会改革方案已经全部出台并付诸实施，改革“四梁八柱”主体框架基本确立，一些重点举措取得积极进展，为各地文联改革提供了借鉴。

今年1月，中央改革办向中国文联反馈了改革督查情况的报告，报告从五个方面充分肯定了中国文联改革工作，从四个方面提出了改革中存在的问题。中国文联及时传达督查报告精神，认真研究整改措施。中央文化体制改革和发展领导小

组办公室专门下发了《关于推动地方文联、作协、记协深化改革的通知》，中国文联十届三次全委会对全国文联系统改革工作作出强调部署，中国文联深改办制定印发了推动各省级文联抓紧制定出台改革方案的通知，进一步统筹推进全国文联系统改革工作。各省级文联采取有力措施，主动加快改革步伐，积极探索改革措施，研究制定改革方案。截至目前，包括新疆生产建设兵团在内的全国32个省级文联，已经有22个正式印发出台了改革方案，有4个省区市文联深化改革方案已经进入报批阶段，其余6个省级文联均已制定完成深化改革方案，正推动进入有关审议日程。上海市文联、重庆市文联作为全国试点单位，两年前就率先启动改革，为全国文联系统面上改革探索了经验。中国文联各团体会员、各地方文联在推进本单位深化改革的同时，还承担了中国文联本级改革延伸拓展的许多具体业务，在诸如联系服务新文艺群体、开展各全国文艺家协会会员大培训、深化行业建设调研、加强和改进文艺评论等重点改革措施中，给予中国文联以大力支持，为中国文联深化改革任务落实提供了有力支撑。总的来看，全国文联深化改革开局良好，上下联动，呈现出稳步推进的良好态势。

概括起来，全国文联深化改革有几个比较显著的特点：一是始终坚持党的全面领导，为改革提供了坚强政治保障。各地党委高度重视，把文联改革纳入群团改革总体框架中，纳入全面推进新时代社会主义文艺繁荣发展的总体格局中，召开会议专题部署，提出明确要求。一些地方党委宣传部门负责同志还专门就文联改革进行专题研究，成立领导机构，深入调研论证，积极谋划设计，研究制定改革方案，把方向、定方针、提任务。编制、人社、财政等相关部门也积极配合，帮助文联解决实际困难。各地文联在改革过程中，加强改革信息交流，主动加强与中国文联的衔接，通过报送改革方案、主动上门征求意见等方式，力求把地方文联的改革方案把握得更加科学准确可行。中国文联加大指导力度，党组成员深入各地开展调研，协调地方党委支持文联改革。这次座谈会在湖南召开，其中一个重要因素，就是因为湖南省委高度重视地方文联深化改革工作，杜家毫书记亲自部署过问，乌兰副书记牵头负责，并专门召开文联改革协调会，提出明确要求，帮助解决实际问题；蔡振红部长专门召开座谈会，推动改革进程；湖南省文联自身改革意识强、决心大、动手快，同时协调指导推动地市文联全面启动深化改革工作。实践证明，凡是省委重视，文联自身积极主动的地方，改革推进就比较顺利。在3月28日召开的中央全面深化改革委员会第一次会议上，中央再次强调，要加强和改善党对全面深化改革的统筹领导，强化组织协调能力，确保党中央改革决策部署落实到位。二是全面贯彻中央决策部署，确保了正确改革方向。抓改革方向，最重要的就是认真学习贯彻习近平新时代中国特色社会主义思想，贯彻中央关于文艺工作和群团工作的重大部署。各地文联都把学习贯彻习近平新时代中国特色社会主义思想和党的十九大精神作为首要政治任务，在学懂弄通做实上下功夫，牢固树立“四个意识”，认真落实中央群团工作会议精神，主动对标《中国文联深化改革方案》。从各地印发的改革方案看，无论是调整设立机构，还是研究制定改革措施，都紧紧围绕“强三性”、“强四力”，去“机关化、行政化”，转职能、转作风、换思维，直接服务文艺工作者；聚焦履行文联基本职能，推动文联转型发展。可以说，改革思路比较清晰，改革重点比较明确，目标定位比较准确，贯彻了中央要求，体现了文联特点。三是深入调查研究，聚焦问题施策。各地文联在制定改革方案的过程中，注重调查研究，总结典型经验，归纳创新措施，认真梳理问题、剖析原因，积极寻找解决措施，努力破解主要矛盾和难点问题。我们在与各地文联负责同志交流中也感觉到，大家都把文联改革看作一次十分难得的宝贵机遇，期待通过改革，解决一些长期制约文联发展、以前想解决但没有解决的难题，解决一些当前文联组织面临的新矛盾、新问题，体现出比较强的问题导向和担当意识。如，有的针对服务新文艺群体探索尝试，关注文艺新领域、新群体，成立了新文艺门类专业委员会，建立“非会员服务工作机制”，拿出了具有地方特点的硬招实招；有的围绕解决文联基础薄弱问题，争取到了党委政府的大力支持，建设了文艺创作交流的活动场馆，面貌发生了可喜变化；有的结合文联换届，自觉从领导机关改起，精简机构编制，优化了主席团比例，加大了基层和创作一线文艺工作者比例，吸纳了新文艺群体，文联组织的广泛性代表性得到增强。四是从地方实际出发，服务党和政府工作大局。各地文联改革始终围绕中心、服务大局，立足地方经济社会发展实际和区域特点，特别是围绕党委和政府关于文化建设和文艺发展的战略部署，因地制宜，精准谋划部署改革方案，比如，用文艺的方式服务“一带一路”、“精准扶贫”、“京津冀协同发展”等一些重要国家战略都在改革方案中有所体现。各地文联还围绕繁荣发展文艺，谋划了很多具有地方特点和民族特色的文艺创作项目和长效品牌活动，对文艺工作者关心关注的热点问题提出了有针对性和实效性的对策措施，这些都体现了大家的创新精神和务实精神。

我们也要清醒地认识到，我们的工作还存在明显不足和亟待解决的问题。中央改革办向中国文联反馈的改革督查报告，在充分肯定改革成绩的同时，明确提出文联改革存在的主要问题：一是文联系统推进贯彻落实改革任务的速度较为缓慢；二是各级文联组织和领导干部行政色彩、行政意识还比较浓厚，存在“机关化、行政化”的观念；三是服务引领能力有待提高，在联络服务新文艺群体、行业建设和行风建设、会员管理、推动文艺创作和网上文联建设等方面还存在不适应、不到位、不得力等问题，需要加大工作力度；四是基层文联工作基础比较薄弱。这些问题，有些是受客观因素影响，与文联组织的领导方式、工作体制和组织形式有一定关系，但更多的还是文联自身主观方面的原因。2018年是文联深化改革的关键之年，我们要按照中央深化文联改革方案的要求，按照中央关于《深化党和国家机构改革方案》的精神，紧扣中央改革办督查报告提出的意见建议，勇于担当，积极作为，切实抓好整改落实，把文联改革不断推向深入。

二、提高政治站位，深刻把握文联深化改革形势任务

深化文联改革是党中央交给我们的重大政治任务，也是推进文联组织自身转型发展的内在要求和重大历史机遇。党中央和习近平总书记对文艺工作、文联工作提出的新的要求和新的职能定位，是文联改革工作的基本遵循，也是文联改革创新的方向和目标。面对新时代新任务新要求，我们要强化大局意识，提高政治站位，切实增强改革的责任感使命感紧迫感。

一要充分认识到深化改革是文联组织贯彻落实党的十九大精神和以习近平同志为核心的党中央重大决策部署的必然要求。党的十九大确立了习近平新时代中国特色社会主义思想，作出我国社会主要矛盾已经转化的重大政治论断，明确了党和国家事业发展新的历史方位。特别是十九大报告用标题性段落对繁荣发展社会主义文艺作出专门阐述，体现了以习近平同志为核心的党中央对文艺工作的高度重视，进一步明确了新时代文艺工作和文联改革发展的根本遵循。党的十九届三中全会和刚刚闭幕的全国“两会”，对深化党和国家机构改革作出重大决定和部署安排，明确指出要构建系统完备、科学规范、运行高效的党和国家机构职能体系，强调要形成联系广泛、服务群众的群团工作体系，全面提高国家治理能力和治理水平。中央刚刚印发的《深化党和国家机构改革方案》特别指出，深化群团组织改革要健全党委统一领导群团工作的制度，紧紧围绕保持和增强政治性、先进性、群众性这条主线，聚焦突出问题，改革机关设置，优化管理模式，创新运行机制，坚持眼睛向下、面向基层，将力量配备、服务资源向基层倾斜，更好适应基层和群众需要。我们研究部署和深入推进文联改革，就是要深入学习、全面贯彻落实习近平新时代中国特色社会主义思想和党的十九大、十九届一中、二中、三中全会精神，紧扣我国社会主要矛盾发生转化的新时代特点，肩负繁荣兴盛社会主义文艺的神圣使命，认真贯彻党中央作出的深化党和国家机构改革的重大决定和部署安排，切实把思想和行动统一到中央精神上来，把力量凝聚到中央的一系列重大决策部署上来。要从政治的、战略的高度，充分认识文联组织在推进中国特色社会主义伟大事业中所肩负的光荣使命和神圣职责；要从政治的、战略的高度，充分认识深化改革，就是为了顺应时代，更好地履行新的职能，切实担负起文联组织在推进伟大事业中所承载的光荣使命和神圣职责。由此，文联组织的改革发展要牢牢坚持以人民为中心、“强三性”、“强四力”，去“机关化、行政化”，牢牢立足最大限度团结凝聚广大文艺工作者听党话、跟党走，繁荣文艺创作、服务人民群众的总目标，牢牢把握强化行业服务、行业管理、行业自律，加强行业建设的总抓手，努力探索改革新途径和新举措，推进文联事业转型创新发展，为实现党的十九大提出的奋斗目标和宏伟蓝图贡献力量。

二要充分认识到深化改革是文联组织在新时代实现新作为的重大历史机遇，是文联工作开创新局面的必然要求。党的十八大以来，习近平总书记先后就文艺工作、群团工作三次发表重要讲话，中央就文艺工作、群团工作、文联工作先后下发了《关于加强和改进党的群团工作的意见》《关于繁荣发展社会主义文艺的意见》《中国文联深化改革方案》三个重要文件。特别是在十次文代会上，习近平总书记对文联改革提出了明确要求，向文联组织发出了深化改革的动员令。今年全国“两会”后，中央下发的《党和国家机构改革方案》，专门一部分对群团组织改革作出安排、提出要求。要看到，面对新时代新任务对文艺事业和文联工作提出的新要求，文联组织在思想观念、体制机制上还存在诸多不适应，在组织结构、管理模式、运行机制、工作方式上还存在不少短板，一些长期困扰文联发展的难题亟须破解，文联发挥职能作用还有很多瓶颈制约。要深刻认识到，全面推进文联深化改革是推动文联工作在繁荣发展社会主义文艺、建设社会主义文化强国新征程中迈出新步伐取得新业绩的重大历史机遇。我们要破除长期制约文联发展的各种痼障顽疾，认认真真来一次补课；要面对新情况新问题，顺应新形势新任务的要求，创新举措，集中补齐组织管理、手段、方式、制度机制等短板。要更好地适应新时代文艺工作和文联工作发展的要求，进一步推进完善文联机构设置和职能配置，激发群团组织活力，更好地发挥文联组织的桥梁纽带作用。要坚决克服为改革而改革的消极心理和被动心态，提高政治站位，勇于推进改革，敢于自我革命，尽最大努力把改革任务落实好。通过改革，把长期存在的问题和目前文联发展中遇到的新问题解决好，把文联的新职能作用发挥好，不断激发文联的组织活力、向心力、吸引力和行业影响力。

三要充分认识到加快推进深化改革是文联组织当前面临的一项十分重要而紧迫的任务。去年年底，中央改革办在文联改革督查报告中明确指出，就全系统来看文联深化改革进度较慢，特别是地市一级文联改革总体上没有启动。今年年初，中央文化体制改革和发展领导小组专门下发《关于推动地方文联、作协、记协深化改革的通知》，对各地文联深化改革的时限进度提出了明确要求，即地市以上文联改革方案最晚应于今年6月底以前全部出台，强调要建立贯彻落实重点改革任务的工作台账，搞好跟进对接，确保改革任务如期完成。我们要认真对照中央要求，进一步增强改革的责任感、使命感和紧迫感。以早改早主动、改革促发展的自觉，加快改革进度，加大改革力度。要认识到，全国文联系统的改革离不开各团体会员单位包括各全国文艺家协会、各省区市文联以及地市文联改革的推进。中国文联层面要注重整体谋划，从纵向上考虑制度安排，从横向上实现统揽全局、加强引导、协调推动、以上率下、上下联动。各团体会员是改革的主体、载体、导体，是改革最前端，市县文联从组织体系讲是文联组织的神经末梢。因此，各级文联组织要不断增强改革的系统性、整体性、协同性，增强主动性、积极性和主人翁意识，不误时机主动进行改革，积极投身改革，层层传导压力，把责任和工作抓实，相向而行、共同发力，切实通过改革使文联组织焕发出新的生机和活力。

三、聚焦主责主业，突出抓好文联改革的重点工作

习近平总书记在中国文联十大、中国作协九大开幕式上的讲话中强调，要增强文联组织活力、向心力、吸引力和行业影响力；中央《关于繁荣发展社会主义文艺的意见》明确赋予文联“团结引导、联络协调、服务管理、自律维权”的基本职能，为文联履行职能、发挥作用提供了基本遵循。按照中央要求和习近平总书记的重要指示，文联工作的主责主业，就是发挥行业建设主导作用，最广泛地团结广大文艺工作者，听党话、跟党走，引导推动文艺创作，服务广大人民群众。文联深化改革要聚焦主责主业，紧紧围绕“强三性”、“强四力”，去“机关化、行政化”要求，变思维、换思路、调机构、转职能，抓住重点难点问题、抓住带动性的环节，重点突破、扩点拓面，实现改革整体推进，为文联长远发展奠定坚实基础。

一是要强化思想引领，切实突出文联组织的政治性。文联是党领导的群团组织，讲政治是群团组织和群团工作的灵魂，思想政治引领是体现文联政治性的首要职能任务。习近平总书记在文艺工作座谈会上的重要讲话发表以来，围绕强化思想引领，我们在改革评奖、加强评论、开展“深扎”活动、组织主题文艺实践等方面进行了一些新的有益探索。特别是2016年以来，我们以学习贯彻习近平总书记文艺工作座谈会上的重要讲话精神为主要内容，用一年多时间，在全国范围内首次开展大规模的文艺骨干大培训，取得了很好的效果，各地文联都积极参与，承接了大量的工作，同时也带动了地方文联的会员培训。下一步要在总结经验、形成常态化培训工作机制上下功夫，在做大做优、增强实效上下功夫。

要把以会员和文艺骨干为重点的教育培训作为各级文联及协会加强文艺队伍建设、履行团结引导职能的重要载体和有力抓手，建立常态化的培训机制，原则上每5年轮训一遍并长期坚持下去。要以学习习近平新时代中国特色社会主义思想为核心内容，把政治理论培训和业务培训、品行修为的涵养有机结合起来，把普及和提高结合起来，把培训交流和延伸服务结合起来，既着眼于提高广大文艺工作者的思想政治水平，又着力于提高业务能力和职业素养。要统筹协同，整合资源，上下配合，在师资、经费、场所等方面实现共享，不断提高培训质量。文联培训研修机构和各级文联协会要科学制定培训规划，把对中青年骨干文艺人才和新文艺群体的培训统筹起来，分级分类开展培训，进一步扩大培训覆盖面。

要把精心组织开展重大主题文艺实践活动作为加强思想引领的常态化工作载体，在做精做优、发挥示范引导作用上下功夫。围绕改革开放40周年、新中国成立70周年、2020年全面建成小康社会和建党100周年等党和国家重要时间节点，持续开展“讴歌新时代，共筑中国梦”“扎根生活沃土，服务基层群众”等主题实践活动。通过改革，把工作重点从组织活动转到健全机制、形成常态上来，引导支持广大文艺工作者自觉深入基层，深入生产建设第一线，记录“一带一路”“脱贫攻坚”等重大战略的积极进展，反映我国各条战线取得的巨大成就和先进事迹，在新时代伟大实践中施展才华。强化对体验生活、采风创作、慰问演出、结对帮扶的指导扶持力度，引导广大文艺工作者牢固树立以人民为中心的创作导向，创作为了人民，创作服务人民。

要把文艺评奖评论工作作为加强思想引领的有力抓手，深化文艺评奖改革，加强文艺评论工作，建立具有中华审美精神、科学合理的文艺评价体系。继续落实好全国性文艺评奖制度改革要求，支持指导各省区市文联开展文艺评奖工作，加强各艺术奖项的正面宣传推介，提升评奖工作关注度、参与度和传播力、影响力，不断凸显文联协会文艺评奖的公正性、公信力和专业权威性。要重视发挥文艺评论的引导示范作用，加强各省级文联的文艺评论家协会建设。从已经出台的改革方案看，不少地方文联都在这方面有创新举措，有的成立了专门机构，有的整合现有部门，加挂牌子，增加了文艺评论职能，要在此基础上，切实把文艺评论队伍建设好，发挥好中国文艺评论传播联盟、中国文艺评论基地和专业委员会的作用，加强对重大创作主题、重点文艺作品、热点文艺现象的评论引导，以有力的文艺批评引导创作、推出精品、提高审美，不断优化新时代文艺生态。

二是要补齐短板，切实夯实文联工作基础。从文联组织现有状况看，深化改革很重要的一块在于强基础、补短板。文联组织工作中的短板，突出表现在体制机制不完善，基础性工作不扎实、欠账多。具体来讲，会员联络服务管理工作不规范、不经常、不扎实的问题普遍存在，基础性工作薄弱。根据近两年摸底排查情况看，有些协会会员长期失联，该变更的信息没有变更，存在“连长找不到兵”的现象，而且这方面问题在各级文联组织中较为普遍存在。我们要通过深化改革，切实加强会员联络服务管理基础性工作，克服“重发展、轻服务、缺管理”的倾向，彻底解决好会员工作方面存在的信息不准、底数不清、缺少联系等问题。要加强会员基础性信息整理，建立健全会员网络管理平台，真正把会员基础性工作做扎实。要结合行业发展变化和特点，认真修订完善个人会员入会细则，科学设置入会条件和审批程序，进一步畅通各类文艺工作者入会渠道。特别是要重点关注基层一线、青年文艺工作者和新文艺群体，在他们当中发现优秀人才，加大吸纳力度，为优化会员队伍结构、壮大会员队伍提供新鲜血液。同时，要通过组织会员培训，开展主题实践活动、资助扶持文艺创作等，多方面做好会员联络服务管理基础性工作。

强化行业服务、行业管理、行业自律，发挥行业建设的主导作用，是中央赋予文联组织新的重要任务，是推动文联深化改革的总抓手，也是文联深化改革必须破解的难点、补齐的短板。文艺界公众人物多，一言一行备受社会关注，行风建设关系到文艺界社会形象，对整个社会风尚也有影响。中国文联已经成立了文艺工作者职业道德建设委员会，各全国文艺家协会也都成立了行风建设委员会，并落实了相应机构人员职责，我们要以此为依托，大力推进文艺界的职业道德和行风建设。各级文联要始终坚持把弘扬和践行社会主义核心价值观作为重中之重，突出正确的价值引领，加大文艺工作者中道德模范、先进典型的挖掘，推选德艺双馨中青年文艺工作者和新文艺群体，树立新时代文艺工作者良好的社会形象。要适应现代传媒规律，综合利用各种传播形式和手段，持续开展对优秀文艺工作者的宣传推介，发挥先进典型示范作用，营造昂扬向上、健康和谐的良好行风。要加大行业管理力度，建立符合文联实际、适应文艺界特点的管理机制。密切关注文艺界业界动态，对各种不良文艺作品、现象、思潮、负面事件积极发声、敢于亮剑、坚决抵制。要加强对文艺工作者违法违纪、失德失范行为的管理规范，加快建立健全各艺术门类管理制度、行业规范和自律公约，与有关部门形成联动机制，加强对个别演艺明星失德失范行为的教育引导惩戒。

三是要延伸工作手臂，切实拓展联络服务广度。文联本职就是做人的工作，就是凝聚人、团结人，发挥好党和政府联系文艺界的桥梁纽带作用。我们团结的人越多，成绩就越大，否则就是没有很好地履行职责、完成任务。能不能通过深化改革，真正使文联的联系手段得到创新、联系手臂得到延伸、联系范围得到扩大，把各层次各门类的文艺工作者团结到文联大家庭，这是检验我们改革成效的重要标准。

当前，文艺队伍的结构发生很大变化，要求我们必须从传统意义上联系知名文艺家向联系广大文艺工作者延伸，进而扩大到整个文艺界和文艺爱好者。要加强对行业性、地域性文艺组织的联系服务，与民营经纪机构、艺术工作室、网络社群等各种新文艺组织建立工作联系，有针对性地开展教育培训、创作指导等服务。要密切关注指导北京、上海、浙江横店、江西景德镇等新文艺群体聚集区的实践创新，坚持专业性和地域性相结合、行业服务和分层分级服务相结合，探索联系服务新模式，做好工作措施衔接。要探索建立新文艺群体创作人才库，积极吸纳新文艺群体参加文艺志愿服务、“送欢乐下基层”等活动，打造“青年艺术家之友”平台，在项目申报、教育培训、展演展示、评比奖励、创作扶持等方面创造条件，把他们更好地团结凝聚起来。为了积极有效做好服务新文艺群体的工作，中国文联把开展新文艺群体职称评定工作作为重要的改革措施。中央领导对这项工作十分关心，高度重视，中宣部予以大力支持，目前，正由中宣部牵头协调人社部等有关部门，积极向操作性阶段推进。事实上，近年来省区市文联中有的已经尝试开展了新文艺群体职称评定工作。我们鼓励有条件的地方文联先行先试，不断探索总结经验，为在全国文联系统开展新文艺群体职称评定工作创造条件、积累经验、奠定基础。

四是要做强网上文联，切实放大职能措施效用。当今，互联网已经深深融入并影响着人类社会生活的方方面面，文联、文艺界和广大文艺工作者也概莫能外。可以说，文联组织的改革发展、文联职能的充分发挥，都势必加强信息化建设，都必须过互联网这一关。这些年我们在信息化建设方面做了一些基础性工作，但总体说来差距还不小，各地文联信息化建设程度不均衡，网站的建立使用维护工作参差不齐，缺乏共享的信息孤岛现象比较普遍，全国文联范围内的互联互通、共融共享远未实现。加强网上文联建设，不仅是新时代文艺发展的需要，也是文联提高自身能力、有效拓展服务的需要，必须予以高度重视。

去年，我们召开了全国文联“互联网+文艺”工作会议，对加强网上文联建设做出总体部署。中国文联正在研究制定近中期目标和具体实施方案，提出力争用1年时间完成各全国文艺家协会信息资源有效整合和互联互通，基本实现会员在线服务和重大活动线上线下一体运行。在此基础上，到2020年初步建成“网上文艺之家”，整合全国文联系统数据资讯，形成一体化工作平台，将联络服务覆盖到各级文艺家协会会员和文艺工作者，这是一个总体的规划和美好愿景。

按照这个总体规划，在共享共建的原则下，中国文联将建立各全国文艺家协会及地方文联信息化建设统筹机制，由中国文联网络文艺传播中心统筹指导地方文联信息化建设。地方文联要树立全国文联信息化建设一盘棋的思想，通过加入“网上文艺之家”整体建设，采取通用标准，实现功能升级，尽快完成全国文联组织现有资源的数字化转化和网络化应用。地方文联要主动与中国文联对接，安排和培养专业工作人员，确保网上文联建设整体推进、取得实效。同时，要结合自身实际，积极争取主管部门支持，加强“互联网+文联”“互联网+协会”的基础性、技术性、平台性建设，重视应用体验，不断完善功能，做到使用方便、推行简易，真正成为服务广大文艺工作者的便捷工具。要大力扶持推进网络文艺精品创作和传播，注重内容建设，提高传播能力，做大做强以中国文艺网为龙头的网上文联网站群，实现优秀文艺作品和重大活动展演网络化传播。

五是要优化机构设置，切实提高履职尽责能力。文联机关和领导机构是文联工作运行机制的重要部分，我们讲克服“机关化、行政化”，首先要从文联机关和领导机构做起。要突出文联和协会作为文艺界专业群团组织的性质特点，加强文联和协会全委会、主席团、理事会建设，提高广泛性代表性。在全委会、主席团和理事会的构成上，要大幅增加基层和创作一线文艺工作者的比例，增加新文艺群体代表的比例，这是体现文联组织代表性广泛性的重要内容。可喜的是，自去年以来，全国文联系统，凡逢文联和协会换届，都注重大幅增加基层和创作一线文艺工作者的比例，这一理念和做法，在文艺界产生了广泛积极影响。要充分发挥文艺工作者、特别是文联协会领导机构中文艺家在引导推动文艺创作和艺术发展、加强文艺队伍建设和行风建设等方面的重要引领示范作用，研究制定主席团成员、全委会委员和协会理事会理事等履职的相关规定，增强主席团成员、全委会委员和理事会理事的履职意识，调动他们的积极性主动性，形成履职工作长效机制，切实提高履职能力。建立监督考核机制，细化实化工作举措，推动主席团成员、全委会委员和理事会理事把参加工作会议和重大文艺活动等作为自己应尽职责，在行业建设、学术引领、艺术创新、人才培养等方面发挥专长、贡献智慧。

要加强专委会、艺委会工作。目前，各全国文艺家协会和省级文艺家协会都设有专业委员会（艺委会）。专委会（艺委会）是直接联系文艺工作者的专业纽带，是团结文艺工作者的重要抓手。各级文联协会要在专委会（艺委会）的功能定位上做文章，聚焦发挥行业建设主导作用，把专委会（艺委会）建设好。从目前情况看，专委会（艺委会）的工作开展得不平衡，要进一步做好清理规范，研究制定专委会（艺委会）工作条例，对于作用发挥较好的，予以大力支持；根据业界需求，也可以新设专委会；对于职能不清、有名无实、管理混乱的，限期整改纠正或者予以撤销，真正把专委会（艺委会）打造成文艺工作者、艺术家发挥特长、团结引领广大文艺工作者的有效平台和行业建设的有效载体。

要调整优化配置职能部门。文联和协会新职能的发挥，要求对内部机构做相应调整。中国文联改革中，在不增加编制的前提下，对内设机构进行了调整，设置了职业道德建设办公室、新文艺群体联络办公室等新的处室。同时，调整制定了各全国文艺家协会“三定”方案，突出了会员和新文艺群体联络服务管理、培训教育、网络建设、专委会（艺委会）建设、维权服务等工作职能。相信随着机构职能的调整，文联协会深化改革的一些重点措施将进入实质性运转，新的职能将不断得到有效发挥。我们也希望各级文联在这一轮改革中围绕履行新职能，主动与人社、编办等部门协调，对内设机构进行调整优化，切实做到机构和职能相适，重心下沉，手臂延伸，不断强化直接服务文艺工作者的能力。

六是要加强创作引导，切实发挥推动文艺繁荣的作用。文联及协会做文艺工作者的工作，最终目的在于团结引导广大文艺工作者，坚持正确的创作方向，推动文艺创作、繁荣文艺发展，以优秀文艺作品服务人民群众。近年来，各级党委和政府越来越重视发挥文联在推动文艺创作方面的组织功能和优势作用，这是文联组织发挥优势、有为有位的重要平台和机遇。我们要抓住机遇，在做文艺工作者的工作、引导推动创作上发力，以繁荣创作更好地服务中心工作、服务人民群众，并以此彰显职能，谋求更大的作为。各级文联要紧扣加强文艺创作这个中心环节，牢记文艺队伍建设这个主业，创新工作机制和载体，在引导推动的有效性上下功夫。去年年底，结合深入宣传贯彻党的十九大精神，中国文联向各团体会员发出了《关于开展“讴歌新时代，共筑中国梦”主题文艺创作实践活动的通知》和《关于开展“扎根生活沃土，服务基层群众”主题实践活动的通知》，进一步统筹整合重大主题文艺创作和“深入生活、扎根人民”主题实践活动、“中国精神·中国梦”主题文艺创作工程、青年文艺创作扶持计划项目，这是进一步深化文联及协会改革，发挥对文艺创作引导推动作用的具体措施。各级文联应继续关注，把这方面工作做实、出彩。

各地文联要围绕地方党委和中国文联的部署，积极启动一批重点项目，精心策划选题、精选主创团队、精心组织实施。要在深度策划、强化有效引导、实现精准扶持、指导问效、周密实施、切实推出高水平成果上下功夫，通过主题实践活动聚集培养、推出一批优秀的文艺创作人才和作品，带动更多文艺工作者聚焦现实题材，在深入生活、扎根人民中进行无愧于时代的文艺创造，营造文艺界崇德尚艺、潜心创作的健康生态和良好氛围。

要切实发挥艺术家在引导推动创作方面的专业优势，建立健全本艺术门类科学严谨、全面综合的学术评价体系，逐步制定行业标准和行业规范，并对学术奖项评审、重点创作项目评选、重点文艺活动策划实施、重点创作人才培养规划等重大事项进行必要性、科学性研究论证，切实指导推进各门类艺术发展和文艺创作。

以上六方面重要工作，构成了推动文联组织改革发展的主体框架，需要我们在谋划实施改革过程中全面把握、分项细化、统筹用力、总体推进。只有这样，才能使文联组织的改革稳步健康、卓有成效地向前推进，文联组织才能通过这一轮改革，焕发出勃勃生机和活力。

四、坚持真抓实干，确保深化改革措施落地见效

习近平总书记指出，“崇尚实干、狠抓落实是我反复强调的。如果沉不下心来抓落实，再好的目标、再好的蓝图，也只是镜中花、水中月。”当前，中国文联和各全国文艺家协会改革方案均已出台，省、自治区、直辖市文联的改革方案大部分已经省区市党委审定出台，地市文联改革总体上开始启动，少数地市文联改革方案也已出台，文联组织改革处在一个关键时期。这就迫切要求我们以抓铁有痕、踏石留印的精神，崇尚实干、狠抓落实。这里，我强调几点：

一是高度重视，强化担当。各级文联要进一步增强谋划改革、推动改革的责任感使命感，在思想上高度重视，在组织上加强领导，在方案上精心筹划，在实施上狠抓落实，确保深化改革工作全方位顺利推进。省级文联要按照党中央明确的改革任务和党委政府的部署要求，把抓改革作为重大政治责任，切实扛在肩上、抓在手上，集中精力抓改革方案的细化、落实，确保今年年内完成各项阶段性改革任务。与此同时，主动请示争取各级党委及宣传部门的支持，积极指导推动地市级文联改革。有条件的地方，也可以着手探索推进县级文联的改革。各级文联的主要负责同志要强化机遇意识、改革意识，当好改革领头人，在研究改革思路上发挥主导作用，抓住方案制定、协调推动、督察落实等各个环节，发扬严实作风，确保改革部署及时、有效落实。

二是因地制宜、精准施策。各地文联在推进改革过程中，要始终把调查研究贯穿其中。要强化问题意识，首先把情况和问题摸清楚；要增强问题导向，改革措施迎问题而去，求破解之策。随着改革方案的制定、细化和实施，调查研究工作要始终跟进、不断深入，只有这样，才能使改革不陷入“为改而改”的误区，不脱离实际、不流于形式，从而达到预期的效果。这里还需要特别强调的是，整个文联系统，不同层级，自身组织建设情况有所不同，联络服务对象有明显不同，工作方式、手段、平台也不尽相同，服务对象群体和个体的诉求也不尽相同，工作的侧重点也不尽相同。因此，我们在履行文联新职能的过程中、在改革方案制定中，不能简单地搞上下对标、搞

"上下一般粗"，也不是简单的"左右看齐"，而是要把改革发展要求同各地实际紧密结合起来，在摸清情况、找准问题的基础上，因地制宜、对症下药、精准施策，切实拿出务实、可行、管用的举措。特别是市县这两级文联，深化改革怎么改、改什么，我认为，只要有利于加强组织建设、延伸联系手臂、扩大工作覆盖，最广泛地团结广大文艺工作者听党话、跟党走，多出人才、多出精品、繁荣创作，不断满足人民群众日益增长的美好精神文化需要，怎样合适就怎样改，基层文艺工作者、包括新文艺群体、文艺爱好者和广大的群众需要什么、欢迎什么，就朝着这个方向去深化改革、谋求发展。到了市县这两段，特别是到县一级，文联组织建设薄弱的问题普遍存在，有的甚至于还没有建立文联组织。所以，县级文联改革首先有一个如何加强组织建设的问题，创造好开展工作的基本条件。从工作层面上讲，要一手抓创作、抓活动，打造文化品牌，活跃基层群众文化生活；一手做好联络团结引导文艺工作者、文艺爱好者的工作，带领他们坚持正确的创作导向，在开展群众性文化活动中发挥骨干示范带动作用。

三是加强协调，统筹推进。文联改革要在面上推开，必须抓好改革的进度统筹、质量统筹、落地统筹。按照中央改革办督查要求，中国文联首先要强力推进自身改革，按照既定要求和时间节点完成自身包括各全国文艺家协会的阶段性改革任务。同时，按照中央改革办的要求，中国文联将加强对地方文联改革的指导和督促推动，及时了解地方文联改革的推进情况，统筹好全国文联改革，构建完善条块协调、上下联动的改革工作指导体系，按照"全国文联一盘棋"的理念，切实形成"文联改革一盘棋"的大格局。

地方文联改革，要始终坚持党的全面领导，主动向当地党委及宣传部门请示汇报，在党委及宣传部门的支持协调下，积极争取有关部门妥善解决改革中涉及的机构、编制、经费等问题。中央改革办督查报告指出，目前全国县级文联组织覆盖率只有70%，要夯实基层基础，加强县级文联组织建设，没有机构的要尽快组建，根据实际设立各文艺家协会，纳入社会组织进行管理，实现县级文联组织和工作全覆盖。这既是对文联改革提出的任务要求，也是我们建立健全文联组织网络体系的重大机遇，实际上这也是地方文联和基层广大文艺工作者多年来的迫切愿望。我们要抓住机遇、上下联动，以这一轮改革为契机，力争县级文联组织建设取得重大进展。

四是交流互鉴，上下联动。下一步，中国文联将加强对各团体会员改革的具体指导，及时传达贯彻中央精神和上级部门部署要求，做好改革政策多个环节的协调衔接配合，同时完善全国文联系统改革工作交流平台，办好《文联改革动态》，促进改革典型经验、做法、举措的沟通互鉴，推动形成更加浓厚、更有活力的改革创新氛围。各全国文艺家协会作为改革的主体、载体和导体，要发挥以点带面、以上率下的作用，注意指导好团体会员的改革，交流情况、推动工作、形成合力。各省级文联在抓好自身改革推进的同时，加强信息工作，及时反映本级及地市文联改革进展情况，及时总结和共享改革中的鲜活经验、有益探索和有效举措。要通过我们的共同努力，不断完善推进改革的工作机制，充分发挥机制的作用，增强文联改革系统性、整体性和协同性。

最后还要再强调一点，改革的目的是为了推动文艺事业和文联工作。我们要统筹处理好改革与发展的关系，处理好改革与文联常态性工作的关系，保持改革发展的良性互动和各方面工作的良好态势，通过改革，着力解决制约文联事业发展的突出瓶颈问题，强化工作基础，补齐自身短板，推动体制机制创新，增强文联组织活力，以改革推动文联常态性工作；以常态性工作的提质增效，检验改革的成果。

同志们，党的十九大围绕党和国家事业发展新要求，对全面深化改革提出了新任务，党的十九届三中全会做出的关于党和国家机构改革的决定，对深化群团组织改革进一步提出了目标、任务和要求。面对新时代、新职能、新要求，我们要有清醒的认识、深刻的认知、自觉的担当、本领的历练和全身心的投入。让我们坚持以习近平新时代中国特色社会主义思想为指引，勠力同心、团结协作、真抓实干，加快推进全国文联系统的深化改革工作，如期完成改革的阶段性任务，向党中央、向全国广大文艺工作者交出一份满意的答卷。

在文艺界认真学习贯彻习近平总书记重要指示精神做有信仰、有情怀、有担当的新时代文艺工作者座谈会上的讲话

（2018年6月29日）

中国文联党组书记、副主席、书记处书记　李屹

各位艺术家、同志们：

“七一”前夕的6月25日，习近平总书记给新近入党的电影表演艺术家牛犇同志写信，勉励他发挥好党员先锋模范作用，继续在从艺做人上为广大文艺工作者作表率，带动更多文艺工作者做有信仰、有情怀、有担当的人。今天，经中宣部同意，中国文联在中国文艺家之家召开座谈会，就是要认真学习习近平总书记重要指示精神和牛犇同志的感人事迹，进一步团结引导广大文艺工作者听党话、跟党走，做有信仰、有情怀、有担当的新时代文艺工作者。中共中央政治局委员、书记处书记、中宣部部长黄坤明同志对学习贯彻总书记重要指示精神高度重视，对今天的会议专门做出了重要批示。刚才，牛犇同志以肺腑之言表达了他收到总书记信后的激动心情，表达了不辜负总书记期望、认认真真做一名合格党员、一名合格的文艺工作者的信念和决心。讲得非常动情，非常质朴，非常真诚，让大家心灵共振、很受感动。任仲伦同志介绍了牛犇同志入党的过程和他从艺做人的点点滴滴，令人感佩。刚才田华等7位艺术家、文艺工作者也结合各自的艺术领域、创作实践，畅谈了学习总书记重要指示精神的体会和认识，讲得真挚、深刻，表达了广大文艺工作者的共同心声，听了之后深受启发。

一纸书信，万千情怀。习近平总书记专门给牛犇这位老艺术家写信、做出重要指示，这充分体现了党中央和习近平总书记对文艺事业的高度重视、亲切关怀和对广大文艺工作者队伍所寄予的殷切期望，让我们心里透亮、倍感温暖、备受鼓舞。总书记的重要指示思想深刻、内涵丰富，字里行间情真意切、语重心长，不仅为广大文艺工作者在新时代担当使命、奋发有为提出了明确要求、注入了强大精神动力，为加强文艺人才队伍建设提供了重要遵循，也为我们进一步深化文联改革、加强文艺界行业建设、推动我国文艺事业繁荣发展指明了前进方向。

国以才立，业以才兴。推动社会主义文艺事业繁荣发展，必须发现人才、培养人才、珍惜人才、凝聚人才。加强文艺人才队伍建设是推动文艺繁荣发展根本性、基础性、长远性的工作。党的十八大以来，习近平总书记发表了一系列关于文艺工作的重要讲话和论述。其中，针对文艺人才队伍建设和文艺工作者的崇德修身、从艺做人，总书记提出了一系列重大论断和创新观点。在文艺工作座谈会讲话中，习近平总书记强调，“繁荣文艺创作、推动文艺创新，必须有大批德艺双馨的文艺名家。要把文艺队伍建设摆在更加突出的重要位置，努力造就一批有影响的各领域文艺领军人物，建设一支宏大的文艺人才队伍。”在中国文联十大、中国作协九大开幕式讲话中，总书记希望文艺工作者“要把崇德尚艺作为一生的功课，把为人、做事、从艺统一起来，加强思想积累、知识储备、艺术训练，提高学养、涵养、修养，努力追求真才学、好德行、高品位，做到德艺双馨”。在党的十九大报告中，习近平总书记指出，要“倡导讲品位、讲格调、讲责任，抵制低俗、庸俗、媚俗”，并要求“加强文艺队伍建设，造就一大批德艺双馨名家大师，培育一大批高水平创作人才”。习近平总书记6月25日的重要指示，着重围绕文艺工作者“从艺做人”，提出了“有信仰、有情怀、有担当”这一崇高目标和重要标准，深刻回答了新时代文艺工作者应该走什么样的人生之路、艺术之路这一重大命题，体现了总书记一直以来所强调的文艺人才队伍建设方向和德艺双馨要求，同时也具有强烈的现实针对性、指导性，对于引导广大文艺工作者进一步坚定文化自

信、弘扬中国精神、坚守艺术理想，牢牢把握文艺的正确方向，坚持正确的创作道路，从而培养高素质文艺人才队伍、繁荣兴盛社会主义文艺事业具有重要意义。

这里，我就学习贯彻习近平总书记重要指示精神，谈几点认识和体会。

第一，坚定理想信念，做有信仰的新时代文艺工作者。习近平总书记在给牛犇同志的信中，赞赏他“把党当作母亲，把入党当成神圣的事情，60多年矢志不渝追求进步，决心一辈子跟党走，这份执着的坚守令人感动”。牛犇同志在83岁耄耋之年，仍然怀有一颗赤诚之心，初心不忘、红心向党，让人看到信仰的感召、信念的力量。2012年习近平总书记在参观《复兴之路》展览时，曾讲述陈望道在全神贯注翻译《共产党宣言》时，误把墨汁当糖水、蘸着墨汁吃粽子的故事，“原来信仰也是有味道的，甚至比红糖更甜”。正因为胸中有对真理的向往、心底有对理想的激情，才能在追求信仰的过程中克服困难、跨越障碍，担负起伟大时代赋予的使命和职责。我国社会主义文艺事业在党带领人民从胜利走向胜利的伟大历程中，铸就了红色基因，形成了始终与党和国家同心同德、同向同行的优良传统。历史证明，凡是有理想有抱负的文艺工作者，无一例外地都坚定不移、百折不挠地跟党走，在党的引领下追寻真理、追寻光明，把个人毫不保留地奉献给党、奉献给祖国和人民，用自己的才华、智慧、汗水甚至是鲜血生命诠释信仰、诠释忠诚。牛犇同志在党旗下的庄严宣誓，不仅实现了他自己多年的夙愿，也给广大文艺工作者特别是青年文艺工作者树立了一个始终听党话、一心跟党走的学习榜样。新时代的文艺工作者，要高擎理想的火炬，鼓起信仰的风帆，始终把党和人民的事业放在心中最高位置，把习近平新时代中国特色社会主义思想作为主心骨、定盘星，把个人价值追求融入人民群众的伟大实践和民族复兴的历史洪流中，更加自觉地听党话、跟党走，繁荣创作、服务人民。要始终坚定文化自信，满腔热情地为信仰而歌，把对党和祖国的忠诚、对人民的热爱融入文艺创作，转化为瑰丽的作品，唱响主旋律、传播正能量，为实现中华民族伟大复兴中国梦鼓与呼。只有笃定了这样的信念、秉持了这样的追求，才能让我们的创作具有崇高的精神品格和时代风貌，彰显信仰之美、理想之美和人格之美。

第二，坚持正确的创作导向，做有情怀的新时代文艺工作者。习近平总书记在信中对牛犇同志几十年来“把为人民创作作为人生追求，塑造了许多富有生命力、感染力的艺术形象”给予了高度肯定。牛犇同志从11岁起从事表演工作，出演了《龙须沟》《天云山传奇》《泉水叮咚》《牧马人》等一系列经典电影作品，为观众呈现了一个个鲜活生动、个性丰满的艺术形象，特别是二嘎子、王立汉、大刘、郭谝子等不同时期“接地气”“有热气”“有温度”的“小人物”形象，赢得了观众的口碑和赞誉，2017年获得了中国文联终身成就电影艺术家称号。牛犇等优秀艺术家的艺术实践充分证明，为时代抒怀的人，一定会为时代永远铭记；为人民抒情的人，一定会牢牢留在人民心中。一切优秀的文艺作品之所以给人震撼、让人感动，无不源于艺术家心系祖国、植根人民、拥抱生活所历练铸就的大爱情怀，体现着文艺工作者对人民群众的深情挚爱。我国著名粤剧艺术家红线女说过一句令人动容的话：“我的生命属于艺术，我的艺术属于人民。”我国著名画家刘文西认为，深入生活、扎根人民的程度，一定意义上决定艺术的高度。文艺工作者的高尚情怀是一股永不衰竭的精神源泉，情怀的温度决定着作品的高度，只有饱含伟大的人民情怀才能产生伟大的作品。人民既是历史的创造者、也是历史的见证者，既是历史的“剧中人”、也是历史的“剧作者”。习近平总书记在文艺工作座谈会讲话中明确指出，“艺术可以放飞想象的翅膀，但一定要脚踩坚实的大地。文艺创作方法有一百条、一千条，但最根本、最关键、最牢靠的办法是扎根人民、扎根生活。”脚上沾有多少泥土，心里就有多少真情。文艺家从来不是孤立于人民群众之外的特殊分子，只有植根人民和生活的沃土，文艺工作者才能真正欢乐着人民的欢乐，忧患着人民的忧患，感动着人民的感动，以真挚的人民情怀书写人民群众的奋斗创造。新时代的文艺工作者要自觉坚持以人民为中心的创作导向，走与人民相结合的创作道路，虚心向人民学习、向生活学习，自觉观照人民的生活、命运、情感，表达人民的心愿、心情、心声，努力创作出热情讴歌党、讴歌祖国、讴歌人民、讴歌英雄的优秀作品，让爱国主义、英雄主义的旗帜高高飘扬，奏响团结奋进的时代之声、爱国之声、人民之声。

第三，坚持崇德修身，做有担当的新时代文艺工作者。习近平总书记的重要指示，对广大文艺工作者从艺做人、走德艺双馨之路提出了具体而明确的要求。文艺是铸造灵魂的工程，文艺工作者是人类灵魂的工程师。广大文艺工作者要珍惜这个光荣称号，大力弘扬和践行社会主义核心价值观，以实际行动弘扬真善美、弘扬正能量，努力发挥文艺立心铸魂、成风化人的独特作用。当前，随着我国社会主要矛盾新转化，人民群众的需要呈现多样化多层次多方面的特点，对美好生活的向往更加强烈，期盼更丰富、更高质量、更有品位的精神文化生活。能否从文艺作品中得到思想的启迪、艺术的享受、审美的熏陶，成为人民感知并衡量生活美好程度的一个重要尺度。德艺双馨不仅是有理想有抱负的文艺家一生的必修课，也是人民大众对优秀文艺工作者的要求和期待。应该看到，面对市场经济大潮，文艺事业快速发展，文艺生态发生广泛而深刻的变化，与此同时，文艺工作者队伍也出现了一些不良现象和负面问题。解决这些问题，一方面有待于法规制度机制建设的完善和加强，更重要的是文艺工作者自身的严格要求和努力修行。广大文艺工作者应自觉加强自己的艺术修养和人格修为，树立正确的世界观、人生观、价值观，特别要处理好社会主义市场经济条件下的义利关系，认真严肃地考虑作品的社会效果，讲品位，讲格调，讲责任，抵制低俗、庸俗、媚俗，遵纪守法，坚决抵制涉黄涉毒、逃税漏税等违法行为，真正做到“台上台下一个样”，努力以良好的职业精神和社会形象赢得人们的尊重和喜爱。音乐家阎肃曾说，“我从来没想过要当个什么‘家’，我就是一个‘者’，一个文艺工作者”。新时代文艺工作者更应坚守艺术理想，把崇德尚艺作为一生的功课，自觉追求创作与修身共进，追求人品和艺品俱佳，向先进典型学习，向时代楷模看齐，潜心创作实践、力戒浮华浮躁，不为虚名所累、不为利益所缚、不为欲望所惑，在攀登新时代艺术高峰的伟大历史进程中提升思想境界、实现人生价值。

中国文联是党和政府联系广大文艺工作者的桥梁纽带，在团结引导广大文艺工作者方面负有重要职责。要切实加强和改进党对文艺工作的领导，确保文联工作、文艺工作始终沿着正确的方向发展进步。中国文联和各全国文艺家协会要将深入学习贯彻习近平总书记重要指示精神列入重要日程安排，注重学习贯彻的持久性、接地气、有深度、见实效。要切实加强文艺人才队伍建设，继续在文艺界开展以思想政治引领为主线的教育培训，并将学习贯彻习近平总书记重要指示精神列入常态化培训的重要内容，做好研究阐释，进一步团结凝聚文艺工作者自觉听党话、跟党走，做有信仰、有情怀、有担当的新时代文艺工作者，努力推出无愧于伟大民族伟大时代的优秀作品。要切实加强行风建设和文艺界职业道德建设，充分发挥文艺工作者职业道德建设委员会和行风建设委员会的作用，组织好全国中青年德艺双馨文艺工作者、全国最美志愿者、“终身成就艺术家”等评选表彰，充分发挥先进典型模范带动作用，推动建立和完善行业激励惩戒联动机制，匡正风气、纯正生态,努力营造昂扬向上、风清气正、健康发展的文艺环境。

同志们，使命在肩，初心不忘。让我们深入学习贯彻习近平新时代中国特色社会主义思想特别是习近平总书记关于文艺工作的重要论述，认真学习贯彻落实习近平总书记重要指示精神，坚定信仰、植根生活、潜心创作、服务人民、崇德修身，为繁荣发展社会主义文艺事业做出新的更大贡献！

守正创新 敢于担当 主动作为 全面深入推进文联事业发展

——在中国文联团体会员党组（分党组）主要负责人培训班上的讲话

（2018年9月26日）

中国文联党组书记、副主席、书记处书记 李屹

同志们：

大家下午好！

今天上午，我们传达学习了习近平总书记在全国宣传思想工作会议上的重要讲话，传达学习了黄坤明部长在这次会议上的讲话。下面，我结合学习贯彻全国宣传思想工作会议精神，特别是习近平总书记在全国宣传思想工作会议上的重要讲话精神、学习贯彻习近平总书记关于文艺工作的系列重要论述，就各级文联组织领导干部，特别是主要负责人如何进一步提高政治站位和履职尽责能力等，讲几点意见，与大家交流。

一、认真学习讲话，把握核心要义

前不久召开的全国宣传思想工作会议，是继5年前习近平总书记“8•19”重要讲话之后，党中央对宣传思想工作的又一次战略部署，对开创宣传思想工作新局面具有重大意义。习近平总书记在会上发表的重要讲话，站在新时代党和国家事业发展全局的高度，深刻总结了党的十八大以来党的宣传思想工作的历史性成就和历史性变革，深刻阐述了新形势下党的宣传思想工作的历史方位和使命任务，深刻回答了一系列方向性、根本性、全局性、战略性重大问题，对做好新形势下党的宣传思想工作做出重大部署。讲话总揽全局、视野高远、内涵丰富、思想精深，是指导新形势下党的宣传思想工作的纲领性文献。当前，广大文艺工作者和文联干部的政治任务就是要以高度的政治自觉，深化学习、领悟精髓、把握要义，在学懂、弄通、做实上下功夫，切实把思想和行动统一到讲话精神上来。我体会，学习贯彻会议精神，一是要深刻领会总书记讲话的重大意义、丰富内涵和思想精髓，准确把握讲话提出的一系列新思想新论断新举措。要深刻认识宣传思想战线由正本清源进入守正创新新阶段的重大判断。我理解如果说五年前习近平总书记“8•19”讲话的核心内涵是正本清源，那么，今年“8•21”讲话的核心内涵就是守正创新。从正本清源到守正创新，它反映了党的十八大以来，宣传思想战线取得的历史性成就和历史性变革，也体现了我们党对做好新形势下宣传思想工作的战略思考和科学把握，明确了当前宣传思想工作的历史方位和所处阶段，是我们谋划推进工作的基准基点。“守正”就是要坚持方向、坚守正道，旗帜鲜明讲政治，增强“四个意识”，坚定“四个自信”，做到“两个坚决维护”，坚持“二为”方向，坚持“双百”方针，坚持创造性转化、创新性发展。坚持全面从严治党，坚持党管意识形态。“创新”，就是要坚持创新驱动，让工作跟上时代步伐，让事业充满生机活力。在思维观念上创新，努力让思想认识有新飞跃，打开工作新局面；在工作载体、方法手段上创新，在体制机制上创新。我们要按照黄坤明同志在宣传思想工作创新研讨班讲话中提出的“要在守正、贵在创新、重在实践”的工作总要求，研究、谋划、推进文联工作和文艺工作。要科学把握宣传思想工作方向性、全局性、战略性的重大问题，以“九个坚持”为根本遵循，长期坚持，不断发展。要深刻认识新形势下宣传思想工作面临的形势和艰巨任务，把统一思想、凝聚力量作为中心环节，自觉承担起举旗帜、聚民心、育新人、兴文化、展形象的使命任务，促进全体人民在理想信念、价值理念、道德观念上紧紧团结在一起，为服务党和国家事业全局做出更大贡献。要充分认识新形势下宣传思想战线四个方面的重点工作，建设具有强大凝聚力和引领力的社会主义意识形态，培养担当民族复兴大任的时代新人，更好满足人民精神文化生活新期待，不断提升中华文化影响力。要紧紧围绕增

强“脚力、眼力、脑力、笔力”固本强基，以稳健的脚力，站稳政治立场，保持政治定力，走进人民群众，深入第一现场，矢志从“高原”迈向“高峰”；以犀利的眼力，辨明方向，坚持正确导向，辨别真假善恶美丑；以深邃的脑力，勤于思辨、善看本质，善于捕捉时代新风，善抓题材体裁、善循艺术创作规律；以充盈的笔力，生动呈现精神之美、艺术之美，为人民抒写、抒怀、抒情，锤炼打造一支政治过硬、本领高强、求实创新、能打胜仗的文艺工作者队伍。二是要深刻领会讲话关于文化建设、文艺工作的重大部署，切实用讲话精神武装头脑、推动工作、指导文艺实践。总书记在讲话中提出了“兴文化”的重要使命，为新时代文化建设和文艺事业的发展提供了根本遵循，指明了前进方向。我们要紧密结合文艺工作实际，把学习贯彻宣传思想工作会议精神的成效，切实体现到坚持正确文艺方向、引导文艺创作、努力推出精品力作之中，体现到坚持正确创作道路、深入生活、扎根人民、更好满足人民精神文化生活新期待之中，使讲话精神真正内化于心、外化于行，成为繁荣发展文艺事业的精神指引和前进动力。三是要把学习贯彻会议精神作为当前重要政治任务，在贯彻落实上下大功夫、下真功夫。当前和今后一个时期，文联党组、主席团，各团体会员单位党组、主席团，包括各全国文艺家协会分党组、主席团等，要把学习贯彻习近平总书记在全国宣传思想工作会议上的重要讲话精神作为重中之重，通过组织学习座谈、专题报告、辅导讲座、专题培训、研讨交流等各种方式，教育引导文联干部职工和各艺术门类、体制内外的文艺工作者，切实把讲话精神学深弄懂悟透。要把学习贯彻习近平总书记讲话精神与学习贯彻总书记关于文艺工作的系列重要论述结合起来，与文联及协会等各级党组织思想政治理论学习结合起来，与文联及协会组织的文艺人才常态化培训结合起来，特别是加强对中青年文艺工作者和新文艺群体、新文艺组织学习贯彻的引导，把学习教育努力覆盖到整个文联系统和文艺界，切实引导文联干部职工和广大文艺工作者更加自觉地用新思想指导文艺新实践。要以文联改革创新为动力，以鲜明的问题导向和过硬的本领素质来抓好全国宣传思想工作会议精神的落实，不断开创文艺事业和文联工作新局面。

二、加强理论武装，坚定文化自信

习近平总书记多次强调，“马克思主义理论素养是领导干部的必备素质，是保持政治上清醒坚定的基础和前提。”我理解，总书记所讲的马克思主义理论素养，既包括领导干部对待马克思主义理论的态度，也包括领导干部学习、理解和把握马克思主义理论的深度，以及运用马克思主义理论指导工作和实践的能力。从一定意义上说，掌握马克思主义理论的深度，决定着政治敏感的程度、思维视野的广度、思想境界的高度。对于各级文联领导干部来讲，加强理论修养，最重要的就是要坚定马克思主义信仰，牢固树立马克思主义文艺观；就是要全面深入学习领会马克思主义中国化的最新成果——习近平新时代中国特色社会主义思想，特别是要深刻学习领会习近平总书记关于文艺工作的重要论述，从中汲取科学智慧和理论力量，推动文艺事业和文联工作创新发展。

在人类思想史上，就科学性、真理性、影响力、传播面而言，没有哪一种思想理论能达到马克思主义的高度，也没有哪一种学说能像马克思主义那样对世界产生了如此巨大的影响。也正因为如此，马克思主义为中国革命、建设、改革提供了强大思想武器，使中国这个古老的东方大国创造了人类历史上前所未有的发展奇迹。历史和现实都证明，马克思主义始终是我们党和国家的指导思想，是我们认识世界、把握规律、追求真理、改造世界的强大思想武器。习近平总书记明确指出，“马克思主义是我们立党立国的根本指导思想。背离或放弃马克思主义，我们党就会失去灵魂、迷失方向。在坚持马克思主义指导地位这一根本问题上，我们必须坚定不移，任何时候任何情况下都不能有丝毫动摇。”

具体到文艺领域，马克思主义经典作家以科学的世界观和方法论对文艺问题进行了全面而深入的论述，特别是在马克思、恩格斯的论著、笔记及书信中，发表过许多关于文学艺术的独到见解，形成了本原性的马克思主义文艺观，深刻地揭示了人类文艺活动的奥妙，正确阐明了文学艺术的功能，从总体上指明了人类文学艺术发展的方向。马克思主义文艺观博大精深、内容丰富、开放包容。如关于文艺的核心命题（马克思主义认为，文艺是一种特殊的意识形态，这是马克思主义文艺观的逻辑起点和核心命题）；关于文艺的价值取向（马克思主义文艺观从一开始就不是纯文艺的、超功利的，而是立足于无产阶级和全人类解放、实现人的自由全面发展的高度来理解文艺的存在和价值取向）；关于文艺的内在特征（马克思主义认为，要做到文艺的真实性和倾向性相统一。所谓文艺的真实性，是指文艺对客观社会生活的真实描写、真实再现和如实叙述。所谓倾向性，是指文艺家的阶级立场、道德意识、爱憎情感、审美理想等在作品中的主观态度。要做到二者相统一，首先必须忠实于现实生活，其次作家不能赤裸裸地表达自己的政治观点和见解，其倾向性应当从场面和情节中自然而然地流露出来）；关于文艺批评的标准（马克思主义认为，美学的和史学的观点，是衡量文艺作品的“尺度”和“标准”，既要看文艺作品是否符合艺术规律和遵循正确的美学法则，是否具有艺术的独创性和较高的审美价值，又要看是否符合历史客观趋势，是否具有历史视野和历史眼光），等等。马克思主义有关文艺基本问题的判断和论述，在今天仍然闪耀着真理的光芒，具有跨域时空和跨越国界的思想魅力，对中国文艺事业发展和文艺创作实践具有重要的理论价值与现实指导意义。正如习近平总书记在文艺工作座谈会上强调的，“只有牢固树立马克思主义文艺观，真正做到了以人民为中心，文艺才能发挥最大正能量。”

党的十八大以来，以习近平同志为核心的党中央高度重视文艺工作。习近平总书记亲自主持召开文艺工作座谈会，出席中国文联十大、中国作协九大并发表重要讲话，同时还在不同场合发表了一系列关于文艺工作的重要论述。这些重要论述，全面系统地总结了党领导文艺工作的宝贵历史经验，创造性回答了文艺与时代、文艺与人民、文艺与传统、文艺与市场、文艺与价值观、文艺与创新、文艺创作与文艺评论等一系列社会主义文艺实践面临的重大课题，深刻阐明了社会主义文艺的地位作用、方针原则、目标任务，指明了新时代文艺事业发展的战略路径。这一系列重要论述，源于中华民族优秀传统文艺理论和中华美学精神，植根于中国特色社会主义文艺伟大实践，与马克思主义文艺观既一脉相承又与时俱进，具有深刻的时代性、原创性，极大丰富和发展了马克思主义文艺观和社会主义文艺理论，成为习近平新时代中国特色社会主义思想的重要组成部分，是引领社会主义文化强国建设的伟大旗帜和根本指南。我们一定要深刻理解和全面掌握，并将它转化为我们指导文艺实践、推动文联工作的具体方法。

我理解，可以从以下六个方面来领会和把握习近平总书记关于文艺工作的重要论述：

一是坚定文化自信，推动社会主义文艺繁荣兴盛。习近平总书记指出，文化自信是一个国家、一个民族发展中更基本、更深沉、更持久的力量。坚定文化自信是事关国运兴衰、事关文化安全、事关民族精神独立性的大问题。文艺是时代前进的号角，最能代表一个时代的风貌，最能引领一个时代的风气。举精神之旗、立精神支柱、建精神家园，都离不开文艺。“文运同国运相牵，文脉同国脉相连。”实现“两个一百年”奋斗目标、实现中华民族伟大复兴的中国梦，文艺的作用不可替代。总书记的这些重要论述，深刻阐明了坚定文化自信的重大意义，把对文艺地位和作用的认识提升到一个全新的高度。

二是坚持以人民为中心的创作导向。习近平总书记指出，社会主义文艺是人民的文艺，人民需要文艺，文艺更需要人民。一切优秀文艺工作者的艺术生命都源于人民，一切优秀文艺创作都为了人民。文艺创作方法有一百条、一千条，但最根本的方法是扎根人民、扎根生活。要把人民作为文艺表现的主体，把人民作为文艺审美的鉴赏家和评判者，自觉为人民抒写、抒情、抒怀，在深入生活、扎根人民中进行无愧于时代的文艺创造。要观照人民的生活、命运、情感，表达人民的心愿、心情、心声，立志创作出在人民中传之久远的精品力作。这些重要论述，深刻阐明了社会主义文艺的本质属性，深刻回答了“为了谁、依靠谁、我是谁”这一根本命题。

三是坚持把创作优秀作品作为文艺工作的中心环节。习近平总书记指出，衡量一个时代的文艺成就，最终要看作品，必须把创作生产优秀作品作为文艺工作的中心环节，创作生产出无愧于我们这个伟大民族、伟大时代的优秀作品。文艺工作者应该牢记，创作是自己的中心任务，作品是自己的立身之本，要用专注的态度、敬业的精神、踏实的努力创作出更多高质量、高品位的作品。坚持思想精深、艺术精湛、制作精良相统一，把提高质量作为文艺作品的生命线，用心用情用功抒写伟大时代，不断推出讴歌党、讴歌祖国、讴歌人民、讴歌英雄的精品力作，书写中华民族新史诗。要推出更多健康优质的网络文艺作品。创新是文艺的生命，要把创新精神贯穿文艺创作生产全过程，增强文艺原创能力。这些重要论述，准确把握文艺发展规律，回应时代要求和人民期盼，明确了文艺工作的中心任务和目标。

四是坚持弘扬中国精神。习近平总书记指出，文艺是铸造灵魂的工程，中国精神是社会主义文艺的灵魂。要弘扬中华优秀传统文化，继承革命文化，发展社会主义先进文化，不忘本来、吸收外来、面向未来，更好构筑中国精神、中国价值、中国力量。要培育和弘扬社会主义核心价值观，以培养担当民族复兴大任的时代新人为着眼点，发挥社会主义核心价值观对精神文化产品创作生产传播的引领作用，把爱国主义作为文艺创作的主旋律，把追求真善美作为文艺的永恒价值，创作更多有筋骨、有道德、有温度的文艺作品。要坚守中华文化立场，传承中华文化基因，展现中华审美风范。这些重要论述，深刻回答了以什么来引领文艺创作，怎样发挥文艺的价值引导、精神引领、审美启迪功能等重要问题。

五是坚持把社会效益放在首位。习近平总书记指出，要牢记文化责任和社会担当，正确把握艺术个性和社会道德的关系，始终把社会效益放在首位，引导文艺工作者树立正确的历史观、民族观、国家观、文化观，实现社会效益和经济效益相统一。当两个效益、两种价值发生矛盾时，经济效益要服从社会效益，市场价值要服从社会价值。文艺不能当市场的奴隶，不要沾满了铜臭气。要合理设置反映市场接受程度的发行量、收视率、点击率、票房收入等量化指标，不能被市场牵着鼻子走。这些重要论述，深刻阐明了文艺创作的价值取向和社会功能，深刻回答了社会主义市场经济条件下如何推动文艺健康发展这一重大课题。

六是坚持建设一支德艺双馨的文艺队伍。习近平总书记指出，文艺工作者要把艺术理想融入党和人民事业之中，做到胸中有大义、心里有人民、肩头有责任、笔下有乾坤，努力铸就中华民族伟大复兴时代的文艺高峰。要把崇德尚艺作为一生的功课，不断提高学养、涵养、修养，做真善美的追求者和传播者，用高尚的文艺引领社会风尚。要处理好义利关系，为历史存正气，为世人弘美德，为自身留清名。要倡导讲品位、讲格调、讲责任，抵制低俗、庸俗、媚俗，加强文艺队伍建设，造就一大批德艺双馨名家大师，培育一大批高水平创作人才。要做有信仰、有情怀、有担当的人，为繁荣发展社会主义文艺贡献力量。要坚持立德树人，发扬爱国为民、崇德尚艺的优良传统等等。这些重要论述，深刻回答了新时代文艺工作者应该走什么样的人生之路、艺术之路这一重大命题，涵盖文艺工作者为人、从艺、做事等方面，对加强新时代文艺队伍职业道德建设和文艺界行风建设指明了方向，提出了明确要求。

以上我对马克思主义文艺观，从本原上作了简要分析归纳，从文艺的地位和作用、文艺的本质属性、文艺的中心任务、文艺的价值取向、文艺的评价标准、文艺人才队伍建设等六个方面对习近平总书记关于文艺工作的重要论述进行了初步的梳理。大家要结合各自工作实际，进一步加深理解和把握，真正学深悟透、融会贯通。既要深刻学习领会习近平新时代中国特色社会主义思想和习近平关于文艺工作重要论述的基本内容，学原文、读原著、悟原理；更要学习掌握贯穿其中的科学立场、观点和方法，不断提升马克思主义理论素养，不断丰富和掌握马克思主义文艺观的基本内涵，不断提高分析问题、解决问题的能力，为推进文艺事业的繁荣发展和文联工作创新发展提供强大思想武器，真正做到学思用贯通、知信行统一。

三、提高政治站位，把握工作导向

习近平总书记多次强调，党的领导干部特别是高级领导干部一定要提高政治站位，要有政治家的思维、政治家的格局。“要善于从政治上看问题，站稳立场、把准方向”“善于从政治上谋划、部署、推动工作。”各级文联组织领导干部特别是主要负责同志要在实际工作中培养和运用政治思维，提高政治站位，增强政治定力、政治判断力、政治执行力，牢牢把握好文联工作正确方向。

1. 坚定理想信念，做政治上的明白人

理想信念是共产党人精神上的“钙”。习近平总书记在十八届中央政治局第一次集体学习时就指出，没有理想信念，理想信念不坚定，精神上就会“缺钙”，就会得“软骨病”。此后，几乎在所有关于党的建设、思想政治工作和党员干部队伍建设论述时，总书记都要讲到共产党人的信仰、共产党人的理想，反复强调理想信念的极端重要性，强调世界观、人生观、价值观的极端重要性。习近平总书记指出，“理想信念坚定，是好干部的第一标准，是不是好干部首先看这一条。如果理想信念不坚定，不相信马克思主义，不相信中国特色社会主义，政治上不合格，经不起风浪，这样的干部能耐再大也不是我们需要的好干部。”所以说，作为各级文联组织的领导干部特别是主要负责同志，理想信念坚定是第一位的，是我们要过的第一关。

坚定理想信念，最重要的是解决好世界观、人生观、价值观这个“总开关”问题，牢固树立共产主义远大理想，牢记党的性质和宗旨，坚决做到“两个维护”，着力增强“四个意识”，始终坚定“四个自信”特别是文化自信。坚定理想信念是具体的而不是宽泛的。对各级文联干部来讲，要提高辨别是非的能力，时刻警惕和防范一些错误思想倾向。比如，在实际的文艺创作中，还存在着消解文艺的意识形态属性、甚至公开主张否定文艺的意识形态属性的言论和思潮，有人以鄙弃的态度挖苦贬低弘扬主旋律的文艺创作；有人假以超然于世的姿态，标榜文艺应该表现超越政治属性和意识形态性的人类“普世价值”；有人片面夸大文艺的娱乐功能，淡化甚至取消文艺的意识形态教育功能；有人热衷于“去思想化”“去价值化”“去历史化”“去中国化”“去主流化”等等。在这些错误思潮面前，如果没有坚定的理想信念和清醒的政治判断能力，就很容易被错误思想所蒙蔽和俘虏，最终丧失理想信念。作为文联组织的领导干部和主要负责同志，我们一定要对这些错误倾向始终保持清醒的认识，以坚定的理想信念经受住政治上的各种考验，补足精神之“钙”、驱散思想之“霾”，不断筑牢理想信念的根基和灵魂。

2. 把政治建设摆在首位，切实提高政治能力

旗帜鲜明讲政治是马克思主义政党的本质要求。党的十九大报告明确提出了党的政治建设这个重大命题，强调党的政治建设是党的根本性建设，要把党的政治建设摆在首位，以党的政治建设为统领，把党的政治建设提到了前所未有的高度。在今年建党97周年之际，习近平总书记在中央政治局第六次集体学习时明确提出了加强党的政治建设的具体要求和基本遵循。黄坤明同志指出，要进一步明确宣传思想文化工作是政治工作，宣传思想文化部门是政治机关的要求，坚持以党的政治建设为统领，把党的政治建设融入宣传思想文化工作的全过程。文联是党领导的人民团体，是党和政府联系广大文艺工作者的桥梁纽带,是党的宣传文化战线的重要组成部分。讲政治是群团组织和群团工作的灵魂。习近平总书记在十九大报告中指出，要推动群团组织增强政治性、先进性、群众性，发挥联系群众的桥梁纽带作用，组织动员广大人民群众坚定不移跟党走。“政治性、先进性、群众性”，其中政治性是第一位的。从历史看，文联组织从成立之初就肩负着庄严的政治使命，与国家和民族的命运息息相关，具有鲜明的政治性。从现实看，文联组织的政治性首先体现在其使命和职责上，就是要最广泛地团结凝聚广大文艺工作者听党话、跟党走，引导推动文艺创作，服务广大人民群众。

各级文联组织主要负责同志必须提高政治站位，牢牢把握政治性是文联组织的第一属性、文联工作是政治工作、文联组织是政治组织的要求，坚持以党的政治建设为统领，教育引导文联干部职工、团结引领广大文艺工作者自觉增强“四个意识”，坚定“四个自信”，从而为推动文艺事业的繁荣兴盛提供坚强政治保证。要把“两个坚决维护”作为文联政治建设的核心点。坚决维护习近平总书记党中央的核心、全党的核心地位，坚决维护党中央权威和集中统一领导，这是文联组织的重大政治责任，是最大的政治、最大的大局。要在政治立场、政治方向、政治原则、政治道路上同以习近平同志为核心的党中央保持高度一致，把牢固树立“四个意识”、坚定“四个自信”落实在各项工作中，真正做到把“两个维护”政治责任压紧压实。要坚持党对文艺工作、文联工作的

全面领导。牢牢把握正确的政治方向和工作导向，坚定不移地贯彻落实党中央路线方针和决策部署，服从和服务于党和国家工作大局，把各级文联组织建设成为让党中央放心、让广大文艺工作者和人民群众满意的模范集体。把我们各级基层党组织建设成为坚强的战斗堡垒，使我们广大党员真正地发挥出先锋模范作用。这是文联组织的职责所在，也是文联组织的价值所在。要不断提高领导干部的政治能力。习近平总书记明确指出，政治能力就是把握方向、把握大势、把握全局的能力，就是保持政治定力、驾驭政治局面、防范政治风险的能力。我们党对领导干部的要求，首先是政治上的要求，政治标准是衡量领导干部的首要标准。讲干部素质，最重要的是政治素质；讲领导能力，第一位的是政治能力。作为各级文联组织的领导干部特别是主要负责同志，应当深刻认识提高政治能力的时代内涵和实践指向，注重增强政治敏锐性和政治鉴别力，善于从政治上观察和分析问题，在事关政治原则的重大问题上，脑子要特别清醒、眼睛要特别明亮、立场要特别坚定；面对大是大非敢于亮剑、面对矛盾敢于迎难而上、面对危机敢于挺身而出、面对失误敢于承担责任、面对歪风邪气敢于坚决斗争，先之劳之、当好表率，履行好党和人民赋予的责任。

3. 落实党建工作和意识形态工作主体责任，以党建促业务、强管理、带队伍

党的十八大以来，以习近平同志为核心的党中央高度重视党建工作和意识形态工作。习近平总书记在不同场合就全面加强党的建设和意识形态工作作出一系列重要指示，提出一系列明确要求。文艺工作属于意识形态范畴，文艺工作、文联工作是党的意识形态工作的重要组成部分。作为各级文联组织的主要负责同志，要切实担负起党建工作和意识形态工作的政治责任和领导责任，坚定自觉地站到党建工作和意识形态工作第一线，始终坚持马克思主义在文艺领域的指导地位，着力把好政治方向关、文艺导向关、舆论导向关。

近年来，虽然各级文联组织党建工作和意识形态工作取得了明显成效，但也还存在一些不容忽视的问题：有的领导干部抓党建工作和意识形态工作的主动性自觉性不高，认为党建工作和意识形态工作太虚、太空，难以衡量和落实，党建工作和意识形态工作“说起来重要、干起来次要、忙起来不要”的现象时有发生；有的认为文联主要是业务部门，自己是专业干部，“业务抓好，一好百好”，党建工作和意识形态工作与自己关系不大；有的单位党建工作、意识形态工作与业务工作“两张皮”的问题还不同程度存在，有的把两者割裂开来，甚至对立起来；有的单位党建工作和意识形态工作表面化、形式化问题不同程度存在，制度上墙没有上心，规定入文没有入脑，等等。对这些错误认识和做法，要引起高度重视并在实际工作中坚决予以澄清和纠正。

针对存在的上述问题、不足和差距，如何进一步增强做好党建工作和意识形态工作的自觉性、主动性、创造性，我理解，要着重在以下四个方面下功夫：要在思想自觉上下功夫。党建工作和意识形态工作中存在的问题，说到底还是思想认识不到位，导致精力投入不到位、工作深入不到位、责任落实不到位。习近平总书记强调指出，要把抓好党建作为最大的政绩。习近平总书记的这句话，是在总结我们党和国外其他政党兴衰经验教训基础之上得出来的结论，我们一定要深刻理解、全面把握。各级文联组织一把手肩负着把方向、管大局、促落实的政治责任，要充分认识到党建工作抓实了就是生产力，抓细了就是凝聚力，抓强了就是战斗力。要切实消除“重业务轻党建”的错误认识，变“要我抓”为“我要抓”，主动把党建工作和意识形态工作责任扛在肩上、抓在手上、管到位上、严到份上，认真履行好抓党建工作和意识形态工作的主体责任，做到思想自觉和行动自觉。要在结合融入上下功夫。党建工作、意识形态工作和文联业务工作相融合，是由文联的性质、职能、任务决定的。也就是说，在文联没有脱离政治的业务，也没有脱离业务的政治。各级文联组织领导干部特别是主要负责同志一定要牢固树立以党建促业务的工作理念，把党建工作和意识形态工作贯穿落实于业务工作的各个方面、各个环节，同业务工作一起谋划、一起部署、一起考核。一定要清楚地认识到，党建工作和业务工作不是“两张皮”的关系，而是“车头”与“车厢”的带动关系，“磨刀”与“砍柴”的辩证关系，只有在工作中注重结合融入，党建、意识形态和业务工作才能相互促进、相得

益彰。要在开拓创新上下功夫。创新是一个政党永葆生机和活力的力量源泉。各级文联组织领导干部特别是“一把手”要创新思维方式，改变传统固化的思维模式，以更高的站位、更开拓的思路、更崭新的视角来研究思考宣传思想文化工作，包括党建工作和意识形态工作。要创新党组织活动的载体、平台、方法、手段，不断丰富党建工作组织方式、教育培训模式，激发党员干部参与的热情和主动性，进一步增强活动的互动性、吸引力和感染力。要创新发挥文联新职能的体制机制、方式手段、平台载体，特别是要在团结联络服务引导新文艺群体、新文艺组织上想办法、出实招、破难题。要创新各类意识形态阵地正向发力的工作机制、形式和内容，在网上文联建设上进一步探索创新。要在狠抓落实上下功夫。抓工作落实既是工作方法，更是思想方法和责任担当。各级文联组织领导干部特别是主要负责同志，一定要强化政治意识和政治担当，明确政治责任，善于把方向、管大局、抓落实，做到知责、尽责、负责。要切实建立健全并严格执行基层党组织各项制度，建立健全并严格执行意识形态各方面工作、各类阵地的管理运行制度，加强对文艺活动、评论评奖、理论研讨和报刊出版单位等意识形态阵地的建设和管理，做好对文艺舆情的分析研判和应急处置，强化组织领导和督查考核，在层层传导、压紧压实党建工作、意识形态工作责任上下真功夫，努力确保意识形态安全和政治安全。

四、着眼履行职能，正视存在问题

改革开放40年来，特别是党的十八大以来，文艺界在党中央的正确领导下，坚持“二为”方向、“双百”方针，坚持以人民为中心的创作导向，自觉投身改革开放的伟大实践，推出大批反映时代呼声、弘扬中国精神、陶冶高尚情操的优秀作品，涌现出大量深受人民喜爱、德艺双馨的文艺家，为不断丰富和满足人民群众的精神文化需要、推动社会主义文艺事业的繁荣发展和文化强国建设做出了应有的贡献。文联组织作为党的宣传思想文化战线的重要方面军，努力发挥好新形势下党和政府联系文艺工作者的桥梁纽带作用，为开创文艺事业新局面做出了积极贡献。但是，我们也要清醒地认识到，与中央的要求和人民大众包括文艺工作者的需求相比，从履行文联的新职能来看，我们的工作还存在一些突出问题和薄弱环节，需要我们直面和正视。具体表现在以下几个方面：

1.团结引领新文艺组织和新文艺群体的能力亟待提升

近年来，党和国家高度重视新文艺组织和新文艺群体工作。各级文联也在机构设置、人员培训、项目扶持、权益保护、职称评审等方面，对加强新文艺群体工作进行了一些有益探索。但总体来看，这方面的工作还处于起步阶段，还没有完全破题。对新文艺组织和新文艺群体的家底了解不够全面、底数不清，调查研究不够，对新文艺组织、新文艺群体的特点和规律认识不深不透。同时由于新文艺群体大多在体制外，人数众多而分散，新文艺群体自身也面临不少困难和问题，如缺少联络拓展渠道、多数处于分散自发状态；缺少稳定的政策扶持、生存压力大；缺少基础性行业标准规范、运营管理水平参差不齐；缺少有效激励和向上发展空间、整体凝聚力和向心力不强，等等。对新文艺组织、新文艺群体的团结联络，往往出现“想要的给不了，可给的不想要”的错位现象，缺乏精准有效的工作措施、平台抓手和有吸引力的服务内容。

2.文联组织在行业建设中的主导作用发挥还不充分

强化行业服务、行业管理、行业自律，发挥行业建设的主导作用，是中央赋予文联组织新的重要任务，也是文联深化改革必须破解的难点、补齐的短板。目前，我们在行业培训、交流研讨、人才服务、作品评价、权益保护、职业道德建设等方面做了一些工作，但在行业准入与退出、行业标准和行业规范、行业规划和行业政策、行业咨询与信息服务等方面还有待进一步探索。文艺行业标准尚未制定，行业规范亟待健全。去年，中国文联下发了《关于制定各艺术门类的行业标准和行业规范工作方案》，要求各全国文艺家协会加快制定行业标准和行业规范。截至目前，除少数协会重新修订了自律公约和行为手册、拟定了新文艺群体专业技术职称评审标准和规范外，大多数协会还处在初步明确工作方向、制定工作推进计划、开展调查研究的阶段，对制定行业标准和行业规范的认识还不够到位，还缺乏系统的基础研究、专题调研。当然，这里有体制机制方面的原因，我们在推动行业标准规范的建设方面还没有找到合适的切入点和有力抓手。文艺行业准入与退出机制尚未完全建立，对文艺行业的监管和约束力度还不够。在激励方面，我们一直注重做好文艺界先进典型的挖掘、推介、表彰，充分发挥榜样的力量，渐次展开的一些工作正在产生积极效果。但在监督和约束方面，包括如何对各种不良文艺作品、现象、思潮、负面事件，积极发声、敢于亮剑、坚决抵制，还缺乏行之有效的工作机制；对各种失德失范、违纪违规行为的监管约束，还有待于我们主动作为，与相关部门协调配合，形成齐抓共管、有力有效的联动机制。

3. 对文艺创作的引导引领作用发挥不充分，文艺创作的“高原”“高峰”问题尚未得到有效解决

创作是文艺工作者的中心任务，作品是文艺工作者的安身立命之本。目前，我国文艺创作整体上生机勃勃，文艺作品大量涌现，我国已成为电视剧第一生产大国、第一播出大国，世界第二大电影市场、第三大电影生产国，但标志性的高峰作品还比较少，创作中的同质化倾向、浮躁之风尚未得到根本扭转。在创作心态上，普遍存在着心浮气躁、急功近利的现象。文艺创作的浮躁大致呈现出几种倾向：迎合市场的低俗创作；缺乏独特创意的跟风创作；揣摩评委口味的奖项创作；快速海量的网络码字创作；主题先行的应景创作；追求形式的空心创作等。一些文艺工作者不肯花太多的时间和精力深入生活，一些作品唯市场、收视率、点击率是从，粗制滥造，质量不高。在创作主题和题材上，回避现实或在现实题材创作上挖掘不深的问题还一定程度存在。一些作品违背创作规律，背离广大人民群众追求美好生活、追求伟大梦想的火热实践，没有自信去直面和把握伟大时代恢宏多彩的现实生活，一味沉浸在自己的狭隘趣味和臆想之中，胡思乱想，闭门造车，自娱自乐。在创作的价值导向上，弱化或者消解思想性的现象还较为突出。思想性是作品的灵魂。但一些作品没有对精神价值的高尚追求，没有对精神价值的充分阐释，失去了明确的思想主题和正确的价值取向。有的调侃崇高，扭曲经典，颠覆历史，丑化人民群众和英雄人物；有的是非不分，善恶不辨，以丑为美，过度渲染社会和人性的阴暗面；有的唯利是图，追逐低级趣味，取媚恶俗嗜好，在市场经济大潮中迷失方向等。在创作扶持机制上，方式方法还比较陈旧，引领宣传的力度不够。服务创作一线的意识还不强，扶持的措施还不多、覆盖面还不广，有的扶持规定要求不完全符合文艺创作规律和实际情况，手续繁杂，扶持措施无法与真正的创作需求对接，扶持资金不能及时到位。对创作成果转化推介的渠道不多，力度不够，一些作品展演一场或几场就匆匆收兵，获奖后就马放南山、束之高阁，未能充分发挥应有的社会效应。

4. 文艺评奖的权威性、影响力亟待提升，文艺评论说真话、讲道理的良好环境尚未形成

文艺评奖是推动多出精品、多出人才，促进社会主义文艺繁荣发展的重要手段。近年来，中国文联坚持牢牢把握文艺创作的正确导向，着力改革文艺评奖制度，科学调整奖项设置，大幅压缩评奖数额，较好地解决了评奖过多过滥、奖项重复交叉等问题。但是，文艺评奖也还存在着权威性、科学性不够等问题。在评奖结果方面，获奖作品的影响力、传播力还不够。目前，很多通过全国性文艺评奖出来的文艺人才和文艺作品，其影响力还不如有的选秀出来的人才和作品。有的已经获得全国文艺奖项的人才，竟然争相再去参加各种选秀节目，通过选秀节目扩大影响。主要原因还在于我们对文艺评奖及过程宣传不够，有的奖项公众知道不多，参与更少，对获奖作品和人才宣传缺少渠道，力度不够，评奖后的展示、展播、传播都很不够。在评奖标准和程序方面，严密性、科学性、权威性有待提升。一方面是评奖中具有中华审美精神的文艺评价标准亟待健全，要通过评奖把作品的优劣是非评出来、评清楚，评出科学性、权威性，让评奖真正成为引领正确创作倾向的风向标。另一方面是评奖方法、程序亟待创新，在当前新媒体迅猛发展的情况下，我们的评奖大多还采取比较传统的方式，与新媒体融合还不够，缺乏程序上无可置疑的严密性，监督机制也不尽完善。

文艺评论作为引导创作、推出精品、提高审美、引领风尚的重要力量，近年来取得了较大进步。通过实施文艺评论工程、加强文艺评论阵地

建设、健全文艺评论组织体系等方式，有力促进了文艺评论工作的发展。但另一方面，科学的文艺评论评价体系还有待进一步完善。文艺评论人才队伍建设有待加强，敢说真话、能说真话、愿说真话的文艺评论环境有待进一步营造，如何加强对文艺生态的深层次培育和文艺批评的权威引领还有待进一步探索。

5.基层文联工作基础薄弱

文联组织发展呈现倒金字塔型，基层文联基础较为薄弱。目前，全国县级文联覆盖率只有80%，同时相当一部分县级文联组织“空壳化”，工作“空心化”，缺编制、缺经费、缺办公场所、缺人员现象比较严重，文联工作重心难以下沉，与中央对群团工作提出的“强基层、强一线”的要求不相适应。以东部地区某省文联为例，从机构设置来看，目前仍有9个县级文联与当地宣传或文化部门合署办公。从人员编制看，市级文联、县级文联下属协会都没有编制，协会干部多为兼职；13个行业文联中，只有5个有正式编制。有的县文联，所有工作仅由1名同志全权负责，单位根本无法正常运转，连正常报账所需要的经手人、审批人都凑不齐。从经费保障来看，84个县级文联中，有9家没有财政保障的人员经费，6家没有财政保障的日常工作经费，20家没有财政保障的专项活动经费。中西部地区基层文联组织建设情况更加严峻，基层文联编制更少，经费更紧张，全国文联组织建设发展不平衡，地区差异较大，开展工作、阻碍作用发挥的制约因素较多。

6.文联组织自身工作理念有待转换，创新能力还不足

目前，文联组织自身在思想理念上还亟待转换，对新形势下文联工作的规律性认识不深刻、把握不全面，对新时代文艺业态深刻变化带来的机遇和挑战感知、分析、研判不足，对文艺队伍建设和行业建设的全局性、战略性、紧迫性认识还不到位。各级文联干部还未能完全摆脱传统思想观念的束缚，存在路径依赖、惯性思维，创新意识不强，工作理念和方式较为陈旧，与新时代要求还不相适应。特别是互联网思维和意识较为缺乏，对网络时代发展新趋势和网络传播规律把握不够，利用新媒体技术加强联络、管理、传播的意识和能力不足，网络内容建设还处于起步打基础阶段，不能很好适应传播需要，在硬件设施投入、网络平台建设、应用维护等方面水平参差不齐、缺乏共享互通。对做人的工作这一核心职能认识还不到位、倾斜力度还不够，文联组织内部机制、职能设置与新职能的要求还不匹配、不完善，对包括会员在内的文艺工作者团结引导、服务管理的意识、手段、方法比较滞后。文联干部专业素养还有待提高，创新意识有待加强，履行新职能的知识、本领不够，眼界有待进一步拓宽，引导能力、决策能力和工作水平有待进一步提高。

五、坚持守正创新，全面推进工作

针对目前文联工作中存在的问题和不足，各级文联组织的领导干部特别是主要负责同志要勇于担当、主动作为、认真谋划，把守正创新融入贯穿到文联工作和文艺实践全过程，按照中央的决策部署，贯彻全面深化改革的要求，团结带领广大文艺工作者，努力开创文艺事业和文联工作新局面。

1.围绕中心、服务大局，努力实现文艺事业发展与经济社会发展的良性互动

习近平总书记指出，“古今中外，文艺无不遵循这样一条规律：因时而兴，乘势而变，随时代而行，与时代同频共振。反映时代是文艺工作者的使命。”文联工作不能就文化谈文化，就艺术谈艺术，必须置身和服务于整个经济和社会发展大局，主动作为、良性互动，才能蓬勃发展。我们可喜地看到，近年来，各级文联组织紧紧围绕同级党政的中心工作，在党委政府的大力支持下，主动作为、服务大局，有力配合支持了党委政府的工作，在营造氛围、提振民心、丰富群众文化生活等方面，发挥了积极作用，实现了经济社会发展与文艺事业发展的良性互动，文联组织走上了有为有位的发展轨道。新时代、新使命、新要求，更加需要各级文联组织始终坚持围绕中心、服务大局，立足国家和地方经济社会发展实际，结合区域特点，因地制宜、精准谋划，推动工作创新发展。当前和今后一个时期，要紧紧围绕改革开放40周年、新中国成立70周年、2020年全面建成小康社会和建党100周年等重要时间节点，服务“一带一路”、“精准扶贫”、“京津冀协同发展”等一些重要国家战略和地方发展战略，引导广大

文艺工作者，突出反映各地各条战线取得的巨大成就和时代楷模、道德模范、最美人物、身边好人的先进事迹。要持续开展“讴歌新时代，共筑中国梦”“扎根生活沃土，服务基层群众”等主题实践活动，勇于担当崇高使命，大力弘扬社会主义核心价值观。各地文联还应立足本地，主动作为，深度挖掘当地特色文艺，谋划一些具有地方特点和民族特色的文艺创作项目和长效品牌活动。要从当地党委政府的重大部署中找准文艺工作、文联工作的结合点，始终从人民群众普遍关心的热点、难点问题中找准文艺工作、文联工作的切入点,积极探索打造丰富多彩的“文艺+”（文艺+特色产业、文艺+特色旅游、文艺+特色文化等）品牌，大力开展群众欢迎、文艺工作者踊跃参与、社会需要、党委政府满意的各类文艺活动，不断在新的起点上努力实现文联组织的“有为”“有位”。

2.勇于担当、破解难题，加快推进各级文联深化改革进程

全面深化改革是党中央交给我们的重大政治任务，也是推进文联组织自身转型发展的内在要求和重大历史机遇。今年3月在湖南长沙召开的全国文联深化改革座谈会对文联系统深化改革工作进行了全面部署。但从目前来看，文联深化改革依然面临着紧迫而艰巨的任务。各级文联要进一步增强谋划改革、推动改革的责任感使命感，在思想上高度重视，组织上加强领导，方案上精心筹划，实施上狠抓落实，聚焦要害处、关键处，勇于破解难题，确保深化改革工作全方位顺利推进，确保今年年内完成各项阶段性改革任务，进而持续推进文联组织深化改革向纵深发展。

一是切实加强对新文艺组织和新文艺群体团结引领。要因地制宜、因人制宜，分类指导，避免“一刀切”和“大水漫灌”。在研修培训方面，近两年，中国文联研修院举办了2期新文艺拔尖人才培训班；各全国文艺家协会共计举办新文艺群体培训班20余期，培训人数2000余人次，效果很好，受到了新文艺群体的普遍欢迎。各地文联也举办了丰富多彩、形式各异的新文艺群体培训班，下一步还要进一步建立常态化培训机制，扩大培训规模和覆盖面，加强培训的针对性，提升培训效果。在新文艺群体职称评定方面，中央领导对这项工作十分关心，高度重视，中宣部予以大力支持。中国文联把这项工作作为重要改革措施，抓紧协调推动。目前，正由中宣部牵头，积极向操作性阶段推进。在搭建工作平台方面，要加强专委会、艺委会工作。聚焦发挥行业建设主导作用，科学把握专委会（艺委会）的功能定位，把对新文艺群体团结引领纳入专委会（艺委会）的重要工作内容，吸收他们适当参与相关工作。要进一步做好专委会（艺委会）清理规范工作，制定完善专委会（艺委会）工作条例，对于作用发挥较好的，予以大力支持；对于职能不清、有名无实、管理混乱的，限期整改纠正或者予以撤销；根据业界需求，也可以新设专委会，真正把专委会（艺委会）打造成文艺工作者、艺术家发挥特长、团结引领广大文艺工作者的有效平台和行业建设的有效载体。要按照各艺术门类规律和特点，根据青年文艺工作者的成长成才不同需求，广泛团结凝聚本地区、本艺术门类、体制内外的青年文艺工作者，通过积极活跃、持续规范地开展各种有吸引力的艺术交流活动，积极搭建“青年艺术家之友”工作平台，使之成为会员工作的拓展和延伸，努力为新文艺群体成长成才铺路。在有针对性开展团结服务方面，要密切关注北京、上海、浙江横店、江西景德镇等新文艺群体聚集区，探索联系服务新模式。加强对行业性、地域性文艺组织的联系服务，与民营经纪机构、艺术工作室、网络社群等各种新文艺组织建立经常性工作联系，有针对性地开展教育培训、创作指导等服务。

二是大力加强文艺界行业建设和行风建设。加强行业服务、行业管理、行业自律，在行业建设中发挥主导作用，是中央对文联工作提出的新的重要任务和要求，是检验我们改革成功与否的关键所在，也是文联协会组织在新形势下转型发展的难得机遇。各级文联要高度重视，及时转变观念，克服畏难情绪和惯性思维，不等不靠，积极作为，切实推动行风建设和行业建设。要加强对相关政策法规的研究，认真梳理本艺术门类特点和规律，学习借鉴文化行业专业标准化技术委员会和有关行业组织成功经验，充分借助专委会(艺委会)的作用，分类分批制定出台各艺术门类的行业标准和行业规范，明确道德准则和行为规

范，树立行业门槛，严格行业准入与退出机制。要充分发挥中国文联文艺工作者职业道德建设委员会和各全国文艺家协会行风建设委员会的作用，大力开展行风建设和行业自律。要加强对文艺工作者违法违纪、失德失范行为的管理规范，在大力推进网上文联协会建设的基础上，积极探索建立文艺从业人员和从业机构分级分类、互联互通的诚信档案制度，与有关部门推动建立和完善行业激励惩戒联动机制。建立和完善会员的监管、惩戒和退出机制，对于违法或造成严重不良社会影响的会员，按照各协会会员管理制度规定，依法依规进行严肃处理。目前中国曲协、中国摄协已开通行风监督热线电话、开设行风监督专用邮箱、聘请行风监督员，畅通问题反映和信息交流渠道，有效发挥了公众的社会监督作用。要推进舆论监督，对个别文艺从业人员失德违法现象旗帜鲜明地表明立场、辨明是非，激浊扬清、褒优贬劣，有效引导舆论，努力营造昂扬向上、风清气正、健康发展的文艺环境。

三是加快推进网上文联建设。习近平总书记在全国宣传思想工作会议上强调，谁掌握了互联网，谁就把握住了时代主动权；谁轻视互联网，谁就会被时代所淘汰。当前，网络文艺迅猛发展，而我们对网络文艺生态研究还不够，对新兴艺术形态的创作和传播规律了解不足，在网络文艺创作领域缺乏话语权主导权，应对网络文艺发展态势的能力明显不足。在“互联网+文艺”、“互联网+文联”、“互联网+协会”方面，我们可借鉴、承袭的东西很少，迫切需要探索创新，同时需要过观念关、能力关、体制机制关（人员机构配置等）和队伍关，使互联网这个最大变量变成文联事业转型发展的最大增量。要加大力度推动“网上文联”建设，构建门类齐全、纵横交织、覆盖广泛、联系紧密的网络文联组织体系，根据中国文联今后五年互联网+文艺总体规划，计划到2020年初步建成“网上文艺之家”，整合全国文联系统数据资讯，形成一体化工作平台，将联络服务覆盖到各级文艺家协会会员和文艺工作者。下一步，我们将通过统筹“网上文艺之家”整体建设，积极争取主管部门支持，采取通用标准，实现功能升级，尽快完成全国文联组织现有资源的数字化转化和网络化应用，加强“互联网+文联”“互联网+协会”的基础性、技术性、平台性建设，做到使用方便、推行简易，成为服务广大文艺工作者的便捷工具。要大力扶持推进网络文艺精品和优秀人才展示传播。注重加强网络内容建设，努力做大做强以中国文艺网为龙头的文联网上文艺传播网站群，探索开展优秀文艺作品和重大活动展演网络化传播，加大对优质传统文艺资源融入网络的转化和创新力度，着力打造一批具备品牌影响力的网络传播活动和内容产品。充分发挥“三微（微博、微信、微视频）一端（手机客户端）”新媒体作用，加强正面宣传，改进传播方式，扩大优秀文艺作品和优秀文艺人才的传播力、影响力。

四是不断创新文艺维权机制。自律维权是党中央在新时期赋予文联组织的新职能，是对文联工作的新要求，各级文联组织要切实履行好维权职能，创新文艺维权机制，依法维护文联组织和文艺工作者的合法权益。要大力推动维权机构建设和队伍建设，就全国文联系统而言，要创新工作机制，在建立专门机构，配备专业干部，壮大维权专业队伍上着力。暂不具备条件的，可在有关职能部门加挂牌子或增加职能，在充分发挥自身资源优势的同时，广泛借助社会力量，加强与立法、司法、行政机关及国内外权保组织的联系，积极建立立法协商机制、侵权纠纷调解机制、权益保护协调合作机制和诉求表达处理机制，构建社会化文艺维权新格局。要进一步加大文艺界普法宣传力度。把法律知识和维权实务纳入各类研修培训课程，增强业界法律意识，扩大文艺维权的社会影响力。要面向广大文艺工作者，特别是新文艺组织和新文艺群体，大力开展文艺法律志愿服务，切实为文艺工作者排忧解难，不断增强文联组织的吸引力和凝聚力。

关于深化文联改革讲了四个方面工作目标、措施，实际上不止这些。中国文联改革2017年初开始启动，省区市兵团文联改革今年全面启动，经过共同努力，目前省区市兵团文联改革方案绝大多数已出台，下一步工作任务，一是全力推进方案的落地落实，二是全力推进地市级文联改革方案出台，已出台的督促落实。从中国文联、各全国文艺家协会改革实际进程看，抓改革方案落实可能比制定方案任务更艰巨、更长久。这里首先还是要解决一个观念问题，把改革与日常工作结合起来，观念解决了，工作精力和措施手段也就自然跟上了。各位文联主要负责同志要用钉钉子精神，一如既往地把深化改革工作深入推进下去。

3.强化引导、完善举措，积极引领文艺工作者从“高原”向“高峰”迈进

习近平总书记强调，“要引导广大文艺工作者深入生活、扎根人民，把提高质量作为文艺作品的生命线，用心用情用功抒写伟大时代，不断推出讴歌党、讴歌祖国、讴歌人民、讴歌英雄的精品力作。”文联做人的工作，是做文艺工作者的工作，最终还是要通过文艺作品发挥作用、产生影响，以优秀文艺作品服务人民群众。我们要采取各种举措，着力解决当前文联组织引导创作常态化机制不完善、工作载体覆盖面较窄、宣传推介力度不够等问题。

一是在创作导向上，要坚持以不断满足人民群众精神文化生活新期待作为根本出发点和落脚点。习近平总书记强调，社会主义文艺是人民的文艺，必须坚持以人民为中心的创作导向，人民的需要是文艺存在的根本价值所在。目前，随着人民生活水平不断提高，人民群众的文化素养以及对文艺的质量、品位、风格等的要求也日益提升。能否从文艺作品中得到思想的启迪、艺术的享受、审美的熏陶，将成为人民感知并衡量生活美好程度的一个重要尺度。文艺创作要跟上新时代的发展要求，必须引导广大文艺工作者始终坚持以人民为中心的创作导向，把目光聚焦到人民美好生活需要上来，为广大人民提供更丰富、更有营养的精神食粮，让人民精神文化生活不断迈上更美好的台阶。

二是在创作途径上，要始终遵循“深入生活，扎根人民”的创作原则。习近平总书记多次强调，文艺创作方法最根本、最关键、最牢靠的是扎根人民、扎根生活。文艺创作虽然需要张扬个性、不断创新，但任何个性和创新，都要遵循艺术创作的基本规律，都要扎根火热的现实生活。要进一步细化优化“深入生活、扎根人民”工作程序，切实建立常态化工作机制，把组织具有示范性的创作采风实践和对基层文艺工作者的艺术指导结合起来，为文艺工作者提供丰富的创作资源，推出优秀原创新作，有效引导推动创作。现实主义精神淡化、现实题材精品缺乏是当前文艺创作中存在的主要问题之一。我们要通过抓好并重点扶持现实题材创作，谋划好创作规划和选题策划，借鉴地方文联的有益探索，把工作重点从组织活动转到健全机制、形成常态上来，转到推动创作的成效成果上来，引导广大文艺工作者找准文艺创作的坐标和方向，勇于用现实主义精神在现实题材创作领域精耕细作，不断提升文艺作品讲好当代中国故事的能力。

三是在创作评价上，注重发挥文艺评奖评论的示范引导作用。评奖评论是文联组织引导创作的重要方式和工作抓手。我们要进一步深化文艺评奖改革，规范评奖程序，不断提升文艺奖项权威性、公信力、影响力。要进一步强化文艺评奖科学化、规范化水平，增强各奖项的权威性、公信力、行业影响力。严格遵守《全国性文艺评奖管理办法》《评委库建立实施规范》等一系列文件，严格遵守评奖章程制度规范，加强日常监督管理，落实监审责任，规范操作流程。近期我们还计划召开由十一个全国文艺家协会负责同志参加的继续深化文艺评奖改革座谈会，力争在提升行业引导示范、加强正面宣介传播方面取得新进展。要进一步加强各艺术奖项推出的优秀作品、优秀人才的宣传推介力度，注重评奖与推出新人新作相结合，强化与现代传播方式的深度融合，加大权威发布力度，不断提升文艺评奖关注度、参与度、传播力和影响力。要完善文艺评论机制，营造讲道理、说真话的文艺评论环境。加快研究建立统一的、科学的、可操作的文艺评论标准体系；加快提升新媒体时代文艺评论人才队伍的整体专业水平，注重讲清道理、讲透道理、讲让老百姓听得懂的道理；进一步探索完善文艺评论人才的激励和约束机制，营造敢说真话、能说真话、愿说真话的文艺评论环境；进一步加强对重大创作主题、重点文艺作品、热点文艺现象的评论引导。

4.创新思路、完善机制，大力加强文艺人才队伍建设

党的十八大以来，习近平总书记针对文艺工作者崇德修身、从艺做人，提出了一系列重大论断和创新观点，为文艺工作“培养什么样的人”“怎样培养人”指明了方向。文联工作主要是

做人的工作，遵循文艺人才成长规律、大力加强文艺人才队伍建设是文联工作的重中之重。

一是秉持崇德尚艺，加强对文艺工作者队伍的思想政治引领。我们要加强正面引导示范，把日常宣传推介和重点典型推介相结合，通过组织开展巡回宣讲、座谈交流、培训研修、艺术辅导等形式多样的活动，引导文艺工作者树立正确的历史观、民族观、国家观、文化观，加强道德品质修养。针对目前文艺创作类人才青黄不接，青年文艺人才、基层文艺人才短缺等问题，要加快实施各级各类中青年骨干文艺人才培养计划，引导文艺人才深入生活、扎根人民。要继续建立完善常态化培训机制，把思想政治培训、理论培训、文艺观培训和业务培训结合起来，把对中青年骨干文艺人才和新文艺群体的培训统筹起来，分级分类开展培训，在做大做优、增强实效上下功夫，使培训工作真正成为文联加强文艺队伍建设、履行团结引导职能的重要载体和有力抓手。

二是坚持好干部标准，建立一支热爱文艺、高素质、专业化文艺管理干部队伍。坚持党管干部原则，坚持新时期好干部标准和正确选人用人导向，完善文艺管理干部培养选拔任用考核考察机制，加强教育培训，严格管理监督，注重能力建设，切实增强“八种本领”，倡导奉献精神，努力培养一支忠诚干净担当的热爱文艺、高素质、专业化干部队伍。建设专职、挂职、兼职相结合的干部队伍，改进干部选任交流工作。文联干部要多做得人心、暖人心的事，成为文艺工作者事业上的好伙伴、生活中的真朋友。同时，要抓好文联全委会委员及各协会主席团成员、理事会理事的履职工作，建立监督考核机制，形成履职工作长效机制，充分发挥文联和协会领导机构成员在加强文艺队伍建设中的示范带头作用。

三是遵循规律，形成优秀人才脱颖而出的良好氛围。要拓宽文艺人才培养渠道。结合行业发展变化和特点，修订完善个人会员入会细则，科学设置入会条件和审批程序，进一步畅通各类文艺工作者入会渠道，特别是重点关注基层一线、青年文艺工作者和新文艺群体，为优化会员队伍结构、壮大会员队伍提供新鲜血液。针对会员工作“重发展、轻服务、缺管理”问题，要不断创新服务方式，拓宽服务渠道，建立有效的会员激励监管机制，加强会员基础信息和服务载体的数据化整理整合，进一步建立健全会员网络服务管理平台。要创新文艺人才评价机制。在文艺人才评价尤其是新文艺群体职称评审标准的探索制定中，要确立科学的文艺人才评价标准，对不同艺术门类、不同工作形态的文艺人才，制定与之相适配的评价标准，避免“一把尺子量到底”，实现“干什么、评什么”，让干得好、有成果的人能得到认可。要创新文艺人才的激励与保障机制。针对各类文艺人才的不同特点和个性化需求，科学设计人才激励保障机制。对于处于创业初期的年轻文艺工作者，多给予培训指导、创作采风、项目扶持和展示舞台；对于有一定艺术成就的文艺家，多给予宣传推介、职称评定、权益保护等服务；对于一些文艺爱好者，多给予参评参赛机会，多认可、多引导。总之，要把更多的文艺工作者、文艺爱好者团结凝聚起来，不断壮大文艺人才队伍，为文艺事业繁荣发展做贡献。

六、提升领导素养，力求工作实效

各级文联组织班子成员特别是主要负责同志在各自工作单位和全面工作中处于重要地位，起着关键作用，负有领导责任，其能力、素质、作风，直接影响到领导班子强弱以及班子的向心力、权威性和工作推动力，最终关乎整个文联事业的发展。因此，不断提升各级文联组织班子成员特别是“一把手”的综合素质、领导艺术、领导能力，增强工作实效，是摆在大家面前的重要课题。

1. 要善于统筹

统筹意味着一种顶层设计和责任担当，是一种立足全局的执政智慧。所谓“不谋全局者，不足谋一域”。毛泽东同志在《党委会的工作方法》中，把开展工作比喻为“弹钢琴”。习近平总书记认为，“在中国当领导人，必须在把情况搞清楚的基础上，统筹兼顾、综合平衡”。当前，文联工作处于守正创新的重要时期，机遇与挑战并存，改革任务繁重，如何掌握工作的主动权，有序有力有效推进改革，对各级文联组织班子成员特别是主要负责同志来说，关键要学会“弹钢琴”，做到统筹协调。

一是要加强工作内容上的统筹。目前，就文联系统而言，在党建、意识形态工作与业务工作的共同研究部署上，没有很好地结合起来的问题，还比较普遍存在。习惯于就党建抓党建、就业务抓业务，党建、意识形态工作与业务工作“两张皮”的问题还没有得到很好解决。因此，我们要在科学统筹好党建工作、意识形态工作和业务工作上下功夫，努力做到党建工作常抓在手，业务工作突出重点，重点活动集中精力抓好。抓党建、带队伍、促业务是一个有机整体，要科学运筹，不要出现“外面热热闹闹，家里乱乱糟糟”的被动局面。要切实树立和增强以党建带队伍、强管理、促业务的思想，强化政治领导的意识、能力和水平，真正做到以党建带全局，以党建促文联工作创新发展。

二是要加强工作关系的协调。结合文联工作实际，我以为要注重协调处理好四个方面的关系：要摆正好与宣传部门的关系。同级宣传部门是各级文联的主管部门，要积极主动自觉地接受宣传部的领导，最大限度得到宣传部的支持帮助，同时又要注意发挥文联组织的主观能动性，在宣传部的直接领导下，主动作为，按照文联深化改革方案的要求，积极探索，勇于创新，有为有位地开展工作。要把握好党组(分党组)与主席团的关系。从总体上说，党组与主席团的工作目标是一致的，就是共同做好团结引导广大文艺工作者的工作，做好党的文艺工作，推进社会主义文艺事业的繁荣发展。党组（分党组）要加强对主席团开展工作的政治领导，把好导向，管好大事。主席团要自觉在党组（分党组）领导下开展工作。与此同时，党组（分党组）在业务工作上要注意尊重和听取主席团的意见和建议，发挥主席团成员的作用。主席团成员要忠实地履行职责，积极建言献策，更好地发挥作用，形成工作合力。要处理好文联和协会的关系。文联与协会既是隶属关系，同时协会又是文联的团体会员，因为文联及协会是党领导的人民团体组织，所以，从党的领导体制来讲，文联与协会的关系是上级与下级的关系，是领导与被领导的关系，归根到底，是上级党组织对下级党组织的关系。我认为，这是保证党对文联及协会领导的制度安排。文联党组要加强对协会党组织（分党组）的政治领导，包括党建工作、意识形态工作的领导和监督，把好协会工作的正确方向。同时要加强对协会的业务指导，善于调动和发挥协会开展工作的积极性、主动性、创造性。协会要自觉服从文联的领导，把在文联党组领导下，围绕中心、服务大局与立足职能、发挥自身优势、创造性开展工作有机结合起来。就当前深化文联改革工作来说，协会要注意充分发挥主体、载体、导体作用，既要自觉增强推进改革的主动性、紧迫性、能动性，也要自觉在文联党组整体部署下将各项改革措施落实到位。要协调好文联与政府相关文化职能部门的关系。文联与政府相关文化职能部门，职能不同，组织架构不同，工作运行机制、方法手段也不同，一方面文联组织要尽可能立足自身职能，发挥自身优势，履职到位；另一方面要注意与政府相关文化职能部门配合联手，各展所长，共同把围绕中心、服务大局、团结引导文艺工作者、推动文艺创作的工作做主动、做出成效；同时，要围绕行业建设、行业管理和行风建设，在宣传部门牵头指导下，与政府相关文化职能部门建立综合施策、综合发力的工作协调机制。

2.要突出重点

抓工作就是解决各种矛盾和问题。作为单位的主要负责同志，既要对各种矛盾做到心中有数，同时又要优先解决主要矛盾和矛盾的主要方面，要善于抓重点、抓关键、抓要害，牵住“牛鼻子”。习近平总书记在全国宣传思想工作会议上要求，宣传思想工作必须在基础性、战略性上下功夫，在关键处、要害处下功夫，在工作质量和水平上下功夫。这三个下功夫，科学揭示了矛盾的主要方面，对应文联工作，恰恰是我们工作中必须突出抓好的重要方面。当前，深化文联改革正处于关键期、攻坚期，如何抓住这一重大机遇，以党建促改革、促业务，抓住文联改革中带有全局性、根本性问题，抓大事、抓根本、抓难点、强弱项、补短板，这是文联及协会班子成员特别是主要负责同志要高度重视、认真思考、科学把握、通盘运筹的大棋局。

要坚持把以人民为中心作为工作的总方向；要坚持把最广泛地团结引导广大文艺工作者听党话，跟党走，繁荣创作，服务人民，德艺双修作为工作的总目标；要坚持把以党建促改革、促业务、带队伍、强管理作为工作的总理念；要坚持把强化行业服务、行业管理、行业自律，加强行业建设，作为工作的总抓手。党建工作（包括思想理论武装、党组织工作制度的执行），意识形态工作（包括队伍建设、管理制度、阵地建设），文艺创作的组织引导（包括重大创作主题实践活动、“送”“种”文化相结合的工作机制），业务范畴基础性工作（包括会员管理、联络服务引导、思想业务培训、专委会〈艺委会〉建设等），新文艺组织、新文艺群体的团结引领（包括工作载体、路径的探索创新），网络建设（包括规划、软硬件建设）等等，这些都是需要各级文联主要负责同志始终放在心上、抓在手上、狠下功夫、落到实处的重点工作。对于本单位一般性、常规性的活动和其他日常性工作，各级文联主要负责同志不一定都参与、都顾及，不要面面俱到，平均使力，不要眉毛胡子一把抓，这样既占用了大量精力，又没有抓到工作的关键处、要害处，事倍功半，效果并不理想。这里也要强调一点，重点工作也有长期重点工作和一定时间内的阶段性重点工作，对此，班子的一把手要善于应用理性思维，科学分析和把握。

3. 要注重调研

重视调查研究，善于调查研究，在调查研究的基础上解决突出矛盾和问题，是我们党一以贯之的优良传统，是谋划工作、科学决策的重要依据。毛泽东同志反复强调调查研究的重要性，提出了“没有调查就没有发言权”“不做正确的调查同样没有发言权”等著名论断。习近平总书记也强调指出，“调查研究是谋事之基、成事之道”“要在全党大兴调查研究之风”。调查研究是做好领导工作的一项基本功。当前各级文联抓党建、抓改革、强服务、促业务的任务很重，顺应新形势新任务新要求、探索创新的任务很重，越在这样的时候越要注重调查研究。文联各团体会员、各级文联的主要负责同志，要下决心、用精力深入到基层文联、深入到团体会员单位、深入到体制内外文艺工作者中去，了解情况、倾听诉求、发现问题、解剖典型、总结经验，有针对性地提出解决问题、创新工作的新路径、新举措。调查研究说起来大家都很熟悉，也都在这么做。但是不是用心用情用功在做，情况各异，收效也大不一样。借鉴以往这方面的经验教训，我们在调查研究上，一是要下恒心，每年挤出相对充足的时间搞调研。时间是有弹性的，手上的事再多也是有轻重缓急的，只要下决心，还是能挤出时间深入基层开展调研的；二是要深下去，强化问题意识，明确调研目的，不走马观花、不浮光掠影，力求解剖麻雀，把情况摸清、问题找准、形成扎实可信可用的第一手材料；三是要重成果，在调查研究的基础上，强化问题导向，善总结、善归纳、重提升、重创新，使调查研究的过程真正成为科学决策的过程、创新推动工作的过程。

4. 要敢于担当

习近平总书记强调指出，“各级主要负责同志要自觉从全局高度谋划推进改革，把准方向、敢于担当。”担当精神是领导干部坚持原则、敢于负责，面对大是大非敢于亮剑，面对矛盾敢于迎难而上，面对危机敢于挺身而出，面对失误敢于承担责任，面对歪风邪气敢于坚决斗争的精神。从管理学的角度来讲，担当是一种岗位要求，就履职者自身而言，担当是履职尽责的行为，是动机、智慧、勇气、能力的有机统一。自觉担当、敢于担当、善于担当，是我们党对领导干部的基本要求。目前，文联组织正处于改革转型、勃发生机的关键期、攻坚期，比认识更重要的是决心，比方法更关键的是担当。因此，对文联组织各单位班子成员特别是主要负责同志来说，要在自觉担当、敢于担当、善于担当方面勤磨砺、善作为。

要强化政治意识和政治担当。要明确政治责任，把加强党对各级文联组织的政治领导责任，时刻放在心上、扛在肩上、抓在手上。要善于把方向、抓导向、管阵地、强队伍、抓落实，做到为官一任、担责一方。具体而言，就是要把组织文联干部和广大文艺工作者认真学习贯彻习近平新时代中国特色社会主义思想这方面工作抓到位、见成效，把党的理论路线方针政策和各项重大决策部署在本单位的贯彻执行抓到位、见成效：把落实好党建工作和意识形态工作主体责任和“一岗双责”做到位、见成效。要敢抓敢管，敢于问责，要当“战士”，不当“绅士”。作为“一把手”，要有大格局、大胸怀、大责任，无论党建工作、意识形态工作、业务工作、内部管理、队伍建设等，都要敢抓敢管，敢于较真。要严字当头，发现苗头倾向性问题，要及时揪耳扯袖。对于要求不严、工作不力、责任缺失的要提醒告诫。一旦发现干部出了问题，要依规依纪严肃处理。要善于担当，既要有责任感，也要有意志力、内心定力和风险防患能力。在一个单位，“一把手”就像一根“顶梁柱”，一堵“防火墙”，一方“缓冲池”，一处“安全阀”，既要牵头抓总、抓大事、深谋划，搞好顶层设计，又要抓落实、全兜底，大事、难事、急事都得面对，都要稳健把握、妥善处理。同时还要善协调、促和谐、聚民力，还要察隐患、防风险，等等。这种角色、责任和压力，没有“高处不胜寒”的境界和强大定力，没有“咬定青山不放松”、迎难而上的顽强意志力，没有“舍我其谁”的胸怀和抱负，没有孙悟空的“火眼金睛”，是难以担当、难以承受、难以胜任的。这一点，作为“一把手”，我们要想透彻、笃恒心，要豁得出、扛得起。不是谁都能走上“一把手”这个位置，不是谁都能干好“一把手”这份工作，甚至于有的同志可能对“一把手”这份工作还不一定十分情愿。但是，党组织既然已做出了这样的安排，把我们放到这个岗位，我们就必须在岗言岗、在岗爱岗，忠诚地履行好岗位职责，酸甜苦辣、急难险重都要经得起、撑得住。

5. 要富有情怀

孟子曾对齐宣王建言，“乐民之乐者，民亦乐其乐；忧民之忧者，民亦忧其忧。”作为文联组织的班子成员特别是主要负责同志，不仅要有家国情怀、人民情怀，还要有深厚的文艺情怀、文联情怀。

文联是党和政府联系广大文艺工作者的桥梁纽带，我们的服务对象决定了我们首先要热爱文艺、热爱文联，要有文艺情怀和文联情怀。我以为，在文联和协会工作，有否文艺情怀，关乎其岗位认知、身份认知、职业精神、从业状态，文艺情怀的有或没有、深与浅，是完全不一样的。深厚的文艺情怀，是文联领导干部爱岗敬业的内生动力，也是热情服务广大文艺工作者的情感“润滑剂”。文艺情怀不止于热爱层面，还包括对文艺内涵的敬畏、追求、学习和把握，不仅要爱文艺，还要尽可能多地知文艺、懂文艺，把爱岗、知业、敬业有机统一起来。有了这样的文艺情怀，我们可以更好、更深地与文艺工作者沟通交流，感受着他们的苦乐酸甜，体会着他们的所盼、所急、所忧、所想，成为他们事业上的知心人、服务员，生活中的真朋友，从而用更加符合文艺规律的方式引导推动文艺事业。因此，各级文联领导干部，要饱含文艺情怀，对艺术家要尊重、真诚，要真交朋友、交真朋友，用心用情做工作，润物无声做工作，尊重规律做工作，避免行政命令、发号施令、强人所难。讲情怀、爱文艺、爱文联，还应体现在对文联干部职工的关心爱护上，要重视、自觉、习惯于和干部职工的谈心交流，注重了解干部职工的思想动态，善于换位思考，及时化解他们心中的疑虑困惑，帮助解决他们工作生活中的实际困难；要给平台、压担子，不断激发干部职工的工作热情激情，营造用事业、用感情、用适当的待遇拴心留人的良好从业环境。

6. 要豁达心胸

做人要有胸怀，做领导更要有胸怀。领导的事业成就大小与其胸怀成正比，有多大胸怀，就有多大舞台。正如黄石公所言，“地薄者大物不产，水浅者大鱼不游，树秃者大禽不栖，林疏者大兽不居。”因此，做领导干部一定要胸怀宽广，要有大视野、大格局，如此方有人格魅力。要能容人容事，既能容人之短又能赏人之长，既能容人之过又能容人之功。具体而言，在决策上，要紧紧依靠领导班子开展工作，要注意尊重和听取班子成员的意见，集中大家的智慧，坚持民主决策，集体领导，按照规定的程序议事，不自以为是、先入为主，不搞一言堂，更不能独断专行，我行我素。在用人上，不搞亲亲疏疏，要公正客观地看待每一位干部。看干部用干部，既要看一时一事，更要看一贯表现，要看潜质、看本质、看发展，特别要看在大是大非面前、在关键时刻的表现。要善于用人所长，用人不疑，对干部既不求全责备，也不遮丑护短。要坚持积极健康向上的用人导向，营造想干事、会干事、干成事的用人氛围。要公正对待、善于团结使用对自己有意见的人、反对过自己的人、不套近乎的人。人非圣贤，孰能无过。水至清则无鱼，人至察则无徒。领导干部特别是“一把手”，贵在自知，重在知人，要换位思考、将心比心。这里根本在于要有一个“大我”，做人要真诚，待人用人要公道、公平、公正，我想这就是“一把手”最重要最可贵的品质。要认真贯彻执行新时代党的组织路线，要胸怀文艺事业，着眼改革发展大局，选好人用好人，着力培养忠诚干净担当的高素质干部，最大限度调动各方面的力量，形成工作合力。在工作的主观动机上，要树立正确的政绩观，不搞形式主义、花架子，处理好“显绩”和“潜绩”的关系。“显绩”固然重要，“潜绩”更加可贵。合抱之木，生于毫末；九层之台，起于累土。只有打好基础、着眼长远，才能稳扎稳打、行稳致远。工作不要浮在面上，天天耗在各种活动上，而是要多做一些打基础利长远的事。要真诚地对待班子同志，做到推功揽过，而不是揽功诿过，甚至于揽功推过。要有“功成不必在我、功成必定有我”的胸怀。前人栽树，后人乘凉，为官一任，心地坦然，何乐而不为呢？

以上仅仅从做好文联工作的角度从六个方面谈及领导素养的提升问题，事实上领导素养的提升，内涵是十分丰富的。作为各级文联组织的领导干部特别是主要负责人，我们要按照习近平总书记提出的“严以修身、严以用权、严于律己，谋事要实、创业要实、做人要实”的要求，全面审视自己，不断严格要求自我、完善自我，以忠诚的履职担当和良好的领导素养，保障文联工作健康有序有效地向前推进。

同志们，“盖有非常之功，必待非常之人。”人是事业发展最关键的因素，文联组织各单位班子成员特别是主要负责同志是文联事业发展的最关键因素。新时代赋予新使命，新征程呼唤新作为。我们要认真学习贯彻习近平新时代中国特色社会主义思想，特别是关于宣传思想工作、文艺工作的重要论述，不断提升履职尽责能力，牢记使命、牢记职责，不忘初心，继续前行，团结带领广大文艺工作者，不断开创文联工作新局面，努力筑就中华民族伟大复兴时代的文艺高峰！

在中国音协新兴音乐群体工作委员会成立大会上的讲话

（2018年9月19日）

中国文联党组成员、副主席、书记处书记　李前光

尊敬的各位音乐家，

各位委员、同志们：

金秋时节，清风送爽。在全国文艺界深入学习贯彻习近平新时代中国特色社会主义思想和党的十九大精神，全国文联系统大力推进深化改革之际，中国音协新兴音乐群体工作委员会今天正式成立。这是中国音协历史上的一件大事，也是音乐界的一件喜事。这是音乐界的第一家，对文艺界也将产生积极的影响。在此，我谨代表中国文联党组和李屹同志，对委员会的成立表示热烈的祝贺！向出席大会的各位委员，并通过你们，向全国的新兴音乐群体致以亲切的问候！

习近平总书记指出：我们要扩大工作覆盖面，延伸联系手臂，加强对新文艺组织、新文艺群体的团结引导，用全新的眼光看待他们，用全新的政策和方法团结、吸引他们，引导他们成为繁荣社会主义文艺的有生力量。总书记提到的新文艺组织和新文艺群体就是我们文联、协会在新时代需要着力加强团结、引导和服务的对象，也是文联、协会深化改革的核心内容。

随着中国特色社会主义现代化建设和改革开放的深入推进，特别是文化体制改革的深入推进，许多国有文化企事业单位逐步转企改制，并逐步吸纳民营资本加入，形成了一批公私合营和民营的文化企业；同时，有越来越多的文艺工作者脱离原来单位“下海”谋生或创业，由体制内转为体制外，由原来的“单位人”转变成文艺界的自由职业者，还有很多青年人走出校园就选择了自主创业或投身于新文艺组织。特别是近年来，随着我国经济结构调整和产业转型升级，特别是信息产业的快速发展，在国家政策法规的引导和鼓励下，知识密集、绿色环保的文化产业日益受到社会资本的青睐，大量资本流入文化产业，大批优秀文艺人才陆续加入文艺创业大军。音乐艺术是艺术百花园中的重要门类，地位十分突出。目前的新兴音乐群体也如雨后春笋般大量涌现，规模空前壮大。在整个新文艺组织、新文艺群体中占有极高的比例。近年来，中国音协高度关注新兴音乐群体，在项目申报、教育培训、展演展示、评比奖励、创作扶持等方面积极创造条件。此次中国音协在文联系统率先成立新兴音乐群体工作委员会，就是落实中央要求，全面深化改革的重要举措，必将对最广泛地团结广大音乐工作者听党话、跟党走，引导新兴音乐群体为建设新时代社会主义文艺贡献智慧和力量，起到积极的推动作用。

借此机会，讲几点体会，与大家交流。

一、组织上要过硬，强化群团工作的政治性、先进性、群众性

我们要深刻认识到：没有文化繁荣兴盛，就没有中华民族伟大复兴。一个民族的复兴需要强大的物质力量，也需要强大的精神力量。当前，我国社会的主要矛盾已经转化为人民日益增长的美好生活需要和不平衡不充分的发展之间的矛盾。人们对精神层面的需求越发强烈；文艺在举精神旗帜、立精神支柱、建精神家园的价值越发彰显。新文艺组织、新文艺群体中不断涌现杰出的艺术家，他们凭借精湛的技艺和优秀的作品声誉日隆，在业界和群众中拥有越来越大的社会影响力。团结引导好新文艺组织、新文艺群体，不仅对繁荣社会主义文艺、建设社会主义先进文化具有积极作用；同时也有利于巩固和发展党的爱国统一战线，提高协会党组织的执政能力和领导水平。这是我们在新时代义不容辞的光荣职责，是充分发挥桥梁纽带作用，凸显和增强群团组织政治性、群众性、先进性的重要途径。

中国音协新兴音乐群体工作委员会是文联系统成立的首家专门联系服务新文艺群体的组织，

是团结引领新兴音乐群体和组织的重要工作平台。各位作为首届委员，要以高度的政治自觉和社会责任感，以坚定的信念和一以贯之的力度，扎实推进中国音协新兴音乐群体工作委员会各项工作，努力使委员会成为中央文艺方针政策的坚定执行者，音乐艺术和音协工作改革创新的有力推动者。每次唱起国歌，都感到庄严神圣。在音协的会议唱起国歌又多一份自豪，为音乐家感到自豪。

二、管理上要作为，把委员会打造成为新兴音乐群体温暖的“家”

中国音协新兴音乐群体工作委员会的工作是新形势下补齐音协组织工作方式“短板”的新尝试，也是中国音协在行业建设工作方面的新拓展，必然会面临许多新情况和新挑战，这不仅需要我们解放思想，转变观念，积极探索，勇于创新，还需要我们敢于担当，实事求是，深入研究，遵循规律，健全机制。这次会议制定了《委员会章程》，明确了相关规则，我们要认真实践，付诸行动，逐步建立和完善各项工作机制。针对音乐群体发展迅速、规模庞大、影响面大、关注度高等特点，要注意加强对行业舆情的研究和分析，在工作理念、工作方式、工作手段、工作作风等方面要有全新改变，按照属地化、层级化、专业化、分众化相结合、线上线下相结合的原则，制定有针对性、切实可行、管用的工作措施，建立起对新兴音乐群体联络服务管理的有效途径和长效机制。要注重对音乐行业发展中的新情况新问题，进行深入细致地调查研究，听取多方面意见，提出建设性的可行性的意见建议，推动形成有效的工作机制和可操作性的办法。作为新成立的组织机构，委员会工作一定要与中国音协中心工作紧密结合起来，把新兴音乐群体的积极性、主动性、创造性充分调动起来，融入全局工作中去，更好地发挥桥梁和纽带作用。要认真思考和研究“委员会是什么”、“委员会该做什么”、“委员会能做什么”和“委员会应该怎么做”等问题，努力在有为的空间、有为的领域、有为的岗位做出有为的业绩，把委员会真正打造成为新兴音乐群体温暖的“家”。大家从全国各地赶来，余隆主席和各位都很繁忙，大家来参与建设、策划，就体现了我们的责任感。

三、引领上要有力，使新兴音乐群体成为社会主义文艺的有生力量

习近平总书记指出，要引导文艺工作者树立正确的历史观、民族观、国家观、文化观，自觉讲品位、讲格调、讲责任，自觉遵守国家法律法规，加强道德品质修养，坚决抵制低俗庸俗媚俗，用健康向上的文艺作品和做人处事陶冶情操、启迪心智、引领风尚。新兴音乐群体规模庞大，能全面参与创作和生产，他们年纪轻，学历高，创作力旺盛，视野开阔，创新能力强，善于接受新生事物，市场导向明确，经营意识灵活。但是也有一定局限性：很多规模散而小，实力弱，面临许多发展问题，缺乏展示空间，生存压力大，创作导向需要引导，同时，也缺乏行业标准和从业规范。委员会成立后，要在积极主动引导新兴音乐群体坚守艺术初心上发挥突出作用，引导新兴音乐群体以普通群众的感知体验为切入点，把满足人民群众对美好生活的新期待作为工作的出发点和落脚点，让新兴音乐群体深切感受到，在繁荣发展社会主义文艺事业中大有可为。要不断加强对新兴音乐群体和组织的团结引领，用全新的眼光看待他们，用全新的政策和方法团结、吸引他们，结合他们所处的市场规律、文艺条件、生存环境、生活方式、艺术个性、思想状况等，努力探索出切实可行和有效的工作方法和体制机制，团结引领他们成为繁荣社会主义文艺事业、社会主义文化强国建设的有生力量。

四、服务上要到位，切实增强凝聚力和吸引力

习近平总书记指出，“哪里有文艺工作者，文联、作协的工作就要做到哪里。”要深入研究新兴音乐群体的基本构成、生存现状、成长成才规律、存在的困难和诉求，提出有利于改善他们从艺、从业条件，有利于发现人才、培养人才的措施和办法，为音乐人才队伍建设的长远发展提供有力支撑。要统筹协调，形成齐抓共管的合力。新兴音乐群体团结引领工作牵涉面广，中国音协要充分发挥好党和政府联系音乐工作者的纽带作用，要加强统筹协调，在不断完善新兴音乐群体工作委员会自身工作机制的同时，加强与有关部门沟通，延长行业管理链条。要带领各团体会员单位进一步延伸组织覆盖和工作覆盖，思想统一、目标一致，密切协作、形成合力，把这项工作作为当前和今后一段时期推动音协深化改革、转变职能的重点措施来抓，逐步推动形成制度规范统一、组织网络健全、职责分工明确、服务联络到位、机制措施有效的工作体系。

我们在联络服务新兴音乐群体，使他们获取更多温暖和归属感同时，对我们自己也有极大的促进作用。

首先，开展新兴音乐群体工作有利于我们培养更加务实的工作作风。新兴音乐群体多是在市场经济中成长发展，壮大起来，他们更加务实、更注重效率。如果还是用以前那种务虚的方式，显然无法获得认可，必须提供实实在在的东西。在工作中我们必须要有迅速的反馈和良好的服务意识，才能受到他们的认可。

其次，开展新兴音乐群体工作可以让我们正视差距。在我们这个圈子里还有很多人盲目认为体制外奋斗艰辛、资源匮乏、缺乏稳定，与其相比体制内产业发展更具优势，其实现在的社会发展速度之快我们想象不到，在很多领域我们已经被远远甩在后面。

最后，开展新兴音乐群体工作可以让我们加快思想更新。新兴音乐群体更加具有市场前瞻意识和灵敏度，更愿意尝试一些新的东西，对于普通受众尤其是青年人的心态也更加了解。反而在这方面我们有些故步自封、自以为是，思想意识上已经严重滞后。所以如果思想跟不上新文艺群体，没有思想的共鸣就难以有合拍的脚步，团结引导只能是一句空话。

各位委员、同志们：

时代创造机遇，奋斗成就伟业。让我们以高度的政治责任感和强烈的使命感，把做好新兴音乐群体工作这一重要使命牢记心中、扛在肩上，锐意进取、扎实工作，不断提升委员会团结引导和行业服务水平，为繁荣发展音乐事业，实现中华民族伟大复兴做出我们音乐工作者不可替代的历史性贡献！

最后，预祝成立大会圆满成功！

谢谢大家！

在纪念石少华诞辰100周年座谈会上的讲话

（2018年12月19日）

中国文联党组成员、副主席、书记处书记　李前光

各位嘉宾，同志们、朋友们：

今天，对于中国摄影家协会和广大摄影人来说是个不同寻常的日子。62年前的今天，中国摄影学会（中国摄影家协会前身）成立大会在中国文联礼堂召开，石少华同志当选为主席。62年之后的今天，我们在中国文联召开纪念石少华诞辰100周年座谈会。石少华是1949年6月召开的中华全国文学艺术工作者代表大会800代表中仅有的摄影界三名代表之一（其他两位是高帆、吴群），还是中国文联第三届全国委员会委员，这是中国文联、中国摄协第一次在文联为摄影家诞辰百年举办活动。在这个具有特殊纪念意义的日子，我们相聚在这里，怀着十分崇敬的心情深切怀念石少华同志，追忆他根植于人民群众无私奉献的艺术人生，缅怀他为我国摄影事业做出的杰出贡献，学习他忠诚党的事业矢志不渝。借此机会，我谨代表中国文学艺术界联合会，向出席座谈会的各位来宾表示热烈欢迎，向石老的亲属表示诚挚的问候，向以石少华为代表的为党为国家为人民倾情奉献的艺术家们致以崇高的敬意！

石少华同志是我国杰出的摄影艺术家、非凡的社会活动家和卓越的摄影组织领导者，是中国共产党和中国人民解放军摄影事业的开拓者，也是新中国摄影事业的奠基者。

1938年，年仅20岁的石少华带着相机奔赴革命圣地延安参加革命。他见证了中华民族苦难辉煌历程中许多里程碑式的重要时刻。在抗日战争和解放战争时期，他冒着生命危险，深入战地采访，拍摄了《毛主席和小八路》《埋地雷》《白洋淀上的雁翎队》《地道战》《子弟兵母亲戎冠秀》《飞檐走壁》《解放张家口》等具有强烈的时代感和战斗气氛的作品。新中国成立后，党和政府高度重视摄影工作。早在1949年，中央人民政府就成立了新闻摄影局，来管理全国新闻摄影工作。石少华任国家新闻总署新闻摄影局副秘书长兼摄影处长。1951年3月，创办了新中国第一本全国性摄影刊物《摄影工作》。1952年，成立新华通讯社摄影部，石少华任部主任。作为新中国摄影事业的开拓者，石少华先后参与筹建了新闻总署新闻摄影局、中国图片社、新华社摄影部、中国照片档案馆，为推动全国摄影事业的繁荣发展做出了不可磨灭的贡献。1955年，由人民日报、新华通讯社、人民画报、解放军画报和中国美术家协会联合举办的《摄影艺术展览会》在全国7大城市巡回展览，这是新中国成立后第一个大规模的摄影展览。他组织筹备中国摄影组织，1956年在中国摄影学会创立大会上石少华作了《组织起来，为繁荣我国的摄影艺术创作而努力》的工作报告，提出“中国摄影学会是一个中国历史上没有过的、具有全国规模的摄影组织”（民国时期的“中国”字头摄影组织都不是真正意义上的全国性组织）。1957年第一届全国摄影艺术展览举办。同年，在石少华的策划下，创办了协会第一份刊物《中国摄影》杂志，1958年又创办了《大众摄影》杂志。协会的会名以及《中国摄影》《大众摄影》的刊名，就是1959年石少华与侯波同志商量后，请毛主席亲自题写的。石少华历任协会第一、二、四届主席，为协会的建设和发展做了大量工作。1959年，石少华任新华通讯社副社长兼新闻摄影编辑部主任。1970年，任国务院文化组秘书长，1982年从新华社副社长、党组成员岗位离休。1998年3月因病医治无效，在北京逝世，享年80岁。今年，也是石少华同志逝世20周年。

在半个多世纪的艺术生涯中，石少华满怀对摄影艺术的热爱和对国家民族的深情，谱写了中国摄影的辉煌篇章，为我们留下了宝贵的艺术遗产和精神财富，不愧为中国的摄影大师，不愧为党的文艺战士，不愧为人民的艺术家！

同志们，朋友们！

举办座谈会是向以石少华为代表的老一辈摄

影家表示诚挚的敬意和深切的怀念，总结他们的摄影成就、学习他们的艺术品格，同时也是希望广大摄影工作者继承和发扬老一辈摄影家的优良传统，坚持崇高的艺术理想和以人民为中心的创作导向，努力创作出更多更好的摄影精品，弘扬中国精神、凝聚中国力量、讲好中国故事。

刚才听了大家的发言很受教育，也十分令人感动。今天在座的有我在部队工作时的老领导，也有我上大学时的老师，还有我转业到中国摄协后的领导和同事。了解了很多历史上的故事，石少华等老一辈摄影家就是一座宝藏、金矿，我们要认真地梳理和挖掘。

借此机会，我谈几点意见，与大家一起交流：

一、我们纪念石少华同志，就是要学习他坚定的理想信念和与祖国共命运的家国情怀

石少华出生在香港，后随父母定居在广州，后随岭南大学迁移到香港上学读书。当中华民族到了最危急之时，石少华毅然不顾生命安危，放弃舒适生活，经廖承志介绍，1938年3月历经三个月从香港奔赴延安，于同年10月加入中国共产党，投身到伟大的民族解放事业。

文艺工作者只有对民族、对国家怀有深情，与民族和国家的命运紧密相连、热情相拥，创作才能充满激情，作品才会产生震撼人心的力量。石少华在炮火纷飞、硝烟弥漫的战场创作的一大批优秀作品，虽已经过漫长的历史岁月，但是至今仍然具有强烈的艺术感染力，堪称不朽之作。我们要学习石少华这种赤子之心、爱国之情，自觉高扬爱国主义精神旗帜，用实际行动投身中华民族的伟大复兴。

二、我们纪念石少华同志，就是要学习他不畏艰难困苦、勇于开拓创新的精神

在战争年代的艰苦条件下，石少华一手拿枪一手拿相机，用摄影记录时代、反映生活、传递信息，激励官兵和人民大众为理想和信念而奋斗。他着眼摄影事业发展，创办摄影培训班，培育摄影人才。1938年至1939年，先后在陕北公学、抗日军政大学学习并担任摄影工作，1940年在冀中开办摄影训练队，培训摄影干部。自1940年至1948年的8年中，石少华先后在冀中军区、晋察冀军区、华北军区主办摄影训练班（队）共9期，培养学员总数超过240人。为全面报道抗日战争、解放战争和新中国摄影事业发展培育了一大批摄影人才。1940年6月，石少华主持冀中军区第一期摄影训练队，还请人谱写了摄影训练队队歌《我们是革命的摄影工作者》。

新中国成立后，百废待兴。石少华出任中国摄影学会（中国摄影家协会前身）创会筹备委员会主任，谋划摄影学会的组织架构，为摄影事业发展奠定了坚强的组织基础；他亲自协调摄影学会办公地点，1958年9月，中国摄影学会会址由王府井大街12号迁至东城区无量大人胡同，解决了摄协办公场所的问题；他创办了《摄影技术参考资料》（《摄影世界》杂志前身）、《中国摄影》杂志、《大众摄影杂志》等，为摄影艺术的普及和提高做出了巨大贡献。回顾半个多世纪中国摄影的发展，处处都能找到石少华等老一代摄影家对摄影事业倾注的心血。他一生对教育和出版的重视极大地推动了摄影的普及和发展，也给历史留下深刻的印记。我们深切感受到，与老一辈相比，我们是幸运的，也是渺小的。我们是站在前人的臂膀上前行，摄影事业需要一代又一代摄影人不断的传承开拓创新。

三、我们纪念石少华同志，就是要学习他服务人民、甘于奉献的高尚情操

石少华不仅是一位杰出的摄影艺术家，同时也是一位优秀的摄影组织领导者和摄影工作服务者。他的一生奉献给摄影事业，强调要团结广大摄影家和爱好者共同奋斗。

习近平总书记在中国文联十大、中国作协九大开幕式上的重要讲话中要求我们：要加强联络，延伸工作手臂，加强对新文艺组织、新文艺群体的团结引导，把千千万万文艺从业者、爱好者凝聚起来，不断增强组织吸引力。

石少华在学会第一次代表大会上就十分明确了协会的定位："中国摄影学会今后的中心任务应该是：团结全国职业和业余摄影家，繁荣我国摄影创作，提高我们的摄影艺术水平。"我们要按照总书记的要求，认清协会的性质，坚定团结和服务广大摄影人推动事业健康发展。

1982年离休后，石少华依然心系摄影事业。1984年，他亲自筹备中国老摄影家协会。1985年，在第四届中国摄影家协会全国代表大会上再次当选主席。我们要学习老一辈艺术家春蚕吐丝、蜡炬成灰的奉献精神，不为浮名所惑、不为物欲所累，用文化的品格、道德的力量、人格的魅力赢得人民的赞誉、赢得社会的尊重。广大摄影工作者要珍惜时代提供的舞台、珍重社会给予的关爱，努力做良好艺术风气的维护者，做高尚艺术情操的传承者。既要不断攀登艺术高峰，追求艺术之美；又要不断提高思想境界，追求人格之美。

四、我们纪念石少华同志，就是要学习他投身火热生活聚焦伟大时代的献身精神

习近平总书记在中国文联十大、中国作协九大开幕式上的重要讲话中指出，“广大文艺工作者要坚持以强烈的现实主义精神和浪漫主义情怀，观照人民的生活、命运、情感，表达人民的心愿、心情、心声，立志创作出在人民中传之久远的精品力作”。

石少华在学会报告中指出：“我们过去的历史和摄影实践都证明：走社会主义现实主义的道路是正确的”，“我们提倡摄影题材和风格多样化，鼓励大家拍摄他们真正熟悉的生活和爱好的题材”。他的讲话在今天仍具有现实意义。

我们去年底和今年初举办的全国摄影艺术展览60年精品回顾展引起业界巨大关注，是中国摄协举办的跨历史长度最大的一次展览，从成千上万的作品中精选了哪些富有魅力的300余幅作品？我们思考一下，一定是总书记说的“强烈的现实主义精神和浪漫主义情怀，观照人民的生活、命运、情感，”“在人民中传之久远的精品力作”！

以石少华为代表的老一辈摄影家关注国家命运，投身时代生活，为我们留下了弥足珍贵的精神财富。我们要学习他们把个人的艺术追求融入国家发展和民族富强的伟大事业之中，我们的作品也才会找到力量之源、血脉之根，才会具有“传之久远”的魅力。

纪念，是为了更好地前行。中国文联文化名人纪念活动旨在纪念为我国文艺事业做出突出贡献的艺术家和文艺工作者，一般是百年诞辰及百年以上的逢十周年举办，中国文联给予一定经费支持。通过开展多种形式的纪念活动，学习他们的艺术成就和高尚品德，传承和弘扬中华优秀传统文化，鼓励广大艺术家和文艺工作者自觉追求德艺双馨，努力攀登艺术高峰。

2011年以来，中国文联先后为齐白石、梅兰芳等37位艺术家举办了诞辰纪念活动，摄影界不多（只有徐肖冰2016年在浙江桐乡举办）。石少华是中国摄协推选的仅有十位的中国摄影大师之一（今年9月103岁的陈复礼先生逝世，十名大师现在已全部作古，历史证明他们是当之无愧的），希望中国摄协认真梳理摄影史，规划好摄影家的诞辰纪念活动，这是我们文艺家协会一项重要而独特的工作使命，有些事情我们不做，可能会有人去做；但有些事情我们不做，可能就没有人做了。我们要有历史责任感，不要留下历史性遗憾，老艺术家是一笔宝贵的精神财富。

同志们、朋友们，当前我们正处于实现中华民族伟大复兴中国梦的重要时期。昨天中央在人民大会堂召开纪念改革开放40周年大会，表彰了100名改革开放杰出贡献人员，其中有我们文艺界7位，这是党和国家对文艺在社会发展中重要作用的充分肯定。习近平总书记高度重视文艺工作，我国文艺事业也迎来了前所未有的历史性机遇。希望广大摄影工作者不辜负时代的召唤，不辜负人民的期待，自觉承担起“举旗帜、聚民心、育新人、兴文化、展形象”的使命任务，自觉投身伟大时代，继承和发扬老一辈艺术家的优良作风，为摄影事业的发展谱写新篇章，为文艺事业的繁荣贡献新力量，为实现中华民族伟大复兴中国梦做出我们摄影艺术不可替代的历史性贡献！

最后，祝各位嘉宾和老艺术家身体健康、生活幸福！

谢谢大家！

在2018年中国文联出版管理和改革工作培训班上的讲话

（2018年10月10日）

中国文联党组成员、副主席、书记处书记　李前光

同志们：

这是中国文联多年来首次举办的出版、报纸、期刊系统的培训，人数最多课程层次设置高。这次举办中国文联所属中央文化企业出版管理和改革工作培训班，主要任务是：深入学习贯彻习近平新时代中国特色社会主义思想和党的十九大精神，落实全国宣传思想工作会议精神，牢牢掌握意识形态工作领导权，按照中央关于出版改革的有关要求，对照中国文联深化改革重点任务，进一步理清发展思路，掌握产业政策，提高职业技能，推动实现中国文联出版改革事业跨越式发展，为繁荣发展社会主义文艺营造良好的思想舆论环境。

前不久，中央文改办举办中央宣传文化单位所属企业专题学习班，深入贯彻落实全国宣传思想工作会议精神，中央宣传部副部长孙志军同志和中央纪委监察委驻中央宣传部纪检组组长贾育林同志做出了明确的部署和要求。今天，中央宣传部出版局局长郭义强同志又出席我们的培训班并做辅导报告。我们今天这个培训班就是要自上而下、层层传导，深入贯彻落实中央精神和中国文联党组要求，全面提升意识形态工作守正创新能力，切实推进中国文联所属企业改革任务高质量完成。

借此机会，我就加强中国文联出版管理和改革发展工作讲三点意见，与大家交流。

一、深入贯彻落实全国宣传思想工作会议精神，坚守意识形态阵地

意识形态关乎旗帜、道路和国家政治安全，决定文化前进方向和发展道路。在刚刚结束的全国宣传思想工作会议上，习近平总书记发表了重要讲话，讲话总揽全局、视野高远、内涵丰富、博大精深，是对马克思主义的丰富和发展，是习近平新时代中国特色社会主义思想的重要组成部分和新内容，是指导新形势下党的宣传思想工作的纲领性文献。这是党中央对宣传思想工作的又一次战略部署，对开创宣传思想工作新局面，具有十分重大的意义。

习近平总书记回顾了党的十八大以来宣传思想工作的历史性成就和历史性变革，科学总结了做好宣传思想工作的规律性认识，明确了新形势下宣传思想工作“举旗帜、聚民心、育新人、兴文化、展形象”的使命任务。会议细化了新形势下宣传思想工作的四项重大部署，指明了做好新形势下宣传思想工作的实践方向。明确提出加强党对宣传思想工作的全面领导，旗帜鲜明坚持党管宣传、党管意识形态。这些重要思想是做好宣传思想工作的根本遵循，必须长期坚持、不断发展。

中国文联各出版单位是宣传展示文艺事业繁荣发展的重要窗口，是意识形态领域的重要阵地。要把握好出版物的意识形态属性和产业属性、社会效益和经济效益的关系，坚持守土有责、守土负责、守土尽责，努力策划编辑出有思想、有温度、有品质的作品，让主旋律和正能量主导文联出版工作，确保我们在出版活动中把好政治导向关，守好意识形态阵地。

一是突出抓理论学习。按照中央的统一部署要求，深入学习全国宣传思想工作会议精神，坚持不懈地用习近平新时代中国特色社会主义思想武装头脑，牢固树立“四个意识”，坚定“四个自信”，在学懂、弄通、做实上下功夫。各出版单位要制定详细的学习计划，牢牢把握正确舆论导向，旗帜鲜明地坚持党管宣传，党管意识形态的原则不动摇。

二是突出抓导向管理。要引导广大文艺工作者深入生活、扎根人民，用心用情用功抒写伟大时代，不断推出讴歌党、讴歌祖国、讴歌人民、讴歌英雄的精品力作，书写中华民族新史诗。要

继续强化三审三校、出版阅评、出版通气会等行之有效的导向把关机制，及时发现和稳妥处理倾向性苗头性问题，抓好主题出版，弘扬主旋律、传播正能量。

三是突出抓阵地管理。要始终坚持正确政治方向、出版导向和价值取向，坚决落实意识形态工作责任制，按照分级负责和谁主管谁负责的原则，责任落实到人，充分调动各出版单位抓意识形态的自觉性和积极性，敢于担当、敢抓敢管、敢于亮剑，确保文艺出版繁荣有序。

二、突出文艺出版特色，推出更多反映新时代风貌的精品力作

文艺是时代前进的号角，最能代表一个时代的风貌，最能引领一个时代的风气。实践证明，凡是有影响的出版单位，无不重视积累，靠好书铺路，靠精品留名。我们要向经典看齐、以名家为范，牢固树立精品意识，积极策划精品选题，提升原创出版能力，突出重点选题，减少重复出版。防止急功近利、跟风炒作。要通过多出精品，逐步树立品牌价值，扩大影响力和知名度，提升企业竞争力。

习近平总书记在全国宣传思想工作会议讲话中明确要求，“要坚持正确政治方向，在基础性、战略性工作上下功夫，在关键处、要害处下功夫，在工作质量和水平上下功夫，推动宣传思想工作不断强起来”。中国文联所属各出版单位要主动承担历史使命，推出更多反映新时代的精品力作。

一是把社会效益放在首位。评判出版的价值，主要看它生产了多少有价值的精神产品，而不是创造了多少物质财富。要抓住社会效益这个出版的主要矛盾，进一步强化社会效益考核，避免“唯码洋”论英雄，让出版回归“文化”角色，做“良心书、放心书”，以正向的价值增值文化，以码洋的增加发挥出版功能。

二是突出文艺出版特色。出版的本质是文化。要坚持以人民为中心的创作导向，使文联出版服务于文艺发展，成就于文艺繁荣。紧密结合各艺术门类特点，注重发展特色出版，鼓励“术业有专攻”，发挥自身专业优势，明确主攻方向、重点领域，以特色打造品牌，以品牌彰显特色。正如总书记指出的“个性化制作，可视化呈现，互动化传播”，就为我们出版工作指明了方向。

三是健全质量管理制度。加强内部管理，严把内容质量和编校质量。各出版社、报刊编辑部要严格执行《图书质量保障体系》《图书质量管理规定》《期刊出版管理规定》《报纸出版管理规定》等出版物质量管理法规和标准要求，建立健全质量管理和监督制度，落实出版责任。

四是提升编辑业务素质。重视提高编辑的工作能力和业务水平。编辑工作绝不只是简单的“来料加工”，而是包含有大量创造性劳动。责任编辑必须具有较高的语言文字水平、学术专业知识和出版编辑技能。要提倡敬业精神，建立奖惩机制，加强对编辑的业务培训，不断促进编辑提升业务能力，提高职业素质。按照习近平总书记的要求，不断增强脚力、眼力、脑力、笔力，努力成为一名政治过硬、本领高强、求实创新、能打胜仗的宣传思想工作人员，为新形势下党的宣传思想工作做出新的更大的贡献。

三、建立现代企业制度，确保中央文化企业改制工作落地生根

改革，是新时代的主题。今年，恰逢改革开放40周年，党的十九届三中全会胜利召开，审议通过《关于深化党和国家机构改革的决定》。党中央以改革的方式庆祝改革，吹响了全面深化改革的“集结号”。9月13日，中央文改办下发《关于加快推进完成中央文化企业公司制改制工作的通知》（文改办〔2018〕9号），要求2018年底前全部完成改制任务。李屹同志先后两次就中国文联所属中央文化企业公司制改制做出重要批示。积极落实中国文联深化改革任务、按时完成公司制改制，是今年中国文联出版系统的头等大事，也是不能有丝毫妥协和畏难情绪的政治任务。今年4月，中国文联出版办召开公司制改制工作推进会，先后3次向有关协会和文联所属各中央文化企业发出改制工作督办函；9月30日，又专门召开了中国文联所属中央文化企业公司制改制督办会，进一步明确了任务和要求。希望大家统一思想，提高认识，以昂扬斗志和务实举措，坚决落实中央精神，全力推进改制任务。

一是坚持党的领导。党政军民学，东西南北中，党是领导一切的。中国文联所属各中央文化企业要始终把党的建设摆在极其重要的位置，坚持以党建工作统领业务工作。今年年初，按照财政部办公厅和中宣部文改办下发的《关于推动中央文化企业将党建工作要求写入企业章程的通知》(财办发〔2017〕52号）要求，中国文联所属各中央文化企业将党建工作要求写入企业章程，对党组织参与重大决策有关程序作了详细规定，界定了董事会、监事会、经营层和党组织职权范围。中央文化企业公司制改制涉及面广，政治性、政策性强，必须要始终坚持党管意识形态、党管媒体、党管干部，严格落实党建工作责任制，充分发挥企业党组织领导核心和基层党组织战斗堡垒作用。要把加强党的领导和完善公司治理统一起来，处理好党组织和其他治理主体的关系，逐步带动企业管理理念、运营机制、企业文化等各领域深刻转变，形成符合现代企业制度要求、体现文化企业特点的资产组织形式和经营管理模式，为公司科学治理、高效决策创造条件。总而言之一句话，无论改什么，怎么改，导向不能改，阵地不能丢，党的领导不能弱化，党的领导这根弦都必须绷紧。

二是明确改革目标。2017年和2018年，中宣部、财政部两次联合发文，明确提出要求，“2018年底前，按照《中华人民共和国全民所有制工业企业法》登记，财政部代表国务院履行出资人职责的中央文化企业，全部改制为按照《中华人民共和国公司法》登记的有限责任公司”。这里要强调两点，第一，关于改革时限，即“2018年底前”，这是完成公司制改制任务的最后时限，中国文联所属各中央文化企业要坚决落实中央要求，所有公司制改制工作必须于2018年底前完成，这是政治任务，是硬指标、硬要求，决不允许有任何变通。第二，关于改革目标，就是把原来按照《企业法》登记的企业，改为按照《公司法》登记的企业（《企业法》登记的企业是契约式企业，合伙人承担无限连带责任，不具有法人资格；《公司法》登记的企业是股权式企业，股东承担有限责任，具有法人资格），具体来讲，就是加快构建有文化特色的现代企业制度，坚持导向管理不放松，坚持国有资本主导地位，坚持把社会效益放在首位，形成有效制衡的公司法人治理结构和灵活高效的市场化经营机制，推动企业做强做优做大。

三是严格改制程序。在中宣部、财政部印发的《中央文化企业公司制改制工作实施方案》中，明确了“制定改制工作方案、严格审批程序、确定注册资本、科学设置法人治理结构”四项公司制改制的规范操作。各有关出版单位要按照法律法规和国有企业改制、国有产权管理等有关规定规范操作，严格履行决策程序，严禁暗箱操作和利益输送。着力强化企业内外部监督，加强企业著作权等无形资产和文化藏品等特殊资产的管理，规范财务、会计管理，保障国有资产安全，防止国有资产流失。要做好信息公开，加强事中事后监管，自觉接受社会监督。

目前，中国文联所属各出版单位公司制改制工作积极有序推进，但还存在进程缓慢、进展不平衡等诸多问题。各有关出版单位应该对照中央的部署和要求，找出自身问题，看清存在的差距。2018年还剩下不到三个月的时间，时间非常紧迫，留给我们的时间已经不多了。希望大家增强紧迫感，加快步伐、加速推进，通过认真扎实的工作，迎头赶上；增强责任感，不能有任何侥幸心理和逃避想法，圆满完成公司制改制工作的政治任务；增强使命感，要有“铁肩担道义”的情怀，确保公司制改制工作按期完成。

同志们，这次培训班安排了三天时间，为了办好这次培训班，出版办的同志们前期做了大量的准备工作，力求培训做到主题鲜明、内容丰富、针对性强。希望大家抓住这难得的充电机会，真正扑下身子、静下心来，全身心投入到学习培训当中，力求学得深一些，理解透一些，收获多一些。

最后，祝大家学有所成，工作顺利！谢谢大家。

在“2018中国（青木川）传统村落保护高峰论坛”上的讲话

（2018年6月6日）

中国文联党组成员、书记处书记　陈建文

各位专家、各位朋友、同志们：

大家好！

今天，我们相聚在历史文化名镇青木川，共同出席“2018中国（青木川）传统村落保护高峰论坛”，围绕“传承发展传统村落文化与乡村振兴”这一主题，进行深入交流和研讨，共商传统村落保护发展大计，探究美丽乡村建设新途径，积极贯彻落实国家乡村振兴战略。在此，我谨代表中国文联党组，对此次论坛的召开表示热烈的祝贺！向多年来一直关心支持传统村落保护与发展的各位专家学者和社会各界人士，致以诚挚的问候！

传统古村落凝聚着中华民族的卓越创造力和无穷智慧，承载着中华文明的丰富内涵和文化基因。加强传统村落保护、弘扬中华优秀传统文化，是建设文化强国的重要内容，也是推动全面建成小康社会、满足人民群众美好生活需要的时代要求。多年来，中国文联和中国民协一直致力于传统村落文化的抢救保护和传承发展，积极组织举办传统村落保护经验交流会、业务培训班、高峰论坛，及时研究探讨传统村落保护工作的新思路新举措，大力倡导并发起实施了中国民间文化遗产抢救工程、中国传统村落立档调查项目等，建立中国传统村落完整的资料体系与数据库，制定保护标准，研究保护方法，提供保护与发展的范例，并通过网络信息交流平台及时向政府部门反映传统村落现状，传播各地传统村落保护的新理念新方法，为推动我国传统村落的保护和发展做出了重要贡献。

陕西是中华民族的发祥地和华夏文明的摇篮，以陕北窑洞、关中地窑以及四合院、陕南石板房为代表的陕西传统村落，已成为陕西省特色鲜明的重要文化元素，也是我国乡村文明的重要承载地。近年来，陕西省文联、省民协在保护和发展传统村落文化方面做了大量工作，组织民间文艺家和民俗摄影工作者积极开展传统村落立档调查工作，为传统村落拍摄采集照片3000余张，收集整理资料数十万字，圆满地完成了中国民协传统村落立档调查任务；先后组织开展了“乡愁的温度•中国传统村落（陕西卷）图典展”、“秦风•汉韵•唐文化陕西老民宅摄影大赛”，窑洞文化遗产资源保护与发展研讨会等活动，扎实推动陕西省传统村落的抢救保护工作。这次中国民协积极支持在历史文化名镇青木川召开2018中国传统村落保护高峰论坛，现场观摩体验青木川古镇的保护、传承和发展，就是希望能够为大家提供研究问题、交流经验、取得共识、推动工作的良好平台，更好地推动新时期传统村落保护工作。

党的十九大做出了实施乡村振兴战略的重要决策部署，这是决胜全面建成小康社会、全面建设社会主义现代化国家的重大历史任务，也是新时代做好“三农”工作的总抓手。习近平总书记指出，要坚持农业农村优先发展，按照产业兴旺、生态宜居、乡风文明、治理有效、生活富裕的总要求，建立健全城乡融合发展的体制机制和政策体系，加快推进农业农村现代化。这为传统村落的保护与发展提供了难得的历史机遇。面对新时代新要求，认真贯彻落实习近平新时代中国特色社会主义思想和党的十九大精神，积极探索一条经济、社会、文化、生态统筹协调发展的传统村落保护之路，既是实施乡村振兴战略的客观要求，也是时代赋予民间文化工作者的重要使命。借此机会，我谈几点认识，供大家参考。

一是坚持科学合理开发，积极推动文化与乡村产业融合发展。产业兴旺是乡村振兴的重点。传统村落具有丰富的文化价值及其衍生的社会价值和旅游开发价值。要把传统村落的合理开发利用与乡村产业振兴有机结合起来，秉承因地制宜、科学规划、保护优先、合理开发的原则，充分利用传统村落自身的历史文化积淀和秀丽的自然山水风光，适度发展文化休闲旅游产业、传统手工业、特色产业、休闲农业、乡村旅游等新产业、新业态，促使文化向农业产前产中产后延伸与融合，发展多元化乡村经济，拓宽乡村就业结构，促进乡村一二三产业融合发展。通过产业发展进一步提高村民对于历史文化遗产的保护意识和热情，解决传统村落保护经费不足的问题，努力形成保护、治理、开发的良性循环，推动传统古村落保护的可持续发展。

二是坚持绿色发展理念，大力建设乡村生态文明。生态宜居是乡村振兴的关键。传统村落蕴含着丰富多彩的生态文化理念，推进乡村振兴战略过程中，要把传统村落保护和乡村生态文明建设有机结合起来，坚持统筹规划、合理开发、绿色发展的原则，立足乡村实际和特点，深入挖掘和继承传统村落蕴含的“天人合一”“自然和谐”等中华传统生态文化理念，科学整治村落格局风貌和生态环境，保护好绿水青山和田园风光，保留好独特的乡土味道和乡村风貌，实现人居环境的现代化。同时，倡导勤俭节约、绿色低碳、文明健康的生活消费方式，积极传承发展健康向上的文化艺术形式和传统生产生活方式，不断丰富拓展传统村落文化遗产的时代内涵和生命力，大力推动乡村生态文明建设，真正实现“望得见山，看得见水，记得住乡愁”。

三是坚持弘扬优秀传统文化，努力营造文明健康的乡风民风。乡风文明是乡村振兴的保障。传统村落蕴含着世代传承的民风民俗，延续着中华民族的文化基因，是弥足珍贵的历史文化遗产。要进一步挖掘、抢救、整理、研究传统村落中的非物质文化遗产，既作为遗产来保护，又作为资源来利用，体现传统村落的文化魅力，发挥文化价值。深入挖掘优秀传统文化蕴含的思想观念、人文精神、道德规范，继承和发展世代流传的家风祖训、传统美德、家国情怀，大力弘扬讲仁爱、重民本、守诚信、重正义、尚和合、求大同等中华文化的核心理念，大力弘扬自强不息、敬业乐群、扶危济困、见义勇为、孝老爱亲等中华传统美德，大力弘扬有利于促进社会和谐、鼓励人们向上向善的思想文化内容，推进移风易俗、文明进步，培育文明乡风、良好家风、淳朴民风，改善乡村精神风貌，提高乡村社会文明程度，焕发乡村文明新气象。

四是坚持共建共享共治，共同推动乡村治理体系和治理能力现代化。治理有效是乡村振兴的基础。要把完善传统村落保护管理机制和建设乡村治理体系有机结合起来，推动建立政府引导、社会参与、村民支持、法治保障的传统村落保护综合管理机制，充分调动广大村民的积极性，发挥好村民作为传统村落文化遗产保护主体的作用，凝聚社会各界的智慧和力量，形成传统村落保护共建共享共治的良好格局。深入挖掘传统村落留存的富有地方特色和时代精神的新乡贤文化，以乡情乡愁为纽带，吸引支持企业家、党政干部、专家学者、医生教师、规划师、建筑师、律师、技能人才等，为乡村文化振兴贡献智慧和力量。同时，加强基层民主和法治建设，加强基层组织建设，健全自治、法治、德治“三治”相结合的乡村治理体系，使农村社会和谐、治理有效、安定有序。

同志们！加强传统村落保护是传承发展中华优秀传统文化的历史使命和时代要求，也是推动实施乡村振兴战略、建设美丽中国和决胜全面建成小康社会的新时代引擎。我们要以更加坚定的文化自信、更加广阔的历史视角、更加丰富的工作思路来审示和应对乡村振兴战略背景下的传统村落保护工作，把理论研究做深、做细、做实、做强，使传统村落的乡土文化加倍发力，不断增强人们的文化自信和文化自觉，为助推乡村振兴战略全面实施，推动乡土文化繁荣兴盛不懈努力。衷心希望参加此次论坛的各位专家学者畅所欲言、集思广益、建言献策，为传统村落文化保护和乡村振兴提供更加丰富的实践经验和有力的学术支持。通过大家坚持不懈的努力，让更多的力量加入到这个行列，共同为弘扬中华优秀传统文化、建设美丽中国、实现中华民族伟大复兴中国梦做出更大贡献。

祝2018中国（青木川）传统村落保护高峰论坛圆满成功！

谢谢大家！

中国文联2018年工作要点

2018年是贯彻党的十九大精神的开局之年，是改革开放40周年，是决胜全面建成小康社会、实施“十三五”规划承上启下的关键一年。文联工作要坚持以习近平新时代中国特色社会主义思想为指导，紧紧围绕学习贯彻党的十九大精神，落实全国宣传部长会议精神，坚持“二为”方向和“双百”方针，坚持创造性转化、创新性发展，坚定文化自信，大力弘扬和践行社会主义核心价值观，突出以人民为中心的工作导向，突出聚焦中国梦、讴歌新时代主题，突出引导推动创作、多出精品多出人才中心任务，突出全面推进文联深化改革，转变职能、转换思路、调整结构、改进作风，充分发挥在行业建设中的主导作用，最广泛地团结引导广大文艺工作者听党话、跟党走，努力肩负起繁荣兴盛新时代社会主义文艺的神圣使命，为实现中华民族伟大复兴中国梦做出新贡献。

一、深入学习贯彻习近平新时代中国特色社会主义思想和党的十九大精神

通过学习座谈、专题报告、辅导讲座、集中培训等各种方式，把学习贯彻十九大精神与文艺工作座谈会、群团工作会议、十次文代会精神相结合，不断深化对习近平新时代中国特色社会主义思想的认识。组织文艺理论评论家开展系列专题研讨和重点理论阐释。中国艺术报、中国文艺网等设立专栏、组织专访、约请专稿，充分反映学习贯彻的良好风貌和最新成果。把学习贯彻习近平新时代中国特色社会主义思想和党的十九大精神作为主线与重点培训内容，纳入2018年常态性文艺培训研修计划。

二、深入开展“讴歌新时代 共筑中国梦”等主题创作实践活动

重点抓好“讴歌新时代 共筑中国梦”主题实践活动，突出现实题材创作，围绕重要时间节点科学安排、分阶段实施。办好纪念改革开放40周年主题美术作品展、主题交响音乐会、优秀曲艺节目展演、“影像见证新时代”摄影展览、全国书法大展、主题影视作品和纪录片展播展映等。推进纪念中国共产党成立100周年大型美术创作工程、新中国成立70周年全国书法名家邀请展。组织第6届全国道德模范故事汇基层巡演、曲艺专家名家创作示范工程、社会主义核心价值观书法作品全国基层巡展、核心价值观少儿组歌全国推广等活动。推进实施中国民间文学大系出版工程、中国民间工艺传承传播工程、“一带一路”中国民间文化探源工程等，办好“我们的节日”、“中华情•中国梦”中秋文艺展演。

三、完善“深入生活、扎根人民”主题实践和文艺志愿服务常态化机制

推进“深入生活、扎根人民”主题实践多样化常态化制度化，开展“扎根生活沃土 服务基层群众”主题实践活动。围绕“文艺扶贫奔小康”持续开展文艺志愿服务，继续推动“到人民中去”“送欢乐下基层”和梅花奖艺术团“送戏下基层”、“百花放映”、“金钟之星”、“美术支教”、曲艺家“送欢笑”、新农村少儿舞蹈美育工程、“民间文艺进校园”、“翰墨薪传•全国中小学书法教师培训”、“影视小屋”等志愿服务品牌项目。实施文艺培训志愿服务工程，开展“乡村学校少年宫”艺术师资培训计划。高质量办好“百花迎春”大联欢。

四、深化文艺评奖改革，加强文艺评论工作

进一步深化文艺评奖改革，办好第34届大众电影百花奖、第13届中国美术奖、第10届中国曲艺牡丹奖、第11届中国舞蹈荷花奖、第14届中国民间文艺山花奖、第12届中国摄影金像奖、第10届中国杂技金菊奖、第29届中国电视金鹰奖等全国性文艺评奖。做好电影、美术、曲艺、摄影、杂技、电视等艺术门类的“中国文联终身成就艺术家”推荐表彰工作。加快推进省级文艺评论家协会建设步伐，发挥好中国文艺评论传播联盟、中国文艺评论基地和各文艺家协会理论评论委员会作用。组织开展中国青年文艺评论家“西湖论坛”、中国文艺“长安论坛”、中国校园戏剧发展论坛、华语青年影像论坛、新时代音乐创作研讨会、全国曲艺理论学术研讨会、中国舞蹈高峰论坛、全国摄影理论研讨会、中国杂技高峰论坛、“中国电视创业60周年”等系列研讨活动。办好“啄木鸟杯”中国文艺评论年度推优活动，组织编写好《2017年度中国艺术发展报告》。

五、加强文艺人才队伍建设，依法维护文艺家权益

开展德艺双馨文艺工作者、中青年文艺人才、新文艺群体拔尖人才、少数民族地区文艺人才等专题培训，办好地县级文联负责人研修班，实施好“铸梦计划”和文艺骨干人才海外研修项目。各协会要制定好今后3-5年的培训规划，办好民间职业剧团戏剧创作人才、民营电影机构制片人及网络电影编剧、民间手工艺专业人才、少数民族摄影人才、国学修养与书法、基层电视从业人员、中青年文艺评论家等各类专业人才研修班，实施曲艺英才培育行动、舞蹈“培青计划”。办好田汉、王琦、石少华等著名艺术家纪念活动，继续推进“艺坛大家”和“艺苑百花”项目。积极开展文艺维权工作，配合做好国家相关文化立法工作，加强对中国文联系统品牌活动的知识产权保护。

六、加强自身建设，全面推动文联系统改革

制定出台中国文联主席团成员、全委会委员履职相关规定，形成履职工作长效机制。各协会加快制定出台主席团、理事会履职工作规则，建立监督考核机制，细化实化工作举措。认真研究制定专委会、艺委会工作条例，建立健全专委会、艺委会内部管理制度，严格把好主要负责人人选关，严格履行工作报批程序，严格遵守经费使用规定。充分发挥各团体会员改革主体载体导体作用和基层文联改革前端作用，推动全国文联面上改革。召开全国文联系统深化改革座谈会。按照中央下发的《中国文联深化改革方案》要求，推动各级文联制定出台改革方案，加强对基层文联改革的指导。明确目标要求和任务时限，组织改革督查，把握改革进度绩效。把深化改革和业务工作有机结合起来，统筹处理好改革与业务关系。

七、延伸服务手臂，扩大工作覆盖

加强对行业性、地域性文艺组织的联系服务，与民营经纪机构、艺术工作室、网络社群等各种新文艺组织建立工作联系。密切关注北京、上海、浙江横店、江西景德镇等新文艺群体聚集区，探索联系服务新模式。在中宣部统筹指导下，积极推进新文艺群体职称评定工作。建立新文艺群体创作人才库，打造“青年艺术家之友”平台。各全国文艺家协会认真修订完善个人会员入会细则，科学设置入会条件和审批程序，进一步畅通各类文艺工作者入会渠道。重点关注基层一线、青年文艺工作者和新文艺群体，加大吸纳力度。加强会员服务管理基础性工作，建立健全会员网络管理平台。加大会员纪律约束，建立和完善会员服务、监管、激励、惩戒和退出机制，明确会员权利和义务。

八、加强文艺界行风建设

以中国文联文艺工作者职业道德建设委员会和各协会行风建设委员会为依托，切实履行好行风建设的责任，做好文艺界先进典型的挖掘、推介、表彰。加快建立健全各艺术门类管理制度、行业规范和自律公约，加强对个别演艺明星失德失范行为的教育引导。发挥文艺传播媒体监督作用，对文艺界不良现象集体发声。

九、加强网上文联建设

加强网上文联统筹规划和顶层设计，制定近中期目标和具体实施方案。力争用一年时间完成各全国文艺家协会信息资源有效整合和互联互通，基本实现会员在线服务和重大活动线上线下一体运行，到2020年初步建成“网上文艺之家”。重视应用体验，不断完善功能，加强“互联网+文联”“互联网+协会”的基础性、技术性、平台性建设。大力扶持推进网络文艺精品创作和传播，注重内容建设，提高传播能力，做大做强以中国文艺网为龙头的网上文联网站群，实现优秀文艺作品和重大活动展演网络化传播。中国文联网络文艺传播中心统筹协调，各全国文艺家协会跟进落实，各地文联主动融入，加快实现全国文联系统网上信息互联互通、资源共建共享。

十、拓展对外和对港澳台民间文化交流

办好2018“今日中国”艺术周、第4届中国欧盟艺术节、“艺术心桥”系列展演和波兰中国电影展、第3届中印音乐节、全国美展国际巡展、中国瓷文化展、中华曲艺海外行、荷花奖获奖作品海外巡演、“汉字之美”书法展、“一带一路”国际摄影季等活动。办好赴美国策展人研修班、赴马其顿舞台艺术人才培训、澳门艺术人才赴国外访学等交流项目。组织好杂技等各艺术门类参加各大国际节赛。办好第10届海峡两岸暨港澳地区艺术论坛、第8届“濠江之春”澳门与内地艺术家大联欢、第8届海峡两岸曲艺欢乐汇等。建设中国文联对外文化传播与交流网络平台。

十一、加强党的建设和干部队伍建设

全面落实党组（分党组）全面从严治党的主体责任，牢固树立“四个意识”，严守政治纪律和政治规矩。深入开展“不忘初心、牢记使命”主题教育。贯彻落实意识形态工作责任制，加强意识形态阵地的建设和管理。完善干部培养选拔任用考核机制，加强对党员干部的教育培训和严格管理监督。加强基层党组织建设，严格落实“三会一课”等基本制度。切实解决形式主义、不严不实和机关化、行政化等问题。加强文联党风廉政建设，强化反腐败的各项工作措施。做好中国美协、中国影协和中国文艺志愿者协会换届工作。

Important meetings and events

2019

重要会议、活动

重要会议活动

中国文联十届三次主席团会议 中国文联十届三次全委会

1月19日至21日，中国文联第十届全国委员会第三次会议在京召开。会议深入学习贯彻落实习近平新时代中国特色社会主义思想和党的十九大精神，贯彻全国宣传部长会议精神，全面总结中国文联2017年工作，部署2018年工作，努力推进文联深化改革，进一步团结动员广大文艺工作者推动社会主义文艺繁荣发展。

中国文联主席铁凝主持会议。中国文联党组书记、副主席李屹做题为《深入学习贯彻党的十九大精神 努力推动新时代社会主义文艺繁荣兴盛》的工作报告。

会上，李屹传达了中央领导同志对中国文联工作的肯定和要求。

李屹在工作报告中指出，刚刚过去的2017年，是党的十九大胜利召开之年，是党和国家发展进程中具有重要里程碑意义的一年。一年来，中国文联及各团体会员紧紧围绕迎接学习宣传贯彻党的十九大精神这条主线，以习近平新时代中国特色社会主义思想为指导，工作取得新的进展，主要体现在以下七个方面：一是突出迎接学习宣传贯彻党的十九大主线，自觉用党的创新理论武装头脑、指导文艺实践；二是积极开展重大主题文艺实践活动，汇聚正能量、唱响主旋律；三是坚持以人民为中心的创作导向，“深入生活、扎根人民”主题实践和文艺志愿服务取得丰硕成果；四是统筹推进文联深化改革，在顶层设计、体制机制创新上取得实质性进展；五是大力加强文艺评奖和评论工作，导向引领作用进一步增强；六是广泛开展对外和对港澳台民间文化交流活动，努力推动中华优秀文艺走出去；七是加强党的领导，以党建带群建，文联工作规范化科学化水平不断提升。

李屹指出，2018年是贯彻党的十九大精神的开局之年，是改革开放40周年，是决胜全面建成小康社会、实施“十三五”规划承上启下的关键一年。今年工作的总体思路是：坚持以习近平新时代中国特色社会主义思想为指导，紧紧围绕学习贯彻党的十九大精神，落实全国宣传部长会议精神，坚持“二为”方向和“双百”方针，坚持创造性转化、创新性发展，坚定文化自信，大力弘扬和践行社会主义核心价值观，突出以人民为中心的工作导向，突出聚焦中国梦、讴歌新时代主题，突出引导推动创作、多出精品多出人才中心任务，突出全面推进文联深化改革，转变职能、转换思路、调整结构、改进作风，充分发挥在行业建设中的主导作用，最广泛地团结引导广大文艺工作者听党话、跟党走，努力肩负起繁荣兴盛新时代社会主义文艺的神圣使命，为实现中华民族伟大复兴中国梦做出新贡献。

李屹强调，十九大报告用标题性段落对繁荣发展社会主义文艺做出专门阐述，体现了以习近平同志为核心的党中央对文艺工作的高度重视，对广大文艺工作者的殷切期待和重托，对于我们做好新时代文艺工作和文联工作，具有深远的指导意义，要深入学习领会习近平新时代中国特色社会主义思想和党的十九大精神，勇担繁荣兴盛社会主义文艺的历史使命。一是坚定文化自信，切实担当建设社会主义文化强国的神圣使命；二是主动适应社会主要矛盾变化，努力满足人民美好生活需要；三是坚持立心铸魂，发挥文艺弘扬社会主义核心价值观的重要作用；四是坚持以人民为中心的创作导向，加强文艺创新，推出更多文艺精品；五是坚持追求德艺双馨，建设一支高素质的文艺人才队伍。

李屹指出，中国特色社会主义进入新时代，对文联工作提出了更高要求和更大挑战。要把文联深化改革作为文联组织和文联工作创新发展的重大历史机遇，强化改革意识，强化问题导向，强化基础工作，补齐工作短板，增强“三性”、提高“四力”，在新的历史条件下不断彰显文联组织生机和活力。2018年是中国文联深化改革关键之年、攻坚之年，我们要以更大的勇气、更大的力度、更实的举措、更强的韧性，确保圆满完成改革阶段性任务。要以团结引导新文艺群体为重点，着力延伸服务手臂，扩大工作覆盖；要以常态性培训为重要抓手，着力强化对文艺界思想政治引领；要以提升职业道德素养为切入点，着力加强文艺界行风建设；要坚持服务与管理并举，着力加强会员工作；要顺应互联网发展大势，着力加强网上文联建设；要以提高履职能力为目标，着力加强协会主席团、理事会、专委会建设；要坚持改革的系统性整体性协同性，着力推动文联系统的改革。

李屹强调，做好2018年文联工作，还要着力抓好以下几项重点工作：一是进一步把学习贯彻习近平新时代中国特色社会主义思想和党的十九大精神引向深入；二是深入开展“讴歌新时代 共筑中国梦”等主题创作实践活动；三是进一步完善“深入生活、扎根人民”主题实践和文艺志愿服务常态化机制；四是深化文艺评奖改革，加强文艺评论工作；五是加强文艺人才队伍建设，依法维护文艺家权益；六是积极拓展对外和对港澳台民间文化交流；七是切实加强党的建设和干部队伍建设。

中国文联党组成员、副主席赵实，中国文联党组成员、副主席左中一、李前光、郭运德，中国文联党组成员、书记处书记陈建文出席会议，中国文联副主席叶小钢、冯巩、冯远、边发吉、许江、张平、陈振濂、迪丽娜尔•阿布拉、孟广禄、胡占凡、董伟、潘鲁生、濮存昕，中国文联主席团委员王瑶、王一川、冯双白、高西西、盛小云，中组部、中宣部有关部门负责同志与会。

1月19日召开的中国文联第十届主席团第三次会议，审议通过中国文联十届三次全委会议程。审议《中国文联十届三次全委会工作报告(审议稿)》和《中国文联2018年工作要点(审议稿)》，原则同意这两份文件，提交中国文联十届三次全委会审议。审议湖北省文联党组书记、常务副主席邓长青更替、增补中国文联第十届全国委员会委员，通过关于更替、增补为中国文联第十届全国委员会委员的决议，确认王守国、邵丽、张新生、邓长青、李勇、李舸、郑更生、李燕青、崔晓华、杨洪涛、王俭、何颖12名同志为中国文联第十届全委会委员；吴长忠、杨杰、黄永军、刘永泽、黄玲、周丽宁、郑歌平、陈田不再担任中国文联第十届全委会委员职务。审议《中国文联关于加强全国委员会委员履职工作的暂行办法(讨论稿)》，原则同意这份文件，提交中国文联十届三次全委会讨论。审议通过中国文联十届三次主席团会议决议。

会议期间，由中国文联主办的“百花迎春——中国文学艺术界2018春节大联欢”在北京国家会议中心举行，来自全国的文艺家代表齐聚一堂，共迎狗年新春。湖北省著名书法家徐本一，黄梅戏表演艺术家、第廿八届中国戏剧梅花奖获得者程丞，评论家、第二届“啄木鸟杯”中国文艺评论优秀作品获奖者蔡家园和在京出席会议的邓长青书记等应邀出席联欢。

左中一作会议总结。他指出，通过这次会议，大家更加全面深入地学习领会习近平新时代中国特色社会主义思想和党的十九大精神，进一步增强了坚持以习近平新时代中国特色社会主义思想为指引、坚定文化自信、承担新的文化使命的自觉；通过这次会议，大家全面把握中国文联贯彻落实中央决策部署的思想和举措，进一步坚定了在新时代推动文艺工作和文联工作展现新气象、实现新作为、创造新业绩的信心；通过这次会议，大家看到了全国文联系统在转变思维思路、积极履职尽责、勇于改革创新中焕发出的生机活力，进一步凝聚起抓住历史机遇、深化文联改革、切实增强“四力”、真正实现文联转型发展的强大动力。左中一希望中国文联系统各单位各部门认真做好全委会精神的汇报、传达和贯彻，扎实推进各项工作任务的落实，着力推进文联深化改革。

“认真学习贯彻习近平总书记重要指示精神 做有信仰、有情怀、有担当的新时代文艺工作者”座谈会

6月25日，习近平同志给新近入党的电影表演艺术家牛犇同志写信，勉励他发挥好党员先锋模范作用，继续在从艺做人上为广大文艺工作者作表率，带动更多文艺工作者做有信仰、有情怀、有担当的人。这封信充分体现了党中央对文艺事业的高度重视和对广大文艺工作者的亲切关怀和殷切期望，字里行间情真意切、语重心长，既为新时代文艺工作者的成长成才注入强大精神动力、提供重要遵循，也为进一步加强文艺界行业建设、推动我国文艺事业繁荣发展指明前进方向。

6月29日，中国文联在京召开“认真学习贯彻习近平总书记重要指示精神 做有信仰、有情怀、有担当的新时代文艺工作者”座谈会，中国文联主席铁凝出席并主持会议。中国文联党组书记、副主席李屹出席会议并讲话。

20世纪50年代，牛犇还是个初出茅庐的毛头小伙，入党的信念就像一粒种子深深埋在他心里。几十年初心不改，在20世纪80年代初，他向党组织递交入党申请，并主动接受组织的教育和考验。近年来，目睹国家欣欣向荣，他打心眼儿里高兴。尤其是研读了党的十九大报告，他备受鼓舞，要求入党的愿望更加强烈。2017年，从影70载的牛犇荣获中国电影金鸡奖“终身成就奖”，功成名就，但他还觉得有些遗憾——他还不是一名真正的党员。在他的不懈追求下，今年6月6日，牛犇在他的入党介绍人、上影集团党委书记任仲伦领誓下与上影其他青年党员一起庄严宣誓，加入中国共产党。读着入党志愿书，他眼里都是泪，看不清字。他说：“我何止哭了一两次，这是我的一件终身大事啊！”总书记在信中肯定他：“你把党当作母亲，把入党当成神圣的事情，60多年矢志不渝追求进步，决心一辈子跟党走，这份执着的坚守令人感动。”牛犇说：“我从小没有妈妈，我觉得党就是我的母亲，入党的日子，就是我的生日。”无论时代怎么变化，牛犇认准了一条道理：演好的电影，为人民服务，好的电影就是能够鼓舞人、教育人的电影。

铁凝说，习近平总书记对老艺术家的肯定勉励，也是对全国文艺工作者的殷切期待，希望广大文艺工作者坚守理想信念，充分认识肩上的责任，自觉弘扬和践行社会主义核心价值观，讲品位、讲格调、讲责任，抵制低俗、庸俗、媚俗，做有信仰、有情怀、有担当的人，为繁荣发展社会主义文艺贡献力量。

艺术家代表田华、丁柳元、潘鲁生、岳红、佟丽娅、武帅先后发言，纷纷表示作为新时代文艺工作者，要不忘初心、牢记使命、坚定信仰、奋勇向前，切实担负起光荣使命，自觉弘扬和践行社会主义核心价值观，在新时代有新担当、新作为，创作更多接地气、传得开、留得下的优秀作品，为繁荣发展社会主义文艺、建设社会主义文化强国凝聚起磅礴力量。

中国文联党组书记李屹表示，要坚定理想信念，做有信仰的新时代文艺工作者。始终把党和人民的事业放在心中最高位置，更加自觉地听党话、跟党走，繁荣创作、服务人民。要坚持正确的创作导向，做有情怀的新时代文艺工作者。自觉坚持以人民为中心的创作导向，走与人民相结合的创作道路，努力创作出热情讴歌党、讴歌祖国、讴歌人民、讴歌英雄的优秀作品。要坚持崇德修身，做有担当的新时代文艺工作者。自觉提高自己的艺术修养和人格修为，努力以良好的职业精神和社会形象赢得人们的尊重和喜爱。

“扎根生活沃土，服务基层群众”主题实践活动

12月4日，在京召开中国文联认真学习贯彻习近平总书记重要指示精神，深入开展“扎根生活沃土，服务基层群众”主题实践活动座谈会，中国文联党组书记、副主席李屹，中国文联党组成员、副主席赵实，中国文联党组成员、副主席左中一、李前光，中国音协主席叶小钢，中国美协主席刘大为，中国文艺志愿者协会主席、中国曲协主席姜昆，中国舞协主席冯双白，中国民协主席潘鲁生，中国摄协主席李舸，中国书协主席苏

士澍，各艺术门类知名艺术家代表，文艺志愿者代表百余人参加座谈会。左中一主持会议。

座谈会上，王晓棠、叶小钢、刘大为、冯双白、李舸、姜昆、温玉娟、李昕、乌兰图雅等艺术家代表先后发言。大家纷纷表示，习近平总书记给内蒙古苏尼特右旗乌兰牧骑队员的回信，让广大文艺工作者倍受鼓舞、深感振奋，信心满怀、充满干劲。乌兰牧骑是全国文艺战线的一面旗帜，弘扬乌兰牧骑精神，是基层的需要，是时代的呼唤，文艺工作者要认真学习领会习近平总书记回信的丰富内涵，深刻理解人民和艺术的关系，心系人民，扎根生活，服务基层，以更加饱满的精神状态创作出更多接地气、传得开、留得下的优秀作品，为繁荣发展新时代社会主义文艺事业贡献力量。

11月29日，中国文联印发《中国文联关于学习贯彻习近平总书记重要指示精神 深入开展“扎根生活沃土，服务基层群众”主题实践活动的通知》，决定在全国文联系统开展“扎根生活沃土，服务基层群众”主题实践活动。要求各级文联协会迅速行动起来，在今冬明春，特别是元旦春节“两节”期间，专门组织一批人员精干、艺术精湛的文艺小分队赴基层开展丰富多样的慰问演出、文化服务等惠民活动，让基层群众感受到文艺工作者在党的十九大精神鼓舞下的崭新风貌，把党的十九大精神、党的声音和关怀，迅速传递到基层群众中去。

李屹在座谈会上发表讲话，指出习近平总书记的回信对文艺工作和文联工作具有重要指导意义。他就文艺工作者始终坚持以人民为中心的创作导向、始终坚持深入生活、扎根人民提出希望，并重点就中国文联下一步拟组织实施的“扎根生活沃土、服务基层群众”主题实践活动提出明确要求。

李屹表示，希望通过各协会主席团成员、理事会理事，各艺术门类的领军人物、优秀艺术家和文艺志愿者们迅速行动起来，率先垂范，积极参与到主题实践活动中去，发挥榜样带动示范作用，带领广大文艺工作者学习和弘扬乌兰牧骑的人民情怀，坚持以人民为中心的创作导向，一方面满腔热情地把自己的才艺送到基层的人民群众中去，让人民群众得到美好精神文化生活的享受和熏陶；一方面在基层群众之中、社会生活最基层，在改革开放第一线、经济建设最前沿，亲身体验生活，采集一手素材，从人民的伟大实践和丰富多彩的生活中汲取营养，在新时代中国特色社会主义建设的伟大实践中进行文艺的创造创新，集中推出一批讴歌党、讴歌祖国、讴歌人民、讴歌英雄的现实题材精品力作，不断满足人民群众的精神文化需求。

“深入生活、扎根人民”主题实践活动

中国文联按照2014年11月中宣部等五部委联合下发通知，部署在文艺界广泛开展“深入生活、扎根人民”的主题实践活动。精心组织，统筹安排，开展了“到人民中去”“文艺进万家”等文艺采风和志愿服务系列活动。艺术家们深入革命老区、地震灾区、民族地区、边疆地区和贫困地区，走进重点建设工程一线、农村集镇、社区街道、军营学校，走进普通百姓中间，通过开展慰问演出、采风创作、辅导培训、文艺支教、展览展示等多项活动，与基层群众和基层文艺工作者面对面、手牵手，了解群众生产生活的新情况新变化，受到当地人民的普遍欢迎。

【向人民汇报——30位中青年美术家“深入生活、扎根人民”主题实践活动作品展】

10月19日至24日在北京炎黄艺术馆举行。由中国文联、中国美协、中国文学艺术基金会联合主办，共展出30位美术家的236幅作品。中国文联党组书记、副主席李屹，中国美协分党组书记、驻会副主席兼秘书长徐里，中国文学艺术基金会副理事长兼秘书长向云驹，炎黄艺术馆馆长崔晓东等领导以及部分参展画家、美术工作者、美术爱好者出席开幕式。开幕式由中国文联美术艺术中心主任丁杰主持。

为践行“绿水青山就是金山银山”理念，中国美协统一部署，多部门协力，组织多期多批美术家“深入生活，扎根人民”，集中到浙江丽水、古堰画乡采风写生。参展的这30位中青年美术家，就是其中极具特点的一批。他们具有鲜明的共性，长期扎根生活，所表现的对象是经过长久观察后对生命、生活的一种提炼，在情感上是质朴而丰厚的，在创作语言上是独到而多元的。

参展画家孙震生以水彩画的方式描绘了乡村门锁，试图将工笔融入水彩进行审美语言的转换；骆献跃对丽水庆元丛林与老屋的描写，减弱了色彩饱和度，但依然弥散出浓郁的乡情；黄胜贤的油画作品将平凡小景画出色彩的诗意，厚实的笔触增添了写实魅力；马万东近于黄昏的褐色调与叠加的色块营造出乡村意境独有的凝固感；徐晓伟的作品则通过色调变幻和笔触写意呈现出一种浪漫、温暖的诗意……这些仿佛依旧散发着泥土芬芳的作品，反映出艺术家不断回到对人民现实生活的真切感受中，所激发出的充满火花与灵感的艺术创造。

【中国音协、中国舞协组织知名音乐舞蹈艺术家赴内蒙古采风创作】

根据中国文联统一部署，6月8日至21日，历时14天，行程2700多公里，中国音协、中国舞协组织30余名著名词曲作家、舞蹈家和新兴音乐群体代表赴内蒙古自治区通辽市、呼伦贝尔市等多地，开展2018年“深入生活、扎根人民”知名音乐舞蹈艺术家赴内蒙古采风创作活动，广泛了解当地风土人情，详细调研各种非遗项目并与当地文艺工作者进行深入交流，为创作积累丰富素材。艺术家们在美丽辽阔的科尔沁、呼伦贝尔大草原上跋涉2700多公里，饱览草原风光，感受民族风情，体察时代风貌，创作出29首具有鲜明内蒙古民族风格和新时代特色的优秀歌曲。而后又经过6次创作座谈会、7次演出策划会，作品几经修改，优中选优，最终有18首歌曲集中亮相“歌从草原来——内蒙古采风原创歌曲演唱会”。这是继“格桑花开新时代——美丽西藏采风创作歌曲演唱会”之后，音乐家们从生活沃土中采撷的又一批丰硕成果。

6月9日上午，在内蒙古通辽市科左后旗的阿古拉镇神奇的双合尔山脚、美丽的白音查干湖畔，中国文联开启了2018“深入生活、扎根人民”知名音乐舞蹈艺术家赴内蒙古采风行程。王玫、田露、王舸、张国忠、沙呷阿依、王晓峰、唐跃生、胡旭东、刘新圈等艺术家在天高云淡的大草原上领略了原汁原味的蒙古族音乐舞蹈风情。

6月10日，在参观完库伦旗的三大寺、了解库伦旗独特的历史后，艺术家们来到了安代博物馆，通过图片、文字对安代这一带有萨满原始宗教色彩的民间艺术有了初步了解。

6月12日，在扎鲁特山地草原上，扎鲁特旗乌兰牧骑为艺术家们展示了乌力格尔、民乐合奏，后表演了挤奶舞。在通辽为期7天的采风活动中，艺术家们还参观了奈曼画院、南宝力高遗址、乌力格尔艺术馆，参加在内蒙古大学音乐学院召开的座谈会，与国家级长调民歌传承人赛音必力格、内蒙古自治区区级潮尔传承人于宝林、蒙古宫廷乐市级传承人包雪峰互动交流。后赶赴海拉尔，继续深入开展采风创作活动。

6月14日上午，中国文联2018年“深入生活、扎根人民”知名音乐舞蹈艺术家赴内蒙古通辽市采风创作活动进入尾声，在通辽市博物馆举行座谈会。中国文联国内联络部主任刘尚军，自治区文联党组成员、副主席艺如乐图，通辽市委常委宣传部部长李莉、文联党组书记苏日塔拉图出席。

6月15日，中国文联2018年“深入生活，扎根人民”知名音乐舞蹈艺术家赴呼伦贝尔采风创作交流会在呼伦贝尔市举行。中国文联国内联络部主任刘尚军，中国音协分党组书记、驻会副主席韩新安，中国舞协副秘书长夏小虎与张千一、孟卫东、屈塬等艺术家出席活动，表示要以人民为中心的创作导向，不辜负新时代人民群众对音乐文化艺术日益增长的需求。会上，该市艺术家及民间艺术传承人进行了长调、呼麦及民族舞蹈等展演。会后，采风团一行前往鄂温克族自治旗、新巴尔虎左旗、额尔古纳市、根河市、鄂伦春自治旗、莫力达瓦达斡尔族自治旗，进毡房入牧户，听原生态的蒙古长调，看自编自导的民间舞蹈……进行为期8天的实地采风。

6月20日下午，中国文联2018年“深入生活、扎根人民”知名音乐舞蹈艺术家到莫旗开展采风创作。中国音协分党组书记、驻会副主席韩新安，著名作曲家孟卫东、张千一，著名词作家屈塬等参加活动。采风团一行近距离观看了达斡尔群舞鲁日格勒、木库莲合奏、达斡尔族原生态扎恩达勒等原生态节目并与达斡尔族民间艺术家进行了交流座谈。艺术家们表示，达斡尔民族文化特色鲜明、底蕴深厚，呈现出特有的多样性，民间艺术形式多样，多姿多彩，莫力达瓦的民族民间艺术给各位艺术家带来了新的创作灵感，大家要坚持以人民为中心的创作导向，努力创作推出优秀的文艺作品，为繁荣发展新时代社会主义文艺事业贡献力量。

中国舞协按照中国文联的工作指示，积极推进、部署“深入生活、扎根人民”主题实践活动，以创作生产优秀作品为中心，围绕实现中华民族伟大复兴中国梦的时代主题，团结引导舞蹈界同仁深入生活采风创作，挖掘鲜活素材，创作出一批弘扬中国精神、凝聚中国力量，体现社会主义核心价值观的文艺作品。8月23日，中国舞协在京召开“深入生活 扎根人民”内蒙古题材舞蹈作品专家评议会，分别对苏娅菲、张文海、肖继元、李进、沙呷俊楠、阿格尔、吕梓民、张帆、张珅、张国忠、呼格吉勒图、李毅源、丁然等舞蹈编导的作品陈述。中国舞协选取业内专家组成艺术指导小组对采风创作成果进行评审、指导、监督验收。

2019年1月5日晚，由中国文联、中国音协、内蒙古文联共同主办的“歌从草原来——内蒙古采风原创歌曲演唱会”在北京天桥剧场举行。整场演唱会分为序、“天堂牧歌”“北疆壮歌”“草原恋歌”“幸福赞歌”四部分和尾声。除序篇《草原新曲》外，演唱会共包含《蒙古包》《爱在草原》《我的故乡天正蓝》《永恒长调》《远方》《你知道花儿有多坚强》《把梦留给你》《父母草原》《敖鲁古雅》《内蒙古味道》《草原故事》《跟草原谈一场恋爱》《额尔古纳河畔的时光》《梦中的骑手》《草原上的河》《金色摇篮》和尾声《马上再出发》。在拉苏荣、金花、吕继宏、王宏伟、王莉、阿鲁阿卓、徐千雅、周澎、乌英嘎、呼斯楞、徐晶晶、胡莎莎、傲日其楞、刘海月、王紫菲、于浩、孟根达来、胡大亮、张轩铭、HAYA乐团等20余位老中青三代歌唱家和新兴音乐群体代表的倾情演绎下，展示了内蒙古民族淳朴的民风和新时代豪迈的风采。演唱会由徐涛担纲主持。中国音协副主席、著名作曲家张千一任艺术总监，著名导演、舞蹈家何燕敏任总导演。节目表演形式丰富，既有男女声独唱，又有无伴奏合唱，还有童声表演唱和乐队组合。在演出阵容上，既有第一代乌兰牧骑艺术家和成就突出的资深艺术家，也有新兴音乐群体代表，更有崭露头角的青年新秀。担任演唱会舞蹈和合唱表演的内蒙古民族艺术剧院歌舞团、内蒙古少年合唱团、内蒙古鄂温克族小鹿艺术团，在国内外都具有很大影响力，而且民族特色鲜明。参演的还有来自首都的优秀的北京节日合唱团。中国文联主席铁凝，中国文联党组书记、副主席李屹，中国文联党组成员、副主席李前光，中国文联党组成员、书记处书记陈建文，以及叶小钢等领导与各全国文艺家协会，中国文联机关各部室、各直属单位负责人，内蒙古文联负责人，本次演唱会曲目的23名知名词曲作家和青年作者代表等观看了演出。铁凝、李屹、李前光、陈建文在演出结束后亲切看望了演职人员。

【中国文联“深入生活、扎根人民”音乐舞蹈艺术家赴西藏采风创作成果汇报演出】

8月13日，由中国文联、西藏自治区党委宣传部、中国音协、中国舞协和西藏自治区文联联合主办的中国文联“深入生活、扎根人民”音乐舞蹈艺术家赴西藏采风创作成果汇报演出首站在拉萨市文化体育中心举行。参演节目是2016年中国文联会同中国音协、中国舞协组织知名音乐舞蹈艺术家深入西藏多地采风创作的优秀成果，回到西藏向西藏人民汇报。汇聚了张千一、屈塬、宋小明、戚建波、美朗多吉、舒楠、浮克、何沐阳、赵明仁、胡力、化方、刘新圈等知名词曲作家和田露、袁媛、格日南加、李飞、丛帅帅、才旺卓玛等知名舞蹈编导的原创作品。歌曲《雅鲁藏布》《心向阳光》《吉祥的天空》《爱上纳木错》《一路向西》《拉萨之夜》《八廓街》《高原的梦》回肠荡气，舞蹈《玄音鼓舞》《青稞》《梦宣》《阿嘎人》及《鼓韵新生》振奋人心，这些作品时代气息浓厚，西藏风格鲜明，饱含深挚情意，艺术地表现了新时代西藏各族人民群众的生活风貌。

演出前，西藏自治区党委书记吴英杰会见了中国文联党组书记、副主席李屹一行并深入交流。西藏自治区党委副书记、自治区主席齐扎拉及丁业现、庄严、边巴扎西、刘江、多吉次珠、扎西达娃等自治区领导参加会见并与当地群众一起观看了演出。

中国文联党组书记、副主席李屹于12日即抵西藏，到自治区文联调研，与西藏艺术家代表座谈。李屹在讲话中指出，从去年开始，中国文联把深化改革作为工作的重中之重，全面铺开，持续推进，主要体现在加强文艺队伍建设、加强行业行风建设、引导推动创作、发挥职能措施效用等方面。他希望西藏文联结合当地实际，不断加快深化改革进程，希望各位艺术家对文联工作和文联深化改革多提宝贵意见建议。边巴扎西在讲话中对中国文联“传经送宝”“送艺下乡”，对口支持文艺创作表示感谢。西藏自治区党委宣传部副部长、西藏自治区文联党组书记张晓峰介绍西藏文联情况，并汇报一年来的主要工作。才旦卓玛、韩书力、仁钦才珍、次仁罗布、班典旺久、央金等六位各艺术领域的艺术家代表发言。座谈会由西藏自治区政协副主席、西藏文联主席扎西达娃主持。冯双白、韩新安、罗斌、邓光辉、刘尚军、党益民等中国舞协、中国音协有关方面负责人参加活动。15日又在日喀则剧院表演了一场。

第五届中国(湘潭)齐白石国际文化艺术节

2018年11月26日至2019年2月26日，中国文联与湖南省人民政府联合举办第五届中国(湘潭)齐白石国际文化艺术节。节会内容共含六大主题活动：开幕式暨齐白石艺术品赏会、故宫博物院院藏齐白石原作回乡展(在湘潭市博物馆开展的齐白石原作回乡展，向公众呈现来自故宫博物院、辽宁省博物馆、湖南省博物馆、北京画院、齐白石纪念馆的88套、132件白石老人书、画、印原作，其中22件套艺术精品为首次公开亮相。)、当代书画名家作品邀请展暨“大美湘潭”书画作品展、第五届中国(湘潭)齐白石国际文化艺术节优秀文创作品征集展、“白石探源”活动、花鼓戏《齐白石》展演。旨在向大众普及白石艺术，提高大众艺术品赏兴趣和水平，让老百姓感受到中华书画文化的独特魅力的同时，也是为进一步深化国际艺术交流，带动白石艺术产业、文化创新产业、文化旅游产业的全新发展。湖南省文化和旅游厅、湖南省文联、湘潭市人民政府共同承办，中国美协、中国书协、故宫博物院、中国国家画院为艺术指导单位。11月26日晚，以“品白石艺术、传中华文化——故里山花此时开”为主题的开幕式暨齐白石艺术品赏会在白石公园举行。全国政协副主席、台盟中央主席苏辉宣布艺术节开幕，中国文联副主席赵实、中组部原常务副部长赵宗鼐出席开幕式。晚会在大型原创山水实景表演《梦里故乡》中拉开帷幕，先后表演了大型原创山水实景演出《雨笠烟蓑》、大型实景歌曲《相思赋予谁》、花鼓歌舞《白石传奇》等多个精彩节目。北京大学中文系教授、著名评论家张颐武在节目现场对齐白石作品进行了精彩的品赏，为观众上了一堂生动的白石艺术大课。来自湘潭的五位老、中、青、幼画家共同创作了一幅“故里山花此时开”的作品，作为献给艺术节的礼物以表达对白石老人艺术的传承。

自2004年以来，中国(湘潭)齐白石国际文化艺术节已成功举办四届。今年艺术节继续寻求突破，深化国际艺术交流，借助此前湘籍艺术家书画精品在“一带一路”沿线国家巡回展览之机，邀请法国、西班牙等多国艺术家和政府团体赴湘参会；加强文化宣传，利用新媒体，普及白石艺术，提高大众艺术品赏兴趣和水平，实现“小现场、大效应”；提高产业带动效能，以征集文创作品和举办文旅活动的形式，促进相关文化、艺术、旅游产业全面发展。

“向人民学习 向生活学习 潜心创作无愧于新时代的精品力作”中国文联纪念毛泽东同志在延安文艺座谈会上的讲话发表76周年座谈会

5月23日，“向人民学习 向生活学习 潜心创作无愧于新时代的精品力作”座谈会在京召开。中国文联主席、中国作协主席铁凝出席并主持会议。中国文联党组书记、副主席李屹出席会议并讲话。中国文联党组成员、副主席赵实，中国文联党组成员、副主席左中一、李前光，中国文联副主席、中国剧协主席濮存昕，中国文联副主席、中国影协主席李雪健，中国文联副主席、中国音协主席叶小钢，中国舞协主席冯双白，中国摄协主席李舸，各艺术门类知名艺术家代表，各全国文艺家协会和中国文联机关各部室负责同志以及新闻媒体记者70余人参加座谈会。

会上，叶小钢、濮存昕、关峡、王珂、黄渤、赵塔里木、林永健、王一川等艺术家代表先后发言。大家纷纷表示，以习近平同志为核心的党中央高度重视文艺工作，非常关心文艺工作者，多次就文艺工作发表重要讲话，为文艺工作者肩负新时代文化使命、繁荣文艺创作、服务人民群众指明了前进方向。广大文艺工作者倍受鼓舞，备感振奋，立志在习近平新时代中国特色社会主义思想指引下，坚持以人民为中心的创作导向，坚持深入生活，扎根人民，努力创作推出优秀的文艺作品，讴歌党、讴歌祖国、讴歌人民、讴歌英雄，为繁荣发展新时代社会主义文艺事业贡献力量。

李屹在讲话中回顾学习了毛泽东同志在延安文艺工作座谈会上的讲话发表76年来党和国家领导人对文艺工作的论述，重点阐述了学习贯彻习近平总书记关于文艺工作重要论述的重要意义。强调习近平总书记关于文艺工作的一系列重要论述从坚持和发展中国特色社会主义、实现民族复兴中国梦的战略高度，深刻阐明了时代发展对文艺工作的本质要求，深刻揭示了社会主义文艺发展的基本规律，深刻回答了新时代社会主义文艺事业发展的一系列方向性、全局性、战略性重大问题，创造性地丰富和发展了马克思主义文艺观和社会主义文艺理论，形成了习近平文艺思想的科学理论体系。习近平总书记关于文艺工作重要论述是习近平新时代中国特色社会主义思想的重要组成部分，源于中华民族优秀传统文艺理论和中华美学精神，植根于中国特色社会主义文艺伟大实践，与马克思主义文艺观既一脉相承又与时俱进，具有深刻的时代性、原创性。是马克思主义文艺理论中国化最新成果。广大文艺工作者应坚定文化自信，充分发挥文艺的功能作用，自觉担负民族伟大复兴新的文化使命；坚持以人民为中心的创作导向，自觉走与人民相结合的创作道路；深入火热生活、深度观照现实，奋力讴歌美好新时代；聚力精品力作的创作生产，更好地满足新时代人民群众对美好生活的向往和追求；加强行业建设和思想引领，努力营造昂扬向上、风清气正、健康发展的良好文艺生态，在新时代有新气象、新作为，为繁荣发展新时代社会主义文艺事业做出新的贡献。

青年文艺创作扶持计划

青年文艺创作扶持计划自2016年实施以来，各地申报项目近千个，涵盖各艺术门类，参与申报的青年文艺工作者近万人。2018年进一步提高新文艺群体项目申报和入选比例，共扶持新文艺群体青年扶持计划项目59个。围绕项目创作生产、跟踪指导、加工提高以及展演展示各个环节服务力度，充分发挥引导示范效应，出精品、出人才，实现精准扶持，使之成为新时期文联、协会更好地联系凝聚和服务管理青年文艺工作者特别是新文艺群体青年文艺人才的有效抓手。推进各全国文艺家协会积极搭建“青年艺术家之友”工作平台，已经成立或即将成立的平台共有12个。

品牌活动

百花迎春——中国文学艺术界 2018春节大联欢

1月20日，由中国文联主办，中国文联文艺志愿服务中心承办，各全国文艺家协会、中国文艺评论家协会、中国文艺志愿者协会和中国文学艺术基金会协办的“百花迎春——中国文学艺术界2018春节大联欢”在北京国家会议中心举行。这是党的十九大召开后，全国文艺界老中青几代艺术家第一次齐聚一堂。本次大联欢，呈现了一大批以人民为中心，深入生活、扎根人民创作的文艺精品与新作，展示了新时代的中国文艺新面貌和新气象。联欢会共分为“春暖花开”“春风化雨”“春华秋实”“春光无限”四个篇章，分别寓意着党的十九大为繁荣发展社会主义文艺指明了前进方向，我国迎来一个文艺发展春暖花开的新时代；节目内容也是精彩缤呈，几十个节目涵盖了歌曲、舞蹈、戏曲、器乐演奏、魔术、杂技、诗朗诵、三句半、群口快板、南北说唱、互动拉歌等多种艺术形式，坚持思想精深、艺术精湛、制作精良相统一，着力彰显现实主义题材作品，同时加大创新力度，力求让传统的艺术形式实现全新的艺术表达。本次大联欢由张蕾、任鲁豫、马丽、于和伟担任主持，姜昆、朱军、周涛、张泽群、刘芳菲、周炜、春妮担任嘉宾主持，各文艺门类的数百位文艺家登台献艺。其中，既有德高望重的艺术大家，也有正值盛年的中青年艺术家，还有崭露头角的艺术新秀，更包括众多新文艺组织和新文艺群体的文艺工作者，以及来自香港、台湾的艺术家和海外的华人艺术家代表；既体现出中国文联团结凝聚广大文艺家和文艺工作者的重要功能，也反映出中国文联对新文艺群体的关注与团结，充分彰显了文艺界大联欢的特点。演出的盛况从农历大年初一起相继在北京卫视、东方卫视、广东卫视、江苏卫视、湖南卫视、重庆卫视、陕西卫视播出。

“百花迎春——中国文学艺术界春节大联欢”是中国文联的重大品牌活动，已成功举办15届。本届大联欢坚持思想精深、艺术精湛、制作精良相统一，着力彰显现实主义题材作品，同时加大创新力度，力求让传统的艺术形式实现全新的艺术表达。大联欢中演出的一大批新创作的精品力作，不仅体现了中国文联的品位和水准，更展现了新时代文艺的大繁荣大发展，全面呈现了我国文艺界和文艺工作者在新时代对党、对人民、对中国梦的真挚心声。

【完整节目单】

播放：濮存昕、明振江、刘小钢、刘大为、姜昆、冯双白、潘鲁生、李舸、苏士澍、边发吉、胡占凡、仲呈祥向全国人民拜年视频

一、开场歌舞《百花迎春》

作词：朱海 作曲：卞留念 编曲：陈典

演唱：张凯丽 江涛 海霞 康辉 喻越越

第一篇章 春暖花开

二、歌曲《恭贺新禧》

作词：杨涌 作曲：刘虹 编曲：卞留念

演唱：于淑珍 王洁实 吴琼 魏金栋 吴碧霞 丁毅 王二妮 王泽南

三、歌曲《酒歌联唱》

编曲：卞留念

《藏族歌曲》演唱：泽旺多吉 阿斯根 柏文 东方 阿吉大组合

《彝族歌曲》演唱：邓玉华 阿木 乔军 汤非 严当当 伊丽媛

《维吾尔族歌曲》演唱：关牧村 杨洪基 么红 霍勇

舞蹈：玉米提 古丽迪娅尔•阿纳依提

《蒙古族歌曲》演唱：胡松华 齐峰 乌兰图雅 呼斯楞

四、互动拉歌

曲艺队（歌曲《恭禧歌》）

队员：姜昆 董耀鹏 戴志诚 杨其峙 李立山 苗阜 杨菲 马小平 崔琦 高洪胜 李伟建 宋德全 全维润 闫淑平 范军 种玉杰 李丁 石宽富 李增瑞 赵炎 李寅飞等

杂技队：（歌曲《在希望的田野上》）

队员：边发吉 王仁刚 刘全利 刘全和 金业勤 宁根福 孙力力 邓宝金 齐春生 张红 吴正丹 肖世革 李驰 李宁 沈娟 徐凤美 曲蕾 赵育莹 王璐 孔海涛等

五、诗朗诵：《面朝大海 春暖花开》

作者：海子

朗诵：朱时茂 温玉娟 岳红 王丽云 王馥荔 包贝尔 孙涛 保剑锋

六、歌曲《春暖花开》

作曲：洪兵 填词：梁芒

演唱：佟丽娅 戚薇 李梓萌 胡蝶

七、三句半《盛世芬芳》

撰稿：全维润

表演：田华 王铁成 雷恪生 田连元

第二篇章 春风化雨

八、情歌对唱

歌曲《最浪漫的事》 作词：姚若龙 作曲：李正帆

编曲：潘伟屹

演唱：瞿弦和 张筠英

歌曲《你最珍贵》 作词：林明阳 作曲：凌伟文

演唱：王雷 李小萌

歌曲《来日方长》 作词：常石磊 作曲：常石磊 袁娅维

演唱：黄晓明 杨颖

九、群口快板《百花盛开迎新春》

作者：王文水

表演：高晓攀 李菁 金霏 刘芳菲 张勇 郭迎欢 何云伟 王文水

十、互动拉歌

开心麻花队（歌曲《好运来》）

队员：马丽、遇岩、闫平、杜晓宇、李唯贺、贾金金、张本龙、张琛、杨沅瀚、刘思维、金春花、吴英哲等

星光大道队（歌曲《欢乐中国年》）

队员：许志刚、茸芭莘那、李雨儿、张羽、旭日阳刚组合、赵浚承、张越、潘倩倩、芳芳、敖日其楞等

十一、器乐与舞蹈《春之声》

演奏：刘诗昆（中国香港） 王紫骄（中国香港）

舞蹈：孟繁宇 袁岸璞

十二、戏、歌反串

编曲：丁嘉城

表演：孟广禄 小香玉 李丹阳 白雪

十三、魔术《换影移形》

表演：周乐天等

十四、歌曲《多好啊》

词曲：小柯

演唱：周涛 亮姐姐 孟盛楠 卫晨霞 周宇 春妮 栗坤

十五、歌曲《亲爱的中国》

作词：瞿琮 作曲：子山 编曲：杨一博

演唱：张也 佟铁鑫

第三篇章 春华秋实

十六、播放兰亭奖、梅花奖视频短片

十七、戏曲表演《薪火传承》

京剧《胭粉计》选段 表演：辛宝达、辛明泽

黄梅戏《女驸马》选段 表演：韩再芬、王泽熙、张敏

评剧《刘巧儿》选段 表演：谷文月、崔歆睿、关淇匀

十八、播放金鸡奖视频短片

十九、互动环节：于蓝

二十、播放金菊奖视频短片

二十一、杂技《灵唤·多维幻想——集体球技》

表演：中国杂技团北京国际艺术学校

管立寅 王孟淼 王仲淼 王季淼

二十二、南北说唱《这样的好生活》

作词、编曲：李亮节 王昕轶 陈靓

表演：冯巩 何赛飞 苗阜 李亮节 陈靓

伴奏：岩石乐队 成宏（吉他） 陈乐（贝斯） 刘申圣（鼓手）

二十三、播放荷花奖视频短片

二十四、藏族舞蹈《玄音鼓舞》

编导：袁媛 传承人：达瓦

表演：北京舞蹈学院

二十五、互动拉歌

空政文工团队（歌曲《当兵的历史》）

队员：张天宇、李洲、陈小涛、刘一祯、吴彦凝、曲丹、李宏伟、赵一颐、王雅洁、李君、杨屹等

火箭军政治工作部文工团队(歌曲《一二三四歌》)

队员：周炜、蔡薇蔓、张华敏、金波、苗博、张晓芬、胡旭东、陈苏威、郭芳芳、王玮玮等

二十六、中外器乐联奏

编曲：卞留念

《金蛇狂舞》领奏：女子水晶乐坊

《可爱的一朵玫瑰花》大提琴领奏：赵云鹏

《匈牙利舞曲》乐器：钢琴 领奏：孙颖迪

《我的父亲》小提琴领奏：吕思清

《京剧夜深沉片段》京胡领奏：姜克美

《青春舞曲》合奏

二十七、播放山花奖、金钟奖视频短片

二十八、歌组合《争奇斗艳》

编曲：杨一博

歌曲《绒花》作词：刘国富 田农 作曲：王酩

演唱：王宏伟 吕薇

歌曲《栀子花开》词曲：吴変

演唱：陈思思 扎西顿珠

歌曲《茉莉花》整理改编：何仿

演唱：殷秀梅 廖昌永

歌曲《红梅赞》作词：阎肃

作曲：羊鸣 姜春阳 金砂

演唱：孙丽英 黄华丽 王莹 王莉

歌曲《我们的祖国歌甜花香》作词：王持久 作曲：郭峰

演唱：阎维文 龚爽 褚海辰 徐晶晶 胡琳

二十九、现场访谈

三十、歌曲《最美中国人》

作词：陈维东 作曲：杨一博

演唱：曹芙嘉 平安 王喆 周澎

三十一、互动环节《温暖瞬间》

三十二、歌曲《我们共同的家》

作词：竹立 作曲：张擎

演唱：刘媛媛 张英席 吴娜 王传越

第四篇章 春光无限

三十三、乌兰牧骑表演《我们都是多面手》

编导：乌日嘎 李德戈景 娜哈娅

表演：李德戈景 娜哈娅 云帅 牧仁 阿木古楞 苏亚拉文都苏 朝格巴达拉 温都苏 阿拉腾霞嘎 娜日苏 孟根格日乐 恩克巴依尔 乌他哈图 欧尼尔 高乐牧仁

三十四、文艺扶贫、“深扎”歌曲组合

歌曲《橄榄梦》作词：屈塬 作曲：王备

演唱：王丽达 汤子星

歌曲《小河弯弯唱山歌》作词：胡大亮 作曲：胡力

演唱：玖月奇迹组合

歌曲《百岁歌》作词：化方 作曲：卞留念

演唱：刘和刚 云朵

歌曲《高原的梦》作词：宋小明 作曲：何沐阳

编曲：潘伟屹

演唱：更却才仁 完玛三智 四郎贡布 孔庆学

三十五、歌曲《把幸福给你》

作词：郭明义 作曲：李杰

演唱：雷佳 黄渤

三十六、文艺工作者心声

表演：王晓棠 陈振濂 解海龙 牛群 黄豆豆 李幼斌 李雪飞 吴京

三十七、歌曲《天下归心》

词曲：何沐阳 编曲：孟可 潘伟屹

领唱：汪正正 金美儿 师鹏 王紫凝 张赫宣

合唱：吴兢 蒋宁 刘文涛 王聆燕 李思宇 张柏菡 徐茜 刘晶 张曼 赵越 莫潇潇 谭娟 吴扎拉 朱迪等

艺苑百花

为深入贯彻习近平新时代中国特色社会主义思想特别是习近平总书记关于文艺工作的系列重要论述，大力倡导德艺双馨，着力培育正风正气，弘扬艺术之美、信仰之美、崇高之美，进一步营

造文艺界见贤思齐、崇德尚艺、奋发有为的良好态势，不断发现、培育和推出当代优秀文艺工作者与文艺界先进典型，中国文联在中国艺术报、中国文艺网开设“艺苑百花”专栏，深入报道文艺工作者可敬可亲、可爱可学的动人故事，充分展示文艺界涌现的好人好事，全面展现优秀文艺作品背后的美学意蕴与丰富内涵。

“艺苑百花”第一期推出的是中国音协名誉主席、著名作曲家赵季平：《赵季平：“一手”伸向民间“一手”伸向世界》；

“艺苑百花”第二期推出的是中国舞协副主席、上海歌舞团艺术总监、著名舞蹈艺术家黄豆豆：《黄豆豆：一生太短，我愿把一生都献给舞蹈》；

“艺苑百花”第三期推出的是中国书协副主席、江西省书协主席毛国典：《毛国典：人勤地不懒 守正成新格》；

“艺苑百花”第四期推出的是词曲作者、著名音乐人何沐阳：《何沐阳：现代民歌要接“天气”“地气”“人气”》；

“艺苑百花”第五期推出的是著名影视表演艺术家岳红：《岳红：做一个美好的人》；

“艺苑百花”第六期推出的是著名摄影家、摄影理论家袁毅平：《袁毅平：“我现在最想拍老百姓的生活”》。

艺坛大家

“艺坛大家”是中国文联的品牌项目之一，起始于2004年，至今已拍摄老一辈著名文艺家100余人，涉及戏剧、电影、音乐、美术、曲艺、舞蹈、民间文艺、摄影、书法、杂技、电视等多个艺术门类，部分专题片先后在中央电视台、地方电视台播出，产生了广泛而深远的影响。由中国文联国内联络部、中国文联网络文艺传播中心联合制作的“艺坛大家”系列专题于2018年8月在中国文艺网及微信公众号等新媒体平台上线，陆续推出近百部专题片，是在习近平总书记关于文艺工作重要思想和党的十九大精神指导下，经过重新编辑整理和修订完善而发布的，也是“艺坛大家”项目适应网络新时代传播发展趋势、充分利用网络新媒体优势开展传播推广的一次重要尝试。这一品牌项目致力于回顾总结我国当代艺坛德高望重的老艺术家的艺术成就和人生历程，搜集抢救他们的珍贵音像资料，既努力为文艺工作的后来者打造一部生动教材，也力争为中华文艺保存一批宝贵的艺术人文史料。现已推出徐晓钟、尚长荣、李前宽、才旦卓玛、侯一民、李焕民、常宝华、戴爱莲、冯骥才、简庆福、李铎、孙伯翔、夏菊花等“艺坛大家”专题。

徐晓钟《晓钟老师》

尚长荣《戏曲春秋》

李前宽《光影追梦》

才旦卓玛《雪域之音》

侯一民《大地之子》

李焕民《铸美高原》

常宝华《相伴一生》

马季《苦乐年华》

刘兰芳《妙兰奇芳》

戴爱莲《舞者飞天》

冯骥才《守望民间》

简庆福《光影无垠》

李铎《翰墨干城》

孙伯翔《翰墨情缘》

夏菊花《杂技皇后》

靳尚谊《复古创新》

于蓝《一片丹心》

谢铁骊《幕后人生》

王晓棠《影坛女将》

邵大箴《艺海箴言》

王昆《东方天籁》

吴祖强《乐铸华章》

郭兰英《我的祖国》

傅庚辰《时代之歌》

黄永玉《画坛鬼才》

欧阳中石《文哲中石》

欧阳山尊《峥嵘岁月》

刘厚生《幕后英雄》

胡可《走过硝烟》

红线女《一代红伶》

李世济《秋声济世》

秦怡《用爱修行》
丁荫楠《时代影像》
周广仁《广仁大德》
王琦《刀笔春秋》
吴冠中《我负丹青》
罗扬《曲艺春秋》
陈爱莲《爱莲之舞》
金业勤《走出天桥》
李承祥《舞动人生》
谭元寿《菊苑常青》
方掬芬《童心永驻》
于敏《永远的桥》
滕进贤《我心无愧》
杜鸣心《鸣奏我心》
张丕基《曲韵留声》
华君武《漫画一生》
张仃《他山寻艺》
詹建俊《汇中融西》
袁运甫《有容乃大》
赵连甲《曲坛杂家》
资华筠《舞者学者》
吕艺生《舞韵民间》
刘艺《平实书艺》

“2018濠江之春”系列活动

2018年6月5日至7日，由中国文联、澳门基金会支持，中国视协、中国文联港澳台办公室、中央政府驻澳门联络办宣传文化部、澳门中华文化联谊会共同主办的“濠江之春”系列活动在澳门成功举办。全国政协副主席何厚铧，中央政府驻澳门联络办公室主任郑晓松、副主任薛晓峰，全国政协常委、港澳台侨委员会副主任耿惠昌，中国人民外交学会名誉会长、外交部原部长李肇星，以及张显、董占顺、梁华、谭俊荣、王冬、吴志良、吴丰宽、鄢平原等相关方面负责人出席活动。

此次活动包括“濠江之春——澳门与内地艺术家大联欢”“濠江之春——祝福新时代综艺晚会”“情满濠江——2018中国电视艺术家澳门联谊演出”“庄严气象，颜楷千年—江西陕西颜体书法澳门展览”等多场展演活动。中国文联和中国视协对活动高度重视，特别邀请众多优秀影视表演艺术家以及陕西省文联、江西省文联、广东广播电视台、广东省歌舞剧院等单位组成了艺术团一行90余人赴澳参加展演。

5日晚，“濠江之春——澳门与内地艺术家大联欢”在澳门万豪轩宴会厅举行，600余位澳门各界知名人士出席。中国视协驻会副主席张显致辞表示，长期以来，澳门同胞与祖国同呼吸，共命运，有担当，积极发挥自身优势，为国家发展做出了重要贡献。今后，中国文联和中国视协将通过多种形式的交流与合作，更好地为两地艺术家服务，让两地民众共享文艺发展的成果。耿惠昌、澳门中华文化联谊会理事长郭敬文也分别致辞。随后,两地艺术家还联袂表演了精彩的文艺节目。大家畅叙友情，切磋技艺，现场始终洋溢着热烈祥和的气氛。

6日晚，“濠江之春——祝福新时代综艺晚会”在澳门文化中心举办，澳门各界人士千余人观看演出。晚会以电视艺术为视听载体，通过电视剧主题曲演唱、诗歌朗诵、舞蹈、曲艺等多种表演形式，回眸中国电视艺术事业的发展，礼赞改革开放流金岁月，祝福日新月异的澳门，祝福迈入新时代的祖国。王馥荔、张凯丽、林永健、韩延文、温玉娟、曾小敏、马苏等内地艺术家与澳门青年钢琴家张海量、粤剧表演艺术家朱振华等联袂为澳门观众献上了一场精彩的文艺演出。值得一提的是，专门为此次晚会创作的诗朗诵《中国，叩响了新时代的门铃》和压轴节目合唱《祝福新时代》给观众留下了深刻印象，同时也赢得了他们的热烈掌声。马苏激动地表示：“这次与澳门同行一起演出和联欢，感觉很开心。手拉手，心连心，祖国人民团结友爱永远一家亲。”

在澳期间，艺术团还先后到澳门浸信中学、濠江中学和妇联总会学校，组织开展了三场“情满濠江——2018中国电视艺术家澳门联谊演出”活动。内地艺术家充满梦幻与童心的诗朗诵，惟妙惟肖的口技，典雅优美的粤剧，荡气回肠的京韵大鼓，与澳门学子感情真挚的合唱、青春动感的双人舞蹈、动人心弦的长笛等原创节目搭配默契，相得益彰，在场同学们和当地民众笑声、欢呼声始终不绝于耳。

当日联欢活动之前，“庄严气象，颜楷千

年——江西陕西颜体书法澳门展览”在澳门卢廉若公园春草堂举办。展览共展出作品75幅，其中包括澳门9位书法家的10幅作品，汇集了近年来三地书法家新近创作的精品力作，展现了颜楷端庄中正、雄浑博大的艺术特征和盛世气象。开幕式前，三地书法家还举行了交流笔会。

经过八年的精心培育，“濠江之春”艺术之花在澳门欣然绽放，硕果初成。活动不断发展壮大，业已成为澳门年度“文化盛会”和一项品牌文化项目，充分展现了“文化澳门”的良好形象，也是内地和澳门艺术家联谊、交流、合作的重要平台。

“今日中国”艺术周在印度

应印度文化关系委员会、印度音乐家联合会和印中电影学会的邀请，中国文联于2018年1月30日至2月7日，3月14日至20日分别在印度新德里、孟买和斋普尔举办中国芭蕾舞专场演出、中国佛教文化遗产摄影展及中国电影周等三大文化交流活动，共同构成了“今日中国”艺术周（以下简称“艺术周”）在印度的主要内容。

当地时间2月1日晚7点，广州芭蕾舞团的中国芭蕾舞专场演出作为艺术周开幕首演于新德里西里堡大礼堂举行。中国驻印度大使罗照辉，中国文联书记处书记、中国文联代表团团长陈建文，印度文化关系委员会主任戴锐思出席并分别致辞，随后共同为开幕演出燃灯。当晚的演出，无论是精彩绝伦的芭蕾经典片段《天鹅湖》二幕、《古典大双人舞》和《天鹅湖》三幕双人舞，抑或如高山流水般灵动的《舞越潇湘》或具有中西方文化碰撞火花的现代芭蕾《千头万绪》，都带给印度观众别具一格的审美享受和视觉震撼。特别是由著名的小提琴协奏曲《梁山伯与祝英台》全本改编的同名舞剧，那感人至深的表演通过经典的中国故事传达出超越国界的共通情感，将本场演出推向了高潮，赢得了一阵阵雷鸣般的掌声和喝彩。

2月5日，中国芭蕾舞专场演出登陆那格浦尔市的苏莱芭剧场。令来访的中国艺术家们无比兴奋的是，这是这座百年历史的老剧场翻新以来首场国际演出，更是该剧院历史上首场芭蕾舞演出。当晚，中国驻孟买总领事郑曦原总领事及夫人、那格浦尔市长吉奇卡尔女士、那格浦尔大区专员库马尔、马哈拉斯特拉邦议员曼尼以及孟买中资企业协会、那格浦尔制造商协会、印中友协会员等一起观看了中国芭蕾舞者们带来的精彩演出。当地主要媒体《印地新闻》《人民之声》《那格浦尔新闻》等对演出进行了大篇幅报道。

当地时间3月16日晚7点，由中国文联、中国佛教协会和印度孟买国家表演艺术中心联合主办，中国摄影家协会、印度音乐家联合会和马哈拉斯特拉邦艺术学院共同承办的“中国佛教文化遗产图片展”在孟买国家表演艺术中心开幕。中国驻孟买总领事馆总领事郑曦原，中国佛教协会副秘书长、杭州灵隐寺住持光泉法师，中国文联代表团团长苗宏、马哈拉施特拉邦社会公正与特殊救济部部长巴多里、印度“佛教复兴慈善基金会”主席博迪帕罗等嘉宾出席开幕式并致辞。中国佛教代表团、中印各界人士及媒体记者共计200余人出席开幕式，现场气氛友好热烈。来宾们一同欣赏了80幅展示中国佛教文化遗产的优秀摄影作品，并观看了介绍杭州灵隐寺的短片。此次摄影展多方位第展示了中国佛教的历史文化瑰宝与发展风貌。孟买当地佛教界对此次活动表现出极大热情和关注。许多印度民众和青少年见到中国高僧也真诚表达敬仰和文化认同。

当地时间3月18日晚7点，由中国文联和印中电影学会联合主办，中国电影家协会承办的中国电影周在印度拉贾斯坦邦首府斋普尔举行，在为期5天的展映时间内，中国影协推选的《一代宗师》《捉妖记》《滚蛋吧，肿瘤君》《狼图腾》和《大唐玄奘》等五部中国影片将向印度观众展示近年来中国电影的新成就。中国文联代表团团长苗宏、中国影协副秘书长孙崇磊等与印中电影学会、印度音乐家联合会负责人一同出席电影周开幕式。中国驻印度大使馆文化参赞张建新专程从新德里赶来出席。开幕式可谓明星云集，许多印度知名导演、制片人及宝莱坞歌星汇聚一堂，在演出互动交流中增进友情，分享中印电影的发展成果。

此次艺术周的顺利实施，离不开中国驻印度大使馆、中国驻孟买总领事馆和广州市委宣传部等单位的指导与支持，相信在中印两国有关机构的不断推动下，中印两国人民以及艺术家之间的合作和友谊一定会不断取得丰硕的成果。

“今日中国”艺术周在俄罗斯

2018年是中俄两国元首商定的中俄地方合作交流年。为配合国家整体外交，落实中俄人文合作行动计划，应俄罗斯克拉斯诺达尔国立文化学院和莫斯科中国文化中心邀请，2018年10月29日至11月7日，中国文联组派以安徽演艺集团、中国摄影家协会等单位组成的艺术团一行51人，在俄罗斯克拉斯诺达尔边疆区首府克拉斯诺达尔市和俄罗斯首都莫斯科举办2018“今日中国”艺术周。中国文联副主席、书记处书记李前光同志率中国文联代表团出席艺术周系列活动。本次艺术周在克拉斯诺达尔和莫斯科展演的内容包括黄梅戏《天仙配》全剧演出、黄梅戏折子戏演出、“影像中国40年”摄影展览、“中国电影113年”图片展览活动等。

本次艺术周十分重视前期策划调研，秉承促进“一带一路”沿线国家协调发展和与邻为善、以邻为伴周边外交方针，中国文联副主席、书记处书记李屹于2017年带领包含戏剧专家、摄影专家等在内的代表团赴俄罗斯，与克拉斯诺达尔国立文化学院及其他文化机构深入交流，反复磋商，并签署了合作备忘录，为艺术周的筹备和举办工作明确了主题，确定了方向。在筹备过程中，中国文联还通过向我驻俄使馆和文化中心征求意见、与俄罗斯驻华使馆交流、与当地汉学家及俄罗斯在华留学生交流等多种方式，深入俄罗斯了解观众需求，力求以当地观众乐于接受的方式呈现中国文化。

本次艺术周把传统戏剧黄梅戏作为重头戏，不仅让俄罗斯观众体验到了高水平的黄梅戏艺术，更让他们了解到中国除了国粹京剧外，还有很多其他的优秀地方戏曲形式。《天仙配》所表达的文化价值观在中国民间深入人心，具有很高艺术性和观赏性。最能打动具有不同文化历史背景的各国人民；不知不觉中娓娓道来的中国故事，使不了解中国的国外观众逐步对中国的文化产生感情，对中国的价值观更易趋向认同。

同时展出的中国电影113年图片展，则从电影这个既有艺术性又有流行性的角度，让观众通过曾经与苏联电影大有渊源的中国电影的发展变迁感受中国的发展。展览现场，110块采取中国传统画轴形式，以宣纸印刷、丝绸绫子装裱的展板，即刻吸引了现场观众的目光，包括绢人、浮陶、泥塑、戏服等在内的实物展品更增加了展览的生动性。充满中国传统文化韵味的布展，给俄罗斯观众娓娓道来中国电影113年来发展变化的同时，也让观众亲身感受到了中国文化的魅力。在展览的交流版块中，来自克拉斯诺达尔文化艺术学院的老师维多利亚说，展览让她了解了中国电影113年的发展历程，也深深感觉到了电影事业在中国的飞速发展和蓬勃壮大。

本次艺术周着力整合优质资源，力求以最完美的形式呈现中国优秀艺术水准。首先，艺术周十分注重中外多元合作伙伴的整合，在与克拉斯诺达尔国立文化学院近三年的合作过程中，中俄艺术得到了充分的交流，提升了中华文化影响力和感染力。其次，本届艺术周选择了在俄语国家有丰富办展经验的国内承办单位，也是文联延伸服务手臂、为艺术工作者服务的尝试与创新。通过深入调研与前期合作的磨合，承办单位能够很好地将艺术周的价值理念进行落实，使俄罗斯民众能够真正感受到原汁原味的中国艺术。第三，与中俄主流媒体合作，媒体报道覆盖面更广，报道内容更深入。艺术周将媒体合作融入筹备工作中，相关合作媒体在深入了解艺术周的各项活动的背景和前提下，根据各自特点对艺术周进行特色报道。

本次艺术周的圆满举办，进一步强化了中俄两国之间的文化纽带。

第10届海峡两岸暨港澳地区艺术论坛•第7届海峡两岸电视艺术节

2018年12月25日至29日，由中国文联支持，中国视协、中国影协、中华广播电视节目制作商业同业公会、两岸电影交流委员会联合主办的“第10届海峡两岸暨港澳地区艺术论坛•第7届海峡两岸电视艺术节”在台北市举办。中国视协副主席胡正荣、中华广播电视节目制作商业同业公会理事长汪威江、两岸电影交流委员会主任委员李行、香港艺术发展局主席王英伟、澳门基金会行政委员会主席吴志良、台湾文创产业联盟协会荣誉理事长李永萍等相关文化机构负责人及唐国强、卢奇、汪明荃、马逢国、严浩、焦雄屏等百余位文艺界知名人士、专家学者出席活动。

本次活动以“起承转合——传统文化的传播汇流与创新转化”为主题，旨在通过探讨影视艺术在传统文化的经验回顾、实践和展望，研究如何运用影视手段创造传统文化与现代社会思想对接的平台。

26日上午，论坛暨艺术节在台北张荣发公益基金会大楼开幕。胡正荣、汪威江、李行、李永萍、唐国强先后在开幕式上致辞。此次活动汇聚了两岸四地影视艺术家及专家学者，其中既有德高望重的老一辈影视艺术家，也有不少才华横溢的中青年艺术骨干和专家，还有数位跨界、跨领域的新媒体代表和数字文化产业人才，在一定程度上代表着当今两岸四地影视艺术创作与研究的较高水平和发展趋势。开幕式后，由北京师范大学艺术与传媒学院教授周星、世新大学副校长陈清河主持大会演讲。胡正荣、焦雄屏、汪明荃、严浩、台湾政治大学助理教授王亚维、香港岭南大学中文系教授许子东、HTC虚拟实境内容中心副总裁刘思铭、大陆影视编剧温豪杰、太极影音副总经理杨宗哲、澳门日报副总编辑廖子馨、中央电视台纪录频道一级导演夏蒙先后进行了精彩的主题发言。

当日上午，第四届海峡两岸电视艺术家书画展同步开幕。中国视协诗书画学会会长唐国强及卢奇、李嘉存、张金玲、梁丽、赵保乐、杨燕等两岸影视表演艺术家携书画作品参展，并现场挥毫创作，他们互赠墨宝，交流技艺，为彼此寄予美好的祝福。

27日上午，活动分论坛分剧情类（电影、电视剧、网剧）、非剧情类（综艺、专题、纪录片）、新媒体类（科技应用、动漫、游戏）三组进行了专题讨论。与会专家学者结合两岸四地影视艺术交流和发展的现状，围绕全球化浪潮与当代影视艺术发展、新媒体与文艺传播、中华影视艺术的创新与传播、传统人文精神与当代影视艺术、原生态文化保护与传承、两岸四地影视产业现状与发展等议题，进行了广泛而深入的讨论，进一步凝聚了加强四地影视艺术交流与合作的重要性和必要性的共识。

作为此次活动特别策划的一项内容，与会嘉宾还与台湾师范大学师生进行了面对面交流。学子们表示，活动对于增进他们对中华文化和大陆影视艺术发展状况的了解很有帮助，希望以后有更多此类活动走进校园，也期待今后有机会到大陆参访、学习和发展。

闭幕式上，中国文联港澳台办副主任张锡海请分论坛报告人代表各组报告讨论情况，中国视协副秘书长高健致闭幕辞，为活动画上了圆满的句号。

本次活动的顺利进行，充分体现交流凝聚文化共识，应在优势互补的前提下，继续扩大合作与交流，提升文化创造力，携手推动中华文化繁荣发展。与会专家学者高度认同在文艺创作中坚守传统文化价值的重要性和必要性，希望两岸四地影视艺术家共同努力，进一步坚定文化自信，保持文化定力，实现文化自强。同时，要在现代科技大潮中传承和发展中华传统文化，使艺术创作与推广适应新技术时代发展，让传统文化焕发新的生机。

全国性文艺大奖、艺术节

第三十四届大众电影百花奖

大众电影百花奖创办于1962年，由观众投票产生。中国电影金鸡奖是专业评审制奖项，创办于1981年，因当年正值鸡年，因而得名。自1992年起，中国电影金鸡奖和大众电影百花奖合称为中国电影金鸡百花奖，首届中国金鸡百花电影节也于当年举办。自2005年起，金鸡奖与百花奖即隔年轮流举办，前者在单数年举办，后者为双数年。2018年的金鸡百花电影节在广东佛山开展了八项主题活动：电影节开幕仪式、国产新片推介展映、金鸡国际影展、港澳台影展、少数民族影展、中国电影高峰论坛等学术活动、提名者表彰仪式、百花奖终评及颁奖典礼和电影节闭幕式。

8月9日，中国影协在京公布了第34届大众电影百花奖候选名单。影片评选范围为2016年3月至2018年2月在全国城市影院发行放映且票房不低于1000万元人民币的国产影片。通过观众投票，由组委会指定的选票统计中心统计出群众投票选出的影片提名奖5部、单项提名奖各5名。评奖于11月5日至11日在广东佛山进行(11月7日揭晓最终提名名单：朱亚文、刘昊然、吴京、张译、张涵予争夺影帝；马思纯、周冬雨、李沁、陈瑾、海清争夺影后；《七月与安生》《红海行动》《战狼2》《唐人街探案2》《建军大业》获最佳影片提名。其中《红海行动》获9提覆盖所有奖项，领跑榜单)。11月10日晚在佛山举行的“第27届中国金鸡百花电影节暨第34届大众电影百花奖闭幕式颁奖典礼”现场，101名观众评委组成的终评委员会评选出各奖项的获奖者。吴京凭借《战狼2》获得最佳男主角奖，陈瑾凭借《十八洞村》获得最佳女主角奖，香港导演林超贤夺得最佳导演奖，《红海行动》获得了包括最佳故事片在内的5项大奖，成为当晚的最大赢家。

第十届中国曲艺牡丹奖

中国曲艺牡丹奖是中国文联、中国曲艺家协会主办的全国性曲艺艺术专业奖项，是曲艺界的最高奖，设立于2000年，每两年评选一次，已成功举办9届。每届设曲艺文学奖10个，曲艺表演奖10个。其宗旨是增强曲艺工作者的精品意识，奖励优秀曲艺作品和优秀曲艺演员，提高曲艺创作和曲艺表演的艺术质量，推动我国社会主义曲艺事业的繁荣和发展。中国曲艺牡丹奖评奖活动坚持为人民服务、为社会主义服务的方向和“百花齐放、百家争鸣”的方针，坚持弘扬主旋律，提倡多样化，坚持思想性、艺术性、观赏性相统一的原则，坚持公平性、导向性和权威性。该奖项自2006年落户江苏，一直坚守“人民的节日，曲艺的盛会”这一宗旨，12年来已成功举办六届。

第十届中国曲艺牡丹奖是在党的十九大胜利召开之后的首次评奖，是贯彻中国文联深化改革要求的首次评奖，受到了业界以及社会广泛关注。评奖工作于1月启动，截至3月30日，中国曲协共收到全国28个团体会员及中国广播艺术团、中国铁路文工团等文艺团体报送的312个参评节目，共涵盖87个南北曲种，参评作者57人，参评演员140人。其中165个节目通过初评进入分赛区比赛。5月9日，第十届中国曲艺牡丹奖评奖、颁奖活动在北京启动。本届牡丹奖共分4个子项，分别是节目奖5个、表演奖6个、新人奖5个、文学奖4个，互相间不能调剂。这20个奖项共涉及16个曲种，覆盖了东、西、南、北、中、少数民族地区和部队系统。按照曲种特点和地域特色设立了浙江慈溪、浙江余杭、安徽合肥和山西长治四个赛区。其中，慈溪赛区为弹词评话和滑稽类，余杭赛区为南方鼓曲唱曲类，合肥赛区为相声三书小品类，长治赛区为北方鼓曲唱曲类。共有来自北京、天津、山东、江苏、吉林、河南、安徽、山西、甘肃等12个省市的200余名曲艺家角逐本届牡丹奖奖项。分赛区比赛于5月14日开始，8月14日结束。评奖最终结果于10月7日在江苏扬州揭晓。本届牡丹奖颁奖系列活动由中国文联、中国曲协、江苏省委宣传部、江苏省文联联合主办，于10月15日至30日全面铺开，为群众献上13台精彩演出，其间还贯穿了1场讲座和1场研讨。

第十一届中国舞蹈荷花奖

中国舞蹈“荷花奖”于1997年经中宣部批准立项，是中国专业舞蹈艺术最高成就的专家奖。自1998年开始由中国文联、中国舞协联合主办，两年一届，迄今已成功举办10届，以其导向性、公正性和权威性在国内外产生了广泛影响。设立中国古典舞、民族民间舞、现代舞、当代舞、舞剧和舞蹈诗五个评奖子项。自2009年落户上海以来，已连续五届与长宁区牵手合作。

本届“荷花奖”的评选工作分为初评、复评、终评三个阶段进行。中国舞协在京组织了专家评委会，对参赛的舞剧作品，进行认真的初评、复评工作，然后进入终评阶段。与往届有所不同，为严格贯彻落实中央关于全国性文艺评奖改革精神，评选方式由原先的等额选举改为差额选举，终评将分为“观看视频评选”和“终评评审会”两个阶段，采取12进5制。

本届“荷花奖”当代舞、现代舞评奖收到来自安徽、广东、福建等30个省、自治区、直辖市舞协，澳门特别行政区以及部队文工团、生产建设兵团、中直院团、地方院团院校的当代舞作品228部，现代舞作品141部。经专家评委会评选，共有33部当代舞作品和16部现代舞作品入围终评。

10月15日至17日，中国文联、中国舞协、广东省文联在广州大剧院联合举办第十一届中国舞蹈“荷花奖”当代舞、现代舞评奖。与往届相比，本届“荷花奖”现代舞组涌现出大批独舞作品，演员们极具质感的肢体探索和个人主观的情绪表达成为本场演出的一大特色。经过三天的现场评审和数天公示，最终《与妻书》《运河船工》《黄河》获得第十一届中国舞蹈“荷花奖”当代舞奖，《看不见的墙》《不眠夜》《命运》获得第十一届中国舞蹈“荷花奖”现代舞奖。评奖期间，组委会就本届评奖作品开展“中国现当代舞蹈发展论坛”，来自两岸三地的舞蹈家、评论家、专家学者以及本次活动的评委针对“现当代舞蹈创作问题的反思与前瞻”这一议题展开激烈讨论，对当代舞概念界定、当代舞创作中审美追求的走向、“什么是舞蹈”“该如何创作”等问题各抒己见并对当下的现当代舞蹈创作进行探讨。

11月10日至12月9日，中国文联与中国舞协、上海市委宣传部联合在上海举行第十一届中国舞蹈“荷花奖”舞剧评奖的现场终评演出和现场评选。中国文联荣誉委员、中国舞协名誉主席白淑湘，中国舞协主席冯双白，中国舞协分党组书记、驻会副主席罗斌，中国舞协副主席赵明等领导出席了11月27日在上海国际舞蹈中心大剧院举行的开幕式——“舞动长宁·第十一届中国舞蹈‘荷花奖’舞剧评奖”。来自全国7家院团的7部舞剧（《大禹》《草原英雄小姐妹》《醒·狮》《井冈·井冈》《花木兰》《记忆深处》《刘三姐》）通过7场展演，角逐“荷花奖”5个席位。本届入围评奖的7部作品均为舞剧并富有中国特色，有的取材于民间传说、经典名著，有的则基于民俗风物、地方故事。在艺术创作上构思新颖、逻辑清晰，情节合情合理又感人至深；人物形象鲜明可信、感染力强；编舞流畅，舞段精美，综合手段运用得当和谐。最终《醒·狮》《草原英雄小姐妹》《大禹》《花木兰》《井冈·井冈》获得第十一届中国舞蹈“荷花奖”舞剧奖。评奖期间还举行了“青年舞蹈人才培育计划”“舞剧高峰论坛”活动，并组织舞蹈家走进基层、走进社区开展舞蹈知识普及课程、舞蹈艺术大师讲座等系列活动。

第十四届中国民间文艺山花奖

中国民间文艺山花奖是由中宣部批准，中国文联、中国民协共同颁发的综合性国家级民间文艺大奖。作为全国民间文艺的最高奖项，是我国民间文艺繁荣的象征，是我们扎根乡土、心系人民、潜心创作、服务社会的精神力量。山花奖共分民间文学奖和民间艺术奖两大主要类别，其评选始终坚持贯彻“二为”方向和“双百”方针，以提高民间文艺作品的质量和品位为宗旨，通过民间文艺的精品创作、学术研究和文艺实践，更好地坚守中华文化立场，弘扬中国精神，传播中国价值，塑造中国形象，凝聚中国力量；更好地立足当代中国现实，推进优秀传统文化创造性转化与创新性发展；更好地扎根生活、服务人民。该奖颁奖活动两年一届，自1999年以来已经成功举办了13届。从2015年中宣部实施全国文艺评奖制度改革后，已大幅削减获奖数量——从原来的100余件缩减为20件。

9月28日至10月3日，在江苏省徐州市举行了“第十四届中国民间文艺山花奖•优秀民间工艺美术作品”初评，发掘出一批优秀的、能展现我国民间文化、增强民族文化自信的艺术精品，从而推动中国民间文艺事业的繁荣与发展。

10月10日至15日，由中国文联、中国民协、江西省委宣传部、江西省文联联合主办的第十一届中国民间艺术节暨第十四届中国民间文艺山花奖•优秀民间艺术表演(民歌)初评在江西赣州兴国县举行，其间还举行了大型赣南民俗音画《客家儿郎》展演、地方民俗民间文化汇演和大型原创兴国山歌剧《老镜子》展演。作为2006年被列入国家首批非物质文化遗产的项目，兴国山歌成为中华民族民间传统艺术瑰宝。兴国历史悠久，民间文化资源丰厚，革命传统驰名天下。兴国因红色山歌而闻名于世；兴国山歌同其他形式的民歌一样，来源于劳动，是历代劳动人民集体智慧的结晶。兴国山歌源远流长，它不但继承了《诗经》的赋、比、兴，而且在劳动人民长期的艺术实践中，不断加以丰富、发展，创造了多种多样的艺术手法和表现形式，具有浓郁的地方色彩。中国民协分党组书记、驻会副主席邱运华，中国民协副主席刘华，光明日报原总编辑何东平等领导出席开幕式。来自21个省、市、自治区的汉、回、壮族、满族、维吾尔族、蒙古族等22支各具特色的民歌团队现场表演参加初评。

11月24日，第十四届中国民间文艺山花奖•优秀民间艺术表演(鼓舞鼓乐)初评开幕式在山西祁县千朝观园举行。此次活动以“舞动中华 鼓舞山西”为主题，由中国文联、中国民协、山西省文联、晋中市委宣传部联合主办。中国民协顾问常嗣新，中国民协副主席刘华、韦苏文，中国民协分党组成员、副秘书长周燕屏等领导出席开幕式。来自河北、陕西等16个省、市、自治区的汉族、藏族、维吾尔族、蒙古族等18个民族的16支鼓舞鼓乐团队(陕西韩城“五元鼓”、安徽省代表队表演《淝水流韵》、湖南省代表队表演《鼓动四方》、内蒙古自治区代表队表演《森林的鼓声》、广东省代表队表演《耍歌堂》、广西壮族自治区代表队表演《背着铜鼓山过山》、四川省代表队表演《象山花锣鼓》、西藏自治区代表队表演《雪热巴传奇》、福建省代表队表演《凯旋》、黑龙江省代表队表演《鹰神舞》、山西省代表队表演《唐风晋韵鼓戏春秋》、云南省代表队表演《布朗族蜂桶鼓舞》、甘肃省代表队表演《裕固族牛角鼓广场舞》、河北省代表队表演《洪州捷鼓》、河南省代表队表演陕州锣鼓书《震天吼》、新疆维吾尔自治区代表队表演《喜利妈妈》)同台竞技，陆续上演山西锣鼓、云南布朗族蜂桶鼓舞、陕西韩城“五元鼓”等民族鼓舞鼓乐，给当地民众送去一场传统视听盛宴。祁县是国家历史文化名城，是中国晋商社火之乡、中国民间剪纸艺术之乡和“山西省民族传统节日(春节元宵节)保护示范地”，祁太秧歌、戴氏心意拳被列为国家级非物质文化遗产名录，曾涌现出王维、温庭筠、罗贯中等200余位政治家、文学家和诗人。近年来，祁县以“文化旅游名县”建设为目标，进一步强化优秀传统文化传承发展，相继形成了王维诗歌节、山西省祁太秧歌大赛、“全民读书年”、“晋商社火节”四个富有特色的文化品牌和传统活动。此次在祁县举办第十四届中国民间文艺山花奖•优秀民间艺术表演(鼓舞鼓乐)评奖，对于传承中华优秀传统文化、促进优秀民间文化艺术发展繁荣、继承弘扬优秀民间文化艺术、深入挖掘我国各民族鼓舞鼓乐文化资源、丰富群众精神文化生活具有重要意义。

第十二届中国摄影金像奖

中国摄影金像奖是经中央批准，由中国文联、中国摄协联合主办的摄影领域全国性最高个人成就奖，为全国文艺界13个常设奖项之一，旨在嘉奖在摄影创作领域取得优异成绩的德艺双馨摄影家和摄影工作者。自1989年起已成功举办11届，共有405人获此殊荣。

中国摄影艺术节是经中央批准的中国创办最早、规模最大、辐射面最广、影响力最强的摄影节。1989年在北京举办首届，之后分别在陕西西安、吉林长春、浙江丽水、福建莆田、贵州都匀、青海西宁、云南大理、湖北武当、浙江宁波、北京怀柔落地开花，已成功举办11届。它与中国摄影金像奖相生相伴，每一届艺术节都是一次摄影文化的巡礼，万千摄影人共同见证摄影金像奖的荣光。

第十二届中国摄影金像奖以习近平新时代中国特色社会主义思想为指导，坚持以人民为中心的创作导向，唱响主旋律、传播正能量，坚持思想精深、艺术精湛、制作精良的创作标准，以导向性、专业性、公正性为根本，明确突出评人、注重德艺双馨的原则；强化规范程序、严明纪律，进一步提升评选的权威性和公信力。本届金像奖于5月正式拉开帷幕，9月在北京完成评选。评委们既坚持各抒已见的观点交锋，又坚持少数服从多数的评审原则；既继承了评议结合的评选方式，又改进了计分方式更趋公平。经专家排查网上公示等环节，最终有19位参评人获得中国摄影金像奖，其中纪实摄影类8名、艺术摄影类8名、商业摄影类3名。

11月18日至25日，中国文联与中国摄协、河南省委宣传部在河南三门峡联合举办第十二届中国摄影艺术节暨第二届三门峡白天鹅•野生动物国际摄影大展。中国文联党组成员、副主席李前光，中央马克思主义理论研究和建设工程咨询委员会主任徐光春等领导出席开幕式。本届艺术节以“聚焦新时代 金像映初心”为主题，除举行第十二届中国摄影金像奖颁奖典礼外，还设立了110个展览，共展出摄影作品6000余幅。其中的“庆祝中国改革开放40周年摄影主题展”是在中国国家博物馆举行的“影像见证四十年”全国摄影大展基础上，增加了来自全国各省区市的“改革开放”相关影像，以丰富的历史影像进行呈现。同时，民航、金融、铁路、纺织、水利、煤矿、卫生等行业摄影协会也通过各自不同的行业影像来反映改革开放40年的成就；首次以专业策展方式展陈的第十二届中国摄影金像奖获奖者作品展显示出金像奖三个类别的不同特征和每位获奖者的独特风格；第二届三门峡白天鹅•野生动物国际摄影大展突出生态文明主题，体现了摄影人在促进生态社会和谐发展道路中扮演的重要角色。此外，全国摄影艺术展览60周年精品回顾展、“美丽中国”中国摄协团体会员单位联展、阿尔金山——中国新疆无人区映像等优秀展览集中展示了中国摄影创作和学术发展的前沿成果；“记忆与见证：摄影界庆祝改革开放40周年座谈会”就改革开放40年来摄影界取得的成就，重要的摄影思潮和摄影现象，中国摄影人在践行社会主义核心价值观、讲好中国故事方面所做的努力，摄影的时代见证功能、纪实摄影对社会发展的影响等方面进行了深入研讨；“金像面对面”、名家讲座、摄影讲习所“摄影英雄会”“金像奖”论坛和“三门峡天鹅湖典藏奖”“三门峡市荣誉摄影师”“三门峡国际摄影大展最佳策展人”颁奖、“三门峡二日”采风创作活动等学术和特色活动也吸引了众多摄影人、摄影爱好者参与。第十二届中国摄影金像奖颁奖典礼于11月18日晚在三门峡国际文博城大剧院举行，中国文联党组书记、副主席李屹，中国文联党组成员、副主席李前光，十二届全国政协教科文卫体委员会副主任王全书等领导出席。19位摄影家分获第十二届中国摄影金像奖三个子项的奖项，张雷、陈杰、汪强、兰红光、刘占崑、叶健强、吴宗其、王芯克获纪实摄影类奖项，金平、吴健、叶文龙、罗韬、岳鸿军、董冬、高建设、周民获艺术摄影类奖项，朱汉举、白辰、唐小平获商业摄影类奖项。颁奖典礼现场表彰了获得“中国文联终身成就摄影家”荣誉称号的牛畏予、黄贵权两位为中国摄影事业做出突出贡献的摄影界元老，中国摄协向三门峡市授予了“中国摄影之乡”称号。

第六届中国书法兰亭奖

中国书法兰亭奖创立于2001年，是经中宣部批准，中国文联、中国书协主办的书法艺术界唯一的综合性奖项，也是中国书法艺术的最高专业奖，每三年举办一届，在推出精品、推出人才方面发挥着重要的示范和引领作用。历届兰亭奖的获奖、入选作品均反映了书法研究和创作的最新成果和最高水平，在书坛有着重要的影响。本届评奖，中国书协严格落实中央评奖改革系列文件精神，在大幅压缩评奖数量的前提下，深入调查研究，积极探索符合书法艺术发展规律的评审机制和组织方式，对评奖标准、评奖流程、评奖办法、行为守则等方面进行了改进优化，确保了本届中国书法兰亭奖的权威性、学术性和专业性，展现了书法界的新气象、新作为。本届兰亭奖金奖的空缺，也是评审委员会和审议委员会经过审慎讨论、全体投票决定的，是基于当下书法创作现状做出的实事求是的判断。

第六届中国书法兰亭奖于2017年启动，5月1日中国书协发布征稿启事，共收到1148名作者的投稿作品3803件(书法篆刻参评作品3404件，理论参评稿件399件)；10月30日至11月3日在浙江绍兴进行评审；11月3日至13日，中国书协在其官方网站对获奖、入选人选名单进行公示。

1月11日至21日，中国文联、中国书协、中国美术馆、绍兴市政府、浙江省文联联合在北京中国美术馆举办第六届中国书法兰亭奖作品展。中国文联名誉主席孙家正，中国文联主席铁凝，中国文联党组书记、副主席李屹，中国文联党组成员、副主席赵实，中国文联党组成员、副主席左中一、李前光、郭运德，中国书协主席苏士澍，中国书协分党组书记、驻会副主席陈洪武，中国书协副主席毛国典、包俊宜、刘金凯、刘洪彪、何奇耶徒、宋华平、张建会等领导与获奖入选作者及来自全国各地的书法家、书法爱好者千余人出席开幕式。本次展览是中国书法兰亭奖创立17年来首次在中国美术馆举行，4月18日移师浙江，在绍兴兰亭书法博物馆再次展出至7月17日。

4月18日，第三十四届兰亭书法节暨第六届中国书法兰亭奖颁奖在浙江绍兴举行，活动由中国文联、中国书协主办。(第六届中国书法兰亭奖作品展也同期开幕并持续到7月17日，《第六届中国书法兰亭奖作品集》同步发行。) 中国文联党组书记、副主席李屹出席活动并讲话。浙江省政协副主席张泽熙以及张海、苏士澍、陈洪武、田宇原等有关方面负责人，朱关田、王丹、刘金凯、刘洪彪、宋华平等书法界人士、书法爱好者600余人参加开幕式和颁奖仪式。本届兰亭奖是党的十九大之后书法界的首个重大活动，是对当代书法水平与成就的阶段性检验与总结，是书法艺术迈向新时代的开始。共评出70位获奖及入选作者，含银奖7名(书法篆刻组5名，理论组2名)、铜奖7名(书法篆刻组6名，理论组1名)和入选56名(书法篆刻组46名，理论组10名)，金奖空缺(是评审委员会和审议委员会经过审慎讨论，全体投票决定的，是基于当下书法创作现状做出的实事求是的判断，反映出当代书法创作还有较大的提升和发展空间)。其中，张继等5人、王晓光等2人分获书法篆刻组、理论组银奖；金伯兴等6人和徐畅分获书法篆刻组、理论组铜奖；马永林等46人、叶康宁等10人分别入选书法篆刻组、理论组。

李屹在讲话中说，兰亭奖作为中国文联和中国书协共同主办的全国书法艺术界最高奖，不仅是对当代书法水平高度与成就的阶段性检验与总结，更对当代书法创作、研究与发展起着重要的导向作用。新时代书法艺术要有新气象、新作为。广大书法工作者要坚决贯彻落实习近平新时代中国特色社会主义思想和党的十九大决策部署，把习近平总书记对文艺工作提出的新要求作为书法工作的基本遵循和方向目标，不断增强责任感、使命感和紧迫感，努力开创书法工作新局面，为建设文化强国奉献自己的力量。

中国书协主席苏士澍说，中国书协在认真总结近年展览评审工作成功经验基础上，全方位规范评审工作，评委专家和工作人员以扎实稳妥、开放创新的精神推进各环节的工作，保证了本届中国书法兰亭奖的评审工作得以圆满进行。作为书法工作者，我们一定要以本届兰亭奖的成功举办为契机，不忘初心、砥砺前行，奋力开拓、勇攀高峰，以高尚的职业操守、良好的社会形象、文质兼美的优秀作品赢得人民的喜爱和欢迎，全面展示书法界的新气象、新作为、新面貌。

颁奖仪式后，与会嘉宾、书家、获奖作者还参加了第三十四届兰亭书法节“晋圣”“开笔”仪式、由第六届中国书法兰亭奖获奖作者进行书艺交流的兰亭雅集、“会稽：王羲之最后十年”专题讲座、第六届中国书法兰亭奖获奖作者调研座谈会等多项活动。

此前，中国书法兰亭奖设“终身成就奖”，从第六届“中国书法兰亭奖”开始即不再设终身成就奖及教育奖、编辑出版奖、艺术奖、佳作奖等，同时颁发“中国文联终身成就书法家”荣誉。

首届中国书法兰亭奖“终身成就奖”获得者：潘主兰、启功；第二届中国书法兰亭奖“终身成就奖”获得者：王学仲、李铎、沈鹏、欧阳中石；第三届中国书法兰亭奖“终身成就奖”获得者： 孙其峰、刘江沙、曼翁、姚奠中；第四届中国书法兰亭奖“终身成就奖”获得者：尉天池、陈方既、刘艺；第五届中国书法兰亭奖“终身成就奖”获得者：孙伯翔、周慧珺。

第十届中国杂技金菊奖

中国杂技金菊奖诞生于1998年，是经中央批准设立，由中国文联和中国杂协共同主办的全国性文艺专业奖项，也是中国杂技界的最高奖项。自2015年评奖制度改革以来，金菊奖奖项设置已调整为杂技、魔术、滑稽3个子项共20个获奖名额，其中杂技类10个，魔术类7个，滑稽类3个。

每三年举办一届的金菊奖全国滑稽比赛是中国杂技金菊奖的子项之一，也是中国滑稽界影响最大、规格最高的全国性赛事。本届大赛共设3个金菊奖滑稽节目奖，来自全国10个省区市和新疆地区的11个滑稽节目经过A、B两组比赛，经评委会评选，天津市杂技团选送的原创滑稽节目《三个和尚》获得本届滑稽比赛的唯一金菊奖，其他两个名额空缺。这样的评审结果彰显了中国杂技金菊奖的专业性、权威性，有利推动了中国滑稽艺术的健康发展。大赛期间还举行了“中国滑稽创新创作研讨会”、杂技理论高级研修班、国内外精品幽默滑稽节目展演、“《哥俩乐翻天》刘全和、刘全利幽默小品专场”等系列活动，让人民群众共享文化盛宴。

10月1日至4日，第十届中国杂技金菊奖全国魔术比赛在深圳欢乐谷举行。继2017年第十届金菊奖全国杂技比赛成功举办以来，今年是奖项改革后举办的首届全国魔术比赛。截至4月中旬，全国共有25个省、直辖市、自治区选送了62个节目报名参与本届魔术比赛。经初评，43个节目分别参加了深圳、成都和北京赛区的复赛，6月1日，最终从三个赛区中脱颖而出的24个魔术节目进入第十届中国杂技金菊奖全国魔术比赛决赛。(本届评奖适逢庆祝改革开放40周年，参选作品质量与数量同往届相比都有较大提高。作品中既有传承创新中国传统魔术流派的“手彩”“戏法”，也有近年来发展迅速的近景魔术、大型幻术等。参赛选手中，除各地杂协推选的代表外，新文艺群体魔术团体和个人占比也为历届之最，体现了近年来中国魔术创作方面的新动向、新亮点。评选活动坚持以人民为中心的创作导向，决赛入围作品是经严格的初评与复赛从全国25个省、直辖市及自治区报名的62个节目中产生的。比赛不仅为选手们搭建了展示与交流的平台，也力图为繁荣具有中国特色的魔术艺术创作起到引领与推动作用。)辽宁李诺亚方舟的《九儿》，北京梁毅虎的《流光掠影》，江苏朱明珠的《纸飞机》，天津刘芳的《鱼韵流芳》，广东辛亚飞的《扇之梦》，江苏孙秀芝的《羽》，重庆李南江的《幻影飞鸽》7组魔术节目从24组决赛作品中脱颖而出摘得金菊。

10月27日晚，第十届中国杂技金菊奖全国滑稽比赛文艺晚会暨开封首届国际幽默艺术周开幕式在河南开封万岁山大剧院举行。全国政协常委、中国文联副主席、中国杂协主席边发吉，中国杂协副主席王仁刚、邓宝金、付继恩、刘全利、齐春生、吴正丹、张红、阿迪力•吾休尔、俞亦纲等出席观看。晚会由开幕式、集锦《我们的节日》、《卡通草帽》、歌表演《天使的微笑》、情景小品《小丑party》、戏曲名丑组合、歌表演《塞尔维亚的理发师》、国外嘉宾表演《垃圾箱兄弟》、杂技《九级浪》和尾声《我们是快乐的小丑》组成。国家一级演员李春来、潘连华、高俊生、朱世慧、金不换等丑角名家登台表演，著名表演艺术家牛群和中央广播电视总台主持人周宇担纲主持。演员们高超的技艺赢得满堂喝彩。

11月1日，第十届中国杂技金菊奖全国滑稽比赛汇报晚会暨“精品杂技下基层”惠民演出在开封市万岁山大剧院举行。中国文联党组成员、书记处书记陈建文出席并为获奖选手颁发金菊奖奖杯及证书。全国政协常委、中国文联副主席、中国杂协主席边发吉出席并致辞。中国杂协副主席王仁刚、邓宝金、刘全利、齐春生、张红、阿迪力•吾休尔等出席颁奖晚会并与当地群众共同观看演出。闭幕式上，王仁刚为开封市获得“中国杂技之乡”荣誉称号授牌。

第二十九届中国电视金鹰奖

中国电视金鹰奖创办于1983年，是经中宣部批准，由中国文学艺术界联合会和中国电视艺术家协会主办的全国性电视艺术综合奖。其前身为“《大众电视》金鹰奖”，是国家级的唯一以观众投票为主评选产生的电视艺术大奖。1998年第16届开始，改名为“中国电视金鹰奖”。从2000年第18届开始，中国电视金鹰奖颁奖活动全面升级为“中国金鹰电视艺术节”，并永久落户长沙。

本届中国电视金鹰奖以习近平新时代中国特色社会主义思想为指导，全面贯彻党的十九大精神和党的文艺方针，旨在更好地发挥评奖在加强电视文艺队伍建设，推动创作更多无愧于时代的优秀电视文艺作品。本届“金鹰奖”颁奖正值改革开放40周年、中国电视剧60周年，特别为此颁发的“中国文联终身成就电视艺术家”荣誉称号首次在金鹰节颁发，著名文艺评论家李准和剧作家王朝柱获此殊荣。《海棠依旧》获最佳电视剧奖，《白鹿原》《鸡毛飞上天》《绝命后卫师》《换了人间》《情满四合院》《天下粮田》《初心》《漂亮的李慧珍》《热血军旗》《春风十里不如你》《春天里》获得优秀电视剧奖；张译、李易峰、迪丽热巴、丁柳元分获观众喜爱的男、女演员奖；申捷凭借电视剧《鸡毛飞上天》获最佳编剧奖，陈力因执导《海棠依旧》获最佳导演奖，智磊凭借《那年花开月正圆》获最佳摄像奖，王绍林凭借《情满四合院》获最佳美术奖。李易峰、迪丽热巴分别获本届金鹰节最具人气男、女演员奖。

10月14日晚，由中国文联、中国视协、湖南省政府联合主办的“第十二届中国金鹰电视艺术节暨第29届中国电视金鹰奖颁奖晚会”在湖南长沙举行。中国文联党组书记、副主席李屹，湖南省委书记杜家毫，湖南省政协主席李微微，中国文联副主席、中国视协主席胡占凡，中国视协名誉主席赵化勇，湖南省委副书记乌兰，湖南省委常委、宣传部部长蔡振红等领导出席。2018年是新中国电视事业诞生60周年，晚会围绕“举旗帜、聚民心、育新人、兴文化、展形象”的使命任务，充分展现近年来中国电视艺术发展成就。游本昌、王刚、唐国强、张凯丽、闫妮、佟丽娅代表各自年代的电视文艺工作者倾情讲述，表达了中国电视人不忘初心、坚定文化自信的澎湃激情，彰显出新时代中国电视文艺的前行动力。

2018年度中国文联所属文艺奖项评奖结果

【第三十四届大众电影百花奖评奖结果】

最佳影片奖：《红海行动》

优秀影片奖：《建军大业》

最佳编剧奖：《七月与安生》林咏琛、李媛、许伊萌、吴楠

最佳导演奖：林超贤《红海行动》

最佳男主角奖：吴京《战狼2》

最佳女主角奖：陈瑾《十八洞村》

最佳男配角奖：杜江《红海行动》

最佳女配角奖：蒋璐霞《红海行动》

最佳新人奖：王雨甜《红海行动》

中国文联终身成就电影艺术家：祝希娟、郑国恩、张勇手

【第十届中国曲艺牡丹奖评奖结果】

节目奖：中篇扬州评话《玉山子传奇》
杭州摊簧《夏母训子》
四川扬琴《守望》
相声《我爱诗词》
沁州三弦书《十七棵松》
文学奖：中篇苏州弹词《焦裕禄》
绍兴莲花落《催生鸡》
鄱阳大鼓《晒秋》
小品《等爱回家》

表演奖：王勤、蔡小华、徐宁、庄丽芬、何菊芳、杨锦龙

新人奖：陆锦花、袁国虎、纪鸣亮、李丁、王舜

中国文联终身成就曲艺艺术家：赵玉明、童双春

【第十一届中国舞蹈荷花奖评奖结果】

当代舞奖：《与妻书》《运河船工》《黄河》

现代舞奖：《看不见的墙》《不眠夜》《命运》

舞剧奖：《醒•狮》《草原英雄小姐妹》《大禹》《花木兰》《井冈•井冈》

中国文联终身成就舞蹈家：欧米加参、查干朝鲁、白淑湘

【第六届中国书法兰亭奖评奖结果】

金奖：空缺

银奖：7名（书法篆刻组5名，理论组2名） 张继等5人、王晓光等2人分获书法篆刻组、理论组银奖

铜奖：7名（书法篆刻组6名，理论组1名） 金伯兴等6人和徐畅分获书法篆刻组、理论组铜奖

张海、高式熊被授予“中国文联终身成就书法家”称号

【第十届中国杂技金菊奖评奖结果】

魔术类：辽宁李诺亚、方舟的《九儿》
北京梁毅虎的《流光掠影》
江苏朱明珠的《纸飞机》
天津刘芳的《鱼韵流芳》
广东辛亚飞的《扇之梦》
江苏孙秀芝的《羽》
重庆李南江的《幻影飞鸽》

滑稽类：天津市杂技团的《三个和尚》。

【第二十九届中国电视金鹰奖评奖结果】

观众喜爱的女演员：迪丽热巴（《漂亮的李慧珍》）丁柳元（《初心》）

观众喜爱的男演员：张译（《鸡毛飞上天》）李易峰（《麻雀》）

最佳摄像奖：智磊（《那年花开月正圆》）

最佳美术奖：王绍林（《情满四合院》）

最佳导演奖：陈力（《海棠依旧》）

最佳编剧奖：申捷（《鸡毛飞上天》）

最佳电视剧奖：《海棠依旧》

优秀电视剧奖：《白鹿原》《鸡毛飞上天》《绝命后卫师》《换了人间》《情满四合院》《天下粮田》《初心》《漂亮的李慧珍》《热血军旗》《春风十里不如你》《春天里》

中国文联终身成就电视艺术家：李准、王朝柱

本届金鹰节最具人气演员奖：迪丽热巴、李易峰

【第十二届中国摄影金像奖评奖结果】

纪实摄影类：张雷、陈杰、汪强、兰红光、刘占崑、叶健强、吴宗其、王芯克

艺术摄影类：金平、吴健、叶文龙、罗韬、岳鸿军、董冬、高建设、周民

商业摄影类：朱汉举、白辰、唐小平

牛畏予、黄贵权被授予“中国文联终身成就摄影家”称号。

中国文联终身成就艺术家

为表彰近年来为我国文艺事业做出突出贡献、在艺术创作方面成就卓著的艺术家，中国文联专门设立“中国文联终身成就艺术家”荣誉称号，又细分为“中国文联终身成就戏剧家”“中国文联终身成就音乐艺术家”“中国文联终身成就书法家”等。

2018年1月8日，欧米加参、查干朝鲁、白淑湘被授予“中国文联终身成就舞蹈家”称号。

2018年1月13日，冯骥才、乌丙安被授予“中国文联终身成就民间文艺家”称号。

2018年4月，张海、高式熊被授予“中国文联终身成就书法家”称号。

2018年10月7日，赵玉明、童双春被授予“中国文联终身成就曲艺艺术家”称号。

2018年10月14日，李准、王朝柱被授予“中国文联终身成就电视艺术家”称号。

2018年11月10日，祝希娟、郑国恩、张勇手被授予“中国文联终身成就电影艺术家”称号。

2018年11月18日，牛畏予、黄贵权被授予“中国文联终身成就摄影家”称号。

文艺志愿服务活动

综 述

2018年，中国文联文艺志愿服务中心深入贯彻落实习近平新时代中国特色社会主义思想、党的十九大精神和中国文联十大、中国作协九大精神，深入学习贯彻习近平总书记系列重要讲话精神，特别是关于文艺工作的重要论述，坚持以人民为中心的工作导向，创新工作方式和内容，团结带领广大文艺志愿者广泛开展“送欢乐下基层”、“到人民中去”、“我们的中国梦”——文化进万家、“三下乡”、“文艺扶贫奔小康”、文艺支教、文艺培训、乡村学校少年宫艺术辅导员培训计划等活动和项目，召开全国文联文艺志愿服务工作会议和中国文艺志愿者协会第二次全国代表大会，持续推进中国文艺志愿者协会和各级文艺志愿服务组织队伍建设，积极推进文艺志愿服务制度化，取得显著成效。

会议与活动

【中国文联文艺志愿服务工作会议暨中国文艺志愿者协会一届六次理事会议召开】

3月27日至30日，2018年中国文联文艺志愿服务工作会议暨中国文艺志愿者协会一届六次理事会议在浙江杭州召开。会议深入学习贯彻习近平新时代中国特色社会主义思想和党的十九大精神，贯彻落实国务院颁布的《志愿服务条例》和中国文联深化改革的部署要求，总结2017年文艺志愿服务工作，对2018年工作进行部署。会议期间，在杭州大剧院开展慰问演出，举办艺术家走进浙江大学活动。中国文联党组成员、副主席李前光出席并讲话。浙江省政协主席、省委宣传部部长葛慧君，中国文艺志愿者协会主席、中国曲协主席姜昆，中央文明办三局副局长邓丽娟出席会议并致辞讲话。中国文联文艺志愿服务中心主任、中国文艺志愿者协会副主席兼秘书长廖恳通报中国文联文艺志愿服务2017年工作情况和2018年重点工作。中国民协、杭州市文联、河南省文联、广州市文联，“最美志愿者”、青年歌手平安作了典型交流发言。会议增补中国摄协分党组书记、驻会副主席郑更生为中国文艺志愿者协会副主席，调整席位制理事16人。中国文联团体会员，副省级城市文联文艺志愿服务工作分管领导和有关工作部门负责同志，中国文艺志愿者协会部分主席团成员、理事等200余人参加会议。

【中国文艺志愿者协会第二次全国代表大会、全国文联文艺志愿服务工作会召开】

10月11日至12日，中国文艺志愿者协会第二次全国代表大会、全国文联文艺志愿服务工作会在京召开。会议深入学习贯彻习近平新时代中国特色社会主义思想和党的十九大精神，回顾总结文艺志愿服务过去五年来的工作，研究部署今后五年的任务，修订《中国文艺志愿者协会章程》，选举产生中国文艺志愿者协会新一届领导机构。中央宣传部常务副部长王晓晖，中国文联主席、中国作协主席铁凝，中国文联党组书记、副主席李屹，中国文联党组成员、副主席李前光以及中央文明办、民政部、国务院扶贫办、中国志愿服务联合会、中国青年志愿者协会、中华志愿者协会、中国助残志愿者协会、中国志愿服务基金会、各全国文艺家协会和中国文联机关部室、直属单位负责同志，大会代表、特邀嘉宾、特邀代表以及新闻媒体380多人参加会议开幕式。中央文明办、中国志愿服务联合会、各全国文艺家协会、海南三沙市委宣传部、中国武警猎鹰突击队等60家单位发来贺信，祝贺大会召开。中国文艺志愿者协会主席姜昆致开幕词。中国文艺志愿者协会副主席兼秘书长廖恳代表中国文艺志愿者协会第一届理事会做了题为《守正创新 甘于奉献 奏响新时代文艺为人民的最强音》的工作报告。开幕式由中国文艺志愿者协会副主席刘全利主持。会议期间，10月11日晚，举办“筑梦新时代 唱响幸福歌”文艺扶贫歌曲创作汇报音乐会。10月12日，召开新文艺群体工作座谈会，中国文联党组书记、副主席李屹出席会议并讲话，30余位活跃在各个领域的新文艺群体代表出席座谈会。大会选举冯巩为中国文艺志愿者协会第二届主席，选举卞留念、刘全利、李丹阳、何加林、张继、林永健、岳红、郎昆、居杨、孟广禄、姚建萍、殷秀梅、黄豆豆、龚宇、温玉娟、廖恳为中国文艺志愿者协会第二届副主席。

【“百花迎春——中国文学艺术界2018春节大联欢”举办】

1月20日，由中国文联主办、中国文联文艺志愿服务中心承办的“百花迎春——中国文学艺术界2018春节大联欢”在国家会议中心举办。晚会由各全国文艺家协会和中国文艺志愿者协会的260多名艺术家和8个艺术团队共700多人登台献艺，充分体现了文艺界大联欢的特点。春节期间，晚会在北京卫视、湖南卫视、重庆卫视等7家省级卫视和中央人民广播电台、爱奇艺等播出，引起热烈反响。

【广泛开展“送欢乐下基层”活动】

由中国文学艺术发展专项基金支持，结合纪念改革开放40周年、庆祝宁夏回族自治区成立60周年，庆祝广西壮族自治区成立60周年，纪念中国工程物理研究院建院60周年，纪念“5·12”汶川特大地震10周年，中国文联对口帮扶甘肃陇南武都区20周年，渤海造船厂成立50周年，积极加强“送欢乐下基层”活动统筹规划。

统筹开展2018年元旦春节期间“我们的中国梦”——文化进万家活动，选派500余名文艺志愿者组成44支文艺小分队，分赴陕西铜川耀州区、内蒙古科右中旗、深茂铁路工地、江西井冈山、黑龙江兰西县、江西安远县、贵州瓮安县猴场镇、甘肃省东乡族自治县、海南文昌、河北曲阳、湖南洪江、广西昭平、贵州遵义、广东排瑶、山东临沂莒南县、陕西照金、江西南昌、贵州息烽县、甘肃武都区、内蒙古锡林郭勒、新疆生产建设兵团阿拉尔市、陕西渭南等37个地区，开展慰问演出、辅导讲座、展览展示、服务创作、走访慰问等活动150余场，直接惠及基层群众达20余万人。部署安排2019年元旦春节“我们的中国梦”——文化进万家活动。

助力脱贫攻坚，中国文联、中国文艺志愿者协会组织文艺志愿者300余人次，分赴宁夏石嘴山、中卫、吴忠盐池县，广西崇左、友谊关，杭州下姜村，四川绵阳、北川，河南新县，四川达州宣汉县，中国工程物理研究院等地开展10场较大规模“送欢乐下基层”活动。

统筹协调各全国文艺家协会赴广西凭祥、贵州荔波、安徽金寨、重庆城口、安徽凤阳县小岗村、河北献县、雄安新区、广西上林等20多个地区开展“送欢乐下基层”文艺志愿服务活动，直接服务基层群众和基层文艺工作者10万余人。

在活动中，同步开展文艺交流辅导培训50余场。结合地方特色和实际需求，注重原创作品的挖掘与打造，创作歌曲《在你爱的牵挂里》《山路不只十八弯》，诗朗诵作品《中国雄起》《中国力量》《广西60年礼赞》《先烈，请听我报告》《火种》以及书法、美术、摄影等优秀作品，制作宣汉巴山大峡谷扶贫宣传片《山路不只十八弯》、武都特色油橄榄扶贫音乐宣传片《橄榄梦》、“文艺扶贫奔小康”甘肃陇南武都区特色农产品宣传片，并制作了入选中宣部第六批“中国梦”歌曲《最美中国人》MV等。

1月10日至12日，中国文联、黑龙江省委宣传部、中国杂协、中国文艺志愿者协会主办的中国文联文艺志愿服务队“三下乡”活动走进黑龙江绥化市兰西县，开展慰问演出、书画笔会、送福字、送春联、摄影培训辅导，为当地群众送去艺术盛宴和新年的关怀问候。

1月26日至27日和2月1日，由中宣部、中国文联主办的“我们的中国梦”——文化进万家文化文艺小分队，走进内蒙古科右中旗、陕西省铜川市耀州区、照金镇开展慰问演出。

3月4日至7日，由中国文联、中国影协、中国文艺志愿者协会主办的“我们的中国梦”——文化进万家慰问活动，走进云南省曲靖市会泽县、罗平县，深入基层社区村寨，建立基层电影之家，举行慰问演出活动。

3月28日，“花开新时代”中国文联文艺志愿服务团“送欢乐下基层”赴杭州慰问演出、辅导培训。中国文联党组成员、副主席李前光出席活动，中国文艺志愿者协会主席姜昆，表演艺术家关牧村、殷秀梅、牛群、张泽群、朱迅等参加演出。

4月25日至26日，“共和国知道”——中国文联文艺志愿服务团“送欢乐下基层”走进渤船造船厂开展慰问演出、辅导培训活动。表演艺术家关牧村、刘劲、佟铁鑫、岳红等参加演出。

5月6日至8日，“爱的牵挂”——纪念“5•12”汶川特大地震10周年中国文联文艺志愿服务团走进绵阳、北川等地，开展慰问演出、辅导培训。中国文联党组书记、副主席李屹，中国文联党组成员、副主席李前光，、四川省委常委、宣传部部长甘霖，中国文艺志愿者协会主席姜昆等出席活动，表演艺术家张国立、张凯丽、康辉、林永健、张也等参加演出。

6月11日至13日，“情系新县•致敬英雄”中国文联文艺志愿服务团赴河南新县，开展“送欢乐下基层”慰问演出、文艺培训活动。表演艺术家牛群、陈思思、刘和刚、江涛、吴琼等参加演出。

7月6日， 中国文艺志愿者协会与生态文明（贵阳）国际论坛合作，在贵阳举办首届“中外文化体育名人与生态文明建设”讲演会。贵州省副省长卢雍政出席活动。邀请李雪健、刘芳菲、陈思思、王俊凯等人讲演。

7月17日至19日，中国文联对口帮扶甘肃陇南武都区20年，中国文联主席铁凝率中国文联文艺志愿服务团赴武都开展“七月椒红筑梦小康”慰问演出、辅导培训、扶贫MV和微电影拍摄活动。中国文联党组成员、副主席李前光，甘肃省人大常委会副主任吴明明参加活动。表演艺术家林达信、周炜、王二妮、刘谦等参加演出。

8月7日至10日，中国文联党组书记、副主席李屹率中国文联文艺志愿服务团赴宁夏石嘴山、中卫、盐池县三地，开展“中国梦　宁夏情”慰问演出、辅导培训活动。宁夏回族自治区党委常委、宣传部部长赵永清参加活动。表演艺术家刘兰芳、殷秀梅、康辉、黄豆豆、徐峥等参加演出。

8月27日至29日，中国文艺志愿者协会主席姜昆率中国文联文艺志愿服务团“送欢乐下基层”走进四川宣汉县，开展慰问演出、辅导交流活动。表演艺术家殷秀梅、刘全利、颜丹晨、刘全和等参加演出。

10月27日至28日，“挺起民族脊梁”——中国文联文艺志愿服务团走进中国工程物理研究院慰问演出、辅导培训活动，在中国工程物理研究院主体所在地——绵阳科学城举行。中国文联副主席、中国文艺志愿者协会副主席、中国剧协副主席孟广禄，中国曲协主席、中国文艺志愿者协会名誉主席姜昆，中国文联文艺志愿服务中心主任、中国文艺志愿者协会副主席兼秘书长廖恳，四川省文联党组书记、常务副主席平志英等出席慰问演出活动，与科技工作者们一起观看演出。

11月11日至13日，“情满八桂　筑梦广西”——中国文联文艺志愿服务团走进崇左，开展慰问演出、辅导培训。中国文联党组书记、副主席李屹，中国文艺志愿者协会主席冯巩出席活动，表演艺术家殷秀梅、李丹阳、赵传、刘芳菲、周蕾等参加演出。

12月5日，“挺起民族脊梁”——中国文联文艺志愿服务队走进中国工程物理研究院京区单位，开展艺术辅导交流和慰问演出活动。中物院京区单位500余名职工和离退休代表观看了文艺演出。

12月，“我们的中国梦”——文化进万家中国文联文艺志愿服务小分队走进海口琼山区新时代文明实践中心，开展慰问演出辅导交流活动，300余人参加了辅导培训。

【开展“到人民中去”文艺扶贫主题活动】

大力弘扬“乌兰牧骑”精神，坚持“文化为民、文化惠民、文化乐民”，中国文联、中国文艺志愿者协会于“5·23”前后在全国倡导开展“到人民中去”文艺扶贫主题活动，直接组织4支文艺志愿者小分队，选派80余名文艺志愿者赴“一带一路”线甘肃省张掖、嘉峪关和敦煌等城市、乡村；“高铁建设线”武汉、长沙、广州等高铁科研单位和建设一线；“中缅边境线”云南省腾冲市、怒江州泸水市边防哨所及贫困乡村和“北京顺义南法信群众文艺服务点”开展服务采风活动，举办文化惠民演出13场，举办音乐、舞蹈、书画、摄影、民间艺术等培训、辅导、讲座30余场，直接受益群众10万余人。

5月16日至20日，由中国文艺志愿者协会主席姜昆以及中国文联文艺志愿服务中心主任、中国文艺志愿者协会副主席兼秘书长廖恳带队，中国文联文艺志愿服务队赴甘肃“一带一路”线先后抵达张掖、嘉峪关和敦煌，开展“送欢乐下基层”文艺演出、文艺支教、文艺培训、展览展示等活动。

5月21日至25日，“到人民中去”中国文联文艺志愿服务队走进铁四院、铁建重工、中铁二十五局，开展“高铁建设线”慰问演出6场、辅导交流培训活动17场次。

5月24日，中国文联文艺志愿服务队“中缅边境线”小分队在云南腾冲梦幻腾冲大剧院，为环卫工人、消防官兵等数百名腾冲群众带去精彩演出。

5月26日,“到人民中去”中国文联文艺志愿服务队走进北京顺义南法信镇暨“五月的鲜花”慰问演出在南法信镇开展。中国文联文艺志愿服务中心主任、中国文艺志愿者协会副主席兼秘书长廖恳，北京市文联党组书记沈强等观看演出。

8月23日至24日，由中国文联文艺志愿服务中心、中国文艺志愿者协会联合内蒙古自治区文联组织全国学雷锋志愿服务“四个100”先进典型“最美志愿者”及文艺志愿者组成的小分队深入内蒙古锡林郭勒正镶白旗与当地乌兰牧骑队员一起开展“到人民中去”采风、慰问演出活动。

【开展文艺扶贫】

着眼全面小康，聚焦脱贫攻坚，从精神鼓舞、文化发展、产业促进、资源整合等方面，进一步开展文艺扶贫。

1月26日，组织中国文艺志愿服务队赴示范县内蒙古自治区兴安盟科右中旗开展慰问演出。先后支持河北滦平县杏花节、内蒙古固阳县秦长城旅游文化节、山西繁峙县山水大杏文化旅游节、广西昭平县长寿旅游文化节等活动。

创作文艺扶贫歌曲。7月至9月，中国文联文艺志愿服务中心联合中国音协开展第二批“文艺扶贫奔小康”歌曲创作活动，选派王晓岭、卞留念、车行、陈曦等27名知名词曲作家，前往安徽省太和县，河南省鲁山县、宁陵县，云南省贡山县、会泽县，四川省宣汉县、万源市、黑水县，贵州省息烽县，湖北省麻城市，海南省临高县，重庆市开州区，甘肃省凉州区，新疆麦盖提县，内蒙古科右中旗，西藏八宿县等14个贫困县，实地采风，创作歌曲14首。

举办“筑梦新时代 唱响幸福歌”文艺扶贫歌曲创作汇报音乐会。邀请姜昆、鞠萍、林永健、陈思思、佟丽娅等担任现场推介人，向观众介绍各贫困县、地区的资源禀赋和历史人文。邀请歌唱家阎维文、刘和刚等，演唱文艺扶贫形象歌曲。音乐会在中央电视台音乐频道播出。

组织参加第三届中国西部文化金融论坛活动，推荐文艺扶贫志愿服务项目参加活动展示、路演。组织艺术家参加中国文联对口帮扶甘肃陇南武都区的脱贫攻坚工作。

支持11个文艺扶贫示范县在“农民丰收节”期间，以农民庆丰收为主题，开展文艺演出、辅导培训、展览展示等文艺扶贫志愿服务活动。

【组织文艺培训】

继续与中国影协、中国美协、中国曲协、中国摄协开展文艺培训志愿服务项目，先后组织选派40余名文艺志愿者，在浙江横店、福建宁德、四川巴中、山东陵城、四川南江、福建南安、宁夏彭阳，举办影视、美术、曲艺、摄影培训班，培训基层文艺工作者近1500人。

【启动实施“乡村学校少年宫艺术辅导员培训计划”】

聚焦乡村振兴战略，扎实开展乡村学校少年宫艺术辅导员培训计划等项目。7月9日至11日，中国文联文艺志愿服务中心与中央文明办三局共同在云南昆明召开乡村学校艺术辅导员培训计划工作会议，启动实施“乡村学校少年宫艺术辅导员培训计划”。在内蒙古兴安盟科右中旗、通辽市科尔沁左翼后旗、锡林郭勒盟苏尼特右旗；四川广元市朝天区、剑阁县，乐山市马边县、沐川县，阿坝州茂县、理县，凉山州昭觉县、雷波县；云南昆明市禄劝县，曲靖市会泽县，红河州泸西县，怒江州贡山县；西藏山南市扎囊县；甘肃陇南市武都区，临夏州东乡县，武威市凉州区、天祝县；青海玉树州杂多县等11个省35个贫困县，实施乡村学校少年宫艺术辅导员培训计划，举办音乐、舞蹈、美术、书法、手工艺等培训班，培训乡村学校少年宫专兼职艺术辅导员和农村学校艺术教师5000余人。

【开展文艺支教】

继续支持西南科技大学在武都区开展文艺支教。选派20名文艺志愿者在武都安化中心小学开展舞蹈、音乐、美术、书法等文艺支教活动，授课2400多课时，直接受益学生1000余人。继续支持平安团队开展文艺支教活动，赴云南会泽县、贵州三都水族自治县、吉林省敦化市、海南省临高县，开展4次音乐支教活动，200余名中小学生受益。继续支持河南省文联、吉林省榆树市文联开展文艺支教。

宣传研究

组织全国各文艺家协会、各省级文联，采编第一手资料，开展报刊专栏和新媒体宣传。与中央广播电视总台中国之声等多种平台合作宣传文艺志愿者、文艺志愿服务组织、文艺志愿服务项目中的感人事迹等，推广文艺志愿典型人物，树立文艺志愿者良好形象。加强与新华社、《人民日报》、中央电视台、《中国艺术报》等主流媒体平台合作，加强发布、策划和报道力度。及时关注各类活动中的先进事迹和服务精彩内容，做到跟踪报道、及时宣传，对先进典型事迹和服务精彩内容进行深入性、持续性关注。中央电视台关于文艺志愿服务活动的相关新闻报道达80余次，《中国艺术报》刊登文艺志愿服务通版报道6个。全年相关新闻在网络直播、新媒体报道、微博微信总信息累积阅读量，达8000万左右。

4月3日，中国文联推选殷秀梅、武利平、平安、牛群获得中宣部、中央文明办等部委授予的“最美志愿者”称号，河南省文艺志愿者协会、大同煤矿集团公司文艺志愿者协会、重庆市文艺志愿者协会获得“最佳志愿服务组织”称号，“翰墨薪传”全国中小学书法教师培训获得“最佳志愿服务项目”称号，北京市朝阳区六里屯街道秀水园社区获得“最美志愿服务社区”称号。11月，组织完成推选2018年全国学雷锋志愿服务“四个100”先进典型活动。

编辑发行《到人民中去——中国文艺志愿者的故事》，以自述和他述的形式，记录老中青三代艺术家到人民中去，不畏艰难困苦，全心全意为人民服务、向人民学习的历程和感悟。

组织撰写《中国文艺志愿服务理论与实践》，总结文艺志愿服务工作经验，提炼文艺志愿服务工作模式和方法，为今后文艺志愿服务工作提供理论支撑和实践参考。

与中央文明办、中国文联、中央广播电视总台共同组织开展学雷锋志愿服务主题歌曲征集传唱活动。

推进文艺志愿服务制度化与信息化建设

印发《文艺志愿服务管理办法（试行）》和《中国文艺志愿者协会文艺志愿者星级认定办法》，实施星级文艺志愿者认定制度。分片区举办4次文艺志愿服务制度化专题培训班，对广西壮族自治区、贵州省、湖北省、湖南省、河南省、江西省、重庆市、杭州市等地基层文联进行专题培训，累计培训文艺志愿服务组织200余个，培训文艺志愿服务工作骨干700余人。

4月23日至25日，广西文联、贵州文联在广西南宁联合举办深入学习领会习近平新时代中国特色社会主义思想暨推进文艺志愿服务制度化专题培训班，来自广西文联和贵州文联系统约200余人参加培训。

5月21日，重庆市文联在重庆市举办文艺志愿服务制度化培训班，重庆市文联直属各文艺家协会、区县（市）文联、行业文联100人参加。

6月13日至15日，杭州市文联在杭州举办“深入学习贯彻习近平新时代中国特色社会主义思想和党的十九大精神培训班”（2018第一期文艺志愿者），杭州市文联直属各文艺家协会、区县（市）文联、行业文联100人参加。

9月12日至14日，中国文联文艺志愿服务制度化培训班在武汉举办。来自湖北、湖南、江西、河南4省的文联文艺志愿服务工作部门主要负责人和负责注册管理工作的同志，省级各文艺家协会负责人或负责注册管理工作的同志，各市州县文联文艺志愿服务工作部门负责人近300人参加培训。

党建

中国文联文艺志愿服务中心党支部积极加强组织建设、落实党建工作责任制，深入开展“两学一做”主题教育活动。

7月23日，中心党支部召开党员大会选举产生新一届党支部委员会。新一届党支部委员会召开第一次会议，通过直接选举的方式，廖恳当选为书记，孙德华当选为副书记，经明确分工，廖述霞为组织委员，崔行为宣传委员，刘博为纪检委员。

落实“三会一课”制度，推动“两学一做”深入开展。2018年，召开4次党员大会和12次党支部支委会，坚持党员领导干部讲党课制度，党支部书记廖恳，党员马康强、刘海阔、刘博，分别围绕学习十九大精神、新时代新作为等主题，讲党课、开展互动交流。邀请中国工程物理研究院九所院士唐立讲授党课。

落实党建工作责任。按照中国文联机关纪委要求，制定文艺志愿服务中心班子成员落实全面从严治党主体责任《责任书》，认真履行从严治党主体责任。坚持集体领导与个人分工负责相结合。确定班子主要负责人是第一责任人，切实承担抓班子、带队伍的责任，严格对本单位党员干部的教育、管理和监督。领导班子其他成员按照工作分工，对职责范围内的全面从严治党工作负领导责任。与中心中层干部签订《从严治党责任书》，日常深入贯彻落实中央、中纪委、中直机关工委、中纪委驻中宣部纪检组、中国文联党组关于全面从严治党的部署和要求。

严守党的政治纪律和政治规矩，认真落实中央八项规定。在元旦春节、五一端午、中秋国庆等重大节日来临之际，中心及时开会传达部署“反四风”、党风廉政建设相关要求，同时开展自查，以张贴宣传栏、编发短信微信等多种方式进行提醒教育，做好干部的离京报备，并将传达落实情况及时向中国文联机关纪委汇报。

认真履行党风廉政建设责任制，认真学习领会中央关于领导干部廉洁自律的有关规定精神，进一步强化自身廉政意识，努力筑牢思想道德和党风廉政建设的防线。以处室为单位，认真开展廉政风险点排查，与班子成员、各处负责人一一谈话，对廉政风险点和防范方案进行逐条研究，对关键点严肃进行提醒。

制定《中国文联文艺志愿服务中心理论中心组2018年度学习计划》，以党章为统领，将党内政治生活准则、廉洁自律准则和党内监督条例、问责条例、纪律处分条例等列入学习内容，联系全面从严治党实践，联系党员干部思想实际，深刻领会习近平新时代中国特色社会思想。坚持中心月度例会制度，加强文艺志愿服务各项工作的研究。

密切联系群众，加强中心内部建设。切实关心干部职工身心状况。中心领导班子通过讲党课、谈认识，积极与党员、职工开展谈心谈话，了解职工所思所想，认真解决职工在思想、组织、作风以及工作等方面存在的问题，真正做到急群众之所急、解群众之所困。发挥中心工会作用，重大法定节日，严格执行工会财务制度，为中心职工发放慰问品，看望病休职工。关心年轻干部的成长。

重点文艺工程

“中国精神•中国梦”主题创作工程

【“中国精神•中国梦”——画乡莲都　美丽乡村行　2018中国文联中国美协古堰画乡采风写生活动举行】

3月12日，“中国精神•中国梦——画乡莲都　美丽乡村行　2018中国文联中国美协古堰画乡采风写生活动”在浙江丽水拉开序幕。丽水是“中国精神•中国梦”主题文艺创作工程唯一的采风写生基地，“画乡莲都　美丽乡村行”活动则是该项工程的重要组成部分。古堰画乡是800里瓯江最美的河段之一，在6天时间里，采风团一行在大港头村、堰头村、外斜村、梁村、九龙湿地等地进行写生创作。来自全国各地参加本次采风写生活动的知名画家有：李伟、杜松儒、谢麟、骆献跃、李耀林、李晖、王万成、孙黎、陈湘波、池沙鸿、类维顺、李明、杨鹏、石君一、柯桐枝、孙剑、谢森、张仕森、王利军、王琨、甘长霖、谢青、熊礼斌、陈文国、孙文刚、孙刚、李江峰、张国兴、刘海勇、盛天晔、王剑武、王霖、包信源、孙志纯、杨东平、张立平、张剑、王海军、贾荣志、刘佳、迟连城、黄伯君、杨斌。中国美协倡导“走出画室，写生创作”，本次采风活动的开展，为全国各地的画家提供了文化交流的平台，将古堰画乡的美景再次生动展现在世人眼前。

【2018中国文联　中国美协“中国精神•中国梦——美丽乡村行”写生采风作品展开幕】

5月23日，由中国文联、中国美协、中国文学艺术基金会共同主办的“2018中国文联　中国美协‘中国精神•中国梦——美丽乡村行’写生采风作品展”在恭王府博物馆开幕。共展出全国80余位知名美术家创作的中国画、油画、水彩共计87件作品。中国文联党组书记、副主席李屹，中国文联党组成员、副主席左中一出席开幕式。作为中国文联“中国精神•中国梦”主题文艺创作工程项目之一，“美丽乡村行”写生采风作品展已连续举办三届。该采风活动以“中国精神•中国梦”为主题，以描绘最美乡村为创作主旨，坚持为人民服务、为社会主义服务的根本方向，坚持以人民为中心的创作导向，旨在通过对中国乡村全面、具体、深入的描绘来展现社会主义新时期我国乡村风貌的变化和社会发展成果，通过写生创作作品展览展示，弘扬中国精神。同时，该活动也是中国文联、中国美协践行党中央提出的实施乡村振兴战略的具体举措。

影像见证新时代　聚焦扶贫决胜期　2018至2020大型影像跨界驻点调研创作工程

“影像见证新时代　聚焦扶贫决胜期2018至2020大型影像跨界驻点调研创作工程”是中宣部《中国当代文学艺术创作工程规划(2017年至2021年)》重点文艺创作项目、中国文联“讴歌新时代·共筑中国梦”主题文艺创作实践活动项目、中国文学艺术基金会中国文学艺术发展专项基金资助项目。该工程旨在团结引导广大摄影工作者深入扶贫攻坚一线驻点调研创作，邀请各艺术门类艺术家与经济、社会、人类等多学科多领域专家学者共同参与互动联合，用心记录扶贫攻坚这一伟大历史进程，同时发挥影像力量，借助传媒优势，激发内生动力，助力扶贫脱贫。自2017年12月启动以来，中国摄协认真组织策划研讨，积极推进项目实施。在协调国务院扶贫办推荐典型扶贫地区基础上，综合考虑中宣部和中国文联定点扶贫点、“文艺扶贫奔小康”志愿服务示范县分布，确定了重点调研创作驻点。1月至3月，项目主创团队分赴各驻点开展第一轮调研，对当地扶贫工作现状有了一定程度的了解，积累了基础影像资料。

【“影像见证新时代 聚焦扶贫决胜期 2018至2020大型影像跨界驻点调研创作工程”项目调研阶段总结研讨会】

3月21日，中国文联与中国摄协、中国民协联合在北京中国文艺家之家举行“影像见证新时代 聚焦扶贫决胜期 2018至2020大型影像跨界驻点调研创作工程”项目调研阶段总结研讨会。中国文联有关职能部门负责同志，中国摄协和中国民协部分主席团成员及分党组成员，创作一线摄影家、民间文艺家、经济学家、资深图片编辑和新闻媒体记者共60余人参加会议。来自新疆、广西、宁夏、贵州、陕西、云南、内蒙古7个驻点调研组的摄影家代表，先后在会上发言并展示了调研影像。与会者围绕创作项目进行了深入细致的交流，对实际情况进行综合分析研讨。中国文联副主席、中国民协主席潘鲁生等出席并参与研讨，进一步明确了该项目的基本理念、规划方向及具体要求，对下一步的实施提出了建设性意见和建议。

【“影像见证新时代 聚焦扶贫决胜期 2018至2020大型影像跨界驻点调研创作工程”2018年汇报展示展览】

根据中宣部、国务院扶贫办等单位推荐并结合中国文联实际，该项目在全国选择了17个各具特色的扶贫点，进行调研创作，汇聚了活跃在一线的摄影家、民间文艺家和经济学、社会学、人类学等领域专家学者约80人，深入到精准扶贫一线，运用摄影、绘画、视频、文字等融媒体手段，进行多元化创作、多角度呈现，形成了一批阶段性成果。为更好地推进该项目的开展和深化，10月17日至27日，中国文联与中国摄协、中国民协联合在北京中国文艺家之家展览馆举办“影像见证新时代 聚焦扶贫决胜期 2018至2020大型影像跨界驻点调研创作工程”2018年汇报展示展览。中国文联领导李屹、李前光、陈建文等参加活动。汇报会上，中国摄协主席李舸介绍了调研创作工程的缘起、宗旨，项目2018年度推进的总体情况以及下一步持续深入创作的规划和展望。展览以现场播放视频影像、邀请部分扶贫攻坚一线干部群众代表和项目主创人员进行现场讲述相结合的方式，依次展示了17个调研组的调研创作成果、工作照和创作感言。展览展品采用瑞士进口输出技术，用可移胶的打印相布输出，照片无须装裱而且可以反复利用，造价不高，节能环保。本次展览有摄影作品与绘画作品的并置，也有的照片旁边放置MP3播放器，观众可以欣赏拍摄地民歌，还有小推车之类的实物配合摄影作品展出，展陈方式新颖别致。艺术家们纷纷表示，一定响应中国文联关于“崇德尚艺、潜心耕耘，做有信仰、有情怀、有担当的新时代文艺工作者”的号召，认真学习贯彻习近平总书记关于文艺工作的重要论述，牢记新时代历史使命和责任担当，更加自觉地深入生活、扎根人民，聚焦中国梦的时代主题，积极投身伟大的时代洪流，从人民的伟大实践和丰富多彩的生活中汲取营养，不断进行生活和艺术的积累，不断进行美的发现和创造，用自己的艺术创作讴歌时代、礼赞英雄、鼓舞人民，努力攀登新的艺术高峰。

2018“中华情•中国梦”中秋展演

“中华情•中国梦”中秋展演活动是中国文联主办的品牌文艺项目，自2003年开始，相继举办了“中华情”歌曲征集演唱会、海峡两岸青年歌手大赛、“中华情”书画精品展等活动，在海内外产生了广泛影响。该活动以“爱国、爱家、爱故土，亲情、友情、骨肉情”为活动宗旨，延续了美术书法作品展、大型书画笔会、慰问演出结合的活动形式，在中华民族传统的中秋佳节之际，展示了中华民族的灿烂文化，进一步加强了海峡两岸暨港澳地区人民的沟通与友谊，不断凝聚了海内外华人的爱国爱乡情结，为实现中华民族伟大复兴提供了价值引导力、文化凝聚力、精神推动力。2014年至2018年，“中华情•中国梦”中秋展演活动连续五届在厦门举行。这是海峡两岸艺术家倾情奉献的艺术盛宴，也是送给海峡两岸同胞最好的中秋礼物，成为海峡两岸最具影响力的文化交流活动之一。

【由中国文联、厦门市政府共同主办的2018年“传承与发展”——“中华情•中国梦”美术书法作品展在厦门市美术馆开幕】

该展以“传承与发展”为创作主题，为观众呈现了一场充满艺术气息的文化盛宴。由“历届‘中华情•中国梦’中秋展演活动图片展区”(五年举办成果回顾)、“书法长卷展区”“全国书画名家作品展区”“台港澳书画名家作品展区”四部分组成。“书法长卷展区”展出以“传承与发展”为主题的诗文，由大陆和台湾代表性书法家分别创作，展出各32米长、1.8米高的书法长卷2幅，体现了中华文化底蕴，也寓意着两岸“同心同德，同向同行”;“全国书画名家作品展区”展出以“传承与发展”为主题创作的书画作品200件，其中，中国美协、中国书协邀请的全国书画名家作品100件，福建省美协、福建省书协邀请的书画名家作品100件;“台港澳书画名家作品展区”展出台港澳代表性书画家创作的作品220幅。这是海峡两岸暨港澳地区的书画家们用艺术之笔共同追寻中华文化根源，以笔墨丹青的形式阐释“中国梦”深刻内涵的具体实践。参展作品不仅展示了海峡两岸暨港澳地区当代书法美术的创作实力，更展示了当代艺术家对祖国、对民族、对人民的真挚情感;不仅是两岸文化交流的重要成果，也是两岸人民情同手足、血浓于水的重要见证。

【“中华情•中国梦”中秋书画笔会举行】

9月17日下午，2018年“中华情•中国梦”中秋书画笔会在厦门宾馆举行。海峡两岸暨港澳地区50位书画家现场参与，相互交流、切磋技艺，增进友谊。

【2018年“传承与发展”——“中华情•中国梦”中国文联文艺家厦门行惠民慰问演出在厦门大学举行】

当晚，2018年“传承与发展”——“中华情•中国梦”中国文联文艺家厦门行惠民慰问演出在厦门大学举行。这是中秋展演活动自举办以来第一次走进高校进行慰问演出，让青年学子走近、感悟中华传统传统文化，更好地传承和发扬中华优秀传统文化，深化两岸暨港澳地区青年的文化交流。晚会紧紧围绕“传承与发展”这一主题，分为“四十年•风华无限”和“新时代•击鼓扬帆”两个篇章，以艺术的形式讴歌改革开放取得的伟大成就，歌颂新时代的美好生活。节目艺术品位高雅，感情基调温馨和睦，海峡两岸艺术家倾情加盟，共诉同根同源的民族情怀，送上中秋祝福，共同唱响中国梦。晚会经后期精心剪辑后，作为厦视中秋特别节目于9月23日在厦门电视台三套播出。

【“中华情•中国梦”美术书法大展五年(2014年至2018年)活动概况】

5年共展出沈鹏、欧阳中石、张海、苏士澍、冯远、徐里、吴为山、李翔、张光宾、欧毫年、李奇茂、沈荣槐、施子清、连家声等海峡两岸书画名家创作的书画作品3270幅，同时展出35米长的书法长卷49幅，以及马英九、连战、吴伯雄、朱立伦等中国台湾知名人士为“中华情•中国梦”美术书法大展题词92幅。

5年共展出台湾22个县市的书画家，围绕“中华情•中国梦”主题创作的1792幅书画作品。

2014年，展出海峡两岸80位70岁以上老书法家以“两岸一家亲，共圆中国梦”为内容创作的书法长卷8幅，以及120位青少年以习近平总书记勉励广大青少年要“敢于有梦、勇于追梦、勤于圆梦”的语句为内容，创作的书法长卷12幅。

2015年，展出220位台湾书法家以“两岸一家亲，共圆中国梦”为内，容创作的书法长卷22幅。

2016年，展出海峡两岸21位书法家以“习马会”上习近平总书记、马英九先生的讲话内容为题材，创作的书法长卷。

2017年，展出32位台湾书法家以历代书体为题材创作的书法长卷，以及30位大陆书法家以习近平用典为内容创作的五体书法长卷。

2018年，展出30位台湾书法家以苏东坡词《水调歌头》为内容创作的书法长卷、31位大陆书法家以毛泽东词《沁园春·雪》和习近平诗《军民情》为内容创作的书法长卷，以及11位大陆书法家以《厦门赋》为内容创作的书法长卷。

2017年、2018年开辟的“习近平用典”台湾书法作品展区，展出418位台湾书法家以《习近平用典》为内容创作的书法作品。

2014年，“中华情•中国梦”书画大展在厦门展出后，到金门巡展。

2015年，“中华情•中国梦”书画大展在厦门展出后，到台北巡展。

2015年，举办“中华情•中国梦”书法论坛，邀请台湾22个县市书法家代表参加讨坛演讲。

2015年，“中华情•中国梦”摄影展区展出海峡两岸摄影家作品150幅。

2016年，“台湾青少年书法作品展区”展出台湾中小学校通过举办青少年书法比赛，选送的优秀作品150幅。

2016年，“海外华人书画作品展区”展出美国、英国、德国、法国、新加坡、马来西亚等24个国家和地区的华人书画家作品。

5年共举办5场大型书画笔会，海峡两岸400多位书画名家参加笔会，创作了上千幅书画作品。

5年共举办5场大型文化惠民慰问演出，10000多位海峡两岸各界代表现场观看演出，姜昆、殷秀梅、郁钧剑、杨洪基、戴玉强、陈思思等艺术名家参加演出。

中央电视台、凤凰网、《中国艺术报》、《书法导报》、台湾《旺报》、中视海峡两岸等各大媒体竞相进行宣传报道，被誉为是台湾各界以“中国梦”为主题，参与人数最多、影响最广泛的一项文化活动。

贯彻党的十九大精神相关活动

【召开“学习贯彻党的十九大精神，大力推进行风建设”座谈会】

1月21日，中国文联文艺工作者职业道德建设委员会在京召开“学习贯彻党的十九大精神 大力推进行风建设”座谈会，向全国文艺工作者发出《新时代文艺工作者“讲品位、讲格调、讲责任，抵制低俗、庸俗、媚俗”倡议书》。中国文联党组书记、副主席李屹出席会议并讲话。中国文联党组成员、副主席左中一出席会议。会议由中国文联文艺工作者职业道德建设委员会主任姜昆主持。中国文联文艺工作者职业道德建设委员会全体委员，中国文联有关部门、有关单位负责同志参加会议。

李屹在讲话中指出，党的十八大以来，以习近平同志为核心的党中央高度重视文艺工作、文联工作，习近平总书记多次就文艺工作发表重要讲话，党的十九大报告又首次把繁荣发展社会主义文艺作为标题性段落加以阐述，深刻阐明了在新时代以什么样的立场和态度对待文艺、用什么样的思路和举措发展文艺、朝着什么样的方向和目标繁荣文艺等一系列重大问题，对广大文艺工作者寄予了殷切期待和重托，为新时代文艺事业的繁荣兴盛提供了根本遵循，也为我们做好工作指明了方向、注入了主心骨。习近平总书记在一系列重要论述中，对加强文艺界职业道德建设提出非常具体、非常明确的要求，对我们深入开展新时代文艺工作者职业道德建设工作具有很强的针对性、指导性。今后，中国文联文艺工作者职业道德建设委员会应担当使命，履职尽责，把深入学习领会习近平新时代中国特色社会主义思想和党的十九大精神引向深入，落到实处；凝心聚魂，引领风尚，带头弘扬和践行社会主义核心价值观；着眼长远，夯实基础，切实推动文艺界行业管理、行业自律取得新进展；多方联动、开拓创新，形成推动文艺界行风建设和行业建设的良好氛围和强大合力。

《倡议书》倡议全国文艺工作者要深入学习贯彻习近平新时代中国特色社会主义思想和党的十九大精神，讲品位，坚定文化自信，承担新时代文化使命；讲格调，坚守艺术理想，筑就新时代艺术高峰；讲责任，坚持正确导向，引领新时代社会风尚。《倡议书》倡议新时代文艺工作者要牢记习近平总书记“胸中有大义、心里有人民、肩头有责任、笔下有乾坤”的殷殷嘱托，不忘初心、坚守正道，讲品位、讲格调、讲责任，抵制低俗、庸俗、媚俗，德艺双修、潜心耕耘，用无愧于伟大时代的文艺创造，为满足人民过上美好精神生活的新期待、努力铸就新时代中华文化的新辉煌不懈奋斗。

与会艺术家们表示，新时代、新征程呼唤文艺工作者展现新气象、新作为、新面貌。要带头响应中国文联《倡议书》的号召，带动和影响更多文艺工作者积极践行，共同营造昂扬向上、风清气正的文艺行业新风，努力以高尚的职业操守、良好的社会形象、文质兼美的优秀作品赢得人民的喜爱和欢迎，自觉肩负起新时代文艺工作者的使命担当。

会议还总结了中国文联文艺工作者职业道德

建设委员会2017年工作情况，审议了《中国文联文艺工作者职业道德建设委员会2018年主要工作安排》和《中国文联文艺工作者职业道德建设委员会委员履行职责暂行办法》。

附：《新时代文艺工作者“讲品位、讲格调、讲责任，抵制低俗、庸俗、媚俗”倡议书》

党的十九大描绘了新时代蓝图，吹响了新征程号角。新时代、新征程呼唤新气象、新作为。为深入学习贯彻习近平新时代中国特色社会主义思想和党的十九大精神，在文艺界大力倡导讲品位、讲格调、讲责任，抵制低俗、庸俗、媚俗，肩负起新时代文艺工作者的使命担当，中国文联文艺工作者职业道德建设委员会向全国文艺工作者发出倡议：

一、讲品位，坚定文化自信，承担新时代文化使命。文化兴国运兴，文化强民族强。我们要以坚定的文化自信，自觉承担起举精神旗帜、立精神支柱、建精神家园的崇高使命。坚持“二为”方向和“双百”方针，坚持创造性转化、创新性发展，坚持以人民为中心的创作导向，深入生活、扎根人民，把文艺创造融入实现中华民族伟大复兴的历史洪流中，不断推出优秀的文艺作品，反映时代呼声、展现人民奋斗、振奋民族精神、陶冶高尚情操，热情讴歌党、讴歌祖国、讴歌人民、讴歌英雄，汇聚起新时代同心共筑中国梦的磅礴力量，鼓舞全国各族人民朝气蓬勃迈向未来。

二、讲格调，坚守艺术理想，筑就新时代艺术高峰。优秀文艺作品反映着一个国家、一个民族的文化创造能力和水平。我们要保持对艺术的真诚执着，遵循艺术规律，坚持传承与创新，坚持思想精深、艺术精湛、制作精良相统一，摒弃心浮气躁、急功近利，把功夫用在提高作品质量上，凝心静气、潜心创作，把崇高的价值理念和美好的情感寄托巧妙地融入艺术创作中，让作品接地气、传得开、留得下，传播当代中国价值观念、体现中华文化精神、反映中国人审美追求，不断推出文质兼美的优秀作品，共同推动新时代文艺繁荣兴盛。

三、讲责任，坚持正确导向，引领新时代社会风尚。文艺是时代前进的号角，最能代表一个时代的风貌，最能引领一个时代的风气。我们要坚持正确的价值追求，把社会效益放在首位，充分发挥文艺作品春风化雨、润物无声的作用，自觉践行和弘扬社会主义核心价值观，传递真善美、贬斥假恶丑。我们要秉持高尚职业操守，模范遵守社会公德，恪守职业道德，养心修身、德艺双馨，反对错误思想观念，抵制违法失德行为，努力成为新时代先进文化的践行者、良好社会风尚的引领者。

新时代文艺工作者天地广阔，大有可为。我们要牢记习近平总书记“胸中有大义、心里有人民、肩头有责任、笔下有乾坤”的殷殷嘱托，不忘初心、坚守正道，“讲品位、讲格调、讲责任，抵制低俗、庸俗、媚俗”，德艺双修、潜心耕耘，用无愧于伟大时代的文艺创造，为满足人民过上美好精神生活的新期待、努力铸就新时代中华文化的新辉煌不懈奋斗！

中华经典系列咏诵

“中华经典系列咏诵”活动于2008年正式启动，旨在运用人民群众喜闻乐见的形式解读和展现中华经典的精髓神韵，推动优秀传统文化的传播和普及。已先后推出《道德经》《诗经》《孙子兵法》《论语》《孟子》《孝经》《大学》《屈原》《王阳明》和《易经》等12部舞台咏诵艺术作品，创造了一种让国学经典走下讲坛、走进百姓、走向世界的崭新形式，成为一个有影响的文化品牌。习近平总书记指出，中华文化源远流长，积淀着中华民族最深层的精神追求，代表着中华民族独特的精神标识，为中华民族生生不息、发展壮大提供了丰厚滋养。对“中华经典系列咏诵”活动进行一次“巡礼式”的全面演绎，就是为了缅怀和祭奠我们的先人先贤，感悟古圣先贤们博大精深的思想，感受他们洞悉宇宙万象的智慧，体味他们深刻入微的人文关怀，是进一步贯彻落实习近平总书记对弘扬中华优秀传统文化的一系列重要指示精神的实际行动。

【“先人与我们同行——感悟国学经典大型交响咏诵会”举行】

12月16日，由中华经典文化传播交流委员会、福建省音协和福建省歌舞剧院共同主办的“先人与我们同行——感悟国学经典大型交响咏诵会”

在福建大剧院举行。这是“中华经典系列咏诵”活动的一次精品展示，是从“中华经典系列咏诵”已推出的12部作品中精选出3篇经典原文、7篇解读经典的散文和10首感悟经典的歌曲，经过精心编排而成，集中展现了中华经典的精髓神韵。咏诵会由福建省歌舞剧院交响乐团副团长、著名指挥家曹澈执棒；鹤佳、婉莹主持；著名朗诵艺术家方明、徐涛、李立宏、闻齐，福建省歌舞剧院的歌唱演员以及福建省歌舞剧院交响乐团和福建省歌舞剧院附属合唱团参加演出。

“不忘初心 继续前进——庆祝中国共产党成立100周年大型美术创作工程”启动动员会

8月1日，由中宣部、中国文联、财政部、文化和旅游部主办，中国美协承办的“不忘初心 继续前进——庆祝中国共产党成立100周年大型美术创作工程”在北京会议中心召开启动动员会。工程组织委员会、创作指导委员会委员，各省、直辖市、自治区和新疆生产建设兵团美协的负责人，美术院校、部队代表和相关美术家，以及中国美协工作人员约200人参加会议。启动动员会上，公布了工程组织委员会和创作指导委员会委员名单，介绍了工程筹备情况和实施方案。

中国文联副主席、中国美协副主席、中国美术学院院长许江，中国美协顾问、中国美术馆原馆长杨力舟，中央美术学院教授邵大箴，中国美协连环画艺委会主任沈尧伊，中央美术学院党委书记高洪，首都师范大学美术学院副院长王珂，清华大学美术学院教授王铁牛，中国人民革命军事博物馆美术创作室主任孙立新，中国美术学院绘画学院副院长井士剑，中央美术学院中国画学院教师焦洋等在会上发言。

本次启动动员会旨在组织和动员我国优秀的美术家、党史专家投入到庆祝中国共产党成立100周年大型美术创作工程中来。工程以美术的形式，生动再现中国革命建设和改革历程，是向中国共产党建党100周年献礼的鸿篇巨制，是促进美术界艺术脉络绵延不绝、薪火相传的重点工程，具有高度的历史价值和艺术价值，具有重大的政治意义和深远的现实意义。广大美术家必将全力以赴，力争创作出无愧于时代、无愧于民族的精品力作，为促进中华民族伟大复兴，建设社会主义文化强国做出积极贡献。

文化名人、著名艺术家纪念活动

【"纪念盛婕先生百年诞辰"研讨会】

7月6日，中国文联与中国舞协联合在北京中国文艺家之家举办"纪念盛婕先生百年诞辰"研讨会。中国文联党组成员、副主席左中一，以及白淑湘、冯双白、罗斌，盛婕的家属、生前好友、学生吴露生、朱世忠、蒲以勉、邓文英、胡佩玉共同出席。研讨会上大家观看了回顾盛婕生平的短片，浏览了集合盛婕生前发表过的文章和珍贵照片以及亲友、学生们的追忆文章而出版的《盛婕先生追思文集》，纷纷表达对这位德艺双馨艺术家的感怀之情，特别是对她多年来的卓越成就和历史价值给予充分肯定。

盛婕(1917-2017)，女，江苏常州人，舞蹈表演艺术家、组织活动家。吴晓邦先生的夫人。1938年入中法戏剧学校学习。曾任上海剧艺社特约演员，广东艺术专科学校教师，延安鲁艺、东北大学艺术系舞蹈教师。1949年加入中国共产党。新中国成立后，历任中国青年艺术剧院舞蹈团副团长，中央戏剧学院舞蹈教研班民间舞组组长，北京舞蹈学校教研组组长，中国文联第四届委员，中国舞协第一届理事和第二、三届秘书长及第四届副主席。长期从事民间舞蹈、地方戏曲舞蹈的收集整理和研究工作。投身于舞蹈理论的基础建设，创办刊物，组织理论研讨，通过"有筋骨、有道德、有温度"的理论著作来"凝聚中国力量"。不仅在舞蹈表演中获得了优异成绩，同时也对新舞蹈艺术的推广、普及，对我国民间舞蹈的搜集、整理与保护，对舞蹈艺术的普及和全面发展做出重要贡献。2009年获得首届中国舞蹈"荷花奖"终身成就奖。

【纪念潘天寿、李桦、李可染、叶浅予、张仃百年诞辰座谈会】

为纪念美术家潘天寿诞辰120周年，李桦、李可染、叶浅予诞辰110周年，张仃诞辰100周年，追忆和缅怀五位先生为开拓和建设共和国美术事业做出的重大贡献，学习和弘扬他们在革命艺术生涯中所表现出的坚定信念、求真精神和崇高品德，1月15日，中国文联与中国美协联合主办的"纪念潘天寿、李桦、李可染、叶浅予、张仃百年诞辰座谈会"在北京会议中心举行。中国文联党组成员、副主席左中一，中国美协主席刘大为，副主席王明明、范迪安、吴长江、李翔、吴为山等出席会议并讲话。常沙娜、杨力舟、薛永年、李翔、张立辰、刘曦林、李宝林、蒋采萍、杨澧、赵力忠、楼家本等美术家纷纷发言，追忆和缅怀五位先生的生活事迹、为人为艺。五位先生的家属代表潘公凯、王尽晖、胡志国、金正平、张郎郎也分别答谢，并从他们所感受到的家风家训、为人品格、从艺精神等方面讲述所继承的宝贵精神遗产。本次纪念座谈与学习十九大报告精神相结合，与会者一致认为五位先生就是文化自觉、文化自信的代表和典范，是后人永远学习的人生楷模，更是今天应该推崇的光辉榜样。

潘天寿 (1897-1971)，原名天授，字大颐，自署阿寿、寿者，早年自署懒道人、心阿兰若主持，晚年自署东越颐者、颐翁、雷婆头峰寿者等。浙江宁海冠庄村人。现代画家、教育家，中国画和书法现代教育的奠基者。幼年自学书画篆刻，1915年至1920年于浙江省立第一师范学校读书，受教于经亨颐、李叔同等人。其写意花鸟初学吴昌硕，后取法石涛、八大山人。1923年至上海，先后任上海美术专科学校及新华艺术专科学校教授。1928年定居杭州，任西湖艺术院教授，翌年赴日本考察美术教育。抗日战争后，随校内迁。1944年至1947年任国立艺术专科学校校长。1949年后历任中国美协副主席、浙江省文联副主席、中国美协浙江分会主席、中央美术学院华东分院副院长、浙江美术学院院长，为第一、二、三届全国人大代表，中国文联委员；1958年被聘为苏联艺术科学院名誉院士；1963年作为中国书法家代表团成员访问日本。传世作品《露气》《雨后千山铁铸成》《记写雁荡山花》等均藏于中国美术馆；收编成辑有《潘天寿画集》《潘天寿画选》《潘天寿画辑》《潘天寿书画集》等。著有《中国绘画史》《中国书法史》《听天阁画谈随笔》《顾恺之》《治印丛谈》《听天阁诗存》《中国画院考》《中国书款之研究》等；1962年在杭州、北京等地举办潘天寿画展，1964年在香港举办潘天寿书画展，1977年在杭州举办潘天寿绘画展览，1980年在中国美术馆举办潘天寿书画展。

李桦(1907-1995)，现代版画家，曾用名浪沙、小泉，广东人。1926年毕业于广州市立美术学校。1930年留学日本，1932年回国任教于母校。1934年在广州组织现代版画会，从事新兴木刻运动。1938年任中华全国木刻界抗敌协会理事。抗战胜利后到上海主持中华全国木刻协会工作。当选理事长，组织抗战八年木刻展。1947年受聘为国立北平艺术专科学校，任副教授。1949年出席第一次全国文代会，当选中华全国美术工作者协会常务委员。1950年以来历任中央美术学院教授、版画系主任，中国文联委员，中国美协顾问，中国版画家协会主席。1988年获日本国日中艺术交流中心颁发的中国新兴版画运动贡献金奖。1949年后，创作了许多反映祖国建设，富有时代气息的作品。代表作有《怒吼吧，中国!》、组画《怒潮》(挣扎、抓丁、抗粮、起来)、《饥饿线上》《向炮口要饭吃》《团结就是力量》《劳动后备军》《征服黄沙》《首都的早晨》等。著有《西屋闲话》《美术创作规律二十讲》《李桦木刻选集》《美术新论》《木刻的理论与实践》《木刻版画技法研究》等画册及著作。1991年获国务院颁发的“政府特殊津贴”，1996年中国版协授予“鲁迅版画奖”。

李可染(1907-1989)，江苏徐州人。中国近代杰出的画家、诗人，画家齐白石的弟子。自幼即喜绘画，13岁师从乡贤钱食芝学习传统山水画，16岁入上海私立美专师范科学习。43岁任中央美术学院教授，49岁为变革山水画，行程数万里旅行写生。72岁任中国美协副主席、中国画研究院院长。晚年用笔趋于老辣。擅长画山水、人物，尤其擅长画牛。代表作有《漓江胜境图》《万山红遍》《井冈山》等。代表画集有《李可染水墨写生画集》《李可染中国画集》《李可染画牛》等。

叶浅予(1907-1995)，浙江桐庐人。原名叶纶绮，笔名初萌、性天等。从事绘画教学和以舞蹈、戏剧人物为主的国画创作。擅人物、花鸟、插图、速写等。笔墨顿挫自如，豪放爽朗，形象生动传神，风格独具，成就显著。中学时自修绘画。1926年起在上海当过柜台伙计，画过广告、教科书插图，并从事时装设计、舞台美术布景。1928年任上海漫画社编辑，开始漫画创作。1929年开始创作漫画，后集成《王先生别传》和《小陈留京外史》。1939年赴香港经办《今日中国》，次年回重庆，做《战时重庆》组画及叙事漫画《逃出香港》。1942年于贵州苗区写生，开始转向中国人物画创作。1943年访问印度，归来后举办旅印画展。抗战胜利后曾赴美国举办画展。1947年到北平艺术专科学校任教。1954年任中央美术学院中国画系主任、教授。1980年将补发的“文革”中被扣30000元工资捐赠中央美院中国画系作奖学金。1981年任中国画研究院副院长。1982年在中国美术馆举办个展。中国画《维吾尔人》获第六届全国美展荣誉奖。其他作品有中国画《婆罗多舞》、《长安怀古》组画以及小说《子夜》插图等。出版有《叶浅予作品选集》《叶浅予画舞》等。

张仃(1917-2010)，号它山。辽宁黑山人，现代中国艺术家、教育家。原中央工艺美术学院(现清华大学美术学院)院长，中国人民政治协商会议会徽的设计者，中华人民共和国国徽设计提议者之一。当代中国身体力行弘扬传播中华优秀传统文化的坚定承继者、红色革命文化的忠实建设者、社会主义先进文化的卓越实践者，是代表我们这个时代中华文化创造发展的先觉者、先行者、先倡者。1932年入北平美术专科学校国画系，抗日战争爆发后曾投身“抗日宣传队”，以漫画为武器宣传抗日。1938年赴延安任教鲁迅艺术学院，后到文艺界抗敌协会，任陕甘宁边区美协主席。1945年后任华北大学三部美术系平津学生班班主任和东北画报社总编辑。他和朱丹等发起东北解放区的年画运动。1949年设计全国政协会徽与第一届全国政协会议纪念邮票，负责和参与开国大典、全国人民代表大会美术设计工作，设计改造怀仁堂、勤政殿，设计天安门广场大会会场和新中国第一批纪念邮票。1950年任中央美术学院实用美术系主任、教授，领导中央美院国徽设计小组参与国徽设计。从1951-1957年多次担纲莱比锡、布拉格、莫斯科、巴黎等城市的世界博览会中国馆总设计师。1955年参与中央工艺美术学院筹建，1957年调该院任第一副院长，1981年升任该院院长，后离休。1999年中央工艺美术学院并入清华大学，更名为清华大学美术学院，张仃任美术系第一工作室博士生导师。曾负责设计动画片《哪吒闹海》，为首都机场创作巨幅壁画《哪吒闹海》。焦墨国画代表作品有《巨木赞》《蜀江碧》等。在北京、香港等地举办过个人作品展。出版有《张仃水墨山水写生》《张仃焦墨山水》《张仃漫画》等。

【纪念居素普•玛玛依诞辰100周年座谈会】

6月21日，由中国文联指导，中国民协、新疆维吾尔自治区文联联合在乌鲁木齐举办“纪念居素普•玛玛依诞辰100周年座谈会”。中国民协分党组书记、驻会副主席邱运华，中国文联办公厅副主任鲁航，中国文联国内联络部副主任杨发航，中国民协副主席、新疆民协主席马雄福出席会议。中国社会科学院民族文学研究所研究员郎樱、诺布旺丹、阿地里•居玛吐尔地，北京大学教授陈连山等知名专家在座谈会上发言。

居素普•玛玛依曾担任中国文联第四届全委会委员、中国民间文艺研究会理事、新疆文联名誉主席，是我国唯一一位可以把八部23万多行的《玛纳斯》全部背诵下来的著名“玛纳斯奇”(“玛纳斯奇”是柯尔克孜语，意为能唱《玛纳斯》的人)。他从8岁开始跟哥哥学习演唱《玛纳斯》后，只用了8年时间，就把八部史诗全部背了下来。史诗中数百个人物、各种事件被他梳理得清清楚楚，并进一步加工创造出独特的演唱变体，而这一变体，成为世界上目前独一无二、结构最宏伟、艺术性最强、悲剧性最浓郁，深受听众青睐的不朽之作。居素普•玛玛依对《玛纳斯》的抢救、整理、出版、传承和传播做出了巨大贡献，被誉为“当代荷马”，曾获中国民间文艺“山花奖•终身成就奖”，并被吉尔吉斯斯坦总统授予“玛纳斯一级勋章”和“吉尔吉斯斯坦人民演员”称号。《玛纳斯》作为一部“一带一路”上传唱千年的文化瑰宝，见证着中华民族和世界各族友好往来交流的历史。通过世界共享的故事彰显中华民族的文化自信，也有力地推动“一带一路”沿线国家的民心相通。纪念居素普•玛玛依，就是要深切缅怀他卓越的艺术成就，铭记他为民间文艺事业发展做出的巨大贡献；就是要学习他对艺术的不懈追求，学习他对民间文艺事业、对民族文化的热爱，进一步增强文化自信，积极推动中华优秀传统文化创造性转化、创新性发展；就是要宣传他的艺术家风采，发挥他的示范引领作用，鼓励广大文艺工作者学习他的高尚品德，自觉追求德艺双馨，努力攀登艺术高峰。座谈会后，与会人员还前往昭苏县，走访了《玛纳斯》传承人并同民间艺人进行座谈。

《玛纳斯》是柯尔克孜族的英雄史诗，与藏族的《格萨尔王》、蒙古族的《江格尔》并称为“中国三大民族史诗”。《玛纳斯》叙述了柯尔克孜族英雄玛纳斯领导族人反抗异族侵略，建立丰功伟业的故事。它不仅流传于中国新疆，也在吉尔吉斯斯坦、乌兹别克斯坦、阿富汗等国家的柯尔克孜人聚集地广为传唱。2006年，《玛纳斯》被列入第一批国家级非物质文化遗产名录。2009年，《玛纳斯》经联合国教科文组织批准列入人类非物质文化遗产代表作名录。目前，《玛纳斯》已有俄文、乌兹别克文、哈萨克文、德文、英文、法文、土耳其文、日文等多种译文版本出版，在世界范围内产生了深远的影响。

居素甫•玛玛依(1918-2014)，新疆阿合奇县哈拉布拉克乡米尔凯奇村人，有译文称“玉素甫•玛玛依”。柯尔克孜族民间歌手，著名玛纳斯奇，被国内外史诗专家誉为“活着的荷马”，被国内有关领导称为“国宝”，是唯一一位能演唱八部《玛纳斯》史诗的大玛纳斯奇。1947年后任牧区小学教员；1961年参加新疆文联《玛纳斯》工作组，为《玛纳斯》的记录而演唱；1980年后任新疆文联副主席、中国文联第四届委员、中国民间文艺研究会第三届理事。2014年6月1日因病医治无效，在阿合奇县逝世，享年95岁。

【纪念田汉诞辰120周年座谈会】

9月12日，中国文联与文化和旅游部在北京人民大会堂联合举办“纪念田汉诞辰120周年座谈会”。中国文联主席铁凝主持会议。中国文联党组书记、副主席李屹，文化和旅游部副部长李群在会上讲话。大会深情回顾田汉同志的艺术成就，缅怀田汉同志的精神风骨，深入探讨田汉精神在当代的意义和价值。中国剧协名誉主席、京剧表演艺术家尚长荣发来书面发言。田汉家属代表、田汉基金会会长田钢，田汉故交后人代表陈昊苏，中国田汉研究会副会长兼秘书长、田汉研究专家郭超，田汉家乡代表、湖南长沙县委常委、宣传部部长杨溢，中国文联副主席、中国剧协主席濮存昕先后发言。大家表示，田汉同志的艺术人生令人感动，催人奋进；学习田汉的精神品格，对于做有信仰、有情怀、有担当的文艺工作者，做好新时期的文艺工作具有重要的现实意义。田汉的一生，是“爱国爱民、为国为民、忧国忧民”的一生，他的生命历程和创作历程，客观地记录下他为祖国、为人民、为新文艺事业所建树的历史功绩，给后人留下了宝贵的精神遗产，成为文艺工作者学习的榜样。我们今天纪念田汉、缅怀田汉，就是要研究和继承田汉的思想艺术遗产，学习和弘扬田汉精神所蕴含的以人民为中心的民本精神、以爱国主义为核心的博爱精神、以敢于追求和捍卫真理的斗争精神、以建设中国新文化为己任的创新精神。

田汉（1898-1968），本名田寿昌，乳名和儿，笔名有田汉、陈瑜、伯鸿、汉儿倚声、首甲、绍伯、漱人、陈哲生、明高、嘉陵、张坤等。男，汉族，湖南省长沙县人。中华人民共和国国歌《义勇军进行曲》词作者，中国共产党的优秀党员、杰出的无产阶级文化战士、中国现代革命文艺先驱之一。成就卓著的剧作家、词作家、诗人。中国现代戏剧三大奠基人之一，中国话剧运动的重要奠基人、戏曲改革的开拓者，也是我国早期革命音乐和电影事业的优秀组织者和领导人，在戏剧、电影等领域为新中国文化艺术事业的发展做出巨大贡献，被党和人民誉为杰出的“时代歌手”，创作有话剧、歌剧、戏曲、电影剧本120余部，诗词、歌曲2000余首，理论、评论文章数百篇，其戏剧代表作有戏曲《白蛇传》《谢瑶环》，话剧《关汉卿》等。田汉早年留学日本时曾自署为“中国未来的易卜生”。他创作歌词的歌曲《万里长城》的第一段后来成为中华人民共和国国歌《义勇军进行曲》的歌词。

【张瑞芳百年诞辰座谈会】

6月15日，由中国文联指导，中国影协与上海市文联、上影集团联合在张瑞芳的安眠之所——上海福寿园人文纪念公园举办“瑞草芳华留人间”——张瑞芳诞辰100周年纪念活动。张瑞芳活跃银幕70多年，先后参演40余部话剧，参加拍摄的电影近20部。她的表演深沉大气、质朴自然、干脆利落，塑造了一批有着时代印记和鲜明艺术个性的人物形象，其中很多影片已成为中国电影史上现实主义创作的不朽经典。时值张瑞芳百年诞辰，在其家属的支持下，《张瑞芳诞辰百年画册》首次发布，画册遴选了张瑞芳个人最珍爱的大量照片，囊括了有关她“影剧生涯”“政事交往”“社会活动”“家庭生活”四个重要方面的历史影像，串联起张瑞芳不平凡的人生画卷。这本画册也是《海上传奇》系列人物丛书中的第一本。活动中，专业配音演员诵读了张瑞芳代表作话剧《屈原》、电影《李双双》中的部分精选台词，再现其在舞台、银幕上的经典形象，向这位德艺双馨的艺术家致敬。同时，一部讲述张瑞芳精彩一生的微纪录片《张瑞芳》也在纪念仪式上首次播放，披露了很多不曾公布的画面，充分展现了张瑞芳在表演艺术上的孜孜探索精神，以及她对待工作、生活的坦率真诚，让大家再次领略到她艺精德重的生命华彩，感受到她独特的人格魅力。“张瑞芳生平图片展”正式开展。

张瑞芳（1918-2012），原籍北京，生于河北保定。著名表演艺术家。为新中国电影奉献了一个独一无二的喜剧形象——“李双双”。张瑞芳曾是话剧舞台上闻名遐迩的“四大名旦”之一，从舞台到银幕，她塑造了一系列鲜活生动的形象。1938年到重庆，同年加入中国共产党。后在怒吼剧社、中华剧艺社等剧团任演员，在20余部话剧中扮演主要角色，其中影响较大的有《棠棣之花》《屈原》《家》《北京人》等；1940年在重庆参加拍摄影片《火的洗礼》；1946年任长春电影制片厂特约演员，在影片《松花江上》中以质朴的表演塑造了村姑妞儿的形象；1949年后相继在北京电影制片厂、中国青年艺术剧院、上海电影制片厂任演员，上影演员剧团团长。是全国文联第三、四届委员，中国影协第三届理事、第四届常务理事，中国影协上海分会副主席，全国政协第三、五、六届委员，全国妇联第四届执行委员。因主演影片《李双双》1963年获第二届电影百花奖最佳女演员奖。主演的其他影片有《母亲》《凤凰之歌》《三八河边》《大河奔流》《泉水叮咚》等，并在《南征北战》《聂耳》等影片中饰重要角色。其表演质朴感人、富于激情。

【纪念马可同志诞辰100周年座谈会】

6月11日，中国音协与中国音乐学院联合在北京中国文艺家之家举办“纪念马可同志诞辰100周年座谈会”。会前，中国文联党组成员、副主席李前光亲切会见了与会专家和马可先生亲属并与大家合影。作家贺敬之特为此次座谈会发来题词：永远的马可，永远的革命精神，永远的艺术精神，永远永远的马可精神。韩新安、王黎光等主办方负责人，关峡、王祖皆、樊祖荫、乔建中、居其宏等音乐界人士以及马可先生的女儿马海星、马可先生家乡代表等参加座谈会并发言。大家纷纷表示，隆重纪念马可先生的百年诞辰，就是要学习他对艺术精益求精、执着坚定的态度和精神，继承他的人生品格、艺术风格和丰富的艺术实践财富，激励广大音乐工作者站在新的历史起点上，继承和发扬老一辈音乐家优良传统和高贵品质，推动新时代社会主义音乐事业繁荣兴盛。

马可，生于1918年，江苏徐州人，是我国著名作曲家、音乐教育家、音乐理论家。早年就读于河南大学化学系，同年参加一二·九运动。1937年抗日战争爆发后，在冼星海的感召和引导下投笔从戎，参加河南抗敌后援会演剧三队，后担任抗敌演剧十队指挥和音乐创作，从事抗日宣传活动。1939年，马可在延安加入“鲁艺”音乐系，发起组织“中国民歌研究会”，得到冼星海、吕骥等同志的指导，采集、记录大量民歌和民间音乐。1942年入党。新中国成立后，曾任中国音乐学院副院长、中国歌剧院院长。他一生创作了200多首(部)音乐作品，其中以歌曲《南泥湾》《我们是民主青年》《咱们工人有力量》《吕梁山大合唱》，秧歌剧《夫妻识字》，歌剧《周子山》(与张鲁、刘炽合作)、《白毛女》(与瞿维、张鲁、向隅等合作)、《小二黑结婚》，管弦乐《陕北组曲》等流传最为广泛。在音乐理论研究上，著有《冼星海传》《中国民间音乐讲话》《时代歌声漫议》等和200余篇论文。1978年，他的部分歌曲被编入《马可歌曲选》出版。

【纪念石少华同志诞辰100周年座谈会】

12月19日，由中国文联与中国摄协联合主办的“纪念石少华同志诞辰100周年座谈会”在北京中国文艺家之家举行。中国文联党组成员、副主席李前光，中国摄协主席李舸、顾问索久林、副主席陈小波出席会议。来自摄影、教育、新闻等各界来宾共同回顾老一辈摄影家石少华的杰出贡献，展望了摄影发展的未来方向。

石少华是我国老一辈杰出的摄影艺术家、新中国摄影美学的实践者和阐述者，是中国共产党敌后根据地摄影工作的开拓者之一，他用朴素而生动的黑白影像凝聚了中华民族伟大复兴过程中的各个重要历史时刻。同时，石少华还是中国摄影家协会的奠基人，1956年12月19日，中国摄影学会(即中国摄影家协会前身)成立大会在北京中国文联礼堂召开，石少华当选第一届主席。本次座谈会选择在12月19日召开即具有特殊的纪念意义。座谈会有两个议题，一是总结和回顾石少华的摄影历程及为摄影事业所做贡献；二是以石少华为楷模，探索如何激励广大摄影人不忘初心、砥砺前行，推动摄影事业繁荣发展。会上，石少华的儿子石志民向中国摄协赠送了“中国摄影学会第一次全国代表大会”合影。

石少华(1918-1998)，广东番禺人，1918年5月生于香港。中国著名摄影家。1932年起在广州岭南大学附属初中和高中读书；1938年春赴延安，先后进入陕北公学、抗日军政大学学习，同年10月加入中国共产党；1939年9月随抗大总校迁往华北敌后，历任记者团摄影记者、冀中军区政治部宣传部摄影组长、摄影科科长；1943年任晋察冀军区晋察冀画报社副主任；1948年任华北画报副主任。新中国成立后任中央新闻摄影局副秘书长兼新闻摄影处处长；1952年4月任新华通讯社新闻摄影部主任；1956年任中国摄影学会主席；1959年8月任新华社副社长兼摄影部主任；1969年4月在中国共产党第九次全国代表大会上当选为中央候补委员；1970年任国务院文化组秘书长；1973年在中国共产党第十次全国代表大会上继续当选为中央候补委员；1979年11月任新华社副社长、党组成员；1981年兼任新华出版社社长。1982年离休后先后当选中国老年摄影家协会第一、二届主席;1986年获“国际影联荣誉杰出活动家”荣衔；1989年获日本第五届东川国际摄影节海外作家奖；1988年岭南美术出版社出版《石少华作品选》，辑入他不同时期的部分作品；

1995年为纪念抗日战争和反法西斯战争胜利50周年，由中国摄协、中国老年摄协、深圳市委宣传部等单位共同主办的《沙飞、石少华摄影作品展》在广州、深圳展出。1998年6月30日，石少华同志因病医治无效，在北京逝世，享年80岁。

【何香凝、丰子恺、吴作人、王琦百年诞辰纪念活动】

2018年是何香凝诞辰140周年、丰子恺诞辰120周年、吴作人诞辰110周年、王琦诞辰100周年。为全面回顾和缅怀四位先生的杰出艺术贡献，在新时代继承和弘扬老一辈美术家的艺术事业与精神传统，12月25日，由中国文联与中国美协联合在北京会议中心举办“纪念何香凝、丰子恺、吴作人、王琦百年诞辰座谈会”。何香凝、丰子恺、吴作人、王琦四位先生都是从革命战争年代走出来，经历了战火和硝烟，并以满腔热情自觉投身到抗日战争、民族解放战争的新民主主义革命的浪潮中。同时，他们从那个年代开始，用美术担负美术家的责任；1949年新中国成立后，他们又走上了新中国美术事业的开拓、建设、发展和革新的道路，并为此奋斗和奉献了一生，创作了许多精品力作，形成了独有的艺术面貌，并与思想、情怀、技艺融为一体，不忘初心、砥砺前行，是现代中国美术事业的开辟者和奠基人，并深深地影响了至今的几代人。

中国文联党组书记、副主席李屹，中国美协名誉主席靳尚谊、主席范迪安，杨澧、刘曦林、徐鹏飞、张晓凌、郑工、刘罡、骆献跃、尚辉、黄啸、孟繁玮等知名专家学者以及四位先生的家属代表、中国文联和中国美协驻会干部参加了座谈会。与会者纷纷发言，从不同角度回忆和评价了四位先生的生平事迹和艺术成就，希冀通过此次座谈会感召新一代继续发愤进取，热情拥抱新时代，树立文化自信，在推进中国美术事业发展的道路上，凝聚艺术力量，弘扬中国精神。宋菲君、吴宁、王炜等家属代表分别致答谢辞。

何香凝(1878-1972)，原名谏，又名瑞谏，别号双清楼主。广东南海棉村(今佛山市南海区)人，生于香港。海内外享有盛誉的中国国画家。第二、三届全国人大常委会副委员长，第二、三届全国政协副主席。中国国民党左派杰出代表、著名政治活动家、画家。孙中山先生的亲密战友，廖仲恺先生的革命伴侣。作品包括《狮》《梅花》《高松图》等，曾出版画集有《何香凝画集》《何香凝诗画辑》《双清诗画集》等。其画作讲究立意，常借对松、梅、狮、虎及山川等的描绘抒情明志。作品不仅记录着本世纪初叶以来的变幻风云，是中国现代史的缩影，同时也是她70年革命生涯和高尚品德、人格的生动写照。附：1897年与廖仲恺结婚；1903年夏东渡日本求学；20世纪初与廖仲恺在孙中山的领导下从事辛亥革命和反对南北军阀的斗争；1924年前后协助孙中山制定新三民主义革命纲领，改组国民党，促成同中国共产党的合作；1927年大革命失败后坚持孙中山“联俄、联共、扶助农工”的三大政策；抗日战争时期极力反对国民党政府的卖国、独裁、内战的反动政策，致力于抗日救亡运动和爱国民主运动；解放战争时期响应中国共产党召开新政治协商会议的号召，团结国民党民主力量组建国民党革命委员会；新中国成立后历任中央人民政府委员、华侨事务委员会主任、中国国民党革命委员会主席、全国妇联名誉主席、政协全国委员会副主席、全国人大常委会副委员长等职，还当选为中国美协主席。

丰子恺(1898-1975)，原名润，又名仁、仍，号子觊，后改为子恺，笔名TK。浙江嘉兴桐乡石门镇人。散文家、画家、文学家、美术与音乐教育家。师从弘一法师(李叔同)，以中西融合画法创作漫画以及散文而著名。主要作品有《缘缘堂随笔》、画集《子恺漫画》等。附：1898年11月9日出生在浙江省崇德县。由于是同辈中唯一的男孩子，他自小时候便被包围在妈妈的温情中，使他总是以温柔悲悯的心来看待事物，发散在他的笔下，就变成平实的文字和纯真的画风；1914年考上浙江省立第一师范学校，师从李叔同和夏丏尊，前者不仅给予他音乐和美术上的启蒙，也在为人处世上为他作了榜样；而后者所提倡使用生动活泼的白话文如实表现自己真实感受的主张成为他散文创作的特点；1918年李叔同出家为僧，丰子恺自此与佛教结缘；1919年组织发起“中华美育会”，创《美育》杂志及中国第一所包括图画、音乐、手工艺各科的艺术师范学校——上海专科师范学校；1926年参与发起和创办开明书店，当年年9月30日《子恺漫画》结集面世；

1927年11月从弘一法师皈依佛门，法名婴行；1933年始在其故乡新居“缘缘堂”专心译著；1975年9月15日逝世。

吴作人(1908-1997)，安徽宣城泾县人，生于江苏苏州。擅长油画、中国画。在60余年艺术生涯中深深扎根于中华优秀文化传统的沃土，学贯中西、刻意探求、大胆创新。以“法由我变，艺为人生”的艺术观，循着“师造化，夺天工”的创作道路继承和发展传统，为中国水墨画开拓了新的风貌，从理论和实践上都做出极大贡献，是我国当代美术史上承前启后的一代杰出美术家和美术教育家，继徐悲鸿之后中国美术界的又一领军人物，同时还是一位造诣极高的书法家，其作品无数次参加国内外各种展览，为海内外收藏家、博物馆所搜求，多次应邀赴世界各地讲学、举办个展或联展、参观访问、文化交流等活动。1984年法国政府文化部授予他“艺术与文学最高勋章”，1986年比利时国王授予他“王冠级荣誉勋章”。曾任中央美术学院教务长、副院长、院长；中国美协副主席、主席；当选一至六届全国人民代表大会代表和六届人大常务委员、第七届中国人民政治协商会议常务委员、中国民主同盟中央委员会常委、文化委员会主任等职。1926年入苏州工业专科学校建筑系，1927年至1930年初先后就读于上海艺术大学、南国艺术学院美术系及南京中央大学艺术系，从师徐悲鸿并参加南国革新运动。早年攻素描、油画，功力深厚，间作国画富于生活情趣，不落传统窠臼；晚年专攻国画，境界开阔，寓意深远，以凝练而准确的形象融会中西艺术的深厚造诣。在素描、油画、艺术教育方面均造诣甚深，在中国画创造方面更是别创一格、自成一家。附：1930年赴欧洲学习，先入巴黎高等美术学校，后考入比利时布鲁塞尔王家美术学院白思天院长画室学习。入学第二年即在全院暑期油画大会考中获金奖和桂冠生荣誉；1935年回国在中央大学艺术系任教；抗战期间随校西迁重庆。1938年率“战地写生团”赴前方作画；1943-1944年赴陕甘青地区写生，临摹敦煌壁画；1944-1945年初赴康藏高原深入少数民族地区写各色风貌，作大量写生画，举行多次展览；1946年任国立北平艺专教授兼教务主任并当选北平美术作家协会理事长；1947年先后在英国、法国、瑞士举办画展；1950年任中央美术学院教授兼教务长、1955年任副院长、1958年出任院长、1979年任名誉院长。曾当选中国美协常务理事、副主席；1979年当选中国文联副主席；1985年当选中国美协主席。1984年法国政府文化部授予他“艺术与文学最高勋章”；1985年荣获比利时王国王冠级荣誉勋章。1997年4月9日逝世。

王琦(1918-2016)，别名文林、季植。重庆人。擅长版画、美术理论。中国新兴木刻运动的先驱和奠基者。早期作品《难民站上》《难民一群》等以现实主义手法描绘艰难时世和人民疾苦，《警报解除之后》《冰天雪地中的我游击队》等名作唤起了广大热血青年投身革命的热情，新中国成立后其版画题材转向水利建设、林业建设等，《售余粮》《贮木场》构图开阔，尤其在尝试创作套色木刻后，《晚归》《雪原峡谷》等作品堪称社会主义建设的艺术史诗。改革开放后的《人民万岁》等组画作品则迎来创作的另一高峰。近年来又致力于水墨画的创作，以新颖独特的表现手法形成与众不同的艺术风格。曾获“中国美术金彩奖成就奖”等国内和国际多个奖项。先后发表、出版《艺术形式的探索》《创作自由与自由化》等重要美术理论文集，为新时期中国美术理论建设做出重要贡献。附：1937年毕业于上海美专，1938年在延安鲁艺美术系学习。早年在武汉政治部三厅、重庆文化工作委员会工作，曾在重庆育才学校美术组任教并当选重庆中国木刻研究会、上海中华全国木刻协会常务理事，香港人间画会理事。1949年后历任上海行知艺术学校美术组主任，北京《美术研究》《世界美术》副主编，《版画》《美术》杂志主编、《中国新文艺大系1976-1982美术集》主编，《当代中国的美术》主编，《美育丛书》主编，《外国版画百图》主编，中央美术学院教授，中国版画家协会秘书长、副主席、主席，中国美协理事、常务理事、副主席、分党组书记、顾问。出版有《王琦版画集》，论著有《艺术形式的探索》《论外国美术》《美术笔谈》，作品有《人民万岁》《一日千里》《晚归》《古墙老藤》等。曾率中国美术家代表团出访德、荷、卢、日、美、马来西亚和香港。主持国内和国际性学术研讨会多次。获中国新兴版画杰出贡献奖、获日本东京富士美术馆荣誉奖、获法国金质十字奖章。

Unity and guidance、liaison and coordination、
service management、self-discipline and rights protection

2019

团结引导、联络协调、服务管理、自律维权

组织联络工作

【全国文联组联工作会议】

4月17日至20日，在四川成都召开全国文联组联工作会议。来自各全国文艺家协会、各省区市文联、新疆生产建设兵团文联、各产(行)业文联，部分城市文联、基层文联的有关负责同志和组联干部代表共150人参加会议。中国文联党组成员、副主席左中一，四川省副省长杨兴平出席。会议提出，中国文联组联部门将抓好四个方面的重点工作：一是切实贯彻文联本职就是做人的工作的基本理念，在拓展文艺队伍建设深度和广度上下功夫；二是紧扣繁荣文艺创作中心任务，在引导的精准性、有效性上下功夫；三是扭住行业行风建设，重在发挥主导作用；四是强化网上文联协会建设，切实放大职能措施效用。中国文联将把精心组织开展重大主题文艺创作实践活动作为加强思想引领的常态化工作载体，在做精做强、发挥示范引导作用上下功夫。把“讴歌新时代，共筑中国梦”主题文艺创作实践活动、“扎根生活沃土，服务基层群众”主题实践活动、“中国精神•中国梦”主题创作工程、“深入生活、扎根人民”主题实践活动、青年文艺创作扶持计划等整合起来，明确创作导向，突出现实题材创作，围绕改革开放40周年、新中国成立70周年、2020年全面建成小康社会和建党100周年等重要时间节点，引导支持广大文艺工作者自觉深入基层，深入生产建设第一线，在新时代伟大实践中施展才华，生动记录“一带一路”“脱贫攻坚”等重大战略的积极进展，突出反映我国各条战线取得的巨大成就和先进事迹，力争推出一批讴歌党、讴歌祖国、讴歌人民、讴歌英雄，具有较大影响力的精品力作。积极探索建立会员年度考评激励制度，切实畅通体制内外文艺工作者入会申请的渠道，特别是为基层和创作一线以及新文艺群体中的青年文艺工作者入会创造条件。全国文联组联工作服务平台会员管理系统下一步拟逐步实现会员申报、会员认证、会费缴纳、会员通知、会员信息查询等网上会员管理服务，及时收集和反馈会员意见建议和发展需求。在创作项目扶持上，今年将积极协调邀请知名艺术家专家全程参与项目扶持工作，从谋划创意、项目审定、创作过程的跟踪指导到项目成果验收的综合评价，贯穿始终，并将适时筛选优秀项目成果做进一步宣传推介。中国文联还将建立各全国文艺家协会及地方文联信息化建设统筹机制，在共享共建原则下，采取通用标准，尽快完成全国文联组织现有资源的数字化转化和网络化应用。四川省文联、江苏省文联、湖北省文联、甘肃省文联、中国书协和广东深圳市文联、湖南湘潭市文联7家单位分别做大会交流发言。与会代表结合工作实际，紧紧围绕如何贯彻做人的工作基本理念，如何延伸工作手臂、加强对新文艺群体的联络服务，如何协调推动《中国文联深化改革方案》的各项举措落地落实，如何加强基层文联建设、推动建立上下贯通的文联工作机制等话题畅所欲言，展开了深入讨论。会议期间，与会代表还实地考察走访了四川省美术馆、成都市工业文明创作基地。

【崇德尚艺　做有信仰有情怀有担当的新时代文艺工作者巡回宣讲活动】

8月23日至30日，中国文联为学习宣传贯彻全国宣传思想工作会议精神以及习近平总书记给老艺术家牛犇信中指示精神，大力推进文艺队伍建设和文艺界行风建设，广泛团结引导文艺工作者追求德艺双馨，树立正风正气，营造昂扬向上、奋发有为的新时代行业新风，组织活跃在创演一线的姜昆、吴为山、孙晓云、黄豆豆、吴元新、居杨、奚志农、何沐阳8位德艺双馨艺术家分为三组，在北京启动后，分赴山东济南、浙江杭州、湖北武汉、重庆、云南昆明开展“崇德尚艺　做有信仰有情怀有担当的新时代文艺工作者”首轮巡回宣讲，并在宣讲期间与各地文艺工作者开展研讨交流等活动。“崇德尚艺　做有信仰有情怀有担当的新时代文艺工作者巡回宣讲活动”作为中国文联加强行业建设的重要工作机制，今后每年将常态化组织开展，同时还将积极引导各地文联组织文艺工作者开展相同主题巡讲。

8月28日，中国文联“崇德尚艺　做有信仰有情怀有担当的新时代文艺工作者”巡回宣讲团湖北武汉站宣讲活动在武汉东湖长天楼举行，多位知名艺术家倾情讲述了学习贯彻落实习近平总书记关于文艺工作重要论述的心得体会。各省级文艺家协会的会员代表、湖北省文联和武汉市文联机关、协会干部近300人与会。中国舞协副主席、上海歌舞团艺术总监黄豆豆，中国民协副主席、蓝印花布印染技艺国家级代表性传承人吴元新，中国美协副主席、中国美术馆馆长吴为山分别以《舞出中国风》《从染坊学徒到国家级传承人——我的蓝印花布传承之路》《有信仰才有力量》为题，结合各自的艺术实践，以朴实的语言倾情讲述了学习贯彻落实习近平总书记关于文艺工作的重要论述的心得体会，形象阐释了他们追求崇德尚艺的理想信念，生动展现了他们自觉践行习近平新时代中国特色社会主义思想，努力做有信仰、有情怀、有担当的新时代文艺工作者的矢志追求。宣讲现场气氛热烈，听众们不断为艺术家的深情讲述鼓掌致敬。宣讲会后举行了中国文联巡回宣讲团与湖北文艺工作者交流座谈会，来自湖北省各文艺家协会、武汉市文联的文艺工作者40余人参加了交流座谈。

8月28日，中国文联“崇德尚艺　做有信仰有情怀有担当的新时代文艺工作者巡回宣讲活动”走进杭州，中国美协副主席、中国美术馆馆长吴为山，中国民协副主席、南通蓝印花布博物馆馆长吴元新，中国舞协副主席、上海歌舞团艺术总监黄豆豆三位德艺双馨的艺术家分别结合各自的从艺经历和创作实践，倾情讲述心得体会。巡回宣讲旨在在全国广大文艺工作者中进行正面引导，为推进文艺队伍建设和文艺界行风建设发挥良好的示范作用。

11月22日，中国文联“崇德尚艺　做有信仰有情怀有担当的新时代文艺工作者巡回宣讲活动”第二轮第一站在河北石家庄举行。中国曲协主席、中国文艺志愿者协会名誉主席姜昆，中国影协理事岳红，中国民协副主席、南通蓝印花布印染技艺国家级代表性传承人吴元新分别以《你离人民有多近，人民就跟你有多亲！》《做有信仰、有情怀、有担当的文艺工作者》《从染坊学徒到国家级传承人——我的蓝印花布传承之路》为题，通过自己的亲身经历和创作实践讲述他们对艺术理想的坚守和追求，对服务人民的理解和践行，分享他们学习领会习近平总书记关于文艺工作的重要论述的深刻领悟和积极实践，受到了广大文艺工作者，特别是基层一线文艺工作者的欢迎，为推进文艺队伍建设和文艺界行风建设起到了良好的示范引领作用。宣讲会后，三位艺术家与聆听宣讲的部分文艺工作者进行座谈交流，针对文艺工作者提出的文艺创作、艺术传承等问题一一给予解答。

11月23日，中国文联“崇德尚艺　做有信仰有情怀有担当的新时代文艺工作者巡回宣讲活动”第二轮第二站在安徽合肥举行。宣讲团由姜昆率队，岳红、吴元新等一行10人组成。宣讲会后，艺术家们与50余位来自全省的文艺工作者代表座谈，围绕深入贯彻落实习近平中国特色社会主义思想，坚定文化自信，做有信仰的艺术家；扎根江淮沃土，坚持以人民为中心的创作导向，追求德艺双馨，做有情怀的艺术家；坚守艺术理想，推出更多思想精深、艺术精湛、制作精良的文艺作品，做有担当的艺术家等主题交流互动。文艺工作者纷纷表示，要通过学习领会巡讲活动中的感人事例和崇高精神，进一步坚定文化自信、坚守艺术理想，自觉追求创作与修身共进，追求德艺双馨，努力为提升安徽文化软实力和创新型文化强省建设做出积极贡献。

11月30日，中国文联“崇德尚艺　做有信仰有情怀有担当的新时代文艺工作者巡回宣讲活动”在天津举行。中国音协新兴音乐群体工作委员会副主任、音乐人何沐阳，中国摄协副主席、中国文艺志愿者协会副主席居杨，中国民协副主席、南通蓝印花布印染技艺国家级代表性传承人吴元新三位艺术家与天津的文艺工作者分享了自己的亲身经历和创作实践。宣讲结束后又举行座谈会，与天津文艺界代表进行交流。天津的文艺工作者纷纷表示，三位艺术家分享的故事和感悟形象阐释了他们追求德艺双馨的理想信念，生动展现了他们自觉践行习近平新时代中国特色社会主义思想，努力做有信仰、有情怀、有担当的新时代文艺工作者的矢志追求，对广大基层一线文艺工作者来说是一次难得的心灵洗礼，聆听后备受鼓舞，对于未来的工作信心倍增、踌躇满志。天津市楹联学会的艺术家在座谈会后带来了根据此次座谈创作的楹联、书法作品。

12月12日，中国文联“崇德尚艺 做有信仰有情怀有担当的新时代文艺工作者巡回宣讲活动”来到江西，中国舞协副主席黄豆豆，中国民协副主席、南通蓝印花布印染技艺国家级代表性传承人吴元新，中国摄协理事、“野性中国”首席摄影师奚志农三位文艺家通过自己的亲身经历和创作实践，以讲故事的形式，讲述他们对艺术理想的坚守和追求、对服务人民的理解和践行，受到了广大文艺工作者特别是基层一线文艺工作者的热烈欢迎，形成了良好的社会反响，为大力推进文艺队伍建设和文艺界行风建设起到了良好的示范引领作用。活动继续采取大屏幕视频串场的形式，巧妙利用PPT演示、音视频资料播放等手段，增强现场宣讲的直观性趣味性，提高听众的参与度认同感。同时，此次巡回宣讲还在扩大宣传推介上不断着力，积极发挥互联网和融媒体的优势，利用好“两微一端”等传播平台，切实将巡讲活动中文艺家的精彩讲述和深刻感悟传递出去、传播开来，为营造崇德尚艺、潜心耕耘的文艺界健康风气注入了新的活力。聆听宣讲的各地文艺工作者表示，文艺家们分享的故事和感悟，语言朴实、事例鲜活、发人深思，形象阐释了他们追求德艺双馨的理想信念，生动展现了他们努力做有信仰、有情怀、有担当的新时代文艺工作者的矢志追求，对广大基层一线文艺工作者来说是一次难得的心灵洗礼和精神补钙。

【“培育和践行社会主义核心价值观，加强文艺工作者职业道德建设，推动文艺界行风建设”调研】

为深入学习贯彻习近平新时代中国特色社会主义思想和党的十九大精神，认真落实中宣部《宣传思想文化战线大调研工作方案》部署要求，中国文联党组认真研究制定了《中国文联大调研方案》，立足事关文联发展和改革的战略性、前瞻性、基础性问题，集中确定了“关于全面提高文联履行新职能的能力，开创新时代文联工作新局面”的综合调研课题和“关于提高文艺创作能力，推动繁荣发展社会主义文艺”的专项调研课题；党组同志围绕分管工作，提出6个调研题目，明确任务要求，统筹协调推进，确保大调研持续开展、取得长效。调研前，党组专门组织召开了中国文联机关各部室、各全国文艺家协会和直属单位负责人专题会议，听取各单位问题汇报和意见建议。在此基础上，各调研组迅速行动起来，深入到最基层文联，深入到文艺创作一线，深入到普通文艺工作者中。3月以来，中国文联由党组书记、副主席李屹牵头，党组成员、副主席赵实，党组成员、副主席左中一、李前光、郭运德分别带队组成调研组，重点就“深入贯彻落实习近平新时代中国特色社会主义思想，全面提高文联履职能力，开创新时代文联工作新局面”等课题开展了为期一个多月的全面调研，分赴湖北、湖南、浙江、云南、四川、江西、福建、海南、天津、广东、上海、江苏、甘肃13个省市进行实地考察，先后召开中国文联系统大调研座谈会及各省地市县乡(街道)文联组织专题座谈会17个，以多种方式广泛征求各方面意见和建议，深入研讨当前文联组织面临的主要矛盾和突出问题，研究推动文联系统深化改革、开创新时代文联工作新局面的对策措施。

全国两会刚结束不久，中国文联党组就对各调研组的行程、内容和任务进行了精心安排，做好调研统筹。李屹率调研组分赴湖北、湖南、浙江、甘肃开展调研。调研期间，李屹与地市县乡各级文联负责人、基层文艺骨干和新文艺组织、新文艺群体代表深入座谈，考察调研乡镇文联组织建设情况，并围绕中华优秀传统文化创造性转化、创新性发展，团结引领新文艺组织、新文艺群体等重点问题，听取意见建议。党组同志率领的各个调研组，调研行程安排紧凑高效，力求在最短的时间尽量跑最多的地方、了解掌握最多的情况，保证了调研工作的质量和效果。

4月25日至27日，赵实率调研组奔赴云南昆明、楚雄，就“培育和践行社会主义核心价值观，加强文艺工作者职业道德建设，推动文艺界行风建设”进行调研。调研期间，在新落成的云南文苑和楚雄州文联分别召开两次座谈会，与云南省文联、省有关文艺家协会、楚雄州文联干部职工和艺术家代表进行了深入交流。党组各位同志在调研期间深入了解地方文联深化改革工作进展情况，就贯通文联系统工作机制，加强基层文联组织建设；抓好文艺创作的引导、组织、扶持，完善文艺创作生产的体制机制；完善会员发展管理机制，切实加强文艺队伍建设等内容进行调研，听取意见和建议并形成了调研报告。

【全国文联系统深化改革座谈会】

3月29日至30日，全国文联系统深化改革座谈会在湖南长沙召开。会议以习近平新时代中国特色社会主义思想为指导，深入学习贯彻党的十九大和十九届一中、二中、三中全会精神，贯彻落实中央关于文联深化改革的工作部署和中央深改办督察要求，交流全国文联系统深化改革进展情况和工作经验，研究分析问题，推动各级文联加快进度、加大力度做好文联系统深化改革工作。中国文联党组书记、副主席李屹出席会议并讲话。湖南省委副书记乌兰，中国文联党组成员、副主席左中一，中国文联党组成员、书记处书记陈建文与各全国文艺家协会、中国文联深改办和全国各省区市文联、新疆生产建设兵团文联、各产行业文联、副省级城市文联的主要负责同志参加会议。

会议期间，湖南省委书记、省人大常委会主任杜家毫会见了李屹。会议总结了一年多来全国文联系统深化改革工作有序推进的主要特点。湖南省文联、上海市文联、广东省文联、中国曲协、厦门市文联、河北省沧州市文联先后进行交流发言，介绍各自深化改革的有关经验和推进改革的思路举措。一致表示，通过这次座谈会进一步提高了对文联深化改革重要意义的认识，增强了推进改革的政治站位和责任担当；进一步加深了对深化改革战略布局和思路举措的理解把握，明确了改革的目标任务；进一步明晰了深化改革的方法手段和实现路径，增强了解放思想、主动作为、科学谋划、狠抓落实的思想自觉和行动自觉，形成了文联系统深化改革的浓厚氛围和整体合力。

【社团管理】

着眼深化改革，采取有效措施，提升文艺社会组织建设规范化、科学化水平。一是督促违规社会组织整改。先后约谈中国中外名人文化研究会、中国书画家研究会、华夏文化促进会、中国工笔画学会、中国通俗文艺研究会、中国国际文化传播中心、中国贫困地区文化促进会、中国扇子艺术学会等单位负责同志，就有关违规问题开出清单，提出明确整改要求，督促整改到位；二是排查非法文艺社会组织。通过侧面了解、当面约谈、网络搜索和群众来信等途径，对相关情况认真排查并上报；三是配合中央文化体制改革和发展工作领导小组办公室、民政部社会组织管理局，完成文艺社会组织年检、落实中央文件要求等工作；四是做好文艺社会组织换届审批工作。先后完成中国朝鲜族音乐研究会、中国扇子艺术学会、中国工笔画学会、中国书画家研究会换届和中国检察官文联、中国法官文联、中国印文化促进会(筹备组)有关事项的审核报批工作；五是加强文艺社会组织的党建工作。按照中国文联机关党委的部署，及时在党建微信群中传达有关中央文件精神和学习内容，发挥各文艺社会组织党支部的战斗堡垒作用，汇总各支部的学习情况形成简报，在党建微信群中交流讨论。报经中国文联机关党委批准，推动成立中国扇子艺术学会党支部。

【团结引导新文艺群体】

继续推进各全国文艺家协会积极建立新文艺群体代表人士联系制度，畅通新文艺群体人员入会渠道。明确要求各协会领导班子成员密切联系新文艺群体代表人士，逐步增加新文艺群体代表人士在各艺术门类代表大会、主席团和理事会的比例。推进各全国文艺家协会修订完善《会员入会条件细则》，调整门槛，拓展视野，打破体制机制界限，广泛吸纳符合条件的新文艺组织和新文艺群体入会，极大增强协会的代表性和广泛性。各省、市文艺家协会也逐年增加新文艺群体会员比例。配合中宣部、中央统战部、团中央制定有关新文艺群体工作的相关文件。此外，会同中央统战部新社会阶层人士工作局，共同举办自由职业艺术家“凝聚新力量•筑梦新时代——庆祝改革开放40周年”主题创作活动。协调举办中国书协“书写新时代——全国新文艺群体书法作品汇报展”。协调指导多家文艺社会组织联合举办“庆祝改革开放40周年新文艺群体书画家作品展”，创作者多为“北漂”“海漂”“横漂”“景漂”等为代表的各地自由书画工作者，集中展示了近年来新文艺群体书画创作的丰硕成果。

11月26日，由中国文联美术艺术中心、中国文联书法艺术中心、中国书画家联谊会、中国楹联学会和中国工笔画学会联合主办的“庆祝改革开放40周年新文艺群体书画家作品展”在北京中国文艺家之家展览馆开幕。中国文联党组书记、副主席李屹，中国文联党组成员、书记处书记陈建文，中国文联各部室负责人，中国美协、中国书协的领导，各主办、承办、参与单位负责人，新文艺群体书画家代表及各大媒体单位记者共计200余人参加开幕式。该展自筹备之初就在新文艺群体广大书画家中引起热烈反响，各报送单位领导高度重视，积极组织创作，认真选送作品踊跃投稿。展览自今年5月启动征稿至10月底审定工作结束，历时5个多月，共征集投稿作品上千幅，经中国美协、中国书协的专家领导认真筛选严格把关，最终审定入展作品200多幅。作品紧紧围绕庆祝改革开放40周年，集中荟萃近年来新文艺群体书画创作的丰硕成果，热情讴歌40年来我国经济社会发展的辉煌成就，艺术地展现了进入改革开放新时代，中国人民的新生活、新追求和各行各业的崭新风貌，主题鲜明，内涵丰富。

11月7日，由中国文联、中国书协、国家典籍博物馆联合主办的“书写新时代——全国新文艺群体书法作品汇报展”在北京国家典籍博物馆开幕。中国文联党组书记、副主席李屹，中国书协主席苏士澍，国家图书馆副馆长兼国家典籍博物馆常务副馆长李虹霖出席展览开幕式。新文艺群体书法工作者代表、部分参展书法家等参与了本次活动。该展是中国书协首次以新文艺群体的名义举办的展览，受到了社会各界的广泛关注。参展人员经各省市书协及相关文化机构的遴选推荐，集结了全国各省市活跃在一线的自由职业书法家。展览汇集了128位新文艺群体书法工作者的作品，通过展示他们的创作实践、活动感悟及其艺术观念，展现了新文艺群体书法工作者接地气、人民性、有活力等特点。活动在为新文艺群体提供了专业的展示平台的同时，也对我国书法艺术的繁荣与发展提出了新的模式，为行业树立了良好的示范和引导作用。

开幕式后，“书写新时代——全国新文艺群体书法作品汇报展研讨会”在国家图书馆文会堂举行。研讨会邀请相关领导、专家、新闻媒体等，围绕习近平总书记关于新文艺群体的论述及其意义、新文艺群体个体的新时代感受、新文艺群体展览中的作品观感、关于上海北京等地新文艺群体的调研分析报告等话题展开论述，与会嘉宾纷纷就这些话题和内容发表了自己的观点。研讨会将新文艺群体所呈现的新趋势、新问题、新思想进行梳理和总结，为新文艺群体的良性发展提供理论依据。

培训工作

国内联络部会同人事部、文艺研修院共同举办两期中国文联新文艺群体拔尖人才高级研修班(第二期3月29日至4月18日、第三期10月25日至11月14日)。学员包括自由编剧导演、独立制片人、独立演员歌手、自由美术、书法、摄影工作者、网络艺人等新文艺群体优秀人才120余名，来自全国各省(自治区、直辖市)，涵盖11个艺术领域，平均年龄不足40岁。推荐新文艺群体舞蹈家、美术家参加由中央统战部组织的研讨班学习。协调推进各全国文艺家协会开展针对新文艺群体的专业培训或广泛吸收和发动新文艺群体参加培训，如中国舞协的“培青计划”、中国音协的新兴音乐教育培训联盟、中国影协的“新文艺群体网络电影人才”和“新文艺群体微电影人才”培训班等，在各全国文艺家协会举办的130余个培训项目和班次中，新文艺群体艺术人才均占一定比重。

对外及对港澳台地区文化交流工作

【港澳台地区全委出席中国文联第十届全国委员会第三次会议】

1月20日至21日，来自港澳台地区的14位全委来京出席中国文联第十届全国委员会第三次会议。会议期间，委员们认真听取中国文联2017年工作报告以及2018年工作部署；积极参加分组讨论，为中国文联深化改革等工作建言献策。委员们还出席了“百花迎春——中国文学艺术界2018春节大联欢”活动。

【陈建文赴香港出席饶宗颐先生遗体告别仪式和追思会】

2月26日至28日，中国文联书记处书记陈建文一行3人赴香港出席中国文联荣誉委员、著名国学大师饶宗颐先生遗体告别仪式和追思会。

【中国文联代表团赴印度访问交流】

3月16日至20日，应印度音乐家联合会、印度中国电影学会邀请，以中国文联国内联络部副巡视员苗宏为团长的中国文联代表团一行3人赴印度访问交流。期间，代表团出席了在孟买国家表演艺术中心举办的“中国佛教文化遗产图片展”，以及在印度历史文化名城斋普尔举办的中国电影展映活动。

【台湾“中国文艺协会”访问团来京办展交流】

3月23日至28日，应中国文联邀请，台湾“中国文艺协会”理事长王吉隆一行6人来北京，在中国文艺家之家展览馆举办“宝岛风采”艺术作品展，展出书画、摄影、文学手札等73件作品。

【郭运德会见尼泊尔学院代表团】

3月25日至31日，应中国文联邀请，以尼泊尔学院院长耿伽•普拉萨德•乌普莱蒂为团长的代表团一行7人来华访问。3月26日，中国文联副主席郭运德在中国文联文艺家之家会见代表团。双方愉快地回顾了中国文联与尼泊尔学院自2011年签署合作备忘录以来的友好互动，并就未来进一步加强两国文艺工作者交流合作以及学术研讨等深入交换意见。来访期间，代表团还与浙江省文联及作协举行工作会谈，并参观了鲁迅纪念馆、中共一大会址、中国丝绸博物馆和中国网络作家村等地。

【郭运德率中国文联代表团赴德国、波兰访问交流】

4月21日至28日，应波兰密茨凯维奇学院、德国柏林亚太论坛协会邀请，中国文联副主席郭运德率代表团一行4人赴上述两国访问交流。在波期间，代表团出席了在华沙举办的中国漆画艺术展开幕式、在克拉科夫举办的中国曲艺世界行波兰专场演出；在德期间，代表团出席了在科隆举办的中德电视纪录片创作研讨会、在柏林举办的“她的瞬间——中国当代女性摄影展”暨第六届中德文化节开幕式，并与柏林竹苑德中文化交流促进会和柏林亚太论坛举行三方会谈，签署《三方合作备忘录》。

【李屹率中国文联代表团赴希腊、克罗地亚、突尼斯访问交流】

5月9日至18日，应希腊文化体育部、克罗地亚克中友协和突尼斯文化事务部邀请，中国文联常务副主席李屹率5人代表团赴上述三国访问交流。在希腊期间，李屹会见希腊文化体育部长莉迪亚•考尼朵，出席“艺术与和平——中国当代美术作品展”活动；在克罗地亚期间，李屹会见克罗地亚文化部部长助理索乔，与里耶卡市市长商谈2020年举办“今日中国”艺术周事，并与克中友协签署合作备忘录；在突尼斯期间，李屹会见突尼斯文化事务部部长穆罕默德•齐内•阿比丁，出席“中国瓷艺术展”。

【中国文联在突尼斯举办中国瓷艺术展】

5月14日至22日，应突尼斯马赫迪耶旅游署邀请，中国文联组派以江西省文联党组书记郑翔为团长的7人展览团赴突尼斯举办“中国瓷艺术展”，共展出瓷艺术品40件（组）。展览汇集中国当代中青年瓷艺术家的精品力作，工艺形式包括青花、粉彩等，题材主要展现吉祥图案、传统故事和民俗风情。

【赵实率中国文联代表团赴冰岛、丹麦访问交流】

6月1日至8日，应冰岛艺术家联合会、丹麦文化协会邀请，中国文联副主席赵实率代表团一行6人赴上述两国访问交流。访冰期间，代表团出席由中国文联、冰岛艺术家联合会、中国音协、冰岛哈帕国际音乐营共同主办的“丝路花语”中冰音乐会，赵实会见冰岛艺术家联合会主席约翰内松等，并分别代表双方组织签署合作备忘录;访丹期间，代表团出席由中国摄协主办的“梦想•记忆——中国当代民生”摄影展开幕式，赵实拜会丹麦文化大臣梅特•博克，会见丹麦文化协会秘书长迈克尔•默兹•莫赫和欧登赛市博物馆局主任尼尔斯先生等，就建立并保持友好交往、构建常态化交流机制等达成共识。

【2018“濠江之春”活动走进澳门】

6月4日至8日，由中央政府驻澳门联络办公室、中国文联支持，中国视协、中国文联港澳台办公室、澳门中华文化联谊会共同主办的2018“濠江之春”、“情满濠江”文化交流活动在澳门举办。本届“濠江之春”系列活动展示内容以电视艺术为主体，90余名内地演员会同澳门本地优秀艺术家，进行了“澳门与内地艺术家大联欢”、“内地艺术家走进澳门校园”、“2018濠江之春——祝福新时代综艺晚会”等多场文艺演出。

【李屹会见希腊中马其顿省副省长一行】

6月15日，中国文联常务副主席李屹在中国文联文艺家之家会见来华访问的希腊中马其顿省副省长亚历山德罗•萨诺斯一行。双方首先共同回顾了今年5月在希腊举办的“艺术与和平——中国当代美术作品展”，随后李屹向希方介绍了中国文联对外文化交流情况，并邀请希方参加将于2019年举行的第11届中国国际民间艺术节，亚历山德罗•萨诺斯向李屹介绍了中马其顿省的文艺资源，并表示愿意积极与中国文联合作，开展更多交流活动。

【中国文联组派艺术团赴南非、法属留尼旺、毛里求斯访演交流】

9月4日至17日，应南非全国音乐大会、中国驻圣但尼总领事馆和毛里求斯中国文化中心邀请，以中国文联国际联络部副主任薛伶为团长的艺术团一行22人赴南非、法属留尼旺、毛里求斯访演交流。

【中国文联举办舞台艺术编导创作人才高级研修班】

9月9日至29日，应俄罗斯国立舞台艺术学院邀请，由中国文联国际联络部和中国文联文艺研修院共同主办的“2018中国文联赴俄舞台艺术编导创作人才高级研修班”在俄罗斯圣彼得堡和莫斯科举办。研修班由俄罗斯国立舞台艺术学院组织教学交流，学员共17人。

【中国文联代表团赴韩国、日本访问交流】

9月13日至20日，应韩国文化艺术委员会、日本中国文化交流协会邀请，以中国文联副主席迪丽娜尔•阿布拉为团长的代表团一行6人赴上述两国访问交流。

【中国文联举办“2018中国文联赴美视觉艺术策展人高级研修班”】

10月28日至11月17日，应美国三立国际集团邀请，中国文联国际联络部和中国文联文艺研修院共同主办的“2018中国文联赴美视觉艺术策展人高级研修班”一行17人赴美国纽约和华盛顿开展研修，团长为中国文联国际联络部副主任张锡海。

【李前光率代表团赴俄罗斯、挪威、比利时访问交流】

10月30日至11月7日，应俄罗斯克拉斯诺达尔国立文化艺术学院、挪威中国电影学会，以及欧中“一带一路”文化旅游发展委员会、中国-欧盟文化艺术节组委会邀请，中国文联副主席李前光率代表团一行5人，赴上述国家访问交流。在俄罗斯期间，代表团出席由中国文联和克拉斯诺达尔国立文化艺术学院等单位共同举办的“今日中国”艺术周系列活动；在挪威期间，代表团出席由中国文联和中国影协、中国音协等共同举办的中国改革开放40年电影海报展、奥斯陆中国电影节开幕式、“纪念格里格诞辰175周年”中挪音乐家联合演出等活动；顺访欧盟总部期间，代表团出席第4届中国-欧盟文化艺术节闭幕式演出及相关活动。

【第10届海峡两岸暨港澳地区艺术论坛在台北举办】

12月25日至29日，应台湾“中华广播电视节目制作商业同业公会”邀请，中国文联组派以中国视协副主席胡正荣为团长的访问团一行51人赴台湾出席“第10届海峡两岸暨港澳地区艺术论坛•第7届海峡两岸电视艺术节”，并同期举办“情深艺长——第4届海峡两岸艺术家书画展”。

理论研究

综 述

2018年是全面贯彻党的十九大精神的开局之年，是我国改革开放40周年，是决胜全面建成小康社会、实施“十三五”规划至关重要的一年，也是中国文联深化改革的关键一年。这一年，中国文联理论研究室紧紧围绕学习贯彻习近平新时代中国特色社会主义思想和党的十九大、十九届二中、三中全会精神，深入贯彻落实习近平总书记关于文艺工作的重要论述和全国宣传思想工作会议精神，牢牢把握文联“做人的工作”核心任务，积极推进中国文联深化改革，深入开展调查研究，严格落实意识形态工作责任制，扎实做好新形势下宣传舆情工作，不断提升文稿起草和政策研究水平，进一步增强“脚力、眼力、脑力、笔力”，加快推进中国特色文艺理论评论话语体系建设，努力探索破解党建、业务工作“两张皮”的难题，充分发挥理论研究室作为文联党组参谋助手的作用，较好地完成了各项工作任务。

【学习贯彻习近平新时代中国特色社会主义思想和党的十九大精神】

紧紧围绕学习贯彻习近平新时代中国特色社会主义思想和党的十九大精神这条主线，中国文联理论研究室进一步加强理论学习，深化理论武装，通过集中授课、研讨交流、辅导讲座等多种方式，组织全体党员干部重点研读《党的十九大报告》、《习近平谈治国理政》第一卷第二卷和《习近平新时代中国特色社会主义思想三十讲》等学习资料；认真学习贯彻习近平总书记在中央全面深化改革委员会第五次会议上的重要讲话、在纪念马克思诞辰200周年大会上的重要讲话、在纪念周恩来同志诞辰120周年座谈会上的重要讲话、在纪念改革开放40周年大会上的重要讲话等，传达学习丁薛祥同志在中央和国家机关党的政治建设推进会上的重要讲话精神、中央《关于进一步激励广大干部新时代新担当新作为的意见》和中央关于意识形态工作的有关文件精神等。坚持读原著、学原文、悟原理，努力做到学深悟透习近平新时代中国特色社会主义思想和十九大精神的基本要义和丰富内涵，提高党员干部充分认识习近平新时代中国特色社会主义思想的时代意义、理论意义、实践意义、世界意义，教育引导党员干部牢固树立“四个意识”，坚定“四个自信”，做到“两个维护”，增强立足实际、直面问题、破解难题的决心和信心，不断提升推动文艺工作和文联工作的责任感、使命感和紧迫感。

【推动文联深化改革】

按照中国文联深化改革办公室的安排，为全国文联系统深化改革提供理论指导和政策建议，对各省级文联深化改革方案提出修改和反馈意见，目前各省级文联深化改革方案已全部出台。参与中国文联深化改革督查工作，3月至5月，赴湖北省武汉市、黄石市、潜江市，浙江省杭州市、台州市、宁波市等地进行调研，调研并督查中国电视艺术家协会以及内蒙古自治区呼和浩特市文联、呼伦贝尔市文联等单位改革进展情况。3月29日至30日，参加在湖南省长沙市举办的全国文联系统深化改革座谈会。根据以上调研及座谈情况，起草《关于全面提高文联履职能力、开创新时代文联工作新局面的综合调研报告》，上报中宣部。围绕深化重点改革措施落实，委托辽宁、四川和江苏三省，就如何创新文艺创作、如何团结联系新文艺群体等问题进行调研，形成初步调研成果。

重要会议及活动

【召开2018年全国研究部门工作会议】

4月11日至12日，由中国文联理论研究室主办、福建省文联文艺理论研究所承办、厦门市文联协办的全国文联研究部门工作会议在厦门召开。中国文联党组成员、副主席郭运德出席开班式并讲话。全国各文艺家协会、各省市自治区、建设兵团文联理论研究部门分管领导及负责人共98人参会。会议围绕如何深入学习贯彻习近平新时代中国特色社会主义思想和党的十九大精神、如何破解文联深化改革中的问题难题、如何进一步团结引领联络服务新文艺组织新文艺群体等议题深入开展研讨交流。会后，中国文联理论研究室根据会议讨论内容及问卷调查结果形成专题报告，报中国文联党组参阅。

【《2017中国艺术发展报告》出版发布座谈会】

6月20日，中国文联理论研究室在中国文艺家之家召开了《2017中国艺术发展报告》出版发布座谈会。中国文联党组成员、书记处书记陈建文出席会议并讲话。他回顾了2017年中国文艺事业发展的主要成绩，概括了年度艺术发展的总体趋势和总体态势，指出了《2017中国艺术发展报告》的特点：一是把握全局性和系统性；二是体现时代性和原创性；三是提升学术性和准确性，并对《2018中国艺术发展报告》编辑工作提出了明确要求。

【中国文联2018年宣传舆情工作培训班】

10月17日至18日，中国文联2018年宣传舆情工作培训班在京召开，中国文联党组成员、书记处书记陈建文出席开班式并讲话。培训班深入学习领会全国宣传思想工作会议精神，学习贯彻习近平总书记关于意识形态工作的重要讲话精神和中央关于意识形态工作的重大决策部署。中宣部舆情信息局网络信息处副处长孔德发、新华社北京分社副总编辑周宁、中国教育电视台总编辑胡正荣分别就新形势下意识形态和舆情工作、文艺宣传、媒介融合等话题进行专题讲座。中国书协、中国摄协、中国文联网络文艺传播中心作了大会交流发言。与会人员通过分组讨论和各小组代表发言等形式总结分享了宣传舆情工作经验。会上还部署了下一年度的宣传舆情工作任务，通过此次会议，进一步提升了中国文联各单位、各部门做好意识形态工作和宣传舆情工作的责任感和使命感。

【第十届海峡两岸暨港澳地区艺术论坛】

12月26日至29日，由中国文联理论研究室联合中国文联港澳台办公室、中国电视艺术家协会共同筹办的第十届海峡两岸暨港澳地区艺术论坛在台湾省台北市成功举办。两岸及港澳百余位影视文化界人士共同出席，研讨中华文化的传播汇流与创新转化。

【文字材料起草工作】

文稿起草是中国文联理论研究室最重要的业务工作之一。一年来，理研室紧紧围绕学习贯彻习近平新时代中国特色社会主义思想和党的十九大精神这条主线，围绕党组中心工作，将深入学习贯彻习近平总书记关于文艺工作重要论述的成果，以及对文艺工作、文联工作的调研、思考、探索融入文稿起草工作当中，圆满完成文联全委会报告、文联深化改革调研报告、文联党组及党组主要领导中央主要媒体署名文章、党组领导重要会议讲话等重要文稿材料60余篇，充分发挥了中国文联党组参谋助手的积极作用。努力改进文风，按照“新实活”的标准，不断提升文字材料水平，较好地完成了文字服务保障任务。

课题研究及调查研究

【重大课题研究】

完成2017年度中国文联部级课题，包括由北大课题组负责的《中国的马克思主义文艺理论现状调研》、北师大课题组负责的《中国文艺经纪机构管理问题及对策》、人大课题组负责的《当代中国青少年审美趋向研究》。认真落实中宣部《宣传思想文化战线大调研工作方案》部署，根据《中国文联大调研方案》要求，负责组织召开中国文联大调研座谈会，并起草《中国文联综合调研课题实施方案》《中国文联综合调研课题提纲》。组织协调中国文联党组重点调研课题组制定《中国文联党组2018年重点调研课题实施方案》，确定党组领导同志年度重点调研课题，通过办公厅以中国文联党组名义印发给全体团体会员。推动实施中国文联年度重点调研课题，与中国人民大学合作开展《新文艺群体思想状况调查》课题研究，在全国选取10个省市进行问卷调查，共计完成问卷2000多份。

【调查研究工作】

认真贯彻落实中宣部《宣传思想文化战线大调研工作方案》部署，与中国文联办公厅书记办统筹协调党组主要领导同志及其他党组成员调研组开展调研活动，上报中宣部综合调研报告和专项调研报告共3篇，《中宣部调研简报》摘登了中国文联理论研究室撰写的大调研情况总结。理论研究室相关同志随同中国文联党组成员、副主席郭运德赴四川、云南等地进行调研，并完成相关调研情况报告。委托辽宁、四川和江苏三省文联，就如何创新文艺创作、如何团结联系新文艺群体等问题进行调研，已形成专项调研成果。为做好调研成果征集和交流，在中国文联团体会员中广泛开展2017年度调研报告征集，共计征集各地各类调研报告40余篇，为领导决策提供了比较重要的参考。参加中宣部百城百县百企调研推进会，按照部署协调有关协会落实工作任务。

【意识形态工作】

【推动意识形态责任制落实】按照中国文联党组工作部署和《中国文联党组关于进一步推动意识形态工作责任落实的实施方案》要求，中国文联理论研究室定期召集由各单位分管领导参加的会议，第一时间传达中央关于意识形态工作的有关文件精神。发放学习资料《中国共产党历史》，指导各单位做好相关工作。按照中国文联党组指示，联合深化改革办公室，深入督查中国剧协、中国影协、中国美协、中国曲协、中国杂协、中国视协、中国艺术报、网络文艺传播中心、文联出版社等9家单位贯彻落实意识形态责任制情况。同时，对文联系统其他单位意识形态工作自查报告进行收集汇总。对于未按要求组建意识形态工作领导小组的单位和部门，逐一电话联系，督促相关单位和部门完善相关机构。综合抽查情况和提交自查报告，起草完成《中国文联意识形态工作督查情况报告》，上报党组。

【重点工作和重大主题文艺活动宣传报道】

积极组织开展重点工作和重大主题文艺活动宣传报道，注重与新闻媒体的沟通协调，把握导向，创新形式，注重实效。全年共联系协调重要活动宣传报道30余场次，为扩大文联工作影响力作出了积极贡献，主要参与并负责协调新闻媒体宣传报道中国文联的重大活动有：中国文联十届三次全委会、“百花迎春”大联欢、“向人民学习　向生活学习　潜心创作无愧于新时代的精品力作”座谈会、“认真学习贯彻习近平总书记重要指示精神　做有信仰、有情怀、有担当的新时代文艺工作者”座谈会、“崇德尚艺　做有信仰有情怀有担当的新时代文艺工作者巡回宣讲活动”、2018年“中华情•中国梦”中秋展演系列活动和中国文艺志愿者协会、中国美协、中国影协换届大会等。参与协调宣传报道的各文艺家协会、文联机关部室、直属单位组织的重大活动有：“到人民中去”2018年中国文艺志愿者服务日活动、《2017中国艺术发展报告》出版首发式、电影《文朝荣》北京首映式等活动。同时，我们还协调新闻媒体参与了江西省文联主办的“血脉传承　不忘初心——江西美术家‘深入生活、扎根人民’主题实践活动汇报展”、湖北省文联举办的“写意长江——湖北省中国画作品展”等地方文联在京活动的宣传报道。

【新闻宣传工作】

7月、11月，中国文联理论研究室先后两次组织召开新闻通气会，邀请在京主要新闻媒体记者、各文艺家协会及中国文联机关相关部室分管负责同志及新闻宣传联络员参会。会上，各单位向新闻媒体记者介绍通报希望得到宣传支持的重大活动、重点工作，并就如何加强合作、创新合作进行座谈交流。现在，新闻通气会已经形成季度通报的长效机制。按照全国宣传思想工作会议精神，中国文联理论研究室进一步修订完善《中国文联新闻宣传管理办法》。

【全面加强舆情信息工作】

密切关注文艺界舆情动态，注重做好重要舆情事件、突发负面消息的舆情研判。针对“丑书横行，中国书协岂能袖手旁观”舆论、“崔永元微博爆料‘阴阳合同’”事件、“范冰冰偷税漏税”事件等，在筛选收集汇总舆情信息最新进展的同时，进行深度研究、综合研判，及时形成书面材料，第一时间上报文联党组和上级有关部门。全年共编辑《中国文联简报》17期、《文艺动态》18期、《文艺舆情分析》3期、《文艺舆情专报》22期，共报送文章140余篇，其中报送的《中国文联“到人民中去”主题实践活动在全国广泛开展》等信息被中宣部采用。

党的建设

【建立学习教育长效机制】

制定并实施《理论研究室推进“两学一做”学习教育常态化制度化实施方案》，积极推进“两学一做”学习教育常态化制度化。建立领导班子成员及中层骨干轮流做主题发言、全体干部交流讨论的学习方式，实现了组织教育与自我教育的有机结合，提升了学习效果。年初以来又有两名同志分别以《谈党员的理想信念》《对意识形态工作的认识》为题做了发言。结合牛犇同志耄耋之年申请入党的感人事迹，组织召开“不忘初心、重温入党志愿书”专题组织生活会，7位同志重温和分享了自己的入党志愿书，畅谈入党初心，反思入党以来的思想发展和成长轨迹，大家普遍感到深受触动，更加坚定了理想信念。在学习教育中，始终注重发挥班子成员的模范带头作用。班子成员坚持带头讲好党课，带头学习研讨、做好点评。主要负责人曾先后以《共产党宣言》《费尔巴哈提纲》为主题，组织大家重温经典，带动全体党员干部增强学习热情，不断提升政治觉悟和理论素养。

【加强基层党建工作】

认真组织学习《关于新形势下党内政治生活的若干准则》《中国共产党纪律处分条例》《中国共产党支部工作条例（试行）》，教育党员干部始终把坚定理想信念作为开展党内政治生活的首要任务，努力提高政治素养、党性修养、道德涵养。高度重视政治建设，坚决贯彻落实党中央和文联党组各项决策部署，严格执行重大问题向文联党组领导请示报告制度，严守政治纪律和政治规矩，如实报告个人有关事项；认真贯彻落实民主集中制，严格执行领导班子议事规则和决策程序，注重发扬党内民主，凡是“三重一大”事项都由领导班子集体研究决定，不搞个人说了算，解决自身问题的能力进一步提升。理研室党支部按照程序做好发展党员工作，1名预备党员转为正式党员。强化班子成员“一岗双责”意识，严格对干部职工政治上的要求，做到经常提醒、及时纠正、防微杜渐，严肃党内政治生活，优化政治生态，有效防范各类政治安全风险隐患，努力培养政治素质过硬，守纪律、守规矩的干部队伍。

【丰富党支部活动】

7月，理研室支部联合文艺评论中心支部组织全体党员干部赴长城古北口抗战纪念馆、白乙化烈士纪念碑实地参观见学，倾听当地村民生动讲述古北口抗战悲壮的英雄事迹，在烈士纪念碑前重温入党誓词，并组织了学习讨论。大家表示深受震撼，灵魂上得到了洗礼。动员组织党员干部积极参加春节联欢及职工乒乓球比赛等各类体育活动，均有较好表现。注重从生活上关心每个干部，坚持在干部生日时，送上一份由支部精心准备的小礼物。在他们家属生病和家庭出现困难时，及时送去组织的问候与温暖，使理研室集体始终保持温馨和谐、团结进取的良好氛围。

【落实全面从严治党】

认真贯彻落实全面从严治党要求，严格遵守中央八项规定和党风廉政建设各项制度，把党风廉政建设贯穿工作始终，全面加强对党员干部队伍监督管理，用好监督执纪“四种形态”，坚决防止“四风”变异反弹。主要负责人与班子成员、各处负责人分别签订《落实全面从严治党主体责任责任书》，切实落实党建工作责任制和“一岗双责”的具体要求。按照中国文联纪委《关于进一步做好廉政风险点排查防控工作的通知》要求，对照调整后的《中国文联理论研究室的内设机构、主要职责和人员编制方案》中的工作职责，认真梳理、排查、评估各项工作中可能存在的党风廉政风险点，并提出针对性的防控措施，进一步规范工作流程，完善规章制度，强化监督管理，推进日常工作与全面从严治党工作有机结合、相互促进。把握重要节点，做好风险防范，在重要节庆时间节点前，专门召开支部会议、编发廉政微信，提醒党员干部防控廉政风险。在财务、人事管理等方面，班子成员带头严格按程序、按规定办事，提醒大家要清清白白做人、干干净净办事，确保各项工作健康有序开展。强化工作作风和纪律养成，在上下班作息时间调整后，修订了中国文联理论研究室考勤和请销假制度，坚持从严控制、从严要求，进一步加强了对党员干部队伍的管理。

文艺评论

综 述

2018年，文艺评论中心在中国文联党组的正确领导下，坚持以党建和意识形态工作为统领，内抓党建促业务，外创品牌拓阵地，深入实施文艺评论工程，在组织体系建设、理论学术建设、人才队伍建设、平台阵地建设等方面，更加注重创新与引领，团结引领广大文艺评论工作者听党话、跟党走，有效提升了中国文艺评论品牌影响力和号召力，为推动文艺评论事业的繁荣发展做出积极贡献。

思想理论学习

文艺评论中心注重党的政治理论学习，在理论学习中心组会、党员大会、组织生活会上累计召开专题学习17次，重点学习了习近平总书记1月5日在新进中央委员会的委员、候补委员和省部级主要领导干部学习贯彻习近平新时代中国特色社会主义思想和党的十九大精神研讨班上的重要讲话新闻通稿，党的十九届三中全会公报，习近平同志在纪念周恩来诞辰120周年座谈会上的讲话精神，2018年全国两会精神，习近平新时代中国特色社会主义思想三十讲，习近平总书记先后给老艺术家牛犇同志写信、给中央美院老教授回信，习近平总书记关于中央和国家机关党的政治建设工作的指示精神，中央和国家机关警示教育大会精神，文联党组有关全面从严治党、全面深化改革、国家安全保密工作等会议精神和领导讲话精神等内容。通过这些专题学习，教育引导党员干部进一步强化“四个意识”，自觉践行“两个维护”，增强立足实际、直面问题、破解难题的决心和信心，增强促进文艺发展和文联建设的责任感、使命感和紧迫感。

《2017年度中国艺术发展报告》

6月20日，中国文联在京举办《2017中国艺术发展报告》出版发布会。中国文联党组成员、书记处书记陈建文出席会议并讲话，介绍了《报告》的主要特点：一是把握全局性和系统性，二是体现时代性和原创性，三是提升学术性和准确性。他与中国曲艺家协会主席、中国文艺志愿者协会主席姜昆共同为新书揭幕。会议由中国文联理论研究室主任、文艺评论中心主任、中国文艺评论家协会副主席兼秘书长庞井君主持。中国文联理论研究室副巡视员王亚春介绍了《2017中国艺术发展报告》的编撰情况。饶曙光、王次炤、彭文祥、谢柏梁、刘平、戴清等专家学者发言。全国文艺家协会、中国文联出版社、中国文联网络文艺传播中心负责人，中国文联理论研究室、文艺评论中心及各协会理论研究部门负责同志，参与《报告》编写的专家学者、媒体记者及驻京高校学生代表共约100人参加会议。

中国文联自2012年起组织编写年度中国艺术发展报告白皮书，共出版六部。《报告》通过全面系统地盘点年度艺术发展成果和取得的成绩，客观理性地分析发展的总体趋势和存在的问题，科学把握文艺发展规律，为社会各界观察中国艺术年度发展提供了一个重要视角。《2017中国艺术发展报告》编撰工作由中国文联理论研究室、文艺评论中心承办。

《中国文艺评论》

《中国文艺评论》自2015年10月创刊以来，中国人民大学复印报刊资料全文转载量逐年上升，

2016年排名第9，2017年排名第7，2018年排名升至第5，2018年全文转载率排第11，综合指数排第7。2018年，杂志进入中国知网影响因子统计源期刊，综合排名第26。同年，成为中国人文社会科学期刊AMI综合评价新刊入库期刊。

6月26日，《中国文艺评论》2017年第4期(总第19期)刊登的文章《中国马克思主义文艺理论的创新性发展》入选由中国编辑学会、中国期刊协会主办的第二届“期刊主题宣传好文章”。

9月14日，《中国文艺评论》在中国期刊协会和中国（武汉）期刊交易博览会联合主办的2018“中国最美期刊”遴选活动中入选“中国最美期刊”。

10月15日，由中国文艺评论家协会、中国文联文艺评论中心主办的“改革开放40年来中国文艺评论的回顾与前瞻”暨《中国文艺评论》创刊三周年座谈会在京召开。中国文联党组成员、书记处书记陈建文出席会议并讲话。中国文联理论研究室主任、文艺评论中心主任、中国文艺评论家协会副主席兼秘书长庞井君主持会议。邵大箴、仲呈祥、王次炤、张德祥、饶曙光、李心峰、宋宝珍等与会专家围绕改革开放40年来中国文艺评论的历史进程和主要成就、理论发展和话语建构，以及当前我国文艺评论亟待突破的前沿课题与发展趋势等进行了研讨，并对进一步办好《中国文艺评论》杂志提出了建设性意见。

中国文艺评论基地

完成首批22家“中国文艺评论基地”结项工作，对研究型项目组成专家评议小组，进一步开展细致评审工作，形成了一批有较高学术含量的科研成果，总结基地工作三年来的经验和不足，为下一批基地启动做好筹备。

11月18日，中国文艺评论（中国戏曲学院）基地召开2018年度中国戏曲评论高峰论坛，并举行《中国戏曲评论（2015）》《中国戏曲评论（2016）》出版首发式，力图打造中国戏曲艺术年度发展的风向标，为国家戏曲艺术政策提供决策依据。

12月11日，中国文艺评论（北京师范大学）基地、中国文艺评论（中国戏曲学院）基地、中国文艺评论（中国传媒大学）基地联合举办“新时代 新聚力 新拓展——纪念改革开放40周年中国文艺评论再探索”学术研讨会，提高跨领域文艺评论的聚合力，为新时代文艺评论的发展增加动力。

12月28日，中国文艺评论（临沂大学）基地举办第三届中国文艺“琅琊论坛”暨山东省签约艺术评论家研讨会，围绕“守正创新：谱写文化发展时代强音”主题展开探讨。

文艺评论论坛研讨

4月14日至15日，由中国文艺评论家协会、中国文联文艺评论中心和浙江省文联主办的第四届中国青年文艺评论家“西湖论坛”宁波峰会在浙江举办。论坛的主题为“新时代文艺的中国精神”，仲呈祥、庞井君、尹鸿、戴锦华、马也等近百位专家学者围绕“影视创作与中国精神”“中国戏剧的时代精神与当下审美”“后移动互联网时代——技术与艺术融合、发展的理论前瞻”“对青年文艺批评的批评”进行思想碰撞和观点交锋，推出一批重要理论成果，有效提升了青年文艺评论家的话语能力和引导力。

7月25日至27日，由中国文艺评论家协会和内蒙古自治区文联主办，中国文艺评论(内蒙古)基地、内蒙古文艺评论家协会共同承办的第二届民族文艺论坛在内蒙古锡林浩特市举办。周由强、包银山、宋生贵、巴特尔等各省和自治区的百余名专家学者围绕“新时代乌兰牧骑与中国民族艺术的发展”的主题，就新时代乌兰牧骑精神、全球化语境下民族文艺创作的问题与出路、民族艺术文化资源的保护传承与开发利用、民族文艺理论建设与文艺批评等问题展开深层次、全方位交流与探讨，为中国民族文艺理论研究与创作建言献策。

9月11日，由中国文联、河北省委宣传部支持，中国电影家协会、中国电视艺术家协会、中国文艺评论家协会、河北省文联、秦皇岛市委宣传部等单位主办的“北戴河文艺峰会”在北戴河拉开帷幕。峰会以“人民与英雄——中国主旋律影视创作的初心与使命”为主题，全国影视界、文艺评论界著名专家学者和业内人士就如何在新时代做好中国主旋律影视创作进行深度交流，探寻新时代主旋律影视创作的新发展、新路径。

9月25日，中国文艺评论家协会、中国文联文艺评论中心主办的“文艺评论家学习贯彻全国宣传思想工作会议精神座谈研讨会”在京召开。受中国文联党组书记、副主席李屹委托，中国文联党组成员、书记处书记陈建文出席会议并讲话。中国文艺评论家协会主席仲呈祥主持会议。中国文艺评论家协会主席团成员夏潮、陈振濂、庞井君、范迪安、傅谨、路侃、毛时安、王丹彦、张德祥，文艺评论家代表刘琼、陈建忠、颜全毅等参加座谈研讨。会议认为，文艺评论家和文艺评论工作者要切实用讲话精神武装头脑、推动工作、指导文艺评论实践，自觉担当起新形势下的使命任务，守正创新、崇德尚艺、锐意进取、奋发有为，努力推动文艺评论工作迈上新台阶，为筑就中华民族伟大复兴时代的文艺高峰做出文艺评论界的独特贡献。

10月26日至29日，由中国艺术学理论学会（筹）、中国文艺评论家协会共同主办的“改革开放四十年与中国艺术理论发展回顾和展望”学术研讨会暨2018中国艺术学理论学会年会在浙江杭州召开。全国200余位专家学者围绕艺术理论的本土传统与现代阐释、艺术教育的美育灵魂和创造性内涵、中国艺术史的本土典范与国际视野、新时代背景下的中国艺术文化评论、艺术学理论的青年视野等进行了深入研讨。

文艺理论评论著述

中国文联文艺评论中心、中国文艺评论家协会组织编撰出版《中国传统艺术境界与现代性呈现：第三届全国文艺评论骨干专题研讨班论文集》《啄木声声——第二届“啄木鸟杯”中国文艺评论年度推优文集》；出版第四届“西湖论坛”文集《新时代文艺的中国精神》《新时代影视的中国精神》，并与《光明日报》合作开办“啄木声声”专栏，刊出一批文章，有力地弘扬了文艺评论褒优贬劣、激浊扬清的“啄木鸟精神”，不断扩大“中国文艺评论”品牌优势和文艺评论影响力。

网络文艺评论

中国文联文艺评论中心、中国文艺评论家协会持续主办中国文艺评论新媒体。2018年，中国文艺评论网选发3000余篇文艺评论文章，稿源包括原创首发以及《人民日报》、《光明日报》、《中国艺术报》、《文艺报》、人民网、光明网等多家报刊网站。网站文章访问量过千的有55篇，均为独家原创内容，既有评论中心各处室提供的中国文艺评论家协会动态、《中国文艺评论》杂志文章，又有评论家、网友原创佳作。网站全年吸引近30万网民的90万次阅读量，访客覆盖全国各地与数十个国家；北京、辽宁、广东等前十省市阅读量占比近70%。

自2014年创办的“中国文艺评论”公众号已吸引4万多订阅用户。2018年净增2.7万订阅用户，共吸引31万人次52万阅读量。全年共推送文章210篇，阅读量过千文章115篇，留言互动约1500条。开通认证“中国文艺评论”“艺评中国”今日头条号，成为“中国文艺评论”的青春大众延伸品牌和网络阵地，全年合计转载280篇文章，吸引近20万网民阅读，点击量过千文章53篇。全年组织第三届中国文艺评论年会和第四届中国青年文艺评论家“西湖论坛”等的网络报名、观影观展与微评互动20次，惠及250人，含赠阅百份《中国文艺评论》杂志、《中国艺术发展报告》等书籍。

4月9日，由中国文联文艺评论中心、中国文艺评论家协会、中国传媒大学艺术学部主办的中国文艺评论进校园首场活动暨“网络文艺评论与发展”论坛在中国传媒大学举行。中国文联理论研究室主任、文艺评论中心主任、中国文艺评论家协会副主席兼秘书长庞井君，中国传媒大学副校长、教授刘延平等同志出席研讨会并致辞。中国传媒大学艺术学部党委书记、中国文艺评论家协会理事、中国文艺评论（中国传媒大学）基地主任彭文祥主持会议。索久林、邵燕君等十多位文艺理论评论专家围绕摄影微评、网络影视和网络文学等热点展开了专题研讨，并与120位高校师生进行了热烈互动。此次活动拓展了文艺评论空间，引领了青年文艺学子，滋养了青春艺评力量，示范带动了全国多地评协举办“文艺评论进校园”活动。

内部建设

严格落实全面从严治党、党风廉政建设、意识形态工作主体责任，注重制度建设和科学管理，修订完善《文艺评论中心合同管理暂行办法》《文艺评论中心主任办公会议制度（试行）》《考勤管理办法（试行）》等7项制度。建强干部队伍、优化员工结构，研究制定了文艺评论中心绩效工资分配方案，进一步提升预算管理水平，积极推进内部控制建设，注重发挥党团工会等组织的作用，组织举办“当前文艺领域前沿理论问题”内部系列讲座3次。

3月29日，文艺评论中心党支部组织召开全体党员大会，改选了党支部、团支部委员。会议由中国文联文艺评论中心副主任、中国文艺评论家协会副秘书长、党支部书记周由强主持，全体党员干部及团员代表参加会议。党支部、团支部以学习宣传贯彻党的十九大精神和习近平新时代中国特色社会主义思想为主线，严格按党务、团务工作要求和程序办事，为文艺评论中心各项工作任务的圆满完成提供有力的思想、组织和作风纪律保障。

5月24日，文艺评论中心组织全体党员和干部职工赴国家博物馆参观“真理的力量——纪念马克思诞辰200周年主题展览”，深入学习马克思主义基本理论，深刻认识马克思主义时代意义和现实意义。

第三届“啄木鸟杯”
中国文艺评论年度
优秀作品名单

（按作者姓氏笔画排序）

著作类8部：

于冠超：《哈尔滨城市早期美术文化研究》

王海洲：《中国电影110年（1905-2015）》

方李珍：《戏曲诗学》

朱文斌：《东南亚华文诗歌及其中国性研究》

张兰芳：《中国古代艺术风格论》

陈仲义：《现代诗：接受响应论》

高　译：《中国画艺术美学》

黎保荣：《影响中国现代文学的三个关键词》

文章类26篇：

王宏伟：《对“画派”“草原画派”相关问题的再思考》

王琴：《论广东汉剧“梁派”唱腔艺术特色》

朱天曙：《汉魏六朝：中国早期古典书论的生成及其价值》

任婷婷：《指示于伶而改进于剧——论〈半月剧刊〉剧评的三个维度》

刘倩（春生）：《外来客还是旧时友——评上海越剧院〈红楼•音越剧场〉》

祁述裕　陆筱璐：《论放宽文化市场准入——扩大文化市场开放的若干思考》

许苗苗：《游戏逻辑：网络文学的认同规则与抵抗策略》

李立：《当电影遇上哲学——试论电影史与艺术史的博弈》

李吉提：《郭文景与大歌剧〈骆驼祥子〉》

张海：《当代书法“尚技”刍议》

张萌：《唱出更好的自己——听雷佳毕业音乐会有感》

周燕芬　马佳娜：《〈白鹿原〉：文学经典及其“未完成性”》

姜寿田：《国学概念的提出、辨析及书法与国学的关系》

宫明亮（宫达）：《雕刻时代的心史——评张炜长篇小说〈艾约堡秘史〉》

姚亚平：《风格史-断代史　现代性-后现代——西方音乐历史编撰学若干问题的讨论》

索久林：《推动当代摄影大潮的引擎——摄影通感与跨界的感悟》

夏烈：《媒介裂变下的文艺批评生态和批评者重构》

徐健：《中国话剧危机出现新变种》

唐宏峰：《新机制、新媒介与当代性——对当代条件下文艺高峰建设的思考》

黄键：《戏曲历史剧的“思”与“诗”》

程光炜：《柳青、皇甫村与20世纪80年代》

傅道彬：《中国文学创立期的艺术格局与历史高度》

谢麟：《真性情写真山水——宗其香与广西》

黎学锐　罗艳：《小人物身上的大时代痕迹——从彩调剧〈哪嗬咿嗬嗨〉到话剧〈花桥荣记〉》

薛晋文：《农村题材电视剧突围的思考与展望》

穆海亮：《论戏曲批评的“非戏曲化”倾向》

权益保护

综 述

2018年，根据中国文联党组的统一工作部署和要求，权益保护部深入学习贯彻习近平新时代中国特色社会主义思想和党的十九大、十九届二中、三中全会精神，贯彻落实习近平总书记关于文艺工作的重要论述和全国宣传思想工作会议精神，切实履行自律维权职能，创新工作机制和手段，推动文联组织文艺维权工作取得了新进展。

参与立法

3月，通过文艺界人大代表和政协委员向全国两会提交维权议案提案，呼吁在《著作权法》中增加鼓励创作和强化保护的内容，加强对红色经典文艺作品的保护，建立助力非遗传承发展的综合保护机制等。所提建议受到了提案委员会办公室的重视，有关部门对提案进行了专函回复，推动与文艺相关的法律法规不断完善。

积极指导和推动各全国文艺家协会开展维权提案工作，中国民协、中国书协均提交了相应提案，为在立法上保护本艺术门类文艺工作者的合法权益提供了源头支撑。

参与《著作权法》《文化产业促进法》《英烈保护法》等多部法律法规的制定和修改工作，反映业界呼声，为保护文联组织和文艺工作者的合法权益建言。

普法宣传

3月，以第十三届全国人大一次会议审议通过的宪法修正案为重点，举办“学原文、悟原理，以实际行动学习宣传贯彻实施好宪法”的普法活动，大力开展新修正宪法的宣传工作，积极号召文联干部职工带头维护宪法和法律权威。

4月20日至26日，集中开展了“4·26知识产权宣传周”系列活动。通过与首都版权产业联盟合作签约、举办法律专题讲座、制作张贴知识产权漫画海报、线上线下多媒体平台开展普法宣传等活动，在业界弘扬尊重原创、鼓励创新的法治理念。活动引发了社会各界广泛关注，数十家媒体对活动情况进行了报道，扩大了文艺维权的社会影响力。

12月2日至8日，以12月4日第五个国家宪法日为契机，组织开展中国文联2018年“宪法宣传周”活动，采用张贴宪法宣传挂图、发放宪法学习书籍、在网络新媒体播放宪法学习视频等宣传形式，倡导文联干部职工成为宪法的忠实崇尚者、自觉遵守者、坚定捍卫者。

权保部将宪法学习宣传作为“七五”普法的重要内容，除举办专题宣传活动外，还常年在“中国文联权益保护和出版管理宣传平台”开设“中国文联宪法学习系列问答”普法专栏，提供新修正后的宪法文本供大家下载学习，实现宪法学习宣传常态化。

权保部继续与《中国艺术报》密切合作，完成本年度“维权行动”专版的策划、设计和组稿工作。编发4期《权益保护》通讯，面向各全国文艺家协会、地方文联组织和广大文艺工作者宣传文艺维权新进展，搭建文艺维权工作交流平台。发挥“文艺维权”微信公众号、全国文联维权干部QQ群、中国文联权益保护和出版管理网络宣传平台等新媒体优势，及时跟踪报道和宣传国家有关法律政策及文艺维权重要活动，形成了“互联网+文艺维权”和“新媒体+文艺维权”的普法宣传格局。

法律志愿服务

6月，权保部联合江苏省文联，与江苏省文联、中国曲协、中国民协的权保干部组成文艺法律志愿服务团，先后赴南京、扬州、苏州等地，面向新文艺组织、新文艺群体开展了文艺法律志愿服务暨“两新”权益保护调研。服务团通过座谈、走访、讲座、发放普法资料等方式，了解两新群体创作生产和维权方面的问题和诉求，提供专业指导和维权建议，增强了文艺工作者对文联组织的认同感，受到了大家的欢迎和支持。

6月，中国文联文艺法律志愿服务团走进苏州大学，为该校音乐学院毕业班师生举办音乐著作权保护专题讲座，向未来的文艺工作者传播法律知识，强化法治理念，为他们将来从事文艺工作起到了积极的引导作用。

7月，权保部与中国民协共同组成了文艺法律志愿服务团，赴中国非遗传承人产业基地为在京的非遗传承人开展了专项法律志愿服务暨“两新”权益保护调研。服务团成员与来自古琴制作、北京面人、南通木雕、曲阳石雕等专业的非遗传承人进行了深入交流，就他们在维权中存在的困难和问题提出法律意见，得到了艺术家们的欢迎和肯定。

文艺维权服务

3月，在涉中国文联合同纠纷案中，及时提出诉讼策略，指导相关部门采取有效应对措施，经过共同努力原告撤回了对中国文联的起诉，有效避免诉累，维护中国文联的声誉。

4月25日，权保部与首都版权产业联盟在京举行签约仪式，正式就共同开展文艺工作者版权保护服务建立合作关系。这是中国文联探索建立社会化维权服务新格局，利用社会资源为文艺工作者拓展维权平台、开辟维权渠道的一项重要举措和积极尝试，引起了业界和社会的广泛关注。《中国新闻出版广电报》、《中国知识产权报》、北京电视台、人民网、光明网等数十家媒体对签约活动进行了报道。

5月，就群众来信反映不法者冒用中国文联名义开展国家级书法师资格评审活动并收取评审费一事进行调查，发布声明澄清事实，及时消除对文联和相关协会的不良影响，有力维护了文联组织的名誉。

5月，在某银行追加中国文联为被执行人的执行异议案件中，权保部积极作为，主动收集相关证据，最终中国文联获得胜诉，有效维护了中国文联的经济利益，避免了巨额经济损失。

9月，就某文艺家协会所属单位与地方政府共建影视院线有关事宜进行研究，分析法律责任，研判法律后果，提出法律措施。

10月，就地方文联举报《中国文联发展实务》一书涉嫌侵权事宜开展维权行动，刊登声明以正视听，协调有关主管部门对侵权方进行督促查办等，侵权单位负责人向中国文联致歉，有效制止了冒名侵权行为，维护了数十家文联组织和300多位文艺工作者的合法权益。

10月，为文联某电影出版社涉诉巨额索赔案件提供法律专业指导，提出应诉建议。

11月，协助中国民协就《中国民间文学大系》拟收录作品的知识产权保护提出法律意见，为大系顺利出版提供法律支持。

12月，经过1年多的努力，中国文联文艺品牌活动商标注册工作取得显著成果，艺坛大家、艺苑百花、国际民间艺术节等26个符合商标注册条件的活动名称和logo均已成功注册，有效增强了文艺品牌活动的风险防范能力，提升了重大文艺活动的品牌价值和社会影响力。

此外，还为国内部、国际部、文艺研修院等单位提供合同审核，协助处理纠纷，出具法律意见，帮助防范法律风险等服务。

队伍建设

权保部积极指导中国文联团体会员开展权保工作，为中国美协、中国曲协、中国舞协、中国书协召开权益保护座谈会、举办维权培训班、制定维权工作方案等提供指导和帮助。应黑龙江文联、湖南文联、贵州文联等地方文联邀请，为其开展普法宣传、干部培训、法律志愿服务等提供切实指导和专业支持。

调查统计各全国文艺家协会和各省级文联组织的权保机构和干部情况，深入了解全国文联系统权保队伍状况，为建立全国文联组织的权保工作网络，推动文联组织的维权工作夯实基础。

10月，组织中国文联系统权保干部赴第十三届北京文博会调研学习，了解文化创意产业最新发展趋势和文艺作品传播规律，探索为文艺工作者开拓作品传播和版权保护平台的维权新路径。

国际交流

3月，权保部召开了中日音乐家创作与版权保护交流座谈会，组织日本音著协与中国音协负责人和音乐家代表进行了友好会谈。通过会谈，双方增进了了解，加深了友谊，表达了在权益保护方面的共同关切，并就加强交流合作达成了共识。

7月，权保部组织各全国文艺家协会参加世界知识产权组织和国家版权局共同举办的中国版权金奖提名推荐活动。由中国文联、中国舞协提名推荐，上海歌舞团创作的舞剧《朱鹮》获评中国版权金奖作品奖，这是中国文联推荐的文艺作品第5次获此殊荣。

9月，中国文联党组成员、副主席李前光在中国文艺家之家会见了来访的国际作者和作曲者协会联合会（CISAC）总干事加迪•奥龙先生和CISAC亚太区总裁吴铭枢先生一行，权保部和国际部有关负责同志参加了会见。双方分别介绍了开展知识产权保护工作的情况，并就共同关心的版权热点问题进行探讨，表达了进一步加强交流与合作的愿望。

出版业改革发展与管理

综述

2018年，在中国文联党组正确领导下，中国文联出版办认真学习贯彻习近平新时代中国特色社会主义思想和党的十九大精神，深入推进中国文联所属出版单位改革和发展，积极推动中国文联所属中央文化企业公司制改制，认真做好中国文联所属出版单位的管理和服务工作，各项工作取得明显成效。

出版改革与发展

【公司制改制工作取得阶段性成果】

中国文联出版办在文联党组领导的关心和指导下，积极协调有关部门共同推动中央文化企业公司制改制工作。出版办先后于4月和9月两次组织召开工作推进会；三次致函出版社及其主办单位督办改制工作；四次发文要求各出版社报送改制进展情况，及时了解改制工作中遇到的困难和问题。10月，出版办通过举办“中国文联出版管理和改革工作培训班”，明确了公司制改制的要求和任务，坚定了出版社改革的决心。经过一年的不懈努力，中国文联所属4家出版社于11月22日全部完成了公司制改制的申报工作，并于当年获得了财政部批复，中国文联所属中央文化企业公司制改制取得了阶段性成果。

【“中国文联出版管理和改革工作培训班”举办】

10月10日至12日，中国文联出版办在京举办了文联出版有史以来参与人数最多、覆盖面最广、时间最长的“中国文联出版管理和改革工作培训班”。各全国文艺家协会和直属单位相关负责同志，中国文联所属各出版单位班子成员及全体编辑人员等共280余人参加培训。中国文联党组成员、副主席李前光作开班动员讲话。中央宣传部出版局局长郭义强作专题辅导报告。中国编辑学会、《党建》杂志社、人民交通出版社等单位专家围绕公司制改制、主题出版、出版创新等内容进行了授课。通过培训大家提高了政治站位，增强了意识形态责任意识，深刻理解了新时代出版工作新要求新任务，进一步了解了融媒体和ISLI标准等新兴出版传播技术，坚定了中央文化企业公司制改制的信心。

企业管理与服务

【完成出版社社会效益评价考核试点工作】

按照中央文化体制改革和发展工作领导小组关于《图书出版单位社会效益评价考核试点办法》要求，出版办牵头组织开展了中国文联图书出版单位社会效益考核试点工作，下发了《中国文联关于做好2017年度文联所属出版社社会效益评价考核工作的通知》，并结合文联实际，明确社会效益评价考核作为双效考核的重要内容，其占比权重为51%。

3月，出版办牵头组织召开专题工作会，会同中国文联人事部、机关纪委集中对4家出版社社会效益评价考核自评材料进行了逐项审核，确定了考核得分和等级。经报党组领导批准，出版办将考核结果反馈给4家出版社并报原国家新闻出版广电总局备案。

【指导出版企业将党建工作要求写入企业章程】

1月，出版办会同办公厅、机关党委联合下发《关于推动中央文化企业将党建工作要求写入企业章程的通知》，要求中国文联所属5家中央文化企业认真抓好工作落实。3月，出版办指导中国文联所属中国文联出版社、中国电影出版社、中国摄影出版社、中国书法出版传媒有限责任公司、书法出版社5家中央文化企业完成将党建工作要求写入企业章程工作。同时，协调办公厅、机关党委，对中国文联所属5家中央文化企业报送的企业章程等相关材料进行审核后及时报送财政部。

图书出版管理与服务

【开展出版物“质量管理2018”专项工作】

根据国家新闻出版广电总局工作部署，出版办组织开展了出版物“质量管理2018”专项工作。4月至8月，出版办在中国文联所属各出版单位自查的基础上，对中国文联所属各出版社2017年以来出版的图书进行检查抽查。同时，全程配合国家新闻出版广电总局开展图书质量抽查。

【组织完成2018年图书出版单位年度核验工作】

9月，根据国家新闻出版署《关于开展2018年图书出版单位年度核验工作的通知》要求，出版办就做好2018年文联所属出版社年度核验工作进行了认真的部署和安排，并对各社报送的年度核验材料进行审核，按时报送国家新闻出版署。

【中国文联所属出版单位获第四届中国出版政府奖】

1月，国家新闻出版广电总局正式公布第四届中国出版政府奖获奖名单。中国摄影出版社出版的图书《中国魅力古镇》《中国照相馆史》分别获得印刷复制奖提名奖、图书奖提名奖，中国电影出版社印刷厂承印的《醉文明：收藏马未都》荣获印刷复制奖提名奖。这是中国文联所属出版社第二次获得中国出版政府奖，且在获奖种类和数量上均创历史之最。

【组织申报中国文联文艺精品出版项目】

出版办组织开展2018年度中国文联文艺出版报刊精品项目申报工作，会同中国文学艺术基金会组织专家对符合申报条件的文联所属的6个单位22个项目进行了评审，对21个项目予以资助，资助金额共计500万元。

【完成“十三五”国家重点图书的自查和增补工作】

按照国家新闻出版广电总局《关于报送国家重点出版物出版规划执行情况和增补项目的通知》要求，出版办对中国文联出版社报送的3个已入选项目自查材料、2个增补项目材料，中国摄影出版社报送的8个已入选项目自查材料、3个增补项目材料进行审核，并向原国家新闻出版广电总局出具了审核意见。

【实施“晚霞文库”工程】

出版办组织完成2018年度“晚霞文库”项目申报和遴选工作，对入选的5名老艺术家的图书进行资助，资助金额共30万元。

【开展中国文联2017年精品图书宣传推广工作】

1月19日至21日，为宣传展示文联出版报刊业改革发展成果，在中国文联党组领导的指导下，出版办从中国文联所属4家出版社精选出7种优秀图书，编印了“中国文学艺术界联合会2017年精品图书”在中国文联十届四次全委会上发放，受到了代表们的欢迎。

【参观展会学习调研】

1月中旬，中国文联党组成员、副主席李前光带领出版办同志前往北京图书订货会学习调研，了解出版营销动态和出版业发展趋势，并到中国文联出版社、中国电影出版社、中国摄影出版社展区，勉励中国文联所属各出版社认真贯彻落实党的十九大精神，积极探索创新，充分挖掘文艺资源，拓宽经营思路，实施多元化经营，为广大读者奉献更多更好的文艺精品图书。

报刊出版管理与服务

【中国文联所属7家期刊入选“中国最美期刊”】

出版办组织中国文联所属期刊单位参加了2018年“中国最美期刊”的申报活动。《美术》《舞蹈》《民艺》《大众摄影》《中国摄影》《中国书法》《中国文艺评论》7家期刊入选2018年“中国最美期刊”，是中国文联所属期刊入选数量最多的一次。

【开展2017年度报刊核验工作】

出版办组织中国文联所属报刊单位认真开展自查工作，通过了网上核验。5月，经对中国文联所属28报刊单位年度核验材料进行审核，出版办统一将28家报刊单位的2017年年检材料报送至北京市新闻出版广电局进行现场核验并全部通过审核。

【开展2017年度新闻记者证核验工作】

3月，出版办审核同意中国艺术报社等7家报刊单位68名采编人员的新闻记者证年度核验申请，并报送国家新闻出版广电总局审核。

【为6家单位办理增刊和变更报批手续】

出版办审核了《剧本》《中国摄影》《中国戏剧》《曲艺》《环球银幕》杂志社增刊和《大众摄影》杂志社变更期刊出版许可证的申请材料，并协助其办理相关报批手续。

机关建设

行政服务工作

【学习宣传贯彻习近平新时代中国特色社会主义思想，围绕大局，服务中心，做好文艺工作和文联工作】

党的十九大以来，认真完成了文联党组交办的党组、主席团、全体党员干部、办公厅干部学习贯彻党的十九大精神各次会议的组织实施工作；3月初，主持召开办公厅党支部党员大会，全体党员干部集中学习习近平新时代中国特色社会主义思想、十九届三中全会精神和中央关于宣传思想工作、文化体制改革工作相关文件精神，并通报了办公厅2017年度专题民主生活会情况和整改落实举措；3月底，主持召开专题组织生活会，集中学习了习近平新时代中国特色社会主义思想和新党章，要求各党小组负责同志围绕“深入学习贯彻党的十九大精神，牢固树立‘四个意识’，坚定‘四个自信’，提升基层党组织组织力，查找纠正‘四风’突出问题特别是形式主义、官僚主义新表现”这个主题，开展学习讨论和思想汇报，深入查摆具体问题，各党小组代表在会上做了主题发言；7月初，组织开展“不忘初心，重温入党志愿书”主题党日活动，赵实同志做了题为《重温入党誓词　坚守政治信仰》的主题发言，并组织集体学习了《共产党宣言》《习近平新时代中国特色社会主义思想三十讲》。通过组织各种形式的学习，全体党员每月一到两次的党小组政治学习讨论已经成为自发自愿、积极参加的常态；不定期发放的各种学习读本、重要会议通报、单行本等已经成为每一位党员干部日常学习充电、常翻常学的重要内容，各党小组、各位党员的政治水平政治能力有了很大提升。严格落实“三会一课”制度、完善议事决策、党务政务公开、民主生活会、党内谈心谈话、党员民主评议等制度。2018年共组织召开17次支委会，6次党员大会，4次专题组织生活会，2次党课，1次民主生活会，1次“不忘初心　重温入党志愿书”主题党日活动。同时，积极参加所在书记办和机要档案处党小组的组织生活，与小组各位党员共同学习讨论。做好党费收缴、使用、管理以及党员发展和统计工作，走访慰问生活困难党员等。组织编印了《办公厅党支部工作》简报6期印发支部每位党员，并及时向文联党组和文联机关党委报送相关情况。

【做好文联重要会议活动的协调服务保障工作】

办公厅共完成29次党组（书记处）会议的协调保障工作，印发29期会议纪要。协调文联党组（书记处）、主席团领导出席各项会议活动300余次，协调陪同领导出差数十次，同时做好文联领导工作、活动信息宣传。先后完成中国文联十届三次主席团会议和全委会，百花迎春——中国文学艺术界2018春节大联欢，“不忘初心　继续前进”——庆祝中国共产党成立100周年大型美术创作工程启动动员会，“真理的力量”——纪念马克思诞辰200周年主题展览，认真学习贯彻习近平总书记重要指示精神做有信仰、有情怀、有担当的新时代文艺工作者座谈会，第6届中国书法兰亭奖作品展，纪念周恩来同志诞辰120周年座谈会，2018中国国际摄影艺术节暨中国第17届国际摄影艺术展览，第27届中国金鸡百花电影节，中国文联团体会员主要负责人培训班，中国文艺志愿者协会换届大会，第5届齐白石国际文化艺术节，纪念田汉诞辰120周年座谈会，全国政协文化文史和学习委员会调研座谈会，中国文联专职副主席民主推荐会，中组部赴中国文联调研谈话会等重大会议活动和重点工作的公文起草、文件印发、联络组织协调和会务保障等工作，积极筹备中国文联十届四次全委会。协调相关部室，与中宣部等上级有关部门积极沟通，协助中国影协、中国美协两家协会顺利组织召开全国代表大会，完成换届工作。协助文联有关部室和全国文艺家协会做好文艺志愿服务活动、文化名人纪念、对外文化交流、调查研究、理论评论、舆情信息、权益保护、出版业改革、文艺研修、培训研讨等重点工作的联络协调服务工作。

【为艺术家和文艺工作者服务】

2018年，组织安排4批近30位文联荣誉委员、主席团成员，各全国文艺家协会主席团、顾问等知名老艺术家分赴江苏、黑龙江、浙江、广东等地开展采风调研活动。组织在京荣委、主席团成员在北京大学第一医院参照院士体检标准进行体检。为近70位荣委、主席团成员和老领导庆祝生日。完成元旦春节期间、国庆节前文联党组领导走访慰问荣委、老同志，以及党组领导陪同中央领导同志春节前看望知名艺术家的联系协调服务工作。做好各团体会员举办重要文艺展演活动邀请领导出席、协调活动场地等服务保障工作。为文联党组领导和各单位编印新版《中国文联常用电话号码本》《中国文联内部工作通讯录》和办公厅工作人员通讯录等等具体保障工作。

【深化改革工作】

督促指导地方文联认真贯彻落实中央有关精神，统筹协调推进全国文联系统深化改革工作。3月底，组织召开了全国文联系统深化改革座谈会。6月至8月，组织开展深化改革督查调研，协调文联党组领导率队分赴内蒙古、黑龙江、西藏、山东、河北、河南、江西、山西等有关省区市文联，深入调查了解地方文联推进深化改革最新进展情况，督促推动地方文联制定出台深化改革方案。先后3次下发通知，对全国文联系统深化改革工作进行督促指导，及时了解掌握改革进度，进一步明确工作要求，帮助协调解决有关问题；7月至8月，组织改革办各成员单位组成督查组，对各全国文艺家协会和有关直属单位开展了深化改革现场督查和意识形态督查，现场调研各全国文艺家协会和相关直属单位推进落实深化改革的进展情况以及意识形态工作。此外，还加强对各省级文联的工作指导，先后组织审议了海南、四川、北京、河南、西藏、贵州、天津、新疆生产建设兵团等省（区、市）文联的《深化改革方案》，研究提出了具体的修改意见建议。2018年共编发6期《文联改革动态》，采编近20余篇深化改革信息，有力推动了深化改革信息共享和改革经验、做法、举措的交流互鉴。中国文联深化改革任务分工方案中确定的67项改革任务，已经落实完成55项，完成率82.1%；全国32个省级文联中，已有30家深化改革方案制定出台；440家地市级文联中，已有228家地市级文联正式制定出台了深化改革方案，出台比例达到55.3%。

【督查信息工作】

围绕党中央和习近平总书记关于文艺工作、文联工作指示精神和中国文联中心工作、重要工作、重点工程项目建设以及文艺界关心的热点难点焦点问题，健全完善督查机制，突出督查工作重点，提高督查服务能力，抓好报送综合信息的各项能力，积极创新推动督查落实和综合信息报送工作。全年开展督查督办活动6次，梳理督查工作32条，牵头组织部门督查2次，编发《督查工作》通报2期；整理全国各团体会员、区县报送综合信息等稿件615篇，精编后报送综合信息《中国文联工作要情》71期，中办综合信息室采用2篇，中宣部每日要情报采用2篇；组织了全国文联年鉴编撰工作培训班。

【国有资产管理工作】

按照财政部、国管局、国资委有关要求组织开展国有资产数据统计工作。组织各单位2017年行政事业单位资产报表、行政事业单位固定资产投资报表、全国政府采购信息统计报表、中央行政事业单位国有资产决算和绩效评价报表、中央部门管理企业国有资产统计报表、2019年度中央行政事业单位国有资产配置计划报表等6套国有资产数据报表的编报工作。上报《中国文联关于报送2017年度行政事业单位国有资产年度决算的报告》、《中国文联企业国有资产运营情况分析报告》。加强固定资产管理和产权登记工作。合理调拨资产，盘活库存，逐步建立资产共享、循环利用机制。规范处置废旧资产，提高资产使用效益，进一步降低行政成本。根据财政部相关要求完善产权登记后续工作。完成了2017年度文联机关国有资产清查核对工作。组织对文联办公用房进行了清理整顿，协调服务中心对不合格办公用房进行改造，完成改造局级办公用房30间，部级办公用房6间。

研究制定新的《中国文联机关采购管理办法》。落实节能产品、环境标志产品政府采购政策，促进节能减排工作。指导协会二级预算单位制定了政府采购内控管理办法，进一步规范二级预算单位政府采购行为。全面开展批量集中采购工作。协调财政部国库司、信息中心和中软公司重新设计组建中国文联批量集中采购数据库，并为新成立单位开立批量集中采购账户；协调财政部维护文联下属单位二下预算电子数据。组织《2017中国艺术发展报告》出版项目、“中华情”项目、财政支出绩效评价项目、用友政务管理软件升级项目、资产管理信息系统升级项目等大型项目的招标采购工作。在文联党组领导下，积极协调解决小汤山基地、浙江文艺大厦等历史遗留问题。

【机要、保密和档案工作】

2018年，共审核报批涉密事项19项，收文办理涉密机要文件500余件，收发机要文件8000余件，整理、传阅文联党组、办公厅机要文件夹46个。基本完成中国文联2017年度中央文件清退工作，组织各单位共清退中央文件1600余份。组织召开2018年中国文联保密工作会议暨文联党组保密委员会（扩大）会议，印发了《中国文联2018年保密工作要点》。共与新增涉密人员签订保密承诺书23份，政审15人，完成3名涉密人员离职离岗脱密保密承诺书、2名离职离岗委托管理等保密手续办理。组织各单位各部室新任领导班子成员、文联2018年新录用公务员及所属事业单位新录用工作人员、未参加保密教育轮训的涉密人员、新增涉密人员等共55人，参加保密教育培训和测试，优良率100%。

加强网络保密管理。为文联所有办公计算机制作粘贴保密提示，为所有涉密计算机制作粘贴密级责任标签，制作印发《领导干部、涉密人员使用互联网计算机安全保密提示》卡片。及时开展专项督查指导，确保不发生网络失泄密问题。开展2018年度保密自查自评工作，联系并借用计算机终端保密检查系统40套，共检查办公计算机1085台，打印检测报告1000余份。11月20日，通过了国家保密局的专项保密督查，并被审评为高线合格。

组织文联机关开展2017年度文书档案的收集、整理、审核和归档工作。接收“中华文明历史题材美术创作工程”、“《同一个世界》——中国画家彩绘联合国大家庭”艺术大展相关文书档案和艺术档案。扎实推进档案数字化建设，认真做好新档案数据导入文联档案管理软件等工作，基本实现了数字存储、软件管理、电脑查阅，提升了文联机关档案管理水平。结合档案数字化，对一些涉及艺术档案的音像、图片资料等进行了整理、扫描，积极开展艺术档案收集、管理、保护和利用工作。积极推进文联发展史展厅展陈更新工作。

办理9件十三届全国人大一次会议代表建议，32件全国政协十三届一次会议提案，1件中国文联十届三次全委会委员建议案。起草完成《中国文联关于支持服务文联系统的全国人大代表、全国政协委员参政议政的具体办法》。认真做好来信来访接待和协调办理工作。共收到群众来信38封，协调办理6件，接待来访人员5名。定期派人查看分设在文联各办公地点的6个党组意见箱，畅通文联党组领导直接联系群众的渠道。

【计划财务工作】

做好文联机关本级经费预决算管理。根据财政部去年以来预算管理改革及预算执行管理方面的最新要求，机关财务处一是在整理核对财务账簿的基础上，完成了文联机关本级2017年度项目支出绩效自评、2017年度部门决算报表、住房改革支出结算、2017年结转结余资金、2018年预算执行计划等各类相关报表的编报工作。二是组织协调机关各部室完成了2019年至2021年文联机关本级中期规划及2019年部门预算（一上）、（二上）的编报工作。三是积极督促文联机关本级各部室根据2018年预算执行计划，加快预算执行进度。截至11月底机关本级本年财政支出预算执行率已达到序时进度。四是实时监控机关本级2018年“三公”经费等使用进度，确保绝不突破预算。五是及时做好机关本级项目预算执行进度分析，全年起草各类报批件30余份，积极为文联党组和办公厅领导出谋划策，努力提高资金使用规范性和效益。

做好文联机关本级财务审核及资金保障。根据处室职责及财政部2018年批复预算和经费开支范围、标准，同志们一起通过办理财务借款、清账、审核、报账、记账、对账等大量日常工作，一是保障了机关本级财政预算资金、自有资金、党费、工会会费及有关社团经费运行畅通以及机关本级在职和离退休人员工资、津贴补贴、医药费、住房公积金等经费的开支需要，二是采取重点项目重点关注原则，积极做好机关本级2018年度重点项目经费审核、资金拨付和财务保障工作，如：2018年“百花迎春——春节大联欢”、重大主题文艺活动、中国文学艺术发展专项基金等。一年以来，财政零余额资金、自有资金、党费、工会会费及有关社团经费共完成财务核算业务近4000笔。

做好制度完善和相关配合工作。根据处室职责，一是完善了机关寄发快递工作的审批管理程序。二是2018年初帮助垫付了2个月的文联机关和机关服务中心办公普通电话费和红机专线费用。三是根据党组《关于落实中国文联巡视整改“回头看”及审计整改工作实施方案》要求，经报请党组领导同意，研究出台了《中国文联办公厅关于取消餐券领用方式的通知》，改变了以往机关部室安排外来人员临时用餐时在办公厅统一领用餐券的做法，由相关部室按程序到办公厅办理报销。四是配合基金会项目绩效评价工作，就2016-2017年度联络服务艺术家项目的财务收支情况进行了相关整理，并查找以前年度财务凭证，就有关情况向事务所同志进行合理解释说明。五是改善了机关职工的公费医疗补贴标准等。

【审计工作】

开展中国文联审计整改“回头看”工作。中国文联党组高度重视审计所反映问题，召开专题会议，研究部署审计整改工作，要求各部门单位强化审计整改职责，采取有效措施，切实纠正审计查出的问题，同时整改工作要突出长效机制建设，完善制度，强化措施，防止类似问题再度发生。2018年，本着“标本兼治、务求实效、举一反三”的原则，5月至7月间，中国文联成立检查组开展审计整改“回头看”及所属单位领导干部离任审计整改“回头看”工作，对各单位落实审计整改工作督促检查。推进文联内部审计整改工作的落实。2017年度进行中国摄协原分党组书记等3位同志、4家单位离任审计。开展内审督导，已对审计中发现的合同管理不规范等6类15个问题，全部整改到位，规范了财务管理水平。配合有关部门及下属单位开展审计相关工作。根据中宣部通知要求，完成中国文联文化名家暨“四个一批”人才资助项目结项审计工作。根据文学艺术发展基金管理办法艺术基金的绩效考评工作。2018年，特对基金会的基金使用进行绩效考评。通过对绩效目标的综合考评，合理配置资源，优化支出结构，规范预算资金分配，提高预算资金使用效益和效率。指导中国书协、中国影协、中国文联出版社开展离任审计工作。加强与审计署沟通，按要求报送有关财务及资产相关信息和汇报材料。配合文联资产采购小组工作，参与文联资产采购的招投标工作。开展文联内控制度风险评估工作。根据财政部《行政事业单位内部控制规范》有关规定2018办公厅组织了中国文联2018年度风险评估工作。

【定点扶贫工作】

按照国务院相关要求，中国文联自1998年起开始了对甘肃省陇南市武都区的定点扶贫工作，与当地党委政府共同探索开拓了一条具有文联特色的文艺扶贫之路。武都区位于甘肃省东南部，全区辖36个乡镇、4个街道，650个村、50个社区，总人口58万，1986年被列为国家贫困县，2001年确定为全国扶贫开发工作重点县（区），2011年确定为秦巴山特困片区扶贫攻坚片区县（区）。按照新的贫困标准，2013年界定贫困村287个、贫困人口3.71万户15.01万人，贫困发生率为30.26%，是甘肃省贫困村最多的县区。

多年来，尤其是党的十八大以来，中国文联领导高度重视定点帮扶工作，主要领导多次赴武都区开展扶贫调研，落实帮扶举措；选拔优秀干部到区、村任职，充实当地干部队伍；中国文联以文艺扶贫为主线，科技扶贫、产业扶贫、消费扶贫多管齐下，先扶志、再扶智，为有志有智农民搭建创业舞台，取得了较好效果，2018年6月，被甘肃省确定为中央定点单位2017年帮扶工作先进帮扶单位，2018年2月，被甘肃省确定为中央定点单位2018年帮扶工作先进集体。2018年，中国文联直接投入资金500万元、赠送图书436万码洋，捐赠党建经费41万元、书画价值386万元，实施项目5个，先后召开各类座谈会7次，购买当地农产品60余万元，帮助建档立卡贫困人口数1100余人，中药材发展基金帮助建档立卡贫困90户406人脱贫。当年受到资助的75名高三年级学生有62名被全国各地大专院校录取，捐资建设的8个“美育圆梦艺术教室”已经全部投入使用。

人事工作

【中国文联党组书记、成员调整】

中组部通知：免去赵实（女）、左中一、郭运德中国文联党组成员职务。赵实（女）、左中一、郭运德不再担任书记处书记职务。胡振民、覃志刚、杨承志（女）、赵实（女）退休。增选陈建文为中国文联第十届副主席。

【中国美术家协会换届】

12月22日至24日，中国美术家协会第九次全国代表大会在京召开。会议选举产生了中国美协新一届领导机构：

主席：范迪安

驻会副主席：徐　里

副主席（按姓氏笔画排序）：王书平、许江、闫平（女）、李翔、李劲堃、李象群（满族）、杨晓阳、吴为山、何家英、周京新、庞茂琨、徐里、鲁晓波、曾成钢

分党组书记：徐　里

分党组副书记：陶　勤（女）

成　员：马锋辉

秘书长：马锋辉

【中国电影家协会换届】

12月28日至29日，中国电影家协会第十次全国代表大会在京召开。会议选举产生了中国影协新一届领导机构：

主席：陈道明

驻会副主席：张　宏

副主席（按姓氏笔画排序）：于冬、尹力、尹鸿、成龙、任仲伦、苏小卫（女）、吴京（满族）、张宏、张涵予、黄渤、喇培康（回族）

分党组书记：张　宏

分党组副书记：闫少非

成员：饶曙光、孙崇磊、毕文宇（女，挂职）

秘书长：闫少非

副秘书长：孙崇磊、毕文宇（女，挂职）

【班子调整配备和干部选拔任用】

各协会班子成员、文联机关局级干部、各直属单位班子成员、各艺术中心主任调整名单：

中国舞协分党组成员（副局级）柳斌任中国舞协副秘书长

中国杂协分党组成员（正处级）刘挥任中国杂协副秘书长

闫少非任中国影协分党组成员

侯仰军任中国民协分党组成员（正处级）、副秘书长

高健任中国视协分党组成员（副局级）、副秘书长

胡英军任中国文联办公厅副主任

苗宏任中国文联国内联络部副主任

董涛任中国文联理论研究室副主任

岳颖任中国文联人事部副主任

卢庆华任中国文联机关党委副书记

麻振山任中国文联离退休干部局副局长

王国骞由国家自然基金委员会机关党委纪检监察处处长调中国文联权益保护部任副主任

曲华江任中国曲协分党组副书记、秘书长、巡视员

孙德华由中国文联文艺志愿服务中心副主任调中国文联离退休干部局任副巡视员

陈彦由陕西省行政学院（陕西经济管理职业技术学院）党委书记、常务副院长调中国剧协任分党组书记

马锋辉由浙江省文联党组成员、副主席、书记处书记调中国美协任分党组成员、秘书长

闫少非任中国影协分党组副书记、秘书长

张天文任中国音协分党组成员、副巡视员

中国影协分党组成员（正处级）、副秘书长孙崇磊晋升为副巡视员

中国摄协分党组成员（正处级）、副秘书长彭文玲晋升为副巡视员

文化和旅游部借调薛伶到其驻外机构工作，免去薛伶同志中国文联国际联络部副主任职务，改任副巡视员

李洪伟任中国文联文艺研修院副院长

袁正领任中国文联文艺评论中心副主任

孟祥宁任中国艺术报社副社长

张萍任中国文联舞蹈艺术中心常务副主任

王仁刚兼任中国文联杂技艺术中心主任

董耀鹏不再担任中国曲协秘书长职务

饶曙光不再担任中国影协秘书长职务

徐里不再担任中国美协秘书长职务

陶勤不再担任中国美协副秘书长职务

宋岱不再担任中国电影出版社社长

中国影协分党组成员、副秘书长、副巡视员李景富免职退休

中国文联国内联络部副巡视员罗江华免职退休

中国剧协分党组书记季国平免职退休

中国书法出版传媒有限责任公司董事长、总

经理，中国文联书法艺术中心三级职员李世俊免职退休

中国文联电视艺术中心主任张德祥免职退休

中国文联美术艺术中心主任丁杰免职退休

【干部挂职锻炼】

选派1名机关副局级干部到西部地区、老工业基地和革命老区挂职锻炼，1名协会处级干部继续在中国文联扶贫点甘肃省陇南市武都区挂职锻炼，1名机关处级干部到中国文联扶贫点甘肃省陇南市武都区鱼龙镇上尹家村挂职锻炼。选派机关与各协会、直属单位共23名干部进行双向交流挂职。

【制度建设】

根据中央办公厅印发的《关于进一步激励广大干部新时代新担当新作为的意见》，结合文联实际制定印发《关于进一步激励中国文联系统干部担当作为干事创业的暂行办法》

【机构、编制管理】

贯彻深化改革要求，重新调整剧协和戏剧艺术中心主要职责、内设机构和人员编制。按照编制实名制管理要求，采集上报中国文联机关本级及11家协会机构、编制、人员等约4500多项信息，完善了中国文联系统的机构编制实名制管理台账。

【工资管理】

完成2018年行政统发工资的审核、汇总、上报，工资调整共涉及755人次。批复工资文件85份，共计671人次。根据人社部发〔2018〕112号文件，组织实施调整机关事业单位工作人员基本工资标准和增加离休人员离休费工作，共计839人次。做好文联系统17家事业单位的绩效工资实施工作，汇总上报2015-2017年津补贴实施情况数据，批复2015-2017年绩效工资总额，完成事业单位绩效工资实施方案审核备案。审核2017年度中国文联出版社负责人薪酬备案材料，组织实施企业负责人薪酬制度改革落实情况自查和抽查工作。

【养老保险】

调整728名行政事业单位工作人员2018年养老保险缴费基数，完成文联系统各单位基本养老保险征缴发放和机关事业单位624名退休人员2018年基本养老金待遇调整。完成中国文联机关本级2014年10月至2018年12月养老保险准备期清算信息审核确认工作，共涉及在职人员161人，退休人员138人，上万项信息。

【公务员管理】

完成2018年度15个职位录用机关工作人员工作。组织实施2019年度13个职位录用机关工作人员计划申报和网上资格审核工作。完成参公人员登记备案13人，上报夫妻两地分居材料2人。完成中组部公务员信息管理系统数据采集工作，采集上报338人约3.5万项信息。完成参公管理的群团机关工作人员统计、行政事业单位机构编制统计、机关事业单位工资统计等年度报表。

【干部教育培训】

统筹中宣部全国文艺业务骨干和文艺管理干部培训项目、中国文学艺术基金会文艺人才培养（培训）基金资助项目以及其他业务培训项目，制定中国文联2018年度教育培训计划，推动文联系统教育培训迈入常态化、规范化的新阶段。共完成各类培训项目145个，累计培训文艺工作者和文艺管理干部1.2万人次。5月召开全国文联系统教育培训工作会议。9月举办中国文联团体会员党组（分党组）主要负责人培训班。开展干部调训和局级干部专题研修工作，选派4名中管干部、23名局处级干部参加中央党校、国家行政学院、三大干部学院的培训，选派10名局级干部参加中央和国家机关司局级专题研修。

【人才工作】

尚辉、刘杰、王忠磊、高艳津子、王舸、罗布斯达、王琛、傅琰东等8位同志入选文化名家暨“四个一批”人才；尚辉、赵彤2位同志被评为享受政府特殊津贴专家；组织开展“万人计划”青年拔尖人才人选推荐选拔工作；做好文化名家暨“四个一批”人才自主选题项目开展及经费使用情况自查工作；做好按月发放国务院政府特贴专家、有名望的老艺术家津补贴发放，参与专家体检等工作；配合上级部门、文联党组领导走访慰问有名望的老艺术家，为35名生活困难老艺术家发放补助。

【职称评审】

召开中国文联出版专业高级职务任职资格评审会议，7名申报人员获得出版专业高级职务任职资格。其中，通过编审任职资格的3人，分别是：中国戏剧家协会武丹丹、中国书法家协会郝永伟、中国文联出版社闫翔。通过副编审任职资格的4人，分别是：中国摄影家协会李亚坤、李馨，中国文联出版社卞正兰、冯巍。

【事业单位人事工作】

4家文联直属事业单位、9家协会所属艺术中心完成新《三定方案》印发后在编人员重新定岗和聘任工作。中国文联系统15家事业单位进行公开招聘，择优录用21人，其中，应届高校毕业生5人、社会在职人员16人，本科学历占33%、研究生学历占67%。

党委工作

【深入学习贯彻习近平新时代中国特色社会主义思想和党的十九大精神】

严格各级党组中心组的学习。2018年，文联党组理论学习中心组共组织学习30次，其中，专题研讨7次。中心组成员全部做到全年每人至少重点发言1次以上，撰写调研报告或理论文章1篇以上。

开展各种专题学习教育活动。“七一”前后，按照中央和国家机关工委统一部署，文联所属各党支部认真组织开展“不忘初心，重温入党志愿书”主题党日活动。文联机关党委认真制定活动方案，下发活动通知。各党支部认真组织，通过座谈会、专题组织生活会、主题党日活动、主题党课、征文活动等形式，教育引导党员干部重温入党初心，回顾成长历程，坚定理想信念。围绕纪念马克思诞辰200周年，各级党组织以组织观看影视片和参观展览，举办读书会、诵读会、研讨会，党员撰写学习体会文章等多种形式，认真学习“马恩”经典著作，引导党员进一步坚定马克思主义信仰、坚定“四个自信”。习近平总书记给新近入党老艺术家牛犇同志回信后，文联机关党委及时部署党员干部认真学习习近平总书记给牛犇同志的回信，学习李屹同志在“认真学习习近平总书记重要讲话精神，做有信仰、有情怀、有担当的新时代文艺工作者”座谈会上讲话精神，组织观看《牛犇重温入党誓词》《牛犇入党感言》等视频片，引导党员“一辈子跟党走”“做有信仰、有情怀、有担当的人”。

推进党员日常理论学习教育。文联机关党委牢牢把握“习近平新时代中国特色社会主义思想和党的十九大精神”这一学习教育重点，为各单位领导干部配发《习近平新时代中国特色社会主义思想三十讲》《党的十九大精神辅导读本》《党的十九大精神辅导百问》《共产党宣言》等书籍；印发《习近平新时代中国特色社会主义思想三十讲》学习通知，提出明确要求，推动文联各级党组织和党员兴起学习热潮；组织党员参加中央和国家机关工委等上级组织举办的习近平谈治国理政报告会、党的十九大精神辅导报告会、宪法学习宣传报告会等各类专题辅导20余场；组织党员观看《厉害了！我的国》《不朽的马克思》《文朝荣》《增强忧患意识 防范风险挑战》等教育影视片；编印机关党委简报20多期、《学习参考》7期，推广学习经验，提供学习资料；会同人事部制定《中国文联贯彻落实〈中央和国家机关工委关于推进中央和国家机关年轻干部深入学习习近平新时代中国特色社会主义思想的意见〉实施办法》，对年轻干部学习习近平新时代中国特色社会主义思想做出具体安排部署。文联各级党组织还通过组织参观“庆祝改革开放四十周年大型展览”、举办书画展等各种形式开展了庆祝改革开放40周年活动。

【加强党的政治建设】

贯彻落实中央和国家机关党的政治建设推进会精神。中央和国家机关党的政治建设推进会后，文联党组及时召开扩大会议，传达学习习近平总书记重要批示精神以及中央和国家机关党的政治建设推进会议精神，研究部署文联贯彻落实具体措施。机关党委制定下发《关于认真学习贯彻习近平总书记对推进中央和国家机关党的政治建设重要批示精神的通知》，就文联贯彻落实会议精神做出具体安排。文联各级党组织以中心组学习会、总支大会、支部或党小组学习会等形式认真组织学习习近平总书记重要指示精神，结合本单位实际认真查找政治风险点，建立政治风险防范措施。11月，根据中央和国家机关工委关于开展党的政治建设督查的统一部署，中国文联精心制定工作方案，成立工作领导小组，对照自查内容，深入细致查找问题，并将自查情况及时上报中央和国家机关工委。12月3日到7日，中国文联接受中央和国家机关工委的重点督查，受到督查组的充分肯定。

履行各级党组织的党建工作主体责任。2018年，文联各级党组织认真贯彻坚持党要管党和全面从严治党要求，认真履行党建工作主体责任。2

月，文联党组专门听取文联机关党委和纪委工作汇报，就2018年文联党建工作进行认真研究部署。9月初，文联党组利用5个半天的时间，听取所属各单位、各部门党建工作和意识形态工作的专题汇报，对文联党建与意识形态工作进行认真分析研究。9月14日，召开各单位、各部门领导班子成员会议，李屹同志对各单位进行逐一点评，总结成绩，梳理问题，并就下一步做好党建和意识形态工作提出明确要求。《中共中央政治局关于加强和维护党中央集中统一领导的若干规定》颁布后，文联党组中心组认真组织传达学习，并研究制定贯彻落实具体方案，进一步严格规范各项工作制度。2018年，文联机关党委召开3次会议，研究分析文联党建与党风廉政建设工作形势，总结经验，查找问题，研究部署工作。文联机关党委认真贯彻落实思想政治工作分析报告制度，印发《关于报送思想政治工作有关情况的通知》，发放干部职工思想状况调查问卷，制作分析图表，撰写《中国文联党员干部思想状况分析报告调研报告》上报中央和国家机关工委。

落实各项党内政治生活制度。2018年，文联各级领导班子认真贯彻落实《关于新形势下党内政治生活的若干准则》，认真召开2017年专题民主生活会，仔细查摆突出问题，深刻剖析产生原因，研究制定整改措施，中央第16督导组及上级有关部门同志全程参与文联党组民主生活会给予充分肯定。文联党组成员、机关党委和人事部相关人员会前认真审核文联各局级班子民主生活会材料并参加会议。文联党组成员和各单位领导班子成员都能够做到严格落实双重组织生活制度，以普通党员身份参加所在支部组织生活会。

【加强党建工作制度化、标准化、规范化建设】

加强党的基层组织建设。为贯彻落实党的十九大修订的党章新规定，以及中央和国家机关工委关于基层党组织建设要求，文联机关党委印发《关于做好中国文联基层党组织按期换届工作的通知》，进一步明确换届请示和提醒督促机制，并开展基层党组织换届工作督察。目前文联共有党务干部266人，其中专职党务干部23人，兼职党务干部243人，各级基层党组织均做到了组织健全，人员到位，活动经常。文联机关党委印发《关于上报入党积极分子、发展对象及党的十八大以来党员发展情况的通知》，规范党组织培养、发展党员等相关工作；开展失联党员排查工作；全年共发展新党员13名。

建立完善党建工作考评办法和考评指标体系。为进一步压紧压实党建工作责任，解决党建工作“抓好抓坏一个样”问题，文联机关党委协助文联党组制定《中国文联党建工作考评办法》，以及《中国文联领导班子党建工作考评指标体系》《中国文联基层党委和党总支党建工作考评指标体系》《中国文联党支部党建工作考评指标体系》。这个“考评办法”和三个“考评指标体系”的制定，进一步健全和完善了文联党建工作制度，明确了各级党组织的党建工作责任、工作内容、工作标准，形成一套系统完整、科学规范的党建工作考核评价机制，为进一步提升文联党建工作的质量与水平奠定了良好基础。

对各级基层党务干部开展业务培训。为促使文联各级专兼职党务干部更加熟练掌握党建工作业务知识，提高工作质量与水平，7月中旬，文联机关党委举办文联党务干部培训班，邀请专家就支部建设标准化问题作专题讲座，机关党委辅导解读《中国文联党支部工作规则》，中国影协、中国摄协、中国文联文艺评论中心、中国艺术报社分别在大会上介绍开展党建工作的经验作法。7月26日，文联机关党委举办各级基层党组织书记和委员党建业务培训会，对如何更高标准地做好基层党建工作进行了专项辅导。

【群团组织工作】

加强群团组织建设。文联机关团委推荐1名同志出席中央和国家机关团十八次代表会议。文联机关工会推荐1名同志出席中央和国家机关妇女十二大会议。文联各级群团组织认真落实换届要求，目前，各级群团组织基本做到了按期换届。

活跃机关文化生活。文联工会、团委、青联联合举办2018年文联职工春节联欢会。文联工会举办职工第七届乒乓球赛，积极支持羽毛球、台球、游泳、舞蹈等文体俱乐部开展活动。文联青联会同人事部邀请邓小平特型扮演者卢奇做客“文联大讲堂”，开展艺术讲座。文联机关团委组织集中开展“五四”主题日活动。文联机关团委、青联与北京耳东影业公司开展青年交流。文联妇工委“三八”节组织女职工参观中国科技馆；组织女职工开展“书香三八”读书活动；组织女职工参加全国妇联倡导的“百万家庭亲情一线牵——恒爱行动”，为新疆少数民族少年儿童编织衣物件。

开展“送温暖”活动。2018年，文联机关党委将中央和国家机关工委下拨的41万元党费专款捐赠扶贫点武都区鱼龙镇上伊村，用于村党支部党建基础设施建设。文联机关党委支出党费8.8万元，文联工会支出会费2.4万元，共慰问病困在职和离退休干部职工及挂职干部56人。各基层党组织和工会也分别支出一定数额党费和会费对本单位病困干部职工进行了慰问。

纪委工作

【加强节前廉政提醒】

按照《中共中央政治局贯彻落实中央八项规定实施细则》精神，文联党组制定《中国文联贯彻落实中央八项规定实施细则》，机关纪委督促所属各单位结合实际修订完善具体实施办法。根据中央和国家机关纪检监察工委及驻中宣部纪检监察组的工作要求，对各单位元旦春节、五一“端午”、中秋国庆和暑期办公期间的正风肃纪工作进行部署和检查，并采取发送廉政短信和微信、设置举报箱、转发中央和国家机关纪检监察工委违纪案例通报等方式，警醒党员干部时刻保持戒惧之心。

【持续推进全面从严治党工作】

配合文联党组召开2018年全面从严治党工作部署会议，学习贯彻党的十九大精神和十九届中央纪委二次全会精神，部署文联2018年全面从严治党工作，李屹与各单位各部门主要负责人签订2018年全面从严治党主体责任书。

【深入开展廉政风险点排查防控工作】

5月，印发《关于进一步做好廉政风险点排查防控工作的通知》，要求各单位、各部门对照2017年12月调整后的“三定”方案明确的工作职责，细化排查本单位本部门廉政风险点，并制定切实可行的防控措施，把廉政风险防控贯穿业务工作全过程。

【落实巡视整改工作】

为全面检查中央巡视整改落实情况，5月至7月，协助文联党组开展为期2个月的巡视整改“回头看”工作。协助党组召开巡视整改“回头看”动员部署会，成立巡视整改“回头看”工作领导小组，制定《关于落实中国文联巡视整改“回头看”工作实施方案》。督促各单位各部门对巡视整改落实情况进行全面自查自纠；配合巡视整改“回头看”领导小组对中国音协、中国曲协、中国舞协、中国摄协、中国杂协、中国文学艺术基金会等6家单位进行重点抽查；向各单位、各部门印发《中国文联开展巡视整改“回头看”情况通报》，并分别向被抽查单位下发督改通知，确保整改工作落实到位。在巡视整改工作“回头看”完成后，协助党组制定了《关于进一步落实巡视整改措施 巩固深化巡视整改成果的意见》，巩固拓展巡视整改成果，探索构建长效机制。

【规范津贴补贴发放工作】

6月至7月，与办公厅、人事部组成联合检查组，对文联系统各单位工资津贴补贴发放情况进行全面检查，对音乐艺术中心、摄影艺术中心、电视艺术中心、文联机关服务中心、网络文艺传播中心等5家单位进行重点抽查，进一步规范津贴补贴发放工作。

【抓好《中国共产党纪律处分条例》的学习宣传教育】

8月，中共中央印发新修订的《中国共产党纪律处分条例》（以下简称《条例》），文联党组理论学习中心组召开专题学习会，认真学习《条例》，并对贯彻落实好《条例》提出明确要求。下发通知，要求各单位及各级党组织充分认识《条例》修订的重要意义，认真组织《条例》的学习宣传。督促各单位及时召开理论中心组学习会、支部党员大会。为全体在职党员发放《条例》单行本，并在宣传栏张贴《条例》修订前后对照表，切实抓好《条例》的学习宣传教育。

【加强纪律建设】

10月，为学习贯彻中央和国家机关警示教育大会精神，文联党组理论学习中心组召开专题座谈研讨会并进行交流发言。机关纪委协助党组组织召开文联系统警示教育大会，传达中央和国家机关警示教育大会精神，通报文联近年来违纪典型案例，针对暴露出的廉政风险隐患提出强化监管要求。集中组织观看警示教育片《为了政治生态的海晏河清》和纪律教育片《铁纪强军》。根据中央和国家机关纪检监察工委通知要求，结合文联实际制定印发《中国文联2018年度经常性纪律教育计划》，并将纪律教育计划内容汇编成《中国文联2018年度经常性纪律教育手册》，供各单位、各部门日常学习参考。同时，在“学习文联”APP中设置纪律教育专题学习计划，作为全体在职党员干部的线上学习任务，着力提高纪律教育的针对性和实效性，切实加强纪律建设。

【开展专项检查】

与人事部联合对各单位企业负责人薪酬制度改革执行情况进行专项检查，并对中国影协、中国摄协、中国书协3家单位所属企业进行重点抽查。

【全年】

机关纪委全年参与监督第34届大众电影百花奖、第10届中国曲艺牡丹奖、第11届中国舞蹈荷花奖、第13届中国民间文艺山花奖、第12届中国摄影金像奖、第29届中国电视金鹰奖等全国性文艺评奖。期间，对各全国文艺家协会分党组主要负责同志提出明确要求，督促履行好主体责任；会同主办单位对评委进行集体廉政提醒，要求签订纪律承诺书，盯紧政治纪律、中央八项规定精神、廉洁纪律及评审纪律的落实；要求工作人员严守工作纪律，严格执行中央要求及文联有关评奖制度规定。

2018年，共回复党风廉政意见96人次，坚决防止“带病提拔”。全程参与监督中国影协、中国美协换届工作，把讲政治、守纪律的要求贯穿换届始终。

2018年机关纪委共收到信访举报107件，其中业务范围内纪检监察类61件，批评建议及业务范围外46件，均做到专人登记、编号、呈报、统计上报，确保台账准确、去向清晰。坚持复杂问题集体研究，认真研判，分类提出处置意见，按照干部监督管理权限移交驻中宣部纪检监察组24件，登记转办46件，重点处置涉及处级及以下干部的信访举报37件，转为问题线索26件，其中，初步核实22件，谈话函询3件，直接予以了结1件。共给予诫勉谈话2人。认真贯彻落实2017年执纪审查专项检查反馈意见，对指出存在核查不深入等14件问题线索进行进一步核实，详细制定方案、认真开展谈话、扎实外调取证，2次向中央和国家机关纪检监察工委报告整改进展，在2018年上半年已全部整改完成。7月，积极配合中央和国家机关纪检监察工委开展2018年执纪审查专项检查工作，对相关工作情况进行了全面自查，一线索一分析，向检查组详细报告了上年度执纪审查工作情况。11月，中央和国家机关纪检监察工委就检查情况进行了反馈，机关纪委及时向李屹汇报，并按照反馈意见，对有关4件问题线索着手开展核查工作。

2018年机关纪委共召开4次全体委员会议，学习新修订的《中国共产党纪律处分条例》，学习传达中央纪委、中央巡视办、中央和国家机关纪检监察工委有关会议和通知精神，审议机关纪委2017年工作总结、2017年信访举报分析报告，研究讨论有关问题线索处理意见等，推动机关纪委委员履职尽责。

加大对问题线索分析处置、调查取证、证据鉴别与使用等方面的日常学习培训，选派3人参加上级纪检机关组织的集中培训，选派2人到驻中宣部纪检监察组工作锻炼，提高业务水平。

离退休干部工作

【综　述】

2018年，中国文联离退休干部局在中国文联党组正确领导下，认真贯彻党的十九大和十九届二中、三中全会精神，深入学习贯彻习近平新时代中国特色社会主义思想和全国老干部局长会议精神，加强老干部政治建设、思想建设和党组织建设，教育引导老干部增强“四个意识”，坚定“四个自信”，做到“两个维护”，认真落实老干部政治、生活待遇，扎实做好老干部服务管理工作，切实从政治上尊重老干部、思想上关心老干部、生活上照顾老干部，不断满足老干部对美好生活的新期待。

【老干部政治待遇落实】

1.4月13日，组织部分老干部赴全国政协礼堂听取第十二届全国人大法律委员会主任委员乔晓阳同志围绕“学习宪法及修正案，加强宪法实施及监督”的专题报告会。

2.10月22日，组织文联系统老干部代表到全国政协礼堂听取中央纪委国家监委法规室主任马森述解读《中国共产党纪律处分条例》专题报告会。

3.配合办公厅做好部级退休干部阅读文件服务工作，及时向离退休干部传达有关文件精神。

4.积极建设文联老干部微信公众号，向老同志及时传达中央的新精神新要求，传播正能量，传递养老新政策新趋势，为老同志们提供了100余篇有价值的阅读文章。

5.《桑榆天地》杂志办刊质量不断提升。全年共刊发稿件100余篇、书法美术摄影作品近200件，内容丰富，题材多样，为老干部加强政治学习、提升文化修养提供平台。

【老干部党组织建设】

1.5月3日至4日，组织近70名文联系统的老干部党支部书记、委员和负责老干部党务工作的工作人员进行培训。学习习近平总书记在十三届全国人大一次会议上的重要讲话，传达全国老干部局长会议精神，听取全国老龄委专家专题讲座。中国文联机关党委常务副书记刘国强出席并讲话。

2.5月，文联机关离退休干部党总支组织机关4个离退休干部党支部书记、委员赴怀柔九渡河镇红庙村委会党支部学习交流，并向村委会捐赠文艺图书100余本。

3.机关各离退休干部党支部加强与党员联系，“七一”之际走访看望生病住院、高龄行动不便的老干部20余人次。

4.11月6日至7日，组织文联系统19个离退休干部党支部书记、委员和各全国文艺家协会、直属单位的老干部党务工作人员进行集中培训，传达学习全国宣传思想工作会议精神，宣讲改革开放以来的发展变化，听取中医专家关于健康养生的专题报告。

5.经报文联党组领导同志同意，并与机关党委研究，将12名退休部级干部编入文联机关离退休干部各党支部过组织生活。

【举办庆祝改革开放四十周年活动】

1.5月至11月，组织举办“中国文联老同志纪念改革开放40周年”征文活动，编辑出版活动征文集《改革风劲百花馨》一书。

2.11月至12月，组织开展“我看改革开放新成就”专题调研活动。通过座谈会、主题宣讲、访问访谈、电话采访、微信和短信征询等方式开展调研，多角度多层次访问了文联退休老领导、文联系统老艺术家和文联退休老党员等有代表性的老同志。

【老干部生活待遇落实】

1.完成离休干部因瘫痪等原因生活长期不能自理的护理费、离休干部遗属无工作困补、退休干部遗属困补等发放调整工作。

2. 6月，开展“夕阳红”救助工作，为文联系统董荣和、陈闺梅等4名特困老干部申请发放救助金2.4万元。

3.7月至8月组织15名离休干部和退休部级干部到北戴河中直疗养院疗养。

4.9月、10月组织140余名老干部到306医院、慈铭体检中心检查身体。配合办公厅做好文联荣委、退休部级干部体检服务工作。

5.开展老干部生日祝寿活动，为文联机关每位老干部订送生日蛋糕。为80岁以上的老干部赠送羊绒围巾。9月26日，举办老干部集体祝寿会，80余名老干部参加。

6.11月，为文联系统38名困难的老艺术家申请补助金38万元。

7.坚持每月定点上门收送医药费，全年共计代收送医药费150余人次，累计金额40余万元。

8.为文联系统4名高龄老干部安装了“一键通”紧急呼叫系统；与慈爱家护理机构合作，为2名失能老干部提供康复护理服务。

9.完成2位去世老干部的丧葬服务工作。

【老干部走访慰问】

1.春节前夕，党组领导李屹、赵实、左中一、李前光、郭运德、陈建文分别走访看望了杨澧、杜高、张震、王守明等文联系统离退休干部。离退休干部局走访慰问机关离退休干部40余人，为他们送去了慰问金和节日问候。

2、坚持重大节日，为机关老干部发祝福短信，全年发送信息1500余条。

3.看望重病住院及长期异地居住的老干部，先后到10余家医院看望了胡珍、丁道希、董荣和等老干部。为刘子异、齐志翔等8名离退休老干部联系医院、医保中心等部门，办理调换医院、医疗证补办等，解决了他们住院难、报销难、变更就近医院难等问题。

【老干部文化娱乐活动】

1.1月25日，组织举办了2018年文联机关老同志新春团拜会和文艺演出，近100名老干部参加了活动。中国文联党组全体成员出席团拜会看望老同志并一起观看了文艺演出。

2. 4月24日至25日，组织文联机关老干部赴顺义河北民俗文化体验园春游。老同志们参观游览了民俗文化展览馆、农耕农事体验园、红色教育基地、法制教育基地等。

3. 6月10日，组织文联系统各协会、文联机关和直属单位的近百名老干部参加第三届“首都国企开放日”活动。让老干部了解最新的“融合式养老服务理念”，体验专业的养老照护服务和康复训练。

4. 9月26日至27日，组织文联机关离退休老同志约80人赴怀柔青龙峡欢度重阳节秋游活动，参观游览了怀柔青龙峡景区和红螺寺。

5. 经报文联党组同意，印发《关于鼓励支持中国文联老文艺工作者参加文艺志愿服务活动的意见》。10月15日至21日，由20余名文联系统老艺术家组成的中国文联老艺术家志愿服务采风团，赴“一带一路”沿线甘肃张掖市等地开展文艺采风和志愿服务活动。

【老干部活动中心及老年艺术大学建设】

1. 双旗杆老干部活动中心全年累计服务离退休干部及家属超过10000人次，安定门活动站全年接待老同志超过2000人次。通过订阅多种报纸杂志等，完善基础设施建设，开展合唱、柔力球、京剧票友、棋类、乒乓球等活动，丰富老干部的文化生活。

2. 老年艺术大学开设了摄影、书法、美术、声乐、舞蹈等专业，有学员近百人。进一步提高老年大学办学质量，逐步形成了“课堂讲座”与“课外实践”相结合，“知识普及”与“深度研修”相结合，“全面教育”与“特色教学”相结合的老年教育格局。

3. 老年艺术大学摄影班组织学员前往北海公园、中国磨盘柿子第一村的房山区张坊镇大峪沟村，开展摄影课户外教学实践活动，及参观影像见证40年全国摄影大展。

4. 9月中旬，组织文联机关老干部参加了中国文联第七届职工乒乓球比赛。中国文联老干部代表队取得男团冠军、女团亚军、男单冠军、女单亚军的优异成绩。

【部门自身建设】

1. 召开2018年度文联系统老干部工作会暨老干部工作人员培训班，传达全国老干部局长会议精神，总结交流工作经验，研究部署2018年老干部工作，中国文联党组领导陈建文出席并讲话。

2. 加强党支部建设，以政治建设为统领，扎实做好“两学一做”常态化，组织开展“不忘初心，重温入党志愿书”主题党日活动；加强组织建设，9月21日党支部按期进行换届；贯彻落实“三会一课”基本制度，党支部全年集体学习22次，召开支委会19次，局领导和支部班子带头讲党课3次，处级领导干部讲党课1次；按时召开组织生活会，做好民主评议党员工作。

3. 组织参观学习活动，5月9日，局党支部全体赴国家会议中心参观第七届中国国际养老服务业博览会；8月1日，局党支部组织党员到国家博物馆参观《真理的力量——纪念马克思诞辰200周年》主题展览；10月30日，参观北京市海淀区廉政教育基地，开展警示教育活动，并制定《离退休干部局廉政风险易发点及防控措施》。

4. 成立年轻干部学习小组，加强年轻干部政治学习、思想教育和素质培训。

5. 研究制定《离退休干部局意识形态工作责任制》，建设文联离退休干部意识形态工作长效机制，加强离退休干部宣传阵地建设和舆论引导能力建设。

6. 离退休干部局领导班子调整：6月8日，麻振山任离退休干部局副局长；10月23日，孙德华任离退休干部局副巡视员。

后勤服务保障

【综 述】

2018年，在文联党组的领导下，在文联系统各单位的支持下，机关服务中心深入学习贯彻习近平新时代中国特色社会主义思想和党的十九大、十九届二中、三中全会以及全国宣传思想工作会议精神，认真贯彻落实中国文联十届三次全委会工作部署，积极适应中国文联改革发展新形势新任务新要求，切实履行全面从严治党主体责任，在提高管理水平、提升服务质量、增强保障能力上做了大量扎扎实实的工作，后勤服务保障工作在科学化、制度化、规范化等方面取得了明显成效。

【会议及文艺活动的服务保障工作】

围绕文联党组和全国各文艺家协会、机关各部室、各直属单位工作，机关服务中心认真做好各类大型文艺活动的会议、接待、安保、医疗、交通等服务保障工作，重点保障学习宣传贯彻习近平新时代中国特色社会主义思想、党的十九大、全国宣传思想工作会议精神相关会议、中国文联十届三次、四次主席团会、十届三次全委会、2018年百花迎春大联欢、“向人民学习，向生活学习，潜心创作无愧于新时代的精品力作”座谈会、“认真学习贯彻习近平总书记重要指示精神，做有信仰、有情怀、有担当的新时代文艺工作者”座谈会等相关工作及活动顺利举行。健全完善文艺家之家承办各类会议和文艺活动工作流程，形成综合协调、接待服务、会场服务、安全保卫、硬件保障全环节标准化工作模式，全年完成各类日常性工作会议以及报告宣讲、研讨座谈、教育培训、新闻宣传等文艺活动服务保障任务近800场次。

【艺术家的联络服务工作】

在文联党组领导的关心和指导下，稳步推进联络服务艺术家工作，配合办公厅联络服务艺术家整体工作安排，牵头组织完成中国文联老艺术家赴江苏、黑龙江、浙江等地采风调研活动的服务保障工作，为调研活动制定实施方案、优化行程路线、编制活动手册等。2018年12月底，会同剧协、影协、曲协、国内部，在中国文艺家之家顺利举办了丁荫楠、尚长荣、刘兰芳三位老艺术家艺术成就展，展览用近200幅照片、300件实物、4部视频等多种形式对老艺术家的艺术生涯进行全面系统的梳理回顾，突出展示了三位老艺术家在电影、戏剧、曲艺领域的艺术成就。发挥多功能服务优势，坚持为中国文联荣誉委员等老艺术家提供观影、理发等温馨服务，全年安排电影专场32次，协调组织来京参加两会文联荣誉委员与主席团成员参加专项体检，并及时向艺术家反馈体检结果。

【展览馆服务保障工作】

2018年，机关服务中心与国内联络部、中国文学艺术基金会以及各团体会员单位通力协作，全年承接“影像见证新时代 聚焦扶贫决胜期2018-2020大型影像跨界驻点调研创作工程”汇报展示展览、《舞蹈》杂志创刊60周年纪念展览、纪念改革开放四十周年系列艺术展览等美术、书法、摄影、民间工艺展览22次，接待参观人数近3万人次。发挥中国文联发展史展厅宣传教育阵地作用，积极做好发展史展厅接待服务工作，全年完成全国政协调研组、中国台湾艺术代表团、中国剧协越南戏剧家代表团、中国文联文艺研修院各期学习研讨班等30余次接待来访任务，提供系统全面的讲解服务。

【机关日常服务保障工作】

积极适应职工餐厅管理制度的改革要求，扎实做好用餐服务工作，增加特色美食、完善营养搭配、丰富菜谱品种等，提高职工餐厅餐饮质量和服务水平。进一步规范集体户籍的管理，制定《中国文联集体户籍管理暂行办法》，对户籍迁入、迁出、户口卡管理提出具体要求，集体户籍管理逐步制度化，提高后勤事务管理效能。积极配合国际联络部，承担中国文联外事委托服务工作，完成尼泊尔代表团、澳门中华文化联谊会、台湾艺术代表团及港澳台地区全委接待服务工作。为文联系统各单位办理各类护照、通行证、签证等出入境手续800余次。加强中国文联医疗保健、爱国卫生、人口计生管理，积极做好公费医疗审核、环境卫生整治、食品安全专项检查、健康知识宣传等工作，扎实做好年度干部职工日常诊疗和医疗保健工作，全年共接诊出诊5500人次。协调国管局资产司为文联新配置小客车7辆，解决了机要通信、应急保障和老干部服务出行不畅等问题；协调相关部门和企业，在文艺家之家安装9套新能源汽车充电桩，缓解了来访艺术家和干部职工充电难问题。稳定司机队伍，提高服务水平，增强安全意识，圆满完成部级领导用车、老干部服务用车、机要用车、应急公务用车的交通保障任务，安全行驶42余万公里，无重大交通责任事故。

【物业管理服务保障工作】

继续加强对文艺家之家、安苑北里22号、农展馆南里10号等办公区和北三环中路10号院等宿舍区供暖、供水、供电、消防、中控、高压、低压运行系统和空调、电梯等重点设施设备的日常运行保障和维护保养；稳妥推进中国文联老旧小区综合整治工程，北三环中路10号院、安定门外8号楼、分司厅胡同11号楼、团结湖2号楼、金台里26号楼、和平街十区15号楼全部完成改造施工，协调推进竣工审计决算工作。坚持做好消电检测、夏季防汛、冬季供暖、环境美化、卫生保洁、节能管理、避雷防护、停车场管理、人防空间管理、属地综合治理等工作，落实安全检查和值班值守制度，重大节日和重要敏感时期前后都对各办公区和宿舍区进行安全检查，夜间和周末节假日均安排中心领导轮流带班、干部职工轮流值班，坚持重点部位和全面检查相结合的方式进行安全检查，现场反馈问题，明确整改方法和时限，指定跟踪复查责任人；强化消防安全意识，把人防和技防有机结合起来，并对发现的问题认真进行总结整改，及时消除安全隐患，保证各办公区和宿舍区安全、有序、稳定，为宿舍区居民住户日常生活提供有力的保障和服务。

【房管协调服务保障工作】

积极适应文联系统深化改革任务要求，为网络文艺传播中心、文艺评论中心、文艺研修院、基金会等单位协调解决相关办公用房。积极为文联干部职工争取新的房源，并按照国管局下达的2018年度职工住宅配售计划，启动相关组织工作。按照国管局有关工作要求，协调完成部级干部住房相关腾退工作。协调国管局相关部门，做好2017年职工住房配售配租相关手续办理工作，为26名职工办理购租合同签订、交款、入住等手续，18名职工办理公积金集中提取、申请公积金贷款手续，完成8套腾退旧房评估、买卖相关手续，解决9名新入职公务员住房困难问题；审核完成2019年中国文联系统住房制度改革支出预算和文联785套产权房维修资金分户工作；协调为中国曲协、戏剧艺术中心、电影艺术中心等单位申请售房款发放补贴资金，指导中国影协、中国音协申请自有售房款发放补贴资金，切实缓解干部职工的住房困难问题，减轻干部职工购房压力。规范单身公寓管理，研究制定了《中国文联单身公寓租住管理暂行规定》，对单身公寓申请程序、入住条件等进行了规范，重新办理单身公寓登记入住手续，保障干部职工的合法权益，确保公寓管理工作有序开展。积极推动历史遗留问题的解决，正辰小区住房不动产产权证书办理取得突破性进展。

【设备设施改造升级】

根据文艺家之家、安苑北里、农展馆南里办公区相关办公场地使用管理要求，大力推进中国文联部级领导与局级领导办公用房维修改造、农展馆南里10号院院区热力管线改造、安苑北里22号办公楼电梯更新改造、中国文联网络文艺传播中心办公用房装修改造等五项重点基建工程。按照文联机关纪委相关要求，结合实际，认真完成文艺家之家B-101室的装修改造工作，文艺家之家浴室、电梯的更新改造工作，修补展览馆开胶起泡的展板，完成文艺家之家局部维修装饰工作，更换卫生间脚踏板、手纸架，加装镜框、打磨台面等，进一步改善了工作环境，为举办各类会议活动和开展文艺创作交流活动提供便利条件。机关服务中心在提高服务保障能力的同时尽可能减轻经费支出压力，强化节能监管，积极申报中国文艺家之家公共区域智能照明改造项目、食堂灶具节能和油烟净化改造项目，积极组织全国节能宣传周和全国低碳日活动，扎实推进中央国家机关能源管理体系建设试点工作，使中国文联系统水、电、油、气能耗统计均控制在国管局指标范围内。

【机关服务中心自身建设】

2018年，机关服务中心着力把加强党的建设作为贯穿全年工作的主线来抓，深入学习宣传贯彻习近平新时代中国特色社会主义思想，扎实推进“两学一做”学习教育常态化制度化，认真履行党风廉政建设主体责任和监督责任，研究制定《中国文联机关服务中心学习贯彻党的十九大精神工作方案》，组织开展“不忘初心，牢记使命”主题党日活动和“不忘初心，重温入党志愿书”活动，组织参观廉政教育基地；充分发挥群团组织作用，开展各类主题活动，为中心各项工作的开展营造了良好的氛围。优化人才队伍结构，完成2名副处级干部、3名正科级干部的调整工作和2名试用期干部的转正聘用、27名同志职务续聘工作，逐步建立了一支专业结构比较合理、整体素质基本适应的人才队伍，为中心事业发展积累了人力资源。组织加强干部职工教育培训，开展第四届岗位技能竞赛活动，共举办培训班16批次、培训413人次，通过技能培训和技能竞赛，有效提升了后勤服务保障水平和能力，为中心持续发展打下坚实基础。

信息化建设

综 述

2018年，中国文联网络文艺传播中心（以下简称“中心”）按照中央“互联网+”行动战略和《中国文联深化改革方案》部署，根据《全国文联“互联网+文艺”建设工作规划（2018-2020）》安排，在中国文联党组领导下，切实推动“互联网+文艺”“互联网+文联”“互联网+协会”建设工作，在基础平台建设、传播手段创新、数据资源整合、网络安全保障等方面，取得显著进展，完成阶段性任务目标。在助力文联深化改革上大胆探索，不断提升服务保障能力，为新时代文联系统拓展“网上文联”工作新格局、构建“网上文艺之家”大平台、联络服务体制外文艺工作者、建设网络空间主阵地，发挥了积极作用。

【“两学一做”学习教育常态化制度化】

2018年，中心制定一系列学习计划和实施方案，细化整理理论学习内容和安排，通过理论学习中心组学习研讨会、专题组织生活会、民主生活会、党员大会、支部委员会、专题党课、观看警示教育片、实地参观展览、全体职工大会、中层干部工作例会等多种形式，不断强化领导班子、党员干部和全体干部职工的政治理论学习，及时传达贯彻落实中央和中国文联各项指示精神、会议精神和文件精神，组织学习讨论、交流调研、撰写心得体会，并充分依托网络尝试“互联网+党建”学习模式，利用新媒体平台持续推送学习内容，全年共组织开展各类学习研讨会议和授课参观等活动30余次。

【政治理论学习保障各项业务工作务实开展】

中心注重引导全体党员和员工深入学习贯彻习近平新时代中国特色社会主义思想和党的十九大精神，领导班子与各处室负责人逐一签订全面从严治党责任书，认真开展巡视整改“回头看”、党建工作和意识形态工作自查，持续推进党的政治建设自查、开展经常性纪律教育，认真落实党的政治生活各项制度，切实加强党风廉政建设。全年共制定完善各类工作制度、管理制度、监查制度等近百项，通过领导带头、健全制度，规范程序、强化监管，引导全体党员和广大职工进一步增强“四个意识”，切实做到“两个维护”“三个表率”，努力在真学真信真用中，打造一支政治上可靠、业务上过硬的队伍，确保中心各项工作导向正确，推动工作创新务实高效开展。

完成“互联网+文艺”工作年度任务，“互联网+协会”模式初步实现，“互联网+文联”建设向纵深推进

按照《全国文联“互联网+文艺”建设工作规划（2018-2020）》安排，2018年中心核心任务是推动完成“互联网+协会”年度建设目标。对照目标任务，中心先后编制《2018年全国文联“互联网+文艺”建设工作任务分工方案》《网络文艺传播中心2018年“互联网+协会”建设实施方案》，成立专项工作推动小组，印制《中国文联网络信息化建设工作手册》，与各协会信息化建设机构和人员建立常态化对接渠道和工作机制，切实履行中国文联信息化建设工作领导小组办公室职责，组织召开中国文联信息化建设工作领导小组工作会议暨“互联网+协会”工作推进会，以有效举措促进各协会对网络信息化建设重视程度和工作力度不断强化，顺利完成“互联网+协会”年度建设全部目标任务。

【推进各全国文艺家协会会员的网络化管理】

2018年，中心与8家协会合作建设完成并推出会员管理系统，与5家自建会员管理系统的协会完

成会员数据对接交换和共享，13家协会共完成超过11万会员的系统录入，初步实现会员申报、认证、通知、会费缴纳、信息查询等在线管理。同时，中心为7家地方文联提供技术支持，通过合作建设地方文联文艺人才数据库，已有近3万地方文联会员信息入库，为2019年“互联网+文联”建设全面铺开打下良好基础。这些会员信息从基础数据层面与中心建设的中华文艺资源数据库互联互通，极大地促进了文联系统文艺人才、文艺作品、文艺活动等各类资源数据的采集整理和网络化应用。

【中国文联、各文艺家协会文艺资源的网络化应用更加完善】

2018年，中心积极运用网络直播技术、虚拟现实技术等现代传媒技术手段，系统化、规模化开展中国文联和各文艺家协会品牌活动等优质文艺资源的数字化转化和网络化应用，共进行中国摄协国际摄影艺术节、中国视协金鹰奖新闻发布会、中国杂技金菊奖全国魔术比赛和全国滑稽比赛等大型展演奖节网络直播16场，在线累计观看380余万人次。2018年，“百花迎春”大联欢微博直播24小时内访问量突破351万人次，整体发布信息总访问量1355万人次，微信推送量近56万人次，均大大突破历史纪录，成为本年度文艺宣传的重大亮点。在中心推动和技术支持下，各文艺家协会通过网络直播方式宣传推介重大奖节展览展演活动，已经由探索尝试阶段进入常态化运行阶段，正逐步建立起更加完善的运行机制。

【重点奖节展演活动线上线下融合开展和项目申报线上线下一体化运行】

2018年，中心与中国影协合作建成第34届大众电影百花奖投票系统，为中国影协研发建设新一代投票数据采集系统，并上线了“百度知道金鸡百花专题”，开展数据统计分析、舆情监测和运维保障工作，取得圆满成功。同时，为中国舞协、中国书协、中国美协、中国摄协等协会的庆祝改革开放40周年系列大展、全国青年美展、国际摄影优秀作品展等，制作推出VR全景网上数字展示；对中国音协、中国曲协、中国杂协等协会组织的重大主题重大赛事中的作品，通过云剧场、K歌平台等开展网络观演、网络互动，均受到协会和专业网友的高度肯定，传播效果良好；为各文艺家协会申报中国文联“中国精神·中国梦”主题文艺创作工程、青年文艺创作扶持计划等重要项目，搭建全过程业务跟踪与管理平台，基本实现了网上申报、评选立项、跟踪指导、成果展示等全过程在线管理。

【文联系统新媒体集群联通】

中心以中国文艺网为龙头，推动文联系统新媒体集群建设，帮助支持各文艺家协会官网升级和移动应用产品开发，实现信息互联互通、即时共享。截至2018年底，中国剧协、中国影协、中国美协、中国民协、中国摄协、中国书协、中国杂协、中国文艺评论家协会、中国文艺志愿者协会均已完成网站改版，中国剧协、中国曲协、中国美协、中国民协、中国视协开发完成官方APP，建立起移动端宣传与服务平台。各全国文艺家协会官网或工作平台积极与中国文艺网进行对接，初步完成各协会网站或APP重要资讯板块与中国文艺网的信息互通共享。同时，各协会还通过APP、微信群、手机报等不同方式，不断加强与会员的网上互动交流，推进线上联络沟通常态化。

深入宣传贯彻习近平总书记关于文艺工作的重要论述，围绕中心，服务大局，加强内容建设，牢牢占领网络意识形态主阵地

2018年，中心围绕党和国家以及中国文联工作，提升文艺宣传工作水平，发挥所属新媒体平台作用，打造原创内容，增强有效引领主流文艺舆论的网上宣传力量。

【开展网络宣传工作】

2018年，中心所属中国文艺网及微博微信等移动新媒体平台，对习近平总书记写给电影表演艺术家牛犇和给中央美院八位老教授回信、庆祝改革开放40周年、2018年全国两会、全国网络安全和信息化工作会议、全国宣传思想工作会议、庆祝中国共产党成立97周年、中国文联十届三次全委会、中国美协和中国影协换届会议、“做新时代文艺工作者”巡回宣讲和主题实践活动、“深入

生活、扎根人民”系列主题实践活动、2018“百花迎春”大联欢以及牡丹奖、金菊奖、金鹰奖、百花奖等各全国文艺家协会、各艺术门类重大奖节展演活动进行重点宣传。在中国文艺网首页置顶区、头条区、幻灯区、推荐区、话题区等核心位置，组织相关新闻、通讯、评论、专题、视频等集中连续发布，转发新华网、人民网等权威媒体相关报道，在中心所属微博、微信、今日头条认证账号上开展宣传推广。

【提升文艺信息采集和宣传报道能力】

2018年，中心进一步提升常态化新闻生产能力和传播能力，全年共发布新闻报道35707条，合计4000万字；发布视频976个，合计25G；多次为中央电视台提供视频素材并被《新闻联播》《文化十分》等栏目采用；在做好日常新闻报道的同时，重视制作推出特色专题，全年设计制作大型特色专题18个，如围绕电影表演艺术家牛犇同志入党的新闻事件，连续设计推出“60多年矢志不渝追求进步，一辈子跟党走”“做新时代文艺工作者座谈会”等3个专题，围绕主题文艺创作展示活动设计制作“中国梦影像公益广告大型摄影作品征集入展作品展”“中国文联组织知名音乐舞蹈艺术家赴内蒙古采风创作”等专题；2018年，原创稿件《一个中国故事的力量》入选中央网信办指导举办的“五个一百”网络正能量精品文字类作品。

【加大网络文艺内容原创和品牌打造】

2018年，中心加大原创研发力度，推动有文联特色和中心特点的网络文艺内容原创和品牌打造。与中国文联国内联络部联合制作推出“艺坛大家”系列网络视频专题，已在中国文艺网及其微信平台、新浪微博、今日头条等新媒体平台推出40余部视频专题，总阅读数22万余人次，部分内容被中宣部学习强国平台选用；由中国文学艺术基金会资助原创《艺术公益大讲堂》系列网络视频节目，完成首批8位艺术家节目制作，全部内容被光明网转载转发和全渠道推广，部分内容被中央网信办全网推广；与中国音协合作，开展“听见中国听见你”年度优秀歌曲征集推广、网络传播和在线互动，推送近百期原创内容；与中国舞协合作，开展中国非物质文化遗产传统舞蹈影像资料采集，完成对山东地区的10个传统舞蹈约500小时的视频拍摄，已制作完成即将上线；配合中国文联办公厅和甘肃省陇南市武都区，创作拍摄反映中国文联定点帮扶工作《真情一片洒武都》大型专题片，已进入实施阶段；另外，中心先后与人民网、光明网、阿里巴巴、喜马拉雅、新影集团等外部单位开展战略性合作或项目合作，进一步推动网络文艺内容精品原创，结合2019年庆祝新中国成立70周年、中国文联成立70周年、乡村振兴战略、脱贫攻坚、非遗传承等重大主题所策划的多个系列网络视听节目制作，已完成前期准备正陆续启动。

为文联系统各单位网信建设提供有力支持

2018年，中心陆续对已有的“网上文联”系列工作平台进行升级改造，同时通过联络员工作机制对口上门开展工作，设计开发并上线了多项新的平台和应用系统。

【九大工作平台服务功能升级】

升级文艺宣传平台、创作推介平台等九大平台基本功能，实现电脑端、移动端统一登录，为互通互联筑牢技术基础；升级完善中国文艺志愿者注册管理平台，使中国文联文艺志愿者协会实现了文艺志愿者的网上招募和管理、文艺志愿服务活动项目组织管理和数据统计的在线服务；会同中国文联权益保护部完成权益保护和出版管理工作平台页面改版，建立起多个服务模块和管理功能，并建立了《中国艺术报》维权行动专版、权益保护专刊、文艺维权微信公众号等宣传平台；与文联办公厅合作升级改版中国文联协同办公平台系统并上线启用；与文联国内联络部合作更新完善全国文联组联工作服务平台；与文联国际联络部合作升级改版中国文联对外传播与交流平台；与国内联络部和中国文学艺术基金会合作搭建完善中国文联文艺项目申报管理平台。

【建设升级多项新应用平台】

完成“网上文联 文艺云”移动服务平台升级，为有建设移动客户端需求的地方文联实现系统快速开发；开发建设并上线中国文艺网全媒体音视频管理平台和直播平台，具备了完全独立自主的音视频资源管理能力和网络视频直播能力；

设计研发多媒体影音资源K歌系统传播管理平台（“艺起唱”APP）并上线，满足优质文艺（音乐）资源全媒体传播服务的需要，使中国文联优质音乐资源实现互动共享，提高全民参与度和关注度；在以往中国文艺网微信、微博、文艺云APP等新媒体平台的基础上，开发拓展“百度知道”机构行家、今日头条、抖音三大平台；引入可以提供回答文艺知识、文艺资讯问询及查找文艺家、文艺工作者服务的智能机器人；通过资源整合持续开展数字化转化和多终端、多平台、多渠道融媒传播探索。另外，与文联人事部合作初步建设完成中国文联人事工作网络平台；与国内联络部和理论研究室合作，经深入调研论证，开始启动中国文联文艺评奖平台升级改造项目和网络舆情管理分析应用项目。

【服务各地文联信息化建设】

2018年，中心先后为28家地方文联信息化建设拟订方案，提供技术支持、运维服务以及平台使用培训，为地方文联更快融入“网上文艺之家”助力；向具备条件和有意愿的地方文联推广会员管理、项目申报、数字展馆、文艺云APP等应用服务，帮助地方文联开展适合自身实际情况的网上应用服务产品开发和设计，开展与地方文联互联互通试点建设，指导和推动部分地方文联按照互联互通需求进行官网改版升级，逐步推进“全国文联一张网”的“网上文联”建设布局；中心与广州文联、四川文联、海南文联、宁夏文联、河北文联、南京文联、长沙文联、重庆文联、云南文联等省市文联开展不同程度项目合作，与北京文联、青海文联、西藏文联、新疆文联、辽宁文联、甘肃文联、湖南文联、江西文联、宁波文联等省市文联达成合作意向，“互联网+文联”建设正不断推进。

加强文联系统网络安全和软硬件基础设施建设

2018年，中心高度重视网络安全和基础设施建设，按照相关要求和标准，完善安全设施、技术、制度、人员四位一体的安全保障体系，全面统筹基础设施规划建设，确保中心作为中国文联信息化建设主要实施和支撑单位的网络安全及基础支撑服务。

【实施网络安全管理】

2018年，中心协助中国文联信息化建设工作领导小组与各全国文艺家协会、中国文联机关各部室、各直属单位签订《中国文联网络安全责任书》；履行中国文联信息化建设工作领导小组办公室职能，在中国文联各部门、各单位组织开展网络安全和信息化设施情况普查；在内部进行了正版office办公软件的全覆盖安装，完成软件正版化试点工作；对包括《信息安全管理手册》在内的25项安全管理类制度进行修订；配合国家安监总局完成中心运行管理中国文艺网、中华文艺资源数据库、中国文联协同办公平台三大重要信息系统的年度信息安全等级保护测评工作，以80分以上的优异分数通过测评；完成朝阳网安组织开展的2018年度网络安全信息安全等级保护自查；通过北京市公安局网络安全检查；修改完善中心所属新媒体内容审核发布制度、应急事件处置方案等各项管理制度并严格执行；推动中国文联系统各单位编制和修订互联网信息服务审核发布制度、信息安全事件应急预案；组织实施文艺资源云平台资源池扩容与安全优化建设项目，在中心部署网络与应用分析平台，优化全网业务系统的性能监控，进一步加强对信息系统的安全运行侦测能力；开展2018年度安全应急演练，提升中心及参演协会的安全应急处置能力；持续加强网络安全技术管理和技术运维，全年抵御各类攻击660多万次，切实保障中心运行管理维护的各项信息系统的安全运行；加强系统安全监控并认真落实网络安全管理职责，及时发现并向中国艺术报社、中国文联文艺研修院、当代书法网等兄弟单位通报网络安全问题，并协助提供解决建议或协调专家协助处置，最大程度减小文联系统网络安全风险。

【完成软硬件基础设施建设】

实施文艺资源云平台资源池扩容与安全优化、文艺资源数据中心配套基础设施优化等硬件基础设施建设；完成文艺资源数据中心专线和中国文艺家之家大楼办公网络、机房信息化网络的招标采购；启动2019年度文艺资源数据中心灾备中心的租赁采购程序，关键硬件资源设施得到有序衔接和迭代优化。文艺资源数据中心和中国文艺家之家网络带宽均达到300MB以上，存储空间近500TB，为信息化建设提供了稳定环境支撑。中心在继续推动风、火、水、电场地设施专业化运维工作的同时，加强关键设备维保服务，发现故障基本保证在第一时间处理，保障了数据中心环境设备和系统正常运行；持续稳步推进IT基础设施与云平台运维服务，规范化运行维护服务器、存储、网络设备、安全设备、文艺资源云平台、备份系统、灾备中心IT设施，服务范围已经覆盖文联系统共计25家单位，有力保障了运行在文艺资源数据中心、北沙滩信息机房、亦庄灾备中心的IT设施稳定运行。

文联系统信息化人才队伍建设

2018年，中心按照《中国文联深化改革方案》和《全国文联"互联网+文艺"建设工作规划（2018-2020）》部署，继续开展网络文艺与信息化建设人才培训工作，全年对新文艺群体骨干人才、文联系统信息化建设人员和平台使用人员，开展了各类培训30余场次，有效增强了文联在新文艺组织新文艺群体中的凝聚力、引导力，不断提高文联系统信息化建设人才队伍的专业化水平。

【举办新文艺群体人才培训班】

中心于6月下旬在成都举办全国中青年网络文艺（音乐）人才培训班，作为自2016年开始的中国文联全国中青年网络文艺人才培训工程的第三期培训班，本次培训班针对新文艺群体中的中青年音乐人才开展培训，邀请文艺名家、新媒体平台运营者、知名学者等为学员授课，并组织学员进行多场参观考察和现场教学。培训班充分利用网络新媒体平台开展创新探索，为学员举办"网络音乐人音乐现场"表演交流活动，四川文艺广播等6家新媒体进行网络直播，在线收听、点播人数超过100万人次，反响良好。

【举办全国文联"互联网+文艺"工作培训班】

中心于9月上旬在杭州举办全国文联"互联网+文艺"工作培训班，针对中国文联各团体会员及各副省级城市文联分管网络信息化建设工作负责人、网络信息化建设业务骨干和部分基层文联代表开展培训。邀请中国文联党组成员、书记处书记陈建文以及中央网信办、中国科协、喜马拉雅音频分享平台等方面领导专家为学员作专题辅导，组织学员走进中国互联网企业百强榜首阿里巴巴集团，感受数字经济时代互联网发展大趋势，学习和讨论"互联网+"建设。

【开展文联系统信息化建设工作人员培训】

中心于7、8月份两次对各全国文艺家协会和文联机关各部室、各直属单位信息化建设联络员及主要负责公文流转的人员，进行了文联协同办公平台集中培训；9月，对办公厅秘书处全体人员进行了培训；全年在指导帮助各文艺家协会建设升级网络平台、建设完成网上会员管理系统、推动开发移动端应用产品、探索文艺评奖线上线下融合开展模式、尝试利用新兴网络媒体加强活动宣传、建立资源数据库或电子档案数据库等方面，就各种平台的使用维护对各全国文艺家协会信息化建设联络员和相关工作人员进行有针对性的培训指导10余场次；对文联机关服务中心进行"互联网+"与信息安全主题培训一次；就文联对外传播与交流平台、人事工作网络平台、中国文联文艺项目申报管理平台、中国文艺志愿者注册管理平台等项目，对相关单位人员进行培训指导10余场次；与各地文联对接，对地方文联提供网站、APP、各平台的建设及技术运维提供上门培训2次，为前来学习的地方文联人员进行培训4次。

推进文艺资源大数据平台建设提升文联系统资源共享和数据采集应用能力

2018年，中心继续以中华文艺数据资源库建设工程为基础，推动文联系统各团体会员单位文艺资源数据建设规范化、常态化，探索资源数据对接渠道和数据标准，探索地方文艺资源数据库合作共建、互通共享模式，并初步建成一批试点。中华文艺资源数据库存储图片189000余张、视频3800余条、文本文件12000余篇、图书资源5000余册，更新2017至2018年度文艺期刊学术数据3500余万篇，约5TB，为中国文联电影艺术中心存储电影史料资源约20TB。为更好进行资源采集，中心不断创新丰富采集手段，拓展资源采集渠道。

【推动各文艺家协会文艺资源数据化转化】

在中心推动下，已有12家协会开始使用数字化手段保存重要文艺资源，中国美协、中国摄协、中国书协和中国文艺志愿者协会已经初步建立起相应资源数据库或电子档案数据库。各文艺家协会积极运用虚拟数字展览、影音视听互动等更多互联网手段传播优质产品，也正不断转化为可多种方式再应用的数据资源。各文艺家协会通过网上会员管理系统建设和数据迁移，也从基础数据层面与中华文艺人才数据库互联互通，资源共享。

【地方文艺资源数据库已上线运行】

中心与广州文联、四川文联、河北文联、重庆文联等地方文联合作共建的一批地方文艺资源数据库已经建设完成并上线运行，形成了规范标准的文艺人才、文艺作品、文艺机构、文艺活动采集模版，推动解决了数据库统一技术与数据标准等问题。中心协助地方文联开展的文艺资源的数据加工，已经规范采集储存地方文艺家信息数据近3万条。

【资源采集渠道拓宽】

中心认真调研文艺组织、文艺机构、文艺家个体等不同层面的网络应用需求，积极探索研发数据采集应用的新媒体平台及产品。2018年，经深入调研，正式启动“中华数字艺术城”项目建设，启动网络文艺学术资源数据采集项目，参与2017年、2018年《中国艺术发展报告》“大事记”部分的内容采集整理，组织开展数字艺术沙龙，搭建文艺资源数据采集应用渠道。

加强内部建设，健全规章制度，规范工作流程，提升人员素质

2018年，中心不断加强内部管理，细化管理制度，加强执行力度，积极开展文艺网（北京）传媒有限公司运营，全面提高中心和公司员工的业务素质，最大力度发挥工会、青联组织作用，不断增强员工的向心力、凝聚力。

【建章立制】

2018年，中心新增、修改了各项规章制度并汇编成册，编制培训班工作手册，规范中心请示报批、签发公文、会议纪要、办公用品申领、办公场所管理、档案管理等各项制度，加强对制度落实的监督；新聘请法律顾问和监理公司，理清招标文件规范文本，对签订的各类合同、备忘等法律文件进行严格把关，对各项目实施严格监理；加强重要时间节点落实中央八项规定精神、纠正“四风”情况方面的举措，提前部署，严格监督，牢固树立党员干部员工防腐意识；严格执行保密制度，加强涉密人员及涉密设备管理和对员工的保密教育，改进了涉密文件传阅和管理；重新梳理各资产的使用和管理部门，明确权责，责任到人，努力推进资产的科学化、规范化管理；认真学习财政廉政各项规定，做好2018年度辖内资金使用管理，配合审计署完成相关审计工作，按照人事部要求制订实施新的绩效考核办法和绩效工资分配方案。

【注重队伍建设，强化员工素质培训】

中心2018年确定4位同志为入党积极分子，1位同志为发展对象，发展1位新党员，1位预备党员转正，调入1名业务骨干担任中层干部，提拔1名业务骨干进入中层干部，按照相关规程招聘文艺网公司采编、美编、技术等岗位员工共计10余人；全年组织视频新闻采编、要闻编辑写作、图片新闻制作、新媒体传播等专题新闻业务培训7次，法律知识、监理业务、信息安全等技术培训9次；全年派出处级干部1名参加中央和国家机关党校的学习培训，派出6人参加中央网信办业务培训，派出13人次参加新媒体、宣传舆情等各类培训；秦兰珺作为中国文联的唯一推荐人选入选中组部“万人计划青年拔尖人才”。

【办公环境和团队氛围优化】

2018年，中心在办公厅和机关服务中心支持协调下，优化了办公条件，改善了办公设施，美化和扩大了办公环境，促进了整体工作效率提高；积极发挥工会、青联组织作用，组织职工开展各类活动，丰富职工业余生活，关心保障职工正常福利待遇；组织员工编排节目参加中国文联2018春节职工大联欢，选送作品参加中央和国家机关“改革开放好”书画展，开展日常健身运动、困难职工慰问。

文艺研修

综 述

2018年，中国文联文艺研修院开展了文联协会工作、中青年文艺人才、少数民族文艺骨干、新文艺群体、国际研修以及定制委培6大类研修培训项目共计19个，班次包括：全国中青年文艺人才高级研修班1期、全国少数民族地区文艺骨干研修班2期、全国新文艺群体拔尖人才高级研修班2期、中国文联“培训的有效组织与管理”培训班1期、全国地县级文联负责人研修班4期、为地方文联定制委托培训班4期、中国文联赴俄舞台艺术编导创作人才高级研修班1期、中国文联赴美视觉艺术策展人高级研修班1期、澳门艺术人才访学交流活动1期、全国文联处级干部胜任能力高研班1期、中国文联年轻干部培训班1期。培训学员1077人次；累计培训天数265天，比去年增加34天，同比增长14.7%；培训人•天数为12432，比去年增加1354，同比增长12.2%。此外，举办研修班后续延伸“铸梦计划”活动2期，参加学员120人，累计活动时长11天，活动人•天数为660。

重要会议和活动

5月28日，首届全国文联系统教育培训工作会议在中国文联文艺家之家报告厅召开。中国文联党组书记、副主席李屹出席会议并讲话，各全国文艺家协会，各省、自治区、直辖市和新疆生产建设兵团文联，产（行）业文联、副省级城市文联的主要负责同志，分管培训工作的负责同志以及各单位培训部门负责人出席会议。会议由中国文联党组成员、副主席左中一主持。李屹在工作会议上提出“要把教育培训作为推进文联系统深化改革的强劲动力，加大教育培训力度，通过广泛开展教育培训，强化理论武装，统一思想认识，凝聚智慧力量，推动文联改革，促进文艺事业繁荣发展”的重要指示。首届全国文联系统教育培训工作会议的召开，有力促进全国文联系统统一思想、凝聚共识、交流经验，将文艺人才教育培训工作引向深入。

文联协会工作培训

3月18日至27日，“深入学习十九大精神，深化文联改革，推进创新发展”——中国文联第13期全国市县级文联负责人研修班在江苏省扬州市举办；

4月12日至21日，第14期全国市县级文联负责人研修班在海南省海口市举办；

10月25日至11月2日，第15期全国市县级文联负责人研修班在重庆市举办；

11月20日至11月28日，第16期全国市县级文联负责人研修班在浙江省宁波市举办。

培训班学员共计381名，来自全国32个省、自治区、直辖市和新疆生产建设兵团。

截至2018年12月，市县级文联负责人班已先后在北京、沈阳、贵州、南宁、成都、合肥、太原、长沙、扬州、海口、重庆、宁波等城市举办16期，从早期的每班计划60人发展至每班100人，累计培训市县级文联负责人1266人次。

协会工作培训班课程设置主要包括：专题讲座、文化讲坛、案例教学、现场教学、互动教学、经验交流等。

协会工作培训班的举办是落实深入贯彻落实习近平新时代中国特色社会主义思想，特别是关于“新形势下，文联、作协要深化改革，工作向基层倾斜，服务向最广大文艺工作者拓展”的重要指示，全面落实中国文联党组关于“中国文联主办的市县级文联负责人研修班要把推动文联组织深化改革作为培训研修的重要内容”的工作部署的重要举措。

定制委托培训

5月2日至11日，首期宁夏高层次文艺人才研修班在北京举办；

5月19日至28日，首期苏州吴中高层次文艺人才研修班在北京举办；

8月12日至18日，首期甘肃省文联系统干部履职能力提升专题研修班在北京举办；

11月4日至11日，首期江西省文联系统干部履职能力提升专题研修班在北京举办。

委托培训班课程设置主要包括：邀请众多知名专家学者、中国文联领导以及研修院往届校友为学员主题讲座、开展行动式学习法、项目管理的应用、学员讲坛、案例教学等。

四期委托培训班的举办不仅让学员丰富了知识，收获了经验，扩宽了眼界，加强了各艺术领域文艺人才间的横向交流、跨界交流，对创新开展自身文艺工作提供了新思路，对合作开展文艺项目奠定了扎实基础，而且为研修院今后接受委培项目树立了良好的口碑。

中青年文艺人才研修

6月6日至7月3日，第13期全国中青年文艺人才高级研修班在北京举办；

培训班学员共计37名，来自全国28个省（自治区、直辖市），涵盖戏剧、电影、音乐、美术、曲艺、舞蹈、民间文艺、书法、杂技、电视、文艺评论等11个艺术领域，平均年龄42岁。

中青年文艺人才培训班课程设置主要包括：综合采用专题讲座、座谈研讨、现场观摩、案例教学、学员论坛、创作交流等。

中青年文艺人才研修的系列培训班的主要特点是“跨界融合”，主要培训理念是“一条主线、六大理念”，即紧紧围绕中国文联党组中心工作，把马克思主义文艺观（马克思主义文艺观中国化的最新成果就是习近平总书记关于文艺工作的重要论述）、社会主义核心价值观和以人民为中心的创作观贯彻于教学始终，坚持贯彻“按需施教、科研引领、跨界融合、名师导引、延伸服务、以人为本”的六大培训理念。

少数民族文艺人才研修

8月31日至9月20日，第6期全国少数民族地区文艺骨干（新疆地区）研修班、第7期全国少数民族地区文艺骨干（视觉艺术）研修班在北京举办。培训班学员共计76人，其中来自蒙古、回、藏、维吾尔、哈萨克、苗、彝、壮、布依、朝鲜、满、土家、黎、畲等14个少数民族的学员34人，占总人数的44.7%。

课程设置主要包括：“国家观、民族观和文艺观教育课程模块”“‘五个认同’与马克思主义文艺观”“专业创作指导、点评与提高”“艺术跨界•融合•创新”“艺术传承与融合创新”“剧目自习室”等教学模块。

两期少数民族地区文艺骨干培训班以“增强中华民族共同体意识，促进各民族文化艺术交流融合”为研修主题，突出“专业创作指导、点评与提高”，为少数民族地区文艺骨干开阔视野、专业深造与提升搭造起平台。

新文艺群体培训

3月29日至4月18日，中国文联第二期全国新文艺群体拔尖人才高级研修班在北京举办；

10月25日至11月14日，第三期全国新文艺群体拔尖人才高级研修班在北京举办；

培训班学员共计86人，学员身份包括网络作家、自由编剧导演、独立制片人、独立演员歌手、自由美术工作者等，涵盖文学、电影、音乐、戏剧、美术、曲艺、舞蹈、民间文艺、摄影、书法、杂技、电视等12个艺术领域。

两期新文艺群体培训班的课程设置，主要围绕“中华优秀传统文化的创造性转化、创新性发展”研修主题，安排“马克思主义文艺观”“中华优秀传统文化与中国精神”“艺术跨界•融合•创新”三大课程模块，在课程上体现“高端”和“跨界”的定位，重在对学员进行理想信念、创作理念的教育，针对新文艺群体人才培训需求，综合采用专题讲座、现场教学、案例教学、分组研讨、学员讲坛、“经典解剖室”等多样化的教学和研修方式，促进来自不同地区、不同艺术领域的学员深度交流学习。

文联系统干部培训

6月24日至30日，与中国文联人事部共同举办的第3期全国文联处级干部胜任能力高研班在北京举办；

9月24日至9月30日，与中国文联人事部合作举办的第3期中国文联年轻干部培训班在北京举办；

9月25日至28日，与中国文联人事部共同举办的中国文联团体会员主要负责人培训班在北京举办。

文联系统干部培训班的举办，使文联系统培训工作者开阔眼界、转变观念，强化了全国文联系统培训部门的联系，促进了参训干部的专业素质的提高。

培训延伸研修成果转化活动

4月10日至12日，2018铸梦计划•延安——纪念鲁迅艺术学院成立暨毛泽东《在鲁迅艺术学院的讲话》发表80周年在陕西省延安市举办。来自文艺研修院全国中青年文艺人才高级研修班、全国少数民族地区文艺骨干研修班、全国新文艺群体拔尖人才高级研修班、中华文化走出去视觉艺术策展人高级研修班以及国际培训班等班次的60名往届校友，参加此次活动。

6月3日至8日，“2018铸梦计划——深化文联改革，推动两创发展”活动在山东省济南市、青州市举办。来自文艺研修院第1期至第14期市县级文联负责人班的60名往届校友，参加此次活动。

“铸梦计划”系列活动是文艺研修院注重培训延伸服务，是密切联系参加过研修院培训的校友，推动研修成果转化的一项重点活动，旨在通过活动搭建基层文联干部学习交流、互通观念、共享资源、合作共建的平台，发挥与广大校友联系过程中思想阵地、交流平台、情感纽带的桥梁作用。

3月13日，2018“携手铸梦”申报项目集中评审工作会在北京召开，来自9个艺术领域的27名专家进行了评审，评选出26个扶持项目，扶持资金共计111万元。

4月23日，与项目负责人签订资助协议，并邀请27位专家对项目进行辅导。

8月21日，项目负责人来京进行中期成果汇报，23位专家对项目进行了阶段性成果的验收和辅导。

文艺研修院广大往届校友一直强烈呼吁，希望研修院能够在创作生产、演出展示等方面给予支持。在成功举办“铸梦计划”研修院培训后续延伸活动的基础上，为满足广大校友实际需求，研修院在2016年开始实施“携手铸梦工程”，三年来共扶持创作59个项目（作品），并进行演出、展览等，部分作品获得国家级、省级文艺奖项。

“携手铸梦工程”的主要内容是引导广大针对参加过文艺研修院培训的校友，牢牢坚持以人民为中心的创作导向，大力弘扬和践行社会主义核心价值观，服务大局、深入生活、扎根人民，继承传统、勇于创新，着力推出更多表现人民大众、反映时代风貌、弘扬中国精神的优秀作品；重点资助扶持“小而精”的艺术创作类项目，鼓励跨界融合和艺术创新，鼓励校友合作。

开展培训配套理论研究工作

坚持科研引领培训理念，围绕培训主业开展各类课题研究，开展“新文艺群体状况研究”“全国文联系统研修培训协同合作工作机制研究”“文艺人才研修模式”课题、“中华美学精神与当代文艺创作”课题、“马克思主义文艺观中国化参与式教学系列课程研究”“行动学习系列课程研发”等课题研究。出版《新思路、新举措、新成效——基层文联工作典型案例集》（第二辑）。

国际研修活动

6月19日至30日，“传承与创新：2018中国文联澳门舞台艺术人才赴韩国访学交流活动”在韩国首尔举办。

从2016年起，中国文联面向澳门中青年艺术人才的访学交流活动在北京、成都、敦煌等地已举办三期。今年系该项目首次在国外举办，培训班学员共计14人。

学员在培训期间走访韩国中小型艺术团体，与韩国舞台艺术工作者围绕文化艺术的“传承与创新”进行探讨交流，从政策、理论和市场等多个维度，深入了解韩国舞台艺术领域的发展情况。培训班的交流活动获得韩国艺术工作者对中国文化发展和中国艺术市场充分肯定与赞赏，使澳门学员对祖国强大和中国文化繁荣发展充分认同，进一步增强了澳门艺术人才对祖国的归属感。

9月9日至29日，“2018中国文联赴俄舞台艺术编导创作人才高级研修班”在俄罗斯圣彼得堡和莫斯科举办。

培训班学员共计17人，其中3人来自高校，这是中国文联海外培训班第一次面向高校招生。

培训班的课程设置以跨界研修的培训理念，通过课堂授课、现场教学、剧目观摩、工作坊、与剧目主创人员座谈交流等多种方式，全面了解俄罗斯舞台艺术的发展脉络和特色。

培训班使学员对俄罗斯舞台艺术领域的多种艺术创作形式，进行了较为全面的学习，获取了丰富的一手资料，并为今后的艺术实践、学术研究、文艺管理等文艺工作积累了宝贵经验。

10月28日至11月17日，“2018中国文联赴美视觉艺术策展人高级研修班”在美国纽约和华盛顿举办。

培训班的课程设置以课堂授课、访谈、现场教学、案例解析和学习座谈会等多种形式，学习美国先进的策展知识、理念和实践经验，以及先进的艺术机构管理经验。

培训班安排美国艺术史、策展和艺术与法律等专题授课，安排访问国际独立策展人协会、新泽西视觉艺术中心等艺术协会与机构，还实地参观了现代艺术博物馆、大都会博物馆等世界级的博物馆。

新媒体学习平台工作

截至12月，文艺研修院新媒体学习平台系统已建成有：“文联研修”移动客户端、报名及教务管理系统、校友数据库、导师数据库、案例数据库、地县资源库等功能栏目；构成新媒体学习平台的平台有：研修院官方网站、研修院官方微信公众号和全国市县文联微信公众号。

截至11月6日，2018年新媒体学习平台累计发稿650篇，稿件原创率62%；研修院微信公众号总阅读量为369660次，转发量16950次，关注人数已破万，获得其他公众号及媒体转载23次；研修院“市县文联”累计发送新闻稿52篇，微信公众号关注人数707人。新媒体学习平台重点围绕教学培训工作，提供更有力、有效、务实、便捷互联网线上支撑和服务。

党建工作

组织全体职工认真学习习近平新时代中国特色社会主义思想和党的十九大精神，以开展“两学一做”为抓手，重点学习习近平总书记在两次全国宣传思想工作会、党的群团工作会议和中国文联十大、中国作协九大开幕式上的讲话精神；学习《习近平新时代中国特色社会主义思想三十讲》；开展“不忘初心，重温入党志愿书”主题党日活动和组织生活会；召开5次理论中心组学习会议，围绕中央警示教育大会精神、习近平总书记写给牛犇同志的信等进行交流讨论；组织党员干部参观《信仰的力量——纪念马克思诞辰200周年》专题展；组织党员干部反复学习《关于新形势下党内政治生活的若干准则》《中国共产党党内监督条例》等党纪党规；认真开展巡视整改和审计整改回头看自查工作；逐级签订《2018年落实全面从严治党责任书》，层层压实责任。

基金会工作

综 述

2018年，中国文学艺术基金会（以下简称“基金会”）全面学习贯彻落实习近平新时代中国特色社会主义思想和党的十九大精神，坚持“二为”方向和“双百”方针，认真贯彻党中央、中国文联的各项决策部署，紧紧围绕推精品、促创作，出人才的中心任务。坚定文化自信，大力弘扬和践行社会主义核心价值观，突出以人民为中心的创作导向，突出聚焦中国梦、讴歌新时代主题，突出引导推动创作。

一年来，基金会坚持创造性转化、创新性发展；坚持稳健运行，不断建立新机制；坚持稳步推改革，不断探索管理新途径；服务中国文联党组工作的意识更加牢固，工作格局和视野更加开阔；创新的氛围更加浓郁，工作的作风更加务实，中国文学艺术发展专项基金资助的工作更加科学、依规、有序；社会资金募集取得骄人成绩；财政资金管理效率更高，社会募集收入则同比增长，社会资金继续逆势上扬，形成了全新格局。

思想建设

认真学习贯彻落实习近平总书记关于文艺工作的系列重要讲话精神和党的十九大精神，认真做好新时代党建工作，长士气、添豪气、聚人气，增强了干部职工干事创业的精气神。

在中国文联党组的正确领导下，基金会领导班子围绕全面贯彻落实党的十九大各项部署，紧紧围绕文联中心工作，重点聚焦习近平新时代中国特色社会主义思想的学习和领会，带头做好“两个维护”，结合“两学一做”学习教育活动，严守政治纪律和政治规矩，着力聚焦“四风”，对照《中国共产党纪律处分条例》《关于新形势下党内政治生活的若干准则》和《中国共产党党内监督条例》，严肃党内政治生活，不折不扣地贯彻落实好党中央决策部署。

基金会党支部始终把政治建设放在党的建设第一位，坚持党对一切工作的领导，牢固树立政治意识、大局意识、核心意识和看齐意识，自觉维护党中央的权威和集中统一领导；坚定的理想信念是推动事业发展的根本保障，基金会领导班子认真履行党建工作责任制，履行好“一岗双责”职责，“两学一做”学习教育活动常态化、制度化；“三会一课”制度得到严格执行。坚持领导带头，以上率下，坚持区分层次、分类实施，坚持全员覆盖不落一人，坚持求真务实、注重实效，坚持学用结合、知行合一；党的主题教育活动经常性开展，组织基金会全体人员参观“真理的力量——纪念马克思诞辰200周年主题展览”、“伟大的变革——庆祝改革开放40周年大型展览”，观看电影《青年马克思》、专题片《为了政治生态的海晏河清》、纪律教育专题片《铁纪强军》、视频《榜样3》等；根据中国文联部署开展警示月系列活动，使基金会职工牢固树立“四个意识”，坚决做到“两个维护”、坚定“四个自信”，做到“四个服从”，学习党章党规党纪，引导党员牢记和践行党的优良传统和作风，树立崇高道德追求，进一步坚定正确政治方向，在党言党、在党忧党、在党兴党，始终做政治上的明白人。

组织建设

强化思想政治引领 突出抓好自身建设练内功，不断提升服务文艺事业、文联工作的能力水平。

（一）基金会召开第五届第二次理事会

2018年1月21日，基金会召开第五届第二次理事会。中国文联党组成员、副主席，基金会理事长左中一主持会议并讲话。基金会第五届理事会副理事长兼秘书长向云驹做工作报告。副秘书长郭希敏介绍了基金会理事变更情况，并宣读基金会第五届理事会第二次会议纪要。审议通过基金会五届一次理事会以来的工作报告；审议通过基金会理事变更情况；审议通过基金会五届二次理事会会议纪要。副理事长冯双白、姜昆、高西西，理事殷秀梅、张宏、徐里、韩新安、董耀鹏、邱运华、王仁刚、黄晓明、王瑶，监事会主席鲁航，监事刘一多，候补理事郑更生等17人出席会议。

（二）基金会召开第五届理事会第三次会议

2018年12月18日，基金会召开第五届理事会第三次会议。全国人大常委、中国文联副主席、基金会理事长左中一主持会议并讲话。基金会第五届理事会副理事长兼秘书长向云驹做工作报告。副秘书长郭希敏介绍了基金会理事变更情况，并宣读基金会第五届理事会第三次会议纪要。理事韩新安、邱运华、郑更生、陈洪武、黄晓明、刘岩等，监事汤鸿卫、刘一多等18人出席会议。

（三）突出抓好中国文学艺术发展专项基金管理资助工作

在中国文联党组和理事长左中一的领导下，基金会科学合理地推进中国文学艺术发展专项基金的管理资助工作。基金会不断完善、修订专项基金项目管理程序与办法；积极制定年度工作计划，让更多的第三方专业团队与专家参与到专项基金的工作中来，继续严格遵守财政经费相关管理规定，对项目预算及经费支出严格审核，细化项目操作执行流程，跟踪项目实施全过程，将财政资金管好用好是基金会工作的重中之重。

（四）基金会与新媒体融合能力得到提升

按照基金会“信息化工作服务平台建设项目”三年规划的整体布局，基金会网站信息披露量显著提升，与新媒体的互动能力显著提升，与新媒体融合发展水平稳步推进。呈现政治导向正确，主题报道鲜明、信息报道丰富，信息披露及时，阅读和浏览量显著提高，没有发生不良舆情事件，对宣传基金会的良好形象发挥了积极作用，为实现公益资讯全面迅捷、公益实践创新多元、公益行为公开透明的公益环境，承担了重要的使命和责任。

资助项目和公益活动

牢牢把握正确的文艺方向，不断健全完善基金会的运行管理机制，为基金会的资助项目和公益活动工作把方向、谋发展。

2018年，基金会资助了13个艺术门类的多种形式的项目活动，资助项目范围覆盖全国各省文联，加大了对新文艺组织、体制外文艺工作者的项目扶持，推出了一批广有影响的文艺精品力作，进一步推动促进了各艺术门类的繁荣发展。

（一）瞄准重点，实施精准资助项目

2018年，基金会按照中国文联党组领导指示，突出抓好中国文学艺术发展专项基金的管理工作，服务中国文联党组的中心工作。

1.加大文艺人才培训（培养）项目类别的资助力度。

通过中国文联人事部组织的各单位的项目申报工作，最终资助项目累计达74个，与往年相比增长了2.5倍，使更多体制内、体制外的文艺工作者更好地得到了专业上的提升，让更多基层文艺骨干以及少数民族艺术工作者得到了学习提高的机会。

2.重大题材创作得到重点资助。

在中央重大主题宣传——庆祝改革开放40周年系列文艺活动中，资助的艺术形式囊括音乐、美术、摄影、民间文艺、书法、戏剧、影视等，通过举办展览、演出、创作歌曲等多种形式，讴歌党、讴歌祖国、讴歌人民、讴歌英雄，从多层面多角度展现改革开放40年祖国翻天覆地的变化和各行各业人民为美好生活奋斗的火热情景以及见证改革开放和社会主义现代化建设，的伟大进程。

3.继续资助文艺精品实践创作。

“中国精神•中国梦”主题文艺创作、“青年文艺创作扶持计划”、“深入生活、扎根人民”主题实践活动、“讴歌新时代·共筑中国梦”主题文艺创作实践活动等项目在申报启动时，就得到专家的精心把关，切实提高创作的引导性、示范性、带动性，促使艺术家在创作实践过程中能出精品。经过几年的努力，把“深入生活、扎根人民”的主题实践活动和主题创作紧密结合，创作了一批接地气、有影响的作品。

（二）瞄准弱点，加强项目监督项目进度管理

建立健全项目跟踪和评估机制，强化执行监督。认真审查项目预算，提高资助精准度，确保资金使用效率。参考以往审计署等管理部门提出的意见建议，不断改进工作，切实规避风险，确保不留隐患。

2018年，基金会多次参与对项目申报工作的答疑会。针对项目单位提出的问题，耐心解答，分门类分别讲解。对所有资助项目都严格签订资助协议，在协议里将财政经费管理要求及项目管理要求都明确列支，明确提出资金使用的权利、责任、结项期限、项目质量保证等要求。力求使项目执行单位更有效地利用资助资金，更好地完成项目。遇到项目实施过程中有调整项目内容的，必须书面上报，需要会同项目第一责任单位和基金会同意后，方可继续实施项目。

（三）瞄准难点，全面调研，促进项目按期完成

2018年，中国文学艺术发展专项基金项目涉及13个艺术门类、10个项目资助方向，对于许多艺术门类特有的项目特点及项目提出的问题，基金会非常重视，由项目管理人员组织小组深入项目实施过程中，了解项目实际操作过程，咨询相关艺术专家、行业专家。对于新项目，与项目具体负责同志多次讨论交流，做到服务上门，尽力确保项目顺利实施、结项，并出预期成果。

（四）瞄准焦点，加强项目绩效评价工作

2018年，基金会选取了三家会计师事务所，分三期对2011-2013年度已完结项目、2014年至2015年度已完结项目、2016年度已完结项目，开展了绩效评价工作。目前，已完成2011年至2013年度已完结项目、2014年至2015年度已完结项目、2016年文艺评奖、联络服务艺术家、文艺“走出去”、文艺志愿服务四个大类以及部分已完结项目的绩效评价工作。同时，基金会与专业法律事务所签订合作协议，对基金会各项工作提供法律咨询和保障。

（五）2018年财政专项基金主要资助项目情况

1.资助文艺创作项目，包括“中国梦”主题创作资助项目“中国精神·中国梦”主题文艺创作工程项目22个，立项资助金额1046.175万元；资助“讴歌新时代·共筑中国梦”主题创作实践活动项目4个，立项资助金额850万元；资助文艺创作出版项目5个，立项资助金额130万元；青年文艺创作扶持计划项目72个，包括体制外青年艺术家项目33个，立项资助金额1441.35万元；

2.资助“重大主题创作”项目项目14个，包括影视戏剧类3个、舞台表演类3个，造型艺术类4个、出版类4个，立项资助金额1188.8万元；

3.资助“深入生活、扎根人民”主题实践项目13个，包括舞台演出类项目5个、展览类项目5个、剧本创作类项目2个，立项资助金额1349万元；

4.资助“文艺评奖”项目7个，包括大众电影百花奖、中国曲艺牡丹奖、中国舞蹈荷花奖、中国摄影金像奖、中国杂技金菊奖、中国电视金鹰奖的奖金及这些艺术门类的“终身成就艺术家”表彰项目，立项资助金额610万元；

5.资助“文艺评论工程”项目立项资助金额500万元；

6.资助“文艺人才培训（培养）”项目74个，资助体制外培训项目10个、贫困地区培训项目1个、少数民族艺术家培训项目4个、基层文艺工作者17个、专业文艺人才培训41个、文艺人才宣传推广项目1个，立项资助金额2595.932万元；

7.资助“送欢乐下基层”及文艺志愿服务项目包括“送欢乐下基层”“到人民中去”“文艺扶贫奔小康”“文艺培训志愿服务”等项目，立项资助金额1000万元；

8.资助文艺“走出去”项目14个，立项资助金额530万元；

9.资助“服务联络老艺术家”项目，包括文艺家之家展览馆项目、办公厅、机关服务中心服务老艺术家项目以及服务艺术家出版项目4个，立项资助金额1080万元。

社会专项基金的管理工作取得新突破，基金会募集资金量再创新高。

基金会全体同志不断加强自身修养，不断提升自身艺术素养，探索新形势下的募捐新途径，不断强化服务意识，创新社会专项基金管理机制。《百年巨匠》、《中华意蕴》油画展，以及纪念改革开放40周年系列活动等一批影响力较大的项目顺利实施，得到了社会各界的赞扬。

（一）立足于服务，不断开拓资金募集渠道，新设若干社会文化专项基金

1. 新设“一带一路”文化传播基金

向“一带一路”沿线国家和地区宣传中国传统文化艺术形式，树立文化自信，将举办各类文化艺术类活动，促进“一带一路”沿线国家和地区文化交流，同时培养青年艺术人才，继承和发扬中国传统文化和艺术。

2. 新设青少年戏剧教育专项基金

该基金将搭建戏剧教育特色平台，弘扬社会主义核心价值观，丰富青少年精神生活，陶冶情操，树立文化自信，为中国戏剧事业培育更多人才。

3. 新设关公文化专项基金

该基金将积极开展公益文化活动，引导人们特别是青少年学习中国传统文化，及以关公所代表的忠义勇信为核心，凝聚海外华人华侨力量，助力中华文化“走出去”。

4. 新设新时代文创基金

该基金将响应新时代号召，促进新时代文艺发展与创新。旨在为各门类艺术家提供展示的平台，同时积极培养青年文艺人才。

5. 新设时代记忆专项基金

该基金将以国家政策为引导，开展有利于中华优秀文化艺术遗产挖掘、保护、研究、传承、弘扬的公益项目与活动，积极参与“一带一路”建设，推动中国文化“走出去”，开展非物质文化遗产保护与创造性转化，以“四个讴歌”引导弘扬社会主义核心价值观。

6. 新设追梦文化专项基金

该基金将开展各项文艺公益活动，促进文艺成果转化，以文化创新与对外文化交流与合作推动世界各国共商共筑人类命运共同体。

公益活动主动担当新使命，坚守社会责任，举旗帜、展形象、兴文化，着力讲好新时代的中国故事。

（一）抓好重大历史节点文化活动策划引领，纪念改革开放40周年系列文化活动有序展开

1. 举办纪念改革开放40周年“中国梦·燕赵情”全国中国画、油画作品展。该展为迎接改革开放40周年，雄安新区成立一周年，进一步光大河北良好形象，展示河北亮丽风采，助力经济强省、美丽河北建设，以“描绘河北好风光、讲述河北好故事、传播河北好声音、展示河北好风尚”为总要求，以全面展示河北生态之美、人文之美、发展之美为主基调，结合河北重点工作推进，通过描绘河北好风光、展示河北好风尚，达到发现美、展示美、传播美、建设美的目的，组织艺术家前往具有代表燕赵历史人文文化的正定、太行山、狼牙山、白洋淀、秦皇岛、邯郸等地采风创作，并于11月8日在保定、雄安新区、秦皇岛、邯郸、衡水等地市进行巡展。该展览面向全国征稿，征集中国画、油画作品共260件，入选作品60件，入展作品200件。

2. 举办纪念改革开放40周年“中道自然”当代中国画名家邀请展。为纪念改革开放40周年，反映我国改革开放40年来勇于探索、敢为人先的开拓精神和取得的丰硕成果，基金会资助项目纪念改革开放40周年——“中道自然”当代中国画名家邀请展于2018年11月29日至12月8日在贵阳市举办，参展画家50人，展览作品170件。展览秉承学术性、多元性、创新性原则，应邀艺术家均为当代中国具有学术影响力的画家。

3. 举办“华蕴绽放”——纪念改开放40周年美术、书法作品展。7月15日，基金会新时代文创专项基金邀请国内书画界知名艺术家创作的纪念改革开放成就的60件书画作品，在颐和园景福阁举办。展览主题明确，具有较强的公益性，展览地点位于颐和园珍稀古建筑内，游客众多，在游览颐和园的同时能够欣赏到纪念改革开放40周年成就的书画作品，从并中获益。

4. 纪念改革开放40周年《艺术公益大讲堂》飞入寻常百姓家。为让优质的文艺内容借助网络平台“飞入寻常百姓家”，基金会和中国文联网络文艺传播中心联合光明网制作并推出《艺术公益大讲堂》系列视频节目。《艺术公益大讲堂》旨在凝聚文艺名家，共同开展网络艺术优质资源共享和知识普及，创新传播内容和传播方式，打造适应互联网时代艺术传播规律的网络公益精品节目。在接受《艺术公益大讲堂》专访时，文艺家们不约而同地畅谈了改革开放40年来不同艺术领域的重大变化和丰硕成就，表达了对社会主义文艺大发展大繁荣的强烈期待和巨大信心。

（二）抓好中华民族传统文化的创新性发展，让中华民族的文化血脉薪火相传、代代守护

1.《百年巨匠》系列活动——《百年巨匠·建筑

篇》开机。4月23日，百集大型系列人物传记纪录片《百年巨匠》第2季启动暨《百年巨匠•建筑篇》开机仪式在故宫博物院武英殿举行。第2季由建筑篇拉开帷幕，将聚焦詹天佑、茅以升、梁思成、杨廷宝4位近现代中国建筑工程领域的开创者和奠基人。

2.《百年巨匠——梁思成》开机。2018年7月8日，《百年巨匠——梁思成》开机仪式在四川省宜宾市李庄古镇举行。

3.《百年巨匠•非遗篇》开机。第2季《百年巨匠•紫砂篇》开机仪式于9月19日在江苏宜兴举行，当晚的央视新闻联播报道了此事。

4.《百年巨匠•饶宗颐篇》开机。10月18日，由中国文联、中央电视台、中国艺术研究院等单位联合摄制、基金会重点资助的大型人物传记系列纪录片《百年巨匠 • 饶宗颐篇》在香港大学陆佑堂举行开机仪式。出席仪式的主礼嘉宾香港特区行政长官林郑月娥、中联办主任王志民、香港大学校长张翔、《百年巨匠》总策划李小琳、《百年巨匠》出品人兼总策划杨京岛、香港浸会大学校长钱大康、国务院参事王国华、饶宗颐学术馆之友创会会长孙少文、饶宗颐学术馆馆长李焯芬、饶宗颐家属代表邓伟雄等。

5.“中华意蕴”——中国油画艺术国际巡展意大利展。该展由中国国家画院和基金会共同主办、中国国家画院油画院承办。7月18日，在意大利威尼斯广场的维多利亚诺宫拉开帷幕，展览持续至9月9日。在为期50余天的展期内，该展览受到了意大利社会公众和艺术界人士的热情欢迎和高度评价。此次展览是继“中华意蕴”2016年7月在法国巴黎举办首展之后的第二次国际巡展，有力地展示了当代中国油画的艺术成就，宣传了中国文化，实现了展览的举办初衷。

6.启动“弘扬传统文化、传承民族经典”——“追梦红楼”音乐会全国巡演。“《追梦红楼》87版电视连续剧《红楼梦》组曲音乐会”汇集中国传世名著《红楼梦》1987版电视连续剧全剧的歌曲和音乐，是著名作曲家王立平的呕心沥血之作。本次巡演计划面向全国，由巡演目的地专业合唱团共同参与演出，并邀请1987版电视剧《红楼梦》的主创人员、红学家等开展以“红楼梦”为主题的讲坛、讲座，弘扬传统文化、传承民族经典，引领大众树立正确美育观念，引导国人坚定文化自信，弘扬中华美育精神。

（三）抓好各类书画展览展示和培训活动，助力中国梦，讴歌新时代

1.“国风盛典首届全国中国画作品展”举办。8月，由基金会与中国美协联合主办，中国文联美术艺术中心、基金会关爱基金、中国国家画院国展美术中心承办的“国风盛典首届全国中国画作品展”在京举办，该展围绕社会主义核心价值观组织画家进行创作，以保证参展作品主题鲜明、特色突出，在弘扬传统文化的同时，为青少年提供中国特色的美育教育，帮助他们树立文化自信。

2.“翰墨薪传•全国中小学书法教师培训”实施。根据教育部和中国文联关于“翰墨薪传•全国中小学书法教师培训”工作的指示精神和要求，由中国书协、中国教育学会、教育书画协会共同开展了2018年度教师培训工作，持续扎实培养更多优秀基层书法教师，为切实解决中小学书法师资匮乏的情况，于7月中旬开展培训工作（第四期），取得良好的社会反响和教学效果。

3. 书法云教室项目启动。为响应国家大力弘扬中华优秀传统文化的号召，推动书法教育进课堂，基金会苏士澍专项基金在辽宁瓦房店市三所学校建设的书法云教室采用了人工智能语音技术、云平台技术和大数据技术，坚持自主开发与外部整合相结合，紧密围绕中小学书法教育教学，采用基于云服务的产品架构，实现教学资源数据库、教师PC教学系统和学生移动Pad教学终端的互联教学，全面助力“书法进课堂”的普及推广。

4. 举办“崔佩云国画作品展”。由外交部老年书画研究会、中国五老公益工程组委会主办，基金会五老基金承办的“崔佩云国画作品展”在中国政协文史馆举办，集中展现了老外交官崔佩云在书画创作方面的成就与风采，展现了老外交官和五老群体丰富的精神世界。

5.“中国插画艺术展/广州站”举行。为积极贯彻落实习近平新时代中国特色社会主义思想，提升中国插画原创力，推动文艺创新，基金会和中国美协共同主办的“中国插画艺术展/广州站”在广州海心沙场馆举行。

6.“金门炮战60周年回眸”研讨会举行。为纪念金门炮战结束60周年，由追梦文化专项基金资助，中国军事文化研究会与北京长江新世纪文化传媒举办的研讨会、首发式、报告会，在中关村军民融合创新工场举行。“回顾金门炮战，不忘初心，实现祖国统一”的共识，推进了军事文化事业的发展。

（四）抓好文化惠民活动，不断丰富和满足人民群众的精神文化需求

1. 联合主办“让世界充满爱——2018春节联欢晚会”。中国视协、基金会联合主办“让世界充满爱2018春节联欢晚会”。2018年春节期间，在中国教育电视台播出的这台晚会邀请了大批观众熟悉的艺术家参与演出，在歌赞和谐中国年的同时，弘扬“让世界充满爱”的社会公益精神，为全国观众呈现了一台具有新时代气息和浓郁中国年味的文化新春盛宴。

2. 联合主办“回家过年——全国关爱老年春节大联欢”。由基金会、全国老龄工作委员会、中国农业广播电视学校共同主办“回家过年——全国关爱老年春节大联欢”。这台在2018年CCTV-7春节档播出的晚会，表达了对全国老年人的祝福。

3. 举办“2018全国百姓少儿春晚”。为了把十九大提出的“发展素质教育，推进教育公平，培养德智体美全面发展的社会主义建设者和接班人”落到实处，领会“新时代，新目标，新征程”的丰富内涵及其使命，助力祖国的伟大复兴，建立文化自信与信仰自信，倡导正确的价值观，配合发展战略文化先行的号召，进一步传承和弘扬中华优秀传统文化，基金会青少年戏剧教育专项基金与CCTV微视在民族文化宫举办了“2018全国百姓少儿春晚”。

4. 举办“新时代•新童谣——萌娃儿歌新春展演活动”。“新时代•新童谣——萌娃儿歌新春展演活动”旨在弘扬社会主义核心价值观，让孩子从小受到优秀传统文化的熏陶，从小树立文化自尊心，自信心，长大报效祖国。让艺术启蒙心灵，让歌声淳化家风，让健康向上的儿歌伴随新时代的孩子们茁壮成长。

5.“星光校园•第九届全国校园艺术周”活动举行。7月29日至8月1日，非物质文化遗产校园传承专项基金“星光校园•第九届全国校园艺术周”活动在中央民族歌舞剧院举行。该活动由文化和旅游部中国文化信息协会、教育部中国教育电视协会等单位主办，以促进青少年健康成长，展示全国校园非遗传承保护成果，促进中国青少年文化艺术国际交流为宗旨。

6.“九九重阳，快乐生活”联谊活动在京举办。10月13日，由中国老教授协会主办，中国老教授协会艺术委员会和基金会老艺术家专项基金联合承办的“九九重阳，快乐生活”联谊活动在京举办。该活动旨在将老龄工作融入党和国家工作全局，切实增强做好老龄工作的责任感和使命感，传承我国尊老、敬老、爱老、助老的优良传统。近50名老教授、老艺术家参加了活动，北京电视台文艺频道全程录制了该活动，并在重阳节期间播放，受到了广泛好评。

7.《关公》舞剧汇报演出。4月26日，在河南洛阳进行《关公》舞剧汇报演出，将关公“忠义仁勇”的精神通过文学艺术的方式传播，并将“关公信俗”这一国家非物质文化遗产正确传承弘扬下去。

洛阳关林关公文化公园项目是2017年文化部批准的国家文化产业重点项目，为推动该项目的建设，由关公文化专项基金主办、中国贸促会建设分会承办的“洛阳关林关公文化公园——关公雕像方案的征集、建造”项目于2018年6月正式启动，拟于2019年8月底完成。

8. 资助拍摄京剧舞台艺术片《太真外传》。为深入贯彻习近平总书记在北京文艺工作座谈会上的重要讲话精神，传承和弘扬中华优秀传统文化，基金会资助国家京剧院拍摄的京剧舞台艺术片《太真外传》，将经典剧目搬上银幕。

聚焦文艺精准扶贫，坚持精准资助，不放松、不停顿、不懈怠，艺术教育让更多贫困地区的孩子享受艺术之美。

（一）精准扶贫甘肃省陇南市武都区，精准资助让高山戏重新焕发古老魅力

1. 高山戏《米仓魂》。武都高山戏是武都唯一一个国家级非物质文化遗产保护项目，被专家赞誉为“中国戏曲理论研究的活化石”。《米仓魂》剧情依据与高山戏发源密切相关的、当地广为流传的民间故事，改编、创作而成。基金会在扶持中国文联定点扶贫区域甘肃省陇南市武都区进程中，针对高山戏后继无人、惨淡经营的状况，投放文艺扶贫基金400万元，扶持当地优秀传统剧目，让传统文化的脉络得以传承和延续，让这些因为贫困濒临灭绝的剧种重新焕发古老的魅力，让老百姓能够有更多的获得感。通过扶持历史剧目《米仓魂》的方式，以传统剧目传承发展为抓手，以文化生态保护为基础，激发脱贫致富的内生动力。

2.资助西南科技大学扶贫项目。根据文联字第外部171号《关于解决西南科技大学帮扶武都区专家补助费的请示》，经与武都区科技局沟通，由武都区科技局负责管理、发放，资助2018年西南科技大学专家补助项目金额2.5万元。

3.资助甘肃武都区捐资助学75万元。根据文联字第外部169号《关于解决2018年中国文联捐资助学费用的请示》（陇南市武都区人民政府武政发〔2018〕9号文件）的批示，经与武都区教育局沟通，由武都区教育局负责管理、发放，资助自2018年起连续5年对武都区75名高三贫困学生进行资助，每年15万元，共计资助金额75万元。2018年资助款15万元整，现已完成资助。

基金会面向老少边穷地区开展艺术教育扶贫脚步从没有停息，为了让更多西部老少边穷地区的孩子能够像城市里的孩子一样享受艺术的熏陶和洗礼，基金会筹集资金200万元，开始实施“美育圆梦工程”项目，足迹覆盖西部的甘肃、宁夏、青海、新疆、西藏、四川、云南等省、直辖市、自治区为老少边穷地区建立18所“美育圆梦”艺术教室，捐赠图书累计8533545.95 码洋。

（二）“美育圆梦”艺术教室助力老少边穷地区儿童圆梦

1.“美育圆梦”工程项目主要资助西部少年儿童进行美育教育活动。2018年，基金会在中国文联定点扶贫地区甘肃武都拟建8所农村中小学“美育圆梦”艺术教室，共计投入资金100万元。共有178名贫困生得到资助。“美育圆梦”系列品牌活动，也在按照计划有条不紊地实施中。

2.“美育圆梦•快乐玉米文化艺术公益活动关爱留守儿童公益晚会”在云南省昆明市新亚洲体育城举办。该活动旨在倡导社会公益、传递社会道德风尚、践行社会主义核心价值观，关爱贫困地区青少年儿童的健康成长。

3.开展“美育圆梦青少年原生态艺术节”。为了让更多的青少年了解民族文化精神，充分挖掘弘扬民族文化，推动少数民族文化的发展和繁荣，推进文化共享，“美育圆梦”行动走进黔东南，开展“美育圆梦青少年原生态艺术节”，让有艺术梦想的近350名青少年欢聚在苗乡凯里，以艺术的形式传播民族文化和艺术梦想，引导青少年感受中华民族大家庭多样化的艺术特色，体验少数民族丰富的文化内涵。此次艺术节以文艺展演为主线，通过多项文艺公益活动，展示原生态的苗侗文化。本次活动由贵州省凯里市政府主办，基金会校园文化专项基金、全国校园春节联欢晚会组委会承办。

4.组织创作“美育圆梦•萌娃动画”动画片《守护繁星》。基金会关爱基金组织国内一流文案创意、动画制作和美术设计团队与北京众艺德源文化传媒有限公司合作以“美育圆梦•萌娃动画”为主题，创作106集动画片《守护繁星》，该剧共分4季，将着重创新中国风格、中国元素，讲好中国故事，传播优秀中国传统文化，以传递中国价值的新卡通形象引导少年儿童积极向上，陶冶情操。

5.“美育圆梦”艺术教室在多地建立。校园文化专项基金是基金会的社会专项基金之一，该项目启动以来，承办了一系列相关扶贫艺术活动。先后在安徽、新疆、广西、云南、重庆、湖南、贵州、吉林、新疆、山西、河南等地建立了“美育圆梦”艺术教室，针对性制定各地区“美育圆梦艺术教室”配备标准，为学校配备最基本的艺术类课程教学设备，例如雅马哈电子钢琴、架子鼓和绘画工具等。在援建“美育圆梦”艺术教室的同时，还同步开展了“美育圆梦 暖冬行动”等，“最美的人”成为“暖冬行动”的主角，为1000名贫困儿童送去暖心礼包。

“美育圆梦行动”自开展以来，每一间艺术教室的建立、每一场“美育圆梦•爱的接力”的精彩演出，都受到了新华网、光明网、中国网、搜狐网、新浪网、凤凰网、优酷视频等各大媒体网站的广泛关注，活动的社会公益性让更多的艺术家、明星及“助梦人”参与进来，为关爱对象提供支持与帮助。随着媒体的广泛报道，也吸引了更多的艺术教育工作者和社会爱心人士参与进来，他们秉承引导青少年树立社会主义核心价值观，真正地支持和帮助青少年进步成长的社会使命，为我国贫困地区的艺术教育和美育发展贡献自己的力量。

6.姜昆艺术公益基金开展系列公益活动，关注农村地区的留守儿童。基金会姜昆艺术公益基金多年来一直致力于给边远贫困地区赠送图书的活动。2018年姜昆艺术公益基金收集中国文联各协会闲置图书和中国文艺志愿者协会一起将图书和5台手风琴，送到陕西铜川照金北梁红军小学的同学们手中。

6月，姜昆艺术公益基金、中央电视台少儿频道《大手牵小手》栏目、团中央未来网、中国妇女发展基金会、中国志愿服务基金会、中国文艺志愿者协会、民盟北京市委九支部等单位，来到北京市贡院小学、北京市通州区如意中心幼儿园、芙蓉幼儿园，共同开展“大手牵小手——安全教育活动”。

10月，姜昆艺术公益基金联合中国文艺志愿者协会，向四川省什邡市国人小学捐赠1300册《姜昆老师告诉你——意外伤害如何防》、1300册《姜昆老师告诉你——必须掌握的礼貌、礼节、礼仪》、10台手风琴。

7.举行情暖端午•关爱听障儿童活动。6月18日，著名舞蹈家刘岩来到北京天云儿童康复中心通州分院，探访由基金会刘岩文艺专项基金资助学习舞蹈美育课程的孩子们，为他们亲手制作了很多粽子，鼓励孩子们要积极生活、学好舞蹈。

8.“百年树人”海外研修工程为内蒙古贫困牧区的孩子搭建广阔舞台。“百年树人”计划是基金会为培养国际型艺术人才设立的又一重点项目，通过社会资金募集和政府资金支持，有计划地选派高级访问学者、优秀青年文艺教师和有艺术发展前景的学生到海外高水平大学留学、访问进修、合作研究，开拓文艺人才海外培养渠道，获取学科前沿知识，学习世界先进的教学科研方法，提升水平，拓展文艺学者、文艺教师和学生的国际视野。此次，首批受到“百年树人”计划项目支持的学生是来自内蒙古大学艺术学院培训基地的内蒙古少年合唱团的5名学员：呼和图拉嘎、好特门乌力吉、耐吉拉、宝日格勒和誉日瓦。

2018年，培养的4位同学以优异的成绩毕业于美国肯塔基大学。未来，他们将扎根内蒙古的基层学校，做一名小学音乐老师，做一颗音乐梦想的“种子”，等待绽放绚烂的花蕾，实现报效祖国、服务人民的梦想。

9.基金会向甘肃省陇南市武都区、新疆喀什地区巴楚县第三师48团机关、河北省沧州市曾县图书馆等地区捐赠图书318400册，价值8533545.95码洋；向雄安新区捐赠图书536.5542万码洋。

10月，基金会收到雄安新区雄县教育局向我会申请受助图书用于雄县中小学生阅读需求的文件。雄安新区是刚被国家设立的新区，教育配套设施薄弱，尤其是图书缺口很大。基金会向雄安新区雄县教育局捐赠图书536.5542万码洋，用于中小学生文化教育阅读需求。

向甘肃、新疆、河北等地捐赠图书836.5542万码洋。2018年，为推动甘肃省、新疆维吾尔自治区、河北省文化扶贫工作，并体现基金会作为公益组织的社会责任，基金会向甘肃省陇南市武都区文化单位、乡镇、学校、新疆维吾尔自治区新疆建设兵团第三师48团和河北省沧州市献县文联捐赠图书300万码洋。向两个省一个自治区及雄安新区共计四个地区，陆续捐赠图书836.5542万码洋。

10.“影像见证新时代 聚焦扶贫决胜期”大型影像记录扶贫攻坚伟大历程。该项目为深入学习贯彻习近平新时代中国特色社会主义思想和党的十九大精神，生动记录扶贫攻坚的伟大历程，由基金会资助，中国文联和中国摄协、中国民协共同启动“影像见证新时代 聚焦扶贫决胜期2018-2020大型影像跨界驻点调研创作工程”。

2018年10月17日（国际消贫日、中国国家扶贫日），在中国文艺家之家展览馆举办调研创作成果汇报展开幕式，在中国文联四层多功能厅进行综合影音展示。展示出的阶段性成果，得到了国务院扶贫办等部门的高度好评。已被列为中宣部《中国当代文学艺术创作工程规划（2017-2021）》创作项目、中国文联“讴歌新时代·共筑中国梦”主题文艺创作实践活动项目、中国文联2018年“深入生活、扎根人民”主题实践活动重点项目。中国文学艺术发展专项基金资助该项目390万元。

中国文联出版社

综 述

中国文联出版社（以下简称“文联社”）是中国文联唯一直属出版机构，是财政部代表国务院履行出资人职责的中央文化企业和国有资本经营预算单位。2018年，文联社坚决贯彻落实中央和中国文联党组的指示和部署，结合本社实际，深入学习贯彻落实习近平新时代中国特色社会主义思想和党的十九大精神，扎实推进“两学一做”学习教育常态化制度化，坚持把发展社会效益放在首位，努力实现社会效益和经济效益相统一，逐步克服转企改制以来出现的重重困难，继续明确“中国文联使命和品牌在出版领域的延伸”的发展定位，明确建设“中国文艺出版传媒国家队”的发展目标，明确“同心多元，以艺为主，一体两翼，优质双效”的战略路径，深化改革，负重奋进，调整结构，突出特色，优化机制，提升能力，重点突破，彰显品牌，连续第四年实现当年盈利，职工收入稳中有升，经营状况有所改善，多元经营效果明显，自主研发能力持续增强，重点项目成果丰硕，整体发展进入快车道，新格局渐渐形成，为全面深化改革奠定了基础。

会议与活动

【贯彻落实全国组织工作会议和习近平总书记关于推进中央和国家机关党的政治建设的重要指示精神，提升组织力，突出政治功能】

贯彻落实习近平总书记重要指示精神，始终将党的政治建设摆在首位，强化党的政治建设，教育引导党员干部增强“四个意识”，坚定“四个自信”，做到“两个维护”，带头做好表率。狠抓学习，以理论武装统领思想建设。督促落实，层层传导，及时传达党中央重大决策部署和涉及本单位的重要会议、重要文件精神，加强党员队伍党的政治建设。认真抓、大力抓支部班子的学习，强化支部班子的传导作用，确保党的方针、政策，重要指示精神等传导到全体党员干部。强化认识，夯实全社工作的政治基础，确保政治方向正确。9月初就文联社党建和意识形态工作向中国文联党组做专题汇报，并根据党组领导的重要指示精神，认真梳理党建工作各环节存在的问题，依据问题导向逐项落实整改。在中央和国家机关工委开展党的政治建设督察工作期间，党总支各支部多次组织集中学习部署相关工作，在做好迎接检查工作的同时，认真完成各项党建工作的落实。

【参展北京图书订货会】

1月11日至13日，北京图书订货会在中国国际展览中心举行。文联社再次重装登场受到业内重视。文联社发行部门充分发挥本社作为中央部委出版社联合体副理事长单位的影响力，租用多个展位集中展示本社出版的多种优秀重点图书，并加大图书馆装备图书的推广力度，《绿色发展通识丛书》《快乐万岁》《中国电影思潮流变》等产品受到欢迎，图书订货量再创新高。期间，文联出版办王国骞、展华云、霍旭升等到展台参观指导。社领导朱庆、闫翔、姚莲瑞、尹兴分别带领本社职工到展馆参观，学习兄弟出版单位的成就和经验。

【2018年度工作会议暨全员年度考核】

3月5日，社委会主持召开文联社2018年度工作会议。朱庆社长代表社委会作年度工作报告，领导班子成员朱庆、闫翔、姚莲瑞、尹兴分别向全社职工作年度述职。中国文联人事部、出版办有关同志出席会议并组织全体职工对文联社领导班子成员进行考核测评。社委会对全体职工进行考核测评，中层干部做述职报告，全体职工接受全员测评。

【《2017中国艺术发展报告》出版发布座谈会】

6月20日，由中国文联组织编写的《2017中国艺术发展报告》在中国文艺家之家举办出版发布座谈会。这是文联社出版的第6部《中国艺术发展报告》，中国文联党组成员、书记处书记陈建文出席会议并讲话，中国曲协主席、中国文艺志愿者协会主席姜昆出席会议并为新书揭幕，中国文联理论研究室主任、文艺评论中心主任、中国文艺评论家协会副主席兼秘书长庞井君主持。各全国文艺家协会领导、各艺术门类分报告首席专家，以及文艺资源中心等单位领导出席会议。

【电影《文朝荣》首映】

6月21日上午，文联社在全国政协礼堂举行电影《文朝荣》首映式。电影《文朝荣》还原了贵州省毕节市赫章县海雀村党支部书记文朝荣带领群众决战贫困、决胜小康的感人事迹。文朝荣几十年如一日地带领群众战荒山、斗贫困、求生存、谋发展。让“苦甲天下”的海雀村变成“林茂粮丰”的幸福村，诠释了一个基层党员干部的使命与担当。电影《文朝荣》是文联社自觉践行文化企业社会责任的又一次成功实践，是中国文联贯彻落实中央脱贫攻坚战略，积极发挥文艺力量，推进文艺扶贫的又一项重要成果。会议由火箭军文工团团长周炜主持，贵州省常委、宣传部部长慕德贵宣布首映式开始，中国文联党组成员、副主席李前光，毕节市政协主席宫晓农致辞，文联社社长兼总编辑朱庆介绍影片拍摄情况，主演王洛勇分享拍摄心路历程。中组部原部长张全景，全国总工会原副主席、书记处书记段敦厚，中国影协分党组书记、驻会副主席张宏，中国文联权益保护部主任暴淑艳，中国文联人事部主任郑希友，中国文联机关党委常务副书记刘国强以及贵州省有关部门负责同志、文朝荣家属、部分主创人员等出席会议。

【电影《文朝荣》研讨会】

7月20日，由中国文艺评论家协会、中国影协、文联社主办的电影《文朝荣》观摩及研讨会在中国文联举行。在国务院批准毕节试验区成立建设30年之际，电影《文朝荣》的上映成为推广毕节试验区新时代脱贫攻坚战略的一个生动文艺典型。中国文联党组成员、副主席赵实接见《文朝荣》主创团队代表，对影片给予充分肯定。中国影协分党组书记、驻会副主席张宏以及来自电影界、评论界和高校等众多专家、学者与电影主创团队对电影《文朝荣》的社会意义、艺术创作等角度进行了研讨。

【《中国民间文学大系》出版工程第一期业务培训】

8月29日至31日，由中国民间文学大系出版工程领导小组办公室、中国民协、文联社共同主办的“《中国民间文学大系》出版工程第一期业务培训班”在北京举行。大系出版工程学术委员顾问李耀宗，中国民协副主席万建中，梅兰芳纪念馆馆长刘桢，大系史诗专家副组长巴莫曲布嫫，中国出版集团党组成员、中国出版传媒股份有限公司副总经理李岩，人民文学出版社副总编辑周绚隆为学员们作专题讲座。中国民协分党组书记、驻会副主席邱运华，文联社社长兼总编辑朱庆分别在开班动员和总结会上发言。中国民协理论研究处处长王锦强对大系出版工程组稿中出现的问题及编辑策略进行了专题讲解。中国文联出版全体职工及大系工程相关工作人员近100人参加了本次培训。

【《快乐万岁——后半辈子怎么活》新书发布会】

7月28日下午，由光明日报社原总编辑袁志发著，文联社、华龄出版社联合出版的《快乐万岁——后半辈子怎么活》在北京图书大厦首发。该书是曾入选“国家新闻出版广电总局、全国老龄委向全国老年人推荐的优秀出版物”，销售量达12万册的《快乐老年》的姊妹篇。《快乐万岁——后半辈子怎么活》讲述了什么叫快乐，老年人怎样才能快乐，告诉老年朋友如何从人生感触走向人生感悟，在万事面前想得开、想得通、想得远、想得深，从而过一种积极向上、健康快乐、老有所为的生活。

【《中国民间文艺大系》出版工程系列工作会议】

8月7日，文联社召开《中国民间文艺大系》出版工程出版协调会。《中国民间文艺大系》出版工程系中央办公厅、国务院办公厅《关于实施中华优秀传统文化传承发展工程的意见》中十五项重大工程之一。中国文联副主席、中国民协主席潘鲁生对大系编纂出版的下一步工作任务进行了具体安排和指导，中国民协分党组书记、驻会副主席邱运华进一步明确了年度示范卷工作计划，中国民协副主席万建中、中国文联权益保护部出版处副处长展华云、文联社副总编辑姚莲瑞、文联社社长助理尹兴等人出席并发言。9月7日，《中国民间文艺大系》出版工程民间文学理论卷编纂工作推进会在北京召开。中国民协副主席万建中、北京大学社会学系教授高丙中、中国社会科学院文学研究所研究院户晓辉、北京外国语大学中文学院教授黎敏、文联社副总编辑姚莲瑞等出席会议。12月14日，《中国民间文学大系》出版工程整体设计推进会在文联社会议室召开。中国文联副主席、中国民协主席潘鲁生，中国民协分党组书记、驻会副主席邱运华，中国民协副秘书长（挂职）黄涛，中国民协理论研究处处长王锦强，清华大学美术学院教授、“大系出版工程”整体设计顾问吕敬人，中国出版协会装帧艺术工作委员会主任、“大系出版工程”设计总监刘晓翔，文联社社长兼总编辑朱庆，文联社副社长、副总编辑闫翔，文联社副总编辑姚莲瑞，文联社社长助理尹兴等相关工作人员参加会议。

【2017年度“尚艺奖”评选】

9月6日，社委会公布了2017年度“文联社尚艺奖”，对在工作中做出突出贡献的优秀团队、优秀职工进行表彰和奖励。经公示后最终评定，“尚艺•特别贡献奖”1个；“尚艺•优秀团队奖”2个；“尚艺•优秀职工奖”一等奖3名，二等奖5名，三等奖6名；“尚艺•优秀图书奖”一等奖空缺，二等奖2个，三等奖3个；“尚艺•设计制作奖”2个；“尚艺•品牌贡献奖”2个；“尚艺•优秀作品奖”2个；“尚艺•最佳合作伙伴”3个，并对提升文联社品牌形象、超额完成任务等同志进行了通报表扬。

【组队参加第七届职工乒乓球比赛】

9月18日至20日，文联社组队参加了中国文联第七届职工乒乓球比赛。分别参加了男子团体、女子团体、男子单打、女子单打四个大项的比赛。

【看望慰问离退老职工、组织退休职工开展活动】

春节前夕，社领导分别带上慰问品走访看望部分离退休老职工。9月21日，党群部组织部分退休职工前往怀柔“雁栖湖”风景游览区参观游览。文联社有近百位离退休老职工，社委会始终把关心关爱离退休老同志作为重要工作，编制专人负责联系服务老职工，及时关注并服务慰问病困职工，通过各种文化活动丰富离退休职工的文化生活。

【《百名摄影师聚焦中国改革开放四十年》首发式】

10月30日，由中国日报社、文联社主办，特想集团、加拿大加煌教育集团、首都图书馆、四川兴文县协办的《百名摄影师聚焦中国改革开放四十年》画册首发式暨图片巡展开幕式在北京的首都图书馆举行。相关领导及百余位中国摄影界嘉宾出席了首发仪式。

【中国文联出版管理和改革工作培训】

10月10日至12日，由文联社领导班子成员率队，全体编辑人员及相关工作人员共同参加了中国文联出版办在中国文艺家之家举办的中国文联出版管理和改革工作培训班。中国文联党组成员、副主席李前光作开班动员，中央宣传部出版局局长郭义强就新时期做好出版工作做专题辅导报告。中国期刊协会、《党建》杂志社、人民交通出版社等单位专家围绕公司制改制、主题出版、出版创新等内容进行了授课。全国各文艺家协会、直属单位相关负责同志，中国文联所属各出版单位班子成员及编辑人员一同参加了培训。

各项工作

【深入学习贯彻落实习近平新时代中国特色社会主义思想和党的十九大精神，推进“两学一做”学习教育常态化制度化】

文联社党总支社委会根据上级党委部署及时制定《文联社学习贯彻党的十九大精神工作方案》，对学习贯彻落实工作进行部署。编印《文联社“两学一做”学习教育手册》《文联社党建工作学习手册》和《文联社企业党建学习手册》，内容涵盖党的十九大报告和修订后的《党章》等系列学习资料；印发《关于深入学习贯彻习近平新时代中国特色社会主义思想和党的十九大精神，进一步推进学习型出版社建设的通知》；制定了《关于建设学习型出版社的工作规划（2018年）》。党总支社委会理论学习中心组多次开展学习研讨，参加中央党校教授作辅导宣讲的报告会，推荐部分局处级干部和党支部书记参加文联机关党委举办的学习贯彻十九大精神培训班，加强党务干部培，组织全体党员干部在文联干部在线学习平台学习党的十九大精神，组织党员观看《不忘初心 继续前进》《榜样》《李保国》《建军大业》《遵义会议》等影视片，参观“砥砺奋进的五年”大型成就展、“伟大的变革——庆祝改革开放40周年大型展览”等一系列喜迎十九大主题活动，开展“不忘初心、重温入党志愿书”主题党日活动，组织收看“庆祝改革开放40周年大会”，开展十九大知识答题测试。组织在职职工参加“不忘初心、继续前进”红色经典诵读会、喜迎十九大书画摄影展。党总支书记朱庆围绕认真学习贯彻习近平新时代中国特色社会主义思想给全体党员上党课。

【贯彻落实十九届中央纪委二次全会精神，强化正风肃纪，严明政治纪律】

强化认识，高度重视党风廉政建设，严格防范“七个有之”，开展经常性纪律教育学习活动，及时传达学习、贯彻落实相关文件精神，多次召开学习会学习新《党章》、新修订的《中国共产党纪律处分条例》，并对照《条例》查找党风廉政建设“风险点”，在社内网络系统平台上发布《中国共产党纪律处分条例》修订前后对照表，提醒党员干部认真学习。重要节点督促提醒，通过社内OA系统、QQ平台、微信平台等多渠道重点通知，积极监督防范，设置督察反馈专人联系，严防“四风”反弹。制定《文联社2018年度经常性纪律教育计划》，发放《中共中央关于全面推进依法治国若干重大问题的决定》《中国文联领导干部党风廉政手册》。组织开展系列活动，组织职工参加中国文联警示教育大会、观看纪律教育专题片《铁纪强军》和警示教育片《海晏河清》，组织党员学习《中国共产党纪律处分条例》和警示教育大会精神，党总支副书记闫翔讲廉政党课，利用新媒体平台，推送转载学习资料，畅谈学习体会，加强交流互鉴等。

【严格履行党建主体责任，落实一岗双责，始终坚持党建工作围绕中心大局】

严格落实责任，明确党总支、党支部和党总支班子、党支部班子职责，建立考核机制，起草《文联社党建工作考评办法（拟行）》，将党建工作列入年终考核目标。强调“一岗双责”，党总支、社委会和各部门党员负责人签订了《文联社落实全面从严治党主体责任责任书》。严抓严管出版主业，始终坚持把社会效益放在第一位，制定加强编校质量管理的多个制度规范，组织编印《文联社文艺出版学习手册》《文联社质量管理手册》等系列学习材料，严格规范出版流程，尤其加强“三审三校”管理，切实把好出版物政治导向，确保中心工作良好运行。注重政治引领，编印《文联社公司制改制学习手册》，加强思想建设，以党建促改革，推进文联社公司制改制工作顺利完成。

【“十三五”国家重点出版规划】

《中国民族室内乐作品集成》入选“‘十三五’国家重点出版规划”。

【国家出版基金】

《中国电影思潮流变1978-2017》《马克思主义文艺理论论著书系第二辑》获2018年“国家出版基金”支持。

【中国文联文艺出版报刊精品工程】

《共和国的红色记忆——老八路口述史（一期）》《中国艺术资源整理工程（四期）——中国书法学术研究丛书（一期）》《中国当代雕塑与传统工艺（全2册）》《中国艺术资源整理工程（四期）——戏曲艺术当代发展路径研究（一期）》《鲍蕙荞倾听同行：中外钢琴家访谈录（全4册）》《新文学百年书香经典（二期）》入选2018年度“中国文联文艺出版报刊精品工程”。

【业务培训】

组织具备中级职称的同志参加“出版物质量管理与控制专题”“新媒体与数字出版专题”培训、网授培训；组织财务人员参加国家出版基金管理工作培训；组织编辑参加“学术出版规范标准”培训；组织社领导及全体编辑参加中国文联出版管理和改革发展工作培训，全年组织社外业务培训6次。

【出版社内部培训】

内容涵盖社内图书出版合同填写说明及规范、重大选题备案工作传达、审稿中的导向问题及敏感问题、图书质量问题、图书印制、传达上级新要求、新精神等方面。特别是专门组织全体编辑参加由法律顾问团队针对我社实际情况的关于著作权法及图书出版合同的法律常识培训，以增进大家法律意识。全年组织社内专题培训10余次。

【完善校对部门】

8月，文联社面向社会进行了校对人员的统一招聘，以笔试、面试等形式进行考核，最终录用3名校对人员，成立校对部门。通过招聘高水平校对人才，提高社内校对水平，逐步将图书外校向社内校对转化。

【工会委员会成立】

10月8日，文联社全体职工大会暨第一届工会委员大会举行，选举成立了由刘筠等5名同志组成文联社工会委员会；同意刘筠任工会主席，周小丽任工会宣传、文体委员，胡笋任工会女工、经济委员，程翔云任工会组织委员、周利任工会生活委员。

【职工代表大会成立】

10月17日，文联社第一届职工代表大会在出版社召开。文联社通过内部推进、选举等形式，选举职工代表33人。会议通过职代会主席：尹兴，副主席：刘筠，主席团其他成员:周小丽、刘丰、卞正兰、胡笋、王小陶。会议全票通过了《文联社改制方案》和《转制补充方案》。

【天猫旗舰店上线运营】

12月12日，文联社有限公司天猫旗舰店正式上线运营。上线当天精品图书品种达350余种，部分单品图书销售册数破百，首月销售收入超5万元。实现了以当当网、京东网、天猫网、文轩网、博库网等互联网平台的全线运营模式。

【选题策划交流会】

12月20日，在出版社内部召开了文联社首届选题策划交流会。责任编辑精心准备，12个选题通过此次交流会进行了展示。会上涌现出多个社会效益与经济效益并存的优秀选题，为出版社储备了选题，为优秀选题策划者颁发激励奖金。

【生产经营指标进一步向好】

根据《文联社2018年度审计报告》（北嘉会审字〔2019〕8086号），截至2018年12月31日，资产总额为9311.69万元；资产负债率由2012年的157%下降至2018年的107%；营业收入由2012年的917.85万元增长至2018年的4744.17万元。2018年争取到国资预算1000万元用于增加我社注册资本。文联社2018年国有资产保值增值率为37%，较好地完成了国有企业经营任务。

【人力资源结构进一步科学化】

文联社连续多年下大力气加强专业人才队伍建设，一是通过双向选择将一批想干事能干事的骨干安排到重要岗位；二是通过人才引进加强亟须岗位及时形成生产能力；三是通过公开招聘选拔优秀应届毕业生自主培养后备力量。队伍结构逐步从橄榄形向哑铃形转变，行政管理人员与业务人员的比例达到23:77的良性形态。

【专业技术职称情况】

2018年度，有1名职工通过中国文联职称改革评审获得编审（正高）任职资格，2名职工获得副编审（副高）任职资格。截至2018年底，文联社有编审8人，副编审10人，编辑24人。

【机构与人员变化情况】

截至2018年底，文联社在册职工177人，其中在岗职工74人，离退休、提前离岗职工103人。

社领导班子/社委会由朱庆（社长兼总编辑）、闫翔（副社长兼副总编辑）、姚莲瑞（副总编辑）、尹兴（社长助理）组成。

内设机构和部门负责人有所调整。音乐分社（总监陈若伟）、美术分社（总监周劲松）、民间文艺分社（总监周小丽）、戏剧分社（副总监刘丰）、文学分社（总监蒋爱民）、学术分社（总监邓友女）、诗歌分社（总监王军）、影视文艺分社（总监刘旭）、第一事业部（主任李民）、第二事业部（主任顾苹）、第三事业部（主任郭锋）、重大项目部（主任尹兴兼、副主任王柏松）、审读中心（主任朱彦玲）、质检中心（主任空缺）、发行部（主任张子楠）、数字出版部/信息中心（副主任张进）、编务印务部（主任郭琳）、财务部（主任刘筠）、改革办（主任程翔云）、党群工作部（副主任吕欣）、行政人事部（主任闫翔兼、副主任周利）。

中国艺术报社

综 述

2018年，中国艺术报社深入贯彻落实习近平新时代中国特色社会主义思想和党的十九大精神、全国宣传思想工作会议精神，在中国文联党组的正确领导下，紧紧围绕党和国家工作大局，始终坚持正确舆论导向，密切关注文艺界热点话题，大力报道中国文联和全国各地文联各项工作，充分反映学习贯彻党的十九大精神、全国两会召开、文艺志愿服务活动、文艺名家宣传推介等重大事件或安排，为推动新时代文艺事业和文联工作繁荣发展营造了良好舆论氛围。

学习贯彻习近平总书记系列讲话精神和中央决策部署

【贯彻落实习近平新时代中国特色社会主义思想和党的十九大精神、全国宣传思想工作会议精神等重要精神】

中国艺术报社把学习好、宣传好、贯彻好、落实好习近平新时代中国特色社会主义思想和党的十九大精神、全国宣传思想工作会议精神当作一项重大政治任务来抓。报社领导班子切实担负起这项首要政治责任，高度重视、精心组织，通过分头自学、集中学习和专题讨论等形式，深刻理解把握习近平新时代中国特色社会主义思想和党的十九大精神、全国宣传思想工作会议精神等的重大意义、重要论断，切实在全社增强做好文艺工作和文联工作的责任感使命感，以锐意创新的精神和扎实进取的作风完成好全年各项任务。

报社注重把学习贯彻落实习近平新时代中国特色社会主义思想和党的十九大精神、全国宣传思想工作会议精神融入实际工作，开设或者延续了“学习贯彻党的十九大精神”、“谱写新时代中国特色社会主义文艺新篇章”、“落实中央支持政策推动戏曲传承发展”、“新时代 新作为 新篇章”、“用心用情用功抒写伟大时代——推进文艺创作笔谈”、“壮阔东方潮 奋进新时代——庆祝改革开放40年”、“文艺志愿者风采”等多个专题性栏目。这些专栏文章主题鲜明、内容健康、导向正确，在广大读者和广大文艺工作者当中起到了生动地贯彻落实中央精神、帮助读者深入领会党中央的重要思想和政策的积极作用。

【报社党支部组织学习贯彻习近平新时代中国特色社会主义思想和党的十九大精神有规划、有准备、有收获】

安排党支部围绕十九大报告、新党章、习近平总书记给苏尼特右旗乌兰牧骑队员回信、中央政治局民主生活会等主题，多次开展支部大会学习。切实开展中心组学习，分别以“学习贯彻十九大精神从我做起”、“深入学习习近平总书记给苏尼特右旗乌兰牧骑队员回信精神”、“学习十九大八个明确 十四个坚持治国方略”为主题，精心组织报社理论学习中心组学习。精心举办主题党日活动。赴中共中央党校开展以“不忘初心、 牢记使命”为主题的党日活动，参观了中共中央党校校史馆、中共一大红船模型和系列大型主题雕塑；赴北京市门头沟区斋堂镇马栏村的冀热察挺进军司令部旧址，开展以“不忘初心，重温入党志愿书”为主题的党日活动。组织开展多种形式的学习活动。报社和党支部为大家配齐十九大报告、党章、十九大文件汇编、《习近平谈治国理政》第二卷等学习资料；报社新媒体中心推出“十九大报告的十九道文化考题”H5产品；推出支部学习园地，集中展示中心组重点发言和其他学习成果。

庆祝改革开放40周年

【开辟专栏刊登专家文章报道庆祝活动】

“壮阔东方潮　奋进新时代——庆祝改革开放40年”专栏发表本报特别报道如《为人民写真　为时代造像——影像见证40年全国摄影大展在京举行》《说唱新时代　共筑中国梦——庆祝改革开放40周年优秀曲艺节目展演周在京举办》《抒写伟大时代，是电视剧人的光荣使命》《写作者要对时代有充分的自觉》《感受光辉历程中的文化力量——记“伟大的变革——庆祝改革开放40周年大型展览”的文化展陈》《恢宏改革画卷　见证巴蜀巨变——四川省文联纪念改革开放40年文艺特展在成都举办》《中国摄影人这样与时代同行——摄影界庆祝改革开放40周年座谈会聚焦中国摄影发展》《庆祝改革开放四十周年全国书法大展开幕》等，以及专家文章如《从“正名顺言”到“名正言顺”——改革开放四十年来的中国音乐剧》（傅显舟）等。

【组织庆祝“改革开放四十年”调研采访】

为庆祝改革开放40周年，全面呈现40年来我国文艺繁荣发展的整体面貌和辉煌成就，中国艺术报社组织采访组分赴深圳、安徽、四川、浙江等地深入采访。

11月6日，由中国艺术报社、深圳市文联联合举办的改革开放40周年深圳文艺发展座谈会在深圳举行。深圳市文联党组书记、主席李瑞琦及董小明、梁宇、杨宏海、滕文金、陈秉安、段钢、赖为杰、从容、唐跃生、秦军校、茹仙古丽、吴金富、邓春儒、郑峰、颜庆等各艺术门类的专家、艺术家出席了座谈会。与会者就深圳文艺40年的发展历程、发展成就、发展特色、发展方向、工作经验，以及与港澳艺术交流情况展开座谈，并就新时代粤港澳大湾区建设背景下文艺事业的发展进行深入探讨。中国艺术报社副社长朱虹子出席会议。在深期间，采访组赴蛇口改革开放纪念馆、莲花山、大芬村、观澜版画基地、华侨城、雅昌艺术集团等地调研采访。

11月9日，由中国艺术报社、安徽省文联联合主办的改革开放40年安徽文艺发展座谈会在合肥举行。安徽省文联党组书记何颖、省文联主席吴雪，以及唐跃、王长安、盘龙、钱念孙、武克英、李平、丁寺钟、师晶、洪放、王振涛、汪育殊、李凤群、李云、杨文浏、白树龙等安徽各文艺门类的文艺家、省市县各级文联代表和各文艺家协会负责人以及安徽新文艺群体代表共聚一堂，就安徽文艺40年的发展历程、发展特色、经验做法、未来前景等话题畅所欲言。本报总编室主任孟祥宁及采访组一行参加会议。与会者深入回顾了改革开放40年来安徽文艺发展之路，纷纷表示，安徽文艺家身处新时代，面临新机遇，肩负新使命，今后要立足讴歌、讲好时代文化故事，立足弘扬、讲好传统文化故事，立足推广、讲好地域文化故事，立足延伸、讲好群众文化故事，共创安徽文艺美好明天。在皖期间，采访组一行深入到凤阳县小岗村、合肥市、金寨县等地进行了调研、采访。

11月12日，由中国艺术报社、四川省文联联合主办的“壮阔东方潮　奋进新时代——纪念改革开放四十周年”四川文艺成就座谈会在四川成都举行。四川省文联主席郑晓幸，四川省文联党组书记、常务副主席平志英，以及四川省委宣传部有关负责人，杨梁相、邱笑秋、何开四、林木、代跃、叮当、严西秀、王玉兰、李杰、钟敏等四川省各艺术门类专家、艺术家，四川省各文艺家协会负责人，四川新文艺群体代表等共聚一堂，说变迁、谈感受、忆经历、道真情，共同回顾改革开放40年来四川文艺繁荣发展、文联事业蒸蒸日上的生动历程，畅谈40年来四川文艺界不断解放思想、不断改革创新，在推进文艺创作、壮大人才队伍、丰富文艺载体、创新发展模式等方面所取得的辉煌成就，并就下一步如何更好地推进四川文艺事业、文联事业发展进行了交流发言。中国艺术报社总编辑康伟、副总编辑余宁出席座谈会。本报采访组奔赴绵阳、遂宁、广安等地开展深入采访。

11月26日，由中国艺术报社、浙江省文联联合主办的“壮阔东方潮　奋进新时代——纪念改革开放四十周年”浙江省文艺家座谈会在浙江杭州举行。浙江省委宣传部副部长葛学斌，中国文联副主席、浙江省文联主席许江，浙江省文联党组书记、副主席、书记处常务书记陈瑶，中国艺术报社总编辑康伟出席会议并讲话。浙江各门类艺术家、新文艺群体代表及相关省级文艺家协会负责人与会。会议由浙江省文联书记处书记赵雁君主持。与会嘉宾畅谈改革开放以来，特别是实施“八八战略”十五周年和党的十八大以来的浙江文艺成就、改革开放对浙江文艺发展的深远意义，回望40年来浙江文艺界在文艺精品创作、传统文化“两创”、文化产业发展、新文艺群体发展、乡村文化建设等方面所取得的辉煌成果，并就下一步如何更好地推进浙江文艺事业、文联事业发展进行交流发言。本报采访组奔赴嘉兴、宁波、绍兴等地开展深入采访。

【出版庆祝改革开放40周年特刊】

12月19日，推出52个版的庆祝改革开放40周年特刊，特刊分“要闻”“春天的故事”“金色的田野”“蜀景四时新”“大潮起之江”“理论梳理”等板块，记录党和国家重要纪念活动，展示四个采访组赴深圳、安徽、四川、浙江的采访成果，系统梳理改革开放40年来各艺术门类的发展规律及成就。特刊内容丰富厚重，产生强烈反响。

重要宣传报道工作

【完成十三届全国人大一次会议、全国政协十三届一次会议的宣传报道工作】

从2018年3月5日至21日，《中国艺术报》共计刊发关于全国“两会”的文字稿件百余篇、图片若干幅。在“两会声音”“两会关注”“委员论艺”“委员风采”“两会专访”等栏目发表《用经典作品推动构建人类命运共同体》（吴为山）、《新时代满足人民群众精神文化需求应有新举措》（吴文科）、《活化非国有博物馆加强文物保护利用》（许荣茂）、《得意不能忘形——谈写意人物画的创作与教学》（王珂）、《抒怀　遐想　沉吟　欢歌——我与板胡》（姜克美）、《中国交响乐走向世界不能“没谱”——专访全国政协委员、中国交响乐团首席指挥李心草》、《时代呼唤具有中国精神的当代艺术——访全国政协委员、陶艺家朱乐耕》等文章，“两会剪影”展示了各位两会代表的风采。本报微信公众号推送精品文章数十篇以及大量的“两会剪影”，充分的图片报道和新形式的短视频报道极大地提升了传播效果。此次报道全面、立体，涵盖丰富的两会文艺焦点热点问题、深度解读文艺政策，版式精美，受到了文艺界代表委员、文艺家以及广大文艺工作者的好评。

【推出专栏，切实履行好文化思想宣传、推动文艺发展的职责】

推出“新时代　新作为　新篇章”、“用心用情用功抒写伟大时代——推进文艺创作笔谈”、“壮阔东方潮　奋进新时代——庆祝改革开放40年”、“文艺志愿者风采”等专栏。

推出“新时代　新作为　新篇章”栏目，发表《编撰〈中国豫剧〉丛书凸显豫剧之“大”》《文艺志愿者助力生态文明建设》《让少数民族曲艺搭上新时代发展快车》《基层土壤，也能形成文艺自足生态——记淮剧现代戏创作的“盐城现象”》《让中国史诗焕发新的时代光彩》《为新文艺群体事业发展提供行业支持》《从“走出去”到“走进去”，中国音乐可以承担更多——2018中国音乐文化暑期国际研修学院活动观察》《乡村振兴，农民摄影创作正当时》《壮乡文化，担起扶贫大任》《中国文联组织开展“崇德尚艺做有信仰有情怀有担当的新时代文艺工作者巡回宣讲活动”》《主动学习和积极运用互联网思维做好新时代文联工作》等文章。

按照中宣部文艺局统一部署，从9月26日开始，在显著位置开辟《用心用情用功抒写伟大时代——推进文艺创作笔谈》栏目，约请活跃在创作一线的文艺工作者讲述他们深入生活、扎根人民，守正创新谋发展、用心用情用功促繁荣的心得体会。发表《讲好新时代的中国故事》（申捷）、《谱写曲艺新曲　唱响时代颂歌》（杨妤婕　）、《现实题材创作的“三个为本”》（王文胜）、《我演的英雄塑造了我》（丁柳元）、《一手传统，一手生活，讲好中国故事》（卢昂）、《文化自信是一种深刻而伟大的自信》（朱砂）、《做有情怀的文艺工作者》（邓林）、《像春季里的清风一样温润人们的心灵》（阿依努尔•毛吾力提）、《中国动画：扎根中国文化才能走向世界》（钟韵）、《评论者的“深扎”与“求实”》（于涛）、《强“四力”深扎根　创精品　育新人》（屈健）、《网络文学需要现实生活的滋养》（红九）等文章。专栏在文艺界和网友中引发关注。

【“艺苑百花”项目】

作为中国文联组织实施的当代优秀文艺工作

者、文艺界先进典型宣传推介项目，“艺苑百花”项目旨在深入贯彻落实党的十九大精神，尤其是习近平新时代中国特色社会主义文艺思想，在文艺界倡导讲品位、讲格调、讲责任，弘扬德艺双馨；抵制低俗、庸俗、媚俗，培育正风正气。在中国文联国内联络部的统筹下，报社推出的“艺苑百花”专栏已发表《赵季平：“一手”伸向民间“一手”伸向世界》《黄豆豆：“一生太短,我愿把一生献给舞蹈”》《人勤地不懒　守正成新格——专访中国书协副主席、江西省书协主席毛国典》《现代民歌要接“天气”、“地气”、“人气”——专访知名词曲作者、音乐人何沐阳》《做一个美好的人——专访著名影视表演艺术家岳红》《“我现在最想拍老百姓的生活”——专访著名摄影家、摄影理论家袁毅平》等报道，“艺苑百花”艺术家系列访谈也在《中国艺术报》微博、微信呈现，力求传播渠道最大化，影响最大化。

【开设《文联四方》版联系服务基层】

为贯彻落实中国文联改革方案中更好地联系基层、服务基层的精神，进一步加强《中国艺术报》与全国各地文联的联系，本报着力打造《文联四方》版面，搭建各地文联交流平台，展现各地文联在新时代中的新气象、新作为。自开设《文联四方》版面以来，迄今已经发表30多期版面，设立“文联新声”“美丽中国”“新风尚”“新力量”“新气象”等栏目，刊发综合报道、专访报道、图片报道等若干篇。如《激发全社会的文化创造热情——访全国人大代表、四川省文联主席郑晓幸》《用文艺服务提振人民群众的精气神——访甘肃省文联党组书记、副主席李燕青》《为推进海南自由贸易试验区建设提供有力的精神支撑——访海南省文联作协党组书记、省文联主席孙苏》《新东城这样“文联＋”——访北京市东城区文联党组书记、主席王富国》《基层文联建设，得让志愿者“有面儿”——访陕西安康汉阴县文联主席沈俭》《“要把佬俵歌唱遍世界每一个客家聚集地”——访江西省赣州市文联党组书记、主席李雷》《点点滴滴尽可能为基层服务——访北京市门头沟区文联党组书记、常务副主席彭天和》《深圳曲艺的发展，还需深耕“移民文化”——访深圳市曲协主席吴金富》《贵州摄影“加速度”助力脱贫攻坚——访贵州省摄协副主席、秘书长孙蓓红》《文艺是抹在矿工心坎上的那道甜——记中国煤矿文联文艺志愿服务走进淮北矿业朱庄煤矿》《镜头追着火车跑——访中国铁路摄协主席原瑞伦》《文联动静越来越大了——访河北省邯郸市文联党组书记、主席张全民》《实现乡镇街道文联组织全覆盖——访四川省泸州市文联主席虞潜》《（辽宁省音协）润物无声“种文化”》《找寻大漠奇迹的人文密码——内蒙古文联库布其治沙主题创作采风活动侧记》《家园里的一缕书法艺术沁香——记南昌市首个“江西省农民书法示范村”》《（湖南平江县文联）大山深处的文学培训班》等文章。版面加强了与各地方文联、产行业文联的互动和联系，深受好评。

【开设《艺苑“两新”》版联系新文艺群体和新文艺组织】

开设《艺苑“两新”》版面，力求及时、生动地展示全国新文艺群体和新文艺组织的面貌以及中国文联携手各全国文艺家协会、全国各地文联在团结引导服务新文艺群体和新文艺组织上的各种创新举措。就中国音协率先成立新兴音乐群体工作委员会发表本报报道《搭建一座桥　凝结一股力》，就中国文联、中国书协首次以新文艺群体名义举办的展览发表本报报道《在温暖的家中共同成长——记“书写新时代——全国新文艺群体书法作品汇报展”及研讨会》，发表评论文章《“三个并重”用好新文艺群体“增量”》、《创新培训方式服务新文艺群体》等，艺术家代表专访报道《用文化符号架起沟通的桥梁——访当代艺术家舒勇》以及艺术家代表刘文沫写作的《投身生活　表现时代——我对具象写实油画的选择和思考》等文章。

【全方位、多角度报道中国文联中心工作、重点工作】

报社对中国文联深化改革、文艺界大培训等中国文联的重要工作做了大量、持续性的报道。其中，《中国艺术报》用长篇通讯、新闻特写、专题报道等形式报道了文艺扶贫、“送欢乐　下基层”等文艺志愿服务活动和“深入生活、扎根人民”实践活动、文艺研修人才培训等活动。发表《全国文联系统深化改革座谈会在长沙召开》《把具有中国文联特点的扶贫工作做实做到位》《新时代“红色文艺轻骑兵”扎根生活沃土　服务人民群众

——2018年元旦春节期间开展“文化进万家”文化文艺小分队活动综述》《为武都脱贫攻坚进入冲刺阶段来一场精神动员》等报道。

【进一步改进和加强文艺评论工作】

报社在言论评论写作方面进一步发力，继续发扬本报的文艺评论传统，扩大本报的文艺评论优势。讨论话题涵盖了全年的文化热点，发表《兵马俑的手指与博物馆的安全》《不需要“虚胖”的“著作等身”》《传统工艺传承还需进步理念支撑》《别让“博物馆游学”名不副实》《让新技术为传统出版添彩》《为推进实体书店内容创新之举点赞》《“天空之镜”不妨试试“文明之赏”》《影视剧塑造的青年文化应致力于描绘“梦想”和“青春”——从电视剧〈最美的青春〉热播说起》《遗址保护，岂能因利益而厚此薄彼》《中外博物馆加盟“双十一”背后的文创变革》等。

《文艺评论》版面发表关于文艺热点焦点深度评论文章，如《世界级现代舞团的“传承”议题启示》《改革开放40年中国电视剧产业探索之路》《学习周立波　讴歌新时代——纪念周立波诞辰一百一十周年》《类型片融合刍议》《重构新世纪神魔题材的“电影宇宙”》等文章。

重要活动

【牵头编纂完成《中华史诗图文志——中华文明历史题材美术创作工程文献集》】

8月27日，由报社牵头编纂的四卷本《中华史诗图文志——中华文明历史题材美术创作工程文献集》新书首发式在中央文史研究馆举行。此次发布的《中华史诗图文志》是对历时5年的“中华文明历史题材美术创作工程”146件（幅）作品的生成过程以及艺术家创作实践全方位立体式记录与阐释，也是对此次创作工程的全面总结。《中华史诗图文志》由冯远担纲主编，由中国文联委托中国艺术报社负责编撰工作，中国艺术报社副社长朱虹子担任执行主编，编辑团队由亲历工程有关专家及经验丰富的编辑人士组成。《中华史诗图文志》一匣四卷，凡788000字，各类图片1815张，多角度地呈现每一件作品的生成始末以及在此过程中创作者的心路历程。

【参与主办“新时代·新生活”全国速写作品邀请展暨第四届广州速写作品展】

中国艺术报社和广州市委宣传部、广州市文联主办的“新时代·新生活”全国速写作品邀请展暨第四届广州速写作品展8月中旬在中国文艺家之家展览馆举行。本次展览展出了从来自海内外1800多位作者逾万幅速写作品中评选出的230余幅作品，包括油画、水粉、水墨、钢笔、铅笔、炭笔、刀刻等多种形式。既有海内外名家名作，也有年轻作者作品，内容紧扣时代，贴近生活，勾勒出作者对描绘对象的理解和内在情感表达，构成一组感悟生命、赞美自然、讴歌时代与生活的绚丽画卷。展览一定程度上反映了当代中国速写的水平，也为更多执著艺术、追求梦想、渴望提升的全国美术工作者提供展示与学习、沟通与交流的平台。

【联合湖南、湖北、重庆、贵州等地文联，共同举办“大美武陵 精准扶贫”摄影大展】

今年是改革开放40周年，为全面贯彻学习党的十九大精神，落实中央乡村振兴战略，充分运用摄影这一直观的艺术形式，展示武陵山片区优美的自然风光、悠久的历史文化、多彩的民俗风情，记录“精准扶贫”提出以来武陵山片区发生的巨大变化，记录脱贫致富全面建成小康社会过程中人民群众和干部职工的精神风貌和感人故事，中国艺术报社和湖南省怀化市文联、湖南省常德市文联、湖北省恩施土家族苗族自治州文联、重庆市秀山土家族苗族自治县文联、贵州省铜仁市碧江区文联共同举办了“大美武陵　精准扶贫”摄影大展。本次展览得到了摄影家们的热切关注，收集了大量记录改革开放四十年来特别是习近平总书记提出“精准扶贫”以来武陵山片区各行各业取得的显著成绩的作品，以及展现武陵山片区“乡村振兴”、“传统村落保护”、“文化生态保护”、“非物质文化遗产传承发展成果”、“梦圆2020”等方面的作品。

【参与主办“河南戏曲艺术周暨稀有剧种公益展演”活动】

11月21日至27日，为庆祝改革开放40周年，进一步推动戏曲艺术进校园，中国艺术报社同河南省文化厅、河南省文联共同主办了“河南戏曲艺术周暨稀有剧种公益展演”活动。本次活动由清华大学艺术教育中心、河南省剧协、河南李树建戏曲艺术中心等单位承办。在一周的时间中，商丘市梁园区四平调艺术研究中心、内乡县宛梆艺术传承保护中心、太康县道情艺术保护传承中心分别在清华大学蒙民伟音乐厅演出了稀有剧种四平调《小包公》、宛梆《潼台关》以及道情《张廷秀私访》，河南省越调艺术保护传承中心、洛阳豫剧院演艺有限公司分别在新清华学堂演出了越调《老子》和豫剧《北魏孝文帝》。展演期间，主办方还安排了暖心的进社区、进小学演出以及辅导活动。

【参与主办“七彩凤县·丝路放歌”全国散文书法摄影作品征集活动】

为隆重纪念改革开放40周年，中国艺术报社、中共凤县县委、凤县人民政府决定联合举办“七彩凤县·丝路放歌”全国散文书法摄影作品征集活动。本次征集的散文书法摄影作品紧扣活动主题，反映了凤县经济社会发展、生态文明建设、群众幸福生活、文化旅游产业等方面的变化和成就。

【参与主办“翰墨时音·农恒云书法作品展”】

由中国艺术报社和广西书协、高密市委宣传部、青州市委宣传部等单位主办的“翰墨时音·农恒云书法作品展”分别于9月、10月在山东高密和青州举行。展览共展出广西籍书法家农恒云70幅书法精品力作。展览主题时代色彩浓郁，书写内容典雅清正，涵盖中国古典诗文、高密诗派及高密八景诗词、青州历史文化名人诗文、广西明清诗词选粹等。展览作品具有很强的时代性、文化性、地域性和民族性，得到了高密、青州当地政府和书法家的赞赏和肯定。

媒体融合发展实现新突破

2018年，报社的新媒体加大了对微信、微博和头条号的建设力度，在重大节日、活动以及文艺界重大事件中策划相关选题，并以多种形式和技术手段呈现，在体现艺术性的同时，在用户的参与性和作品的趣味性上下功夫，促传播、造影响，扩大报社知名度，微信、微博和头条号的关注数有大幅增长。

目前，“中国艺术报”微信公众号关注数达62094人，2018年推送的《40首小提琴曲送别盛中国》和《一亿两千万针！织成进博会主会场迎宾大厅这幅巨大的苏绣屏风！》两篇文章点击量分别达到近53万和49万。《中国艺术报》头条号粉丝数为8216人，截至目前，头条号累计阅读量达565.5万。其中，2018年推送的《组图：文艺界全国人大代表风采》点击量达105.2791万，《这部电视剧创央视八套9年来收视新高，为啥？》《文艺界政协委员风采》两篇文章点击量近58万，《这件楼兰文书的发现，改写了中国墨迹书法“之最”》等3篇文章点击量达20多万，《殷秀梅丨洒向人间满是爱》等多篇文章点击量达10多万。中国艺术报微博粉丝数为75181人，2018年微博推文点击量最高达123万，多篇推送点击量均达到几十万以上。

为了促进报社的媒体融合与发展，顺应“互联网+”趋势，更好地将报社现有内容资料整合利用，报社于2018年着手建立名为“中国艺术报”的手机App客户端。在安卓和苹果市场的相关手续和软件著作权正在申报过程中，近期即可上线试运行。

《艺术交流》与文联年鉴编辑出版工作

【编辑出版《艺术交流》杂志】

2018年，《艺术交流》杂志遵循党和国家的外交路线、方针和政策，贯彻中华文化“走出去”战略，积极关注、报道中国文联及文艺界的中外交流和港澳台文艺交流活动，重点策划推出“今日中国艺术周赴印度展演中国芭蕾”“今日中国艺术周赴俄罗斯演出黄梅戏、展示电影摄影艺术”“改革开放40年中国电视艺术”等相关主题的封面文章、专题报道，向世界充分展现中国文联和中国文艺界的风采。

【承担2016年、2017年中国文联年鉴编撰工作】

中国文联2016年、2017年度年鉴编撰工作正在紧锣密鼓地进行着，受办公厅委托，报社承担年鉴的作者联系、稿件收集、内容整理等大量工作。在掌握科学编撰中国文联年鉴原则的基础上，报社经过充分研究，就年鉴编辑的新情况、新问题、新思路进行充分讨论，2016年、2017年度年鉴编撰工作有条不紊地进行。

内部建设

【行政改革】

按照人力资源社会保障部、财政部和中国文联人事部关于中央事业单位实施绩效工资的总体要求，以增强内部活力和提高公益服务水平为导向，以促进事业发展和人才队伍建设为目的，完善工资收入分配制度，规范收入分配秩序，报社积极制定绩效工资分配方案，在方案中坚持四大基本原则：坚持效率优先、兼顾公平，按劳分配和按生产要素分配相结合的原则。坚持按岗定酬、优绩优酬、与考核挂钩的原则，真正将职工的工资待遇与其岗位职责、工作业绩、实际贡献结合起来。坚持收入分配向重点向关键岗位、业务骨干和成绩突出的工作人员倾斜的原则。坚持“总量调控、动态均衡”的原则。

【获得众多荣誉】

报社全体员工爱岗敬业，各司其职，以奉献的精神高质量地完成了各种工作任务。其中，报社张悦、王春梅、何瑞娟、马李文博、赵志伟、高艳鸽等多名同志获中国广播电影电视报刊协会2017年度新闻作品奖；何瑞涓获濮阳杂技节、濮阳市委宣传部颁发的好新闻奖三等奖；马李文博获“国家版权局2017年度查处侵权盗版有功个人三等功”。

China Federation of Literary and
Art Circles Group Members (Ⅰ)

2019

中国文联各团体会员（一）

中国戏剧家协会

综 述

2018年，在中国文联党组的正确领导下，在中国剧协主席团、理事会以及各团体会员的大力支持和帮助下，中国剧协深入学习习近平新时代中国特色社会主义思想，贯彻党的十九大精神，深刻把握中央关于繁荣发展社会主义文艺、坚持以人民为中心的工作导向，继续全面深入推进协会改革，促使各项工作取得了新进展、新成就。

重要活动

【梅花奖艺术团河北平山行】

中国剧协梅花奖艺术团常态化开展“送欢乐、下基层”文艺志愿服务演出活动。1月9日上午，在中国剧协分党组成员、秘书长崔伟的带领下，由裴艳玲、刘玉玲、谷文月、袁淑梅、于兰、吴京安等梅花奖获得者组成的文艺志愿服务小分队走进河北平山县，不顾天寒地冻，每人都表演了自己的拿手节目，台下掌声、欢呼声不绝。演出结束后，小分队为村民和村委会送上了十几幅火红的福字，为老乡们提前送上了新春祝福。下午，小分队又马不停蹄来到西柏坡，在73岁的老党员闫青海的家中，艺术家们为老党员和群众进行慰问演出，送上了京剧《共产党员时刻听从党召唤》《梨花颂》等节目，现场气氛热烈温馨。艺术家们随后还参观了西柏坡七届二中全会旧址、毛主席故居、西柏坡纪念馆等地，深受教育，并在七届二中全会旧址郑重重温了入党誓词，以示不忘初心、坚持以人民为中心的工作导向以及永远为基层群众演好戏的决心。

【梅花奖艺术团江西南昌行】

1月26日，“我们的中国梦 ——文化进万家”中国剧协文艺志愿服务小分队（京剧名家）进校园活动走进了革命老区江西南昌。此时南昌已迎来冬季最冷的雨雪天气，梅花奖演员王平、刘子微、张军强、常秋月、凌珂、朱福等不畏严寒风雪，来到南昌红谷滩新区凤凰学校，为小朋友们作了精彩的京剧辅导。南昌红谷滩新区凤凰学校是江西少儿戏曲传承基地，开展戏曲教育已有十年，成果斐然。孩子们展示了京剧《平原作战》《天女散花》选段和《中华武术魂•少儿京剧联唱》等节目。王平对小朋友们的节目作了精彩点评，凌珂、常秋月、朱福分别为一年级、三年级、五年级的孩子上了生动的戏曲课。作为此次文艺志愿服务活动的另一项重要内容，1月26日晚，中国剧协梅花奖艺术团以“扎根生活沃土、服务基层群众”为主题，为南昌观众奉献了一场京剧名家名段慰问演出。演出在两位梅花大奖获得者、艺术大家裴艳玲、尚长荣表演的《林冲夜奔》《铡美案》的节目中推向高潮。台下观众欢呼声、叫好声不绝于耳，当地戏迷观众享受了一场京剧艺术的盛宴。

【梅花奖艺术团广西凭祥行】

4月25日，中国剧协梅花奖艺术团“送欢乐、下基层”演出小分队来到广西壮族自治区凭祥市，在凭祥市第一中学体育馆为两千余名中学生带来了一场接地气、有特色的慰问演出，受到热烈欢迎。中国剧协分党组书记、驻会副主席、梅花奖艺术团团长季国平率队出席了活动。慰问演出在广西戏剧院桂剧团的戏曲表演《梨园华章》中拉开帷幕，梅花奖获奖演员于兰、梁素梅、杨霞云等带来了京剧《杜鹃山》、粤曲《荔枝颂》、婺剧《白蛇传》等选段；陈小朵、杜欢演唱了《玛依拉变奏曲》《我和我的祖国》等歌曲。演出精彩纷呈、高潮迭起，孩子们看得十分兴奋，尤其是《白蛇传》选段中，许仙的翻扑跌打、白青二蛇的文武身段，引来一阵阵惊叹和欢呼。

在谈及这次活动初衷与未来计划时，季国平提到：“以前，梅花奖艺术团曾经以小分队的形式走进中小学校园与青少年互动，完整的进校园演出这还是第一次。在边疆地区，孩子们很少有机会现场观看戏曲演出，他们流露出对艺术的渴望、对艺术家的尊敬，艺术家们也充满了热情。激发青少年的热爱，对于戏曲的传承发展是非常重要的。长期以来，梅花奖艺术团坚持送戏到欠发达地区，今后送戏到边疆、进校园要常态化开展，相信有青年人的参与，戏曲艺术会更加精彩。”

【梅花奖艺术团新疆行】

10月23日，中国剧协梅花奖艺术团“送欢乐、下基层”赴新疆慰问演出在新疆人民会堂举行。演出在梅花奖获得者凌珂演唱的京剧《智取威虎山》选段中拉开了帷幕。随后，十几位梅花奖获得者依次登台为观众们带来了豫剧、秦腔、淮剧、评剧等多剧种的表演。能在家门口领略到多位梅花奖获得者的风采，欣赏到国家级水准的演出，让新疆观众赞不绝口。据了解，这是梅花奖艺术团时隔六年后第二次赴新疆演出。10月24日，艺术团又赶赴新疆兵团第一师阿拉尔市开展慰问演出活动。

【梅花奖艺术团西昌行】

12月25日至27日，中国剧协梅花奖艺术团到西昌卫星发射中心开展文艺志愿服务活动，为长期扎根山沟、奋战发射一线的科技工作者带去了一场丰盛的艺术盛宴和传统文化熏陶。25日晚，带着对航天人的崇敬与自豪，杜欢、齐爱云、于兰、龙红、常东、王琴、陈澄、武利平、山翀、韩延文、柳萍、沈铁梅、裴艳玲等梅花奖艺术家先后登台，纷纷拿出绝活倾情演出，向西昌卫星发射中心表示祝贺，并为征尘未洗的近千名科技工作者送上新年的祝福。26日，梅花奖艺术家们又组成两支小分队，顶着冬日凛冽寒风，赶赴大凉山深处的发射场，为坚守岗位、驻守点号的科技工作人员，奉献一支支经典戏曲选段、歌曲、朗诵等节目。他们纷纷表示：“此次活动非常有意义，能为坚守在一线的航天英雄演出，觉得无上光荣。”

【梅花奖数字电影工程】

梅花奖数字电影工程持续推进，再结硕果。越来越多的梅花奖获得者的优秀代表剧目被拍摄成数字电影，通过院线发行、惠民放映等多种形式，让全国广大观众特别是广大农村观众有机会欣赏到更多的戏剧精品。2018年度，扬剧《衣冠风流》、湘剧《李贞还乡》等电影已拍摄完成并举办首映式。正在筹备拍摄的影片还有晋剧《于成龙》、眉户剧《父亲》、评剧《孝庄长歌》、越剧《李慧娘》、锡剧《江南雨》等五部。

【“为时代放歌——中国文联、中国剧协庆祝改革开放四十周年京剧名家名段演唱会”在北京举办】

10月19日晚，由中国文联、中国剧协主办的“为时代放歌——中国文联、中国剧协庆祝改革开放四十周年京剧名家名段演唱会”在北京梅兰芳大剧院成功举办。中国文联党组书记、副主席、书记处书记李屹，中国文联副主席赵实，中国剧协分党组书记、驻会副主席季国平，中国剧协分党组副书记、巡视员顾立群，中国剧协分党组成员、秘书长崔伟等相关领导和首都观众观看了演出。

晚会由中国文联副主席、中国剧协主席、国家一级演员濮存昕和海军政治工作部文工团演员于紫菲主持，陈少云、孟广禄、王蓉蓉、迟小秋等十四位来自全国各大京剧院团的中国戏剧梅花奖得主轮番登台献艺，用浑厚有力的唱腔和娴熟完美的动作为观众奉献了《珠帘寨》《洪洋洞》《谢瑶环》《党的女儿》等脍炙人口的经典剧目和优秀新编现代戏选段，为广大戏迷奉上了一道道精美的文化大餐。京歌《走向复兴》唱响演唱会“为时代放歌”主题，展示出改革开放这段波澜壮阔的伟大历史进程，讴歌新时代新风貌，也唱出了改革再出发的人民之声，将演唱会推向高潮。

【2018优秀原创校园戏剧展演暨第六届中国校园戏剧节在北京举办】

为庆祝改革开放四十周年，贯彻落实中央关于戏剧教育及戏剧进校园各项政策，鼓励原创及现实题材戏剧创作，推动大学生素质教育建设，由中国文联、中国戏剧家协会主办，清华大学艺术教育中心协办的“庆祝改革开放四十周年——2018优秀原创校园戏剧展演暨第六届中国校园戏剧节”于11月12日至21日在北京成功举办。经层层遴选，最终来自各大高校的十部入选剧目及三部邀请剧目在清华大学等高校进行了为期十天的展演。展演剧目大多为抒写现实生活、展现时代风采的原创优秀校园戏剧作品，体现了我国现阶段校园戏剧发展的整体水平。本届戏剧节增设演后谈环节，将校园戏剧话题不断引向深入，令戏剧节成为年轻人思想碰撞、交锋的有利平台。

经过10天的展演，来自四川、河北、重庆、青海、上海、吉林、辽宁、云南、新疆、北京的十台剧目被授予“优秀展演剧目”称号，来自澳门、陕西、浙江的三台邀请剧目被授予邀请展演剧目证书。经戏剧专家、现场观众推荐，在各剧目中表现突出的优秀个人被授予“校园戏剧之星”称号。

【中国剧协第八届主席团第四次会议和2018年工作会在北京召开】

1月22日，中国剧协第八届主席团第四次会议和2018年工作会在北京召开。中国剧协主席濮存昕，中国剧协分党组书记、驻会副主席季国平，中国剧协副主席王晓鹰、冯玉萍、李树建、杨凤一、沈铁梅、茅威涛、罗怀臻、孟冰、孟广禄、韩再芬、韩生，中国剧协分党组副书记、巡视员顾立群，中国剧协分党组成员、秘书长崔伟出席会议。中国剧协各团体会员负责人、各部室负责人六十余人参会。

中国剧协八届四次主席团会议审议了《中国戏剧家协会2017年工作总结与2018年工作要点》的报告和相关人事议题，通报了《中国文联党组关于〈中国戏剧家协会深化改革方案〉批复》，审议了《中国戏剧家协会会员工作条例》《中国戏剧家协会民间职业剧团工作委员会工作条例》《中国戏剧家协会艺术委员会工作条例》《中国戏剧家协会主席团成员、理事会理事履职工作规则》等规章制度，审议通过了中国金融戏剧家协会团体会员的入会申请。

在2018年工作会上，季国平受第八届主席团委托作了《中国戏剧家协会2017年工作总结与2018年工作要点》的报告。报告回顾总结了中国剧协在过去一年的工作，规划部署了2018年的工作任务，通报了各地剧协2017年重点工作和特色活动，动员大家不忘初心、牢记使命，深入学习贯彻党的十九大精神，为中国特色社会主义文艺事业繁荣兴盛做贡献。会上，崔伟通报了《中国戏剧家协会会员工作条例》等四个规则条例的修订情况，顾立群宣读了主席团会议通过的关于接纳中国金融戏剧家协会为中国剧协团体会员的决议。濮存昕主席在讲话中充分肯定了中国剧协及各团体会员在过去一年的辛勤工作，并强调了作为戏剧工作者为新时代中国特色社会主义文艺事业繁荣发展尽心尽力的责任感和使命感。

【纪念田汉诞辰120周年座谈会在北京人民大会堂举行】

9月12日，纪念田汉诞辰120周年座谈会在人民大会堂举行。中国文联主席、中国作协主席铁凝主持座谈会。中国文联党组书记、副主席李屹，文化和旅游部党组成员、副部长李群在会上讲话。座谈会上，中国文联副主席、中国剧协主席濮存昕代表艺术家发言，中国剧协名誉主席尚长荣发来书面发言。田汉家属代表、田汉故交后人代表、田汉研究专家、田汉家乡代表等先后发言。座谈会上各位代表的发言深情回顾了田汉同志的艺术成就，缅怀田汉同志的精神风骨，深入探讨了田汉精神在当代的意义和价值。

艺术节与评奖

【第22届中国少儿戏曲小梅花荟萃活动在浙江省嵊州市和江苏省张家港市举行】

7月13日至22日，第22届中国少儿戏曲小梅花荟萃活动分别在浙江省嵊州市和江苏省张家港市举行。本届小梅花荟萃个人节目在浙江嵊州举办，来自全国24个省市以及中直、香港、嵊州基地、上海基地、昆山基地、深圳基地、一个戏曲工作室及美国、加拿大的154名选手参演，包含京剧、昆曲、地方戏曲等35个剧种。7月19日至22日，第22届中国少儿戏曲小梅花荟萃第二阶段活动——“中国少儿戏曲小梅花荟萃”集体节目评审在江苏省张家港市举行。共有来自全国各地的40个节目入选终审，数量与质量较上一届有明显提升。剧种包括京剧、昆曲、锡剧、越剧、壮剧、川剧、评剧、晋剧、粤剧、采茶戏、淮海戏、梁山灯戏等，演出内容有传承类、原创类、创新类、编排类、联唱类、器乐类等不同形式。

22日晚，第22届中国少儿戏曲小梅花集体节目荟萃汇报演出在张家港市保利大剧院隆重举行。中国剧协分党组书记、驻会副主席季国平，中国文联戏剧艺术中心主任邓秋军以及江苏省文联、江苏省剧协和张家港市有关领导出席，为小演员们颁发了荣誉证书，并与现场近千名家长、观众一起观看了精彩的汇报演出。

【首届“中国•桐乡小戏艺术邀请展”在浙江省桐乡市举行】

10月10日至14日，为弘扬中华优秀传统文化，促进戏剧创作的交流发展，由中国文联戏剧艺术中心、浙江省戏剧家协会、桐乡市人民政府主办的“中国•桐乡小戏艺术邀请展”在浙江省桐乡市举行，近千名桐乡观众和各地戏剧从业者观看了展演。为确保参演剧目的艺术水准，本次邀请展历时半年，共征集80余个剧目，经过专家遴选，精选出来自山西、江苏、浙江、山东、湖南、广东、陕西、甘肃等8个省份的31部优秀小戏、小品进行展演。29家参演单位中既有戏剧院团（含业余）、地方文化馆（站），也有艺术高等院校、艺术职业院校、文化艺术中心、非遗保护中心等。演职人员涵盖梅花奖获得者、基层院团演员、群文工作者及广大戏迷朋友，他们对投资小、时长短、故事简单的小戏小品作品依然追求精益求精，表现出可贵的敬业精神和高超的艺术造诣，为本次展演活动增添了一笔绚丽的光彩。

创作与研究

【中国剧协调研组赴福建莆田调研民间职业剧团发展状况】

5月21日至22日，中国剧协调研组赴福建莆田，就民间职业剧团发展状况开展调研。调研组由中国剧协分党组书记、驻会副主席季国平带队，中国剧协分党组成员、秘书长崔伟，江西省文联专职副主席、江西省剧协主席龙红，福建省艺术研究院原院长、研究员王评章，《剧本》杂志主编范小宁，福建省艺术研究院《福建艺术》副主编、研究员白勇华，福建省艺术研究院艺术理论室副研究员付华顺及中国剧协组联部、理论研究室、《中国戏剧》杂志有关同志组成。此次赴莆田的调研，是这一系列调研活动的第一站。

5月22日下午，中国剧协调研组与莆田市文化广电新闻出版局及莆田市各区县主管文化工作负责人，莆田市民间职业剧团代表、当地专家学者聚集一堂，召开座谈会。崔伟同志主持座谈会，并对此次调研的背景、意义和目的做了简要介绍。莆田市文化广电新闻出版局局长刘晶洁就莆仙戏民间职业剧团发展情况做了清晰详尽的报告。随后，文平剧团、新芳华剧团、越群剧团等有代表性的莆仙戏民间职业剧团团长、民俗专家和莆田市各区县主管文化工作负责人相继发言。几位莆仙戏民间职业剧团代表均表达了希望政府部门加强管理，行业协会开展行业自律，及获得专业指导和剧目提升支持的强烈愿望。言谈中透露了他们对传承莆仙戏的文化自觉和责任感，对中国剧协民间职业剧团工作委员会开展工作的期待。莆田市各区县主管文化工作负责人则分别从行业管理、支持扶助、戏曲进校园活动等方面谈了具体举措和工作中遇到的问题。会场气氛热烈、坦诚、务实。

民间职业剧团发展状况调研是中国剧协在认真贯彻落实党的十九大精神，以习近平总书记新时代中国特色社会主义思想为指导，进一步推进深化改革各项工作，加强联络，延伸工作手臂，不断增强剧协组织凝聚力，推动戏剧创作繁荣发展的新形势下开展的。调研主要针对民间职业剧团的发展现状、创作情况、思想状况、行业生态和从业者生存发展等方面进行考察，并形成调研报告，为将于年内成立的民间职业剧团工作委员会开展工作提供事实依据和对策建议。

【中国戏剧家协会第八届小戏小品创作研修班在张家港举办】

4月12日至27日，第八届“中国剧协（张家港）全国小戏小品编导演研修班”在张家港举办。此次研修班共有来自全国各地基层骨干文艺人才和张家港本地学员共60多人参加。研修班分为专家授课、剧本研讨、编导表演训练（编剧、导演、表演）、汇报演出等四个环节。采用授课、点评、辅导、排练、提高、演出等形式，突出教学与实践相结合的特点，为学员们了解新时代下的戏剧创作提供了新的思路、理念与思考。

【第五届全国小戏小品创作基地交流演出研讨会暨戏剧志愿者西部行活动在兰州举办】

9月8日至9日，由中国文联戏剧艺术中心主办的第五届全国小戏小品创作基地交流演出研讨会暨戏剧志愿者西部行活动在位于甘肃兰州的西北师范大学举办。此次活动举办了两场交流演出，参加演出的12个作品分别来自张家港、上海、深圳、东莞四个中国剧协小戏小品创作基地及兰州市文化发展研究中心、兰州市儿童艺术剧团、兰州市安宁区文化和体育局、兰州市榆中县文化馆。演出为观众带来了不同题材、不同风格的小戏小品作品，受到广泛好评。

为提高全国小戏小品的创作质量，近年中国剧协先后在江苏省张家港市、上海市虹口区、广东省深圳市罗湖区、东莞市常平镇建立了四个创作基地，并从2014年起每年在各个基地轮流举办“中国剧协小戏小品创作基地交流研讨会”活动，以小戏小品成果展示、交流、学习、研讨的形式达到共同提高、共同发展的目的。今年是小戏小品交流研讨会首次走出创作基地来到兰州，旨在通过文艺志愿服务的方式把各个基地创作的优秀作品展现给西部地区的观众。此次活动得到了兰州有关部门的大力支持。以后“小戏小品创作基地交流研讨会”会继续以文艺志愿服务的形式把优秀作品传播出去，为全国广大基层观众服务。

其他活动

【中国剧协民间职业剧团戏剧人才培训班在北京举办】

5月28日至6月1日，中国剧协民间职业剧团戏剧人才培训班在北京举办。本届培训班共有来自25个省、市、自治区包括石油剧协的44名学员参加，其中多数为县、区级民间职业剧团的基层戏剧人才。培训班邀请杨绍林、孟冰、李树建、宋宝珍等艺术名家、优秀学者从思想认识、管理方法、戏剧创作、文化自信等多方面入手，采用集中授课、观摩学习、分组讨论等形式进行培训，旨在通过学习交流，进一步牢固树立民间职业剧团院团管理人员及体制外戏剧从业者的政治意识、大局意识、核心意识和看齐意识，切实增强他们的文化自信和职业自豪感，提高其传承与发展我国戏剧艺术事业的使命感、责任感，不断提升管理水平和艺术素养，从而推动我国传统艺术的繁荣与发展。

【中国剧协中青年一线文艺骨干培训班在上海、杭州举办】

6月，中国剧协中青年一线文艺骨干培训班先后在上海、杭州举办。本届培训班采用集中授课、观摩学习、现场教学、分组讨论等形式，200余名学员分别来自沪浙两地的戏剧戏曲院团、民营戏剧公司、基层文化单位以及学校，江苏、浙江、福建等地的第28届中国戏剧梅花奖获奖者也参加了培训。培训班邀请经验丰富的领导、专家学者就《学习习近平新时代中国特色社会主义思想》《上海文化品牌建设》《文化特质与精神信仰》《新时代中道德素养的培育》《坚定文化自信，推动社会主义文化繁荣兴盛》等主题进行授课。组织学员学习习总书记给电影表演艺术家牛犇同志致信精神，勉励学员做“有信仰、有情怀、有担当”的文艺工作者，永远跟党走，为人民创作。还组织学员参加“东方之韵•梨园光影”——第21届中国上海国际电影节戏曲电影论坛及其他参观学习交流活动。

【中国剧协全国民营剧团院团长培训班在北京举办】

8月6日至11日，由中国戏剧家协会主办、中国文联戏剧艺术中心承办的全国民营剧团院团长培训班在北京举办。本次培训班共有来自全国23个省、市、自治区的61名学员参加，其中大多数为县、区级民营剧团戏剧管理和创作人才。培训班采用集中授课、观摩学习、分组讨论等形式，针对民营剧团在把握政策导向、院团经营管理及剧目创作指导等方面进行培训辅导。培训班邀请夏潮、马建辉、李伯男、杨凤一、孟冰、李树建等专家进行专题讲座；组织学员赴中国戏曲学院，聆听赵景勃教授“千人计划”《谈戏曲“程式”与“谱式”》授课；观摩“阎肃同志先进事迹报告会”。培训班对民间职业剧团院团创作人才及管理人员牢固树立四个意识，提高提升艺术素养和管理水平具有积极意义。

【中国剧协民间职业剧团工作委员会成立大会在北京召开】

11月20日上午，中国剧协民间职业剧团工作委员会（简称“民职工委会”）成立大会在北京中国文艺家之家召开。民职工委会的成立，是中国剧协按照中国文联统一部署，在深入基层开展一系列调研基础上，积极落实改革要求、扩展工作新领域的重要举措。作为第一个全国性民间戏剧工作者组织，民职工委会将为全国民间戏剧工作者互相交流、携手共进搭建重要平台。

中国文联党组书记、副主席李屹以及中国剧协分党组书记、驻会副主席季国平，中国文联国内联络部主任刘尚军，中国剧协分党组副书记、巡视员顾立群出席成立大会。中国剧协各团体会员负责同志、来自全国各地民间职业剧团的50余名优秀代表作为民间职业剧团工作委员会的工作委员和委员参会。

为更好地展现民间职业剧团风采和原创力，11月20日至12月7日，中国剧协在北京民族文化宫大剧院举办“中国戏剧家协会2018年民间职业剧团晋京展演活动”。此次展演紧扣庆祝“改革开放40周年”主题，从全国各地推荐的20余部民间职业剧团优秀剧目中遴选湖南花鼓戏《胡子将军》等6部作品晋京演出。展演期间，中国剧协还组织专家观摩，开展戏剧评论，促进戏剧学界对民间职业剧团创作的关注和研究，以期通过举办展演，提升民间职业剧团的行业声誉和社会影响。

对外及对港澳台文化交流

【中国剧协接待阿尔巴尼亚导演访华】

1月31日至2月7日，为进一步促进与“一带一路”国家的戏剧交流，经中国文联批准，中国剧协邀请了阿尔巴尼亚著名戏剧导演阿多尼斯•菲利皮先生来华访问，为山东省话剧院举办了表演工作坊。

此次工作坊主题为“内心•外化”，是一个专门为国际交流而设计的工作坊，它试图探索和阐明戏剧创作中的一些技巧，着力研究肢体运动及其在远古、古代及当代不同剧本中的应用与体现，可以帮助演员们相互了解，探索和提高各种戏剧化的表达技巧。菲利皮先生为山东省话剧院的20多名年轻演员所做的这期工作坊，取得了良好的效果。学员们的表演技能以及对戏剧的认识都得到了一定程度的提升。此外，通过此次访问，山东省话剧院还与菲利皮先生达成了邀请其来华执导古希腊悲剧《厄勒克特拉》的协议。

【中国剧协接待越南戏剧家代表团访华】

经中国文联批准，4月6日至11日，中国剧协接待了以越南剧协中央委员、同奈省文化体育旅游厅常务副厅长江孟河为团长的越南舞台艺术家协会代表团一行六人，对北京和上海两地进行了戏剧交流访问。

在北京期间，协会安排代表团到文联大楼访问，邀请他们参观了中国文联发展史展览，还参观了国家大剧院、国家话剧院等单位。在与国家话剧院的座谈中，越南代表团就剧院的经营管理与国家话剧院党委书记、副院长景小勇先生做了深入交流。越方表示希望邀请国家话剧院的实验戏剧作品前往河内参加明年12月份举办的“第五届越南国际实验戏剧节”的演出。在上海期间，代表团访问了上海剧协、上海话剧艺术中心、上海戏剧学院等单位。上海剧协主席杨绍林、秘书长沈伟民会见了代表团一行，并向代表团介绍了上海戏剧发展的总体概况和对外交流情况。

此次越南代表团访华，内容充实，注重实效，取得了满意的效果，进一步加深了两国戏剧界的相互了解与友谊，为今后两国戏剧更广泛的合作创造了条件。

【中国剧协代表团出访中东欧三国】

5月30日至6月8日，应马其顿“第五届国家戏剧节”、塞尔维亚“第63届斯特里亚戏剧节”以及保加利亚“第26届瓦尔纳之夏国际戏剧节”的邀请，中国剧协分党组书记、驻会副主席季国平等二人，出访了上述三国，与三个戏剧节和相关戏剧组织进行了交流活动。

代表团首先访问了马其顿，观摩了根据瑞典著名电影导演英格玛•伯格曼的同名小说改编的话剧《私人告白》，以及根据美国著名小说家、物理学家阿兰•莱特曼的同名小说改编的《爱因斯坦之梦》两部话剧作品，并与国家剧院新任院长德拉甘•斯帕索夫女士进行了交流。代表团的第二站是塞尔维亚的诺维萨德，诺维萨德是塞尔维亚戏剧的发源地，也是戏剧发展的先锋阵地，斯特里亚戏剧节在巴尔干地区乃至整个欧洲都具有相当的知名度和影响力。代表团除了观摩了两台剧目《莫里哀的一生》《黑色地球母亲》外，还出席了国际戏剧评论家协会联合主办的“第16届国际戏剧评论家/学者研讨会”，与会专家学者就当今在欧洲非常盛行的集体创作及这种创作模式所带来的种种问题进行了学术探究，其中很多观点对我国戏剧创作模式也有一定的借鉴作用。代表团第三站来到保加利亚的瓦尔纳，“瓦尔纳之夏”国际戏剧节是保加利亚最大的国际戏剧盛宴。代表团在戏剧节期间，观摩了多场戏剧和现代舞演出，其中最特别的一场是比利时的戏剧创意设计大师克里斯蒂安•巴卡洛夫的作品《纯/真实想象》，这是一种完全超乎想象的视听感受，为观众带来一种另类的生命体验。代表团最后一站来到保加利亚首都索非亚，访问了保加利亚国家剧院以及保加利亚戏剧协会，与相关人士进行了交流和座谈，探讨了今后派团演出及互访交流的可能性。

【中国剧协代表团赴俄罗斯参加国际青少年戏剧节】

10月16日至10月22日，应俄罗斯国际青少年戏剧节（minifest）组委会的邀请，中国剧协成立了由浙江艺术职业学院为首的26人代表团，选派梦幻版昆曲《牡丹亭》参加此次活动。昆曲是中国现存最古老的剧种，被誉为“百戏之祖”，被联合国教科文组织列为“人类口述和非物质遗产代表作”，是中国传统文化艺术中的珍品。《牡丹亭》是昆曲的代表曲目，曲词典雅、表演细腻。此次由浙江艺术职业学院戏剧系2013级昆剧班代字辈传人带来的梦幻版《牡丹亭》，在内涵上做了新的挖掘与强化，整场演出虽然语言不通，但是演员们生动的表演赢得观众多次掌声，把戏剧节推上了新的高度。

【中国剧协代表团赴韩国参加第25届BeSeTo（中韩日）戏剧节】

10月18日至10月22日，应第25届BeSeTo（中韩日）戏剧节韩国组委会邀请，中国剧协组派以福建省艺术研究院院长饶文富为团长的中国剧协代表团一行四人，赴韩国光州市参加了戏剧节的观摩、研讨及演出活动。本届戏剧节在其亚洲国立艺术殿堂举办，中国安徽省徽京剧院的徽剧《惊魂记》应邀参演。

《惊魂记》根据莎士比亚名剧《麦克白》改编，把原剧背景移植到中国春秋时期，在古老徽剧传统基础上，演绎了英雄人物子胤面对权欲的诱惑，最终走上毁灭之路的故事。演员汪育殊精湛的表演赢得了韩国观众热烈的掌声。演出结束后，中国驻韩国大使馆文化参赞张中华、BeSeTo戏剧节中韩日三国代表委员、日本驻韩国大使馆文化官员及亚洲国立艺术殿堂院长对中韩日戏剧节三国交流的意义及《惊魂记》演出均给予了高度评价。

在戏剧节期间，还召开了“BeSeTo戏剧节与亚洲表演艺术网络”主题研讨会以及BeSeTo戏剧节三国委员会议。在研讨会上，中国专家刘平以《诗意：“东方戏剧”的美学品格》为题宣读了论文并展开讨论和交流。

【中国剧协接待俄罗斯戏剧家代表团访华】

10月29日至11月4日，经中国文联批准，中国剧协接待了以俄罗斯国立戏剧艺术学院高级讲师楚马申科•米克纳尔先生为团长的俄罗斯戏剧家代表团一行五人，在上海、北京两地进行了戏剧交流访问。

此次来访最大的亮点是在上海访问期间，为上海戏剧学院表演系和导演系的学生举办了两个工作坊。其中，表演系的学生是来自藏族地区的学员，俄罗斯老师围绕斯坦尼斯拉夫斯基表演体系的基本理论，让学生们对舞台上演员的行为动机、注意力、信念等重要方面有了初步的认识和体会，帮助学生们探索打开自己的内心世界。在导演系的工作坊上，俄罗斯老师通过精心设计的各种游戏，让学生们探索第六感觉，并结合契科夫的《万尼亚舅舅》一剧，做了深刻的剧本分析，引导学生们挖掘剧本后的故事。这两个工作坊对上戏的学生和老师都有很大的启发作用，上戏表示希望今后更多地邀请俄罗斯著名教授来本校授课。

代表团在华期间，还与中国剧协、上海戏剧艺术中心、上海剧协、北京人民艺术剧院、中央戏剧学院等单位进行了交流与座谈。此外，代表团兴致勃勃地观摩了上海戏剧学院话剧《生命行歌》、上海沪剧院沪剧《敦煌儿女》、北京人艺话剧《小井胡同》以及国家大剧院的现代舞的演出。

本次访问给俄罗斯戏剧家留下了深刻的印象，他们对话剧作品中反思历史、思考生命意义的题材颇为称颂，对中国戏曲艺术的程式化表演更是赞赏有加。访问期间，双方就今后的双向交流及互访演出交换了信息。

【中国戏剧家代表团访问日本】

11月26日至30日，根据中国剧协与日中文化交流协会的互访协议，应该协会邀请，以中国剧协副主席、河南豫剧院院长李树建为团长，内蒙古剧协主席武利平、广西剧协副主席龙倩、浙江艺术职业学院书记朱海闵、中国剧协外联部主任李华艺为团员的中国戏剧家代表团一行5人，赴日本进行了友好访问。在日方热情接待和周密安排下，代表团先后访问了东京、京都两城市，参访相关机构，与日本戏剧界进行广泛的接触，出访活动取得了良好的交流效果。

在东京期间，代表团访问了桐朋学园艺术短期大学。越光照文校长携两位戏剧系主任热情接待代表团，陪同代表团观摩戏剧系一年级学生排练并参观了校园。代表团还访问了位于银座的观世能乐(具有六百多年历史的日本传统艺能,被联合国指定为世界无形遗产)剧场，受到了能乐最大流派观世流第26代传承人观世清和先生的热情接待。他亲率几位艺人给代表团表演了能乐片段，并兴致勃勃地介绍日本能乐的历史、现状及艺术特点，还展示了珍贵的能乐面具和服装，也表示了对日本传统艺能目前所面临的后继乏人和年轻观众锐减现象的忧虑以及对作为家族如何继续传承艺能的思考和愿景。日本艺术家们精益求精的艺术追求和对传统艺术的执着坚守,令代表团印象深刻。代表团还前往神奈川县参观了日本四大老牌话剧团之一的民艺剧团，观摩了该团话剧《灰色的圣诞节》的排练。剧团负责人、导演丹野郁子介绍了该剧团发展历史、剧目生产、剧团管理的情况，并深情地回忆该团与曹禺等我国老一代戏剧家们交往的历史，表达了对老一辈艺术家的缅怀和对今后继续深化合作与交流的心愿。

在京都,代表团访问了日本最大的茶道流派里千家茶道资料馆，现场欣赏了茶道师的茶艺表演，亲身体验了日本茶道文化，对追求“和、敬、清、寂”四个境界的茶道有了初步的了解.

此次出访续写了中国剧协与日中文协之间的交往，对加深两国戏剧家之间的了解和友谊起到了积极而深远的影响。

【中国剧协接待波兰戏剧代表团】

12月17日至23日，经中国文联批准，中国剧协接待了波兰“科里尼卡木偶剧团”艺术总监科采托夫•维克多里奇等二人来华访问。

科里尼卡木偶剧院成立于1988年，总部在波兰的佛洛茨瓦夫市。该团以环保为理念，用废旧材料制作巨型木偶，其制作的长颈鹿、大象、狮子等木偶都与真实动物的大小相仿。演出场地灵活，经常利于已经停运的火车站、废弃的工厂等地进行演出。经过30年在欧洲各地的巡演，演出技巧日臻完善，被誉为世界上最大的木偶马戏团，颇受各国儿童及成年观众的喜爱。

维克多里奇先生等二人访华期间，对山东省话剧院、历山剧院、章丘文博中心、济宁杂技团、曲阜孔子文化会展中心等多家单位进行了考察与交流，并最终与山东省演艺集团和山东省话剧院达成了交流意向。根据协议，“科里尼卡木偶剧团”将于2019年4月下旬来华巡演40天，并在巡演之后留下五名主创人员，为山东省话剧院的儿童剧团提供木偶操控的培训。此外，双方还达成了今后长期合作的意向，期待共同创作适合在中国演出的剧目。

波兰是“中国-中东欧国家合作”（16+1）的重要国家，能够促成此次卓有成效的艺术合作，对促进16+1文化合作具有积极的推进意义。

【中国剧协接待蒙古戏剧代表团】

12月21日至27日，经中国文联批准，中国剧协接待了以国际剧协蒙古中心主席博罗露•娜雅巴塔尔女士为团长的蒙古戏剧家代表团一行四人来华进行交流访问。

这是中国剧协首次接待蒙古戏剧家代表团访华，为了使其全方面了解中国戏剧的发展面貌，中国剧协特意邀请他们观摩了多种形式的演出，包括经典戏曲、音乐剧、环境戏剧、肢体剧等多种门类。此外，代表团还访问了中国剧协、上海剧协、上海话剧艺术中心、上海大剧院、上海戏剧学院、上海舞蹈中心、上海戏曲学院等多家单位，与我国的戏剧专家、学者进行了深入的座谈并观摩了教学活动。双方交换了各自的戏剧节信息，探讨了合作的可能性。蒙古国家艺术剧院院长耐丹博士热情邀请上海话剧艺术中心的《原野》剧组于2019年前往蒙古演出，并希望中方能提供一名导演和一名舞美设计师前往该院为其排练一台曹禺的作品。同时，蒙古国家艺术剧院也希望中方能有剧团可以邀请其导演来华执导、排练、制作一台蒙古的代表剧目。

此次访问给蒙古代表团留下了深刻的印象，

他们对中国在经济领域，尤其是文化艺术领域所取得的巨大成就感到惊叹。他们期待今后双方戏剧界有更多、更广泛的交流与合作。

【中国剧协代表团参加香港西九文化中心落成新闻发布会】

10月14日至16日，应香港西九文化区管理局邀请，中国剧协分党组书记、驻会副主席季国平等二人出席了香港西九文化中心落成新闻发布会。香港西九文化区管理局宣布，西九文化区首个地标式表演艺术场地——戏曲艺术中心拟定于2019年1月20日开幕。戏曲中心位于尖沙咀广东道及柯士甸道西交界，位置优越，交通便利。它将成为一个世界级的表演场地，致力于保存推广及发展戏曲，包括粤剧和其他传统戏种。戏曲中心将重点提供新作培育、研究、教育、培养和交流，以及专业发展计划，以培育年轻戏曲新星。

管理局董事局主席唐英年表示，2019年恰值粤剧被联合国教科文组织纳入《人类非物质文化遗产代表作名录》第十个年头，戏曲中心启用将致力建立一个植根香港的戏曲网络，能在地区内发挥影响力，并在国际艺术发展中扮演重要角色。

西九文化管理局将制作由粤剧泰斗白雪仙博士担任艺术总监的粤剧经典《再世红梅记》，以纪念该剧首演60周年，此演出标志着为期三个月的开幕季正式展开。在这期间西九文化管理局将邀请中国剧协梅花奖艺术团于2019年三月在西九文化戏曲中心演出四场各地方戏剧专场，包括：京剧折子戏专场、昆曲折子戏专场、多剧种折子戏专场、粤剧折子戏专场，为香港人民展现最高水准的传统戏曲文化。

【澳门演出团参加第六届中国校园戏剧节】

11月12日至16日，应中国剧协邀请，由澳门文化艺术协会推荐的指南针创作剧团原创话剧《心瘾》剧组一行13人，来京参加了第六届中国校园戏剧节的演出和交流活动。此次是澳门学生剧团第二次应邀参加中国校园戏剧节，本次演出在中国文联的大力支持下，得到了中国文学艺术基金会澳门文化艺术专项基金。剧组一行抵京后，直接前往北京人艺菊隐剧场考察现场，安排装台。经过两天紧张装台与排练，于11月15日晚上正式演出。演出结束后现场举办了演后谈，与会专家、评委、观众认为此剧具有很强的现实意义。此外，演出团还观摩了中国校园戏剧节开幕式演出、四川音乐学院音乐剧《你好，青春》，对内地的戏剧教育有了初步的了解。澳门演出团此次来京交流演出取得了良好的实效，并为本届校园戏剧节增添了亮点。

机关建设

【切实加强党的领导，推动党建带群建】

重视党员学习教育培训，认真开展好理论中心组学习，加强研讨式、互动式学习，严格考勤制度，确保学习效果。认真开展支部工作，组织红色参观、观摩等各项党员学习培训活动。完成新一届机关党委换届工作，严格按照换届程序，于10月30日召开党员大会，通过不记名投票的方式，差额选举产生了中共中国剧协机关第五届委员会党委委员和纪委委员。积极发挥党建带群建的作用，注重发挥工青妇作用，积极开展青年志愿服务活动，关心职工生活。

【深化全面从严治党工作，加强党风廉政建设】

认真履行全面从严治党主体责任，签订《从严治党责任书》，制定《中国剧协廉政风险点及防控措施》《中国剧协2018年度经常性纪律教育实施方案》等规定措施。加强廉政学习，组织全体党员学习《中国共产党纪律处分条例》。认真落实中国文联警示教育大会要求，召开党员大会，深入学习违纪违法典型案例，开展学习交流讨论，筑牢拒腐防变的根基。结合分党组巡视整改“回头看”自查的情况，抓住元旦春节、五一端午、中秋国庆等重大节点进行正风肃纪教育，强调作风建设永远在路上；严格规范各种活动经费的筹集、使用、管理，以上率下严防“四风”反弹。

【加强干部队伍建设】

贯彻落实《党政领导干部选拔任用工作条例》，坚持照章办事，严格履行程序，完成2018年国家公务员招录及事业单位社会招聘工作。积极配合文联交流挂职和接受军转干部工作。完成援疆干部考核工作。根据中国文联《关于调整各单位三定方案的通知》要求，制定协会“三定”方案，完成干部编制实名制统计。认真严谨对待领导干部个人有关事项报告工作。

直属单位

【《中国戏剧》】

中国剧协对下属的《中国戏剧》《剧本》《中国戏剧年鉴》杂志进一步加强管理，严把出版导向关。平时注重对刊物工作人员进行政治、业务以及各项出版管理制度的培训学习，认真、及时、有效地做好中央文艺政策的宣传工作。除此之外，注重对重要戏剧现象、思潮及戏剧行业趋势的关注力度，根据戏剧现状及时调整栏目和内容，推动戏剧创作和理论评论工作健康发展。

《中国戏剧》刊物设计全面改版，加大学术理论板块内容，充分发挥杂志在戏剧界的思想引领作用。开设“纪念改革开放四十年”专栏，组织专家学者梳理戏剧领域的发展脉络、总结经验，多视角地呈现我国改革开放四十年来的丰硕成果。开设“民营院团”专栏，针对民间职业剧团的发展现状、创作情况、行业生态等方面进行深入报道，为更好地组织联络新文艺群体戏剧工作者提供事实依据和对策建议。

【《剧本》】

《剧本》关注现实题材、廉政题材、红色题材、精准扶贫题材等剧本。关注青年剧作家，新开“新人佳作”栏目。关注“改革开放四十周年”主题及地方戏曲生存和发展，与天津市和海南省相关单位合作举办了征文活动并出版增刊。

【《中国戏剧年鉴》】

《中国戏剧年鉴》完成2017卷的出刊、发行工作，在原有的中国戏剧综述、特载、理论评论、焦点观点、剧种研究与现状调查等栏目的基础上，新增了“艺术院校”“港澳台戏剧”栏目，聚焦戏剧教育，关注港澳台戏剧发展，以期更全面、更深入地记载和体现戏剧艺术发展的时代风貌。

中国电影家协会

综 述

2018年，在中国文联党组的正确领导下，中国电影家协会（以下简称“中国影协”）坚持以习近平新时代中国特色社会主义思想为指导，深入学习贯彻党的十九大和十九届二中、三中全会精神，全面贯彻落实习近平总书记关于文艺工作重要论述，增强“四个意识”，坚定“四个自信”，做到“两个维护”，以高度的政治责任感和使命感，弘扬改革创新精神，在坚定理想信念上守初心，在落实以人民为中心的创作导向上筑同心，在繁荣电影事业上炼匠心。坚持凝聚向心力，胜利召开中国影协第十次全国代表大会，深入开展“讴歌新时代、共筑中国梦”主题文艺创作和“深入生活、扎根人民”主题实践，打造新时代主题电影活动；坚持提升软实力，加强和改进电影评奖评论，组织开展电影人才培训，促进电影合作与文化交流；坚持强化落实力，推进深化改革方案细化落实，密切联系新老艺术家，推动出版期刊单位转企改制。中国影协团结引导广大电影工作者听党话、跟党走，兴创作、转文风，再启党的电影事业新征程，为全面建成小康社会和实现中华民族伟大复兴中国梦书写电影华章。

会议与活动

【“我们的中国梦——文化进万家”慰问演出在内蒙古科右中旗举行】

1月26日，由中宣部、中国文联主办，中国影协、中国文艺志愿者协会、中国文联文艺志愿服务中心、中国文联电影艺术中心、科右中旗委员会、科右中旗人民政府承办的“我们的中国梦——文化进万家”慰问演出在内蒙古自治区兴安盟科尔沁右翼中旗宣传文化中心礼堂举行。中宣部文艺局副局长王强，中国影协分党组书记、驻会副主席张宏，中国文联文艺志愿服务中心主任廖垦出席慰问活动。众多艺术家与科右中旗的各民族同胞欢聚一堂，共迎新春佳节。

【中国文联、中国影协领导看望慰问老艺术家】

新春佳节来临之际，中国文联主席铁凝，中国文联党组成员、副主席赵实，中国文联党组成员、副主席郭运德，中国影协分党组书记、驻会副主席张宏，中国影协分党组成员、秘书长饶曙光等领导分别看望慰问于蓝等老艺术家，向他们送去党的关怀，并致以节日问候和新春祝福。

【中国影协第九届主席团第七次会议在京召开】

3月2日，中国影协第九届主席团第七次会议在京召开。中国影协主席李雪健，中国影协分党组书记、驻会副主席张宏，副主席尹力、冯小刚、成龙、张会军、陈凯歌、明振江、奚美娟、康健民出席会议。中国影协分党组成员、秘书长饶曙光，中国影协分党组成员、副秘书长孙崇磊以及影协有关部门、单位负责人列席会议。会议由李雪健主持。会议审议通过《中国影协2017年工作情况和2018年工作思路》《中国影协主席团成员履职工作规则》《中国影协理事会理事履职工作规则》《中国影协会员工作条例》《中国影协个人会员入会条件细则》及会费标准，修改《大众电影百花奖章程》，研究中国文联终身成就电影艺术家人选、中国影协第九届理事会第三次会议和中国影协第十次全国代表大会等相关工作以及人事事项。与会主席团成员对中国影协2017年工作给予肯定，并对影协2018年全年工作和深化改革工作提出建设性意见建议。

【中国影协新媒体工作委员会更名】

4月4日，中国影协新媒体工作委员会正式更名为中国影协影视产业促进与投资工作委员会。中国文联原党组成员、副主席夏潮任会长，中国影协分党组成员、副秘书长孙崇磊任执行会长，中国影视杂志总编向阳任秘书长，包括中央军委金盾影视中心、中国文联电影艺术中心等影视管理、制作和投资机构和著名电影人任成员。该委员会旨在利用资本优势，加强对影视作品的孵化扶持，加快电影产业融合，推动电影创作从“高原”到“高峰”的转型。

【中国影协2018年度工作会议在山东青岛召开】

4月9日，中国影协2018年度工作会议暨全国电影（影视）家协会主席秘书长工作会议在山东青岛召开。中国文联党组成员、副主席郭运德，中国影协分党组书记、驻会副主席张宏，中国影协副主席、著名导演黄建新，山东省委宣传部常务副部长王红勇，山东省文联党组书记、副主席王世农，中国影协分党组成员、秘书长饶曙光，中国影协分党组成员、副秘书长孙崇磊，中国影协副秘书长毕文宇，青岛市委宣传部副部长、市文广新局党委书记、局长李明出席会议。会议由饶曙光主持。会议学习传达习近平总书记在十三届全国人大一次会议闭幕式上的重要讲话精神；通报中国影协2017年工作情况和2018年工作要点，大众电影百花奖改革、百花奖观众评委选拔方案，中国影协第九届三次理事会、第十次影代会以及加强新文艺群体电影工作者的服务管理等有关事项。

【中国影协第九届理事会第三次会议在京召开】

5月22日，中国影协第九届理事会第三次会议在北京会议中心召开，中国文联党组成员、副主席郭运德，中国文联副主席、中国影协主席李雪健，中宣部干部局副局长崔侠、副巡视员张蕾，中国文联人事部主任郑希友、副主任闫少非，中国影协分党组书记、驻会副主席张宏，副主席王兴东、尹力、明振江、康健民，分党组成员、秘书长饶曙光，分党组成员、副秘书长孙崇磊，副秘书长毕文宇等有关领导出席会议。中国影协第九届理事以及中国影协有关部门负责人参加会议。李雪健主持会议。会上，张宏代表中国影协第九届主席团向理事会报告中国影协第九次全国影代会以来的工作情况和未来五年工作建议；会议审议通过《关于召开中国影协第十届全国代表大会的决议》。与会理事对新一届领导机构人选进行民主推荐；围绕《工作报告》以及《中国影协章程》修订进行讨论，并对未来发展建言献策。根据会议决议，中国影协十大将于年内第四季度召开。

【学习贯彻习近平总书记致牛犇同志的信　做有信仰、有情怀、有担当的宣传思想文化工作者座谈会在上海举办】

6月28日，由上海市委宣传部、上海市文联、中国影协、上海电影（集团）有限公司举办的学习贯彻习近平总书记致牛犇同志的信　做有信仰、有情怀、有担当的宣传思想文化工作者座谈会在上海举行。座谈会上，上海市委常委、宣传部部长周慧琳宣读习近平总书记给牛犇的信，牛犇分享自己在追求信仰过程中的心路历程。上影集团党委书记、董事长任仲伦介绍牛犇历经苦难但矢志不渝追求信仰的事迹。中国影协分党组成员、秘书长饶曙光表示，要有效传承和发扬以牛犇为代表的老一辈电影工作者的优秀传统，并且通过创造性转化和创新性发展，为新时代中国电影发展注入更多动力。

【纪念改革开放40周年——2018中国电影藏品展系列活动在横店举行】

6月29日，由中国影协、中国文联电影艺术中心、浙江省横店影视文化产业实验区管委会主办，中国影协电影收藏工作委员会承办的纪念改革开放40周年——2018中国电影藏品展系列活动在横店举行。系列活动包括电影放映机展览、浙江电影制片厂电影海报专题展、“到人民中去”电影公益培训活动、“到人民中去”胶片电影露天公益放映活动等。中国文联电影艺术中心副主任李倩，东阳市委常委、宣传部部长蒋令树出席开幕式并讲话。

【中国电影收藏展——胶片电影露天放映大会在厦门开幕】

7月14日，由中国影协、中国文联电影艺术中心主办，中国影协电影收藏工作委员会承办的“中国电影收藏展——胶片电影露天放映大会”系列活动在厦门开幕。中国文联电影艺术中心副主任李倩，厦门大学人文学院副院长李晓红教授，电影艺术家许还山出席开幕仪式。本次收藏展系列活动包括“胶片电影收藏与修复”专题演讲会、圆桌论坛，及胶片电影露天放映会三部分。

【中国影协“一带一路”工作委员会在京成立】

8月7日，“一带一路”国际电影合作研讨会暨中国影协“一带一路”工作委员会成立仪式在中国影协举行。中国影协分党组书记、驻会副主席张宏，秘书长饶曙光，以及数十位知名专家和电影人士出席活动并发言。“一带一路”工作委员会作为中国影协积极践行“一带一路”倡议，促进与“一带一路”国家电影合作交流的新抓手，将围绕推动中国电影及中国文化“走出去”等方面开展工作。

【第一届中国双塔山爱情电影周在承德举办】

8月17日，由中国影协、中央新影集团作为指导单位，双滦区委区政府、大众电影杂志社等联合主办的第一届中国双塔山爱情电影周年度盛典在河北承德市双塔山下举行。中国文联原副主席、海军原副政委王兆海，中国文联原副主席、著名导演丁荫楠，中国影协分党组成员、秘书长饶曙光，台港电影研究会会长许柏林，中央新影集团副总裁赵捷出席盛典。

【首届中国农民丰收节——中国农民电影节在河南举办】

9月17日，首届中国农民丰收节——中国农民电影节活动“丰收中国 欢聚天中”在河南省西平县举办。中国影协分党组书记、驻会副主席张宏，中共驻马店市委书记陈星，农业农村部办公厅主任广德福等领导，以及来自全国的电影、文艺工作者和农民齐聚一堂，共庆节日。现场，谢芳等12位电影艺术家获颁“中国农村电影推广使者”聘书和使命杯。

【中国影协网工委2018年度工作会议在京召开】

10月17日，中国影协网络电影工作委员会2018年度工作会议在京召开，来自中国影协、北京电影学院等40余家网络电影单位负责人参会。会议由北京电影学院管理学院副院长郁笑洋主持。中国影协分党组成员、秘书长兼网工委联席会长饶曙光出席会议并讲话。会议宣读《中国影协网络工作委员会公约》，通报《中国影协网络电影工作委员会工作条例》《中国影协网络电影工作委员会会员入会细则》，以及中国首届网络电影盛典计划和公益培训计划。

【第九届中国影协杯优秀电影剧作在京揭晓】

10月30日，第九届“中国影协杯”优秀电影剧作在北京揭晓。《不成问题的问题》《战狼2》等10部影片的剧作获得年度优秀电影剧作荣誉。中国文联原副主席李准，中国影协分党组书记、驻会副主席张宏，中国影协分党组成员、秘书长饶曙光，电影频道节目中心主任曹寅，北京电影学院党委书记候光明，中国电影股份有限公司董事长喇培康，以及电影艺术家王晓棠、陶玉玲等出席活动。

【中国影协微信公众号开通】

11月，“中国影协”微信公众号正式开通运营。该公众号将成为中国影协重要的官方信息发布平台，及时报道重要工作、电影信息。

【多彩中华少数民族电影展亮相厦门】

12月14日，由中国影协、中国文联电影艺术中心主办的“多彩中华”少数民族电影展在福建厦门市开幕。本次影展以优秀少数民族影片展映及主创人员交流为主体活动，精选近年来自蒙古族、回族等多部优秀少数民族题材电影并展映。

【中国影协第十次全国代表大会在京召开】

12月28日至29日，中国影协第十次全国代表大会在京召开。全国各省、自治区、直辖市和新疆生产建设兵团、解放军、中央国家机关以及港澳台地区的300余名电影工作者代表参加会议。中共中央政治局委员、中央书记处书记、中宣部部长黄坤明出席开幕式并讲话，中宣部常务副部长、国家电影局局长王晓晖，中国文联主席、中国作协主席铁凝，中国文联党组书记、副主席李屹，中国文联党组成员、书记处书记陈建文，以及中央纪委国家监委驻中宣部纪检监察组、中组部干部三局、中宣部电影局、中宣部干部局有关负责人，中国文联机关各部室、各全国文艺家协会相关方面负责人出席开幕式。李屹在开幕式上讲话。

中国影协第九届主席李雪健致开幕词。中国影协分党组书记、第九届驻会副主席张宏作题为《砥砺信仰，坚守情怀，勇于担当，肩负起新时代中国电影的新使命》工作报告。中国影协第九届副主席尹力介绍相关单位祝贺情况。中国影协分党组成员、第九届秘书长饶曙光作《关于修改〈中国影协章程〉情况的说明》。开幕式由中国影协第九届副主席明振江主持。

大会审议通过工作报告，修改《中国影协章程》，选举产生由165人组成的中国影协新一届理事会，理事会选举产生由12人组成的新一届主席团。陈道明当选主席，于冬、尹力、尹鸿、成龙、任仲伦、苏小卫（女）、吴京（满族）、张宏、张涵予、黄渤、喇培康（回族）当选副主席（按姓氏笔画排序）。12月29日晚，中国影协第十次全国代表大会完成各项议程，在京胜利闭幕。李屹、中央宣传思想文化单位有关方面负责人、新推举的中国影协第十届名誉主席和新当选的中国影协第十届主席团成员出席闭幕式。陈道明致闭幕词。张宏主持闭幕式。

闫少非被任命为中国影协第十届秘书长，孙崇磊、毕文宇（挂职）被任命为中国影协第十届副秘书长。吴贻弓、李前宽、李雪健、陈凯歌被推举为中国影协名誉主席。丁荫楠、于洋、于蓝（女）、王心刚（回族）、王兴东（满族）、王晓棠（女）、田华（女）、冯小刚、刘建中、苏叔阳、李行、李国民、吴思远、张会军、张宏森、明振江、洪祖星、祝希娟（女）、秦怡（女）、奚美娟（女）、黄建新、康健民、童刚、谢飞、谢芳（女）、潘虹（女）等26人（按姓氏笔画排序）被聘为中国影协顾问。

电影节与评奖

【第27届中国金鸡百花电影节动员大会在佛山召开】

5月15日，第27届中国金鸡百花电影节动员大会在佛山市举行。大会通报电影节筹备情况，动员佛山市加快推进电影节各项工作全面开展。中国影协分党组书记、驻会副主席张宏，中国影协分党组成员、秘书长饶曙光，副秘书长毕文宇，佛山市市长朱伟，佛山市委常委、宣传部长、顺德区委书记郭文海等出席动员大会。

【第34届大众电影百花奖投票启动】

8月9日，第27届中国金鸡百花电影节暨第34届大众电影百花奖新闻发布会在京举办。中国影协秘书长饶曙光主持发布会。中国影协分党组书记、驻会副主席张宏介绍第34届大众电影百花奖的评奖情况以及第27届中国金鸡百花电影节的主体活动。佛山市委常委、宣传部部长郭文海介绍第27届中国金鸡百花电影节佛山市的筹备情况。中国影协副主席尹力公布第34届大众电影百花奖候选名单。发布会召开同时投票系统正式启动。

【第27届中国金鸡百花电影节在佛山成功举办】

11月7日，由中国文联、中国影协、佛山市人民政府主办的第27届中国金鸡百花电影节在佛山盛大开幕。全国政协副主席刘奇葆，中国文联副主席赵实，中国记协副主席田进，中国电影基金会理事长张丕民，国家电影局副局长李国奇，中国影协分党组书记、驻会副主席张宏，广东省副省长许瑞生，广东省政协副主席林雄，佛山市市长朱伟出席开幕式，佛山市委常委、宣传部部长郭长勇主持开幕仪式。刘奇葆宣布电影节开幕。

本届电影节为期4天，围绕国产新片推介展映、金鸡国际影展、港澳台影展、少数民族影展、改革开放40年中国电影成就展暨粤港澳大湾区影展、中国电影高峰论坛、中国电影科技论坛、中国电影教育与产业论坛、中国电影文学论坛、提名者表彰仪式等5大类30项活动逐步展开。

11月10日，第27届中国金鸡百花电影节闭幕式暨第34届大众电影百花奖颁奖典礼于佛山圆满落幕。中国文联主席、中国作协主席铁凝，中国文联党组书记、副主席李屹，广东省委常委、宣传部部长傅华出席闭幕式，并为祝希娟、郑国恩（儿子郑浩代领）、张勇手三位老艺术家颁发中国文联终身成就电影艺术家荣誉。经过101位大众评委现场投票，第34届大众电影百花奖获奖名单全部产生：最佳故事片奖为《红海行动》，优秀故事片奖为《建军大业》，林咏琛、李媛、许伊萌、吴楠获得最佳编剧奖，林超贤获得最佳导演奖，吴京获得最佳男主角奖，陈瑾获得最佳女主角奖，蒋璐霞获得最佳女配角奖，杜江获得最佳男配角奖，王雨甜获得最佳新人奖。

【第28届中国金鸡百花电影节将在厦门举办】

11月10日，第28届中国金鸡百花电影节签约仪式暨新闻发布会在佛山市举行。厦门市人民政府与中国影协签约，厦门正式成为第28届中国金鸡百花电影节暨第32届中国电影金鸡奖终评和颁奖典礼的举办地。中国文联副主席、中国影协主席李雪健；中国影协分党组书记、驻会副主席、第27届中国金鸡百花电影节副主席、电影节组委会主任张宏；中国影协分党组成员闫少非；厦门市委常委、宣传部部长叶重耕以及厦门市副市长韩景义等相关部门领导出席会议。

慰问演出与志愿服务

【“百花放映 情系基层”文艺小分队走进陕西汉中】

2月6日，中国影协分党组书记、驻会副主席张宏，演员王学圻等带领中国文联、中国影协“百花放映 情系基层”文艺小分队到陕西省汉中市城固县开展公益慰问活动。

【中国影协文艺志愿服务小分队走进云南会泽、罗平】

3月5日至6日，中国文联、中国影协、中国文艺志愿者协会主办的“我们的中国梦•文化进万家”慰问演出活动在云南举行。中国影协分党组书记、驻会副主席张宏，中国文联文艺志愿服务中心主任、中国文艺志愿者协会副主席兼秘书长廖恳，中国文联电影艺术中心副主任李倩等带领文艺志愿服务小分队走进贫困县会泽和罗平进行慰问演出。艺术家和当地演员共同献上精彩文艺演出，并在会泽县娜姑镇白雾村举行“基层电影之家”揭牌仪式。

【“沂蒙颂歌”慰问演出在山东费县举行】

8月22日，由中国文联、中国影协、山东省委宣传部、山东省文联主办的“沂蒙颂歌”志愿服务团走进山东费县，送欢乐下基层慰问演出顺利举行。

【“百花放映•情系丹东边防”慰问活动在丹东举办】

8月31日，由中国文联、中国影协、辽宁省公安边防总队主办，中国影协百花放映办公室、丹东市公安边防支队承办庆祝改革开放40周年“百花放映•情系丹东边防”慰问活动在辽宁丹东举办。中国影协副秘书长毕文宇等出席活动。艺术家为官兵带来精彩文艺节目并向其赠送优秀电影光盘。

【中国文联、中国影协文艺志愿服务团走进贵州荔波】

11月20日，由中国文联、中国影协、中国文联电影艺术中心、中共荔波县委、荔波县人民政府主办的“送欢乐•下基层”中国影协文艺志愿服务团走进贵州荔波县，成功举办慰问演出。

【中国文联、中国影协文艺志愿服务团走进佛山顺德】

12月20日，由中国文联、中国影协、佛山市顺德区委、佛山市顺德区人民政府主办的“到人民中去”志愿服务团走进佛山顺德，成功举办慰问演出。

创作与研究

【习近平关于文艺工作重要论述与电影创作研讨会在京举办】

为推动新时代电影艺术创作，由中国影协主办的习近平关于文艺工作重要论述与电影创作研讨会于4月3日在北京举行，会议由中国影协分党组书记、驻会副主席张宏主持。中国文艺评论家协会名誉主席李准，中国影协分党组成员、秘书长饶曙光，中国电影出版社社长宋岱，北京电影学院党委书记侯光明，八一电影制片厂副厂长柳建伟，台湾电影研究会荣誉主席张思涛，导演麦丽丝、宁海强，中国艺术研究院研究员贾磊磊，以及来自清华大学等专家学者和主流媒体负责人围绕新时代电影创作等话题建言献策。

【《中国电影艺术报告（2018卷）》在京正式发行】

4月19日，由中国影协主持出版、中国影协理论评论委员会主持编撰的《中国电影艺术报告（2018卷）》于在北京国际电影节正式发行。同时，发布会以“推陈出新”为主题举办“中国电影评论家论坛”。中国影协分党组成员、秘书长饶曙光在活动上致辞。论坛上，尹鸿、陆绍阳教授发表演讲，进行导演与影评人对话；同时公布投票产生的2017年度十部影评人推介影片。

【内蒙古籍青年导演作品研讨会在京召开】

4月20日，内蒙古籍青年导演作品研讨会在北京中国影协召开。中国影协分党组书记、驻会副主席张宏，内蒙古文联党组书记、副主席张宇，内蒙古文联党组成员、副主席包银山，丁荫楠、忻钰坤等专家学者和内蒙古籍青年导演出席并发言。会议由中国影协分党组成员、秘书长饶曙光主持。会议总结内蒙古青年导演的创作经验，号召青年电影工作者关注现实生活，努力让电影回归艺术本体。

【《2018中国电影产业研究报告》发布会暨改革开放与中国电影论坛在上海举行】

6月19日，由中国影协主办的《2018中国电影产业研究报告》发布暨“改革开放与中国电影”论坛，在第21届上海国际电影节上举行。活动发布第12卷《中国电影产业研究报告》，并首次发布国际版。中国影协分党组书记、驻会副主席张宏在会上致辞；美国电影协会大中华区总裁冯伟、美国电影协会亚太区总裁Mike Ellis、资深电影市场研究专家刘嘉、中国艺术研究院研究员刘藩围绕电影热点发表主题演讲。黄建新、郑大圣、赵宁宇、张宏四位资深电影从业者围绕“改革开放与中国电影”展开精彩高峰对话。猫眼研究院院长刘鹏向大会发布最新在线电影市场研究成果。

【军事题材创作座谈会在京举办】

7月28日，中国影协在京召开“军事题材电影创作座谈会”，并成立“中国影协军事题材电影工作委员会”。中国影协分党组书记、驻会副主席张宏出席会议，张延扬、闫少非等专家学者及军事电影工作者参加会议。

【《春天的马拉松》研讨会在京举行】

8月，由中国影协指导、中国文联电影艺术中心和上海市委宣传部主办的电影剧本《春天的马拉松》研讨会在中国影协举行。中国影协分党组书记、驻会副主席张宏出席会议，中国影协分党组成员、秘书长饶曙光主持会议。李准等人参加研讨会。与会专家围绕影片思想主题、艺术手法、社会责任等角度展开深入交流。

【《远去的牧歌》专家研讨会在京举行】

8月，由中国影协指导、中国文联电影艺术中心主办的《远去的牧歌》专家研讨会在北京举行。中国影协分党组书记、驻会副主席张宏出席会议，李准等专家参会。

【“北戴河文艺峰会”顺利召开】

9月11日，由中国文联、河北省委宣传部支持，中国影协、中国视协、中国文艺评论家协会、河北省文联、河北广播电视台、秦皇岛市委宣传部联合主办的“北戴河文艺峰会”在北戴河开幕。峰会以“人民与英雄——中国主旋律影视创作的初心与使命”为主题，探寻新时代主旋律影视创作的新路径。中国文联副主席郭运德，中国文联原副主席夏潮，中国影协分党组书记、驻会副主席张宏，中国影协分党组成员、秘书长饶曙光等领导出席开幕式。本次峰会还发出《北戴河文艺峰会倡议》，号召广大影视工作者要始终坚持以人民为中心的创作导向，加强现实主义创作。

【第13届华语青年影像论坛在武汉闭幕】

9月16日，由中国影协、武汉市人民政府联合主办的第13届华语青年影像论坛在江城武汉落下帷幕，中国影协分党组书记、驻会副主席张宏，武汉市委宣传部副部长、网信办主任严中兴分别代表主办方致辞。谢飞、奚美娟等资深影人揭晓最终获奖名单，《暴雪将至》被推选为年度故事片。本届论坛共展映青年导演优秀作品42部，举办“年度青年导演峰会”、“新时代青年电影的创作与批评”江城会谭、“新青年制造”项目创投等活动。

【《党籍》创作研讨会在京举办】

10月18日，由中国影协指导、中国文联电影艺术中心主办、中国文联电影艺术中心电影创作研究部承办电影《党籍》创作研讨会在中国影协举行。中国影协秘书长饶曙光出席并主持会议。

教育与培训

【“成龙电影A计划”新晋电影人实战特训营活动在京举办】

中国影协以中国影协特技人工作委员会为平台，携手成龙慈善基金会，于5月21日至25日期间共同举办“成龙电影A计划”新晋电影人实战特训营活动。中国影协分党组书记、驻会副主席、特技人工作委员会会长张宏出席活动。

【中国影协新文艺群体电影人才和管理干部培训班在河北正定举办】

6月24日至30日，由中国影协主办、河北省电影电视艺术家协会承办、中宣部培训专项资助的“新文艺群体电影人才和管理干部培训班”在河北正定成功举办，中国影协分党组书记、驻会副主席张宏，分党组成员、副秘书长孙崇磊，副秘书长毕文宇等有关领导出席开班仪式，中国影协分党组成员闫少非作总结发言。来自北京等地新文艺群体电影人才和全国电影（影视）家协会管理干部参加培训。

【中国影协第二期新文艺群体电影人才培训班在长春举办】

7月21日至27日，由中国影协主办、吉林省电影家协会承办、中宣部培训专项资助的“中国影协第二期新文艺群体电影人才培训班”在吉林长春成功举办。吉林省委宣传部常务副部长、省文联党组书记、副主席董维仁，中国影协分党组成员、副秘书长孙崇磊，吉林省文联党组成员、副主席孙凤平，吉林省文联副主席、吉林省电影家协会主席毕述林，中国文联人事部干部培训处处长薛长绪，长影集团有限责任公司副总经理鲍盛华，中国影协副秘书长毕文宇等出席开班仪式，中国影协分党组成员闫少非作总结发言。

【中国影协第三期新文艺群体电影人才培训班在京举办】

8月13日，由中国影协主办、中宣部培训专项资助的“中国影协第三期新文艺群体电影人才培训班”在北京会议中心开班。由全国32个电影（影视）家协会推荐和来自海宁影视基地的新文艺群体电影人才等160余人参加开班仪式。中国影协副秘书长毕文宇主持开班式。业界专家学者着力探索和研讨中国电影发展的机遇与挑战、优势与局限、困境与出路。

【全国国有电影企业骨干人才研修班在成都开班】

8月21日至24日，由中国影协主办、峨眉电影集团有限公司承办的“2018全国国有电影企业骨干人才研修班”在成都开班。中国影协分党组书记、驻会副主席张宏，四川省委宣传部副部长陈华出席并讲话，峨眉电影集团党委书记、董事长、四川省电影家协会主席韩梅致辞，来自全国国有电影企业的负责人、影视专家学者等近百人参加开班仪式。

【首届粤港澳大湾区电影及公共传播人才培训班在广州举办】

由中国影协主办、广州市人民政府新闻办公室和暨南大学艺术学院承办的“首届粤港澳大湾区电影及公共传播人才培训班”于8月24日至28日在广州开办。中国文联副主席郭运德，中国影协分党组书记、驻会副主席张宏，中国文联国际部主任董占顺、中央政府驻港联络办宣文副部长朱挺、广州市委宣传部副部长朱晓燚、中国影协副主席尹力、暨南大学副校长饶敏、广东省文联专职副主席李仙花、香港影业协会理事长洪祖星等出席开班仪式。本次培训班培养和团结港澳文艺人才，促进粤港澳电影传播深入交流与合作。

【中国影协第四期新文艺群体电影人才培训班在西安举办】

9月10日，由中国影协主办、陕西省电影家协会承办、中宣部培训专项资助的“中国影协第四期新文艺群体电影人才培训班”在陕西省西安市开班。全国政协委员、第九届中国文联副主席、中国文艺评论家协会副主席夏潮，陕西省文联党组书记、常务副主席吴丰宽，中国影协分党组成员闫少非、孙崇磊，陕西省文联党组成员、专职副主席禹剑峰，陕西省电影家协会副主席李爱民、段鹏及由中国影协各团体会员单位推荐的新文艺群体电影人才出席开班仪式。本次培训班进一步提升新文艺群体电影人才的政治素养和业务能力，推动中国电影事业健康繁荣发展。

【中国影协专业工作委员会领导骨干培训班在京举办】

9月25日至29日，中国影协专业工作委员会领导骨干培训班将在京举办。中国影协分党组书记、驻会副主席张宏，中国文联国内联络部主任刘尚军，中国影协分党组成员、秘书长饶曙光，对外经济贸易大学继续教育学院院长曾钢等出席培训班开幕式。本次培训旨在更好发挥中国影协各专委会对电影行业和组织的团结引导、联络协调、服务管理、自律维权等职能。

【2018中国文联文艺培训志愿服务项目——横店电影培训班开班】

10月20日，由中国文联、中国影协、中国文艺志愿者协会、浙江省横店影视文化产业实验区管委会共同主办的“2018中国文联文艺培训志愿服务项目——横店电影培训班”开班仪式在浙江横店影视职业学院举行。中国文联文艺志愿服务中心主任、中国文艺志愿者协会副主席兼秘书长廖恳，中国影协分党组成员、副秘书长孙崇磊，东阳市人民政府副市长、浙江省横店影视文化产业实验区党工委书记黄阳明出席开班仪式并讲话。期间，组织颁发证书和赠送杂志活动，举办“基层电影之家”揭牌仪式，以及横店新文艺群体调研座谈会。

【2018中国文联文艺培训志愿服务项目——横店电影培训班第二期举办】

11月26日至30日，由中国文联、中国影协、中国文艺志愿者协会、浙江省横店影视文化产业实验区管委会共同主办的“2018中国文联文艺培训志愿服务项目——横店电影培训班”第二期活动圆满结束。讲座内容涉及众多专业领域，吸引众多具有丰富工作经验的影视从业者学习交流。

【新文艺群体电影制片人培训班在海宁开班】

12月3日，“2018”新文艺群体电影制片人培训班在海宁开班。来自全国20多个省以及海宁影视基地近百名影视电影制片人和企业高管参加培训。本次培训班由中国影协主办，北京师范大学乐育文化研究院、中国（浙江）影视产业国际合作实验区海宁基地管委会协办。全国政协委员，中国文联原副主席、党组成员、书记处书记夏潮，中国影协分党组成员、副秘书长孙崇磊，海宁市委常委、宣传部长姚建新，北京师范大学教授、博士生导师尹成奎等领导出席开班仪式。

【中国影协全国青年编剧特训班在四川大英开班】

12月12日，中国影协第三期全国青年编剧特训班在四川大英开班。开班仪式暨迎新会上，中国影协分党组成员、秘书长饶曙光致辞，对新一期青年编剧学员提出了殷切期望。四川省文联副主席李明泉、四川省影协副主席陈永宁、大英县委书记蒋喻新等出席开班仪式暨迎新会。

对外及对港澳台地区文化交流

【2018新春电影招待会在京举办】

1月23日，由中国文联、中国影协主办的“2018新春电影招待会”在北京珠影耳东传奇影城举办。招待会邀请11个国家驻华使馆、中国——东盟中心文化官员、好莱坞电影公司中国区代表、国家新闻出版广电总局等代表出席活动。

【中国影协代表团赴香港出席香港电影金像奖颁奖典礼】

4月14日至18日，中国影协分党组书记、驻会副主席张宏率代表团赴香港出席第37届香港电影金像奖颁奖典礼。期间，考察香港影业协会、邵氏机构等部门，与香港电影机构商讨合作举办青年电影人才培养计划。随后，代表团一行赴澳门考察澳门特区政府文化局、影视协进会、电影协会等机构，深入探讨粤港澳大湾区影视合作等项目。

【中国影协代表团赴英国访问】

4月22日至29日，应英国布拉德福德电影基金会邀请，中国影协秘书长饶曙光率代表团赴英国伦敦及布拉德福德进行访问，并举办中国电影展映和交流研讨活动。期间与英国高度电影制片公司、英国电影协会等组织机构和电影界人士进行座谈，为中英电影合作领域开辟新前景。

【中国影协代表团赴白俄罗斯、波兰访问】

10月8日至17日，中国影协分党组成员闫少非率代表团7人赴白俄罗斯、波兰访问。在白俄罗斯期间，代表团举办“中国电影展”，召开“中白电影座谈会”，围绕对合作进行深入探讨，并分别签署合作备忘录。随后，代表团一行赴波兰出席第34届华沙国际电影节开幕式，共商两国电影交流计划。此次出访初步达成影协与两国电影机构未来合作的意向，为协会与“一带一路”沿线国家的电影交流开拓新局面。

【中国影协代表团赴美国访问】

10月27日至11月2日，以中国影协副主席王兴东为团长的代表团一行6人赴美举办“第二届中美影视创新峰会”，围绕“影视创新促进时代发展”主题开展对话研讨。期间访问美国电影学会、演员工会等地，参观美国电影市场，广泛接触美国影视界人士，深入了解美国电影产业状况，就促进中美影视艺术家、艺术团体务实合作进行积极探讨。

【中国影协代表团赴挪威访问】

11月2日至6日，以中国影协副主席康健民为团长的代表团一行6人赴挪威首都奥斯陆举办中国电影展，展映包括《红海行动》等近年来优秀国产影片，举办“改革开放四十周年电影海报展”，展映中国改革开放以来的优秀影片。

【中国影协代表团赴埃及访问】

11月25日至29日，中国影协分党组成员、秘书长饶曙光为团长的一行6人赴埃及参加开罗国际电影节，在开罗中国文化中心协助下举办“开罗中国电影之夜”，中国驻埃及大使馆文化参赞兼开罗中国文化中心主任石岳文等近百名中埃各界嘉宾出席活动。期间，展映4部当代中国民族题材优秀影片，增进埃及民众对中国电影的了解，同时也为交流与合作搭建平台。

机关建设

【中国影协分党组理论中心组学习习近平总书记重要讲话精神】

1月11日，中国影协分党组书记、驻会副主席张宏主持召开中国影协分党组理论中心组学习会议，学习传达习近平总书记在学习贯彻党的十九大精神研讨班开班式上的重要讲话精神，传达全国宣传部长会议精神和中国文联党组的指示要求。分党组成员、秘书长饶曙光，分党组成员、副秘书长李景富出席会议并发言。影协各部门各单位主要负责人列席会议。

【中国影协机关和中国文联电影艺术中心开展2017年度考核工作】

1月，中国影协机关和中国文联电影艺术中心开展2017年度考核工作。1月24日，召开考核小组会议，会议投票产生优秀人员和先进集体。1月31日，召开全体工作人员会议，分党组书记、驻会副主席张宏代表影协领导班做工作总结；与会人员对影协领导班子及成员进行民主测评。

【中国影协分党组召开2017年度民主生活会】

1月29日，中国影协分党组召开2017年度民主生活会。分党组书记、驻会副主席张宏主持会议，分党组成员、秘书长饶曙光，分党组成员、副秘书长李景富、孙崇磊参加会议。中国文联机关党委、人事部有关同志到会指导。此次民主生活会以学习领会习近平新时代中国特色社会主义思想，全面贯彻落实党的十九大各项决策部署为主题。

【离退休老同志新春团拜会在京举行】

2月7日，中国影协离退休干部处组织离退休老同志新春团拜会。分党组成员、秘书长饶曙光代表影协分党组致辞，并送上新年诚挚祝福。

【中国影协分党组研究部署2018全年重点工作】

2月27日，中国影协分党组召开专题会议研究中国影协2018年重点工作。分党组书记、驻会副主席张宏主持会议，分党组成员、秘书长饶曙光，分党组成员、副秘书长李景富、孙崇磊出席会议。分党组分别听取各部门2018年工作计划的汇报，对各部门计划进行点评，并提出工作要求。

【中国影协召开2018年全面从严治党工作部署会】

3月21日，中国影协召开2018年全面从严治党工作部署会。中国影协分党组书记、驻会副主席张宏，中国文联机关纪委书记汤鸿卫，中国影协分党组成员、秘书长饶曙光出席会议。饶曙光传达习近平总书记在十九届中央纪委二次全会上重要讲话精神，以及赵乐际代表中央纪委常委会所作工作报告精神。会上，张宏代表中国影协分党组与各部门单位主要负责人签订全面从严治党主体责任书。

【中国影协分党组理论学习中心组学习习近平总书记在纪念马克思诞辰200周年大会上的重要讲话精神】

5月4日，中国影协以党支部为单位组织收听收看纪念马克思诞辰200周年大会直播。5月7日，中国影协召开分党组理论学习中心组学习会议，集体学习习近平总书记在纪念马克思诞辰200周年大会上的重要讲话精神。分党组书记、驻会副主席张宏主持会议并讲话。分党组成员、秘书长饶曙光，分党组成员、副秘书长孙崇磊，副秘书长毕文宇出席会议。中国影协机关各部门、各单位主要负责人参加会议。

【中国影协分党组理论学习中心组集体学习《中华人民共和国宪法修正案》】

5月7日，中国影协召开分党组理论学习中心组会议，集中学习十三届全国人大一次会议审议通过的宪法修正案。中国影协分党组书记、驻会副主席张宏，分党组成员、秘书长饶曙光，分党组成员、副秘书长孙崇磊，副秘书长毕文宇出席会议。中国影协机关各部门、各单位主要负责人参加会议。会议对照宪法修改前后内容进行学习。

【中国影协召开分党组理论中心组扩大会学习《习近平新时代中国特色社会主义思想三十讲》（简称《三十讲》）】

7月13日，中国影协召开分党组理论中心组扩大会，交流座谈学习《三十讲》的心得体会。会议由分党组书记、驻会副主席张宏主持，出席会议的有分党组成员、秘书长饶曙光，分党组成员闫少非，分党组成员、副秘书长孙崇磊，副秘书长毕文宇，以及协会机关各部门、下属单位负责人。会上，分党组班子成员带头谈学习心得，各单位各部门负责人也结合本职工作谈了学习体会。最后张宏作总结发言，从“学”“思”“用”三个方面提出要求。

【中国影协分党组集体学习传达全国宣传思想工作会议精神】

8月27日，中国影协分党组召开会议学习传达习近平总书记在全国宣传思想工作会议上重要讲话精神。分党组书记、驻会副主席张宏，分党组成员闫少非，分党组成员、副秘书长孙崇磊，副秘书长毕文宇参加学习。会上，张宏传达习近平总书记在全国宣传思想工作会议上的重要讲话精神。

【中国影协理论中心组召开警示教育专题学习会议】

11月30日，中国影协分党组理论中心组围绕习近平总书记“1·5”重要讲话精神，结合警示教育片，以“增强忧患意识、防范风险挑战”为主题进行专题学习。分党组书记、驻会副主席张宏，分党组成员闫少非，分党组成员、副秘书长孙崇磊，副秘书长毕文宇参加学习并交流。

直属单位

【中国电影出版社】

公司制改制是出版社贯穿2018全年的重点工作，按时顺利完成公司制改制工作。以2018年12月29日收到新的营业执照为标志，中国电影出版社正式改制为中国电影出版社有限公司。

出版社全面加强管理，努力向现代企业转型。先后制订并实施《中国电影出版社费用类支出流程暂行办法》《车辆使用管理规定》《固定资产采购与管理规定》等专项办法，从而实现节约成本，减少经营支出。

出版社努力寻求新的业务增长点。第一，图书业务。及时调整图书选题结构，力求在日益挤窄的市场中以质量和特色取胜。同时，严把出版导向关，首次制定《中国电影出版社意识形态工作制度》，把意识形态管理工作有关要求牢牢嵌入图书出版全过程。第二，创新拓展营销业务。成立活动部。参考现代企业模式进行运营，已经初见效益。同时，借助中国影协优势，积极筹备开展影视创意、拍摄、制作相关业务，申请电影基金项目，在中国电影市场中寻求业务突破点和利润获取点。第三，《环球银幕》逆势上扬。年内，《环球银幕》杂志在涨价5元的情况下，发行量不降反增，月均达到4.6万册，保持同类期刊领先地位。

【中国文联电影艺术中心】

2018年，中国文联电影艺术中心围绕中心、服务大局，认真履职尽责、强化改革，团结凝聚电影界、动员引导广大电影工作者为推动社会主义文艺繁荣兴盛做出积极贡献。

第一，积极开展重大主题文艺实践活动，汇聚正能量、唱响主旋律。年内，共承担或参与承办7次“我们的中国梦”系列文艺志愿服务慰问演出活动，并通过在基层社区、学校组织开展文艺培训、赠送电影期刊等形式，力争把精神文化食粮送向基层。

第二，坚持以人民为中心的创作导向，开展“深入生活、扎根人民”活动。组织文艺志愿者百余人，开展“送欢乐下基层”活动8场，直接服务基层群众三四余万人。由此，有效团结、激励广大电影人志愿的热情，密切与基层人民群众的感情，获得服务人民和提高自身的双收益。

第三，着力改进电影推介和电影评论工作，积极参与电影评奖评论，引导和激励电影创作。年内，召开中国电影高峰论坛，回顾改革开放对中国电影的影响、发展与促进，思考当下中国电影工业现状，前瞻新时代中国电影繁荣发展的路径。《世界电影》杂志共计发稿约120万字；《电影艺术》发表160篇文章，总计约180万字；《2018中国电影产业研究报告》获得业界广泛关注；《中国电影艺术报告》专业性更强、读解更权威实。

第四，切实加强电影界行风建设和电影工作者职业道德建设，加大中青年电影人才的培养推介力度。“华语青年影像论坛”、“2018年全国青年电影编剧特训营”等代表性活动创新人才培养方式，促进深入交流与合作。

第五，创新联络协调机制，有效延伸“工作

手臂”，更加有力凝聚电影工作者。专业工作委员会努力扩大工作覆盖面，加强对新文艺群体、新文艺组织的联系服务；同时，深入研究行业规范和行业标准，培育时代新人，弘扬时代新风。

第六，积极探索自身在改革中的新定位、新职能。切实加强自身建设，坚决贯彻中央关于全面从严治党部署要求，坚持以上率下、注重基层、加强督导，不断提升各项工作规范要求。

【大众电影杂志社】

2018年，《大众电影》进行改版，相继刊发“改革开放40年中国十大优秀爱情电影评选表彰”活动、第27届中国金鸡百花电影节专辑、《耄耋之年入党，牛犇不忘初心》专题等重要报道，全年发稿将近100万字，照片1200余幅，基本涵盖各类型代表性影片、电影产业发展状况，深度发掘并完成新中国电影历史选题系列文章。同时，新媒体发展态势良好，其中官方微博已有100多万粉丝，较2017年度成倍增长。

2018年，杂志发行量比2017年增长15%，平均约2.35万册/期，全年发行28万余册。杂志社本着开源节流的原则，大力压缩人力成本和生产成本，人员降薪幅度最高达1/3；杂志页码从116页调整为68页，生产费用的支出减少约20%。此外，除了接受并完成中国文联、中国影协的相关项目外，杂志社开展电影活动实现创收，创收约占总收入19%。

【北京电影家俱乐部】

2018年，俱乐部实现主营业收入1752万元，其中完成票房1549万元，放映影片272部，放映场次12881场，观影人数36万余人；连续三年荣获财政部和中国文联月报、年报先进单位；同时，注重开源节流，确保国有资产增值保值。

俱乐部完善组织结构，创新管理制度，邀请有关专家、学者讲授党课6次。日常注重提高职工政治素养和思想水平。

俱乐部始终强调安全生产是生命线，开展多期消防安全知识培训和户外消防实地演练，确保全年安全经营零事故；10月中旬进行安全改造，为良好经营创造条件。

俱乐部为中国影协及下属单位提供免费会议保障服务共147场，协助完成第27届金鸡百花电影节国产新片展映嘉宾接待、展映发布等活动。

俱乐部负责承办由中国文联、中国影协会共同主办的“百花放映•情系基层”大型公益电影惠民系列活动，2月至11月相继在陕西、云南等19个省61个市306个县文化广场、行政村、高校放映惠民电影13821场，收获良好口碑。

中国音乐家协会

综 述

2018年是深入学习贯彻习近平新时代中国特色社会主义思想和党的十九大精神开局之年，也是中国音协深化改革之年。一年来，在中国文联党组正确领导下，中国音协以深入学习贯彻落实习近平新时代中国特色社会主义思想和党的十九大精神为工作主线，以落实《中国音协深化改革方案》各项改革措施为工作重点，按照全国宣传思想工作会议精神和中国文联十届三次全委会工作部署，紧紧围绕党和国家工作大局，紧扣改革开放40周年等重大时间节点，坚持党的全面领导，大力加强党的建设，大力弘扬和践行社会主义核心价值观，突出以人民为中心的工作导向，突出聚焦中国梦、讴歌新时代主题，突出引导推动创作、多出精品多出人才中心任务，广泛团结引导广大音乐工作者听党话、跟党走，各项工作取得新进展。

会议与活动

【深入学习贯彻习近平新时代中国特色社会主义思想和党的十九大精神】

2018年，中国音协把学习贯彻习近平新时代中国特色社会主义思想和党的十九大精神作为首要重要政治任务，通过多层次多样式的学习，引导广大音乐工作者和协会干部职工，深入领会新时代、新思想、新矛盾、新目标提出的新要求，将学习成效转化为新时代坚持和发展中国特色社会主义的强大力量。在深入学习贯彻落实习近平新时代中国特色社会主义思想和党的十九大精神方面，做到“及时性、广泛性、精准性”。通过分党组会、中心组会议、党总支会、支部会、全体会等各种学习载体，及时传达、深入学习习近平新时代中国特色社会主义思想和党的十九大精神，以及中央和中国文联有关会议通知精神。通过学习，协会党员干部对坚定“四个意识”和“四个自信”、坚决“两个维护”的极端重要性认识和自觉担当意识不断提高，理想信念更加坚定。

【中国音协行风建设委员会成立】

为大力倡导音乐工作者带头弘扬和践行社会主义核心价值观，加强职业道德建设，营造追求风清气正、德艺双馨的行业风气，把良好的品格形象展示给社会，努力推动音乐事业的繁荣发展，3月31日，中国音协行风建设委员会成立大会在上海召开。大会审议通过了《中国音协行风建设委员会章程》《中国音协行风建设委员会委员履职暂行办法》《中国音协行风建设委员会委员名单》，通报了对三名中国音协会员开除会籍的决定，发出《新时代音乐工作者“讲品位、讲格调、讲责任”倡议书》。

中国音协行风建设委员会委员名单：

主　任：叶小钢

副主任：韩新安　关牧村

委　员（按姓氏笔画排序）：

于　海　王付林　王　宏　王建国

关　峡　何沐阳　宋　飞　张国勇

赵塔里木　戚建波　雷　佳　熊　纬

秘书长：王建国

【中国音协八届二次理事会】

3月31日至4月4日，中国音协第八届理事会第二次会议在上海举行。会议主要任务是深入学习贯彻落实习近平新时代中国特色社会主义思想和党的十九大精神，贯彻落实全国宣传部长会议和中国文联十届三次全委会精神，全面总结中国音协八届一次理事会以来的工作，部署2018年工作，努力推进音协深化改革，进一步团结动员广大音乐工作者，推动社会主义音乐事业繁荣发展。中国文联党组成员、副主席李前光出席会议并讲话。会议由中国文联副主席、中国音协主席叶小钢主持。中国音协分党组书记、驻会副主席韩新安做了题为《深入学习贯彻党的十九大精神，勇担繁荣兴盛新时代音乐事业的神圣使命》工作报告。会上通报了中国音协第八届理事会团体会员理事变更情况，审议通过了《中国音乐家协会理事会理事履职工作规则》。

【新时代歌曲创作座谈会】

4月9日，由中国音协、江苏省委宣传部、江苏省文联主办的《新时代歌曲创作座谈会》在南京举行。座谈会旨在深入学习贯彻习近平新时代中国特色社会主义思想和党的十九大精神，进一步突出以人民为中心的创作导向，聚焦新时代的伟大实践，强调要切实加强现实题材创作，努力推出一批“讴歌党、讴歌祖国、讴歌人民、讴歌英雄”的精品力作。这是中国音协继2015年在京召开全国音乐创作座谈会之后，为大力推动新时代歌曲创作而举办的又一次音乐创作专题座谈会。中国文联党组成员、副主席李前光出席座谈会并讲话。赵季平、叶小钢、韩新安、熊纬、徐宁、章剑华等有关方面负责人，以及印青、张千一、王晓岭、屈塬、宋小明、吴小平、戚建波、王晓锋、赵麟、陈涛、何沐阳、舒楠、王备、杜小甦、崔恕等全国词曲作家和新文艺群体代表参加座谈。

【“金色的田野”——纪念改革开放40周年原创歌曲推选】

为深入学习贯彻习近平新时代中国特色社会主义思想和党的十九大精神，突出以人民为中心的创作导向，聚焦中国梦，讴歌中国改革开放40年的伟大成就，在“深入生活 扎根人民”中进行无愧于时代的文艺创造，努力推出一批讴歌党、讴歌祖国、讴歌人民、讴歌英雄的精品力作，中国音协联合安徽省委宣传部、安徽省文联举办了“金色的田野”——纪念改革开放四十周年原创歌曲推选活动。此次活动共收到来自全国的征集歌曲共438首。经过初评、复评和终评，最终推选出优秀作品12首，入围作品15首。推选活动期间还举办了全国著名词曲作家安徽采风、全国著名词曲作家采风创作座谈会等系列活动。

12首优秀歌曲名单：(排名不分先后)

歌曲名	词作者	曲作者
《和快乐相约》	邓永祥	戚建波
《徽州谣》	屈　塬	王　备
《幸福花鼓　》	解明月 盘　龙	盘　龙
《春风号列车》	杨玉鹏	薛永嘉
《最美中国人》	陈维东	杨一博
《手心手背》	石顺义	舒　楠
《那天我们说起你》	石顺义	孟庆云
《让梦扬帆》	马　忠	孟文豪
《承诺》	梁　芒	付　林
《因为有了你》	熊初保	崔安强
《又是山花烂漫的时候》	王强进	张　伟
《又唱花鼓》	李俊伟	赛　音

【中国音协新兴音乐群体工作委员会在京成立】

为深入贯彻落实习近平新时代中国特色社会主义思想和党的十九大精神，大力推进中国音协深化改革，加强新兴音乐群体团结引领，经过近半年精心筹备，中国音协新兴音乐群体工作委员会成立大会9月19日在京举行。中国文联党组成员、副主席李前光出席大会并讲话。成立中国音协新兴音乐群体工作委员会，目的就是为广大新兴音乐群体搭建艺术才能展示的平台，为他们拓展艺术空间搭把手、出份力，齐心协力推动新时代音乐事业繁荣发展。大会审议通过了《中国音协新兴音乐群体工作委员会章程》《中国音协新兴音乐群体工作委员会领导机构履职规则》《中国音协新兴音乐群体工作委员会委员履职规则》，选举产生了83名委员组成的第一届委员会，推举中国音协副主席、著名指挥家余隆为第一届委员会主任，吕思清、何沐阳、余赫、宋柯、张树荣（常务）、赵海舟、徐毅、盛文强为副主任。

【中国音协新兴音乐教育工作委员会在京成立】

为深入贯彻落实习近平新时代中国特色社会主义思想和党的十九大精神，大力推进中国音协深化改革，加强新兴音乐群体团结引领，经过近半年精心筹备，中国音协新兴音乐教育工作委员会成立大会，11月21日在北京举行。这是继今年9月成立新兴音乐群体工作委员会之后，中国音协深入贯彻落实中央全面深化改革尤其是习近平总书记关于群团改革重要指示精神的具体举措，进一步增强音协组织政治性、先进性、群众性，提升音协组织活力、向心力、吸引力和行业影响力的又一重要举措。成立大会审议通过了《中国音协新兴音乐教育工作委员会成立大会参会代表产生原则》《中国音协新兴音乐教育工作委员会委员产生办法》《中国音协新兴音乐教育工作委员会领导机构产生办法》《中国音协新兴音乐教育工作委员会章程》《中国音协新兴音乐教育工作委员会领导机构履职规则》《中国音协新兴音乐教育工作委员会委员履职规则》，选举产生了85名第一届委员会委员，推举著名音乐理论家、中国音协副主席赵塔里木为第一届委员会主任，叶军、吴天延、赵易山（常务）、莫蓓茜、曹红文、梁永波为副主任。

【中国音协“金钟之星”艺术团基层慰问演出】

4月1日和9月5日，中国音协“金钟之星”艺术团分别在上海川沙和吉林长春举办了“送欢乐下基层”慰问演出，为当地群众送去了精美文化食粮。在川沙的演出中，关牧村、宋飞、莫华伦、魏松、王宏伟、王中山、吴玉霞、吕继宏、曹芙嘉、喻越越、王二妮等艺术家为群众带来了一场精彩的听觉盛宴。在长春的演出中，李丹阳、黄华丽、刘和刚、王二妮、王喆、胡大亮、董蕾蕾、喻越越、王泽南等艺术家为春城市民和空军航空大学官兵慰问奉献了一台营养丰富、感铭至深的视听盛宴。

【2018深圳“一带一路”国际音乐季】

由中国音协和深圳市政府联合主办的2018深圳“一带一路”国际音乐季3月23日至4月29日在深圳举办。本次音乐季特设“巅峰之作、丝路之韵、大国之音、青春之歌、世界之声”等五大内容板块，共邀请到约40个国家和地区的15个优秀团组近700位音乐家参与，呈现17场高水准的音乐演出。期间还举办了以“新时代•新旋律——人类命运共同体下的音乐创新发展”为主题的“一带一路”当代音乐研讨会及相关学术活动。

【2018中国音乐小金钟全国二胡展演】

为进一步提高二胡教学、演奏水平，展示近年来二胡艺术发展成果，为全国优秀二胡学习者提供一个交流展示的平台，促进全国优秀二胡选手音乐水平、音乐素养和审美能力不断提高，8月25日至30日，由中国音协、江苏省委宣传部、江苏省文联主办的2018中国音乐小金钟全国二胡展演系列活动在江苏无锡举办。来自全国的170余名选手奉献了15场精彩的展演，期间还举行了开幕式音乐会、专家讲座、“送欢乐下基层”惠民演出、以及闭幕音乐会。

【中国音乐小金钟——第二届全国电子键盘展演】

10月1日至5日，由中国音乐家协会、常州市委宣传部共同主办的中国音乐小金钟——吟飞杯第二届全国电子键盘展演在常州举办。活动旨在通过全国青少年电子键盘选手的展演为全国青少年电子键盘优秀选手提供一个交流的平台，促进不同地区优秀选手之间的沟通与交流，为我国电子键盘演奏领域选拔储备一批优秀的后备人才。展演设专业组（电子管风琴独奏）、青少年组（电子管风琴独奏、单排键电子琴独奏和重奏），来自全国的280余名选手奉献了19场精彩的展演，期间还举行了开幕式和闭幕式音乐会、专家讲座等系列活动。

【2018中国青岛国际（即墨）合唱大会】

9月14日至17日，由中国音协支持，中国音协合唱联盟、山东省音协、青岛市文化广电新闻出版局、青岛市即墨区人民政府共同主办的2018中国青岛国际（即墨）合唱大会成功举办，来自国内外的41支合唱团、共计1500余人参加。为丰富合唱节内容，展示合唱艺术魅力，本次合唱大会共组织了开幕式合唱音乐会、汇报音乐会、中国国家交响乐团合唱团音乐会等10场系列活动。合唱节坚持艺术展示与交流演出相结合，举办了4场合唱展演，为参加活动的优秀合唱团搭建同台交流、切磋技艺的平台。

【纪念马可诞辰100周年座谈会】

6月11日，由中国音协、中国音乐学院主办的纪念马可诞辰100周年座谈会在北京举行。来自中国文联、中国音协、中国音乐学院、中国艺术研究院、西安音乐学院、南京艺术学院、江苏师范大学以及马可先生出生地徐州的代表及家属等近50人参加会议。会前，中国文联党组成员、副主席李前光接见了与会专家和马可先生的亲属。座谈会上，中国音协分党组书记、驻会副主席韩新安，以及关峡、孟卫东、王黎光、王祖皆、乔建中、居其宏，马可先生家人等从不同角度，回顾了马可先生的一生，对他的作品价值进行了论述，彰显了马可对民族民间音乐坚守与弘扬的精神。与会人员还从马可的民族歌剧创作经验、马可精神和马可的遗产等方面进行了深入探讨。

【2018金钟之星“一带一路”民族音乐会】

为深入贯彻落实习近平新时代中国特色社会主义思想和党的十九大精神，积极配合国家“一带一路”重大发展战略，营造良好舆论氛围，由中国音协、甘肃省委宣传部、省文化厅、省文联共同主办的2018金钟之星“一带一路”民族音乐会9月23日在敦煌大剧院精彩呈现。作为第三届丝绸之路（敦煌）国际文化博览会的组成部分的本次音乐会节目，根据“一带一路”沿线标志性的音乐素材为主线，选取了深受广大群众喜爱和赞誉的曲目，以独奏、合奏以及独唱等形式，迪里拜尔、王中山、张强、吴碧霞、王传越、黄训国、孙凰、张倩渊等名家新秀倾情献艺，为观众呈现了色彩斑斓的民族音乐。

【大型交响组歌《我们是河流》深圳首演】

为庆祝改革开放40周年，11月14日至15日，由中国音协、深圳市委宣传部、深圳市龙岗区委区政府、湖北省文联共同主办的大型交响组歌《我们就是河流》首演在深圳大剧院举行。大型交响组歌《我们就是河流》历时4年，由唐跃生、方石、姚峰等深圳和全国一批优秀词曲作家联袂创作打造而成的。组歌以发生在中国大地上并获得巨大成功的改革开放为时空背景，由序《很远的远方》、三个乐章《亲爱的深圳》《我爱中国梦》《走在新时代》及尾声《未来是海》组成，用16首原创歌曲及诗意朗诵串联，完成了对“河流”的艺术形象及精神内涵的塑造，讲述了改革开放40年来以深圳为代表的中国人民敢闯敢试、敢为人先的心路历程。

【西藏采风创作成果汇报演出】

为将采风创作成果回报人民，8月13日至15日，中国音协组织音乐家赴西藏拉萨、日喀则举办了采风创作成果汇报演出。演出汇聚了张千一、屈塬、宋小明、戚建波、美朗多吉、舒楠、浮克、何沐阳、赵明仁、胡力、化方等知名词曲作家深入西藏采风创作优秀作品，阿鲁阿卓、王喆、茸芭莘那、黄训国、阿斯根、完玛三智、胡大亮、更却才仁等青年歌唱家倾情演绎的《雅鲁藏布》《心向阳光》《吉祥的天空》《爱上纳木错》《一路向西》《拉萨之夜》《八廓街》《高原的梦》等原创歌曲时代气息浓厚，西藏风格鲜明，饱含深挚情意，艺术地表现了新时代西藏各族人民群众的生活风貌。

创作与研究

【“听见中国听见你”2018年度优秀歌曲推选】

为深入学习贯彻习近平新时代中国特色社会主义思想和党的十九大精神，贯彻落实《中共中央关于繁荣发展社会主义文艺的意见》，坚持以人民为中心的创作导向，大力繁荣音乐创作，培养、扶持优秀青年词曲作家队伍，在中宣部和中国文联的支持下，由中国音协组织开展的“中国当代歌曲创作精品工程（2017-2021）——‘听见中国听见你’2018年度优秀歌曲推选活动”9月26日至12月20日成功举办。经过四轮、五场，百余名业内专家、学者、媒体人严谨公平推选，20首思想精深、艺术精湛、制作精良相统一，形式多样、可听性强、传唱度高为特点的歌曲从全国302首有效参赛作品（按分配名额报送）中脱颖而出。

附名单：

序号	歌曲名称	作词	作曲
1	脱贫宣言	朱　海	舒　楠
2	金不换银不换	罗木果	阿说阿木
3	年华	杨玉鹏	曾令荣
4	小村微信群	许会锋	戚建波
5	梦中的骑手	屈　塬	张千一
6	银白色的山歌	周韩军	朱　嵩
7	欢乐海洋	李　劲	王路明

序号	歌曲名称	作词	作曲
8	快递小哥	李潇倩 李安敏	盛　婕
9	幸福花鼓	解明月 盘　龙	盘　龙
10	我有一个梦	袁隆平	杨柠豪
11	幸福都是奋斗出来的	蓝瑞轩	利宇翔
12	陪着你慢慢长大	李成福	刘　乐
13	甜蜜的高帽	梁天山	黄智骞
14	新渔光曲	李　峰	黄于群
15	蒙古包	屈　塬	张千一
16	美丽的刀郎姑娘	吴　核	努斯来提· 瓦吉丁
17	幸福仡家	杨乾江	黄承志 杨乾江
18	你还记得吗	李昌明	巫定定
19	缘聚天下	唐健文	邓东源
20	月娘醉	于　宏 梁玮琪	于　宏

【中国交响乐作品回顾展暨第六届中国交响音乐季】

为回顾和展示改革开放四十年以来我国中青年作曲家交响乐创作所走过的发展道路，由中国音乐家协会、中国交响乐发展基金会主办的庆祝改革开放四十周年——中国交响乐作品回顾展演暨第六届中国交响音乐季，2018年10月27日至2019年1月15日成功举办。展演在青岛、成都、广州、武汉、哈尔滨和北京等地举办了9场音乐会及论坛和研讨活动，演奏43位作曲家的46部作品。期间还举办了“改革开放以来中国交响乐发展论坛”等系列活动。

【全国著名词曲作家赴江苏采风创作】

围绕聚焦中国梦、讴歌新时代、纪念改革开放40周年等重大创作主题，4月9日至14日，中国音协组织全国著名词曲作家赴江苏开展“深入生活，扎根人民”采风创作活动。采风团汇聚了王晓岭、宋小明、戚建波、王晓锋等著名词曲作家，还邀请了新文艺群体代表陈涛、王备、何沐阳、崔恕。采风团先后深入南京、扬州、淮安、徐州、苏州等地进行采风创作。

【全国著名词曲作家赴内蒙古采风创作】

为深入学习贯彻习近平新时代中国特色社会主义思想和党的十九大精神，大力弘扬乌兰牧骑的优良传统，扎根生活沃土，服务人民群众，推动文艺创作，6月9日至20日，中国音协组织 孟卫东、张千一、屈塬、戚建波、胡旭东、王晓峰、唐跃生、刘新圈、郭永利、邓永祥等著名词曲作家和新文艺群体代表参加，赴内蒙古开展了“深入生活、扎根人民”采风创作活动，深入了解当地人民群众生活风貌和传统历史文化，深度挖掘内蒙古宝贵的民族民间歌舞元素，汲取创作养分，保护和弘扬草原文化，创作推出一批展现内蒙古自治区成立以来取得的突出成就，展示内蒙古各族人民良好精神风貌的优秀作品。

教育培训

为深入学习贯彻习近平新时代中国特色社会主义思想和党的十九大精神，落实中宣部等五部委关于《2018年—2019年全国文艺业务骨干和管理干部培训工作计划》的通知要求，继续深入推进中国音协深化改革，加强音乐人才队伍建设，2018年中国音协举办了10个不同层次、不同类型的培训班。

5月24日至30日，第四期全国优秀青年词曲作家高级研修班在广东举办，来自全国各地的40位优秀青年词曲作家参加培训。著名词作家陈晓光，中国文联副主席、中国音协主席、著名作曲家叶小钢，中国音协分党组书记、驻会副主席韩新安，中国歌剧研究会主席、著名作曲家王祖皆，香港著名词作人向雪怀等受邀为学员授课。

6月4日至8日，全国中青年电子键盘骨干（新文艺群体）培训班在济南举办。来自全国29个省市自治区及新疆生产建设兵团的202名中青年电子键盘骨干参加了培训。培训班邀请了著名指挥家于海以《我们的国歌》为主题进行了爱国主义教育，电子键盘演奏家和教育家芦小鸥、王晓莲、付培培老师以新修订的《第五套电子键琴考级教材》为基础进行专业讲解。

6月25日至29日，中国音协全国青年声乐拔尖人才（含新文艺群体）培训班在四川崇州举办，来自全国的134名青年声乐拔尖人才参加培训。培训班邀请了赵季平、韩新安、廖昌永、方琼、郑咏、姜嘉锵等专家艺术家为学员授课。培训期间举办了“全国青年声乐拔尖人才（含新文艺群体）培训班新兴文艺群体学员座谈会”。

8月21日至25日，中国音协2018全国中青年词曲创作骨干培训班在江西赣州举办，来自全国的150余名词曲创作骨干参加培训。培训班邀请了著名词曲作家印青、王晓岭、屈塬、胡廷江等专家讲座，并特别安排命题创作、基层采风以及作品研讨等系列活动。

9月3日至9日，全国基层音乐人才培训班在深圳举办，参加培训人员100名。人民音乐出版社社长莫蕴慧，中国传媒大学硕士研究生导师梅洪，北京大学光华管理学院李季，中国移动咪咕音乐有限公司党委书记廖宇，中国传媒大学音乐与录音艺术学院副院长赵志安，中央音乐学院副教授宗晓军，深圳市委党校副教授陈少雷，著名作曲家王佑贵，深圳市音协主席姚峰等先后为学员授课和交流座谈。

9月10日至14日，全国中青年电子键盘骨干（含新文艺群体）培训班（第二期）在合肥举办。来自全国220名中青年电子键盘骨干教师参加培训。培训班邀请著名指挥家于海以《我们的国歌》为主题进行了爱国主义教育。电子键盘演奏家和教育家芦小鸥、王晓莲、付培培以新修订的《第五套电子键琴考级教材》为基础进行专业讲解。

9月18日至22日，中国音协在京举办新兴音乐群体带头人培训班。参加培训班的学员为中国音协新兴音乐群体工作委员会第一届委员会全体委员。培训班邀请中国音协分党组书记、驻会副主席韩新安，上海音乐学院艺术管理系主任、上海大歌剧院运营筹备组组长林宏鸣为学员授课。培训期间，还进行了三个组别的分组座谈交流环节，为学员提供充足时间以促进相互之间的学习交流与经验分享。

10月17日至23日，全国中青年演奏骨干二胡、琵琶（含新文艺群体）培训班在苏州举办，来自全国的110余名琵琶、二胡青年演奏家参加培训。著名演奏家、教育家宋飞、于红梅、邓建栋、吴玉霞、章红艳、陈音以及作曲家王建民等受邀为学员授课。

11月20日至24日，中国音协在北京举办新兴音乐教育机构负责人培训班。深圳市委党校习近平新时代中国特色社会主义思想研究中心副主任陈少雷，著名指挥家于海受邀为学员授课。人民音乐出版社副总编辑赵易山，上海晓音音乐文化传播有限公司董事长叶军，北京保利音乐艺术发展有限公司总经理曹红文，广州闻乐教育科技有限公司梁永波等，分别从行业的不同领域，就新兴音乐教育的现状以及对未来的展望展开了精彩的论坛讲座。

12月26日至28日，中国音协专业学会负责人培训班在北京举办，74位所属专业学会主要负责人参加会议。中国文联副主席、中国音协主席叶小钢，中国文联国内联络部主任刘尚军，中国音协分党组书记、驻会副主席韩新安，中国音协副主席宋飞，中国音协分党组成员、副秘书长王建国，中国音协分党组成员、副秘书长王宏，中国音协副秘书长、中国文联音乐艺术中心主任熊纬等出席开班仪式。叶小钢、韩新安分别在会上讲话。

各培训班把政治学习作为首要任务，课程设置紧扣学习贯彻习近平新时代中国特色社会主义思想和党的十九大精神这一主线。为增强培训效果，实现理论学习与实践紧密结合，培训期间组织学员赴江西瑞金、赣州等革命老区、党性教育基地进行现场教学；把为人民服务作为关键一课，在不增加经费的前提下，组织学员和授课艺术家举办了向人民汇报——全国青年声乐拔尖人才培训班结业音乐会、全国中青年琵琶、二胡骨干培训班结业汇报暨中国音协送欢乐下基层音乐会，受到当地群众的热烈欢迎和高度赞扬，切实增强了学员繁荣新时代文艺事业的历史责任和使命担当。各培训班在学员构成上注重新兴音乐群体比例。比如，第四期全国优秀青年词曲作者家高研班，新兴音乐群体占比近50%，其他各培训班占比也都超过1/4。

音乐交流

【中国音协代表团赴日本、韩国访问交流】

7月20日至27日，中国音协代表团赴日本、韩国开展了为期一周的交流访问。代表团访问期间与两国音乐家进行座谈交流，并调研传统乐器的制作与演奏，进一步加深与日、韩两国音乐界的沟通与交流。此次会晤直接推动和促进了两国音乐文化的深度交流，对未来深化两国音乐界的交流与合作具有重要意义。

【中国音协“丝路花语”艺术团赴南非交流巡演】

值中非合作论坛北京峰会成功召开之际，9月4日至17日，中国文联组派中国音协“丝路花语”艺术团赴南非约翰内斯堡、开普敦、德班，法属留尼汪和毛里求斯举办“2018广州文化周•广东音乐海外交流巡演”。演出团队主要由成立于50年代的广东音乐曲艺团组成，并特邀中央民族乐团青年女高音歌唱家龚俊莉加盟。本次活动旨在继承和发扬丝路精神，奏起交流互鉴的交响，以音乐交流和演出的形式弘扬丝路精神，促进文明互鉴，践行中非长期友好，命运休戚与共，为推动构建更加紧密的中非命运共同体在人文交流合作领域做出努力和贡献。

【中国音协组织演出团参加第三届“丝绸之路”中印音乐节】

3月8日至16日，中国文联、中国音协组派以中国音协副主席赵塔里木为团长的一行15人赴印度参加第三届“丝绸之路”中印音乐节。演出小组在印度孟买、那格浦尔、新德里三个城市进行演出，活动主要包括3场中国内蒙古音乐会演出、1场新闻发布会和1场中国民族音乐工作坊。本届音乐节由中国文联、中国驻孟买总领馆、中国音协和印度音乐家联合会共同主办。演出小组与印度文化官员、音乐家等艺术工作者、新闻媒体以及当地民众直接交流互动100余人次，直接影响印度民众3000余人，通过广播电视等媒体覆盖约数十万人。

【中国音协“金钟之星茉莉花民乐团”赴冰岛、荷兰访问交流】

6月1日至9日，中国音协“金钟之星”茉莉花民乐团赴冰岛、荷兰举办中国民族音乐文化交流展演系列活动。此次活动由中国文联、中国音协、冰岛艺术家联合会、哈帕国际音乐营、荷兰青年音乐协会联合主办。演出集中展示了源远流长、宏博绚烂的中国民族音乐和积淀丰厚、多姿多彩的冰岛民族音乐，观众欣赏了中国不同民族、不同地区的人民在历史长河中讲述的魅力中国故事和美好时代新声。著名音乐家朱昌耀、姜克美及中国音乐“金钟奖”金奖获得者任洁、江洋、张倩渊等优秀青年器乐演奏家参加演出。

【中国民族音乐演出小组赴挪威访问交流】

11月1日至5日，应挪威国立音乐学院邀请，中国音协组派中国民族音乐演出小组赴挪威访问交流，参加“中国改革开放40年电影海报展”开幕演出和“纪念格里格诞辰175周年”中挪音乐家联合演出。受到挪威主流社会和普通民众的热烈欢迎和由衷喜爱。此次访演是中挪双边关系正常化以来，中国音协首次拟组派演出小组赴挪访演。演出小组对中国传统民族音乐的高水平展示传播对延续中挪音乐文化交流、增进两国人民友谊发挥了重要作用。

【国际青年音乐联盟访华】

12月10日至15日，应中国音乐家协会邀请，国际青年音乐联盟秘书长布拉斯科•斯密莱夫斯基一行来华访问北京和苏州，开展音乐文化交流活动，并商谈在华举办第74届JMI代表大会事宜。中国音协分党组书记、驻会副主席韩新安在北京会见了代表团一行。双方在会谈中表示，中国音协与国际青联长年保持了友好交流合作，明年又拟在华举办国际青联代表大会，这是中国音乐界的盛事，也是国际青联的大事。希望双方加强沟通、积极协作、共襄盛举，把2019年JMI大会办成富有成效、收获良多、影响深远的国际会议。在京期间，代表团还在国家大剧院观摩了中央民族乐团《国乐新时代》演出。在苏州，代表团一行与苏州民族管弦乐团进行座谈交流并观摩乐团排练，对成立不满一年的年轻乐团其专业水准、勃勃朝气印象深刻，对乐团常驻指挥彭家鹏热情澎湃的指挥艺术赞赏有加。

【澳门音乐界青年人士到访中国音协】

7月10日，中央人民政府驻澳门特别行政区联络办公室组派的澳门音乐界青年人士一行到访中国音协，与协会及所属专业学会负责人和专家举行座谈活动，这是澳门中联办文化体育处新组建后组派的第一批来内地访问的澳门团组，双方就澳门音乐界的现状、诉求和发展前景进行了深入的探讨，为两地音乐事业的务实发展贡献力量。

机关建设

【完善协会机关和艺术中心部门设置】

为确保协会深化改革落到实处，对照新职能新任务新要求，中国音协重新修订了“三定”方案，在艺术中心设立综合处、交流培训处（志愿服务处）、学会工作处、社会音乐处、创作研究处、网络信息处、期刊编辑部；在完成艺术中心部门设置的同时，对机关部分处室名称和职能进行了相应调整，组联部更名为活动管理处，会员部更名为会员工作处（权益保护处），设立人事处并加挂党建牌子。

【完善各项规章管理制度】

制定和修订《中国音协贯彻落实中央八项规定实施细则》《中国音协分党组理论学习中心组学习制度》《中国音协干部外出报备暂行办法》《中国音协工会会籍管理办法》《中国音协公文收发管理暂行办法》《中国音乐家协会外事工作制度》《关于以中国音乐家协会名义举办各类音乐活动的管理办法》等系列规章制度，促进规范化运行管理。印制《中国音协规章制度汇编》，为协会各部门推进规范化管理提供参考。

【刊物网站】

2018年，协会所属刊物以习近平新时代中国特色社会主义思想和党的十九大精神为指导，围绕增强“四个意识”、坚定“四个自信”，深入学习贯彻全国宣传思想工作会议精神，围绕国家重大节庆纪念活动和协会重点工作，刊发了一批有思想、有导向、有引领的音乐作品和理论文章，开设了一系列主题突出、特点鲜明的专栏，为宣传展示音乐创作和音乐研究成果发挥了积极作用。《儿童音乐》的“童声唱响改革开放40年”栏目，从孩子的视角展示改革开放40年的辉煌成就；《歌曲》全年共刊发各类创作歌曲694首，开设了“金色的田野”——纪念改革开放40周年原创歌曲征集优秀作品，“深入生活、扎根人民”词曲作家赴西藏采风创作作品，中国当代歌曲创作精品工程“听见中国听见你”——2017年度优秀歌曲推荐歌曲等系列栏目，以及全国各省市采风创作演出等相关的音乐信息。《词刊》以刊发《永远的怀念》——周恩来组歌，纪念周恩来诞辰120周年；“纪念改革开放40周年”专栏，刊发了一批讴歌改革开放伟大成就的歌词；在引导作者多出佳作，引领读者提高审美能力方面起到了推动作用。

【“互联网+协会”工作取得新进展】

中国音乐家协会微信公众号于8月20日正式启动，加强音乐成果网上宣传推广力度。建立“听见中国听见你——2017年度优秀歌曲”微信公众号；与中国文艺网合作推出“每周一歌”栏目，集中宣传推广“听见中国听见你——2017年度优秀歌曲”；举办“听见中国听见你”网络K歌大赛。加强协会官网的建设和管理，更好地完善协会新职能的线上发挥。

【专业学会建设和管理】

针对锯琴学会长期未换届，存在组织机构不健全、内部机制不完善，管理不到位、会员团结弱化等现象，现已无法有效地承载和拓展中国音协专业学会的相关服务职能作用，经中国音协秘书长办公会研究，提交中国音协第八届主席团第六次会议审议通过，决定撤销该学会。针对一些专业学会在自身发展过程中存在的诸多隐患和问题，依据《中国文联关于加强和改进各全国文艺家协会专业委员会（艺委会）工作的意见》和《中国音协所属专业学会工作管理条例》，4月初向第八届主席团第六次会议提交专业学会整改工作方案，建议对目前所属58个专业学会采取压缩、合并、重组、不再登记等方式进行调整。12月26日至28日在北京召开中国音协专业学会组织建设工作会暨专业学会负责人培训班，邀请现有登记在册的专业学会的会长和秘书长参会，研讨各专业学会存在的问题，探讨当下行业内存在的社会矛盾及急需解决的问题。

【清理整顿“音乐之乡”、“音乐创作基地”】

根据中国文联相关文件精神，研究制定了《中国音协关于规范命名“音乐之乡”和创建“音乐创作基地”暂行办法》，向协会命名、创建的各单位下发了《中国音协关于清理规范命名“文艺之乡”和创建“文艺创作基地”的通知》，经过各单位资料反馈和审核，报分党组研究决定，拟保留：歌咏之乡、中国编钟之乡、中国钢琴之城、侨乡（福清）创作基地、中国农民工歌曲创作基地、中国音协合唱联盟（福清）合唱培训基地等6家“音乐之乡”或“音乐创作基地”。拟取消苏州木渎农民创作基地、顺德合唱基地、三坊七巷创作基地、浙江舟山群岛新区创作采风基地、江南音乐创作基地、鼓浪屿钢琴之岛等6家“音乐之乡”或“音乐创作基地”。清理整顿结果已报文联国内联络部审批。

【会员发展】

2018年，共收到申报会员材料610份，经秘书长办公会议，审批通过新会员454人，平均年龄为46岁，其中35岁以下的占比9.69%，中共党员占比49.34%，具有本科及以上学历的占比85.24%，具有副高及以上音乐类职称的占比70.48%，新兴体制音乐工作者占比7.49%，新会员中既有杭天琪、何静等知名歌手，也有在一线从事创作、表演、理论研究、组织管理等工作的基层音乐工作者。

【音乐考级】

2018年，中国音协考级工作总体特征是稳步发展，在发展中求创新。考生人数和考级质量显著提升。全国29个考区约300多个考点、2个独立考点，共计80余万人参加了中国音协考级活动，其中获得及格以上成绩的近70万人，总及格率为95%。更新考级教材，出版发行了《第五套电子琴考级教材》。积极做好考级师资培训和考级成果展示。

中国美术家协会

综 述

2018年，中国美协在中宣部和中国文联的坚强领导下，认真学习贯彻习近平新时代中国特色社会主义思想和党的十九大精神，深入学习贯彻习近平总书记在全国宣传思想工作会议上的重要讲话精神，认真贯彻落实习近平总书记关于文艺工作的系列重要讲话精神，坚持创造性转化、创新性发展，自觉承担举旗帜、聚民心、育新人、兴文化、展形象的使命任务，围绕国家大政方针，结合协会工作实际，内抓管理、外树形象，认真履行团结引导、联络协调、服务管理、自律维权职能，完成了2018年各项工作任务。

会议与活动

【中国美协第八届理事会第三次会议】

8月30日，中国美协第八届理事会第三次会议在北京会议中心召开。中国文联党组书记、副主席李屹，中宣部干部局副局长崔侠、副巡视员张蕾，中国文联人事部主任郑希友、副主任张晓辉等出席，中国美协分党组书记、驻会副主席、秘书长徐里，中国美协副主席王明明、冯远、许江、许钦松、李翔、杨晓阳、吴长江、吴为山、何家英、范迪安、曾成钢出席会议。中国美协第八届理事会理事共221人，因病、因事请假40人，实到181人。会议由徐里主持。会议审议了《在中国美协第九次全国代表大会上的工作报告》（讨论稿）及起草说明、《关于修改〈中国美协章程〉（草案）的说明》和《关于召开中国美协第九次全国代表大会的决议（草案）》。会议还酝酿了中国美协新一届主席团成员人选。

【中国美协学习习近平总书记给中央美术学院老教授的回信】

8月30日，习近平总书记给中央美术学院老教授回信，向他们致以诚挚的问候，并就做好美育工作，弘扬中华美育精神提出殷切期望。回信引发了社会各界，尤其是美术界的热烈关注和积极讨论。8月31日上午召开的中国美协第八届理事会第三次会议上，中国美协分党组书记、驻会副主席、秘书长徐里带领与会理事学习了习近平总书记给中央美术学院8位老教授的回信。

【中国美协参观“伟大的变革 ——庆祝改革开放40周年大型展览”】

为庆祝改革开放40周年，深入学习贯彻习近平新时代中国特色社会主义思想和党的十九大精神，11月23日上午，中国美协组织全体工作人员赴中国国家博物馆参观“伟大的变革——庆祝改革开放40周年大型展览”。

【中国美协第九次全国代表大会】

12月22日至24日，中国美协第九次全国代表大会在北京召开。中共中央政治局委员、中宣部部长黄坤明出席开幕式并讲话，中国美协分党组书记、驻会副主席、秘书长徐里做了题为《担负起新的文化使命 开创新时代中国美术事业新局面》的工作报告。

会议选举产生了新一届理事会和新一届主席团等领导机构。新当选的中国美协第九届主席团主席：范迪安，驻会副主席：徐里，副主席（按姓氏笔画排序）：王书平、许江、闫平（女）、李翔、李劲堃、李象群（满族）、杨晓阳、吴为山、何家英、周京新、庞茂琨、鲁晓波、曾成钢。会议决定任命马锋辉为中国美协第九届秘书长，推举靳尚谊、冯远为中国美协第九届名誉主席，聘请王明旨、王明明、韦尔申、尼玛泽仁（藏族）、刘文西、刘勃舒、许钦松、杨力舟、肖峰、吴长江、林墉、罗中立、施大畏、秦征、黄永玉（土家族）、黄格胜（壮族）、常沙娜（女，满族）、詹建俊（满族）、潘公凯等19名同志为中国美协第九届顾问。

24日，中国美协第九次全国代表大会闭幕，中国文联党组书记、副主席李屹出席闭幕式并讲话。

【纪念潘天寿、李桦、李可染、叶浅予、张仃百年诞辰座谈会】

1月15日，由中国文联、中国美协主办，中央美术学院、中国美术学院、潘天寿纪念馆、北京鲁迅博物馆、李可染艺术基金会、叶浅予艺术馆、清华大学张仃艺术研究中心协办的“纪念潘天寿、李桦、李可染、叶浅予、张仃百年诞辰座谈会”在北京召开。中国文联党组成员、副主席左中一，中国美协分党组书记、驻会副主席、秘书长徐里，中国文联国内联络部主任刘尚军，中国美协副主席王明明、李翔、吴长江、吴为山、范迪安，中国美协顾问常沙娜、杨力舟、潘公凯，中国美协各艺委会、中国美协各研究会、各省美协、协办单位和家属代表出席座谈会。

【纪念何香凝、丰子恺、吴作人、王琦百年诞辰座谈会】

12月25日，由中国文联、中国美协共同主办的“纪念何香凝诞辰140周年、丰子恺诞辰120周年、吴作人诞辰110周年、王琦诞辰100周年百年诞辰座谈会”在北京会议中心召开。中国文联党组书记、副主席李屹，中国美协名誉主席靳尚谊，中国文联国内联络部主任刘尚军，中国美协主席范迪安，中国美协分党组书记、驻会副主席徐里，中国美协秘书长马锋辉，知名专家学者杨澧、刘曦林、徐鹏飞、张晓凌、郑工、刘罡、骆献跃、尚辉、黄啸、孟繁玮等，以及四位先生的家属代表、中国文联和中国美协干部，还有十余家新闻媒体单位的记者参加了座谈会。本次座谈会由马锋辉主持。

【中国美协美术工作者职业道德建设委员会成立大会暨第一次全体会议】

10月30日，“中国美协美术工作者职业道德建设委员会成立大会暨第一次全体会议”在中国文联四层报告厅举行。中国文联党组成员、书记处书记陈建文，中国美协分党组书记、驻会副主席、秘书长徐里，中国美协副主席、中国美术馆馆长吴为山，中国文联国内联络部副主任杨发航，中国文联权益保护部副主任王国骞等出席会议。会议由中国美协分党组副书记、副秘书长、巡视员陶勤主持。随后召开“美术工作者职业道德建设委员会第一次会议”，审议通过了《中国美协美术工作者职业道德建设委员会章程（草案）》《中国美协美术工作者职业道德建设委员会委员履行职责暂行办法（讨论稿）》。

【中国文联、中国美协“送欢乐 下基层”活动】

1月24日，由中国美协分党组书记、驻会副主席、秘书长徐里带队，杜松儒、吕峻涛、祁海峰等20余位美术家组成的“扎根生活沃土、服务基层群众”中国文联、中国美协文艺志愿服务团赴陕西照金开展“送欢乐 下基层”慰问活动。

2月6日，由中国文联、中国美协主办，全国公安文联协办，北京市公安局承办的“扎根生活沃土、服务基层群众”中国文联、中国美协文艺志愿服务团“送欢乐 下基层”走进北京市公安局府右街派出所开展慰问活动。此次慰问活动由徐里带队，李伟、杜松儒、陈钰铭、马新林等美术家参加，北京市公安局民警、文职、辅警和部分英模代表、社区安保志愿者近200多人出席活动。美术家们为公安基层一线英模代表造像、为人民警察题词十余幅，写“福”百余幅。

6月29日至7月5日，中国美协文艺志愿服务团赴宁夏回族自治区闽宁镇开展“送欢乐 下基层”活动，慰问团由杜松儒、王雪峰、祁海峰等美术名家组成。6月30日，活动启动仪式在闽宁镇举行。宁夏回族自治区文联党组成员、副主席庾君，永宁县委常委、副县长唐杰，杜松儒在启动仪式上致辞。中国美协慰问团向闽宁镇捐赠了美术用具和书籍，闽宁镇向中国美协赠送了锦旗。

11月14日至20日，由中国美协“送欢乐 下基层”慰问采风活动赴安徽省金寨革命老区慰问，慰问团由中国文联美术艺术中心活动管理处副处长杜松儒带队，成员甘长霖、张松、杨国新等。11月16日，在金寨县烈士陵园广场举办慰问活动启动仪式，中国美协向当地小学捐赠了美术书籍，六安市文联回赠锦旗。

【中国文联、中国美协文艺培训志愿服务项目——美术培训班】

5月7日至12日，“中国文联、中国美协2018文艺培训志愿服务项目——福建美术培训班”分别在福建省宁德市福安市和龙岩市上杭县进行为期

6天的培训，来自福建省的200名学员参加培训班学习。5月7日，在宁德福安市社口镇坦洋村开班。中国文联美术艺术中心主任丁杰，福建省文联书记处书记、副主席王来文，美术家谭乃麟、王伟平等，以及福建省各设区（市）美协推选的一百多名学员参加开班动员。中国美协向当地小学赠送了美术书籍，当地小学回赠锦旗。这次培训班分国画山水班、国画花鸟班、国画人物班和油画班组织教学。

11月16日至25日，由中国文联、中国文艺志愿者协会主办，中国文联文艺志愿服务中心、中国美协、四川省文联承办的“2018中国文联、中国美协文艺培训志愿服务项目（中级）四川巴中美术培训班”在巴中举行。本次培训为期10天，分为国画山水、国画人物、国画花鸟和油画四个科目，由中国文艺志愿者协会副主席何加林带队，孙立新、王铁牛、王君瑞、王宓、李文绚、王伟平组成教学团队，共有200多位学员参加培训。培训活动期间，中国美协还向当地贫困小学柳林小学、平昌高峰小学捐赠了美术书籍。

【中国美协2018年中青年文艺骨干和文艺管理干部培训】

5月8日，中国美协2018年第一期中青年文艺骨干和文艺管理干部培训班在浙江湖州开班，包括创作一线的中青年中国美协会员、文艺骨干、文艺管理干部以及中国美协普通党员在内的200多名学员参加了本次培训。中国文联副主席、中国美协副主席、中国美术学院院长许江，中国美协副主席李翔等应邀为学员作专题辅导。

7月24日，中国美协2018年第二期中青年文艺骨干和文艺管理干部培训班在山东威海开班。本次培训增加了新文艺群体的参会比重，包括创作一线的中青年中国美协会员、文艺骨干、文艺管理干部在内的200多名学员参加了本次培训。李翔，中国美协分党组副书记、巡视员、副秘书长陶勤，山东省文联党组成员、副主席王映海，威海市委常委、宣传部长刘广华，山东省美协主席、山东美术馆馆长张望等相关领导出席了开幕式，开幕式由山东省美协常务副主席张宜主持。

8月14日，中国美协2018年第三期中青年文艺骨干和文艺管理干部培训班在北京开班。来自各省、自治区、直辖市的在京新文艺群体代表，北京市各区县中青年文艺骨干和文艺管理干部，以及中直、北京市2017年度中国美协新会员等共计200余人参加了本次培训。中国美协分党组书记、驻会副主席兼秘书长徐里，中国美协副主席、北京美协主席王明明、陶勤，北京市文联党组副书记、副秘书长杜德久，北京市密云区委常委、宣传部部长解江凌等相关领导出席了开班式。

【中国美协新文艺群体（组织）展览与推广中心和中国美协青少年艺术推广中心】

3月，与文化部恭王府博物馆和北京时代美术馆合作，正式成立中国美协新文艺群体（组织）展览与推广中心和中国美协青少年艺术推广中心。6月份正式挂牌。3月至6月，新文艺群体艺术家萧和、李世刚、李世东、李海龙以及新文艺群体版画群展等展览在文化部恭王府博物馆举办，11月和12月举办新文艺群体工笔和漆画群展。阴澍雨、任清、曾三凯等12场青年展9月份在文化部恭王府博物馆和北京时代美术馆举办。

展览与评奖

【第十三届全国美术作品展览筹备】

第十三届全国美展调研工作会

3月28日，中国美协组织24个专业艺委会专家，以及北京、辽宁、吉林、黑龙江、天津、河北、山西、山东、内蒙古美协和部队方面代表，在北京召开了“第十三届全国美展艺委会、华北片区调研工作会”，中国美协分党组书记、驻会副主席、秘书长徐里，中国美协各处室负责人和相关工作人员参会，理论研究处处长冯令刚主持会议。

4月13日，中国美协在浙江杭州召开“第十三届全国美展华南片区调研工作会”，中国美协副主席、浙江省美协主席、中国美院院长许江出席会议，来自河南省、江西省、浙江省、福建省、广东省、海南省、江苏省、安徽省、上海市等文联或美协主要领导出席会议。中国美协展览处副处长董竟成、网络信息处副处长杨萍参会，理论研究处副处长段泽林主持会议。

4月23日，中国美协在贵州省贵阳市组织召开“第十三届全国美展西南片区工作调研会”。贵州省、四川省、广西壮族自治区、云南省、甘肃省、陕西省、湖南省、青海省、新疆建设兵团、西藏自治区、重庆市、宁夏回族自治区、湖北省等文联或美协主要领导出席会议，冯令刚主持会议。

第十三届全国美术作品展览展区申办会

12月24日，中国美协召开“第十三届全国美术作品展览展区申办工作会”。中国美协主席范迪安，分党组书记、驻会副主席徐里，副主席王书平、闫平、李翔、李劲堃、吴为山、何家英、李象群、周京新、庞茂琨、鲁晓波，分党组副书记、巡视员陶勤，秘书长马锋辉，中国文联国内联络部副主任苗宏，以及中国美协各处室负责人，第十三届美展各展区申办方有关负责人等出席会议。申办会由董竟成主持，副处长孙同和介绍“第十三届全国美术作品展览”展区申办程序、计票方法。邀请中国文联机关纪委办公室焦铎、新疆美协主席郄振民、贵州美协主席谌宏微等担任本次申办会监评。

【真理的力量——纪念马克思诞辰200周年主题展览】

5月5日，由中宣部、中共中央党史和文献研究院、中国文联主办，中共中央编译局、中国美协、中国国家博物馆承办的“真理的力量——纪念马克思诞辰200周年主题展览”在中国国家博物馆开幕。展览主办单位、承办单位及中央党校（国家行政学院）、教育部、中央军委政治工作部、中央宣传文化单位、北京市委宣传部负责同志，首都各界群众代表以及国外出借展品机构代表等约600人参加了开幕式。中共中央政治局委员、中宣部部长黄坤明宣布展览开幕。中共中央党史和文献研究院院长冷溶，中国文联党组书记、副主席李屹先后发言。开幕式由中宣部常务副部长王晓晖主持。

4月12日，黄坤明、王晓晖，中央文明办专职副主任夏伟东，中国文联党组成员、副主席左中一，中国美协分党组书记徐里，军事博物馆馆长李洪军等有关领导同志参加了在中国革命军事博物馆举办的“马克思题材绘画作品创作作品观摩会”。丁一林、金瑞、孙立新、宋克、王铁牛等艺术家代表出席。

【第六届全国青年美术作品展览】

6月8日，由中华全国青年联合会、中国文联、中国美协共同主办，中国美术馆、中华艺文基金会支持的“第六届全国青年美术作品展览”在中国美术馆开幕。中国文联党组书记、副主席李屹，中国文联党组成员、副主席左中一，共青团中央书记处书记傅振邦，中国美协分党组书记、驻会副主席、秘书长徐里，中国美协分党组副书记、副秘书长、巡视员陶勤，中国美术馆副馆长安远远，中国艺术研究院艺术创作中心主任杨华山等领导嘉宾及40余家媒体记者及社会各界人士参加了开幕式。开幕式由中国文联美术艺术中心展览处副处长董竟成主持。展期时间为6月8日至6月24日。

在中国美术馆展览展示结束后，部分参展作品在全国八个地方进行巡展。第一站内蒙古包头（7月5日-7月21日），第二站青海西宁（7月26日-8月12日），第三站甘肃通渭（8月16日-8月31日），第四站山西太原（9月4日-9月12日），第五站河北石家庄（9月15日-10月12日），第六站辽宁盘锦（10月17日-11月10日），第七站江苏淮安（11月16日-12月10日），第八站江苏宜兴（12月14日-2019年1月4日）。

【不忘初心 继续前进——庆祝中国共产党成立100周年大型美术创作工程】

不忘初心 继续前进——庆祝中国共产党成立100周年大型美术创作工程启动动员会

8月1日，中宣部、中国文联、财政部、文化和旅游部联合召开了“不忘初心 继续前进——庆祝中国共产党成立100周年大型美术创作工程”启动动员会，中共中央政治局委员、中宣部部长、工程组织委员会名誉主任黄坤明出席会议并作重要讲话。会议由中央宣传部常务副部长、工程组织委员会主任王晓晖主持，中国文联主席铁凝，中国文联党组书记、副主席、工程组织委员会主任李屹，中国文联党组成员、副主席、工程组织委员会副主任、工程创作指导委员会主任左中一，文化和旅游部副部长，工程组织委员会副主任李群，中央党史和文献研究院副院长、工程创作指导委员会主任吴德刚出席会议。工程组织委员会、创作指导委员会委员，各省市自治区美协负责人，美术院校、部队代表和特邀美术家等200余人参加了会议。

不忘初心 继续前进——庆祝中国共产党成立

100周年大型美术创作工程创作培训

9月25日至29日，“不忘初心 继续前进——庆祝中国共产党成立100周年大型美术创作工程”创作培训在中华全国总工会国际交流中心举办。李屹审定培训方案并提出明确要求，左中一参加培训并讲话，中国美协分党组书记、工程创作指导委员会执行主任、工程办公室主任徐里做培训动员讲话，中国文联办公厅主任、工程办公室主任邓光辉参与培训研究组织筹划，中央党史和文献研究院王相坤、费虹寰、傅颐、刘荣刚等8名专家为培训班学员作辅导和现场交流解答。来自全国各地的230多名美术家参加培训，培训由中国文联美术艺术中心副主任、工程办公室执行副主任李伟主持。

【大潮起珠江——纪念改革开放40周年全国美术作品展】

7月27日，由中国美协、中共广东省委宣传部、广东省文联和中国美术馆共同主办的“大潮起珠江——庆祝改革开放40周年全国美术作品展”在北京中国美术馆开幕。展览备受关注，各大媒体争相追访，至今共有25家媒体发出报道62篇，传誉海内外。开幕式当天，中国文联名誉主席孙家正，中国文联党组书记、副主席李屹，中国文联党组成员、副主席左中一，广东省委常委、宣传部部长傅华和观众一道参观展览。7月30日，省委书记李希、省长马兴瑞前往中国美术馆参观。8月3日，中宣部常务副部长王晓晖前往参观。

【第九届“民族百花奖”——中国各民族美术作品展（中国画）】

8月26日，由中国美协、中国少数民族美术促进会、通辽市人民政府共同主办，中共通辽市委宣传部、中国文联美术艺术中心等共同协办的第九届“民族百花奖”全国各民族美术作品展开幕。全国政协委员、中国美协顾问、中国少数民族美术促进会名誉会长尼玛泽仁、中国少数民族美术促进会常务副会长沈刚纪等有关领导出席开幕式。通辽市市委常委、市政府副市长张锐致欢迎词，通辽市市委常委、宣传部长李莉主持开幕仪式。

【常规展览】

1.“水墨融情海丝梦”首届全国中国画作品展

2.纪念何香凝先生诞辰140周年暨首届“香凝如故”全国美术作品展（中国画、油画）

3.“海丝情•中国梦”——中国福州“海上丝绸之路”全国中国画作品展

4.2018“万年浦江”全国中国画（工笔）作品展

5.“金城流韵——21世纪新丝绸之路”全国中国画作品展

6.“逐梦•威海卫”2018全国风景、静物油画作品展

7.2018“翰墨神木”全国中国画作品展

8.“山水砚都 多彩肇庆”——全国中国画作品展

9.美丽中国•纪念改革开放40周年——全国中国画作品展

10.“伯年国艺”全国写意人物画展

11.神圣长白——全国中国画作品展

12.“写意•苏州”（山水篇）中国画双年展

13.“诗乡画城 潇洒桐庐”——全国中国画作品展

14.纪念周恩来总理诞辰120周年中国画作品展

15.“邮驿路 运河情”全国中国画作品展

16.入蜀方知画意浓——全国美术作品展（中国画）

17.第四届“八荒通神”——哈尔滨美术双年展（中国画）

18.中国梦•燕赵雄风全国中国画、油画作品展

19.生态龙岩•红色闽西中国画作品展

20.同源•首届中国画作品展

21.吉祥草原•丹青鹿城——2018年全国中国画、油画作品展

22.升庵诗画——全国中国画作品展

23.翰墨青州•2018年全国中国画作品展

24.2018年全国油画作品展

25.“感恩海洋•潮起象山”全国中国画作品展

26.南粤之光•全国中国画作品展

27.“出彩郑州”全国第五届中国画线描艺术展

28.汉风唐韵•水墨长安——中国画作品展

29.南田风骨——第三届恽南田全国花鸟画作品展

30. 2018厦门全国工笔画双年展

31. 大道有痕——“2018•中国百家金陵画展（版画）”

32. 国风盛典——首届全国中国画作品展

33. 当代书画名家作品邀请展暨“大美湘潭”书画作品展

34. 中国梦•实干兴邦——第六届全国（大芬）中青年油画展

35. 墨香诏安——中国画作品展

36. 品真格物——全国青年工笔画作品展

创作与研究

【首届全国美术高峰论坛】

9月11日，由中共山东省委宣传部、中国美协、山东省文联主办，山东省美协承办，山东爱吾居有限公司协办“首届全国美术高峰论坛”在山东济南开幕。山东省人民政府副省长于杰，中国美协分党组书记、驻会副主席兼秘书长徐里，中国艺术研究院美术研究所所长牛克诚分别致辞。开幕式由中国美协理论研究处处长冯令刚主持。中国文联副主席、中国美协副主席、中央文史馆常务副馆长冯远，中国文联副主席、中国美协副主席、中国美术学院院长许江，中国美协副主席、中央美术学院院长范迪安等领导嘉宾出席开幕式并分别发表主旨演讲，刘曦林、张晓凌、郑军里、林木、陈履生、王力克等国内著名美术理论家、评论家围绕论坛主题发表演讲并组织展开研讨。张晓凌、黄宗贤、陈履生、张望主持四场分论坛。国内著名美术理论家60余人，以及征稿优秀论文入选作者60余人参加本届论坛。

【2018“中国精神•中国梦——美丽乡村行”主题实践活动】

3月12日，由中国文联、中国美协主办的“中国精神•中国梦——美丽乡村行”写生采风创作活动在丽水市莲都区启动。中国美协组织40余位知名美术家来到浙江丽水，在古堰画乡及周边进行为期一周的写生创作。美术家们在古堰画乡、堰头村、外斜村、梁村、在水一方写生基地、九龙湿地写生、创作。

12月10日至16日，中国文联、中国美协组织美术家赴广西三江侗族自治县开展“中国精神•中国梦——美丽乡村行”写生采风创作活动。采风团由王界山、郐振明、石向东等来自全国各地的美术名家组成。12月11日，启动仪式在三江侗族自治县平岩小学举行。广西壮族自治区文联党组成员、副主席黄云龙，柳州市文联党组成员、副主席吴桂贞，广西壮族自治区美协主席石向东，中国文联美术艺术中心活动管理处副处长杜松儒分别在启动仪式上致辞。中国美协采风团向平岩小学捐赠了美术书籍，柳州市文联向中国美协赠送了锦旗。

【2018“中国精神•中国梦——美丽乡村行”写生采风作品展】

5月23日，在毛泽东同志《在延安文艺座谈会上的讲话》发表76周年之际，由中国文联、中国美协、中国文学艺术基金会共同主办的2018“中国精神•中国梦——美丽乡村行写生采风作品展”在文化和旅游部恭王府博物馆开幕。自2017年10月起，中国文联、中国美协组织了全国80余位知名美术家，先后走进浙江丽水、云南勐腊等地写生采风，展览共展出国画、油画、水彩共计87件作品。

【“草原四季”采风写生创作活动】

中国美术家草原四季（春季）采风写生活动

由内蒙古自治区宣传部、中国美协、内蒙古自治区文联联合主办，内蒙古自治区文联承办的“中国美术家草原四季”采风写生活动，于2017年12月正式启动并圆满完成了首季——冬季采风写生活动。中国美协草原四季（春季）采风写生活动是四季系列活动的第二季。4月23日，中国美协组织来自全国的30位美术家赴内蒙古赤峰市参加“中国美协草原四季（春季）采风写生活动”。4月26日，采风写生团深入草原走访在基层惠民演出的克什克腾乌兰牧骑，用画笔描绘“红色文艺轻骑兵”的风采。

中国美术家草原四季（夏季）采风写生活动

7月30日，中国美术家草原四季（夏季）采风写生活动在锡林浩特市启动。由杜松儒、杨国新、罗江、秦文清、孙维国等美术家组成中国美协采风团赴锡林浩特参加采风写生活动。

中国美术家草原四季（秋季）采风写生活动

10月9日，中国美术家草原四季（秋季）采风写生团全体会议召开。内蒙古自治区党组成员、副主席艺如乐图欢迎各位艺术家的到来并通报此次采风写生活动的整体工作安排，提出在采风中的注意事项。中国文联美术艺术中心活动管理处副处长杜松儒致辞，中国美协理事、中国艺术研究院中国油画院院长杨飞云代表美术家发言，邵亚川、邹立颖、谌宏微、谢麟等美术家参加启动仪式，会议由内蒙古美协副主席张志坚主持。会后，30余位美术家从呼和浩特市出发前往阿拉善盟进行为期一周的采风写生。

【“深入生活、扎根人民”主题实践活动】

3月13日，按照中宣部等五部委“深入生活、扎根人民”主题实践活动的总体要求和中国美协分党组的工作部署，经过选拔确定30位长年坚持在基层写生、创作的优秀的美术工作者，并组织美术家赴浙江省丽水市庆元县开展新一轮的“深入生活、扎根人民”主题写生创作活动。

10月19日,“向人民汇报——30位中青年美术家‘深入生活、扎根人民’主题实践活动作品展”在北京炎黄艺术馆开幕，展出了30位美术家的236幅作品。中国文联党组书记、副主席李屹，中国美协分党组书记、驻会副主席、秘书长徐里，中国文学艺术基金会副理事长兼秘书长向云驹，炎黄艺术馆馆长崔晓东，中国文联人事部主任郑希友等出席开幕式，参展画家及众多美术家、美术爱好者参加了开幕式。开幕式由中国文联美术艺术中心主任丁杰主持。

对外及对港澳台地区文化交流

【历届北京国际美术双年展藏品精品展】

2月4日，由中国美协、菏泽市委宣传部、菏泽市文联等共同主办，菏泽市李荣海美术馆、菏泽市交通集团具体承办的“历届北京国际美术双年展藏品精品展”国内系列巡展在山东菏泽开幕，全国政协常委覃志刚宣布开幕，中国美协分党组书记、驻会副主席兼秘书长徐里致辞，中国美协分党组副书记、副秘书长、巡视员陶勤与山东省文联党组书记王世农共同为藏品巡展中心揭牌，菏泽市政府党组成员鲁志成发表讲话。本次展览是北京双年展藏品的首次国内巡展，遴选中外佳作170件，国外作品156件，国内作品14件，分别来自包括中国在内的五大洲47个国家。展期从2月4日到3月5日。

3月16日，由中国美协、中共盘锦市兴隆台区委员会、盘锦市兴隆台区人民政府共同主办，中国文联美术艺术中心、辽宁省美协、中共盘锦市兴隆台区委宣传部具体承办，盘锦市美协、辽河美术馆协办的“一带一路”之璀璨星光中国北京国际美术双年展藏品展在辽宁盘锦开幕，此次展览共展出北京双年展历届藏品中51个国家的200多件作品。

8月10日，由中国文联作为指导单位，中国美协和中国书协、陇南市委、陇南市政府等共同主办，北京双年展办公室具体对接、参与实施的“翰墨缘•乞巧情”国际女书画家作品展于8月10日至8月17日在陇南市博物馆开展。展览共有来自亚洲、欧洲、美洲和非洲的19个国家的50件作品。

【第八届中国北京国际美术双年展】

第八届中国北京国际美术双年展筹备启动新闻发布会

8月17日，第八届中共北京国际美术双年展筹备启动暨主题发布同声传译新闻发布会在中国文联报告厅召开，展览总策划、中国文联党组成员、副主席左中一出席并致辞，展览总策划、中国美协分党组书记、驻会副主席兼秘书长徐里讲话。展览总策划、中国美协副主席、中国美术馆馆长吴为山，北京市文化局副局长关宇，展览策委会召集人、中国艺术研究院研究员王镛分别答记者问。来自格林纳达、巴拿马、马耳他、塔吉克斯坦、哥伦比亚、意大利等国驻华大使或参赞以及阿塞拜疆、白俄罗斯、保加利亚、古巴、塞浦路斯、吉尔吉斯斯坦等国驻华使馆文化新闻外交官在内的20余国驻华使节出席发布会。

第八届中国北京国际美术双年展主题创研会暨第二次策委会

11月27日，第八届中国北京国际美术双年展主题创研暨第二次策委会在京召开，会议由中国美协分党组副书记、策委会召集人陶勤主持，薛永年、王镛、田黎明、李象群、丁宁、胡伟、包林、刘进安、邹文、尚辉等第八届中国北京国际美术双年展策划委员出席。

【开放与融合2018•深圳首届大芬国际油画双年展】

11月30日，由中国美协、深圳市委宣传部、深圳市文联和深圳龙岗区区委、区政府共同主办的以“开放与融合”为主题的“2018•首届大芬国际油画双年展”，在深圳“红立方”开幕，展览共有50个国家的264件作品入选，其中中国作品188件，国际作品76件。文化部原副部长周和平，深圳市人民政府副市长吴以环，中国美协分党组副书记陶勤，文化部原文化产业司司长、中华文化促进会副主席王永章等领导，部分中国北京国际美术双年展策委，深圳市相关部门和龙岗区相关领导及各国参展艺术家出席开幕式，展览开幕式由龙岗区副区长尚博英主持。

【中国美协中青年美术家海外研修工程】

4月11日，2018年度第十批海外研修工程终评会在中国美协召开。中国美协分党组书记、驻会副主席徐里出席并讲话，会议由中国美协分党组副书记陶勤主持，经过评选，产生10位入选本批的海外研修人员并在现场公布。

2017年度中国美协中青年美术家海外研修工程成果汇报会

12月14日，“2019年度中国中青年美术家海外研修工程成果汇报会”召开，2017年度第九批海外研修工程派遣的13位研修人员及全程参与了该批人员遴选、成果评改的7位专家评委参加此次会议。徐里出席会议并发言，会议由陶勤主持。

【艺术与和平——中国当代美术作品展】

5月10日，“艺术与和平”2018年度首展在希腊北部海港城市塞萨洛尼基著名的马其顿当代艺术博物馆开幕。中国文联党组书记、副主席李屹，中国文联国际部主任董占顺，中国文联网络文艺传播中心主任谢力，中国美协分党组书记、驻会副主席徐里，中国美协分党组副书记陶勤，中国驻希腊大使馆代表等，以及马其顿大区相关领导、来自希腊各界的代表和重要媒体参加开幕式。

7月6日，“艺术与和平”马耳他首都瓦莱塔开幕。马耳他中国文化中心承接此次展览，也是中国美协首次在该国办展。中国驻马大使馆大使姜江、瓦莱塔2018欧洲文化之都基金会主管塔波尼女士等近百位各界嘉宾及艺术爱好者出席开幕式。

为纪念中国与西班牙建交45周年，9月5日，“艺术与和平”在西班牙马德里中国文化中心开幕。中国驻西班牙大使吕凡、文化参赞刘雯秋女士以及来自西班牙各界的代表和重要媒体出席开幕式。中国文联美术艺术中心丁杰率中国美协代表团一行赴当地出席开幕式及相关交流活动。同期召开研讨会。

9月26日，“艺术与和平”在捷克国家会议中心开幕，捷克众议院第一副主席沃伊杰赫•菲利普博士、中国驻捷克大使张建敏、前捷克参议院副主席斯柯洛马赫、捷克民俗协会主席泊西尼察、欧洲艺术联盟主席瓦塞尼克等百余位各界嘉宾，以及捷通社、布拉格电视台、新华社、光明日报等主流媒体出席开幕式。中国美协分党组副书记陶勤率团出席。

【“蓝天净土——西藏当代绘画展”布鲁塞尔巡展】

10月23日，作为第四届“中国-欧盟文化艺术节”系列活动之一，由中国文联主办、中国美协和西藏自治区文联共同承办的“蓝天净土——西藏当代绘画展”在比利时布鲁塞尔欧盟媒体俱乐部开幕。中国驻欧盟使团公使王红坚、公使衔参赞车伟民，中国-欧盟文化艺术节组委会主席帕特森女士，欧盟媒体俱乐部主席布里耶等中欧嘉宾莅临展览现场。西藏自治区党委宣传部副部长、西藏自治区文联副主席张晓峰率团，西藏自治区文联名誉主席韩书力、巴玛扎西、计美赤列、边巴、拉巴次仁等五位老中青美术家携40幅布面重彩作品参展。

专业艺术委员会工作动态

（各艺委会按成立时间排序）

【中国美协艺术委员会2018年工作会议】

1月17日，“中国美协艺术委员会2018年工作会议”在京召开。中国美协分党组书记、驻会副主席、秘书长徐里，中国美协各艺委会主任和秘书长代表，中国美协各艺委会负责人出席会议。

【油画艺术委员会】

1月11日，由中国美协主办，中国美协油画艺委会、山东美术馆承办的“中国精神：第四届中国油画展（第三区段）抽象——当代中国非具象油画艺术展”巡展在山东美术馆开幕，中国美协实验艺委会主任谭平等出席开幕式。4月14日，展览在鲁迅美术学院美术馆举办巡展，中国美协副主席韦尔申出席开幕式。5月5日，展览在西安美术馆举办巡展。

7月15日，由中国美协主办，中国美协油画艺委会、山东美术馆承办的“中国精神：第四届中国油画展进京展”在中国美术馆开幕。中国文联党组成员、副主席左中一，中国美协名誉主席靳尚谊，中国美协副主席范迪安、何家英，中央美术学院老教授钟涵、潘世勋、苏高礼、李骏、文国璋、谭平，中国美协油画艺委会主任杨飞云及众多委员，山东美术馆馆长张望及众多参展艺术家出席开幕式。7月16日，第四届中国油画展学术研讨会在中国油画院美术馆召开。

【壁画艺术委员会】

6月8日，由中国美协壁画艺委会主办的“镶嵌中国——马赛克艺术邀请展全国巡展”在武汉美术馆开幕，这是展览继2017年10月在广州美术学院展出后，全国巡展的首展。中国美协壁画艺委会主任唐小禾出席开幕式。6月23日，展览在徐州美术馆举办巡展。8月12日，展览在安徽博物院老馆举办巡展。9月1日，展览在南京艺术学院美术馆举办巡展。

9月14日，由中国美协壁画艺委会、四川美术学院、重庆市美协主办的“第三届‘一带一路’壁画论坛——传统壁画的复制与修复研究”暨作品展在四川美术学院举办。中国美协副主席何家英，中国美协壁画艺委会主任王颖生以及各美术院校和壁画研究修复机构的专家学者出席论坛。

【版画艺术委员会】

6月24日，由中国美协版画艺委会、中央美术学院和宝隆艺术区主办的“版画中国•版画艺术在民间”全国系列巡展首展在北京上方美术馆开幕。展览邀请33位国内版画名家以及134位青年艺术家共同展出近200件作品。中国美协分党组书记、驻会副主席兼秘书长徐里，中国美协版画艺委会主任苏新平出席开幕式。

7月16日，由中国美协版画艺委会、苏州市委宣传部、苏州市文联主办的“桃坞镌印——2018年（苏州）全国版画邀请展”在苏州寒山美术馆开幕。此次展览邀请80余位艺术家100余件版画作品，与地方版画文脉互映互鉴，从社会学的角度出发强调版画与当代社会的关系。中国美协版画艺委会主任苏新平出席开幕式。

【插图装帧艺术委员会】

12月12日，由中国美协插图装帧艺委会、北京印刷学院主办的“第四届全国高校插图艺术作品展暨首届全国高校书籍装帧艺术展”在北京印刷学院美术馆开幕。展览收到包括中央美术学院、清华大学美术学院、中国美术学院、南京艺术学院、广西艺术学院、中国戏曲学院等在内的179所高校1200余件/套插图与装帧作品，最终评选出入选作品336件/套展出。展览同期举办了“规则与规矩——插图艺术概念的内涵与延伸”学术研讨会。

【连环画艺术委员会】

5月12日，由中国美协主办，中国美协连环画艺委会、重庆市美协、盼盼集团惟善轩美术馆承办，鲁迅美术学院等协办的“讲中国故事——第五届全国架上连环画展”在重庆美术馆开幕，展出作品100组，800件。中国美协连环画艺委会主任沈尧伊，重庆市美协主席庞茂琨出席开幕式。6月10日，展览在泉州海外交通史博物馆举办巡展。7月2日，展览在湖北美术学院昙华林校区美术馆举办巡展。7月27日,在绍兴市美术馆举办巡展。8月19日，在天津市美术馆举办巡展。9月20日，在鲁迅美术学院美术馆举办巡展。10月27日，在天津滨海文化中心美术馆举办巡展。12月12日，在鲁迅美术学院大连校区艺术博物馆举办巡展。

12月25日，由民革上海市委、中共宝山区委统战部指导，中国美协连环画艺委会、上海市宝山区文化广播影视管理局、上海市宝山区吴淞街道主办的“庆祝改革开放四十周年——第三届全国新钢笔画学术展”在上海宝山国际民间艺术博览馆开幕，展出作品100件。

【漫画艺术委员会】

10月21日，由中国美协漫画艺委会、海盐县人民政府、上海三毛形象发展有限公司主办，海盐县文联承办的“第五届‘三毛杯’（2018）中国漫画大展”在张乐平纪念馆开幕，展出作品100件。

10月29日，由中国美协、桐乡市人民政府主办，中国文联美术艺术中心、中国美协漫画艺委会、桐乡市文广新局承办的“‘子恺杯’第十二届漫画大展”在中国文联展览馆开幕，展出作品115件。中国文联党组成员、书记处书记陈建文，中国美协漫画艺委会主任徐鹏飞出席开幕式。

【少儿美术艺术委员会】

10月17日至20日，由中国美协少儿美术艺委会、蒲公英行动美术专项课题组等单位主办的“蒲公英行动”全国城乡美术教育与教师培养论坛在湖南第一师范学院和长沙师范学院举办。来自全国各地30余所高校、20余所中小学和研究机构的150余位专家学者、教师，围绕乡村教育美术师资培养议题开展研讨并交流心得。中国美协少儿美术艺委会主任尹少淳出席论坛。

12月13日至15日，由中国美协少儿美术艺委会、深圳大学师范学院、中国观澜版画原创产业基地主办的“生命之美——第二届‘东西南北中’•中国少儿版画教育联会作品邀请展暨交流研讨会”在深圳举办，展出儿童版画作品266件，活动期间举办了八场专题讲座，五场版画技术的实操示范。中国美协少儿美术艺委会主任尹少淳出席活动。

【美术理论委员会】

11月2日至3日，由中国美协美术理论委员会、常州市委宣传部、常州市文联等主办的“美育的知与行——2018年中国美协理论委员会年会”在江苏常州西太湖美术馆举行。中国美协分党组书记、驻会副主席兼秘书长徐里发贺信，中国美协美术理论委员会主任薛永年与众多委员参加会议。

【中国画艺术委员会】

6月17日，由中国美协、海门市人民政府主办，中国文联美术艺术中心、中国美协中国画艺委会、江苏省美协、中共海门市委宣传部、海门市文联承办的“江海门户通天下——全国中国画作品展”在江苏海门开幕，展出作品250件。中国美协分党组书记、驻会副主席兼秘书长徐里，江苏省美协主席周京新出席开幕式。

8月23日，由中国美协、安徽省文联、中共合肥市委宣传部、合肥市文联主办，中国美协中国画艺委会、安徽省美协等承办的“深入生活、扎根人民——中国美协中国画艺委会写生作品展”在亚明艺术馆开幕。展出50位画家的120余幅作品。中国美协分党组书记、驻会副主席兼秘书长徐里出席开幕式。

【水彩画艺术委员会】

1月15日，由中国美协水彩画艺委会主办的“中国当代水彩系列研究展（北京、天津、河北）”在中国国家画院美术馆开幕，展出京津冀三地水彩画家的157件作品。中国美协副主席杨晓阳出席开幕式。6月15日，“中国当代水彩系列研究展（黑龙江、吉林、辽宁）”在中国国家画院美术馆开幕，展出黑吉辽三地水彩画家的132件作品。

4月15日，由中国美协、深圳市文联、罗湖区人民政府主办，中国文联美术艺术中心、中国美协水彩画艺委会、中共深圳市罗湖区委宣传部承办的“首届深圳国际水彩画双年展”在深圳罗湖美术馆开幕，展出国内和来自英国、德国、日本、加拿大、澳大利亚等国家的作品共248件。中国美协副主席许钦松出席开幕式。

【雕塑艺术委员会】

11月23日，由中国美协、中央美术学院、大同市人民政府主办，中国美协雕塑艺委会、中国美协策展委员会等承办的“不同•2018中国大同雕塑双年展”在中国雕塑博物馆开幕。本届展览的总策展人为孙振华、吕品昌，并邀请了五位分策展人张伟、马文甲、郅敏、胡泉纯、唐尧分别从“器物”“具象”“材料”“户外”“科技”五个板块入手，具体诠释中国当代雕塑如何“不同”。参展作品为2015年以来的新作，共250件作品。展览同期举办了学术论坛。中国美协副主席吴为山，中央美术学院党委书记高洪，中国美协雕塑艺委会名誉主任盛杨等出席开幕式。

【陶瓷艺术委员会】

10月21日，由中国美协、景德镇市人民政府主办，中国文联美术艺术中心，中国美协陶瓷艺委会，景德镇市文广新局等承办，景德镇中国陶瓷博物馆等协办的“千年景德•瓷上中国——首届中国（景德镇）当代陶瓷绘画作品展”在江西南昌开幕。这是中国美协首次举办陶瓷绘画作品展，入选的149件作品立足当代语境，以艺术探索为主体，基本涵盖了当今中国陶瓷绘画艺术的各个门类。中国美协分党组书记、驻会副主席兼秘书长徐里出席开幕式。

【漆画艺术委员会】

1月12日，由中国美协漆画艺委会主办的“中国美协漆画艺委会2018工作会议”在广西桂林召开。中国美协漆画艺委会主任陈金华与全体委员出席会议。

7月7日至8月15日，由中国美协漆画艺委会主办的“第十一届全国漆画高级研修班”分别在陕西师范大学、南昌航空大学、桂林理工大学举行。授课老师由漆画艺委会团队和具有较高学术造诣的专家学者组成，每班还配备5至7名技法辅导教师。培训课程历时40天，培训学员共97人。

10月13日，由中国美协、南昌市人民政府、江西省文联主办，中国文联美术艺术中心、中国美协漆画艺委会、南昌市红谷滩新区管委会、江西省美协、江西省美术馆、南昌市文联承办的“魅力红谷——首届全国小幅漆画展”在江西南昌开幕，展出作品260件。中国美协漆画艺委会主任陈金华出席开幕式。

【环境设计艺术委员会】

10月20日，由中国美协主办，中国美协环境设计艺委会、广州美术学院承办的“为中国而设计——第八届全国环境艺术设计大展暨学术论坛”在广州美术学院美术馆开幕。展览展出设计作品240件，包括专业组127件，学生组113件，汇编论文79篇。展览同期举办了学术论坛，孙一民、邵健、沈康、吴灿中、王海松、邹迎晞六位专家发表主题演讲。中国美协环境设计艺委会名誉主任张绮曼、主任苏丹及众多委员出席开幕式。

【动漫艺术委员会】

2月8日，由中国美协、中共广州市委宣传部、广州市文联主办的“首届全国动漫美展”举办了一场富有爱心的活动“我眼中的新国漫”，由中国美协动漫艺委会委员叶正华带领16位来自广州市少年宫特殊艺术家工作室的特殊小艺术家参观展览，并在展厅中选择喜爱的作品进行临摹绘制。3月26日，“首届全国动漫美展”举办了入选作者广州座谈会，提倡手绘创作，提前为2019年第十三届全国美展储备作品。

【服装设计艺术委员会】

10月15日，由中国美协服装设计艺委会、湖北省美协、湖北美术学院主办的“红T/象•素：时尚插画艺术展”在湖北美术学院美术馆开幕，展出作品100件。展览旨在丰富武汉设计之都文化内涵、倡导时尚美学价值传播、创建时尚领域学术高地，引领时尚产业创新发展，打造新锐设计师品牌的集成平台。展览同期举办了以“时尚•城市•插画——艺术内置性思考”为主题的学术论坛。中国美协服装设计艺委会主任吴洪出席活动。

【综合材料绘画与美术作品保存修复艺术委员会】

3月26日，“中国美协综合材料绘画与美术作品保存修复艺委会2018西安年会”在西安美术学院召开。年会期间举办了“第二届全国(宁波)综合材料绘画双年展西安巡展”。中国美协综合材料绘画与美术作品保存修复艺委会主任胡伟及众多委员出席活动。

8月6日至10日，由中国美协主办，中国美协综合材料绘画与美术作品保存修复艺委会承办的“中国文学艺术发展专项基金文艺人才培训（培养）资助项目——2018中国美协艺委会（综合材料绘画）青年文艺人才培训”在北京举办，共有105位青年艺术家参加培训。除综合材料绘画领域专家授课之外，还邀请徐里、仲呈祥、冯远、李军、殷双喜、张晓凌等专家学者进行多场专题学术讲座。

【实验艺术委员会】

12月1日，“中国美协实验艺术委员会（西安）2018年度工作会议暨2018•中国（西安）青年实验艺术展”在西安美术学院召开。展览邀请了国内在实验艺术领域活跃的青年艺术家和小组，以“行动主体”为题，编排三种“主体”思路，观察艺术“行动”的线索与特征。第一个层面是以新知为目标的教育行动主体，定名为“艺术逻辑实验室”，展现9所美术院校在人才培养领域的独特方式。第二个层面是以社会为对象的艺术实践主体，定名为“社会实践组”，展现了7个艺术团体在城市与乡村开展的在地艺术实践、社区艺术、社会艺术的实践案例。第三个层面以个人化创作的文化自觉主体，定名为“个人创作方法论”，展现了12位（组）艺术家的创新意志、实验精神和创作逻辑。中国美协实验艺委会主任谭平及众多委员，西安美术学院院长郭线庐出席活动。

【工艺美术艺术委员会】

8月20日，由中国美协和上海市文联主办，中国美协工艺美术艺委会、上海市美协、上海美术学院、上海龙现代艺术中心承办的“首届全国工艺美术作品展”在上海开幕，展出作品260件（组）。中国文联副主席、中国美协副主席、上海美术学院院长冯远，中国文联副主席、中国民协主席、中国美协工艺美术艺委会主任潘鲁生，文化和旅游部艺术司司长诸迪出席开幕式。展览同期召开了学术研讨会。潘鲁生、杭间、许平、许奋、何晓佑等20余位专家学者围绕主题进行研讨，众多入选作者参加会议。

【民族美术艺术委员会】

12月5日，由中国美协主办，中国文联美术艺术中心、中国美协民族美术艺委会承办的“第三届中国民族美术双年展”在中国美术馆开幕，展出作品258件，其中油画130幅，中国画128幅。中国美协分党组书记、驻会副主席兼秘书长徐里，中国美协副主席杨晓阳，国家民委教育司司长田联刚，中央民族大学副校长石亚洲，中国美协民族美术艺委会主任殷会利出席开幕式。

【美术教育委员会】

8月30日，习近平总书记给中央美术学院8位老教授回信，就做好美育工作，弘扬中华美育精神提出殷切期望。中国美协美术教育委员会组织全体委员深入学习习近平总书记回信精神，委员们秉承“以大爱之心育莘莘学子，以大美之艺绘传世之作”指导思想，立足美术教育工作，分享学习心得，发挥了良好的导向作用。

12月6日，由中国美协美术教育委员会、四川美术学院、重庆市教研科学研究院、重庆课堂内外杂志主办的“静待花开——第四届中国西部基础美术教育论坛”在重庆举办。来自全国的美术教育专家和一线美育工作者及众多学生参加论坛。

【策展委员会】

12月15日，由中国美协策展委员会主办，陶溪川美术馆承办的“首届‘策展在中国’论坛暨2018年中国美协策展委员会年会”在景德镇举办。中国美协副主席兼策展委员会主任范迪安以“建立中国策展学”为题发表主旨演讲，从“时代文化语境下中国策展的勃兴”“中国策展的文化坐标”以及“建立中国策展学的初步思考”三个方面阐述了中国策展学的形成正逢其时，从学术意义和时代价值的角度，提出了建构中国策展学的目标及路线图。罗一平、田霏宇等七位专家分别以各自的策展经验和实际案例，阐明了策展在城市文化创新和国际艺术交流中发挥的推动作用。

【专业艺术委员会换届】

7月24日，“中国美协壁画、水彩画、环境设计、工业设计艺术委员会换届大会”在北京召开。中国文联党组成员、副主席左中一，中国美协分党组书记、驻会副主席、秘书长徐里等出席会议。会议组建了第四届壁画艺术委员会、第五届水彩画艺术委员会、第三届环境设计艺术委员会和第三届工业设计艺术委员会，并聘任委员。

12月11日，“中国美协漫画、少儿美术、雕塑、民族美术艺术委员会换届大会”在北京召开。中国文联党组书记、副主席李屹，中国美协分党组书记、驻会副主席、秘书长徐里等出席会议。会议组建了第五届漫画艺术委员会、第五届少儿美术艺术委员会、第三届雕塑艺术委员会和第二届民族美术艺术委员会，并聘任委员。

中国曲艺家协会

综 述

2018年是曲协工作打下深刻烙印的一年，也是曲艺事业极不寻常的一年。一年来，中国曲协在中宣部和中国文联正确领导下，团结带领广大会员和曲艺工作者，深入学习贯彻习近平新时代中国特色社会主义思想和党的十九大、十九届二中、三中全会精神，认真贯彻中央关于宣传思想工作、文艺工作、文联工作的一系列重大决策和中国文联十届三次全委会部署，切实落实全国曲协工作会议要求，结合实际，抓党建、促改革、带队伍、出作品、强管理、正行风，锐意进取、开拓前行，为繁荣兴盛新时代曲艺工作和曲艺事业做出了应有贡献。

会议与活动

【2018年全国曲协工作会议】

3月26日至27日，2018年全国曲协工作会议在天津召开。中国文联党组成员、副主席李前光，中国曲协主席姜昆，天津市委宣传部常务副部长刘春雷，天津市文联党组书记、常务副主席万镜明及中国曲协第八届主席团成员、18个省区市文联分管曲协工作领导、中国曲协各团体会员负责人，各专委会、曲艺院团、小剧场负责人等150人参加了会议。中国曲协分党组书记、驻会副主席董耀鹏作题为《立足新时代 把握新要求 奋力推动社会主义曲艺事业繁荣兴盛》的工作报告。会上，2017年度工作成绩突出的安徽省曲协、福建省曲协、北京市昌平区曲协、四川省彭州市曲协、广东省深圳市曲协进行了大会交流。

【第九届中国曲艺节】

3月25日至30日，由中国文联、中国曲协、中共天津市委宣传部、天津市文联主办的第九届中国曲艺节在天津举办。在连续6天的时间里，来自全国各地800多名老中青少曲艺家和曲艺工作者奉献了15场演出。中共中央政治局委员、天津市委书记李鸿忠，中国文联党组书记、副主席李屹，中共天津市委副书记、天津市市长张国清，中国文联党组成员、副主席李前光，第九届中国文联副主席夏潮，天津市委常委、宣传部部长陈浙闽，中国文联国内联络部主任刘尚军，中国曲协主席姜昆，中国曲协分党组书记、驻会副主席董耀鹏，中国曲协副主席乌力吉图、冯巩、闫淑平、张旭东、范军、种玉杰、翁仁康、盛小云、籍薇，中国曲协顾问王汝刚、崔凯，中国曲协分党组成员、副秘书长曲华江、黄群，中国曲协副秘书长李蓉及来自全国各地文联、曲协的负责同志、曲艺工作者等参加活动。

【第十届中国曲艺牡丹奖】

5月9日上午，第十届中国曲艺牡丹奖新闻发布会在中国文艺家之家召开。李前光、刘尚军、闫淑平、曲华江、黄群、李蓉，中国文联曲艺艺术中心主任项云以及20余位在京曲艺界代表以及多家新闻媒体出席发布会。5月14日至18日，第十届中国曲艺牡丹奖全国曲艺大赛（慈溪赛区）在浙江省慈溪市举行。6月11日至14日，第十届中国曲艺牡丹奖全国曲艺大赛（余杭赛区）在浙江省杭州市余杭区举行。7月2日至7日，第十届中国曲艺牡丹奖全国曲艺大赛（合肥赛区）在安徽省合肥市举行。8月10日至14日，第十届中国曲艺牡丹奖全国曲艺大赛（长治赛区）在山西省长治市举行。10月15日晚，“广陵牡丹曲”第十届中国曲艺牡丹奖颁奖仪式暨“讴歌新时代 共筑中国梦”成果汇报演出在江苏省扬州市京杭会议中心举行。李屹、李前光，中国文联第九届副主席杨承志，江苏省委常委、宣传部部长王燕文，省政协副主席周继业，省委原副书记、省文联原名誉主席顾浩，省政协原副主席陆军，姜昆，董耀鹏，江苏省文联主席章剑华，省文联党组书记、常务副主席、书记处第一书记水家跃等有关方面领导出席当晚活动。本次牡丹奖评出的20个奖项为节目奖5个、文学奖4个、表演奖6个、新人奖5个。其中，中篇扬州评话《玉山子传奇》、杭州摊簧《夏母训子》、四川扬琴《守望》、相声《我爱诗词》、沁州三弦书《十七棵松》荣获节目奖；中篇苏州弹词《焦裕禄》、绍兴莲花落《催生鸡》、鄱阳大鼓《晒秋》、小品《等爱回家》荣获文学奖；王勤、蔡小华、徐宁、庄丽芬、何菊芳、杨锦龙荣获表演奖；陆锦花、袁国虎、纪鸣亮、李丁、王舜荣获新人奖。同时，授予90岁高龄的单弦表演艺术家赵玉明和85岁高龄的独脚戏表演艺术家童双春“中国文联终身成就曲艺艺术家”荣誉称号。

【全国曲协系统深化改革推进会】

6月14日至15日，全国曲协系统深化改革推进会在杭州召开。李前光，董耀鹏，浙江省文联书记处书记张均林，中国曲协副主席、浙江省文联副主席、省曲协主席翁仁康，曲华江，黄群，李蓉，项云等出席会议。中国曲协团体会员单位负责人、部分副省级城市和省会城市曲协组织负责人、部分市县级曲协组织负责人、中国曲协机关、中国文联曲艺艺术中心、《曲艺》杂志社处以上干部、媒体记者共90余人参加会议。董耀鹏全文传达李屹在全国文联系统深化改革座谈会上的讲话，李前光作重要讲话。董耀鹏就中国曲协深化改革作讲话。上海市曲协、广东省深圳市曲协、黑龙江省哈尔滨市曲协、中共山西长治市委宣传部、浙江省台州市曲协、中共四川彭州市委宣传部、江苏省张家港市永联村曲协等7家单位作交流发言。

【第六届全国道德模范故事汇基层巡演】

6月29日晚，由中央文明办与中国文联共同主办、中国曲协承办、首都文明办与北京市委社会工委协办的第六届全国道德模范故事汇基层巡演启动仪式暨首场演出在北京二七剧场举办。李屹，中央文明办专职副主任夏伟东，李前光，第六届全国道德模范田华、温金娥，中央文明办二局局长吴向东，董耀鹏，北京市委宣传部常务副部长赵卫东，首都文明办主任滕盛萍，北京市委社会工委副书记陈建领，中国铁路文工团党委书记李贺明、团长刘志江，黄群，项云，李蓉等领导嘉宾与来自首都各界的800余名观众出席启动仪式并观看演出。演出由李伟建和郭雨涵主持，刘兰芳、田连元、翁仁康、闫淑平、李立山、杨鲁平、魏金栋、佟长江、王文水、刘靓靓、沙剑锋、杨蔓、杨苗、杨倩、杨婷等参加演出。8月21日至29日，第六届全国道德模范故事汇首轮基层巡演，在辽宁省沈阳市和鞍山市、安徽省阜阳市和宿州市、山东省济宁市和青岛市成功举办11场示范演出。巡演期间，刘兰芳、田连元、翁仁康、闫淑平、李立山、杨鲁平等曲艺家与当地曲艺工作者一起演出。各地道德模范、先进好人和各界群众代表近7000人现场观看了精彩演出。9月19日至26日，第二轮基层巡演分别在广西壮族自治区柳州市和玉林市、贵州省遵义市和安顺市、四川省成都市和德阳市进行了10场示范演出。各地区道德模范好人代表和各界群众8000多人现场观看了演出。10月22日至30日，第三轮基层巡演，先后在江苏省徐州市和南京市、福建省厦门市和龙岩市、湖北省襄阳市和武汉市成功举办9场示范演出。随着第三轮巡演任务完成，第六届全国道德模范故事汇基层巡演顺利收官。

【师胜杰先生艺术人生追思会】

11月28日上午，为深切缅怀中国曲协相声艺术委员会主任、相声表演艺术家师胜杰，中国曲协在京召开师胜杰先生艺术人生追思会。姜昆，黄群，黑龙江省文化和旅游厅党组成员、副厅长于峰，师胜杰夫人宋艳女士，中国曲协相声艺委会代表，师胜杰先生徒弟义子以及曲艺家、理论界、媒体代表40余人出席会议。追思会以“永远为人民创造欢笑”为主题，梳理总结了师胜杰先生对相声乃至曲艺事业做出的突出贡献。

【曲艺文化惠民活动】

1月14日至16日，范军、牛群、李金斗、刘全利、刘全和、李少杰、刘颖、高建新、任志强、张爱国等老中青曲艺家赴新疆生产建设兵团第一师阿拉尔市为当地群众开展“我们的中国梦——文化进万家”中国文联中国曲协文艺志愿服务小分队慰问演出。

2月4日至6日，“我们的中国梦——文化进万家”中国文联中国曲协文艺志愿服务小分队慰问演出在甘肃省陇南市武都区洛塘镇中学举办。奇志、马小平、苗阜、马子玉、刘晰宇、冯阳、张伟、弓瑞等中青年曲艺家参加活动。董耀鹏，中国文联办公厅副主任汪泽，曲华江，李蓉等领导和近4000名基层群众现场观看演出，期间还看望慰问了困难群众。

2月8日下午，中国曲艺牡丹奖艺术团“送欢笑”走进安徽蒙城专场演出暨蒙城县中国曲艺之乡授牌仪式在杭萧新型装备式钢构厂厂房内举行，应宁、方露、孙铭泽、周玉峰、刘全和、刘全利、李鸣宇、王文林、丁延果、孟影、柴京云、柴京海、巩汉林、金珠先后登台，一千余名来自生产一线的工人、医生护士和社区居民观看了演出。

4月11日至12日，中国曲艺牡丹奖艺术团送欢笑走进横山暨中国曲艺之乡授牌专场慰问演出在陕西省榆林市横山区举办。郭达、奇志、闫淑平、佟长江、陈寒柏、王敏、韩延文、焦建东、刘宪刚、王占昕等参加演出。

6月22日下午，正值公祭伏羲大典举行之际，中国文联、中国曲协文艺志愿服务团送欢笑走进甘肃天水专场慰问演出在天水市龙城广场举行。武宾、王一凤、王传越、李寅飞、李丁、平安、吴正丹、魏葆华、姜昆、戴志诚、裴斐、殷秀梅、丁毅、欧阳、玉米提、李小锋、刘全和、刘全利先后登台。演出期间，中国文学艺术基金会姜昆艺术公益基金还向天水新阳中学捐赠10台手风琴和200册图书。6月21日晚，姜昆、殷秀梅、戴志诚、吕薇、平安等艺术家走进甘肃天水师范学院，与在校师生们开展“艺术家对话青年学子”访谈活动。

7月1日，“走进新时代”——中国曲协文艺志愿服务团送欢笑到基层慰问演出在拉萨市西藏自治区政协礼堂举行。叮当、次仁央宗、师亚峰、杨菲、奇志、张伟、董其峰、梁雪、钦婉云、方菁萍、巩汉林、金珠、边巴卓嘎、尼玛普赤、罗珍、兰妮儿等参加演出。此前6月28日下午，曲艺家走进西藏山南市中铁五局拉（萨）林（芝）铁路建设工地为当地藏族居民、铁路工人、边防战士400余人送去了欢笑。

7月12日至14日，中国曲协文艺志愿服务团走进青海西宁。13日上午，武宾、赵福玉在西宁市美术馆举办了曲艺知识大课堂。13日晚，送欢乐走进西宁专场演出在当地中心广场百姓大舞台举行，武宾、李蕊、马梁、郭晨、玉米提、任世和、焦建东、刘宪刚、马全、刘颖、张浩楠、刘全和、刘全利、何秀琴上台演出。

11月4日晚，“放歌新时代 筑梦新尉犁”——中国曲协文艺志愿服务团送欢笑走进新疆库尔勒市尉犁县。高建新、荣卫、刘颖、浩楠、乐璐、吴正丹、魏葆华、冀勇、孔佳龙、刘全和、刘全利登台献艺。

11月7日，第十四届湖北曲艺百花书会颁奖仪式暨中国曲协文艺志愿服务团送欢笑走进湖北襄阳活动在襄阳剧院举行。郝桂萍、张明智、王文水、刘颖、张浩楠、刘全和、刘全利、范军、明男男、姜昆、戴志诚登台演出。

11月9日，中国曲协文艺志愿服务团送欢笑走进广西柳州专场演出在柳州市文化艺术中心上演，为广西壮族自治区成立60周年献礼。姜昆、牛群、郭达、闫淑平、刘全和、刘全利、戴志诚、韩延文、吴正丹、魏葆华、王文水、柴宝玉、李贝、金霏、陈曦、宋京等为观众演出。

12月22日晚，宿城区中国曲艺之乡授牌仪式暨中国曲艺牡丹奖艺术团“送欢笑”专场演出在江苏省宿迁市宿城区会展中心举行，闫淑平、范军、奇志、佟长江、任世和、罗晓静、马业垒、张伟、明男男联袂演出。

12月22日至23日，“我们的中国梦——文化进万家”中国曲协文艺志愿服务小分队辅导培训和慰问演出活动在江苏省徐州市贾汪区马庄村举行。22日全天，王文水在马庄村新时代文明实践站为文艺骨干和曲艺爱好者开展快板培训辅导。23日下午，慰问演出在马庄村文化礼堂上演，闫淑平、郭达、奇志、韩兰成、佟长江、王文水、周倩、罗晓静、马业垒、张伟、丁凯、戈娟参加演出。

12月27日至28日，“我们的中国梦——文化进万家”中国曲协文艺志愿服务小分队慰问演出分别在河北省张家口市张北县小二台镇和崇礼区太舞滑雪小镇成功举办。刘兰芳、籍薇、柴京云、柴京海、霍勇、刘颖、张浩楠、甄齐、张涛、宋京、王舜、谈雪、王增全、胡雪等，为国家级贫困县张北县小二台镇的村民和位于崇礼区的国家重点工程“2022年冬奥会”比赛设施的建设者代表带去欢笑和祝福。

曲艺展演

【第十三届马街书会优秀曲艺节目展演】

2月27日至28日，由中国曲协、河南省文联、中共平顶山市委、市政府共同主办，河南省曲协、中共宝丰县委、宝丰县人民政府共同承办的第十三届马街书会优秀曲艺节目展演系列活动在河南宝丰举办。中国文联党组成员、副主席赵实，刘兰芳，闫淑平，范军，黄群，李蓉等出席活动。27、28日下午，由刘兰芳、范军、明男男、闫淑平、佟长江、赵炎、张钢、鞠萍、苗阜、木头、欧阳斌、高保利等艺术家组成的中国曲艺牡丹奖艺术团先后走进宝丰扶贫新村余家花苑和青城社区进行演出。

【第三届“走马杯”讲好中国故事曲艺展演】

3月12日至15日，中国曲协会同重庆市曲协、重庆市九龙坡区文联、重庆市九龙坡区走马镇人民政府共同举办第三届“走马杯”讲好中国故事优秀曲艺节目展演。姜昆、张旭东、范军、项云等出席活动。15日上午，中国曲艺牡丹奖艺术团在走马观花文化旅游度假区桃花源广场，为群众演出。

【第五届“包公杯”反腐倡廉曲艺作品征集成果展演】

7月8日，由中共中央纪律检查委员会宣传部、中共安徽省纪律检查委员会指导，中国曲协、中共合肥市纪律检查委员会、合肥市监察委员会共同举办的第五届“包公杯”反腐倡廉曲艺作品征集成果展演系列活动在安徽合肥举办。董耀鹏、崔凯、黄群、杨鲁平、马小平、中国曲协曲艺创作委员会主任王宏等出席活动。

【第八届全国少儿曲艺展演】

7月31日至8月3日，由中国关心下一代工作委员会办公室、中国曲协、江苏省文联、张家港市人民政府共同主办，中国文联曲艺艺术中心、江苏省曲协、中共张家港市委宣传部、张家港市文化广电新闻出版局、《曲艺》杂志社联合承办的第八届全国少儿曲艺展演在江苏省张家港市举办。董耀鹏、中国关工委办公室副主任蔡艳、翁仁康、李蓉、刘旭东、李兆玮等领导出席，来自全国24个省（区、市）和台湾地区的近400名曲艺小演员齐聚张家港。

【庆祝改革开放40周年优秀曲艺节目展演周】

9月4日至9日，由中国文联、中国曲协主办，中国文学艺术基金会、中国文学艺术发展专基金资助的“说唱新时代共筑中国梦”庆祝改革开放40周年优秀曲艺节目展演周在北京民族剧院举办。在连续6天时间里，来自全国近200多名老中青少曲艺家和曲艺工作者奉献了6场精彩纷呈的演出。李屹、赵实、李前光、陈建文、杨承志、姜昆、董耀鹏、张宏、罗斌、郑更生、刘尚军、朱庆、康伟、闫淑平、吴文科、张旭东、范军、种玉杰、翁仁康、盛小云、籍薇、曲华江、黄群、项云、李蓉、苗树群及中国文联各部室、各文艺家协会有关领导同志，与首都各界5000余名观众观看演出。

【第六届国际幽默艺术周】

10月31日至11月3日，由中国文联指导，中国曲协、中国杂协、江苏省文联、张家港市人民政府主办，江苏省曲协、中共张家港市委宣传部、张家港市文化广电新闻出版局承办的第六届国际幽默艺术周在江苏张家港成功举办。左中一，刘兰芳，翁仁康，种玉杰，张旭东，曲华江，中国杂协副主席戴武琦，国际说唱艺术联盟副主席、秘书长朱培华等出席。在4天时间里，共有来自中国、俄罗斯、日本、美国、法国、德国等11个国家和地区的100余位艺术家为观众奉献了6场精彩纷呈的幽默艺术演出。

【第二届“通州杯”全国曲艺小剧场新作展演】

11月4日至7日，由中国曲协、江苏省文联主办，中国文联曲艺艺术中心、全国曲艺小剧场艺术指导委员会、全国曲艺表演场所协作发展联盟、江苏省曲协、南通市文化广电新闻出版局、南通市文联、南通市通州区人民政府承办的第二届“通州杯”全国曲艺小剧场新作展演在江苏省南通市通州区举行。闫淑平、项云、孙志兵、许易峰、杨鲁平、李立山、刘洪沂等领导和艺术家出席。三场展演荟萃了27个优秀节目，来自北京大逗相声社、北京周末相声俱乐部、天津谦祥益文苑等小剧场的青年演员在展演中同台竞技。

【第六届全国相声小品优秀节目展演】

12月17日至19日，由中国文联、中国曲协主办的第六届全国相声小品优秀节目展演在北京民族文化宫大剧院举办。来自全国15个省区市和中直系统25个曲艺院团的100多名老中青曲艺工作者齐聚一堂，为首都观众奉献3场演出。铁凝、李屹、赵实、李前光、陈建文、杨承志，原中联部副部长艾平，中组部全国组织干部学院副院长万岷，邓光辉、刘尚军、郑希友、曹建明、邱运华、廖恳、朱庆、康伟、邓长青、张新生、刘兰芳、姜昆、董耀鹏、冯巩、闫淑平、种玉杰、叮当、曲华江、黄群、项云、李蓉等与首都2000余名观众现场观看了演出。

创作与培训

【中国曲协各类教育培训班】

3月25日至29日，首期全国曲协系统秘书长培训班在天津举办。中国曲协各团体会员驻会负责人及秘书长，各专家艺术委员会秘书长，副省级城市曲协秘书长及部分院团和小剧场代表共计80余人参加培训。李前光、姜昆、董耀鹏、曲华江、黄群分别作辅导。

5月28日，首期曲艺网络编辑、创作、推广人才培训班（成都班）在四川成都巴金文学院开班。来自全国各省市的50名学员参加。李兵、向云驹、董子铭、潘理娟、何武分别进行授课。

6月10日至14日，第二期中国曲协艺委会专家研修班在上海青浦区举办。中国曲协17个艺委会的80多名艺术家、专家出席。姜昆、董耀鹏、黄琨授课。

6月22日至26日，首期边远地区（重庆万州）曲艺工作者培训班举办。60余名边远地区曲艺工作者参加。董耀鹏、龙川、张旭东、田连元、王文水先后授课，结合培训，举办了深入生活扎根人民——庆祝改革开放40周年惠民演出。

6月23日至7月6日，首期西藏自治区民族曲艺工作者培训班先后在西藏山南、拉萨举办，来自西藏各地的100余位藏族、回族等曲艺工作者参加培训。董耀鹏、曲华江、吉米平阶，张旭东、巩汉林、崔琦、董其峰、贾央次仁、多吉扎巴作专题辅导。冯阳、田海龙开展小班授课。

7月17日至20日，首期全国青年曲艺工作者精品创作辅导班在北京举办。董耀鹏、范军、黄群、李金斗、苗阜以及跟班辅导老师王宏、李立山、赵福玉、刘俊杰出席。

7月23日至27日，首期曲艺网络编辑、创作、推广人才培训班（北京班）在北京怀柔举办。来自全国14个省区市的50多名学员参加。董耀鹏、喜马拉雅FM副总裁周晓晗、王文水、中国传媒大学新闻学院副教授詹新惠、中国政法大学新闻学院副教授王永亮授课。

8月10日至14日，首期中国曲艺之乡（名城）管理服务干部培训班在山西长治举办。来自全国各曲艺之乡（名城）的70余名管理服务干部参加培训。董耀鹏、向云驹、黄震良、芦明授课。

8月16日至21日，第三期边疆民族地区（新疆）曲艺工作者培训班在新疆乌鲁木齐举办，来自全疆的11个民族近120余名曲艺工作者参加。曲华江、张新生、郭达授课。

8月25日上午，首期曲艺小剧场创作人才培训班在上海市嘉定区开班。来自全国各地的50位曲艺创作者参加培训。黄震良、梁定东、上海博群律师事务所主任吴小乐等授课。

9月2日至6日，中国曲协第八届理事会理事培训班在北京举办。来自全国各地的近百位理事参加培训。国防大学教授、博士生导师公方彬，姜昆，北京大学中文系教授金永兵，文化和旅游部党组成员（副部长级）、故宫博物院院长单霁翔先后授课。

9月19日至21日，首期全国曲艺小剧场经营管理人才培训班在天津举办，50余名曲艺小剧场经营者和管理者参加培训，这是中国曲协历史上首次对曲艺小剧场的经营管理人员开展的有针对性的教育培训。中央电视台《今日说法》栏目执行制片人、主任编辑王宝卿，北京蓬蒿剧场创办人、艺术总监王翔，大同大学特聘教授、中国曲协快板艺术委员会副主任兼秘书长柴京云，中央党校科社部副教授郇雷分别做了主题讲座。

10月16日至20日，首期曲艺网络编辑、创作、推广人才培训班（网络创作方向）在苏州举行。阅文集团总监、起点中文网副总编邓鄂闽，四川省曲协副主席田海龙，江苏省文联党组成员、副主席刘旭东，中国传媒大学新闻学院副教授詹新惠先后授课。

11月5日至9日，中国曲协在延安大学泽东干部学院举办2018年全国曲协业务干部培训班。各省、自治区、直辖市曲协、副省级城市及基层曲协的主席、业务干部50余人参加培训。曲华江、郭刚、延安大学中共党史研究院院长高尚斌、延安大学文学院院长梁向阳授课。

【中国文联文艺培训志愿服务项目曲艺培训班】

10月9日至13日，“2018年中国文联文艺培训志愿服务项目——山东陵城曲艺培训班”在山东省德州市陵城区举办。来自山东各地80余名基层曲艺骨干和爱好者参加培训。种玉杰、李立山、王文水、孙晨、赵福玉、武宾以及中国戏曲学院教授刘小军先后授课。

10月22日至27日，2018年中国文联文艺培训志愿服务项目——四川南江曲艺培训班在四川省南江县举行。来自南江县及附近市州近150余名基层曲艺骨干和爱好者参加培训。郭刚、武宾、赵福玉、严西秀、张旭东、秦渊、刘靓靓授课。

11月20日至25日，2018年中国文联文艺培训志愿服务项目——福建南安曲艺培训班在福建省南安市举行。来自福建各地近170名曲艺骨干和爱好者参加培训。李立山、赵福玉、孙晨、武宾、王文水分别授课。

【首届中国•彭州曲艺牡丹嘉年华】

4月8日至15日，由中国曲协与彭州市委市政府共同主办的首届中国•彭州曲艺牡丹嘉年华系列活动举行。4月9日上午，全国青年曲艺工作者联盟在四川彭州丹景山镇举行成立会议。会议推举出由51人组成的全国青年曲艺工作者联盟理事会，范军为理事长，张旭东、苗阜为副理事长。随后会议通过了《全国青年曲艺工作者联盟章程》。期间，董耀鹏与彭州曲艺工作者举行了“加强新时代个人会员发展管理服务工作暨基层曲协组织建设”座谈会。董耀鹏、杨菲、张旭东连续在彭州丹景山镇牡丹讲堂为全国青年曲艺工作者联盟成员及彭州文化工作者授课。4月10日，中国曲艺牡丹奖艺术团多支艺术小分队，分别走进彭州丹景山镇、葛仙山镇、敖平镇，为基层群众演出。4月14日晚，曲艺创作者在彭州牡丹云锦酒店举行了专题座谈会。

【第二批牡丹绽放曲艺英才培育行动在京启动】

6月8日上午，中国曲协在中国文艺家之家举行第二批牡丹绽放——曲艺英才培育行动（以下简称培英行动）启动仪式。李前光、董耀鹏、刘尚军、翁仁康、张旭东、曲华江、黄群，李蓉、项云、刘旭东等出席。刘靓靓、沈彬、冯歆贻、赵丹丹、董其峰、王声、弓瑞、孙铭泽、赵梓琳、师亚峰成为第二批培英行动入选者。

【全国高校大学生曲艺社团联盟成立】

6月20日下午，全国高校大学生曲艺社团联盟成立会议在南京农业大学召开。会议通报了联盟筹备情况，审议通过了《全国高校大学生曲艺社团联盟章程》，推举清华大学学生艺术团曲艺队为理事长单位，天津艺术职业学院曲艺团、辽宁科技大学相声俱乐部、南京农业大学博乐相声社、四川师范大学曲艺协会等4个社团为副理事长单位，上海交通大学伯藜新语相声协会等19个社团为理事单位。

【曲艺专家名家创作示范工程】

7月19日上午，中国曲协在京举行“曲艺专家名家创作示范工程”启动仪式。董耀鹏、翁仁康、范军、项云、王文水、黄震良、陈红旭、明男男、韩会稽、曾懿以及中国曲协相关处室负责人参加启动仪式。创作示范工程首批计划包括曲艺主题创作扶持和名师带高徒行动两个项目，在曲艺主题创作扶持项目中，王文水、黄震良、陈红旭3名曲艺名家成为扶持对象。在名师带高徒行动计划中，王汝刚、翁仁康、范军3位曲艺名家与曾懿、韩会稽、明男男3名中青年演员结成师徒对子，进行为期两年的定向跟踪培养。

【“深入生活 扎根人民”曲艺创作采风主题实践活动】

11月3日至7日，“深入生活 扎根人民”创作采风主题实践活动走进江苏省南通市，闫淑平、孙志兵、暴玉喜、杨妤婕等来自全国11个地方的近50名曲艺作家共同采风创作、交流借鉴。

11月20日至25日，崇德尚艺 潜心耕耘——中国曲协“深入生活 扎根人民”主题实践活动在广东省珠海市举办。籍薇，黄群，广东省文联党组副书记、专职副主席吴华钦与全国各地近50名老中青曲艺作者，深入改革开放前沿基层一线，感受新农村建设成果。

11月24日至28日，崇德尚艺 潜心耕耘——中国曲协“深入生活 扎根人民”主题实践采风创作在福建厦门和漳州东山举办。来自全国8个省市的40多名曲艺作者参加。大家先后参观了谷文昌纪念园、岩雅村古村落、关帝文化产业园，感受了翔安区澳头村的新农村变化。

【第十期全国曲艺创作高级研修班】

12月7日至12日，第十期全国曲艺创作高级研修班在广东惠州举办。来自全国23个省区市的52位学员、75篇作品入班。董耀鹏，中央戏剧学院教授路海波，郭达，王汝刚分别作主题授课。杨鲁平、戴志诚、邱有源、杨妤婕、冯阳为学员进行现场过稿、打磨排演。

【相声百乐会创新发展研修班】

12月21日至23日，深入生活扎根人民——相声百乐会创新发展研修班在黑龙江哈尔滨举办。姜昆，闫淑平，中共黑龙江省委宣传部副部长刘维宽，黑龙江省文化和旅游厅党组成员、副厅长于峰等出席了开班式。姜昆、崔立君、刘小军等授课。期间还进行了演出，专家对百乐会演员进行了现场指导。这是全国曲艺表演场所协作发展联盟发挥自我管理、自我服务重要职能的一次探索性尝试。

【会员信息管理系统线上培训研讨会】

12月4日，中国曲协召开会员信息管理系统线上培训研讨会，中国文联网络文艺传播中心副主任彭宽，李蓉，中国曲协各团体会员驻会负责人及负责会员工作的工作人员，共计40余人参加会议。本次研讨会是中国曲协首次以线上平台模式召开培训和研讨，也是中国文联系统中首次使用中国文艺网直播平台进行互动教学。

学术与研究

【中国曲协深入新疆调研】

1月14日至17日，中国曲协抓住赴新疆乌鲁木齐、阿拉尔等地开展“我们的中国梦——文化进万家”活动的机会，对新疆曲艺发展现状、曲协组织建设、两新组织经营管理、曲艺人才培养、队伍建设等情况进行调研。董耀鹏、范军、高建新、张爱国等参加调研。

【中国曲艺艺术研究基金课题正式结项】

5月30日，中国曲协在京召开中国曲艺艺术研究基金课题结项验收会，集中对中国曲艺艺术研究基金课题成果进行评审验收。专家组由崔凯、黄群、向云驹、岳永逸、周由强、傅谨组成。厉夫波、刘红英、田洁、李红、付少武、崔晓、王红箫、田绪永、赵海燕、王艳玲、刘晓晨代表各自课题组参加答辩。

【曲艺界行风建设座谈会】

5月31日上午，中国曲协在京召开曲艺界行风建设座谈会。董耀鹏、崔凯、黄群、李蓉、田连元、马小平、岳成、蒋巍、史宝刚、黄震良、崔丽玲、魏鹏、杨菲、陈印泉、应宁等参加会议。董耀鹏主持会议。黄群通报了中国曲协一年来行风建设工作情况，与会代表进行了座谈交流。

【第四届全国高等院校曲艺教育峰会】

6月21日至22日，由中国曲协、江苏省文联、南京农业大学主办的第四届全国高等院校曲艺教育峰会在南京召开。董耀鹏、崔凯、黄群、刘旭东、南京农业大学党委副书记刘营军、杨鲁平、康尔、芦明、孙志兵以及来自全国32所大中专院校和科研单位的曲艺教育负责人和从事曲艺表演、创作、理论、研究的专家学者80余人参加会议。峰会共收到31篇论文，涉及曲艺创作、表演、理论、评论、音乐等方面高端人才培养，以及曲艺高校通识教育、社团建设，曲艺本科、研究生乃至博士生教育，曲艺学科体系、教材开发等方面。会议通过了《全国高等院校曲艺教育联盟章程》，与会代表连续第四年发出《关于合力推动新时代曲艺学科建设提档加速的倡议书》。

【第三届全国曲艺理论学术研讨会】

9月26日至29日，由中国文联理论研究室、中国曲艺家协会主办，中国文联曲艺艺术中心、广西壮族自治区曲协、百色市文联承办的第三届全国曲艺理论学术研讨会在广西百色召开。崔凯，董涛，广西文联巡视员韦苏文，百色市委常委、副市长李联成出席会议开幕式。研讨会以“新时代新曲艺”为主题，来自曲艺界、教育界和宣传文化部门的专家学者60余人参加研讨。研讨会共收到122篇曲艺理论文章，内容涵盖理论评论、创作表演、人才培养、教育传承、传播推广等各个方面。中国艺术研究院研究员、国务院学位委员会艺术学学科评议组成员李心峰为研讨会作主旨报告，周思明、严西秀、孙立生、孙晨、鲍震培、陈世海、张祖健、高玉琮作交流发言。

【《曲艺》杂志数字出版和新媒体营销工程结项暨曲艺APP上线仪式】

11月23日上午，《曲艺》杂志数字出版和新媒体营销工程结项暨曲艺APP上线仪式在中国曲协会议室举行。李前光、暴淑艳、曲华江、黄群、李蓉、项云、展华云以及中国曲协各部门以及新闻媒体的相关人员出席。

【行风建设与权益保护研讨会】

11月26日上午，中国曲协在京召开行风建设与权益保护工作研讨会。姜昆、暴淑艳、曲华江、李蓉出席会议，黄群主持会议。陈连升、张文甫、胡磊蕾、刘颖、李丁、北京天驰君泰律师事务所合伙人张杰、中国政法大学法学博士朱铮等作交流发言。曲华江宣读了《崇德尚艺 潜心耕耘 争做有信仰有情怀有担当的新时代曲艺工作者倡议书》。

对外及对港澳台地区文化交流

【中华曲艺海外行】

3月29日至4月11日，应新西兰七彩中国文化传媒集团、澳大利亚移民时报传媒集团邀请，中国曲协组派以姜昆为顾问、曲华江为团长的艺术团一行18人，赴新西兰和澳大利亚访问，并举办展演交流活动。

4月17日至29日，应意大利——中国贸易发展促进会、中波经济文化协会邀请，中国曲协组派以黄群为团长的艺术团一行11人，赴意大利和波兰访问。其间共奉献了5场演出，开展了3场文化交流。

5月4日至14日，应巴拿马华商总会、秘鲁中华通惠总局、巴西北京文化交流协会邀请，董耀鹏率团赴巴拿马、秘鲁、巴西三国访问，举办中华曲艺海外行艺术沙龙活动，与往访国主要合作方签订了未来交流合作备忘录，受到中国驻巴拿马、秘鲁和巴西使领馆高度重视并给予相应指导。

7月9日至17日，应日本中国文化交流协会、新加坡拉丁马士区公民咨询委员会邀请，中国曲协组派以种玉杰为团长、姜昆为艺术顾问的艺术团赴日本、新加坡访演交流。其间，在日本和新加坡成功举办了“中国曲艺的魅力Ⅳ”鉴赏交流演出和第25届中国曲艺精品汇演。受到日新两国3000余名观众、中国传统文化爱好者、院校师生、学者的普遍欢迎。访问期间，艺术团还拜会了日本著名的艺人经纪公司和日本京都市立艺术大学。

9月19日至29日，应法国巴黎中国文化中心、以色列特拉维夫中国文化中心邀请，中国曲协组派以曲华江为团长的艺术团一行19人，赴法国、以色列访演交流。其间，在法国举办了第11届巴黎中国曲艺节展演，在以色列举办了中国曲艺专场展演。

10月10日至14日，应德国柏林中国文化中心邀请，中国曲协组派以项云为团长的艺术团一行14人赴德国访演交流。其间，在柏林举办了第6届德国中国曲艺周展演，此外，艺术团还与德国曲协、当地侨团等进行了深入交流。

【中日曲艺赏鉴活动】

1月15日至20日，日中文化交流协会派遣日本传统艺能代表团访华。其间，与北京曲协、北京曲艺团、苏州市评弹学校（苏州市评弹团）、上海市曲协、上海评弹艺术传习所（上海评弹团）等单位共同举办了中日曲艺赏鉴活动。

【第八届海峡两岸曲艺欢乐汇在台成功举办】

5月21日至29日，第八届海峡两岸曲艺欢乐汇在台湾成功举办。曲华江、张旭带领来自北京、天津、上海、河南、山西、福建等地的31位曲艺家和曲艺骨干组成了大陆曲艺交流团，先后奉献了4场精彩的曲艺演出。5月25日下午，“曲艺与青少年的未来”主题座谈会在台东举行。

【中国曲协代表团出席国际说唱艺术联盟特别大会】

10月13日至16日，应国际说唱艺术联盟和卢森堡——中国经济文化交流协会邀请，经文旅部批准，中国曲协派遣项云一行3人，赴卢森堡参加国际说唱艺术联盟特别大会。联盟代理主席朱达力致辞，来自卢森堡、法国、德国、巴拿马、西班牙、中国等10个国家的20名代表集中审议了联盟章程修改案。大会推举姜昆担任联盟首任主席，王汝刚同时被增补为联盟副主席。代表团在访问期间还拜会了卢森堡——中国经济文化交流协会。

机关建设

【分党组理论学习中心组全年开展6次学习】

1月8日上午，中国曲协分党组召开2018年第1次理论学习中心组（扩大）会议，围绕党中央、中国文联有关重要文件、材料进行了集体学习。董耀鹏主持会议，曲华江、黄群，中国文联曲艺艺术中心主任项云，中心组成员和艺术中心、曲艺杂志社有关部门负责同志参加了学习研讨。

4月2日上午，中国曲协召开分党组理论学习中心组会议，集中组织传达学习全国两会重要精神，传达学习《深化党和国家机构改革方案》精神，进一步传达学习3月2日中国文联党组书记、副主席李屹在中国文联2018年全面从严治党工作部署会议上的讲话精神。协会分党组理论中心组成员及其秘书组成员参加学习，会议由董耀鹏主持。

7月20日上午，中国曲协召开分党组理论学习中心组（扩大）会议，传达学习习近平总书记在全国组织工作会议上的重要讲话精神，学习贯彻中办《关于进一步激励广大干部新时代新担当新作为的意见》和《关于党的基层组织任期意见》，再次学习中办国办《领导干部报告个人有关事项规定》《领导干部个人有关事项报告查核结果处理办法》。协会分党组理论学习中心组成员和处以上干部参加学习。会议由董耀鹏主持。

8月15日上午，中国曲协召开分党组理论学习中心组（扩大）会议，传达学习关于正确认识妥善应对中美经贸摩擦的相关材料，以及中共中央政治局审议《中国共产党纪律处分条例》新闻通稿。协会分党组理论学习中心组成员和处以上干部参加学习。会议由董耀鹏主持。

11月13日下午，中国曲协召开分党组理论学习中心组（扩大）会议，传达学习习近平总书记在十九届中央政治局第六次集体学习时关于党的政治建设的重要讲话精神，中央有关领导同志对中央和国家机关党的政治建设工作的重要批示，中央和国家机关党的政治建设推进会精神，《中国共产党纪律处分条例》，中共中央印发的《2018-2022年全国干部教育培训规划》，以及美国对华政策新动向有关材料。协会分党组理论学习中心组成员和处以上干部参加学习。会议由董耀鹏主持。

11月28日下午，中国曲协召开分党组理论学习中心组（扩大）会议，传达学习中国文联党组理论学习中心组会议精神，学习贯彻《中国共产党支部工作条例（试行）》和《中国文联贯彻落实〈中央和国家机关工委关于推进中央和国家机关年轻干部深入学习习近平新时代中国特色社会主义思想的意见〉实施办法》。协会分党组理论学习中心组成员和协会党总支、各党支部委员参加学习。会议由董耀鹏主持。

【中国曲协召开全体会传达部署2018年工作任务】

2月22日，中国曲协召开全体人员会议，曲华江主持会议。董耀鹏就中央领导在中国文联十届三次全委会工作报告上的有关重要批示和李屹书记在全委会上的工作报告进行了传达学习，会议结合中国文联2018年工作要点和重点，就中国曲协今年17项重大活动、13个班次培训研修、12类64项深化改革任务及党建、群建、机关内部建设等方面的工作做了进一步梳理。会议还就2017年度考核优秀的同志和在工会组织的最美办公室、最美办公桌和工会积极分子评选活动中表现突出的人员进行了表彰。

【中国曲协组织全员学习激励干部职工新时代新担当新作为】

5月25日下午，按照文联党组要求，中国曲协召开全体干部职工会议，传达学习《关于进一步激励广大干部新时代新担当新作为的意见》。董耀鹏主持会议并作传达。

【中国曲协党务工作】

3月6日和9日上午，中国曲协组织全体在职党员以党支部为单位进行集体学习，认真学习贯彻《习近平总书记在纪念周恩来同志诞辰120周年座谈会上的讲话》《中国共产党第十九届中央委员会第三次全体会议公报》和中国文联2018年全面从严治党工作部署会议的重要精神和具体要求。

3月16日下午，中国曲协特邀周恩来总理生前秘书纪东将军到会讲授专题党课。中国曲协、曲艺中心、《曲艺》杂志社党员干部职工30多人现场聆听。

6月27日上午，中国曲协分党组召开分党组会议，传达学习中国文联党组关于深入宣传学习贯彻习近平总书记重要指示精神的意见，对协会党总支和党支部的学习工作进行了部署。6月28日上午，中国曲协组织全体在职党员干部，传达学习了习近平总书记给新近入党的电影表演艺术家牛犇的信，并就学习内容结合大家入党以来的工作表现进行学习讨论。

7月12日上午，中国曲协组织全体在职党员分别以党支部全体党员会议和党小组会议方式，举办“不忘初心，重温入党志愿书”专题恳谈会。

7月17日，中国曲协召开党建工作经验交流会。中国文联机关党委常务副书记刘国强，董耀鹏，曲华江，黄群，项云，以及曲协机关、曲艺艺术中心、《曲艺》杂志社全体党员和群众代表参加会议。

9月13日，中国曲协召开党总支委员会扩大会议，贯彻落实《中国文联关于认真学习贯彻〈中国共产党纪律处分条例〉的通知》精神和要求，对在全体党员中开展学习贯彻《中国共产党纪律处分条例》工作进行安排部署。

10月25日，中国曲协党总支召开全体党员大会开展警示教育活动。在随后召开的专题组织生活会上，协会机关在职党支部和曲艺中心党支部的每名党员结合观看的警示教育片、李屹同志讲话精神和自身的工作，认真开展了批评和自我批评。

11月16日至17日，中国曲协组织在职党员干部赴中共一大和二大会址开展“追寻起点 不忘初心”主题党日活动。其间，大家瞻仰了中共一大会址、中共二大会址和南湖红船、南湖革命纪念馆，回顾建党历史，重温入党誓词，并进行了党支部和党小组学习讨论交流。

11月30日，中国曲协党总支组织党员干部职工参观了在中国国家博物馆举办的“伟大的变革——庆祝改革开放40周年大型展览”，黄群、项云带队参观。

【中国曲协工会工作】

2月24日下午，中国曲协工会召开会员大会，进行新一届工会委员会换届选举。刘冰当选为新一届工会主席，白威当选为新一届工会副主席。

5月2日，中国曲协工会组织机关干部职工来到位于北京市顺义汉石桥湿地自然保护区首都义务植树点，开展义务植树修枝抚育活动。

9月12日上午，中国曲协邀请北京市消防安全宣传教育中心李尽美开展了一场以消防安全教育和逃生自救技能为主要内容的消防安全知识讲座。中国曲协机关、曲艺艺术中心的二十余名干部职工参加了此次讲座。

【中国曲协各专项领导小组会议】

2月12日上午，中国曲协深化改革领导小组组长董耀鹏主持召开中国曲协深化改革领导小组会议。会议传达了关于中国文联深化改革工作的有关文件精神，研究了《中国曲协深化改革具体任务分工台账》，并就2018年推动中国曲协各项改革任务落地落实进行了部署。

7月26日下午，中国曲协召开维护稳定工作领导小组会议，领导小组组长董耀鹏主持会议。会上集体学习了党的十九大报告中关于完善社会治理体系、稳定社会大局的有关论述，学习了《人民日报》刊发的有关理论文章，并就中国曲协、曲艺艺术中心和《曲艺》杂志社维护稳定工作的形势及在改革发展中出现的矛盾和隐患进行了分析和研判。

7月23日，中国曲协意识形态工作领导小组召开第一次会议。会议由中国曲协意识形态工作领导小组组长董耀鹏主持。会议传达了中办关于意识形态工作的文件精神。通报了《中国曲协分党组落实意识形态工作责任制具体实施规定》。

8月17日下午，中国曲协召开党风廉政建设和反腐败工作领导小组会议，传达学习中央有关文件和中国文联党组关于贯彻落实十九届中央第一轮巡视工作的整改反馈意见，学习讨论《中国曲协党风廉政风险点及防控措施》，并就中国曲协推进党风廉政建设和反腐败工作进行研究部署。

8月21日上午，中国曲协召开保密工作领导小组会议，传达学习中央和中国文联有关文件和会议精神，通报协会保密工作自查自评情况，协会保密工作领导小组及办公室成员参加。

8月23日上午，中国曲协召开教育培训工作领导小组会议，传达学习全国宣传思想工作会议精神、《中共中央宣传部等关于印发〈2018-2019年全国文艺业务骨干和管理干部培训工作计划〉的通知》和中国文联党组书记、副主席李屹在全国文联系统教育培训工作会议上的讲话，听取2018年中国曲协教育培训工作进展情况汇报，并就下一步加强教育培训工作进行研究部署，领导小组及办公室成员参加。

9月17日上午，中国曲协召开离退休干部工作领导小组会议，传达学习贯彻中国文联关于老干部工作的重要文件精神，研究讨论协会离退休干部工作中的党风廉政风险点及防控措施，部署安排2018年协会离退休干部秋游、重阳节活动事宜。

10月9日下午，中国曲协普法工作领导小组召开第一次会议，传达2018年全国普法依法治理工作要点，总结曲协普法工作交流经验并对协会下一步普法宣传教育工作作出安排部署。

中国舞蹈家协会

综 述

新时代开启新征程，新使命呼唤新作为。2018年是贯彻党的十九大精神的开局之年，是改革开放40周年，是决胜全面建成小康社会、实施“十三五”规划承上启下的关键一年。这一年来，在中宣部和中国文联的有力指导下，中国舞协深入学习贯彻党的十九大和十九届二中、三中全会精神，紧紧围绕党和国家工作大局，坚持以科学发展观为统领，创新理念和思路，立足基本职能、彰显独特优势，创新工作载体、夯实基层基础，不断推动舞蹈事业繁荣发展，各项工作取得新进展。

会议与活动

【中国舞协文艺志愿小分队送戏到瑶乡】

1月28日，“我们的中国梦——文化进万家”中国舞协文艺志愿服务小分队，在中国舞协分党组成员、副秘书长夏小虎、柳斌带领下，一行20余人到连南瑶族自治县为当地瑶族村民送上新年文艺贺礼。小分队驱车4个多小时从广州赶到涡水镇大竹湾村，在只有4摄氏度且伴有雨夹雪的环境下演出。本次演出，中国舞协积极响应习近平总书记提出“向乌兰牧骑学习”的号召，发挥“文艺轻骑兵”以天为幕、以地为台的表演优势，组织舞蹈、声乐、相声、器乐演奏等多种艺术门类的艺术家，为群众送去欢乐。

【江西南丰“深入生活、扎根人民”采风】

3月1日至5日，由中国舞协主席冯双白率队的中国舞协“深入生活、扎根人民”舞蹈名家采风团到江西抚州市南丰县多个村镇，感受傩舞文化，记录傩舞形象。采风团成员中既有北京舞蹈学院编导系教授王玫、中国民族民间舞系教授田露等知名舞蹈编导，也有专注于“非遗”舞蹈的研究者中央民族大学舞蹈学院教授朴永光，还有新生代舞蹈力量以及江西当地多所高等院校舞蹈专业的十余位年轻编导。南丰县石邮村傩文化成为本次采风的重点考察对象。此外，上甘大傩、庚溪竹马、水北和合等多种类型的民俗舞蹈也被纳入采风团的观察视域。采风期间，舞蹈家们深入乡镇村落、田间地头，不仅与当地干部群众认真交流，掌握傩舞第一手背景资料，同时也与当地舞蹈工作者亲密互动，从现场找灵感，从一线找素材，为创作精品力作积聚能量。

【2018年度全国舞协工作会】

4月10日，“2018年度全国舞协工作会”在四川德阳举行。会议主要内容为：一是围绕中国舞协深改带来的职能优化做出具体阐释；二是对2017年中国舞协开展的全部工作进行总结与反思；三是对协会未来工作的总体思路、构想以及2018年的工作内容进行部署。会上就《中共中央关于加强和改进党的群团工作的意见》中的重大决策部署，及由文联领导的中国舞协深化改革的相关举措进行了传达。各团体会员单位参会代表，就会议内容发表感言并对过去一年各地舞蹈工作开展情况进行交流与讨论。为期两天的工作会议，特别设计了实地考察与调研的工作内容：参观当地的舞蹈教育机构——德阳舞蹈学校，并在德阳市文庙广场举行“送欢乐、下基层”惠民慰问演出。

【中国舞协文艺志愿服务小分队走进德阳】

4月11日下午，由中国文联、中国舞协、四川省文联共同主办的中国舞协文艺志愿服务小分队走进四川德阳慰问演出在德阳文庙广场举行。中国舞协分党组书记、驻会副主席兼秘书长罗斌表示，本次活动是为深入贯彻落实党的十九大精神，发挥文艺轻骑兵“以天为幕、以地为台”的优势，推动“扎根生活沃土，服务基层群众”主题实践活动形成机制、常态化开展。

【“深入生活、扎根人民”新疆站采风创作会】

4月19日，中国舞协“深入生活、扎根人民”新疆站采风创作会在京召开。会议由罗斌主持，他指出今年新疆采风创作活动在时间紧、任务重的情况下，希望能集全国之力，创作出具有示范性、导向性的新疆原创舞蹈作品，推动文艺创作从“高原”迈向“高峰”。采风创作会上王玫、杨威、田露、王舸、肖继元、谢飞等舞蹈编导分别陈述作品构思、交流创作经验并对新疆采风地点提出建议。

【“送欢乐 下基层”走进城口】

5月9日，由中国文联、中国舞协、重庆文联、城口县委、城口县人民政府共同主办，中国文联舞蹈艺术中心、重庆舞协、重庆文联志愿者协会、城口县委宣传部、城口县文联联合承办的“到人民中去”——中国舞协文艺志愿服务团“送欢乐 下基层”走进城口慰问演出在城口体育场举行。中国舞协文艺志愿服务团常年活跃在祖国各地的基层一线，在这支队伍中早已形成了“传帮带”的优良传统，德艺双馨的艺术家王小燕、刘全和、刘全利，常年奔走在文艺志愿服务的前沿，为年轻一代文艺工作者传递了榜样精神。本次活动同时还启动中国舞协“阳光计划”文艺扶贫系列活动，冯双白为当地舞蹈工作者进行专题讲座，相关舞蹈教师培训工作陆续开展。

【舞蹈名家赴安徽省蚌埠采风创作】

5月10日至14日，由中国舞协、安徽省蚌埠市人民政府主办，安徽省蚌埠市文广新局（旅游局）承办，舞蹈名家赴安徽省蚌埠市开展为期5天“深入生活、扎根人民”采风创作活动。由罗斌率队的“深入生活、扎根人民”舞蹈名家采风团深入安徽省蚌埠市河溜镇、鲍集镇、秦集镇、冯嘴子村等多个乡镇村落，观看冯派、郑派、怀派等多个派系的花鼓灯表演感受当地花鼓灯等多种类型的民间舞蹈。采风团成员有柳斌，北京舞蹈学院教授周萍、于晓雪，北京舞蹈学院副教授张文海、帅晓军，东北师范大学音乐学院舞蹈系主任谢飞等10人，以及花鼓灯表演艺术家娄楼等以及安徽当地十余位青年编导。5月13日下午在蚌埠市召开“深入生活、扎根人民”采风创作座谈会，采风团成员与当地花鼓灯表演艺术家深入探讨花鼓灯传承、发展与保护。

【全国少儿舞蹈创作与教学高级研修班】

5月14日，由中国舞协、河南省文联主办，中国文联舞蹈艺术中心、河南省舞协承办的第十届“小荷风采”全国少儿舞蹈创作与教学高级研修班在郑州开班，吸引了来自全国各地近160位在少儿舞蹈创作、教学领域具有较大发展潜力的舞蹈创编人才前来学习与交流。本次研修班邀请了中国舞协主席冯双白，中国舞协分党组书记、驻会副主席兼秘书长罗斌，北京舞蹈学院教授王玫，中国国家东方演艺集团音乐中心副主任孟可等9位名师进行授课。

【文艺骨干和文艺管理干部培训】

根据中宣部关于文艺骨干和文艺管理干部培训工作常态化的要求，按照中国文联关于培训工作的具体部署，结合部门工作特点，从5月20日开始至8月24日，中国舞协先后在甘肃（70名）、福建（51名）、青海（80名）、宁夏（100名）、辽宁（109名）、天津（102名）举办了6期“文艺骨干和文艺管理干部培训班”。通过专题讲座、专业实践、实地采风、现场教学、工作坊等相结合的形式，培养专业院团、高等院校及六省舞蹈骨干共计512名。培训工作，在坚持文艺政策理论宣讲和专业知识授课相结合原则的基础上，还强调：一、因地制宜，按需授课。通过与各地舞蹈行业管理者沟通、交流并对当地舞蹈从业者进行问卷调查的方式，了解各地舞蹈从业群体比较突出的差异化诉求，根据实际情况设置培训课程；二、精挑细选，不滥竽充数。在每期培训开班前，对当地报名的学员进行情况调查、核实，从中挑选优质学员；三、教学相长，循序渐进。每期培训过后，从学员中收集学习心得、感悟以及对培训设置的意见、建议，对有建设性且具有可操作性的建议积极采纳，并及时运用在日后开展的培训当中，不断提高培训课程的质量。

【新农村少儿舞蹈美育工程舞蹈课堂调研暨授牌】

5月29至31日，由中国舞协组织的“到人民中去——新农村少儿舞蹈美育工程舞蹈课堂调研暨授牌仪式活动”走进三湘。冯双白和中国舞协副秘书长柳斌来到长沙县金井镇和通道侗族自治县坪坦乡开展舞蹈课堂调研，给长沙县金井镇中心小学、长沙县路口镇中心小学、长沙县盼盼第二小学“舞蹈课堂”授牌。“新农村少儿舞蹈美育工程”少数民族舞蹈课堂自2016年开启以来，在不到两年时间里，长沙、岳阳、衡阳、怀化、张家界、湘西自治州已建成11所农村小学舞蹈课堂，湖南省舞协共派驻舞蹈志愿者上百次。

【美育进校园•阳光路上有你有我】

4月11日，为贯彻落实中国文联党组书记、副主席李屹在甘肃省武都区考察精准扶贫工作座谈会上的重要指示精神，6月7日，中国舞协在全国范围内统筹安排6名金牌教师赴武都鱼龙镇中心小学及上尹小学进行为期8天的“美育进校园”活动。6月14日上午，柳斌专程前往武都区鱼龙镇中心小学观看“美育进校园•阳光路上有你有我”教学成果汇报展示，并向学校赠送书法作品和200多套中国舞协编创出版的舞蹈教学光盘。下午，中国舞协有关同志与甘肃省相关单位及老师和志愿者代表进行座谈，听取对“新农村少儿舞蹈美育工程”的意见建议。

【“纪念盛婕先生百年诞辰”】

7月6日上午，由中国文联、中国舞协主办的“纪念盛婕先生百年诞辰”活动在中国文联召开。中国文联党组成员、副主席左中一，中国文联荣誉委员、中国舞协名誉主席白淑湘，中国舞协主席冯双白等领导以及盛婕生前学生、好友连同家属共同出席了此次纪念活动。罗斌主持会议。众人在观看回顾先生生平短片，浏览集合先生生前发表过的文章和珍贵照片，以及亲友、学生们的追忆文章而出版的《盛婕先生追思文集》后，纷纷表达了对这位德艺双馨艺术家的感怀之情，特别是对她的卓越成就和历史价值给予充分肯定。为了更好地学习老一辈舞蹈艺术家忠诚为党、奉献为民的爱国主义革命精神，中国舞协党总支还专门结合此次纪念活动，组织协会全体在职党员、发展对象、积极分子共同参会，开展一次有特殊教育意义的党日活动。

【青海省玉树州调研】

7月24日，跟随中国舞协调研小组，青海省舞协组织省内青年舞蹈编导赴玉树州进行为期3天的“深入生活，扎根人民”调研采风创作活动。此次赴玉树调研、采风创作的小组成员向当地民间舞蹈家学习当地民族舞蹈文化，了解藏族舞蹈的风格及特点，并从中找寻民族舞蹈作品创作灵感，打破原有创作构思禁锢，不断增强作品构思多元性。

【叶宁追思会】

7月30日下午，由中国舞协主办的“叶宁追思会”在中国文联召开。中国舞协顾问吕艺生，中国文联离退休干部局副巡视员麻振山，中央民族大学教授叶明明，中央电影乐团国家一级指挥金正平，原海政文工团副团长田静等一众好友，以及叶宁先生的家属出席此次追思会，夏小虎主持会议。在叶宁先生去世一周年之际，中国舞协主办此次追思会，再次深切缅怀这位受人尊敬的舞蹈艺术家。会上大家观看回顾先生的生平短片，浏览其生前文章后，纷纷表达对这位德艺双馨艺术家的感怀之情。

【2018顶尖舞者巡回课堂】

8月10日至15日，由中国舞协主办、中国文联舞蹈艺术中心承办、上海市舞协协办的“2018顶尖舞者巡回课堂”在上海举办，这是中国舞协为落实深化改革要求推出的创新性活动。开班之初，冯双白和罗斌分别进行《舞蹈形象的个性化创造》和《舞蹈观与舞蹈基本问题》两场讲座。巡回课堂邀请英国伯明翰皇家芭蕾舞团首席演员曹驰、独舞演员张毅婧，中国辽宁芭蕾舞团副团长焦洋、演员王韵，美国芭蕾舞团新锐演员张智尧、乔婉月6位芭蕾舞界的顶尖舞者担任导师，针对芭蕾表演、编创、教育、理论等领域进行现场授课、示范表演，让学员与顶尖舞者互动交流，了解国内外先进的舞蹈理念和芭蕾艺术在各个领域的发展趋势。此外，“顶尖舞者巡回课堂”首推“公益课堂”活动，没有年龄限制，没有专业门槛，全国各地各个领域的舞蹈爱好者都可以参与其中，由6位导师答疑解惑，向社会公众普及芭蕾艺术，与广大舞蹈爱好者共享芭蕾独特魅力。

【“送欢乐 下基层”赴小岗村慰问演出】

9月1日下午，中国舞协文艺志愿服务团“送欢乐 下基层”赴小岗村慰问演出活动在安徽省凤阳县小岗村干部学院礼堂举行。舞蹈类有北京舞蹈学院张翰、青年舞蹈家李响的《行者》，青年舞蹈演员骆文博、郑南的《九儿》；合肥歌舞团的花鼓灯《安徽欢迎您》与凤阳县文联的群舞《花鼓敲响新时代》，最后，慰问演出在现场所有人合唱的《歌唱祖国》中谢幕。此外，中国舞协文艺志愿服务团还特意组织文艺志愿者赶赴小岗村小学，为孩子们进行现场授课辅导，并赠送中国舞协少儿舞蹈考级教材。随后，文艺志愿服务团参观沈浩同志先进事迹陈列馆、大包干纪念馆，学习小岗精神。

【中国舞协文艺志愿服务小分队走进固原慰问演出】

9月27日，由中国舞协、宁夏回族自治区文联共同主办，中国文联舞蹈艺术中心、宁夏回族自治区舞协、固原市委宣传部、固原市文联联合承办的“中国舞协文艺志愿服务小分队走进固原慰问演出”在固原市原州区人民广场举行。来自火箭军政治部文工团、中国煤矿文工团、国防大学军事文化学院、北京舞蹈学院、北京舞蹈学院青年舞团、相声新势力等单位的艺术家们与宁夏师范学院、固原市舞协的演员们共同带来精彩演出。

【六秩春秋甲子风华——《舞蹈》杂志创刊60周年】

9月30日，中华人民共和国即将迎来69周年之际，由中国舞协主办，中国文联舞蹈艺术中心、《舞蹈》杂志社承办的“六秩春秋甲子风华——《舞蹈》杂志创刊60周年”展览在中国文艺家之家展览馆揭幕。本次展览分为《舞蹈》杂志封面展示区、实物展示区、“开篇”（前言及题词）、“传承”“变迁”“感念”“痕迹”“面孔”“坐标”“流经”“瞬间”“视野”“档案”“同舟”“汗青”“记忆”“书写”总计17个板块。展览归纳和总结了历年杂志所关注的62个代表性选题、139个大小栏目。此外，60年间，1800余个重大事件、1800余位舞坛人物、8000余位作者、3300多个舞蹈作品、1100多个院团机构、326部著作在《舞蹈》杂志上青史留名，他（她）们的名字亦记录于本次展览之中，丹青永驻。

【第四届全国中青年舞蹈创编人才高级研修班】

11月5日，由中国舞协、中国文联人事部、中国文学艺术基金会和海南省文联共同主办，中国文联舞蹈艺术中心、海南省舞协、海南省歌舞团联合承办的“第四届全国中青年舞蹈创编人才高级研修班”在海南省海口市开班。此次高级研修班吸引了来自北京、天津、山西、内蒙古、吉林等二十几个省、市、自治区、直辖市的130多位具有发展潜力的中青年舞蹈人才学习与交流。学员们通过理论学习、课堂实践、作品赏析等多种方式对当前舞蹈创作的整体态势进行学习，旨在提升舞蹈编创理念，切实解决舞蹈编创中的一些困惑。

【顶尖舞者进校园（西安站）】

11月14日至16日，由中国舞协主办，中国文联舞蹈艺术中心承办的“顶尖舞者进校园（西安站）”活动分别在西安音乐学院、西安培华学院、西安建筑科技大学附属小学、西安高新第一中学、陕西师范大学、西安市铁一中学与学生们现场表演和互动。与此同时，活动内容在坚持多样化和丰富性的同时，围绕庆祝改革开放40周年这一重要时间节点，向广大师生集中推出具有中国精神、中国气派、中国风格的舞蹈精品。西安站活动集结了4位国内顶尖舞者分别以芭蕾、民族民间舞、中国古典舞、街舞四个舞种展示中国舞蹈的魅力与时代质感。“顶尖舞者”系列项目分为“顶尖舞者巡回课堂”“顶尖舞者进校园”“顶尖舞者全球巡演”“顶尖舞者精品课程”，是中国舞协、中国文联舞蹈艺术中心实施全民舞蹈普及的有效途径，也是提高学生素质教育的重要举措。

【舞蹈维权工作培训班】

12月10日至13日，首届“舞蹈维权工作培训班”举办，通过收集近年来舞蹈界各类典型权益纠纷案例进行分析汇总，组织专家精讲解析，分享先进团体、个人在权益保护工作上的先进经验，组织舞蹈从业者间相互探讨交流，帮助舞蹈工作管理者和从业者树立维权意识，了解维权手段，掌握维权方法，保护舞蹈理论研究、舞蹈编创、舞蹈表演以及舞蹈相关著作创作的生态平衡。此外，借助中国舞蹈“荷花奖”评奖、全国舞蹈展演等多个平台，在作品报名参赛的同时完成著作权登记备案，力争逐步做到全国重大性评奖、展演作品版权登记的全覆盖。

【中国舞蹈“荷花奖”20周年展览】

12月27日，由中国舞协主办、中国文联舞蹈艺术中心承办的“荷花•廿”——庆祝改革开放40周年暨中国舞蹈“荷花奖”20周年展览在国家大剧院揭幕。展览集中呈现历届赛制、奖项、参赛规模、获奖名单及评委名录等内容，展示变迁过程；挑选20年来部分获奖作品视频、精选剧照，锁定舞蹈表演；通过照片墙展现“荷花奖”各奖项部分获奖者照片、部分获奖作品的舞美沙盘、服装等，提炼20年来相关媒体的评价报道，全方位展示该赛事20年来的历程。

艺术节与评奖

【舞典华章——2017年中国舞蹈“荷花奖”颁奖盛典暨获奖作品惠民演出】

1月8日，由中国文联、海南省委宣传部、中国舞协、海南省文联、中共三亚市委、三亚市政府主办，海南省舞协、海南省歌舞团承办的“舞典华章——2017年中国舞蹈‘荷花奖’颁奖盛典暨获奖作品惠民演出”在海南三亚大东海广场举行。本次颁奖活动是在全国性文艺评奖改革后首次举办的颁奖仪式，主要对第十届中国舞蹈“荷花奖”民族民间舞、现代舞、当代舞和舞剧四个子项的获奖作品进行集中表彰，现场不仅有视频短片回顾获奖作品的精彩花絮，也有高水准的获奖佳作亮相。本次颁奖晚会的另一个重头环节是为欧米加参、查干朝鲁、白淑湘三位舞蹈艺术家颁授“中国文联终身成就舞蹈家”荣誉称号，以此向为中国舞蹈事业的繁荣和发展做出卓越贡献的艺术家们致以最崇高的敬意。此称号的颁授既是对老一辈舞蹈工作者们成就的肯定，也希望通过此类荣典制度，在年轻一代舞蹈从业者中树立行业的楷模和榜样，将“德艺双馨”薪火相传。

【第七届中国舞蹈节系列活动——“我要舞”（5•15）群众舞蹈展演】

5月15日，由中国文联、中国舞协主办，北京市文化局、北京市石景山区委区政府、中国国标舞总会、中国舞协街舞委员会协办的第七届中国舞蹈节系列活动——“我要舞”（5•15）群众舞蹈展演在北京市石景山国际雕塑公园举行。中国文联党组成员、副主席左中一，中国文联荣誉委员、中国舞协名誉主席白淑湘等中国文联、中国舞协有关方面领导出席展演启动仪式。中国舞协将第七届中国舞蹈节首场大型演出选择在5月15日举行，是取“我要跳舞”的谐音，旨在打造未来的5•15——“中国舞蹈日”概念。本次展演既有《致青春》等来自地方的展演节目，《美丽中国走起来》等来自京津冀院团的展演节目，还有《爵士天下》《青春阳光》等街舞及拉丁舞展演节目。除首都北京，广东、青海、云南、厦门、大连等多个省市舞协也围绕着“5•15”开展了形式多样的群众舞蹈展演。与此同时，中国舞协还将多地的精彩互动演出，通过中国舞协服务号“舞蹈PLUS”直播给全国观众。

【“春晓——‘小荷风采’二十周年精品剧目展演”】

7月17日、18日，“春晓——‘小荷风采’二十周年精品剧目展演”在北京天桥艺术中心举办。此次展演将“小荷风采”九届以来的少儿舞蹈精品力作撷英公演，比如弘扬社会主义核心价值观的《我的偶像》《我的梦娃我的梦》；聚焦童真童趣的《下雪了真滑》《毛毛虫》《吃吃吃》；展现地域特色民族风情的《美丽的长白花》《白云红太阳》《布里亚特儿童》；关注社会现实与孩子成长困惑的《天天》《遥远的爸爸妈妈》；传承中华优秀传统文化的《我是广东人》《刀马旦》等优秀少儿舞蹈作品。自1998年创立的“小荷风采”是经中宣部批准立项，由中国文联、中国舞协共同主办的全国少儿舞蹈展演活动。

【第五届“荷花少年”全国舞蹈展演】

7月23日至25日晚，由中国舞协主办，中国文联舞蹈艺术中心承办，中国舞协中小学舞蹈教育专业委员会、北京舞蹈学院教学实践中心协办的第五届“荷花少年”全国舞蹈展演活动，在北京舞蹈学院舞蹈剧场举行。本届展演于3月开始启动作品征选工作，通过全国各地舞协的初选推荐，共有27个省、市、自治区的170个优秀作品进入复选程序，经过推选委员会评议，最终有69个在编导和内容上具有示范性的优秀作品脱颖而出，晋级参加在北京舞蹈学院举行的现场展演活动。与前四届相比，本届展演活动无论是在展演种类上，还是在活动规模上都有所提升和创新。不仅保留群舞作品，同时还新增独舞、双人舞、三人舞的展演种类，另外，从第四届开始，特别纳入各地中专艺术院校报送的优秀舞蹈作品。

【中国文联“深入生活、扎根人民”音乐舞蹈艺术家赴西藏采风创作成果汇报演出】

8月12日，中国舞协领导随中国文联党组书记、副主席李屹赴西藏自治区文联调研，与西藏艺术家代表座谈。8月13日，中国文联“深入生活、扎根人民”音乐舞蹈艺术家赴西藏采风创作成果汇报演出在拉萨市文化体育中心举办。此次活动由中国文联、西藏自治区党委宣传部、中国音协、中国舞协和西藏自治区文联共同主办。中国文联党组书记、副主席李屹，西藏自治区党委常务副书记、西藏自治区政协党组书记丁业现等与藏族聚居区群众一起观看演出。演出节目是2016、2017两年间中国文联会同中国音协、中国舞协组织知名音乐舞蹈艺术家深入西藏多地采风创作的优秀成果，通过艺术的方式回到西藏回报西藏人民。在本次演出中，舞蹈类包括《梦宣》《玄音鼓舞》《青稞》《阿噶人》以及《鼓韵新生》，对非遗和藏文化的传承与重视使得作品中的舞韵、舞风、舞姿彰显出藏族特有的人文情怀。由于西藏海拔高，意味着演出对于主创团队及演员们是一次踏在生命咽喉处的、与氧气博弈的极限挑战。虽然受到自然环境的限制，但演员们最终凭借着惊人的毅力圆满地完成汇报演出工作。15日，中国文联“深入生活、扎根人民”音乐舞蹈艺术家赴西藏采风创作成果汇报演出在日喀则剧院举行。

【第五届中国秧歌节】

由中国舞协主办、山东省胶州市人民政府承办、中国舞协民族民间舞蹈专业委员会协办的第五届中国秧歌节于9月19日在“中国秧歌之乡”山东省胶州市拉开帷幕。20日晚，来自全国的优秀秧歌队和艺术家们为当地观众献上名为“新时代”的秧歌艺术精品展。秧歌节期间，主办方还于20日上午组织“相约秧歌之乡　寻根秧歌故里”采风，到胶州秧歌的发源地东小屯村斜沟崖等村观看传统胶州秧歌队表演，并与当地国家级和省级胶州秧歌代表性传承人互动交流。本届中国秧歌节，突出“秧歌扭进新时代”主题，并结合“深入生活、扎根人民”的主题实践活动，组织全国各地的演出团队在中国秧歌城广场、市民广场、胶东国际机场等城乡十余个演出点进行展演。中国秧歌节，是中国舞协自2008年推出的全国性民间歌舞展演活动，对各地秧歌等“非物质文化遗产”民间舞蹈文化艺术的抢救、挖掘、保护和传承起到积极的促进作用。

【第十一届中国舞蹈“荷花奖”当代舞、现代舞评奖】

10月15日至17日，由中国文联、中国舞协、广东省文联主办，中国文联舞蹈艺术中心、广东省舞协承办的第十一届中国舞蹈“荷花奖”当代舞、现代舞评奖活动在广州大剧院隆重举行。与之前几届评奖相比，本届“荷花奖”现代舞组涌现出大批独舞作品，演员们颇具质感的肢体探索和个人主观的情绪表达成为一大特色。经过三天的较量角逐，最终《与妻书》《运河船工》《黄河》获第十一届中国舞蹈“荷花奖”当代舞奖，《看不见的墙》《不眠夜》《命运》获第十一届中国舞蹈“荷花奖”现代舞奖。

【2018中国（蚌埠）花鼓灯艺术交流展演周】

10月27日至28日，由中国舞协、安徽省文化厅、安徽省旅游发展委员会、蚌埠市人民政府主办，中共蚌埠市委宣传部、蚌埠市文广新旅游局、蚌埠市文化发展集团、安徽省文化馆共同承办的2018中国（蚌埠）花鼓灯艺术交流展演周在安徽蚌埠举行。27日上午，“群英荟萃——民俗踩街暨花鼓灯展演”在淮河文化广场举行，来自蚌埠市怀远县、龙子湖区等多家县市及河南省信阳市的24支花鼓灯队伍，和舞龙、舞狮、旱船等48支民俗队伍一起扭起欢快热烈的舞步。此外，展演期间，分别于27日晚上和28日早上在蚌埠市和怀远县为当地群众送去两场精品惠民文化演出。

【纪念改革开放四十周年——首届全国街舞创作作品展演】

11月21日至22日，由中国舞协、广东省文联主办，中国舞协街舞委员会、CHUC全国街舞联盟、广东省舞协、河源市文联、河源市舞协承办的“纪念改革开放四十周年——首届全国街舞创作作品展演”在广东省河源市桃花水母大剧院举行。本次展演，经组织专家推委团对剧目进行严格审议，最终从全国16个省、市、自治区100余部优秀作品中甄选出30部剧目进入展演，包括Hiphop、Locking、Popping、Breaking、Jazz等主要街舞舞种。两天共计有500余名演员参与了此次展演活动。这些作品大多为抒写现实生活，展现时代风采的原创优秀街舞作品，反映当下年轻一代“积极、乐观、健康、向上”的精神面貌。

【“舞典华章——2018中国舞蹈年度巡礼”】

12月27日，由中国舞协和国家大剧院共同举办的“舞典华章——2018中国舞蹈年度巡礼”于国家大剧院举办。晚会通过视频加作品展示的形式回顾改革开放40年来中国舞蹈人紧随时代步伐，舞出峥嵘岁月的印记，展现当代舞蹈人“在深入生活、扎根人民中进行无愧于时代的文艺创造”；总结中国舞蹈在2018年的创造性发展和历史性节点事件，展现中国舞蹈人在2018年身体力行，以实际行动展现中国舞蹈在作品创作、学术研究、教育教学、全民普及层面上的成果。通过精品荟萃的展演形式，给予关注中国舞蹈发展的社会各界人士以回馈，营造年终舞蹈盛世的典礼性氛围。

理论研究

【中国舞协理论评论委员会成立】

6月5日下午，中国舞协理论评论委员会（以下简称“委员会”）成立大会暨第一次会议在中国文联所在地“文艺家之家”召开，中国舞协主席冯双白，中国舞协分党组书记、驻会副主席兼秘书长罗斌，以及中国舞协分党组成员夏小虎、柳斌和中国文联舞蹈艺术中心副主任张萍及近30位来自各地艺术院校、科研院所、新闻单位从事舞蹈领域相关工作的专家学者出席会议。成立大会由罗斌主持，通过了委员会章程（草案）和组织机构名单。随后，理论评论委员会第一次会议召开。冯双白从舞蹈艺术自觉和自省的角度阐释委员会的重要性，并就委员会未来工作提出要树立“三个意识”：学习意识——了解当前不同学科艺术理论领域最前沿；问题意识——增强对于舞蹈界当下存在问题的调研和深度思考；实践意识——舞蹈理论进步必须与艺术实践紧密结合。与会委员专家对冯双白的讲话作不同角度的呼应，并站在不同的学科立场，为委员会今后工作的方向提出意见和建议。

【2018年度国家社科基金艺术学重大项目中标】

7月16日，经专家评审并报全国艺术科学规划领导小组批准，中国舞协作为责任单位首次申请，以冯双白为首席专家投标的课题“现实题材舞蹈创作研究”被确立为2018年度国家社科基金艺术学重大项目，批准号为18ZD17，研究周期为2018年7月至2023年12月。中国舞协将及时监控项目的研究进程和研究质量，并对研究经费的使用进行有效的管理，确保项目研究高质量地完成，拟最终出版《现实题材舞蹈创作研究》《现实题材舞蹈创作研究资料汇编》等。

【“昆舞传承发展十五年”专题座谈会】

8月28日，由中国舞协昆舞委员会主办的“昆舞传承发展十五年”专题座谈会在南京举行，罗斌主持。会上，众专家学者就昆舞的本源、发展现状及未来何去何从等重要问题展开讨论。其观点主要集中为：在发展大方向上，昆舞传承不能丢掉“宗”，要向源头看，要回到历史，回到传统文化中去；昆舞发展既离不开创作实践，也需要理性力量、理性思维的牵引指导；为继续播撒昆舞的种子，教学平台要拓展，小型演出团体需建立，最重要的是，要把更多的精力投入到创作实践中去，从小型剧目着手，积累剧目打造精品。

【改革开放40年来全国现实题材创作课题研究】

受文化和旅游部艺术司委托，8月30日至10月底，中国舞协承担“改革开放40年来全国现实题材创作课题研究”并撰写调研报告，梳理改革开放40年以来全国现实题材舞剧舞蹈诗剧目取得的成就、经验，总结创作规律，分析存在的问题与不足，为下一步现实题材舞剧舞蹈诗剧目创作提供借鉴参考。

【中国汉族民间舞蹈研讨会】

9月21日上午，在胶州宾馆会议室召开首届中国汉族民间舞蹈研讨会。来自北京舞蹈学院、中国艺术研究院、山东省舞蹈家协会、中央民族大学舞蹈学院等单位的全国舞蹈界知名专家学者，以及来胶舞蹈队伍领队齐聚胶州，就“原生态汉族民族民间舞蹈当代走向”进行专题交流讨论，研讨会现场气氛热烈、发言踊跃，与会专家学者纷纷出谋划策，提出许多真知灼见。

【改革开放40年来舞蹈研究课题】

10月1日至11月30日，受中国文联委托，华南师范大学承担“改革开放40年来舞蹈研究课题”并撰写调研报告，概况梳理改革开放40年以来不同历史阶段舞蹈发展成就，分析现象和思潮，在回顾历史的基础上，客观分析机遇和问题，提出有学术价值和可操作、针对性的对策建议。

【中国现当代舞蹈发展论坛】

10月17日上午，由中国舞协主办，中国舞协理论评论委员会、广东省舞协承办的“中国现当代舞蹈发展论坛”在广州举办，来自两岸三地的一线舞蹈家、评论家、专家学者以及第十一届中国舞蹈“荷花奖”当代舞、现代舞评奖的评委们二十余人针对“现当代舞蹈创作问题的反思与前瞻”这一议题展开讨论。此次论坛舞蹈学者专家们积极献策，围绕当下现当代舞蹈创作领域存在的技术、观念等层面的问题，以及现当代舞蹈创作今后的发展走向，希冀能够通过论坛对中国现当代舞蹈发展起到积极作用，讨论中对当代舞概念界定、当代舞创作中审美追求的走向、“什么是舞蹈”“如何创作”等问题各抒己见，为中国当代舞现代舞的发展起到“指向标”的作用，论坛在真诚而有见地的表述乃至商榷中落下帷幕。

【花鼓灯学术研讨会】

10月28日上午，“2018中国蚌埠花鼓灯艺术交流展演周花鼓灯学术研讨会”在蚌埠举行，罗斌主持。来自国内知名高校和研究单位的专家学者相聚一堂，就花鼓灯文化教育传播、艺术创作及其问题、花鼓灯文化的传承与保护、创新和发展展开研讨。

【《舞者述说：中国舞蹈人物传记口述史》出版】

10月份，由中国舞协、中国文联舞蹈艺术中心编辑的《舞者述说——中国舞蹈人物传记口述史》由中国文联出版社出版，全书通过近30万字的口述史采访整理及近450分钟的传记片，以图、文、影像三种方式，记录9位新中国第一代舞蹈家的艺术成长经历及艺术成就。

【2018中国舞蹈高峰论坛】

12月7日，延续“中国舞蹈高峰论坛”概念，由中国舞协主办，中国舞协理论评论委员会、上海国际舞蹈中心、上海舞协协办的“2018中国舞蹈高峰论坛暨中国舞蹈‘荷花奖’舞剧论坛”在上海召开。与会专家们围绕“中国舞蹈问题的观察与思考”“中国舞剧创作的理念更新”“中国舞剧创作的内外生态、跨界融合”等问题进行了富有建设性的发言与讨论。此次会议促进了舞蹈编创、理论与评论之间的深度交流，中国舞协名誉主席白淑湘更期许此次论坛能成为中国舞蹈界的“西湖会议”（影响上世纪80年代文学创作的一次文学会议），在中国舞蹈史上留下一个合适的定位，成为批评思潮的风向标。

对外及港澳台地区文化交流

【2018 CBDF维也纳中国新年舞会】

1月20日至21日，由中国舞协、中国国际标准舞总会、奥中友协共同主办，并得到中国对外友协、维也纳市政府、维也纳大学孔子学院大力支持的“2018 CBDF维也纳中国新年舞会”系列活动在维也纳霍夫堡皇宫举行。本次活动包括“CBDF维也纳国际论坛”“CBDF维也纳国际舞蹈节”和“CBDF维也纳中国新年舞会”，旨在践行丝路精神的同时，开拓中国国标舞事业新领域。活动随着1月20日举办的“CBDF维也纳国际论坛”拉开序幕。次日下午，在霍夫堡皇宫举行促进中奥文化交流的“CBDF维也纳国际舞蹈节”。来自中国、英国、俄罗斯、意大利、波兰等国的舞蹈少年精英悉数参加。同日晚七点，“CBDF维也纳中国新年舞会”拉开序幕，中国驻奥地利大使李晓驷、奥地利国民议会第二议长多瑞斯•布丽斯等出席，嘉宾来自中奥两国的文艺、政商、军方等多个领域。为使中国国标舞人更深入地体悟国标舞的礼仪文化，在本次舞会的开场环节还设置了成人礼环节，来自哈佛、耶鲁、牛津、斯坦福和北大、清华等及奥地利当地院校学子均有参与。

【“一带一路•泰国印象”中国—东盟青少年舞蹈交流展演】

时值中泰建交43周年，又逢新春佳节，2月22日至23日，由中国舞协、泰中艺术家联合会主办的“一带一路•泰国印象”中国—东盟青少年舞蹈交流展演于泰国举行。22日上午，活动在曼谷暹罗天使剧院拉开序幕，来自中国18个省市以及来自东盟十国的青少年舞蹈团队近千人汇聚一堂，以舞会友。此外，中国青少年团队还走进曼谷岱密中学孔子学堂、罗勇府达信中学，观看泰国学生表演的传统节目并进行互动交流。

【舞剧《贝玛•莲》赴滇演出】

6月13日至14日，组派中印艺术家和舞者一行10人，携中印联合编创的舞剧《贝玛•莲》赴昆明参加“2018澜湄艺术节国际舞蹈发展论坛”演出和交流。该剧是中国舞协2017年度“一带一路”舞蹈交流合作的成果，这是该剧继2017年中国、印度巡演后的第一次复排演出。

【“荷花奖”“小荷风采”精品剧目东京展演】

时值《中日和平友好条约》缔结40周年，中国舞协组派交流团一行42人，在团长柳斌的率领下，于7月21日至23日赴日本主办“2018中日舞蹈国际交流——‘荷花奖’‘小荷风采’精品剧目东京展演”，日本舞踊协会、日本华世国际文化艺术交流协会协办，中国驻日大使馆、日本外务省、日本文化厅作为支持单位。本次展演是自“荷花奖”“小荷风采”开启国际巡演以来首次进入东亚地区，无论是形式还是内涵上都加大了传统东方艺术的比重。7月23日下午，展演在日本桥公会堂正式拉开帷幕。上半场演出为日本舞踊专场，下半场演出则是属于中国舞者的时间。除展演之外，主办方还特别设置教学观摩、中日舞者交流座谈等内容。

【赴爱丁堡参加中华文化艺术节】

应苏格兰中国国际发展商会、爱丁堡艺穗节邀请，中国舞协组派以中国舞协主席冯双白为团长的艺术团于8月1日至7日赴英国进行文化交流，参加爱丁堡艺术节之第四届中华文化艺术节并举行演出。4日中午的开幕仪式上，中国驻爱丁堡总领事馆孙旭东副总领事、冯双白、爱丁堡市市长弗兰克•罗斯、苏格兰文化旅游外事大臣菲奥娜•希斯洛普以及各演出展览团体代表等嘉宾出席并分别致辞。此次中国舞协携北京现代舞团亮相艺术节，于当地时间8月4日、5日在爱丁堡国际会展中心剧场上演该团的保留剧目《三更雨•愿》。另外，经由协会推荐，来自北京、广州的两支少儿舞蹈团队，作为中国舞协“小荷风采”二十周年优秀剧目的代表，于8月3日在爱丁堡国际会议中心的舞台上进行中华文化艺术节之青少年艺术节的专场演出。5日下午，中国舞协与皇家苏格兰乡村舞蹈协会进行会面和交流。

【中国舞协港澳会员工作座谈会】

10月16日上午，中国舞协港澳会员工作座谈会在广州市珠江宾馆召开。冯双白、罗斌和夏小虎、柳斌及来自港澳地区的16名会员出席会议，就协会近年来的重要工作、港澳地区舞蹈艺术家及文艺团体的工作现状以及今后的交流方式和可能性进行沟通。在会议互动环节，与会人员就两岸三地舞蹈编创、青少年舞蹈教育、内地与港澳舞蹈交流合作现状及前景等方面进行交流。

机关建设

【党建工作】

首先是把学习宣传贯彻习近平新时代中国特色社会主义思想和党的十九大精神作为一项常抓不懈的重要任务，协会理论中心组召开6次会议组织集中专题学习研讨；其次是以党的政治建设为统领，全面推进党建工作，继续深入推进中国舞协“两学一做”学习教育常态化、制度化，加强分党组自身建设，发挥基层党组织作用，把全面从严治党引向深入。结合协会工作实际修订完善了《中国舞协分党组工作规则（试行）》《中国舞协党内主要生活制度规定的实施方案》《中国舞协关于落实党风廉政建设的实施意见》等制度。协会各级党组织认真贯彻落实《关于新形势下党内政治生活的若干准则》，严肃开展党内政治生活，坚持以党章为根本遵循。认真落实“三会一课”等，并积极运用网络、短信手段加强党建工作。协会党总支全年组织活动和召开会议7次，行政在职支部组织学习会议9次，舞蹈艺术中心支部组织学习会议8次。协会重新调整党风廉政建设责任制领导小组，各级党组织通过购买学习资料、学习违法违纪情况通报等，提高协会党员干部的廉洁意识和风险意识。6月，党风廉政建设责任制领导小组听取各支部上半年党风廉政建设情况汇报，并提出改进意见。同时，组织协会各处室重新梳理廉政风险点19条，提出相应预防和处理措施。10月召开中国舞协警示教育大会，以案示纪，以案说法，用身边事教育身边人。

【深化改革任务】

对照深改方案对改革任务重新进行全面梳理和研究，制定了《中国舞协深化改革任务分工工作台账》，分析问题、制定措施、落实责任，对重点难点工作逐条逐项明确责任部门、责任人和时间进度、推进措施。19项具体改革措施中，18项已完成，1项基本完成并长期落实，深化改革工作整体上取得明显成效并持续向好。

【加强自身建设】

制定完善《关于进一步规范中国舞协管理工作的有关规定》《中国舞协主席团成员、理事会理事履职规范》《中国舞协深入生活采风创作活动管理办法》《中国舞协外事工作管理暂行办法》《中国舞协机关和艺术中心干部下基层服务实施办法》《中国舞蹈家协会章程》《中国舞蹈家协会会员工作条例》《中国舞蹈家协会专业委员会工作条例》《中国舞蹈家协会会员发展管理细则》，增设会员工作处，大型活动处加挂权益保护处牌子，增加职业道德建设和新文艺群体联络的职能，强化对各专业委员会及会员等组织和个人的管理工作，新增处室已理顺职能并开展工作。

【会员工作】

8月，历时一年改造升级的新版中国舞协官方网站会员管理平台正式上线启用。该平台具有中国舞协会员的在线申报、审批、缴费、个人信息管理、老会员信息认领、会员分类检索统计并导出报告等功能，提高了会员发展、管理办法的宣传，会员信息、档案的建立和存档等管理办法的效率和效果。年底集中为成功进行网上认领和申报的会员发放新版会员证。至此，中国舞协基本完成会员工作的初级网络建设和无纸化管理。

【“文艺之乡”和“文艺创作基地”管理】

进一步修订了《中国舞蹈家协会关于规范命名“文艺之乡”和“文艺创作基地”暂行办法》，建立常态化工作机制，完善定期报告、复查、考评的工作制度，加强后续管理。根据中国文联《关于进一步做好“文艺之乡”和“文艺创作基地”服务管理工作的函》的要求，对中国舞协曾建立、授牌“文艺之乡”和“文艺创作基地”的地区和单位进行梳理，对长期未按要求开展活动或发挥应有作用、名不副实的授牌地区或单位，做出解除命名并摘牌的决定，对切实开展活动并发挥作用的授牌地区或单位，进行重新整理、编号，并重新授牌的决定。

直属单位

【《舞蹈》杂志】

年度总计收稿290篇，年审稿文字量230万字，编辑总量88万字。杂志一贯强调重大选题的引导作用与影响力，寻找立体和多元视角，挖掘选题的文化内涵及学术深度，并兼顾创作、教学、批评、学术研究不同向度设计内容，从而对中国舞蹈进行全景式的总览与分析：重点策划选题20个，涉及第十二届全国优秀舞蹈节目展演、中国非物质文化遗产传统舞蹈展演等25个年度舞蹈重大事件，专题舞坛人物15位；涉及重要创作如“天域舞风”原创西藏题材舞蹈作品展演、《心之所往》《罗丹》等重要作品总计37部。与此同时，进一步加强《舞蹈》杂志微信平台建设，充分运用新媒体的技术手段扩大舞蹈理论评论以及杂志的影响力和传播力。截至11月底，杂志微信公众号订阅总数8477，单篇文章最大阅读量达10691，通过微信平台订阅杂志数量显著提升。此外，杂志完成由月刊到双月刊的改版工作，通过制作周期的延长有效提高选题含金量和文章编校质量，设计亦全面改观，改为封面250克光铜，单面覆光膜、烫金；内页全部为110克水晶环保特种纸。

【舞蹈考级】

中国舞协“中国舞蹈考级”全国学生考级，截至11月底，培训班次共计3550个班，同比2017年增长1097个班，同比增长率44.72%；教师培训共计108267人次，同比2017年增长率45.3%；全国学生考级截至11月2475959人次，3月、9月、11月分别培训《中国舞蹈考级》教材1-10级487名全国金牌教师。4月12日，中国舞协全国考级工作会议在四川德阳举行，冯双白、罗斌、夏小虎、柳斌等出席会议。来自全国34个省、市、自治区的70家考级承办单位、150多位代表参会。7月在内蒙古鄂尔多斯举办第七届中国舞蹈节——中国舞协全国教学成果展演和中国舞协全国教学研讨会，对中国舞协出版的“少儿舞蹈培训系列教材”进行集中检验，近2000名参演师生汇聚一堂。9月18日，在柳斌、张萍等党员干部的带领下，中国舞协《中国舞蹈考级》近80名预备金牌教师来到嘉兴南湖，开展“不忘初心，牢记使命”主题党日活动，重走“一大”路，沿着当年“一大”代表的足迹，了解红船精神的由来。9月19日上午，中国舞协《中国舞蹈考级》全国金牌教师培训开班仪式暨专题党课顺利举行。

【成立舞蹈工作者职业道德建设委员会】

6月26日，组织成立中国舞蹈家协会舞蹈工作者职业道德建设委员会，制定章程，并制定有效带动行业进行职业道德建设的工作手段和长期规划。

中国民间文艺家协会

综 述

2018年，中国民间文艺家协会（以下简称“中国民协”）认真学习贯彻党的十九大和十九届二中、三中全会精神，以习近平新时代中国特色社会主义思想为指导，认真贯彻落实中国文联党组各项部署，紧紧抓住中国民协深化改革和中国民间文学大系出版工程、中国民间工艺传承传播工程等工作重点，统一思想，明确职责，积极稳妥地推进各项工作，在深化民间文艺体制改革、强化会员服务、开展基层组织建设和业务活动开展状态调研、加强网络信息平台建设、深化评奖制度改革、组织民间文艺节会活动、会员培训、中青年民间艺术人才培养、民间文艺展览展示展演与学术交流、民间文艺“山花奖”评奖、“我们的节日”系列活动、“民间文化进校园”活动、“送欢乐下基层”活动、民间文艺权益保护、传统村落保护与研究、民间文艺对外交流、专业委员会建设、民间文艺之乡建设、文艺志愿服务、直属单位管理、机关建设，以及推进实施中国民间文学大系出版工程、中国民间工艺传承传播工程、中国口头文学遗产数字化工程、“一带一路”民间文化探源工程、中国民间故事演录工程、《中国民间名故事活化精品库》项目、《中国唐卡文化档案》项目、《中国民间剪纸集成》项目等重大文化项目方面作出了积极努力并取得了一系列丰硕成果，民间文艺事业蓬勃发展。

会议与活动

【中国民协2018年工作会议举行】

1月23日，中国民协2018年工作会议在河南省郑州市举行。会议对2017年工作进行了总结，对2018年工作进行了部署，提出2018年的重点工作为系统推进中国民协深化改革方案的实施、积极推进中国民间文学大系出版工程和中国民间工艺传承传播工程。

【召开钟敬文学术文化思想座谈会】

1月19日，由中国文联、北京师范大学和中国民协联合主办的“跨文化视野下的中国优秀传统文化教育与传承——《钟敬文全集》出版与钟敬文学术文化思想座谈会”在人民大会堂召开。中国文联党组书记、副主席李屹，中国文联副主席、中国民协主席潘鲁生，中宣部出版局副局长许正明，北京师范大学副校长郝芳华等领导及专家学者出席会议，中国文联党组成员、副主席陈建文主持会议。《钟敬文全集》于2018年11月出版，是对钟敬文丰硕的学术成果和丰富的文艺实践的全面梳理与总结，此次座谈会旨在纪念钟敬文并对《钟敬文全集》的出版进行研讨。

【启动中国民协基层组织建设和业务活动开展状态调研】

9月16日至18日，中国民协调研组赴山东省高密市、潍坊市开展调研，正式启动“中国民协基层组织建设和业务活动开展状态调研”。随后，中国民协调研组对广东省陆丰市、广州市海珠区，浙江省乐清市、宁波市鄞州区，陕西省汉阴县、汉中市南郑区和汉台区进行实地调研并形成调研报告。调研活动启动后，收到十余个省份报送的20余个基层民协组织建设交流材料。调研组将其中有代表性的调研报告汇编成册，在全国范围内进行了介绍、宣传和推广。

【举办深入学习贯彻习近平新时代中国特色社会主义思想和党的十九大精神研讨班】

5月28日至6月1日，在山东省烟台市举办“中国民协第一期深入学习贯彻习近平新时代中国特色社会主义思想和党的十九大精神研讨班”，来自海南、西藏、新疆、黑龙江、福建等29个省、直辖市、自治区的200多名中青年民间文艺人才参加。8月22日至26日，在陕西省西安市举办“中国民协第二期深入学习贯彻习近平新时代中国特色社会主义思想和党的十九大精神研讨班”，来自陕西、海南、黑龙江、福建、江苏、山东等27个省、直辖市、自治区和新疆生产建设兵团约300名学员参加研讨班。

【中国民协开展会员培训】

2018年，中国民协各专业委员会积极响应会员培训工作，先后举办五期培训班，收到了良好的效果。8月6日，在新疆维吾尔自治区哈密市举办“全国民族地区民族歌曲创编人才高级研修班”；8月20日，在辽宁省盘锦市举办“新时代中国故事创作高级研修班”；9月19日，在江苏省苏州市举办“中国刺绣艺术中青年传承人高级研修班”；10月16日，在山东省烟台市举办“匠心匠艺——中国传统雕刻艺术人才研修班”；12月3日，在浙江省龙泉市举办“中国陶瓷艺术中青年高级人才研修班”。培训研修活动加强了专家学者之间的联络，进一步了解掌握了相关领域广大民间艺术从业者的情况，培养培训了专业骨干人才300余人，为进一步做好专业委员会工作打下了坚实基础。

【青海·格萨尔史诗系列活动举办】

8月12日至17日，在青海省湟中县举办以“保护口头文学，传承史诗文明”为主题的2018青海省《格萨尔》传承人演唱会及《格萨尔》学术研讨会、青海省《格萨尔》领导小组会议、青海省《格萨尔》研究成果奖颁奖典礼等系列活动，该系列活动是集传承、培训、学术为一体的综合性、高规格的青海格萨尔文化活动，充分展示了近几年来《格萨尔》研究工作方面所取得的成果。

【“千年古县、干宝遗风”首届中国民间文学学术研讨会举办】

10月15日，在浙江省海盐县举行“千年古县、干宝遗风”首届中国民间文学学术研讨会，来自全国的20多位专家学者围绕中国民间文学研究的现状与理论探索、干宝与《搜神记》研究、民间文学研究的现状与展望等论题展开研讨。

【中国“秃尾巴老李”传说学术研讨会举办】

10月21日，在山东大学举办“中国‘秃尾巴老李’传说学术研讨会”，对东北、山东、华北一带留存的“秃尾巴老李”传说进行跨区域研究，科学有效地对这一传说进行文化资源整合，推出了一系列相关研究成果。

【全国胡仁乌力格尔大会举办】

11月20日至24日，在内蒙古通辽市扎鲁特旗举办全国胡仁乌力格尔大会（含胡仁乌力格尔展演展示、调研研讨、蒙古语翻译培训等系列活动），此次活动集中全国范围内的乌力格尔艺人、专家学者、民间文学翻译人员和研究人员一起深度交流与探讨学习，对保护蒙古族非物质文化遗产、促进蒙古族优秀传统民间文化艺术的传承与弘扬，具有十分重要的意义。

【中国民间文学大系出版工程学术研讨系列活动举办】

11月28日至30日，在四川省攀枝花市举办中国米易首届全国民间情歌大会及中国颛顼文化研讨会；12月4日至6日，在广西南宁举办中国壮语歌谣会暨壮语言民间文学与壮族歌谣编纂工作座谈会；12月20日至23日，在浙江省缙云县举办江南民间小戏交流大会暨《中国民间文学大系·民间小戏》编纂工作学术研讨会。

【组织开展“我们的节日”系列民俗文化活动】

2018年，共组织“我们的节日”系列民俗文化活动25次，其中研讨会15次，调研活动3次，展演活动6次，大型演出1次。

我们的节日·春节

1月24日（腊八节），在河南省开封市开展“我们的节日——开封节日文化”调研；2月8日（腊月二十三），在河南省开封市举办“我们的节日——开封·朱仙镇年文化节暨年画里的中国故事论坛”；2月23日至25日，在河南省浚县开展“我们的节日——浚县春节庙会”调研；3月2日至5日（正月十五至正月十八），在河北省石家庄市井陉县举办“我们的节日——2018中国·井陉春节民俗和庙会文化展演”暨“传统村落与庙会文化当代价值”研讨会；3月13日（正月二十六），在陕西省凤翔县举办“我们的节日——排灯文化节（庙会）”。

我们的节日·清明节

3月31日至4月2日，在河南省开封市举办“我们的节日——中国开封清明文化节”暨“清明：感恩意识与家国情怀”大讲堂；4月2日至5日，在山西省晋中市举办“我们的节日——清明文化传承与创新研讨会”；4月17日至19日，在广东省广州市番禺区举办“我们的节日——清明文化节”暨“同根同源：粤港澳清明文化研讨会”。

我们的节日•端午节

6月17日至18日，在福建省宁德市举办“我们的节日•端午节——宁德蕉城云淡海上龙舟文化节”；6月17日至19日，在河南省鲁山县举办“我们的节日——2018中国（鲁山）端午文化节”；6月16日至20日，在陕西省平利县举行“我们的节日——陕西安康龙舟节座谈会暨端午调研活动”；7月3日至10日，在贵州省黔东南苗族侗族自治州举办“我们的节日——贵州清水江龙舟节暨西南历法民俗文化学术研讨会”。

我们的节日•七夕节

8月10日至17日，在甘肃省陇南市举办“我们的节日——第十届陇南乞巧女儿节”系列活动；8月15日至17日，在河北省内丘县举办“我们的节日——2018中国内丘七夕民俗展演暨七夕文化论坛”；8月15日至18日，在江西省新余市举办“我们的节日——中国（新余）七夕节民俗展演”活动；8月16日至18日，在河南省鲁山县举办“我们的节日——中国鲁山七夕文化节”。

我们的节日•中秋节

9月22日至23日，在山西省长治市举办“我们的节日•首届中国农民丰收节（秋分）民俗庆典活动——中国炎帝农耕文化论坛”和第二届长治农合发展博览周；9月22日至24日，在河南省郑州市绿博园举办“我们的节日——2018中国（郑州）中秋文化节”暨河南省首届“中国农民丰收节”戊戌中秋赏月庆丰盛典，现场演出与网上直播同步进行，现场观众近万人，网上直播观看人数近30万人次；9月23日至26日，在湖南省浏阳市举办“我们的节日——中秋文化节”。

我们的节日•重阳节

10月14日至17日，在陕西省韩城市、蓝田县举办“我们的节日•重阳——韩城、蓝田乡规民约考察调研活动暨中国乡规民约、家风家训研讨会”；10月15日至18日，在山东省菏泽市举办“我们的节日——重阳节民俗考察”暨“尧舜传说与中华孝文化研讨会”；10月16日至18日，在河南省上蔡县举办“我们的节日——重阳文化节”；10月20日至21日在广东省汕尾市、10月30日至31日在北京市，举办“我们的节日•重阳——《‘渔歌里说’——我唱渔歌给党听》专场演出”。

我们的节日•少数民族及其他节日

4月16日至19日，在广西南宁市武鸣区举办“我们的节日•壮族三月三——骆越祖母王祭祀大典”、“首届八桂民俗盛典”、“中国‘壮族三月三’研讨会”系列活动；8月6日至8日，在江西省婺源县举办“第四届中国篁岭晒秋文化节暨二十四节气节俗文化研讨会”；9月2日至6日，在青海省民和县等地举办“我们的节日•土族纳顿节”；11月13日至20日，在贵州黔东南开展“我们的节日——少数民族聚居区文化行系列之贵州苗族芦笙节”民俗调研活动。

【儿童皮影舞台剧《小平少年》全国巡回演出启动】

1月18日，中国民协皮影艺术委员会在北京市海淀区北部新区文化中心举办“感恩好时代，开启新征程”纪念改革开放40周年——皮影戏大篷车“重走南巡路”活动启动仪式暨儿童皮影舞台剧《小平少年》全国巡回演出活动发布会。活动启动以来，目前已在北京市海淀区北部中心、西城区什刹海小学、通州影剧院、密云东邵镇小学、南宁戏剧节、天津剧院等地演出十余场。

【“送欢乐下基层”系列活动举办】

2018年，中国民协、中国文联民间文艺艺术中心在内蒙古赤峰市、陕西省紫阳县、甘肃省陇西县、山西省榆社县、山东省荣成市举办了一系列“送欢乐下基层”活动，将皮影、歌舞、相声、朗诵、变脸等精彩文艺节目带给边远山区、渔村的百姓，为他们送去了欢乐和温暖，受到热烈欢迎。

【“民间文化进校园”系列活动举办】

2018年，中国民协志愿服务小分队在山东省滕州市、江西省吉安市等地开展文艺展演、“民间文化教育示范学校”评审活动，让孩子们深切感受到民间文化的独特魅力。在吉安市为孩子们现场展示的节目中，包含5项国家级非物质文化遗产、9项省级非物质文化遗产，竹马舞、抖空竹、采茶戏、剪纸、陶艺、凤凰故事王等独具特色的民间文化成为活动的亮点，不仅弘扬了传统民间文化，还让富有特色的地方传统文化从孩子们这里得以传承。

【“中华颂”全国戏曲邀请展举办】

8月23日，在深圳市罗湖区举办以“讴歌新时

代 共筑中国梦”为主题的“中华颂”全国戏曲邀请展，参加本次活动展演的40个节目均从历届参加“中华颂”全国小戏小品曲艺大展优秀团队的268个作品中精选而出。在山西省河曲县、陕西省户县，分别举办了全国说唱、小戏、音舞、农民画展演等活动。

【举办青州农民画系列创作展】

9月30日，在中国青州农民画画院举办以“中国精神•中国梦——中国改革开放40年农村之变迁”为总主题的青州农民画系列创作展，讲述了改革开放以来党和国家一系列惠民政策给青州农业、农村和农民带来巨大变化的40个故事。此次创作是中国文学艺术基金会中国文学艺术发展专项基金资助的青年文艺创作项目，由40位青年农民画家历时9个月集体创作完成，共展出“改革开放40年中国农村之变迁”40米长卷、“喜迎十九大”19米长卷、“古城胜景图”长卷以及主题创作80余幅。

【居素甫•玛玛依诞辰100周年座谈会举行】

6月21日，由中国文联指导，中国民协、新疆维吾尔自治区文联主办，新疆维吾尔自治区民协承办的“居素甫•玛玛依诞辰100周年座谈会”在乌鲁木齐举行，相关领导和知名专家在座谈会上交流发言。座谈会后，有关领导和专家学者前往昭苏县，到柯尔克孜乡走访了《玛纳斯》传承人，同民间艺人进行座谈。

艺术节与评奖

【山花奖系列评奖活动举行】

2月1日至3日，在四川省自贡市举行第十四届中国民间文艺山花奖•优秀民间工艺美术作品初评（自贡彩灯）；4月16日至19日，在广西壮族自治区南宁市武鸣区举行第十四届中国民间文艺山花奖•优秀民间艺术表演作品初评（舞龙）；4月20日至24日，在山东省潍坊市举行第十四届中国民间文艺山花奖•优秀民间工艺美术作品初评（工艺美术）；9月28日至30日，在江苏省徐州市举行第十四届中国民间文艺山花奖•优秀民间工艺美术作品初评（工艺美术）；10月9日至12日，在江西省兴国县举行第十四届中国民间文艺山花奖•优秀民间艺术表演作品初评（民歌）；11月23日至26日，在山西省祁县举行第十四届中国民间文艺山花奖•优秀民间艺术表演作品初评（鼓舞鼓乐）。全年，共举办第十四届中国民间文艺山花奖初评工作6次（优秀民间工艺美术作品初评3次，优秀民间艺术表演初评3次），圆满完成了预期工作。

【第十一届中国民间艺术节举办】

10月9日至14日，在江西省赣州市兴国县举办第十一届中国民间艺术节。艺术节汇集了江西、河北、安徽、陕西、海南、湖南、湖北、宁夏、重庆等省、直辖市、自治区的22支表演队伍，包括汉族、回族、壮族、满族、维吾尔族、蒙古族等近百名演员。活动期间，举办了第十届兴国山歌艺术节、第二届“四星望月”美食旅游节活动。

【系列民间艺术交流活动及博览会先后举办】

3月18日至5月18日，“第七届中国汉牡丹文化节”系列活动在河北省柏乡县开展；4月3日，2018年中国（开封）清明文化节暨全国优秀抖空竹展演活动在河南开封清明上河园举办；4月，中国舞龙大赛在广西南宁市举行；8月24日至26日，“全国二人台艺术交流展演活动”在山西省河曲县举办；9月20日至24日，广东民间工艺领军人物推广活动“辜柳希木雕艺术作品北京展”在北京民族文化宫举办；9月29日至10月3日，“第七届中国滦河文化节”在河北省滦县举办；10月，“2018全国农民画优秀作品展”在江苏省南京市举办。年内，举办2018中国（潍坊）民间工艺品博览会、2018中国徐州文博会暨徐州民间工艺品博览会、2018中国（烟台）民间工艺品博览会等。

【“中国故事节”系列活动举办】

2018年，中国民协故事委员会共举办七项“2018中国故事节”系列活动，即：2018中国故事节•夫子河博达孝善故事会（湖北）、2018中国故事节•刘伯温传说故事会（浙江）、2018中国故事节•野马渡故事会（江苏）、2018中国故事节•枫泾廉政故事会（上海）、2018中国故事节•辽河口故事会（辽宁）、2018中国故事节•大学生故事会和“2018年度中国好故事发布”活动。通过“中国故事节”系列活动的开展，共征集原创故事近10000篇，审读推荐“中国好故事”201篇，产生“年度中国好故事（作者）”6篇（人）。“中国故事节”举办期间，中央电视台、人民网、新华社，以及活动举办地的省、市级电视台、电台、报纸、网站等主流媒体都进行了形式多样的节目录、直播和大量的新闻报道。“2018中国故事节•刘伯温传说故事会”成果发布典礼，腾讯网络直播观众点击达到21万人次。活动的开展受到上级领导的高度评价，“中国故事节”已成为中国故事的特色品牌项目。

【召开中国民间文艺之乡调查认定与命名工作会议】

4月，在山东省潍坊市召开全国民间文艺之乡工作会议，总结近年来民间文艺之乡建设情况，研究部署中国民间文艺之乡建设和管理工作。会上提出，考察命名工作将更加突出科学、准确、专业、规范要求，同时兼顾鲜明、响亮的特点，原则上不再发展大而无当、无标志性特征的文艺（化）之乡。依据四级非遗保护名录，擦亮地域文化名片，强调文化空间整体保护与建设，对于个别地方政府或文化部门，坚持好大喜“空”名称，予以回绝。对于个别重申报命名、轻建设管理的地区，督促检查整改。截至2018年底，实地考察、命名挂牌的各类民间文艺之乡共25个。

创作与研究

【中国民间文学大系出版工程相关工作全面推进】

2018年，中国民间文学大系出版工程相关工作在全国范围内全面推进，共组织召开20余次调研和座谈会，深入了解各地民间文学类别、资源分布、调查研究现状、民间文艺人才队伍现状、基础成果与相应保障措施等，明确了示范卷编纂要点，讨论了跨区域协作、交流与合作机制创新等问题，建立了强有力的专家组织体系。3月以来，陆续在有关省、自治区、直辖市召开专家组成立和工作推进会议，按照民间文学体裁的分类，组建了故事、神话、传说、史诗、长诗、小戏、说唱、歌谣、谜语、谚语、俗语、民间文学理论等12个门类的专家组，为大系编纂提供学术指导和专业意见。期间，各省成立了领导小组、编委会及相应工作办公室，确保推动实施工作，组织召开大系出版工程学术顾问和学术委员会会议，学术委员会和专家组实质性参与和指导大系出版工程的编纂工作，有力地推动了示范卷编纂工作的进程。

2018年，启动了首批55个示范卷的编纂工作，覆盖了全国（除香港、澳门和台湾地区）所有省、自治区、直辖市。全年编纂工作进展有序，编纂过程中出现的学术问题得到了有效解决，示范卷的进度和质量得到保证。

【《中国民间工艺传承传播工程集成》项目顺利实施推进】

编撰《中国民间工艺集成》项目实施以来，广东、浙江、山东、江苏、福建五个首批试点单位成立了工作小组，全力投入该项工作。广东省民协率先完成了初稿的编撰任务，全书约31万字，620余幅图片，收录广东省现存活态的民间工艺类别16个、工艺种类51个。福建省民协、山东省民协、浙江省民协、江苏省民协现已收集、采录了大量的第一手原始图文资料，在严格遵循工作手册的基础上，进行最后的统筹与编辑。8月25日，在青岛出版集团召开中期推进会，增列辽宁、河南、吉林、甘肃、湖南、湖北为示范卷编撰单位。12月初，再次启动北京、天津、山西、黑龙江等的卷本编纂工作。截至2018年底，已经启动了全国15个省、直辖市、自治区民间工艺集成卷本编纂工作。

【“一带一路”民间文化探源工程开展】

“一带一路”民间文化探源工程是由中国民协策划实施的配合国家“一带一路”倡议的重要文化项目。2018年，中国民协协同各地专家学术力量和本土民间文艺工作者的智慧经验，陆续在江苏、浙江、内蒙古、陕西、甘肃、宁夏等地开展了“丝绸之路与汉文化调研”“浙江海丝文化调研考察”“丝绸之路活化石主题论坛”“2018夏季西北民歌文化生态考察”“海丝文化与美丽渔村建设”等一系列调研考察等活动，并集结出版了调研文集。

【稳步推进中国民间文学大系基础数据库建设】

3月起，为配合故事、传说、神话卷等12个门类专家组、各省编委会编纂中国民间文学大系任务，从中国民间文学大系基础数据库一期提取数据5007册、计9亿字资料，供各地使用；对二期数据库8430册资料进行了筛选查重，为数据化打下基础；赴陕西艺术研究院扫描手抄本2000余册，为编纂陕西小戏示范卷提供资料。

【中国传统村落文化遗产保护高峰论坛举行】

5月3日，在海南省儋州市举行2018中国传统村落保护（海南）高峰论坛，来自全国各地的150余位知名专家、学者及业界嘉宾围绕“挖掘传统村落文化，寻求新形势下古村落的发展方向”这一主题，共同探讨中国传统村落保护现状和出路。

6月5日至8日，由中国民协、中国文联民间文艺艺术中心、陕西省文联主办的2018中国（青木川）古村落保护与发展高峰论坛在陕西省宁强县青木川古镇举行。论坛紧紧围绕“传承发展传统村落文化与乡村振兴”这一主题，从美丽乡村建设、历史文脉传承、地域文化发展等角度，深入探讨城镇化发展格局下，我国传统村落保护和发展面临的现实问题与解决思路。来自全国各地的专家、学者、民间文化工作者近百人参加论坛，围绕区域文化资源、传统村落保护、乡村振兴战略等多个命题进行了深入探讨，提出了建设性意见。

【《中国唐卡文化档案》项目稳步推进】

2018年，《中国唐卡文化档案》项目稳步推进。11月4日至5日，在云南民族大学召开“中国唐卡传承人口述史”工作坊研讨交流活动，专家为已经整理成型的4本初稿提出修改意见，对提交阶段性成果的3个课题提出了具体文本整理建议，3个课题组汇报了即将开展口述史调查的传承区域或个人的简要情况；完成西藏宫廷画师贡桑朗杰家族的口述史全部访谈工作和图片采集甄选工作；完成昌都嘎玛嘎赤画派传承人的群体口述史的文字部分初稿；完成苯教绘画传承口述史、热贡画师传承口述史、拉萨宫廷绘画世家柳梧夏至乌钦扎西次仁家族的口述史、四川甘孜炉霍郎卡杰绘画传承口述史等大部分录音整理和图片整理；开展勉萨派国家级唐卡传承人勉冲•罗布斯达家族口述史调查两次，形成文字整理稿约7万字；完成阿坝马尔康嘉绒藏区画僧唐卡传承技艺口述史初稿7万字，整理图片200余幅。

【《中国民间剪纸集成》项目完成年度预期目标】

2018年，《中国民间剪纸集成》项目完成了年度预期目标。8月底，组织召开由该项目领导机构、承担部门和出版单位三方参加的剪纸集成项目进度协调工作会议，研究如何按时间节点完成一期总启动30卷的目标。完成《关中卷》的初审，新疆《天山卷》的普查和初稿编纂；《闽南卷》完成复审；《湖湘卷》《豫北卷》《乐清卷》完成终审，进入发稿阶段。启动四川《阿坝藏羌卷》、江苏《扬州卷》、山东《鲁北卷》和《胶东卷》4个卷本；对甘肃陇西县包括剪纸在内的民间文化资源进行了深入调研。

【中国民间文化遗产抢救工程其他成果完成】

形成《中国服饰文化集成》——《朝鲜族卷》《土族卷》《裕固族卷》《蒙古族卷》；《鄂温克族卷》《达斡尔族卷》《鄂伦春卷》和《赫哲族卷》；《中国蓝印花布文化档案•南通卷》；《中国历史文化名城名镇名村丛书》河北、河南、黑龙江、江苏徐州等示范卷；《藏族民居》等。

【编辑出版《民间文艺动态》4期】

2018年，《民间文艺动态》共编辑、出版、发放4期，计27.3万字。自6月起，《民间文艺动态》与《大系通讯》合刊，交由大系办公室编辑。《民间文艺动态》继续以“引导、交流、学习、争鸣”为宗旨，分为“政策•精神•指示”“田野•争鸣•推介”“信息•动态•交流”三个栏目。“政策•精神•指示”刊发中宣部、文化部、中国文联有关民间文艺的政策、精神及领导重要批示；“田野•争鸣•推介”编发民间文艺家、民间文化学者的学术研究成果，推介优秀的民间文化学术论著，分别围绕“我们的节日”系列活动、“两会”上的民间文艺类提案议案、民间文艺权益保护以及中国民协重点工作组稿，集中刊发相关专家学者的论文或论文摘要；“信息•动态•交流”编发中国民协和各地民协的主要工作动态，民间艺术社团、民间文化研究领域的重要活动消息，国外民间文艺领域的前沿信息，较全面地展现中国民协和各地民协每月的活动情况。

对外及对港澳台地区文化交流

【旧金山中国民间文化推广系列活动举办】

2月，派中国民协展演团参加在美国旧金山举办的“2018年旧金山中国民间文化推广系列活动”。该活动是旧金山总领馆“欢乐春节”系列文化活动的重点活动，中国民协展演团在活动期间参加了一年一度的旧金山中国农历新年花车大巡游，用中国非遗元素打造的花车成为活动的亮点，参与者达到120多万人。展演团还进入学校、博物馆，进行了15场展演、教学和互动活动，覆盖受众近万人。

【海外民间工艺专题展览在突尼斯举行】

5月16日，中国瓷艺术展在突尼斯首都突尼斯市文化城开幕，突尼斯当地主流媒体和中国艺术家约400人参加了活动开幕式，共展出瓷艺术作品40件（组），汇集了中国当代中青年瓷艺术家的精品力作，来自景德镇的演员们在开幕式现场进行了瓷乐器表演，现场气氛十分热烈。

【耶路撒冷国际艺术和手工艺博览会举办】

8月5日至20日，“2018年耶路撒冷国际艺术和手工艺博览会”在千年古城耶路撒冷举办，展出了来自32个国家的410余名顶级手工艺家的优秀作品。博览会上，由中国民协组织的手工艺代表团用富有中国特色的艺术作品和精湛技艺，向以色列观众展示了中国传统手工艺的独特魅力，并邀请观众进行现场艺术创作，体验交流互动，加深了他们对中国民间文化的了解。

【赴葡萄牙、捷克访问】

11月14日至21日，中国民协派人员赴葡萄牙、捷克进行访问，与当地文化机构就2019年“一带一路”文化系列活动的泥塑展览和灯彩展览事宜进行商谈和交流，确定于2019年3月在葡萄牙阿威罗大学孔子学院进行“一带一路”文化系列活动的泥塑展览，捷克、匈牙利、西班牙、以色列等国的合作方积极落实展览场地。

【民间文艺小分队台湾行】

应台湾创意游学协会邀请，12月9日至16日，中国民协派出8人组成的民间文艺小分队赴中国台湾，分别在台湾新北、宜兰、新竹、嘉义、苗栗等地的中、小学及博物馆进行展演和交流。

机关建设

【积极推进机关党建工作】

中国民协分党组带领协会党员干部认真学习贯彻习近平新时代中国特色社会主义思想和党的十九大精神，深入贯彻落实习近平总书记关于推动中央和国家机关党的政治建设重要批示精神，高度重视党的政治建设，坚决维护习近平总书记的核心地位，坚决维护党中央权威和集中统一领导，坚定正确政治方向，严守党的政治纪律和政治规矩，严肃党内政治生活，不折不扣贯彻落实党中央决策部署，做好“三个表率”，建设“模范机关”。全协会认真贯彻落实中国文联党组布置的各项工作，积极部署实施《中国民协深化改革方案》及新的《三定方案》，加强分党组理论学习中心组成员和意识形态工作领导小组成员，成立中国民协党建工作考评领导小组，设立了专门工作办公室；制定《中国民协分党组落实〈中国文联党组关于进一步推动意识形态工作责任落实的实施方案〉工作措施》《中国民协党建工作考评措施》等相关文件，党建工作继续在深、严、新、细、实上下功夫；中国民协党组织牢固树立“四个意识”，坚定“四个自信”，做到“四个服从”，突出政治性、先进性、群众性，发挥党支部的战斗堡垒作用和党员的先锋模范作用，增强基层党组织的活力和向心力，确保协会党建工作取得实效；认真贯彻落实《关于新形势下党内政治生活的若干准则》，机关党总支严肃认真地开展了专题组织生活会和民主评议党员的工作，落实了每个季度党员在支部组织生活会上对照检查的要求；通过组织学习、观看专题片、集中上党课、专题辅导、座谈交流、办宣传栏、发微信、答题测试等多种形式，有计划地开展学习活动。

2018年，分党组会议听取和研究党建工作10次，机关支部召开支委会13次，全体党员大会 12次，中心支部召开支委会14次，党员大会12次，讲党课5次。6月12日，全体党员赴爱国主义教育基地——北京市新文化运动纪念馆参观学习；7月3日，组织学习了习近平总书记给新近入党的电影表演艺术家牛犇同志回信和习近平总书记重要讲话精神，就新时代如何做有信仰、有情怀、有担当的民间文艺工作者进行讨论；7月底，召开支部生活会，重温入党誓词和入党志愿书，回顾入党初心，审视入党以来个人思想发展脉络，检查对党的信念是否坚定、是否淡化乃至淡忘入党初心的问题，交流心得体会。

2018年，开展会员思想政治培训2次，32个省、自治区、直辖市和新疆生产建设兵团的500多名学员参加了培训。

【调整优化机构设置】

按照中央对文联"团结引导、联络协调、服务管理、自律维权"新职能的要求，为了抓住全局工作的重头，中国民协分党组认真梳理工作思路，做出统一部署，并按照中国文联人事部的要求，选调温州大学教授黄涛挂职担任协会副秘书长，驻会指导大系学术工作；对协会及艺术中心的机构设置进行重新调整，进一步明确工作职责与机构设置的对应性，按照新职能统一设置了机构部门，特别是强调了会员联络和网络建设，增设了会员联络与维权处、网络管理处；突出了"两大工程"的突出地位，增加了负责"中国民间文学大系出版工程""中国民间工艺传承传播工程"等重大工程办公室；强化党建工作的引领作用，设置了协会"党务办公室"。党务办公室、重大工程办公室和适应新职能工作需要的机构设置，为协会围绕重点顺利开展工作打下了组织基础。

强化会员服务，设置会员联络与维权处，制定、完善了服务会员的相关规章制度，审定批准了《中国民间文艺家协会会员工作条例》《中国民间文艺家协会个人会员入会细则》《中国民间文艺家协会团体会员管理办法》《中国民间文艺家协会个人会员退出机制》等一系列工作制度，进一步规范入会办法，畅通入会渠道，调整入会门槛，规范会员发展、管理制度和会员的准入、退出、奖惩机制，积极吸纳民间文艺群体中符合条件、有突出贡献的青年民间文艺工作者和自由职业者加入协会，增强协会会员的代表性和广泛性。为鼓励广大民间文艺家和民间文艺工作者、文艺爱好者积极参与文艺志愿服务活动，按照中国文联文艺志愿服务相关管理办法，协会把"积极参与文艺志愿服务并做出贡献"作为民间文艺家入会的重要条件。

建立网络管理处，创新主席团、理事会、团体会员负责人联系机制，建立迅捷信息传播平台。建立中国民协APP、微信公众号等新媒体平台，主动发声，扩大反映协会工作、地方民协、学术界和全社会民间文化工作动态，进一步推进民间文化领域信息传播工作，鼓励协会工作人员使用微信、QQ、微博等载体，健全与主席团、理事会以及各省、直辖市、自治区民协稳定有效的联系渠道，加强与民间文艺工作者及基层民间文艺家的服务交流。

明确主席团和理事会工作规范，建立工作清单；推动研制各级民协业务工作清单。中国民协制定并通过了《中国民间文艺家协会主席团成员、理事会理事履职工作规则》，对主席团成员、理事会理事履职提出了明确要求；制定并通过了《中国民间文艺家协会团体会员管理办法》，切实强化对团体会员的联络、协调、管理、服务，明确团体会员的权利义务及工作职能，使中国民协与团体会员之间、各团体会员之间的联系与合作更加密切，形成全国民协一盘棋；进一步明确不同层级民协的工作规则，明确工作职能。

【深化评奖制度改革】

中国民协继续深化评奖制度改革，完善山花奖章程，细化各子项评奖细则，建立了涵盖各门类的中国民间文艺山花奖新评委库。在中国文联相关部门的指导下，按照中宣部《关于全国性文艺评奖制度改革的意见》的精神，中国民协分党组改革了中国民间文艺山花奖的评审制度和机制：一是进一步明确山花奖的政治思想引领作用；二是进一步规范评奖程序，把监督制度、回避制度等纳入新的评奖制度中；三是加强专家库建设，广泛吸纳高校、科研单位等的专家进入专家库；四是加强申报评奖的普及型，提高地方民协、特别是西部地区民协和民间文艺家的积极性，建立民间工艺美术类的"4+X"模式；五是加强对传统评奖平台的建设管理，对依托博览会和节日庆典办节的评奖模式，进一步予以规范。

【扎实推进专业委员会建设】

2018年，中国民协主席团会议审定了新修订的《中国民间文艺家协会专业委员会管理条例》，专委会年检制度开始实施。中国民协设有专业委员会66个，各专业委员会按照协会要求，围绕中心，服务大局，大力加强组织建设，积极发展协会会员，组织联络本专业领域的专家，开展了学术研究、专业交流、人才培训、行业调研、主题创作、展览展演等多项工作。通过专业委员会推荐会员160余人，大大延伸了协会工作的手臂，给更多体制外的民间文艺家提供了施展才能的平台，促进了协会工作专业化、社会化、多元化发展；

一是围绕联络、服务新文艺群体和新文艺组织，在树立行业规范上做了大量工作，寿山石文化研究中心、故事委员会、建筑与园林艺术委员会、展览委员会等深入开展相关专业领域的调查研究，多次召开相关专家和艺术家座谈会，结合新文艺群体专业技术职称评定和青年文艺人才培养等课题，提交了有针对性和建设性的调研报告。协会组织有关专委会配合中国文联人事部专门对民间文艺人才培养和职称评定等进行了专题调研；二是积极开展专业技能研修培训工作，各专业委员会积极响应会员培训工作，组织70人参加了2018年协会中青年创作人才培训班，收到了良好效果；三是积极开展主题创作和文艺志愿服务活动，努力创作出民间文艺精品力作，由专业委员会承办的“庆祝改革开放40年”“中国精神、中国梦”“青年文艺创作”等主题活动，推出了一批民间文艺新作品；四是努力塑造有影响、有创意的品牌活动，成功举办了2018中国民间工艺传承创新大会、2018民间工艺大家海报展、2018中国民间工艺传承创新学术研讨会等系列活动。其中民间戏曲艺术委员会举办的“中华颂”全国民间戏曲曲艺小品展演活动已经举办了8届，形成了知名品牌；建筑与园林艺术委员会推出的“寻找当代艺匠”活动连续举办4届，弘扬了工匠精神，在业内引起较大反响；灯谜学术委员会举办的“2018校园灯谜大赛”，泥彩塑艺术委员会举办的全国彩塑大展，苏作红木文化研究中心举办的红木文化展览，手艺发展研究中心举办的“中国匠人大会”等活动各具特色，在各自专业领域活动的组织策划上都较以往有了突破；五是专业委员会的管理工作得到了大力加强，专业委员会管理条例修订完善后执行坚决。依据条例，2018年撤销了5个专业委员会，对一个专委会进行整改（后根据整改情况，依据条例予以撤销），对一些出现违规苗头的事件予以及时制止。通过严格管理，专业委员会工作更加规范有序。

【开设民间文艺维权公共服务平台】

2018年，中国民协结合民间文艺发展规律，对《文化产业促进法草案》（征求意见稿）提出修改意见及理由；结合当下民间文艺权益保护中的疑难问题，通过代表委员向全国政协提交第2343号《关于加强民间文艺知识产权保护的提案》；对于全国政协十三届全国委员会一次会议第1229号提案《关于加大景德镇手工制瓷技艺保护的建议》，全国政协十三届全国委员会一次会议第0210号提案《关于大力传承和发展民族民间艺术和乡土文化的提案》，全国政协十三届全国委员会一次会议第3051号提案《关于在中国文联成立中国〈玛纳斯〉研究学会的提案》提出主办意见与会办意见。

按照中央文件有关要求，与中伦律师事务所合作制定了《中国民协对外协定合同有关规定》，建立起成熟的法律顾问制度，对于日常协议以及协会的重要项目给予专业的法律建议，在协会内部营造起知法、懂法、尊法的氛围；实现服务对象“家”“者”“学”的覆盖，加大对新文艺群体的关注与法律志愿服务力度；与中国文联权益保护部共赴南京市、扬州市、苏州市、北京市等地开展深入民间文艺权益保护调研暨文艺志愿法律服务，面对面了解民间文艺工作者遭遇到的权益保护问题，现场提供解决方案；运用新媒体打造民间文艺维权公共服务平台，通过“民间文艺权益”微信公众号发布民间文艺权益保护的相关案例、学术文章以及相关法律动态，致力于强化尊法、守法的良好氛围，提高民间文艺工作者运用法律武器维护自身权益的意识和能力；建立民间文艺权益保护智库，完成民间文艺权益保护研究成果的征集与评选，选出优秀论文25篇，共计16万字，即将出版。

直属单位

【《民间文学》杂志】

2018年，《民间文学》杂志坚持“真、正、好”的办刊导向和理念，克服传统纸媒快速下滑及订阅数下降、人员成本提高及人员流失、印刷成本急剧提高及印厂更换等来自内外部的严峻挑战，较好地完成了全年的出刊任务。

建立贵州省黔东南苗族侗族自治州台江县民间文学“枫香树书屋”、福建省泉州市泉港区民间文学“东南风书屋”、青海省西宁市民间文学“青海湖书屋”、云南省西畴县民间文学“太阳村书屋”、浙江省象山县民间文学“海燕书屋”、四川省巴中市民间文学“秦巴书屋”6家民间文学书屋，并坚持每月按时邮寄书刊，全年累计供书3600本，价值约2万元。

【《民间文化论坛》期刊】

2018年，《民间文化论坛（双月刊）》顺利完成6期出刊任务，编辑部每月平均审稿约150篇，累计审稿1600篇，约900万字。《民间文化论坛》重视当下现实生活中的民间文化研究，对当代社会生活语境中的民间文学与民间文化，以及非物质文化遗产保护等相关热点问题予以重点关注。充分发挥民间文艺界的专家力量，不断提高办刊水平，积极参与学术项目的调研活动，组织论坛和学术研讨会。

4月23日，与来访的俄罗斯《传统文化》杂志主编一行就合作事宜举行座谈。双方开展合作，有助于加强中俄两国民间文化研究和民族志领域的学术成果交流，促进两国少数民族文化研究与非物质文化遗产保护活动的开展，有助于拓宽世界文学研究视角。

经过各方努力，《民间文化论坛》荣列2018年《中国人文社会科学A刊扩展名录》。

【《民艺》杂志】

1月，中国民间美术、民间手工艺领域的高端学术期刊《民艺》（双月刊）正式出版发行，全年出版6期。本刊图文并茂，贴近中华民艺实际，放眼世界民艺潮流。整体设计体现了中国传统民间艺术特有的风格，每一期封面根据主题的差异与当期的重点文章选择具有代表性的图形色调与差异化的构成方式，在2018“中国最美期刊”评选活动中荣获“中国最美期刊”称号，并于11月加入《中国学术期刊网络出版总库》及CNKI系列数据库。

中国摄影家协会

综 述

2018年是学习贯彻党的十九大精神的开局之年，是改革开放40周年，是决胜全面建成小康社会、实施“十三五”规划承上启下关键的一年，也是中国摄影家协会（以下简称“中国摄协”）深化改革的攻坚之年。一年来，中国摄协认真贯彻落实习近平新时代中国特色社会主义思想和党的十九大精神，贯彻落实习近平总书记系列重要讲话精神和党中央各项决策部署，始终高举中国特色社会主义伟大旗帜，坚持“二为”方向、“双百”方针，坚持以人民为中心的创作导向，唱响中国梦时代主题，积极发挥桥梁纽带作用，认真履职尽责，不断开拓创新，加大对摄协重点项目、重点活动的工作力度，大力推出优秀作品、优秀人才，在摄影界的凝聚力、影响力、感召力进一步提升。

会议与活动

【中国摄协文艺志愿服务小分队走进广西昭平送欢乐】

1月15日，中国文联、中国摄协文艺志愿服务小分队走进广西昭平暨“我们的中国梦——文化进万家”2018中国（昭平）公益摄影展活动在广西昭平县启动。在为期6天的活动中，慰问劳动模范、致富带头人，举办摄影作品展和摄影培训，并赠送画册，为当地居民拍摄全家福，开展了文化扶贫工作调研。

【中国摄协九届二次主席团会召开】

1月19日，中国摄协第九届主席团第二次会议在京召开。中国文联党组成员、副主席李前光到会看望参会的中国摄协第九届主席团成员。中国摄协分党组书记、驻会副主席郑更生在会上作《中国摄协2017年度工作总结及2018年重点工作计划》的报告。会议审议通过了《中国摄协主席团成员履职工作规则》《中国摄协理事会理事履职工作规则》《中国摄协专业委员会工作条例》《中国摄影金像奖章程》《中国摄协会员工作条例》《中国摄影家协会个人会员入会细则》《全国性产（行）业摄影协会和全国性摄影社会组织申请加入中国摄影家协会实施细则》以及8个中国摄协专业委员会委员建议人选名单。

【2018年全国摄影工作会议在长沙召开】

4月12日，中国摄协2018年全国摄影工作会议在湖南长沙召开。本次会议是在中国摄协第九次全国代表大会召开后举行的第一次全国摄影工作会。58家团体会员单位负责人共商新时代中国摄影事业繁荣发展大计。中国摄协分党组书记、驻会副主席郑更生在会上做了题为《深入学习贯彻党的十九大精神 努力推动摄影事业繁荣发展》的工作报告。

【中国摄影著作权协会2018年工作会议在长沙召开】

4月12日，中国摄影著作权协会2018年工作会议在湖南长沙召开。来自全国各省、直辖市、自治区及行业协会首席代表处的代表100余人出席了会议。会议旨在学习传达党和国家有关会议精神，加强与各省、区、直辖市和各行业协会首席代表们的沟通与交流，总结2017年工作，通报2018年重点工作，同时对2017年度17个优秀首席代表处、291位首席代表进行了通报表彰和表扬。

【首次举办团体会员秘书长培训班】

4月14日至17日，首期中国摄协团体会员单位秘书长培训班在湖南韶山举办。本次培训是在全国文艺界认真学习贯彻落实习近平新时代中国特色社会主义思想，推动中国文联深化改革重要时期举行的一次重要培训，旨在打造摄影组织工作者的政治思想堡垒，提升摄影专业素养，增强摄影组织管理水平。中国文联党组成员、副主席李前光以《走在新时代 践行新思想 迈向新征程》为题作开班第一讲。

【中国摄协培训中心落户三门峡，全国地市、县级摄协负责人培训班同期开班】

6月28日，“中国摄影家协会培训中心”揭牌仪式暨全国地市、县级摄协负责人培训班开班仪式在河南三门峡举行。该中心落址三门峡，为摄影家和摄影爱好者提供了更加广阔的学习、交流和创作平台。当天，全国第一个地市、县级摄协负责人培训班正式启动，这是中国摄协摄影人才培训规划中的重要一环，也是深化改革工作的一项新举措。

【“认真学习贯彻习近平总书记重要指示精神，做有信仰有情怀有担当的新时代摄影工作者”专题座谈会召开】

7月2日，中国摄协在北京举行座谈会，与会摄影工作者就进一步认真学习贯彻习近平总书记重要指示精神，围绕“做有信仰 有情怀 有担当的新时代摄影工作者”畅谈学习体会。习近平总书记给牛犇同志的回信让广大文艺工作者倍感振奋、备受鼓舞，不仅为广大摄影工作者在新时代担当使命、奋发有为提出了明确要求，注入了强大精神动力，为加强摄影人才队伍建设提供了重要遵循，也为加强摄影界行业建设、推动我国摄影事业繁荣发展指明了前进方向。

【携手今日头条启动“感光计划”】

7月12日，中国摄协携手今日头条并联合中国社会福利基金会、中华少年儿童慈善救助基金会、中国人口福利基金会，正式启动“感光计划”公益项目，面向全国招募公益摄影师。该项目将投入1000万元作为公益摄影师专项基金，用于扶持不少于100名公益摄影师。签约暨启动仪式在北京中华世纪坛举办。

【中国摄协专业委员会负责人会议在京召开】

7月26日，中国摄协专业委员会负责人会议在北京举行。此次会议是中国摄协深入学习贯彻党的十九大精神和习近平总书记系列重要讲话的具体举措，也是按照中国文联深化改革部署要求，充分发挥专业委员会作用的一次重要会议。会上，中国摄协各专业委员会负责人围绕《工作条例》以及对专业委员会工作特点的认识、工作中的体会、下一步工作规划等问题展开讨论。

【中国摄协学术指导委员会第一次工作会议在京举行】

7月26日，中国摄协学术指导委员会在京举行第一次工作会议。学术指导委员会是中国文联深化改革工作当中推出的一项重要新举措。中国摄协分党组综合考虑专业方向、专业水平、界内影响、履职责任感和组织能力等多方面因素，邀请摄影业界和兄弟艺术门类中德艺双馨、具有学术权威性和业界公信力的专家代表共同组成学术指导委员会，李舸任学术指导委员会主任。

【中国摄协全国优秀摄影人才高级研修班在三门峡开班】

8月4日，中国摄协全国优秀摄影人才高级研修班在河南三门峡中国摄协培训中心开班。本次培训班的课程设置内容丰富，特色鲜明，既有政治理论方面的课程，也有摄影实践、摄影理论、摄影史、图片编辑、策展等业务方面的课程。中国摄协52个团体会员单位推荐的96位优秀摄影人参加了本次培训班。

【首次举办新摄影工作者培训班】

9月16日至20日，中国摄协针对新摄影工作者群体进行专门培训而首次启动的新摄影工作者培训班在浙江杭州举办。由全国各地推荐的首批50位新摄影工作者代表参加了为期5天的培训交流。这一专项培训是中国摄影培训规划的重要一环，旨在提升新文艺群体摄影人才的政治思想、理论素养和文艺创作水平。

【北京国际摄影周2018在京举办】

10月20日至29日，由文化和旅游部、北京市政府主办，中国艺术摄影学会、中国摄协、中国新闻摄影学会、中国图片集团、北京歌华文化发展集团承办的北京国际摄影周2018在北京举办。

【“中国·吉林市国际冰雪摄影大展”签约暨启动仪式举行】

11月12日，“中国·吉林市国际冰雪摄影大展”签约暨启动仪式举行。由中国摄协、吉林市政府共同主办的“中国·吉林市国际冰雪摄影大展”将于2019年1月12至18日在吉林省吉林市举办。

【第六期少数民族摄影人才培训工程培训班、第三期全国中青年摄影人才库培训班在京举办】

11月29日，由中国文联人事部支持、中国摄协主办、中国文学艺术基金会资助、中国文联摄影艺术中心教育培训部承办的第六期少数民族摄影人才培训工程培训班和第三期全国中青年摄影人才库培训班在京举行。60名中青年文艺人才和30名来自全国少数民族聚居地区的少数民族摄影学员分别开启为期8天和10天的培训。

【人民日报社携手中国摄协开启战略合作】

12月24日，由人民日报社、中国文联主办，人民日报社总编室、中国摄协、人民网、人民视频承办的人民日报社与中国摄协战略合作启动仪式在京举行。“人民日报期待你的好照片”全国精品照片征集活动同时开启。本着优势互补、互利共赢的原则，将展开多层次、全方位的深度战略合作，共享资源，共建平台，共拓市场。首先建立的“人民日报期待你的好照片”全国精品照片征集机制，是战略合作的第一步。本次征集围绕《人民日报》要闻新闻、理论评论、周刊副刊等版面的需求，不间断地面向全国摄影人征集符合报纸定位、紧扣版面主题的优质图片。

【中国摄影著作权协会与北京师范大学出版社签订《教科书“法定许可”使用费收转协议》】

2018年，中国摄影著作权协会与北京师范大学出版社签订《教科书“法定许可”使用费收转协议》，收取作品使用费300余万元。此协议的签订标志着《中华人民共和国著作权法》“法定许可”法律规定颁布近20年来，有关摄影作品的使用付酬规定得到进一步执行，作为著作权人的广大摄影家将成为这次签约活动的直接受益者。

展览与评奖

【“好山好水、好人好事——弘扬社会主义核心价值观大型摄影创作征集主题展览”在京亮相】

2月5日至3月2日，由中国文联、中国摄协主办的“好山好水、好人好事——弘扬社会主义核心价值观大型摄影创作征集主题展览”在北京玉渊潭公园、北海公园、景山公园相继亮相，面向广大市民及游客展出。

【举办“伯奇杯”中国创意摄影展】

3月30日，由中国摄协、广东省文联、广东省摄协等单位共同主办的2017“伯奇杯”中国创意摄影展，在位于“中国照相机之父”邹伯奇的家乡广东省佛山市南海区大沥镇首展并举行揭晓仪式，2018“伯奇杯”中国创意摄影展同期启动。近千名来自全国各地的摄影人和当地群众现场见证了这个备受关注的摄影品牌活动的不断丰富完善，参与了这项大沥镇一年一度的文化惠民视觉盛宴。

【“首届吴印咸摄影艺术双年展”沭阳开幕】

5月25日，由中国摄协、江苏省文联、沭阳县政府联合主办，中国摄影出版社、江苏省摄协等单位承办的首届“吴印咸摄影艺术双年展暨中国•沭阳主题学术摄影展”在吴印咸的家乡江苏省宿迁市沭阳县开幕。为传承吴印咸的艺术精神和对摄影教育事业的关注，首届双年展还设立了“吴印咸摄影资助计划”，资助优秀摄影师和有潜力的高校学生。

【第三届全国青年摄影大展在京举行】

6月8日，由中国摄协主办，北京摄影函授学院、中国摄协摄影教育委员会、努比亚公益基金会承办的“努比亚手机”第三届全国青年摄影大展首展开幕式暨作品集首发式在北京中华世纪坛中国摄影展览馆举行。大展面向18岁到40岁的中国籍青年摄影人征稿，吸引了2.5万人参与，共收到来稿20多万幅。最终，评选出主单元“导师推荐摄影新人”16名，“潜力摄影新人”64名，手机摄影单元“导师推荐手机摄影新锐”10名，“手机摄影新锐”20名。30名青年摄影师入选“努比亚手机青年摄影师成长计划”。本次活动体现出青年人的活力和创新，他们关注国家大事，也关注艺术创新，给人们呈现了一场从形式到内容的视觉盛宴。

【“与时代同行——全国摄影艺术展览60年摄影精品回顾展”长沙巡展】

6月28日至8月12日，由中国文联、中国摄协主办的“与时代同行——全国摄影艺术展览60年摄影精品回顾展”在湖南长沙谢子龙影像艺术馆巡展。这是全国摄影艺术展览摄影精品首次来到湖南。

【第八届全国农民摄影大展在京举办】

8月17日，由中国文联、中国摄协主办的2018第八届全国农民摄影大展开幕式在中国摄影展览馆举行。本次大展共选出150幅入选作品，120余位作者获此殊荣，不仅丰富了农民的精神文化生活，也是主办单位面向基层、服务农民、繁荣艺术的创新之举和时代性探索，为推动积极健康的农村基层文化建设、不断满足广大农民的精神文化需求迈出了可贵的步伐。

【“影像见证40年”全国摄影大展举办】

8月30日，由中国文联、中国摄协主办的“影像见证40年”全国摄影大展在中国国家博物馆开幕。展出的216幅作品再现了人民群众在衣食住行、教育、卫生、社会保障等各方面发生的翻天覆地的变化，集中彰显了我国经济、政治、文化、社会、生态、民生等各方面所取得的成就。展览展出后，引发摄影界和社会各界强烈反响，吸引了近30万观众到场观展；央视新闻客户端、央视新闻移动网对影展进行现场直播，总观看人数超过60万人次；中国文艺网直播观看人数近20万；VR全景线上影展与实体展览同步开幕，在线观看人数超过90万人次；今日头条为本次展览专门开设的话题阅读量超过1亿，参与讨论者也超过1万人次。

【“我们时代的筑梦英雄”主题摄影展北京开展】

9月10日，北京市玉渊潭公园、北海公园共同出现一道新风景，在百米光影长廊中，“我们时代的筑梦英雄”主题摄影展览启幕，向往来游人展示着一个个追梦故事。展览由中国文学艺术基金资助，中国摄协主办，中国文联摄影艺术中心、北京国艺光影文化传播有限公司联袂承办，北京市北海公园管理处、北京市玉渊潭公园管理处协办。

【首届“一带一路”国际海洋城市文化摄影周大连举办】

9月23日，由中国摄协、大连市委宣传部和大连市旅游发展委员会联合主办，大连新闻传媒集团、中国摄影出版社承办的中国大连首届“一带一路”国际海洋城市文化摄影周在大连星海湾畔开幕。这是我国第一个以海洋为主题，以“一带一路”沿线国家为纽带的国际性摄影周。在庆祝改革开放40周年和“一带一路”倡议提出5周年之际，用影像共襄盛举。

【第二届“郎静山杯”中国新画意摄影双年展举办】

10月27日至31日，由中国摄协、江苏省淮安市政府主办的第二届“郎静山杯”中国新画意摄影双年展在郎静山的故乡江苏省淮安市举办。本届双年展分为邀请展、主题展、特别展、报名展，同时还举办了“画意摄影在新时代的演绎与衍化”主题研讨会。

【“中外摄影对着拍——庆祝中国改革开放40年摄影展”举办】

11月17日，由中国摄协、郑州市政府共同主办的“中外摄影对着拍——庆祝中国改革开放40年摄影展”在河南郑州开幕。该展经过近一年的筹备征稿，精选出中外摄影师40年前后在中国各地拍摄的作品各40幅，两两一组对照展出。通过新旧影像、中外摄影人视角的双重对比，突出影像的记录功能，体现东西方摄影师的殊异视角，再现40年今昔中国大地翻天覆地的变化，用有温度的影像讲述身边故事、折射时代变化、追溯发展足迹，感受改革力量。

【第十二届中国摄影艺术节举办】

11月18日，为庆祝改革开放40周年，由中国文联、河南省委宣传部、中国摄协主办，河南省文联、三门峡市政府承办的第十二届中国摄影艺术节暨第二届三门峡白天鹅•野生动物国际摄影大展开幕式在三门峡国际文博城中心广场举行。本届艺术节以“聚焦新时代 金像映初心”为主题，设立主题展、专题展、精品展、体验展等110个展览，展线总长度5000余米，展出照片6000余幅。庆祝中国改革开放40周年摄影主题展以影像的魅力呈现出40年来亿万中国人民的坚韧与追求，多纬度多层面展现40年壮丽诗篇；第十二届中国摄影金像奖获奖者作品展首次引入专业策展的概念，针对中国摄影金像奖三个类别的不同特性和每位获奖者的独特风格，为每位获奖者量身定做展览呈现方式；“阿尔金山——中国新疆无人区映像”体验展以巨幅图片及富于创意的置景，让更多的人关注自然、生态、环保，了解摄影师创作的艰辛；第二届三门峡白天鹅•野生动物国际摄影大展、全国摄影艺术展览60年精品回顾展、中外青年摄影展、国外摄影家作品展等联袂奉上了一场影像视觉盛宴；金像“面对面”、中外名家讲座、摄影“讲习所”公益传授等既汇聚国内外摄影名家，也使学术交流的内容与形式变得更为充实、丰富；以摄影作品打擂的形式为特色的“摄影英雄会”首次纳入中国摄影艺术节，成为本次艺术节的一大亮点。“记忆与见证：摄影界庆祝改革开放40周年座谈会”就改革开放40年来摄影界取得的成就、重要的摄影思潮和摄影现象、摄影的时代见证功能、纪实摄影对社会发展的影响等方面进行了深入研讨。第十二届中国摄影艺术节得到社会广泛关注，在短短两周时间内，艺术节设计的话题阅读量就突破了一亿，评论过万。央视新闻客户端、央视新闻移动网直播和中国文艺网直播总观看人数达数十万人次。

【第十二届中国摄影金像奖颁奖盛典在三门峡举行】

11月18日，中外摄影人欢聚一堂，备受瞩目的摄影艺术领域全国性最高个人成就奖——第十二届中国摄影金像奖的颁奖盛典在河南三门峡国际文博城大剧院举行。本届中国摄影金像奖调整评选方法，推出新举措，强调导向、专业、公正，力求标准更加严格，程序更加规范，对摄影工作者的激励更加有力，推出更多人民群众喜爱的优秀作品和优秀人才。共评选出纪实摄影类8名、艺术摄影类8名、商业摄影类3名，共19名获奖人。在颁奖典礼上，还授予牛畏予、黄贵权“中国文联终身成就摄影家”荣誉称号。

【“中外摄影对着拍”北京巡展】

12月7日，由中国摄协、郑州市政府主办，中国摄协对外联络处、《中国摄影》杂志、中国摄影出版社、《中国摄影报》和郑州市文联承办的“中外摄影对着拍”庆祝中国改革开放40年摄影大展在北京拉开巡展帷幕。这是一场融汇中西，横跨40年的有高度、接地气的摄影展。

【“一带一路”摄影季在福建泉州举办】

12月27日，中国摄协主办，中国摄协对外联络处、理论研究处和福建省摄协承办的“一带一路——21世纪海上丝绸之路”摄影季在位于福建泉州的中国闽台缘博物馆举行。展览包括“昨天•今天”——21世纪海上丝绸之路古今对比展、“21世纪海上丝绸之路沿线国家摄影家眼中的中国”作品展、“一带一路”摄影研讨会、学术讲座、多媒体展示交流会等活动，以丰富多彩的活动设置，不同方式的作品呈现，从更宽广的人文视角去观察和理解当今世界、理解中国未来发展的方向。

创作与研究

【摄影界修法征求意见座谈会召开】

1月3日，中国摄协与中国摄影著作权协会联合召开国务院《著作权法》“修改稿”摄影界征求意见座谈会。此次座谈会目的明确，将在征求摄影界关于《著作权法》修法意见后，向国家有关部门反映摄影家的诉求，促使修改后的《著作权法》能够准确反映和切实保障广大摄影家的应有权益。

【“一带一路”项目研讨会举办】

3月13日，由中国摄协主办的“一带一路”摄影项目研讨会在京举行。为了贯彻落实党的十九大精神和习近平总书记系列重要讲话精神，响应“一带一路”、构建人类命运共同体等发展倡议，中国摄协拟于2018年至2020年间，策划并组织实施“一带一路”摄影项目。研讨会上，多位专家围绕“一带一路”摄影项目的立项、设想和实施方案，提出富有见地的意见和建议。

【“影像见证新时代　聚焦扶贫决胜期2018—2020大型影像跨界驻点调研创作工程”项目调研阶段总结研讨会在京举行】

3月21日，由中国文联和中国摄协、中国民协主办，中国文联摄影艺术中心承办的“影像见证新时代　聚焦扶贫决胜期 2018-2020大型影像跨界驻点调研创作工程”项目调研阶段总结研讨会在中国文艺家之家举行。与会艺术家和专家围绕项目本身进行了深入细致的交流，对实际情况进行了综合分析研讨。

【“庆祝改革开放40周年　影像见证新时代”摄影大展研讨会在京举行】

3月22日，由中国文联、中国摄协主办的“庆祝改革开放40周年　影像见证新时代”摄影大展研讨会在京举行。与会多位专家和摄影家围绕着此次大展进行了深入交流，对此次大展的现有方案进行了广泛探讨。大家一致认为，影像是时代变迁的精神痕迹，摄影人应该用影像记录时代、展示中国。

【第十三届全国摄影理论研讨会举办】

8月18日至20日，由中国摄协、广东省文联、广东省摄协、广东省东莞市长安镇政府共同主办的第十三届全国摄影理论研讨会在广东省东莞市长安镇举办。本次研讨会以风景摄影与自然观为切入点，系统梳理风景摄影的特征和沿革，探索风景摄影的发展方向，将这一广受摄影人关注的摄影形式，引向更具学术水准和思想深度的未来。

【“影像见证新时代 聚焦扶贫决胜期 2018-2020大型影像跨界驻点调研创作工程”2018年汇报展示展览在京举行】

10月17日，中国文联和中国摄协、中国民协在北京中国文艺家之家举办“影像见证新时代聚焦扶贫决胜期 2018-2020大型影像跨界驻点调研创作工程”2018年汇报展示展览活动。根据中宣部、国务院扶贫办等单位推荐并结合中国文联实际，该项目在全国选择了17个各具特色的扶贫点进行调研创作。得益于各级文联协会的组织优势和人才优势，项目邀请到包括摄影和民间文艺、文学、戏剧、音乐、舞蹈、影视等多个艺术门类的艺术家和经济、社会、人类等多学科多领域的专家学者共同参与互动联合，运用摄影、绘画、视频、文字等融媒体手段，进行多元化创作、多角度呈现，形成了一批阶段性成果。

【第二届“乡土中国”纪实摄影展在黔江开幕】

12月1日，由中国摄协和重庆市黔江区政府联合主办的庆祝改革开放40周年•2018第二届“乡土中国”纪实摄影展，在中国文联文艺扶贫示范县重庆市黔江区开幕，来自全国各地的300余位摄影人出席开幕式。“乡土中国”纪实摄影展既是中国摄协主办乃至全国范围内为数不多的以题材为研究对象的摄影学术项目，又是一次以影像为载体，关注农村、农业和农民，对中国乡土文化、乡土社会及变革中的乡村等进行视觉调查的影像行动，在新时代更具现实意义。

【纪念石少华诞辰百年座谈会在京举行】

12月19日，由中国文联、中国摄协主办的纪念石少华同志诞辰100周年座谈会在北京举行。此次座谈会是“中国文联文化名人纪念活动”之一，做为中国文联的重要品牌，旨在纪念为我国文艺事业作出过突出贡献的艺术家和文艺工作者。通过开展多种形式的纪念活动，学习他们的艺术成就和高尚品德，传承和弘扬中华优秀传统文化，鼓励广大艺术家和文艺工作者自觉追求德艺双馨，努力攀登艺术高峰。座谈会上，与会者怀着崇敬的心情深切怀念石少华同志，追忆他根植人民群众无私奉献的艺术人生，缅怀他为我国摄影事业做出的杰出贡献，学习他忠诚党的事业矢志不渝的精神。

【2018“徐肖冰杯”纪实摄影展开幕】

12月23日，由中国摄协、浙江省桐乡市政府共同主办的学术品牌活动——2018第五届“徐肖冰杯”中国纪实摄影展在浙江桐乡徐肖冰侯波纪念馆开幕，15组入展作品于展馆内展陈推出。本届活动依然围绕“在路上”主题，以征集纪实摄影专题作品的方式进行，共收到8335组作品，约17万余幅，投稿作品数量较上几届有大幅增长。摄影展期间，还举办了《中国摄影报》（桐乡）纪实摄影专题讲习所（第二期）等相关活动。

对外及对港澳台地区文化交流

【举办“中国故事——中国当代女性”摄影展】

4月24日至5月2日，中国摄协派代表团赴德国、意大利访问。在德国柏林海军上将剧场举办“中国故事——中国当代女性”摄影展，展出作品40幅，并在德国杜赛尔多夫举办摄影讲座；在意大利罗马举办“中意摄影文化交流与合作”研讨会。

【举办2018中国国际摄影艺术节、第17届国际摄影艺术展览】

5月18日，由中国摄协和郑州市政府共同主办的2018中国国际摄影艺术节、第17届国际摄影艺术展览在河南郑州开幕。本次摄影节展以“与新时代同行”为主题，分为第17届国际摄影艺术展览和2018郑州影像双年展两部分，共展出来自国内外496位摄影师的1396幅作品，其中国外作品占比高达60%，进一步凸显出专业性和国际性。第17届国际摄影艺术展览共收到109个国家和地区的23万余幅作品（同比2016年作品数量增长约一倍，参与国家和地区增加21个），最终入选作品296件（442幅）。

【第二届深圳国际摄影大展举办】

6月22日，由中国摄协、深圳市文联主办，深圳市摄协承办的第二届深圳国际摄影大展在深圳会展中心举办。大展主题为“城市•体温”，旨在以新的科技手段、新的时代观念、新的摄影角度、新的展示载体，从不同角度反映城市面貌，探索影像与城市的人文关系，以新的科技手段、新的时代观念、新的摄影角度、新的展示载体，展现中国城市的新风貌，从不同角度反映城市面貌，探索影像与城市的人文关系，品牌影响力逐渐扩大。

【“梦想·记忆——中国当代民生之变迁”摄影展举办】

6月4日至12日，由中国摄协同丹麦瓦伦斯拜克市市政府共同主办，中国文联和中国驻丹麦使馆提供支持的“梦想·记忆——中国民生之变迁”摄影展在丹麦哥本哈根举办。10月11日至18日，中国摄协派代表团访问英国、希腊，并在英国自然历史博物馆和阳光艺术中心举办该展，展出作品40件。

【出席国际摄影艺术联合会（FIAP）第34届代表大会】

8月11日至17日，中国摄协派代表团赴南非出席国际摄影艺术联合会（FIAP）第34届代表大会。大会吸引了包括中国在内的70多个国家的成员组织代表参加，通过举办FIAP摄影之夜、工作坊、年度最佳作者作品展示等活动，为与会摄影家交流、研讨搭建平台。

【陈复礼追念活动举行】

10月5日，中国文联荣誉委员、中国摄协顾问、香港著名摄影家陈复礼的遗体告别仪式在香港殡仪馆举行。中国摄协代表团出席陈复礼追念活动。

【“庆祝澳门摄影学会成立60周年钻禧会庆活动”暨“一带一路”华人摄影论坛在澳门举行】

10月21日，“庆祝澳门摄影学会成立60周年钻禧会庆活动”暨“一带一路”华人摄影论坛在澳门举行。10月20日至22日，中国摄协代表团一行5人赴澳门出席“澳门摄影学会成立60周年钻禧会庆”活动。中国摄协分党组书记、驻会副主席郑更生等中外嘉宾参加开幕仪式和庆典。

【“影像中国40年”摄影展亮相2018“今日中国”艺术周】

10月31日至11月4日，由中国文联主办的2018“今日中国”艺术周分别在俄罗斯南部克拉斯诺达尔边疆区克拉斯诺达尔市和莫斯科市盖达尔文化宫开幕，并在两地举办了“中外摄影对着拍——影像中国40年”摄影展。

机关建设

【党建活动有效落实】

制定《中国摄影家协会分党组工作规则（试行）》《中国摄协贯彻落实中央八项规定实施细则》《中国摄协机关党委工作规则（试行）》《中国摄协分党组理论学习中心组学习实施细则》；组织召开中国摄协全面从严治党工作部署会议、党建工作会议、警示教育大会；组织各党支部学习十九届中纪委二次全会精神、中国文联2018年全面从严治党工作精神等共27份学习文件和材料；组织各党支部开展“电影党课”、专题讲座、专题组织生活会、“党在我心中”摄影比赛、红歌会、参观警示教育基地等形式多样、主题鲜明的学习教育活动；落实“三会一课”制度，继续组织各党支部进行“中国摄协创先争优党支部”流动红旗评比活动。

【意识形态工作领导有力】

落实意识形态工作责任制。在协会主办的各类展览中加强对政治题材、宗教题材、少数民族题材等内容的监督管理，加强对协会两刊一报、出版社、网站的意识形态管理工作；制定《中国摄影家协会新闻宣传工作管理规定》，协会分党组对重要稿件直接把关；加强对网络舆情信息的监控，制定《中国摄影家协会紧急舆情处理预案》。2018年全年协会媒体宣传和举办活动没有发生意识形态问题。

【深化改革工作大力推进】

深入落实《中国摄影家协会深化改革方案》，通过历次协会工作例会督导各部门的工作进度，集中全协会之力，扎实推进深化改革工作，提高协会履职能力、加强摄影队伍建设、引导推动摄影创作；制定深化改革《任务分工方案》，细化改革任务的时间表、路线图、任务书；落实中国文联批复的“三定方案”，对相关人员重新定岗并报送文联备案，做好人员编制、岗位职责等实施工作。

【协会出版单位转企改制工作进展顺利】

1月，国家新闻出版广电总局出具《关于同意中国摄影出版社更名为中国摄影出版传媒有限责任公司的批复》（新广出审〔2018〕104号）。

7月，《中国摄协关于申请将〈中国摄影〉杂志社等三家单位整体无偿划转至中国摄影出版社的请示》等相关材料上报财政部文化司。《中国摄影出版传媒有限责任公司章程》和《国有产权变更登记表》等材料已经得到财政部文化资产处初审通过。组织民主推荐会，选举出公司董事长、董事人选，名单已上报中国文联。

【协会媒体建设不断加强】

协会各媒体社会效益和经济效益双丰收，利润平稳增长。《中国摄影》《大众摄影》荣获“最美期刊”称号；《中国摄影报》在全国报业经营形势愈发严峻的压力下，保持了平稳发展；中国摄影出版社在中国文联社会效益考核中被评为“优秀”；协会网站积极探索新的传播平台和样式，较好地完成信息化建设目标。

【干部人事工作有序开展】

在重大活动中考察干部，注重考核结果运用。通过民主测评、竞聘上岗、考察谈话等方式，提拔重用忠诚干净有担当的干部。对摄影艺术中心部分岗位进行选拔聘用；对协会四家媒体领导班子进行交流轮岗；公开招聘社会化人员，招录应届大学生等。按照中国文联人事部的统一部署，认真做好干部双向挂职交流工作；表彰优秀集体和个人；完成劳动合同签订、变更、续签和解除等相关工作；办理出境人员备案、“四个一批”人才推荐选拔和职称评审工作；完成中央社保库养老调待任务；组织做好个人有关事项报告及拟提拔对象个人事项上报送审工作、国有企业负责人薪酬自查工作、文联系统退役军人和其他优抚对象信息采集工作。

【财务保障工作扎实推进】

围绕协会中心工作，争取财政部、中宣部、中国文联等部委以及中国文学艺术基金会、中国文艺志愿中心等单位资金支持。完成年度预决算管理和主管部门布置的财务专项、各项审计整改及津贴补贴自查等工作，完善协会财政票据电子化改革及捐赠票据申请、艺术中心财务制度化建设工作，完成艺术中心绩效工资实施方案及考核办法的制定、协会所属单位法人离任审计的组织协调以及配合完成企业领导人薪酬考核等工作。

中国书法家协会

综 述

2018年，中国书协按照中宣部、中国文联的统一部署，深入学习贯彻习近平新时代中国特色社会主义思想和党的十九大、十九届二中、三中全会精神，贯彻落实习近平总书记关于文艺工作的重要论述和全国宣传思想工作会议精神，以社会主义核心价值观为引领，以聚焦“中国梦”为时代主题，以建设德艺双馨书法队伍为重点，以创作优秀作品为中心任务，强化以人民为中心的工作导向，团结凝聚广大书法家和书法工作者，不忘初心、牢记使命，锐意进取，开拓创新，深化改革，全面推动书法事业繁荣发展。

会议与活动

【举行中国书协七届七次主席团会议】

3月27日，中国书协第七届主席团第七次会议在北京中国职工之家举行。会上，集体学习了习近平总书记在第十三届全国人民代表大会第一次会议上的讲话，新华网《十三届全国人大一次会议在京闭幕习 近平发表重要讲话》，中国文联党组书记、副主席李屹在中国文联传达学习贯彻全国两会精神会议上的讲话和在中国文联十届三次全委会上所做的工作报告；审议通过了《中国书协第七届理事会第三次会议工作报告》《中国书协2018年工作要点》《中国书协主席团成员、理事会理事履职规则》《中国书协会员工作条例》《中国文联终身成就书法家候选人评选办法》等。根据《中国书协章程》有关规定，主席团通过了新疆维吾尔自治区书协、青海省书协各一名理事更替的申请。

【中国书协2018年度工作会议举行】

3月27日，中国书协2018年度工作会议在北京中国职工之家举行。中国书协主席团部分成员、分党组领导班子以及各团体会员单位的主席及驻会负责人共100余人参加会议。会议由中国书协分党组副书记、秘书长郑晓华主持。会议宣读了《关于表彰2017年度团体会员先进单位山东书协、江西书协的决定》和“送万福进万家”活动先进集体和个人名单，通报了《2017年发展新会员情况报告》，并重点部署了核准会员信息、开通“会员网上查询”、编辑出版《中国书协会员名鉴》三项工作，介绍了第十二届国展策展初步设想。

【中国书协七届三次理事会举行】

3月28日，中国书协第七届理事会第三次会议在北京中国职工之家举行。中国书协主席团全体成员，中国书协理事以及各团体会员单位主要负责人，中国书协各直属单位、部室负责人共计200余人参加会议。中国书协主席苏士澍主持会议并讲话。中国书协分党组书记、驻会副主席陈洪武作《中国书协第七届理事会第三次会议工作报告》。会议向全体理事和各团体会员单位驻会书法家发出了“援疆扶贫”作品捐赠倡议书，通报了2016年至2017年发展新会员情况，宣读了《中国书协主席团成员、理事会理事履职规则》。

【中国书协学习贯彻习近平新时代中国特色社会主义思想和党的十九大精神专题培训班举办】

3月28日至30日，中国书协学习贯彻习近平新时代中国特色社会主义思想和党的十九大精神专题培训班在北京中国职工之家举办。此次培训班，是中国书协按照中宣部、中国文联的统一部署，为全面及时贯彻落实党的十九大和十九届二中、三中全会精神，深刻领会习近平新时代中国特色社会主义思想，提高书法界骨干队伍的政治自觉性和历史责任感而精心组织的专项培训。中国书协七届主席团成员、七届理事会理事、各团体会员单位负责人以及中国书协机关和各直属单位负责人共200余人参加了培训。

【全国中青年优秀骨干书法家专题研讨班】

5月31日至6月3日，中国书协在北京举办全国中青年优秀骨干书法家专题研讨班。目的在于深入学习习近平总书记系列讲话中有关文艺工作的重要论述和马克思主义文艺美学理论，引导书法界优秀骨干队伍带着问题意识，结合当代书坛实际展开深入思考和研讨，进一步提高使命意识和责任担当，切实增强推动书法事业发展的政治自觉、思想自觉和行动自觉，努力营建良性健康的书法批评新环境，重塑当代书法精神高地，让党中央的文艺思想在书法界落地生根。参加研讨培训的学员为入选“现状与理想——当前书法创作学术批评展”的100余位作者。

【中国书协举行第七届专业委员会工作会议】

6月24日至26日，7月3日至5日，7月16日至18日，中国书协第七届专业委员会工作会议分三期在北京举行。第一期包括学术、篆、隶、楷、行、草、篆刻七个专业委员会，第二期包括书法教育与行业建设委员会，第三期包括刻字硬笔、新闻出版传媒、国际交流与女书法家委员会。参会委员共计400余人。

7月4日，中国书协书法教育委员会、书法行业建设委员会在北京举行工作会议，认真学习习近平总书记给电影表演艺术家牛犇同志的信和牛犇同志坚守理想、勇于担当、默默奉献的革命情怀和先进事迹，提高书法界骨干队伍的政治自觉性和历史责任感，加强行业建设，带动行风转变。中国书协主席苏士澍，中国书协分党组书记、驻会副主席陈洪武，中国书协副主席翟万益、刘金凯，中国书协分党组副书记、秘书长郑晓华，中国书协分党组成员、副秘书长潘文海，书法教育与行业建设委员会的委员共100余人参加了学习。

10月26日，中国书协第七届篆书委员会2018年工作会在河南漯河召开。

12月10日，由中国书协行业建设委员会青少年工作部主办，上海市书协、上海市奉贤区政府承办的中国书协行业建设委员会青少年工作部2018年会暨全国第二届青少年书法工作论坛开幕式在奉贤区举行。

【中国书协新闻宣传工作首期专题研讨班举行】

7月29日至31日，由中国书协主办、中国文联书法艺术中心承办、中国文学艺术基金会中国文学艺术发展专项基金立项资助的中国书协新闻宣传工作首期专题研讨班在北京外国专家大厦举行，来自中国书协各团体协会的39名新闻通讯员参加了培训研讨。

9月16日至18日，由中国书协主办、中国文联书法艺术中心承办、中国文学艺术基金会中国文学艺术发展专项基金立项资助的中国书协第二期新闻宣传工作专题研讨班在北京举行。

10月29日至31日，由中国书协主办、中国文联书法艺术中心承办、中国文学艺术发展专项基金立项资助的中国书协第三期新闻宣传工作专题研讨班在北京举行。书法界网络媒体以及报刊编辑记者40人参加了学习研讨活动。

【中国书协举办行业建设工作培训班】

8月7日至9日，中国书协行业建设工作培训班在济南举办。此次培训班是中国书协贯彻落实习近平总书记重要讲话精神的一项重要举措，也是中国书协进一步推动行业行风建设的一次具体行动。

【中国书协举办2018年全国基层书法骨干培训班】

8月28日至30日，中国书协2018年全国基层书法骨干培训班在南昌举办。此次培训班是中国书协为深入学习贯彻习近平新时代中国特色社会主义思想和党的十九大精神，进一步加大基层书法人才队伍建设力度，加强对新文艺群体和基层一线优秀人才的培养，按照中宣部、中国文联的统一安排部署而举办的。

9月11日至13日，中国书协2018年全国基层书法骨干培训班(辽宁)在辽宁省营口市举办。

【中国书协召开七届八次主席团会议】

11月26日，中国书协第七届主席团第八次会议在京召开。会议研究讨论了拟举办第十二届全国书法篆刻展方案，审议通过了吴占良任中国书协第七届副秘书长（挂职）的决定和《以中国书协艺委会名义举办书法活动的管理办法》。

【2018中国书协举办“送万‘福’进万家”书法志愿服务公益活动】

1月16日，中国书协主席苏士澍带队深入到江西安远东江源小学、安远一中、孔田晨光小学，现场调研书法进校园教学活动，并亲自示范书法教学。当晚，书法家们分两组在三百山镇开展活动。一组是召开“江西三百山”书法创作座谈会，与会代表围绕书法创作培训基地建设进行了深入交流讨论；另一组是江西省书法公益大讲堂走进安远，中国书协副主席毛国典为当地群众授课。17日，送“万‘福’进万家”活动在安远县文体广场举行。书法家们尽情挥毫，把最美好的祝福送给安远老区人民。短短的两个多小时里，书法家们共书写近2000幅“福”字、对联。

1月18日，中国书协分党组书记、驻会副主席陈洪武，中国书协副主席张建会带队走进中新药业天津中药六厂，在制药车间前厅，书法家们展纸运墨，为职工们书写春联，送“福”字。

1月18日，中国书协副主席包俊宜，中国书协分党组副书记、秘书长郑晓华带队走进贵州瓮安县猴场镇。30多名书法家相约一堂。一幅幅风格迥异、字体多样的对联和“福”字相继亮相，分送到老百姓的手中。活动当天，郑晓华为当地书法爱好者作题为“国运、文运、书法”的公益讲座，与当地书法爱好者进行了现场交流。

1月23日，由中国文联、中国书协、河北省文联主办，中国文联书法艺术中心、河北省书协承办的2018中国书协书法家“送万‘福’进万家”志愿服务公益活动走进河北省井陉县，为当地群众书写春联、“福”字。在近两个小时的时间里，书法家们共书写“福”字1000余幅，春联500余副。

1月23日,由中国文联、中国书协、内蒙古自治区文联主办，中国文联书法艺术中心、内蒙古书协承办的2018中国文联中国书协书法家“送万福进万家”志愿服务公益活动在内蒙古乌兰察布市四子王旗开展，受到广大农牧民的热烈欢迎。

1月25日，由中国文联、中国书协主办，甘肃省文联、甘肃省书协承办的“2018中国文联中国书协书法家‘送万福进万家’志愿服务活动”在甘肃省东乡族自治县举行。中国文联、中国书协向当地老百姓赠送春联（福字）200套，甘肃省文联向东乡族自治县赠送装裱好的书法中堂和对联15套，甘肃省书协向当地老百姓赠送春联（福字）500套，来自中国书协、甘肃省书协和临夏州书协的书法家现场书写春联和书法作品1500多件。

1月31日，由中国文联、中国书协、山东省文联主办，中国文联书法艺术中心、中国书协行业建设委员会志愿服务工作部、山东省书协承办的2018中国文联、中国书协书法家“送万‘福’进万家”志愿服务公益活动在山东省德州市武城县四女寺镇刘茂商社区举行。短短两个小时共创作了近千幅“福”字和春联书法作品，为村民们送去新春的祝福。活动期间，陈洪武、刘金凯、顾亚龙、王世农、矫红等在当地有关领导的陪同下来到贫困户家里，向他们赠送“福”字、春联和慰问品，送上新春的美好祝愿。

2月2日，由中国文联、中国书协、北京文联共同主办的我们的中国梦•文艺工作者“送万‘福’进万家”志愿服务活动在具有光荣革命传统的顺义区焦庄户村举办。书法家共创作春联600余副、“福”字800多个，送出民间艺术品600余件。

2月3日，由中国文联、中国书协联合主办，河北省文联、中国文联书法艺术中心、河北省书协承办的书法家“送万‘福’进万家”志愿服务公益活动——书法“红色文艺轻骑兵走进雄安新区”在黄湾村社区服务中心举行。苏士澍、解晓勇、刘金凯、郑晓华等领导向黄湾社区劳动模范、党员代表十余人赠送春联、“福”字，并现场为村民们书写“福”字、春联。

2月3日，由中国文联、中国书协、中国石油文联主办，中国石油书协、华北油田公司承办的2018中国文联中国书协石油文联书法家“送万‘福’进万家”志愿服务公益活动在华北油田采油二厂举行。书法家被石油工人的敬业精神深深打动，现场挥毫泼墨，即兴创作春联200余副、“福”字300多个，将节日的喜庆和新年的祝福亲手送给奋战在一线的工人朋友们。

2月6日，由中华全国总工会、中央电视台、中国书协、中国职工书协、中国铁路书协共同举办的“新时代、新春联、送万福、进万家”书法公益系列活动走进北京市天安门管委会，向环卫工人赠送“两节”慰问品。

2月7日，中华全国总工会、中国书协、中央电视台、中国民航工会联合主办的“新时代、新春联、书法家“送万福进万家”志愿服务公益活动”走进首都机场。书法家们为机场一线职工现场书写、赠送春联和福字近千副（幅）。

2月9日，由中华全国总工会、中国书协、中国铁路总公司、中央电视台共同主办的“新时代、新春联、铁路春运书法家送万‘福’进万家志愿服务公益活动”走进北京西站。书法家分两个场地为一线铁路职工和旅客现场书写、赠送春联和福字。

2月6日，由中国书协、中央数字电视书画频道、黑龙江省文联、黑龙江省书协共同主办，黑河市政协书画院协办的书法家“送万福进万家”红色文艺轻骑兵小分队走进黑龙江畔新生鄂伦春族乡。小分队的队员们纷纷挥毫泼墨，把一幅幅火红的春联和大红“福”字送到鄂伦春族乡的父老乡亲手中。队员们还为他们送上了精美的挂历、台历。挥毫之后，小分队带着春联“福”字走访慰问了非物质文化遗产传承人孟兰杰、葛长云老人和贫困户吴文革老人，为他们送去了“福”字、春联和米、面、油等生活用品。

2月7日，小分队一行在黑河市与当地书法家和书法爱好者举行了交流笔会和创作辅导活动。之后，小分队一行来到黑龙江边防总队黑河边防支队开展公益活动。

【“到人民中去”——中国书协、山东省文联书法家走进英雄台儿庄举行活动】

5月25日，在第五个中国文艺志愿者服务日到来之际，由中国书协、山东省文联主办，山东省书协、枣庄市文联、枣庄市书协、台儿庄古城集团公司承办的“到人民中去”——中国书协、山东省文联书法家走进英雄台儿庄活动举行。与会书法家们现场挥毫，为当地群众书写“福”字等各类书法作品500余幅。

【举行“送文化下基层”书法志愿服务公益活动】

7月25日，为贯彻落实习近平总书记系列文艺讲话精神，扎根群众，服务基层，2018年中国文联、中国书协“送文化下基层”书法志愿服务公益活动在甘肃省环县曲子镇双城村举行。

【中国书协举行党的十九大精神主题学习实践暨书法志愿服务公益活动】

8月9日，中国书协党的十九大精神主题学习实践暨书法志愿服务公益活动在济南南全福旧村改造社区和山东省党史陈列馆举行。书法家们纷纷挥毫、不辞辛劳，饱含深情、饱蘸浓墨，创作出了一批精美的书法作品。

艺术节与评奖

【第六届中国书法兰亭奖作品展开幕】

1月11日，由中国文联、中国书协主办，中国美术馆、绍兴市政府、浙江省文联联合主办，浙江省书协、绍兴市文化旅游集团承办的第六届中国书法兰亭奖作品展在中国美术馆开幕。本届兰亭奖共评选出70位获奖及入选作者。其中，银奖7名（书法篆刻组5名，理论组2名）；铜奖7名（书法篆刻组6名，理论组1名），入选56名（书法篆刻组46名，理论组10名）。该展4月移至绍兴再次展出。

【全国第二届行书作品展开幕】

2月20日，由海南省委宣传部指导，中国书协、海南省文联、海南省文化广电出版体育厅主办，中国文联书法艺术中心、中国书协行书委员会、海南省书协、海南祥云雨文化影视传媒有限公司承办的全国第二届行书作品展在三亚今日汇艺术馆开幕。活动自2017年7月份启动以来，共征得作品14505件，最终296件作品脱颖而出。

【第三十四届兰亭书法节暨第六届中国书法兰亭奖颁奖活动举行】

4月18日，第三十四届兰亭书法节暨第六届中国书法兰亭奖颁奖活动、第六届中国书法兰亭奖作品展在绍兴兰亭书法博物馆举行，《第六届中国书法兰亭奖作品集》同步发行。中国文联党组书记、副主席李屹，浙江省政协副主席张泽熙，中国书协主席苏士澍，中国书协名誉主席张海，浙江省文联党组书记田宇原，中国书协顾问、浙江省书协名誉主席朱关田，中国书协副主席王丹、刘金凯、刘洪彪、宋华平，中国书协分党组成员、副秘书长潘文海，中国文联书法艺术中心主任刘恒，浙江省书协主席鲍贤伦以及获奖作者和来自海内外的书法家、书法爱好者600余人出席了活动开幕和颁奖仪式。为表彰近年来为我国文艺事业做出突出贡献、在艺术创作方面成就卓著的艺术家，中国文联专门设立“中国文联终身成就艺术家”荣誉称号。中国书协结合书法界实际，经七届主席团三轮民主投票推选，并报中国文联批准，授予高式熊、张海“中国文联终身成就书法家”。

【举办全国第二届大字书法艺术展】

9月12日，全国第二届大字书法艺术展在江苏镇江文广集团城市山林艺术空间举行开幕式。

【举办全国第三届篆书作品展】

10月26日，由中国书协主办，中国文联书法艺术中心、中国书协篆书委员会、漯河市政府、河南省书协承办的全国第三届篆书作品展暨全国篆书名家邀请展在漯河市科教文化艺术中心开幕。

【全国第二届大学生书法篆刻作品展开幕】

11月25日，由中国书协、郑州大学、国家典籍博物馆共同主办的全国第二届大学生书法篆刻作品展在国家典籍博物馆开幕。

【纪念周恩来同志诞辰120周年全国书法名家邀请展开幕】

2月24日，由中国书协、淮安区委区政府主办，中国文联书法艺术中心、江苏省书协、淮安区委宣传部、淮安区文联共同承办的“永远的丰碑——纪念周恩来同志诞辰120周年全国书法名家邀请展”在淮安市美术馆开幕。活动期间,中国书协举办了“送文化下基层”公益大讲堂，郑晓华为淮安区书法家和书法爱好者作题为《汉字、书法与中华民族伟大复兴》的讲座。

【举办全国六〇印象篆书提名展】

3月23日，由中国书协篆书委员会、重庆市书协、重庆市群众艺术馆主办，重庆市书协篆书委员会、重庆金佛山书画院承办的全国六〇印象篆书提名展在重庆市群众艺术馆开幕。此次展览共展出全国上世纪60年代出生的篆书名家作品60件。

【第三届“‘深入生活 扎根人民’——文质兼美优秀基层书法家创作活动作品成果展”开幕】

5月3日，由中国文联、中国书协主办，中国文学艺术基金会专项资金支持，中国文联书法艺术中心承办的第三届“‘深入生活扎根人民’——文质兼美优秀基层书法家创作活动作品成果展”在中国文联文艺家之家展览馆开幕。本次活动自2017年9月启动以来，按照德艺双馨、坚守基层、做人民喜爱的书法工作者的标准，并在专业上按照思想精深、艺术精湛的要求，从各团体会员推荐的优秀基层书法家中遴选、评选出87位入选优秀作者。这些作者都是长期工作、生活在全国各地基层一线的书法家，有的是新文艺群体、石油工人、电力工人、山村教师、基层乡镇干部等，有着较广泛的代表性和示范性。李屹等中国文联领导为入选作者颁发荣誉证书。来自陕西西安周至县的基层作者张景泰代表参展作者发言。开幕式后，10位入选书法家代表和前来观摩学习的书法爱好者，就此次作品创作进行交流互动，彼此切磋书艺，分享心得。

【中国书协举办第七届理事作品展】

6月20日，由中国书协、国家典籍博物馆、广东省文联主办，中国文联书法艺术中心、广东省书协、茂名市委宣传部、茂名市政协办公室、茂名市文化广电新闻出版局、茂名市文联、茂名市书画院联合承办，茂名市廖静美术馆、茂名市中唐文化传播有限公司、茂名市恒泽文化发展有限公司协办的“不忘初心 牢记使命——中国书协第七届理事作品展”在广东省茂名市博物馆举行开幕式。

【“中国精神·中国梦——社会主义核心价值观书法作品主题创作暨全国基层巡展（庆阳展）”举行】

7月24日，由中国文联、中国书协、甘肃省文联、庆阳市委主办，中国文联书法艺术中心、甘肃省书协、庆阳市委宣传部和庆阳市文联联合承办的“中国精神·中国梦——社会主义核心价值观书法作品主题创作暨全国基层巡展（庆阳展）”开幕式在庆阳博物馆举行。

【举办当代书法创作与评审工作专题研讨班作品展】

7月30日，由中国书协主办、中国文联书法艺术中心承办、中国文学艺术基金会中国文学艺术发展专项基金立项资助的当代书法创作与评审工作专题研讨班作品展在中国文联文艺家之家展览馆开幕。当代书法创作与评审工作专题研讨班于2017年6月和8月分两期举办，第一期主要面向七届专业委员会委员，包括部分新文艺群体委员；第二期面向团体会员驻会干部。根据培训要求，学员每人认真创作书法作品3幅，撰写学习心得1篇。中国书协组织专家对作品和文章进行了评选，最终160余件作品入选本次展览并结集付梓。本次展览就是培训研讨成果的一次集中汇报。中国文联党组书记、副主席李屹，中国文联党组成员、副主席赵实为6位学员代表颁发结业证书。

【“中国精神·中国梦——社会主义核心价值观书法作品主题创作暨全国基层巡展（兰州展）”举行】

8月1日，由中国文联、中国书协、甘肃省文联主办，中国文联书法艺术中心、甘肃省书协、兰州市委宣传部和兰州市文联联合承办的“中国精神·中国梦——社会主义核心价值观书法作品主题创作暨全国基层巡展（兰州展）”开幕式在甘肃省艺术馆举行。本次展览共展出107位入选作者的书法作品，他们都是来自全国各地基层的优秀中青年书法家。

【举办国家艺术基金2017年度艺术人才培养资助项目汇报展】

8月6日，由中国书协与郑州大学联合主办的“艺苑今声——国家艺术基金2017年度艺术人才培养资助项目‘西部地区书法艺术人才培养’结项成果汇报展暨座谈会”在中国文联文艺家之家展览馆举行。根据《国家艺术基金项目资助协议书》规定，在开展之前，特邀专家刘洪彪、李刚田、王学岭、朱培尔、张建才从50名培训学员的100件作品中遴选出15件优秀作品作为项目结项材料之一，呈交国家艺术基金管理中心，以供管理中心根据作品质量，进行公益性收藏。

【“讴歌新时代 共筑中国梦——学习十九大精神主题书法展”开幕】

8月10日，由中国文联、中国书协、中国书协书法行业建设委员会主办，中国文联书法艺术中心、山东省书协等部门联合承办的“讴歌新时代 共筑中国梦——学习十九大精神主题书法展”在济南市美术馆开幕。

【“第十届陇南乞巧女儿节‘翰墨缘·乞巧情’国际妇女书画作品展”开幕】

8月10日，由中国文联指导，中国美协、中国书协、陇南市委市政府联合主办，中国文联美术艺术中心、国际书法家联合总会、中国书协女书法家委员会、陇南市委宣传部、陇南市文联、陇南市文化广播影视新闻出版局、西和县委、西和县政府共同承办的“第十届陇南乞巧女儿节‘翰墨缘·乞巧情’国际妇女书画作品展”在陇南市博物馆开幕。本次展览展出的书法、美术作品由来自33个国家和地区的女艺术家创作而成。其中，书法作品101件，是世界18个国家和地区的101位女书法家的精心创作成果。

【“中国精神·中国梦——第二届社会主义核心价值观书法作品主题创作暨全国基层巡展（四川展）”开幕】

8月17日，由中国文联、中国书协、四川省文联共同主办，中国文联书法艺术中心、四川省书协承办的“中国精神·中国梦——第二届社会主义核心价值观书法作品主题创作暨全国基层巡展（四川展）”在四川美术馆举行开幕式。

【第十三届国际书法交流大展开幕】

9月1日，由新加坡书协、国际书法家联合总会举办的第十三届国际书法交流大展在新加坡书法中心开幕。来自中国、日本、韩国等23个国家和地区200余位书法家，以及新加坡的书法爱好者共700余人参加开幕典礼。开幕式结束后，举办了盛大的雅集和交流笔会。中国书协派出以苏士澍为团长、陈洪武为副团长、刘恒为秘书长一行6人的代表团参加盛会。

【现状与理想——当前书法创作学术批评展、第十届黄河明珠·中国乌海书法艺术节等系列活动举办】

9月16日，现状与理想——当前书法创作学术批评展、第十届黄河明珠·中国乌海书法艺术节、第六届国际书法产业博览会在乌海当代中国书法艺术馆开幕。开幕式后，组织了“到人民中去——中国书协百名书家‘服务老百姓、共书新时代’现场书法辅导”活动，积极为人民书写、为社会服务。随后，广大观众参观了现状与理想——当前书法创作学术批评展、第六届国际书法产业博览会。

【“书写新时代：全国新文艺群体书法作品汇报展”开幕】

11月7日，“书写新时代：全国新文艺群体书法作品汇报展”在国家典籍博物馆二层文津厅举行开幕式。

【“南溟燕归——马来西亚书艺协会会员作品展”开幕】

11月19日，由中国书协和马来西亚书艺协会联合主办的“南溟燕归——马来西亚书艺协会会员作品展”在中国文联文艺家之家展览馆开幕。

【举办庆祝改革开放40周年全国书法大展】

11月26日，中国文联、中国书协、中国楹联学会共同主办的庆祝改革开放40周年全国书法大展在民族文化宫展览馆开幕。本次展览共有109件作品展出，作者包括老、中、青三代书法家，其中工作在基层一线的书法家和新文艺工作者占有相当比例。

【杨杰书法作品展举行】

11月9日，“未央——杨杰书法作品展”在河南美术馆开幕。

创作与研究

【陈振濂学术著作新版首发活动举行】

3月18日，中国文联副主席、中国书协副主席、中国文艺评论家协会副主席、西泠印社副社长兼秘书长陈振濂学术著作集第二辑：《书法教育学》《书法学综论》《日本书法史》新版首发签售活动，在北京琉璃厂中国书店举行。签售活动结束后，陈振濂应邀作《书法教育：走向改革开放新时代》学术讲座。

【“现状与理想——当前书法创作学术批评展暨乌海论坛”举办】

9月16日至17日，中国书协精心筹备的“现状与理想——当前书法创作学术批评展暨乌海论坛”在乌海举办。这是一场检视现状、剖析问题，补精神之钙、扬理想之帆的大型学术活动。周俊杰、李刚田、黄惇、言恭达、丛文俊、朱以撒、徐利明、刘洪彪、鲍贤伦、孙晓云、陈振濂、李一、刘恒、王强、陈洪武、潘文海、朱培尔、甘中流、张瑞田、陈海良、叶培贵等专家学者、百名参展作者以及来自全国各省市书协和产行业书协的书法家代表、乌海市书法爱好者共1000余人齐聚当代中国书法艺术馆，寻源问道，共同把脉当前书法创作。本次展览改变了以往“个人创作投稿→书协组织评选并举办展览→专业和大众批评”的单线组织模式，创造了“创作←→学术←→批评”交融并举的新模式：举办作者展前培训，专题研讨“文与书”“可读与可赏”“个性化与公共性”等重要理论问题；组建专家团，参与创作过程相关问题的讨论与研判；邀请批评家，提前若干时间研究全部展品以更好地提炼批评主题。乌海论坛是本次批评展的重要学术环节，分六场展开：一、观念、史鉴与现象；二、当前书法创作的批评；三、书法家辩论会；四、创作的立场与评审的角度；五、历史的视域与当前书法；六、数据——当前书法创作的现状。在两天的研讨中，与会专家学者、参展作者和全体书法家站在书法事业发展的高度上，带着问题意识和批评精神，展开了热烈而诚恳的讨论。大家在交流中碰撞、在辩论中思考、在启发中互鉴、进一步厘清了思路、凝聚了共识、明确了方向。

【举办“国学修养与书法·第五届全国青年书法创作骨干高研班”】

10月11日，由中国书协主办的“国学修养与书法·第五届全国青年书法创作骨干高研班”在北京举行开班式。本届高研班有52名学员参加，既侧重对新文艺群体和基层一线优秀人才的培养，又适当兼顾高校教师、书画院专职创作人员、省市书协驻会干部，以及各行各业的优秀青年书法家等。中国书协名誉主席沈鹏做了题为《以赤子之心对待艺术》的首场学术报告。

【“弘文焕采——欧阳中石先生书法教育思想学术研讨会”举办】

10月27日，首都师范大学和中国书协联合举办“弘文焕采——欧阳中石先生书法教育思想学术研讨会”。在上午的研讨中，由首都师范大学中国书法文化研究院教授解小青主持。5位报告人围绕欧阳中石的大书法文化观、基本教育观念、重要理论建说、学科建设历程等主题，展开了深入阐述。在下午的研讨中，分别由首都师范大学中国书法文化研究院教授叶培贵、何学森主持，13位专家进行了主题发言。来自海内外40余所高校的教师代表、专业领域同仁、欧阳中石的学生代表等近300人参加了研讨会。

【举办“书写新时代——书法界新文艺群体专题研讨会”】

11月7日，“全国新文艺群体书法作品汇报展”开幕后，中国书协随即举行了“书写新时代——书法界新文艺群体专题研讨会”。在研讨会前半场，七位主报告人分别从不同角度，对当代书坛的“新文艺群体”现象，工作思路做了汇报和阐述。研在讨会下半场，书法家自由发言。刘恒作会议总结。

【“大江弦歌”沈鹏吟江阴诗词品鉴会举行】

11月17日上午，“大江弦歌”沈鹏吟江阴诗词品鉴会在北京举行。来自艺术界和主流新闻媒体的嘉宾们齐聚一堂，共同品鉴沈鹏创作的吟咏江阴故里的诗词，学习其潜心笃志、博学精研、执着实现高远艺术追求的精神，共同传承和弘扬中国博大精深的传统文化。

【全国宋代碑刻书法论坛举行】

12月6日，由中国书协主办，中国文联书法艺术中心、江西省书协、上饶师范学院和德兴市政府联合承办的全国宋代碑刻书法论坛在上饶师范学院图书馆学术报告厅举行。开幕式当天，在上饶师范学院图书馆举行了三场论坛。本次全国宋代碑刻书法论坛活动共计收稿168件，范围涵盖全国26个省、直辖市、自治区和香港特别行政区。论文所研究和探讨的范围涵盖了宋代碑刻书法的各个方面，包括理论、史论、美学、技法、考证、评论等。讨论会后，论文集将结集出版。

【“翰墨薪传•全国中小学书法教师培训”项目获评全国学雷锋志愿服务“四个100”先进典型】

4月20日，中国文联党组书记、副主席李屹，中国文联党组成员、副主席李前光在中国文艺家之家会见了由中国文联推荐并荣获全国学雷锋志愿服务“四个100”先进典型的代表。由中国书协等单位共同组织实施的“翰墨薪传•全国中小学书法教师培训”项目，获评全国学雷锋志愿服务“四个100”先进典型“最佳志愿服务项目”。中国书协分党组书记、驻会副主席陈洪武出席会议，并代表协会接受奖牌和证书。

4月3日，中宣部、中央文明办在北京召开全国学雷锋志愿服务工作推进会，公布了中宣部、中组部、中央文明办、中国文联等13个部委、新闻单位组织推选的“最美志愿者、最佳志愿服务项目、最佳志愿服务组织、最美志愿服务社区”先进典型名单。在此次学雷锋志愿服务“四个100”先进典型推荐活动中，由中国文联推荐的“翰墨薪传•全国中小学书法教师培训”项目获得“最佳志愿服务项目”，是全国文联系统和文艺界唯一获此殊荣的项目。

【举办第三届西部书界新秀系列书法研修班学员书法作品评选评审工作】

4月27日，第三届西部书界新秀系列书法研修班学员书法作品评选评审工作在京结束。本次评选工作面向第三届西部书界新秀系列书法研修班的学员，经过评委会严格评审，共有30位作者入选。

【启动“翰墨薪传•全国中小学书法教师培训”项目第四期国家级培训】

7月3日，由教育部和中国文联共同实施，中国书协、中国教育学会、教育书画协会联合承办的“翰墨薪传•全国中小学书法教师培训”项目第四期国家级培训在北京启动。会上，中国教育学会书法教育专业委员会副理事长沈白榆对《中小学书法教育指导纲要》进行了解读。

7月8日，由教育部、中国文联主管，中国书协、中国教育学会、教育书画协会主办，四川遂宁市教育局、遂宁市教育学会、船山区教体局、遂宁绿然国际学校承办的“翰墨薪传•全国中小学书法教师培训项目”第四期（西南区）培训开班仪式在四川遂宁举行。

7月16日，“翰墨薪传•全国中小学书法教师培训项目”第四期（华中、华南区）培训开班仪式在郑州举行，培训时间为7月16至22日。

7月23日，由教育部和中国文联共同实施，并委托中国教育学会、中国书协、教育书画协会主办的“翰墨薪传•全国中小学书法教师培训项目”第四期培训（西北地区）在甘肃省委党校开班。

对外及对港澳台地区文化交流

【中国书协代表团赴日出席日本“第34届成田山全国竞书大会”颁奖仪式】

3月31日至4月3日，“第34届成田山全国竞书大会”颁奖仪式在日本成田山书道美术馆举行。颁奖会上，成田山新胜寺寺务长岸田照泰，竞书大会执行委员长高木圣雨，中国大使馆文化参赞陈诤，中国书协分党组副书记、秘书长郑晓华，读卖书法会事务局长畑正之等先后致辞。来宾盛赞成田山全国竞书大会在推动日本青少年学习书法、促进中日青少年文化交流方面，所作出的积极贡献。

【“第34届成田山全国竞书大会”中日友好青少年书法交流活动举行】

8月4日，应中国书协邀请，以日本成田山全国竞书大会副会长、成田山新胜寺寺务长岸田照泰率领的“第34届成田山全国竞书大会”中日友好青少年书法交流团一行45人来华交流访问。8月5日，在北京举行了中日青少年书法交流笔会。

【第29届中日友好自作诗书交流展举行】

8月30日，由中国书协、日中友好自咏诗书交流会共同举办的“第29届中日友好自咏诗书交流展”在东京艺术剧场开幕。本次展览共展出中日两国诗人、书法家创作的131件书法作品，内容为书法家自作诗词、俳句。作者阵容强大，中方作者涵盖了中国书协主席、副主席、理事以及代表性书法家，展现了两国艺术家深厚的文学底蕴和精湛的书法艺术水准。

机关建设

【中国文艺志愿者服务日暨联合党日活动举行】

5月21日，在中国文联第五个文艺志愿者服务日到来之际，由中国书协、北京市文联主办，北京市书协、大兴区文联、大兴区书协承办的中国文联、中国书协“送欢乐下基层”5•23中国文艺志愿者服务日暨联合党日活动在北京市大兴区长子营镇留民营村举行。

【中国书协组织“学习习近平总书记给新近入党的电影表演艺术家牛犇的信”座谈会】

6月28日，中国书协组织“学习习近平总书记给新近入党的电影表演艺术家牛犇的信”座谈会，主题为“努力做一名有信仰有情怀有担当的文艺工作者”。会议由陈洪武主持。会上，全体干部职工集体学习《习近平给新近入党的电影表演艺术家牛犇的信》《习近平写信勉励新近入党的电影表演艺术家牛犇》《83岁电影人牛犇入党：60余年执着追求的背后，是“党员”两个字的分量》等资料，然后开展了热烈讨论。

【召开专题组织生活会】

7月5日，中国书协机关党支部召开“不忘初心重温入党志愿书”专题组织生活会。中国书协分党组领导均以普通党员身份参加了所在支部的组织生活会，会议由党支部书记主持。会上，中国书协机关党支部还组织学习了中国文联机关党建《学习参考》(2018年第2期)，观看了《我的入党志愿书》专题片。

直属单位

【召开专题组织生活会】

7月5日，中国书法出版传媒有限责任公司召开“不忘初心重温入党志愿书”专题组织生活会。中国书法出版传媒有限责任公司党支部还组织学习《习近平给新近入党的电影表演艺术家牛犇的信》《习近平写信勉励新近入党的电影表演艺术家牛犇》《83岁电影人牛犇入党：60余年执着追求的背后，是“党员”两个字的分量》等资料，并畅谈感想体会。

【举办“中国书协书法培训中心成立二十五周年历届工作室导师作品展”】

7月9日，由中国书协书法培训中心、临沂市文广新局主办，临沂市美术馆、山东临沂王羲之艺术研究院承办的“中国书协书法培训中心成立二十五周年历届工作室导师作品展”在临沂市美术馆开幕。此次展览共展出来自34位导师的68件书法作品和11件特邀作品。

【2018年度全国考级工作会议举行】

12月28日，中国书协2018年度全国考级工作会议在中国文联文艺家之家举行。来自全国各地的41家考级承办单位负责人及相关工作人员参加会议。会议由中国书协考级中心副主任严峻主持。

中国杂技家协会

综 述

2018年是深入学习贯彻习近平新时代中国特色社会主义思想和党的十九大精神的开局之年，是改革开放40周年，是决战脱贫攻坚、决胜实现小康、实施“十三五”规划至关重要的一年。一年来，中国杂协以习近平新时代中国特色社会主义思想为指导，认真落实党中央和中国文联的重要决策部署，按照年初确定的工作计划，凝心聚力、突出重点、锐意进取、积极作为，以创新精神推动杂技事业和杂协工作健康发展，为繁荣发展社会主义文艺事业做出了积极贡献。

重要会议活动

【举办多期杂技界深入学习贯彻党的十九大精神培训班】

中国杂协把学习宣传贯彻习近平新时代中国特色社会主义思想和党的十九大精神，坚决落实中央决策部署作为首要政治任务，按照中央和中国文联统一部署，紧密联系杂技艺术实践，积极引领广大杂技工作者听党话，跟党走。一年来，中国杂协先后在云南昆明、北京、安徽合肥、河南红旗渠、河南开封、天津等地举办全国杂技院团负责人培训班、新文艺群体青年魔术人才培训班、全国民营杂技团体带头人培训班、第二届中国杂技理论高级研修班、新文艺群体青年杂技人才培训班等6期集中培训。共培训学员266人，其中新文艺群体199人。在邀请专家进行杂技、魔术专业创新创作辅导授课的同时，把深入学习贯彻习近平新时代中国特色社会主义思想和党的十九大精神作为培训重要内容，邀请中国文联党组成员、书记处书记陈建文，中国文联副主席、中国杂协主席边发吉，中国杂协分党组书记、驻会副主席王仁刚先后为学员们作了学习辅导。引导大家深入学习贯彻党的十九大精神，特别是习近平总书记关于文艺工作的重要论述，深刻领会精神实质，准确把握思想精髓，进一步明确了任务职责和前进方向。大力宣讲和贯彻落实习近平总书记给内蒙古苏尼特右旗乌兰牧骑队员回信、给老艺术家牛犇写信的重要指示精神，倡导大家做有信仰、有情怀、有担当的新时代杂技艺术工作者。

【举办第十届中国杂技金菊奖全国魔术比赛】

9月29日至10月4日，由中国文联、中国杂协主办的第十届中国杂技金菊奖全国魔术比赛在广东省深圳市举行。全国共有25个省份的62个节目报名参赛，其中，新文艺群体魔术团体和个人参赛节目占比超过60%，为历届之最。最终，辽宁《九儿》、北京《流光掠影》、江苏《纸飞机》、天津《鱼韵流芳》、广东《扇之梦》、江苏《羽》、重庆《幻影飞鸽》等7个优秀魔术节目从来自全国14个省份的24个终评节目中脱颖而出，荣获本届中国杂技金菊奖杂技节目奖。

【举办第十届中国杂技金菊奖全国滑稽比赛】

10月27日至11月2日，由中国文联、中国杂协、中共河南省委宣传部主办的第十届中国杂技金菊奖全国滑稽比赛在河南省开封市举行。全国共有16个省份的38个节目报名参赛，其中，新文艺群体滑稽团体和个人参赛节目占比超过68%。除11个入围作品参加了决赛外，大赛组委会还邀请了来自美国、加拿大、澳大利亚、法国等8个国家的9支幽默滑稽表演团队进行展演。最终，天津杂技团滑稽作品《三个和尚》荣获本届中国杂技金菊奖滑稽节目奖。

【参与举办中国光谷第十三届武汉国际杂技艺术节】

10月26日至11月1日，由中国杂协、武汉市人民政府、中国对外文化集团等单位联合主办的中国光谷第13届武汉国际杂技艺术节在武汉市举行。

本届杂技节共有来自14个国家和地区的21个精彩节目竞演。最终，山东省德州市杂技艺术保护教育传承中心的《高椅》、蒙古左拉杂技团的《跳板》以及乌克兰的《男子双人皮条》获黄鹤金奖，武汉杂技团的少儿节目《寒梅疏影——杆上技巧》获芳草金奖。杂技节期间，还举办了中国杂技高峰论坛、《夏菊花艺术成就展》等活动。

【参与举办第四届中国北京国际魔术大会】

9月28日至30日，由中国杂协、中国青年报社、北京市文化局、北京市文资办、北京市文联、北京演艺集团、北京市昌平区人民政府联合主办的第四届中国北京国际魔术大会在昌平举办。本届魔术大会以“传承•转化•发展”为主题，来自22个国家和地区的魔术师、评委、嘉宾和道具商参加了中国魔术产业发展联盟成立大会、第三届国际魔术产业发展高端峰会、开幕式暨国际魔术大师魔幻秀、“北京之光”国际近景魔术专场秀、“金长城杯”世界魔术冠军作品展演、闭幕式暨“魔幻人生”魔术秀等魔术活动。

【参与举办2018濮阳杂技艺术节】

10月16日至22日，由中国杂协、濮阳市政府共同主办的2018濮阳杂技艺术节在濮阳举办。艺术节邀请了美国、德国、意大利、俄罗斯、以色列等21个国家和地区的杂技、魔术、马戏演出团队汇聚濮阳，展开了包括国际精品杂技专场、国际精品魔术专场、俄罗斯大马戏演出专场、《水秀》专场、国际杂技魔术道具展、中国杂技创新发展高峰论坛、“龙都体彩杯”国际滑板小轮车明星表演赛、经贸交流等在内的十项文化活动和一项商贸活动。

【参与举办第六届中国西湖国际魔术交流大会】

10月27日至29日，由中国杂协和浙江省文联主办的第六届中国西湖国际魔术交流大会在杭州举办。本届大会取消了选手比赛的内容，让大会艺术交流主旨更加突出，还开展了开闭幕式暨国际舞台魔术大师秀、八场魔术讲座、魔术道具展及魔术沙龙等内容。

【参与举办中国•宝丰第七届魔术文化节】

11月10日至11日，由中国杂协、河南省文联、中共平顶山市委、平顶山市人民政府主办的中国•宝丰第七届魔术文化节在河南宝丰举办。最终决出全国魔术邀请赛的7个魔术节目奖。活动期间，还举办了宝丰魔术发展座谈会、“魔术进校园”走进宝丰县第一高级中学、魔术道具展和颁奖晚会等系列活动。

【参与举办第六届国际幽默艺术周】

10月31日至11月3日，由中国曲协、中国杂协、江苏省文联、张家港市人民政府主办的第六届国际幽默艺术周在江苏张家港举办。艺术周以坚持“幽默丰富生活，欢笑连接世界”的主题，为当地群众呈现了2018中国（张家港）长江文化艺术节、第六届国际幽默艺术周开幕式、国际幽默艺术大师专场演出和全国戏剧幽默折子戏专场展演等6台各有侧重的展演。

【赴河北省曲阳县开展文艺志愿服务活动】

1月11日至12日，“我们的中国梦——文化进万家”中国杂协文艺志愿服务小分队一行12人在河北省曲阳县永宁小学、远大学校举行了两场慰问演出和魔术支教。罗秉松、徐凤美、徐秋3位魔术师的表演，北京杂技团的杂技节目《转毯》《花盘》赢得两校师生的热烈欢迎。

【赴河北献县开展系列志愿服务活动】

5月22至23日，中国杂协文艺志愿服务团来到河北省献县开展“送欢乐下基层”慰问演出系列活动。本次慰问活动除了举办以精品杂技为主的综合文艺惠民演出外，还包括了文艺志愿服务小分队赴敬老院慰问演出、校园魔术支教、书法交流活动以及献县艺术采风等内容。

【赴新疆开展“精品杂技下基层”慰问演出】

8月24日至30日，由中国杂协主办的“精品杂技下基层”惠民活动，分别在新疆喀什地区麦盖提县、泽普县、莎车县、英吉沙县以小分队形式进村下乡慰问演出。此次慰问活动，恰逢新疆各族人民欢度古尔邦节，中国杂协给喀什人民送去了文艺盛宴，为节日增添了欢乐气氛，近5000名新疆各族群众观看了演出。

【赴开封举办“哥俩乐翻天——刘全和、刘全利幽默小品惠民专场”演出】

10月28日，第十届中国杂技金菊奖全国滑稽比赛暨开封市首届国际幽默艺术周惠民演出“《哥俩乐翻天》全和、全利幽默小品专场”在河南大学举行，滑稽表演艺术家刘全和、刘全利给大家带来《照镜子》《同桌的你》等多个滑稽节目，外籍笑星大山主持本场演出，魔术师王璐作为特邀嘉宾进行了魔术表演。

【赴湖南省韶山市开展慰问演出活动】

12月12日，由中国文联、中国杂协、中国文艺志愿者协会、湖南省文联、湖南省演艺集团、中共湘潭市委宣传部主办的“到人民中去——精品杂技下基层”、“我们的中国梦——文化进万家”慰问演出系列活动在湖南韶山举办。杂技、魔术、歌舞等精品节目给毛主席家乡人民奉上了高质量的视觉文艺盛宴。中国好人、湖南好人和韶山道德模范代表等数千名观众观看演出。

【开展纪念改革开放四十周年“匠心技艺”万里巡演活动】

由中国杂协、北京演艺集团联合主办的“四十载改革开放 四十城文艺为民——中国杂技团‘匠心技艺’万里行活动”历时88天，途经18个省区44个城市，行程共计28000公里。40名中国杂技团以“金小丑”演员为代表的优秀青年骨干演员执行了此次巡演任务。

对外文化交流

【扩大交流，增强合作】

5月，中国杂协邀请来自法国、美国、俄罗斯、西班牙、瑞士、英国等6个国家的7位世界马戏组织负责人和国际马戏专家到北京，举行国际马戏艺术交流座谈会，共商合作事宜；7月，应国际魔术师同业会、密苏里州布兰森市政府、国际艺术创意公司邀请，中国杂协代表团一行3人赴美国访问。同布兰森市长凯伦•柏斯特、太阳马戏团艺术总监约翰•博耐特、国际艺术创意公司总裁乔伊斯•斯德克曼、哥伦比亚演艺集团总裁蒂姆•福克斯等杂技组织机构负责人会谈交流，深入了解了杂技艺术在美国的商业运作，就中国杂技团赴美商演等意向达成诸多共识；7月，应国际魔术联盟邀请，中国杂协代表团一行4人，赴韩国釜山出席第27届世界魔术大会，参加国际联盟理事会，选举新一届领导机构。访问期间，代表团慰问了中国参赛选手，与国际联盟等机构负责人会谈，就今后合作事宜交换了意见；11月，应俄罗斯联邦文化部邀请，中国杂协代表随中国对外文化集团公司代表团赴俄罗斯，参加在圣彼得堡举办的《中国文化节》舞台艺术对话活动，并就中国杂协现状、中俄杂技马戏交流的历史、现状与未来合作发展前期展望等做主题演讲。

【选派优秀节目参加国际马戏节及重大赛事】

1月14日，受中国杂协选派，中国杂技团《俏花旦——空竹》和《荷塘月色——蹬伞》节目荣获匈牙利第12届布达佩斯国际马戏节金奖；1月21日，受中国杂协选派，上海杂技团《攀登——集体造型技巧》和《突破——抖杠》节目荣获第42届蒙特卡洛国际马戏节金小丑奖；6月1日，受中国杂协选派，湖南杂技艺术剧院《柔术造型》和《单手倒立》节目荣获第三届乌克兰“金栗子”国际青少年杂技艺术节最高奖项——“金栗子”奖；7月7日，受中国杂协选派，重庆杂技团《伞丛扇影》节目荣获美国IBM国际魔术大赛金牌（已空缺13年）、金奖和最受观众欢迎奖，在此项赛事上实现“大满贯”；7月14日，由中国杂协、深圳市宝安区文联选派的魔术师张昱凭借魔术节目《时空旅行》，以全场最高分在世界魔术大会这一国际魔术界公认最具严肃性、专业化、权威性的大赛中夺得近景魔术比赛纸牌类冠军；10月22日，受中国杂协选派，南京市演艺集团杂技团《西游时空——跳板蹬人》节目荣获第19届意大利拉蒂那国际马戏节金奖。

理论研讨和调查研究

【举办中国魔术创新创作及产业发展论坛】

10月2日，由中国杂协、深圳欢乐谷旅游公司共同主办的中国魔术创新创作及产业发展论坛在深圳欢乐谷举行。200余位与会嘉宾围绕新形势下魔术艺术的创新创作及产业发展主题，进行了广泛深入的交流，共同探讨了中国魔术艺术发展的难点、热点问题。

【举办中国滑稽创新创作研讨会】

10月31日，由中国杂协等单位主办的中国滑稽创新创作研讨会在河南省开封市举行。100余位与会嘉宾围绕新形势下滑稽艺术的创新创作主题，进行了广泛深入的交流，共同剖析了中国滑稽艺术发展的困境，提出相应对策与建议。

【举办第十三届武汉国际杂技艺术节杂技论坛】

11月1日，由中国杂协、武汉市文化局主办的第十三届武汉国际杂技艺术节杂技论坛成功举行，十余位国内外文艺理论界、杂技界专家就论坛主题“杂技艺术的时代表达”发表观点，从多个角度针对杂技艺术的传承与发展进行了研究探讨。

【举办第二届中国杂技理论高级研修班】

10月27日至11月2日，由中国杂协主办，河南省杂协、开封市委宣传部承办的第二届中国杂技理论高级研修班在河南省开封市成功举办。来自全国21个省、市、自治区杂协的31余名学员参加了培训。除6位知名专家现场授课外，学员们还集体观摩了第十届中国杂技金菊奖全国滑稽比赛期间的赛事演出，参加了中国滑稽创新创作研讨会、国外专家滑稽艺术讲座。

【举办京津冀杂技理论研讨会】

7月25日至26日，由中国杂协、河北省文联、北京市文联、天津市文联主办，河北省杂协承办的京津冀杂技理论研讨会在北戴河成功举办。来自京津冀等地的50余位杂技专家齐聚一堂，以“文化与旅游融合发展趋势下杂技艺术面临的机遇与挑战”为主题进行了热烈的讨论。

【举办第八届东北三省杂技理论研讨会】

9月2日，由中国杂协、吉林省文联、辽宁省文联、黑龙江省文联主办，吉林省杂技家协会承办的第八届东北三省杂技理论研讨会在长春成功举办。与会杂技理论研究者以“中国杂技创作如何实现创造性转化、创新性发展”为主题展开研讨。

【举办“全国优秀杂技理论作品”征集活动】

为加强杂技理论建设，促进杂技理论研究，提高杂技理论水平，推动杂技艺术创作和作品创新，《杂技与魔术》杂志社开展了“全国优秀杂技理论作品”征集活动，共收到全国18家团体会员单位推选的杂技理论作品45篇，经过专家的严格审议，最终综合评定出10篇优秀杂技理论作品。

【制定《促进中国杂技教育发展的指导性意见》】

针对中国杂技教育教学大纲不统一、教学方式的地域差异性大等客观问题，中国杂协成立由协会相关人员和专家组成的项目组，加紧修改完善《促进中国杂技教育发展的指导性意见》，将对杂技教育进行科学规范，对掣肘杂技教育的问题困难提出解决方案，并对杂技基础教学科学化规范化指明发展路径。

【举办第四届上海国际杂技教育论坛】

12月17日至19日，由中国杂协、上海市文联主办，上海市杂协、上海市马戏学校、上海杂技团承办的第四届上海国际杂技教育论坛在上海成功举办。来自国内外的90余名杂技教育专家，围绕“中国杂技教育发展方向探索——职业化教育”的主题展开了深入研讨，并通过现场教学展示、杂技演艺与旅游结合项目考察，以及杂技演出观摩等活动，进一步加强了国内外杂技信息交流。

【加强调查研究和文艺舆情】

根据《中国杂协改革方案》和年度工作安排，由中国杂协分党组领导率队的调研组先后赴重庆市、河北张家口、河南濮阳、河南开封、贵州安顺、山东济南、吉林长春、新疆喀什、广东深圳、江苏连云港、福建福州等地就杂技产业发展情况、“极限运动跨界跨项选材工作”、第十届中国杂技金菊奖全国滑稽比赛相关事宜、“加强新文艺群体引导服务管理工作”、杂技艺术创新创作、国内马戏发展、海峡两岸杂技艺术交流等专题进行实地调研，走访杂技院团、学校，团体会员单位，新文艺组织等。赴全国各地考察期间，组织召开多次研讨会、座谈会。通过调查研究，中国杂协掌握了大量的第一手资料，对中国杂技发展的现状、存在的问题有了更为深入的认识和思考，对协会进一步深化改革奠定了坚实的基础。

【推动新闻出版和网络化信息服务】

《杂技与魔术》杂志全年共出刊6期，发稿约45万字，照片600余幅；编辑出版《中国艺术报》杂技专版1期；完成《中国文联年鉴（2018）•杂技卷》撰写工作；完成《2017中国艺术发展报告•杂技卷》撰写工作；进一步建设协会官方网站中国杂技网和官方公众号“中国杂技”，网站全年共发布文章157篇，公众号全年共发布文章353篇。利用互联网平台对中国杂协重大奖节活动进行媒体报道，其中中国杂技金菊奖全国魔术比赛、滑稽比赛，现场直播观看次数共逾200万次。完成官方APP应用平台建设前期调研工作，即将落实功能并运营上线。互联网手段多位一体，实现迅速、全方位的信息采集、信息处理，打造公开、透明、科学的工作及舆论环境。

机关建设

【扎实推进协会改革不断深入】

中国杂协把深化改革作为协会和杂技事业发展的重要举措和机遇，将推进深化改革作为年度重点任务扎实推进。特别是在全国文联系统深化改革座谈会召开之后，中国杂协认真贯彻落实中央和文联要求，主动作为、狠抓落实，以强烈的责任担当推进改革不断深入。

改革中，从着力强化对杂技工作者的团结引领、完善会员联络管理服务机制、强化自律维权和行风建设、调整优化服务基层一线机制、推进协会网络建设、着力扩大对外文化交流的影响力等方面对协会的基本职能进行优化，并从进一步强化党组织的统一领导责任、改进干部管理方式、完善协会运行制度规范等方面对杂协机关及所属单位的机构设置和运行机制进行改革。

按照目标要求和任务时限，中国杂协细化分解的65项具体改革内容，已按步骤、有计划推进落实完成62项，正在落实3项。特别是在理顺内部关系，完善机构设置，调整部门职能，进一步加大对新文艺群体的团结引领力度，积极推动杂技与体育跨界融合、推进杂技教育高层次发展、着力建立长效稳定的国际交流机制等方面取得创新性、突破性的成绩。

【抓好协会领导班子政治理论学习】

按照年初制定的《2018年度中国杂协分党组理论中心学习计划》，把深入学习习近平新时代中国特色社会主义思想、党的十九大精神作为首要政治任务，要求分党组班子成员深入理解和把握其科学体系、精神实质、丰富内涵，切实提高马克思主义理论水平。2018年度先后安排学习了十九届二中、三中全会精神，习近平总书记在全国宣传思想工作会议、庆祝改革开放40周年大会、纪念周恩来诞辰120周年大会、纪念马克思诞辰200周年座谈会发表的重要讲话精神，以及在全国人大一次会议开幕式和新进中央委员、候补委员学习贯彻党的十九大精神研讨班开班式发表的重要讲话精神。围绕《习近平新时代中国特色社会主义思想三十讲》等内容，深入学习了习近平新时代中国特色社会主义思想，特别是文艺发展和文联建设的一系列新思想新观点新论断；认真贯彻中央和国家机关党的政治建设推进会精神，班子成员和协会干部第一时间认真学习习近平总书记重要批示精神和丁薛祥同志讲话。及时组织学习新修订的《中华人民共和国宪法》《中国共产党纪律处分条例》以及中央和国家机关、中国文联警示教育大会精神；开展“增强忧患意识 防范风险挑战”警示教育专题学习研讨。

【落实党风廉政建设主体责任】

认真传达学习中央纪委和中国文联关于党风廉政建设、全面从严治党有关会议精神，召开会议进行专题部署。协会主要领导与各处室负责人签订党风廉政责任书，党员干部签订廉洁承诺书，层层传导压力、层层压实责任；研究制定《中国杂协党风廉政风险点及防控措施》，完善和规范工作流程，推动惩防体系建设不断发展；制定《中国杂协贯彻落实中央八项规定实施细则的实施办法》，巩固和拓展落实中央八项规定精神成果。重要节日节点开展廉洁自律专项检查，不断提升机关廉政风险防控意识。努力实践监督执纪“四种形态”，坚持抓早抓小，起到惩前毖后、治病救人的成效。

【严肃党内政治生活】

组织召开年度党建工作专题部署会，学习贯彻习近平总书记重要指示精神和中直工委、中国文联全面从严治党工作部署会精神，对中国杂协2018年党建工作进行研究谋划。认真学习《关于新形势下党内政治生活若干准则》，严格落实民主集中制原则，抓好“三会一课”、民主生活会、组织生活会、谈心谈话和民主评议党员等制度的执行落实。组织全体党员召开“不忘初心、重温入党志愿书”专题组织生活会；党员领导干部自觉坚持参加双重组织生活，分党组领导带头讲党课，从严从实过好党内政治生活。

【强化支部建设，营造良好政治生态】

协会充分发挥党支部主体作用，强化党员教育管理。以“两学一做”学习教育常态化制度化为抓手，以“三会一课”等党内组织生活为基本形式，开展形式多样的主题党日活动。认真落实支部学习制度，通过党章知识测试、党史知识测试等督促党员干部增强学习效果。全年支部组织党员认真学习了《习近平谈治国理政》（第一、二卷）、《习近平新时代中国特色社会主义思想三十讲》《中国共产党纪律处分条例》等内容。同时，协会还建立了中国杂协“两学一做”学习教育微信群；每月组织召开学习交流会，设置党建宣传栏。在重庆歌乐山、河北西柏坡、湖南韶山开展主题党日活动；参观“真理的力量——纪念马克思诞辰200周年主题展览”和“伟大的变革——庆祝改革开放40周年大型展览”等。

【扎实落实意识形态工作责任制】

强化对意识形态工作的组织领导。协会成立了中国杂协意识形态工作领导小组，分党组书记任组长，分党组成员为副组长，各处室负责人为成员。制定《中国杂协分党组关于做好新形势下意识形态工作的实施意见》，努力在团结服务杂技工作者的同时，切实提高做好意识形态工作的能力。

认真学习贯彻中央有关要求，有力维护杂技界意识形态安全。第一时间组织全体干部职工学习全国宣传思想工作会议精神。以处级以上扩大会形式开展“增强忧患意识　防范风险挑战”警示教育专题学习研讨。同时利用召开全国性会议、培训班等机会，有针对性地加强意识形态宣传，确保杂技领域意识形态安全得到切实维护。

强化中国杂技金菊奖导向引领作用。严格金菊奖赛事管理和评审监督，高质量举办第十届中国杂技金菊奖全国魔术比赛和全国滑稽比赛。比赛评审中充分体现“公平、公正、公开”的评奖原则，鼓励创新，聚焦质量，维护中国杂技金菊奖的权威性、示范性和严肃性。在第十届中国杂技金菊奖全国滑稽比赛终评中，评委们坚持评选标准和原则，做到宁缺毋滥，最终评选出滑稽节目奖1个，空缺2个，赢得杂技界一致好评。

全面加强中国杂协舆论阵地建设。2018年，中国杂技网发布宣传党建工作的文章24篇，“中国杂技”微信公众号发布宣传党建工作的信息12条。《杂技与魔术》杂志刊发宣传党建工作的文章5篇，有力地配合了意识形态工作，传递了正能量。

中国电视艺术家协会

综 述

2018年，中国视协以习近平新时代中国特色社会主义思想为指导，认真学习宣传贯彻党的十九大精神，坚持“二为”方向和“双百”方针，坚持创造性转化、创新性发展，坚持以人民为中心的工作导向，坚定文化自信，全面推进深化改革。在中国文联党组的领导和部署下，围绕“聚焦中国梦、讴歌新时代”总主题，着力做好年度重要品牌活动，成功举办第29届中国电视金鹰奖评选、第12届中国金鹰电视艺术节，加强主席团、理事、会员履职工作，推动“网上视协”建设，广泛开展“送欢乐•下基层”文艺志愿服务活动，按照中宣部要求开展2018年度现实题材电视剧剧本征集活动，加强电视理论研究和舆论引领工作，继续创建影视小屋，积极扩大中外电视艺术交流合作，加强专业委员会建设，最大限度地团结引导广大电视艺术工作者听党话、跟党走，推动多出精品多出人才，推动新时代社会主义电视文艺繁荣兴盛。

会议与活动

【“我们的中国梦 文化进万家”中国视协文艺志愿服务小分队赴海南文昌中学慰问】

1月5日，为贯彻习近平总书记给内蒙古自治区苏尼特右旗乌兰牧骑队员们回信的重要指示精神，由中国电视艺术家协会文艺志愿小分队深入海南文昌中学进行慰问活动。赵化勇、张显等中国视协领导和有关方面负责人以及在校师生百余人出席活动。

【中国视协文艺志愿服务小分队赴浙江丽水、湖州慰问演出】

1月8日至9日，由中国视协文艺志愿小分队开展的“我们的中国梦 文化进万家”活动，赴浙江丽水、湖州进行慰问演出。国家一级导演阚卫平讲述电视剧创作经验，队员们多种形式的表演受到基层群众欢迎。

【第十届全国德艺双馨电视艺术工作者表彰大会在京召开】

1月21日，由中国视协主办的第十届全国德艺双馨电视艺术工作者表彰大会在京召开。大会授予乙福海等47人“全国德艺双馨电视艺术工作者”荣誉称号。中国文联主席铁凝，中国文联党组书记、副主席李屹出席会议并为获得表彰的同志颁发荣誉证书。中国文联党组成员、副主席郭运德出席会议并讲话。中国文联副主席、中国视协主席胡占凡主持大会。获得荣誉称号的电视艺术工作者、中国视协主席团成员、中国视协分党组领导、中国视协各团体会员负责人等出席大会。大会宣读了《关于表彰第十届全国德艺双馨电视艺术工作者的决定》。受表彰的德艺双馨电视艺术工作者代表海霞、巴桑次仁、刘家成、靳东做了大会交流发言。

【中国视协在京召开2018年度工作会议】

1月21日，中国视协在京召开了2018年度工作会议。会议深入学习贯彻落实习近平新时代中国特色社会主义思想和党的十九大精神，全面总结中国视协2017年工作，部署2018年工作。中国视协领导张显、范宗钗，部分省市文联分管视协工作的领导，中国视协中央电视台分会、新华社分会，各省市区视协负责人，中国视协各专业委员会负责人以及中国视协机关全体干部职工参加了会议。范宗钗主持会议。张显做工作报告。

张显总结说，2017年中国视协在中国文联坚强领导下，认真学习宣传贯彻党的十九大精神和习近平新时代中国特色社会主义思想，深入贯彻落实中央党的群团工作会议精神，认真执行党的文艺方针政策，坚持以人民为中心的工作导向，加强政治引领，推进协会深化改革，加强联络沟通，加强电视艺术人才队伍建设，把好电视文艺批评方向盘，加强电视艺术界行风建设，引导广大电视艺术工作者崇德尚艺、立德立行，组织实施“中国精神•中国梦”主题文艺创作工程，推动创作更多高质量、高品位电视文艺作品，开展中外电视文化交流，为推动电视艺术事业蓬勃向上、繁荣发展做出新贡献。

张显指出，2018年中国视协工作思路是：以习近平新时代中国特色社会主义思想为指导，认真学习宣传贯彻党的十九大精神，坚持“二为”方向和“双百”方针，坚持创造性转化、创新性发展，坚持以人民为中心的工作导向，坚定文化自信，全面推进深化改革，最大限度地团结引导广大电视艺术工作者听党话、跟党走，推动多出精品多出人才，推动新时代社会主义电视文艺繁荣兴盛。

【中国视协在京召开重点现实题材电视剧剧本征集新闻发布会】

2月1日，中国视协在京召开重点现实题材电视剧剧本征集新闻发布会。中国文联副主席、中国视协主席胡占凡，中国视协分党组书记、驻会副主席、秘书长张显，以及中国视协重点现实题材电视剧剧本创作协调小组聘请的首批审阅专家等参加了发布会。胡占凡介绍了重点现实题材电视剧剧本征集活动的有关情况。张显主持发布会。

未来四年，中国视协将通过重点现实题材电视剧剧本创作协调小组这个工作平台，围绕改革开放40周年、新中国成立70周年、全面建成小康社会和中国共产党成立100周年等重要时间节点，遴选和资助100部优秀现实题材电视剧剧本，着力聚焦中国共产党领导下中国革命和建设取得的丰功伟绩，聚焦改革开放40年中国从富起来到强起来的辉煌成就，聚焦党领导全国各族人民为新中国的繁荣富强艰苦奋斗、奋发图强、励志创新、矢志不渝的革命精神和时代精神，聚焦广大人民群众追梦筑梦的生活实践和乐观向上的真实情感，聚焦讴歌党、讴歌祖国、讴歌人民、讴歌英雄，充分展示在以习近平同志为核心的党中央领导下，13亿中国人民为实现中华民族伟大复兴而奋斗的自信自强的民族品格和昂扬向上的时代风貌。

符合征集要求并通过终审的剧本，将获得二十万元的资助。

【中国视协春节前慰问电视界及中国视协离退休老同志】

2018年春节前夕，中国视协领导张显、范宗钗和各部门负责人分别走访慰问了电视界老同志和中国视协离退休老同志。

【中国视协举办“全国卫视中国行——美丽中国宜宾之旅”大型主题采访活动】

4月14日，由中国视协主办的“全国卫视中国行——美丽中国宜宾之旅”大型主题采访活动在四川宜宾启动。包括中央电视台在内的全国十七个省的三十一家电视台参加采访活动。

【中国视协在四川省阿坝州理县中学创建“影视小屋”】

6月20日，由中国视协、四川省视协共同举办的“影视小屋”授牌仪式在四川省阿坝州理县中学举行。主办方领导、理县中学的师生代表参加授牌仪式。授牌仪式后，中央电视台综艺频道主持人周宇与师生进行了交流座谈，鼓励学生们要勇敢追求艺术梦想。

【中国视协在南宁举办基层电视艺术工作者业务培训】

6月27日，由中国文联、中国视协主办，广西壮族自治区新闻出版广电局、广西文联、广西视协协办，广西民族大学承办的“中国视协基层电视艺术工作者业务培训（广西）”在南宁开班。中国视协副巡视员冯怀中、广西民族大学党委书记卞成林、广西文联巡视员韦苏文出席开班仪式。广西各市县（区）的优秀基层电视工作者和少数民族电视工作者代表、业务骨干及广西民族大学学生代表共100多人参加了培训。

【中国视协在海南省昌江黎族自治区昌江矿区中学再建“影视小屋”】

9月10日，中国视协在海南省昌江黎族自治区昌江矿区中学再建“影视小屋”。中国视协名誉主席赵化勇，中国视协分党组书记、驻会副主席、秘书长张显，中国视协分党组成员、副秘书长高健出席活动。

【中国视协基层电视艺术工作者业务培训在渝举办】

9月16日至19日，由中国视协主办、重庆市视协承办的中国视协基层电视艺术工作者业务培训班（重庆编剧班）在渝举办。中国视协分党组书记、驻会副主席、秘书长张显，中国视协副主席、重庆市视协主席、重庆广播电视集团（总台）党委书记、总裁牟丰京，中国视协编剧专业委员会主任王海平，重庆市文联党组成员、副主席龙川，重庆市文联秘书长周和平等领导出席了开班仪式。

【重点现实题材电视剧剧本创作编剧培训班在京举办】

9月25日至28日，由中国视协、中国文联文艺研修院共同主办的重点现实题材电视剧剧本创作编剧培训班在京举办。9月26日上午，中国视协分党组书记、驻会副主席、秘书长张显，重点现实题材电视剧剧本创作项目特聘专家、原海军政治部电视艺术中心主任周振天，中国文联文艺研修院教学科研处处长陈光宇等领导出席了开班仪式。来自北京、江苏、湖南、陕西、山西、内蒙古、新疆兵团、宁夏、河南、江西、四川等地长期奋战在基层创作一线的近40位电视编剧工作者参加了本次培训。

培训班邀请全国政协委员、第九届中国文联副主席、中国文艺评论家协会副主席夏潮作辅导报告，原海军政治部电视艺术中心主任周振天、原国家广电总局电视剧司司长李京盛等专家授课，国家广播电视总局电视剧司内容管理处处长刘文峰、中国视协理论研究处主任赵彤与学员进行分组交流。

【首届中国电视剧网剧制作播出艺术合作会在京举行】

9月26日，由中国视协、中国文联网络文艺传播中心、中共武汉市委宣传部主办，中国视协影视机构委员会等机构承办的首届中国电视剧网剧制作播出艺术合作会在京举行。中国视协分党组书记、驻会副主席、秘书长张显，中共武汉市委常委，市委宣传部部长李述永，中国视协分党组成员、副秘书长范宗钗，中国电视艺术委员会副秘书长易凯、中共北京市委宣传部副部长、北京文化创意促进中心主任梅松出席会议。全国各级电视台、各省影视公司等有关单位的嘉宾代表200多人参加会议。

【中国视协在抚顺举办辽宁省中青年电视业务骨干培训班】

10月22日至26日，由中国视协主办，辽宁省文联、辽宁省视协及抚顺有关单位共同承办的“辽宁省中青年电视业务骨干培训班”在抚顺举办。

【中国视协在成都举办中青年电视业务骨干高级研修班】

11月5日至9日，由中国视协主办，四川视协承办的四川省中青年电视业务骨干高级研修班在成都举办。中国视协分党组书记、驻会副主席、秘书长张显，四川省视协主席、四川广播电视台党委书记、台长刘成安，四川省文联党组副书记刘建刚，四川省视协驻会副主席、秘书长寒露等领导出席了开班仪式。

【中国视协在云南昭通举办基层电视艺术工作者业务培训】

11月26日至29日，由中国视协主办，云南视协、昭通市电视台承办的基层电视艺术工作者业务培训在云南昭通开班。中国视协分党组成员、副秘书长范宗钗，云南省文联党组成员、副主席张维明，云南省视协副主席黑燕等出席开班仪式。昭通电视台及昭通市各县（区、市）基层电视台、新闻制作机构负责人、部分记者编辑等共计70余人参加了培训。

【2018中国视协新文艺群体人才培训在广西南宁举行】

11月29日至12月2日，2018中国视协新文艺群体人才培训在广西南宁举行。中国视协分党组成员、副秘书长范宗钗，广西新闻出版广电局传媒机构管理处处长、广西视协秘书长薛山明，广西视协专职副主席范浩鸣，中国视协卡通艺术委员会主任李小健等出席培训开班仪式。来自全国各地的卡通动漫公司、视频网站、高等艺术院校和个体创作者近100人参加了培训。

【中国视协在呼和浩特举办中青年电视业务骨干培训班】

12月3日至7日，由中国视协主办，内蒙古自治区视协承办的中国视协内蒙古自治区中青年电视业务骨干培训班（纪录片编导研修班）在呼和浩特举办。中国视协副巡视员冯怀中，内蒙古电视台副台长、内蒙古文联党组成员、副主席包银山，内蒙古视协主席苏日娜，内蒙古视协副主席、秘书长杜梅，内蒙古视协副主席照那斯图等出席了开班仪式。

【我的中国梦 文艺进万家——中国视协文艺小分队走进江西岿美山钨矿】

12月16日，中国视协文艺小分队走进江西岿美山钨矿举行慰问演出。中国视协名誉主席赵化勇，中国视协分党组成员、副秘书长高健出席活动。

艺术节与评奖

【中国视协部署第二十九届中国电视金鹰奖评选工作】

3月27日，中国视协向全国各省级视协、中国视协各分会发出通知，安排部署第二十九届中国电视金鹰奖参评作品的征集初审、推荐报送工作。本届金鹰奖评选类别为电视剧一类，下设最佳电视剧、优秀电视剧、观众喜爱的男演员、观众喜爱的女演员、最佳编剧、最佳导演等9个子项共20个评奖数额。

【首届亚洲旅游影视艺术周启动仪式暨新闻发布会在北京举行】

4月1日，首届亚洲旅游影视艺术周启动仪式暨新闻发布会在北京举行。中国文联党组成员、副主席郭运德，中国视协主席名誉主席赵化勇，中国视协分党组书记、驻会副主席、秘书长张显出席活动。

【中国视协对第29届中国电视金鹰奖申报作品进行资格审查】

5月27日至30日，第29届中国电视金鹰奖申报作品资格审查会议于广西北海召开。中国文联党组成员、副主席郭运德，中国视协分党组书记、驻会副主席、秘书长张显，广西文联党组书记白志繁，广西文联秘书长林超俊出席会议。会议按照《中国电视金鹰奖章程》《中国电视金鹰奖实施细则》对第29届中国电视金鹰奖申报作品进行了资格审查。

【中国视协在京举行第29届中国电视金鹰奖新闻发布会】

6月14日下午，中国视协在北京举行新闻发布会，宣布第29届金鹰奖评奖工作正式启动。主办方介绍了本届金鹰奖作品征集、观众与中国视协会员投票评选、专家评选安排，以及第12届中国金鹰电视艺术节筹备情况。

第29届中国电视金鹰奖全部奖项将于第12届中国金鹰电视艺术节期间揭晓。第12届中国金鹰电视艺术节将于10月12日至14日举行，主体活动包括开幕式晚会、互联盛典、金鹰论坛、金鹰电竞体育盛典和第29届中国电视金鹰奖颁奖晚会。

【第十一届中国旅游电视周电视短片竞拍活动在田东启动】

7月26日，第十一届中国旅游电视周“大美百色•幸福田东”旅游电视短片竞拍活动在广西壮族自治区田东县林逢镇那王芒果庄园启动。中国视协名誉主席赵化勇，广西壮族自治区旅游发展委员会党组书记、主任甘霖，中国视协分党组成员、副秘书长范宗钗，广西壮族自治区视协主席、广西壮族自治区政协文史和学习委员会副主任黄著诚，中共百色市委常委、田东县委书记刘明国出席了启动仪式。

【第29届中国电视金鹰奖揭晓 第12届中国金鹰电视艺术节闭幕】

10月14日晚，第29届中国电视金鹰奖颁奖晚会在湖南长沙举行，第12届中国金鹰电视艺术节落下帷幕。《海棠依旧》获得最佳电视剧奖，迪丽热巴、丁柳元获得观众喜爱的女演员奖，张译、李易峰获得观众喜爱的男演员奖，陈力（《海棠依旧》）获得最佳导演奖，申捷（《鸡毛飞上天》）获得最佳编剧奖，王绍林（《情满四合院》）获得最佳美术奖，智磊（《那年花开月正圆》）获得最佳摄像奖。《白鹿原》《鸡毛飞上天》《绝命后卫师》《换了人间》《情满四合院》《天下粮田》《初心》《漂亮的李慧珍》《热血军旗》《春风十里不如你》《春天里》获得优秀电视剧奖。迪丽热巴、李易峰获得本届金鹰节最具人气演员奖。

文艺评论家李准、剧作家王朝柱被授予“中国文联终身成就电视艺术家”荣誉称号。

中国文联党组书记、副主席李屹，湖南省委书记杜家毫，湖南省政协主席李微微，中国文联副主席、中国视协主席胡占凡，中国视协名誉主席赵化勇，湖南省委副书记乌兰，湖南省委常委、省委宣传部部长蔡振红，原中国文联副主席夏潮、李准、王兆海，以及中国视协分党组书记、驻会副主席张显等出席颁奖晚会。

颁奖晚会上，几代电视艺术工作者讲述了自

己的电视艺术人生，表达了不忘初心、潜心创作、推动电视艺术事业繁荣发展的心声，向走过60年历程的中国电视艺术致敬。

中国文联副主席赵实，国家广播电视总局党组成员、副局长张宏森以及湖南省领导出席10月12日晚举办的开幕式暨文艺晚会。赵实宣布本届金鹰节开幕。时值中国电视剧诞生60年，在开幕式暨文艺晚会上，通过“辉煌60年”“百花齐放”“不忘初心”三大篇章，几代电视人一同回顾了中国电视剧诞生60年来的光辉历程。

在10月13日举办的以“致敬六十载，‘剧’焦新时代”为主题的金鹰论坛上，中国文艺评论家协会主席仲呈祥与吉林大学资深教授孙正聿分别作了主题为《从中国电视剧60年发展看文化自信》和《影视作品的人生观、价值观和历史观》的演讲，对新中国电视事业的发展历程与未来发展的前景进行了探讨。

【第六届亚洲微电影金海棠奖暨第六届亚洲微电影艺术节在云南临沧举办】

11月7日，第六届亚洲微电影金海棠奖暨第六届亚洲微电影艺术节在云南临沧举办。中国文联副主席、中国视协主席胡占凡，中国文联党组成员、副主席郭运德，中国文联副主席董伟，中国文物保护基金会理事长，文化部原副部长、文物局局长励小捷，中国视协分党组书记、驻会副主席、秘书长张显，中国视协分党组成员、副秘书长高健，中国视协副巡视员冯怀中出席活动。

【第十一届中国旅游电视周优秀作品交流活动在广西百色举行】

12月22日至24日，由中国视协、广西壮族自治区文化和旅游厅、百色市人民政府主办，中共田东县委员会、田东县人民政府、中国视协旅游电视委员会承办的第十一届中国旅游电视周优秀旅游电视节目暨“大美百色•幸福田东”旅游电视短片优秀作品交流活动在广西百色市田东县举办。中国视协名誉主席赵化勇，中国视协分党组书记、驻会副主席、秘书长张显，中国视协分党组成员、副秘书长范宗钗，广西视协主席黄著诚，广西文化和旅游厅副厅长唐正柱，百色市委常委、田东县委书记刘明国等出席活动。

创作与研究

【中国视协等单位在天津召开电视剧《换了人间》研讨会】

1月18日，中国视协、中共天津市委宣传部、天津广播电视台联合主办的电视剧《换了人间》研讨会在天津召开。天津市人大常委会主任肖怀远，中国文联党组成员、副主席郭运德，中国文联副主席、中国视协主席胡占凡，中共天津市委常委、市委宣传部部长陈浙闽，中国视协分党组书记、驻会副主席、秘书长张显出席研讨会。李准、仲呈祥等来自京津两地的30余位专家参加了研讨。

【中国视协在京举办电视剧《初心》研讨会】

3月26日，中国视协在京举办电视剧《初心》研讨会。仲呈祥、汪守德、刘玉琴、张东、康伟、李春利、李跃森、高小立、赵彤等专家指出：《初心》塑造了一位朴实朴素、独具特色的“将军农民”形象，没有拘囿于展示模范人物事迹，在内容和题旨方面进行了挖掘和升华，实现了思想性与艺术性有机融合，复杂的历史背景与生动的人物经历融汇使本剧不仅有着鲜明的历史质感，又有着丰富的人物特性，历史故事与人物情感碰撞出的火花呈现出别样的戏剧张力，引人入胜，具有独特的艺术地位和价值。

【中国视协、最高人民法院影视中心联合举办电视剧《阳光下的法庭》研讨会】

4月24日，中国视协和最高人民法院影视中心联合主办的电视剧《阳光下的法庭》专家研讨会在京举行。李准、仲呈祥、汤恒、李京盛、梁建增、王伟国、康伟、易凯、刘琼、高小立、赵卫防、戴清、李星文、赵彤、刘桂明等专家学者围绕这部剧的思想性、艺术性、现实性及价值导向展开热烈研讨。

【中国视协、五洲传播中心在京举办纪录片《家园 生态多样性的中国》研讨会】

5月8日，中国视协、五洲传播中心在京举办纪录片《家园 生态多样性的中国》研讨会。中国视协名誉主席赵化勇，中国视协分党组书记、驻会副主席、秘书长张显，五洲传播中心主任陈陆军，中国视协分党组成员、副秘书长范宗钗，五洲传播中心影视制作中心主任王媛媛，国家林业和草原局宣传办电视处、生态环境部自然生态保护司生物资源处等有关单位领导，业内专家学者张德祥、王俊杰、盛伯骥、陈大立、朱新梅、赵曦、高小立、冷淞以及纪录片《家园 生态多样性的中国》的主创人员等出席研讨会。

【中国视协等单位在京召开电视剧《娘亲舅大》专家研讨会】

5月10日，由中国视协、江苏省广播电视总台在京召开电视剧《娘亲舅大》专家研讨会。李准、仲呈祥、李京盛、尹鸿、张德祥、康伟、闫爱华、汪泽、刘琼、李春利、高小立、闫伟、赵彤等专家学者发言。中国视协名誉主席赵化勇，中国视协分党组书记、驻会副主席、秘书长张显，中宣部文艺局影视处处长马佳等领导出席会议。会议由张显主持。

【中国视协在京召开电视剧《大牧歌》专家研讨会】

5月16日，中国视协在京召开电视剧《大牧歌》专家研讨会。中国视协名誉主席赵化勇，中国视协分党组书记、驻会副主席、秘书长张显出席研讨会，出品方代表捷成中视精彩影视文化有限公司董事长熊诚、《大牧歌》导演李舒、主演成泰燊等参加研讨会。会议由张显主持。李准、汪守德、陈先义、康伟、易凯、刘琼、李春利、高小立、赵彤等专家出席。

与会专家认为，《大牧歌》是继《戈壁母亲》之后又一部反映第一代兵团人屯垦戍边、建设边疆的现实题材电视剧，写出了艰苦生活对理想的激励，写出了和新时代相匹配的有高度、有深度的大情怀，是一部温暖幸福的作品。该剧主题性、戏剧性、情感性都非常强，岁月史实性、人性丰厚性、风情丰富性构成了这部剧整体艺术风格，是现实主义和浪漫主义结合的作品。

【中国视协领导调研现实题材电视剧创作】

5月19日至20日，中国视协名誉主席赵化勇，中国视协分党组书记、驻会副主席、秘书长张显赴陕西文化产业投资控股集团调研现实题材电视剧创作，并与正在拍摄的电视剧《一号文件》剧组演职人员进行座谈。电视剧《一号文件》是中央广播电视总台重点跟进，中共陕西省委宣传部主抓，陕西省新闻出版广电局指导，陕西文化产业投资控股（集团）有限公司联合多家全国知名影视机构投资出品的一部“三农”题材主旋律电视剧。

【大型原创音乐竞演节目《国乐大典》在北京举行专家研讨会】

5月29日，大型原创音乐竞演节目《国乐大典》在北京举行专家研讨会。中国文联副主席、中国视协主席胡占凡，中国视协分党组成员、副秘书长范宗钗，广东广播电视台台长蔡伏青，山西广播电视台台长刘英魁等单位领导和业界专家代表出席会议。与会专家认为，《国乐大典》赋予了民族音乐文化新的活力，体现了鲜明的新时代精神，有利于引导广大观众树立正确的历史观、民族观、国家观、文化观，发挥出广播电视机构作为宣传思想阵地的重要作用。

【中国视协在京召开电视剧《煮海》专家研讨会】

6月1日，中国视协主办的电视剧《煮海》专家研讨会在京召开。中国文联副主席、中国视协主席胡占凡，中国视协分党组书记、驻会副主席、秘书长张显，浙江省新闻出版广电局副局长王国富、中宣部文艺局影视处副处长徐阳出席会议。李准、仲呈祥、李京盛、汪守德、陈先义、张德祥、康伟、李春利、任姗姗等专家对这部工业题材电视剧进行了研讨。

【电视剧《灵与肉》专家研讨会在京举办】

7月1日，由中国视协主办的电视剧《灵与肉》专家研讨会在北京召开。李准、仲呈祥、李京盛、王伟国、梁鸿鹰、袁新文、李春利、李跃森、赵彤等专家学者及该剧主创人员参加研讨会。中国文联副主席、中国视协主席胡占凡，中共宁夏回族自治区党委常委、宣传部部长赵永清，中国视协分党组书记、驻会副主席、秘书长张显等出席研讨会。研讨会由张显主持。

与会专家学者认为该剧回应时代关切、弘扬时代精神，在创作中遵循思想精深、艺术精湛、制作精良标准，以文化自觉、文化自信、文化自强、文化担当作为文艺工作者使命，为广大观众奉献了一部闪耀着人性光辉的精品力作。

【中国视协在京举办电视剧《远方的家》研讨会】

9月19日，中国视协在京举办电视剧《远方的家》研讨会，邀请业界专家李准、仲呈祥、李京盛、李春利、高小立、赵彤等进行研讨。研讨会由中国视协分党组书记、驻会副主席、秘书长张显主持。该剧展现了中国家庭对一家人圆满、幸福、相守的向往和坚持

【中国视协在京举办《右玉和她的县委书记们》研讨会】

10月24日，电视剧《右玉和她的县委书记们》专家研讨会在京召开。李准、仲呈祥、李京盛、易凯、袁新文、康伟、张德祥、李春利、高小立、赵彤等专家学者参加研讨会。中国文联副主席、中国视协主席胡占凡，中国视协分党组书记、驻会副主席、秘书长张显，中国视协分党组成员、副秘书长范宗钗，以及山西影视集团董事长高晓江，导演吴子牛等出品方代表出席研讨会。该剧全景式地再现了新中国成立以来，右玉历任县委书记带领当地人民群众坚持不懈治沙造林，改善生态环境，建设美好家园的伟大实践。

【中国视协在京召开电视剧《浴血十四年》专家研讨会】

11月5日，中国视协在京召开《浴血十四年》专家研讨会，仲呈祥、李京盛、汪守德、陈先义、易凯、康伟、李春利、李跃森、赵彤等专家参加研讨。中国视协名誉主席赵化勇，中国视协分党组书记、驻会副主席、秘书长张显，中国视协分党组成员、副秘书长范宗钗，出品方代表总制片人孙杰、编剧李康等出席研讨会。

【电视剧《黄土高天》创作研讨会在西安举行】

12月1日，由中国视协、陕西省委宣传部、陕西省广播电视局主办的《黄土高天》创作研讨会在西安举行。专家评论电视剧《黄土高天》题材重大、主题厚重、视角精准，系统展现了改革开放40年来中国农村改革的完整历程，描绘了一幅改革开放40年来中国农村日新月异的史诗画卷，是一部思想深刻、主题深远、制作精良、故事动人的好剧。

【纪录片《粤韵芬芳》学术研讨会在中国文联举办】

12月5日，由中国视协主办，中国视协电视戏曲委员会、广州市文化广电新闻出版局等承办的纪录片《粤韵芬芳》学术研讨会在京举办。中国视协名誉主席赵化勇，中国视协分党组书记、驻会副主席、秘书长张显，中国剧协分党组书记、副主席季国平，中国视协分党组成员、副秘书长范宗钗，广州市文化广电新闻出版局局长陆志强，北京新闻出版广电局宣传处处长韩云升，中国视协专委会工作处副主任王雪茗等出席了会议。

【《外滩钟声》专家研讨会在京举行】

12月20日，改革开放四十周年献礼剧目《外滩钟声》专家研讨会在京举行。中国视协名誉主席赵化勇，中国视协分党组书记、驻会副主席、秘书长张显等视协领导出席研讨会。电视剧《外滩钟声》通过讲述住在上海老弄堂——梧桐里的普通百姓，在国家发展浪潮下与邻里亲朋相互扶持、不懈奋斗的故事，广泛展现了改革开放数十年中，国家大步前进发展的良好风貌，颂扬了在时代变革下的亲情、爱情、邻里情，展现了一幅现实生活的温情画卷。

对外及对港澳台地区文化交流

【亚洲旅游影视艺术周在北京召开启动新闻发布会】

4月1日，亚洲旅游影视艺术周启动新闻发布会在北京举行。中国文联党组成员、副主席郭运德，中国视协名誉主席赵化勇，中国视协分党组书记、驻会副主席、秘书长张显，中国文联国际联络部副主任张锡海，中国视协副巡视员冯怀中，中共台州市委常委、宣传部长叶海燕，中共台州市委常委、副市长芮宏等领导和嘉宾出席发布会。

亚洲旅游影视艺术周由中国视协、浙江省新闻出版广电局和浙江省台州市人民政府共同主办，旨在促进旅游与影视事业和文化产业繁荣发展。艺术周期间，组委会拟就中国、日本、韩国、马来西亚等多个国家和地区的旅游影视作品进行展评交流。

【中德电视纪录片创作研讨会在德举办】

4月25日，由中国文联、中国视协、柏林竹苑德中文化交流促进会主办，德国科隆媒体艺术学院、路德维希博物馆电影论坛承办的“中德电视纪录片创作研讨会”在科隆成功举办。来自中德两国的纪录片专家、制作人和纪录片爱好者共110余人参加会议。出席研讨会的嘉宾有中国文联副

主席郭运德、中国视协驻会副主席、秘书长张显、中国驻杜塞尔多夫总领馆副总领事陶莉莉、德中文化交流促进会名誉会长乌里希•左曼、科隆电影论坛主席安德里亚瑟•富赛等。

【“2018濠江之春”文化艺术交流展演活动在澳门举行】

6月5日晚，“2018濠江之春”文化艺术交流展演活动在澳门举行。全国政协副主席何厚铧，中央政府驻澳门联络办公室主任郑晓松，副主任薛晓峰，全国政协常委、港澳台侨委员会副主任耿惠昌，澳门特区政府社会文化司司长谭俊荣，外交公署署理特派员王冬，中国视协驻会副主席张显，澳门文化局局长穆欣欣，全国政协常委、澳门中华文化联谊会会长梁华等嘉宾出席开幕式，并与澳门社会各界人士近600人共同观看了内地与澳门艺术家的精彩演出。

本届“濠江之春”活动由中国视协、中国文联港澳台办公室、中央政府驻澳门联络办公室宣传文化部和澳门中华文化联谊会联合主办，中国文联和澳门基金会作为支援单位。

【首届亚洲旅游影视艺术周在浙江省台州市举办】

7月29日至31日，由中国视协、浙江省新闻出版广电局、浙江省台州市人民政府主办的首届亚洲旅游影视艺术周在浙江省台州市举办。中国文联党组成员、书记处书记陈建文，中国视协名誉主席赵化勇，中国视协分党组书记、驻会副主席、秘书长张显，中国视协分党组成员、副秘书长范宗钗，中国视协副巡视员冯怀中出席活动。

【第十八届中日韩电视制作者论坛在韩国光州举行】

10月21日，第十八届中日韩电视制作者论坛在韩国光州举行。200余位中日韩电视人齐聚金大中会议中心进行了为期3天的观摩研讨活动。中国视协副秘书长高健、韩国制片人联合会会长柳池烈、日本放送人会副会长前川英树出席开幕式并致辞。出席开幕式的还有中国驻光州总领事馆总领事孙显宇，光州市长李庸燮，光州市议会副议长任美兰、张再成等。本届论坛的主题是“更多地参与，更好地发展”，围绕这一主题三国共推选了九部作品参与观摩，中国代表团推荐的是：电视剧《猎场》、纪录片《人生一串》以及综艺《天工开物》。

【“第十届海峡两岸电视主持新人大赛”顺利落幕】

11月12日至16日，由中国视协、福建文联、福建广电、平潭区党工委主办的“声耀平潭•第十届海峡两岸电视主持新人大赛”在平潭综合实验区落幕。中国文联副主席、中国视协主席胡占凡，国台办新闻局局长马晓光，平潭综合实验区党工委书记陈善光、中国视协分党组成员、副秘书长范宗钗，福建省文联党组书记张作兴，福建省广播影视集团党组书记、董事长曾祥辉出席活动。本届比赛吸引了一万多名选手报名参赛。中央电视台的主持人韩乔生、鞠萍、彭坤，中国传媒大学教师赵若竹以及台湾综艺主持人唐从圣五人担纲总决赛评委。

直属单位

【中国视协旅游电视专业委员会召开换届工作会议】

1月23日，中国视协旅游电视专业委员会换届工作会议在温州召开，中国文联副主席、中国视协主席胡占凡，中国视协分党组书记、驻会副主席、秘书长张显，海南广播电视台台长孔德明，温州市有关单位领导参加了会议。胡占凡向孔德明为主任、杜宝风为秘书长的新一届委员会成员颁发了聘书，中国视协旅游电视专业委员会副主任鱼志平对委员会章程修改进行了说明。

【中国视协电视剧艺术专业委员会换届会议在京召开】

3月31日，中国视协电视剧艺术专业委员会换届会议在京召开。中国视协名誉主席赵化勇，中国视协分党组书记、驻会副主席、秘书长张显出席会议。胡恩、药鹏分别受聘担任中国视协电视剧艺术专业委员会第三届组织机构主任、常务副主任兼秘书长，丁诚等受聘担任副主任。

【全国市县电视台队伍建设和管理台长研讨会在福建尤溪举办】

3月31日至4月3日，中国视协市县电视委员会和福建省视协联合举办的全国市县电视台队伍建设和管理台长研讨会在福建尤溪召开。中国文联副主席、中国视协主席胡占凡，中国视协分党组成员、副秘书长范宗钗，中共福建省委宣传部文艺处处长、省文联党组成员、秘书长邱守杰，福建省视协主席翁星，中共三明市市委常委、市委宣传部部长林斌，中共尤溪县县委副书记、县长廖金辉出席了研讨会开幕式。

【中国动态影像视觉艺术高端论坛在吉林长春举行】

5月25日，由中国视协、吉林艺术学院主办，中国视协电视舞台视觉艺术委员会、吉林艺术学院新媒体学院承办的中国动态影像视觉艺术高端论坛在吉林省长春市举行。中国视协名誉主席赵化勇，中国视协分党组书记、驻会副主席、秘书长张显，副巡视员冯怀中，中国视协电视舞台视觉艺术委员会主任李兴国以及吉林省有关单位领导、业界专家200余人参加了论坛。

【中国视协媒体融合推进委员会在太原举办打造新型主流媒体专题研讨会】

6月8日，由中国电视艺术家协会媒体融合推进委员会和央视市场研究股份有限公司联合主办，山西广播电视台协办的“融合创新，打造新型主流媒体专题研讨会暨中国电视艺术家协会媒体融合推进委员会理事会”在太原召开。中国视协名誉主席赵化勇，中国视协分党组成员、副秘书长范宗钗，中共山西省委宣传部副部长郭健，山西广播电视台台长刘英魁，中国视协媒体融合推进委员会主任何宗就等出席会议并讲话。

【中国视协企业电视分会开展企业电视工作者德艺双馨先进事迹宣讲活动】

6月9日，历时12天，由中国视协企业电视分会举办的全国企业电视工作者德艺双馨先进事迹宣讲活动圆满结束。宣讲团成员走进胜利油田、辽河油田、大港油田、华北油田、中原油田五家单位的新闻宣传中心，宣讲企业电视工作者在改革发展进程中做出的突出贡献，激励企业电视工作者强化职业操守、弘扬工匠精神，做好新时代企业深化改革的记录者和见证者。

【《当代电视》2018年理事编委会会议在浙江绍兴召开】

6月10日，《当代电视》2018年理事编委会会议在浙江绍兴召开。中国文联副主席、中国视协主席胡占凡，中国文联电视艺术中心主任、《当代电视》主编张德祥、绍兴广播电视总台（集团）党委书记、台长、董事长刘孟达以及各理事单位代表40多人参加会议。

【中国视协国际交流合作委员会换届工作会议在京召开】

6月30日，中国视协国际交流合作委员会换届工作会议在京召开。中国视协分党组书记、驻会副主席、秘书长张显，中国视协分党组成员、副秘书长范宗钗出席会议。

【全国评论电视节目创作者业务培训在京举行】

7月21日至24日，第二届全国评论电视节目表彰活动暨全国评论电视节目创作者业务培训在京举行，中国视协名誉主席赵化勇，中国视协分党组书记、驻会副主席、秘书长张显，中国视协分党组成员、副秘书长范宗钗，分党组成员高健，中国视协管理策划委员会主任刘瑞及来自全国各地电视机构和地方视协的代表近百人参加活动。

【中国视协艺术评论专业委员会秘书长扩大会议在宁波召开】

7月19日，中国视协艺术评论专业委员会秘书长扩大会议在宁波召开。会议研究了《中国电视文艺通论》新书首发式及高峰论坛等有关活动事宜，对委员会下阶段主要工作进行了安排。会议由艺评委常务副主任兼秘书长盛伯骥主持。

【中国视协电视戏曲委员会助力评剧专业院团青年演员电视展演】

8月5日，由中国视协电视戏曲委员会作为支持单位的第四届全国评剧专业院团青年演员电视展演在天津市宝坻区宝坻剧院圆满落幕，中国视协分党组成员、副秘书长范宗钗出席展演活动。

【“全国城市电视台看深圳”专题采访活动启动】

8月27日，由中国电视艺术家协会协城市台电视工作委员会、中共深圳市委宣传部、深圳广电集团共同主办的“全国城市电视台看深圳”专题采访活动在深圳启动。中国视协名誉主席赵化勇，中国视协分党组书记、驻会副主席、秘书长张显，中共深圳市委常委、宣传部长李小甘，以及深圳市相关部门、媒体负责人出席了启动仪式。

【第五届“中国电视好演员”推选活动在京举办启动仪式】

9月12日，第五届“中国电视好演员”推选活动在京举办启动仪式。中国视协分党组成员、副秘书长范宗钗，中国视协演员工作委员会会长黄宏与业界代表100多人出席了启动仪式。中国视协演员工作委员会执行秘书长伊琳公布了本届《中国电视好演员》推选规则、推荐团名单以及入选演员名单。

【中国视协电视剧网剧制作播出合作促进委员会在京成立】

9月27日，中国视协电视剧网剧制作播出合作促进委员会在京举办成立大会。中国文联副主席、中国视协主席胡占凡，中国视协分党组成员、副秘书长范宗钗出席会议。夏潮、向阳分别受聘担任委员会主任、副主任兼秘书长。

【中国视协卡通艺术委员会换届工作会议在西安召开】

9月28日，中国视协卡通艺术委员会换届工作会议在西安市召开。中国视协名誉主席赵化勇，中国视协分党组成员、副秘书长范宗钗，陕西省视协主席王渭林，中共西安市委宣传部常务副部长蒋少宁、西安市碑林区人民政府区长卢光文等领导出席会议。委员会成员单位和国内外卡通动漫行业的代表两百余人参加换届会议。李小健、毛勇分别受聘担任委员会主任、秘书长。

【2018行业电视荣誉盛典：抒写伟大时代，弘扬时代精神】

9月29日，中国视协行业电视委员会、中国教育电视台共同举办的“记录新时代——纪念改革开放40周年电视节目展评展播活动荣誉盛典”在古代丝绸之路重镇嘉峪关开幕，“中国行业影像论坛：凝聚行业力量，助推品牌中国”隆重举行。中国视协名誉主席赵化勇，中国视协分党组成员、副秘书长范宗钗，中国视协行业电视委员会副主任、中国教育电视台副台长陈宏，以及来自全国各级电视台、影视制作机构、企业电视台的100多位代表参加了荣誉盛典及论坛。

【中国视协电视文艺委员会举办优秀节目经验交流活动】

10月14日至16日，由中国视协主办，中国视协电视文艺委员会和银川市新闻传媒集团承办的“融媒体时代电视文艺的创新和生存之路暨优秀节目经验交流活动”在宁夏银川市举行。全国近30家广播电视台和节目制作公司的代表参加了本次活动。

【“人文中国第七季——变迁”电视纪录片专题片作品推荐会在南京召开】

11月21日，中国视协城市台工作委员会在南京召开“人文中国第七季——变迁”电视纪录片专题片作品推荐会。全国50余家各级电视台的232部电视纪录片专题片参加了作品推荐交流。

【中国视协融媒体文化委员会在京成立】

12月5日，中国视协融媒体文化委员会成立大会在北京举行。中国视协名誉主席赵化勇，中国视协分党组书记、驻会副主席、秘书长张显，中国视协分党组成员、副秘书长范宗钗，中国新华新闻电视网董事长姜岩以及中国视协融媒体文化委员会主任禹成明、副主任兼秘书长孙剑英共同为融媒体文化委员会揭牌，宣布中国视协融媒体文化委员会正式成立。

【中国视协电视剧专业委员会增补新领导成员】

12月8日，中国视协电视剧专业委员会在京召开会议。受中国视协分党组书记、驻会副主席、秘书长张显委托，电视剧专业委员会主任胡恩宣读了中国视协同意电视剧专业委员会增补新领导成员的批复。增补博纳影业集团股份有限公司董事长于冬、北京广播电视台副总编辑徐滔、东阳正午阳光影视有限公司董事长侯鸿亮、优酷总编辑张丽娜为副主任，增补北京华录百纳影视股份有限公司总经理刘德宏为副秘书长。

【中国视协青少年教育专业委员会换届大会在京召开】

12月11日，中国视协青少年教育专业委员会换届大会在北京召开，中国文联副主席、中国视协主席胡占凡，中国视协分党组书记、驻会副主席兼秘书长张显，中国视协副主席、中国教育电视台总编辑胡正荣，中国视协分党组成员、副秘书长范宗钗以及国内众多知名青少年教育专家和全国青少年教育行业代表出席了会议。

中国文艺评论家协会

综 述

按照中国文联党组的要求，中国文联文艺评论中心兼任中国文艺评论家协会的实体工作，努力通过协会组织建设、理论研讨、人才培养、平台阵地建设等工作加强党对文艺评论工作的领导。中国文联文艺评论中心其他工作详见前文专页。

2018年，中国文联文艺评论中心、中国文艺评论家协会组织文艺评论界深入学习贯彻党的十九大和习近平新时代中国特色社会主义思想特别是习近平总书记关于文艺工作的重要论述，扎实开展文艺评论工作，对改革开放尤其是十八大以来的文艺评论展开了深入探讨，文艺评论组织体系基本形成，文艺评论工程深入实施，品牌效应初步彰显，引导创作和鉴赏的作用进一步增强，取得了一系列有代表性的成果。

文艺评论组织建设

中国文联文艺评论中心、中国文艺评论家协会有序开展全国评协组织体系建设，召开“新时代文艺评论：一家一言”主席论坛暨全国文艺评论家协会2018年度工作会议、中国评协一届八次主席团会、一届五次理事会暨第四届中国文艺评论年会，交流经验，部署工作。

5月16日，“新时代文艺评论：一家一言”主席论坛暨全国文艺评论家协会2018年度工作会在宁夏举办，中国文联党组成员、副主席、中国文艺评论家协会副主席郭运德出席开幕会并讲话，中国文艺评论家协会主席仲呈祥出席并作发言，中国文联理论研究室主任、文艺评论中心主任、中国文艺评论家协会副主席兼秘书长庞井君主持，并与各省评协主席围绕文艺评论的基础理论研究等问题进行了深入探讨。中国评协各专业委员会、各省级评协和部分副省级城市评协的参会代表围绕“文艺评论家协会如何团结凝聚新文艺群体”“文艺评论组织如何向基层延伸，扩大覆盖面”等议题展开了讨论。

12月25日，中国评协在北京举行了2018中国文艺评论年会。围绕“文艺评论家眼中的改革开放40周年”，仲呈祥、王一川、马也、程光炜、郑工、宋宝珍、夏烈七位专家研讨文学艺术理论思潮、艺术创作和评论、传统艺术和网络艺术等领域的发展。中国文联文艺评论中心副主任、中国文艺评论家协会副秘书长周由强主持年会。来自全国各地的中国文艺评论家协会理事、第三届“啄木鸟杯”中国文艺评论年度优秀作品作者、中国文艺评论新媒体网友等220余人参加会议。

12月25日，中国评协召开了协会第一届理事会第五次会议。会议审议通过了《关于召开中国文艺评论家协会第二次全国代表大会的决议》《关于成立中国文艺评论家协会第二次全国代表大会筹备工作领导小组的决议》《中国文艺评论家协会关于加强主席团成员、理事会理事履职工作实施细则》。

中国评协支持并协助民族民间艺术委员会举办“图书《村寨里的纸文明——中国少数民族剪纸艺术传统调查与研究》首卷发布会暨中国少数民族剪纸艺术传统调查成果研讨会”“中国非物质文化遗产与民族民间艺术学科建设研讨会”。指导支持北京评协换届大会、四川省评协第四次全省代表大会等团体会员工作，延伸协会工作手臂。

中国评协组织文艺小分队分赴新疆、宁夏、内蒙古开展“我们的中国梦——文化进万家”文艺志愿服务活动，组织志愿服务团赴广西上林县、重庆巫溪县开展“送欢乐下基层”文艺辅导展示活动，共组织了50余名艺术家，举办14场文艺辅导讲座、8台文艺互动演出、7次书画现场展示交流，吸引现场群众一万人。用行动讲清楚艺术美在哪里，把艺术的种子种在基层，为人民书写、为人民抒情、为人民抒怀。

中国评协坚持按制度、按程序开展会员队伍建设。2018年度新吸纳个人会员153人，使评协会员达到1511人（含主席团17人、理事233人）。2018年10月13日，福建省文艺评论家协会在榕成立，中国文联理论研究室主任、文艺评论中心主任、中国文艺评论家协会副主席兼秘书长庞井君出席成立大会并讲话。至此，团体会员达到28家，凝聚起近万名文艺评论家。完善评论家协会《主席团成员、理事会理事履职工作规则》《会员管理办法》《专委会工作条例》《关于收取会员会费标准的说明》等规章制度，为协会工作有序开展提供制度保障。

文艺评论人才研修

6月25日至29日，由中国文艺评论家协会、中国文联文艺评论中心、江西省文联、中共景德镇市委宣传部主办，中国文艺评论传播联盟、江西省文艺评论家协会、景德镇市文联共同承办的首届全国文艺评论传播专题培训班在景德镇举行，来自全国各文艺类媒体的学员七十余人参加培训。举行了“文艺评论与学术传播”主题论坛和分论坛，参加培训的学员围绕“新时代条件下文艺评论的学术含量、话语建构和传播能力”这一主题进行了深入交流。这是中国文联加强和改进文艺评论工作的一次重要举措，是中国文艺评论家协会发挥行业建设主导作用的一次实际行动，也是中国文艺评论传播联盟成立以后的一次重要活动。

7月30日至8月10日，中国文联、中国文艺评论家协会主办，中国文联文艺评论中心、四川省文联承办，四川省文艺评论家协会、雅安市文联协办的第四届全国文艺评论骨干专题研讨班在四川雅安举办。研讨班以“从新时期到新时代：改革开放文艺思潮的嬗变与未来展望”为主题，在为期10天的时间里，邀请了郭运德、仲呈祥、王杰、饶曙光、高建平、傅道彬、李德顺、武海成、罗斌、孙郁等10位知名专家授课。来自全国各高等院校、宣传思想文化单位的31位文艺评论骨干，以及来自四川本土的12位中青年文艺评论骨干参加研讨。

10月16日至19日，中国文艺评论家协会、中国文联文艺评论中心在京举办首届全国文艺评论新媒体骨干培训班。培训班旨在学习贯彻习近平新时代中国特色社会主义思想和党的十九大会议精神，认真落实中央关于加强文艺评论工作的要求，加强改进文艺评论传播工作和阵地建设。来自全国各地省级以上文艺评论媒体与研究机构的50名学员参加了培训。中国文联党组成员、书记处书记陈建文出席开班式并讲话。庞井君、周由强、向云驹、尹鸿、胡正荣、陆绍阳、杨向华等出席培训班。

10月22日至28日，由中国文艺评论家协会、新疆维吾尔自治区文联主办的全国民族文艺评论人才培训班在新疆举行。以“新时代民族文艺评论新发展的路径与方法”为研讨主题，邀请仲呈祥、白建春、刘琼、谢柏梁、张德祥、田卫疆等专家学者，围绕“文化自信与民族自信”“生命线上的花朵——民族文艺创作及其批评的内在灵魂和本质规定”“民族、地域和书写”“戏剧创造的前世今生”“坚定文化自信，凝聚中国力量”“新疆历史专题讲座”等课题进行辅导授课和研讨交流。来自全国各民族的50名文艺评论骨干参加了培训班。

第三届“啄木鸟杯”中国文艺评论年度推优

中国文联、中国文艺评论家协会主办的“啄木鸟杯”中国文艺评论年度推优活动是贯彻落实中央关于加强文艺评论工作、激发文艺评论工作活力的举措，也是落实文艺评奖改革部署要求的具体办法，自2016年以来连续举办三届，公平公正专业，社会反响良好，影响力不断扩大，切实激励了广大文艺评论工作者的批评精神。

6月，第三届“啄木鸟杯”中国文艺评论年度推优活动征集通知向社会发布，通过各全国文艺家协会，中国文联各直属单位，中国文艺评论家协会各团体会员，军委政治工作部宣传局文化处，未成立文艺评论家协会的省级文联理论研究室，各中国文艺评论基地，“中国文艺评论传播联盟”

各成员单位推荐，经过选报、评审，本着注重导向、注重质量、宁缺毋滥的原则，经报中国文联批准，最终推选出年度优秀文艺评论著作8部，年度优秀文艺评论文章26篇。

12月25日，第三届“啄木鸟杯”中国文艺评论年度优秀作品发布大会在京举办。中国文联党组成员、书记处书记陈建文出席并讲话，勉励中国文艺评论家协会和各位评论家们共同努力，不断提高“啄木鸟杯”的含金量，扩大“啄木鸟杯”的影响力，将“啄木鸟杯”发展成为全国性的文艺评论奖。中国文艺评论家协会主席仲呈祥，中国文艺评论家协会副主席夏潮，中国文联副主席、中国文艺评论家协会副主席陈振濂，中国文联主席团委员、中国文艺评论家协会副主席王一川，中国文艺评论家协会副主席范迪安、崔凯、傅谨、路侃、毛时安、王次炤、王丹彦、向云驹、尹鸿、于平、张德祥等主席团成员出席会议。中国文联理论研究室主任、文艺评论中心主任、中国文艺评论家协会副主席兼秘书长庞井君主持发布会。

附件：

第三届“啄木鸟杯”中国文艺评论年度优秀作品名单（按作者姓氏笔画排序）

著作类8部：

于冠超：《哈尔滨城市早期美术文化研究》

王海洲：《中国电影110年（1905-2015）》

方李珍：《戏曲诗学》

朱文斌：《东南亚华文诗歌及其中国性研究》

张兰芳：《中国古代艺术风格论》

陈仲义：《现代诗：接受响应论》

高译：《中国画艺术美学》

黎保荣：《影响中国现代文学的三个关键词》

文章类26篇：

王宏伟：《对“画派”“草原画派”相关问题的再思考》

王琴：《论广东汉剧“梁派”唱腔艺术特色》

朱天曙：《汉魏六朝：中国早期古典书论的生成及其价值》

任婷婷：《指示于伶而改进于剧——论〈半月剧刊〉剧评的三个维度》

刘倩（春生）：《外来客还是旧时友——评上海越剧院〈红楼•音越剧场〉》

祁述裕　陆筱璐：《论放宽文化市场准入——扩大文化市场开放的若干思考》

许苗苗：《游戏逻辑：网络文学的认同规则与抵抗策略》

李　立：《当电影遇上哲学——试论电影史与艺术史的博弈》

李吉提：《郭文景与大歌剧〈骆驼祥子〉》

张海：《当代书法“尚技”刍议》

张萌：《唱出更好的自己——听雷佳毕业音乐会有感》

周燕芬　马佳娜：《〈白鹿原〉：文学经典及其“未完成性”》

姜寿田：《国学概念的提出、辨析及书法与国学的关系》

宫明亮（宫达）：《雕刻时代的心史——评张炜长篇小说〈艾约堡秘史〉》

姚亚平：《风格史-断代史　现代性-后现代——西方音乐历史编撰学若干问题的讨论》

索久林：《推动当代摄影大潮的引擎——摄影通感与跨界的感悟》

夏烈：《媒介裂变下的文艺批评生态和批评者重构》

徐健：《中国话剧危机出现新变种》

唐宏峰：《新机制、新媒介与当代性——对当代条件下文艺高峰建设的思考》

黄键：《戏曲历史剧的“思”与“诗”》

程光炜：《柳青、皇甫村与20世纪80年代》

傅道彬：《中国文学创立期的艺术格局与历史高度》

谢麟：《真性情写真山水——宗其香与广西》

黎学锐　罗艳：《小人物身上的大时代痕迹——从彩调剧〈哪嗬咿嗬嗨〉到话剧〈花桥荣记〉》

薛晋文：《农村题材电视剧突围的思考与展望》

穆海亮：《论戏曲批评的“非戏曲化”倾向》

北京市文学艺术界联合会

1. 1月12日，“我们的中国梦——首都文艺工作者送文化进万家”艺术家合影。
2. 5月4日，“北京意象·诗化海淀”活动合影。
3. 5月18日，“中国梦·冬奥情·京津冀”主题原创作品征集活动启动仪式举行。
4. 6月19日，“运河岸边·影视小屋”系列活动启动仪式现场。
5. 7月4日，“共话京玉情 同筑中国梦”艺术家代表团在玉树第二民族高级中学合影。
6. 7月27日，第六届北京文学艺术品展示会拉开帷幕。
7. 8月19日，2018北京少儿曲艺比赛在京举办，图为单弦《北京人》。
8. 10月1日，2018北京（台湖）影偶艺术周正式启幕。
9. 12月19日，第十五届北京舞蹈大赛舞剧、舞蹈诗颁奖展演举办，图为《千秋水色》片段。

1	2	3
4	5	6
7		8
9		

天津市文学艺术界联合会

1 2
3 4 5
6 7
8

1. 1月30日，天津市美协“红色文艺轻骑兵”小分队赴天津警备区慰问官兵，为他们送去新春祝福。
2. 5月5日，“第九届天津市舞蹈艺术节开幕式暨天津市文联‘送欢乐下基层’慰问演出”在天津市西青区邓店欣苑举行。图为开幕式现场。
3. 10月22日晚，由天津市文联、天津市剧协主办的“戏韵华章——天津市戏剧界庆祝改革开放40周年梅花奖演员戏曲晚会”在天津大剧院上演。图为演出现场。
4. 10月23日，为庆祝改革开放40年、展示改革开放以来天津市戏剧创作成果，由天津市文联、天津市剧协主办的“庆祝改革开放40周年天津市戏剧创作成果巡礼暨海河戏剧发展论坛”在天津美术馆举行。图为参加论坛的专家合影。
5. 11月5日，由中国文联、天津市委宣传部、天津市文联共同主办的“放歌新时代——庆祝改革开放40周年天津市文艺界创作成果精品展”在北京中国文联文艺家之家展览馆展出。图为展览现场。
6. 11月6日，由天津市文联、天津市摄协主办的“庆祝改革开放40年”——第十八届天津市摄影艺术展览在天津博物馆拉开帷幕。图为展览现场。
7. 11月17日至25日，由天津市文联、天津市民协联合主办的天津市第六届民间艺术展在天津博物馆举办。展览期间举办了十余场民间公益讲座。图为天津红光中学的藏族学生在学习泥塑。
8. 3月25日至30日，由中国文联、中国曲协、天津市委宣传部、天津市文联主办，天津市曲协、天津市曲艺团等协办的第九届中国曲艺节在天津市举行。图为开幕式后全体演职人员合影。

河北省文学艺术界联合会

1. 2月3日，由中国文联、中国书法家协会主办，河北省文联、中国文联书法艺术中心、河北省书法家协会承办的“书法家送万福进万家”志愿服务公益活动在雄安新区黄湾村举行。
2. 5月22日，河北省文联主办的“歌唱祖国 礼赞英雄”庆祝改革开放40周年系列活动启动仪式在石家庄市藁城区翼辰集团会堂举行。
3. 9月11日至12日，由中国文联、河北省委宣传部支持，中国电影家协会、中国电视家协会、中国文艺评论家协会、河北省文联、河北广播电视台、秦皇岛市委宣传部联合主办，河北省影视家协会、河北省评论家协会等承办的“北戴河文艺峰会”在秦皇岛市北戴河区举行。
4. 9月26日至27日，河北省文联、河北省杂技家协会主办的“到人民中去——送欢乐 下基层”文艺志愿慰问演出在张家口市阳原县大田洼村举行。图为演出现场。
5. 11月15日，河北影像双年展2018在石家庄食草堂艺术园区开幕。
6. 11月22日，“崇德尚艺 做有信仰有情怀有担当的新时代文艺工作者巡回宣讲活动”走进石家庄。中国曲协主席、中国文艺志愿者协会名誉主席姜昆，中国民协副主席、蓝印花布印染技艺传承人吴元新，中国影协理事、表演艺术家岳红分别结合各自的从艺经历和创作实践，倾情讲述。
7. 12月18日，河北省文联充分发挥自身文艺资源优势，组织服务工作队到康保县为基层群众送服务、送温暖。现场捐赠书法、美术作品和办公用品等。
8. 5月11日，由河北省文联、河北省舞蹈家协会联合打造的2018“舞蹈周”系列活动在石家庄启动。

山西省文学艺术界联合会

1. 4 月 24 日，董耀鹏一行调研山西文化曲艺工作。
2. 5 月 4 日，省民协举办《中国民间文学大系》《中国民间工艺集成》出版工程座谈会，中国文联副主席、中国民协主席潘鲁生出席座谈会并讲话。
3. 5 月 23 日，省委常委、宣传部部长廉毅敏莅临山西文联调研指导文艺工作。
4. 6 月 25 日至 29 日，省文联承办首期曲艺小剧场表演人才培训班。
5. 6 月 28 日，省文联召开纪念建党 97 周年暨"七·一"表彰大会。
6. 8 月 28 日，省文联召开八届六次全委会。
7. 两节期间，省书协开展"书法家送万福进万家"系列活动。
8. 8 月 10 日至 15 日，省文联主办第九届华北五省市区舞蹈比赛。

内蒙古自治区文学艺术界联合会

1 2
3 4
5 6
7 8
9

1. 4月12日至14日，原野放歌·首届农牧民诗歌大赛在呼和浩特举办。
2. 8月5日，庆祝改革开放40周年全区美术、书法、摄影展在内蒙古美术馆开幕。
3. 8月16日，第十五届草原文化节草原文化主题论坛文学艺术分论坛在呼和浩特市召开。
4. 9月17日，第五届中国蒙古舞大赛在鄂尔多斯大剧院落幕。
5. 10月16日至22日，自治区党委宣传部和内蒙古文联组织区内外知名文学、影视、戏剧家20余人开展“学习乌兰牧骑精神 到人民中去”库布其治沙主题采风活动。
6. 10月24日，“草原四季·全国美术作品展览”创作动员会在北京召开。
7. 11月12日至13日，内蒙古自治区文联系统深化改革推进会在乌海市召开。
8. 12月27日，第三届内蒙古中青年德艺双馨文艺工作者表彰大会在呼和浩特举行。
9. 5月26日至30日，“永远的春天”——内蒙古自治区纪念改革开放40周年合唱展演活动在呼和浩特举办。

辽宁省文学艺术界联合会

1	2	3
4	5	6
7	8	9
	10	

1. 《中国民间文学大系·说唱·辽宁》编纂工作推进会在辽宁举办。
2. 古典室内乐系列音乐会第100场演出在沈阳音乐学院音乐厅举办。
3. 辽宁省文联召开金菊奖获奖专题汇报会。
4. 辽宁省第二届大学生曲艺节颁奖典礼。
5. 辽宁省文联第八次代表大会开幕式现场。
6. 千秋伟业——庆祝改革开放40周年辽宁书法手卷展。
7. 庆祝改革开放40周年辽宁省摄影艺术精品回顾展开幕式。
8. 庆祝改革开放40周年辽宁戏曲名家名段演唱会。
9. 长子情怀——庆祝改革开放40周年辽宁工业美术作品展现场。
10. 2018“戴爱莲杯”群星璀璨人人跳全国舞蹈展演辽宁地区选拔赛。

吉林省文学艺术界联合会

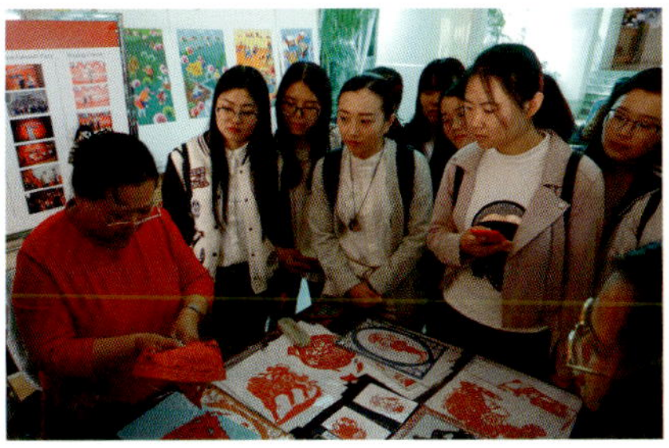

1. 3月27日，吉林省文联八届五次全委（扩大）会议在长春召开。
2. 4月3日，吉林省曲艺家协会“东北大鼓保护发展调研”走进农安县巴吉垒镇上河村老艺人家中开展调研工作。
3. 4月19日，吉林省民间文艺家协会“多彩民艺进万家”系列活动走进吉林大学，剪纸艺术家孙丽荣为大学生展示剪纸艺术。
4. 5月23日，吉林省“百名艺术家走进新时代传习所”启动仪式暨“送欢乐下基层”慰问演出活动在长春市举行。
5. 8月26日，国家艺术基金2018年度艺术人才培养资助项目“东北地方戏曲青年导演人才培养”在吉林艺术学院开班。
6. 9月5日，“向人民汇报——金钟之星”艺术团下基层慰问演出在长春举行。
7. 12月26日，“神圣长白”全国中国画作品展在长白山美术馆开幕。
8. 12月29日，吉林省新时代“红色文艺轻骑兵”文艺志愿服务小分队走进双辽市卧虎镇协力村村民家中进行慰问演出。
9. 2月6日，吉林省新时代“红色文艺轻骑兵”小分队走进省军区慰问演出。

黑龙江省文学艺术界联合会

1. 1 月 11 日，“风雪故人迎春来”中国文联文艺志愿服务队“三下乡”活动中，著名歌唱家殷秀梅、丁毅合唱《共筑中国梦》。
2. 5 月 25 日，黑龙江省文联在第五个中国文艺志愿者服务日向青冈县迎春镇新华村委会赠送书画作品。
3. 5 月 31 日，黑龙江省首届农民书法展举办。
4. 8 月 24 日，喜迎十九大“黑龙江工艺美术大师精品展暨‘一带一路’民间工艺精品展”亮相黑龙江省第十二届文博会。
5. 原创大型民族舞剧《原风》在黑龙江省歌舞剧院上演。

上海市文学艺术界联合会

1. 长三角文艺发展联盟成立仪式。
2. 第 35 届上海之春国际音乐节开幕。
3. 春“艺”盎然——2018 上海春节文艺嘉年华活动开幕。
4. “江南文化”主题采风调研活动。
5. “纪念改革开放 40 周年”民俗收藏展。
6. 第 28 届上海白玉兰戏剧表演艺术奖颁奖典礼。

1 2
3
4 5
6

江苏省文学艺术界联合会

1. 4月12日，江苏省文联九届五次全委（扩大）会在南京召开。图为会议现场。
2. 8月25日至9月1日，由中国音协、江苏省委宣传部、江苏省文联主办的2018中国江苏二胡之乡民族音乐盛典暨2018中国音乐小金钟全国二胡展演活动在江苏举办，图为演出现场。
3. 10月12日，“画说运河——江苏美术家采风写生创作展”作为“2018世界运河城市论坛”系列活动之一精彩亮相。图为活动期间，江苏省委书记娄勤俭观看展览。
4. 10月15日晚，“广陵牡丹曲”第十届中国曲艺牡丹奖颁奖仪式暨“讴歌新时代 共筑中国梦”成果汇报演出在江苏扬州举行。图为演出结束后，中国曲协主席团和全体演员合影。
5. 11月15日，“大道有痕”——2018中国百家金陵画展（版画）在江苏省美术馆开幕。图为江苏省委常委、宣传部部长王燕文一行观展。
6. 12月19日，“2018江苏雕塑月”系列展览在江苏省现代美术馆开幕。图为展览现场。
7. 2018年，省文联共举办六场“精英精品工程”。图为“泊在唐诗宋词里的古筝——任洁古筝与民族管弦乐音乐会”现场。
8. 2018年，举办“金声玉振——金丽生苏州弹词专场”现场。
9. 庆祝改革开放40周年“辉煌巨变”江苏摄影艺术展中，江苏省委常委、宣传部部长王燕文，副省长王江共同为展览揭幕。
10. 2018年，江苏省文联积极为荣获“紫金文化奖章”的文艺名家孙晓云、石小梅和顾芗举办专题展览、专场演出和作品研讨会。图为“与古为新——孙晓云书法作品展”现场。

浙江省文学艺术界联合会

1. “百年追梦”浙江美术书法精品创作（二期）工程结题验收。
2. 大潮起之江——浙江省庆祝改革开放 40 周年图片展。
3. “八八战略”15 年·浙江书画展现场。
4. “美丽浙江”摄影图片展在非洲展出。
5. 浙江省举办庆祝改革开放 40 周年村歌大赛。
6. 第六届中国西湖国际魔术交流大会开幕。
7. 浙江省文联评选表彰省文联系统先进集体和先进个人。
8. 第三届浙江书法村（社区）家训家规家风主题书法展开幕式。
9. “放歌新时代 文化进万家”走进宁波姚家村。
10. 第四届浙江舞蹈奖颁奖典礼现场。

安徽省文学艺术界联合会

1. 9 月 4 日至 7 日，中国作协庆祝改革开放 40 周年主题采风暨“全国知名作家看安徽”活动走进岳西县石关村小枕中心村贫困户。
2. 8 月 9 日，“东方之韵 剧荟江南”——长三角地区戏剧梅花奖、白玉兰奖艺术家“深入生活、扎根人民”主题实践活动在合肥开幕。
3. 8 月 14 日，安徽文学原创工作推进会在合肥召开。
4. 6 月 2 日至 4 日，全国知名诗人聚焦安徽发展新成就举办，图为捐赠图书现场。
5. 5 月 29 日，“新时代 新徽派”安徽书画 40 年精品晋京展在中国美术馆开幕。
6. 12 月 9 日，舞剧《大禹》获第十一届中国舞蹈“荷花奖”舞剧奖。

福建省文学艺术界联合会

1 2 3
4 5
6
7

1. 3 月 8 日至 25 日，“2018 首届中日韩民间漆艺术邀请展”在福州海峡民间艺术馆举行。
2. 5 月 21 日至 29 日，“第八届海峡两岸曲艺欢乐汇”在金门和台湾成功举办。
3. 7 月 4 至 9 日，第七届海峡两岸青年舞蹈嘉年华系列活动在福州举办。
4. 7 月 15 日至 17 日，“海峡彩虹·青春筑梦——第二届海峡两岸大学生舞蹈大赛”在福州成功举办。
5. 9 月 3 日，“庆祝福建省诗人汤养宗荣获第七届鲁迅文学奖座谈会”在福建省文联召开。
6. 12 月 14 日，福建省文联代表团赴巴拿马举办“匠心守意——中国福建民间艺术（巴拿马）交流展”。
7. 11 月 12 日至 16 日，“声耀平潭·第十届海峡两岸电视主持新人大赛”在平潭综合实验区成功举办。

江西省文学艺术界联合会

1. 4月10日，江西省文联系统深化改革座谈会在新余市召开。
2. 4月25日，“血脉传承 不忘初心”——江西省美术家“深入生活、扎根人民”主题实践活动汇报展在中国文联文艺家之家展厅举行。
3. 5月16日至22日，“中国彩·中国梦”——景德镇瓷器绘画艺术展在突尼斯市文化城展出，江西省文联党组书记郑翔代表展览团向中国驻突尼斯大使馆赠送青年瓷画艺术家作品。
4. 6月5日，“庄严气象 颜楷千年”——江西陕西颜体书法展览开幕式在澳门卢廉若公园春草堂举行。
5. 10月22日，纪念改革开放40周年摄影图片、美术、书法大型综合展览暨主题文集《八十个江西人的四十年》首发式在江西省展览中心举行。
6. 11月5日至10日，“新时代新作为”——江西省文联系统干部履职能力提升专题研修班在北京举办。
7. 12月8日，“瓷画赣鄱——江西省庆祝改革开放40周年优秀陶瓷绘画作品展”在江西省展览中心开幕。
8. 12月11日至17日，举办纪念改革开放40周年文艺精品进高校活动。
9. 12月25日，江西省文联文艺类社会组织行业综合党委第一次党员大会在南昌召开。
10. 9月30日，江西省剧协第九次代表大会、省影视协第六次代表大会、省音协第八次代表大会、省舞协第七次代表大会在南昌召开。

山东省文学艺术界联合会

1. 2月6日至8日，山东省文学艺术界联合会第九次代表大会在济南召开。
2. 5月19日，“到人民中去”——2018山东文艺界5·23文艺志愿服务活动在菏泽市东明县黄河滩区启动。
3. 8月22日，“沂蒙颂歌”——中国文联、中国影协“送欢乐 下基层”慰问演出暨第十一届山东国际大众艺术节开幕式在临沂费县大青山胜利突围纪念广场举行。
4. 8月30日，大型山东民间舞蹈诗《俺的山东大秧歌》在省会大剧院隆重展演，图为《海阳大秧歌》剧照。
5. 9月28日，“光影璀璨——纪念改革开放40周年”山东电影回顾盛典在济南大剧院举行。
6. 9月30日，山东省首届农民戏剧展演月开幕式在淄川区杨寨镇赵瓦村文化广场拉开帷幕。
7. 11月21日，“法古禅心——纪念李苦禅诞辰120周年艺术展”在中国国家博物馆开幕。
8. 11月24日，首届山东快书汇演决赛颁奖晚会在山东电视台举行。
9. 12月7日，大型群众交响合唱诗画《勇立潮头 走在前列》在山东剧院举办。

河南省文学艺术界联合会

1. 河南省文艺志愿者协会被评选为“最佳志愿服务组织”。中国文联党组书记、副主席李屹为河南省文艺志愿者协会主席王笑南颁发奖牌和证书。
2. 河南省文联主席邵丽到贫困村看望、慰问结对帮扶贫困户。
3. 河南省文联系统深化改革推进会召开。
4. 河南省文联举行党员干部培训班学习习近平新时代中国特色社会主义思想和党的十九大精神。
5. 河南省摄影家协会主席刘鲁豫为基层群众拍摄全家福。
6. 河南省文联红色文艺轻骑兵走进基层慰问演出。
7. 河南省美术家协会举办助残扶贫创作笔会。
8. 作为2018中国（郑州）中秋文化节暨首届“中国农民丰收节”的亮点内容——戊戌中秋赏月庆丰盛典在郑州绿博园圆满礼成。
9. 河南省书法家协会迎新春送万“福”进万家走进沈丘，助推脱贫攻坚。

湖北省文学艺术界联合会

1 2
3 4 5
6 7
8
9

1. 1 月 8 日，湖北省文联荆楚“红色文艺轻骑兵”走进第七届世界军人运动会建设工地。
2. 7 月 20 日，湖北省文联第十次代表大会、湖北省作协第七次代表大会在武昌洪山礼堂隆重开幕。
3. 8 月 19 日，长江颂 · 长江流域书法名家邀请展在湖北美术馆开幕。
4. 9 月 17 日，与改革开放同行 · 金鸡百花电影节获奖电影巡展启动仪式暨湖北省文联荆楚“红色文艺轻骑兵”走进潜江慰问演出活动在曹禺大剧院举行。
5. 11 月 7 日，第十四届湖北曲艺百花书会颁奖仪式暨中国曲协文艺志愿服务团送欢乐文艺晚会在襄阳剧院精彩呈现。
6. 11 月 14 日，“写意长江——湖北省中国画作品展”在中国文联文艺家之家展览馆开幕。
7. 11 月 29 日，第十二届湖北戏剧牡丹花奖颁奖暨戏剧进校园展演在华中农业大学举行。
8. 12 月 28 日，“奋进新时代 壮阔荆楚潮——湖北腾飞 40 年大型成就展”在湖北省图书馆拉开帷幕。
9. 6 月 27 日，第五届湖北舞蹈“金凤奖”（职业舞蹈）颁奖晚会在武汉湖北剧院举行。

湖南省文学艺术界联合会

1 2
3 4 5
6 7
8

1. 2 月 7 日，湖南省文联九届九次全委会暨全省文联系统深化改革推进会在长沙召开。
2. 3 月 2 日至 5 月 31 日，湖南省委第十巡视组对省文联进行了巡视“回头看”。
3. 3 月 29 日至 30 日，全国文联系统深化改革座谈会在长沙召开。
4. 6 月 20 日，湖南省文联举行纪念建党 97 周年“重温入党誓词、铭记初心和使命”主题党日活动。图为活动现场。
5. 7 月 16 日，“武陵追梦——2018 湖南青年艺术家走进吉首写生采风活动”在长沙启动。
6. 11 月 7 日至 9 日，湖南省“三百工程”文艺人才暨基层文艺骨干培训班在长沙举行。
7. 11 月 22 日，“纪念改革开放 40 周年——艺术湖南·美术创作成果展览”开幕式在省展览馆举行。
8. 5 月 17 日，“笑满三湘——到人民中去”第五个中国文艺志愿者服务日主题活动启动仪式暨文艺扶贫惠民演出，在革命老区平江县梅仙镇三里村举行。

广东省文学艺术界联合会

1 2 3
4 5
6
7

1. 1 月 15 日，广东红色文艺轻骑兵新春走基层活动授旗仪式现场。
2. 1 月 28 日，同窗有戏 梨园花开——广东省粤剧编剧研究生班毕业十周年座谈会暨剧作选首发式现场。
3. 1 月 28 日，许钦松、李劲堃艺术研讨会举行。
4. 9 月 27 日，广东省第五届麒麟文化节暨麒麟舞大赛开幕。
5. 12 月 6 日，2018 年中国传统杂技（魔术）交流大会在东莞举办。
6. 12 月 8 日，全球微粤曲大赛第四届演唱赛暨首届作品创作赛落下帷幕。
7. 7 月 27 日，“大潮起珠江——庆祝改革开放 40 周年全国美术作品展” 在北京举办。

广西壮族自治区文学艺术界联合会

1. 2月1日，自治区文联文艺轻骑兵到南宁火车站开展送"福"写春联活动。
2. 5月22日，自治区文联开展"5·23"中国文艺志愿服务日走进校园专场活动。
3. 6月29日，"一带一路·梦汇南洋"中马文化艺术交流展上，采风创作团向中国驻马来西亚大使馆赠送集体创作的中国画《源远流长》。
4. 7月7日，"广西作家与当代文学"研讨会在复旦大学召开。
5. 10月15日，广西青年作家创作会议在南宁召开。
6. 12月，自治区文联开展机关党员"党性教育月"活动，党员们在湘江战役纪念公园缅怀革命先烈。
7. 11月1日，广西文化艺术作品展在京开展。自治区文联承办美术作品展、书法摄影作品展。

海南省文学艺术界联合会

1 2 3
4 5
6 7 8
9

1. 2018 年，海南省美术家开展走进太行山采风写生活动，并成立写生基地。
2. 1 月 8 日，“舞典华章——2017 年中国舞蹈‘荷花奖’颁奖盛典暨获奖作品惠民演出”在海南三亚大东海广场盛大举行。图为舞剧获奖者领奖。
3. 1 月 18 日，海南“候鸟型”文艺人才迎新座谈会暨海洋主题歌曲创作活动启动仪式在海口举行。
4. 2 月 2 日，第二届南海文艺奖颁奖典礼上，获得终身成就奖的吴梅、曾祥熙发表获奖感言。
5. 2 月 2 日，海南省文联六届二次全委会在海口召开。
6. 4 月 18 日，“感悟大海、守护南海、走向海洋”海洋风主题歌曲创作采风团在三沙慰问驻岛官兵。
7. 5 月 3 日， 2018 中国传统村落保护（海南）高峰论坛在海南省儋州市开幕。
8. 12 月 23 日，海南省旅琼文艺家协会成立大会开幕。
9. 10 月 11 日至 15 日，海南省文联在延安干部培训学院举办了“弘扬延安精神 · 坚定文化自信”专题培训班，学员们在延安革命纪念馆留影。

重庆市文学艺术界联合会

1. 2018 年，重庆市文联荣获“最佳志愿服务组织”称号。4 月 20 日，中国文艺志愿者协会主席姜昆同重庆市文艺志愿者协会代表合影。
2. 5 月 22 日，“文艺助残，共享芬芳”重庆市文联文艺志愿服务活动走进重庆市聋哑学校，艺术家们走进聋哑学校为孩子们表演，深受欢迎。
3. 6 月 15 日，重庆市文联当代文艺创作工程推进会召开，会议对第七届重庆艺术奖获奖作者进行了表彰。
4. 6 月 22 日至 27 日，首期边远地区（重庆万州）曲艺工作者培训班暨纪念改革开放 40 周年第四届重庆市曲艺创作高级研修班在万州区举办，中国曲协分党组书记、驻会副主席董耀鹏出席。
5. 8 月 28 日，中国文联“崇德尚艺 做有信仰有情怀有担当的新时代文艺工作者”巡回宣讲团与重庆艺术家交流座谈。
6. 10 月 15 日，“潮涌两江——庆祝改革开放 40 周年重庆市摄影作品展”在重庆市文联美术馆开幕。本次展览采取公开征集和重点定向约稿相结合，从 7000 余件稿件中评选出 100 余幅优秀摄影作品参展。
7. 12 月 2 日，首届重庆市“鸣声奖”颁奖典礼在重庆市文艺家活动中心举行。
8. 11 月 28 日，重庆市文联举办“潮涌两江”——庆祝改革开放 40 周年重庆市优秀原创音乐作品展演。

四川省文学艺术界联合会

1	2	
3	4	5
6	7	8
	9	

1. 3 月 19 日，中国文联在川大调研。
2. 4 月，四川省文联系统深化改革工作座谈会召开。
3. 4 月 18 日，全国文联组联工作会在四川召开。
4. 5 月 7 日，中国文联文艺志愿服务团纪念“5.12”汶川特大地震 10 周年慰问演出在四川举行。
5. 5 月 30 日，“走出大山看世界——佳山村少年儿童暑期夏令营活动”开营。
6. 11 月 12 日，四川文艺成就座谈会召开。
7. 11 月 22 日，“恢宏改革画卷·见证巴蜀巨变——四川省文联纪念改革开放 40 年文艺特展”开幕。
8. 12 月 7 日，四川新文艺群体发展研讨会开幕。
9. 5 月 25 日，“到人民中去——四川省文艺志愿者凉山文艺演出”活动启动。

贵州省文学艺术界联合会

1. “聚焦脱贫攻坚·共建美好家园——2018 年贵州省扶贫工作阶段性成果摄影汇报展”开展仪式现场。
2. 第七届贵州省文艺奖获奖作品展示。图为戏剧《湄水长歌》剧照。
3. 第七届贵州省文艺奖获奖作品展示。图为舞蹈《蝴蝶妈妈》剧照。
4. 贵州省文联“首期新文艺群体骨干培训班”开班仪式现场。
5. 贵州省文联系统深入实施“文军扶贫”脱贫攻坚三年行动推进会现场。
6. “深入生活 扎根人民”多彩贵州脱贫攻坚“春风行动”书画采风创作活动启动仪式现场。
7. 出席“发现文化贵州·品味真迹藏画”贵州珍藏中国美术精品汇展的领导、嘉宾合影。

云南省文学艺术界联合会

1 2
3 4 5
6 7
8

1. 4月25日，中国文联党组成员、副主席赵实到云南文学艺术馆调研，云南省委常委、宣传部部长赵金陪同调研。
2. 2月7日，云南省人民政府副省长李玛琳到云南文学艺术馆调研。
3. 2月8日，云南省文联组织文艺志愿者到红河州弥勒开展“送欢乐下基层”文艺志愿服务活动。
4. 5月21日至25日，中国文联、云南省文联文艺志愿服务团走进“中缅边境线”开展慰问演出。
5. 6月13日，由中共云南省委宣传部、云南省文联、云南艺术学院主办的“2018中国·南亚东南亚艺术周暨澜湄艺术节”在昆明开幕。
6. 9月20日至22日，云南省文联文艺志愿服务团赴昭通镇雄开展“送欢乐下基层”慰问演出。
7. 11月24日，“云南青年诗人研讨会”在北京中国现代文学馆举行。
8. 5月15日，由云南省文联举办的“云南省5·15全国舞蹈日”中老年舞蹈展演在云南文学艺术馆百花广场举行。

西藏自治区文学艺术界联合会

1 2 3
4
5

1. 3月25日，西藏自治区文联第五届六次全委会在拉萨召开。图为会议现场。
2. 6月2日，由中国西南摄影联展组委会主办的“镜头中的一带一路·第十一届中国西南六省区市摄影联展”在广西科技馆开展。图为展览现场。
3. 9月9日，由西藏美术院和西藏画船听雨文化艺术有限公司共同主办的“风雨历程45载·水墨情怀洒雪域——韩书力水墨画观摩鉴赏画展”在拉萨举办。图为开幕式现场。
4. 9月7日至16日，由西藏自治区人民政府和中国文联主办的“走进新时代——第十一届西藏珠穆朗玛摄影大展”在布达拉宫广场隆重举行。图为第十一届西藏珠穆朗玛摄影大展一类收藏作品《足迹丈量国境线（组照）》。
5. 8月22日至26日，第25届北京国际图书博览会中国作家馆“西藏作家作品专题展暨作品研讨会”在北京举行。图为中国文联、中国作协主席铁凝，中国作协党组书记、副主席钱小芊，西藏自治区政协副主席、西藏文联主席扎西达娃与参加研讨会的西藏作家代表合影留念。

陕西省文学艺术界联合会

1. 到人民中去——陕西文联“沿黄公路文艺行”志愿服务活动启动。
2. 1 月 17 日，陕西省音协小分队在引汉济渭工程 2 号洞施工现场慰问演出。
3. 1 月 29 日，民间文艺小分队赴紫阳县高桥镇裴坝村慰问演出。
4. 苗阜、王声表演相声《品味人生》。
5. 鲜于越歌演唱《青春舞曲》。
6. 新文艺群体培训班学员合影。
7. 烈日下艺术家们在禹门口黄河大桥工地慰问演出。
8. 1 月 18 日，省文联书法小分队为榆林子洲县群众赠送春联。

甘肃省文学艺术界联合会

1. 中国文联主席、中国作协主席铁凝赴陇南市武都区调研。
2. 甘肃省委常委、常务副省长黄强调研“天境祁连与人文敦煌大型油画创作工程”。
3. “丝路文化的传与承”国际学术研讨会在敦煌举办。
4. 甘肃省文联五届六次全委会在兰州召开。
5. 6 月 13 日，在静宁县威戎镇杨湾村开展“到人民中去”——送欢乐下基层文艺志愿演出活动。
6. 9 月 27 日，甘肃省文联、甘肃省音协邀请俄罗斯功勋艺术工作者为第三届丝绸之路（敦煌）国际文化博览会创作交响乐作品《丝绸之路·敦煌》。
7. 纪念改革开放 40 周年甘肃省第二届美术“金驼奖”作品展开幕式现场。
8. 第三届甘肃文艺评论奖部分参评作品。
9. 12 月 23 日，“庆祝改革开放 40 周年‘西风烈’原创歌曲演唱会”在兰州音乐厅举行。

青海省文学艺术界联合会

1. 《中国唐卡文化档案·藏娘卷》工作人员在拍摄图片资料。
2. 2月5日，“我们的中国梦·文化进万家”走进海东市乐都区送春联。
3. 2月5日，“我们的中国梦·文化进万家”走进海东市公安消防支队送春联。
4. 2月5日，“我们的中国梦·文化进万家”走进海东市公安消防支队慰问演出。

5. 7月12日至14日，中国曲协文艺志愿服务团“送欢乐下基层”走进青海西宁志愿演出，刘颖、浩楠表演相声《说唱双截棍》。
6. 9月14日，青海省音乐家协会、青海省文化馆、西宁市文化广播电视局、西宁市群众艺术馆共同主办庆祝改革开放40周年青海男高音经典歌曲音乐会。
7. 12月14日，庆祝改革开放40年全省优秀曲艺节目展演开幕。
8. 中国民间文学大系出版工程·2018中国青海《格萨尔》史诗民间艺人原生态演唱会暨学术研讨会系列活动开幕，海南藏族自治州《格萨尔》说唱艺人叶西加措在现场表演。
9. 6月26日，青海省作协在门源县西滩寄宿制小学开展“进校园文学志愿服务活动”。

宁夏回族自治区文学艺术界联合会

1. 5月2日至11日，首期“宁夏高层次文艺人才（文艺名家）研修班”在北京举办，图为培训班学员到北京市通州区参观学习。
2. 5月16日至17日，全国文艺评论家协会2018年度工作会在宁夏召开。
3. 5月23日，宁夏文联纪念“5·23”专场文艺演出在银川市光明广场举办。
4. 6月6日，宁夏文联调研组到固原市原州区文联和张易镇毛庄村进行调研。
5. 7月19日，西部文联深化改革暨工作交流会在银川召开。
6. 9月16日，“辉煌六十年 走进新时代——庆祝自治区成立60周年”全区美术摄影书法作品展在银川美术馆开幕。图为自治区党委常委、宣传部部长赵永清参观展览。
7. 11月28日，中国文联“崇德尚艺 做有信仰有情怀有担当的新时代文艺工作者”巡回宣讲报告会在银川举行。
8. 12月20日，“中国文学的宁夏现象”研讨会在北京成功举办。
9. 1月15日，宁夏文联第八次代表大会在银川隆重召开。

新疆维吾尔自治区文学艺术界联合会

1. 新疆维吾尔自治区文学艺术界联合会第八次代表大会在乌鲁木齐召开，图为会议代表们通过相关选举议案。
2. 自治区文联召开文艺创作座谈会。
3. 新疆杂技工作者为村民表演《手技》。
4. 新疆书法家协会开展“我们的中国梦——文化进万家”活动。图为1月22日，新疆书协走进策勒县达玛沟乡阿亚克乔咯巴什村。

新疆生产建设兵团文学艺术界联合会

1. 1月14日至16日，由中国曲艺家协会分党组书记、驻会副主席、秘书长董耀鹏带队，著名表演艺术家李金斗、牛群、范军、刘全利、李少杰等一行20余位艺术家，赴新疆兵团第一师阿拉尔市开展“我们的中国梦·文化进万家”慰问演出活动。
2. 3月19日，兵团文联工作会议在兵团广播电视大学召开。受兵团党委副书记、副政委、宣传部长李新明委托，兵团文化体育新闻出版广电局副局长李建伟出席会议并讲话。
3. “我们的中国梦——文化进万家”中国曲艺家协会赴第一师阿拉尔市进行文艺志愿服务慰问演出。
4. 5月5日，“翰墨兵团·书香阿拉尔”书法培训班在阿拉尔市文化馆开班。
5. 10月28日，兵团美术家协会第六次会员代表大会在乌鲁木齐市召开。
6. 中国文联、中国戏剧家协会梅花奖艺术团来兵团慰问演出。

7–8. 兵团文联文艺志愿服务活动现场。

中国石油文联

1 2
3 4 5
6 7
8

1. “深入学习贯彻习近平总书记关于文艺工作的重要论述2018年秘书长工作会议”召开。
2. 深入学习贯彻习近平总书记关于文艺工作的重要论述，加强石油文艺工作培训班召开。
3. 组织“大国工匠——中国石油书法篆刻精品展”等大型展览。

4–6. 开展第十二届中俄文化交流活动。

7–8. 组织开展多次“送欢乐下基层”活动，深入一线送温暖。

中国煤矿文联

1. 4 月 12 日，全国煤矿文化艺术工作会议在安徽省合肥召开。
2. 5 月 14 日至 16 日，中国煤矿文联组织文艺志愿者服务团到安徽淮北矿业集团开展文艺志愿服务活动。
3. 6 月 21 日至 7 月 1 日，鲁迅文学院与中国煤矿文联共同举办首届煤矿作家高研班暨第五届全国煤矿文化干部高研班。
4. 6 月 28 日，第五届中国煤矿艺术节开幕式和文艺晚会《美丽新时代》在河北省开滦集团举行。
5. 10 月 10 日，第七届全国煤矿文学乌金奖颁奖会在中国现代文学馆举行。
6. 12 月 21 日，中国煤矿文化艺术联合会第五次会员代表大会在苏州召开。
7. 12 月 21 日，中国煤矿文联 12 个分会分别召开了换届会议，图为中国煤矿文联摄影分会第八次会员代表大会。
8. 5 月 23 日至 24 日，中国煤矿文联组织文艺志愿者到山西大同煤矿集团开展文艺志愿服务活动。

中国电力文协

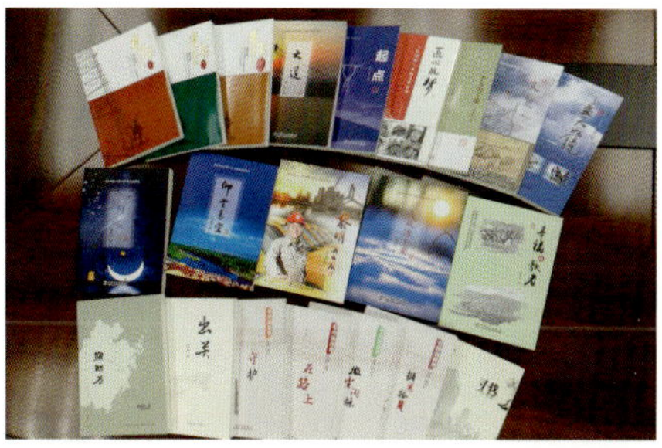

1. 4月1日，中国电力书法家协会在北京召开第五次会员代表大会。
2. 6月1日，为庆祝改革开放40周年，中国电力摄影家协会和中国女摄影家协会在上海举行活动。
3. 7月5日，中国电力美术协会揭牌仪式在京举行。
4. 10月15日，庆祝改革开放40周年暨中国电力企业联合会成立30周年摄影展览在北京中国国际展览中心展出。
5. 2018年，中国电力作协全年组织作家创作电力题材长篇小说、报告文学、影视剧文学、散文、诗歌等，推出17部电力题材文学专著。
6. 中国电力邮协参加“奋进新时代——庆祝改革开放40周年集邮巡展”活动。
7. 中国电力摄影家协会创作基地在贵州金元赤水中悦酒店挂牌。
8. 10月25日，庆祝改革开放40周年全国电力行业美术作品展在北京开幕。
9. 2月5日，中国电力作家协会、中国电力书法家协会开展的“‘到人民中去’红色文艺轻骑兵国网北京电力行”活动举行。

中国水利文协

1. 水利部副部长魏山忠参观“庆祝水利改革发展40周年主题美术、书法展览”。
2. 水利部副部长魏山忠出席“庆祝水利改革发展40周年主题美术、书法展览”开幕式。
3. 德国摄影师对水利摄影站给予肯定。
4. 参与第十二届中国摄影艺术节。
5. 各界摄影者参观水利摄影展。
6. 中国水利书法家走进鄂北局工程现场写春联、送春联。
7. 水利系统艺术家送文化 走基层活动走进黄河流域。
8. 中国水利建设摄影作品首次亮相第十二届中国摄影艺术节。
9. 中国水利书法家走进鄂北工程管理局工地送春联。

全国公安文联

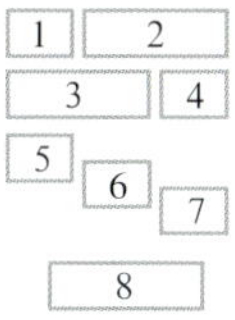

1. 4月25日至28日，“不忘初心·春来枫桥”主题诗歌采风活动在浙江举行。
2. 5月11日，中国侦探推理文学创作座谈会在北京举行。

3–5. 6月20日至21日，全国公安文联诗词、散文分会在河北省石家庄市召开全国公安诗词、散文创作研讨会。图为参会代表赴西柏坡革命圣地参观学习，在党的七届二中全会会址前重温入党誓词。

6. 11月12日至13日，由全国公安文联主办，铁路公安文联、广西公安文联协办，全国公安文联诗歌分会、南宁铁路公安局承办的“盛世兴文运，诗歌铸警魂”第二届中国公安诗歌研讨会在广西壮族自治区柳州市召开。中国作家协会党组成员、副主席、鲁迅文学院院长吉狄马加，全国公安文联主席王俭为获得贡献奖的同志颁奖。
7. 11月12日至14日，由公安部宣传局、全国公安文联主办，天津市公安局承办的第四届全国公安系统相声小品大赛在天津中华剧院举行。
8. 5月7日，由全国公安文联主办的“奋斗的青春最美丽”——“五四”主题诗文咏诵活动在首都机场公安分局举行。

中国人民银行文联

1 2 3
4 5 6
7
8
9
10

1. 中国人民银行文联组织参观纪念改革开放40周年、人民银行成立70周年职工书画作品展览。
2. 6月14日，中国人民银行摄影协会开展“送文化下基层”活动。
3. 6月14日，中国人民银行摄影协会主席团会议在南宁召开。
4. 9月12日，中国人民银行书协二届四次理事会暨创作交流会议在郑州培训学院召开。
5. 9月13日，中国人民银行书法协会开展送文化下基层活动。
6. 9月27日，中国人民银行文学艺术界联合会二届四次理事会暨文艺志愿者协会一届四次理事会在共青城召开。
7. 9月27日，中国人民银行音乐舞蹈协会开展送文化下基层活动。
8. 12月20日，中国人民银行美术协会二届四次理事会在莆田召开。
9. 12月20日，中国人民银行文联美术创作基地揭牌仪式在莆田举行。
10. 5月23日，中国人民银行文艺志愿者服务队赴宜君武家塬，为父老乡亲带去文化演出。

中国金融文联

1. 中国金融文联美协走进湘西创作实践活动。
2. 中国金融文联摄协与全总文体协会联合举办“中国梦·劳动美”第五届全国职工摄影展。
3. 中国金融文联戏协第五届戏剧比赛获奖作品展演。
4. 中国金融文联作协二届三次理事会召开。
5. 中国金融文联音协深入基层活动现场。
6. 中国金融文联舞协选送作品——中国银行《侨乡鸿雁》。
7. “金舞飞扬”决赛现场。
8. 中国金融文联书协慰问黑龙江金融劳模。

China Federation of Literary and Art Circles Group Members (Ⅱ)

2019

中国文联各团体会员（二）

北京市文联

综 述

2018年，北京市文联深入贯彻落实习近平新时代中国特色社会主义思想和党的十九大精神，大力推进深化改革，持续加强自身建设，聚焦多出精品多出人才的中心任务，团结引导首都广大文艺工作者为全国文化中心建设做出了积极贡献。

会议与活动

【文艺惠民活动】

元旦春节期间，北京市文联组织文艺家开展22场“宣传贯彻习近平总书记系列重要讲话精神——深入生活、扎根人民”文艺演出；书法家、美术家和民间文艺家开展“迎新春送祝福、送欢乐下基层”慰问活动37场，开展“我们的中国梦——文化进万家”2018年春节文化惠民活动7场，摄影展2场，5场公益电影放映活动，新春小庙会活动1场。中秋重阳节举办三场慰问演出活动，为基层百姓送去了文化盛宴。

【传统与传承——第二届京津冀杂技节目展演】

1月4日至5日，由中国杂技家协会、北京市文联、天津市文联、河北省文联主办的“传统与传承——第二届京津冀杂技节目展演”在天桥艺术中心剧场精彩上演。“精品节目展演”和“新人新作展演”邀请京津冀三地以及浙江、山东、湖北等省的14个院团的17个优秀节目百余位演职人员参与其中。近两千名观众观看了杂技。同时，还组织了一场主题研讨会、一场惠民演出。

【举办文联系统宣传信息工作培训班】

1月4日，北京市文联在京举办文联系统宣传信息工作培训班，会议总结一年来文联系统宣传信息工作，表彰先进单位和先进个人，并邀请专家辅导授课。50余人参加培训。

【和田印象——首都书画家南疆采风创作展】

2月5日，由北京市文联、北京市援疆和田指挥部、和田地委宣传部共同主办的“和田印象——首都书画家南疆采风创作展”在颐和园谐趣园开幕。参展作品近200幅。

【2018京张文化交流活动】

2月7日至8日，北京市文联组织四十余位首都艺术家到河北省张家口市开展“牢记嘱托 牵手冬奥”——2018京张文化交流活动。本次活动内容涵盖两场新春联谊会、一场笔会。受众人群2000余人。

【文联主席团会、理事会】

3月20日，北京市文联召开第八届理事会第六次会议。会议传达学习全国及北京市宣传部长会议、中国文联十届三次全委会会议精神，审议通过组织召开北京市文联第九次代表大会事宜、报告部分团体会员负责人变更、实行理事替换事宜，报告四名理事申请辞去理事职务事宜，审议并通过沈强同志作的《北京市文联八届六次理事会工作报告》。市文联第八届主席团第五次会议同日召开，审议通过了相关事宜。市文联主席张和平主持会议。市直党群处梁顺星以及市文联主席团成员、百余名理事参加会议。

【第十七届京味文化之旅】

4月18日至23日，由北京市台办、北京市文联、北京市政府新闻办联合主办的2018北京文化周之“享京腔京韵 传民族心声”京味文化交流活动在台湾省高雄市启幕，通过举行大型文艺演出、开展书画交流笔会、举办“北京•风韵”摄影图片展、召开“中华民族文化传承于创新”研讨会等方式，与台湾省文艺界、青年人进行互动，再一次为台湾人民送去大陆人民的深切问候。活动共安排3场演出、2场研讨会、2场笔会。

【“十年·牵手”什邡市5·12汶川特大地震发展振兴成就展】

5月7日，“十年·牵手”什邡市5·12汶川特大地震发展振兴成就展在北京中华世纪坛开幕，展出由北京、什邡两地文艺工作者共同创作的100幅摄影作品、91幅书画作品，展期7天。

【“最美志愿服务社区”揭牌仪式】

5月18日，以“服务、创新、尚艺、传承”为志愿精神的全国志愿服务四个100“最美志愿服务社区”揭牌仪式暨六里屯街道秀水园社区第七届民间文化艺术节在北京市朝阳区六里屯街道秀水园社区星月广场举行。

【“到人民中去”文艺志愿慰问演出活动】

5月23日，由中国文联、中国文艺志愿者协会主办，中国文联文艺志愿服务中心和南法信镇人民政府承办，北京市文联、顺义区文联协办的“到人民中去”中国文联文艺志愿服务队走进北京顺义南法信镇，于兰、杜鹏、黄华丽、原瑞伦、钟丽燕等艺术家将根据基层群众的文化需求，对基层开展3天合唱、广场舞、摄影、曲艺培训和演出。

【评协第二次会员代表大会】

6月12日，北京文艺评论家协会第二次会员代表大会在市文联召开，百余位文艺评论工作者参加大会。大会审议了工作报告，修改《北京文艺评论家协会章程》，审议社团管理相关制度文件草案，选举产生协会新一届领导机构。

【举办第八届戒毒文化节】

6月20日，由北京市文联，北京市教育矫治局主办的“戒治路上你我同行，文化助力健康生活”第八届戒毒文化节在北京天堂河戒毒所广场举办，北京市文联与北京天堂河戒毒所建立了合作共建关系，参加演出的20名艺术家获得了年度禁毒公益大使的荣誉，现场千余名强戒人员及百余名警官观看了演出。

【赴玉树文化交流】

7月3日至7日，北京市文联组织40名首都艺术家赴青海省玉树藏族自治州，开展了以“共话京玉情·同筑中国梦”为主题的文化交流活动。艺术家深入玉树开展2场文艺演出、3场书画笔会和1场摄影艺术现场教学活动，期间，两地文联及艺术家代表举行座谈会，签订了《北京市文学艺术界联合会 玉树州文学艺术界联合会文化交流合作框架协议》，积极构建两地文艺交流常态化扶持机制。

【举办学习贯彻党的十九大精神专题研讨班】

7月25日至27日，北京市文联举办学习贯彻党的十九大精神专题研讨班。文联各协会、部室、事业单位40余名处级以下干部职工参加研讨班。

【第六届北京文学艺术品展示会】

7月27日，第六届北京文学艺术品展示会在北京展览馆隆重开幕，本届展会以“共筑文艺新时代——艺术北京成就梦想”为主题，集中展示了戏剧、美术、书法、摄影、民间文艺、曲艺和杂技七个艺术门类近5000件作品，主会场的展出31日落幕，分会场的展演将延续到8月20日。

【2018北京（台湖）影偶艺术周】

10月1日，由北京市文联和中共北京市通州区委宣传部共同创办的2018北京（台湖）影偶艺术周正式启幕。14天内，国内外13个特邀剧团近70场影偶展演、21场与影偶相关的视觉展览、多场大型木偶环游、2场国际影偶论坛、10场影偶讲座和课程相继亮相台湖公园和通州区文化馆。

【第八期北京市优秀中青年编剧导演（舞台雷）研修班】

10月19日，第八期北京市优秀中青年编剧导演研修班在京师大厦举办开班仪式，本期研修班共招收学员26名，在以往经验的基础上，首次尝试举办舞台类人才专题研修班，学员涉及戏剧、舞蹈、杂技、曲艺等多个艺术门类，其中新文艺群体学员占学员总数的70%。研修班采用集中授课、作品指导、观摩实习等形式开展培训，为期5个月。研修班与中国国家话剧院合作，推出原创话剧《豆汁儿》，作为第八期研修班的结业作品，于2019年3月14日至17日在国家话剧院演出。

【“美在京津冀”——纪念改革开放40周年美术作品展】

11月8日，“美在京津冀”——纪念改革开放40周年美术作品展在北京炎黄艺术馆开幕，展览由三地文联共同主办，三地美协承办，共收到作品千余件，展出176件。展览11月15日结束。

【京城运河音乐画卷“滴水千年 通惠四方”】

11月9日，由北京市文联、通州区委宣传部主办的京城运河音乐画卷“滴水千年 通惠四方”在通州区文化馆剧场举办首场演出。

【2018北京文艺论坛】

11月13日至14日，由北京市文联主办的“历史与未来：改革开放四十年的北京文艺——2018•北京文艺论坛”在京召开。近百人参加会议。

【“纪念改革开放40周年”——2018京津冀原创优秀文艺节目（歌曲、舞蹈类）展演】

11月14日，由北京市文联、天津市文联、河北省文联共同主办的“纪念改革开放40周年”——2018京津冀原创优秀文艺节目（歌曲、舞蹈类）展演汇报演出，在民族文化宫大剧院举行。

【第六期北京市中青年文艺人才暨新文艺群体拔尖人才高级研修班】

11月11日，第六期北京市中青年文艺人才暨新文艺群体拔尖人才高级研修班在东方饭店举行了开班仪式，来自文联所属各文艺家协会的26名学员参加了培训。研修班除了举办为期7天的集中授课外，还组织学员前往珐琅厂、韩美林美术馆进行了实地教学，前往上海、浙江开展异地学习和采风活动，并组织学员观摩北京人艺等经典剧目。

【2018京津冀原创优秀文艺节目展演】

11月14日，由北京市文联、天津市文联、河北省文联共同主办的“纪念改革开放40周年”——2018京津冀原创优秀文艺节目（歌曲、舞蹈类）展演汇报演出，在民族文化宫大剧院举行。京津冀文联和文艺界艺术家代表、社会各界人士及近千名观众观看演出。

【第六届北京剧本推介会】

11月26日至28日，由中共北京上海市委宣传部、北京市文联共同主办的第六届北京剧本推介会，在国家会议中心举办，1280部剧本作品参与推介，涉及文学、电影、电视、戏剧、曲艺、舞蹈、杂技等艺术门类。推介会启动仪式上进行了两项重要签约活动：一是北京市文联与8家高校和文化院团签署了文艺创作战略合作框架协议；二是22个2018年北京市文联文艺创作扶持项目实现签约。

【“一城三带”——“运河的回响” 书画摄影作品展览】

11月27日，由北京市文联主办的“一城三带”——“运河的回响”主题系列活动之书画摄影作品展览在北京民族文化宫展览馆开幕。展览展出172幅（副、帧）书、画、楹联、摄影作品，展出至12月2日。

【文联主席团会、理事会】

12月25日，北京市文联召开八届主席团六次会议和八届理事会七次会议，会议传达了市委有关指示精神并提出明确贯彻意见，审议并原则通过《北京市文联第九次代表大会代表分配推选原则和产生办法》《北京市文联第九届理事会组成原则和理事候选人建议人选产生办法》和《北京市文联第九次代表大会主席团组成原则》等文件，并对《章程修正案（送审稿）》和《第八届理事会工作报告（征求意见稿）》提交理事会审议的有关事项形成了相应决议。市文联主席张和平主持会议，市文联主席团成员、百余名理事参加会议。

【制作“文化记忆”纪录片】

2018年，北京市文联与北京电视台联合制作系列专题片《文化记忆》，对黄建新、孙力力、叶用才、史国良4位艺术家进行采访拍摄等任务，并在北京电视台陆续播出。2018年《文化记忆》被中国电视艺术家协会评为“记录新时代——纪念改革开放40周年电视节目展评展播活动”文化类电视节目一等奖最佳作品奖。

【“2018北京文艺评论热点现象研究”系列研讨活动】

北京市文联举办“2018北京文艺评论热点现象研究”系列研讨活动10场。

【文艺志愿服务系列活动】

举办“我们的中国梦”文艺志愿服务进万家活动，书写春联近5000副、“福”字6000余个，送出民间手工艺作品5000余件，培训课程300余课时。组织开展“结对子，种文化”文艺志愿服务系列活动，开展常态化、定制式文艺支教与文艺培训，近百名首都文艺志愿者开设课程2000课时，惠及基层文艺工作者及文艺爱好者近万人。开办文联大讲堂第八季，组织33场讲座，提升首都群众文化艺术审美品位。赴四川什邡、河北承德哈里哈乡、广西百色靖西县开展文艺志愿服务，赴青海玉树、内蒙古乌兰察布开展文化交流，以文艺助力扶贫攻坚。组织召开2018年北京市文联文化援建工作会议，提出2018年至2020年文化助力精准扶贫工作构想，进一步深化文化援建、文化扶贫工作。

对外文化交流

【赴德文化交流】

4月25日至5月2日，北京市文联组织9名曲艺家代表赴德国、奥地利参加中德文化节开幕式演出、北京曲艺家协会专场演出、曲艺杂谈等系列文化交流演出座谈活动。

【赴日举办中日水墨画邀请展】

9月16日至23日，7名首都美术家受邀在日本千叶市美术馆举办“中日水墨画邀请展”并进行了学术论坛及交流，共展出27幅中国画作品，吸引了众多日本艺术家和艺术爱好者，促进了中日两国文化的交流。

【赴捷克举办摄影展】

12月9日至13日，在捷克首都布拉格举办多彩北京主题摄影展览及文化交流工作。

获奖情况

1月13日，第十三届中国民间文艺山花奖颁奖晚会上，北京民协理事林继富凭借《中国民间游戏总汇》一书，荣获第十三届中国民间文艺山花奖•学术著作奖。

1月21日，在第十届全国“德艺双馨”电视艺术工作者表彰大会上，北京视协推选的导演刘家成、北京电视台文艺中心主任潘全心，制片人侯鸿亮三人获“全国德艺双馨电视艺术工作者”荣誉称号。

4月20日，在中宣部、中组部、中央文明办、中国文联等13家部委、新闻单位组织推选的2017年全国学雷锋志愿服务“四个100”先进典型活动中，北京市文联文艺志愿服务基地——北京朝阳区六里屯街道秀水园社区获得“最佳志愿服务社区”称号，成为全国唯一一个入选的文艺志愿服务社区。

9月，由中国期刊协会、中国（武汉）期刊交易博览会组委会主办的“2018期刊数字影响力100强”和2018年“中国最美期刊”遴选结果正式发布，《北京文学》杂志荣获双奖。

10月5日，由北京杂协选送的《流光掠影》荣获金菊奖全国魔术比赛奖。

10月18日，由北京舞蹈家协会一手打造的群舞《运河船工》，荣获第十一届中国舞蹈“荷花奖”当代舞奖。

11月8日，由东城区委宣传部、东城区文联等单位联合出品的微电影《花儿金》在第六届亚洲微电影艺术节上，荣获“金海棠奖最佳作品奖”。

12月19日，《北京文学》的《中国之蒿——屠呦呦获诺贝尔奖之谜》（责任编辑张颐雯）和刘国强的《祖国至上——战略科学家黄大年的飞行记录》（责任编辑张哲）荣获第五届中国传记文学奖。

12月26日，北京舞蹈家协会扶持的舞剧《井冈•井冈》荣获第十一届中国舞蹈“荷花奖”舞剧奖并入选2018北京市年度文化精品工程。

12月25日，第三届“啄木鸟杯”中国文艺评论年度优秀作品发布大会在京举办。北京市文联、北京文艺评论家协会选送的两篇文章：《柳青、皇甫村与20世纪80年代》（作者：中国人民大学教授程光炜）与《游戏逻辑：网络文学的认同规则与抵抗策略》（作者：北京市社会科学院研究员许苗苗），被评为年度优秀文艺评论文章。

第29届中国电视金鹰奖揭晓，北京视协报送的作品《情满四合院》获得优秀电视剧奖，《那年花开月正圆》智磊获最佳摄像奖，《情满四合院》王绍林获最佳美术奖，北京视协获“最佳组织奖”。

机关建设

2月11日，经北京市文联党组研究决定，贾忠华同志任北京电视艺术家协会秘书长、郭孟祥同志任北京书法家协会秘书长、史燕明同志任北京民间文艺家协会秘书长。

4月12日，经中共北京市委机构编制委员会办公室研究，同意为市文联机关2016年度接收军队转业干部增加行政编制1名。调整后，市文联机关行政编制从72名增至73名。

6月28日，北京市文联召开全体党员职工大会，开展“上党课、献爱心、迎七一”活动。会上，全体党员重温入党誓词，认真聆听党课，积极参加爱心捐款，共计捐款6920元。

12月10日，经中共北京市委机构编制委员会办公室研究，同意为市文联核定机关纪委书记领导职数1名，正处级。

2018年，北京市文联全面开展文联大调研，聚焦文艺创作、新文艺群体团结引导、传统艺术传承发展等，完成30项调研课题。落实群团改革工作部署，深入推进文联深化改革，启动62项改革任务，推动文联职能转型，强化行业服务、行业管理、行业自律，增强文联在行业建设中的主导作用。

各文艺家协会

【作家协会】

1月10日，北京作协与纵横文学、阿里文学共同举办网络文学新时代巅峰论坛。

3月19日，召开2018年各区作协工作交流会。总结2017年工作，规划部署2018年工作。

3月30日，召开北京作协五届八次理事会，总结2017年工作，研究部署2018年工作，讨论通过申请入会人员。

4月10日，召开新发展会员见面会。

4月至5月，征集“一城三带”等现实题材作品的创作计划。共征集创作计划40余部，其中5部优秀选题获文联创作扶持。

5月3日，北京老舍文学院首届中青年作家高级研讨班举行开班仪式。优秀中青年作家20余人参加培训。

5月至6月，先后组织小说、散文和报告文学、诗歌、儿童文学、理论评论等创作委员会近二百名会员，围绕“一核一城三带两区”建设任务，沿大运河赴沧州进行采风，并召开座谈交流会。

7月至9月，开展并完成文联大调研工作中的作协调研课题，撰写《全国省级文联所属作家协会现状暨建设全国文化中心背景下北京作协工作发展》。

8月16日至21日，北京市教师作家协会第二届文学培训班（散文创作班）在怀柔举办，来自各区的30名教师参加培训。

8月至11月，按照中国作协要求，配合完成中国作协全国基层作协负责人、青年作家、网络文学作家等十余次培训工作，共培训会员100余名。

9月，完成第五届“东方少年中国梦”中小学生原创征文初评、复评及终评工作。

9月13日，召开北京作协五届九次理事会，专项研究北京作协第六届会员代表大会相关事宜。

9月20日至21日，组织10名青年作家参加第八次全国青年作家创作会议。

10月，积极参加北京十月文学月活动，组织举办了一系列丰富多彩的文学活动，被上海市委宣传部授予“优秀组织单位”。

10月17日至19日，北京作家协会第六次会员代表大会在京召开。会议审议并通过了北京作协第五届理事会工作报告和修改后的《北京作家协会章程》。会议选举产生了北京作协新一届理事会理事，刘恒当选为北京作协第六届理事会主席，刘庆邦、邹静之、曹文轩、王升山（驻会）、周晓枫、陈晓明、孙郁、格非、宁肯、唐家三少当选为北京作协第六届理事会副主席。

3月至12月，完成第二届文学托起梦想•北京中小学教师原创文学征文活动。

年内，出版4期《北京作家》杂志。

【戏剧家协会】

5月5日，召开“跨界影偶剧《画皮》专家研讨会”。

6月22日，在北京市文联会议室召开了以“转企改制　砥砺前行——北京曲剧及剧团的生存与发展”为主题的专家研讨会。

6月23日，组织青年编剧一行10人，赴通州大运河文化带采风交流。

6月30日，第十一届北京国际青年戏剧节在恭王府举行了开幕式，《陌生化接触——聂竞竹海报装置艺术展》作为青戏节的平行展单元，率先亮相。截至11月，23部戏剧在北京国际青年戏剧节共推出近60场次演出。

8月3日至17日，第十八届金刺猬大学生戏剧节在京举办。本届戏剧节共收到来自全国21个省（市）、自治区的65所高校80个剧社的89部剧目，其中改编剧目24部，原创剧目65部。经过长达半个月的评审讨论，评委会最终选出14部优秀剧目在京展演。这些出自大学生之手的戏剧作品于在北京9剧场和朝阳区香河园地区文化中心的多维剧场同时上演，累计现场观众近20000人次，网络直播平台观众达到150000人次。

9月8日，2018北京喜剧周活动在北京剧院启幕。在北京14家剧场中推出16部精彩佳作、3场NTlive，共计演出60余场，展期19天。

10月23日至12月25日，第五届当代小剧场戏曲艺术节于在繁星戏剧村举办。汇集了昆曲、越剧、粤剧、梨园戏、淮剧、晋剧、秦腔、豫剧等跨越南北东西的代表性剧种，展演剧目18部，总计演出70余场。

11月4日至6日，北京戏剧家协会第六次会员代表大会在北京隆重召开。130余名首都戏剧家和戏剧艺术工作者代表欢聚一堂，认真审议九年来北京剧协的工作，修改《北京戏剧家协会章程》，共商首都戏剧事业繁荣大计，共绘新时代首都戏剧艺术发展的宏伟蓝图。

【美术家协会】

5月4日，“北京意象•诗化海淀”大型美术创作工程在圆明园正觉寺启动。1270余人次画家和艺术院校师生参与采风创作，活动共征集作品400余幅，经专家评审团进行评选，精选出102幅优秀作品，其中油画52幅、国画50幅，12月6日，在中国美术馆隆重开幕。此次还在海淀稻香湖景酒店美术馆设置了分会场，展览170幅作品。

9月12日至18日，第十七届新人新作展在首都图书馆成功展出。经过专家评审，从近七百多件投稿作品中评选出一百三十多件优秀作品展出。

11月12日至14日，北京美术家协会在北苑大酒店召开第六次会员代表大会，来自北京美术界的122名代表欢聚一堂，认真审议了九年来北京美协的工作，修改协会章程，选举产生了新一届理事会与主席团，范迪安当选为主席，王界山、安远远、苏新平、李耀林、吴洪亮、张建豹、贺成才、韩振刚、雷波、魏小明当选为副主席。

【书法家协会】

1月12日至2月10日，组织书法家开展“我们的中国梦•首都文艺工作者送文化进万家”系列活动13场。“两节期间”开展28场“迎新春送祝福”文化惠民活动，参与书法家300余人次，服务群众13000余人，春联10000余副，“福”字15000余个。

3月22日，“清明怀远”诗书歌咏会在京举行。著名朗诵艺术家瞿弦和、雅坤等朗诵经典名篇，冷万里、李建国、陈绪森等15位书法家书写作品，200余位北京书协会员、诗词爱好者观看了此次诗书歌咏会。

5月21日，组织40位书法家“到人民中去”书法志愿服务主题实践活动在大兴区长子营镇留民营村举办。

6月23日，第七届“兰亭杯”北京市中小学生书法大赛颁奖活动在中关村三小举行。

8月18日至22日，“书法进校园”师资培训活动在大兴区少年宫启动。70余名一线书法教师参加。

9月20日，11位书法家走进厂桥派出所开展“我们的节日”——月圆京城 情系中华活动，慰问中秋节坚守在岗位上的一线民警。书法家书写了百余幅作品，送给在场民警受到欢迎。

10月16日，11位书法家走进北京市老干部活动中心开展重阳节慰问活动。

10月24日，文脉千年“一城三带”主题书法创作名家邀请展在中国人民革命军事博物馆举行。展览由89岁高龄的著名书法家李铎先生题签，展出苏士澍、林岫等56位著名书法家和北京书协102位创作骨干的精品佳作，展示了当代书坛的创作水平。500余人参加开幕式。

11月20日，“走向辉煌”纪念改革开放40周年暨第19届北京书法篆刻精品展在中华世纪坛开展。此次展览征稿历时4个月，共收到来自4个国家、32个省市自治区、直辖市的5600余件作品，收入作品集266幅作品。

【摄影家协会】

4月23日，首都摄影名家走进2022年北京冬奥会标志性场馆——北京城建国家速滑馆建设工地开展创作采风，聚焦冬奥场馆系列创作活动正式拉开序幕。

9月19日至20日，北京摄影家协会第六次会员代表大会在北苑大酒店召开。会议听取了北京摄影家协会第五届主席团工作报告，审议通过了章程修正案，选举产生了新一届理事会及主席团，叶用才当选主席，王越当选为驻会副主席兼秘书长，安继连、刘英毅、张平、张健、迟玉洁、李继辉、耿大鹏、韩延松、魏刚当选副主席。

9月28日，北京“一核一城三带两区”专题摄影展览、“北京记忆—纪念改革开放四十周年”主题图片展，在首都图书馆B座一层第一展厅展出。

【民间文艺家协会】

1月4日至2月19日，举办十场“我们的中国梦——文化送万家”系列慰问活动，其中包括1场轻型民俗文化庙会。

3月至12月，编纂“非遗丛书”6本，包括《八达岭长城传说》《北京料器》《京绣》《龙顺成京作硬木家具》《大石窝石作文化村落》《空竹》。

3月至12月，编纂《北运河民俗志·第一卷——基于文献与口述的考察》。

3月至12月，编纂《中国民俗文化志·北京·石景山区卷》。

8月24日，在第25届北京国际图书博览会，举办《非物质文化遗产丛书（第六批）》新书发布会。

9月1日，北京民间工艺美术专题展在北京世纪坛开展，本次展览以“梨园艺韵”为主题，百位北京民间工艺美术家创作的240余件作品参展，包括雕漆、京绣、脸谱、盔头、皮影、风筝、面塑、泥彩塑、剪纸等四十多个门类，展览持续到15日。

10月29日至10月30日，在北苑大酒店召开北京民协第六次会员代表大会，会议听取了北京民间文艺家协会第五届理事会工作报告，审议通过了《北京民间文艺家协会章程（修正案）》，选举产生了新一届理事会及主席团，赵世瑜当选为主席，史燕明当选为驻会副主席，石振怀、刘一达、杨利慧、哈亦琦、钟连盛（按姓氏笔画排序）当选为副主席。刘铁梁被聘为名誉主席。

【音乐家协会】

1月1日，举办少儿小提琴新年音乐会。

1月9日，在北京音乐厅上演《大运河》大型交响声乐套曲。

1月21日，组织会员代表学习十九大精神并召开京津冀创作交流大会。

2月10日，在天津河北等地举办京津冀合唱指挥人才平台讲座。

3月15日至16日，在顺义大剧院举办《一带一路·聆听中国》交响音乐会。

4月10日，第三届北京中老年声乐比赛启动，历时5个月，共举办活动及比赛20余场，直接参与人数超过10万人，关注活动人数上百万人。

5月24日，举办“京津冀”合唱指挥艺术人才培训平台成果展示音乐会两场。

6月12日，在北京民族宫大剧院首演《长城组歌》交响音乐会。

6月20日，在北京天堂河戒毒所主办“深入生活扎根人民”主题慰问演出活动。

6月22日，在河北石家庄举办“京津冀”少儿合唱交流音乐会。

6月30日，主办纪念改革开放40周年“京津冀”百名音乐家采风活动（天津滨海新区）。

6月，组织选手参加中国音乐小金钟奖二胡比赛。

7月15日，在中央音乐学院举办“金色年华”小提琴展演。

7月，组织选手参加中国音乐小金钟奖电子琴比赛。

7月，组织音乐家参加中国音乐家协会组织的基层音乐人才培训班。

8月2日，举办“人间重晚晴”重阳节原创作品音乐会。

8月，组织音乐家参加中国音乐家协会组织的中青年词曲作家培训班。

9月8日，在孔庙和国子监博物馆举办首届“书香琴韵”古琴文化艺术展，展期一个月。

9月，参加中国文联组织的舞台高级人才培训。

10月，组织音乐家参加中国音协举办的二胡、琵琶培训班。

10月17日，纪念改革开放40周年“为你歌唱”暨“孝满京城·德润人心”重阳日百姓歌手交响音乐会在国图音乐厅隆重上演。

10月31日至11月2日，在北京杏林山庄召开北京音乐家协会第六次会员代表大会。

【舞蹈家协会】

8月15日，第九届华北五省市（区）舞蹈大赛在山西大剧院圆满落幕。北京51件作品入围决赛，其中专业组42件，业余组9件；业余组入围的9件作品全部荣获了创作、表演双金奖，专业组入围的42件作品中，有18件作品荣获创作、表演双金奖，其中，专业组创作金奖34件，北京有20件；表演金奖共45件，北京有25件。北京舞蹈学院、中央民族大学舞蹈学院、首都师范大学音乐学院、北京戏曲艺术职业学院、北京歌舞剧院有限责任公司荣获优秀组织奖。北京舞蹈学院张军、中央民族大学舞蹈学院马云霞、北京市少年宫孙晓哲荣获园丁奖。

9月9日，由北京市文联、怀柔区政府主办，北京舞协、怀柔区文联承办的第七届北京国际标准舞大赛在怀柔体育馆圆满落幕。共有来自北京16个区、产（行）业文联和专业院校的30支代表队参赛，报名人数3500人次，大赛首次引入了国标团体舞艺术展演，参赛选手中既有来自北京16个区的群众选手，也有来自专业院校的职业选手。此次大赛共设少儿组、青年组、壮年组、常青组和院校十项全能等82个组别，经过131个场次激烈角逐，共颁出1141人次奖项。

10月15至17日，由北京舞蹈家协会一手打造的群舞《运河船工》，在第十一届中国舞蹈“荷花奖”当代舞、现代舞的评奖中，从全国228部当代舞报名作品、33部当代舞入围作品中脱颖而出，荣获当代舞奖。同时，协会扶持的舞剧《井冈·井冈》荣获第十一届中国舞蹈“荷花奖”舞剧奖并入选2018北京市年度文化精品工程。

10月26日至27日，北京舞蹈家协会第六次会员代表大会在华北宾馆召开。130余名首都广大舞蹈家和舞蹈艺术工作者代表欢聚一堂，认真审议九年来北京舞协的工作，修改协会章程，共商首都舞蹈事业发展大计，共绘新时代首都舞蹈艺术蓬勃兴起的宏伟蓝图。大会听取北京舞蹈家协会第五届理事会工作报告,修改《北京舞蹈家协会章程》，大会选举产生了新一届理事会和主席团，陈维亚当选主席。马云霞、王成刚、田培培、冯英、刘震、沈培艺、明文军、孟艳、郭磊、滕爱民当选副主席。

11月17日至22日，北京舞协带领舞蹈艺术工作者赴广西进行“深入生活、扎根人民”创作采风。

12月19日，“2018北京文艺评论热点现象研究系列之十——第十五届北京舞蹈大赛舞剧、舞蹈诗评奖专题研讨会”在北京舞蹈学院召开。研讨会主要围绕京津冀以及华北五省近年来舞剧、舞蹈诗创作进行讨论。近20位来自北京、天津、河北、山西、内蒙古的专家参会。

12月19日，庆祝改革开放四十周年——第十五届北京舞蹈大赛舞剧、舞蹈诗评奖暨北京舞蹈学院舞蹈艺术“学院奖”颁奖展演晚会在北京舞蹈学院舞蹈剧场举行。16个作品获奖，《旋转吧，小红帽》等8部获奖作品展示了精彩片段。本次评奖突出纪念改革开放40周年主题，鼓励更多反映北京三个文化带建设、弘扬中华民族传统文化和时代风貌。此次评奖共有26部参评作品，设专业组和非专业组。

【曲艺家协会】

4月7日，“纪念相声表演艺术家罗荣寿先生诞辰100周年”专场演出活动在北京民族文化宫大剧院举办。相声名家与现场800余名观众共同纪念这位卓越的相声表演艺术家。

6月19日至21日，北京曲艺家协会第五次会员代表大会在北京昆泰酒店隆重召开，150余名北京曲艺家代表和老艺术家汇聚一堂，审议了九年来北京曲协的工作，修改协会章程，选举产生了由53位理事和11位主席团成员组成的新一届领导机构。李伟建当选为北京市曲协新一届主席，王玥波、付强、刘颖、田静、应宁、李菁、杨菲、种玉杰、郝金明、蒋慧明当选为副主席。

8月19日，2018北京少儿曲艺比赛在东城区第一图书馆举办颁奖展演，本次大赛于15日至17日，在东城区第二文化馆举行六场初赛，120个节目进入决赛，最终评出一等奖15个，二等奖25个，三等奖40个，新苗奖32个，园丁奖36个，优秀组织奖11个，组织奖27个。本届大赛从5月启动，收到来自北京、天津、河北、黑龙江、辽宁、河南、内蒙古、山东、江苏、浙江、广东、重庆、山西、新疆以及香港和台湾等16个省区报送的作品共计251个。作品涵盖相声、快板、双簧、评书、山东快书、牛骨数来宝、单弦、北京琴书、梅花大鼓、京韵大鼓、西河大鼓等十余种曲艺形式。

9月11日至15日，“北京少儿曲艺教师培训班”开班，本次培训主要面对北京地区从事曲艺教学工作的一线教师，来自山东、河南、内蒙古、河北等地的55位曲艺教师参训。

10月23日至25日，“第九届北京青年相声节——相声创作专题讲座”活动在市文联举办。

10月28日，第九届北京青年相声节优秀节目展演在民族宫大剧院拉开帷幕。期间，还举办了“相声专题讲座”活动。

11月12日，“京韵渝音曲艺情——庆祝改革开放四十周年‘一带一路’沿线省份北京重庆曲艺交流演出”活动在北京民族文化宫大剧院举办。

11月24日，在民族宫大剧院举办“曲韵华彩•曲艺精品节目展演”。

11月25日，在民族宫大剧院上演两台京味儿曲艺节目。

12月13日至24日，组织艺术家们分别前往朝阳区王四营乡、海淀区温泉镇、北京市第五十中学等地开展了10余场“一城三带”曲艺巡演活动。

相声艺术家廉春明、包澄洁老艺术家口述资料录制。

开展“体制外青年曲艺人才创作扶持计划”，从报送的58个作品中评选出39个节目入围扶持项目，最终评选出一类作品6个，二类作品19个，三类作品9个，优秀创作团队4家。

【杂技家协会】

1月22日至29日，组织艺术家举办七场“我们的中国梦——文化进万家　首都艺术家系列慰问演出”。此次走基层惠民演出，共有30多个节目，100余演职人员参与活动，惠及群众3000人以上。

5月10日，召开第四届八次主席团会、理事会扩大会议。

7月3日，第三届首都杂技（魔术）培训班开班。27名学员开启为期5天的半封闭培训活动。集中培训之后，学员们将赴沧州、吴桥等地参观杂技历史博物馆，观摩杂技剧。

7月12日，在北京小学举办“中华传统艺术进校园”活动。

7月25日至26日，由中国杂协、京津冀三地文联主办的“文化与旅游融合发展趋势下杂技艺术面临的机遇与挑战”主题研讨会在北戴河举办。

8月30日至31日，“京津冀庆祝改革开放40周年魔术交流展演”在天津举办。北京杂协选送的古彩戏法《明天的生活更美好•罩子》、魔术《水墨•清风》，获得观众的好评。

9月28日，第四届中国北京国际魔术大会在昌平北京石油科技交流大心隆重开幕。本届魔术大会为期三天，以“传承•转化•发展”为主题，将举办中国魔术产业发展联盟成立大会、第三届国际魔术产业发展高端峰会、开幕式暨国际魔术大师魔幻秀、“北京之光”国际近景魔术专场秀、“金长城杯”世界魔术冠军作品展演、“巫师之战”即兴魔术创作秀等多项活动。大会吸引了来自中国、中国台湾、英国、法国、美国等22个国家和地区的魔术师、评委、嘉宾和道具商参加，预计5000人次参与本次活动。

11月12日，在首都师范大学实验小学（南校区）举办“中华传统艺术进校园”活动。

11月13日至15日，北京杂技家协会召开第五次会员代表大会。近百名北京杂协会员代表和老艺术家代表，认真回顾总结北京杂协过去九年的工作，审议理事会工作报告，修改协会章程，研究部署今后五年的工作任务，共商首都杂技艺术事业发展大计。大会选举产生张红为新一届理事会主席，王德生、刘全利、齐红、李宁、傅琰东等5人当选为理事会副主席，董蕾当选为驻会副主席，第五届理事会理事50人。

11月10日到15日，北京杂协组织第三届首都杂技（魔术）文艺人才培训班的部分学员奔赴江苏，先后赴江苏省盐城市、南通市和南京市，与江苏省杂技团、南通少年杂技团、南京市杂技团和江苏省杂协开展座谈交流，观摩杂技排练和演出，并聘请专家进行现场授课。

11月28日，在北京警察学院举办“中华传统艺术进校园”活动。

12月23日，第五届“小巨人”首都少儿魔术大赛在北京古城中学东校区拉开帷幕。参赛选手11名，评选出金奖1名，银奖3名，铜奖3名。

北京杂协推荐的《〈旅程〉——小剧场魔术的新范式》（柴莹）、《魔术的认知模型初探》（王志伟）等2篇文章被《杂技与魔术》杂技社评为优秀杂技理论作品。

经过专家评审，沈娟的魔术节目《踏春》、傅氏云机（北京）文化有限公司的刘畅魔术节目《银莲花语》获得“2018年北京杂技（魔术）新创作品扶持”。其中，《银莲花语》入围“中国杂技金菊奖魔术比赛决赛”。两部作品在2018年度各公演6场以上，观众近万人。

【电视艺术家协会】

1月30日，与网络剧《古董局中局之鉴墨寻瓷》《别人都说我们会分开》、网络动漫《艾米咕噜第二季》、网络纪录片《了不起的村落》《万物滋养》《三日为期》6部作品的主创团队签订了北京网络视听节目扶持协议。

5月18日，“中国梦•冬奥情•京津冀”2018微视频（微电影）主题原创作品征集活动在张家口正式启动。

6月19日，北京电视艺术家协会人才培养之“讲好运河故事 抒发运河情怀——运河岸边•影视小屋”系列活动正式在北京通州启动。

8月17日，“我的北京我的家”系列电视短剧在朝阳小关街道惠新里社区举行开机仪式。

9月25日至26日，北京电视艺术家协会第六次会员代表大会在北京会议中心召开，260余名北京电视艺术家代表聚集一堂，认真审议五年来北京视协的工作，修改协会章程，共商首都电视艺术事业繁荣大计，描绘未来五年首都电视艺术发展蓝图。

10月，与中国传媒大学共同组织第十届海峡两岸电视主持新人大赛选手海选，11月12日至11月16日代表北京地区赴福建福州参加“第十届海峡两岸电视主持新人大赛”并夺金。

“第十一届中国旅游电视周优秀旅游电视节目”推选活动，其中北京视协推荐的11部作品分获“旅游电视专题”作品奖、“旅游电视栏目”作品奖、“旅游短视频”作品奖、“旅游节目主持人”优秀主持人奖，北京视协获最佳组织奖。

“人文中国第七季——变迁”电视纪录片、专题片推选活动，其中北京市文联《文化记忆 刘铁梁》获系列作品之“好作品”奖，红塔（北京）文化传媒有限公司《寄云南——诗人雷平阳》获短篇之好作品奖。

“2018中国农民艺术节系列活动”，其中北京视协推荐的4部作品分获作品一、二、三等奖及十佳“美丽乡村”奖，1人获“优秀主持人”奖。

第五届亚洲微电影艺术节征集作品活动，北京地区共获一等奖3部，二等奖8部，三等奖5部，北京视协获“最佳组织奖”。

年内，拍摄“我的北京我的家”系列电视短剧。

【电影家协会】

4月8日，首届“北京影协杯”电影配音大赛总决赛在中国传媒大学举行，共有37位晋级决赛的选手在舞台上展示声音的魅力，激烈角逐总决赛，最终评选出一等奖2名、二等奖3名、三等奖5名等各类奖项。

第九届“北京影协杯”剧本征集活动于2018年7月正式启动，截止到9月15日，共收到全国各地编剧投寄的400余部剧本，于10月组织专家学者完成初评工作，共评选出55部优秀剧本进入终评，并于12月19日召开终评会，评选出最终获奖作品。其中，一等奖1部，二等奖2部，三等奖6部，入围奖10部。

第十届北京大学生影评大赛活动从10月开始征稿，截止到11月30日，共收到全国各地百余所高校1400多篇参赛作品，经过初筛、初评、终评三个阶段工作，最终评选出本科组、研究生组各25篇获奖作品。

9月1日至4日，“庆祝改革开放40周年——第二届百位影视名人书画展”在民族文化宫举办。本届书画展共收到百余位影视工作者投稿的200余幅书法绘画作品，题材丰富，形式多样。

春节前后及六一儿童节当日，举办“我们的中国梦——文艺进万家”公益电影放映活动，共放映了五场公益电影，累计超过四百余名社区群众及单位职工观看了影片。

11月5日至11日，组织5名会员赴广东省佛山市开展“深入基层、繁荣电影艺术创作”采风交流活。

年内，共扶持拍摄了7部微电影作品，分别为《运河故事》三部、《解忧书记》、《环保奶奶》、《风扬四海——哈氏风筝传奇》、《葡萄常的前世今生》。

年内，扶持优秀剧本两部，分别是京剧题材电影剧本《琴师》及红色革命题材电影剧本《信仰》。

年内，协会围绕改革开放40周年、纪念新中国成立70周年、建党100周年等几个重大主题积极开展文艺作品生产，组织创作了多部影视作品，如《第一个十月》《说唱大师》《我叫雷小炮》《运通天下》。

天津市文联

综 述

2018年，天津市文联以习近平新时代中国特色社会主义思想为指导，以学习宣传贯彻党的十九大精神为主线，以出精品、出人才为工作重点，以深化改革为契机，团结和引领天津市文艺工作者坚持以人民为中心的工作导向，成功举办各项活动220余项。天津市文联的影响力凝聚力进一步提升，有力推动了社会主义文艺事业的繁荣发展。

重要活动

【庆祝改革开放四十周年系列活动】

11月5日至9日，由中国文联、天津市委宣传部、天津市文联共同主办的“‘放歌新时代’——庆祝改革开放四十周年天津市文艺界创作成果精品展”在北京中国文联文艺家之家展览馆隆重展出。本次展览是天津文艺界深入开展“深入生活扎根人民”主题实践活动的一次集中展示，也是天津市优秀艺术作品首次亮相中国文联文艺家之家展览馆。展品涵盖了美术、书法、摄影、民间艺术等四个艺术门类的近200件艺术精品，其中既有孙伯翔、霍春阳、张建会、王书平、贾广建、常诚、王昀等知名艺术家的特约之作，也有天津市中青年艺术新锐的新创作品，以及泥人张、风筝魏和杨柳青年画等颇具天津地域特色的民间艺术品，充分展示了天津市美术、书法、摄影、民间艺术四个艺术门类的实力和水平。展览注重主题性和艺术性统一，浓墨重彩的丹青、精巧奇绝的民间艺术、传统韵味的书法及时代感极强的摄影作品，均聚焦“改革开放四十周年”这一主题，以不同的艺术形式讴歌改革开放四十年来波澜壮阔的伟大征程和所取得的辉煌成就，讴歌人民顽强拼搏的进取精神，激励建设社会主义现代化强国，实现中华民族伟大复兴“中国梦”的饱满热情。

由天津市委宣传部、天津市文联等主办，京津冀音协等承办的“放歌新时代——庆祝改革开放40周年主题歌曲全国征集活动”共征集到来自北京、天津、河北、辽宁、内蒙古、四川、广东等全国21个省市自治区的词曲作品200余首，不仅营造了庆祝改革开放40周年的社会氛围，推动了主旋律歌曲创作，也赞颂了改革开放的辉煌成就，坚定了广大音乐工作者沿着中国特色社会主义道路不断奋进的坚定信念，为天津市歌曲的创作和传唱起到促进作用。

此外，“庆祝改革开放40周年——2018天津美术作品展”“庆祝改革开放四十周年——‘西岸杯’天津市首届楹联书法展”“‘戏韵华章’——天津市戏剧界庆祝改革开放40周年梅花奖演员戏曲晚会”“庆祝改革开放40周年全国小戏小品剧本征集”等活动，以庆祝改革开放四十周年为主题，通过艺术的形式全面展示了改革开放四十年以来天津经济社会发展所取得的辉煌成就，为庆祝改革开放四十周年营造了浓厚的文化氛围。

【第九届中国曲艺节】

3月25日至30日，天津市文联与中国曲协和天津市委宣传部成功举办第九届中国曲艺节，为广大群众打造“大众的节日”。中国曲艺节是目前我国规格最高、规模最大、最具影响力的国家级曲艺盛会，这也是继1990年天津成功举办首届中国曲艺节之后，曲艺节重回曲艺之乡。本届曲艺节秉承“曲艺的盛会、大众的节日”主题，全面展示了新时代广大曲艺工作者学习贯彻习近平新时代中国特色社会主义思想的新气象、新作为，是一场薪火相传、继往开来、文艺惠民、推介天津的曲艺盛会。在为期6天的曲艺节中，来自全国各地的800多名老中青少曲艺家和曲艺工作者欢聚津门，为广大群众献上15场形式多样、内容丰富的精彩演出。其中，新创节目达到8成，彰显了曲艺艺术继承发展的广阔前景和崭新局面。为了进一步延伸服务手臂，加大惠民和基层倾斜力度，扩展活动受众面，天津市文联发挥新媒体的优势，在天津市文联微信公众号先后两次推出赠送演出票的抽奖活动，累计增票千余张，本市的曲艺爱好者及山东、甘肃、四川、云南等外省观众万余人亲临演出现场观看演出。本届曲艺节真正成为“大众的节日”。

【庆祝改革开放40周年天津市戏剧创作成果巡礼暨海河戏剧发展论坛】

10月23日，由天津市文联、天津市剧协主办的“庆祝改革开放40周年天津市戏剧创作成果巡礼暨海河戏剧发展论坛”开幕。该论坛坚持以人民为中心的创作导向，先后邀请了中国戏剧家协会副主席罗怀臻、中国戏剧家协会秘书长崔伟、中国艺术研究院研究员龚和德、中国儿童艺术剧院副院长冯俐、南开大学文学院副院长李锡龙、新世纪杰出导演张曼君、天津市艺术研究所研究员甄光俊、天津市国家一级编剧赵德明等八位熟悉天津戏剧院团和戏剧创作成果的一流专家，采取“一对一”的方式，分别对天津市八家戏剧院团改革开放以来创作的重点剧目进行了巡礼回顾，在充分研判当前天津戏剧创作中面临的问题和挑战的基础上提出可行性建议，为戏剧院团的发展和天津市的戏剧创作理清清思路和发展方向。本次活动《中国网》现场直播，共有3万多观众通过直播参与了论坛，《人民日报》《光明日报》《文艺报》以及新华社天津分社多家中央媒体及天津市主要媒体给予了广泛深入的报道，在业内产生了重要的影响。

【“仰望其峰”——孙其峰先生师生书画作品展】

由天津市委宣传部、天津市文联、天津市美协等单位主办的“仰望其峰——孙其峰先生师生书画作品展”于3月9日至25日在天津美术馆隆重展出。孙其峰是我国当代杰出的美术家、书法家和教育家，天津当代高等美术教育和社会美术教育的重要奠基人，是全国唯一一位集中国美术终身成就奖、造型艺术终身成就奖和中国书法兰亭终身成就奖于一身的书画大家。此展共展出孙其峰及其学生以及特邀全国著名书画家的优秀书画作品300件。这些作品在继承传统艺术经典的基础上，着力进行创造性的转换和创新性的发展，渊源有自，领异标新，青蓝并美，薪火相传，富有浓郁的生活气息和鲜明的时代特色，呈现出一派生机勃勃的新面貌、新气象，从中能深深感受到孙其峰先生书画艺术的强大生命力。展览期间，举办了“孙其峰先生书画艺术学术研讨会”，《“仰望其峰”——孙其峰先生师生书画作品集》同时首发。

【老圃陈秋——孙伯翔书画艺术展】

由中国书协、天津市文联共同主办的“老圃陈秋——孙伯翔书画艺术展”于12月13日至20日在中国国家博物馆举办。现年85岁的孙伯翔是当代书坛颇具影响力的书法大家，被称为当代碑学艺术的奠基人，先后获得第十一届中国文联造型艺术奖和第五届中国书法兰亭奖终身成就奖，是中国书法家协会成立以来重要的展览参与者和发展的见证人。此次展览共展出孙伯翔书画作品126幅，其中书法以魏碑行楷为主，旁及草、隶、篆；国画题材广泛，形式多样，均为近两年的新作。最为引人注目的是8尺高的15条屏行书作品《临怀仁集王羲之圣教序》，气势非凡，笔精墨妙。此次展览还有两件20米的书法长卷《岳阳楼记》和国画长卷《水墨花卉》同时与观众见面。

【第九届天津市舞蹈艺术节】

由天津市委宣传部和天津市文联主办，天津市舞蹈家协会承办的第九届天津市舞蹈艺术节五月在天津举办。自2002年以来，天津市舞蹈艺术节每两年举办一届，备受关注。很多青年编导、优秀演员在这里崭露头角，很多立意新颖的作品从这里脱颖而出，舞蹈节已经成为天津市锻造选拔舞蹈人才的广阔平台，为今后创作出更多具有时代精神的舞蹈艺术精品打下了坚实的基础。本届舞蹈节在26天的时间里，先后举办了3场精彩纷呈的演出、21场舞蹈展演比赛和2场名家讲座大师班活动。全市近800个参赛队伍，1206个参演作品参加了展演，一万四千余人登上了舞蹈节的舞台，并邀请了国际舞蹈明星参与演出，让天津观众欣赏到国际最高水平的舞蹈演出，社会效益显著。同时，在天津市文联微信公众号开展免费抽奖赠票活动，先后赠送包括闭幕式在内的四场精品舞蹈展演门票上千张，并对其中两场演出进行了网上微直播，80余万观众足不出户就可以通过手机客户端欣赏到专业、高水准的舞蹈晚会，进一步扩大了舞蹈节的受众面，让津城的五月成为舞蹈艺术的盛大节日。

文艺惠民志愿采风服务活动

【“践行‘讲话’精神　到人民中去”——天津文艺界2018新春慰问系列活动】

天津市文艺界新春慰问系列活动已连续举办了四年，为丰富广大市民的节日文化生活，满足群众文化需求发挥了积极作用。2018年，由天津市文联和各文艺家协会共同主办的“践行‘讲话’精神•到人民中去——天津文艺界2018新春慰问系列活动”，充分发挥文艺轻骑兵优势，组织全市百余名文艺工作者组成多个文艺志愿服务团和志愿服务小分队，走进武清区、静海区、宝坻区以及天津滨海国际机场、武警后勤学院附属医院、天津市交管局直属支队等区和单位，通过采风创作、慰问演出、文艺支教、辅导培训、展览展示、“结对子　种文化”等形式，开展了内容丰富新春慰问活动。“送欢乐　下基层”天津市文艺志愿服务团深入乡村、社区、校园、军营、医院等地区和单位，先后举办“走进新时代　共赴新征程——迎新春文艺晚会”“天津市文艺志愿服务基地成立两周年——‘到人民中去’天津文艺志愿者走进天津机场慰问演出”等活动，在宣传党的十九大精神的同时，还为各行各业的基层群众送去新春问候，献上了一份健康、祥和、快乐、厚重的“文化年礼”。

【新时代“红色文艺轻骑兵”志愿服务】

天津市文联与天津市委宣传部共同主办的“天津市文艺界宣传贯彻党的十九大精神新时代‘红色文艺轻骑兵’小分队2018‘文艺进万家’活动”，充分发挥团结引导和联络协调的职能，组织天津市文艺工作者，深入该市各基层单位，以文艺为载体，坚持扎根基层、服务群众，积极推动宣传贯彻党的十九大精神进农村、进企业、进机关、进军营、进校园、进社区、进网络。“红色文艺轻骑兵”小分队先后走进培杰中学、西青区李七庄街蔡台村、天津警备区警备纠察队、天立公司、滨海新区工农村小学、军粮城街中冶建工集团天津公司、武清区东蒲洼街道蒲瑞馨园社区、西青区杨柳青古镇、天津模范小学、天津机场边检站、静海区陈官屯镇吕官屯村，通过举办培训班、展览演出和公益讲座等各具特色的文艺服务，扩大和增强学习宣传十九大精神的受众面和实效性，弘扬社会主义核心价值观，活跃丰富群众精神文化生活。

创作与研究

【获奖情况】

1. 天津市杂协报送的魔术《鱼韵流芳》和天津杂技团的《三个和尚》分别在第十届中国杂技金菊奖全国魔术比赛和第十届中国杂技金菊奖全国滑稽比赛中荣获金菊奖。其中，《三个和尚》是本次滑稽比赛评出的唯一金菊奖。

2. 天津市音协报送的《梦娃》《我们的领航人》《巍巍大中华》成为第六批中国梦主题创作歌曲；在第十四届中国国际合唱节暨国际合唱联盟合唱教育大会上，天津大学北洋合唱团获得第二名，并获第十四届中国国际合唱节十佳合唱团荣誉称号，天津市音协合唱专业委员会获得此次活动的“优秀组织奖”；天津青年歌唱家陈燕荣获第三届“唱响中国”演唱金奖；在中国音乐“小金钟”全国二胡展演上，马子迪获得新秀奖，倪同言、徐雨辰获得新人奖，天津市音协获得“优秀组织奖”；天津市音协报送的作品《大渡口，梦想的地方》获“义渡放歌”全国原创歌曲征集大赛二等奖。

3. 天津书法家刘洪洋的作品入选“现状与理想——当前书法创作学术批评展”；沈宪民、赵飚、赵金才、张志中、黄立、刘斌等天津书法家的作品入选“第三届全国篆书作品展”；天津书法家王旭东、赵金才、郝军等人的作品入展“全国第二届大字书法艺术展”；陈韵竹《博学与通贯——从书法文化传播视域看书法一级学科建设》入选“全国第二届高等书法教育论坛”；天津市书协推荐作者任云程、刘洪洋、崔寒柏等入展“第二届‘中国精神　中国梦’——社会主义核心价值观书法作品主题创作暨全国基层书协巡展”。

4.在第三十届中国华北摄影艺术展中，天津市摄协选送四十幅作品参展；边自海、顾淳、杨茂林、温建平等天津摄影家的作品入选“第26届全国摄影艺术展”。

5.在“中国（南宁•武鸣）舞龙大赛暨第十四届中国民间文艺山花奖•优秀民间艺术表演作品初评活动”中，天津民协选派的天津市女子舞龙队获得优秀奖；在“第三届中国（潍坊）民间艺术博览会”上，孟永泉、田树豹、李玉良、李晓娟、李媛等五位艺术家均获得金奖；陈文军、霍庆有、李如田、刘月明、王玓、王树元、魏国秋、赵伟等八位艺术家入选百名中国民间工艺大家；王树元、赵伟、杨光、张昭、冯蓓等五位艺术家的作品在“首届中国民间工艺传承创新观摩大会”被推荐为“重点推介作品”。

6.在第八届全国曲艺少儿展演中，天津选手朱圣赫表演的快板《赛花灯》获优秀节目奖。

7.天津市四位小演员荣获中国少儿戏曲小梅花金奖。

【理论研究】

《文学自由谈》品牌优势稳固，评论导向作用明显。2018年，《文学自由谈》先后出版六期刊物，刊发140余篇稿件，达60余万字，在纸质报刊普遍订数下滑的情况下，该刊订数仍能维持往年水平。微信公众号的运营不断完善，关注用户数量已突破6000，读者反馈日渐活跃。

理论研究多维展开，课题研讨扎实深入。先后举办“‘放歌新时代’——庆祝改革开放四十周年歌曲征集活动作品研讨会”“南北曲艺艺术交流研讨会”，组织“京津冀学习十九大精神研讨班暨京津冀歌曲创作研讨班”，参与协办“京津冀杂技理论研讨会”；组织编纂“天津市社科志”艺术学科部分、《大提琴中国作品集》考级教材；《天津文艺界》稿件来源更加丰富，影响力持续扩大，全面编辑出版刊物6期，共计45万字，受到各界广泛关注，产生了良好的社会影响。

文艺队伍建设

【协会换届】

12月15日至16日，天津市戏剧家协会第六次会员代表大会、天津市书法家协会第四次会员代表大会和天津市曲艺家协会第四次会员代表大会先后在天津大礼堂召开并取得圆满成功。最终，孟广禄当选为天津市戏剧家协会第六届主席；张建会当选为天津市书法家协会第四届主席；籍薇当选为天津市曲艺家协会第四届主席。

【人才培养】

先后举办“中国舞协文艺骨干和文艺管理干部培训班”“天津市第三期‘艺文兼备’青年书法作者培训班”“天津市魔术人才培训班”“评剧大师课”“民间公益大讲堂”，开展北京摄影函授学院天津分院函授班教学活动，实施“天津市青年舞蹈人才培训计划（培青计划）”，参与组织“‘京津冀’学习十九大精神研讨班暨‘京津冀’歌曲创作研讨班”等，并且积极选送天津市具有潜力的青年文艺家参加中国文联各文艺家协会开办的专业培训，为活跃文艺氛围，提升专业水平奠定了广泛坚实的基础。

【机关建设】

先后组织开展“党的十九大精神专题培训班”和“学习习近平新时代中国特色社会主义思想专题培训”。培训聚焦政治建设，强化政治自觉，通过讲党课、研讨交流、政策宣讲、组织观看教育片、参观“梁启超家风”展览、邀请第四届全国道德模范提名奖荣获者王辅成同志作专题报告等形式，进一步提升全体干部职工的政治素养和业务素质。

各文艺家协会

【音乐家协会】

1月1日，在天津市和平文化宫举行2017小提琴专业委员会展演颁奖音乐会；

1月10日，组织天津市音协新时代“文艺轻骑兵”小分队赴宝坻区第九中学慰问；

1月12日，举办《室内乐系列公益演出》大提琴专场演出；

1月18日，组织天津市音乐家志愿者新时代“文艺轻骑兵”小分队赴东丽区“中冶建工集团天津分公司”慰问演出；

1月29日，组织“京津冀”合唱艺术指挥培养平台大师班活动；

3月18日，举办“经典老歌”——天津（爱之声）男声演唱组专场音乐会；

3月30日，举办“冬声合情志”——室内乐系列音乐会天津音乐学院附中专场音乐会；

4月8日，组织召开杨富强《律动强音》作品首发式暨作品研讨会；

4月10日，成立天津市音协扬琴专业委员会；

4月13日，在滨海新区塘沽文化馆举办文化市民讲堂声乐基础知识讲座；

4月27日，举办“春万籁皆听”玉竹虹韵扬琴重奏室内乐系列惠民音乐会；

5月1日，举办“‘劳动臻美•中国梦圆’——宝坻区2018庆五一‘春之旅’音乐会”；

5月4日，天津市音协钢琴专业委员会换届；

5月11日，天津市音协吉他专业委员会换届；

6月9日，与北京音协、河北省音协共同举办京津冀少儿合唱交流音乐会；

6月11日，选派王虎鸣、色朵卓玛、宋茂斌三位歌唱家前往西藏昌都开展声乐人才培训班；

6月14日，组织京津冀百名艺术家走进滨海新区开展创作采风活动，同时“放歌新时代——庆祝改革开放四十周年歌曲征集活动启动仪式”在滨海新区举行；

7月7日，天津市音协文艺志愿者小分队赴雄安新区参加“合唱团的组建与训练”（合唱指挥）文化帮扶活动；

7月17日，天津市音协词曲创作基地挂牌成立，并召开“放歌新时代”——庆祝改革开放四十周年歌曲征集活动作品研讨会；

7月18日，举办“夏•溪静悠长室内乐系列公益音乐会声乐骨干培训班专场演出”；

8月至10月，举办“童星耀津门”首届天津市少年儿童文艺展演活动；

8月27日，举办“夏•溪静悠长室内乐系列公益演出宋婧爵士乐钢琴专场音乐会”；

9月18日，与北京、河北成立京津冀合唱艺术研究会；

9月17日至20日，举办第十五届城市之光大型合唱音乐会；

9月27日，举办宝坻区2018庆祝改革开放40周年迎国庆原创歌曲演唱会；

9月28日，举办秋韵入疏烟室内乐系列音乐会金秋放飞天津市音协钢琴专业委员会专场音乐会；

10月7日，举办第五届“和平杯”天津市合唱艺术节；

10月25日，举办秋韵入疏烟室内乐系列音乐会金秋放飞天津市音协赴藏小分队回津汇报演出；

11月4日，与天津市音乐学院举办“献给亲爱的母亲”冯国林教授八十华诞作品音乐会；

11月5日，与天津交响乐团举办“叶小钢”专题作品音乐会；

11月7日，成立天津音协新兴音乐群体工作委员会；

11月8日，成立天津市音协管弦乐专业委员会。

【戏剧家协会】

2018年，天津市剧协先后举办“纪念改革开放40周年——全国小戏小品剧本征集活动”“‘戏韵华章’——天津市戏剧界庆祝改革开放40周年梅花奖演员戏曲晚会”“第六届天津北方青年演艺展演暨天津青年戏剧节”“天津市越剧名家名票《同唱一台戏》第六季演出”“第四届全国评剧专业院团青年演员电视展演”等文艺活动，在天津人民艺术剧院艺术家在天津市培杰中学建立“戏剧课堂”，并在第四届全国评剧专业院团青年演员电视展演期间，开展评剧大师课，为来自全国16个院团的学员进行公益讲座等。

【美术家协会】

2018年，天津市美协组织红色轻骑兵“丹青颂人民”送文化到基层小分队先后深入到天津市西青、津南、武清、静海、蓟州、宝坻以及部队、基层社区等开展慰问活动14次，为基层群众送去书画作品，交流创作体会，备受好评。组织策划举办“静心守道——中国画名家作品展”“萧朗艺术研讨会”“庆祝改革开放40周年——2018天津美术作品展”“庆祝改革开放40周年——史振岭花鸟画作品展”“大美和田天津新疆美术作品展”“新时代•新作为——孟庆占书画作品展”“筑梦新时代——天津青年艺术节美术作品展”“放歌新时代庆祝改革开放40周年——天津市文联成果展美术作品展”“大美京津冀——三地美术作品展”等20

多次画展。积极举办美术公益讲座，天津市美协主席王书平，副主席史振岭和秘书长李耀春等先后在北辰、西青、静海、南开大学、天津师范大学等进行以关于在新时代如何创作出优秀美术作品为主题的公益讲座10余次，广受好评。

【书法家协会】

1月，举办天津市职工汉字书写大赛。本次大赛以汉字书写为载体，向每一名职工宣传党的十九大精神，团结广大职工坚定不移听党话，跟党走，为实现中华民族伟大复兴的中国梦贡献力量。大赛得到来自318个区、局、集团公司工会7695名职工的积极参与，共有8324件作品参赛，共有482件优秀作品脱颖而出，75名职工获得等级奖。

元旦春节期间，天津市书协开展新时代红色文艺轻骑兵小分队“送万福进万家”文化惠民活动成果显著。先后走进天津中药六厂、天津机场边检站、滨海新区工农村小学、中老年时报和有关企业等送上开年文化大餐。

2月，主办“大唐风范”唐云来师生迎新春联墨展，共展出唐云来师生春联、楹联等书法作品七十余幅。

8月，天津市“红色文艺轻骑兵”天津书画家小分队一行15人在新疆和田地区慰问天津援疆干部和当地群众，并与当地书画家进行艺术交流。天津市书法家与当地书法家共同创作了“爱心连两地　共建耀昆仑”和各种书体的书法作品共三十余件，全部捐赠给了天津援建的和田地区天津高级中学及和田文化馆，并为当地书法爱好者辅导，答疑解惑。

9月，与武清区文广局共同主办天津市第三期“艺文兼备”青年书法作者培训班。来自天津市各个基层的青年书法创作骨干六十余人参加培训。本次培训特邀到著名书法家张旭光、著名书法理论家吴振峰、著名文艺评论家张瑞田、著名诗词专家李军进行了精彩讲座。中国书协副主席、天津市文联副主席、天津市书协常务副主席张建会和天津市书协副主席邵佩英也分别为学员做了隶书和篆书讲座辅导。

10月20日至28日，承办“西岸杯”天津市首届楹联书法展。展览以赞颂四十年来天津市各条战线所取得的辉煌成就和人民美好生活为主题，以“改革开放”专题楹联为内容，共展出天津市老中青书法家及入展作者的楹联作品168件，联墨共荣，相得益彰。此展既是天津市文艺界、书法界、楹联界献给改革开放四十周年的一场文化盛宴，也是坚定文化自信，把改革开放进行到底的一次庄严宣誓。

10月，“盛世情暖　与爱同行”天津市对口扶贫慈善书画展暨爱心捐赠活动在天津西洋美术馆举行。天津市书协捐赠书法作品110余件，充分展现了天津书法家大爱之心的深厚情谊。

【曲艺家协会】

3月25日至29日，全国首期曲协系统秘书长培训班在津举办。来自全国各地的曲协工作者参加了本次培训。

5月，由中华曲艺促进会、中国曲协相声艺委会、天津市文化和旅游局主办，天津市曲协承办的常氏相声百年演出暨研讨会在天津举行。

5月26日，第八届全国曲艺少儿展演天津分赛区选拔赛在西青区中北镇举行，此次选出的节目参加了7月31日至8月3日中国曲协少儿曲艺展演决赛，其中朱圣赫表演的快板《赛花灯》获优秀节目奖。

9月19日至23日，由天津市曲协等联合主办的第九届天津相声节在百年老号谦祥益文苑举行。本届相声节以“老传统、新相声”为主题，约请18个省市的27个相声团队，5天时间内推出7场新作品专场演出。所有作品皆以相声的传统架构，汲取新鲜的营养，以严肃认真的态度而精心创作，力求清新，欢笑，体现相声艺术的传承，彰显“传统不守旧，创新不忘本”的艺术理念，和“好好说相声，说‘好’相声！”的宗旨。

12月，由天津市文联、天津市文化广播影视局、天津市北方演艺集团主办，天津市曲协、天津市曲艺团、天津市曲艺促进会、天津市群众艺术馆联合承办的第十七届津门曲荟在津举行。先后举办了第十七届津门曲荟开幕式暨纪念改革开放40周年曲艺晚会、天津鼓曲名家名段演唱会、南北曲艺同唱一部书欣赏会、北方曲校曲艺专场、曲坛名票专场，相声大会专场、曲坛新苗专场及天津曲艺界纪念改革开放40周年艺术成就座谈会、南北曲艺艺术交流研讨会等活动，集中展示了近年来曲艺艺术创作表演的丰硕成果和突出成绩。

【摄影家协会】

1月2日，深入到天津市静海区陈官屯镇吕官屯村，开展迎新春、送祝福，摄影服务进农家活动。小分队分成四个小组为50余户拍合影，一幅幅精心放大装裱好的照片现场赠送村民。为200余名村民拍集体合影是当天活动的重头戏。在村里的小广场上，一张张幸福的笑脸定格在镜头中，也把活动推上一个小高潮，受到当地群众的欢迎。

1月18日，深入到天津中新药业集团股份有限公司第六中药厂，慰问该厂广大职工，送文化送祝福，受到职工们的欢迎。

2月6日至11日，由天津市文联、天津市摄协主办“不忘初心跟党走——天津各界深入学习宣传贯彻党的十九大精神主题摄影展”在天津熙悦汇（公共空间）开展。该展通过摄影作品展示天津市各界学习宣传贯彻党的十九大精神，坚定不移跟党走的坚定决心和奋发有为的精神面貌。该展还先后在武清区、滨海新区、西青区、津南区举办了四场巡回展，受到社会各界好评。

7月29日至30日，组织天津摄影家深入新疆和田地区墨玉县古民街和策勒县开展摄影惠民活动，为当地维吾尔族居民拍摄生活照。

4月9日至19日，第二届“上马台•美好家园”摄影展在上马台镇隆泰家园社区文化站举办。武清区上马台镇是天津摄协“结对子 种文化”结对单位，自2016年以来，天津市摄协多次组织骨干会员深入社区开展摄协惠民活动，为村民普及摄影知识，把反映村民生活变迁的摄影成果汇报展办到居民家门口。

11月6日，由天津市文联、天津市摄协主办的“庆祝改革开放四十周年”暨第十八届天津市摄影艺术展览在天津博物馆开幕。第十八届天津市摄影艺术展览颁奖典礼暨评委眼中的“届展”专题研讨会同日举行。天津市摄影艺术展览是天津市历史最悠久、规模最盛大、影响最广泛的综合性摄影展览，也是摄影家、摄影爱好者高度重视并踊跃参与的摄影大展。两年一届天津市摄影艺术展览已累计展出佳作数千幅，为推动该市摄影艺术事业的繁荣发展发挥了积极作用。

11月23日，由天津上海市委宣传部主办，天津市摄协等承办的“辉煌四十年——天津市滨海新区摄影大赛暨成就展”在天津市滨海新区美术馆开幕。此展于12月在天津美术馆进行了巡展。

此外，天津市摄协还先后举办了“庆祝改革开放40周年暨中新天津生态城开工建设10周年摄影作品京津冀巡展”“第三十届中国华北摄影艺术展”“第三十届中国华北摄影艺术展”“第二十六届中韩国际摄影交流展”“‘西井峪杯’第二届山村风情摄影大赛”“大美和田•光影留情——‘津和杯’摄影大赛”“超越媒介——大画幅与古典工艺摄影展”以及“天津市滨海新区美术馆摄影名家大讲坛”等公益讲座数十项。

【舞蹈家协会】

1月11日，天津市舞协“红色文艺轻骑兵”小分队赴天津模范小学，开展慰问演出；

6月至12月，实施“2018天津市舞协‘培青计划’”。由天津市文联、天津市舞协共同举办的“天津市青年舞蹈人才培育计划”是针对最具创新潜能和发展潜力的青年舞蹈人才，进行重点培养和提供资金扶持，并搭建优质平台的专门项目，旨在通过推出优秀原创舞蹈作品来提升天津市舞蹈艺术创新力；通过储备优秀舞蹈人才来打造一支有影响力的青年舞蹈联盟，从而获得人才与作品的双丰收，推动天津舞蹈艺术事业的繁荣发展。经征集、推选和评审等程序，最终七个作品获得培养对象资格，纳入2018年天津市舞协首期“培青计划”，并于12月18日在天津大剧院进行了汇报演出。

8月20日至24日，“中国舞协文艺骨干和文艺管理干部培训班”在津开班；

9月至12月，与天津市文明办，天津市电视台共同主办“耀舞扬威”天津市第三届全民广场舞电视大赛；

11月24日至25日，举办天津市舞协2018年中国舞蹈考级教学展演；

10月至11月，与天津青年友好使者艺术团和天津青年宫共同承办了由天津市文明办、团市委、北方演艺集团和天津市文联主办的“2018舞动青春天津青年舞蹈大赛”。

2018年，天津市舞协积极举办舞蹈讲座、大师班活动，先后聘请国内舞蹈节专家为天津市的专业和业余舞蹈人群以现场和直播的形式讲座，受众人群上万人。

【民间文艺家协会】

5月8日，举办天津市民间文艺家协会剪纸艺委会“剪纸大讲堂”活动。由董俊丽主讲《团花的设计制作》，由刘继红老师主讲《剪纸的创作体会》，李强主讲《如何进行剪纸教学》，并举办剪纸作品展览和交流。

5月，天津市民协会员、天津农学院副教授刘峄走进逸阳梅江湾国际学校，为学生们讲授压花艺术。

11月17日，天津市第六届民间艺术展在天津博物馆开幕。天津市民间艺术展每两年举办一届，是该市民间艺术最新创作成果的全面展示，代表着天津民间艺术的最高水平。本届展览共征集各类作品计600余套，共1000余件作品，包含了剪纸、葫芦、风筝、面塑、泥塑、糖塑、彩塑、石雕、玉雕、掐丝工艺、布艺、各种材质的工艺画等六大类、近百种类型的民间艺术品。经过评审后，最终共200件（套）作品在众多艺术品中脱颖而出，成功入展。展览期间还举办了24场艺术家与观众互动交流，让艺术贴近大众，近距离感受天津民间艺术的魅力和趣味。

11月22日，中国民协葫芦文化专业委员会在天津市宝坻区大钟庄镇葫芦庐小镇成立。作为天津市文联、天津市民协挂牌的“民间艺术传习基地”，葫芦庐小镇以葫芦艺术为主题，集产、学、展、研、销等多项功能，拥有全国最大的葫芦种植基地，内设中国葫芦博物馆、百家坊葫芦主题街区、葫芦文艺民居、悬壶济世百草园、藏书阁、葫芦生态食文化、葫芦市集、葫芦文化旅游产品网上交易平台。自建设以来，基地持续开展葫芦文化体验和葫芦制作培训以及展示交流活动，累计培训葫芦技艺2万人次，体验葫芦制作5万人次。

2018年，天津市民协先后开展民间文艺学术交流、培训活动数十次。在天津市南开区中心小学、天津师大南开附小、天津南开区川府里小学开设的民间艺术课程已成为常态，为全校师生提供学习接触传统艺术的机会，备受师生欢迎。

【杂技家协会】

2月24日，天津市杂协、天津广东会馆和天津市杂技团共同举办庆新春同欢乐——天津风格戏法魔术专场活动。陈氏魔术传人郭瑛，北派魔术传人汪玉英，国家非物质文化遗产传承人、古彩戏法名家肖桂森、朱喜清，天津市杂技团著名滑稽演员何英臣、王宏利和女魔术师陆素卿，戏法演员王迎、牛宝祥，天津市杂技团青年演员徐子正和“我要上春晚”电视童星徐彬卓等悉数登场，为广大市民带来一场传统文化艺术盛宴。

4月23日至24日，由天津市文联、天津市杂协共同主办的“天津市魔术人才培训班”在天津市文联大楼美术展览馆举行。本次活动旨在发挥协会优势，探索魔术人才的成长培养机制，进一步提高魔术人才的专业水平和艺术修养，推动天津市魔术事业的创新发展。本次活动邀请了天津市文联副主席侯泉根，天津市舞蹈家协会秘书长、著名舞蹈家程伟航，中国文联杂技艺术中心副主任、《杂技与魔术》杂志副主编徐秋进行专家授课，同时邀请天津市著名艺术家郭瑛、肖桂森、朱喜清、郭玉文、陆素卿、汪玉英等进行现场辅导及魔术教学。

8月30日至31日，由中国杂协、京津冀三地文联共同主办的“纪念改革开放40周年京津冀魔术交流展演”活动在天津东丽礼堂举行。来自京津冀及南通少年杂技团和黑龙江省杂技团的魔术师们先后表演了精彩的古彩戏法和魔术节目。他们用魔术讲述中国故事，用魔术演绎时代变迁，受到现场观众的热烈掌声。本次活动还举办了天津市杂技团大型杂技剧《魔幻空间》专场演出。

8月31日，举行了“天津市杂技家协会新时代红色轻骑兵走进张家窝镇慰问演出活动”，让更多的老百姓感受到魔术的魅力。

10月26日，由天津市戏剧博物馆和天津市杂协共同主办的庆祝改革开放40周年恢复传统文化魔术、曲艺专场演出在广东会馆举行，演员肖桂森、朱喜清、李淑荣、陆素卿等表演了古彩戏法、含灯大鼓、魔术、相声等节目，受到市民的热烈欢迎。

2018年，天津市杂协积极组织开展非遗进校园活动，先后深入到天津大学、河北工业大学、南开大学、武汉华中农业大学、南京农业大学城市学院、天津七中、天津崇化中学等大中小学进行非遗讲座和戏法展演共演出12场。通过宣传中国非物质文化遗产戏法，达到宣传和传承传统文化的目的。

【电影家协会】

完成“像音像”作品44部，完成两部海门山歌的“像音像”制作和京剧电影《豪杰居》、评剧电影《海棠红》的拍摄工作。

【电视艺术家协会】

天津市视协和天津广播电视台报送的长篇电视剧《换了人间》获得中国文联和中国电视艺术家协会联合主办的第29届金鹰奖优秀电视剧奖；天津市视协推荐的晚会《童旺中国》和纪录片《择木而栖》分别获得中国视协主办的春节晚会最佳作品奖和纪录片最佳作品奖；天津市视协获得中国优秀旅游电视节目和公益电视节目推选活动组织奖。

河北省文联

综 述

2018年，河北省文联以习近平新时代中国特色社会主义思想为统领，认真学习贯彻党的十九大和十九届二中、三中全会精神，狠抓中央、省委各项决策部署落实，增强“四个意识”，紧扣“一条主线”，抓牢“一个加强”，突出“八个着力”。“一条主线”就是深入学习宣传贯彻习近平新时代中国特色社会主义思想和党的十九大精神；“一个加强”就是加强党对文艺工作的领导；“八个着力”就是着力推动习近平新时代中国特色社会主义思想深入人心，着力推进文联深化改革，着力推出在全国有影响的文艺精品和培养文化名家，着力推动中华优秀传统文化创造性转化、创新性发展，着力组织好文化惠民和文艺志愿服务，着力组织好河北省第十次文代会，着力强化文艺界职业道德和行风建设，着力加强党的建设。团结引领广大文艺工作者围绕中心、服务大局，深入生活、扎根人民，深化改革、守正创新，各项工作取得新进展。为新时代全面建设经济强省、美丽河北做出新的贡献。

重要会议与活动

【盛世颂中华 诗意迎新春——2018中华经典诗文朗诵会】

1月24日，由河北省文联主办的“盛世颂中华 诗意迎新春——2018中华经典诗文朗诵会”在邢台市任县举行。此次活动是河北省文联“新春走基层，文化送万家”慰问演出的重要展示。河北省文联党组成员、副主席柴志华，河北省文联秘书长张海英，邢台市人大常委会副主任周世伟，邢台市文联主席睢金山等参加活动。

【书法家送万福进万家志愿服务公益活动走进雄安】

2月3日，由中国文联、中国书法家协会主办，河北省文联、中国文联书法艺术中心、河北省书法家协会承办的“书法家送万福进万家”志愿服务公益活动在雄安新区黄湾村举行。中国书协主席苏士澍，河北省文联党组书记、副主席解晓勇，中国书协分党组副书记、秘书长郑晓华，中国书协副主席、河北省书协主席刘金凯，中国书协理事、河北省书协驻会副主席兼秘书长刘月卯等参加了活动。苏士澍、解晓勇等讲话，并向黄湾社区劳动模范、党员代表赠送春联等。

【2018中国井陉春节民俗展演暨传统村落与庙会文化在当代价值研讨会】

3月2日至5日，由中国民协、河北省文联共同主办，河北省民协、井陉县委、县政府承办的“我们的节日”——2018中国井陉春节民俗展演暨传统村落与庙会文化在当代价值研讨会在石家庄井陉举行。中国民协分党组书记、驻会副主席邱运华，中国民协副主席、北京师范大学教授万建中，中共河北省委宣传部副部长史建伟，河北省文联党组书记、副主席解晓勇，中国民协顾问、河北省民协主席郑一民，中国民协分党组成员、副秘书长吕军，副巡视员麻振山以及来自中国社科院、复旦大学、北京师范大学、中央民族大学、河北师范大学、河北科技大学、温州大学等高校、科研院所的专家学者齐聚“千年古县”井陉，实地走访山乡节俗，感受太行腹地的民俗文化魅力。

【河北省文联文艺宣传中心正式成立】

3月21日，河北省文联文艺宣传中心正式成立，在全国文联系统尚属首创。河北省文联党组书记、副主席解晓勇出席会议并讲话；省文联党组成员、副主席祁海峰主持会议，秘书长张海英宣读《河北省文学艺术界联合会关于印发文艺宣传中心部门设置和工作职责的通知》并就河北省文联文艺宣传中心的各项工作进行阐释。

【“一带一路”中俄文化交流系列活动】

4月4日，河北省与俄罗斯斯维尔德洛夫斯克州“一带一路”中俄文化交流系列活动在俄罗斯乌拉尔联邦区中心城市、斯维尔德洛夫斯克州首府叶卡捷琳堡市拉开帷幕。中国书法家协会副主席、河北省书法家协会主席刘金凯率河北省书画家代表团参加交流展。同期“一带一路”中俄文化交流刘荣升书法展在叶卡捷琳堡市州立美术馆开幕。中国书法家协会副主席、河北省书法家协会主席刘金凯、中国驻叶卡捷琳堡总领事耿丽萍，叶卡捷琳堡市副市长，文化部长，叶卡捷琳堡美术馆馆长，奥地利共和国、匈牙利共和国驻叶卡捷琳堡总领事，叶卡捷琳堡乌拉尔国立大学孔子学院部分师生，中国文化、中国书法艺术爱好者等200多人出席开幕式。俄罗斯国家电视台、斯维尔德洛夫斯克州电视台等十几家新闻媒体对展览进行了报道。

【第七届中国汉牡丹文化节】

4月17日，由中国民间文艺家协会、河北省委宣传部、河北省文联等单位联合主办的第七届中国汉牡丹文化节开幕式在柏乡县汉牡丹园举行。中国文联民间文艺艺术中心主任徐岫娟，中国民协顾问、河北省民协主席郑一民，河北省委宣传部文艺处处长刘立斌，邢台市委常委、宣传部长戎阳等领导及柏乡县四大班子、各乡镇领导、村民代表，专家学者、新闻媒体上千人参加开幕式。

【首届（中国•清河）京剧名家名票优秀剧目展演】

4月28日，由河北省文联、河北省剧协、清河县委、清河县人民政府主办的首届（中国•清河）京剧名家名票优秀剧目展演暨河北省文联文艺志愿者“送欢乐，下基层”走进清河活动落幕。张建国、迟小秋、刘秀荣、彭蕙蘅等全国近百位名家名票齐聚清河大剧院，为当地观众带来一系列精彩纷呈的戏曲盛宴。河北省文联党组书记、副主席解晓勇，河北省文联党组成员、副主席柴志华，秘书长张海英，河北省文联文艺志愿者艺术团团长、河北省剧协副主席兼秘书长贾吉庆，河北省文联组联处处长张占芳出席活动。活动历时3天，共有12名中国戏剧梅花奖演员、21名国家一级演员，以及来自23个省市自治区的32名全国京剧名票参加，献上了4场精彩纷呈的戏曲盛宴。

【“歌唱祖国　礼赞英雄”庆祝改革开放40周年系列活动启动仪式】

5月22日，河北省文联主办的“歌唱祖国　礼赞英雄”庆祝改革开放40周年系列活动启动仪式在石家庄市藁城区翼辰集团会堂举行。启动仪式现场，河北省文联对先进文艺工作者进行了表彰，授予马会春、王文静、郭海博等63名同志“歌唱祖国、礼赞英雄”主题创作活动先进文艺工作者称号。河北省文联党组书记、副主席解晓勇，党组成员、副主席路皓，柴志华，祁海峰，河北省委宣传部文艺处处长刘立斌，河北省文联副主席、石家庄市文联主席周喜俊，中共石家庄上海市委宣传部副部长郭纯阳以及杜锡瑞、颜景龙、刘荣升等来自全省各地各门类的艺术家、“歌唱祖国、礼赞英雄”主题创作活动先进文艺工作者代表等500余人参加了活动。

【《河北省传统村落图典》出版新闻发布及座谈会】

5月23日，中国民间文艺家协会、河北省文联、河北省民间文艺家协会联合主办的“纪念毛泽东同志《在延安文艺座谈会上的讲话》发表76周年——《河北省传统村落图典》出版新闻发布及座谈会”在石家庄市举行。中国文联副主席、河北省政协副主席边发吉，中国民协分党组成员、副秘书长周燕屏，中国文联民间文艺艺术中心主任徐岫娟，河北省委宣传部副部长史建伟，河北省文联党组书记、副主席解晓勇，党组成员、副主席路皓、祁海峰，中国民协顾问、河北省民协主席郑一民，河北教育出版社副总编辑郝建国等专家学者、新闻媒体近百人参加了活动。

【裴艳玲戏曲艺术工作室暨裴艳玲艺术传承基地挂牌】

8月9日，裴艳玲戏曲艺术工作室暨裴艳玲艺术传承基地在北戴河艺术村落的梨园挂牌落成。河北省文联主席、省剧协主席裴艳玲，河北省文联党组书记、副主席解晓勇，秦皇岛市委副书记、北戴河区委书记田金昌，秦皇岛市委常委、宣传部长陈玉国，河北省剧协副主席贾吉庆等出席揭牌仪式并与广大戏迷票友欣赏了精彩的演出。

【河北省文联九届主席团（扩大）会议】

8月24日，河北省文联召开九届主席团（扩大）会议。河北省文联主席裴艳玲，河北省文联党组书记、副主席解晓勇，河北省委宣传部文艺处处长刘立斌，党组成员、副主席路皓，柴志华，祁海峰，省文联副主席刘金凯，河北省文联副主席、石家庄市文联主席周喜俊以及各艺术家协会主要负责人、各地市文联党组书记、秘书长，省文联全体干部职工等参加会议。会议学习了习近平总书记在全国宣传思想工作会议上的重要讲话精神，成立了“河北省文联文艺工作者职业道德建设委员会”，出台了《关于进一步加强“推人才、推精品”工作的实施意见》。省委宣传部文艺处处长刘立斌就省委宣传部出台的《关于推进全省宣传思想文化“四个一批”工作的指导意见》有关文艺方面的内容进行了详细的传达和解读。

【“中国梦•燕赵雄风——全国中国画、油画作品展”】

9月1日，“中国梦•燕赵雄风——全国中国画、油画作品展”在石家庄市美术馆开幕。中国文联原党组书记、中国关心下一代委员会常务副主任胡振民，河北省委原书记、河北省关工委主任叶连松，全国人大常委、中国文联副主席、中国文学艺术基金会理事长左中一，国家体育总局原副局长、中国田径协会主席、中国游泳协会主席、中国体育科学学会理事长段世杰，原北京军区政治部副主任、军区善后办公室副政委马誉炜，中央致公党组织部部长李刚，全国政协委员、中国美术家协会分党组书记、驻会副主席、秘书长徐里，中国文学艺术基金会副理事长兼秘书长向云驹，中央文献研究室原副秘书长、办公厅主任高屹，中国文学艺术基金会副秘书长郭希敏，中国文联美术艺术中心展览处副处长董竟成，河北省人大常委会原副主任王雪峰，河北省委宣传部副部长、省委网信办主任张砚平，河北省文联党组书记、副主席解晓勇，中国美术家协会理事、河北省文联党组成员、副主席，河北省美术家协会主席祁海峰，河北省委宣传部文艺处处长刘立斌等领导和全国各地美术家代表出席了活动。此次展览由中国美术家协会、中国文学艺术基金会、河北省文化厅、河北省文学艺术界联合会共同主办；中国文联美术艺术中心、河北省美术家协会、《时代书画报》、河北名家书画院承办。展览共展出作品270幅，包括中国画125幅、油画145幅。

【北戴河文艺峰会】

9月11日至12日，由中国文联、河北省委宣传部支持，中国电影家协会、中国电视艺术家协会、中国文艺评论家协会、河北省文联、河北广播电视台、秦皇岛上海市委宣传部联合主办，河北省影视家协会、河北省评论家协会等承办的“北戴河文艺峰会”在秦皇岛市北戴河区举行。文艺峰会以“人民与英雄——中国主旋律影视创作的初心与使命”为主题，深入学习贯彻习近平新时代中国特色社会主义思想和党的十九大精神，学习贯彻习近平总书记在全国宣传思想工作会议上的重要讲话精神，学习贯彻习近平总书记关于文艺工作的重要论述，探寻新时代主旋律影视创作的新发展、新路径。峰会邀请全国顶尖学者、著名影视理论评论家、著名导演、编剧、制作方和院线代表、艺术市场管理人士，通过提交论文、主题发言、分单元对谈等形式，为新时代影视主旋律创作提供思想引领与智力支持。《北戴河文艺峰会倡议书》同期发布。

【“美丽中国”微电影盛典暨第四届“善美石家庄”微电影大赛颁奖典礼】

10月31日，由河北省委宣传部、河北省互联网信息办公室、中国电影家协会、河北省文联指导，石家庄上海市委宣传部、石家庄市互联网信息办公室、河北省影视家协会、北京电影家协会、天津市电影家协会、河北省影视精品创作促进会主办的2018“美丽中国”微电影盛典暨第四届“善美石家庄”微电影大赛颁奖典礼在石家庄大剧院举行。中央文史研究馆馆员、中国文艺评论家协会主席仲呈祥，河北省委宣传部副部长、省委网信办主任张砚平，河北省文联党组书记、副主席解晓勇，石家庄市人大常委会副主任李志宏，省文联党组成员、副主席、省美术家协会主席祁海峰，京津冀三地影视家协会成员单位负责人以及翟俊杰、陈学会、郭法曾等国内知名导演、专家学者出席典礼并为获奖者颁奖。

【河北影像双年展2018】

11月15日，河北省文联、河北省摄影家协会、中国网图片中心共同主办的“河北影像双年展2018”在石家庄开幕。原省人大常委会副主任、原河北摄协名誉主席王加林、白润璋，中国摄影家协会顾问王文澜、邓维、张桐胜，中国摄影著作权协会副主席解海龙，中国摄影家协会分党组成员、副秘书长杜金，河北省文联党组书记、副主席解晓勇，党组成员、副主席路皓，河北省摄影家协会名誉主席李英杰、刘瑞新，中国摄影家协会副主席、河北省摄影家协会主席兼秘书长杨越峦，沙飞之女王雁、石少华之子石志民、高帆之孙高初等前辈摄影家的后人，以及来自北京、山东、河南、江苏、广东、山西等省市及全省各地的摄影家和摄影爱好者数百人见证了开幕式盛况。

【《国学河北简明读本》座谈会】

12月6日，“河北与国学那些事儿”——《国学河北简明读本》座谈会在石家庄呈明书店举办。《国学河北简明读本》由河北省文联、河北省文学艺术发展基金会联合创意策划，河北人民出版社出版发行。河北省文联党组书记、副主席解晓勇，河北省民协主席、河北省文史研究馆馆员、《国学河北简明读本》主编郑一民，河北省著名文学评论家、原《文论报》主编杨振喜，《国学河北简明读本》编纂者之一、河北省著名史学家、河北省社会科学院历史所原所长夏自正，《国学河北简明读本》编纂者之一、河北省著名文化学者、河北省文史研究馆馆员梁勇及该书责任编辑付聪、河北广播电视台编导、河北省文史研究馆馆员郑标、河北日报记者曹铮等与河北师范大学历史文化学院师生、社会各界读者代表畅聊国学文化与河北的历史渊源。

【“我的中国梦”——文化进万家文艺志愿者慰问演出走进第五十四研究所】

12月28日，由河北省文联主办，河北省文艺志愿者协会、河北省杂技家协会、河北省企业（行业）文联承办的，中国电子科技集团第五十四研究所协办的“我的中国梦”——文化进万家文艺志愿者慰问演出走进第五十四研究所。河北省文联党组书记、副主席解晓勇，党组成员、副主席柴志华，中国书协副主席、河北省书协主席刘金凯，中国文联文艺志愿服务中心大型活动处处长马康强，省委宣传部文艺处处长刘立斌，省文联秘书长张海英以及来自五十四所的领导及科技工作者们观看了演出。演出同时，河北省书协主席刘金凯，河北省书协副主席、河北省企业（行业）文联主席兼秘书长范硕等著名书画家也走进五十四所为科技工作者们创作了一批书画作品。

各文艺家协会

【戏剧家协会】

1月14日，由河北省剧协副主席智全海编剧，平山县河北梆子剧团排演的现代戏《没有共产党就没有新中国》在北京梅兰芳大剧院上演。演出结束后，中国文艺评论家协会主席仲呈祥，中国剧协秘书长崔伟，著名戏剧评论家范小宁、姜志涛、赓续华、郑荣健、王亚勋等专家召开了座谈会。座谈会由河北省剧协副主席兼秘书长贾吉庆主持。

4月6日，河北省“关汉卿、王实甫”研究中心在河北美术学院成立并举行揭牌仪式。河北省剧协副主席兼秘书长贾吉庆，河北省剧协副主席、河北省艺术职业学院院长庞彦强，河北美术学院院长甄忠义等出席揭牌仪式。

4月10日，由石家庄上海市委宣传部、河北省戏剧家协会联合主办，河北广播电视台卫视频道承办，河北日报文化传媒有限公司协办的第三届河北省会大学生戏剧节进校园系列活动暨“小强遇上白小纯”校园戏剧人选拔启动仪式在石家庄市人民会堂开启。省剧协副主席兼秘书长贾吉庆，石家庄上海市委宣传部副部长殷斌等和各参演学校领导及社团代表出席了活动。

5月8日，由河北省剧协主办的第22届中国少儿戏曲小梅花荟萃河北省评选活动的初审在河北省文联举办。河北省文联党组成员、副主席柴志华，河北省委宣传部文艺处处长刘立斌等出席了活动。河北省剧协副主席兼秘书长贾吉庆，中国戏剧梅花奖演员罗慧琴、赵玉华，河北省曲艺家协会副主席袁冀民，方圆电子音像出版社社长董素山，河北省剧协顾问刘仲武等10位专家组成的评审团评选出25名小选手入围复赛。

6月16日，第三届河北省会大学生戏剧节闭幕式暨《绝对有戏》“名票四下锅”名家名票演唱会在河北省艺术中心举行。由石家庄上海市委宣传部、河北省剧协主办的第三届河北省会大学生戏剧节于2017年11月至2018年5月在石家庄市举办。活动期间共有来自河北传媒学院、河北经贸大学、河北科技大学等高校的17个专业组高校剧目展演以及9个业余组高校剧目展演，直接参与人数近万人，观众近2万人次。大学生戏剧节在经过“剧目初审”“导演进组指导”“专家讲座”“最终评审”以及“优秀剧目展演”的层层选拔，共评选出13个“校园戏剧之星”称号以及7个“优秀展演剧目”。

8月19日，石家庄市丝弦剧团创排的大型新编历史剧《大唐魏徵》在市丝弦剧院首演。由国家一级编剧刘兴会执笔，国家一级导演、中国戏曲导演协会理事石玉昆担任导演，省剧协副主席兼秘书长、国家一级导演贾吉庆担任副导演。首演当日，中国剧协分党组书记、驻会副主席季国平，省文联党组书记、副主席解晓勇，石家庄上海市委宣传部常务副部长郭纯阳、副部长殷斌以及中国剧协部分专家观看演出并于演出后召开了剧目研讨会。

10月16日，《燕赵霞光——河北戏曲老艺术家口述实录》出版物首发式暨戏曲名家演唱会在河北省文联举行。省文联党组书记、副主席解晓勇，党组成员、副主席柴志华，省文化艺术发展基金会会长张国钧，秘书长张海英，省剧协副主席兼秘书长贾吉庆以及老艺术家代表肖月珠等专家出席活动。“口述实录”工程，致敬艺术前辈、保护非物质文化遗产，弘扬河北传统戏曲艺术，为一项“抢救性”文化工程。

11月13日，由河北省剧协选送的河北传媒学院创排的“合唱音乐剧”《寻找宝莲灯》荣获第六届中国校园戏剧节“优秀展演剧目”称号。

【音乐家协会】

1月17日，由首都师范大学主办，北京音乐家协会、天津市音乐家协会、河北省音乐家协会协办，石家庄市长安区教育局、石家庄市谈固小学承办的“京津冀合唱指挥人才培养平台”项目石家庄合唱指挥培训在石家庄市长安区谈固小学举行。

5月15日，由河北省音协、河北省社会音乐研究会主办，邯郸市音协、河北省社会音乐研究会邯郸分会承办的“纪念人民音乐家王玉西诞辰九十周年座谈会”在邯郸市文化艺术中心举行。当晚，纪念“人民音乐家”王玉西诞辰90周年音乐会在成安县广播电视台演播厅举办。

6月2日至3日，由河北师范大学音乐学院、中国艺术研究院音乐研究所、首都师范大学音乐学院、河北省音协联合主办，廊坊师范学院音乐学院承办的第三届燕赵音乐文化研讨会在廊坊师范学院举办。

6月3至4日，《河北艺术史•音乐卷》推进会在廊坊师范学院音乐学院召开。

6月9日，由北京音协、天津市音协、河北省音协、河北省教育厅艺术教育委员会主办，石家庄市长安区教育局、石家庄市谈固小学承办的“讴歌新时代 唱响中国梦”京津冀少儿合唱艺术交流音乐会在石家庄市谈固小学召开。

6月，由河北省文联、河北省音协、河北省音乐创作中心共同主办的“2018第四届河北省音乐小金钟奖全国电子键盘大赛河北选拔赛”“2018第四届河北省音乐小金钟奖钢琴展演活动”及“2018第四届河北省音乐小金钟奖二胡展演、评选活动”在石家庄举行。

9月7日，2018年河北省音乐创作研讨班在石家庄举办。省文联党组成员、副主席柴志华，省音协主席白朝辉、名誉主席曹贤邦，省音协副主席王伟华、郝立轩、刘新圈以及来自全省各地和省直单位、高校等40余名词曲作家参加研讨班。邀请了中国民协顾问、河北省民协主席郑一民，河北省委党史研究室副主任赵胜军分别就源远流长的燕赵文化和以西柏坡为代表的红色文化进行针对性的讲课辅导。各位词曲作家围绕王东峰书记提出的发生在河北大地的“三件大事”和“三个文化”如何创作歌曲作品，展开深入的研究和讨论，并就有关作品进行深入分析和修改。

【美术家协会】

1月21日，河北省政协文史馆、河北省美术家协会主办的“不忘初心，美术走进新时代——首届河北省美术家协会历任主席作品展”在石家庄开幕。

1月30日，河北省美术家协会2018年工作会议在石家庄召开。省美协常务副秘书长李小军做了题为《绘写新征程美丽河北 礼赞新时代燕赵英雄》的工作报告，省文联党组成员、副主席、省美协主席祁海峰出席会议并讲话。

2月11日至3月5日，河北省美协与石家庄市文广新局、市美术馆共同举办“走进新时代到人民中去”河北省美术家2018新春作品展，展出近年来各市知名美术家50余人的中国画、油画作品。

3月25日，由中国美术家协会、中国文学艺术基金会、河北省委宣传部、河北省文化厅、河北省文学艺术界联合会主办的“中国梦•燕赵雄风——全国中国画油画作品展”采风写生活动启动仪式在雄安新区举行。第十二届全国政协常委、教科文卫体委员会副主任、中国文联原党组书记胡振民，省文联党组书记、副主席解晓勇，雄安新区党工委委员、管委会副主任傅首清，中国美协分党组成员、副秘书长杜军，中国文学艺术基金会副秘书长郭希敏，时代书画报社社长、中央文史研究馆书画院研究员、河北名家书画院院长李东辉等，美术家于志学、祁海峰、白云乡、李呈修、孙志钧等出席仪式。

3月31日，由河北省美术家协会、河北省美术馆、保定市文联、保定市美术家协会共同主办的“雪野寄远——何立新北地山水作品巡展—石家庄站”在河北美术馆开展。

4月7日，由中国国家画院主办的“中华意蕴——中国油画艺术国际巡展国内汇报展”在邯郸韩玉臣美术馆帷幕开启。

8月5日,河北省美协组织“歌唱祖国、礼赞英雄”写生采风文艺服务队在张家口进行“深入生活、扎根人民”系列活动。

11月15日,由中国美术家协会、中国文学艺术基金会、河北文化厅、河北省文学艺术界联合会主办的中国梦•燕赵雄风全国中国画、油画作品展巡展在衡水园博园主展馆开幕。

【曲艺家协会】

1月11日，“河北省曲艺人才工程•曲艺创作班”第二次创作研讨会在雄安新区安新县举办。河北省曲协名誉主席崔砚君、原北京军区战友文工团曲艺作家李立山、原中国北方曲艺学校教授刘俊杰及省曲协副主席袁冀民、王建国等参加培训活动。

1月19日，河北省曲协主办的“纪念相声大师侯宝林诞辰100周年座谈会”在石家庄召开。中国曲艺家协会名誉主席、评书表演艺术家刘兰芳，相声艺术家侯耀华，省文联党组成员、副主席柴志华，省曲协副主席袁冀民、刘毛毛、张洪顺及曲艺艺术家李如刚、马云路、刘际等参加座谈会。

3月28日，《河北艺术史曲艺卷》初审工作会议在石家庄举办。

4月30日，河北省曲协组织主办第八届河北省少儿曲艺比赛，共有70余件作品参赛。共评出少儿组、少年组一等奖各5名；沧州市张天华表演的沧州木板大鼓《逛花亭》；石家庄市葛锦宏演唱的快板书《起飞，雄安》两段作品被选入参加8月份在江苏张家港市举办的第八届全国少儿曲艺展演。

5月，河北省曲协与廊坊市文联、廊坊市曲协共同举办“京津冀鲁豫曲艺擂台赛”。

6月27日，河北省曲协与河北省心连心艺术团共同举办河北省心连心艺术团曲艺团揭牌仪式暨庆贺演出。

6月30日，河北省曲协主办的“永远的笑声”——纪念相声表演艺术家侯耀文先生诞辰七十周年相声晚会在石家庄观尔丽思•乐享剧场举办。

8月11至13日，河北曲艺人才培养工程青年曲艺创作班在石家庄市举办。曲艺名家崔砚君、李立山、常志、刘俊杰为学员授课。

10月22日，中国曲协深化改革督查指导工作座谈会在河北省文联召开。中国曲协分党组成员、副秘书长黄群，省文联党组成员、副主席柴志华，秘书长张海英，中国曲协创研处处长张鑫、活管处调研员梁钢、权益处副处长韩胜利，省文联组联处处长张占芳，人事处处长石景春，河北省曲协副主席袁冀民以及伍振英、刘毛毛等艺术家代表20余人参加座谈。

11月1日，河北省曲协、中国艺术研究院曲艺研究所、省群众艺术馆、河间市政府联合举办第五届“中国河间•西河大鼓书会”系列演出活动。

11月20日，河北省曲协举办了文艺帮扶走进阳原县大田洼村慰问演出。近二十名曲艺家为大田洼村的父老乡亲表演了精彩的文艺节目。

【舞蹈家协会】

1月24日，河北省舞协选送作品《揣黄糕》参加第十二届“舞动”群众舞蹈大赛暨北京市海淀区第二届广场舞达人秀系列活动之京津冀精品舞蹈交流展演活动。

2月1日，河北省舞蹈家协会召开2018年主席团扩大会议。河北省舞蹈家协会主席兼秘书长张新茹通报了2017年工作情况，并结合中国舞协、河北省委宣传部、河北省文联的工作任务要求研究部署了2018年工作。舞协主席团成员、秘书长、副秘书长以及历届主席团成员和舞蹈家代表出席会议。

5月11日，由河北省文联、河北省舞蹈家协会联合打造的2018“舞蹈周”系列活动在河北省文联正式启动。省文联党组成员、副主席柴志华，省舞协主席张新茹出席活动。河北“舞蹈周”系列活动自2015年推出以来，已经连续推出3届，活动涵盖了品牌赛事、专家讲座、舞蹈工作坊——青年才俊推介、非遗大讲堂、公益课堂、5.23大型晚会暨公益演出等系列活动。大赛分分专业和业余两部分，共有幼儿组、少儿组、少年组、青年组、中老年组五个组别，舞种包括国古典舞、芭蕾舞、民族民间舞、现当代舞、国际标准舞、街舞等，评委由省内外专家组成。比赛共有来自全省13个地市共报送636件作品，其中专业组150件，业余组486件，原创作品占30%，演员人数超万人。

9月15日，由中国文联和中国舞蹈家协会主办的第七届9.15中国舞蹈节在首钢园启幕，省舞协主席兼秘书长张新茹带队参加，唐山市曹妃甸区文化馆原创舞蹈《稻香情》在舞蹈节上华彩绽放。

10月12日，中国舞蹈家协会分党组书记、驻会副主席兼秘书长罗斌，中国舞蹈家协会分党组成员、副秘书长柳斌，省文联党组书记、副主席解晓勇，省舞协主席兼秘书长张新茹，承德市文联党组书记王冰玉，平泉市人大常委会主任王忱等到承德平泉市柳溪镇满族中心小学，接受中国舞蹈家协会新农村少数民族舞蹈课堂成果验收领导小组的验收。此次“新农村少数民族舞蹈课堂”由中国舞蹈家协会主办，河北省文联、河北省舞蹈家协会联合承办，历时一年。

【民间文艺家协会】

1月13日，在第十三届中国民间文艺山花奖颁奖晚会上，由河北省民间文艺家协会选送的定州子位吹歌《放驴》荣获第十三届中国民间文艺山花奖•优秀民间艺术表演奖。

3月14日，柏乡县县委书记张万双带领县四大班子成员一行来到河北省文联，与党组书记、副主席解晓勇，中国民协顾问、河北省民协主席郑一民，河北省民协副主席兼秘书长杨荣国等，洽谈“第七届中国汉牡丹文化节”事宜，座谈研讨传统文化的创新与转化。自2012年以来，省文联作为主办方之一的“中国汉牡丹文化节”已在柏乡成功举办6届，推进了当地牡丹产业和文化旅游产业大发展，已成为河北在中宣部备案的特色文化节。

3月18日至5月18日，第七届中国汉牡丹文化节在邢台柏乡县举行。3月22日，省政府新闻办召开新闻发布会，河北省文联党组成员、副主席路皓，中国民协顾问、省民协主席郑一民，柏乡县县委副书记、县长李行军，柏乡县委常委、宣传部长李如刚出席了会议。文化节由中国民间文艺家协会、中共河北省委宣传部、河北省文学艺术界联合会主办，中共柏乡县委、柏乡县人民政府承办。第七届中国汉牡丹文化节以“千年牡丹之约，携手花开柏乡——2018•相约柏乡”为主题，以赏花活动为主线，以招商引资为重点，共安排“情系牡丹•乡愁柏乡”2018柏乡县书画作品省会汇报展、“花开中兴•相约柏乡”2018半程马拉松赛、中国花卉小镇发展论坛等八项主题活动，涵盖了文化交流、赏花旅游、经贸会展、体育休闲等多个领域。

8月16日，由中国民间文艺家协会、河北省文联主办，河北省民间文艺家协会、中共内丘县委县政府承办的“我们的节日——2018中国内丘七夕民俗展演暨七夕文化论坛”活动在内丘县举行。中国文联国际联络部主任董占顺，中国民协副主席苑利、程建军，中国民协原分党组书记、驻会副主席罗杨，中国文联老干部局副局长麻振山，文化部民族民间文艺发展中心原主任李松，省文联党组书记、副主席解晓勇，党组成员、副主席祁海峰，中国民协顾问、河北省民协主席郑一民，河北省委宣传部文艺处处长刘立斌，内丘县委书记张辉、县长杨辉等领导及来自中国传媒大学、北京大学等高等院校和社科单位及有关市县文联、民协60多位专家学者齐聚“千年古县”内丘，就内丘七夕文化在当代的价值等话题进行研讨，对如何整合内丘丰厚的七夕民俗文化、庙会文化资源，将其打造成享誉全国的文化品牌等问题，建言献策。

9月4日，河北省民协在石家庄市召开《中国民间文学大系•谜语•河北卷》编纂工作会议。中国民间文学大系出版工程是中国民协在新时代承担的国家重大文化工程，该工程由中国文联总负责，由中国民协具体组织实施。河北民协2018年承担了谜语、谚语、民间小戏示范卷任务。河北省民协主席郑一民、副主席兼秘书长杨荣国、柴秀敏、苏靖懿、周鹏等以及来自全省各市、县民间文化工作者代表和谜语研究者参加会议。

12月27日，省民协在石家庄召开历代贡品和老字号普查认定工程的启动会议。河北省政协原副主席赵文鹤，省文联党组书记、副主席解晓勇，党组成员、副主席路皓，中国民协顾问、河北省民协主席郑一民以及来自全省各市、县60余名代表出席会议。

【摄影家协会】

1月14日，河北省摄影家协会举办的雄安新区摄影讲习班在白洋淀举办。中国摄影家协会副主席、河北省摄影家协会主席杨越峦，雄安新区管委会副主任牛景峰，西安理工大学教授张辉分别授课。

4月8日，省摄协与邱县县委、县政府联合举办的“文冠果杯”第24届河北省摄影艺术展新闻发布会在石家庄举行。党组成员、副主席路皓，省摄协副主席赵宇、金昌植、康林益、霍志强，中共邱县县委副书记、邱县人民政府县长李剑青，县委副书记程一华及国家、省、市各大新闻媒体等120人出席活动。中国摄协副主席、省摄协主席、秘书长杨越峦主持会议。

4月21日，河北省摄协组织工作者培训班在邱县举办，省文联党组成员、副主席路皓，中国摄影家协会理论研究处副调研员许华飞，省文联秘书长张海英，中共邱县县委书记孙志英，县委常委、宣传部长、农工委书记刘志明，省摄影家协会副主席衣志坚、康同跃、孙泓洁、郎晓光、许宝宽、赵宇、瞿勇、霍志强、王敬民及省摄协秘书处、全省各团体会员单位和各基层摄影组织负责人等近200人出席开班仪式。中国摄协副主席、省摄协主席、秘书长杨越峦主持开班仪式。路皓与孙志英分别讲话，并为河北摄影邱县创作基地揭牌。

8月16日，由河北省文化厅主办，河北省摄影家协会、河北正觉艺术馆承办的《看•见长城》杨越峦长城摄影作品展在石家庄亮相。中国摄影家协会副主席、理论委员会主任、学术指导委员会委员，河北省摄影家协会主席、秘书长杨越峦与摄影家及爱好者热情地交流互动，分享长城摄影的心得体会。

8月31日，河北省摄影家协会召开六届六次主席团会。认真学习了习近平总书记在全国宣传思想工作会议上的重要讲话精神、河北省文联印发的《关于进一步加强“推人才、推精品”工作的实施意见》通知和河北省文联关于成立文艺工作者职业道德建设委员会的决定精神。河北省摄影家协会副主席衣志坚、王子国、康同跃、孙泓洁、郎晓光、许宝宽、赵宇、瞿勇、金昌植、康林益、霍志强、王敬民出席会议。中国摄协副主席、省摄协主席、秘书长杨越峦主持会议。

10月24日，河北省摄影家协会纪念改革开放40周年的献礼活动“河北影像双年展2018”新闻发布会在省文联举行。党组成员、副主席路皓以及来自省内外的部分摄影家代表等参加活动。

11月5日，由河北省文联、新疆维吾尔自治区巴音郭楞蒙古自治州文联主办，河北省摄影家协会、新疆维吾尔自治区巴音郭楞蒙古自治州摄影家协会承办的“大美巴州”摄影作品展在河北省文联开幕。党组成员、副主席路皓，新疆巴州文联党组书记、副主席桑加拉，巴州文联、巴州摄影家协会12位摄影家以及部分河北省摄影家及爱好者参加活动。

【书法家协会】

1月23日，由中国文联、中国书法家协会、河北省文联主办的2018“书法家送万福进万家”志愿服务公益活动走进井陉，为当地群众书写春联、福字。中国书法家协会副主席、河北省书法家协会主席刘金凯，中国书协分党组成员、副秘书长潘文海，中国书法家协会理事、河北省书法家协会驻会副主席兼秘书长刘月卯等书法家与当地群众共230余人共同参与活动。

3月10日，河北省书协主办的“河北省第二届群众书法大展”在石家庄市美术馆开幕。党组书记、副主席解晓勇，省委宣传部文艺处副处长袁桂华，中国书协副主席、中国书协行业建设委员会主任、省书协主席刘金凯，中国书协理事、中国书协行书委员会秘书长、省书协驻会副主席兼秘书长刘月卯，副主席任桂子、吴占良、肖建科、陈茂才、郎岗峰，省书协各副秘书长以及《河北日报》、《燕赵都市报》、长城网、河北新闻网等媒体和社会各界书法家书法爱好者300余人参加开幕式。

3月21日，2018年河北省书法工作会议在石家庄召开。河北省委宣传部文艺处处长刘立斌，党组成员、副主席、省美协主席祁海峰，中国书协副主席、省书协主席刘金凯，中国书协理事、省书协驻会副主席兼秘书长刘月卯，副主席任桂子、刘宗超、吴占良、肖建科、陈茂才、范硕、郎岗峰、韩玉臣，省书协副秘书长及各团体会员单位主席、秘书长出席会议。

7月13日，由河北省书法家协会、中共石家庄市鹿泉区委、石家庄市鹿泉区人民政府共同主办的“大美鹿泉•书法之乡”全国书法名家作品邀请展在石家庄市鹿泉区规划馆开幕。邀请展共展出书法作品270余件，参与人员包括中国书法家协会副主席9人，河北省书法家协会副主席8人，河北书法名家42人以及来自中山国文化研究会、省内各大艺术院校师生、鹿泉区普通群众、书法爱好者等。

8月21日，由河北省书协、省女书协共同主办的“河北省第九届妇女书法展”在河北美术馆开幕。党组书记、副主席解晓勇，中国书协理事、省书协驻会副主席兼秘书长、省第九届妇女书展评委会主任刘月卯，中国书协理事、河北省书协副主席、河北省第九届妇女书展评委会秘书长任桂子，中国书协理事、省书协副主席、省第九届妇女书法展评委范硕，省书协副主席、省第九届妇女书法展评委郎岗峰，省书协副主席陈茂才、省书协顾问、省第九届妇女书法展监委会主任杜锡瑞等以及书法爱好者、全省各地的女书家800余人参加开幕式。展览投稿量1700多件，经过严格评审，入展113件作品，入选55件作品。来稿数量、入选、入展作品件数，均创造河北省妇女书法展历届以来的新纪录。

10月9日，庆祝改革开放40周年河北省书法大展评审工作在石家庄市结束。展览共收到作品3589件，投稿量排在前三名的是石家庄1093件、保定478件、沧州448件。经评委会严格评审，共有306件作品入展，其中获奖作品40件（金奖5件、银奖15件，铜奖20件）。

12月23日，由省文联、省书协主办的“庆祝改革开放40周年——河北省书法大展”在石家庄市美术馆开幕。河北省人大原副主任王加林，河北省委宣传部副部长史建伟，文艺处处长刘立斌，省文联党组成员、副主席路皓，省文联原党组书记李世文，中国书协副主席、省书协主席刘金凯，中国书协理事、省书协驻会副主席兼秘书长刘月卯等及获奖作者代表、社会各界书法家、书法爱好者近600余人参加开幕式。

【杂技家协会】

1月11至12日，由中国杂技家协会主办、河北省杂协协办的杂技艺术家走进曲阳县基层一线进行慰问演出。中国杂技家协会组联部主任刘挥、省杂协副主席兼秘书长张宽及曲阳县相关部门领导参加活动。

7月26日，河北省杂协在秦皇岛北戴河艺术部落召开京津冀杂技理论研讨会，来自京津冀以及东北、西北、中南、华东、西南等地的45位杂技专家以“文化与旅游融合发展趋势下•杂技艺术面临的机遇与挑战”为主题，针对杂技体制改革、杂技招生困境、杂技人才培养、杂技节目创新、杂技演出等议题进行讨论，并就加强杂技学校与杂技团体结合、加大杂技知识产权保护、杂技文化与旅游融合发展等问题进行探讨研究。

6月、9月和12月“到人民中去”河北省杂协“送欢乐下基层”文艺志愿慰问演出分别在临城方等村、阳原县大田洼村、蔚县西贤孝村和东莞市清溪镇举办。活动受益群众达3000余人。

河北省杂协充分发挥“推人才、推精品”的职能作用，着力打造了一批文艺精品、培养了一批文艺家。河北省杂技团排演了《梦回中山国》、《冬奥情缘》两台大型主题杂技剧；邢台市杂技团推出创新节目《旺旺迎春》、杂技剧《果老传奇》；吴桥县杂技团推出滑稽节目《布偶娃娃》；沧州杂技团创作出神话传说大型杂技剧《醒狮传奇》、杂技精品节目《3D空竹》；通过杂技节目推出了编剧、导演、舞美、音乐、主演等400多人。全年共组织30多人次参与第二届京津冀杂技节目展演、全国新文艺群体魔术人才培训班、全国民营杂技团体带头人培训班、2018年全国专业魔术师研修班、全国杂技院团负责人及管理人才培训班、第二届全国杂技理论高级研修班、京津冀纪念改革开放40周年魔术交流展演、第十届中国杂技金菊奖全国魔术比赛、第十届中国杂技金菊奖全国滑稽比赛和新文艺群体青年杂技人才培训班等。

【影视家协会】

1月21日，河北省著名电视剧导演、制作人、监制郭靖宇在第十届全国德艺双馨电视艺术工作者表彰大会中荣获“第十届全国德艺双馨电视艺术工作者”称号。

2月26日，由河北省委宣传部、河北省文明办、河北省文联、武强县委县政府、河北省影视家协会、河北传媒学院、方圆电子音像出版社、河北亚神影视艺术有限公司、河北天湖影视传媒有限公司、北京天辰文化艺术传播有限责任公司、武强年画博物馆等单位联合制作的30集电视动画片《年画中的传奇》登陆中央电视台少儿频道。

3月14日，由河北省影视家协会、河北峰峰矿区委员会、河北德龙文化传播有限公司、河北亚神影视艺术有限公司、河北平凡影视制作有限公司、方圆电子音像出版社联合拍摄的纪录片《磁州窑火》登陆中央电视台《探索发现》栏目。

3月28日，中国金鸡百花电影节第三届国际微电影展映盛典在海南海口举行。河北省影视家协会推荐的两部现实题材微电影《爱的红利》《老妈妈的年夜饭》，从7300余部参展影片中脱颖而出荣获“优秀作品”奖。

4月2日，沧州市献县第一中学迎来了河北省首家中国视协“影视小屋”的授牌、捐赠仪式。中国视协名誉主席赵化勇，中国视协分党组书记、副主席兼秘书长张显，省文联党组书记、副主席解晓勇，省影协副主席汪帆，沧州市委外宣局局长、市网信办主任赵树新，献县人民政府县长王永昌等以及央视著名主持人朱迅，著名影视演员杜旭东、徐松子、田岷等参加了揭牌、捐赠仪式。

5月25日，“美丽中国”微电影盛典暨第四届“善美石家庄”微电影大赛在石家庄启动。由河北省委宣传部、河北省互联网信息办公室、中国电影家协会、河北省文联为指导单位，石家庄上海市委宣传部、石家庄市互联网信息办公室、河北省影视家协会、北京电影家协会、天津市电影家协会、河北省影视精品创作促进会主办，石家庄广播电视台、石家庄市网络文化协会协办。

9月18日，第23届河北省影视艺术奔马奖推优表彰活动在邯郸举行。本届“奔马奖”共收到全省参赛作品381件，涉及影视剧、微电影、微视频、纪录片、晚会、青少节目、动画片、党建片、电视公益广告片、理论评论文章等十二个门类。电视动画片《年画中的传奇》等共7部作品获得特等奖，155部作品获得一等奖，162部作品获得二等奖，22部作品获得三等奖。贾吉庆、杨彦领、黄利平、李旭光荣获“优秀导演奖”，王宪、吴立东、荣荣、刘茹、李海璐、张帅获得“优秀节目主持人”奖，荣荣、吴立东、王宪、杨彦领、李海璐获得2017年度河北省影视艺术“青年人才奖”。

【企业（行业）文联】

2月9日，中国铁路北京局、河北省书法家协会、河北省企业（行业）文联、石铁办事处及石家庄站等单位联合举办的铁路春运送万福进万家志愿服务公益活动在石家庄火车站候车大厅举办。中国书协理事、河北省书协副主席任桂子，河北省企业（行业）文联顾问靳亚利，石铁办事处工委主任李运琪等参加活动并致辞。

3月22日，2018年河北省企业（行业）文联工作会议在石家庄召开。省文联党组成员、副主席路皓出席会议并讲话。河北省企业（行业）文联主席兼秘书长范硕，顾问靳亚利，河北省企业（行业）文联副主席刘万义，河北省交通运输工会主任营新录，中国电科五十四所工会主席郭建业及部分企业、行业文化干部、文艺骨干出席会议。会议公布了荣获2017年度先进企业(行业)文联和特殊贡献奖单位，并为获奖单位颁发证书。

9月8日，河北省国有资产监督管理工作协会、河北省企业（行业）文联、河北省人民政府国有资产监督管理委员会党委宣传部共同主办喜迎改革开放40周年•河北省国资监管工作协会会员单位书法、美术、摄影大型展览在河北美术馆拉开帷幕。河北省国资委副巡视员李合义、河北省国资监管工作协会会长韩增波、河北省企业（行业）文联主席范硕、顾问靳亚利等领导出席开幕式。

9月26日，由河北省文联、河北省企业（行业）文联共同主办的纪念改革开放40周年•河北省企业、行业界员工摄影比赛评审会议在河北省文联召开。比赛历时半年，共征集到来自电力、煤炭、石油、钢铁、交通、国防、铁路、地矿、物探、国控、科研、炼化等二十余家大型企业、行业报送的摄影作品1000余幅（组），参赛人员400余人。河北省企业（行业）文联主席兼秘书长范硕，顾问靳亚利，河北省摄影家协会顾问郄少华，河北省摄影家协会副主席金昌植、霍志强等参加会议。

山西省文联

综　述

2018年，山西省文联及各团体会员单位全面贯彻落实党的十九大精神，坚持以习近平新时代中国特色社会主义思想为指导，增强“四个意识”、坚定“四个自信”，切实承担引领广大文艺工作者听党话、跟党走的政治责任，学习贯彻习近平总书记在文艺工作座谈会和中央党的群团工作会议上的重要讲话精神，始终坚持“二为”方向、“双百”方针，坚持以人民为中心的工作导向，积极发挥党和政府联系文艺工作者的桥梁纽带作用，认真履职尽责，强化职能和作风转变，推动理念创新、工作创新、机制创新，团结凝聚引导广大文艺工作者为繁荣山西文艺事业做出了重要贡献。

重要会议

【山西省文联隆重召开纪念建党97周年暨“七•一”表彰大会】

2018年是中国共产党建党97周年，为纪念党的97华诞，深情回顾党的奋斗历史，热情讴歌党的光辉业绩，继承和发扬党的光荣传统和优良作风，努力践行习近平新时代中国特色社会主义思想和十九大精神，进一步增强我会党组织的凝聚力和战斗力，激励广大党员干部坚定理想信念和历史责任感，积极营造敬业爱岗的良好氛围，6月28日，山西省文联隆重召开纪念建党97周年暨“七• 一”表彰大会，对近两年工作突出的先进党支部、优秀共产党员和优秀党务工作者进行了表彰。在大会上重温入党誓词，激励广大党员敬岗爱业，以习近平新时代中国特色社会主义精神为指引，把党的光荣历史作为繁荣文艺事业的重要法宝，把党治国理政的成功经验作为改革前行的行动指南，振奋精神、团结进取，撸起袖子加油干，努力推动文联各项工作取得更大的成绩。

【山西省文联八届六次全委会举行】

8月28日，山西省文联八届六次全委会在太原召开。会议总结了省文联近年来的工作，安排部署2018年下半年工作任务，进一步团结动员广大文艺工作者，不断开创山西文艺事业和文联工作新局面。会议审议提名增选郭健为省文联第八届常务副主席、书记处第一书记、省文联委员。

会议结合山西省文艺和文联工作实际，对全省文艺工作者提出了四点希望：一是提高认识，不断深化对党的十九大精神和习近平新时代中国特色社会主义思想的认识。二是明确任务，从政治和大局上思考谋划定位文联工作。三是持续开展“深入生活扎根人民”主题实践活动，正确处理好历史题材和现实题材创作的关系。广大文艺工作者要积极投身火热的社会实践中，开展采风创作、慰问演出、辅导培训、文艺支教、展览展示等活动。赴革命老区、农村、学校等地，广泛开展戏剧、曲艺、音乐、舞蹈、杂技、电影等服务基层的文艺活动，组织基层文艺骨干举办专题培训班，为群众创作书法、美术、摄影作品，发挥知名艺术家的带头作用，进行教、学、帮、带，促进“送文化”与群众需求有效对接。四是加强自身建设，追求德艺双馨，履行社会责任。

重要文艺活动

【举办第四届“山西杂技金菊奖•空竹大赛”】

4月20日，第四届“山西杂技金菊奖•空竹大赛”颁奖仪式暨闭幕式在太原青春滨秀园举行。山西省文联党组成员、副主席和悦，山西省杂技家协会主席王剑，山西省杂技家协会副主席、秘书长聂翠青，太原市老年体协副主席孟庆元，太原市空竹协会会长李双群，山西省空竹运动协会副会长周振联等参加了颁奖仪式暨闭幕式。邢振云、李安乐、张正花、田五仙、韩连成、张正卿分别获得初级组一、二、三等奖，王万山、续树礼、许强、赵五货、权体成、杨彦祯、高基、董双亮、雷爱芳分别获得中级组一、二、三等奖，丁作新、王文艺、杨秀斌分别获得高级组一、二、三等奖，阳曲县空竹辅导站、晋中市空竹协会、玉门河空竹辅导站、义井空竹辅导站、平定县空竹运动协会、晋机空竹辅导站、高新区空竹辅导站、迎泽公园一队空竹辅导站、杨家峪空竹辅导站、阳泉桃河空竹队分别获得集体比赛一、二、三等奖。与会领导为获奖者颁奖发了获奖证书。

【“积步•写心•用世——赵望进书法艺术展”在太原美术馆开展】

4月21日上午，由中国书法家协会指导，山西省委宣传部、中国楹联学会、山西省文联、太原美术馆主办，山西省书法家协会、山西书法院、山西省楹联艺术家协会、三晋文化研究会承办，山西老年书画家协会、奠中书院、怀冰艺术社、嘉思图艺术馆、《对联》杂志社协办的“积步•写心•用世——赵望进书法艺术展（晋京汇报展）”在太原美术馆隆重开展。山西省文联、山西省美协、山西省书协等领导以及省内老领导、老艺术家、书法艺术爱好者近百余人出席了展览开幕式。在开幕式上，赵望进先生还向山西省科技馆、山西省图书馆、山西大剧院、山西省体育中心、中国（太原）煤炭交易中心、太原美术馆等单位捐赠了巨幅楹联作品。

本次展览展出2017年赵望进晋京展览的全部作品以及展览实况图文，并增加近期创作的部分书法和大量国画作品，共200余幅。展览共分“积步为学”“写心为道”“用世为归”三个部分，是他对自己严格要求所表现出的三个境界。作品形式有中堂、条幅、对联、条屏、扇面、手卷、册页、手稿、题跋，也有其题写的牌匾、楹联、碑石拓片等，大的有丈二匹二十一条屏，小的有尺牍手稿，鲜活而丰富，厚润而气派。内容中有着浓浓的山西元素，可见赵望进浓浓的乡土情怀和报效桑梓的殷殷赤子心 。

【山西省文联纪念5.23“到人民中去”文艺志愿服务走进东留村】

5月22日，为深入贯彻习近平新时代中国特色社会主义思想和党的十九大精神，坚持“以人民为中心”的工作导向，大力弘扬“乌兰牧骑”精神，按照中国文联“关于在第5个中国文艺志愿者服务日前后广泛开展‘到人民中去’文艺志愿服务主题活动”（文联发〔2018〕64号）的通知要求，由山西省文联党组成员、巡视员石跃峰带领组联部与省杂协、音协、曲协、舞协的文艺工作人员深入省文联扶贫村大同市浑源县东留村开展了“山西省文联纪念5.23‘到人民中去’文艺志愿服务走进东留村”文艺慰问活动。

此次慰问演出，由省、市、县演员一起登台演出，省舞蹈家协会张烨担任现场主持，省曲协联系了忻州和大同当地文艺志愿人员，登台表演了当地特色节目《大同数来宝》，小品《咱爸咱妈》；省音协的工作人员声情并茂的演唱了《映山红》《九儿》《跟你走》《乡音乡情》，并演奏了器乐合奏《绒花》《希望的田野上》；山西省杂协提供了精彩的魔术表演，精心组织的节目让前来观看的村民响起阵阵掌声。

【山西省文联纪念5•23“到人民中去”送图书进校园】

5月18日，为深入贯彻习近平新时代中国特色社会主义思想和党的十九大精神，坚持“以人民为中心”的工作导向，大力弘扬“乌兰牧骑”精神，按照中国文联“关于在第5个中国文艺志愿者服务日前后广泛开展‘到人民中去’文艺志愿服务主题活动”（文联发〔2018〕64号）的通知要求，由山西省文联党组成员、副主席和悦带领组联部与山西省舞蹈家协会深入中国文联“国家级文艺扶贫奔小康志愿服务示范点”繁峙县农发村希望小学开展了“山西省文联助力扶贫到繁峙手拉手送图书进校园”活动。

此次图书捐赠活动由和悦牵头，联系了省新华书店，挑选了一批适合中小学学生阅读的书籍。活动当天，山西省文联一行驱车奔赴繁峙县农发村，在农发村驻村扶贫队长以及村委干部的带领下，来到农发村希望小学，开展了“省文联纪念5•23文艺扶贫示范县繁峙农发希望小学图书捐赠仪式”，现场把图书送到了小朋友的手中。和悦告诉孩子们，“知识改变命运，希望大家能够利用好手中的书本，好好学习，成为国家的栋梁之材”，和悦希望当地能够建设一个共享图书馆以及制定相应的借阅制度，让这批书能够充分的利用起来，活动受到当村民的热烈欢迎。

【山西省老文学艺术家协会组织省城老文学艺术家举办纪念毛泽东同志《在延安文艺座谈会上的讲话》发表76周年座谈会】

5月23日上午，山西省老文学艺术家协会组织省城老文艺家在山西省京剧院梅兰芳剧院举办纪念毛泽东同志《在延安文艺座谈会上的讲话》发表76周年座谈会，学习贯彻习近平总书记在文艺工作座谈会上的讲话，来自省城一百多位老文学艺术工作者参加了座谈会。

纪念毛泽东同志《在延安文艺座谈会上的讲话》是山西文艺界每年要举办的一件盛事。重温《讲话》精神，也是山西省老文学艺术家协会的一个品牌活动，已举办25年之久。许多老文学艺术工作者每年都企盼这一聚会，大家欢聚一堂，共同回忆遵循《讲话》精神，用自己的作品，描绘火热生活，令人难忘的奉献历程；共同探讨在新的历史条件下如何深入贯彻落实党的十九大精神，学习贯彻习近平总书记在文艺工作座谈会上的讲话精神，兴起社会主义文化建设新高潮，发挥文化引领风尚、教育人民、服务社会、推动发展的作用；共同交流如何继承和弘扬《讲话》精神，为我省的文化强省建设，为文学艺术事业大发展、大繁荣建言献策。在举办座谈会的同时，为老文艺家协会名誉副主席、老书法家郭士星举办了书法小品展。

【首期曲艺小剧场表演人才培训班在沁水开班】

由中国曲艺家协会主办、《曲艺》杂志社承办的首期曲艺小剧场表演人才培训班于6月25日至29日在山西沁水举办。开班仪式由《曲艺》杂志社主编宋洪发主持，中国曲协分党组书记、驻会副主席董耀鹏作开班动员，山西省文联党组书记、常务副主席李太阳致辞。开班仪式结束后，董耀鹏就如何贯彻党的十九大精神做新时代合格曲艺家做了专题讲座，对“中国共产党人的初心和使命”“新时代中国特色社会主义思想和基本方略”等方面的内容进行了解读。此次培训班邀请了中国曲协顾问、中国评协副主席崔凯，中国曲协快板艺术委员会主任李少杰，中国戏曲学院表演系主任、教授刘小军，中国戏曲学院新媒体艺术系副教授、中国戏剧美学研究会副会长王九成等专家为学员授课。学员来自全国各地曲艺小剧场以及曲艺表演团体，共50人。山西省大同云海曲艺社演员王慧、临汾平阳曲苑负责人张云剑、长治烨飞轩相声会馆班主王若飞，长治市各民间曲艺表演团体负责人胡晚红、李彩英、李先玲以及沁县文化馆馆长席崔庆、综合展馆王晶等人参与学习。

【举办“看山看水看山西”系列采风活动】

为庆祝改革开放40周年，深入生活、扎根人民，观城乡新貌，看身边变化，7月16日，由山西省电影家协会、吕梁市文联联合举办的“看山看水看吕梁”文艺采风活动，拉开了山西电影界庆祝改革开放40周年“看山看水看山西”系列采风活动的序幕。山西省文联党组书记郭健、主席张根虎，以及石跃峰、和悦、靳忠、李剑斌等省文联领导出席启动仪式，并为采风团成员分发习近平总书记写给牛犇同志的信，鼓励大家认真向牛犇同志学习，做有信仰、有情怀、有担当的电影工作者，用影像讲好改革开放故事，讲好中国特色社会主义新时代故事，为繁荣发展社会主义电影事业贡献新的力量。

本次活动围绕主题，组织19名编剧、导演、演员、摄影等电影艺术家，先后深入兴县、方山、岚县进行创作采风，收到了良好的效果，还将举行庆祝改革开放40周年“转型发展看同煤”“走进黎城看变化”等采风活动，感受山西改革开放发生的变化，目睹山西环境治理取得的成就，深刻认识“绿水青山也是金山银山”的重大意义。

【举办第九届华北五省市（区）舞蹈大赛】

第九届华北五省市（区）舞蹈大赛于8月10日至15日在山西大剧院•大剧场举行，五省区市舞蹈家协会经过近半年时间的分赛区精心组织，层层选拔，最终中老年组、幼儿组、业余少年组、业余青年组、专业少年组、专业青年组共7个组别、254个作品、5000余名演员汇聚一堂进行了激烈角逐，以舞会友，交流促进，吸引了大批舞蹈爱好者争相观赛，为龙城观众奉献了一份丰盛的舞蹈艺术大餐。

“华北五省市（区）舞蹈大赛”创办于2000年，由北京市文联、天津市文联、河北省文联、山西省文联、内蒙古自治区文联及其所属的舞蹈家协会共同主办，其宗旨是推动区域舞蹈艺术传承、创作、发展，搭建文化发展战略合作平台。作为国内大型地域性舞蹈活动，该项赛事业已成为华北地区舞蹈艺术领域级别最高、影响最大、竞争最激烈的专业比赛，同时也是各省高度重视、引领地方舞蹈艺术出精品、出人才、出成绩的重要渠道。

8月15日，第九届华北五省区市舞蹈大赛在山西大剧院落下帷幕。当晚七点半，本届大赛闭幕式暨颁奖晚会在大剧场隆重上演，为比赛画上了圆满的句号。山西省委宣传部、华北五省市文联、舞协等有关领导出席了闭幕式并为获奖选手颁奖。山西省文联党组书记郭健致闭幕词，中国舞蹈家协会顾问、北京舞蹈家协会名誉副主席、本次大赛评委会主任李毓珊也作了热情洋溢的讲话。

【首届黄河流域九省区+京津冀曲艺艺术高峰论坛暨中国•大同潘家园传统文化艺术节在大同开幕】

8月18日，为深入学习贯彻党的十九大精神和习近平新时代中国特色社会主义思想，大力弘扬和践行社会主义核心价值观，继承和发展曲艺传统文化，并以曲艺的形式庆祝中国改革开放40年，由中国文联曲艺艺术中心、山西省文联、山西省曲艺家协会、大同上海市委宣传部主办的首届黄河流域九省区+京津冀曲艺艺术高峰论坛暨中国•大同潘家园传统文化艺术节在大同潘家园隆重开幕。山西省文联党组书记郭健，山西省文联党组成员、副主席和悦以及山西省曲协副主席兼秘书长温华出席开幕仪式，郭健发表致辞。

此次传统文化艺术节场面宏大、内容丰富，除书画展、玉石展及央视鉴宝栏目外，最为抢眼的是首届黄河流域九省区+京津冀曲艺艺术高峰论坛、黄河流域百种“中华曲艺展演”“名家、名角、明星、状元”惠民演出以及大同云海曲艺社专场演出。

首届黄河流域九省区+京津冀曲艺艺术高峰论坛于19日上午举行，此次论坛以“继承发展　创新繁荣”为主题，宗旨是继承中华民族优秀传统文化，推动黄河流域和京津冀地区曲艺事业的创新、发展与繁荣。黄河流域九省以及京津冀地区部分曲协负责人以及曲艺工作者、艺术家、专家学者等30多人参加了论坛。

创作与获奖

【山西省文联扎根生活沃土服务基层群众文艺志愿服务走进繁峙】

为贯彻落实党的十九大精神，深入学习贯彻习近平总书记给内蒙古自治区苏尼特右旗乌兰牧骑队员们回信的重要指示精神，落实《关于学习贯彻习近平总书记重要指示精神做新时代“红色文艺轻骑兵”的通知》，按照省委宣传部“三下乡”通知的要求，进一步丰富城乡群众文化生活，打赢我省全面建成小康社会决胜阶段的文化助力脱贫攻坚战，省文联于1月19日到20日开展“扎根生活沃土　服务基层群众”文艺志愿服务活动走进繁峙。由山西省文联副主席和悦带队，山西省书法家协会组织部分主席团成员和理事、忻州市书法家协会会员组成书法家志愿服务队，走进繁峙现场写春联、送祝福。活动现场，书法家们挥毫泼墨，展示了精湛的书法技艺，用各种书体创作了形式多样的“福”字作品，红彤彤的春联风格迥异，让老百姓连连称赞“手写春联有温度，脚踏大地无距离，城南春早！”此次活动不仅把文化送到了基层，更是活跃了当前基层群众喜爱文化、热爱文化的浓厚氛围。

【山西省两曲艺作品唱响马街书会】

2月27日，由中国曲协、河南省文联主办的“第十三届马街书会全国优秀曲艺节目展演”在河南省宝丰县精彩开唱。此次展演是为了深入贯彻党的十九大精神，在新时代传承创新发展马街书会这一文化品牌，打造推出优秀曲艺作品，挖掘培养优秀曲艺人才，持续推动曲艺创新、提升创演水平，切实弘扬中华优秀传统文化和社会主义核心价值观，助推社会主义曲艺事业繁荣兴盛。

山西省曲协选送由胡晚红表演的长子鼓书《闹红火》和由胡小龙、胡云云表演的武乡琴书《逐梦放映》在全国近二百个节目中经过层层选拔入围参加了本次展演，这两部作品均为中国曲艺家协会曲艺创作委员会秘书长、山西省曲协副主席、国家一级编剧、牡丹绽放——全国曲艺英才培育行动首批入选者暴玉喜创作。评委和现场观众给予了两部作品高度评价，不仅欣赏到长子鼓书、武乡琴书的无穷魅力，也让山西“中国曲艺名城”厚重的文化底蕴得到渲染。

河南省宝丰街书会又称“十三马街书会”，是全国曲艺行当的交易盛会。已有700年历史。本届马街书会优秀曲艺节目展演活动，是从全国16个省市100多个节目中经过初评，精选出26个优秀曲艺节目、21个曲种参加本次展演，参演艺人1000余人，赶会群众近30万人。

【《中国民间文学大系》《中国民间工艺集成》出版工程座谈会】

5月4日上午，《中国民间文学大系》《中国民间工艺集成》出版工程座谈会在山西工美大楼召开。中国文联副主席、中国民协主席、山东省文联主席、山东工艺美术学院院长潘鲁生参加座谈并就山西编辑工作给予指导。山西省民协主席李荣钢等专家学者20余人出席会议，会议由山西省文联党组成员、书记处书记、省民协副主席兼秘书长李剑斌主持。

会议听取了山西省民协就编撰《中国民间文学大系》和《中国民间工艺集成》的组织机构建设和收集民间文学和民间工艺素材进展情况的汇报。

潘鲁生指出，《中国民间文学大系》和《中国民间工艺集成》出版工程是国家的两项重大文化工程，是中华优秀传统文化传承发展的重要组成部分，是深入贯彻落实习近平总书记对繁荣发展新时代中国特色社会主义文艺全面部署的重要体现，各省市文联和民协都非常高度重视。《中国民间文学大系》和《中国民间工艺集成》的编辑出版有助于我们推进中华优秀传统文化创造性转化与创新性发展，更好地扎根生活、服务人民，坚定文化自信，这也是我们民间文艺工作的根本遵循和发展方向。

潘鲁生提出，山西是文化大省，有着丰富的文化资源。编撰好《中国民间文学大系》和《中国民间工艺集成》，山西一要组建强有力的工作领导小组、学术委员会、编辑委员会、办公室组织机构；二要调动民间藏家、力量和资源，做好抢救、挖掘、传承和转换工作，将山西优秀资源转化为现代人们的财富，服务于我们现代生活方式；三要充分挖掘和发挥好专家、学者的作用，做好历史文化的梳理；四要通过专家、学者带动一批传承者，做好人才队伍的培养建设。

山西省民协主席李荣钢表示，山西作为文化资源大省，特别是山西省委、省政府提出文化强省的一系列战略部署，全省上下各级党委和政府都非常重视文化事业和文化产业的繁荣发展，山西民协有责任、有能力、有信心编辑好《中国民间文学大系》和《中国民间工艺集成》。希望中国民协多在山西举办一些全国性、区域性、专题性活动，山西民协一定会在山西省委、省政府的重视下，在山西省委宣传部、省文联的支持下不辱使命，不负期望，做好各项工作。

【山西省非遗舞蹈亮相永定河流域非物质文化遗产展演】

6月6日，第三届“盛世舞太平”——“永定河流域”非物质文化遗产展演活动，在北京门头沟区永定楼广场隆重拉开帷幕。国家非物质文化遗产项目——翼城花鼓及翼城浑身板，代表山西参加此次交流活动。

参加本次展演活动的有永定河流域五个省、市、自治区（山西省、北京市、天津市、河北省以及内蒙古自治区）共15支非遗特色团队进行展示交流。其中山西的两个节目反响最大，引起在场观众热情欢呼！

山西省选送的两个节目最具有代表性，其中翼城北关小学《翼城鼓娃》是此次参演队伍当中年龄最小的节目，代表了我省对非遗文化的传承，重视文化从小渗入，保证文化精髓不断层；另一个节目为太原师范学院舞蹈系行知舞蹈团《黄天厚土》，为本次展演活动唯一一支专业团队，他们把“浑身板”作为元素，经过提炼和发展以舞蹈节目的形式展现出来，使非遗文化有了更高的艺术形式，体现了我省对文化传承发展的认真态度。

【山西省曲协副主席弓瑞成功入选曲艺英才培育行动】

2018年6月8日，第二批曲艺英才培育行动启动仪式在北京中国文艺家之家正式开启。山西省曲协副主席、青年相声演员弓瑞成功入选为培育对象。

曲艺英才培育行动是为了学习贯彻党的十九大精神和习近平新时代中国特色社会主义思想，进一步落实中国文联和中国曲协深化改革要求，大力弘扬社会主义核心价值观和文艺界核心价值观，配合中国文联组织开展的“讴歌新时代，共筑中国梦”主题实践活动、“中国精神•中国梦”文艺精品创作工程和“艺苑百花”优秀中青年文艺人才宣传推介工程，由中国曲艺家协会主办的一项培英行动。2015年开始实施，每两年一批，每批10人，今年为第二批。

【《撇捺人生王秀春》《王秀春作品集》首发座谈会在太原举行】

11月5日，纪实文学《撇捺人生王秀春》及《王秀春曲艺作品集》首发座谈会在太原举行，山西省文联、省作协、省曲协、太钢文联等各界专家、学者和曲艺界人士，围绕两部作品展开讨论，气氛热烈。活动由人民文学出版社、省文联、省作协、太钢集团、北岳文艺出版社联合主办。省文联党组成员、副主席和悦出席活动并致词。

《撇捺人生王秀春》一书由人民文学出版社出版，是传记作家陈为人的最新作品，讲述了山西工人曲艺家王秀春的艺术人生。《王秀春曲艺作品集》由北岳文艺出版社出版，汇集其创作的数来宝、小品小戏、快板说唱以及各类随笔杂谈等。王秀春上世纪40年代出生于太原市，1958年于太原四中毕业后分配在钢铁公司当工人，一直从事业余曲艺创作和表演活动，成为省内外颇有影响的自学成才的工人曲艺家。

机关建设

【中国曲协领导调研山西曲艺工作】

4月24日，中国曲协分党组书记、驻会副主席董耀鹏一行赴山西龙城调研文化曲艺工作，在太原景峰国际大厦召开中国曲协山西调研座谈会。小剧场委员会马小平、组联部王珺与会。山西省曲协主席柴京海，副主席温华、王小东、王兆麟、弓瑞，大同曲协主席柴京云、阳泉曲协主席郑亚克、长治曲协秘书长王先富、运城曲协主席王泽峰、沁县曲协主席魏应中及青年曲艺代表张培倩、肖晓、王名乐、张智、马菁原、张云剑等参加座谈会并发言。会议由山西省文联党组成员、副主席和悦主持。

会上，和悦首先代表省文联党组，对董耀鹏一行赴山西调研表示欢迎，对中国曲协长期以来对山西曲艺事业的支持和信任表示衷心的感谢。接着，与会成员就山西曲艺的发展各抒己见，畅所欲言，并围绕“基层曲协如何建设”“新时期曲协如何发展”“基层曲协发展过程中遇到的问题”“曲艺人才及观众的培养”等话题进行了广泛的交流，对未来山西曲艺的发展提出了许多建设性的意见和建议。曲艺家们纷纷表示，将珍惜山西所拥有的独特地方曲种资源，深层次挖掘保护地方文化瑰宝，进一步打造山西曲协工作特色，不断提升山西曲艺的文化软实力。

中国曲协一行对山西曲协工作和山西曲艺发展给予充分肯定和高度评价，并对今后工作提出更高标准和要求。董耀鹏指出，曲艺来自民间、种类繁多、面向社会、服务大众，具有鲜明的地域性、差异性和多样性。因此，曲艺的根在基层，其本质是来自民间、服务于大众。曲艺面临的现状是既有机遇，又有挑战。一方面要积极争取政策，加大政府和社会各界对山西曲艺的扶持保护力度；另一方面，要在继承优秀传统的基础上，将曲协工作向基层延伸、扩展，让曲艺深入人民、深入生活，更广泛地为人民奉献更多的艺术精品。

【中国书法家协会主席苏士澍调研书法教育工作】

10月15日，中国书法家协会主席苏士澍、中国书法家协会副秘书长吴占良等一行赴太原调研书法教育工作，并在山西省文联召开了座谈会。山西省文联党组书记郭健、省文联巡视员石跃峰、省书法家协会副主席兼秘书长韩清波等陪同调研，中央电视台戏曲和音乐频道导演楼建军、中央数字电视台书画频道山西工作中心主任梁玉春、省书法家协会主席团全体成员参加了有关活动。

上午，苏士澍一行先后走访了太原市迎泽区大南关小学、滨河小学及太原日报社，实地考察书法进课堂的情况。在大南关小学调研期间，苏士澍认真听取了校方关于如何营造书香校园氛围、提升书法教育水平的情况汇报，并走进书法教室观看同学们练习书法。当看到80多个孩子齐聚课堂，端坐在书桌前认真书写的场景，苏士澍很是欣慰，称赞小朋友们不论是坐姿、用笔还是书写内容，都非常符合书法创作规范，能看出校长和老师们平日里为书法教育工作做出的努力。

【山西省文联组织开展纪念建党97周年系列活动】

为隆重纪念党的97华诞，深情回顾党的奋斗历史，热情讴歌党的光辉业绩，继承和发扬党的光荣传统和优良作风，努力践行习近平新时代中国特色社会主义思想和十九大精神，进一步增强我会党组织的凝聚力和战斗力，激励广大党员干部坚定理想信念和历史责任感，积极营造敬业爱岗的良好氛围，机关党委在“七一”前组织开展了一系列纪念活动。

进行一次集体党课学习。6月28日，山西省文联召开全体党员大会，由党组书记给全体党员讲了一堂生动的党课。

开展一次主题党日活动。山西省文联机关党委于7月4日下午组织省文联全体党员观看电影《邹碧华》，使广大党员干部增强党性观念、宗旨意识和责任意识，践行党的宗旨，捍卫公平正义，特别是在工作中，敢啃硬骨头，甘当“燃灯者”，做敢于担当的好干部，进一步鼓舞了全体党员干部继承和弘扬英模精神，增强党组织的活力和凝聚力。

表彰宣传一批先进典型。6月28日，召开山西省文联纪念建党97周年暨七一表彰大会，对近两年工作突出的先进党支部、优秀共产党员和优秀党务工作者进行了表彰。

走访慰问一批老党员、生活困难党员。山西省文联走访慰问老党员郝凌云，并给其送去1000元慰问金。

通过开展纪念建党97周年系列活动，山西省文联认真贯彻落实山西省委组织部有关部署，加强文联党组织建设，确保纪念活动主题鲜明、形式多样、内容丰富，牢记共产党员的政治责任和历史使命，不断保持共产党员的先进性，以更加饱满的热情投身各项工作，切实发挥共产党员的先锋模范作用。

直属单位

【大楼管理处】

完成了机关、协会及驻楼各单位的会务工作。完善了展厅管理制度，保障了展览顺利举办，取得了良好的社会效益。加强食堂卫生管理，把加强食品卫生管理列为头等大事，保障职工安全放心用餐。

【艺术创作研究中心】

主办了每月一次的艺术沙龙学习，参加了由山西省文联、山西省书协组织的书法家到繁山寺送春联、送福进万家走进临县清塘村和南圪垛村书写春联和作品活动。筹备山西省第十届少儿书画新人新作展。

【晋宝斋】

认真学习习近平总书记重要讲话及十九大精神，确保党的各项路线方针政策在晋宝斋的贯彻执行。继续实行开源节流、精打细算、减肥消肿等措施，并根据具体情况进行资源整合，最大限度降低成本费用。继续寻求转型发展，加大对电子商务的推广力度，巩固并提升网上交易业绩。年初，组建了晋宝书院，利用晋宝斋的品牌优势，打造一个集思想交流、文化传播、学术研讨、美学普及、艺术教育为一体的文化平台。

【赵树理故居】

接待参观人数56300余人，其中外国学者3人。搜集到赵树理《小二黑结婚》电影小人书等文物12件，及时充实到展厅，丰富了展览内容。连续12年被省文物局评为文物安全达标单位。

【传媒中心】

组织由中国音协主办、传媒中心承办的山西省音乐考级活动，考级人数达8000余人。组织由山西省文联、山西省文化厅、共青团山西省委员会、山西省电视台联合主办，传媒中心承办的校园艺术大赛，比赛人数达3000人左右。校园艺术大赛比赛门类共有12种，参赛选手包括全省各高校、各专业类学校师生及社会艺术类培训学校。

文艺家协会活动

【美术家协会】

2月4日，在山西饭店召开2018年山西省美术家协会工作会议。山西省美协名誉主席、顾问、主席团成员、主席团委员、各地市美协负责人、各艺委会负责人及山西省美术机构主要负责人等80余人汇聚一堂，共商山西美术发展大计。4月13

日，由山西省文联、山西省美协主办，陌上美术馆协办的“第四届山西省青年美术优秀作品展暨研讨会”在陌上美术馆举行。6月9日，在陌上美术馆举办了“山西省首届青年油画提名展”。10月31日，由山西省委宣传部、山西省直属机关工委、山西省委党史研究院（山西省地方志研究院）、山西省文联主办，山西省书法家协会、山西省美术家协会、山西省直属机关工委、山西省中国画学会承办的“放歌新时代——庆祝改革开放40周年山西书画作品展”在山西美术馆隆重开幕。本次创作展览活动共征集书画作品800余件，最终评出入展作品636件，展出美术作品287件，评选出优秀美术作品100件。11月12日“水墨丹青，绿色沁源”山西省美术家协会赴沁源山水画写生作品展在山西省美术馆开展，120幅山水画作品悉数亮相。

【书法家协会】

1月16日至2月11日，由山西省书法家协会主席团成员率领、组织300余名书法家，赴大同浑源县、忻州河拱村、忻州繁峙县等地进行“深入生活、扎根人民”“送万福、进万家”公益活动，为基层群众书写春联、送福字及各种书法作品10000余幅。9月12日，举办了山东青年书法名家全国推介交流活动（山西站）座谈会。9月15日，省书协推荐优秀书法家赴内蒙古乌海参加“现状与理想——当前书法创作学术批评展”开幕式及学术论坛。举办了“2018年山西书法创研班”。举办了山西省第六届群众书法篆刻作品展优秀作品巡展、赵望进书法艺术晋京汇报展、“勺斋的诗——王利民、王志刚、冀卫东、张星亮书印展”、山西省第七届群众书法篆刻作品展及优秀作品巡回展、新时代 新展望 新晋商 新气象——纪念改革开放四十周年书画佳作展、放歌新时代——庆祝改革开放40周年山西书画作品展等展览。

【音乐家协会】

3月3日，主办了Sunny室内乐团钢弦五重奏专场音乐会。由山西省音乐家协会、《钢琴艺术》编辑部主办的第20届桑塔•塞西利亚国际钢琴比赛山西赛区预选赛于3月5日正式开启，4月6日至7日在太原、临汾、忻州、吕梁、晋中、大同同时进行预选赛，4月14日在晋中图书馆多功能厅举办了颁奖典礼，并选送我省优秀选手参加全国总决赛。4月14日在晋中图书馆多功能厅主办了由著名青年钢琴演奏家、室内乐演奏家傅红、于美娜共同组建的“羽”双钢琴组合音乐会。向中国音协报送我省会员31人的相关申请材料加入中国音乐家协会。

【摄影家协会】

2月1日、3日、7日、9日、10日、16日、21日、23日山西省摄影家协会——“我们的中国梦•摄影进万家”摄影小分队走进陵川县西河底镇秦山村、大同环卫队等地为乡亲们和环卫工人拍摄“全家福”。7月26日，按照省文联党组的安排，山西省摄影家协会庆祝改革开放40周年采风创作活动启动。8月11日至12日由山西省摄影家协会和阳曲县县委宣传部共同举办“阳曲风情”采风活动。10月17日，国家扶贫日当天，山西省文联组织艺术家深入到大同市浑源县蔡村镇东留村举行文化惠民活动。10月26日至28日，山西省摄影家协会和中共沁水县委、县政府共同举办“走进千年古县 定格如画沁水”摄影采风创作活动。

【曲艺家协会】

春节前夕，由山西省曲艺家协会、太原市文联等单位主办，省城“曲苑迎春”晚会。在第十届中国曲艺牡丹奖评选中，经协会推荐有11个节目入围复赛。其中有5个节目入围奖提名，包括文学奖、节目奖、表演奖。由暴玉喜创作、李彩英演唱的沁州三弦书《十七棵松》获得牡丹奖的“节目奖”。经过省少曲赛选拔，推荐我省5个节目参加全国第八届全国少儿曲艺展演，最后大同数来宝《长征精神代代传》和相声《重走长征路》入围，在张家港参加展演。由山西省文学艺术界联合会、山西省曲艺家协会主办，山西省曲艺团、山西好悦来说唱剧场承办了第八届全国少儿曲艺展演山西省选拔赛。太原、大同、长治、吕梁、临汾、运城等地曲协及少儿曲艺培训机构的节目35个112名少年儿童参加选拔。在沁水县举办4场“庆祝中国农民丰收节暨首届‘赵树理杯’山西省2018曲艺说唱优秀节目展演”。

【电视艺术家协会】

积极组织山西省电视剧制作单位参加第二十九届中国电视金鹰奖评奖活动。山西影视集团制作电视剧《于成龙》参加评比。并为此次金鹰奖开幕式晚会，提供太原广播电视台在1986年出品的电视剧《新星》部分剧集的视频素材。积极组织我省优秀电视作品参加第十六届中国人口文化奖电视节目类评奖活动。积极选送我省35部优秀电视作品参加亚洲旅游影视艺术周活动。在此次活动中，吕梁广播电视台报送的《东征圣地•厚重石楼》获得优秀专题片奖，吕梁市电视艺术家协会报送的《交口探幽》获得好纪录片奖，山西广播电视台报送的《南雄是故乡》获得好纪录片奖，山西万里云川影业文化有限公司报送的《五台山•瑞相天然》获得好微电影奖，山西广播电视台报送的《中秋•河之曲》获得优秀纪录片奖。积极征集优秀电视作品参加2018中国农民艺术节。协会选送了由朔州广播电视台、临汾广播电视台等单位制作的《味道朔州》《纸间技艺》等17部作品。

【电影家协会】

坚持每周六上午九点在太原影都举办周末艺术电影沙龙，为广大会员和电影爱好者免费放映艺术电影，每次规模为200人左右。2月28日，“山西影协2017年优秀会员表彰会暨元宵联欢会”在山西天一宫酒店群贤阁举行。山西省文联党组书记、常务副主席李太阳，山西省文联主席张根虎，山西传媒学院党委副书记、院长王建国，山西省文联党组成员、副主席和悦，山西省文化厅党组成员、山西工美集团董事长李荣钢，山西省委宣传部文艺处处长王招宇，山西省新闻出版广电局影视处处长荆太峰等领导和广大会员参加了活动。7月16日，山西省电影家协会、吕梁市文联联合举办“看山看水看吕梁”创作采风活动正式启动，拉开了山西省电影家协会庆祝改革开放40周年“看山看水看山西”系列创作采风活动的序幕。

【杂技家协会】

1月12日，协会组织文艺志愿者来到长治市郊区故南村，开始了山西省文联“扎根生活沃土，服务基层群众”文艺志愿服务的首站演出。2月27日，协会在太原市五一广场举办了“抖空竹，闹元宵”杂技慰问演出。4月中旬在太原主办第四届“山西杂技金菊奖•空竹大赛”。4月20日上午，第四届“山西杂技金菊奖•空竹大赛”颁奖仪式暨闭幕式在青春滨秀园举行。本届大赛不仅有山西电视台、太原电视台、太原广播电台、《山西晚报》、《三晋都市报》、《太原日报》等传统媒体进行了全方位深入图文报道，网络新媒体《山西云媒体》也进行了跟踪报道。4月28日至5月19日，协会组织杂技专业编导赴忻州董村中学，为这个乡村中学即将参加“全国乡村少年宫成果展演活动”进行技术指导和节目编创排练工作。5月开始走进劲松社区、道场沟社区、洋灰桥社区、金刚堰社区举行“抖出快乐•杂技惠民服务”进社区常态化辅导活动。11月1日，协会在太原市劲松社区组织了“抖出快乐•杂技惠民服务”进社区辅导空竹趣味赛。

【舞蹈家协会】

4月21日至22日，由太原市教育局和山西省舞蹈家协会共同举办的太原市第二十八届学校艺术教育活动月学生舞蹈比赛，级别从小学到高中，舞种从民族民间、古典、芭蕾、现代、爵士、街舞到拉丁舞，参与节目约650个、人数达4500余名。4月30日至5月2日，由山西省文联主办、山西省舞协会承办的第九届华北五省市区舞蹈比赛•山西选拔赛进行了比赛。5月4日，在十六层会议室召开了第九届华北五省市区舞蹈比赛•山西选拔赛作品研讨会。5月4日，在十六层会议室召开了第九届华北五省市区舞蹈比赛•山西选拔赛作品研讨会。7月27日在太原召开了大赛新闻发布会，来自中央、省、市各大新闻媒体和网络媒体的约四十余家参加了新闻发布会。8月10日至15日，第九届华北五省市（区）舞蹈大赛在山西大剧院•大剧场举行。9月15日，由山西省文联、太原市文联主办，山西省舞蹈家协会承办，太原市舞蹈家协会协办的庆祝改革开放40周年为主题的第七届中国舞蹈节暨“9•15”群众舞蹈展演山西展区在迎泽公园藏经楼前举行。

【民间文艺家协会】

2月24日，在中华傅山园主办山西省第二届花馍面塑艺术节，来自该省各地的30多位民间花馍面塑艺人代表携带上百件优秀作品参加展示评比。3月份选送10件代表作品参加中国潍坊民间艺术博览会，10件作品全部获得金奖。4月4日至6日，在晋中灵石、介休等地举办以“寒食源地品寒食 清明绵山踏青行”为主题的“我们的节日——2018介休绵山清明寒食文化旅游节”主题论坛。5月至6月参与中国民协海南儋州、陕西青木川古村落保护论坛，推选古村落保护相关论文。5月4日上午，《中国民间文学大系》《中国民间工艺集成》出版工程座谈会在山西工美大楼召开。5月25

日至28日，省文联党组成员、书记处书记、省民协副主席、秘书长李剑斌出席中国民间文学大系出版工程“神话、传说、故事”专家组上海调研系列活动。6月10日至24日，举办《牢记总书记嘱托•在希望的田野上•农民画农民画》艺术画展。6月29日在太原美术馆主办太原市第五届关公主题文化系列活动之关公书画文创主题。8月24日至26日，在忻州市河曲县与中国民协等单位共同主办全国二人台艺术交流展演活动。

【戏剧家协会】

第二十二届中国少儿戏曲小梅花荟萃活动大获丰收。山西共推荐选派了李雅娟、宋新齐、王佳欣、李晨阳、杨心如、赵盈盈、马佳奇、段怡卓、冯冠琨等9位选手，全部获得中国少儿戏曲“小梅花金花”称号，其中地方戏（专业组）十佳中山西占有六名。吕梁艺校参赛的《双挂画》（师培婷、孟怡宣等四人）和《打虎上山》（问军军、张震涛等16人）两个小戏，囊括了专业组全部两个“最佳集体节目金奖”。在浙江桐乡参加小戏小品展演中，山西省剧协选送的上党梆子小戏《一念之间》《房》《请再骗我一会儿》均获优秀剧目奖，山西省剧协获优秀组织奖。联系大同市北路梆子传习所9月13日至15日在浑源县蔡村镇文家庄村演出五场戏。

内蒙古自治区文联

综 述

2018年，在内蒙古自治区党委的坚强领导和中国文联、自治区党委宣传部的有力指导下，内蒙古文联深入学习贯彻习近平新时代中国特色社会主义思想和党的十九大、十九届二中、三中全会精神，认真履行团结引导、联络协调、服务管理、自律维权职能，坚持以强化政治建设、把握正确方向为引领，以繁荣文艺创作、推出文艺精品为中心，以培育文艺人才、加强文艺队伍建设为根本，以深化文联系统改革、推动文艺创新发展为动力，以组织策划实施重大主题文艺活动和重点文艺创作工程为载体，各方面工作取得新进展。

重要会议与活动

【《草原文学重点作品创作扶持工程》第六辑丛书出版】

年初，《草原文学重点作品创作扶持工程》第六辑丛书6部作品由作家出版社出版，包括海伦纳的长篇小说《青色蒙古》、娜仁高娃的长篇小说《影》、圣水的长篇小说《离岸》、苏莉的散文集《万物的样子》、杨瑛的散文集《河流》、高多芬的诗集《一抹蓝》。《草原文学重点作品创作扶持工程》是内蒙古自治区党委宣传部、内蒙古文联、内蒙古作协共同推出的文学精品工程，从2011年到2014年共收到申报作品347部，61部作品入选，其中入选的38部汉文作品已在作家出版社出版31部（33册），23部蒙古文作品已在内蒙古人民出版社出版8部。

【《优秀蒙古文文学作品翻译出版工程》第五辑丛书出版】

年初，《优秀蒙古文文学作品翻译出版工程•第五辑》7部图书近200万字的作品由作家出版社出版，包括2部长篇小说：《断裂》（格日勒图/著、朵日娜/译）、《印土》（乌•斯日古楞/著、孙泉喜/译）；中篇小说卷2部，包含《人•驼•狼》（白音达来/著、曼德尔娃、苏荣巴图/译）、《葛日勒图雅》（巴德巴/著、岱钦/译）等10篇作品；短篇小说卷1部，包含《绣杏花的烟荷包》（阿•敖德斯尔/著、斯琴高娃/译）、《吃肉的机井》（哈斯巴拉/著、海风/译）等15篇作品；散文卷2部，包含《贵在开拓开放》（赛春嘎/著、海风/译）、《银色世界的主人》（巴•布林贝赫/著、满全/译）等36篇作品。《优秀蒙古文文学作品翻译出版工程》是内蒙古自治区党委宣传部、内蒙古文联、内蒙古文学翻译家协会共同推出的优秀蒙古文文学作品走出去工程，自2011年5月开始实施，工程前四辑出版30部（33册）图书，约805万字。

【《草原》文学奖颁奖典礼暨首届《草原》文学高峰论坛】

3月31日，《草原》文学奖（2016－2017年度）颁奖典礼暨首届《草原》文学高峰论坛在内蒙古美术馆举行，内蒙古文联党组书记、副主席张宇，党组成员、副主席尚贵荣、包银山，内蒙古自治区党委宣传部文艺处处长乌云格日勒，内蒙古作家协会主席满全，作家哈斯乌拉、阿尔泰、陈广斌以及本次文学奖终评专家、获奖作家，内蒙古大学文研班学员等260余人参加颁奖典礼。此次评选产生《草原》文学奖主奖——小说、诗歌、散文奖各1名；特别奖1名，新人奖1名；提名奖——小说、散文、诗歌奖各5名；人气奖3名。期间举办的首届《草原》文学高峰论坛上，来自区内外的著名作家诗人大卫、于坚、满全、龚学敏、兴安、葛一敏、王燕、荆永鸣、艾平等发言，论坛由内蒙古作家协会副主席、著名诗人敕勒川主持。

【原野放歌•首届农牧民诗歌大赛】

4月12日至14日，原野放歌•首届农牧民诗歌大赛在呼和浩特举行。内蒙古文联党组书记、副主席张宇，内蒙古文联主席官布扎布，内蒙古自治区党委宣传部文艺处处长乌云格日勒、调研员图巴特尔，内蒙古作家协会主席满全等为获奖者颁奖。大赛由内蒙古自治区党委宣传部、内蒙古文联主办，内蒙古作家协会承办，自2017年11月启动共征集到蒙汉文诗歌1128首，初评入选224首，中评入选蒙汉文诗歌各25首。决赛采取全新赛制，诗人自己朗诵自己的作品，评委现场打分，决出一二三等奖。模•都日拉、曾烟分获蒙汉文组一等奖，翁那荣•朝洛蒙、色•乌力吉吉日嘎拉、西阔、燕南飞等12人分获蒙汉文组二等奖，特•斯琴花儿、格日勒图、丁红伟、景绍德等16人分获蒙汉文组三等奖，乌恩白拉、庆格勒图、丁文斗、王海等20人获优秀奖。

【全区作家艺术家学习贯彻习近平总书记关于文艺工作重要讲话精神采风研修班】

5月7日至11日，全区作家艺术家学习贯彻习近平总书记关于文艺工作重要讲话精神采风研修班在鄂尔多斯市鄂前旗城川民族干部学院举办。内蒙古文联党组书记、副主席张宇作开班式动员讲话，城川民族干部学院副院长唐达来致欢迎词，内蒙古文联党组成员、副主席包银山主持开班仪式。著名作家肖亦农，内蒙古文联办公室主任聂显辉、组联部主任肖兰英，鄂尔多斯市文联主席武洲及来自全区12个盟市的76名中青年文艺骨干参加开班式。研修班的课程历时5天，主要以专题讲座、现场教学、座谈研讨和采风创作相结合的形式，紧扣弘扬红色革命精神主题，不断丰富红色革命文化的时代内涵，紧紧抓住红色革命基地党的重大历史事件、重要人物故事等挖掘红色革命题材，积累创作素材，提高作家艺术思想理论水平、艺术素养和创作水平，力争创作一批反映红色革命精神和改革开放40周年主题的文学、音乐、舞蹈、戏剧、影视剧、美术作品。

【内蒙古文联八届四次全委会】

5月18日至19日，内蒙古文联八届四次全委会在呼和浩特市召开。内蒙古自治区党委宣传部常务副部长周纯杰出席会议并讲话，内蒙古文联党组书记、副主席张宇作题为《坚定文化自信 坚持改革创新 努力开创新时代自治区文艺事业新局面》的工作报告。包头市文联党组书记、主席武燕，赤峰市文联党组书记、主席李文智，内蒙古美术家协会主席董从民，巴彦淖尔市文联副主席阮持领，乌兰察布市文联党组书记、主席温欣华，内蒙古戏剧家协会主席武利平分别作大会发言，结合各自工作实际，从不同角度、不同侧面介绍工作思路、经验体会。会议增补部分内蒙古文联第八届委员会委员，决定聘任官布扎布为内蒙古文联第八届主席团名誉主席，补选内蒙古摄影家协会主席乌拉汗、内蒙古民间文艺家协会主席布和朝鲁、内蒙古电影家协会主席伊呼和乌拉、内蒙古电视艺术家协会主席苏日娜、内蒙古职工文联主席姜言文、内蒙古美术家协会主席董从民、内蒙古杂技家协会主席塔纳、内蒙古作家协会主席满全8人为内蒙古文联第八届主席团副主席。

【第十二届内蒙古自治区文学“索龙嘎”奖】

7月13日至15日，第十二届内蒙古自治区文学“索龙嘎”奖终评工作在呼和浩特举行，经自治区党委宣传部审核和媒体公示，30篇（部）作品获奖，其中蒙古文作品14篇（部），汉文作品16篇（部）。本届“索龙嘎”奖自2018年3月开始申报，涉及长篇小说、中篇小说、短篇小说、散文、诗歌、报告文学、文学评论、儿童文学、文学翻译等9个文学门类，371篇（部）作品符合申报条件，6月22日至24日，初评评审委员会从中评出130篇（部）作品进入终评，终评委员会经过两轮投票，从中评出30部拟获奖作品。这些作品集中反映了近三年内蒙古自治区文学创作持续繁荣的态势，凝聚了广大作家长期以来辛勤耕耘的汗水，体现了内蒙古自治区各文学门类创作的代表性成就，是对走进新时代内蒙古文学满怀信心的回顾与展望。

【庆祝改革开放40周年全区美术、书法、摄影展】

8月5日，庆祝改革开放40周年全区美术、书法、摄影展在内蒙古美术馆开幕。内蒙古自治区党委常委、宣传部部长白玉刚出席开幕式并宣布展览开幕，内蒙古自治区人大常委会副主任廉素，自治区人大常委会原常务副主任胡尔查出席开幕式，内蒙古自治区有关部门负责同志及自治区美术、书法、摄影领域的艺术家、艺术工作者代表参加开幕式。开幕式由内蒙古自治区党委宣传部常务副部长周纯杰主持。本次展览由第十五届中国•内蒙古草原文化节组委会主办，内蒙古美术家协会、内蒙古书法家协会、内蒙古摄影家协会、内蒙古美术馆承办，分为"溢彩草原"——庆祝改革开放40周年内蒙古自治区美术作品展、"草原赞歌"——庆祝改革开放40周年内蒙古自治区书法篆刻作品展和"时代光影"——庆祝改革开放40周年内蒙古自治区摄影展三项展览活动，共展出美术、书法、摄影作品600余幅，全方位、多角度、形象化地展现了内蒙古自治区经济发展、民族团结、文化繁荣、边疆安宁、生态文明、各族人民幸福生活的美好画卷。

【第十五届草原文化节草原文化主题论坛文学艺术分论坛】

8月16日，由第十五届中国•内蒙古草原文化节组委会主办、内蒙古文联具体承办的草原文化主题论坛文学艺术分论坛在呼和浩特市召开。内蒙古自治区党委常委、宣传部部长白玉刚出席会议并讲话。中国作家协会副主席白庚胜，中国艺术研究院院长、中国非物质文化遗产保护中心主任、中国国学研究与交流中心主任连辑，中央电视台原台长、中国电视艺术家协会名誉主席赵化勇，中国电视艺术家协会分党组书记、驻会副主席张显，中国电影股份有限公司董事长、党委书记喇培康，中国戏剧家协会名誉主席、著名京剧表演艺术家尚长荣，北京电影学院教授、著名导演谢飞，中国戏剧家协会副主席、著名评剧艺术家冯玉萍，中国音乐家协会副主席、著名作曲家孟卫东，北京语言大学教授、著名作家梁晓声及内蒙古自治区宣传文化系统各单位主要负责人，来自全国各地以及内蒙古自治区文学艺术界的专家学者200余人参加会议。会议由内蒙古文联党组书记、副主席张宇主持。白庚胜、连辑、张显、孟卫东、喇培康、谢飞、冯玉萍、梁晓声作主旨发言，分别从当代中国文艺与草原文化、内蒙古文学艺术的关系，重点对改革开放40年来草原文学、草原音乐、内蒙古影视、内蒙古戏剧等四方面的成就进行梳理和概括，回顾总结改革开放40年来内蒙古文学艺术创作经验，并对内蒙古文学艺术未来的发展提出建议。全体会议后，分别召开草原文学论坛、草原音乐论坛、内蒙古影视论坛、内蒙古戏剧论坛，与会嘉宾和专家学者共商自治区文艺发展大计，对内蒙古文艺事业的发展进行学理研究。

【第五届中国蒙古舞大赛】

9月17日，由内蒙古文联与鄂尔多斯市政府联合主办，内蒙古舞蹈家协会、鄂尔多斯上海市委宣传部、鄂尔多斯市文化新闻出版广电局、鄂尔多斯市文联、鄂尔多斯市康巴什区人民政府共同承办的第五届中国蒙古舞大赛在鄂尔多斯大剧院落幕。中国舞蹈家协会分党组书记、驻会副主席、秘书长罗斌，中国科学院院士龙乐豪，北京航空院专家田如森，内蒙古文联党组书记、副主席张宇，内蒙古自治区政府参事、内蒙古文联名誉主席巴特尔，内蒙古文联党组成员、副主席艺如乐图，中国舞蹈家协会副主席、内蒙古舞蹈家协会主席、内蒙古艺术学院副院长赵林平，鄂尔多斯市委副书记、市人民政府代市长斯琴毕力格，鄂尔多斯市委常委、军分区司令员孙奎远，鄂尔多斯上海市政协副主席乌兰、房建华，鄂尔多斯市人民政府秘书长张众志及本次大赛评审团成员等出席闭幕式暨颁奖晚会并为获奖作品及演员颁奖。第五届中国蒙古舞大赛现场终评共有两大组别40家参赛团队87部作品参赛，经4场决赛的激烈角逐，评出编导金奖8部、银奖16部、铜奖24部，表演金奖8部、银奖16部、铜奖24部；其他舞种表演金奖1部、银奖1部、铜奖2部，编导金奖1部、银奖2部；作曲奖4部；服装设计奖4部；优秀奖26部；优秀组织单位奖10个。

【内蒙古重大现实题材创作选题新闻发布会】

9月21日，内蒙古自治区人民政府新闻办公室组织召开新闻发布会，邀请内蒙古文联党组书记、副主席张宇，党组成员、副主席包银山介绍内蒙古重大现实题材创作选题和"礼敬乌兰牧骑"主题创作征集活动有关情况。张宇围绕生态文明建设、弘扬乌兰牧骑精神、航天城建设和发展、弘扬蒙古马精神、守望相助与民族团结、民族与地域文化发展、时代英雄、文化旅游融合发展、脱贫攻坚、高质量发展、军民融合发展等与内蒙古密切相关的重大现实题材创作选题进行发布和阐述，并对新闻媒体和广大作家艺术家宣传报道和认领选题提出希望和要求。包银山围绕"礼敬乌兰牧骑"主题网络征文及网络视频征集展播活动和"礼赞乌兰牧骑"诗歌朗诵会征稿活动作介绍说明。发布会结束后，张宇和包银山分别就自治区重大现实题材创作和"礼敬乌兰牧骑"主题创作具体事宜接受凤凰卫视和内蒙古广播电视台的专访。来自全区各文艺门类的重点作家艺术家代表受邀现场参加发布会。

【“学习乌兰牧骑精神 到人民中去”内蒙古文联库布其治沙主题采风行】

10月16日至22日，内蒙古自治区党委宣传部和内蒙古文联组织区内外知名文学、影视、戏剧家20余人赴库布其开展采风创作活动，内蒙古文联党组书记、副主席张宇，鄂尔多斯市委常委、宣传部部长苏翠芳出席启动仪式并分别致辞。获得全国“五个一工程”奖、“飞天奖”、“金鹰奖”、“中华人口文化”一等奖的著名编剧雷献和，获得鲁迅文学奖、全国“五个一工程”奖的著名作家肖亦农作表态发言。在为期一周的采风创作过程中，采风团通过实地观摩、座谈等方式了解鄂尔多斯人民和治沙企业在治沙过程中创造出的生态修复、生态牧业、生态健康、生态旅游、生态光伏、生态工业等沙生态产业体系以及形成的政府政策性支持、企业产业化投资、农牧民市场化参与的治沙经验，为库布其沙漠治理的巨大成就和生动实践中涌现出的先进事迹和鲜活事例深深震撼。作家艺术家通过深入库布其沙漠实地采风积累创作素材，激发创作灵感，力争创作出一批优秀的以库布其沙漠治理模式为典型的生态文明建设现实题材的文学、影视、戏剧作品。

【草原四季•全国美术作品展览创作动员会】

10月24日，由内蒙古自治区党委宣传部、中国美术家协会、内蒙古文联联合组织的草原四季•全国美术作品展览创作动员会在北京召开。中国美术家协会分党组书记、驻会副主席兼秘书长徐里，内蒙古文联党组书记、副主席张宇出席会议并讲话，中国文联美术艺术中心副主任李伟出席会议，内蒙古文联党组成员、副主席艺如乐图作中国美术家草原四季采风写生活动总结，中国志愿者协会理事、清华美术学院教授王铁牛代表美术家发言。来自全国的30余位著名美术家出席会议。中国美术家草原四季采风写生活动于2017年12月23日在呼和浩特启动，先后邀请120位全国著名美术家、画家，用一年的时间深入内蒙古5个盟市的21个旗县、苏木、嘎查、厂矿企业进行实地采风写生创作，完成1400余幅写生作品。美术家们将通过中国画、油画、版画、水彩画等多画种表现形式创作推出一批反映内蒙古草原各地风土人情、人文地理、民俗文化为主的，具有草原文化风格、草原文化特色、草原文化气派的优秀作品，作为内蒙古自治区庆祝新中国成立70周年献礼活动之一将于2019年6月、10月分别在中国美术馆和内蒙古美术馆相继展出。

【全区文联系统深化改革推进会】

11月12日至13日，内蒙古自治区文联系统深化改革推进会在乌海市召开。中国文联办公厅副主任汪泽介绍中国文联及全国文联系统在推进深化改革方面的进展情况，分析深化改革过程中存在的重点难点问题，就进一步推进文联组织深化改革提出具体意见。内蒙古文联党组书记、副主席张宇总结内蒙古文联深化改革工作推进情况，就做好下一步全区文联系统深化改革工作提出明确要求。乌海市委常委、宣传部部长冀晓青出席会议并致辞。内蒙古文联党组成员、副主席包银山，乌海市人大常委会副主任邬晓惠，乌海上海市政协副主席王华峰，中国文联办公厅督查信息处处长武震鑫出席会议。全区各盟市文联主要负责人、各盟市文联改革工作具体负责人、部分改革创新工作突出的旗县（市、区）文联主要负责人，内蒙古文联各部室、文艺家协会、事业单位负责人80余人参加会议。会议期间，内蒙古作家协会、内蒙古民间文艺家协会、包头市文联、锡林郭勒盟文联、乌海市文联、青山区文联六个单位负责人进行大会交流发言。与会人员还现场观摩了当代中国书法艺术馆、书法广场、阅遇书吧、乌海市文艺家之家、兰亭小学等公共文化场馆和文艺活动场所。

【肖亦农长篇小说《穹庐》研讨会】

11月17日，内蒙古自治区党委宣传部、中国作家协会创研部主办，内蒙古文联、作家出版社、《十月》杂志社、内蒙古作协承办的肖亦农长篇小说《穹庐》研讨会在北京召开。中国作协党组成员、副主席、书记处书记阎晶明，内蒙古自治区党委常委、宣传部部长白玉刚出席会议并讲话，内蒙古自治区党委宣传部副部长王晓平、乌恩奇，内蒙古文联党组书记、副主席张宇，作家出版社总编辑黄宾堂，《十月》杂志社主编陈东捷，内蒙古作家协会主席满全等出席会议，会议由中国作家协会创研部主任何向阳主持。施战军、包明德、刘大先、丛治辰、胡平、周大新、朱向前、梁鸿鹰、贺绍俊、陈福民、谢有顺、黄发有、白烨、刘玉琴、石一宁、张柠、孟繁华、王春林、何弘、包斯钦、李朝全等文艺评论家出席研讨会并发言。大家一致认为，《穹庐》描绘了一幅宏远的历史画卷，全景式展示了1920年前后布里亚特草原的峥嵘岁月和布里亚特人一路八千里征战回归祖国的史诗性征程，是一部关乎民族命运、国家兴衰、国际共运历史、战争与和平的书写，体现了作者对20世纪初人类命运哲学层面的思考。

【蒙古国作家艺术家代表团访问内蒙古】

11月17日至21日，由蒙古国文艺工作者联盟主席、蒙古国功勋演员伯•通嘎拉格率队，蒙古国文艺工作者联盟执行主席、蒙古国国家爱乐乐团团长策•达瓦苏荣为团长的蒙古国作家艺术家代表团一行19人到内蒙古自治区就进一步巩固深化传统友谊，加强文艺界交流与合作进行友好访问。内蒙古自治区36位作家艺术家代表与来访的蒙古国作家艺术家进行座谈，双方共同回顾中蒙两国文学艺术的辉煌成就，深入探讨两国文学艺术的发展现状，热切展望进一步加强文艺交流合作，推动文艺事业繁荣发展的美好愿景，并签署交流合作意向书，计划建立常态化的交流合作机制，在友好互访、培训深造、作品翻译、评论、传播、展演展示等各个方面开展广泛的交流与合作，同时以中蒙建交70周年为契机组织开展中蒙文艺论坛等一系列专题文艺活动，推动内蒙古自治区文艺界与蒙古国文艺界在共同发展的基础上谱写新的篇章。

【“弘扬乌兰牧骑精神”内蒙古乌兰牧骑主题美术作品展览】

11月21日，由内蒙古自治区党委宣传部、内蒙古文联主办，内蒙古美术家协会承办的“弘扬乌兰牧骑精神”内蒙古乌兰牧骑主题美术作品展览在内蒙古美术馆开幕。内蒙古自治区党委宣传部常务副部长周纯杰，内蒙古文联党组书记、副主席张宇，党组成员、副主席艺如乐图，内蒙古自治区党委宣传部新闻处处长新娜、文艺处处长乌云格日勒，老艺术家代表王玉泉、燕杰、王延青和参展画家代表等300余人出席开幕式。展览共展出80余件自治区老中青三代画家以乌兰牧骑队员生活、排练、演出等场景为内容的美术精品，充分反映了乌兰牧骑队员忠诚于党、热爱人民、吃苦耐劳、甘于奉献、团结拼搏、勇于创新的精神和“演出、宣传、辅导、服务、创作、创新”职能任务，坚持以社会主义核心价值观为引领，坚持为人民服务、为社会主义服务，坚持扎根生活沃土、服务基层群众，更好传承和弘扬优秀民族文化，更好丰富农牧民文化生活，更好传递党的声音和关怀。

【内蒙古网络文艺家协会成立】

12月10日，内蒙古网络文艺家协会第一次会员代表大会在呼和浩特召开。内蒙古自治区党委宣传部副部长、电影局局长乌恩奇出席会议并讲话，自治区民政厅社会组织管理局局长韩少俊宣读《同意成立内蒙古网络文艺家协会准予行政许可决定书》。内蒙古文联党组书记、副主席张宇，内蒙古自治区党委网信办副主任李培燕共同为内蒙古网络文艺家协会授牌。内蒙古文联党组成员、副主席包银山，副巡视员喜山出席大会，自治区党委宣传部、自治区民政厅，内蒙古文联有关部门负责同志，全区网络文艺工作者代表100余人参加会议。大会听取《内蒙古网络文艺家协会筹备工作报告》，审议通过《内蒙古网络文艺家协会章程》，选举产生由网络文学、音乐、美术、摄影、影视、文艺评论等艺术门类代表组成的内蒙古网络文艺家协会第一届理事会和主席团。内蒙古大学蒙古学学院副院长、网络文艺评论家、教授额尔敦哈达当选内蒙古网络文艺家协会主席，阿里巴巴文学副总编、网络作家李晓波，网络音乐人苏勒亚其其格，网络作家张建熙（张小花），天堂草原文化有限公司总经理、网络音乐人哈斯巴更，网络作家、翻译家海风，网络作家郭改霞，网络美术家于江，网络影视制作人程辉8人当选副主席。主席团聘任于江兼任内蒙古网络文艺家协会秘书长，聘任丛龙瑞、斯日古冷、海山为副秘书长。

【第三届内蒙古中青年德艺双馨文艺工作者表彰大会】

12月27日，由内蒙古自治区党委宣传部、自治区人力资源和社会保障厅，内蒙古文联共同主办的第三届内蒙古中青年德艺双馨文艺工作者表彰大会在呼和浩特举行，授予丁玉龙（海日寒）、王占新、王红川、王静远、巴德玛、叶尔达、白金声、苏茹娅、李继春、张可扬、张永胜、张树天、郎荣彪、孟克吉日嘎拉、哈斯、哈斯达来、那布庆花、莎日娜、塔纳、朝格吉勒图20名同志“第三届内蒙古自治区中青年德艺双馨文艺工作者”荣誉称号。内蒙古自治区党委宣传部副部长、电影局局长乌恩奇出席会议并讲话，内蒙古文联党组书记、副主席张宇主持会议。内蒙古文联党组成员、副主席包银山、副巡视员喜山，内蒙古自治区人社厅公务员局考核培训奖惩处处长李文廷、自治区党委宣传部文艺处调研员图巴特尔出席会议。王占新、张树天、塔纳分别发言，李继春代表出席表彰大会的全体代表宣读《倡议书》，号召全区广大文艺工作者自觉践行社会主义核心价值观，大力弘扬文艺界核心价值观，努力培育草原文化核心理念，凝聚“建设亮丽内蒙古、共圆伟大中国梦”的奋斗伟力。全区文艺工作者代表，自治区党委宣传部、自治区人社厅、内蒙古文联有关同志230余人参加会议。

【全区文联系统改革深入推进】

2月14日，《内蒙古文联深化改革方案》经内蒙古自治区党委办公厅印发。内蒙古文联本着统筹规划、有序推进、突出重点、分步实施的总体思路，制定《〈内蒙古文联深化改革方案〉实施方案》和《内蒙古文联深化改革任务分解书》。加强对各文艺家协会和盟市文联改革的指导，推动15个自治区文艺家协会和9个盟市文联出台深化改革方案。围绕加强文艺家协会管理，制定《内蒙古文联关于加强对文艺家协会管理暂行办法》和《内蒙古文联关于加强和改进自治区文艺家协会会员队伍建设工作的意见》；围绕加强网上文联建设，完成内蒙古文学艺术数据库建设工程一期验收，推动内蒙古美术馆“智慧美术馆”系统上线运行；围绕加强行风建设和职业道德建设，成立内蒙古文联文艺职业道德建设委员会，组织第三届内蒙古中青年德艺双馨文艺工作者表彰活动；围绕创新团结联系新文艺群体方式方法，成立内蒙古网络文艺家协会，主办承办全国网络作家深入学习习近平新时代中国特色社会主义思想专题培训班、内蒙古网络文艺发展座谈会、全区青年网络作家培训班等活动。

获奖情况

2018年，经内蒙古文联及各文艺家协会推荐参加的全国、全区性文艺评奖活动中有331部作品获奖，其中正规奖项49部，民族舞剧《草原英雄小姐妹》获第十一届中国舞蹈“荷花奖”舞剧奖，青年演员王舜获第十届中国曲艺牡丹奖表演新人奖，杂技《五人踢碗》获第42届蒙特卡罗国际马戏节铜小丑奖，肖亦农的长篇小说《穹庐》荣登第三届长篇小说年度金榜。按照全国性文艺评奖制度改革要求，进一步修订完善自治区文学“索龙嘎”奖评奖办法和评奖细则，组织开展第十二届内蒙古自治区文学“索龙嘎”奖评奖活动，30篇（部）作品获奖。

对外及对港澳台地区文化交流

2018年，内蒙古文联及各文艺家协会组织交流活动18次。接待蒙古国作家艺术家代表团来访，双方就进一步加强文艺交流合作达成共识，签署交流合作意向书，建立常态化的交流合作机制。选派优秀蒙古剧剧目参加蒙古国第十四届“格根木扎”国际戏剧节，推动草原文化走出去，扩大内蒙古文艺的影响力和传播力。

直属单位

【《草原》杂志社】

全年完成《草原》出刊12期，约170万字，开设“内蒙古文学地理”栏目和“内蒙古诗人十二家”子栏目，刊发“纪念改革开放40周年作品专号”，多部作品被《小说选刊》《散文选刊》《诗选刊》等权威刊物选载推荐。举办《草原》文学奖（2016至2017年度）颁奖典礼暨首届《草原》文学高峰论坛、“礼敬乌兰牧骑”主题网络征文（汉文）、2018年内蒙古诗歌排行榜（汉文）等活动。《草原》微店铺上线。

【《花的原野》杂志社】

完成《花的原野》《世界文学译丛》出版发行工作。举办第六届八省区“八骏”杯大学、高中蒙古文文学作品大赛、庆祝改革开放40周年全国蒙古文散文、报告文学征文大赛、庆祝改革开放40周年“沙格德尔”杯蒙古文小说那达慕、第二届“花的原野”网络文学那达慕、《花的原野》文学笔会暨2018•锡林郭勒之夏镶黄旗笔会、“礼敬乌兰牧骑”主题网络征文（蒙古文）等活动。

【内蒙古美术馆】

内蒙古美术馆新旧两馆同步运行，全年完成各种艺术作品展览54个。策划、主办、承办“庆祝改革开放40周年全区美术、书法、摄影作品展览”“弘扬乌兰牧骑精神——内蒙古乌兰牧骑主题美术作品展览”“巴•毕力格漫画新作展”“2016——2017内蒙古美术馆馆藏作品展”“流金岁月——内蒙古文化名人及国家级自治区级非遗传承人肖像展”“莫力达瓦达斡尔族自治旗、鄂温克族自治旗成立60周年文化艺术展”“不忘初心，牢记使命——内蒙古乌兰牧骑60年图片展”“徐悲鸿与他的时代——全国巡展内蒙古站展览”“最绘画——第三届中国青年油画作品展”“精准扶贫漫画作品展”“‘学院绘’——当代青年艺术家邀请展”“2018‘写生内蒙古’美术作品展”“武汉印象•武汉美术馆馆藏作品展”等展览活动。年度收藏区内外美术作品51件。“智慧美术馆”系统正式运行，“内蒙古美术馆数字资产管理系统”投入使用。

各文艺家协会

【作家协会】

负责第十五届中国•内蒙古草原文化节蒙汉语诗歌朗诵会朗诵的诗歌遴选，参与组织第十五届中国•内蒙古草原文化节草原文化主题论坛文学分论坛。《草原文学重点作品创作扶持工程•重大题材写作计划》29个选题被认领进入创作阶段，并转型升级为“现实题材写作计划”。10部作品入选2018《草原文艺精品创作工程•文学创作子项》。启动乌兰牧骑写作计划，作家阿勒得尔图的长篇报告文学《红色文艺轻骑兵——乌兰牧骑纪事》入选。举办“礼敬乌兰牧骑”诗歌征集活动及“礼敬乌兰牧骑”诗歌朗诵会。召开长篇小说《穹庐》改稿会、著名蒙古族诗人白涛新诗研讨会、路远长篇小说《布里亚特女裁缝》研讨会、娜仁高娃文学作品研讨会、长篇小说《大河人家》改稿会、纪念巴•布林贝赫诞辰90周年座谈会等活动。参与组织“到人民中去”红色文学轻骑兵活动走进锡盟苏尼特右旗活动，举办兴安盟母语农牧民作家培训班、乌兰察布市农牧民汉文作家培训班，10名作家入选“深入生活 扎根人民•挂联活动”。组织撰写2018年度蒙汉文《内蒙古文学年度发展状况报告》。参与内蒙古文学馆工程改建、展陈大纲的撰写、馆藏资料的征集工作。成立内蒙古小说委员会等8个专门委员会，制定《内蒙古作家协会主席团成员、全委会委员履职办法》。

【音乐家协会】

4月21日，“爱在内蒙古 唱响新时代”新人新作演唱会在内蒙古电视台1400平米演播室录制完成，包括《永远飞翔》《大青山》《生命》等18首歌曲。5月26日至30日，第十五届中国•内蒙古草原文化节“永远的春天”——内蒙古自治区纪念改革开放四十周年合唱展演活动在呼和浩特举办，包括合唱展演与合唱指挥培训两部分内容，2000余人参与活动。6月25日至7月1日，第十五届中国•内蒙古草原文化节“守望相助在美好家园”蒙古语歌曲创作笔会在呼和浩特举办，来自全区各盟市的近60位词曲作者参加活动。8月16日至17日，第十五届中国•内蒙古草原文化节草原文化主题论坛文学艺术分论坛草原音乐论坛在呼和浩特举办，50余位区内外著名音乐家参加活动。10月17日至21日，内蒙古自治区第六届室内乐比赛在内蒙古艺术学院举行，802个节目、1400余人参赛。举办、承办首届“鄂尔多斯之恋”全国声乐大赛、“爱在中国”公益音乐会走进鄂尔多斯文化惠民演唱会、首届蒙古语说唱音乐专场晚会等活动。完成4期《草原歌声》杂志编辑出版工作。年度新发展会员80人，推荐中国音协会员24人。

【书法家协会】

5月26日，“风从北方来——内蒙古八思巴文篆刻进京展”在北京师范大学启功书院坚净美术馆开幕。7月6日，内蒙古书法家协会第六届主席团第五次会议暨专业委员会主任工作会议在霍林郭勒市召开。7月20日至22日，内蒙古书法家协会第三期书法临帖班在呼和浩特开班，100余名学员参加学习。7月28日，中国书法名家讲堂首期学术讲座在内蒙古美术馆学术报告厅举办，朱培尔作题为《书为心画：一个历史与时代的命题》的讲座。邀请王增军、张卫东、林峰、杨家伟、胡中一五位书家开设内蒙古书法家协会书法研修班导师工作室，400余人次参与学习。举办、承办“书法进万家——走进内蒙古师范大学”送春联公益活动、2018中国文联中国书协“书法家送万福进万家”志愿服务公益活动、内蒙古书法家协会临帖班、公益蒙古文书法篆刻培训班、“科尔沁书虫”讲堂、“墨庐书画院首期书法公益临帖班”、内蒙古书法家协会女书家骨干培训班等书法公益系列活动。举办、承办“2016－2017年度内蒙古书法家协会学员作品汇报展”“走进基层服务群众——何奇书法艺术美岱召展”“拜读启功——郑福田诗词书法作品邀请展”“内蒙古自治区妇女书法篆刻作品展”等展览活动。

【美术家协会】

4月1日，内蒙古美术家协会九届二次理事会议暨第十三届全国美术作品展览动员大会在鄂尔多斯市康巴什区召开，“走进鄂尔多斯——内蒙古美术家协会理事作品展”同日开展。6月8日，“一带一路”相约巴彦淖尔——内蒙古巴彦淖尔第二届国际岩刻艺术双年展在巴彦淖尔市阴山岩刻艺术馆开展，展出近百件作品。6月20日，国家艺术基金2017年度艺术人才培养资助项目——草原八省（区）水彩、粉画创作人才培训班在呼和浩特开班，40名青年美术家参加为期四十天的培训。9月26日，国家艺术基金2017——2018年度培养资助项目——草原八省（区）水彩粉画创作人才培养结业作品汇报展览在内蒙古美术馆开展，展出40名青年美术家的100余件作品。12月11日，第三届内蒙古版画作品展览在内蒙古美术馆开展，展出94件版画作品。举办“弘扬乌兰牧骑精神，做美术轻骑兵”内蒙古美术家深入乌兰牧骑采风写生活动，组织近30名美术家深入乌兰牧骑进行采风、写生。编印《内蒙古美术新人新作展作品集》《溢彩草原•纪念改革开放40周年内蒙古美术作品集》《弘扬乌兰牧骑精神——内蒙古乌兰牧骑主题美术作品展览作品集》《第三届内蒙古版画展作品集》。

【摄影家协会】

1月12日，内蒙古首届纪实摄影巡回展暨内蒙古乌海摄影创作基地揭牌仪式在乌海市举行。11月23日，第23届内蒙古自治区摄影艺术展览在内蒙古美术馆开展，从全区12个盟市598位作者的7000余幅作品评选200幅作品入展。联合举办、承办第三十届中国华北摄影艺术展览、中国马都•锡林郭勒2018冰雪那达慕暨第二届“中蕴杯”国际马文化摄影艺术大展、“壮美内蒙古•亮丽风景线”——2017年摄影那达慕大赛、“醉美赤峰”——首届中国赤峰国际旅游摄影大展、第四届中俄蒙国际摄影节、第五届内蒙古西乌珠穆沁旗白马文化节暨“中蕴杯”国际马文化摄影艺术家走进“中国白马之乡”大型摄影采风活动、2018“丝路驼铃”——首届中国奈曼国际摄影文化节、内蒙古摄影家协会神泉景区创作基地揭牌暨纪念改革开放40周年第六届托克托风情摄影大赛优秀作品展览等活动。

【民间文艺家协会】

3月15日至18日，“内蒙古民族传统手工艺创造性转化、创新性发展”课题调研组赴锡林郭勒盟开展专题调研。11月21日，《中国民间文学大系•说唱•内蒙古卷》编纂工作推进会在呼和浩特市召开，完成100万字的初稿，其中少数民族文字翻译成汉文90万字。11月20日至24日，“中国民间文学大系出版工程社会宣传推广活动——全国胡仁乌力格尔大会”在通辽市扎鲁特旗举办。继续实施内蒙古民间文化遗产抢救工程，推进《三少民族服饰集成》编纂工作，搜集、整理《蟒古斯故事》6部200万字。继续开展草原文艺精品创作工程•民间文艺作品的征集、扶持、评选、研讨、推介活动，民间文学、雕刻雕塑、蒙古族刺绣三个门类的10件（部）作品入选。开展第五批“民间文化杰出传承人和艺术大师”征集、认定和命名工作，评选“内蒙古民间艺术（工艺美术）大师”30名。联合举办“2018夏季西北民歌文化生态调研活动”，完成全区46个中国民协“文艺之乡”“文艺创作基地”年审材料报送。

【戏剧家协会】

9月27日至28日，纪念改革开放40周年内蒙古自治区地方戏曲折子戏、优秀唱段展演在呼和浩特举行，二人台、晋剧、蒙古剧、京剧、评剧、吉剧等7个剧种36个节目参演。开展草原文艺精品创作工程•优秀戏剧剧本征集活动，8部作品入选，其中蒙古剧3部、话剧2部、二人台2部、吉剧1部。完成第十五届中国•内蒙古草原文化节优秀剧目指导、修改、遴选、推荐工作，观看指导剧目61部。成立蒙古剧专业委员会等4个专业委员会。

【曲艺家协会】

3月15日，全区乌兰牧骑四胡培训班开班，来自7个盟市的近20名乌兰牧骑队员参加为期半个月的学习。7月23日，“欢声笑语·欢乐在草原——庆祝改革开放四十周年曲艺惠民演出”在包头市举行。9月8日至12日，2018年全区曲艺文学作者培训班在呼和浩特举行，50余名曲艺文学爱好者参加学习。9月23日，“庆祝改革开放四十周年蒙古族曲艺名家经典作品展演”系列活动在赤峰市翁牛特旗举办，邀请区内60多名艺术家参加展演。9部作品入选2018《草原文艺精品创作工程·曲艺创作子项》。积极联络和服务新曲艺组织，吸纳内蒙古相声社、众乐相声社、图乐相声社、可乐相声社、复德和茶社和张瑞芬文化大院为团体会员。成立内蒙古曲艺家协会曲艺理论和快板、快书、呱嘴两个专业委员会，命名张瑞芬文化大院为“基层曲艺培训基地”、复德和茶社为“呱嘴传承基地”。

【舞蹈家协会】

1月5日至6日，2018年“草原与春天共舞”新年舞蹈晚会在内蒙古民族艺术剧院音乐厅举行。8月9日至16日，组团参加第九届华北五省市（区）舞蹈大赛并取得优异成绩。推荐3部作品参加第五届“荷花少年”全国舞蹈展演，群舞《阿穆尔赛罕》《骏影追风》获“星光少年”荣誉称号（专业中专组），《苏都日》获“星光少年”荣誉称号（普通中学组）。年度新发展会员51人。

【电影家协会】

4月20日，内蒙古籍青年导演作品研讨会在北京中国电影家协会召开，以“内蒙古电影新气象”为题对内蒙古籍青年导演创作的优秀作品进行深入研讨。6月15日至21日，参加第二十一届上海国际电影节电影市场，宣传推介内蒙古自治区近年来生产创作的电影、电视剧以及优秀青年导演和电影剧本。8月6日至10日，与内蒙古视协在呼伦贝尔市扎赉诺尔区联合举办全区青年影视剧创作培训班。开展2018年度内蒙古文联草原文艺精品创作工程之征集评选电影文学剧本活动，《封火情》（蒙古语）《驼球恋》《找事》《丝路》《秋分》《敖包山上的来客》《开往小井村》《城中村》等8部电影剧本获扶持。联合组织召开第15届中国·内蒙古草原文化节草原文化主题论坛之“继承发展·筑梦草原——内蒙古光影四十年回顾与展望”影视分论坛、2018“一带一路”电影推广座谈会。组织“礼赞乌兰牧骑”主题网络征文及网络视频征集展播活动，完成2018年度自治区党委宣传部“剧本孵化工程”电影、电视剧、广播剧评选工作。年度新发展会员23人，推荐中国影协会员14人。

【电视艺术家协会】

12月4日，中国视协内蒙古自治区中青年电视业务骨干培训班（纪录片编导研修班）在呼和浩特举办，来自全区各级广播电视台、产（行）业单位从事电视艺术的业务骨干、新文艺群体骨干代表、高等院校从事电视艺术教学的骨干教师等近170人参加培训。联合举办“和林格尔国际电影那达慕”、“大学生齐越节朗诵大赛”、“第十届海峡两岸电视主持新人大赛内蒙古地区预选赛”、全区首届大学生“红色经典我咏诵”诵读大赛等活动。联合组织大型纪录片《苍天圣地阿拉善》研讨会、第15届中国·内蒙古草原文化节草原文化主题论坛之“继承发展·筑梦草原——内蒙古光影四十年回顾与展望”影视分论坛。完成6期《草原·新剧本》编审、出版工作。

【杂技家协会】

5月15日，内蒙古杂技家协会魔术艺术委员会成立大会在呼和浩特召开，选举产生内蒙古杂协魔术艺术委员会，组织名家和新人魔术艺术展演。10月23日至24日，“七彩草原边疆行”杂技晚会在鄂尔多斯市达拉特旗举行，近千名观众观看演出。推荐魔术节目《美丽的草原我的家》参加第十届中国杂技金菊奖全国魔术比赛决赛。

【文学翻译家协会】

8月16日至22日，举办文学翻译培训班，邀请高兴、陈岗龙、陈晓帆、海日寒为40余名学员集中授课。继续组织实施《优秀蒙古文文学作品翻译出版工程》，完成第五辑7部图书出版工作，开展工程第六辑编辑出版各项工作，在《内蒙古日报》北国风光版“译草原”栏目刊发翻译出版工程作品，推介草原文学精品。内蒙古文学翻译家协会荣获“全区第五次学习使用蒙古语文先进集体”。

【文艺评论家协会】

7月25日至27日，第二届民族文艺论坛在锡林浩特市举办，来自全国各省市自治区的40余位专家学者围绕“新时代乌兰牧骑与中国民族艺术的发展”主题展开研讨。开展“草原艺术研究工程”第二阶段——史观层研究，《美术卷》《电影卷》

《戏剧卷》编撰工作基本完成。举办长篇小说《布里亚特女裁缝》研讨会、蒙古文学与比较文学全国研讨会、草原诗歌40年——白涛诗歌创作研讨会、那木斯来扎布作品研讨会、锡林郭勒之夏文学笔会暨诗集《时光的掌纹》研讨会等活动，活跃自治区文艺评论氛围。完成《金钥匙》《草原·文艺论坛》《第二届民族文艺论坛论文集》《内蒙古文艺界》编辑出版工作。

【职工文联】

6月8日至10日，召开第五届内蒙古职工文学创作奖评奖会议，68部作品分获蒙汉文作品一、二、三等奖和优秀奖，2个单位获优秀组织奖。11月14日、15日，第五届内蒙古职工文学创作奖获奖作者座谈会和颁奖仪式在乌兰察布市卓资县分别举行。编辑出版《时光之上——第五届内蒙古职工文学创作奖获奖作品集》。联合举办全区工会宣传文化艺术骨干队伍培训班，陆续深入内蒙古第一机械集团有限公司、内蒙古北方重工业集团有限公司等会员单位以及卓资县总工会开展调研。积极推进网上文艺建设，全年定期发布推送微信公众平台信息47期，内蒙古职工文联网站同步更新。

辽宁省文联

综 述

2018年，是深入贯彻落实习近平新时代中国特色社会主义思想和党的十九大精神开局之年，也是实现辽宁全面振兴、全方位振兴的重要之年，更是辽宁省文联深化改革、落实三年计划的第一年。一年来，辽宁省文联党组在省委的正确领导下，在辽宁省委宣传部的具体指导下，紧紧围绕贯彻落实党的十九大精神这条主线，以习近平新时代中国特色社会主义思想为指导，牢固树立“四个意识”，坚定“四个自信”，坚决贯彻落实中央、省委的指示精神和决策部署，认真履行全面从严治党、党风廉政建设和意识形态工作责任，深入推进文联深化改革，坚持以人民为中心的工作导向，突出聚焦中国梦、讴歌新时代主题，围绕省委省政府中心工作，服务辽宁振兴大局，为繁荣发展辽宁文艺事业、建设辽宁文化强省积极作为，为辽宁文艺事业繁荣发展做出了应有的贡献。

重要会议与活动

【辽宁省文联红色文艺轻骑兵新春走基层文化惠民活动】

元旦春节期间，辽宁省文联组织20余支红色文艺轻骑兵小分队，分赴乡村、学校、社区、军营、企业等基层一线开展活动100多场，近万名文艺名家、文艺志愿者深入基层，送演出、送春联、送福字、送剪纸、送辅导，以多种文艺形式宣传贯彻党的十九大精神，落实习近平总书记对乌兰牧骑“红色文艺轻骑兵”重要指示精神，为广大群众送去欢乐，传递党的声音和关怀。省委常委、宣传部部长范卫平对活动做出批示：此项活动很好，要广泛地进行宣传。

【辽宁省暨沈阳市2018年度文化科技卫生“三下乡”集中示范活动启动仪式】

1月30日，由辽宁省委宣传部、辽宁省文联等近20个部门共同主办，沈阳市委宣传部及15个部门共同承办的辽宁省暨沈阳市2018年度文化科技卫生“三下乡”集中示范活动在沈阳市苏家屯区八一街道官立堡村正式展开。辽宁省文联党组书记、主席盖成立出席并代表主办单位宣布活动正式启动。

【2018中国文联中国书协辽宁文联“书法家送万福进万家”志愿服务活动】

2月7日，由中国文联、中国书协主办，辽宁省文联、辽宁省书协承办的2018中国文联中国书协辽宁文联“书法家送万福进万家”志愿服务活动——书法“红色文艺轻骑兵”走进营口老边区。来自中国书协、辽宁辽宁省书协和营口市书协的书法家们现场向当地老百姓赠送春联、福字3000余幅，书写春联和书法作品1000多件。

【全省书法界广泛开展“送万福进万家”下基层公益活动】

元旦、春节期间，辽宁省书协动员广大书法艺术工作者深入生活、扎根人民，开展了“送万福进万家”下基层志愿服务公益活动。在近一个月的活动中，全省600多名中国书协会员、2300多名辽宁省书协会员及市、县级书协会员和书法爱好者共计万余人次参加了活动，书写春联、福字115000余副。

【辽宁省文联调研组赴基层督导工作】

2月至3月，辽宁省文联党组书记、主席盖成立带队赴本溪市、沈阳市、鞍山市、阜新市、朝阳市、铁岭市、丹东市、大连市文联调研。8月2日至22日，由辽宁省文联党组成员、副主席胡崇炜和武雪梅带队的两个调研组，深入全省各市文联和相关基层单位调研。调研组通过召开座谈会的方式，重点调研了各市文艺基地规范整顿情况、新文艺组织和新文艺群体摸底情况统计、文联深化改革工作进度以及2018年省级会员和文艺骨干、管理干部培训工作规划等内容。

【大象无形——宋雨桂水墨艺术展】

5月11日，由中国国家博物馆、中央文史研究馆、中国美协、辽宁省文联主办，辽宁省美协、辽宁美术馆、宋雨桂艺术馆共同协办的“大象无形——宋雨桂水墨艺术展”在中国国家博物馆开展，共展出120余件宋雨桂先生的艺术精品，同期举行座谈会。

【全省广泛开展5.23文艺志愿服务活动】

5月23日，在第5个中国文艺志愿者服务日前后，辽宁省文联以“文艺助力脱贫攻坚”和“群众文艺”为重点，采取省、市、县联动的文艺志愿活动模式，精心组织近500支文艺志愿服务小分队活跃在田间地头、深入到群众当中，以“送欢乐下基层”慰问演出、文艺支教、文艺讲堂、文艺采风、展览展示等多种形式开展活动近1000场次，受益群众15万余人。

【中国•沈阳“盛京满绣”艺术产业化论坛】

5月28日，由中国民协、辽宁省文联、沈阳上海市委宣传部、沈阳市文联主办的中国•沈阳“盛京满绣”艺术产业化论坛在沈阳故宫举办。辽宁省文联党组书记、主席盖成立，沈阳市委常委、宣传部部长冯守权出席会议并致辞。论坛旨在选树非物质文化遗产“盛京满绣”艺术产业化项目作为典型，通过展演展示、观摩论证等形式，打造艺术产业品牌，带动引领辐射其他相关产业的衍生发展。

【辽宁省文联第八届委员会第二次会议】

6月28日，辽宁省文联第八届委员会第二次会议在沈阳辽宁会馆召开。辽宁省文联第八届委员会委员出席会议，第五届辽宁书法兰亭奖和辽宁文艺评论奖部分获奖代表列席会议。此次会议深入学习贯彻习近平新时代中国特色社会主义思想和党的十九大精神，贯彻落实中央和省委重大决策部署，落实省八次文代会提出的各项任务，特别是省委书记陈求发在开幕式上的讲话精神，研究部署当前和今后一段时间辽宁省文联重点工作。

【“长子情怀　奋斗自强”弘扬新时代辽宁精神当代书法作品展】

7月28日，由辽宁省文联、新华书画院主办，辽宁省书协、新华书画院辽宁分院承办的“长子情怀　奋斗自强”弘扬新时代辽宁精神当代书法作品展在沈阳宣和艺术馆开幕。共展出130幅书画作品，旨在以辽宁发展为主线，创作更多反映新时代、新思想、新作为的作品，弘扬主旋律，激发正能量，反映时代风采，共书美好未来。

【第六届“全国道德模范故事汇”巡演走进辽宁】

8月21日至22日，由中央文明办、中国文联主办，中国曲协、辽宁省文明办、辽宁省文联承办的第六届全国道德模范故事汇基层巡演先后在沈阳鼓风集团、沈水湾公园、鞍山胜利宾馆举办，中国曲协分党组成员、副秘书长黄群，辽宁省委宣传部副部长孙成杰，省文明办主任付晨明，辽宁省文联党组成员、副主席武雪梅等领导与数千名观众共同观看演出。刘兰芳、田连元等老中青曲艺家，将曲艺联唱、数来宝、评书、故事、绍兴莲花落等曲艺形式与全国道德模范的感人事迹有机结合起来，向观众生动讲述道德模范们的故事。

【辽宁省首届老年书法展】

9月16日，由辽宁省文联、辽宁省书协主办的“劲秋舒荣——辽宁省首届老年书法展”在辽宁美术馆开幕。辽宁省政协原副主席高鹏、九畹老书家王贺良、辽宁辽宁省书协主席团部分成员以及来自全省500余名书法爱好者出席开幕式。

【2018首届北镇国际摄影大展】

9月28日晚，由辽宁省文联、中共锦州市委、市政府主办，《中国摄影》杂志社、辽宁省摄协、中共锦州上海市委宣传部、锦州市文联、中共北镇市委、市政府承办，中央美术学院美术馆、鲁迅美术学院摄影系协办的2018首届北镇国际摄影大展，在医巫闾山北镇庙前盛大启幕。本次大展以“记忆与失忆”为主题，设有八大展览及活动版块，共有150多个展览，3000余幅作品分别在北镇文化产业中心、北镇庙、北镇鼓楼广场步行街和忠仁美术馆展出。

【庆祝改革开放40周年辽宁摄影艺术精品回顾展暨第18届辽宁省摄影艺术展】

10月16日，由辽宁省委宣传部、辽宁省文联主办，省摄协承办的庆祝改革开放40周年辽宁摄影艺术精品回顾展暨第十八届辽宁省摄影艺术展在辽宁省美术馆举办。辽宁省委宣传部常务副部长张玉珠、辽宁省委宣传部副部长孙成杰，辽宁省文联党组书记、主席盖成立，省文明办主任付晨明，辽宁省文联党组成员、副主席胡崇炜等领导以及来自全省各地的摄影家和摄影爱好者近千人参加了开幕式。展览共收到6000余幅作品，通过认真评选，最终评选出入围作品200幅，其中金奖5幅（组）、银奖12幅（组）、铜奖29幅（组）。

【千秋伟业——庆祝改革开放40周年辽宁书法手卷展】

11月1日，由辽宁省委宣传部、辽宁省文联主办，辽宁省书协承办的千秋伟业——庆祝改革开放40周年辽宁书法手卷展在辽宁美术馆展出。省委常委、宣传部部长张福海，辽宁省委宣传部副部长孙成杰，辽宁省文联党组书记、主席盖成立，辽宁省直机关工委副书记赵满，中国书协副主席、辽宁辽宁省书协名誉主席王丹，中国书协理事、辽宁省文联党组成员、副主席、辽宁省书协主席胡崇炜等领导及辽宁省书协主席团成员、参展作者、观众500余人出席了开幕式。展览以书写家乡辽宁改革开放40年政治、经济、文化、社会等各方面、各领域发生的重大变化和取得成就为主要内容创作的诗词、歌赋等各种题材的文学作品，呈现了改革开放40年来取得的伟大成就。

【庆祝改革开放40周年辽宁戏曲名家名段演唱会】

11月8日，由辽宁省委宣传部、辽宁省文联主办，辽宁省剧协承办的庆祝改革开放40周年辽宁戏曲名家名段演唱会在沈阳盛京大剧院举办。辽宁省委宣传部副部长孙成杰，辽宁省文联党组书记、主席盖成立等领导，以及辽宁省委宣传部相关处室同志出席并观摩。辽宁籍的名家名角、全国戏曲的领军人物、京剧表演艺术家于魁智先生，全国评剧界的领军人物、“梅花大奖”获得者冯玉萍先生，“武旦皇后”李静文、文武老生常东、评剧韩派代表人物周丹及辽宁培养的优秀年轻戏曲人才，来自国家京剧院的郭瑶瑶、刘魁魁，沈师大梅兰芳艺术研究所所长肖迪等倾情献艺，让现场1200多名戏迷票友过足戏瘾。

【长子情怀——庆祝改革开放40周年辽宁工业美术作品展】

11月9日，由辽宁省委宣传部、辽宁省文联主办，省美协承办的长子情怀——庆祝改革开放40周年辽宁工业美术作品展在辽宁美术馆举办。辽宁省委宣传部副部长孙成杰，辽宁省文联党组书记、主席盖成立，省精神文明办公室主任付晨明，辽宁省直机关工委副书记赵满等领导、嘉宾及来自全省各地数千名观众出席开幕式并参观画展。开幕式由省美协主席、秘书长王易霓主持。展览以辽宁工业四十年为主题，突出“长子情怀、忠诚担当、创新实干、奋斗自强”的新时代辽宁精神。作品展共征集作品近千幅，最终评选出132幅优秀美术作品参展。

【“古典室内乐系列音乐会”第100场演出】

11月13日，由辽宁省文联、省音协主办的“八年音乐路我们一同走过”——古典室内乐系列音乐会第100场演出在沈阳音乐学院音乐厅举办。中国音协分党组成员、副秘书长王宏，辽宁省委宣传部常务副部长张玉珠，辽宁省直机关工委常务副书记郭辉，辽宁省委宣传部副部长孙成杰，辽宁省文联党组书记、主席盖成立，省作协党组书记、主席滕贞甫，省新闻出版广电局副局长朱文飚，辽宁省文联党组成员、副主席胡崇炜等领导和嘉宾观看演出。

【漫读十年——喻国玮中国画作品展】

11月18日，由辽宁省文联主办，省美协、大连市美协及榜样喜马拉雅俱乐部等机构协办，大连美术馆承办的“漫读十年——喻国玮中国画作品展”在大连美术馆举办。此次展览是喻国玮先生的首次个人作品展，共展出他近几年的作品近70幅，涵盖大海、山川、湿地等题材。

【庆祝改革开放40周年“曲苑荟萃”辽宁省新曲艺群体新人新作展演】

11月27日至28日，由省曲协主办的庆祝改革开放40周年“曲苑荟萃”辽宁省新曲艺群体新人新作展演在沈阳举办，来自全省各市11个新曲艺组织和新曲艺群体的近50名演员参加了展演。参演节目均为近年来的原创作品，内容生动展示改革开放40年波澜壮阔的光辉历程，尤其是在新时代背景下，歌颂与礼赞了改革开放取得的巨大成就与人民日新月异的美好生活。

【2018辽宁文化艺术周暨“美丽辽宁”——中国·辽宁摄影艺术展】

12月4日至8日，以辽宁省文联党组成员、副主席林建宇为团长的辽宁省文联文化代表团赴乌克兰举办2018辽宁文化艺术周“美丽辽宁”——中国•辽宁摄影艺术展，开展戏剧、摄影等文化交流活动。12月4日，在乌克兰首都基辅建筑艺术展览中心举办了2018辽宁文化艺术周暨“美丽辽宁”——中国•辽宁摄影艺术展。展览展出了50幅反映中国风土人情、自然风光、社会发展的摄影作品。

创作与研究

【辽宁省文联市县区干部学习贯彻党的十九大精神、落实省八次文代会工作任务专题研讨班】

4月24日至26日，辽宁省文联在沈阳举办全辽宁省文联市县区干部学习贯彻党的十九大精神、落实省八次文代会工作任务专题研讨班，辽宁省文联党组书记、主席盖成立，党组成员、副主席林建宇和胡崇炜，党组成员武雪梅，全省各市文联主要负责同志、各市文联组联部门负责同志、各市部分县区文联主要负责同志，辽宁省文联各文艺家协会、机关综合处室及事业单位负责人等90余人参加活动。

【辽宁省文联第十届中青年文艺评论骨干读书班】

6月22日，以“新时代语境下的文艺经典阅读”为主题的辽宁省文联第十届中青年文艺评论骨干读书班在沈阳举办。辽宁省文联党组成员武雪梅、省理协主席洪兆惠参加会议并致词。读书班专邀中国人民大学的专家刘英、王金会授课。来自辽宁省委宣传部文艺处，高校、研究所等科研单位，各市文艺理论家协会、新文艺群体的40余位中青年文艺评论骨干参加读书班。

【学习贯彻习近平新时代中国特色社会主义思想和党的十九大精神暨第十三届全国美展创作研讨班】

8月6日至9日，由辽宁省文联主办、省美协承办的学习贯彻习近平新时代中国特色社会主义思想和党的十九大精神暨中国美术创作奖第十三届全国美展创作研讨班在沈阳举办。辽宁省文联党组书记、主席盖成立，辽宁省文联党组成员、副主席胡崇炜出席并讲话。中央文史研究馆副馆长、中国文联副主席、中国美术家协会副主席冯远，中央美术学院教授张元、丁忆陵为学员授课。研讨班的主要议题是进一步学习习近平新时代中国特色社会主义思想和党的十九大精神，备战中国美术创作奖第十三届全国美展。

【第八届东北三省杂技理论研讨会】

9月2日，由中国杂协、辽宁省文联、吉林辽宁省文联、黑龙江辽宁省文联主办，吉林省杂协承办的第八届东北三省杂技理论研讨会在长春举行。本次研讨会共征集文章50余篇，评出一等奖3篇、二等奖5篇、三等奖6篇。其中，辽宁省张天来的作品《实现民族艺术精品化拓展产业链条升级——吴桥杂技的发展现状及展望研究》获得一等奖。

【中国视协辽宁省中青年电视业务骨干培训班】

10月23日，由中国视协主办，辽宁省文联、省视协、抚顺广播电视台、抚顺市文联、抚顺市视协承办的“辽宁省中青年电视业务骨干培训班”在抚顺举行。全省各级广播电视台、产（行）业单位从事电视艺术的骨干员工、新文艺群体的骨干代表以及高等院校从事电视艺术教学的骨干教师等110多人参加培训。

【辽宁省文联2018年深入学习贯彻习近平新时代中国特色社会主义思想和党的十九大精神专题研讨班】

10月24日至11月30日，由辽宁省文联主办、各市文联承办的辽宁省文联2018年深入学习贯彻习近平新时代中国特色社会主义思想和党的十九大精神专题研讨班在全省14个市举办，培训学员15期。来自各市的省级文艺家协会会员、文艺骨干及管理干部、有代表性的国有和民营文艺机构、新文艺组织和新文艺群体代表1680人参加培训。

【2018•辽宁文艺论坛】

11月12日，由辽宁省文联、省理协主办的以“聚焦新时代辽宁文艺的现实力量”为主题的2018•辽宁文艺论坛在沈阳举办。辽宁省文联党组成员、副主席胡崇炜，辽宁省理协主席洪兆惠以及孙浩、胡玉伟、刘嘉陵、杨利景、杨宝林、崔晓柏、蔡菊辉、马琳、李轻松等省内艺术家和文艺评论家近30人出席活动，共同关注辽宁文艺实践，探讨辽宁文艺发展问题。此次文艺论坛突出辽宁地域特色创作，旨在讨论辽宁文艺创作如何回应现实，当下及未来的辽宁文艺如何释放艺术感染力。

【辽宁省文联加强新文艺组织和新文艺群体工作座谈会】

11月15日，辽宁省文联在沈阳召开加强新文艺组织和新文艺群体工作座谈会。辽宁省文联党组书记、主席盖成立，党组成员、副主席武雪梅，辽宁省委宣传部、省委统战部相关处室同志，辽宁省文联副主席刘辉、洪兆惠、朱文飚、王易霓，辽宁省各文艺家协会主席、负责人，各市文联领导以及来自全省新文艺组织和新文艺群体代表100余人出席会议。会上，各市文联代表及新文艺组织新文艺群体代表从构建新时代文艺发展联络服务体系、探索文艺阵地建设新途径、加强文化传播、做新时代精神的传播者等几个方面做了交流发言。盖成立同志做了题为《勇于担当主动作为 切实加强对新文艺组织和新文艺群体的团结引领》的讲话，对全辽宁省文联系统新文艺组织和新文艺群体工作进行总结和部署。

【第十七届辽宁戏剧玫瑰奖】

10月30日，由辽宁省文联、辽宁省剧协共同主办的第十七届辽宁戏剧玫瑰奖评奖活动在沈阳举办。经评委会认真评选，最终评出获奖者17名，其中表演类13人、戏曲音乐类1人、导演类2人、舞台美术类1人。

【第六届辽宁音乐金钟奖】

12月7日至9日，由辽宁省文联、辽宁省音协共同主办的第六届辽宁音乐金钟奖在沈阳举行。经评委会认真评选，最终评出获奖者10名，其中一等奖1名、二等奖2名、三等奖3名、优秀奖4名。

【第五届辽宁美术金彩奖】

7月20日，由辽宁省文联、辽宁省美协共同主办的第五届辽宁美术金彩奖评选活动在沈阳举办。经评委会认真评选，最终评出获奖作品19件，其中特别奖8件、金奖5件、银奖6件。

【第七届辽宁舞蹈荷花奖】

9月27日，由辽宁省文联、辽宁省舞协共同主办的第七届辽宁舞蹈荷花奖评奖活动在沈阳举办。经评委会认真评选，最终评出获奖作品15个，其中编导金奖6个、编导银奖7个、表演银奖2个。

【第五届辽宁曲艺牡丹奖】

11月20日，由辽宁省文联、辽宁省曲协共同主办的第五届辽宁曲艺牡丹奖评奖活动在沈阳举办。经评委会认真评选，最终评出节目奖4个、表演奖5人、创作奖4部。

对外文化交流

【辽宁省文联文化代表团赴乌克兰举办2018辽宁文化艺术周暨“美丽辽宁”——中国•辽宁摄影艺术展】

应乌克兰国家摄影家协会的邀请，以辽宁省文联党组成员、副主席林建宇为团长的辽宁省文联文化代表团于2018年12月4日至8日赴乌克兰举办2018辽宁文化艺术周“美丽辽宁”——中国•辽宁摄影艺术展，开展戏剧、摄影等文化交流活动。

机关建设

【全面从严治党】

严格落实《辽宁省文联党组履行全面从严治党主体责任实施办法》，制定《2018年辽宁省文联机关党的工作要点》。对领导班子成员工作分工进行调整，辽宁省文联党组成员、主席盖成立兼任辽宁省文联机关党委书记，党组成员、副主席胡崇炜兼任副书记。全年，党组研究全面从严治党工作10次，党组理论学习中心组学习15次，不断强化全面从严治党主体责任落实。

【党风廉政建设】

坚持每半年专题研究党风廉政建设工作一次，年底召开专题会议，对全年推进全面从严治党、党风廉政建设工作进行总结。通过制作机关廉政文化墙，组织参加辽宁省直宣传思想文化系统党员干部全面从严治党知识竞赛，参观廉政文化场馆，深入开展“辽海讲坛——廉政文化进机关”活动等方式，不断加强机关作风建设和纪律建设。

【制度化建设】

学习借鉴辽宁省委宣传部《关于运用监督执纪“第一种形态”实施办法（试行）》，制定了辽宁省文联《关于运用监督执纪“第一种形态”实施办法（试行）》，进一步明确权限职责、运用方式、运用情形，确保全面从严治党主体责任、监督责任落实到位，让“红脸出汗”成为常态。

【开展中央第六巡视组巡视反馈意见整改落实工作】

成立整改工作领导小组，先后6次召开党组会议和中央巡视反馈意见整改落实工作专题会议，研究推进整改落实工作。结合文联工作实际，研究制定了《辽宁省文联中央第六巡视组巡视反馈意见整改落实方案》，制定整改措施88条，逐项明确了责任单位、责任人和整改时限。建立长效机制，制定了10方面、28条长期推进的整改措施及验收标准，提出有针对性、可操作执行、切实管用的长效措施，推进整改工作常态化。

【基层党组织建设】

严格落实“三会一课”制度、学习制度、领导干部双重组织生活会制度等制度的落实。深入推进党支部规范化建设，建立党支部工作台账，辽宁省文联机关第一党支部被评为辽宁省直机关第二批党支部规范化建设示范点。

【干部队伍建设】

完成辽宁省文联所属5家事业单位整合转隶工作。辽宁省文联八届二次全委会上选举武雪梅同志为辽宁省文联第八届主席团副主席。选派1名同志到鞍山市岫岩县大营子镇青峰村工作。对驻村工作队进行轮换调整，选派2名年轻干部替换期满队员。机关面向基层转任4名年轻干部。

【驻村扶贫工作】

根据上级部门关于精准扶贫有关要求，驻村工作队完成了各项扶贫工作，重点从基层党组织建设、建档立卡贫困户帮扶、种植养殖扶贫项目、村屯文化建设及工作队日常管理等五个方面入手，逐步开展扶贫工作。全年机关党员干部多次走访贫困户，投入资金达6万余元。扶持养殖、种植产业项目，并为村里创作文化墙作品，美化乡村道路。同时开展了扶贫日义诊、图书室建设、“七一”党课等活动。

各文艺家协会

【戏剧家协会】

2月，辽宁省剧协红色轻骑兵小分队在大连开展新春走基层文化惠民活动，同时走访慰问老艺术家。5月举办了辽宁省第六届戏剧骨干高级研修班，来自辽宁省14个市，多个专业剧院团、高校、新文艺组织的戏剧骨干60余人参加了培训。7月，辽宁省文艺精品创作生产专项资金扶持项目沈阳音乐学院戏剧影视学院原创话剧《三见眉语》举行汇报演出，并参加第六届中国校园戏剧节，获得“优秀展演剧目”称号。组织选手赴嵊州参加第22届中国少儿戏曲小梅花荟萃活动，五名小选手均获佳绩。在朝阳市举办2018中国“京韵朝阳”首届京剧票友邀请赛。10月，举办庆祝改革开放40周年辽宁省戏剧论文评选活动，综合评委意见对参评的82篇论文进行评审。11月，为庆祝改革开放40周年辽宁戏曲名家名段演唱会于沈阳盛京大剧院成功举办，社会各界反响热烈。开展第十七届辽宁戏剧玫瑰奖评审工作，产生获奖者17人。

【音乐家协会】

举办古典室内乐系列音乐会8场，至此完成100场演出；举办教师培训公益讲座6场；开展辽宁文艺名家大讲堂及讲座3次、各类别培训5次，参加人员逾千人。4月，辽宁省音乐家协会第九届主席团第三次会议在沈阳音乐学院召开。6月，中国音协副秘书长王建国、会员部工作人员王昕，就辽宁音协在团结新兴音乐组织和群体、会员管理及行风建设等方面的经验做法、辽宁新兴音乐组织及群体当前面临的困难以及今后发展诉求等情况进行调研。7月至8月，承办中国音协全国音乐考级辽宁考区暑期考级工作。9月，召开第十五届“五个一工程”歌曲创作选题论证会。10月，开展为期五天的“五个一工程”歌曲封闭式集中创作笔会。12月，第六届辽宁音乐金钟奖钢琴比赛在沈阳音乐学院举办，产生一等奖1名、二等奖2名、三等奖3名，优秀奖4名。

【美术家协会】

2月，省美协九届主席团工作扩大会议在辽宁会馆召开。3月，承办“中国北京国际美术双年展藏品展”。5月，协办“大象无形”——宋雨桂水墨艺术展并举行研讨会；主办“岁月无声”黄洪涛中国画作品展。6月，“第五届辽宁美术金彩奖”评审工作在辽宁会馆举行；主办“庆祝改革开放四十周年纪念中国共产党建党九十七周年暨朝阳画院首届美术作品邀请展”。7月，省美协九届主席团六次会议在辽宁会馆召开；主办“盛世丹青”周国军中国画展。8月，主办“耕云种月”庆祝改革开放四十周年桓仁版画作品进京展；承办“学习贯彻习近平新时代中国特色社会主义思想和党的十九大精神暨第十三届全国美展创作研讨班”；主办“刀木神髓”2018盘锦国际版画展。9月，承办“全国名家画盘锦”系列写生创作活动；主办2018年第三届“心境空间构筑和谐”空间艺术构造大赛；主办“宋惠民、刘勐、马铁伟师生油画作品展”；主办“酣墨重彩迎国庆营口市中国画水墨大展”。11月，省美协九届七次主席团会议在辽宁省文联六楼会议室召开、承办“长子情怀——庆祝改革开放40周年辽宁工业美术作品展”；主办“2018辽宁省首届油画双年展（巡展）”；主办“艺韵芳襄”辽阳美术精品展。12月，主办“梦之青春——中央堡杯辽宁新锐青年美术作品展”；中国美术家协会第九次全国代表大会在北京召开，辽宁代表团共有18名代表(新文艺群体2名）出席会议，王易霓、李象群、李宝泉、张策、黄洪涛、范云鹏6名代表当选中国美协理事，李象群当选中国美协副主席；主办“辽宁省美术家协会综合画种艺委会美术作品展”。

【摄影家协会】

1月，开展红色轻骑兵小分队新春走基层文化惠民活动。3月，召开摄协九届六次主席团会议。4月，举办“鸟飞湿地•花开营口”全国旅游摄影大展、“辽阳县电力杯”魅力首山摄影大赛启动仪式。5月，《感动：风与景》纪实摄影十人展在丹东开幕。开展“到人民中去”，文化惠民活动。6月，主办“聚焦环保看辽宁”主题摄影大赛，举办“魅力抚顺•旗袍故里”中华旗袍摄影艺术大展启动仪式。7月，举办“创建文明村镇，助力乡村振兴”摄影大赛，组织摄影家6人赴朝阳采风创作。8月，举办“辽宁摄影艺术精品回顾展暨第十八届辽宁省摄影艺术展”评选和北镇国际摄影大展“我和我的家”主题展评选。10月，庆祝改革开放40周年“辽宁摄影艺术精品回顾展暨第十八届辽宁省摄影艺术展”在辽宁美术馆隆重开幕。11月，举办第八期辽宁省中青年摄影骨干培训班。12月，辽宁省文联文化代表团赴乌克兰访问，出席2018辽宁文化艺术周暨“美丽辽宁”——中国•辽宁摄影艺术展开幕式。

【书法家协会】

1月，开展书法家“送万福进万家”下基层志愿服务公益活动。4月，辽宁省书协召开主席团扩大会议。5月，全国第二届大字书法展，辽宁省入展作者15人。6月，全国第二届大学生书法篆刻作品展，辽宁省作者入展9人；在盘锦市大洼区举办省第三十四届临帖班。7月，“长子情怀奋斗自强”弘扬新时代辽宁精神当代书法作品展在沈阳宣和艺术馆开幕。8月，“中国书法家协会2018年全国基层书法骨干培训班”在辽宁营口举办；全国第三届篆书作品展，辽宁省书法作者入展3人。9月，“劲秋舒荣——辽宁省首届老年书法展”在辽宁美术馆展出，共有200余幅作品参展。10月，在大连市图书馆主办“辽宁省首届新文艺群体书法展”。11月，全国第三届册页书法作品展，辽宁省作者入展7人；“千秋伟业——庆祝改革开放四十年辽宁省书法手卷作品展”在辽宁美术馆开幕，200幅作品参展；全国第八届篆刻艺术展，辽宁省作者入展18人。12月，全国第六届妇女书法篆刻展，辽宁省作者入展7人；主办辽沈首届中小学生书法大赛，200余名选手参加。

【舞蹈家协会】

1月，组织红色轻骑兵小分队赴鞍山台安县开展新春基层文化演出活动。3月至7月，省舞协组织推荐的沈阳市艺术学校的《国韵春华》《速度与激情》，在第五届“荷花少年”全国舞蹈展演（专业组）中分别授予“荷花少年”和“星光少年”的荣誉称号。5月，成立辽宁省舞蹈家协会街舞委员会。在锦州凌海市举办省舞协少儿舞蹈教育骨干教师培训班。6月，主办“中国梦•我们的七彩梦”辽宁省少儿舞蹈精品晚会。7月，组织推荐《小荷》等10个舞蹈作品参加第十一届中国舞蹈“荷花奖”当代舞、现代舞评奖，组织推荐辽宁芭蕾舞团的《花木兰》参加第十一届中国舞蹈“荷花奖”舞剧评奖。8月，承办“2018中国舞蹈家协会文艺骨干和文艺管理干部培训班（辽宁）”。9月，承办2018“戴爱莲杯”群星璀璨人人跳全国舞蹈展演辽宁地区选拔赛暨辽宁省第九届“舞协杯”群众舞蹈表演赛。组织、带领省内舞蹈专家团队4人，赴内蒙古开展舞蹈观摩、交流、研讨的采风活动。举办第七届辽宁舞蹈荷花奖评奖，最终15个作品获得第七届辽宁舞蹈荷花奖，其中作品金奖6个、银奖9个。11月，组织各市舞协相关负责人、舞蹈骨干观看在辽宁大剧院上演的大型舞蹈诗《月颂》。承办全省文艺业务骨干和管理干部培训班。12月，召开省舞协八届六次主席团会议。

【曲艺家协会】

元旦春节期间，赴铁岭乡村、社区等地进行“扎根生活沃土服务基层群众”文化惠民演出10场。5月，组织文艺志愿者为沈阳、大连部分社区、工地、部队送去10场曲艺专场演出。在沈阳举办辽宁省第五届少儿曲艺大赛。8月，承办的第六届全国道德模范故事汇基层巡演走进辽宁，先后在沈鼓集团、沈水湾公园、鞍山胜利宾馆成功举办。9月，制定《辽宁省曲艺家协会深化改革实施方案》及深化改革任务落实台账。10月，辽宁省第四届曲艺骨干研修班在营口举办。11月，召开第五届辽宁曲艺牡丹奖评审会，评选出第五届辽宁曲艺牡丹奖节目奖4个、表演奖5人、创作奖4部。庆祝改革开放40周年“曲苑荟萃”辽宁省新曲艺群体新人新作展演在沈阳成功举办。在沈阳召开加强新曲艺组织和新曲艺群体工作座谈会，成立了辽宁省新曲艺组织演出场所协作联盟。

【民间文艺家协会】

1月，与辽宁省文化厅非遗处赴鞍山岫岩调研玉雕雕刻技艺；民间文艺迎新春进八经社区开展送春联活动。2月，组织学者对沈北新区锡伯族喜利妈妈祭祀活动展开调研；红色轻骑兵小分队走基层文化惠民进社区活动；国内首条艺术公交——民间文艺专号，红色文艺轻骑兵走进公交；在省图书馆举办盛京满绣展演展示活动；组织会员参加辽宁省非遗展示活动。3月，辽宁省民协七届四次主席团会在辽宁省文联六楼召开。4月，召开《中国民间工艺集成•辽宁卷》编委推进会；参加《中国民间文学大系》“民间说唱”专家组成立大会暨新时代民间说唱传承发展学术研讨会。5月，《中国民间文学大系》出版工程辽宁•民间说唱卷编委会成立；“到人民中去——辽宁省文联、省民协文艺志愿服务主题活动”走进黑山胡家小学、大虎山小学进行中国鼓演奏传习活动；走进铁岭调兵山，开展社区声乐培训、剪纸、民乐团辅导、秧歌辅导，及慰问敬老院老人文艺演出；承办的中国•沈阳“盛京满绣”艺术产业化论坛在沈阳故宫召开；赴盘锦盘山县故事基地进行调研。6月，与沈阳师范大学美术与设计学院联合承办2018年度中国非遗传承人研修研习“满族刺绣”培训班；举办辽宁大学第二届端午文化校园体验活动；在沈阳云飏阁举办中国•沈阳“网络中国节”之端午，近千名市民参加活动。7月，随中国民协故事委员会赴抚州进行故事创作调研。8月，赴铁岭市朝鲜族文化馆盘索里调研。9月举办《中国民间文学大系•说唱•辽宁卷》《中国民间工艺集成•辽宁卷》编撰工作推进会；陪同中国民协主席潘鲁生在盛京满绣、盘锦二界沟排船厂、辽河民俗博物馆进行调研；备战第十四届山花奖，辽宁报送作品盘锦二界沟《渔家号子》；参加2018中国打击乐协会年会；参加“月是故乡明”——辽宁省庆中秋迎国庆非物质文化遗产展演展示活动；举办2018中国故事节•大学生故事会启动仪式，举办“讲好中国故事——中国民间文艺的现代传承与艺术创新”为主题的学术研讨会。10月与沈师美术与设计学院联合承办2018年度中国非遗传承人研修研习“松花砚”“玛瑙雕”“核雕”“岫岩玉雕”培训班；赴朝阳凌源参加榆州鼓乐庆祝改革开放40周年鼓乐展演活动。11月，赴内蒙古通辽扎鲁特旗参加中国民协主办的全国胡仁乌力格尔大会。12月，在辽宁大学大学生活动中心举办第二届民间文学戏剧节；召开七届六次省民协主席团会议；举行“辽宁省民协故事委员会”成立大会；参加文化部行业打击乐演奏专业能力等级评价工作；参加贯彻习近平总书记重要讲话精神文艺业务骨干和管理干部培训班。

【电影家协会】

3月，报送作品参加中国金鸡百花电影节获优秀作品奖。4月，参加中国影协2018年工作会议。4月至10月，举办第八届“东北三省电影评论征文评选”活动。4月，推荐作品参加2018年“夏衍杯”优秀电影剧本征集活动；参加第四届“曹禺杯”全国优秀剧本评选活动。5月，参加由中国文联和中华人口文化促进会主办的第十六届中国人口文华奖广播节目类、电影类、电视节目类作品评选活动；组织辽宁九赢数字院线公司电影放映队到岫岩县大营子镇青峰村义务放映电影《战狼2》和《红海行动》。8月，参加中国影协纪念建国70周年、改革开放40周年主题微电影项目评选活动。9月，配合辽宁省友协共同举办2018第三届辽宁——阿穆尔之秋电影文化艺术节；选拔3名第34届大众电影百花奖观众评委。10月，参加社会主义核心价值观电影征集活动。11月，沈阳双飞影视传媒有限公司出品的电影《站着是一面旗》参加第27届中国金鸡百花电影节新影片展；参加第34届大众电影百花奖评选；与辽宁大学广播影视学院共同主办2018中国沈阳青年影像节。12月，参加中国影协第十次全国代表大会。全年，辽宁省影协先后推荐13位青年骨干参加中国文联、中国影协分别在正定、长春、北京、西安举办的新文艺群体电影人才培训班。辽宁省影协与机关党委不定期举办电影观摩、交流活动，多次应邀参加电影首映礼、电影展映周、电影演员、导演见面会、座谈会等活动。全年发展省级会员16名、国家级会员3名。

【电视艺术家协会】

4月至6月，推荐作品参加2018中国农民艺术节活动，获二等奖两名、三等奖一名。9月至11月，推荐作品参加中国视协组织的“人文中国第七季——变迁”电视纪录片、专题片评选活动，获优秀作品奖和好作品奖。10月，承办的“辽宁省中青年电视业务骨干培训班”在抚顺举行。11月，在第十届海峡两岸电视主持新人大赛中，辽宁省视协选送的选手沈阳音乐学院荆志浩获银奖，辽宁师范大学金赫男获铜奖，辽宁大学赵婧伊获纪念奖。组织推荐作品参加首届中加电视艺术节。全年，组织作者在《辽宁日报》“一剧一评”专栏刊发评论文章10余篇。全年，发展国家级会员6人，省级会员12人。

【杂技家协会】

春节前夕，看望了辽宁省杂技界老艺术家代表。4月，辽宁省杂协六届五次主席团会议在大连召开。7月，推荐沈阳嘉瞳杂技演艺有限公司董事长马俊参加中国杂技家协会举办的全国民营杂技团体带头人培训班。9月，推荐沙文硕、杨贺然参加由文化和旅游部主办的2018年全国专业魔术师研修班。9月，推荐锦州杂技团张大卫参加中国杂技家协会主办的全国杂技院团负责人及管理人才培训班。承办第八届东北三省杂技理论研讨会。10月，第十届中国杂技金菊奖全国魔术比赛中，由辽宁省杂协打造的原创魔术节目《九儿》经预赛、复赛、决赛，最终以第一名的成绩获得中国杂技金菊奖全国魔术比赛节目奖。11月，第十届中国杂技金菊奖全国魔术比赛获奖专题汇报会在辽宁省文联六楼会议室召开。

【文艺理论家协会】

5月，召开第十届辽宁中青年文艺评论骨干读书班主题策划会。6月，以“新时代语境下的文艺经典阅读”为主题举办第十届辽宁中青年文艺评论骨干读书班。7月，开展第三届“啄木鸟杯”中国文艺评论年度推优活动辽宁地区初评。8月，随辽宁省文联调研组赴沈阳、大连、鞍山、抚顺、本溪、丹东、辽阳7个市开展调研督导工作。9月，按照《辽宁省文联深化改革实施方案》精神要求，制定协会深化改革方案。10月，配合开展全省各艺术家协会省级会员培训工作。与辽宁省剧协共同开展庆祝改革开放40周年辽宁省戏剧论文评选工作。11月，以“聚焦新时代辽宁文艺的现实力量”为主题举办2018•辽宁文艺论坛。以“质感的青春叙事与产业突破的可能”为主题，与辽宁大学广播影视学院共同举办沈阳国际青年影像节学术论坛活动。12月，在沈阳师范大学、辽宁省文联、瓦房店文联、辽宁师范大学组织开展辽宁文艺名家大讲堂活动。对协会在瓦房店市文联和辽宁师范大学影视艺术学院建立的文艺基地进行重新挂牌。收集两名长期驻联系点艺术家的创作成果。

基层文联

【丹东市文联】

2018年是贯彻党的十九大精神的开局之年，是改革开放40周年，是决胜全面建成小康社会、实施“十三五”规划承上启下的关键一年，也是加快丹东全面振兴的重要一年。

年初以来，丹东市文联以习近平新时代中国特色社会主义思想为指导，按照市委市政府工作部署和全市宣传思想文化工作会议提出的工作任务以及辽宁省文联工作要点，扎实开展各项工作。坚持“二为”方向、“双百”方针，坚持以“人民为中心”的工作导向，围绕中心、服务大局，突出“讴歌新时代、共筑中国梦”主题，以“推动创作、多出精品、多出人才”为中心任务，充分发挥行业建设中的主导作用，使各项工作得到有效推进。

吉林省文联

综 述

2018年，吉林省文联及各团体会员以习近平新时代中国特色社会主义思想和党的十九大精神为统领，围绕中心、服务大局，把深入贯彻落实习近平新时代中国特色社会主义思想、党的十九大精神与“中国梦”文艺创作结合起来，与践行社会主义核心价值观结合起来，与“深入生活、扎根人民”主题实践活动结合起来，与文艺惠民活动和文艺志愿服务结合起来，贯穿文联工作的始终。新时代“红色文艺轻骑兵”小分队系列活动、“百名艺术家走进新时代传习所”系列活动等重大主题活动及第30届全省电视文艺丹顶鹤奖评选、“神圣长白”中国画作品展、首届“金鹤杯”吉林省中青年舞蹈展演、“金钟之星”艺术团下基层慰问演出、“多彩民艺进万家”等活动异彩纷呈。围绕打造精品，培养人才，推出吉剧《蒲公英》、电影《黄大年》，主办国家级艺术基金资助项目“东北地方戏曲青年导演人才培养”等多门类艺术培训研修班、座谈会61场。注重培育“吉林省文艺志愿服务”等有鲜明政治引领作用的文艺品牌活动，持续打造“到人民中去”“文化进万家”“文化惠农直通车”“边境惠民百村行”等活动，创新开展“文艺扶贫奔小康”志愿服务行动，使广大人民群众共享文艺发展成果。

重要会议与活动

【吉林省文联八届五次全委（扩大）会议】

3月27日，吉林省文联八届五次全委（扩大）会议在长春召开。会议传达了中国文联十届三次全委会会议精神和全省宣传部长会议精神，吉林省文联党组书记、副主席董维仁做了题为《不忘初心 牢记使命 谱写新时代吉林文艺事业发展的新篇章》的工作报告，总结吉林省文联2017年以来的工作，部署2018年的工作任务。会议通报了更替和增补吉林省文联第八届委员会委员情况等其他事项。

【吉林省农民书画、农民摄影、民间艺术作品展】

8月17日，作为第五届吉林省农民文化节的重要活动之一，吉林省农民书画、农民摄影、民间艺术作品展在长春农博园开幕。本次展览的主题是“新时代、新农村、新农民、新面貌”，共展出农民画作品90幅、农民书法作品130幅、农民摄影作品230幅。

【东北地方戏曲青年导演人才培养】

8月26日，由吉林省文联申报、吉林省戏剧家协会承办的国家艺术基金2018年度艺术人才培养资助项目“东北地方戏曲青年导演人才培养”在吉林艺术学院戏曲学院开班。“东北地方戏曲青年导演人才培养”是吉林省文联首次申报并成功获得国家艺术基金资助的艺术人才培养项目，主要面向东北地区招收35名青年导演，邀请国内相关领域的顶尖专家、学者及东北地方戏曲剧种资深导演对他们进行为期60天的培训，其中30天为集中授课，30天为采风、创作实践。

【“向人民汇报”——“金钟之星”艺术团下基层慰问演出】

9月5日、6日，作为第五届吉林省市民文化节、第十四届中国长春电影节的重要活动，由中国音乐家协会、吉林省委宣传部、吉林省文联、第十四届中国长春电影节组委会主办的“向人民汇报”——“金钟之星”艺术团下基层慰问演出分别在长春车城万达广场和空军航空大学举行，李丹阳、刘和刚、王二妮等艺术家为群众和部队官兵表演了精彩节目。

【“从小说到电影：艺术形式的转换与生成”学术论坛】

9月8日，由吉林省委宣传部、吉林省文联、第十四届中国长春电影节组委会主办，《文艺争鸣》杂志社与东北师范大学传媒科学学院承办的“从小说到电影：艺术形式的转换与生成”学术论坛在长春举行。

作为第十四届中国长春电影节的重要活动之一，此次学术论坛围绕“新时代电影发展的新可能”和“如何从小说转化为电影”两个主要议题展开，汇聚了国内文学研究界和电影理论界近30位专家学者。来自中国社会科学院、北京大学、南京大学、中国人民大学、中山大学、北京师范大学、华东师范大学、东北师范大学、中国传媒大学、中国艺术研究院、北京电影学院、中国电影家协会等高校、科研院所和文化传媒机构的专家学者就小说与电影的关系、小说改编电影的难度与限度、当下电影美学的新发展以及新时代电影发展的新可能等问题展开讨论。第十四届中国长春电影节组委会主任、吉林省委常委、宣传部部长王晓萍出席学术论坛并致辞。

【中国当代文学研究会第二十届学术年会暨会员代表大会】

10月13日至14日，由中国当代文学研究会主办，《文艺争鸣》杂志社、北华大学文学院承办的中国当代文学研究会第二十届学术年会暨会员代表大会在长春召开，来自中国社会科学院、中国人民大学、北京师范大学、首都师范大学、华东师范大学、华中师范大学、吉林大学、东北师范大学、沈阳师范大学等110余所院校和科研机构的200余位专家学者参加会议，吉林省委宣传部、吉林省文联、中国当代文学研究会、北华大学有关领导出席开幕式。在两天的会议中，会员代表们就从“新时期”到“新时代”的中国当代文学的发生、发展与变化等问题展开深入探讨，会上颁发了第十六届中国当代文学研究优秀成果奖。

【“神圣长白”全国中国画作品展】

12月26日，由中国美术家协会、吉林省文联、长白山管委会共同主办，中国文联美术艺术中心、省美术家协会、长白山管委会文化广电新闻出版局承办的“神圣长白”全国中国画作品展在长白山美术馆开幕。本次展览共展出来自全国的197件画作，作品从多种角度诠释了长白山的美丽景色与地域文化。

【东北大鼓调研保护工作】

1月至6月，吉林省曲艺家协会先后前往通榆县、农安县、长春民族艺术学校、馨声东北大鼓讲习所开展东北大鼓调研活动，与东北大鼓艺人和民族艺术教育工作者共同研讨东北大鼓的保护、传承与发展等问题。5月25日，在长春民族艺术学校建立吉林省东北大鼓传承保护教学基地；6月21日至24日，在榆树市举办“不忘初心，传承经典”第三届东北大鼓文化艺术节，并在榆树市李合中心小学建立东北大鼓培训基地；8月24日，在长春桃李梅大剧院举办“鼓书新韵”——东北大鼓专场演出。

【“多彩民艺进万家”系列活动】

吉林省民间文艺家协会组织省内民间艺术家优秀代表和杰出传承人进入校园、社区及农村，与师生和群众现场交流，展示民间技艺，传承弘扬非物质文化遗产。4月19日，吉林省民间文艺家协会文艺志愿服务团剪纸艺术家孙丽荣、糖画艺术家马国俊、木雕艺术家路小希、铁艺艺术家李宏利、农民画家钱洪满、秸秆画家谷春华、蛋雕艺术家宁德权、编织艺术家马军和面人艺术家高均梅带着他们的作品来到吉林大学友谊会馆，为汉语国际教育硕士研究生和留学生们带去精彩的传统民间艺术；5月18日，吉林省民间文艺家协会组织李岩峰等十位艺术家来到长春市桃源社区，带去彩编、金属编织、剪纸、糖画、丝网花编织、葫芦画等民间艺术，并对社区的残疾居民开展现场教学；10月30日，省内多位民间艺术家来到长春市双阳区奢岭街道马场村举办惠民展演，与喜爱民间艺术的村民们互动交流，并赠送上百册《民间故事》杂志。

文艺志愿服务

【新时代“红色文艺轻骑兵”小分队系列活动】

2017年12月至2018年2月，吉林省文联派出40支新时代“红色文艺轻骑兵”综合小分队，累计开展57项文艺演出和辅导培训活动。此外，组织50支书法小分队，开展“书法家送万福进万家”志愿服务活动420余次；组织31支送“全家福”摄影小分队，为基层群众拍摄全家福照片5000多张；为贫困家庭送春联、送年货价值2万余元。

【“百名艺术家走进新时代传习所”系列活动】

5月23日，吉林省文联与中国吉林网等单位在长春市南关区共同主办“百名艺术家走进新时代传习所”启动仪式暨“送欢乐下基层”慰问演出活动，吉林省委常委、宣传部长王晓萍出席启动仪式并为活动授旗。“百名艺术家走进新时代传习所”系列活动在中国吉林网设有专页，通过群众网上点单、艺术家网上接单的方式开展面向基层群众的艺术知识培训与辅导、作品创作指导、专题讲座、展赛等以传习文化为主的系列文艺志愿服务活动。本次活动共有136位艺术家参与，举办培训、辅导和示范性文艺演出65场，移动端总阅读量达130万人次。

【新时代“红色文艺轻骑兵”小分队走进松原市】

1月3日，由吉林省委宣传部、吉林省文联、松原上海市委宣传部、松原市文联共同主办的新时代“红色文艺轻骑兵”小分队走进松原市宁江区新城乡农林村新时代传习所和松原市宁江区松滨社区新时代传习所，书法家刘成、剪纸艺术家孙立荣、摄影家荆宏等艺术家为基层群众写春联、送剪纸、拍摄全家福，韩子平、董玮、董宝贵、咸奎荣、金勇、左辉、马立等艺术家为群众送上了两台精彩的文艺演出。

【新时代“红色文艺轻骑兵”小分队“送欢乐下基层”走进通化县鞭杆沟村】

1月17日，新时代“红色文艺轻骑兵”吉林省委宣传部、吉林省文联小分队“送欢乐下基层”活动走进通化县鞭杆沟村，为当地群众送上文化年货和节日祝福。书法家为村民写春联，吉林省文联、省戏曲剧院、东北师范大学、长春市杂技团和新文艺群体的文艺志愿者们在村委会门前小广场举办慰问演出。演出后，小分队又分别前往贫困户家中为村民表演节目。

【新时代“红色文艺轻骑兵”小分队走进靖宇县、抚松县】

2月25日，由吉林省文联、吉林省戏剧家协会、省音乐家协会的30多位艺术家组成的新时代“红色文艺轻骑兵”小分队来到靖宇县消防队，为消防官兵表演歌曲《孝敬爹和妈》《满怀深情望北京》、吉剧《包公赔情》、魔术《迎新春》、二胡独奏《战马奔腾》等精彩节目。26日，小分队分别走进“抚松县共产党员理想信念教育基地”黄家崴子村和抚松县公安局，为群众和公安干警送去两场慰问演出。

【“百名艺术家走进新时代传习所”系列活动走进白山市八一希望学校】

7月13日，参加“百名艺术家走进新时代传习所”系列活动的文艺志愿者们来到白山市浑江区八一希望学校，为学校师生和当地村民送上一场文艺演出。本次演出由吉林省委宣传部、吉林省文联主办，是第五届吉林省农民文化节的活动之一。艺术家们为观众表演了歌曲《兄弟》《草原上升起不落的太阳》《母亲是中华》、二人转《包公断后》、杂技小丑表演、京歌《故乡是北京》等节目，八一希望学校的同学们也表演了经典诗词诵读、武术、舞蹈等节目。

【“送欢乐下基层”慰问活动走进抚松、靖宇、安图】

9月11日至13日，作为第五届吉林省农民文化节和“百名艺术家走进新时代传习所”系列活动的组成部分，吉林省文联“送欢乐下基层”慰问活动走进抚松县兴参镇、抚松镇和靖宇县萨克斯独奏、二人转、杂技等节目的慰问演出。

【“百名艺术家走进新时代传习所”系列活动走进临江】

10月15日至19日，“百名艺术家走进新时代传习所”系列活动来到临江市。活动期间，艺术家来到临江市全民健身活动中心、闹枝镇黑松村新时代传习所、青少年宫、大栗子边防哨卡等处开展了艺术采风、辅导培训、专场文艺演出等活动，并前往四保临江战役纪念馆、陈云同志旧居进行了参观学习。

自身建设

【机关党的建设】

加强机关党的政治建设。分别于3月6日和9月19日召开机关党建工作推进会议，检查指导支部党建工作，对推动机关党的建设，增强党内政治生活的政治性、时代性、原则性、战斗性提出具体要求；开展机关党委、机关支部的换届工作，配齐党支部纪检委员，配强党务力量和支部班子；扎实开展基层党组织书记抓党建工作述职评议工作。加强机关党的思想建设。8月26日至10

月15日组织开展干部作风大整顿活动；10月16日至11月30日组织开展解放思想推动吉林高质量发展大讨论活动；11月14日至17日，以“不忘初心、牢记使命”为主题，主办“追忆红色记忆、重走抗联路、弘扬抗联精神”党性锻炼培训班，共有党员和入党积极分子30人参加；组织“走访调研社区新时代传习所”活动。加强机关作风纪律建设。组织签订《落实全面从严治党责任书》、观看警示教育片《警醒》；组织廉政档案收集整理工作；开展廉政谈话和廉政约谈23人次；组织元旦、春节、五一、清明、十一等重要节点廉政检查；结合经常教育与微信提醒，加强日常教育监督。

【组织建设】

继续强化干部队伍建设，完成5名公务员招录工作。加强干部培训工作，努力提高干部整体素质，完成各级干部培训45人次。完成政府特贴发放工作2人；推荐的省书画院院长孙志卓获得国务院特殊津贴。

各文艺家协会

【戏剧家协会】

3月至5月，主办“吉林省第六届少儿戏曲小梅花荟萃”活动。本次比赛从3月份开始海选，最终选出京剧《贵妃醉酒》《铡美案》、评剧《刘巧儿》《花为媒》等25个个人剧目和京剧《杨门女将》等6个集体剧目进入复赛。5月16日，中国文学艺术基金会中国文学艺术发展专项基金资助项目——现代吉剧《蒲公英》正式启动排演。《蒲公英》是吉林省首部医疗题材吉剧作品，也是省剧协作为出品方创排的首部剧目。6月10日，《蒲公英》在公主岭市吉剧团剧场正式首演。6月至12月，主办吉林省第九届大学生戏剧节。本届戏剧节共有省内15所高校的28台剧目参加评选，其中原创剧目16个。在中国文联、中国剧协主办的第六届中国校园戏剧节中，省剧协选送的校园话剧《追梦年华》荣获优秀剧目奖，剧中主演之一、吉林动画学院电影学院学生向月荣获“校园戏剧之星”称号。在人才培养方面，8月26日，国家艺术基金2018年度艺术人才培养资助项目“东北地方戏曲青年导演人才培养”在吉林艺术学院戏曲学院开班；推荐编剧孙修竹、张旭伟参加第七届中国戏剧奖•曹禺剧本奖的评选，推荐青年演员张蕾蕾携京剧《红鬃烈马》申请参选第七届中国戏剧奖•梅花表演奖评选。完成内部刊物《吉林戏剧》出刊工作。

【电影家协会】

2月至8月，组织吉林省新时代“红色文艺轻骑兵”赴边防小分队慰问演出暨《守边人》“百城千哨”巡映活动分别深入吉林公安边防总队驻集安部队、和龙市边防哨所、图们市边防哨所等单位，为边防官兵放映党的十九大重点献礼影片《守边人》，在活动中，长影乐团还为边防官兵举办了专场音乐演出。7月21日至27日，根据中宣部《2018-2019年全国文艺业务骨干和管理干部培训工作计划》《2018年中国文联干部教育培训计划》安排部署，由中国电影家协会主办的第二期“新文艺群体电影人才培训班”在长春举行，来自全国各省、自治区、直辖市电影（影视）家协会、新疆建设兵团影视家协会的学员114人参加培训；省影协选送6名会员分别参加第一、三、四期“新文艺群体电影人才培训班”的学习。推荐电影《老阿姨》《守边人》入围第十七届中国电影华表奖优秀故事片，电影《你若安好》入围第25届北京大学生电影节主竞赛单元。

【音乐家协会】

2月2日，吉林省首届主播歌王争霸赛在长春落幕。本次比赛自2017年10月底开始在全省展开选拔，吉林电视台、吉林人民广播电台以及省内各市州广播电视台的42位主持人参加比赛，经过多场选拔比赛及两轮决赛，吉林电视台都市频道主持人叶沫含夺得歌王称号。5月至8月，组织省内多位知名音乐家分别走进长春、辽源、白山、通化、延边、白城、吉林、四平的部分新时代传习所开展“文艺扶贫奔小康”系列活动“手拉手”吉林省音乐志愿者音乐素养公益教学活动。6月25日至27日，陪同中国音乐家协会调研组调研吉林省会员发展情况、新文艺群体及组织情况，并召开会员工作座谈会和新文艺群体及组织座谈会。6月28日至30日，作为第五届吉林省市民文化节和吉林省文联首届艺术展演季的组成部分，分别在吉林艺术学院教育学院、吉林艺术学院音乐学院、吉林大学艺术学院举办三场芳彩华乐民族室内乐专场音乐会。9月5日、6日，组织“向人民汇报”——“金钟之星”艺术团下基层慰问演出。9月28日，在东北师范大学人文学院音乐厅举行第二届长白山奖声乐大赛决赛。本届长白山奖声乐大赛是近年来吉林省规模较大的一次声乐大赛，来自省内艺术院校的声乐教师和学生共200余名选手参赛，评委会由万山红、刘辉、宋一、王永春等国内知名声乐专家、教育家及省内业界专家组成，在大赛举办期间，万山红等专家作了精彩的学术讲座。9月27日至28日，在吉林艺术学院举行第三届吉林省中老年好声音大赛决赛及颁奖仪式。本次大赛共进行初赛复赛和决赛三百余场，报名参赛选手逾万人，最终评出独唱、重唱、合唱的中年组及老年组金奖各一名、银奖各两名、铜奖各三名，优秀表演奖及优秀组织奖若干名。10月20日，组织吉林省音乐界代表与江西省音乐界代表在南昌市举行创作研讨座谈会，座谈会上，吉林、江西两省词、曲作者二十余人就吉林省词曲作者创作的词曲作品展开了深入探讨。11月20日，在吉林省图书馆音乐厅举办“不忘初心•歌声唱给党”2018吉林省原创作品音乐会，演出了《大学生圆舞曲》《伊通河畔的时光》《故乡的花》《阿妈的召唤》《岁月沧桑话草原》《春天的梦想》《孝敬爹和妈》《关东情》《长白山的杜鹃花》《中华礼赞》《黑土情怀》等本省原创音乐精品。12月2日，中国文联“深入生活、扎根人民”主题实践活动项目、中国文学艺术基金会中国文学艺术发展专项基金资助项目——“吉林省民俗风情组歌”汇报演出在长春市桃李梅大剧院拉开帷幕，演出了由词作家田然主创的“吉林省民俗风情组歌”《吉人天相》《生活愉快》《满满的香》《海兰江》《荡秋千》《伊通河畔的时光》《长影》《冬捕渔歌》《解放》《长白不白来》10首声乐作品。

【美术家协会】

1月5日至6日，与长春市书法家协会、吉林省中山书画院、龙宝斋艺术馆及双阳区委宣传部、双阳区鹿乡镇政府共同举办“写基层、走田间、访乡野、问寒暖”送文化下乡艺术采风活动，艺术家们在双阳水库、缘山湖农业园进行采风创作，并开展“写春联送祝福，走基层送文化”下乡活动。1月10日，组织专家组一行五人前往四平市指导美术创作，为辽河垦区美术家协会“吉林省美术志愿者创作服务基地”授牌，并赠送绘画书籍。1月27日，与中国长城书画院共同组织画家来到松原市查干湖采风写生，以当地蒙古族同胞的生活为主题创作作品，并为他们书写春联。6月8日，与中国长城书画院共同组织书画名家深入长白山采风写生。6月8日，与中国长城学会、中国长城书画院共同主办的“中国长城书画院吉林创作写生基地”揭牌仪式暨2018中国画名家邀请展在龙宝斋艺术馆举行，展览汇集了全国各地50余位艺术家的作品百余幅。6月9日，“满韵新风”——吉林师范大学新时代满族文化主题美术作品展在长春美术馆开幕。展览汇集72位美术名家的142件作品，用绘画的方式表现东北人民生活、社会图像与和谐图景，表现东北满族的文化特征，积累当代满族美术的视觉图像成果。6月16日，净月潭•日月潭同源同流——吉台两地书画名家展在长春市开幕，展览由民革吉林省委、省美协、省社会主义学院主办，吉林省中山书画院、龙宝斋艺术馆承办，是助推吉林与台湾民间交流交往的品牌项目，已相继在吉林和台湾成功举办多次，累计有两地艺术家的近200幅作品参展。6月25日，组织省内书画名家来到梅河口市文化馆开展“百名艺术家走进新时代传习所”美术培训活动。8月25日，组织内蒙古草原写生采风艺术行。8月8日，在长春市召开“不忘初心 继续前进——庆祝中国共产党成立100周年大型美术创作工程”吉林省美协动员会。9月14日，由民革中央、中国美术家协会、民革吉林省委主办的纪念何香凝先生诞辰140周年暨首届“香凝如故”全国美术作品展吉林巡展在长春开幕。巡展共展出18件优秀作品，呈现了何香凝先生辉煌传奇的革命岁月和绵远流长的艺术生涯。9月16日，庆祝改革开放四十周年吉林省美术作品展览在长春美术馆开幕。展览共展出省内各大艺术院校师生及各专业美术机构创作者创作的中国画、油画、水彩、版画等200余幅优秀作品。10月1日至10日，组织美术家赴广西桂林阳朔开展采风写生活动。10月22日至26日，在长春市双阳区举办“双阳——中国梅花鹿之乡”写生活动，全省各地市19位画家来到长春奢爱良蔬有机果蔬农场和鹿乡镇体验生活并开展写生创作。12月23日，“时代•地域•个案——美术创作研究”2018年吉林省美术理论研讨会暨东北师范大学美术学院研究生学术沙龙在东北师范大学美术学院召开。在研讨会上，来自全省各地的美术理论学者分享了吉林省美术理论领域的最新研究成果。12月26日，在长白山美术馆举办“神圣长白”全国中国画作品展。

【曲艺家协会】

3月1日，在长春市希望高中举行“迎新春闹元宵”文艺演出。4月3日，吉林省曲协朗诵艺术学会走进农安县巴吉垒镇四合村新时代传习所，开展“传习新思想，诵出新时代”基层培训活动，与农民诗人和朗诵爱好者交流诗歌，指导诵读。6月29日，组织参加在长春市南关区幸福乡举办的“党在我心中，永远跟党走”主题文艺演出。7月20日，组织曲艺家走进长春市高新区硅谷街道新时代传习所，为居民表演东北大鼓，并开展快板现场教学。7月30日，组织参加吉林省文联慰问长春消防支队特勤大队专场文艺演出。8月18日，组织“吉林相声俱乐部”来到大连市，与大连市曲协共同举办相声专场演出。9月6日，由吉林省委宣传部、省公安厅、吉林省文联主办的“讲中国故事，颂平凡英雄”见义勇为模范事迹讲颂会在长影音乐厅举行，陈铎、张越、刘纪宏、虹云、张筠英等知名朗诵艺术家来到讲颂会现场讲述见义勇为英雄故事，活动共邀请全国多个省市的见义勇为基金会负责人、长春市见义勇为先进个人、公安干警、企事业机关单位代表五百余人回顾和学习英雄的事迹。9月19日，省曲协朗诵艺术学会在长春市群众艺术馆举办“中秋诗会”。9月29日，组织参加第五届吉林省农民文化节系列活动之“农安黄龙艺术节”演出。10月11日，在长春理工大学举办“笑迎新生”相声专场。10月17日，吉林省曲协朗诵艺术学会在长春市举办“书香农行”重阳诗会。11月1日，组织曲艺家走进吉林工商学院，为大学生现场授课，普及曲艺知识。11月22日，配合组织中国曲协深化改革调研工作组来吉林省开展调研工作，就会员、新文艺群体、基层工作、东北大鼓传承发展等相关工作及吉林省曲艺面临的困境和问题作了汇报。12月6日，组织参加吉林省文联“红色文艺轻骑兵”小分队走进长春高铁动车所专场演出。

【舞蹈家协会】

1月11日至20日，组织参加吉林电视台少儿春晚舞蹈节目的录制。2月7日，组织文化文艺小分队前往伊通县举办“双节惠民”慰问演出，为伊通满族艺术团“吉林省舞蹈家协会满族舞蹈培训基地”授牌并现场培训辅导。5月6日至13日，承办2018HHI世界街舞锦标赛中国赛吉林赛区暨首届“沃视达”杯街舞大赛。6月3日，与中国舞蹈家协会吉林考区主办的“高雅艺术进校园 传统文化润童心”活动走进省孤儿学校，与省孤儿学校艺术团共同演出舞蹈，并在省孤儿学校建立“吉林省舞蹈家协会培训基地”。6月、11月，与中国舞蹈家协会吉林考区在长春市共同举办两期吉林省舞蹈教师公益培训班，每期培训三天，120名专业舞蹈教师参加培训。7月7日至12日，参与承办延边州“红太阳照边疆”中老年文化夏令营暨全国电视台都市频道民族歌舞嘉年华活动。7月19日至22日，2018中国舞蹈家协会吉林考区教学成果展演在省孤儿学校举行，展演为期四天，138所舞蹈学校近500个少儿舞蹈作品参加展演。在7月22日至26日举行的第五届“荷花少年”全国舞蹈展演中，舞蹈《浣溪沙》《烈士的遗物》获得“荷花奖”，参演小演员分获“星光少年”“荷花少年”荣誉称号。9月26日至28日，由吉林省文联主办、省舞协承办的首届“金鹤杯”吉林省中青年“独、双、三”舞蹈展演颁奖晚会在长春市举行。本次舞蹈展演历时5个多月，共有100余个作品报名参加，经过评选，最终有10个作品分获金、银、铜奖，17个作品获展演优秀奖，10位演员获新人奖，7个参演单位获优秀组织奖。8月至10月，由吉林省舞协、吉林电视台影视频道共同举办的庆祝改革开放四十周年“香丹清杯”中老年电视舞蹈大赛在全省各地举行。比赛共有208支队伍、6000余名演员参加，经过初赛、复赛和决赛的角逐，国英舞蹈团的舞蹈作品《泉》获得一等奖，吉林市石化中老年艺术团、磐石市腰鼓团、东方模舞艺术团、爱舞社团等分获二、三等奖。10月31日，吉林省选送的舞蹈《腾飞》《青山绿水披霞光》参加由文化和旅游部、国家体育总局等单位共同主办的全国广场舞北京集中展演活动。

【民间文艺家协会】

1月18日，吉林省民协“红色文艺轻骑兵”小分队走进长春市乐山镇长兴村，剪纸艺术家孙丽荣、绳结艺术家孙立华、丝网花艺术家李文杰等一行10人为村民做了民间艺术展示。2018年，《中国民间文学大系》出版工程编纂工作稳步开展。8月13日，编委会召开第一次编纂会议工作推进会；8月26日，编委会召开第二次编纂工作会议，中国民间文艺家协会分党组书记、驻会副主席邱运华等专家参会并提出宝贵意见。经过多次修改，《中国民间文学大系》（吉林传说卷）完成100万字，已经中国民间文艺家协会审查通过。8月20日，由吉林省文联主办、省民协承办的吉林省民间艺术与旅游发展文化研讨会在长春召开，台湾中国文化大学董事、中研所教授金荣华，著名文化学者金茂年、吉林省艺术研究院院长孙桂林等十余位专家、学者参加会议，会上就繁荣吉林省民族民间文化、保护传承非物质文化遗产、促进民间艺术与旅游发展文化相结合等问题展开研讨。11月，省民协重点工作《吉林工匠》（曹保明著）、《抗战老兵口述史（全二册）》（曹保明主编）由世界图书出版公司出版。吉林省多位艺术家在民间艺术展赛获得荣誉。陈淑江等11名艺术家在2018•西安鄠邑•中国农民画艺术节上获得优秀奖；路小希、姜淑艳、段延民等5名艺术家获得潍坊展第三届中国（潍坊）民间艺术博览会金奖；段延民入选山东省第十一届文展会观众最喜爱的民间艺术家奖。

【摄影家协会】

1月1日至3月31日，积极组织全省摄影人广泛开展以“我们的中国梦 文化进万家”为主题的志愿者服务活动，为农村贫困家庭拍摄全家福。4月至7月，与长春经开区融丰村镇银行共同举办“魅力长春 金融助力”摄影大赛。5月19日，召开2018年吉林省基层摄影工作会议。10月18日，由吉林省委宣传部、吉林省文联、省摄协举办的庆祝改革开放四十周年吉林省摄影作品展在长春美术馆举行，展览展出的180幅纪实摄影照片，深刻反映了吉林省改革开放四十年来的历史性变化。11月18日，“缤纷四季 精彩吉林”吉林风光摄影展在第十二届中国摄影艺术节举行。11月24日，吉林省摄协第七届专业委员会成立。11月24日，由吉林省文联、省摄协主办的“腾龙杯•发现吉林之美”吉林省第二届网络摄影大展在长春东北亚艺术中心开幕。本届网络摄影大展从3月起征稿，共征集到作品4000多件，最终有118幅获奖作品入展。12月8日，由吉林省文联、省摄协主办的第七届延边国际摄影文化周在延边州政府开幕。本次文化周共展出中国、俄罗斯、日本、韩国等国家的摄影作品2000余幅，评选出优秀摄影师15名，冰雪延边摄影展金奖1名、银奖2名、铜奖3名，优秀作品30幅，展会期间还举办了摄影理论研讨会、专家讲座及摄影采风、民俗体验等活动。12月21日至25日，由省文化和旅游厅、吉林省摄协主办的“映像吉林”冰雪摄影展在长春国际会展中心举行。本次摄影展是第三届中国吉林国际冰雪产品博览会暨第二十二届长春冰雪旅游节的活动之一，展出的60余幅作品和电子播展的2000余幅图片,从不同视角呈现了吉林省冬季的冰雪奇观及浓郁的关东风情。12月23日，省委书记巴音朝鲁、省长景俊海等有关领导参观了摄影展。积极开展农民摄影展训工作。3月31日，由中国摄影家协会主办、省摄协承办的第八届全国农民摄影大展培训讲座在伊通县举行。8月17日，省内230幅农民摄影作品在吉林省农民画、农民书法、农民摄影作品展览上展出。2018年，省摄协在蛟河、伊通、靖宇等地创建农民摄影培训基地8个，培训农民摄影爱好者1000多人次。

【书法家协会】

9月5日，由吉林省委宣传部、吉林省文联主办，省书协承办的庆祝改革开放40周年吉林省书法艺术成果汇报展在长春美术馆启幕。本次展览是第五届吉林省市民文化节重点活动之一,分设少儿组、中青组、老年组三个组别，共收投稿作品两千余件，来稿数量为历年之最，最终有482件作品参展。9月26日，“担当 展望”吉林省书法新人新作展在通化市美术馆启幕。本次展览是省书协庆祝改革开放40周年系列书法展览的重要活动，共展出省内书法新人219件作品。9月26日，吉林省第二届刻字艺术作品展在通化市美术馆举行，共有来自全省各地的106件作品入展。10月，由吉林省文联、省书协主办的“由艺臻道”——陈南璋长春书法展在长春开幕，共展出陈南璋近期创作的156件作品。10月30日，由长春市文联、吉林省书协和长春市书协共同举办的纪念周昔非先生诞辰90周年长春书法作品邀请展在长春美术馆启幕，展览汇集周昔非故交挚友、弟子后学及长春部分书法名家和青年书家的100余幅作品。11月13日，“笔歌盛世，翰墨凝辉”纪念改革开放40周年王文彬书法作品展在延边美术馆开展。11月23日，王荐“散虑逍遥•放斋诗笺展”在吉林省博物馆举办。积极组织书法公益培训活动。举办书法临帖创作公益研讨班共两期，累计培训会员、基层书法爱好者160余人次；举办吉林省中小学书法教师公益培训研修班和吉林省农村（基层）中小学书法师资培训研修班共三期；举办“迎全国第十一届刻字展暨吉林省第二届刻字展”刻字艺术公益培训班一期；继续深入开展吉林省书协志愿服务团“专家大讲堂”活动、“书法进校园”活动。书法家宋旭安作品入选“现状与理想”——当前书法创作学术批评展，宋旭安、邓砚光、黄彦平作品入选第二届“中国精神•中国梦”——社会主义核心价值观书法作品主题创作暨全国基层书协巡展。

【杂技家协会】

1月，杂技剧《地道战》获得第十二届“吉林省长白山文艺奖”作品奖。9月2日，由中国杂技家协会、吉林省文联、辽宁吉林省文联、黑龙江吉林省文联主办，省杂协承办的第八届东北三省杂技理论研讨会在长春举行。本次研讨会共收到有关杂技剧的发展、杂技演员技巧融合、杂技人才培养、杂技艺术中国表达、杂技艺术品牌打造等内容的论文50余篇，评选出一等奖3篇、二等奖5篇、三等奖6篇。9月27日至28日，由吉林省文联主办、省杂协承办的第二届吉林省市民空竹大赛在长春市体育馆举行。本届比赛共设7个比赛项目，初赛报名人数达500余人，评选出金、银、铜奖和优秀组织奖若干名。在第十届中国杂技金菊奖全国滑稽比赛中，吉林省参赛节目《滑稽手技》入围决赛名单。

【广播电视艺术家协会】

10月8日至11日，由中国电视艺术家协会主办，吉林省文联、省广播电视艺术家协会承办的基层电视艺术工作者业务培训暨吉林省播音员主持人培训班在长春市举行，全省各级广播电视台播音员主持人代表及高校师生近百余名学员参加培训。10月，组织成立省广播电视艺术家协会吉林省播音员主持人专业委员会。12月25日至28日，第30届吉林省电视文艺“丹顶鹤”奖暨鹤舞三十年评奖活动在长春举行，全省各级广播电视台、长影集团、吉林动画学院等影视制作单位共选送150多件作品参评，评出文艺节目、纪录片、文艺栏目、戏曲节目、动画节目类13个精品节目奖、5个单项奖。积极开展国学知识传授和普及，筹备少儿电视系列短剧《见微知国学》，组织编创大型电视文化栏目《国学少年》，共计5000余名师生参与制作播出20期电视节目，选送的李国仕同学在全国总决赛中获得总冠军。积极组织个人及广播电视作品参加各项展赛。选派的选手金鑫获第十届海峡两岸电视主持新人大赛的银奖；组织参加首届亚洲旅游影视艺术周吉林省作品推选、2018年度中国农民艺术节吉林省作品推选、全国旅游电视艺术周电视作品推选、组织中国电视金鹰奖吉林省参评作品省内初评、第六届亚洲微电影艺术节吉林省作品推选等活动，其中，吉林省共40余部作品、5人次获得奖项。推荐1名编剧入选中国视协2018年度青年编剧扶持计划项目。

【二人转艺术家协会】

1月23日，召开第六届主席团第七次扩大会议。1月29日，组织“红色文艺轻骑兵”走进白城市镇赉县上岗村送欢乐下基层文艺演出活动。1月29日至2月1日，参加在陕西铜川举办的“我的中国梦•文化进万家活动”的演出。2月11日，组织梨树县戏曲剧团二人转《枫叶红了》参加中国曲艺家协会第九届曲艺展演活动。2月，组织拉场戏《引火烧身》、满族歌舞神话二人转《额鹰》参加第十三届马街书会，《额鹰》入选2月26日举办的马街书会曲艺展演活动，获得优秀展演奖。3月，选送《引火烧身》《额鹰》参加在重庆市举办的第三届“走马杯”讲好中国故事曲艺展演。3月1日，组织参加“红色文艺轻骑兵”下基层走进长春市希望高中慰问演出。7月1日，组织参加“庆七一　送欢乐　进社区”走进长春市八一社区公益文艺演出。7月19日，在吉林市举办第五届吉林省市民文化节二人转专场演出，韩子平、董玮、孙忠红、张建华、赵春雷、张波等二人转演员参加演出，5000名观众观看演出。7月25日，组织艺术家参加在长春市越达社区举办的“百名艺术家走进新时代传习所”二人转专场演出，闫淑平、徐振武、董宝贵、王岩等演员参加演出并为群众作现场辅导。8月1日，组织艺术家参加在长春市公安消防支队特勤大队举办的“鱼水情深　军民一家亲”庆八一慰问演出。8月10日至14日，选送的二人转《夜半惊梦》《嫂子摆事》《引火烧身》《枫叶红了》入围第十届牡丹奖评选活动，《枫叶红了》表演者付庆义和《嫂子摆事》表演者盛喆获得牡丹奖表演奖提名。8月至10月，应中国曲艺家协会邀请，组织创作二人转作品《最美儿媳》参加第六届全国道德模范基层巡演工作，演出30场，观看人数达25万人。9月10日至10月3日，组织梨树县地方戏曲剧团有限责任公司和伊通满族艺术团有限公司开展“百名艺术家走进新时代传习所”活动，为基层群众举办9场演出并作现场辅导。11月6日，组织参加庆祝改革开放四十周年——“红色文艺轻骑兵”小分队“送欢乐下基层”走进长春高铁动车所慰问演出。12月19日，组织创作的二人转《心愿》参加在北京民族宫大剧院举办的“庆祝改革开放40周年•‘美丽乡村’主题曲艺原创优秀作品展演”活动。12月22日至23日，参加中国曲协中国曲艺牡丹奖艺术团“送欢笑”走进江苏宿迁、徐州演出活动和“我们的中国梦——文化进万家”中国曲协文艺志愿服务小分队走进宿城马庄村演出活动。

【民俗学会】

继续开展《吉林省村落民俗文化志》的编纂与调研工作，并组织调研小组考察吉林市乌拉街镇。《吉林省村落民俗文化志•九台其塔木卷》已由吉林文史出版社出版，《鸡冠山卷》《石门卷》《二道分水村卷》《泉眼镇卷》《岗子村卷》进入审读阶段。积极组织专家开展公益讲座，宣传与弘扬吉林民俗文化。1月14日，在省图书馆举办主题为《玉犬值岁　黄耳传情——释说玉犬文化》的讲座；1月21日，在省图书馆举办主题为《东发合与吉林老字号》的讲座；2月7日，在长春伪满皇宫博物院举办主题为《东北过大年》的讲座；6月3日，在省图书馆举办主题为《吉林庙宇与庙会文化》的讲座。

直属单位

【吉林省书画院】

5月，组织“关东大地行之八”——旅顺太阳沟写生。9月17日，组织参加吉林省美术家广西采风写生活动。11月5日，在长春市主办江苏省国画院美术作品展。12月，组织参加“天开锦绣”——长春名家美术迎春作品展。编辑出版院刊《画说•说画》第五集。

文艺期刊

【《文艺争鸣》】

《文艺争鸣》密切关注学术动向，积极回应热点问题，打造“当代文学六十年”“史论”“理论”“诗论”“个体文学史”“随笔体”等一批精品栏目，策划推出“文学批评与文体意识”“抒情传统与中国现当代文学”“都市新伦理文艺现象”“审美文化”“马克思主义文艺理论”“改革开放四十年”等18个研究专辑，引起广泛关注。全年共有56篇稿件被《新华文摘》《中国社会科学文摘》《人大复印资料》全文转载，创历史新高，其中《新华文摘》《中国社会科学文摘》全文转载各6篇。全年主办、承办各类学术会议5次，编辑出版学术丛书一套（10卷本）。

【《民间故事》】

《民间故事》秉承“大力抢救、挖掘、保护优秀的传统文化，努力推动各民族民间文化的传承，扎根东北，立足吉林，面向全国”的办刊宗旨，继续办好传统故事、新故事、民间传说、街谈巷议、文化遗产、农家书屋等栏目，不断拓宽民间奇方、故事地理等栏目的自然内涵、历史内涵、文化内涵，并自第12期起刊载“时代楷模”公益广告。

【《当代音乐》】

全年出刊12期，在当代音乐家、教授专栏、博士论坛、音乐学人和硕士园地等10余个栏目中刊发论文800余篇、歌曲50余首，现已被《中国知网数据库》《万方数据—数字化期刊》等全文收录，国家图书馆和《中国核心期刊（遴选）数据库》《国家哲学社会科学学术期刊数据库》《龙源期刊网》《中邮阅读网》等馆网均有收录。

【《小说月刊》】

全年出刊12期，每期8万字，全年96万字，所刊载小小说作品在中国作协《小说选刊》转载10余篇，并有多部小小说被其他文学期刊转载。《小说月刊》始终秉承做最精品的原创小小说这一原则，将刊物质量放在首位，坚持严格选稿，头题、官场、生存、醒俗、传奇、旧味、隐秘等栏目各具特色。

黑龙江省文联

综 述

2018年，黑龙江省文联坚持以习近平新时代中国特色社会主义思想为引领，紧密围绕省委省政府中心工作大局，不断强化理论武装，广泛开展主题文艺实践活动和文艺志愿服务活动，全面打造龙江特色文艺品牌，加快推进深化改革，全面落实从严治党，扎实开展作风整顿，文联工作和文艺工作取得了积极进展。

深入学习贯彻习近平新时代中国特色社会主义思想和党的十九大精神，政治引领力不断增强。召开中心组学习会议、党组会议、支部学习交流等活动，促进全体党员干部加强理论学习、坚定理想信念。举办7期“十九大精神大家谈”，8期文联大讲堂，启动省、市、县三级文艺骨干培训工程，开展解放思想推动高质量发展大讨论。

坚持以人民为中心的工作导向，文艺惠民范围持续扩大。黑龙江省文联持续推进志愿服务常态化长效化，组织文艺工作者深入基层一线、深入百姓生活，用优秀文艺作品满足人民群众多样化的精神文化需求。一年来深入基层107次，重要活动有“风雪故人迎春来”“到人民中去”“红色文艺轻骑兵”“送文化进万家”“书法家送万福进万家”等。

认真服务中心工作大局，主题实践活动立场鲜明。黑龙江省文联坚持围绕中心、服务大局的工作理念，着力增强文艺实践活动的政治性和引领力，举办“庆祝改革开放40周年”系列活动、助力脱贫攻坚、践行“绿水青山是金山银山，冰天雪地也是金山银山”的发展理念、服务“一带一路”建设等主题文艺实践活动80余次。

大力弘扬龙江地域文化精神，文艺品牌建设彰显特色。黑龙江省文联坚持把品牌建设作为繁荣文艺创作、鼓励创新创造的重要载体，以品牌发展带动多种形式的文艺创作活动。通过办活动、推精品、搭平台、荐人才，推动“龙歌”、黑龙江版画、冰雪摄影、“龙江书刻”、龙江冰雪画、黑龙江农民画、少儿戏曲舞蹈、冰上杂技、民间手工艺、北派二人转等十大文艺品牌建设。

扎实推进文联组织深化改革，行业主导优势显著提升。黑龙江省文联把深化改革作为重点工作任务，召开深化改革动员会、座谈会等6次会议，及时学习传达省委和中国文联关于改革工作要求。制定具体实施方案和任务分工，进一步分解任务、明确责任，及时督办、定期检查，确保各项改革任务落到实处。加强与地市文联的联系指导，及时传达全国文联系统深化改革座谈会议精神，并提出指导性意见。切实加强和改进理论研讨和调查研究。

截至2018年底，所属各艺术家协会共有省级会员19400人，国家级会员3036人，艺术基地58个，为文艺事业发展提供强大的人才保障。

会议与活动

【黑龙江省文联六届八次全委会议】

2月5日，黑龙江省文联六届八次全委会议在哈尔滨召开。黑龙江省委宣传部副部长、黑龙江省文联党组书记田文媛，黑龙江省文联主席傅道彬，黑龙江省文联党组成员、副主席计世伟、张戈等领导，以及黑龙江省文联六届全委会委员、各团体会员单位主要负责同志、黑龙江省文联机关各处室负责同志七十余人参加会议。全委会由计世伟主持。

会议旨在学习宣传贯彻习近平新时代中国特色社会主义思想，深入贯彻党的十九大和省第十二次党代会精神，调整、增补黑龙江省文联六届委员会委员，传达2018年全省宣传部长会议精神和中国文联十届三次全委会会议精神，总结回顾2017年工作，安排部署2018年工作。傅道彬代表第六届主席团做了题为《以党的十九大精神为指引，抒写新时代龙江文艺事业的壮丽篇章》的工作报告。田文媛在会上强调，文联组织要用习近平新时代中国特色社会主义思想武装头脑，深入学习宣传贯彻党的十九大精神，扎实推进文联深化改革，优化职能，转变作风，把全面从严治党落实到文联工作的全过程。

【黑龙江省文联“十大文艺品牌建设”研讨会】

黑龙江省文联“十大文艺品牌建设”研讨会于2月5日在哈尔滨和平邨宾馆召开。黑龙江省文联主要领导以及各地市文联、产行业文联负责人、十大文艺品牌相关单位负责人、艺术家代表和媒体记者五十余人参会。品牌建设是黑龙江省文联落实省委省政府工作部署、繁荣黑龙江省文艺创作、鼓励创新创造、发挥组织优势的重要载体。2009年以来，黑龙江省文联逐步打造推出了“龙歌”、黑龙江版画、冰雪摄影、“龙江书刻”、龙江冰雪画、黑龙江农民画、少儿戏曲舞蹈、冰上杂技、民间手工艺、北派二人转等十大文艺品牌。此次会议旨在深入学习宣传贯彻党的十九大精神和省委书记张庆伟在文联调研讲话精神，全面总结品牌建设取得的阶段性成果和存在问题，明确工作思路和发展规划，并以品牌建设为依托，不断为建设新龙江提供精神力量。

黑龙江省文联“十大文艺品牌建设”研讨会入选省直单位一季度宣传思想文化工作“十大亮点”，刊发于《黑龙江宣传》第十三期。

【首届全省文艺评论家理论研修班】

8月26日，首届黑龙江省文艺评论家理论研修班在哈尔滨开班。来自全省各高等院校、社科研究机构、宣传思想文化单位等41位文艺评论骨干和部分黑龙江文艺评论界骨干代表参加研修学习。

本届研修班入选省直单位第三季度宣传思想文化工作“十大亮点”，邀请李红岩、索久林、李杨、戴建业、梁枢、刘毓庆、罗振亚（按授课顺序排序）等7位专家为学员授课并与学员开展互动，同时结合导师辅导、现场教学、分组讨论等多样化的教学方式和研修方法。

【文艺志愿服务活动】

1月10日至12日，与中国文联共同举办“风雪故人迎春来”——中国文联文艺志愿服务队“三下乡”走进绥化兰西县活动，通过慰问演出、书画笔会、辅导交流等形式为基层百姓特别是贫困群众送上了新春祝福。1月末，与黑龙江省委宣传部、省精神文明办等部门共同举办“红色文艺轻骑兵”暨文艺志愿者“送文化进万家”活动，深入大兴安岭、哈尔滨、大庆、佳木斯等地，营造了欢乐祥和的节日氛围。2月6日，与中国书协、中央数字电视书画频道共同举办“书法家送万福进万家”红色文艺轻骑兵小分队走进黑龙江畔新生鄂伦春族乡活动。在5•23文艺志愿者服务日到来之际，举办“到人民中去”黑龙江省文联第五个中国文艺志愿者服务日主题志愿服务活动走进绥化市青冈县迎春镇新华村，以文艺形式助力脱贫攻坚。黑龙江省音协举办“琴心剑胆战士魂”古筝演出进军营活动，走进武警黄金部队驻哈某部。黑龙江省舞协举办第二期黑龙江省舞蹈志愿者教学培训班，并组织8个小分队分赴大兴安岭、黑河、伊春等地开展舞蹈志愿服务活动。

【主题文艺活动】

为助力脱贫攻坚，4月7日黑龙江省音协和佳木斯市文联共同举办“放歌龙江新时代”全省主题征歌大赛，展现龙江精准脱贫工作取得的巨大成绩。为践行“绿水青山是金山银山，冰天雪地也是金山银山”的发展理念，6月3日省摄协举办“绿水青山•冰天雪地”主题展暨第26届黑龙江省摄影艺术展，展示了黑龙江省冰雪自然景观摄影成果。为服务“一带一路”建设，省美术馆组织“一带一路•黑龙江艺术家国际艺术交流项目”系列采风创作活动。为庆祝改革开放40周年，11月27日省摄协在哈药美术馆举办致敬改革开放——黑龙江省庆祝改革开放40年摄影作品展。12月10日，黑龙江省美协在红场美术馆举办“庆祝改革开放40周年•黑龙江省第二届中国画作品双年展”。黑龙江省音协与黑龙江省委宣传部、黑龙江电视台共同举办致敬40年特别节目《大地飞歌》，共连续播出42期精彩节目。

【龙江特色文艺品牌】

黑龙江省音协于1月3日在哈尔滨市少年宫举办“献给改革开放的岁月”新龙歌合唱音乐会。黑龙江省曲协于1月17日举办黑龙江省星熠杯曲艺大赛。黑龙江省剧协于5月13日在省京剧院举办黑龙江省戏剧大赛•第十八届“小梅花奖”评选活动。5月31日，黑龙江省农民书法学会成立大会在绥化市召开，并举办黑龙江省首届农民书法展。省视协于5月在哈尔滨广播电视台举办第六届全省高校播音主持新人选拔赛。黑龙江省剧协于6月15日在省京剧院举办黑龙江省戏剧大赛•第五届名家名票评选活动。黑龙江省曲协于6月举办黑龙江省第四届欢乐的六月百乐会相声文化节惠民演出系列活动。省美术馆于7月7日在阿城举办中国梦•龙江情——黑龙江工业版画作品展、人迹板桥霜——黑龙江省美术馆馆藏颜仲艺术文献展。黑龙江省美协于8月10日举办太阳岛上丹青集•70油画公社写生汇报展。省视协于9月在长岭湖举办第五届全省微电影（微视频）大赛。省民协和省美术馆于10月15日共同举办碧野丹青中国当代民间绘画作品邀请展。黑龙江省美协于11月2日在龙广958艺术馆举办黑龙江省首届版画作品双年展。省民协于12月3日举办第十三届哈尔滨民间民俗艺术博览会精品展。黑龙江省美协于12月10日在红场美术馆举办黑龙江省第二届中国画作品双年展。

创作与研究

【获奖情况】

文艺评论年度优秀作品评选中，傅道彬的论文《中国文学创立期的艺术格局与历史高度》，索久林的论文《推动当代摄影大潮的引擎——摄影通感与跨界的感悟》，于冠超的著作《哈尔滨城市早期美术文化研究》被评为“第三届‘啄木鸟杯’中国文艺评论年度优秀作品”。

第十三届中国民间文艺山花奖颁奖，李海生作品《东北民间故事》获山花奖民间文学作品奖。

第五届“荷花少年”全国舞蹈展演，剧目《血色江山》获普通中学组“荷花少年（金奖）”荣誉称号。

第六届亚洲微电影艺术节“金海棠奖”，作品《185道口》获最佳作品奖，《无话可说》获优秀作品奖，《最后一公里》获好作品奖。

亚洲旅游影视艺术周，形象宣传片《内蒙人文》、专题片《黑土地——魅力伊春》获好作品奖；形象宣传片《中国湿地之都——双鸭山》获优秀作品奖；数字电影《红茶镇》《莺歌岭传奇》获优秀网络电影奖。

第十届海峡两岸电视主持新人大赛，选手蔡婧琳获金奖，张天宇、兰皓博获优秀奖。

全国第二届大字书法艺术展，作者王全、曲朝阳、李东明、关福荣入展。

全国第二届行书作品展，高少珂、郜玉成、马硕、于皓、郑长华入展。

全国第三届篆书作品展，韩桂梅、汪占革、李秋丽入展。

现状与理想——当前书法创作学术批评展，曲庆伟、金泽珊、栾金广入选。

全国第二届大学生书法篆刻作品展，曾坚、郭振鑫、李函校、颜琦韬入展。

全国第三届册页书法作品展，方敏、李博、李传鹏、马硕、张立辉、郑长华入展。

全国第八届篆刻艺术展，曹斌、刘炜星、刘英柱、汤忠辉、徐健、张中良入展。

第八届国际艺术大赛“世界音乐文化中的圣彼得堡”国际声乐比赛，李健、崔鑫获6组一等奖，刘韵获6组二等奖，于洪泽获5a组二等奖，曲晶获6组三等奖，董书怡获5b组三等奖。

省美术馆组织策划“归来的木刻——黑龙江省美术馆馆藏中英版画作品展”入选2018年全国美术馆馆藏精品展出季项目。

【文艺创作】

10月25日，黑龙江省舞协策划的我国首部街舞剧《造梦空间》在黑龙江省歌舞剧院音乐厅公演。该剧系中国文联2018年度青年扶持项目，融合了街舞、现代舞及话剧艺术形式，是一部新颖独特、现代气息浓厚的舞剧，剧中每幕均有大段齐舞精彩呈现。该剧的创作及演员团队全部为新文艺群体，均为从事创作、演绎及教学等工作的自由舞蹈人。

11月17日，原创大型民族舞剧《原风》在黑龙江省歌舞剧院音乐厅上演。该剧是国家艺术基金2018年度资助项目，以省老艺术家乔梁为原型，讲述了乔梁自幼学舞、传承师父的秧歌并将其进行创新发展的故事。此剧演员团队主体为黑龙江艺术职业学院，国家一级编导王举作为本剧总导演，王铎担任编剧及舞蹈总编导。舞剧《原风》更大的价值体现在其弥足珍贵的活态传承上，83岁的我国东北秧歌代表性老艺术家和自己的学生同台共演一部剧，极为少见。剧中的乔梁风格东北秧歌素材，是黑龙江省舞蹈家协会持续十年重点树立推广的品牌项目。

对外及对港澳台地区文化交流

1月5日，黑龙江省音协在哈尔滨师范大学音乐厅举办亚历山大•波耶鲁耶夫手风琴独奏音乐会，邀请到国际手风琴大师亚历山大•波耶鲁耶夫进行现场演奏。5月21日，台湾一德书会、台湾高雄十方艺术学会、省书协在哈尔滨市123美术馆联合举办“台湾书法黑龙江交流展”，展出台湾作品50件，黑龙江作品50件。8月26日，黑龙江省文联承办大美龙江——黑龙江省美术书法摄影作品赴日喀则展览，展览汇集龙江艺术家精心创作作品，美术作品47件，书法作品66件，摄影作品70件。11月10日省书协与台湾中国书法学会共同主办的第三届黑龙江•台湾书法交流双年展在台湾高雄市文化中心开幕。本次展览共展出黑龙江书法作品101件，台湾书法作品154件。为提升龙江文艺的影响力，省美术馆在日本北海道札幌市和钏路市举办“第四届北海道•黑龙江国际交流美术展”，在英国牛津布鲁克斯大学美术馆举办“黑土魂——中国•黑龙江版画欧洲巡回展”，在韩国忠清北道举办“2018中•韩艺术文化交流展”。

机关建设

黑龙江省文联坚持和加强党的全面领导，落实新时代机关党的建设总体要求，党建工作质量不断提高，机关作风明显好转，为文联各项事业的发展提供了坚强政治保障。加强对党建工作整体部署，制定了《黑龙江省文联党建全面提升工程2018年实施方案》《黑龙江省文联基层党建“三级四岗”责任清单》。开展支部党建工作互检互评，推进党支部标准化建设。赴精准扶贫帮扶村开展基层党建专题调研，深入了解组织建设情况，对村党建工作标准化规范化进行现场指导。高度重视和切实加强意识形态工作，通过会议学习、建章立制、督办检查等方式，增强责任意识，强化责任落实。持续开展机关作风整顿，召开动员会议，制定具体方案，使全体党员干部统一思想、深化认识，严于律己、恪尽职守。深入推进“四零”承诺服务创建工作，搭建数据库，明确窗口岗位和网络平台。开展“法治建设年”活动，制定工作方案，细化任务分工，明确学习书目，配齐学习材料，切实强化法制意识，弘扬法治精神。

直属单位

【黑龙江省美术馆】

举办策划展览：第八届“黑龙江之冬”国际文化艺术节•刘振铎与塞北的雪——中国画展，2018年全国美术馆馆藏精品展出季项目•归来的木刻——黑龙江省美术馆馆藏中英当代版画作品展，纪念改革开放四十周年“碧野丹青”中国当代民间绘画邀请展等。与国内其他省市美术馆举办馆际交流展：时代印记——河南省美术馆馆藏版画展，国粹丹青——陈宗麟中国画作品展大连中山美术馆站和陕西省美术博物馆站，风景这边独好——首届都市水墨学术邀请展（哈尔滨），透视东西——黑龙江省美术馆藏十七至十九世纪中外版画展天津美术学院美术馆站，黑沙骆——李骆公先生艺术与文献展，众神的图像——天津美术学院美术馆藏内丘神码艺术展等。

收藏日本近现代版画巨匠吉田博（1876—1950）、斋藤清（1907—1997）、北冈文雄的版画作品6件，西班牙浪漫主义画派画家弗朗西斯科•何塞•德•戈雅-卢西恩特斯（1746—1828）铜版画作品15件，英国艺术家约瑟夫•马洛德•威廉•透纳（1775—1851）铜版画作品两套80余件，韩乐然（1898—1947）油画作品、李骆公（1917—1992）书法作品，中国民间绘画作品、城市好朋友系列古法印摄影作品等。

编辑出版画集、集锦十余种：《2017黑龙江省美术馆微信集锦》《2017黑龙江省美术馆媒体发布集锦》《2017黑龙江省美术馆导览手册（合订本）》《世纪留痕——黑龙江省美术馆藏王绍维艺术文献集》《工业印痕——大庆工业版画作品集黑龙江省美术馆微信集锦》《透视东西——黑龙江省美术馆藏十七至十九世纪中外版画作品集》《归来的木刻——黑龙江省美术馆馆藏中英当代作品展作品集》《碧野丹青——中国当代民间绘画邀请展作品集》和黑龙江省美术馆建馆55周年《盛世典藏——馆藏捐赠作品集》。

【黑龙江省新闻图片档案馆】

完成中央领导到黑龙江省视察工作及调研到访新闻图片拍摄服务工作。完成全国两会、全省两会、中国共产党黑龙江省第十二届委员会议第三次、第四次全体会议、黑龙江省人大第十三届代表大会第二次会议、黑龙江省委全会、2018中国国际乳业大会暨第十六届中国国际奶业展览会、第三届中日省长知事论坛摄影服务、黑龙江省政府代表团“解放思想 广东行”活动、第五届中国—俄罗斯博览会、中国上海首届进口博览会、外交部黑龙江全球推介活动省委、省政府组织的各种其他大型会议和商务推介会等会议等新闻图片拍摄。累计参加各种会议活动182次，省委省政府主要领导会见68人次，省委书记、省长及省委省政府其他领导在省内基层调研59人次。

收集整理图片文件89523张，制作新闻图片3800余张。与省委组织部共同完成部分中管干部工作照片拍摄和电子照片采集工作。经黑龙江省委宣传部批准审核，向黑龙江省委办公厅、省政府办公厅、省外办、省商务厅、省档案馆、黑龙江日报手机客户端、东北网等部门有效提供和利用有关黑龙江重大活动的新闻图片360余幅，用于商务推广专题片制作APP反映大美龙江四季风光图片150余幅。

各文艺家协会

【黑龙江省戏剧家协会】

5月11日，举办黑龙江省戏剧大赛•第十八届“小梅花奖”评选活动，大赛共有5至35岁近500名选手参赛，比赛分业余、专业两组进行。经评委会评选，分别从京剧、评剧、龙江剧、小品、话剧片段表演等类别中评选出各奖项，3人获状元花，12人获梅花之星，多人获金花奖、银花奖、铜花奖等奖项，同时评选出优秀教师奖和优秀组织奖。

6月15，举办黑龙江省戏剧大赛•第五届名家名票评选活动，来自省直及哈尔滨、齐齐哈尔、牡丹江、佳木斯、大庆、伊春、鸡西、鹤岗、绥化等地的二百多位选手参赛，比赛分业余、专业两个组别进行。

【黑龙江省音乐家协会】

1月3日，举办“冰天雪地里的歌声”系列活动——第十一届新年合唱音乐会，汇集省内9支优秀的合唱团：哈尔滨市群星合唱团、铁力市骊马合唱团、哈尔滨童声合唱艺术团、哈尔滨市南岗区文化馆歌友合唱团、牡丹江市群艺合唱团、黑龙江省丹顶鹤合唱团、双鸭山好山音合唱团、哈尔滨市南岗区文化馆雪之韵女子合唱团、哈尔滨悦城合唱团，为观众带来了18首风格迥异的中外合唱曲目。

6月，举办第十届黑龙江省音乐大赛，赛事设置管乐、民乐、弦乐、电子键盘、声乐演唱（民族、美声、流行唱法）、钢琴等门类。选手有来自哈尔滨、齐齐哈尔、牡丹江、佳木斯、大庆、绥化、双鸭山、伊春、鹤岗、七台河等地区各高校的教师及在校研究生、本科生，还有省内各地的儿童、少年选手。

【黑龙江省美术家协会】

5月21日，在鹤岗市举行黑龙江省百名美术家系列作品展暨“龙江三峡”创作采风活动启动仪式，展出作品100件。6月5日，在龙广958艺术馆举办黑龙江省首届时装画展，展出作品100余件。7月25日，在哈尔滨市123美术馆举办黑龙江省第十八届漫画作品双年展，展出作品110件。8月10日，在哈尔滨雁北美术馆举办太阳岛上丹青集•70油画公社写生汇报展，展出作品30余件。10月9日，在牡丹江市举办水墨清韵•全国中国画名家写生作品展，展出作品80余件。11月2日，在龙广958艺术馆举办黑龙江省首届版画作品双年展，展出作品138件。12月5日，在红场美术馆举办纪念改革开放四十周年•黑龙江省第二届中国画作品双年展，展出作品200余件。12月10日，在红场美术馆举办庆祝改革开放四十周年•黑龙江省第二届中国画作品双年展，展出作品200件。评出金奖作品两件，银奖作品十件，铜奖作品十四件。12月25日，在龙美美术馆举办纪念中华人民共和国成立六十九周年•黑龙江省第八届水彩画作品双年展，展出作品200余件。

8月5日至9日，在哈尔滨举办“太阳岛上丹青集•70公社采风写生活动”，70油画公社的15位成员在太阳岛写生创作，完成近百幅作品。8月21日至27日，在黑龙江三峡国家森林公园举办“龙江三峡写生采风活动”，来自省内外的二十一位美术家参加了活动，创作完成150余件作品。9月12日至18日，在双鸭山市举办“第三届中国•双鸭山黑土湿地油画名家采风活动”，邀请省内外的21位油画家参与，创作完成近200件写生作品。

【黑龙江省舞蹈家协会】

5月23日，组织全省120名舞蹈志愿者分成8支文艺小分队，赴大兴安岭塔河地区、伊春南郡社区、伊春实验小学、黑河实验小学、尚志市政府广场、绥化市北林区基层社区、巴彦县兴隆镇山后乡中心小学和哈尔滨市113中学开展舞蹈志愿服务活动，受众群众近千人。

6月25日，在哈尔滨西城红场举办黑龙江省首届“青春筑梦”高校街舞大赛。大赛选手展示了HIPHOP、POPPING、LOCKING等舞种，基本涵盖了常见的街舞种类，经过四场海选赛及一场总决赛，最终个人赛中郭景宏获冠军，刘严获亚军，张兰尧、高浩林获季军，团体赛中黑龙江工程学院的街舞社团so what crew获得齐舞冠军。

【黑龙江省民间文艺家协会】

承担国家级重大项目《中国民间文学大系出版工程》示范卷的编辑任务，史诗卷交付出版社，故事卷初稿完成。受黑龙江省委宣传部改发办委托起草《黑龙江省工艺美术“十三五”发展规划》。

黑龙江省赫哲族聚居地饶河被中国民协批准建立“中国赫哲族民间文化之乡”。

6月30日举办第三届“汇博杯”玛瑙精品鉴赏会，9月18日举办第二届吉祥鹤城剪纸精品展，12月3日举办哈尔滨民间民俗艺术博览会精品展暨优秀传统文化进高校等展览。

【黑龙江省曲艺家协会】

1月17日，举办首届黑龙江省“星熠杯”曲艺大赛。全省共有18家单位选送的相声、小品、“三书”、鼓曲唱曲四大类11小类的32个曲（节）目、64名选手参加决赛。其中，双鸭山市曲协选送的数来宝《还不完的人情债》获得“三书”类表演一等奖和创作一等奖，哈尔滨市双城区东北二人转传承保护中心选送的二人转《新家风》获得鼓曲唱曲类表演一等奖、创作一等奖、导演一等奖和编曲一等奖。

【黑龙江省摄影家协会】

6月，举办绿水青山•黑龙江国际摄影大展和“绿水青山•冰天雪地”主题展暨第26届黑龙江省摄影艺术展。10月举办2018中国•首届国际大米节摄影大展，展出作品160幅。11月27日在哈药美术馆举办致敬改革开放——纪念黑龙江省改革开放40年摄影作品展，展出230余组（幅）、近千张作品。在第十二届中国摄影艺术节上，推出“冰雪摄影的审美意象”专题摄影展览。

举办首届嫩江源——中国•松岭区全国摄影大赛、第二届伊春•带岭四季风光全国摄影大赛、第三届中国•双鸭山黑土湿地摄影大赛、第四届中国最冷小镇•呼中全国摄影大赛、中国鹤岗萝北龙江三峡全国摄影大赛、逊克县自然风光风情摄影大赛。

【黑龙江省杂技家协会】

12月15日，在哈尔滨市歌剧院非物质文化遗产魔术传承基地召开2018年黑龙江魔术工作座谈会。部分省杂协副主席、省杂协秘书长、高校魔术联盟负责人、省内知名优秀魔术师、来自北京和全省的魔术爱好者四十余人参加了会议。座谈会期间，举行黑龙江省杂技家协会魔术艺术委员会揭牌仪式，讨论全省魔术艺术发展方向，制定出2109年度的魔术工作规划，魔术工作者们交流分享了工作经验，会议决定由省杂协副主席幺广民主持魔术艺术委员会的工作。

【黑龙江省电视艺术家协会】

5月23日，举办第六届全省高校播音主持新人选拔赛总决赛。赛事设计为初赛、复赛和决赛三个阶段，共有来自全省高校的近千名选手报名参赛，最终30名选手晋级决赛。在决赛阶段，经过“群雄逐鹿”、“谁与争锋”和“终极挑战”三个环节的激烈角逐和专家评委的现场打分，最终评选出一等奖五名、二等奖十名、三等奖十五名。

12月27日，举办2018中国•哈尔滨国际大学生冰雕雪雕全媒体大赛，大赛为期10天，共完成冰雪雕作品六十件。来自黑龙江省内各高校以及清华大学、吉林师范大学、燕山大学、景德镇陶瓷大学、俄罗斯苏里克夫美术学院等国内外30多所高校近300名大学生参加了比赛。大赛采用网络直播的形式，无缝隙对接了选手创作的全过程，全景式展示了白雪素冰、激情飞扬的梦幻世界，传播了黑龙江省独特的大冰大雪文化。

【黑龙江省企业文联】

选送11位画家的11幅作品，入选由中国美术家协会、深圳上海市委宣传部、深圳市文联、中共深圳市龙岗区委、龙岗区人民政府等单位共同举办的2018首届中国大芬国际油画双年展，占入选国际作品达14%。

【黑龙江省书法家协会】

5月31日，黑龙江省农民书法学会成立大会在绥化市召开。来自全省农民书法128名代表参加了会议。大会选举产生了首届理事会：钱松君当选为会长，张化云、杨广明、黄显臣当选为副会长，彭丽艳当选为秘书长，赵占启当选为副秘书长。王华等41人当选为理事。中国书协对黑龙江省农民书法学会的成立给予了热情支持和肯定，并向农民书法学会成立发来贺信。大会审议通过《黑龙江省农民书法学会章程》。

实施书法精品工程。3月21日，在哈尔滨师范大学美术馆举办黑龙江省首届女子书法篆刻展，《黑龙江省首届女子书法篆刻展作品集》同时首发，展览共收到作品900件，评选出获奖作品15件，入展作品107件，入选作品51件，同时有25件中国书协会员作品参展。5月30日，在绥化市科技文化馆举办黑龙江省首届农民书法展，由省书协编印的《黑龙江省首届农民书法展作品集》同时首发，展览收到全省各地农民书法作品522件，评选出组织奖作品3件，特别奖作品1件，获奖作品24件，入展作品101件。5月14日，在省图书馆举办《论语》《大学》《中庸》张成生书法作品展。5月29日，在哈尔滨举办“走进新时代 童心永向党——张成生书法作品展”。9月22日，在佳木斯市举办赫哲族哈普都•隽明书法、篆刻艺术馆开馆仪式。

开展“龙江书法大讲堂”。黑龙江省书协在肇源农场、伊春、铁力、牡丹江、日喀则第三高级中学、大庆、哈尔滨师范大学等地举办了“龙江书法大讲堂”。邀请国内、省内著名书法家举办书法讲座20余场，并为书法爱好者现场讲评书法作品。活动期间，还举办了牡丹江市书协迎接全国第三届篆书展公益大讲堂、黑龙江省书法骨干培训班暨教学成果展、黑龙江省第二届农民书法骨干培训班、黑龙江省刻字骨干培训班。

【黑龙江省文艺评论家协会】

《文艺评论》由单月刊变更为双月刊。

策划回望当代文学四十年专题，对著名文学评论家、中国当代文学研究会会长、中国社会科学院研究生院教授、国务院特殊津贴享受者白烨先生进行了专访。策划新世纪视野下的20世纪文学经验与症候笔谈专辑，约请著名评论家、诗人、《北京文学》副主编师力斌先生，浙江师范大学中文系博导徐勇教授发表文章。策划当代长篇小说研究小辑，发表武汉大学博导汪树东教授，第八届茅盾文学奖评委、第五届鲁迅文学奖评委、山西大学王春林教授等有影响力的评论家文章。策划新时期文学四十年专题，约稿著名评论家、北京大学中文系教授、博士生导师张颐武先生撰写头题。策划“陈国峰评论”“黑龙江评论”等有特色、有温度的研究专题，学术、社会反响良好。

举办“红雪诗集《碑不语》”研讨会。会上就红雪的创作题材、语言、体量以及创作走向进行了认真而热烈地讨论，尤其是诗歌创作上所存在的问题，专家们各抒己见，共同见证了一个媒体人的诗歌样貌。

上海市文联

综 述

2018年，上海市文联在市委、市委宣传部的领导下，把深入学习贯彻十九大精神和习近平新时代中国特色社会主义思想，贯彻落实党中央关于繁荣发展社会主义文艺，与加强改进群团工作的重大部署有机结合，着力推动文联转型发展，全面提升核心竞争力，努力发挥好新时代文艺界人民团体的应有作用。

坚持团结引领，更大力度地服务大局、服务中心、服务人民。一是在中国文联的指导下，持续开展文艺骨干大培训，引导广大文艺工作者用中国特色社会主义理论武装头脑、凝聚共识、指导实践；围绕习近平总书记给牛犇同志的来信组织召开系列学习座谈活动，引导广大文艺工作者坚定理想信念、履行社会责任，恪守职业精神、追求德艺双馨。二是围绕纪念改革开放40周年，创新采风创作展演形式，举办各艺术门类创作征集展演活动，为改革开放再出发凝聚共识。圆满完成“创世神话”文艺创作任务，围绕打响“上海文化”品牌重大主题，开展采风调研系列活动，努力推出一批有表现力、有影响力、有引导力的精品力作。三是以重大品牌活动为载体，对接各区文化建设实际，巩固和拓展“百姓赏艺”惠民品牌的内涵和外延，全年开展惠民活动200余场，有力促进文艺界形成常下基层、常在基层的良好氛围。

坚持革故创新，更大力度地推动品牌转型、创作繁荣、区域发展。一是第35届上海之春国际音乐节聚焦红色文化、海派文化和江南文化的传承、创新和传播，“码头”集聚能级稳步提升，“源头”创造活力显著增强；第28届上海白玉兰戏剧表演 艺术奖参评量创近十年来新高，专业权威性和全国影响力稳步提升。成立“长三角文艺发展联盟”，携手苏浙皖三省文联打造“艺”江南文化品牌，努力发挥文化推进实施区域一体化发展战略的积极作用。二是夯实“一会一品”和“特色活动”建设。以上海市文联优秀项目评选为载体，整合、研发、淘汰并举，推动各协会标志性活动转型升级。加强对区文联和主管社团的引导，切实提高文联服务基层、服务人民的质量和水平。三是发挥评论家协会和媒体中心的枢纽作用，围绕重要文艺活动项目、文艺界热点，举办线上观摩研讨活动、开展评论工作，有力发挥文艺评论助推创作、引领风尚的作用。

坚持精准服务，更大力度地助推人才成长、作品成熟、行业建设。一是积极吸纳包括新文艺群体中的优秀人才入会；举办各艺术门类研修、学习、沙龙活动，组织推荐优秀人才和作品参加全国性文艺评奖、文艺活动，形成了一支有力的中青年文艺创作队伍；精心打造具有海派特点的对外文化交流品牌，组织优秀作品和艺术家赴摩洛哥、日本、越南、韩国、泰国举办艺术交流活动。二是继续做好老艺术家走访慰问、成就展示、纪念座谈等服务工作，扎实推进《海上谈艺录》丛书编撰、《文联名家谈艺》电视访谈节目录制工作。三是完成本年度引进外来人才落户上海“绿色通道”和社会演艺工作者中级技术职称申报评定工作。举办辅导讲座、专业培训班、作品展示、剧本朗读、艺术研讨等活动，为广大两新文艺工作者的创作提供资金扶持和专业帮助。进一步加强和深化文艺界的统战工作，推荐体制外艺术家作为市“两会”代表、市妇代会代表、市知联会成员等7人次。

坚持团结创造，更大力度地提升凝聚力、影响力、群众性。一是圆满完成书协、美协、影协、摄协、民协、视协换届改选工作，进一步提高了“基青新”在新一届主席团、委员会、理事会中的比例。紧扣上海市委宣传部“担当新的文化使命、打响上海文化品牌”调研主题，开展“担当新的文化使命、推动文联改革发展”大调研。依靠政府和各方社会力量，因地制宜助推区级文联建设。二是依托文联丰厚的文艺家资源，以中华优秀传统文化为核，跨界融合市区两级文联、协会力量，全年举办春“艺”盎然——2018上海春节文艺嘉年华等文艺活动400多场，为文艺“大咖”和社会大众搭建起面对面交流的平台，为广大文艺家和文艺工作者提供了一个温馨和谐的文艺家之家。

上海市文联实行团体会员制。至2018年底，有团体会员15家，各协会会员总数约18000余人。

会议与活动

【第九届上海“德艺双馨电视艺术工作者”表彰活动】

1月12日，由上海市文广局、上海市文联、上海视协共同主办的第九届上海“德艺双馨电视艺术工作者”表彰颁奖仪式在文艺会堂举行。上海市委宣传部副部长胡劲军，上视集团党委书记、文广集团董事长王建军，上海市文联党组书记、专职副主席尤存，上海市文广局艺术总监吴孝明，文广集团监事长、上海视协主席滕俊杰，上海市文联党组成员、专职副主席韩陈青，老艺术家代表和历届上海“德艺双馨电视艺术工作者”获得者代表出席。吕京等10人和马晨娉等6人分获德艺双馨电视艺术工作者和提名者称号。

【上海市文联2017年十大优秀项目】

1月17日，上海市文联举办2017年十大优秀项目评选活动。上海市文联党组书记、专职副主席尤存，党组成员、专职副主席沈文忠，党组成员、专职副主席韩陈青和部分文联干部出席。经评选，“开天辟地——中华创世神话”主题创作成果展、上海书法名家书写结婚纪念证书活动、上海市文联中青年干部研修班等10个项目获上海市文联2017年十大优秀项目称号。

【2018上海市百位书法名家现场写春联迎新活动】

1月28日，由上海市文联、普陀区委宣传部主办，上海书协、上海楹联学会、普陀区文化局、普陀区长风新村街道办事处承办的“2018春节文艺嘉年华系列•上海春联大会——百位书法名家现场书写春联迎新活动”在华东师范大学举行。上海市文联党组书记、专职副主席尤存出席并致辞。普陀区委常委、宣传部部长郝炳权宣读“上海春联大会——戊戌贺春征联比赛”获奖名单。上海市文联党组成员、专职副主席沈文忠、韩陈青，市人民政府外事办副巡视员景莹为获奖者颁奖。

上海书协主席周志高，副主席张淳、戴小京、徐正濂、张伟生、李静、丁申阳、宣家鑫、徐庆华、王国贤、晁玉奎，秘书长潘善助，部分主席团委员，以及各区县书协主席等百位上海书法名家一同书写春联，分别向劳模代表、外国友人、来沪务工者代表赠送。

【春“艺”盎然——2018上海春节文艺嘉年华活动】

2月3日至11日，由上海市文联主办、上海市文联下属各文艺家协会及艺术促进中心承办，上海楹联学会、上海工艺美术职业学院等单位参与协办的春“艺”盎然——2018上海春节文艺嘉年华活动在上海文艺会堂举办。

活动包括“年画藏品展”、“春联百福展”和“民间工艺精品展”，以及文创产品“年货集市”。上海评协组织沪上知名作家、文艺家、评论家和民俗学家共同参与“今天我们谈过年，我们在谈什么”主题文化沙龙。

【文艺界新春茶话会】

3月2日，文艺界新春茶话会在文艺会堂文艺大厅举办。秦怡、尚长荣、吕其明、高式熊、吴宗锡、黄准、黄允、陆春龄、舒巧、江明惇、戴炜栋等老艺术家与来自各门类的文艺家代表200余人参加。

【中国文联领导来沪调研】

4月2日，中国文联党组成员、副主席李前光等一行来沪调研。上海市文联党组书记、专职副主席尤存，党组成员、专职副主席沈文忠、韩陈青，相关职能处室、协会负责人，部分区文联主席等出席座谈会。与会者围绕“新时代全面提高文联履职能力，推动文联工作和文艺事业繁荣兴盛”的主题展开探讨。

【长三角地区三省——上海市文联工作协调会】

4月26日，长三角地区三省——上海市文联工作协调会在上海文艺会堂召开。上海市文联党组书记、专职副主席尤存，党组成员、专职副主席沈文忠、韩陈青；江苏省文联党组书记、常务副主席、书记处第一书记水家跃；浙江省文联书记处书记赵雁君；安徽省文联党组书记、副主席、书记处第一书记何颖等与会。三省一上海市文联就组建“长三角文艺发展联盟”达成共识。

【第35届上海之春国际音乐节】

4月27日，第35届上海之春国际音乐节在上海交响乐团音乐厅开幕。上海市政协主席、宣传部部长董云虎，市人大常委会副主任徐泽洲，市人民政府副秘书长宗明，上海市委宣传部副部长胡劲军等出席。

音乐节持续至5月17日，期间推出37台音乐舞蹈演出、3项节中节、1项论坛、1项征集活动和4项艺术教学成果展示周，以及系列“进地铁”、“进商圈”、“进学校”、“进军营”等“深入生活、扎根人民”主题展演活动。

【第28届上海白玉兰戏剧表演艺术奖】

4月30日，“绽放在新时代”第28届上海白玉兰戏剧表演艺术奖颁奖晚会在上海大剧院举行。上海市委宣传部副部长胡劲军，上海市文联党组书记、专职副主席尤存，党组成员、专职副主席沈文忠、韩陈青等出席。

白先勇获“特殊贡献奖”，王平获“主角奖”榜首，共同获奖的还有惠敏莉、李君梅、金不换、冯蕴、蔡晓秋、陈明矿、钱程、周野芒、王岳凌9人。许晴获“配角奖”榜首，共同获奖的还有唐红友、徐蓉、张茜、蔡燕等。吴鑫、王婉娜、汪建达获得“新人奖主角奖”，钱莹、姚奕获得“新人配角奖”，舞剧《春江花月夜•赛珍珠》剧组获得“集体奖”。

5月1日下午，2018年“玉兰芬芳映浦江——上海白玉兰戏剧表演艺术奖获奖演员金山专场演出”举行。

【“民族瑰宝　舞之传承”中国非物质文化遗产传统舞蹈展演】

5月5日，由上海市文联和中国非遗保护中心主办，上海舞协和上海国际舞蹈中心发展基金会承办的“民族瑰宝　舞之传承”——中国非物质文化遗产传统舞蹈展演在上海国际舞蹈中心举办。

5月6日，《中国传统舞蹈发展论坛》在上海文艺会堂召开。中国舞协主席冯双白，上海市文联党组成员、专职副主席沈文忠，上海舞协主席辛丽丽等，与专家学者一起探讨传统舞蹈的过去和未来。

【上海市政协上海市文联联合开展“江南文化”主题采风调研】

5月30日至31日，上海市政协教科文卫体委员会和上海市文联共同组织“江南文化主题采风调研苏州行”活动。上海市政协教科文卫体委员会常务副主任、上海市文联党组书记、专职副主席尤存，市作协党组书记、副主席王伟，上海市文广局副局长王玮，上海文广演艺（集团）有限公司党委书记、上海杂技团有限公司总经理俞亦纲；上海市文联副主席、上海书协主席周志高，上海市文联副主席、上海曲协主席王汝刚，上海剧协主席、上海话剧艺术中心总经理杨绍林，上海评协主席、复旦大学教授汪涌豪等上海市政协打响“上海文化”品牌重大课题调研组成员和各领域文艺家、上海市文联部分协会秘书长参加活动。

采风调研团一行35人，先后参观考察苏州博物馆等文化品牌，与当地的民间手工艺大师和文艺家们面对面交流，与文化品牌的组织者、文化场馆的运营者们座谈研讨，探寻江南文化之根。

【长三角文艺发展联盟在沪成立】

6月20日，由上海、江苏、浙江、安徽四地文联共同组建的“长三角文艺发展联盟”（以下简称“联盟”）在上海文艺会堂举行成立仪式。中国文联党组书记、副主席李屹，上海市委常委、宣传部部长周慧琳，以及沪苏浙皖四地文联领导、地市级文联负责人代表、文艺家协会代表及艺术家代表出席。

成立仪式上，上海市委常委、宣传部部长周慧琳，四地文联党组书记先后致辞。四地艺术家同台献艺，刘小晴、沈岩松、王继安、韦斯琴四位书法家共同书写“艺荟江南”。中国文联党组书记、副主席李屹和上海市文联党组书记、专职副主席尤存，中国美协副主席、上海市文联主席、上海美协主席施大畏，江苏省文联党组书记水家跃，浙江省文联党组书记田宇源，安徽省文联党组书记何颖以及艺术家代表盛小云、韩再芬、翁仁康共同启动装置，宣告联盟正式成立。

【中国文联来沪调研座谈会】

6月20日，中国文联党组书记、副主席李屹等来沪调研。上海上海市委宣传部副部长胡劲军，上海市文联党组书记、专职副主席尤存，党组成员、专职副主席沈文忠、韩陈青，上海民营文艺院团代表，青年文艺家代表，上海市文联相关职能处室、协会负责人，部分区文联主席等出席。与会者围绕“新时代如何全面提高文联履职能力”调研主题展开讨论。

【“相约七夕 甜爱一生”上海书法名家书写结婚纪念证书仪式】

8月17日，由上海市文联、虹口区委宣传部联合主办，上海书协、虹口区文联等承办的书写结婚纪念证书活动在海派文化中心举行。上海书协顾问刘小晴题写由诗人赵丽宏为活动原创的《七夕赋》。上海市文联党组成员、专职副主席沈文忠致辞，上海书协主席周志高为“经典爱情诗文书写大赛”获奖代表颁奖，沪上朗诵名家宋怀强朗诵经典爱情诗文。上海书协副主席戴小京，主席团委员郑永明、田文蕙，理事吴福宝、余仁杰、王梦石、李晓荣，会员蒋元林为8对夫妇书写结婚纪念证书。

【首届全国工艺美术作品展】

8月20日，由中国美协和上海市文联主办，中国美协工艺美术艺委会、上海美协、上海美术学院、上海龙现代艺术中心承办，上海创协、上海工艺美术研究所协办的“首届全国工艺美术作品展”在上海龙现代艺术中心开幕。中国文联副主席、中国美协副主席、上海美院院长冯远，文化和旅游部艺术司司长诸迪，中国文联副主席、中国民协主席、中国美协工艺美术艺委会主任潘鲁生，上海大学党委副书记、副校长徐旭，上海市文联党组成员、专职副主席韩陈青，上海市宝山区副区长陈筱洁，上海市美协副主席兼秘书长陈琪，上海市美协副主席、上海美术学院执行院长汪大伟，以及中国美协艺委会专家、全国各高等院校专家学者、特邀作者和入选作者代表等出席。冯远、潘鲁生、韩陈青分别致辞。

下午召开了“传统工艺振兴与创造活力”学术研讨会。与会专家、学者围绕“传统工艺与文创产业”“乡村振兴与传统工艺”两项议题展开研讨。

本次展览以“传统工艺的活力”为主题，共收到有效报送作品2191件，遴选出260件（组）作品参展。展览持续至9月20日。

【纪念改革开放40周年上海美术作品展】

9月20日，由上海市文联、上海美协、中华艺术宫共同主办的“纪念改革开放40周年上海美术作品展”在中华艺术宫开幕。本次展览分“红色之魂”“海派之魅”“江南之韵”，展出了40年来海派绘画中最重要的作品90余件。展览持续至10月7日。

【“作品版权保护与开发”暨2018年度维权论坛】

10月18日，“作品版权保护与开发——文化新经济背景下的版权运营趋势”研讨会暨2018年度维权论坛在文艺会堂文艺大厅举办。活动就版权保护与开发问题展开研讨。上海市文联党组成员、专职副主席沈文忠出席论坛并致辞。上海市文联所属文艺家协会的70余名艺术家参加论坛。

【上海松江书法晋京展】

10月26日，由中国书协指导，中国美术馆，上海市文联、松江区委、区政府，主办，上海书协，松江区委宣传部、文广局、区文联承办，“祖帖故里·云间墨韵——上海松江书法晋京展”在中国美术馆开幕。此次展览是上海书法作品第3次晋京展，共展出古今书法、信札、碑刻以及实物文献139件，涵盖陆机、董其昌、陈继儒、程十发等明清书法家重要作品50件。展览持续至11月4日。

【第4届上海国际杂技教育论坛】

12月17日至19日，由中国杂协、上海市文联共同主办，上海杂协、上海市马戏学校、上海杂技团共同承办的“中国杂技教育发展方向探索——职业化教育”第4届上海国际杂技教育论坛在上海举办。中国杂协分党组书记、驻会副主席、秘书长王仁刚，上海市文联党组成员、专职副主席韩陈青，上海文广演艺集团总裁马晨骋，上海市文联副主席、上海杂协名誉主席程海宝，上海杂协主席、上海文广演艺集团党委书记俞亦纲等出席。

论坛期间，多位国际杂技教育专家与来自国内杂技教育界的90余名嘉宾和代表围绕议题展开研讨，并开展现场教学展示、杂技演艺与旅游结合项目考察，杂技演出观摩等活动。

创作与研究

【上海市文联推荐文章获“啄木鸟杯”中国文艺评论优秀作品称号】

12月25日，中国文联、中国评协联合举办第三届“啄木鸟杯”中国文艺评论年度推优发布大会，上海市文联系统报送的《外来客还是旧时友——评上海越剧院〈红楼•音越剧场〉》一文，获得文章类年度优秀作品称号。历年来，上海文联系统已有10余件作品获奖。

机关建设

【上海市文联第4期中青年干部研修班】

4月10日，上海市文联举办第4期中青年干部研修班开班仪式。上海市文联党组书记、专职副主席尤存，上海市文联党组成员、专职副主席沈文忠，上海市文联党组成员、专职副主席韩陈青，上海评弹团团长高博文，上海市文联机关各处室、协会、企事业单位负责人等50余人与会。

第4期研修班学员包括上海市文联机关、协会、事业单位和上海民族乐团、上海轻音乐团、上海越剧院、上海评弹团的青年干部和青年文艺家12人。围绕“艺江南”主题，就“老品牌”如何激发“新活力”和打造“艺”江南文化活动新品牌两个课题开展研修活动。

【上海市文联青年干部座谈会】

7月16日，结合学习贯彻习近平新时代中国特色社会主义思想主题活动，上海市文联组织召开青年干部座谈会。上海市文联党组书记、专职副主席尤存，党组成员、专职副主席韩陈青等20多人与会。会上，韩陈青就上海市文联《关于进一步加强青年干部人才工作的实施意见》作了全面阐述，尤存对大家提出四点希望。

对外交流

【中日曲艺赏鉴交流会】

1月19日，由中国曲协主办，上海曲协、上海评弹团承办的“中日曲艺赏鉴”交流会在上海评弹团举办。这是日中文化交流协会“日本传统艺能代表团”访华的第三场活动，上海的曲艺家与日本艺术家同台献艺。表演结束后，双方还进行了座谈交流。

【沪上戏剧界接待越南戏剧家代表团】

应中国剧协邀请，越南戏剧家代表团一行6人于4月9日至11日访问上海。上海剧协主席、上海话剧艺术中心总经理杨绍林，上海戏剧学院副院长杨扬，上海剧协副主席、秘书长、上海戏曲艺术中心副总裁沈伟民等沪上戏剧界代表先后会见了代表团一行。

在沪期间，代表团还走访了上海话剧艺术中心和上海戏剧学院，参观考察了上海博物馆等沪上文化地标。

【“家”@中国上海第四届上海青年摄影艺术获奖作品展】

当地时间5月11日，为庆祝中国与摩洛哥建交60周年，以中国驻摩洛哥大使馆为指导单位，由上海市文联、上海市对外文化交流协会、摩洛哥——中国友好交流协会联合主办，上海摄协和摩洛哥王国国家图书馆承办的“家”@中国上海第四届上海青年摄影艺术获奖作品展在摩洛哥王国国家图书馆开幕。中国驻摩洛哥使馆文化参赞陈冬云、上海市文联党组成员、专职副主席沈文忠，摩洛哥——中国友好协会主席穆罕默德•哈利勒分别致辞。

展览共展出18组作品，旨在呈现“家”在上海的人们的情感经历、生活状态和欢乐瞬间。

各文艺家协会

【第7届上海市优秀童谣征集推广活动】

1月10日，由上海民协组织的第7届上海市优秀童谣征集推广活动颁奖仪式在长宁区文化艺术中心举行。上海市委宣传部副部长、市文明办主任潘敏、长宁区委副书记、区长顾洪辉、市文明办副主任宋慧、上海市文广局副局长尼冰，上海市文联专职副主席、秘书长沈文忠等出席。活动共收到作品359首，选出85首优秀童谣入围，其中未成年人组37首，成年人组33首，创世神话组15首。

【全国连环画创作研讨调研座谈会】

3月5日，由中国美术出版总社、上海美协、上海美术学院主办的全国连环画创作研究调研座谈会在上海文艺会堂召开。中国美术出版总社党委书记周伟，《中国美术》执行主编曲刚，《中国艺术》杂志副主编张书云、中国评协副主席毛时安，上海创协主席、上海美院院长汪大伟，上海美协副主席兼秘书长陈琪，上海美协副主席俞晓夫等出席。会上就进一步改善连环画的创作出版工作等问题做了重点讨论。

【上海曲艺界曲艺轻骑兵巡演活动】

3月25日，由上海曲协、嘉定区文广局、嘉定工业区工作委员会联合主办的宣传党的十九大精神文化轻骑曲艺分队基层巡演首场演出在京东亚洲一号上海嘉定物流园举办。嘉定区委宣传部部长顾惠文，上海市嘉定区人大常委会副主任、总工会主席王建新，上海市文联党组成员、专职副主席韩陈青，上海市文联副主席、上海曲协主席王汝刚等共同启动仪式亮灯。本次巡展共举办16场，持续至5月15日。

【“海上译荟”第五季——“一带一路”文化之旅沙龙】

3月31日，由上海译协和中译语通信息科技（上海）有限公司共同主办的“海上译荟”第五季——“一带一路”文化之旅沙龙活动举办。本期活动由上海译协副会长、上海外国语大学文学研究院院长郑体武教授主讲，吸引了40余位语言文学爱好者参加。

【“海上记忆·百年经典故事连环画”创作工程成果展】

4月18日，由上海美协主办，上海海派艺术研究中心、上海美协连环画艺委会协办的“海上记忆·百年经典故事连环画”创作工程成果展开幕式及研讨会在美协创作中心东外滩艺术空间举办。上海市文联党组成员、专职副主席韩陈青，上海美协副主席兼秘书长陈琪，《中国艺术》杂志社、上海市文广局艺术处、上海教育出版社等单位相关专家，以及参展连环画作者、社会各界人士100余人出席开幕仪式。展览共展出14部连环画、232幅作品，展期至4月27日。

创作工程自2015年4月启动，已完成绘画创作20部、文稿40部，2018年出版第2辑，整体出版将于2021年完成。

【上海广播电视奖“电视文艺”“电视剧”奖评选揭晓】

4月27日，由上海视协主办的2017年度上海广播电视奖“电视文艺”和“电视剧”奖评选终评在上海文艺会堂举行。

本届评选产生获奖作品29部。其中电视文艺获奖作品23部，一等奖作品分别是：综艺节目《“从石库门到天安门”诗歌朗诵会》、综艺节目《喝彩中华》（第3期）、少儿节目《少年爱迪生4》（总决赛）、动画连续剧《半斤八两》、纪录片《西藏，自然之路》。电视剧获奖作品6部，一等奖作品是：《国民大生活》。

【上海曲协报送作品入围第10届中国曲艺牡丹奖全国曲艺大赛】

5月15日，第10届中国曲艺牡丹奖全国曲艺大赛慈溪赛区开赛。31个节目角逐中国曲艺最高奖。

上海曲协推荐报送的节目有8个入围。其中，滑稽小品《共享单车的一天》获牡丹奖节目奖提名；曹雄凭独脚戏《私家地铁》、黄海华凭苏州弹词选回《庵堂认母》、周慧凭苏州弹词选回《厅堂夺子》分获牡丹奖表演奖提名；陆锦花凭苏州弹词选回《情探》、侯骁晟凭苏州弹词选回《庵堂认母》分获牡丹奖新人奖提名。

【魔术儿童剧《魔法天下》研讨会】

5月17日，魔术儿童剧《魔法天下》研讨会在文艺会堂召开。魔术师周良铁、陈松国，青年马戏团团长李慧群，戏剧编剧杜村，话剧导演、演员田蕤，以及剧组主创人员等与会。上海杂协副秘书长姜学贞主持会议。《魔法天下》由上海青年马戏团制作，自2015年演出至今，深受儿童喜爱。

【纪念改革开放40周年——上海市第7届篆隶书法展】

5月19日，由上海书协、闵行区文联主办，上海书协篆隶专业委员会承办，闵行区书协协办的“纪念改革开放40周年——新时代·新风采上海市第7届篆隶书法展”在上海文艺会堂开幕。展览从1月起征稿，共收到包括韩天衡、张森先生等著名书法家以及社会各界的参展作品836件，其中非会员投稿数达582件，评选出入展作品127件，其中特邀作品40件、获奖作品19件、入展作品68件。

【近代文化史视野中的吴昌硕学术研讨会】

5月26日，上海评协、上海吴昌硕文化艺术研究协会联合主办“从江南到海派——近代文化史视野中的吴昌硕”学术研讨会，陈燮君、毛时安、张伟、周武、汤哲明、李晓峰、王琪森、张立行、伍斌、吴南瑶等书画、文学、文博学、文化史学、传媒学领域的专家学者与会。会上围绕“吴昌硕从江南传统文化向上海都市文化的演变”展开讨论。

【上海演艺工作者联合会工作调研座谈会】

5月29日，“2018年上海演艺工作者联合会工作调研座谈会”在文艺会堂举行，会议主题为“如何更好地服务、团结和凝聚新文艺群体和新文艺组织”。上海市文联党组成员、专职副主席韩陈青，上海市文联副主席、艺联主席何麟，市委统战部社会工作处处长王罗清，艺联副主席廖昌永、黄豆豆等，以及体制外各文艺门类的文艺家代表参加座谈。

【第3届上海大学生电视主持新人赛】

6月10日， 由上海市文联指导，上海视协主办的第3届上海大学生电视主持新人赛决赛在上海文艺会堂举办。经角逐，来自上海视觉艺术学院的范鸣迅和来自上海戏剧学院的金敏洁获金奖；复旦大学的周一凡等4人获银奖；上海师范大学的徐蕴涵等10人获铜奖。

【第2期中国曲协艺委会专家研修班】

6月11日，由中国曲协、中国文联人事部、中国文学艺术基金会等主办的第2期中国曲协艺委会专家研修班在上海青浦举行开班仪式。中国曲协主席姜昆，上海市文联党组书记、专职副主席尤存，上海市文联党组成员、专职副主席韩陈青，上海市文联副主席、上海曲协主席王汝刚，青浦区委宣传部长姜道荣，青浦区文联主席曹伟明等，以及中国曲协各专业艺委会专家近100人出席。姜道荣、尤存分别致辞，姜昆作开班动员讲话，并作题为《关于曲艺创作的思考》专题授课。

【第1期上海市杂技艺术人才表演提高班】

6月21日，由上海杂协举办的第1期上海市杂技艺术人才表演提高班在文艺会堂开班。上海戏剧学院教授、表演系主任何雁，表演系青年教师周鸣晗分别授课，量身定做了《即兴创作训练》和《表演基础训练》两门课程，28名杂技演员和魔术师参加学习。该班在6月中下旬至7月中旬之间分4天进行。

【“纪念改革开放40周年”民俗收藏展】

6月28日，由上海市文联、共青团上海市委员会指导，上海民协主办、上海市收藏协会协办的“始于1978文化•生活•艺术——‘纪念改革开放40周年’民俗收藏展”在上海文艺会堂展厅开幕。上海市文联党组成员、专职副主席沈文忠，团市委副书记丁波，上海民协民俗收藏专委会主任、上海收藏协会会长吴少华出席。

展览持续至7月19日，通过近800件藏品重现了石库门弄堂等10多个真实场景，还设置许多互动环节，开设共计15场收藏系列讲座和8场漫画互动体验。

【“艺”江南——2018上海油画写生作品展】

6月29日，由上海美协主办，上海美协油画艺委会、东外滩艺术空间承办的“艺”江南——2018上海油画写生作品展在东外滩艺术空间开幕。展览共展出油画作品125件，持续至7月19日。

【第4届上海“新视角”微视频（微电影）大赛获奖作品揭晓】

7月，由上海视协与上海市网络视听行业协会共同举办的第4届上海“新视角”微视频（微电影）暨《我与改革开放40年》主题微视频大赛评选结果揭晓，产生获奖作品30部。其中“我与改革开放40年”主题竞赛单元共有获奖作品13部。“新视角”主题竞赛单元共有获奖作品17部。

【“中国民间文学大系•故事卷”上海市卷专家研讨会】

7月9日，“中国民间文学大系•故事卷”上海市卷专家研讨会在文艺会堂举行。上海市文联党组成员、专职副主席沈文忠，上海市文联副主席、上海民协主席何承伟，上海大学党委副书记段勇等出席会议。与会专家就新故事的界定、大系区别于三套集成的特色与亮点、选编原则与尺度等问题展开探讨。

【上海电视评论节目全国推选获奖丰硕】

7月，由中国视协主办的2017年第2届全国优秀电视评论节目评选结果揭晓，由上海视协选送参评的18部作品和4位主持人获奖。其中，由上海广播电视台融媒体中心创作的《上海答卷—基层更活基础更实 上海探索社会治理新路》获新闻短评类最佳作品；《新闻透视：解析共享单车管理困局系列报道》获专题评论类最佳作品；《〈双城记〉

之“原来我们误会了”》获访谈评论类最佳作品；上海广播电视台融媒体中心主持人何婕、雷小雪获得最佳主持人称号。上海视协获最佳组织奖。

【上海小选手获中国戏曲小梅花荟萃多个荣誉称号】

7月12日至22日，由中国剧协、嵊州市人民政府、张家港市人民政府主办的第22届中国戏曲小梅花荟萃活动，分别于浙江嵊州、江苏张家港举办。

上海剧协组织举办第六届上海少儿戏曲“小白玉兰”称号评选，择优推荐16个个人与集体节目。刘馨睿、张祥群、周雅欣、徐泽翔、徐文朝、汪易楠、柯昱丞等7位选手获“金花”称号，集体节目《星星之火•隔墙对唱》获最佳编排类节目第一名。

【开心客堂——海派讲堂开讲】

7月21日，由上海曲协、嘉定新城管委会主办的海派讲堂在嘉定西云楼文化商业水街举办。这是曲协品牌项目“开心客堂”首次走进商圈。

【《品兰探幽——昆剧导演之路》发布暨沈斌导演艺术研讨会】

8月2日，由上海剧协和上海昆剧团共同主办的《品兰探幽——昆剧导演之路》发布暨沈斌导演艺术研讨会在文艺会堂举办。中国剧协名誉主席、上海剧协名誉主席尚长荣，中国剧协分党组成员、秘书长崔伟，上海剧协主席、上海话剧艺术中心艺术顾问杨绍林，上海戏曲艺术中心总裁、上海昆剧团团长谷好好与近30位专家、学者出席，就该书的艺术价值、理论成果展开研讨与总结。

【第6届上海国际芭蕾舞比赛论坛】

8月5日，第6届上海国际芭蕾舞比赛论坛在上海文艺会堂举行。会上围绕“芭蕾舞的创作与探索”及“培养芭蕾舞编导的意义和途径”两项议题展开交流。上海市文联党组书记、专职副主席尤存，大赛组委会秘书长张鸣、副秘书长王延等出席。

【长三角地区戏剧“双奖”艺术家“深扎”主题实践活动】

8月8日至16日，由沪苏浙皖四省（市）党委宣传部和文联指导，上海戏曲艺术中心会同沪苏浙皖四省（市）剧协共同主办的“东方之韵•剧荟江南”长三角地区梅花奖、白玉兰奖演员“深入生活、扎根人民”主题实践活动举办，上海老中青三代戏曲名家与苏浙皖三地“双奖”艺术家约40人参加活动。上海市委宣传部副部长胡劲军，上海市文联党组成员、专职副主席沈文忠等一起深入基层，参加了演出、调研与研讨活动。

此次活动是“长三角文艺发展联盟”在沪成立后首次集结，艺术家们赴安徽泾县红色文化地区、江苏南京江北新区、浙江宁波农村地区，深入基层献演，举行主题座谈会，学习习总书记给牛犇同志的信。

【上海市第10届书法篆刻大展】

8月16日，由上海市文联、上海书协、中华艺术宫共同主办的上海市第10届书法篆刻大展在中华艺术宫开幕。本次展览投稿作品近2000件，入展作品249件，其中优秀奖10件，提名奖9件。入展作者中非会员72人，占比29%，80后、90后的选手79人，占比32%。期间举办两场论坛，主题分别是“大尺幅书法作品的艺术表达”和“十届•廿年——上海市书法大展的历史沿革”。展览持续至8月26日。

【2018上海国际摄影节】

9月20日，由上海市文联、上海摄协主办的“图遇时代•上海改革开放40年——2018上海国际摄影节”在中华艺术宫开幕。

摄影节持续至10月7日，期间举办“图遇时代•上海改革开放40年摄影论坛”“老相馆•上海著名人像摄影师邀您拍摄结婚纪念照”和30余场公益摄影讲座。除中华艺术宫主展区外，还包括“南外滩基层摄影团队汇展”“原上海育人摄影专科学校师生作品群展”两个展览，展出作品2000余幅。

【“漆彩东方——第3届上海漆画展”】

9月7日，由上海美协主办，美协漆画工委会、美协创作中心东外滩艺术空间承办的“漆彩东方——第3届上海漆画展”在东外滩艺术空间开幕。展览征集到130余件作品，经评审，97件作品入展，持续至9月18日。

【第5届上海“美丽新城镇”电视专题片评选活动表彰会】

9月12日，第5届上海“美丽新城镇”电视专题片评选活动表彰会在上海文艺会堂举行。活动共有8个区级台的16部作品参评，最终评出一等奖作品1部，二等奖作品2部，三等奖作品5部。

【2018年全国专业魔术师研修班】

9月17日，由文化和旅游部艺术司、上海市文广局主办，上海文广演艺集团、上海市杂协、上海杂技团、上海马戏城、上海市马戏学校承办的“2018年全国专业魔术师研修班”在上海文艺会堂开班。

本期研修班为期一周，由4位世界著名魔术师、学术权威授课，是首次在国内进行以近景魔术为主题，由理论到实践的系统性授课。

【剧荟江南——新时代长三角戏剧联合发展论坛举办】

10月10日，“剧荟江南——新时代长三角戏剧联合发展论坛”暨四地戏剧家协会战略合作联席会议在上海文艺会堂文艺大厅召开。浙江省文联副主席翁仁康、安徽省文联书记处书记林勇分别致辞，上海剧协主席杨绍林、安徽剧协主席王长安、浙江剧协副主席兼秘书长谢丽泓、江苏剧协副秘书长吴大忠代表四地剧协现场签署了《新时代长三角地区戏剧发展战略合作备忘录》。上海市文联党组书记、专职副主席尤存出席。

与会者就当下长三角地区戏剧板块的发展现状及目前的优质资源与合作项目进行了交流，并就今后可能的合作方向提出规划与设想。

【纪念改革开放40周年“都市化进程中的民俗走向”学术论坛】

10月12日，由上海民协与上海大学文学院共同主办的“纪念改革开放40周年——都市化进程中的民俗走向”学术论坛在文艺会堂举行。上海市文联专职副主席、秘书长沈文忠，上海市文联副主席、上海民协主席何承伟，中山大学中国非物质文化遗产研究中心教授刘晓春分别致辞。来自全国民俗学领域的60余名专家学者围绕都市化进程中民俗文化的演变趋向、都市民俗新形态研究等议题进行了深入探讨。

【纪念改革开放40周年小戏小品获奖作品专场剧本朗读会】

10月14日，作为上海剧协和中华艺术宫共同主办的“四季品剧”特别活动，“纪念改革开放40周年上海剧协新剧本朗读会”2018小戏小品创作征集获奖作品专场在中华艺术宫多功能厅举行。

活动于4月启动征集，经评选共8部作品分获各奖项，其中程蕾的小品《温度》、许静波的独幕剧《1978，我的生日》获一等奖。

【“两新”组织青年戏剧工作者培训班】

10月18日至19日，上海剧协组织召开2018“两新”组织青年戏剧工作者培训班，学员来自昆曲、越剧、沪剧、话剧等多个剧种的体制外院团，覆盖编剧、导演、演员以及职业经理人与院团运营方等各个领域。

18日上午举行开班仪式。上海市文联党组书记、专职副主席尤存出席仪式并授课：《坚定文化自信——谈长三角文艺发展联盟的区域联动作用与影响》。晚上，《两新组织的新时代使命与担当》互动沙龙在浦东新区川沙镇历史文化遗产老祖禅堂举办。

19日下午举办《中青年戏剧艺术家传承传播讲演系列——川沙戏曲小镇专场》惠民活动。

【第11届上海市大学生魔术大会】

10月20日，第11届上海市大学生魔术大会决赛在文艺会堂举行。来自上海工程技术大学、上海海洋大学和同济大学、上海财经大学、广东省旅游职业技术学校的6位同学分获一二三等奖。

【第15届“沪江”杯翻译竞赛】

10月23日，第15届“沪江”杯翻译竞赛终评会在文艺会堂举行。比赛设英语和日语两个语组。英语组原文选自英国作家扎迪•史密斯（Zadie Smith）的最新散文集《感受自由》（*Feel Free*，2018），日语组原文是日本现代女作家冈本加乃子（Okamoto Kanoko，1889-1939）的短篇小说《寿司》。在为期两个月的征稿期里，共收到来自全国和海外投稿1300余份，创历史新高。颁奖活动在12月中旬举行。

【第27届金秋诗会《中国：异域想象》】

11月2日，由上海译协主办的第27届金秋诗会在文艺会堂举办。上海市文联党组成员、专职副主席沈文忠出席并致辞。翻译家娄自良、薛范、冯春、杨伟民、钱希林、陈德民等，以及300多名文学爱好者、朗诵爱好者、外国友人参加活动。诗会以《中国：异域想象》为主题庆祝改革开放40周年，征集并评选出39首作品入选，又精选14首参加演出。

11月3日和7日，作为本届诗会的延伸活动，讲座《“中国：异域想象”之西方古典音乐和诗歌的中国元素》《“中国：异域想象”之西方园林宫殿和诗歌的中国元素》先后举办。

【书协第七次会员代表大会】

11月11日，上海书协第七次会员代表大会在文艺会堂举行。上海市委宣传部副部长胡劲军，上海市文联党组书记、专职副主席尤存，上海市文联党组成员、专职副主席沈文忠、韩陈青，上海书协顾问钱茂生以及191名代表出席会议。大会选举产生了新一届理事会成员95名，其中常务理事29名。丁申阳当选为第七届主席团主席，潘善助当选为驻会副主席兼秘书长，田文惠、李静、张索、张卫东、张伟生、宣家鑫、晁玉奎、徐庆华当选为副主席（以姓氏笔画为序）。聘请周慧珺、周志高为名誉主席；韩天衡为首席顾问；张森、王伟平、张晓明、钱茂生、刘小晴、童衍方、张淳、刘一闻、戴小京、徐正濂、孙慰祖、王国贤为顾问。

在紧接召开的第七届理事会第一次会议上，沈文忠宣布新当选主席、副主席、常务理事名单，尤存代表上海市文联党组对新一届领导班子和常务理事会提出工作要求。

【长三角曲艺合作联盟研讨会】

11月14日，沪苏浙皖四地曲协在上海嘉定区文化馆召开“长三角曲艺合作联盟”研讨会。上海市嘉定区文广局副局长朱虹，上海曲协副主席黄震良、秘书长章燕，江苏省曲协秘书长孙志兵，浙江省曲协副秘书长庄洁，安徽省曲协秘书长许文龙等，以及沪、苏、浙、皖曲艺演员代表出席，四地曲协共同签署《长三角曲艺合作联盟框架协议》。

13日晚，主题为“美好生活四十年 说说唱唱百姓乐”的长三角地区曲艺展演活动在嘉定区文化馆剧场上演。

【长三角舞蹈发展联盟在上海成立】

11月24日，长三角舞蹈发展联盟在上海文艺会堂成立。中国舞协分党组书记、驻会副主席、秘书长罗斌，上海市文联党组书记、专职副主席尤存，上海市文联党组成员、专职副主席沈文忠，江苏省文联党组成员、副主席、书记处书记徐昕，浙江省文联党组成员、书记处书记张均林，安徽省舞协主席张居淮，上海市舞协主席辛丽丽，以及四地舞协领导、地市级舞协负责人代表、舞蹈家代表出席。罗斌、尤存、徐昕、张均林、张居淮、辛丽丽分别致辞，共同启动联盟成立光球。

在随后举行繁荣长三角舞蹈发展论坛上，与会专家就联盟的定位、发展、运作等问题展开讨论。

【摄协第七次会员代表大会】

11月30日，上海摄协第七次会员代表大会在上海文艺会堂举行。上海市文联党组书记、专职副主席尤存，上海市文联党组成员、专职副主席沈文忠、韩陈青以及174名代表出席大会。大会选举产生新一届理事94名，其中常务理事26名。雍和当选第七届主席，忻雅华当选驻会副主席兼秘书长，丁和、王杰、毛安吉、刘开明、陈海汶、林路、顾铮、常河当选为副主席（以姓氏笔画为序）。

在随后召开的第七届理事会第一次会议上，韩陈青宣布新当选主席、副主席、常务理事名单，沈文忠代表上海市文联党组对新一届领导班子和常务理事会提出希望。

【民协第七次会员代表大会】

12月2日，上海民协第七次会员代表大会在上海文艺会堂举行。上海市文联党组书记、专职副主席尤存，上海市文联党组成员、专职副主席沈文忠、韩陈青以及107名会员代表出席大会。大会选举产生新一届理事50名，其中常务理事13名。李守白当选第七届主席，倪里勋当选驻会副主席兼秘书长，张红玉、郑土有、奚小琴、黄景春当选为副主席（以姓氏笔画为序）。聘请江明惇、何承伟为协会顾问。

在随后召开的第七届理事会第一次会议上，韩陈青宣布新当选主席、副主席、常务理事名单，沈文忠代表上海市文联党组对新一届领导班子和常务理事会提出希望。

【影协第八次会员代表大会】

12月4日，上海影协第七次会员代表大会在上海文艺会堂举行。上海市文联党组书记、专职副主席尤存，上海市文联党组成员、专职副主席沈文忠、韩陈青以及135名会员代表出席大会。大会选举产生了新一届理事97名，其中常务理事23名。任仲伦当选为第八届主席，赵芸当选为驻会副主席兼秘书长，石川、刘风、郑大圣、速达当选为副主席（以姓氏笔画为序）。

在随后召开的第八届理事会第一次会议上，

沈文忠宣布新当选主席、副主席、常务理事名单。韩陈青代表上海市文联党组对新一届领导班子和常务理事会提出希望。

【视协第七次会员代表大会】

12月5日，上海视协第七次会员代表大会在上海文艺会堂举行。上海市文联党组书记、专职副主席尤存，上海市文广集团党委副书记、台长、总裁高韵斐，上海市文联党组成员、专职副主席沈文忠、韩陈青以及90名会员代表出席大会。大会选举产生新一届理事59名，其中常务理事18名。滕俊杰当选为第七届主席，刘祎呐当选驻会副主席兼秘书长，王丽萍、王建军、王磊卿、印海蓉、杨震华、陈梁、曹可凡当选为副主席（以姓氏笔画为序）。

在随后召开的第七届理事会第一次会议上，沈文忠宣布新当选主席、副主席、常务理事名单，韩陈青代表上海市文联党组对新一届领导班子和常务理事会提出希望。

【美协第八次会员代表大会】

12月6日，上海美协第八次会员代表大会在上海市文联召开。上海市文联党组书记、专职副主席尤存，上海市文联主席、上海美协主席施大畏，上海市文联党组成员、专职副主席沈文忠、韩陈青，上海美协顾问王劼音、邱瑞敏、张雷平、朱国荣，著名艺术家廖炯模、汪观清、毛时安、卢治平以及180名大会代表出席会议。大会选举产生了新一届理事87名，其中常务理事22名。郑辛遥当选为第八届主席，李磊、杨剑平、陈琪、陈翔、殷雄、蒋铁骊当选为副主席（以姓氏笔画为序）。聘请施大畏为荣誉顾问，张培成、卢辅圣、周长江、俞晓夫、李向阳、汪大伟为顾问。

在紧接召开的第八届理事会第一次会议上，沈文忠宣布新一届主席、副主席、常务理事名单。尤存代表上海市文联党组对新一届主席团和理事会提出希望。

【“诗意江南”第17届海平线绘画•雕塑联展】

12月8日，由上海市文联指导、上海美协主办、中华艺术宫协办的“诗意江南”——第17届海平线绘画•雕塑联展在中华艺术宫举行开幕仪式及研讨会。上海市文联党组成员、专职副主席韩陈青，上海美协顾问、本次展览策展人朱国荣，上海美协副主席、中华艺术宫执行馆长李磊等出席。

本届展览持续至16日，邀请24位来自上海、浙江、江苏、安徽的中青年艺术家的150余件作品参展。

【第5届“言子杯”国际学生书法大赛】

12月9日，由上海书协、奉贤区人民政府主办，奉贤区文广局、奉贤区教育局承办，奉贤区书协协办的第5届“言子杯”国际学生书法大赛在奉贤区图书馆开幕。大赛自6月启动，共收到投稿作品5000余件，评选出入展作品180件，优秀作品20件，提名作品20件。展览持续至29日。开幕式当天，组委会还组织3场书法教育活动。

【长三角故事邀请赛暨第9届曹路故事节颁奖典礼】

12月9日，“人生如歌——‘浦东曹路杯’长三角故事邀请赛暨第9届曹路故事节”在金海文化艺术中心举行，近500人参与此次活动。上海市文联副主席何承伟、上海民协驻会副主席兼秘书长倪里勋等出席活动并为获奖选手颁奖。“曹路故事”已列入上海市级非遗保护项目。

【纪念改革开放40年上海杂技展演】

12月13日，由上海杂协主办，上海杂技团、上海市马戏学校、上海魔术团、上海青年马戏团、上海星光杂技团等协办的《与时代同行》纪念改革开放40年上海杂技展演在上海商城剧院举办，900余名观众观看演出。

【上海代表团赴京参加中国美术家协会第九次全国代表大会】

12月18日，“上海美协参加中国美协第九次全国代表大会行前座谈会”在上海文艺会堂召开。上海市委宣传部副部长胡劲军出席会议并讲话，上海市文联党组书记、专职副主席尤存主持会议。

12月24日，中国美协第九次全国代表大会在北京会议中心闭幕。施大畏、郑辛遥、俞晓夫、李向阳、陈琪、杨剑平、蒋铁骊、丁乙、丁设、马小娟、平龙、汪家芳、陈妍音、金焰等14位同志作为上海代表参会，上海市文联党组成员、专职副主席韩陈青担任代表团领队。会议选举产生了新一届理事会和以范迪安为主席的主席团。施大畏同志聘为中国美协第九届顾问，丁乙、丁设、杨剑平、汪家芳、陈琪、郑辛遥（按姓氏笔画排序）等6位同志当选中国美协第九届理事会理事。

【评协举办系列文化讲座】

12月20日，由上海评协、上海电影评论学会、上海市文联媒体中心联合举办的专题文化讲座“海派集成大世界”在文艺会堂开讲。海派民俗专家秦来来通过“不到大世界，枉来大上海”的历史语境，引导大家发掘这个著名海派文化地标的底蕴和精神。

2018年，上海评协围绕红色、海派和江南文化资源，先后举办“奥斯卡奖的审美标准”“古典诗词的永恒魅力来自何处”“愚园路的前世与今生”“本帮菜里的海派与江南”“海派集成大世界”等5场讲座。

基层文联

【学习贯彻十九大精神主题书法展】

2月23日至3月25日，由崇明区文联和崇明区文广局联合主办的“不忘初心，牢记使命”——学习贯彻十九大精神主题书法展在崇明美术馆举办，展出崇明书协会员作品50余幅。

【上海虹口区•浙江江山市书画邀请展】

5月15日，由虹口区文联、江山上海市文联主办的“锦绣江山起彩虹”上海虹口区•浙江江山市书画邀请展在江山市古今美术馆开幕，共展出30位书画家的60余件作品。

【长宁区文联第二届第二次代表大会】

6月12日，长宁区文联第二届第二次代表大会召开。大会补选新长宁（集团）党委副书记张蓓琳、刘海粟美术馆副馆长靳文艺为副主席，补选中共长宁区委宣传部副部长、长宁区文化局党委书记康文华为副主席兼秘书长。

【普陀区文联选举产生新主席】

6月22日，普陀区文联召开主席团会议，普陀区人大常委会原副主任张雄伟当选为新的文联主席。

【闵行区戏剧曲艺家协会成立】

8月16日，闵行区戏剧曲艺家协会第一届第一次会员代表大会召开，协会团体和个人会员代表一百多人参加大会。大会选举沈慧琴为第一届闵行戏剧曲艺家协会主席，严荷芝、余剑强、张金英、童丽君为副主席，张志华为秘书长，并聘请表演艺术家茅善玉为名誉主席，沪剧演员陈瑜和京剧演员傅希如为艺术顾问。首批会员92位，团体会员10家。

【金山区首届青少年书法推荐展】

10月22日，由金山区文广局、金山区文联指导，金山区文化馆、金山区书协主办的“传承与使命——金山区首届青少年书法推荐展”在金山区文化馆开展，共展出61名学生的79件书法。

【松江区文联第五次代表大会】

12月26日，松江区文联第五次代表大会在区委党校召开。大会选举产生了第五届理事会、监事会。陆军当选为主席。

【黄浦区文联成立大会暨第一届第一次会员大会】

12月26日，黄浦区文联第一届第一次会员大会召开。大会选举产生了第一届理事会、监事会，许艳卿当选为文联主席。

江苏省文联

综 述

2018年是贯彻党的十九大精神的开局之年，是改革开放40周年。一年来，省文联在省委省政府亲切关怀和省委宣传部直接领导下，深入学习贯彻习近平新时代中国特色社会主义思想，全面贯彻省委十三届四次、五次全会和全省宣传思想工作会议部署要求，团结引领广大文艺工作者，紧紧围绕“六个高质量发展”和“三大攻坚战”战略任务，以开展解放思想大讨论和深化改革为动力，创新工作思路和举措，以务实的精神推进完成各项工作任务，为推动文化强省和“强富美高”新江苏建设做出了积极贡献。

会议与活动

【江苏省文联九届五次全委（扩大）会议】

4月12日，江苏省文联九届五次全委（扩大）会在宁召开。省委常委、宣传部部长王燕文出席会议并讲话，省委宣传部副部长徐宁出席会议，省文联主席章剑华主持会议并作总结发言，省文联党组书记、书记处第一书记水家跃做了题为《立足新时代 扛起新使命 奋力推动江苏文艺事业高质量发展》的工作报告。会议增补水家跃、方标军为江苏省文联第九届委员会委员，曹茂良不再担任江苏省文联第九届委员会委员。会议审议通过《江苏省文联第九届委员会增补副主席选举办法》，水家跃、徐昕、徐宁、方标军当选为江苏省文联第九届委员会副主席；杨企鹏、郑泽云、李朝润、高云4位同志不再担任江苏省文联第九届委员会副主席。会议还对2017年度龚丽丽等21位全国性优秀文艺奖项获得者及省剧协等5个“组织工作奖”获得单位予以嘉奖；对江苏省文联“喜迎、喜庆党的十九大胜利召开系列活动”等19个优秀项目及南京市文联“非遗传承人才系列培养工程”等20个优秀创新项目进行表彰。

【江苏代表团赴京参加中国美协第九次全国代表大会】

12月20日至24日，中国美协第九次全国代表大会在北京召开，江苏代表团由省文联党组书记、常务副主席、书记处第一书记水家跃领队，省美协主席周京新为团长，代表团包括特邀代表冯健亲、薛亮2人以及代表刘伟冬、徐惠泉、高云、刘赦、金田、胡宁娜、李永清、陆庆龙、陈新建、佘玉奇、萧和、高洪啸、尚荣、顾志军、杨春、安泽等16人。12月20日下午出发前，中共江苏省委宣传部副部长徐宁受中共江苏省委常委、宣传部部长王燕文委托，在南京会见了中国美协九代会江苏代表团，并号召大家用艺术正能量见证“两个率先”的新征程，谱写江苏美术事业的新篇章。12月23日上午，中国美协召开第九次全国代表大会第四次全体代表会议，选举产生了新一届理事会理事222人，江苏代表团周京新、刘伟冬、徐惠泉、刘赦、陆庆龙、佘玉奇、杨春等7人全票当选为中国美协理事。12月23日下午，中国美协第九届理事会第一次会议选举产生了新一届主席团。范迪安当选中国美协主席，周京新当选为中国美协副主席。

【水家跃任江苏省文联党组书记、书记处第一书记】

3月22日，江苏省文联召开全体人员大会，宣布中共江苏省委关于江苏省文联党组主要负责同志的任免决定。省委决定：水家跃同志任江苏省文学艺术界联合会党组书记、书记处第一书记，免去省委副秘书长职务；免去章剑华同志江苏省文学艺术界联合会党组书记、书记处第一书记职务。中共江苏省委常委、省委宣传部部长，统战部部长王燕文出席会议并讲话。江苏省政协副主席、省委组织部常务副部长胡金波宣读省委决定。会议由章剑华主持。

【庆祝改革开放四十周年系列展览活动】

为纪念改革开放四十周年，2018年，省文联组织开展了“向时代致敬——庆祝改革开放40年主题美术展”“辉煌巨变——江苏摄影艺术展”“画说运河——江苏美术家采风创作成果展示”“翰墨新赋——江苏书法作品展”和“全国农民画优秀作品展”系列文艺活动，为江苏改革开放再出发鼓与呼。

【助力大运河文化带建设活动】

江苏省文联以习近平总书记关于大运河文化带建设的重要指示批示精神为指导，按照中央和省委的部署，推出一批反映运河风貌、历史变迁、风土人情的优秀作品，打造江苏文化建设高质量的鲜明标志和闪亮名片。组织近70位知名画家深入大运河沿线城市和历史遗存进行采风创作，举办“画说运河——江苏美术家采风写生创作展”，推出82件美术精品；面向全省征集30余个项目，话剧剧本《运河人家》《逐梦浮沉》、音乐剧《丁香》成为中国文联主题文艺创作资助项目；“辉煌巨变——江苏摄影艺术展”重点策划“运河影像”板块，聚焦大运河江苏沿岸8个城市，用影像艺术弘扬大运河生生不息的文化精神；联合中国音协共同主办新时代歌曲创作座谈会和“放歌新时代讴歌新江苏”主题音乐创作活动，组织音乐家赴运河沿线采风，通过委约创作的方式，创作反映运河主题的系列歌曲；组织拍摄微电影《爱在运河边》，荣获“中国•扬州首届运河主题国际微电影展”最佳剧情片奖和最佳男演员奖。这些成绩为大运河文化带建设增光添彩，为开创江苏美术的新局面、繁荣发展社会主义文艺作出新的贡献。

【“长三角文艺发展联盟”系列活动】

6月20日下午，由上海市文联、江苏省文联、浙江省文联、安徽省文联共同组建的“长三角文艺发展联盟”（以下简称“联盟”）成立仪式在上海文艺会堂隆重举行。此次联盟的成立，旨在深入学习贯彻习近平总书记关于推动长三角更高质量一体化发展的重要指示精神，积极响应长三角一体化发展战略，推动长三角地区文艺资源的挖掘和运用，形成资源互补、协同创新的合作机制，打造具有广泛影响力的区域文艺品牌。

【2018江苏雕塑月】

12月19日上午，“2018江苏雕塑月”系列展览在江苏省现代美术馆开幕。“2018江苏雕塑月”共包含三大展事：“逐梦时代•塑我青春”全国青年雕塑家作品展、“琢•境”江苏雕刻艺术名家邀请展和“匠韵文心”文化和旅游部、教育部、人力资源和社会保障部2018非遗传承人研培计划南师大宜兴紫砂陶技艺雕塑研究班成果展。本届展览特别邀请了吴为山创作的《马克思》原稿，该作品铜像作为马克思诞辰200周年中国赠送给德国并耸立于马克思故乡特里尔的礼物。为助力“2018江苏雕塑月”，该作品首次在国内展出。

【“紫金文化奖章”文艺名家专场】

积极为荣获“紫金文化奖章”的文艺名家孙晓云、石小梅和顾芗在北京广州举办专题展览、专场演出和作品研讨会。“与古为新——孙晓云书法作品展”在国家博物馆举办，展览展出了孙晓云百余幅书法精品力作。石小梅“春风上巳天”在北京大学百周年纪念讲堂连演出三场，奉献了《白罗衫》全本以及新近创作的《二胥记•哭秦》等折子戏。顾芗《顾家姆妈》《青春跑道》专场演出在广州友谊剧院上演。活动有效展示了江苏艺术名家的魅力风采，扩大了社会影响力和覆盖面。王燕文部长对此予以批示，予以充分肯定鼓励。

品牌活动

【省文联“名家名作工程”】

“名家名作工程”是为我省各个艺术领域的名家举办专场展览或展演，集中宣传展现江苏本土名家大师艺术风采的一项创举。2018年，省文联共举办活动4场，分别是“金声玉振——金丽生苏州弹词专场”“无界——聂危谷中国画作品展”“聆听江南——王建元合唱作品音乐会”“昆舞独韵——马家钦昆舞专场”。

【省文联“精英精品工程”】

“精英精品工程”是针对我省优秀中青年艺术人才的培养推介项目，选拔优秀中青年艺术家举办展览和展演活动。2018年，省文联共举办活动6场，分别是“非遗流芳——江苏青年工艺家新文艺群体展”“泊在唐诗宋词里的古筝——任洁古筝与民族管弦乐音乐会”“春华秋艳——季春艳经典锡剧折子戏专场”“诗话大运河，潮涌新时代——

2018江苏广电百名主播诵经典诗会”“印象大运河”全国名家雕塑邀请展和“昆韵争春”昆曲青年英才专场。

【“一脉相承”戏剧名家师徒系列演出】

“一脉相承”江苏戏剧名家师徒专场系列演出是江苏省文联着力策划打造的重点工作，活动旨在推动不同剧种流派间的交流切磋、融合创新，开创戏曲传承发展新局面。2018年共有4场演出，分别是昆剧名家、中国戏剧梅花奖得主石小梅师徒专场；著名京剧表演艺术家龚苏萍师徒专场；著名淮海戏表演艺术家杨秀英师徒专场，以及师徒传承版话剧《中山码头》专场。其中，话剧《中山码头》是为纪念第五个南京大屠杀死难者国家公祭日特别演出，这也是“一脉相承”系列活动举办三年来唯一的一场话剧。

【“广陵牡丹曲”第十届中国曲艺牡丹奖颁奖仪式暨“讴歌新时代　共筑中国梦”成果汇报演出及系列活动】

10月15日，由中国文联、中国曲协、江苏省委宣传部、江苏省文联主办的“广陵牡丹曲”第十届中国曲艺牡丹奖颁奖仪式暨“讴歌新时代　共筑中国梦”成果汇报演出在江苏扬州举行。与此同时，集名家讲坛、惠民演出、系列展演、学术研讨等为一体的第十届中国曲艺牡丹奖颁奖系列活动也在江苏全面展开。在本届牡丹奖评出的4大项20个奖项中，江苏占得三席。其中，中篇扬州评话《玉山子传奇》获节目奖，中篇苏州弹词《焦裕禄》获文学奖，王勤获表演奖。

【2018中国百家金陵（版画）展】

11月15日，由中国美协、江苏省委宣传部、省文化和旅游厅、省文联共同主办的“大道有痕——2018中国百家金陵画展(版画)”在江苏省美术馆开幕。展出的99件主题鲜明、内容丰富、形式多样、时代气息浓郁的精品佳作，包括朱健翔等9人的9幅江苏省美术馆典藏作品，徐娜等10人的10幅江苏省现代美术馆收藏作品，是从全国征稿参评的1000多件作品中，经展览评委会初评、复评严格甄选出来。

【2018中国江苏二胡之乡民族音乐盛典暨中国音乐小金钟全国二胡展演】

8月25日至9月2日在南京、无锡两地成功举办。本次活动内容丰富、参与人数众多，先后在南京、无锡等地举办了“乐韵流芳”中国民乐名家名曲音乐会、“金钟之星”中国音乐金钟奖金奖获奖选手音乐会、“乐响金钟”中国民乐名家名曲音乐会、“纪念阿炳•乐韵梁溪”音乐会、小金钟全国二胡展演、民族乐器品鉴展及品鉴音乐会、“中国民族音乐的传承与发展”学术研讨会等数十场民乐主题活动。据统计，南京地区音乐会网络直播参与人次累计达350多万，无锡地区小金钟二胡展演网络直播参与人次累计达260多万，有效地扩大了民族音乐的社会影响力。

【文艺惠民】

认真落实习近平总书记视察江苏时的重要指示精神，组织艺术家走进徐州马庄，签订合作共建协议，努力将马庄打造成全省乃至全国基层文化建设的先进典型。配合中宣部、省委宣传部举办2019“我们的中国梦——文化进万家”活动启动仪式，部、省、市多支文艺小分队送上丰富多彩的慰问演出，为基层群众送去欢乐和文明。坚持“送文化”与“种文化”相结合，采取讲座、培训、支教、结对子、带徒弟，建立联系点等形式，使基层能够独立开展群众性文艺活动。大力推进基层文艺阵地建设，目前已设立“江苏省文艺志愿者乡村服务基地”14个，9个省级文艺志愿服务分队与14个乡村艺术团队结对签约。2018年，宿迁市宿城区和南通市通州区成功创建了“中国曲艺之乡”。全年开展文艺支教、文艺惠民演出、展览展示、培训讲座、“到人民中去”等系列文艺志愿服务主题活动500余场，参与的文艺志愿者1.8万人，惠及群众100万人次。“春和景明”江苏省文艺迎新春大展、“福至运来——江苏省千名书法家迎新春、送万福”活动、“苏风墨韵”江苏省书法名家精品巡回展等，内容丰富，形式多样，深受基层和群众欢迎。文化惠民坚持“送”与“种”结合，既服务了人民，回报了社会，也使艺术家自身在惠民活动中提升了思想境界和艺术素养。

创作与研究

【文艺创作生产与获奖情况】

紧紧围绕中心任务和重大时间节点，组织文艺创作生产，开展系列主题文艺实践活动。一是助力大运河文化带建设。组织近70位知名画家深入大运河沿线城市和历史遗存进行采风创作，举办“画说运河——江苏美术家采风写生创作展”，推出82件美术作品，其中30幅精品参加了“2018世界运河城市论坛”主题展，省委书记娄勤俭、副省长王江及世界80余个运河城市的代表和数百名专家学者观看了展览。面向全省征集30余个项目，话剧剧本《运河人家》《逐梦浮沉》、音乐剧《丁香》成为中国文联主题文艺创作资助项目。“辉煌巨变——江苏摄影艺术展”重点策划“运河影像”板块，聚焦大运河江苏沿岸8个城市，用影像艺术弘扬大运河生生不息的文化精神。联合中国音协共同主办新时代歌曲创作座谈会和“放歌新时代　讴歌新江苏”主题音乐创作活动，组织音乐家赴运河沿线采风，通过委约创作的方式，创作反映运河主题的系列歌曲。组织拍摄微电影《爱在运河边》，荣获“中国•扬州首届运河主题国际微电影展”最佳剧情片奖和最佳男演员奖。二是呼应“一带一路”建设。精心组织“水韵江苏　相约香港”江苏文化嘉年华活动，举办江苏非遗文化精品展，展出38件（套）艺术精品，香港特区政府行政长官林郑月娥，江苏省省长吴政隆，省委常委、统战部部长杨岳亲临展馆，并与艺术家亲切交流。组织“精彩江苏”优秀摄影作品展赴台湾展出。在澳门举办“苏风艺品——2018澳门国际文化创意及艺术品展览会”。推荐摄影家参与丝绸之路沿途国家采风创作，聚焦当代丝路上的建设者群像。创作排演的诗词歌赋杂技剧场《小桥　流水　人家》参演第五届丝绸之路国际艺术节，荣获艺术节组委会颁发的丝路文化贡献奖。以“一带一路”沿线国家和周边地区为重点，加强对外文化交流品牌、渠道和平台建设。在波兰举办“溯古融今——中国漆画展”，在白俄罗斯举办江苏曲艺海外行•明斯克专场演出，在法国巴黎举办“一扇百工•至善至美”江苏非遗代表作品展，传播中华优秀文化，展示江苏传统艺术。三是推动长三角地区文化交流合作。发起成立“长三角文艺发展联盟”，促进苏浙沪皖三省一市文化领域互学互鉴、共同发展。推荐南京艺术学院音乐学院“萌之声”合唱团赴沪参加第三十五届上海之春国际音乐节《在希望的田野上——纪念改革开放四十周年》合唱音乐会，荣获“最佳合唱奖”。组织赴浙江参与“2018亚洲旅游影视艺术周”，来自23个国家和地区影视界的400余名代表参加盛典，电视苏军获得9个奖项。四是组织“流金岁月”系列文艺活动。精心组织“流金岁月”系列文艺活动，为江苏改革开放再出发鼓与呼。组织策划8场文艺展示展演和评选推介活动，“辉煌巨变”江苏摄影艺术展，“翰墨新赋”——庆祝改革开放40周年江苏省书法作品展，“梨苑芳菲”——江苏戏曲名家名段演唱会，全国农民画优秀作品展“庆祝改革开放40周年——江苏精品杂技展演”等，作为首届紫金文化艺术节的重要内容，深刻记录和展示江苏40年改革开放发生的翻天覆地变化、取得的巨大历史成就、呈现的美好愿景。这些活动主题鲜明，采用曲艺、戏剧、音乐、美术、书法、摄影、民间文艺等多种艺术方式，多形式、多角度、多方位展现风云激荡的发展画卷。一年中，江苏省获得第十届中国曲艺牡丹奖3项，其中中篇扬州评话《玉山子传奇》获节目奖，中篇苏州弹词《焦裕禄》获文学奖　，王勤、蔡小华获表演奖。朱汉举获得第十二届中国摄影“金像奖”商业摄影奖。射阳县杂技团的杂技（魔术）《羽》、如东县杂技团的杂技（魔术）《纸飞机》获第十届中国杂技金菊奖•魔术节目奖。电视剧《春天里》获得第二十九届中国电视金鹰奖优秀电视剧奖。

各文艺家协会

【戏剧家协会】

“一脉相承”江苏戏剧名家师徒专场系列演出是江苏省文联着力策划打造的重点工作，活动旨在推动不同剧种流派间的交流切磋、融合创新，开创戏曲传承发展新局面。2018年共有4场演出，分别是昆剧名家、中国戏剧梅花奖得主石小梅师徒专场；著名京剧表演艺术家龚苏萍师徒专场；著名淮海戏表演艺术家杨秀英师徒专场，以及师徒传承版话剧《中山码头》专场。其中，话剧《中山码头》是为纪念第五个南京大屠杀死难者国家公祭日特别演出，这也是“一脉相承”系列活动举办三年来唯一的一场话剧。

10月19日晚，由江苏省委宣传部、省文化厅、省文联主办，省剧协、省演艺集团共同承办的“金韵梨园——江苏戏曲名家名段演唱会”在江苏大剧院精彩上演。本次“金韵梨园”江苏戏曲名家名段演唱会是2018“紫金文化艺术节”的系列活动之一，由“红梅绽放”“梅花飘香”“戏韵唐诗”“一脉相承”“繁花梨园”五个部分构成，共有24个节目，涵盖京剧、昆剧、锡剧、淮剧、越剧、通剧、淮海戏、柳琴戏、徐州梆子等多个剧种。

第二十二届中国少儿戏曲小梅花荟萃活动于7月中旬分别在浙江嵊州和江苏张家港举办，江苏省共有6位个人选手和2个集体项目进入终审。7月13日至15日，来自国内外的众多选手在浙江嵊州越剧艺术中心参加了为期三天的终审演出。最终，业余组的孙唯书、陆志舟和专业组刘成果荣获各自组别的金花十佳。其余的3名选手也取得了金花的优秀成绩。之后在张家港举办的集体节目终审，我省泗阳县众兴实验小学的淮海戏《盗仙草》和常熟市文化馆的越剧《木兰花》两个集体节目分获传承类节目第3名和原创类节目第2名的成绩。因组织工作成绩突出，省剧协被中国剧协评为本届小梅花荟萃活动优秀组织奖。

2017年，省文联推出“精英精品工程”，这是针对我省优秀中青年艺术人才的培养推介项目。2018年，省剧协共承办了2场“精英精品工程”演出，分别是11月14日的“春华秋艳”季春艳锡剧精品专场和12月25日的“昆韵争春”昆曲青年英才专场。

【电影家协会】

组织电影编导多次赴扬州、镇江等运河地区深入生活实地考察、采风，在此基础上创作拍摄了微电影剧情片《爱在运河边》，该片在“中国•扬州首届运河主题国际微电影展”的1837部参赛影片中脱颖而出，获得最佳剧情片奖和最佳男演员奖。策划、拍摄了电影纪录片《单声》。该片入围2018年金鸡百花电影节国产新片展映单元，入围中美国际电影节，澳门国际电影节等，获得伦敦国际人电影节最佳外语片纪录片导演奖等。

2018年11月28日至30日，由中国影协、中国文联电影艺术中心、江苏省文联共同主办，南京艺术学院传媒学院、江苏省电影家协会等承办的“影载中华情，圆梦新思路——2018国际电影研讨交流活动”在南京艺术学院举办。研讨活动放映了来自越南、伊朗、波兰、白俄罗斯等国家的七部优秀影片，与会二十余名专家学者就影片进行了分析与座谈，结合新丝绸之路经济带的文化特征等方面，对当下中国电影的教育问题、中国电影市场的发展状况进行了深入研讨。会后，南京艺术学院的专家依据发言撰写了论文向江苏省申请了专项课题研究项目。

为积极响应中国影协的要求，江苏省影协开展了以“光影新时代”为主题的微影评征稿活动暨第34届大众电影百花奖江苏省观众评委选拔活动，通过与电影院线，电影评论学会、各大高校的联合，最终遴选出了五位优秀的观众评委，他们在第34届大众电影百花奖评选工作中，圆满完成了任务。

组织电影编导参加第十期“皖浙苏三省编剧研修班”，作为三省联办的品牌项目，已坚持了十期。江苏省影协组织了以青年编导为主的学员队伍参加研修，对编剧整体专业水平的提升、打造编剧人才队伍建设等方面起到了推进作用，受到学员的一致好评。

【电视艺术家协会】

1月21日，全国第十届德艺双馨电视艺术工作者表彰大会在京举行，共有47名同志获授全国德艺双馨电视艺术工作荣誉称号。经江苏视协和东部战区推荐，省广电总台李响、常州台汪忠泽、东部战区许永昌榜上有名，获奖人数居全国各省、自治区、直辖市、新疆生产建设兵团和省级会员单位第一，展示了电视苏军的卓越风采，引起业界、学界和各界的关注。

4月11日至13日，由省文联、省广播电视总台主办，省视协、常州文联、常州台、常州影视协承办的2017“江苏省文艺大奖•电视奖”评选活动在常州举行。根据中央《关于全国性文艺评奖制度改革的意见》，经省创建达标评比表彰工作协调小组办公室批准，“江苏电视奖”已更名为“江苏省文艺大奖•电视奖”，由一年一度调整为两年一届，奖项调整为40个，成为省文联设置的11个重要奖项之一。根据《“江苏省文艺大奖•电视奖”章程》的规定，共评出6大类39奖项，报经省文联党组批准后公布，并颁发了奖状。

12月22日至24日，在中视协、广西文化和旅游厅、百色市人民政府主办的第十一届中国旅游电视周表彰活动中，江苏视协荣获最佳组织单位奖。6月24日至25日，在首届全国优秀公益电视节目表彰仪式中，江苏视协推选报送的节目和主持人获得28项奖励，占获奖比例的25.14%，名列省级单位第一。江苏视协获授最佳组织单位奖。7月29日至8月1日，在由中国视协、浙江新闻出版广电局联合主办的“2018•亚洲旅游影视艺术周”中，电视苏军勇创佳绩，共斩获9项奖励。

【音乐家协会】

4月9日，由中国音协、中共江苏省委宣传部、江苏省文联主办，江苏省音协承办的“新时代”歌曲创作座谈会在南京举办。4月10日至14日，与会词曲作家围绕聚焦中国梦、讴歌新时代、纪念改革开放40周年等重大创作主题，开展“深入生活、扎根人民”采风创作活动。其间，词曲作家们将与当地中青年文艺工作者、新音乐群体近距离接触和座谈，进行交流指导、帮扶培训。本次活动共计委约创作了12首契合新时代主题的声乐作品，其中北京词曲作家6首，江苏词曲作家6首。

8月25日至9月2日在南京、无锡两地成功举办。本次活动内容丰富、参与人数众多，先后在南京、无锡等地举办了“乐韵流芳”中国民乐名家名曲音乐会、“金钟之星”中国音乐金钟奖金奖获奖选手音乐会、“乐响金钟”中国民乐名家名曲音乐会、“纪念阿炳•乐韵梁溪”音乐会、小金钟全国二胡展演、民族乐器品鉴展及品鉴音乐会、“中国民族音乐的传承与发展”学术研讨会等数十场民乐主题活动，每场活动均吸引了众多专家学者、民乐爱好者参与。据统计，南京地区音乐会网络直播参与人次累计达350多万，无锡地区小金钟二胡展演网络直播参与人次累计达260多万，有效地扩大了民族音乐的社会影响力。

10月18日至22日，由省文联主办、省音协承办的2018江苏省文艺大奖•茉莉花音乐奖声乐比赛在南京举行，本次赛事共评出美声、民族、通俗3个组别金奖3名，银奖6名，铜奖9名，优秀奖、优秀伴奏奖、新创作歌曲演唱奖若干名。

10月21日，由中共江苏省委宣传部、江苏省文化厅、江苏省文联主办，江苏省音乐家协会承办的“华乐新韵”中国民乐名家名曲音乐会在江苏大剧院音乐厅举行。本场音乐会由江苏省民乐团著名指挥家王爱康、闵乐康执棒，民乐演奏名家王蔚、王文礼、朱昌耀、王红艺、戴亚、章红艳、宋飞倾情献艺，为大家带来了精彩的演奏。

【美术家协会】

1月11日，由中国美协和江苏省文联主办，中国文联美术艺术中心、中国美协水彩画艺委会、江苏省美协、省现代美术馆和省书画院共同承办的“第三届中国粉画展览”在江苏省文联艺术剧场开幕。展览共展出169幅入选作品，其间，全国各地专家学者就当代中国粉画艺术的传承与现状、粉画在当代多元艺术中面临的机遇与挑战、粉画发展趋势的分析与展望等议题进行了研讨。

4月10日，由江苏省美协、苏州市文联主办，江苏省现代美术馆、苏州市美协、江苏省美协连年宣漫插艺委会、寒山美术馆承办的首届江苏年画•连环画•宣传画•漫画•插画作品展览在江苏省现代美术馆举行。本次展览从全省近2000件报名作品中评选出入选作品179件，其中54件获得优秀奖。组委会特邀前辈名家作品33件，评委作品8件一起展出。

10月9日，由江苏省委宣传部、江苏省文联主办，江苏省美协、江苏省现代美术馆承办的“画说运河——江苏美术家采风写生创作展”在江苏省文联艺术剧场开幕。展览共展出了江苏美术家们6月份以来围绕运河采风创作完成的八尺整张佳作82件。

12月20日至24日，中国美协第九次全国代表大会在北京召开，江苏代表团由省文联党组书记、常务副主席、书记处第一书记水家跃领队，省美协主席周京新为团长。12月23日上午，中国美协召开第九次全国代表大会第四次全体代表会议，选举产生了新一届理事会理事222人，江苏代表团周京新、刘伟冬、徐惠泉、刘赦、陆庆龙、余玉奇、杨春等7人全票当选为中国美协理事。12月23日下午，中国美协第九届理事会第一次会议选举产生了新一届主席团。范迪安当选中国美协主席，周京新当选为中国美协副主席。

【曲艺家协会】

10月15日，由中国文联、中国曲协、江苏省委宣传部、江苏省文联主办的“广陵牡丹曲”第十届中国曲艺牡丹奖颁奖仪式暨“讴歌新时代 共筑中国梦”成果汇报演出在江苏扬州举行。与此同时，集名家讲坛、惠民演出、系列展演、学术研讨等为一体的第十届中国曲艺牡丹奖颁奖系列活动也在江苏全面展开。在本届牡丹奖评出的4大项20个奖项中，江苏占得三席。其中，中篇扬州评话《玉山子传奇》获节目奖，中篇苏州弹词《焦裕禄》获文学奖，王勤获表演奖。

8月3日，由江苏省曲协等单位主办的“第七届江苏省少儿优秀曲艺节目展演”在张家港市举行，14个入选的节目涵盖苏州评弹、扬州评话、苏北琴书等多个曲种，充分展现了我省少儿曲艺生机勃勃、遍地开花的景象。

作为省文联2018年两大重点工程之一“名家名作工程”的首场演出，金声玉振——金丽生苏州弹词传承专场演出于8月21日在省文联艺术剧场举行。

10月29日，中国曲协组织专家组通过实地考察和观看视频及汇报资料，对宿城区创建“中国曲艺之乡”工作表示充分肯定，认为宿城具备“中国曲艺之乡”评审条件，于12月20日正式挂牌。11月7日至8日，中国曲协调研组对南通市通州区“中国曲艺之乡”创建工作进行了实地调研和科学评估，于12月29日下发《关于授予江苏省南通市通州区“中国曲艺之乡”称号的决定》。

【舞蹈家协会】

5月14日至17日，由江苏省舞协主办的“2018年江苏省舞蹈教师和编导培训班”在南京举办，来自全省各地的省舞协理事和舞蹈文艺骨干近100人相聚一堂，开展为期一周的学习培训。此次活动为江苏省各市舞蹈工作者、高校舞蹈教师、专业舞蹈团体舞者以及基层舞蹈工作者们搭建了有利平台，使其在培训的过程中获得提升。

11月24日，长三角舞蹈发展联盟成立暨长三角舞蹈发展论坛在上海召开。中国舞协领导、沪苏浙皖四省市文联领导、各舞协主席、秘书长、各舞蹈院团负责人、舞蹈家及其他相关人员出席活动。11月24至27日，江苏省舞协组织专家团的老师们赴上海舞校观摩了一天的课程，并观看了三场演出。专家老师们纷纷表示收获颇多，在交流、研讨、学习的过程中开阔了眼界。

7月10日，在江苏省第六届社会舞蹈大赛暨第八届少儿舞蹈大赛中获得少儿组创作奖、表演奖第一名的作品《精卫填海》，赴上海参加2018“舞动中国梦”少儿舞蹈精品展演，再一次获得一等奖第一名“舞动新星”荣誉称号。同场比赛中，南通舞之韵舞蹈培训中心表演的舞蹈《花朵》以及《傣家的渔》也获得三等奖“舞动新苗”荣誉称号。7月23日至25日，第五届“荷花少年”全国舞蹈展演在北京成功举办。我省选送的三个优秀作品《绣》《青春的相遇》《一家亲》均获得“荷花少年”荣誉称号，这是我省在全国舞蹈大赛上的又一殊荣。

3月16日，由江苏省舞协主席刘仲宝带队的舞团，一行29人赴欧洲参加2018“一日之春”中国舞蹈艺术节活动，演出无锡市歌舞剧院大型原创舞剧《绣娘》和由荷兰Ground breakers舞团、无锡市歌舞剧院、江苏省舞蹈家协会联合制作的舞剧《聊斋-竹青》。3月24日，两部舞剧在荷兰海牙南方海滩剧院成功上演。此次活动促进彼此的文化学习与交流，进一步激发两国对艺术创作的灵感。

【民间文艺家协会】

4月20日，由江苏省政府、香港江苏社团总会、江苏旅港同乡联合会共同举办的江苏文化嘉年华在香港维多利亚公园开幕。香港特别行政区行政长官林郑月娥，江苏省委副书记、省长吴政隆出席开幕式并致辞。开幕式仪式结束后，江苏省文联党组书记、常务副主席、书记处第一书记水家跃，省文联副主席、省民协主席陈国欢，省民协副主席、秘书长张丹等陪同江苏省委副书记、省长吴政隆，香港特别行政区行政长官林郑月娥等参观了“江苏非遗文化精品展”。由江苏省民协具体承办的“江苏非遗文化精品展”为本次展览精心组织了38件（套）新作品参展，有传统工艺制造玉雕、织绣、家具、漆雕、石雕、留青竹刻等；有民间工艺美术精品苏绣、核雕、蓝印花布等包含国家级、省市级非物质文化遗产名录中江苏制造20个门类，展品均为近年来江苏民间工艺精品。

10月25日，中国民协、江苏省委宣传部、省文化厅、省文联主办，省民协承办，南京市民协协办的“2018全国农民画优秀作品展”在江苏省现代美术馆举行。自画展征集作品以来，得到了全国农民画作者的广泛响应，经评选，146幅优秀作品在江苏省现代美术馆展出。

10月19日至20日，由江苏省政府新闻办、省政府港澳办、省文联主办，澳门特别行政区政府文化局、江苏省民协、南通上海市委宣传部协办的“苏风艺品——2018澳门国际文化创意及艺术品展览会”在澳门举行。在江苏展区，汇集了具有浓郁江苏元素的艺术精品，包括金陵竹刻、东海水晶、无锡紫砂、苏绣、微雕、刻瓷、核雕、玉雕等艺术门类。

10月25日，由法国文化部、法国国家艺术行业联合会主办的第24届法国巴黎非物质文化遗产博览会在卢浮宫旁的卡鲁塞尔展厅揭幕。中国传统非遗在国际舞台上绽放独特魅力。此次展出的“一扇百工”系列苏扇作品分为三个系列：传统系列、现代园林系列、吴文化系列，展品既有传统类型的苏扇，也有融入了现代审美元素的新扇。

江苏省民协选送的大型红木雕刻版《姑苏繁华图》获得第十三届中国民间文艺山花奖•优秀民间工艺美术作品奖，苏绣《红军三大主力会师》获得第十三届中国民间文艺山花奖组委会特别奖。

【摄影家协会】

9月28日，由江苏省委宣传部、江苏省文联主办，江苏省摄协承办的2018紫金文化艺术节首场活动——庆祝改革开放40周年“辉煌巨变”江苏摄影艺术展开幕式在江苏省文联艺术剧场举行。本次展览紧紧围绕庆祝改革开放40周年这一主题，精心策划了“历史见证”“辉煌巨变”“时代楷模”“运河影像”四个板块内容，通过208幅（组）摄影艺术作品反映改革开放40年的风云际会、时代变迁。

2月1日下午，由江苏省摄协、江苏省现代美术馆主办的第26届全国摄影艺术展览江苏精品展暨摄影名家讲座活动在江苏省现代美术馆开幕。在最新揭晓的第26届全国摄影艺术展览评选结果中，江苏共有33件（含2件多媒体类）作品入选，4件获得评委会推荐佳作，总成绩名列全国各省市第三位，同时江苏省摄影家协会荣获“第26届全国摄影艺术展览优秀组织工作奖”。此次展览，集中展出了江苏在第26届国展中入选的33件作品。

江苏摄影奖是由省文联和省摄协共同主办的江苏摄影领域最高个人成就奖，每三年评选一次，2015年设立并首次开评，今年是第二届。根据省文联统一部署，自本届起，江苏摄影奖纳入到“江苏省文艺大奖”12个文艺奖项中去，更名为“江苏省文艺大奖•摄影奖”。本届摄影奖最终评选出摄影大奖15名（记录类6人，艺术商业类8人，理论类1人），提名奖获得者10名（记录类4人，艺术商业类6人）。8月8日上午，在省文联艺术剧场举行了颁奖仪式暨获奖者作品展览开幕式，在省现代美术馆1号展厅展出了本次25位获奖者的288幅摄影作品和部分理论著作。

2018年，省摄协积极配合省委宣传部和省文联的外宣工作部署，在台湾新北市举办了“精彩江苏”优秀摄影作品展。此次摄影展览以“精彩江苏”为主题，精选了江苏摄影家创作的102幅优秀作品。11月，省摄协精选了50幅摄影作品，跟随省文联艺术团赴韩国大邱开展2018国际艺术交流活动。本次参展的50幅摄影作品，大多是江苏摄影奖获奖作品和庆祝改革开放40周年新创作品。

【书法家协会】

11月23日，江苏省文艺名家晋京展《与古为新——孙晓云书法作品展》在中国国家博物馆开幕。这是由中国书法家协会、江苏省委宣传部、江苏省文化和旅游厅、江苏省文学艺术界联合会主办的江苏省文艺名家晋京展，被列入省级宣传文化发展专项资金资助项目。展览展出了孙晓云近几年创作的一百余幅力作。

4月2日，由江苏省文联、省书协主办，江苏省现代美术馆协办的第二届江苏书法奖作品展在省现代美术馆开幕。展览共展出107件作品，真草隶篆行书体齐全，内容丰富，风格多样，是江苏书法发展成果的一次集中展示。

10月19日，由江苏省委宣传部、省文联主办，省书协、省现代美术馆承办的“翰墨新赋——庆祝改革开放40周年江苏省书法精品大展”在江苏省现代美术馆开幕。本次展览是2018“紫金文化艺术节”的重要活动之一，集中汇聚了江苏老中青三代书法家创作的歌咏江苏优美诗词赋作品100余件。

11月8日，由江苏省书协、苏州市文联、昆山市人民政府共同主办的“江苏省第十一届新人书法篆刻作品展”开幕式在中国书协巴城创作基地展览馆举行。本届新人展投稿数量创历届新高，质量也明显高于往届。共有474件作品入展，其中45件作品被评为优秀作品。特别值得一提的是，这次新人展在原有基础上创新优化了评审机制。通过交叉评审、引入媒体和纪检监督员、PAD终端投票等，杜绝了代笔等弄虚作假现象，引导了书坛的清风正气，为进一步创新评审机制积累有益经验。

11月28日，由江苏省委宣传部、江苏省文联、陕西省文联指导，江苏省书协、陕西省书协主办，江苏省现代美术馆承办的“2018江苏•陕西书法名家精品交流展”在江苏省现代美术馆开幕。此次江苏陕西书法篆刻交流展，是两省多年来最具规模的一次艺术交流。展览相互提名邀请了两地老、中、青三代178名代表性书家新近创作的精品力作，涵括了篆隶真行草各种书体，风格多样，诸艺毕陈。

【杂技家协会】

10月12日，由江苏省文联、盐城上海市委宣传部、建湖县委员会、建湖县人民政府主办的庆祝改革开放40周年——江苏精品杂技展演暨建湖县“中国杂技之乡”授牌仪式在盐城举行。中国杂协分党组书记、驻会副主席、秘书长王仁刚，中国杂协分党组成员、副秘书长刘挥，省文联党组成员、副主席、书记处书记徐昕等出席活动。活动现场，刘挥宣读《中国杂协关于命名中国杂技之乡的决定》，王仁刚向建湖县委常委、宣传部长倪世勇授予“中国杂技之乡”牌匾。

江苏省杂协自2018年年初起就开始进行第十届中国杂技金菊奖全国魔术比赛的宣传和动员工作，积极组织和指导全省各杂技院团在杂技节目上攻坚克难，迎战比赛。全省各团积极响应。省杂协对报名作品优中选优，选送的3个参赛节目全部入围决赛。最终，朱明珠表演的《纸飞机》和孙秀芝表演的《羽》荣获中国魔术界最高奖项——金菊奖魔术节目奖。江苏占据7个魔术节目奖中的2个，成为获奖最多的省份。

4月10日至5月10日，江苏省杂协在南京举办高端杂技艺术表演人才培训班。在为期一个月的培训期间，江苏省杂协名誉主席梁同岐、北部战区前进杂技团副团长董争臻、中国杂协顾问程海宝、原南京军区政治部文工团团长李春燕等专家分别讲授《杂技编导艺术》《现代滑稽艺术》《杂技技巧训练与安全》《舞蹈编导技法》等课程，并指导学员进行杂技、滑稽和舞蹈等表演形式的实践教学和实操训练。

江苏省杂技家协会积极开展“深入生活、扎根人民”主题实践活动，通过“协会+院团”的方式，在全省范围内广泛开展文化惠民活动。江苏省杂技团以“杂技周末剧场”为依托，开展杂技进校园、进社区活动，全年公益性演出近200场。

2018年，江苏省各杂技团体多次在全国与世界舞台上精彩亮相，代表着江苏杂技形象，也为加强中华文化在海内外的传播力度作出重要贡献。由江苏省杂技团创作排演的诗词歌赋杂技剧场《小桥　流水　人家》参演第五届丝绸之路国际艺术节，并荣获艺术节组委会颁发的丝路文化贡献奖。射阳杂技团《扇舞丹青•头顶技巧》荣获第六届俄罗斯国际马戏偶像艺术节金奖。南京市杂技团《西游时空——跳板蹬人》赴意大利参加第十九届意大利国际马戏节，荣获金奖。5月，南通杂技团编排原创杂技剧《海星花》，在德国柏林海军上将宫剧院成功首演，共演出10场；9月，该团儿童情景杂技剧《伊甸园童话》在美国密苏里州布兰森白宫剧院驻演，演出达50余场。

【文艺评论家协会】

10月29日至31日，由江苏省文联主办，省评协、省剧协承办的“实话实说——现代戏曲江苏论坛”在盐城举行。会上，与会专家、学者聚焦“新时代现代戏曲——回顾与前瞻”主题，紧紧围绕现代戏《小镇》创作的得与失、戏剧创作“盐城现象”的形成与发展等前沿热点议题进行了广泛深入的研讨。研讨会之前，与会领导、专家还观看了由江苏省淮剧团演出的现代戏《小镇》。

《江苏文艺研究与评论》杂志全年出版四期，共刊发各艺术门类文艺评论及理论研究文章110余篇，总计100多万字。值得一提的是，为提高文艺评论家的知识素养，优化提升杂志的编辑水平，2018年专门开辟了“民国文化名人书画赏析”专辑，选取陈师曾、王一亭、陈半丁、何香凝等民国书画大师的优秀书法、美术作品刊登在封二、封三上，同时邀请优秀学者撰写相应推介、鉴赏文章于正文中，大大增强了杂志的可读性、艺术性和知识性。

11月，《2016、2017江苏青年文艺评论集》的正式出版，标志着我们完成了省文联“青年文库”工程的首批资助项目。这是一项跨年度的工作，从正式启动到最终完成跨越了近两年的时间。该工程主要面向我省45周岁（含45周岁）以下的青年文艺评论工作者征集有关各艺术门类的评论文章和专著，并择优给予资助出版。

【雕塑家协会】

11月17日，江苏省雕协一届五次理事（扩大）会在扬州陈园会议厅举行，来自全省的雕塑家代表30余人出席了会议，部分扬州雕塑家代表列席本次大会。会议由省雕协秘书长尚荣主持。会议通过并增补省雕协副秘书长王爱国为常务理事、吴昌明为理事。与会代表对上述议程群策群力，共同确定了征稿函的内容，也对数个展览的筹备工作做了合理有序的安排。

12月19日上午，“2018江苏雕塑月”系列展览在江苏省现代美术馆开幕。“2018江苏雕塑月”共包含三大展事：“逐梦时代•塑我青春”全国青年雕塑家作品展、“琢•境”江苏雕刻艺术名家邀请展和“匠韵文心”文化和旅游部、教育部、人力资源和社会保障部2018非遗传承人研培计划南师大宜兴紫砂陶技艺雕塑研究班成果展。本届展览特别邀请了吴为山创作的《马克思》原稿。

5月19日，“让雕塑走进人民群众中:美我时代、命运共同——第四届中国青年雕塑艺术展”在苏州李公堤开幕。本次雕塑展一百三十多件作品入选。此次雕塑展还特别邀展到了吴为山的两件具有广泛影响力的作品《伟大的友谊——马克思和恩格斯》和《伟大的行者——马克思》像的小稿。

12月，“印象大运河”全国雕塑名家邀请展暨“塑说大运河”全国雕塑大赛启动仪式在西太湖美术馆举行。此次“印象大运河”全国雕塑名家邀请展为“2018江苏雕塑月”四大主题展之一，同时更作为“2018江苏省文联精品精英工程”隆重推出。近五十件运河主题雕塑新作参展。

【青年艺术家协会】

5月25日至29日，由省文联主办、省青协承办的第二届“青春时光”江苏省青年艺术周系列活动在南京举行。本届青年艺术周系列活动共有三个单元，包括第二届“青春时光”江苏省青年艺术家作品展览、青年艺术家发展论坛以及第二届“青春时光”青年艺术家作品展演。展览展出了全省青年艺术家新近创作的艺术作品300件；江苏青年艺术发展论坛以“新媒体时代的艺术与技术”为主题，为艺术家和学者提供了沟通的桥梁；江苏省青年艺术家作品展演包括戏曲、舞蹈、相声、魔术、古筝、合唱等节目，展现了江苏省青年艺术家们的艺术风采。

7月5日至9日，江苏省青协访碑采风活动在陕西举行。青年书法家们考察了青铜器铭文、摩崖石刻及隋唐墓志等。此次活动让青年书法家们实地学习经典碑刻铭文，感受书法历史和文化，对其创作产生有利影响。

3月18日，跨界艺术沙龙“游艺于心——青年艺术家创作分享会”在南京举行。来自影视、美术、书法、设计、艺术理论等领域的青年艺术家们齐聚一堂,对各自不同领域的艺术体验进行了分享，并就艺术创作中遇到的问题进行了讨论和交流。

8月28日至9月2日，由江苏省文联主办、省青协、省民协、省现代美术馆承办的2018年“精英精品工程”启动仪式暨非遗流芳——江苏省青年民间工艺家新文艺群体展在省现代美术馆举办。展览展出了12位中国民间文艺“山花奖”、江苏省民间文艺“迎春花奖”等国家省级奖项中摘金夺银的优秀新文艺群体代表作品。包括苏绣、瓷刻、水晶等。本次展览代表了我省民间工艺家新文艺群体的较高水准，集中展示他们的艺术风采。

浙江省文联

综 述

2018年，浙江省文联深入学习贯彻习近平新时代中国特色社会主义思想和党的十九大精神，树牢“四个意识”，坚定“四个自信”，做到“两个维护”；认真学习贯彻全国全省宣传思想工作会议精神，勇担“举旗帜、聚民心、育新人、兴文化、展形象”的新使命；扎实践行“干在实处永无止境，走在前列要谋新篇，勇立潮头方显担当”新期望，稳步推进文联深化改革，加强党的全面领导，团结引导全省广大文艺家和文艺工作者听党话、跟党走。在服务中心大局、打造艺术标杆、讲好浙江故事、深入文艺惠民、强化评论评奖、培育人才队伍等各方面都取得了新进展。在改革开放40周年、浙江省委“八八战略”实施15年等重大节点，组织实施“百年追梦”浙江美术书法精品创作二期工程，策划举办“大潮起之江”浙江省庆祝改革开放40周年图片展、浙江书画作品展、浙江书坛精英主题创作精品系列特展、第七届青年美展和全省村歌大赛等，用艺术展现浙江精神、表达浙江自信。充分发挥文联组织推动文艺创作繁荣的核心引擎作用，以系列高端品牌文艺活动锻炼队伍、催生精品；深入开展“扎根生活沃土，服务基层群众”主题实践活动，推出形式多样、内容丰富的文艺惠民项目；围绕浙江传统文脉和浙江文艺的热点事件、重要作品，推动评论研讨和理论研究向纵深发展；以政治引领和专业培养加大文艺人才培养力度；积极开展对外和省际文化交流。

重要会议与活动

【八届三次主席团会议】

2月6日上午在省文化会堂（浙江展览馆）召开，省文联党组书记、副主席、书记处常务书记田宇原，省文联主席许江，省文联副主席陈振濂、马锋辉、翁仁康、应雪林、郁伟年、邹跃飞出席，书记处书记张均林、赵雁君、徐晓列席会议。

【八届三次全委会】

2月6日下午在省文化会堂（浙江展览馆）召开，会议学习贯彻习近平新时代中国特色社会主义思想和党的十九大精神，全面回顾2017年工作、总结经验，研究提出2018年工作思路和主要任务。省委宣传部副部长唐中祥出席并讲话，田宇原作工作报告，许江主持会议。

【全省文联系统先进集体和先进个人评选表彰】

2月6日在省文联八届三次全委会上，省人力资源和社会保障厅、省文联联合对27个集体和34名个人进行表彰。

【浙江省文艺界2018年新春联欢会】

2月6日下午在省文化会堂（浙江展览馆）举办，八届全委会委员、荣誉委员、各省级文艺家协会艺术家代表、地市文联负责人、“新峰计划”青年艺术家代表及全省文联系统先进表彰对象共聚联欢。田宇原主持，许江发表新年致辞。省委常委、宣传部长、省政协主席葛慧君出席并致辞，省政府副省长成岳冲、省政协副主席郑继伟等出席，与文艺界代表一道茶话联欢，喜迎戊戌新春。

【“放歌新时代 文化进万家”文艺活动】

2018年元旦春节前后，省文联集中组织大型文艺志愿服务走进宁波姚家村、杭州武林广场等地，各省级文艺家协会、直属单位以小分队的形式纷纷开展文艺惠民乐民活动。其中，省市县三级书协联动组建100支幸福路服务小分队，开展“书法进万家”活动1030多场，书写赠送“福”字、春联44万多件；省摄协第7个年头组织全省摄影家开展“摄影进万家•温暖全家福”活动，为百姓免费拍摄全家福、全村福；省曲协组织“从乡村来，到乡村去”曲艺巡演，小分队演出近千场；省剧协组织“梅花奖”得主组成“戏相逢”戏曲小分队，送戏到农村文化礼堂，让戏迷们在家门口欣赏到了高水平的戏剧表演。

【“新时代·中国年”2018新春手机摄影大赛】

由省文联、省摄协联合举办，在2018年新春佳节，借助全民手中的手机，寻找最具“中国年味”的春节影像。活动共收到4000多幅作品，评选产生100幅入选作品。入选作品在“浙江文艺”“浙江摄影家”网站和微信公众号进行展示传播。

【中国（奉化）“桃文化与美丽乡村建设”高峰论坛】

由中国民协和浙江省文联联合主办，于3月24日在奉化举行。论坛围绕“桃文化与美丽乡村建设”主题，挖掘桃文化内涵，讲好桃花故事，提升桃文化产业。陶思炎、仲富兰、田兆元、左汉中四位民俗专家发表主旨演讲。

【“大调研”活动】

根据省委“大学习大调研大抓落实”的决策部署，3月至5月，省文联党组书记处成员分别带队赴全省11个市开展大调研，形成了繁荣文艺精品创作、构建“深入生活、扎根人民”长效机制和传统民间工艺双创路径研究等3个调研报告。

【中国文联党组书记李屹来浙江调研】

4月1日至4日，中国文联党组书记、副主席李屹带队来浙调研，走访杭州、台州、宁波等地，与基层文联同志、文艺家代表开展深入交流，了解当地基层文联组织建设、民间工艺传承发展及产业开发等情况。省文联党组书记、副主席、书记处常务书记田宇原陪同调研。

【第四届中国青年文艺评论家“西湖论坛”】

4月13日至16日，中国评协、浙江省文联联合在宁波举办“西湖论坛”宁波峰会，本届论坛在“新时代文艺的中国精神”总主题下，采取“主论坛+分论坛”的形式，以影视为主论坛，同时举办影视、戏剧和网络文艺论坛。

【2018中国畲乡“三月三”】

4月17日至19日，为助力景宁畲乡特色小镇建设，省文联特邀艺术家黄豆豆、郑培钦、李雨儿、董建春、李丁、孙艺娜、杨文通以及浙江昆剧团的30多位演员为景宁“三月三”开幕式助演。同期，举办中国好畲“画”——“敕木山”畲族民间绘画作品展，省视协微视频拍摄辅导小分队指导景宁民族中学“影视小屋”学生拍摄美丽畲乡。

【第六届中国书法“兰亭奖”】

4月18日，第三十四届兰亭书法节开幕式暨第六届中国书法“兰亭奖”颁奖典礼在兰亭书法博物馆开幕。展出作品包含书法篆刻组获奖及入展作者57人的书法作品171件，理论组获奖及入展作者13人的理论研究成果，及评委、监委、审委作品44件。

【第十届中国曲艺牡丹奖全国曲艺大赛（慈溪赛区）（余杭赛区）】

由中国曲协和浙江省文联联合主办，分别于5月14日至18日和6月11日至15日在宁波慈溪、杭州余杭成功举办。慈溪赛区为弹词评话和滑稽类节目参评赛区，杭赛区为南方鼓曲唱曲、南方小品类。

【艺术与生活——首届优秀艺术设计作品展】

6月3日至7月31日，由省文联、中国美术学院、浙江科技学院联合主办首届优秀艺术设计作品展在浙江展览馆展出。本届展览以“艺术与生活”为主题，由“2018中国设计智造大奖优秀作品展”“溯源·浙江科技学院优秀设计作品展”“浙江科技学院优秀服装设计展演”三个系列组成。

【勇立潮头——浙江省第七届青年美术作品展览】

由省文联、省青联、省美协主办，于6月15日在浙江美术馆开幕，共展出近300件作品。

【长三角文艺发展联盟】

6月20日在上海组建成立，沪苏浙皖四地文联领导、地市级文联负责人代表、文艺家协会代表及艺术家代表齐聚申城，艺荟江南、共襄结盟。

【“八八战略”15年·浙江书画展】

由省委宣传部、省文联联合主办，于7月11日在浙江展览馆开幕。展览以“新时代·新气象·新作为”为主题，以艺术的形式表达浙江人民秉持浙江精神，干在实处、走在前列、勇立潮头的坚定信心和美好前景，展出美术作品16幅，书法篆刻作品5组40件。

【“绿水青山”全国美术作品展】

7月13日，由中国美协、省文联、丽水市政府主办的“绿水青山”全国美术作品展暨丽水巴比松作品展览在丽水市美术馆开幕。

【第二十二届中国少儿戏曲小梅花荟萃】

于7月12日至22日在浙江嵊州举行。来自全国24个省市和香港地区，以及美国、加拿大的小选手参与，涉京昆及地方戏35个剧种。浙江省剧协推选参评的15位小朋友获得小梅花金花称号，并斩获2个十佳称号，4个集体节目均获最佳集体节目称号。

【浙江省第十七届摄影艺术展】

由省文联和省摄协联合主办，8月4日在宁波美术馆开幕展出。作为全省规模最大的省级摄影艺术展览，本届共收到1877位参赛作者来稿8222件，评出获奖及入展作品270件。

【中国文联“崇德尚艺 做有信仰有情怀有担当的新时代文艺工作者”浙江站巡回宣讲】

8月27日，中国文联宣讲团在浙江展览馆举行巡回宣讲，艺术家黄豆豆、吴元新、吴为山倾情讲述学习贯彻落实习近平总书记关于文艺工作的重要论述的心得体会。浙江省文联领导，各省级文艺家协会的会员代表，省文联和杭州市文联机关、协会干部共200多人聆听学习。

【2018年全省深化文联改革能力提升培训班】

9月17日至20日在桐庐举办。来自全省各市文联负责人、各县（市区）、各行业（企业）文联负责人和部分有代表性的新文艺组织、新文艺群体代表参加学习。

【“之江新颜——走进革命老区•绘就美丽乡村”大型书画摄影艺术作品展】

展览由省委宣传部指导，省新四军历史研究会和省文联主办，9月20日在杭州图书馆艺术展览中心开幕。展出的150余件书画、摄影作品选自全省文艺工作者、新四军老战士的创作送展稿件，集中反映革命老区改革开放后的崭新面貌和“绿水青山就是金山银山”美丽乡村建设成就。

【“葵颂”——许江近作展】

9月29日，省文联主席许江近作展在上海民生现代美术馆开展。展览集中展示许江近年来以“葵”为题的艺术创作，包括50余幅油画、百余幅系列水彩以及一系列雕塑与大型装置作品，“葵”为一代人立像、纪念改革开放40周年。

【第三期全省文艺志愿服务专题培训班】

10月17日至19日，来自全省各地的52名文艺志愿者骨干齐聚舟山参加培训学习。中国文联文艺志愿服务中心主任、中国文艺志愿者协会副主席兼秘书长廖恳，省委党校教授陈立旭应邀作专题报告。其间，还举办美术创作专题辅导讲座、优秀文艺志愿者示范汇演，并对2017至2018年度优秀文艺志愿者进行表彰。

【大潮起之江——浙江省庆祝改革开放40周年图片展】

展览由省委宣传部、省文化厅、浙报集团、浙江广电集团、省文联共同主办，省摄协等单位承办，于10月25日至11月25日在浙江美术馆展出。分为“序篇”“忆·如歌岁月”“立·时代潮头”“享·美好生活”四个篇章，共展出680幅（组）1300余张作品，兼用场景表现、互动体验，集中展示浙江改革开放40年来的光辉历程、伟大成就和宝贵经验，特别是“八八战略”实施15年来改革开放和社会主义现代化建设取得的历史性成就、历史性变革。

【主要负责人人事变动】

10月25日，省文联召开干部职工大会，省委宣传部副部长葛学斌主持会议，省委组织部副部长赵雄文宣读省委任免文件并讲话。省委决定，陈瑶任省文联党组书记，并提名为省文联副主席、书记处常务书记；免去田宇原省文联党组书记职务，并提议不再担任省文联副主席、书记处常务书记。11月5日，浙江省文联八届四次主席团会议在杭召开，根据省委提议，依照《浙江省文学艺术界联合会章程》，经主席团表决，同意增补陈瑶为省文联第八届委员会委员；同意陈瑶任浙江省文联第八届副主席、书记处常务书记，田宇原不再担任副主席、书记处常务书记。

【第六届中国西湖国际魔术交流大会】

10月27日至29日在杭州召开。本次大会包括魔术道具展、魔术沙龙、魔术讲座、近景魔术大师精品展演、舞台魔术大师精品展演等系列活动。世界魔术联盟主席多美尼克•但丁，中国杂技家协会分党组书记、驻会副主席王仁刚等出席。

【复兴之路——庆祝改革开放40周年浙江书坛精英主题创作精品系列特展】

由省委宣传部、省文联联合主办，于11月6日在浙江文化会堂开幕，系列展分浙江书法精英40家精品展、浙江篆刻精英40家精品展、浙江新峰精英40家精品展。展览于10月21日在宁波美术馆先期展出。

【浙江省庆祝改革开放四十周年村歌大赛】

大赛由省委宣传部、省农村文化礼堂建设工

作领导小组办公室、省文化和旅游厅、省文联主办，省音协等单位承办，于11月10日至13日在宁波余姚市泗门影剧院举行两场现场演唱决赛和一场颁奖音乐会。全省各地推荐报送村歌作品110首，37首作品参加决赛。

【改革开放四十周年曲艺故事专场】

“从乡村来 到乡村去”浙江曲艺故事展演于11月28日在胜利剧院举办。翁仁康、徐筱安、杨莅、缪秀霞、董其峰、金一戈等一批在改革开放40年中成长起来的浙江中青曲艺家集体亮相，述说改革开放40年的身边故事，一展曲艺风采。

【2018年浙江省造型艺术青年人才培养“新峰计划”】

年内扶持培养美术、书法、摄影、民间文艺中造型艺术青年人才42人，创作成果展于11月29日在浙江展览馆开幕。

【之江新潮——纪念改革开放四十年新作品音乐会】

省文联和省音协引领广大音乐家深入生活、扎根人民，为纪念和庆祝改革开放40周年组织词曲作家创作出一批新歌作品。精选其中10首作品于12月14日在浙江音乐厅举办音乐会。

【“百年追梦”浙江美术书法精品创作（二期）工程】

年内，省委宣传部、省文联共同组织实施二期工程，反映1978年以来浙江在改革创新、勇立潮头方面的重大历史事件和重要人物，艺术地展现改革开放40年来浙江社会发展的深刻变化，讴歌时代发展。20件精品力作中，美术作品包括《浙商群体》《两山理论：绿水青山就是金山银山》《最多跑一次改革》等12件；书法作品8件，涵盖“八八战略”主要内容。

12月27日，创作成果“大潮起之江——纪念改革开放40周年浙江美术书法精品展”在浙江展览馆开幕。省委常委、宣传部长朱国贤，省政府副省长成岳冲，省政协副主席张泽熙等领导出席开幕式，浙商代表、娃哈哈集团董事长宗庆后和“最美浙江人”代表、柯城区人民医院党委书记万少华两位特邀嘉宾以及参与创作的艺术家们参加。

【第五届杭州·中国画双年展】

本届展览以“和风屏山”为主题，参展艺术家们以屏风为创作媒介，深入挖掘屏风的历史内涵与表现潜能，共同探讨屏风的空间意识与场所精神。展览于12月28日在浙江美术馆开幕，通过“和”文化推广中国的文化气息，展现中国的文化自信。

【“和合之美”首届中国民间工艺文创精品展】

由中国民协、浙江省文联和台州市政府联合主办，于12月29日在天台县开幕。活动分为精品展览和展销两部分，共有10多个省60多位国家级、省级工艺美术大师参与。

【争做新时代“红色文艺轻骑兵”活动】

省文联认真贯彻落实习近平总书记关于“乌兰牧骑”事业发展重要指示精神，2018年共组织文艺志愿者赴基层广泛开展慰问演出、辅导培训、展览展示、文艺支教、“结对子种文化”等服务270多场次，参与文艺志愿者5000多人次。“文艺志愿服务进农村文化礼堂”活动入选中宣部、中央文明办等16个部委2018“四个100”最佳志愿服务项目先进典型候选。

【省委专项巡视与整改】

8月8日至9月28日，浙江省委第九巡视组对省文联进行了专项巡视，10月26日反馈巡视情况。省文联党组切实履行巡视整改主体责任，研究制定《省文联党组落实省委巡视组反馈意见整改工作方案》，集中开展巡视反馈意见整改落实工作。年内，具体事项和问题大多数已整改到位，50条整改措施中，36条已基本整改完成。注重从体制机制上解决问题，制修订23项规章制度，巩固、拓展巡视整改成果，形成长效机制。

创作与评奖

【全国性文艺评奖浙江荣誉】

2018年，吴宗其、王芯克、叶文龙获第十二届中国摄影金像奖，占获奖总数的1/6；电视剧《鸡毛飞上天》获第28届中国电视金鹰奖优秀作品奖和最佳编剧奖；舞剧《花木兰》获得第十一届中国舞蹈“荷花奖”舞剧奖；杭州滩簧《夏母训子》、绍兴莲花落《催生鸡》分获第十届中国曲艺牡丹奖节目奖和文学奖；朱文斌的《东南亚华文诗歌及中国性研究》和夏烈的《媒介裂变下的文艺批评生态和批评者重构》被评为第三届“啄木鸟杯”中国文艺评论年度优秀作品。

【“陆维钊奖”第八届浙江省中青年书法篆刻展】

本届共评出“陆维钊奖”1人，优秀作品奖15人（书法12人、篆刻3人），优秀作品提名奖15人（书法10人、篆刻5人）；书法入展316人、入选192人；篆刻入展43人、入选31人。展览于9月29日在嵊州开幕。

【第九届浙江电影凤凰奖】

评选产生14个类别的奖项，优秀故事片《前任3：再见前任》，优秀艺术片《嘉年华》，优秀儿童片《美丽童年》，优秀动画片《昆塔：反转星球》，优秀戏曲片《唐婉与陆游》，优秀合拍片《荡寇风云》，优秀编剧奖《前任3：再见前任》田羽生、常佳、胡嘉豪、马镜淇，优秀导演奖《嘉年华》文晏，优秀男主角奖《七十七天》赵汉唐（饰杨），优秀女主角《嘉年华》文淇（饰小米），优秀男配角奖《嘉年华》耿乐（饰孟涛），优秀女配角奖《美丽童年》刘滢（饰覃月妈妈），优秀音乐奖《嘉年华》文智波，优秀剪辑奖《引爆者》屠亦然、朱利赟。纪录片因无作品申报空缺。10月31日在杭州举行颁奖典礼。

【第二十八届浙江省电视“牡丹奖”】

评选产生，最佳电视剧作品奖1部、优秀电视剧作品奖7部、电视剧最佳编剧1名、最佳导演2名、最佳制片人1名；最佳动画片作品奖1部、优秀动画片作品奖5部。

【第四届浙江戏剧奖•金桂表演奖】

10月31日晚，在杭州剧院举行颁奖典礼。王莺、罗戎征、黄燕舞、梅秀文、曾杰、章立新6人获得殊荣。

【第三届浙江音乐奖】

10月28日在浙江音乐厅举行颁奖盛典。浙江音乐学院国乐团、温州女声合唱团和林尚专、黄于群、薛雷获得殊荣。

【第四届浙江舞蹈奖】

11月8日晚在杭州剧院举办颁奖盛典。黄德俊、谢培亮、林亮、邵吟筠、吴嘉雯、左旭东、李毅源、华茜8人获得殊荣。

【浙江省第六届民间文艺映山红奖】

评选民间工艺美术作品奖、民间文学作品奖、民间文艺学术著作奖和民间文艺表演奖4个子项，共31人获奖。

【第三届浙江文艺评论奖】

7月终评产生，文章类：傅守祥《为人生的艺术操守与娱乐化的审美矫正》获一等奖，夏烈《媒介裂变下的文艺批评生态和批评者重构》、郭梅《以艺术细节折射时代质感——评电视剧〈鸡毛飞上天〉》获二等奖，崇秀全《艺术与社会中的摄影原作论争》、叶志良《本土化与现代性：越剧原生地浙江的现状与发展》、王伟《对陆维钊印学相关问题的梳理》获三等奖。著作类：朱文斌《东南亚华文诗歌及其中国性研究》获一等奖，张利《贾樟柯电影研究》、《中国画画刊》编辑部《两面三刀——当下中国美术现象的多面剖析》获二等奖，杨成寅《风雨悲笑写人生——李山书画艺术研究》、沈健《我对诗歌所知甚少》获三等奖。杭州市文艺评论家协会和湖州市文联获组织工作奖。

对外文化交流

【“美丽浙江”摄影图片展】

为配合省委书记车俊率领的浙江代表团访问非洲有关国家，6月13日至22日，由省摄协承办的“美丽浙江”摄影图片展在南非、纳米比亚成功展出。

【第三届罗马尼亚“中国浙江电影周”】

5月1日至8日在罗马尼亚举办，展映5部优秀浙产电影。浙江电影代表团考察了塞尔维亚、罗马尼亚两个国家的电影产业、电影发展新规划与政策，洽谈双方电影合作项目。

【2018浙江民间工艺美术（静冈）展】

由省文联、省友协、静冈县中日友好协会主办，省民协、日中民间工艺家友好促进会承办，6月13日至20日在日本静冈县举办。展出发绣、黄杨木雕、刺绣、龙泉青瓷、青田石雕、竹雕、萧山花边、越窑青瓷、纸雕、紫砂、剪纸等11个工艺门类500余件浙江优秀民间手工艺品。

【2018日本传统工艺品（杭州）展】

10月3日在浙江展览馆开幕，展览汇集来自东京、京都、横滨、静冈县等的35位日本手工艺人制作的传统工艺品1000余件。作品涵盖人偶、漆器、螺钿、和纸、竹木器、陶瓷、花道、珠宝及织染九大门类，现场还设置茶道表演和和服试穿体验。

【第四届中国杭州•波兰电影周】

11月10日至16日在杭州举行，《钢琴家》《灰烬与钻石》《承诺的土地（又译：福地）》《大理石人》《夜与日》《华沙1944》《沃伦》等7部波兰优秀影片展映21场。期间举办第四届中波电影高峰论坛，波兰电影家协会主席波兰亚采克•布兰姆斯基（Jacek Bromski），荣获第66届奥斯卡金像奖最佳艺术指导的艾伦•斯塔斯基（Allan Starski），活跃于好莱坞的影视服装设计维斯拉瓦•斯塔斯卡（Wieslawa Starska）等波兰电影艺术家参加交流。

直属文艺家协会和直属单位

【浙江省第十五届水彩•粉画展】

展览共入选作品322幅，50幅作品获学术奖提名。1月1日在台州开幕并颁奖。

【浙江省第十八届女花鸟画家作品展】

3月8日在杭州恒庐美术馆亮相。本届征集作品近500件，入选370余幅，所有的作品不限题材但规定在竖条幅上创作，精彩纷呈，百花齐放。

【“沿着改革之路”美术采风创作】

6月19日至26日，省美协组织画家赴改革开放第一线的义乌、东阳、温州、舟山、宁波等地进行艺术采风创作。

【2018新时代•新浙江——浙江省油画作品展】

10月27日，在台州当代美术馆开幕。展出全省各地的油画家近期创作的350件精彩纷呈的油画作品，参展作者涵盖了老中青三代人。

【“家园”浙江雕塑展】

10月29日在杭州城西休闲公园内“品空间”拉开序幕。展览是汇聚老中青几代人浙江雕塑家作品的“家园”，来自浙江雕塑界的80余位艺术家创作的上百件作品参与展出。

【2018浙江城市美术双年展】

12月5日在嘉兴市秀洲区开幕。展览集中展示全省11个城市的美术作品186件，类别涵盖国画、油画、版画、水彩画、农民画和综合绘画。其作品精致与粗放结合，具象与表现并存，充分体现了浙江作为全国美术大省、强省的水平。

【2018浙江省版画展览】

12月13日在宁波美术馆开展，共展出作品172件，以“新时代•新气象•新作为”为主题，将当代版画的思考和创作置入在一种更具“社会性”与“公共性”的视野之下，以传统版画和“新兴木刻”的宝贵资源为启示，全面地呈现近年来浙江版画艺术的整体面貌，推动浙江版画的当代发展以求新突破与新发展。

【浙江省第五届女书法家作品展暨第三届女篆刻家作品展】

3月22日展览在天台开幕。活动以“浙东唐诗之路”“寒山诗”为主题，共收到来稿作品1320余件，共评出获奖作品：书法10件、篆刻5件；入展作品：书法129件、篆刻45件；入选作品：书法78件、篆刻17件。

【“正字杯”浙江省中小学生书写大赛】

活动旨在进一步加强中华民族优秀传统文化教育，以“写方方正正中国字，做堂堂正正中国娃”为主题，促进写字教学进校园、进课堂，提高中小学生汉字书写水平，展示汉字的艺术魅力和时代风采。共收到17038件作品，其中毛笔5263件、硬笔11775件。8月26日作品展览在桐乡修羽书法学院开幕。

【浙江女书家百家精品展】

12月4日展览在温州奥体城开幕。展览共收到符合条件的投稿作品188件，评出书法入展作品89件、篆刻入展作品11件。

【第五届浙江省县（市区）书协工作经验交流会】

12月13日至14日会议在桐庐举行，来自全省各县（市、区）负责人、团体会员负责人、省书协秘书处成员等120余名书法工作者参会。桐庐等22个县（市区）协会荣获第五届浙江基层书协“先进组织”表彰。

【家国情怀——家训家规家风第三届浙江书法村（社区）主题书法展】

12月12日展览在桐庐叶浅予艺术馆开展。展览共收到来自全省各书法村（社区）村民和居民的670件作品。评出入展作品239件，其中优秀作品20件。

【“纪念叶一苇先生诞辰100周年”浙江省篆刻大展】

12月25日在武义开幕。展览共收到投稿作品

428件，共评出优秀作品10件，优秀提名作品10件，入展作品185件，入选作品52件。

【浙江摄影家浙东唐诗之路采风】

年内省摄协两次组织采风团深入绍兴、新昌、天台、奉化等浙东唐诗之路沿线市县考察创作，以多样的影像及视觉表现方式，展现浙东唐诗之路集千年古韵与当代风华的丰富内涵。

【浙江摄影访台交流】

7月23日至29日，浙江摄影代表团一行十一人赴台湾采风交流，经高雄、嘉义、南投、台北等地，拍摄自然人文风光；拜访郎静山之子郎毓彬先生，造访水里沐陶窑传统制壶人陈文期，参观台北故宫博物院等地，与中国摄影学会、高雄摄影学会、南投摄影学会、台北摄影学会进行深入友好的交流。

【2018浙江·台湾合作周摄影作品展】

9月7日至16日展览在浙江美术馆举办，共展出两岸摄影人25组160幅作品。9月6日至12日，南投县水沙连艺术摄影家协会理事长刘宪仁、台湾中国摄影学会荣誉理事长林茂英等应邀参展的台湾部分摄影学会摄影家先后赴丽水、金华、杭州等地采风。

【南太湖摄影工作坊】

由省摄协、湖州市文联主办，11月17日在湖州市开班。正式学员20人以及旁听人员30余人参加学习。

【浙江省首届商业摄影师研修班】

11月22日至26日省摄协在杭州举办该活动，发现、集聚、提升浙江商业摄影师队伍。

【浙江省网络电影大赛】

1月5日在温州举办颁奖盛典，电影艺术家王思懿、陶慧敏、王霙、刘抒鹛与来自全国各地的300多名网络电影创作者共同出席。本届大赛共收到参评作品81部，评选产生二等奖、三等奖和提名奖（一等奖空缺），以及多个单项大奖。

【第五届浙江省微电影大赛】

由省影协和省视协共同举办，于10月31日在杭州举行颁奖典礼。活动评选出一等奖2件、二等奖5件、三等奖10件，最佳男、女主角单项奖2名。

【第三届浙江省微电影奖】

本次比赛共收到9个国家、11个省市区的参赛作品710件。24部作品荣获常规单元奖项及提名，6部作品荣获“纪念改革开放四十周年”短片单元奖项。11月16日在江山市举办颁奖表彰。

【2018电影创作研讨会——电影产业发展论坛】

11月30日在杭州召开，影协团体会员代表以及来自全省近20家单位的新文艺群体代表参加会议。

【第二届浙江省互联网电影表彰盛典】

12月18日至20日在嘉兴平湖举办，《笑澳江湖》等5部影片荣获优秀影片。同期举办中国互联网电影产业高峰论坛。

【2018亚洲旅游影视艺术周】

7月29日至31日在台州举办，几百部国内外优秀影视作品及亚洲旅游界众多影视“大咖”聚集一堂，通过加强各国各地区之间旅游节目影片的交流，共推亚洲旅游影视繁荣发展。

【优秀对农节目展播】

省视协联合浙江电视台公共•新闻频道于10月1日至10日推出10期优秀对农节目展播，《觅境》等10部电视专题片分期播出，反映改革开放四十年来浙江乡村的美丽蜕变。

【第十五届浙江省电视论文比赛】

省视协着眼推动电视艺术发展举办该项活动。本届活动共收到参评论文78篇，评选优秀电视论文20篇。

【浙江省“三农”电视专题片推优评审】

2018年推优活动共收参评作品60部，评选产生20部优秀作品。推荐优秀作品参评第九届中国农民电视艺术节，同时在浙江电视台公共•新闻频道农村节目展播宣传。

【2018舞台美术与演艺设备智能智造高峰论坛】

1月5日至8日在宁波举行。活动包含2018浙江省中青年舞台美术作品展、高新智能演艺设备展、名家主旨发言、“高新智能演艺设备与经典案例分享”专题论坛、灯光秀大赛、“舞台美术与艺术制作”专题论坛、著名舞台设计大师主题演讲和浙江省舞台美术学会年会暨颁奖仪式。

【第三届浙江少儿戏曲小金桂奖】

大赛自1月启动以来，有1000余位小选手、近20个集体节目报名参赛。5月19日至20日在桐乡市大剧院举行决赛，并为22个小金桂金奖、22个小银桂金奖、24个优秀奖、2个集体节目小金桂奖、2个集体节目小银桂奖颁奖。

【浙江戏苑栏目】

省剧协与华数有线电视合作于6月23日推出浙江戏苑栏目，向广大华数用户免费推送浙江省戏剧家协会主办的各项戏曲赛事，并协助全省各院团登陆华数。

【一秒变角儿——我为浙江戏曲代言】

省剧协联合浙江电视台影视娱乐频道、共青团浙江省委宣传部、浙江立尚文化传播有限公司于8月8日推出互联网传播H5：《一秒变角儿——我为浙江戏曲代言》，展示传统戏曲的艺术魅力。

【东方之韵•剧荟江南】

8月8日至13日，省剧协带领省内梅花奖、白玉兰奖演员参加长三角地区戏剧艺术家“深入生活、扎根人民”主题实践活动。8月13日至16日主办浙江站活动，在宁波天然舞台剧场、咸三村农村文化礼堂进行惠民演出，并在宁波百姓剧场与市民现场互动。

【中国•桐乡小戏艺术邀请展】

由中国文联戏剧艺术中心、浙江省戏剧家协会和浙江省桐乡市人民政府共同主办，10月9日至14日在桐乡市举办。共有来自全国8个省份、29家单位的31部小戏、小品展演。

【第七届长三角“顾锡东戏剧艺术”越剧票友大赛】

本届大赛吸引全国各地一千余位选手报名参加，11月10日至11日在西塘举行决赛，42位选手较量决出十大名票及十大名票提名奖。

【首届“天姥山”杯越剧名票大赛】

省剧协、新昌县委县政府共同主办，12月8日在新昌举行决赛和颁奖典礼。600多人报名参加，10人脱颖而出进入决赛。

【社会音乐艺术教育专委会】

1月5日，浙江省社会音乐艺术教育专业委员会成立，关韶华担任专委会主任，曹强兼任秘书长，张路路担任驻会副主任、副秘书长负责日常工作。

【浙江省音协声乐专委会新年音乐会】

2月3日在杭举办，来自全省各地的优秀歌唱家用激情的歌声描绘祖国的繁荣昌盛，唱响新时代的主旋律。当天，声乐专业委员会召开会议审议通过《章程》的修改方案，任命唐琳为秘书长、章蔓丽、薛雷、葛家川、王靖为副秘书长，聘任谭丽娟、叶彩华等老艺术家们为顾问。

【“乐音清扬•音乐之城”2018海内外箫管排箫演奏邀请赛】

11月24日至25日在乐清大剧院举行，近百名选手参加比赛。4名选手分获箫管演奏业余中青年组、专业青年组和业余青少年组的金奖；7名选手分获排箫演奏业余成年组、业余青年组、业余少年组、业余组合组、专业青年组、专业组合组、专业成人组的金奖。

【“小荷初放　舞悦浙江”少儿舞蹈展演】

省舞协从8000多名孩子中选出优秀小舞者们参演，3月31日在浙江省人民大会堂演出。现场300余名小朋友与台上的小演员进行互动表演，并首次尝试网络直播。

【2018年浙江省曲艺作品加工会】

活动共征集到全省各地曲艺作品共100多件，34件作品入选，涵盖绍兴莲花落、温州鼓词、宁波走书、小品等曲种。9月10日至14日，40余位作者会集温州鹿城就作品主题、创作思路、表现形式、情节设置等进行交流，专家老师对每个作品进行点评分析，提出修改意见。

【第二届“明日之星”少儿魔术大赛】

7月7日至8日在杭州举办，共有来自华东地区27所小学的近百名少年儿童参加比赛。

【2018浙江省民间工艺美术杰出青年人才作品展】

4月18日在海宁徐邦达艺术馆开幕，共展出2016至2018年三年的“新峰计划”工艺美术类人才及后备人才71位青年工艺师的164件作品。

【浙江省民间文艺“映山红”讲堂】

4月24日至27日，省民协以“民间工艺创造性转化和创新性发展”为主题在海宁举办讲堂。2016年至2018年三届的“新峰计划”（工艺美术类）人才及后备人才与各地市民间工艺创作骨干共60余人参加学习。

【“一带一路”民间文化探源工程】

5月13日至19日中国民协组队的考察专家团会同浙江民俗学专家深入考察嘉兴、湖州、舟山、宁波在“海上丝绸之路”的重要作用，以及在“海丝文化”发展中的重要地位。5月18日，在宁波召开“一带一路”民间文化探源工程“丝绸之路活化石”主题论坛，围绕“‘海丝文化’国际视野与生态理念”主题进行深入探讨。

【首届浙江民间文艺精品展演】

5月29日至31日在宁波奉化举办首届浙江民间文艺精品展演暨第七届浙江民间文艺映山红奖•优秀民间艺术表演评选。各地市共选送节目24个，17个节目进入决赛，评选产生金奖6名、银奖11名、优秀组织奖9个。

【第二届浙江民间故事会】

本届故事会入围73篇作品，其中成人组50篇、少儿组23篇。7月7日至8日，省民协在嘉善举办的作品加工会，邀请专家对入围故事作品点评、加工。

【浙江木雕现场创作大赛】

8月13日至18日，省民协在乐清市举办浙江木雕现场创作大赛暨第七届浙江民间文艺“映山红奖”（木雕）评选活动，35位参赛者进行现场创作，共评出映山红奖1名、金奖3名、银奖5名、铜奖10名。18日举行颁奖活动，并组织专家评委和参赛选手们召开研讨会。

【秋石映霞——2018中国•浙江石雕艺术展】

10月10日在浙江展览馆开展，展品汇聚115位石雕作者的近400件作品。开幕当天，2018中国•浙江石雕艺术展暨石雕艺术传承与产业发展研讨会在杭州召开。

【第二届浙江省民间故事会】

12月8日至9日，省民协在嘉善举办“庆祝改革开放40周年•浙江好故事”故事演讲推荐活动及作品点评加工会，共评选推荐出成人组十位、少儿组八位获奖选手。

【首届浙江省高校青年文艺评论大赛】

8月8日省评协和浙江传媒学院联合启动大赛，发现和培养优秀青年文艺评论人才，探索文艺评论新媒介新方法新思路。

【第四届中国越剧节“一剧一评”】

省评协和省剧协舞台艺术专委会组织省内外15位专家对24台演出剧目进行“一剧一评”，邀请部分戏迷及观众代表以短评形式进行“民间评戏”，同时组织“新时代越剧发展的机遇与困境”“现实主义创作与戏剧”“新媒体融合与越剧”三场专题研讨会，评议内容最后以文集形式展示。

【“改革开放40年与浙江影视发展”研讨会】

11月23日至25日，省评协与浙江师范大学联合邀请来自全国各地的高校戏剧影视学科的学者、专家30余人，与近100位同学一起，就改革开放40年以来浙江影视发展的经验、模式及其中存在的问题展开深入的研讨，共同促进浙江乃至全国影视业发展。

【《品位•浙江诗人》首发】

品位杂志社持“诗人•诗歌•诗文化”的办刊宗旨，力求呈现一本立足浙江、放眼全国的纯诗歌刊物，2018年1月首发《品位•浙江诗人》。

【浙江画院第六届“新春文化惠民”】

2月3日，浙江画院联合都市快报社在南宋序集与市民代表互动，组织画师及研究员现场创作100余幅作品回馈观众。“杭州味道——池沙鸿水墨分享会”同步上演，浙江画院副院长池沙鸿近200幅水墨创作讲述了他记忆中的杭州往事，引发观众的共鸣。

【红色经典——浙江画院太行山采风作品展】

春节期间，该展作为浙江画院的迎新春画展共展出40余位作者的100余幅作品，汇报画院画师赴太行山腹地写生采风创作，笔墨讴歌时代的成果。

【第23届浙江全省画院工作会议】

4月10日在温州召开会议，全省22家各级画院的负责人或代表在会上重点围绕组织创作、办展参展等议题介绍交流。同步举办的“第23届全省画院作品展”在温州书画院展览厅展出。

【浙江画院画师作品展】

9月20日展览在义乌七墨美术馆开幕。曾宓、潘鸿海、何水法、张伟民、孙永、池沙鸿等画家参展，作品覆盖人物、山水、花鸟及工笔、写意等多种题材和艺术表现形式。

【“梅郎艺苑”书画图书馆】

10月24日，浙江画院走进武义县实验小学，以浙江画院画师作品展为该校的“梅郎艺苑”书画图书馆开馆首展。自2017年浙江画院与武义实验小学结对，向学校赠送数千册珍贵的书画图书。

安徽省文联

综 述

2018年，安徽省文联坚持把学习宣传贯彻习近平新时代中国特色社会主义思想和党的十九大精神贯穿始终，加强思想引领，团结引领全省广大文艺工作者，围绕中心、服务大局，打造品牌活动。由省委宣传部、中国美协、中国书协、中国美术馆、省文联等共同主办的“新时代新徽派——安徽书画40年精品晋京展”于5月底在中国美术馆开幕。与上海、江苏、浙江文联共同发起成立“长三角文艺发展联盟”。组织承办“东方之韵•剧荟江南”——长三角地区戏剧“梅花奖”“白玉兰奖”艺术家“深入生活、扎根人民”主题实践活动首场演出。在古巴、乌拉圭举办“魅力安徽——中国安徽改革开放40周年”图片展，用影像讲述中国故事安徽篇。在北京、广州、合肥、西安等地举办“农民工•我的兄弟姐妹”摄影大展全国巡展。举办安徽省第八届优秀小戏小品展演、“聚焦美好安徽、扎根江淮沃土”全省书法大赛、“贯彻落实党的十九大精神——首届全省相声、小品、三书优秀作品展演”等活动。

通过“送文化年货”“名家名刊进高校”等活动，广泛开展文艺志愿服务。元旦春节期间，省市县文联上下联动、各艺术门类协同，组织500余位文艺工作者以小分队形式走进重点工程、贫困地区、乡镇社区、生产科研和教学一线，开展了近70场慰问演出、公益讲座、写春联送“福”字、拍“全家福”等活动。组织80余位文艺家走进中国科大等4所高校，开展专题讲座、创作交流、点评辅导、期刊赠阅等活动。

围绕庆祝改革开放40周年和省委政府中心工作，成立创作专班组织重点创作，梆子戏《秋分》（原名《浍水风云》）、文学《唱大淮》、歌曲《幸福花鼓》、美术《大美黄山》等7部年度省级重点文艺项目顺利完成。以科技创新和“引江济淮”重点工程为主题的两部报告文学《领跑者》《一条大河波浪宽》分别在《人民文学》2018年第8、12期刊发。

在全国首创开展“全国文艺名家看安徽”系列活动。自2017年12月起，分8个批次先后邀请了包括中国文联主席、中国作协主席铁凝等在内的200多位文艺名家，深入科技创新一线、重点工程一线和脱贫攻坚一线开展采风创作。其中，“到人民中去”——全国音乐名家看安徽暨“金色的田野”——纪念改革开放40周年全国原创歌曲征集活动共创作征集了《那天我们说起你》等12首优秀歌曲，“聚焦新成就 展现新安徽”——全国知名摄影家看安徽活动创作作品在“新时代•新安徽”主题摄影展集中展出。

邀请全国知名作家、评论家为我省文学原创作品把脉会诊，充分发挥文艺评论作用，引导文学创作。举办3期安徽当代原创文学作品研讨会，其中胡竹峰、李国彬作品研讨会与鲁迅文学院联合举办。组织“新时代 新徽派”安徽书画40年理论研讨会，开展“新时代文艺研究”专题评论和安徽文艺评论年度推优活动。

建立完善签约作家导师培养制度，邀请鲁迅文学院专家和知名期刊主编任导师，通过作品改稿会、评论家点评会等方式，签约作家和中长篇小说精品扶持工程实行一对二培养扶持。第三届中长篇小说精品扶持工程中，10部扶持长篇小说出版9部，其中洪放《百花井》在《中国作家》头条发表。第五届签约作家全年在《人民文学》等知名文学期刊发表作品140余篇次，所创5部作品获2013-2016年度省社会科学奖（文学类）。举办各艺术门类培训班（高研班），选送文艺骨干参加中国文联、中国作协高研班。

会议与活动

1月10日上午，由中国摄协、省文联、省总工会、省农民工工作领导小组办公室、中国中铁四局联合主办，省摄协、中国中铁四局党委宣传部、广州市白云区文广新局承办，中国摄影报社、农民工博物馆协办的第三届“中国中铁四局杯”“农民工•我的兄弟姐妹”摄影大展优秀作品展览开幕式在广州农民工博物馆举行，共展出作品140幅（组）。

2月8日，由中国曲协、省文联主办，省曲协、蒙城县人民政府、蒙城县委宣传部承办的中国曲艺牡丹奖艺术团“送欢笑”走进蒙城专场演出暨“中国曲艺之乡”授牌仪式在蒙城县举办。

5月14日，安徽省委宣传部、省文联主办的“聚焦新成就 展现新安徽”——全国知名摄影家看安徽活动暨“大美六安茶谷行”采风活动在六安市启动。中国摄协主席李舸，中国摄协副主席雍和、陈小波等十余位全国摄影名家，安徽省人大常委会原副主任郭万清，省文联党组书记、书记处第一书记何颖等出席启动仪式。

5月16日至20日，由省委宣传部、中国音乐家协会、省文联主办的“全国音乐名家看安徽”暨“金色的田野”纪念改革开放40周年全国著名词曲作家采风创作活动在合肥、黄山举办。中国音协分党组书记、驻会副主席韩新安，中国音协副秘书长、音乐艺术中心主任熊纬，以及孟庆云、屈塬、付林等10余位全国知名词曲作家参加此次活动。

5月29日，由中共安徽省委宣传部、中国美协、中国书协、中国美术馆、安徽省文联、安徽省文化厅共同主办的“新时代 新徽派——安徽书画40年精品晋京展”在中国美术馆开幕。此次展览共推出300余位书画家的340多件作品，其中美术作品190多件，包括国画、版画、油画和水彩（粉）画、雕塑等；书法作品140多件，包括真草隶篆、行书和篆刻等。

6月2日至4日，省委宣传部、《诗刊》社、省文联主办的“全国知名诗人看安徽”暨“循足迹，看变化”——“诗歌轻骑兵”走进安徽采风活动举办。全国人大常委、中国作协副主席、书记处书记吉狄马加和《诗刊》副主编李少君、中国诗歌网总编金石开、著名诗人辛铭、陈先发等10余位全国知名诗人先后走进合肥、宣城等地。省委常委、宣传部长虞爱华在肥与诗人们进行交流。省文联党组书记、书记处第一书记何颖及省内部分诗人参加活动。

7月6日，第十届中国曲艺牡丹奖全国曲艺大赛合肥赛区闭幕暨“深入生活 扎根人民”优秀节目汇报演出在合肥大剧院举行。省委常委、宣传部长虞爱华，省委常委、合肥市委书记宋国权，中国曲协分党组书记、驻会副主席、秘书长董耀鹏，中国曲协分党组成员、副秘书长黄群，省文联党组书记、副主席、书记处第一书记何颖等领导出席并观看演出。

7月8日，由中国曲艺家协会与合肥市共同主办的第五届“包公杯”全国反腐倡廉优秀曲艺作品展演在合肥市政务中心大会堂举行。省委常委、宣传部长虞爱华，中国曲协分党组书记、驻会副主席、秘书长董耀鹏，中国曲协分党组成员、副秘书长黄群，省纪委副书记樊勇，省文联党组书记、副主席、书记处第一书记何颖等出席并观看演出。此次“包公杯”曲艺作品展演接收来稿5000余件，涵盖近80个曲种。

8月9日，由沪苏浙皖四省市党委宣传部、四省市文联指导，上海戏曲艺术中心、四省市剧协共同主办的东方之韵•剧荟江南——长三角地区戏剧梅花奖、白玉兰奖艺术家“深入生活、扎根人民”主题实践活动在安徽大剧院启幕。四省市32位“梅花奖”“白玉兰奖”获得者开展名家联袂演出、采风创作、交流座谈等活动。省领导邓向阳、刘明波、孙丽芳出席，省委常委、宣传部长虞爱华为实践活动授旗。省委宣传部部务会成员，省直宣口单位主要负责人，省文联党组书记、书记处第一书记何颖等与省电力、环卫、交警、医疗等系统1000余名基层一线工作者一起观看首场演出。

8月14日，安徽文学原创工作推进会在合肥召开。会议传达学习省委书记李锦斌重要批示精神，总结我省推进文学原创阶段性成效，部署下阶段重点任务。省委常委、宣传部长虞爱华出席并讲话。

8月24日至27日，由省委宣传部、中国美协、省文联共同主办，中国美协中国画艺委会、省美协承办的“生态文明安徽行——中国画名家看安徽”采风活动在皖举办。中国美协分党组书记、驻会副主席兼秘书长徐里等20余位全国美术名家参加采风。

8月30日至31日，“中国民间文学大系出版工程”安徽卷编纂工作会议在合肥召开。中国民协副主席、“中国民间文学大系出版工程”民间说唱专家组组长苑利，省文联主席吴雪，省文联党组成员、书记处书记王艳等参加会议。

9月4日至7日，中国作协庆祝改革开放40周年主题采风暨“全国知名作家看安徽”活动走进岳西县石关乡、黄尾镇，霍山县东西溪乡、诸佛庵镇，凤阳县小岗村等地，围绕农村改革开放、精准扶贫和乡村振兴战略等主题，开展采风创作活动。

9月26日至29日，第34届青春诗会在蚌埠举行。中国作协副主席、书记处书记吉狄马加，《诗刊》副主编李少君，省委宣传部副部长洪永平，省文联党组成员、书记处书记王艳等出席启动仪式。

9月27日至10月8日，第八届中国（安庆）黄梅戏艺术节在安庆市举行。全国政协副主席刘奇葆出席开幕式并宣布艺术节开幕。中国文联副主席赵实，文化和旅游部副部长项兆伦，省领导虞爱华、王翠凤、肖超英出席。中国剧协分党组书记、驻会副主席季国平，中国剧协分党组成员、秘书长崔伟，省文联主席、巡视员吴雪等参加。

11月23日，2018包河国际摄影周在合肥开幕，作为国际摄影周重要展出单元——中国中铁四局杯“农民工•我的兄弟姐妹”摄影作品精品展同步在合肥包河区滨湖卓越城开展。

11月24日，第八届中国紫蓬诗歌节在肥西紫蓬山开幕。著名作家、中国作家协会副主席叶辛，省文联党组书记、副主席、书记处第一书记何颖，《诗刊》杂志社副主编李少君，以及来自全国各地的200余位著名诗人、评论家参加开幕式及相关活动。

11月26日，鲁彦周纪念馆在滨湖合肥市文化馆开馆。省政府原副省长、省政协原副主席龙念，省人大常委会原副主任周本立，省文联党组书记、副主席、书记处第一书记何颖，省文联主席、巡视员吴雪，省文联名誉主席、省作协名誉主席季宇，中国剧协副主席、省文联副主席韩再芬和来自省内外的作家、评论家、艺术家代表以及媒体记者、读者共百余人参加开馆仪式。

11月28日，“百部扶贫影像日记•第一书记征稿计划”暨中国第二届扶贫公益摄影大展启动仪式在中国摄影家协会举行。安徽省人大常委会原党组副书记、副主任任海深，中国摄协分党组书记、副主席郑更生，中国摄协副主席陈小波，中国摄协分党组成员、副秘书长彭文玲，省文联党组书记、副主席、书记处第一书记何颖，中国文联摄影艺术中心主任刘宇，《大众摄影》杂志主编晋永权以及来自主办方、摄影界和新闻媒体的嘉宾参加启动仪式。

12月2日，全省文联系统基层工作经验交流会暨年度务虚会在肥东召开。省文联党组书记、副主席、书记处第一书记何颖主持会议并讲话，主席、巡视员吴雪，党组成员、书记处书记王艳、林勇出席。

12月7日，2018中国国际青年电影展在合肥开幕。省文联主席、巡视员吴雪出席开幕式并宣布开幕。

12月7日，金寨县人民政府、合肥雄韬影视传媒有限公司合作建设大别山红色电影展览馆签约仪式在金寨县举行。省文联党组成员、副主席、书记处书记林勇，金寨县、合肥雄韬影视传媒有限公司相关负责人等出席签约仪式。

12月9日，由中国画学会、省美术家协会、省书画院共同主办的“改革开放四十周年王涛《大红袍》画集首发暨学术作品展”在合肥举行。省委常委、宣传部长虞爱华，中国画学会常务副会长兼秘书长孙克，省政协原副主席张学平，省军区原司令员沈善文，省政协原副主席邵国荷，省政协秘书长车敦安，省文联党组书记、副主席、书记处第一书记何颖，省文联主席、巡视员吴雪，以及鲍加、郭公达、柳新生等省内外著名画家、理论家500余人出席开幕式并参观展览。

12月20日，省委常委、宣传部长虞爱华主持召开省文艺家协会换届工作领导小组会议。省委宣传部副部长操龙灿、洪永平，省纪委监委驻省委宣传部纪检监察组组长查结联，省文联党组书记、书记处第一书记何颖，省文联主席、巡视员吴雪，省文联党组成员、书记处书记王艳、林勇等省文艺家协会换届领导小组成员参加会议。

12月26日至27日，省音乐家协会第七次代表大会、省曲艺家协会、省摄影家协会第六次代表大会在合肥隆重举行。省委常委、宣传部长虞爱华出席开幕式并讲话。盘龙、孟影、许国等分别当选为省音乐家协会、省曲艺家协会、省摄影家协会主席。

创作与研究

【获奖情况】

1月23日，在全省宣传部长会议上安徽省文联获“组织工作奖”。

在安徽省第十四届精神文明建设“五个一工程”（2014—2017）评选中，歌曲作品《握住兄弟的手》《幸福花鼓》获优秀作品奖。

在中宣部第十四届精神文明建设“五个一工程”中，省文联组织申报的歌曲《多想对你说》荣获优秀作品奖。

8月11日，第七届（2014—2017）鲁迅文学奖获奖名单揭晓，由省作协推荐的诗人陈先发的诗集《九章》荣获本届鲁迅文学奖诗歌奖。80后作家胡竹峰凭借散文集《中国文章》入选鲁迅文学奖散文奖提名。

10月15日，“广陵牡丹曲”第十届中国曲艺牡丹奖颁奖仪式暨“讴歌新时代 共筑中国梦”成果汇报演出在扬州举办，由省文联、省曲协推荐申报的小品《等爱回家》荣获第十届中国曲艺牡丹奖文学奖。

10月22日，第十一届中国舞蹈“荷花奖”当代舞、现代舞评奖结果揭晓。由省舞蹈家协会选送、合肥演艺股份有限公司创作表演的现代舞作品《命运》荣获第十一届中国舞蹈“荷花奖”现代舞奖。

11月，第四届中国出版政府奖颁奖，《清明》杂志社获先进出版单位奖。

11月18日，第十二届中国摄影艺术节暨第二届三门峡白天鹅野生动物国际摄影大展开展。与此同时，第十二届中国摄影金像奖颁奖典礼举行，摄影家汪强荣获中国摄影金像奖（纪实摄影类）。

12月12日，“弄潮杯”2018年度人民文学奖颁奖典礼在杭州江干区举行。安徽作家季宇的中篇小说《最后的电波》和李凤群的长篇小说《大野》分获中篇、长篇小说奖。

12月9日，第十一届中国舞蹈“荷花奖”舞剧评选结果揭晓。由省舞蹈家协会选送、安徽省花鼓灯歌舞剧院有限责任公司演出的大型民族舞剧《大禹》荣获第十一届中国舞蹈“荷花奖”舞剧奖。

【创作研讨】

1月27日至29日，省文联在中共安徽省委党校举办学习贯彻党的十九大精神培训班。省文联党组书记、书记处第一书记何颖做开班动员讲话。省文联主席、巡视员吴雪，党组成员、书记处书记王艳、林勇和省文联机关干部、各门类文艺家共50余人参加培训。

6月1日，新时代少儿文学艺术创作暨传播座谈会在合肥举行。省文联党组书记、书记处第一书记何颖出席座谈会并讲话。

8月21日，由省文联举办的全省新文艺群体优秀人才培训班在省委党校开班，50余位新文艺群体代表参加培训。

9月10日至14日，由中国音乐家协会主办，安徽省音乐家协会承办的全国中青年电子键盘骨干教师培训班（含新文艺群体）在合肥举办。来自全国27个省市的二百多位中青年电子键盘骨干教师参加本次培训。

9月14日，由安徽省文联主办的“共饮一江水，畅想新时代——皖鄂文学期刊研讨会”在第五届中国（武汉）期刊交易博览会安徽馆举行。省文联党组书记、副主席、书记处第一书记何颖，湖北省文联主席、芳草杂志社主编、著名作家刘醒龙等参加研讨会。

10月20日，百年中国文学道路与经典作家作品研讨会在合肥召开。省文联党组成员、副主席、书记处书记王艳，参加开班式并致辞。

11月3日，第六届安徽文化论坛在淮北举行。省委常委、宣传部长虞爱华，省政协副主席李修松出席会议并讲话。省委宣传部副部长操龙灿，省社会科学院党组书记、院长曾凡银，省文联党组书记、副主席、书记处第一书记何颖出席论坛。

11月9日，中国艺术报•改革开放40周年安徽采访座谈会在合肥召开。省文联党组书记、副主席、书记处第一书记何颖主持座谈会，省文联主席、巡视员吴雪与省内文艺家和基层文艺工作者代表，部分基层文联负责同志和文艺家协会负责同志参加会议。

11月20日至23日，由安徽省文联、安徽省影视家协会、江苏省电影家协会、浙江省电影家协会联合举办的第十期皖浙苏三省影视编剧研修班在铜陵举办。来自皖浙沪三省及全国其他部分省市的100多名影视编剧及影视工作者参加培训。

12月19日，由省委宣传部、鲁迅文学院、省文联主办，省作协承办的第七届安徽当代原创文学作品研讨会在北京召开。鲁迅文学院常务副院长邱华栋，省文联党组书记、副主席、书记处第一书记何颖，省文联副主席、省作协主席许辉等出席会议并讲话。

对外交流

古巴当地时间10月19日，由省政协、中国驻古巴使馆、省文联、省外办联合举办的“魅力安徽——中国安徽改革开放40周年”图片展在古巴哈瓦那大学开幕。省政协主席张昌尔出席启动仪式并致辞，中国驻古巴使馆政务参赞姚飞，省政协秘书长车敦安，省外办主任孙勇，省卫生计生委主任于德志以及古巴摄影协会主席尼尔森，古巴哈瓦那大学孔子学院中方院长张伟、古方院长卡布莱拉等领导嘉宾和古巴文化教育界代表参加启动仪式。省文联党组书记、副主席、书记处第一书记何颖主持启动仪式。

机关建设

把学习贯彻习近平新时代中国特色社会主义思想和党的十九大精神作为首要任务，2018年组织党组中心组理论学习20次。扎实开展“讲忠诚、严纪律、立政德”专题警示教育，邀请专家做报告，组织参观白湖监狱、魏野畴烈士纪念馆，编印《党员干部应知应会100题》，完成机关党委换届、基层党组织标准化建设达标工作。在领导班子和处级干部中深入开展“三查三问”活动。深化文联改革，将全面从严治党贯穿文艺家协会换届全过程。进一步查纠形式主义、官僚主义，少发文、开短会，改进调查研究。举办首期全省新文艺群体优秀人才培训班，建立“青年文艺家之友”工作平台，着力去机关化、行政化。建立健全《省文联贯彻落实中央八项规定精神 深入推进作风建设实施细则》等规章制度，进一步正风肃纪。

直属单位

【安徽文学艺术院】

组织开展“科技之光”安徽创新发展成果美术专题创作活动。举办首届“智立方杯”安徽大学生文学创作大赛。启动为期一年的“科技之光”主题美术创作活动。

2月2日，召开第五届签约作家工作会议。

2月3日，参与徽园集中送“文化年货”活动，与诗歌月刊杂志社联合举办“歌吟新时代”2018新春诗歌朗诵会，组织到商合杭高铁巢湖北制梁场项目工地开展送“文化年货”活动。

2月10日，在肥东县长临河镇六家畈村，举办“在水一方——安徽水彩•水墨展”及送春联活动。

4月20日至21日，在六安市金安区举办第五届签约作家与导师、期刊主编对接会。同时，组织签约作家深入六安市金安区毛坦厂中学开展“深入生活、扎根人民”创作活动。

11月10日至17日，在六安举办安徽中青年作家研修班，邀请省内外13位专家授课，来自全省各地的48名学员参加学习。

【理论研究室】

全年编辑出版《文艺百家谈》2期，《安徽文艺界》5期，完成《安徽年鉴》《安徽文化年鉴》（文艺类）《中国文联年鉴2017（安徽）》《中国文联年鉴2018（安徽）》编撰工作。完成省文联大调研领导小组办公室相关工作，编印《不忘初心、砥砺前行——省文联大调研报告集》。组织承办“新时代 新徽派——安徽书画40年精品晋京展”理论研讨会。吸纳19位同志加入省评协，向中国评协推荐会员12人，获批2人。组织举办2018年度安徽文艺评论推优暨推荐参加第三届“啄木鸟杯”中国文艺评论年度推优活动。推荐青年文艺评论家刘霞云、彭正生参加安徽省文学原创研讨系列活动。刘霞云研究专著《20世纪后20年长篇小说文体革新现象研究》获“第十六届中国当代文学研究优秀成果奖”。

1月19日，2月1日，组织文艺评论家小分队走进定远县青少年活动中心、蒋集镇金兴安农家书屋和合锻智能制造股份有限公司。

3月至4月，开展全省文艺评论工作调研，深入合肥、芜湖、阜阳等地调研，召开四场座谈会，完成题为《文艺评论队伍建设刻不容缓——省文艺评论家协会工作调研报告》。

4月21日，在肥东县义和尚真中学举办李正西学术研讨会，对其著作《吹万集》展开研讨。

5月21日,组织安徽省文艺界名家许辉、陈祥明，前往新华学院，开展“5•23”文艺志愿服务活动。

7月至9月，开展新文艺群体调研工作，分别在合肥、宣城、宿州三市召开皖中、皖南、皖北片区座谈会，撰写《加强新文艺群体工作　实现文联职能对文艺界的全覆盖——全省新文艺群体发展情况调研报告》

【清明杂志社】

全年编辑8期刊物，出刊6期，有13篇次中短篇小说被《小说选刊》《小说月报》《中篇小说选刊》《中华文学选刊》等选载。

先后在江西省九江市、巢湖学院、江苏省扬州市、万松浦书院、安徽公安职业学院、江西景德镇陶瓷大学举办“《清明》读书会”6期。推出《清明》公众号73期。参与省文联布置的文艺大调研活动。全年参加“到人民中去”文艺志愿活动七次，走进淮南市大通区、凤阳县小岗村、泗县、长丰县、肥东县、金寨县革命老区花石乡和斑竹园镇、皖北煤电集团生产一线进行创作辅导和文化讲座等文艺志愿活动。参加由安徽省委宣传部和省文联组织的“文艺名家进高校”活动，走进安徽师范大学、安徽农业大学、安徽大学和中国科技大学。2018年分别获中国政府出版奖、第六届华东地区优秀期刊奖、2018年9月“十佳皖版期刊”称号、2018年11月获第五届安徽文化惠民消费季“报刊服务进老区”突出表现奖。

【安徽文学杂志社】

编辑出版《安徽文学》13期，被《新华文摘》《小说选刊》《散文选刊》选载50篇次。先后前往国网安徽省电力有限公司培训中心、合肥市消防支队特勤大队一中队、陆军炮兵防空兵学院、淠史杭水利工程、淮南矿业集团顾桥煤矿、肥东、泗县、安庆、明光、凤阳、马鞍山、滁州、阜阳、临泉、长丰等地开展文艺志愿服务，培训作家500多人，阅读和点评基层作家作品600多篇，录用稿件近50篇。参加第五届中国期刊（武汉）期刊交易博览会，并参加皖鄂期刊发展座谈会。参加由安徽省委宣传部和省文联组织的“文艺名家进高校”活动，走进安徽大学和中国科技大学。会同清明杂志社，开展期刊大调研活动，先后在北京、合肥两地召开“新时代文学期刊传承与创新专题调研会”，撰写万字调研报告（初稿）。

【艺术界杂志社】

完成《艺术界》改刊工作，确定新版《艺术界•儿童文艺》为全彩双月刊，单月出刊，小16开，96个页码。

6月至8月，先后前往《少年博览》《课外生活》《娃娃乐园》《家教世界》和时代数码公司等单位学习调研，策划成立小艺艺欢乐营，设计《艺术界•儿童文艺》卡通形象代言人。

9月至10月，先后前往上海、四川考察学习，听取专家讲座，分享专家博物教学经验。完成2019年前三期的组稿任务。

10月，《艺术界•儿童文艺》微信平台进入试运营阶段，开通秋秋糖姐姐听吧等，并聘请专业播音员为孩子们录制童话故事，童诗等。

12月，推出创刊号（2019年第1期杂志）。

【传奇•传记文学选刊杂志社】

全年策划、出版《传奇•传记文学选刊》12期，推出“纪念改革开放四十周年优秀纪实文学作品”增刊1期。抓品牌栏目建设，从第一期起，陆续推出有分量、政治站位高、可读性强的纪实文学作品。加大原创小说发稿量，由15%(占总发稿量比例）调整到30%，其中《长长的红飘带》《流水账》《好人有好报》等5篇小说被《小小说》《小说选刊》《杂文选刊》等杂志选载。按月上传有声版精品佳作，打造新媒体音频传播平台。成立“传奇文艺小分队”，开展“传奇书香行”送期刊下基层活动，先后前往凤阳县小溪河镇金庄村、武警合肥市消防支队特警大队、陆军炮兵防空兵学院、淮南矿业集团顾桥煤矿、阜南县槐寨村、太和县大张村和双王村、革命老区岳西县毛尖山乡、古坊乡和金寨县花石乡、斑竹园镇等地，开展文化惠民活动。组织安徽省文联文学艺术期刊方阵，参加安徽省第九届“省直机关读书月”游园活动。截至2018年底，传奇•传记文学选刊赠送基层杂志五千余本，码洋达四万多元。7月19日至22日，以省文联文学艺术期刊方阵的形式参加全国第二十八届图书交易博览会。

【诗歌月刊杂志社】

出刊12期。全年被《诗刊》《诗选刊》选载80多首。对刊物进行创新改版，刊物发行数量从上一年的2500份增长到4300份，同期增长72%。获首届“十佳皖版期刊”称号。全年共组织12次“深扎”活动，深入合肥周边部队军营、金寨革命老区、淮南淮北矿业、庐江白湖镇等地，开展文艺志愿服务。先后推出“歌吟新时代，抒写新安徽”征文等一系列主题创作活动。举办庆祝改革开放四十周年“宝安日报杯”全国诗歌征文活动。开展“太仓七夕杯”、“铜铃山杯”等全国诗歌大赛征文和颁奖活动。举办第二届安徽新青年改稿会。召开安徽老中青三代诗人参加的“安徽诗歌再出发”座谈研讨会。开展安徽诗歌大调研活动，撰写七千多字的《关于进一步优化安徽诗歌创作生态的思考》调研报告。加强网络平台建设，开通《诗歌月刊》微信公众号及《诗歌月刊》微店。编辑出版《诗光璀璨——中国当代著名诗人诗作手抄典藏》一书。

各文艺家协会

【作家协会】

截至2018年末，长篇小说共征集80部，正式列入扶持项目的10部，正式出版的长篇小说30多部。网络长篇小说连载11部。全省有大批的散文、随笔作家如许辉、潘小平、赵焰、苏北、胡竹峰、洪放、项丽敏、许冬林、张劲松、黄复彩、江少宾、储劲松、钱红丽、苍耳等，在《人民文学》《散文》《美文》《散文选刊》《随笔》等发表高质量的散文随笔创作。2018年陈先发诗歌《九章》获得鲁迅文学奖。全年在《人民文学》《诗刊》《诗选刊》《诗歌月刊》《扬子江》《诗潮》《长江文艺》等一系列刊物发表诗歌400多首。安徽省委宣传部、省文联主办，省作协承办的研讨会成功召开了第五届、第六届、第七届，分别就作家孙志保的长篇小说《黄花吟》、赵宏兴的长篇小说《父亲和他的兄弟》、儿童文学作家许诺晨的“抗日红色少年传奇”系列作品、谢鑫的“课外侦探组”系列作品、胡竹峰的散文和李国彬的长篇小说《小岗村的年轻人》进行了深入细致的研讨。

反映我省科技创新的报告文学《领跑者》和反映安徽治淮70年变化的报告文学《一条大河波浪宽》均在《人民文学》“新时代纪事”栏目刊登。红色题材《热血大别山》和长篇报告文学《一条大河波浪宽》进入修改阶段。《时代楷模》报告文学的创作由我省作家苗秀侠完成创作任务。长篇小说精品扶持工程，程鹰的《文博游戏》、黄复彩的《墙》、孙晶的《红茅草　绿茅草》、马洪鸣的《揉蓝秘境》、李幼谦的《血证》、许冬林的《大江大海》正式由安徽文艺出版社出版。皖北作家精品文丛出版、安庆市作协主编的文学作品集《新家园》出版。

省作协“红色轻骑兵•安徽作家在行动”和“到人民中去——安徽文艺家下基层”活动，动员组织200多作家800多人次走基层；省作协领导许辉、许春樵、潘小平、李云、曹多勇等一批作家多次到市县讲课、改稿。邀请钟求是、刘琼等到蒙城讲课，举办第四届安徽文学大讲堂暨“安徽作家看蒙城”采风活动。

【美术家协会】

2018年，36位艺术家加入中国美协，截至目前安徽省中国美协会员数为545人，省美协会员5350人。承办“生态文明安徽行——中国画名家看安徽”采风活动。参与承办“新时代　新徽派——安徽书画40年精品晋京展”。

双节前后，省美协先后组织近十个小分队到六安、金寨、泾县、淮北、阜阳、太和等地送文化年货，共送出中堂画、福字、春联等文化年货1000余件（套）。

5月23日上午，省美协文艺志愿者服务小分队走进革命老区金寨。

7月2日，省美协综合材料绘画创作首届高研班开班，11月2日省美协首届美术创作（中国画）高研班开班。

11月5日，由中国美术家协会漆画艺术委员会与安徽省美术家协会共同主办的“第十三届全国美展漆画创作动员大会”召开。

8月12日，由省美协参与承办的“镶嵌中国——马赛克艺术邀请展•合肥”在省博物馆展出。

9月23日，第七届中国农民歌会期间，《庆祝改革开放40周年书画展》开展，省美协从“新时代 新徽派——安徽书画40年精品晋京展”和“第六届安徽美术大展”中挑选37件作品参展。

10月1日，举办第六届安徽美术大展获奖作品展，共11个画种参加单项作品展览，展出入选作品1753件，专家评委从中评选出473件优秀作品参展。

11月14日至20日，配合落实由中国美协主办的“送欢乐 下基层”慰问采风活动走进六安金寨革命老区，省文联主席、巡视员吴雪，省美协主席杨国新参与启动仪式等相关活动。

此外，省美协还参与主办“纪念改革开放40周年——安徽美术作品展”“意象徽州——安徽省第一届油画写生展”“2018年安徽高等院校师生版画作品巡展”“第二届中小学教师美术作品展”等展览。

【书法家协会】

元旦春节期间，安徽省书协开展“送万福进万家”志愿服务活动17批次，全年共开展“深扎”活动24批次，数千人次，向群众赠送（创作）春联、中堂画、期刊、照片等作品数量，逾两万幅。参与省委宣传部、省文联组织的“文化名家进高校”活动，组织书法家走进安徽师范大学、安徽大学、安徽农业大学、中国科学技术大学开展现场书法教学、赠送书法作品活动。全年共63人（次）入展。

1月12日至22日，“喜庆十九大•墨舞新华章”安徽省书法家协会喜庆党的十九大全省书法作品巡回展分别在滁州、宣城开幕。

4月19日，“我们的沃土我们的梦”安徽文艺界“深入生活、扎根人民”暨“大淮河”主题采风创作书法作品展在徽园书法馆成功开展。

5月4日，安徽省书法大赛获奖入展名单公示。经初评和终评，共评出98件入展作品，其中获奖作品30件。

5月29日，“新时代 新徽派——安徽书画40年精品晋京展”在中国美术馆开幕。此次展出的书法作品包括真草隶篆行书和篆刻，有抒写徽风皖韵、展示当代安徽书法艺术风采的巨幅作品，有历届获奖和中青年书法家创作的反映时代主题的优秀作品。

7月24日，由中国书法家协会、安徽省文学艺术界联合会主办，中国文联书法艺术中心、中国书法家协会刻字委员会、安徽省书法家协会、安徽省书法院承办的第十一届全国刻字艺术展开始征稿。

9月16日至17日，组织19位优秀中青年书法家参加“现状与理想——当前书法创作学术批评展暨乌海论坛”。

10月1日，由安徽省书协承办的“包公杯”全国书法大赛，面向全国征稿，并于12月19日公示大赛拟获奖、入展作品作者共141人名单。

10月22日，“聚焦美好安徽、扎根江淮沃土——谯城杯”全省书法大赛作品展在合肥开幕。省文联主席吴雪出席开幕式并讲话，省书法家协会主席李士杰，副主席桂雍、陈建国、谢道佑，省文学艺术院院长、省书法家协会负责人程多林，亳州市谯城区委常委、宣传部长徐丽等参加开幕式。共展出321件作品。

12月28日上午，“纪念林散之诞辰120周年全国书法名家邀请展”活动在马鞍山市和县举行。

【摄影家协会】

全年共开展“深扎”11批次，367人次，其中，双节期间“送文化年货”活动5批次，28人次，向群众赠送照片作品数量200余幅。全年共组织四次百人以上大规模摄影采风创作活动，分别为3月9日至12日“皖北风情”摄影采风创作；4月28日至30日“古韵雷池•人文望江”采风创作；6月1日至3日“大美青阳•富贵陵阳”摄影采风创作；11月2日至4日“魅力太湖”采风创作。举办“全国知名摄影家看安徽”活动，“农民工•我的兄弟姐妹”摄影作品展，“合肥一日”摄影活动，举办首届全省手机摄影大赛。

1月14日，“送文化年货”暨文艺小分队走进省重点工程慰问演出活动走进引江济淮工程，为一线建设者拍摄肖像工作照100余幅。

1月15日，2018全国暨安徽省文化科技卫生“三下乡”集中示范活动，现场拍摄300余幅群众照片。

2月3日，省文联“送文化年货”走进徽园，为道德模范拍摄“全家福”，举办“我们的沃土我们的梦”摄影展览。

2月5日，“送文化年货”走进金寨老区大湾村，为扶贫工作队、贫困户拍摄“全家福”，为全村居民拍摄合影。

2月10日，省文联“送文化年货”双王村集中活动，为扶贫工作队、先进模范、贫困户拍摄“全家福”。

5月14日至17日，全国知名摄影家开展采风创作和文艺志愿服务活动，创作作品230余幅。

5月21日，“合肥一日”活动，24小时内用照相机、手机记录合肥市各领域的动态影像，用影像展现改革开放40年来合肥各领域发展成就。

6月13日，9月10日，10月12日，11月30日，“名家进高校”活动分别走进安徽师范大学、安徽大学、安徽农业大学、中国科技大学，举办讲座、点评师生作品并进行创作交流。

12月26日至27日，安徽省摄影家协会第六次代表大会在合肥召开，许国当选为省摄协第六届主席，王岩、王雷、王朝阳、刘小兵、李晓红、何建民、张东俊、郑雯、徐国康、潘成当选为副主席。

除汪强获中国摄影金像奖外，安保田获第十二届中国摄影艺术节“英雄会”创作活动“摄影英雄”“摄影团队英雄”称号；吴怀球获第31届全国专业报新闻摄影年赛经济科技类铜奖；王轩、徐诗瑶获“辉煌•见证”改革开放40周年全国交通运输行业发展成就摄影大赛三等奖；谭小兵获“中国梦•劳动美”第五届全国职工摄影展铜奖。

【音乐家协会】

2018年，安徽省音乐家协会发展会员共计206人，推荐12人加入中国音乐家协会，截至2018年年底，全省安徽省音乐家协会会员3254人，中国音乐家协会会员533人。举办“全国中青年电子键盘骨干教师培训班”“全国音乐名家看安徽”暨“金色的田野——纪念改革开放40周年全国著名词曲作家采风创作活动”。在“金色的田野——纪念改革开放四十周年全国原创歌曲推选活动”中，征集歌曲作品438首，最终评出《和快乐相约》等12首专家推荐优秀歌曲，以及15首专家推荐入选歌曲。

1月14日，由安徽省合唱协会主办的“放歌新时代 奋进新征程”金安徽合唱团成立20周年音乐会在合肥大剧院音乐厅举办。

6月21日，省音协组织选送金安徽合唱团代表安徽参加“上海之春 纪念改革开放40周年合唱大赛”，获最佳合唱奖。

8月9日，由沪苏浙皖三省一市的音乐家协会及余姚市人民政府联合主办的“河姆渡之声2018年第十四届长三角地区民族乐团展演”开幕，安徽乐团民族管弦乐团演奏花鼓灯吹打乐《鼓韵淮河》与《花鼓灯会》。

8月26日，由西藏自治区和安徽省共同举办的“2018中国西藏雅砻文化节”开幕式文艺晚会在西藏自治区山南市举行。

8月31日，在“2018中国音乐小金钟全国二胡展演活动”中，由安徽省音乐家协会选送的张敬获业余（少年A）组“新星”称号；郑靖获业余（少年B）组“新星”称号；黄丹宁获业余（儿童）组“新秀”称号。

10月7日，由安徽省音乐家协会选送的徐诗雨在“中国音乐小金钟第二届全国电子键盘展演”中获专业组（电子管风琴独奏）“新秀”称号。

12月9日，沪苏浙皖三省一市音乐家协会共同发起“长三角音乐发展联盟”签约仪式。上海音乐家协会副主席郭强辉，江苏省音乐家协会副主席、秘书长徐宝亚，浙江省音乐家协会主席、秘书长翁持更，安徽省音乐家协会秘书长徐海燕出席成立大会并签署“长三角音乐发展联盟成立宣言”。

12月26日至27日，安徽省音乐家协会第七次代表大会在合肥召开，盘龙当选为安徽省音乐家协会第七届主席，田雅丽、邝实、杨林、吴大巢、张建华、陈玉国、罗可曼、柳琦、顾平、徐宏、徐海燕、程炳杰当选副主席。

【戏剧家协会】

2018年，安徽省戏剧家协会发展省级会员共计54人，推荐加入中国戏剧家协会共计7人，截至2018年年底，全省安徽省戏剧家协会会员2328

人，中国戏剧家协会会员421人。整合安徽地方戏剧戏曲资源，投身人才培养及剧目推荐工作。组织“长三角文艺发展联盟”——“东方之韵•剧荟江南”深扎主题实践活动；举办安徽省“第八届优秀小戏小品展演周”，安徽省“第八届优秀小戏小品展演周”等活动。配合举办中国黄梅戏艺术节。推荐剧目参演中国田汉研究会主办的“2018田汉戏剧周”，亳州市梆剧团朱芦斌荣获“2018田汉戏剧周”“状元”称号，6位演员荣获“探花”称号；推荐选手参加东方之韵•梨园武荟——长三角地区中青年戏曲演员武艺展示赛，青年梆子戏演员张海洋获“十佳选手”称号；推荐少儿戏曲爱好者参加中国剧协主办的“第二十二届中国少儿戏曲小梅花荟萃”等活动，均获得优异成绩。组织安徽“红色文艺轻骑兵”戏剧公社，19支戏曲小分队“送文艺、种文艺”，分赴安庆、阜阳、马鞍山、滁州、宣城、六安、亳州、绩溪、天长、池州、黄山、金寨等地开展一系列文艺惠民活动。

12月18日，原创大戏《秋分》公演，该剧已入选安徽省委宣传部2018年度重点文艺创作项目。

【舞蹈家协会】

2018年，发展省级会员62人，推荐加入中国舞协会员2人。截至2018年底，全省省舞蹈家协会会员1593人，中国舞协会员260人。全年承办《中国舞蹈考级》教师培训班83期，参培学员2500多人（次）获得中国舞协颁发的教师资格证书，完成7万多人的舞蹈考级工作。编辑2018年度《安徽舞蹈》会员交流年刊1期。合肥演艺股份有限公司歌舞团独舞《命运》获得中国文联、中国舞蹈家协会主办的第十一届中国舞蹈“荷花奖”现代舞奖。原创民族舞剧《大禹》获中国舞蹈“荷花奖”舞剧奖。凤台县花鼓灯艺术团群舞《家乡的红绣球》获文化部、中国文联等七部委主办的中国人口文化奖。

2月4日、7日、10日、25日，分别组织会员参加省文联“送文化年货”合肥徽园广场、太和双王村、宿州埇桥区、铜陵灰河乡慰问演出。

2月25日至26日，省舞协在宿州主办“聚焦美好安徽，扎根江淮沃土”2018宿州市暨埇桥区舞蹈教学（编导）培训班。

3月26日至28日，省舞协先后深入芜湖、蚌埠、怀远等地社区、乡镇、学校，进行以“文艺志愿服务与文艺工作者职业道德建设”为选题的调研工作，并形成调研报告。

5月10日至14日，省舞协舞蹈创作采风组到蚌埠、怀远等地，与中国舞协采风团一同开展为期5天的“深入生活，扎根人民”采风创作活动，并就蚌埠市新文艺群体现状展开调研。

5月23日，参加当涂县太白镇文化广场承办“到人民中去”安徽省文联文艺志愿服务启动仪式及演出活动。

7月17日至18日，安徽师范大学附属幼儿园少儿舞蹈《我的篮球》获邀赴北京天桥艺术中心参加中国舞协主办的“春晓——‘小荷风采’二十周年精品剧目展演”。

8月19至24日，省舞协指导淮南田家庵区教育局在淮南、广州举办2018年暑期少儿舞蹈教师专题研修班。

9月1日下午，省舞协与中国文联舞蹈艺术中心等单位在凤阳县小岗村联合承办“送欢乐 下基层”慰问演出。

9月19日至10月3日，省舞协与安徽大剧院在合肥共同承办“中国优秀舞剧展演”，我省原创舞剧《立夏》《徽班》和邀请来的获奖舞剧《粉墨春秋》《一把酸枣》《家》相继在安徽大剧院上演。

11月24日，沪苏浙皖三省一市在上海成立长三角舞蹈发展联盟并举办长三角舞蹈发展论坛。联盟由沪苏浙皖四地舞蹈家协会共同创建。

12月27日，合肥演艺股份有限公司歌舞团“荷花奖”现代舞奖作品《命运》应邀赴北京参加中国舞协“舞典华章——2018中国舞蹈年度巡礼”国家大剧院演出。

【民间文艺家协会】

2018年，安徽省民间文艺家协会发展会员191人，推荐加入中国民间文艺家协会17人，截至2018年底，全省安徽省民间文艺家协会会员1488人，中国民间文艺家协会会员272人。全年推进《中国民间文学大系出版工程》民间说唱安徽卷及《中国民间工艺集成》安徽卷的编撰工作，开展民间说唱安徽卷资料收集整理工作。推荐一批优秀艺术家参加“第十四届中国民间文艺山花奖•优秀民间工艺美术作品评选活动暨第三届中国（潍坊）民间艺术博览会”。协助淮南市申报“中国成语典故之城”获得成功。

2月3日，和地市民协选送剪纸艺术家协助省民协圆满完成送文化年货系列活动——走进太和、走进徽园、走进铜陵普济圩等活动。

5月23日，省民协带领民间艺术家走进当涂县太白镇，现场创作剪纸肖像，赠送剪纸作品。

5月28日至6月1日，推荐6名国家级会员参加“中国民协第一期深入学习贯彻习近平新时代中国特色社会主义思想和党的十九大精神研讨班”培训。

5月29日至31日，省民协民间文艺志愿者服务队走进国家级贫困县石台开展剪纸技艺培训。

9月28日至10月3日，推荐民间文艺家参加“2018第五届中国•徐州文化博览会暨第五届中国•徐州民间工艺博会”“第十四届中国民间文艺山花奖•优秀民间工艺美术作品”初评活动。

10月9日至14日，推荐民间文艺家参加在江西省赣州市兴国县举办的“第十一届中国民间艺术节暨第十四届中国民间文艺山花奖•优秀民间艺术表演（民歌）初评活动”。

【曲艺家协会】

全年省曲协发展会员8人，因中国曲协组织失联会员查找工作，本年度未推荐发展中国曲艺家协会会员，截至2018年年底，安徽省曲艺家协会会员共有493人，中国曲艺家协会会员219人。一年来，组织主席团成员及部分专家、曲艺工作者近100人次，先后赴安徽安庆、颍上、埇桥、濉溪、太和、蒙城、岳西开展“到人民中去”志愿服务活动，期间创作及收集整理了优秀曲艺作品文稿10余篇。协助亳州市蒙城县创建安徽省第二个“中国曲艺之乡”。举办中国曲艺牡丹奖艺术团“送欢笑”走进蒙城惠民演出，指导宿州市举办第二届“闵子杯”曲艺展演。李翔、邢雨创作的小品《等爱回家》获得第十届中国曲艺牡丹奖文学奖，太和清音《女儿情》荣获节目奖提名，表演者于飞入围新人奖；陈璐璐创作的相声《一奶同胞》，高乾创作表演的相声《快乐微信群》分别获得安徽省社会科学奖（艺术类）二三等奖；李娟表演的河南坠子《古城会》入选第十四届马街书会全国优秀曲艺节目展演等全国性曲艺展演展示活动。

2月8日，由中国曲协、省文联主办，省曲协、蒙城县人民政府、蒙城县委宣传部承办的中国曲艺牡丹奖艺术团“送欢笑”走进蒙城专场演出暨“中国曲艺之乡”授牌仪式在蒙城县举办。

5月27日至30日在宿州举办第二届“闵子杯”曲艺展演。

9月28日至29日，在太和县旧县镇大张村、双王村组织开展了主题为“庆祝丰收、弘扬文化、振兴乡村”专场文艺演出，助力脱贫攻坚。

12月26日至27日，省曲艺家协会第六次代表大会在合肥隆重举行，孟影当选为第六届主席团主席，王蒙林、朱君、孙卫东、孙铭泽、李翔、赵彬等当选为副主席。

【电影电视艺术家协会】

推荐11人次参加中国电影家协会、省文联举办的新文艺群体人才培训班。

两节期间开展“送文化年货”活动，以小分队形式，在社区与敬老院开展公益电影放映活动。

4月起，组织开展第二十九届中国电视金鹰奖评选申报工作。

4月24日至25日，组织主席团和部分艺术家赴滁州市、明光市、淮南市进行“深扎”调研，开展微电影创作辅导活动。

6月14日至16日，与作协、安徽文学杂志社联合开展“到人民中去”志愿服务活动，赴明光进行微电影艺术实例讲座。

6月28日，结合党建组织部分会员与安徽广播电视台影视频道支部共同在省科技馆组织电影科普活动并播放了电影《党小组长》。

9月，组织开展第34届大众电影百花奖安徽省观众评委选拔活动。安徽电视台李丽、六安文联郑宏舟作为观众评委参加了第34届大众电影百花奖评奖工作。

12月28日至29日，禹成明、刘正功、闫学洋代表安徽参加中国电影家协会第十次代表大会，刘正功、闫学洋当选第十届理事。

【杂技家协会】

2018年，安徽省杂技家协会新发展省级会员159名，截至2018年12月31日，现有中国杂技家协会会员153人，安徽省杂技家协会会员504人。承办全国民营杂技团体带头人第一期培训班，推荐我省魔术师参加全国魔术师大赛暨第十届中国杂技金菊奖的评选活动。省杂协2018年度工作在中国杂技家协会第七届理事会第五次扩大会议上受表彰。

2月3日，组织参与安徽省文联暨省杂技家协会等11家单位走进徽园，共同推出“送文化年货”系列活动。

2月5日至9日，省杂技家协会文艺志愿者小分队来到宿州市埇桥区、沈圩村、蒙城县、太和县，参加送文化年货活动。

4月29日、30日，由安徽省杂技家协会、安徽省杂技团联合打造的“魔幻之旅•春天亲子专场”在安徽大剧院展演。

8月7日、8日又在合肥大剧院公演两场。

4月30日、5月1日，在合肥徽园世纪广场举办两场“到人民中去”文艺志愿服务主题活动杂技惠民专场演出。

5月23日，参加省文联组织的在马鞍山当涂县太白镇举办的“到人民中去”文艺志愿者活动。

10月1日，组织杂技家参加“喜迎国庆”惠民文艺演出。

福建省文联

综 述

2018年，福建省文联深入学习贯彻习近平新时代中国特色社会主义思想和党的十九大精神，围绕“共圆中国梦、讴歌新时代”主题，紧扣文艺创作从“高原”向“高峰”迈进这一目标，致力文艺精品创作，深化文艺为民活动，拓展对外文艺交流，坚持文艺事业高质量发展落实赶超，为建设文化强省、奋力推进新时代新福建建设做出了贡献。

会议和活动

【全省文联系统深化改革调研座谈会在厦门召开】

4月17日，全省文联系统深化改革调研座谈会在福建厦门召开。会议以习近平新时代中国特色社会主义思想为指导，贯彻落实中央、省委以及中国文联、中国作协关于文联、作协深化改革的工作部署，按照中央深改办督察要求，交流全省文联系统深化改革进展情况和工作经验，研究分析问题，推动福建省文联、作协加快进度、加大力度做好深化改革工作。会议传达学习了习近平总书记在中央党的群团工作会议，党的十九大，中国文联十大、中国作协九大开幕式上系列关于深化改革的重要讲话和指示精神，并就扎实深化改革，充分发挥文联组织在行业建设的主导作用等提出具体要求，规划时间线路图。

【福建省委常委、宣传部部长梁建勇到福建省文联调研】

6月20日，省委常委、宣传部长梁建勇到福建省文联就加强文艺建设、深化文联改革进行调研，并看望慰问了在榕的知名文艺家和新兴文艺群体代表。梁建勇一行实地察看文创企业，与企业经营者深入交谈，详细了解企业发展状况，希望各企业做优做强，为满足人民群众精神文化需求做贡献。他指出，福建省文联要促进文创企业加强交流合作，整合文化资源，创新发展方式，提升文创企业的实力、竞争力和影响力。梁建勇还就如何加强以习近平新时代中国特色社会主义思想为指导，推动福建省文艺事业繁荣发展、建设文化强省等提出明确要求和具体指导。

【庆祝福建诗人汤养宗荣获鲁迅文学奖座谈会在榕城举行】

9月3日，由福建省文联、福建省作协联合主办的“庆祝我省诗人汤养宗荣获第七届鲁迅文学奖座谈会”在省文联召开。福建省委常委、宣传部部长梁建勇，全国政协社会和法制委员会副主任、省文联主席张帆，省文联党组书记张作兴等40多位领导、专家学者参加了座谈。张作兴介绍了汤养宗获得第七届鲁迅文学奖诗歌奖的有关情况，并传达了省委领导相关批示精神。汤养宗介绍了个人创作情况，他表示，对诗歌的孜孜以求是他从事诗歌创作的信仰与依赖，在今后的创作中，他将严格按照省委领导的批示精神，和全省广大文艺工作者一起，继续为福建文艺事业的繁荣发展添砖加瓦。梁建勇代表省委、省政府对汤养宗表示热烈祝贺，并就如何推动福建省文艺创作从“高原”向“高峰”迈进提出希望和要求。

【福建省文艺评论家协会在福州成立】

10月13日，福建省文艺评论家协会成立大会在福州举行。全国政协社会和法制委员会副主任、福建省文联主席、福建社科院院长张帆，中国文联理论研究室主任、中国文联文艺评论中心主任、中国评论家协会副主席兼秘书长庞井君，福建省委宣传部常务副部长蔡小伟，福建省文联党组书记张作兴等领导，以及首届文艺评论家协会会员代表近100人参加成立大会。大会选举产生了福建省文艺评论家协会第一届理事会、常务理事会、监事会和负责人。来自福建省级各文艺家协会、高等院校、科研院所、新闻媒体的专家学者共91人当选为理事，27人当选为常务理事。

【“生态家园”福建松溪版画作品展在中国美术馆举办】

4月24日，“生态家园”福建松溪版画艺术展在北京中国美术馆开幕。展出时间从4月24日至5月7日，精选松溪县39位本土艺术家创作的89幅作品参展。本次展览由福建省文联、福建省文化厅、福建省南平市人民政府联合主办，福建省美术家协会、福建省松溪县人民政府承办，福建省委常委、秘书长梁建勇，国家艺术基金理事长蔡武，中国美术馆馆长吴为山，福建省文联党组书记张作兴等领导和业内知名专家以及60多家媒体记者参加开幕式。以县为单位在中国美术馆办展，这在福建省是首例，在全国也不多见。

【福建文艺志愿者艺术团走进沙县开展文艺惠民演出】

5月21日，为深入学习宣传贯彻习近平新时代中国特色社会主义思想和党的十九大精神，大力弘扬乌兰牧骑“红色文艺轻骑兵”的精神和优良传统，福建省文联党组书记张作兴，省文联副主席、福建文艺志愿者艺术团团长范碧云，省文联党组成员、秘书长邱守杰，省文联副主席唐晓燕等与福建省文艺志愿者艺术团的艺术家们来到三明市沙县举行“向人民汇报”文艺惠民演出，开展“深入生活、扎根人民”主题实践活动。三明市委常委、宣传部部长林斌，沙县县委书记杨兴忠等领导和沙县近千名群众一同观看演出。

【福建省青年画家“深入生活、扎根人民”创作成果汇报展在京开幕】

5月30日，“寻找时代美丽乡村”——福建省青年画家“深入生活、扎根人民”创作成果汇报展在中国文联文艺家之家展览馆开幕。展览展出了福建省自由职业青年画家徐国雄近10年来创作的新时代美丽乡村系列作品230幅。该系列创作经福建省文联推荐，获2017年中国文学艺术发展专项基金资助。本次展览由中国文联国内联络部、中国美术家协会指导，中国文学艺术基金会、福建省文联、福建省美术家协会主办，莆田市文联、莆田市美术家协会承办。展期为5月28日至6月1日。中国文联党组书记、副主席李屹，中国文联党组成员、副主席赵实，中国文联党组成员、副主席左中一，中国美术家协会分党组书记、驻会副主席兼秘书长徐里，中国文学艺术基金会副理事长、秘书长向云驹，福建省文联党组书记张作兴，中国文联办公厅主任邓光辉等领导出席开幕式。

【首届全国市县电视台队伍建设和管理台长研讨会在尤溪举办】

3月31日至4月3日，由中国电视艺术家协会市县电视委员会和福建省电视艺术家协会联合举办的“首届全国市县电视台队伍建设和管理台长研讨会”在福建三明尤溪县顺利举办。中国文联副主席、中国电视艺术家协会主席胡占凡，中国电视艺术家协会分党组成员、副秘书长范宗钗等出席开幕式。来自全国各地150多家市县电视台台长参与研讨会。浙江传媒学院教授、博士生导师王文科等专家作主题讲座，浙江长兴台、河南项城台、广东开平台、福建尤溪台等“全国市县20强电视台”台长分享经验和做法。与会代表还围绕学习贯彻习近平新时代中国特色社会主义思想和党的十九大精神，着眼全国广播电视系统新一轮变革，就新形势新任务下市县电视台面临的管理职能、传播内容、队伍建设、技术更新、融合发展等问题进行交流研讨。

【全国文联研究部门工作会议在厦门举行】

4月11日至12日，由中国文联理论研究室主办、福建省文联文艺理论研究室承办、厦门市文联协办的全国文联研究部门工作会议在厦门召开。会议结合中宣部部署的调研任务，重点研讨了文联深化改革过程中遇到的新情况和新问题，认真讨论进一步明确职责、加深业务学习和经验交流。中国文联党组成员、副主席郭运德出席会议并作主题报告。会议邀请国家行政学院社会与文化教研部主任祁述裕作文化产业与文化建设专题讲座。会议组织分组讨论，对文联与协会工作中不适应形势发展变化、长期困扰文联组织发展的突出问题和主要矛盾，进行深入研讨并提出意见建议；对行风建设、创新会员入会标准与程序及加强会员管理和纪律约束、建立完善文艺工作者权益保护工作制度机制、研究部门工作思路调整、加强理论建设与理论创新等五个方面问题也进行了进一步探讨。

【中国文联组织文艺名家到福建巡回宣讲】

12月12日至14日，由中国文联主办，中国文联国内联络部、福建省文联承办的“崇德尚艺，做有信仰、有情怀、有担当的新时代文艺工作者巡回宣讲活动”在福建福州举行。省委常委、宣传部长梁建勇等会见宣讲团一行。福建省知名文艺家、各协会创作一线的文艺工作者和新文艺群体代表约300人聆听宣讲。全国政协常委、中国美协副主席、中国美术馆馆长吴为山，中国民协副主席、南通蓝印花布印染技艺国家级代表性传承人吴元新，中国摄协理事、“野性中国”首席摄影师奚志农，分别倾情讲述《有信仰才有力量》《从染坊学徒到国家级传承人——我的蓝印花布传承之路》《用影像保护自然——从滇金丝猴到绿孔雀》的心得故事，并与部分文艺工作者进行面对面的座谈交流。

创作与研究

【创作情况】

坚持正确导向，鼓励创新创造，提高创作质量，全省文艺发展呈现“百花齐放、百家争鸣”生动局面。一是坚持文艺创作的“视野”，以创作记录反映福建高质量发展、实现赶超巨变的史诗作品为目标，认真开展福建省委文艺精品“五大工程”建设，启动实施全省文联“文艺创作攀登计划”，全面开展优秀传统文化、红色文化、现实主义和改革开放题材文艺创作，精心抓好福建长篇小说精品工程、福建濒危剧种（曲种）抢救工程、福建当代戏剧名家名作推广工程等活动。大力推进“唱响福建”文学艺术作品扶持创作，组织开展《中国民间文学大系•传说•福建卷》《八闽文库》等编撰工作，编纂出版《福建省歌曲创作70周年精品选》《福建省纪念改革开放40周年摄影作品集》《水尾红色故事》《海峡两岸民间故事文库》等优秀文丛。二是坚持打响闽派文艺“品牌”，晋京举办“生态家园”福建松溪版画艺术展、寻找时代美丽乡村——福建省青年画家“深入生活、扎根人民”创作成果汇报展等活动，扩大闽派文艺影响力。创作打磨优秀作品、培养选拔优秀文艺人才参加国际、国内重要赛事评奖，在全国唱响“福建声音”，特别是选送的汤养宗诗集《去人间》荣膺第七届鲁迅文学奖诗歌奖，这是福建省首次获得鲁迅文学奖诗歌奖，增强了福建文艺迈向“高峰”的信心和决心。三是坚持夯实文艺发展“土壤”，精心举办福建省第31届优秀作品榜暨第13届陈明玉文学榜、第二届福建省中小学生（少儿）戏剧展演、第三届福建省曲艺“丹桂奖”少儿大赛、第六届“海洋杯”霞浦全国摄影大赛作品展、第二届福建省中小学生（少儿）戏剧展演、“守望兰亭•福建省第四届书法篆刻展”、福建省第四届“金钟花奖”声乐比赛、福建省广播电视艺术奖等30场赛事活动，选送100余作品、近千名文艺工作者参加各类文艺活动，闽派文艺和队伍频繁亮相国际国内舞台。一年来，全省文艺创作和人才培养硕果累累，福建文艺和“文艺闽军”多次叫响国际国内。

【获奖情况】

文学创作：汤养宗诗集《去人间》获第七届鲁迅文学奖诗歌奖，这是福建省文学创作具有里程碑意义的一个重大成果；福建省作家萧鼎《诛仙》入选“中国网络文学20年20部作品”榜单，名列第五。音乐创作：《领航新时代》获中国当代歌曲创作精品工程——“听见中国听见你”2017年度优秀歌曲。美术创作：在第六届青年美展中成绩喜人，26件作品获得入选资格；在“魅力红谷”全国小幅漆画展中，入选作品71件，入选率位居首位。书法创作：36人次入选“全国第三届册页书法作品展”“全国第二届大字书法艺术展”等全国性书法大展。舞蹈创作：3个舞蹈作品获得第五届“荷花少年”全国舞蹈展演两个“荷花少年”荣誉称号，一个“星光少年”荣誉称号的好成绩；2个舞蹈作品获“舞动中国梦”少儿舞蹈精品展演奖“舞动新秀奖”和“舞动新苗奖”。曲艺创作：在第十届中国曲艺牡丹奖全国曲艺大赛上，南音表演者庄丽芬荣获中国曲艺牡丹奖表演奖，南音表演者王安娜获表演奖提名，2个作品（南平南词《夜奔》和南音《郑成功•祖训》）获入围奖，福建省连续6届蝉联中国曲艺最高奖牡丹奖。摄影创作：摄影家徐晓红荣获第12届中国摄影艺术节“摄影英雄”称号。全省摄影人在国际赛事获得115金、88银、89铜。电视艺术创作：选送的电视剧《彭德怀元帅》获得第29届中国电视“金鹰奖”提名奖；在第二届全国评论电视节目评选中，2个作品获得专题评论最佳作品奖，1个作品获得访谈评论最佳作品奖，1人获得最佳主持人奖；作品《云来云往》获得2018亚洲旅游影视艺术周最佳旅游类微电影奖（最高奖）。民间文艺创作：参加十三届中国民间文艺“山花奖”，摘夺2朵“山花”(陈礼忠的石雕作品《秋荷听雨》、郑春晖的木雕作品《桃花源》)，工艺类获奖作品占全国四分之一，排名全国前列，彰显了福建“工艺大省”的实力。杂技创作：魔术师邱林获第十届中国杂技金菊奖全国魔术比赛入围奖。

对外及对港澳台地区文化交流

【第八届海峡两岸曲艺欢乐汇】

5月21日至29日，由中国曲艺家协会、福建省文学艺术界联合会、海峡两岸音乐交流协会联合主办，福建省曲艺家协会、财团法人台北艺术家文教推广基金会联合承办的“第八届海峡两岸曲艺欢乐汇”在金门和台湾成功举办。来自北京、上海、天津、山西、河南、福建等地的31名曲艺骨干组成了大陆曲艺交流团，他们携手来自台北曲艺团和杨秀卿说唱艺术团的10名优秀曲艺家共同组合成为海峡两岸曲艺交流团，先后走进金门县金城中学、台东高商、淡水润福生活新象馆、文化大学等地开展了4场交流演出和1场“曲艺与青少年的未来”主题座谈会。《金门日报》、台东政府网及教育广播电台等当地媒体对活动予以积极宣传、高度肯定。

【第七届海峡两岸青年舞蹈嘉年华在福州举行】

7月4日，由福建省文联、福建省舞蹈家协会主办，福建省舞蹈家协会、福建师大音乐学院承办的第七届海峡两岸青年舞蹈嘉年华系列活动在福建师大图书馆礼堂开幕。福建省文联党组成员、书记处书记、副主席林瑞发，福建师大副校长涂荣以及来自省教育厅、省舞协、福建师大音乐学院等单位有关负责同志和海峡两岸的舞蹈艺术家们参加活动开幕式。本届活动旨在深入贯彻党的十九大精神和习近平总书记关于深化两岸经济文化交流合作的重要思想，加强两岸青少年对中华文化的认同感，促进海峡两岸青年舞蹈艺术的交流合作，推动海峡两岸舞蹈艺术的繁荣与发展，弘扬博大精深的中华舞蹈文化。活动从7月4日持续至9日，内容包括海峡两岸青少年优秀舞蹈展演、海峡两岸舞蹈名家大讲坛、海峡两岸校园舞蹈交流合作研讨会、海峡两岸优秀民族民间舞研习课堂、海峡两岸舞蹈创作采风等。

【第十届海峡两岸电视主持新人大赛在平潭成功举办】

11月12日至16日，“声耀平潭•第十届海峡两岸电视主持新人大赛”在平潭综合实验区成功举办。本届赛事由中国电视艺术家协会、福建省文学艺术界联合会、福建省广播影视集团、平潭综合实验区党工委管委会联合主办，福建省电视艺术家协会、平潭综合实验区党工委宣传部等承办，各省（市）、自治区电视艺术家协会、中国视协央视分会等协办。本届大赛是第七届海峡两岸电视艺术节系列活动之一，列入国台办对台交流重点文化项目。全国27个省（市、区）和香港特别行政区、台湾地区一万多名选手热情报名，有87名选手代表晋级决赛。中国文联副主席、中国电视艺术家协会主席胡占凡，国台办新闻局局长马晓光，中国电视艺术家协会分党组成员、副秘书长范宗钗，福建省文联党组书记张作兴，福建省广播影视集团党组书记、董事长曾祥辉，平潭综合实验区党工委书记陈善光、管委会主任林文耀等领导莅临现场。庄凯杰（台湾）、代亚瀚（北京）、陈怡（上海）、蔡婧琳（黑龙江）、张琛（湖北）、金敏洁（上海）等6人获得了大赛金奖。

【第二届海峡两岸大学生舞蹈大赛】

7月15日至17日，由福建省文联、福建省教育厅主办，福建省舞协承办的“海峡彩虹•青春筑梦——第二届海峡两岸大学生舞蹈大赛”在福州大戏院成功举办。参加本届大赛的有来自两岸30多所高校、80件舞蹈节目。经本届大赛组委会组织评委以观看视频方式对参赛节目进行认真初审，共评出41件原创作品入围现场决赛。其中舞蹈专业组群舞作品9件，单、双、三人舞作品12件；普通组群舞11件；街舞组9件。活动取得圆满成功，人民网、中国新闻网、新华网、央广网、《福建日报》、海峡卫视、东南网等几十家媒体对活动进行了宣传报道。

【第四届闽台大学生魔术交流大会】

10月12日至14日，第四届闽台大学生魔术交流大会在福州马尾区成功举办。此次活动以“两岸梦圆、华夏风采、魔法瑰宝、世代相传”为主题，旨在构建一个两岸青少年交流活动的又一平台，弘扬民族文化、展示魔术魅力，丰富对台文化交流，增进两岸青少年对中华文化的认同感、归宿感。来自闽台两岸的二十几所大学的魔术爱好者、近八十名魔术选手参加预赛和复赛。大赛最终决出了舞台组和近景组金银铜六个奖项及其优秀奖、人气奖等。大会交流期间，还举办了两岸少儿魔术比赛和魔术讲座，受到广大群众的喜爱。

【“2018首届中日韩民间漆艺术邀请展”在福州举行】

3月8日至25日，“2018首届中日韩民间漆艺术邀请展”在福州海峡民间艺术馆举行。福建省文联党组书记张作兴，中国民协副巡视员麻振山，中国文联民间文艺中心副主任刘德伟，福建省文联党组成员、秘书长邱守杰等与来自中日韩的艺术家80多人参加了开幕式。参展艺术家包括福建的漆艺家汪天亮、陈天赣、周榕清、俞峥、吴思冬、武夏红、吕承坚，台湾漆艺家赖作明、漆造型应用艺术家杨净茵、漆艺家黄宝贤，日本漆艺家伊良原满美、吾子可苗、丰田正秋和韩国漆艺家全爱顺、金宣和及韩国岭南大学教授郑容宙、大邱大学教授郑荣焕等。本次展览由中国民协和福建省文联为指导单位，中国民协漆艺委员会主办，通过中日韩不同地域的创意构思，促使艺术家以更多元的思维进行领域创作，令具有八千年历史的漆艺文明以一种生动的姿态吸引更多人来探寻它的魅力。

【“文心翰墨•中国闽派书画名家（捷克）作品展”在布拉格开幕】

6月18日，由福建省文联和旅捷华人联合会共同主办的“文心翰墨•中国闽派书画名家（捷克）作品展”在捷克首都布拉格开幕。本次活动由福建省美术家协会、省书法家协会、省文学艺术对外交流中心承办，中国-欧洲合作与发展中心、捷克福建同乡会、中欧文化艺术交流联合会、布拉格画家协会协办，并得到了当地侨团、中资机构和华文媒体的大力支持。中国驻捷克大使馆文化参赞吴光女士应邀出席并致辞。捷克福建同乡会会长、中国-欧洲合作与发展中心董事长吴瑞珍主持开幕式。旅捷华人联合会会长唐云凌，中欧文化艺术交流联合会会长李祥旭，捷克华文作家协会会长汪永，捷中文化交流促进会执行会长张鸿，布拉格画家协会副会长巴威尔等出席有关活动。

【福建民间艺术在秘鲁展出】

12月14日，福建省文联代表团赴秘鲁举办“匠心守意——中国　福建民间艺术（秘鲁）交流展”。参展的一百多幅作品都带有浓郁的福建地方特色。其中有千年历史国家级非物质文化遗产的木版年画、农民画、剪纸艺术和摄影作品。这些作品反映了福建省民间艺术的精华，其中剪纸是联合国教科文组织确定的非物质文化遗产，农民画是福建农村妇女用色彩绘出了自己的生活，具有千年历史的国家级非物质文化遗产漳州木版年画以及摄影作品都展现了福建历史悠久和多元多彩的文化。马来西亚驻秘鲁大使Chuah Teong Ban、秘鲁政治研究院院长古斯塔沃·帕切科、通惠总局名誉主席萧孝权、秘华协会和秘鲁出口商协会的代表等出席了开幕式。

自身建设

【机关建设】

全面推进从严治党建设。深入推进“两学一做”学习教育常态化制度化，引导党员干部增强“四个意识”、坚定“四个自信”、践行“两个维护”，筑牢党员干部思想根基和精神支柱。召开全面从严治党专题会议，全面签订从严治党责任书。认真开展“形式主义、官僚主义”问题监督检查，严格落实中央“八项规定”，紧盯重要节庆节点，加强督查检查，严防“四风”反弹，推动全面从严治党向纵深发展。

严格落实意识形态工作新责任。成立省文联意识形态工作领导小组和福建省文艺评论家协会，全面加强省文联意识形态工作。制定福建省文联贯彻《中国共产党问责条例》实施办法，明确提出了加强文联所属场馆、刊物、网络建设管理的工作方案，细化出台了举办文艺活动、展演展示、讲座论坛的工作要求，全面加强和统筹省文联意识形态工作。

加强文艺人才队伍建设。大力加强文联系统领导班子和干部队伍建设。推动完成福建省作家协会、福建省美术家协会换届选举工作。精心举办福建省新兴文学群体作家高研班、“福建人•中国梦•曲艺情”曲艺创作人才培训班、福建戏剧编剧研修班、基层摄协负责人培训班、福建红色舞蹈精品创作研修班等培训，认真参与建设新时代文明实践中心、“乡村振兴战略”“文化振兴计划”等活动，文艺队伍和文艺人才建设取得成效。

大力推动行业作风建设。深化“建设新福建、机关走前头”主题实践活动，开展“提振精气神、机关勇担当”专题活动，积极推进“崇德尚艺”——做有信仰有情怀有担当的新时代文艺工作者活动。加强文联业务主管的30家社会组织党的建设，形成行业优势和工作合力。高标准开展绩效管理评估工作，参评第十四届省级文明单位，严格落实责任，形成齐抓共管格局，干部职工精神面貌焕然一新。

【服务文艺家、服务基层、服务群众】

坚持以人民为中心的工作导向，秉持文艺为民惠民乐民宗旨，扎实开展“深入生活、扎根人民”主题实践和文艺志愿服务活动，弘扬良好的社会风尚。

“深扎”活动更加深入生动。认真学习贯彻习近平总书记给内蒙古苏尼特右旗乌兰牧骑队员回信的重要指示精神，积极开展“扎根生活沃土服务基层群众”主题活动，精心举办“文化三下乡”、“送欢乐下基层”、“文化进万家”、文艺“四到基层”等惠民活动126场，组织文艺工作者深入一线开展采风创作、慰问演出、辅导培训、文艺支教、展览展示等活动42场，拉近了文艺家和人民群众的距离和感情。特别是新年期间，开展了以“新春走基层、文化进万家”为主题的文艺惠民和文艺志愿服务大型活动近20场，下基层撰写春联10余万对，受到中国文联的肯定。

“送文艺”“种文化”更加多元多样。以满足人民群众日益增长的文化需求为己任，精心举办高雅艺术展、文化进校园、文艺大讲坛、书法大讲堂、“走进冰心爱的世界”、“我们的节日”、“闽人闽读•作家讲坛”、海峡两岸舞蹈名家大讲坛、“文学走进生活暨红色文学轻骑兵公益讲座”、魔术讲座等70余场，组织文艺辅导、专家授课、研讨讲座、书画笔会和基地授牌等活动200余场（次），培训基层文艺骨干1800多人。发挥所属艺术场馆功效，免费接待文艺爱好者100余万人次，受到广大群众的热烈欢迎。

文艺志愿活动更加蓬勃有力。福建省文联在壮大文艺志愿者队伍、完善全省文联文艺志愿者艺术团队伍规模和活动组织的基础上，认真开展“送万福进万家下基层公益活动”、“新时代 新征程”——福建文艺志愿者艺术团舞蹈分团新春下基层惠民演出、福建文艺志愿者艺术团走进人民（沙县、平潭、漳浦）文艺惠民演出、“新时代 新征程”——八闽戏剧走进政和惠民演出等活动70余场，参与文艺志愿者上万人次，惠及人民群众120多万人次，文联的文艺志愿服务品牌深入人心。

直属单位

【文艺理论研究室】

4月，在厦门承办全国文联研究部门工作会议和组织召开全省文联系统深化改革调研座谈会。7月至8月，与福建省广播影视集团联合制作5期《海峡艺术名家》特别节目《星光璀璨》并在东南频道播出。10月，福建省文艺评论家协会在福州成立。11月，在福州永泰举办福建网络文艺高级研修班。年内，完成编辑出版《福建文艺界》月刊10期、《海峡艺术名家》第二辑。

【文学艺术对外交流中心】

4月，在福州联合承办“中（台湾）日韩漆艺术作品展”，展览汇集了百余件中、日、韩漆艺精品，推动中国漆艺传承与创新发展。6月，组团赴捷克、匈牙利举办“文心翰墨——中国•闽派书画名家作品展”，展览精选闽派书画名家的艺术精品近50幅，取得圆满成功。12月，组团赴巴拿马、秘鲁、哥斯达黎加举办“匠心守意——中国•福建民间艺术交流展”并开展文化交流活动，展出闽派民间艺术精品近百幅，宣传推广璀璨的中华文化艺术。此外，协助指导12个文艺家协会制定台湾同胞入会条件，推进支持台湾同胞参与中国文联所属的国家重要奖项活动和福建省文联所属的省级重要奖项活动，年内接待台胞“首来族”41名来闽活动、参访。

【省文学院】

6月，在福建师范大学举办第二届福建高校文学作品大赛颁奖仪式。10月，在福州举办2018闽派文艺理论家批评家学术活动周系列活动，内容包括主题研讨、学术专场等活动。11月，在福州举办福建省新文学群体暨青年作家研修班系列活动。年内，还举办大型公益文学活动“理解新时代、发现新文学”系列公益讲座8场，“诗歌寻找朗诵者”、“作者寻找读者”公益文学活动4场，青少年文学素养提升系列公益文学活动3场。

【省画院】

1月，举办“庆祝十九大”——绿水青山 美丽福建•全国水彩名家画福建作品展。5月，举办“庆祝十九大•红色之旅——中国山水画名家画福建”写生活动。10月，举办“晴风意蕴——北京画院花鸟画名家作品展-福州站”展览，组织福建省画院书画家到福建省武警总队开展“意写丹青赞军营”拥军书画活动。11月，举办“花之魂——当代中国花鸟画条屏扇面专题邀请展-福建站”。

【冰心文学馆】

2月，应邀参加日本九州大学举办的“东亚的交流与文学”国际研讨会。5月，与福建省图书馆联合开展“凝聚青春力量 展示当代风采——‘五四’青年馆员交流活动”。6月，接待美国威尔斯理女子学院校友团一行13人来馆进行交流和访问。9月，赴马来西亚参加第35届全国华人文化节，举办“有了爱就有了一切——冰心走过的文学道路”展览及“冰心与中华现代文化”讲座。年内，征集冰心版本书籍2254本，并赴新疆昌吉州举办“我读冰心”征文活动、“有了爱就有了一切”——冰心走过的文学道路展览、“爱意盈怀——冰心作品新疆诵读会”等闽疆文学系列活动，在全省范围内开展“走进冰心爱的世界”进校园活动7场。

【《福建文学》杂志社】

年内，高质量出版12期《福建文学》。专辟“新时代新征程”栏目，举办“纪念改革开放40年”征文活动，刊发“纪念改革开放40年”征文优秀作品17篇作品，反映改革开始40年的变化和成就。此外，举办第二届（2017年）福建高校文学作品大赛。

【《台港文学选刊》杂志社】

年内，编辑出版6期《台港文学选刊》，编辑推出了“庆祝香港作联成立30周年专辑”、“海外华人看今日中国”专辑、“余光中纪念小辑”、“海峡诗会”等，广受社会好评。此外，同中国华艺广播公司合作创办CNQ期刊《两岸视点》。

【《故事林》杂志社】

全年完成24期半月刊出版工作，并面向全国开展了“领航新时代 踏上新征程”优秀故事征集活动，出版“红色水尾”故事专号，举办故事林全民阅读主题插图展、“好故事分享会”和《故事林》杂志捐赠等，提升刊物的知名度、美誉度。

【作家协会】

4月，与平潭综合实验区文联等联合主办《和阅读有约——和幸福有约》文学讲座活动。5月，与厦门市文联、龙岩市文联等联合举办第十九届“红土地•蓝海洋”笔会。6月，联合举办2018海峡两岸龙舟文化节配套活动——集美端午诗歌节和第二届（2017年）福建高校文学作品大赛颁奖仪式。9月，主办“福颂金秋•守望兰亭”——福建省文联庆祝改革开放四十周年诗词朗诵音乐会。10月，联办海峡两岸(漳州)林语堂文化研讨会暨福建省中国现代文学研究会2018年年会。11月，组织福建省作家前往香港参加香港作家联会成立三十周年庆典，并参访香港文学报社和拜访香港闽籍作家；联合主办福建网络文艺高级研修班。年内，还联合举办“我为祖国写首诗”、“我为改革开放点个赞”纪念改革开放40周年、庆祝建国70周年等系列征文活动，与福建省图书馆、福建文艺志愿者艺术团文学分团联合举办“作家讲坛”活动6场、首届福建文学好书榜上榜图书共读会5场，与省炎黄文化研究会共同组织“走进海西，感受县域经济发展”系列采风活动，组织省内30位作家以“台湾好青年圆梦在福建”为主题，编撰出版了报告文学作品集《西进寻梦——台湾青年在福建》。

【戏剧家协会】

4月，在南平举办以“追寻廖俊波光辉历程”为主题的福建戏剧编剧研修班。5月，在莆田举办当代著名戏剧家周长赋剧作学术研讨会。8月，在福州联办2018福建省高校戏剧新锐研修班。9月，在龙岩联办首届客家戏剧艺术周。10月，在厦门举办第二届福建省中小学生（少儿）戏剧展演终评阶段现场竞演。年内，还举办4场文艺惠民演出，将精湛戏剧艺术奉献给广大群众。

【美术家协会】

4月，在北京中国美术馆联合举办“生态家园”福建松溪版画艺术展。5月，在中国文联文艺家之家展览馆举办“寻找时代美丽乡村——福建省青年画家‘深入生活、扎根人民’创作成果汇报展”，在福清举办“水墨融情海丝梦”首届全国中国画作品展，并在宁德和龙岩进行为期6天的“中国文联、中国美协2018年文艺培训志愿服务项目——福建美术培训班”。7月，在武夷山举办“百名书法家书武夷”“百名画家画武夷”活动。8月，在福州举办“海丝情•中国梦”——中国福州“海上丝绸之路”全国中国画作品展。9月4日，在厦门举办美术业务骨干“学习习近平新时代中国特色社会主义思想和党的十九大精神”培训班。年内，启动参加“不忘初心继续前进——庆祝中国共产党成立100周年大型美术创作工程”。

【音乐家协会】

1月，承办“新时代 新征程”福建文艺下基层主题实践活动——福建文艺志愿者艺术团音乐分团走进驻闽空军某部。2月，承办“新时代 新征程——福建文艺下基层”福建文艺志愿者艺术团文化进万家惠民演出主题实践活动。5月，举办“圣地古田”原创歌曲征集评选活动。8月，举办福建省第四届“金钟花奖”声乐比赛。11月，举办“庆祝改革开放40周年”歌曲征集评选活动，并举办庆祝改革开放四十周年音乐会——交响乐集《大海的向往》。12月，组织“庆祝改革开放40周年”音乐创作采风活动(赴泉州等地)。年内，还开展了“同圆中国梦•弘扬红色文化”歌曲征集评选活动，完成出版福建文艺基金项目——《福建省歌曲创作70周年精品选》。

【电影家协会】

8月，在厦门举办第六届海峡两岸闽南语电影文化研讨会。10月，在福州举办福建省微电影创作人才培训班。12月，举办福建电影展映周活动。年内，还举办“宣传贯彻十九大精神送电影到基层”电影惠民活动，联办“美在福建——纪念改革开放40周年微视频征集活动”、首届福建省大学生影像作品展等。

【摄影家协会】

4月，在漳州举办基层摄协负责人培训班。5月，在霞浦召开2018华东摄影工作会议。年内，组织策划“我心中的那片海”——第六届“海洋杯”霞浦全国摄影大赛作品展、践行十九大——福建摄影家心中的“中国故事”摄影展、“八闽古驿道•红色交通线”摄影图片展、福建省纪念改革开放40周年摄影展、“讴歌新时代 共筑中国梦”第26届福建省摄影展等影赛、影展、评奖活动24项。

【曲艺家协会】

2月至6月，举办第三届福建省曲艺“丹桂奖”少儿大赛。3月，联办“艺耀励园”——中华优秀传统文化进校园活动启动仪式暨福建省曲协送欢笑进校园专场演出，组织开展“新时代•新征程——福建文艺下基层宣传党的十九大精神暨文艺惠民演出”。4月至8月，举办庆祝改革开放40周年曲艺作品征集评选活动。5月，成功承办国台办重点项目第八届海峡两岸曲艺欢乐汇。11月，举办福建省曲艺骨干深入学习贯彻习近平新时代中国特色社会主义思想和党的十九大精神培训班。

【舞蹈家协会】

5月，举办“红色舞蹈创作采风走进革命老区建宁县”采风调研活动。6月，在福州承办中舞协第二期文艺骨干和文艺管理干部培训班；在福州举办“传承•弘扬——福建省红色舞蹈精品创作研修班”。7月，成功举办2018年国台办对台交流重点项目“海峡彩虹 舞动梦想”——第七届海峡两岸青年舞蹈嘉年华和第二届海峡两岸大学生舞蹈大赛。9月，在福州举办福建省精准扶持拔尖青年舞蹈人才培养计划之福建省创作研修班。12月，在福州举办纪念改革开放40周年——福建省新时代优秀舞蹈作品展演；在厦门举办“舞动中国梦”——第三届海峡两岸青少年街舞大赛。年内，还开展福建省少儿舞蹈美育走进百所校园活动，来自福建省各地100名舞蹈美育志愿者参加岗前培训班，举办了党旗下的幸福娃——“新时代 新美育 结对子 种文化”福建省少儿舞蹈美育成果交流展演。

【民间文艺家协会】

2月，在福州举办“学习贯彻十九大精神•我们迈向新时代”主题剪纸展；在晋江举办“安平古镇 海丝名城”福建省首届花灯艺术展。3月，中国民协在福州批准成立“中国民协漆艺委员会”。6月，在福建省博物院举办“文脉流芳”•第三届海峡两岸中青年篆刻大赛作品展；协同中国民协对福建屏南县“中国草本养生文化之乡”、“中国本草养生文化传承基地”以及永春县“中国面线文化之乡”、寿宁县“中国木拱廊桥文化之乡”等地考察并对中国民间文艺之乡授牌。7月，在福州主办“纪念改革开放四十周年——开放与创新青年寿山石雕印钮邀请展”。8月，在福州主办“极致之美——建盏精品艺术展”、联办“乡村振兴与社会创新研讨会”。9月，在福州举办“凤山雅集 润物无声”——潘惊石师生雕刻作品展。10月，在新疆昌吉承办“闽昌精粹——非遗剪纸艺术作品展”；在福州主办古今巨匠寿山石雕传承展、“金石秋韵——福建省首届篆刻艺术展暨寿山石印钮雕刻邀请展”和“石善春秋——中国寿山石文化发展研究中心研究员作品展”。11月，在福州主办“纪念改革开放四十周年——漆彩盛世漆艺作品邀请展”、“八闽古驿道•红色交通线”摄影图片展，在杭州巡回主办“纪念改革开放四十周年‘开放与创新’寿山石雕青年印钮邀请展”。12月，在泉州主办开放与创新——青年传统工艺邀请展。年内，还组织开展《中国民间文学大系•传说•福建卷》《中国民间工艺集成•福建卷》编纂工作，推进开展“民间剪纸进校园”“民间故事进校园”、“我们的节日”等系列活动。

【书法家协会】

7月，在厦门举办“庆祝改革开放40周年——福建省第二届国展获奖书家书法作品邀请展”，在福州举办“守望兰亭•福建省第四届书法篆刻展”。9月，在福州举办“福颂金秋 守望兰亭•福建第二回省诗书画印作品邀请展”。10月，在漳州举办“走进林语堂故里——福建省中青年书法家作品展”和“黄道周奖”第一届海峡两岸书法作品展。11月，在福州举办“福建省第四届书坛新人新作展”。年内，还参加举办“学习贯彻党的十九大精神主题楹联书法展”、“守望兰亭•社会主义核心价值观主题创作——福建省书法作品展”，积极开展“送万福进万家下基层公益活动”、2018“中华情•中国梦”中秋展演活动等。

【电视艺术家协会】

4月，在尤溪县联办首届全国市县电视台队伍建设和管理台长研讨会。6月，在福州举办全省电视艺术创作人才学习贯彻习近平总书记关于文艺工作的重要论述研讨班。8月，在古田举办全省电视艺术创作骨干（播音员主持人）深入学习贯彻习近平新时代中国特色社会主义思想和党的十九大精神培训班。11月，在平潭成功举办第十届海峡两岸电视主持新人大赛。年内，还认真开展福建省广播电视艺术奖评选、“点赞新福建”——改革开放40周年优秀电视纪录片和微视频作品征集、2018年度福建省重大文艺创作项目库微电影剧本征集、“新时代 新征程——福建文艺下基层”手机微视频征集赛等活动。

【杂技家协会】

1月，赴宁德武警部队开展以“学习十九大，魔术进军营”为主题的“送欢乐，下基层”活动。3月，成功创排魔术情景剧《我的梦》。10月，在福州举办第四届闽台大学生魔术交流大会。12月，在龙岩举办首届“海丝之路”魔术展演。

基层文联

【泉州市文联】

2018年，泉州市文联认真学习贯彻习近平新时代中国特色社会主义思想和党的十九大精神，坚持“二为”方向、“双百”方针，突出以人民为中心的工作导向，突出引导推动创作、多出精品、多出人才中心任务，突出全面推进文联深化改革，努力开创新时代文艺和文联工作新局面。

坚持政治引领，意识形态工作得到加强。组建文艺家宣讲小分队，到各县（区、市）、市直各协会宣讲16场，受众8000多人，推动新思想往实里走、往深里走、往心里走。召开市文联第三次代表大会，选举新一届领导班子。加强基层党组织建设，成立中共泉州市文联社会组织党委，文联业务主管的协会、民非建立19个兼合式党支部，实现党组织全覆盖和党的工作全覆盖。

坚持深化改革，文联活力得到提升。出台《泉州市文联深化改革方案》，成立市文联文艺工作者职业道德建设委员会和市文艺评论家协会，制订下发《泉州市文联关于进一步加强和规范讲座、论坛、研讨会等业务工作管理的通知》《泉州市文联所属文艺家协会分支机构管理暂行办法》《泉州市文联关于加强泉州市文联委员会委员履职工作的暂行办法》《泉州市文联扶持体制外优秀人才文艺创作暂行办法》《泉州市文联扶持青年文艺人才文艺创作暂行办法》《泉州市文联扶持文艺精品创作暂行办法》《泉州市文联扶持文艺作品出版展览暂行办法》《泉州市文联扶持重大主题文艺创作和文艺活动暂行办法》等改革配套文件。

坚持文艺惠民，为民乐民得到彰显。全年开展文艺惠民活动100多场次，其中“欢乐泉州”基层宣传文化活动走进乡村、社区、学校、企业、军营，每年录播10场。“新时代 新征程”——泉州市宣传党的十九大精神文艺志愿服务活动30多场。“5•23”第五个中国文艺志愿者服务日期间举办“向人民汇报”系列文艺活动，表彰一批优秀文艺志愿者。承办中国作协与部分省市自治区作协（文联）“一带一路”工作座谈会、中国作家协会庆祝改革开放40周年采风团来泉交流、中国摄协“昨天•今天——海上丝绸之路古今对比展”，满足群众文化生活新期待。

坚持文艺创作，精品生产得到推动。制定扶持政策，开展“文艺门诊”，推动文艺创作。1人获第十届中国曲艺牡丹奖表演奖，2人参演的街舞《黄河》获第十一届中国舞蹈“荷花奖”当代舞奖，舞蹈《我从海边来》获第五届“荷花少年”全国舞蹈展演普通中学组“荷花少年”奖，水彩画《丝旅记忆》获文化部主办的第五届丝绸之路国际艺术节——今日丝绸之路国际美术邀请展一等奖，《秘境》获中国美协主办的第九届“民族百花奖”中国各民族美术作品展（中国画）铜奖，32人作品入选中国美协、中国书协、中国摄协主办的全国性展览。在“八闽丹青奖”——第二届福建省书法双年展中2人获金奖，9人获金奖提名，占全省的三分之一强。举办第三届泉州青年歌手大赛、“丹桂奖”曲艺比赛、泉州文学奖、泉州广播电视艺术奖，激励文艺创作。

【武夷山文联】

2018年，武夷山市文联认真贯彻落实中央和省地市文艺工作精神，坚持“二为”方向、“双百”方针，发挥文联和各协会优势，主动作为，服务大局，凝聚人心。

紧扣时代，服务大局，开展文艺主题宣传活动。围绕“朱子故里，大美武夷”这个主题，持续开展“五个一百”宣传武夷山活动，即“百名作家写武夷、百名画家画武夷、百名书法家书武夷、百名摄影家摄武夷、百名歌唱家唱武夷”系列活动。承办“畅谈十八大以来的变化，庆祝十九大胜利召开”主题征文活动。开展“扎根人民、深入生活”全市摄影作品展；承办第七届福建省刻字艺术作品展；开展“八一建军节”书画进军营慰问活动。坚持开展文化“三下乡”，文艺进农村、社区、学校、企业、部队、革命老区开展文艺慰问演出，全年演出80场次。

精心策划，坚持文艺惠民，做好文艺志愿服务工作。2018年文艺志愿服务人数95人，人均参与志愿服务30余次，主要围绕市委、市政府中心工作，朱子文化、红色文化，美丽乡村建设、惠民工程，新时代“五个一百”宣传武夷山，“我们的节日”等内容组织开展活动。以文艺慰问演出、办展览、辅导、培训、送书画、送春联，丰富春节、元宵、端午、中秋、重阳、国庆等传统节日氛围。通过文艺志愿服务工作的开展，服务水平也进一步提升，服务范围逐步拓展。

彰显魅力，积极打造武夷山文艺品牌建设。“五个一百”宣传武夷活动启动之后，开展了10余次大规模持续的采风创作活动。7月举行了“朱子故里•大美武夷”、新时代“五个一百”宣传武夷山活动暨央视《魅力中国城》武夷山战队出征仪式。“百名作家写武夷”、“百名摄影家摄武夷”成果已在《人民文学》《中国摄影报》等国家级权威报刊登出，11月发布《百名作家写武夷（第一辑）》、《百名摄影家摄武夷》作品集。央视《唱响新时代》录制、《自然醒音乐节》等相继在武夷山举办，《大美武夷》《万里茶路》等多首歌曲登上2018年央视舞台。“五个一百”宣传武夷山除了联结一批艺术家、留下一批好作品外，许多机构和团体在武夷山留下创作基地，如中国新闻摄影学会武夷山创作基地、福建省摄影目的地、福建省电影家协会微电影武夷山创作基地、福建省茶旅艺术之乡、十月作家居住地等创作基地。

江西省文联

综 述

2018年，江西省文联及所属各文艺家协会深入学习贯彻习近平新时代中国特色社会主义思想和党的十九大、十九届二中、三中全会精神，贯彻落实习近平总书记关于文艺工作的重要讲话和全国宣传思想工作会议精神，贯彻落实中共江西省委十四届六次、七次全会精神，团结引领广大文艺工作者围绕中心、服务大局，深入基层、扎根人民，深化改革、履职尽责，为推动江西文艺的繁荣发展、加快文化强省建设做出积极贡献。

会议与活动

【举办“瓷画赣鄱”——江西省庆祝改革开放40周年优秀陶瓷绘画作品展】

12月8日至21日，江西省文联与江西省委宣传部、江西省文化和旅游厅、中国美术家协会陶瓷艺术委员会在江西省展览中心联合主办“瓷画赣鄱——江西省庆祝改革开放40周年优秀陶瓷绘画作品展”。12月8日，举行展览开幕仪式，江西省委常委、宣传部部长施小琳宣布开幕。江西省委宣传部副部长、省社联党组书记、主席吴永明，江西省文化和旅游厅党组书记、厅长池红，中国美术家协会陶瓷艺术委员会秘书长、清华大学美术学院陶瓷艺术系主任、教授白明，景德镇市委常委、宣传部部长吴隽先后致辞。江西省文联党组成员、主席叶青，南昌师范学院党委书记王金平，江西省文化和旅游厅党组成员、副厅长黄小蓉，江西省文联副主席鄢平原、张越、龙红等领导出席开幕式。景德镇美术馆岳峻代表参展艺术家发言。开幕式由江西省文联党组书记郑翔主持。展览期间，中共江西省委常委、省委秘书长赵力平，省人大常委会党组副书记、副主任朱虹，省人大常委会副主任马志武，省政府原副省长孙刚、熊盛文，省政协原副主席王林森等领导参观。此次展览是江西省庆祝改革开放40周年的系列活动之一，分为《序篇•窑火千年》《初心》《奋斗》《富裕》《美丽》《幸福》6个篇章，展出作品265件，展陈面积3400平方米，是历年来江西规模最大的陶瓷艺术展览之一。

【举办纪念改革开放40周年摄影图片美术书法大型综合展览暨主题文集《八十个江西人的四十年》首发式】

10月22日上午，江西省文联在江西省展览中心举行纪念改革开放40周年摄影图片美术书法大型综合展览暨主题文集《八十个江西人的四十年》首发式。江西省委宣传部副部长，省社联党组书记、主席吴永明宣布展览开幕，江西省文联党组书记郑翔、江西日报社社长王晖分别致辞，江西广播电视台总编辑马玉玲，江西文演集团党委书记、董事长李晓浩等领导出席开幕式。活动分为摄影、美术、书法三大展览和主题文集首发4个部分。摄影图片展展出100组大致相同地点、相同人物、相同环境下的新旧照片，从衣食住行等方面形象展示改革开放带给人们生活的便捷；美术展展出11个设区市的“新风貌”长卷、40位“井冈先锋”人物风采和40幅现实题材作品；书法展展出100幅体现改革开放和时代风貌的自作诗文；主题文集从征集到的500多篇来稿中评选出80篇作品结集出版，这些作品紧扣“庆祝改革开放四十周年”主题，通过对各行各业各方面以及个人与家庭重要变化的记述，回顾40年中难忘的见闻和感悟。展览为期两周，至11月4日闭幕。展览期间，中共江西省委副书记、赣州市委书记李炳军，省委常委、省委秘书长赵力平等领导观看，省直机关事业单位、省属高校、大中型企业组织干部职工参观。

【举办“俊采星驰”江西美术作品学术邀请晋

京展】

6月2日至12日，江西省文联与中国美协、南昌市红谷滩新区管委会在中国美术馆联合主办“俊采星驰”江西美术作品学术邀请晋京展。6月2日上午举行展览开幕式，中国文联党组书记、副主席李屹，中国文联党组成员、副主席左中一，江西省政协副主席刘卫平，江西省政协原党组副书记、副主席王林森，全国政协常委、中国美术馆馆长、中国美协副主席吴为山，中国美协分党组书记、驻会副主席、秘书长徐里，中国文联办公厅主任邓光辉，江西省委宣传部副部长、省社联党组书记、主席吴永明出席开幕式，江西省文联党组书记郑翔主持开幕式。刘卫平、徐里、吴为山，南昌市红谷滩新区管委会主任毛顺茂分别致辞，出席开幕式的领导及嘉宾共300余人。展览是改革开放40年来，江西在中国美术馆举办的规模大、规格高的一次文化盛会，展出包括朱耷（八大山人）、李瑞清、陈师曾、王云、傅抱石、董其中、黄秋园、刘勃舒、钟涵、谌北新、彭友善、陶博吾、燕鸣、余塞、程允贤、吴子南、陈圣谋、漆伯麟、段倪等江西籍艺术名家的国画、油画、版画、雕塑、漆画、陶瓷、水彩、剪纸、剔彩等各类艺术作品230余件。

【举办“血脉传承 不忘初心”——江西美术家“深入生活、扎根人民”主题实践活动汇报展】

4月25日，由江西省文联主办的“血脉传承 不忘初心”——江西美术家“深入生活、扎根人民”主题实践活动汇报展在中国文联文艺之家展厅举行。中国文联党组书记、副主席李屹，中国文联党组成员、副主席李前光等领导出席开幕式。中国美术家协会分党组书记、驻会副主席、秘书长徐里，江西省文联党组成员、副主席鄢平原分别致辞。江西省美术家协会主席王向阳主持开幕式。本次展览是江西美术家“深入生活、扎根人民”主题实践活动的成果汇报，也是2017年中国文艺评论家协会牵头举办的“不忘初心、血脉相承”联合采风创作活动的成果呈现，共展出130余件作品。

【召开江西省剧协、影视协、音协、舞协代表大会】

9月30日，江西省剧协第九次代表大会、影视协第六次代表大会、音协第八次代表大会、舞协第七次代表大会在南昌召开。来自全省各地的近500位代表参加会议。江西省政府副省长吴忠琼出席大会开幕式并讲话，省委宣传部常务副部长、省网信办主任郭建晖，省文联党组书记郑翔，省文联党组成员、主席叶青，江西广播电视台总编辑马玉玲，北京舞蹈学院党委副书记、院长郭磊，省文联党组成员、副主席鄢平原，省文联党组成员、副主席张越，省文联副主席龙红等领导参加会议。会议分别审议通过省剧协、影视协、音协、舞协上届理事会《工作报告》，修订协会《章程》，选举产生新一届领导机构。龙红当选为省剧协主席，马玉玲当选为省影视协主席，葛平波当选为省音协主席，刘永红当选为省舞协主席。

【开展第十一届中国民间艺术节暨第十四届中国民间文艺山花奖•优秀民间艺术表演（民歌）初评活动】

10月10日，由中国文联、中国民协、江西省委宣传部、江西省文联主办，中国文联民间文艺艺术中心、江西省民协、赣州市委宣传部、兴国县委、县政府承办的第十一届中国民间艺术节暨第十四届中国民间文艺山花奖•优秀民间艺术表演（民歌）初评在兴国县开幕，这是中国民间艺术节首次在江西举办。中国民协分党组书记、驻会副主席邱运华出席并宣布开幕，中国民协副主席刘华，江西省委宣传部副部长、省委外宣办（省政府新闻办）主任罗勇兵，江西省文联党组成员、主席叶青等领导出席，兴国籍将军、红军后代代表、媒体记者、企业家代表、全国各参赛组代表等嘉宾500多人，以及各界群众8000多人共同观看开幕式演出。10月11日上午，举行第十四届中国民间文艺山花奖•优秀民间艺术表演（民歌）初评。来自全国22个省、市、自治区的多支民歌表演队伍参加，包括汉、回、壮、满、维吾尔、蒙古族等多个民族，地域特色鲜明，民俗文化内涵深厚。江西省民协组织推荐民歌表演队伍《打支山歌过横排》参加初评。

【举办“中国彩•中国梦”——景德镇瓷器绘画艺术突尼斯展】

5月16日至22日，由中国文联、突尼斯文化事务部、中国驻突尼斯使馆主办，江西省文联、景德镇市委宣传部承办，景德镇市文联、景德镇市瓷画艺术研究院协办的“中国彩•中国梦”——景德镇瓷器绘画艺术展在突尼斯市文化城展出。展览开幕式于突尼斯当地时间5月16日晚举行，中国文联党组书记、副主席李屹，突尼斯文化事务部部长穆罕默德•齐内•阿比丁，中国驻突尼斯大使汪文斌等出席并致辞，中国驻突尼斯大使馆文化参赞白光明主持，江西省文联党组书记郑翔，中国文联国际部主任董占顺，中国美协分党组书记、驻会副主席、秘书长徐里等出席。展览共展出40件陶瓷艺术作品，均出自景德镇陶瓷艺术家和“景漂”艺术家之手。

【举办“庄严气象，颜楷千年”——江西陕西颜体书法展览】

6月5日，由中国文联港澳台办公室、江西省文联、陕西省文联、中联办宣传文化部、澳门中华文化联谊会主办的“庄严气象，颜楷千年”——江西陕西颜体书法澳门展览开幕式在澳门卢廉若公园春草堂举行。全国政协常委、港澳台侨委员会副主任耿惠昌，全国政协常委、澳门中华文化联谊会会长梁华，中央政府驻澳门联络办宣传文化部部长万速成，全国政协港澳台侨委员会委员、原广州军区副司令员邢书成，全国政协港澳台侨委员会委员、中共中央统战部原副部长林智敏，全国政协委员、澳门基金会行政委员会主席吴志良，中国文联港澳台办公室主任董占顺，陕西省文联党组书记、常务副主席吴丰宽，江西省文联党组成员、副主席鄢平原，澳门特别行政区文化局文博厅厅长李丽娇，澳门教育暨青年局教育研究暨资源厅厅长黄健武，澳区全国政协委员孙恩光、梁树森，中国文联十届全委、澳门中华文化联谊会理事长郭敬文等出席，澳门中华文化联谊会副理事长沉荣根主持开幕式。展览共展出江西、陕西两地书法家创作的颜体书法作品65件，澳门当地书法家作品10件。江西、陕西和澳门三地书法家进行笔会交流。

【召开2018谷雨诗会】

4月13日至14日，中国作协《诗刊》社、江西省文联、江西省作协、江西广播电视台综合新闻频道、井冈山管理局、井冈山市委市政府共同主办“春风八百里 井冈四十年”2018年江西谷雨诗会，专家学者、诗人和当地群众一百余人参加活动。13日下午，2018年江西谷雨诗歌朗诵会在井冈山革命博物馆举行，江西省文联党组成员、主席叶青等领导出席并为“春风八百里 井冈四十年”全国主题诗赛获奖诗人颁奖。在诗歌朗诵会上，布衣荣获“2017年江西年度诗人奖”奖项，《诗刊》社主编助理、诗人刘立云为其宣读颁奖词。14日上午，诗人们来到茅坪乡神山村、坝上村进行采风。14日下午，由中国作协《诗刊》社、江西省作协主办的“新时代现实主义诗歌”主题论坛在井冈山举行。

【组织“心怀梦想再出发”文艺精品进高校】

12月11日至17日，江西省文联联合南昌师范学院、九江学院、赣南师范大学、江西财经大学，开展文艺精品进高校活动，通过演出、座谈、展览、讲座等多种形式，将文艺精品带进校园。系列活动包括“心怀梦想再出发”——文艺精品高校巡演、文艺家代表座谈会、《巨变》——纪念改革开放四十周年摄影图片展、惠民演出、优秀舞蹈家讲座等。此次活动是江西省文联纪念改革开放四十周年系列活动之一，也是文联深化改革，落实“文艺联高校”的具体举措。

创作与研究

【召开中国（新余）七夕民俗文化学术研讨会】

8月16日，由中国民协、江西省文联、新余市委市政府联合主办的“我们的节日——2018中国（新余）七夕民俗文化学术研讨会”在新余市会展中心举行，中国民协副主席刘华，新余市委副书记、市长犹琏，江西省文联党组成员、主席叶青出席并致辞，新余市委常委、宣传部部长郭力根出席。研讨会上，专家学者围绕七夕民俗文化主题作主旨发言。

【举办第三届汤显祖戏剧奖•优秀小戏小品曲艺大展】

12月23日至25日，由江西省文联、抚州市政府主办，江西省剧协、抚州市文联承办的江西省第三届汤显祖戏剧奖•优秀小戏小品曲艺大展在抚州市举办。江西省政协副主席、抚州市委书记肖毅出席开幕式并观看演出，抚州市委常委、宣传部部长傅云宣布大展开幕，抚州市副市长徐国义致欢迎辞，省文联副主席龙红致辞。大展以“庆祝改革开放四十周年”为主题，从剧本征集到剧目展演历时15个月，通过严格选拔，从103部原创现代小戏小品中遴选出22部参加决赛。

【举办第二届“白鹭奖”高校舞蹈新人新作展演】

12月20日，由江西省文联、江西师范大学主办，江西省舞协、江西师范大学音乐学院、江西省高校舞蹈教育学会承办的第二届“白鹭奖”高校舞蹈新人新作展演活动在江西艺术中心大剧院举行，1300余名在校师生观看演出。展演活动自启动以来，收到江西18所高校52个原创舞蹈作品。经过录像评选、专业指导、成果验收三个阶段，对作品逐个进行深度打磨、修改和提升，最终9所高校16个作品400余名大学生进入最后的展演终评。

【举办第六届全省青年作家改稿班】

11月2日至7日，江西省第六届青年作家改稿班在兴国县举办。改稿班由江西省委宣传部、江西省文联主办，滕王阁文学院承办，50名青年作家参加培训。江西省文联党组成员、主席叶青给学员上开班第一课，《人民文学》编辑部主任、作家马小淘，《中华文学选刊》主编徐晨亮等给学员授课，分别对学员提交的小说、散文、诗歌、报告文学等门类作品逐一点评并提出修改意见。

【举办江西省现实题材创作座谈会】

6月12日至13日，江西省现实题材创作座谈会暨滕王阁文学院特聘作家总结会在省文联召开。省文联主席叶青，省卫计委党组成员、副主任朱烈滨等领导，及滕王阁文学院第四届特聘作家和省内部分中青年作家出席。

【第十届青年美术作品展】

6月8日，江西省美协、江西省美术院在省文联展厅举办“江右风华”——第十届江西省青年美术作品展。展览共收到参选作品585件，作品涵盖国画、油画、版画、雕塑、漆画等各个画种。经评选，评出优秀作品76件，入选作品233件。

【举办第二届“黄庭坚奖”书法作品展】

12月28日，由江西省书协等主办的第二届江西省“黄庭坚奖”书法大展在修水县博物馆举行开幕式。此次书法大赛共收到来稿800余件。通过评审，评出获奖作品59件，其中特等奖1名，一等奖4名，二等奖8名，三等奖16名，优秀奖30名。

机关建设

【成立省文联文艺类社会组织行业综合党委】

6月，江西省文联成立文艺类社会组织行业综合党委。行业综合党委由江西省委非公有制经济组织与社会组织工作委员会（简称省委“两新”组织工委）批复成立，其组织关系隶属江西省文联党组，同时接受江西省委“两新”组织工委领导和指导，日常工作由江西省文联机关党委负责。行业综合党委下辖8个文艺类社会组织党支部、3个联合党支部和10个文艺家协会党支部。12月25日，江西省文联文艺类社会组织行业综合党委第一次党员大会在南昌召开。会议选举产生省文联行业综合党委第一届委员会。

【多项举措深化省文联省作协改革】

一是编印《2018年江西省文联、省作协落实深化改革任务工作手册》，包括《省文联、省作协深化改革任务分工方案》《改革任务工作计划》《省文联领导班子成员深改工作任务责任清单》《省文联有关部门、协会深改工作任务责任清单》。手册明确领导班子成员认领的41项深改任务，并将任务细化到7个牵头部门协会和19个责任部门协会。

二是召开全省文联系统深化改革座谈会。4月10日，在新余市召开全省文联系统深化改革座谈会。会议传达全国文联系统深化改革座谈会精神，就推动全省文联系统深化改革工作提出明确要求，各设区市文联作深改工作交流。

三是调整优化江西省文联机关及所属文艺家协会机构设置。组联部增挂职业道德建设办公室和新文艺群体联络办公室牌子；文艺处增挂省文联网络和新媒体办公室牌子；成立江西省文联群众文艺工作办公室，与江西省文艺志愿者协会合署办公。

【举办“新时代新作为”——江西省文联系统干部履职能力提升专题研修班】

11月5日，由江西省文联主办，中国文联文艺研修院承办的“新时代新作为——江西省文联系统干部履职能力提升专题研修班”在北京开班。江西省文联党组书记郑翔作开班动员，中国文联文艺研修院常务副院长傅亦轩致辞，江西省文联党组成员、副主席张越出席开班式，中国文联文艺研修院副院长冀彦伟主持开班式。11月10日研修班结业，江西省文联主席叶青出席结业式并讲话。江西省各设区市、县（市、区）文联主要负责人，省各文艺家协会驻会负责人，省文联青年干部代表100余人参加。此次研修活动层次高。江西省文联将研修班办到北京，借助中国文联文艺研修院资源，提高培训质量与效果。研修内容丰富、形式多样。围绕“干部履职能力提升”设置课程，既有政治理论，也有文艺理论，既有艺术门类发展研讨，也有具体工作讲解。不仅安排文化讲坛、专题讲座，还组织学员到中国文联发展史展厅、韩美林艺术馆、宋庄文化创意产业聚集区等地进行现场教学，赴北京市通州区文联进行案例教学，观摩大型舞台情景剧《滴水千年 通惠四方》等。

各文艺家协会

【作家协会】

1月15日，由江西省作协、新余学院文学与传媒学院、新余市文联共同主办的江西网络文学基地揭牌成立，江西省文联与新余学院签订战略合作协议。

1月16日，由中国作协主办，江西省作协、南昌市文联、南昌市作协协办的“到人民中去”红色文学轻骑兵江西行活动在南昌举行。

1月19日、27日，江西省作协分别赴吉安市井冈山大学附属中学、新余须臾书吧举行“红色文学轻骑兵：江西在行动”公益讲座活动。

2月1日，江西省作协七届六次常务理事会在南昌召开。

2月，由江西省作协主编的“春节里的中国”主题作品集《江西的年 中国的年》由中国文史出版社出版发行。

3月17日，由中国作协创联部、江西省作协、景德镇市委宣传部、广西师大出版社联合主办的中国作协“深扎”作品——江子长篇散文《青花帝国》现场座谈会在千年瓷都景德镇举行。

3月22日，由江西省作协联合《诗刊》社、井冈山管理局、井冈山市委市政府共同举办的“春风八百里 井冈四十年”全国新诗大奖赛评选揭晓，22位作者作品获奖。大赛应征诗稿有900多首。

4月9日，由江西省文联、省作协组织开展的“江西故事中国梦”江西文学重点扶持工程选题征集活动评选揭晓。活动共收到应征选题199个，经评审，30个选题入选。最终29部作品获得扶持。

4月13日至14日，“春风八百里 井冈四十年”2018年江西谷雨诗会在井冈山举行。

4月14日下午，由《诗刊》社、江西省作协主办的“新时代现实主义诗歌”主题论坛在井冈山举行。

4月27日，由江西省文联、省作协主办的吴仕民长篇小说《旧林故渊》作品研讨会在南昌召开。

5月19日至21日，江西省作协联合省水利厅宣发中心赴峡江、吉水开展“走进峡江水利枢纽工程 纪念改革开放四十周年”散文笔会。

6月5日，中国作协2018年度定点深入生活项目名单揭晓，江西省作协推荐的刘华、杨剑敏、凌翼等3名作家入选，另有中国水利作协推荐的江西作家罗张琴入选该项目。

6月19日，由江西省作协与林恩茶业有限公司联合举办的第五届江西“林恩杯”茶言茶语诗歌大赛评选结果揭晓。活动收到1000多位作者的2000余首（组）投稿。经过评审，评出一等奖1名，二等奖2名，三等奖3名，优秀奖25名，入围奖60名。

6月23日，由江西省作协、赣州市文联、全南县委宣传部联合主办的林珊诗歌创作研讨会在全南县举行。

8月31日至9月3日，江西省作协与信丰县委、县政府共同举办“走进橙乡 讴歌时代”名家写信丰散文笔会。

9月18日，由江西省作协推选的欧阳娟、宋春芳、朱强、林珊、周博文、吴珍明6名青年作家赴京参加第八次全国青年作家创作会议。

9月28日，中国作协2018年度少数民族重点作品扶持项目名单揭晓，江西作家钟秀华（朝颜）入选。

10月20日，由江西省作协等主办的“一叶之秋”第六届林恩•谷雨茶诗会在梅岭国家级森林公园林恩茶研园举行。

10月26日至29日，由中国作协主办，江西省作协、江西干部学院协办的中国作协“到人民中去”职业道德教育与文学社会服务实践活动（第一期）在井冈山举行。

11月8日，由中国作协创研部、江西省文联、作家出版社联合举办的刘上洋长篇小说《老表之歌》研讨会在京召开。11月30日，江西省文联、江西师范大学在南昌召开长篇小说《老表之歌》研讨会。

12月8日至11日，由江西省作协主办、永丰县文联协办的江西现实题材文学创作培训研讨班在永丰县举办。培训期间，举办江西现实题材文学创作座谈会。

江子长篇散文《青花帝国》获第七届鲁迅文学奖提名；凌翼诗集《以魂灵的名义》获第七届全国煤矿乌金奖诗歌奖；简心散文《赣南血型》获《北京文学》2017年度散文类优秀作品奖；周簌组诗《在我的故乡酩酊大醉》获第八届“诗探索•中国红高粱诗歌奖”。

【戏剧家协会】

1月，江西省剧协在江西省歌舞剧院、江西省赣剧院、江西省木偶剧团、兴国县、新干县和莲花县等单位（地）分别组建6支红色文艺轻骑兵小分队，开展元旦春节期间“送欢乐　下基层”等文艺活动。

1月16日，江西省优秀小戏小品曲艺大展征集作品审稿会在南昌召开。

3月29日，江西省剧协八届六次主席团会议在南昌召开，授予南昌市红谷滩新区凤凰学校“江西少儿戏曲传承基地”。

3月30日，江西省剧协第八届常务理事会第五次会议暨2018年工作会议在南昌召开。

5月19日，江西省剧协在南昌举办第22届“中国少儿戏曲小梅花荟萃”江西省选拔赛。来自4个设区市、2个基地和16个学校的近400名选手参加，参赛节目21个。

7月12日至22日，第二十二届“中国少儿戏曲小梅花荟萃”先后在浙江嵊州和江苏张家港举办，由江西省剧协组织选送的集体剧目《搭船巧遇》（赣南采茶戏）获传承类第一名，《天女散花》（京剧）获编排类第三名，获“最佳集体剧目”称号；王悦（赣南采茶戏）和杨左婕妤（京剧）获“金花”称号。

9月30日，江西省剧协第九次代表大会在南昌召开。会议审议通过省剧协第八届理事会《工作报告》，修订协会《章程》，选举产生新一届领导机构。龙红当选为省剧协第九届主席，万华南、卢川、宋运成、张怀群、张斯栋、肖晓、林翰、黄海红为副主席。

12月23日，江西省第三届汤显祖戏剧奖•优秀小戏小品曲艺大展在抚州举办。

12月28日，江西少儿戏曲工作委员会成立暨揭牌仪式在南昌市红谷滩新区凤凰学校举行。

2018年，江西省剧协引进优秀剧目《保婴记》到各设区市交流演出；评选推荐《将军还乡》《遥远的乡土》参评第23届曹禺剧本奖；推荐南昌采茶戏《秧麦》参加第八届（张家港）长江流域戏剧艺术节展演等。

【电影家电视艺术家协会】

1月13日，中国文联，中国视协，上饶市委宣传部，余干县委、县政府，江西省影视协联合举办“送欢乐　下基层”文艺志愿服务走进余干活动。

1月21日，中国视协在北京举办“第十届全国德艺双馨电视艺术工作者”颁奖和2018年视协工作会，江西省影视协会员张勇荣获“第十届全国德艺双馨电视艺术工作者”称号，江西省影视协荣获中国电视艺术家协会先进集体，张跃明荣获先进个人。

3月12日，召开江西省影视协微电影创作座谈会。

8月12日，召开江西省影视协五届理事会第五次会议。

8月29日，江西省影视协组织专家对“纪念改革开放40周年全省优秀微电影作品征集活动”征集到的46部作品进行评审，评出28部获奖作品，其中一等奖3部、二等奖9部、三等奖16部。

9月30日，江西省影视协第六次代表大会在南昌召开，会议审议通过省影视协五届理事会《工作报告》，修订协会《章程》，选举产生新一届领导机构。马玉玲当选为江西省影视协主席，王志奇、张龙、张金洁、肖志鹏、陈谦、曾佳为副主席。

7月至12月，选派会员四批次10人参加中国电影家协会新文艺群体创作人才研修班。

10月18日至20日，组成江西代表队参加第十届海峡两岸电视主持新人赛，1名参赛选手获三等奖。

11月，推选作品参加中国电视金鹰奖，电视剧《好想好想爱你》获优秀电视剧提名奖；组织作品参加第五届亚洲微电影节，4件作品获得“金海棠”奖。

【音乐家协会】

1月31日，由江西省音协组织实施的文艺创作与繁荣工程项目大型组歌《井冈山》试听会在省文联举行。

2月2日，由江西省音协报送的《每一公里》《稻花香里》《收获未来》三首歌曲入选国家艺术基金2018年度小型剧（节）目和作品创作资助项目。

4月至8月，举办“初心不改颂改革”纪念改革开放四十周年原创词曲征集活动，评选出优秀歌曲8首，入围歌曲12首，优秀歌词8首，入围歌词12首。

4月12日，江西省音协七届主席团十一次（扩大）会议在省文联召开。

4月13日，完成由中宣部、中央文明办等7单位举办的2018全国第七届优秀童谣征集评选江西地区报送工作，征集作品140余首，1首作品获三等奖，3首作品获优秀奖。

4月19日，江西省音协调研组赴抚州市南丰县音协开展“深入生活、扎根人民”主题调研。

5月20日，与樟树市文联联合举办纪念改革开放四十周年主题活动——“初心不改颂改革”歌词创作讲座。

5月1日，江西省音协钢琴专业委员会组团赴赣州、广东开展考察交流活动。

5月11日，由江西省文联主办，省音协、省文艺志愿者协会等单位联合承办的“扎根生活沃土服务基层群众”——纪念毛泽东《在延安文艺座谈会上的讲话》发表76周年惠民音乐会在南昌举行。

6月10日，江西省音协小提琴专业委员会成立爱心室内乐团，并在江西师大青山湖校区音乐厅举办公益演出——“心之火”爱心室内乐团重奏专场音乐会。6月14日，乐团在抚州市金溪县琉璃乡中心小学进行义演。

7月23日，由江西省音协、江西省艺术培训中心主办，江西师范大学音乐学院、江西省音协钢琴专业委员会承办的2018“江西之星”首届全省钢琴展演颁奖音乐会在江西师范大学青山湖校区音乐厅举行。

8月21日，由江西省委宣传部、省文联主办，江西省音协承办的江西省歌曲创作研修班在赣州市举行。

8月21日至25日，由中国音协主办，江西省音协、赣州市文联承办的中国音协2018全国中青年词曲创作骨干培训班在赣州举办。

8月26日至31日，2018年中国音乐小金钟全国二胡展演在江苏省无锡市举行，江西省音协选派4人进入展演决赛，获得业余少年A组新秀奖1人、业余少年B组新秀奖2人、专业组新人奖1人。

8月至12月，江西省音协实施省文艺创作与繁荣工程项目全省青年词曲作家扶持工程“春风又绿——醉美江西主题优秀歌曲创作”。

9月30日，江西省音协第八次代表大会在南昌召开。会议审议通过省音协七届理事会《工作报告》，修订协会《章程》，选举产生新一届领导机构。葛平波当选为省音协主席，王洋、伍润华、张翔、杨丁、涂晓路、潘庆蓓、杜欢、熊小玉为副主席。

10月15日至21日，由吉林省音协组织的吉林词曲作家一行到南昌、井冈山、瑞金等地采风创作，并举行吉林江西两省音乐家交流座谈会。

10月至12月，江西省音协与江西广播电台文艺音乐频率联合举办“声起赣鄱——江西优秀原创歌曲巡礼”，遴选改革开放以来江西作者创作的四十首优秀歌曲，由江西文艺音乐广播播出推广。

12月20日，《井冈山》组歌6首作品入选2018年度江西省委宣传部主办的文艺精品创作资助项目。分别为：《红色根据地》《杜鹃花开》《三湾有棵红枫树》《推手》《我站在黄洋界上》《红军可乐》。

【舞蹈家协会】

1月11日至12日，原创舞蹈剧场《红草鞋》，在江西科技学院演出。

3月27日至28日，江西省舞协2018年工作会议（含六届六次主席团会、六届四次常务理事会、全省舞蹈考级工作会）在南昌召开。

5月22日，江西省舞协2018年度新会员入会仪式在江西省文联文艺之家举行，52名新会员入会。

6月10日，由江西省舞协主办，新余市舞协承办的2018江西省第二届“群众舞蹈”文化艺术交流展演在新余市天工大剧院举办，全省11个设区市的22支代表队参加比赛。

9月30日，江西省舞协第七次代表大会在南昌召开。会议审议通过第六届理事会工作报告，修订协会《章程》，选举产生新一届理事会，刘永红当选江西省舞协第七届主席，吴忠、钟林、艾民、吴翔、蓝文、廖祖峰、张栗娜、陈丽当选为第七届副主席。

9月至11月，举办“舞动江西”全民广场舞大赛暨“戴爱莲杯”人人跳全国舞蹈展演江西选拔赛。2000多支参赛队伍，4万余人次参与，现场观众人数超过10万人次。活动网络投票数超过240万，网络点击量突破3500多万人次。

10月19日至20日，江西省舞协承办“中国区域民间舞蹈文化论坛”。

10月25日，“2018西安•青春中国梦”六省（区）青年舞蹈精英展演在西安人民剧院举办，江西省舞协推荐指导选送作品双人舞《梨•缘》荣获展演金奖，独舞《蝶》荣获银奖，独舞《潮》荣获铜奖。

11月24日至25日，由江西省舞协、省艺术培训中心主办的2018年江西省首届少儿舞蹈考级成果展演在蓝海大剧场举办。

12月20日，第二届“白鹭奖”高校舞蹈新人新作展演活动在江西艺术中心大剧院举行。

【美术家协会】

1月31日至2月1日，江西省文联主办，省美协、江西美术院在南昌承办主题美术创作培训班。

2月8日至3月3日，由江西省文联主办，省美协、省书协承办的“赣鄱情”江西名家慈善美术书法作品展在省文联展厅举行。近60位画家无偿捐赠作品，包含书法作品共137件作品，筹集善款120万元，用于南城县浔溪乡太坪村扶贫工作。

3月23日至27日，江西省美协第七届主席团第三次会议在九江召开。

4月25日，“血脉传承　不忘初心”——江西美术家“深入生活、扎根人民”主题实践活动汇报展在中国文联文艺家之家展厅举行。

6月2日至12日，由中国美协、江西省文联、南昌市红谷滩新区管委会主办的“俊采星驰”——江西省美术作品学术邀请晋京展在中国美术馆举行。

6月8日至12日，“江右风华”——第十届江西省青年美术作品展在省文联展厅举办。

10月13日至27日，由中国美协、南昌市政府、江西省文联共同主办的“魅力红谷”全国小幅漆画展在江西美术馆举办。

10月22日，“纪念改革开放40周年全省美术作品展”在江西省展览中心开幕，创作展出各设区市“新风貌”长卷，改革开放40周年的“时代先锋”人物风采、现实题材作品。

12月2日，赣闽粤三省小幅水彩画邀请展在南昌开展。展览以“艺术优雅生活”为主题，共展出作品138件，其中江西70件、福建27件、广东38件。

12月8日至21日，“瓷画赣鄱——江西省庆祝改革开放40周年优秀陶瓷绘画作品展”在江西省展览中心举行。

【书法家协会】

元旦、春节期间，江西省书协在全省范围内开展“书法家送万福进万家”志愿服务活动，省书协志愿服务团共计招募志愿者500余人，参加活动3000人次。省书协统一购买春联5000对，印制春联24000对，邮寄给各设区市书协公益发放。先后走进萍乡市麻山镇、南昌市东湖区七里村、长巷村等乡村、社区、企业开展活动100余场，送出福字10万余个。

3月28日，中国书协在北京召开2018年工作会并表彰先进单位及个人。江西省书协被授予2017年度团体会员先进单位，吉安市书协、上饶市书协被评为2018年“书法家送万福进万家”公益活动先进集体。

5月2日，江西省书协召开四届二次主席团会、四届二次常务理事会。

5月3日，江西省书协在南昌召开四届二次理事扩大会。

5月20日，“全国第二届陶瓷书法作品展览”在景德镇陶瓷大学美术馆举行，展出180余件陶瓷书法作品。

6月5日，“庄严气象，颜楷千年”——江西陕西颜体书法澳门展览开幕式在卢廉若公园春草堂举行。

6月23日，在江西省文联文艺之家举行江西省书法培训中心成立五周年座谈会。

8月19日至9月15日，江西省书协、湖北省书协、湖北书法报社共同主办的“墨润江城•江右兰亭获奖书家”书法作品展在黄鹤楼举行，展出江西获中国书法兰亭奖五位书法家作品。

8月27日，中国书协在南昌举办“中国书法家协会2018年全国基层书法骨干培训班”。

12月28日，第二届江西省“黄庭坚奖”书法大展在修水县举行。

【摄影家协会】

元旦春节期间，江西省摄协深入基层，积极开展50多场次“我们的中国梦——摄影文化进万家”等各类摄影公益服务活动，近600名摄影家给约1640户家庭拍摄全家福，并赠送数千幅挂历。

1月至12月，江西省摄协主办、江西摄影家俱乐部承办的2018年“金像杯”摄影月赛，每月收到全省各地投稿作品近千幅，投稿数量、质量都大幅提升，获奖作品数量每月50幅，入会积分按奖次相应提高，成为江西摄影的一个品牌。

1月至12月，江西省摄协主办、天强数码科技有限公司协办的“天强杯”江西省摄影季赛，改为双月赛制。每两个月评出获奖作品50幅，视频类作品优秀奖若干名。

1月4日，江西省摄协与省高校摄协共同主办第16届江西省高校摄影艺术作品展。影展收到投稿4600余幅，评选出四大类获奖、入选作品340余幅。

1月25日，由江西省摄协、德兴市政府主办的“魅力山城 幸福德兴”全国摄影大赛终评会在上饶市举行。大赛收到全国各地投稿1865幅。经过评选，评出入选作品100幅，其中一等奖2名，二等奖8名，三等奖10名。

2月1日至28日，第24届江西省摄影艺术展在南昌举办，江西省摄协将社会生活、自然风光、艺术创意、商业人像类的500幅入选作品，分3次在江西省文联展览中心展出。

3月6日，江西省第二届女子摄影艺术展评选在南昌举行。此次摄影展收到来自全省各地398位女摄影人投稿作品3670幅。经过评选，评出一等奖2幅、二等奖6幅、三等奖10幅、优秀奖30幅，入展作品102幅。

3月9日至11日，江西省摄协组织2018“聚焦最美江西”摄影创作采风团22人，走进萍乡市湘东区进行为期3天采风创作。

3月18日，江西省羊狮幕全国摄影展评选会在羊狮幕景区举行，共有100幅作品入展。

3月23日至25日，江西省摄协组织的2018“聚焦最美江西——百名摄影家走进凤凰沟暨崔茂元、郭铁摄影专题讲座”活动在南昌凤凰沟白浪湖培训中心举行。

4月13日，江西省摄协举行“2018年江西摄影公益大讲堂”活动。

4月20日，2018首批99名新会员入会培训暨集体颁证典礼在江西交通学院举行。

4月21日，江西省摄协2018全省摄影工作会议在南昌召开。

5月3日至10月30日，江西省摄协、江西赣粤高速公路股份有限公司共同举办江西省第七届“赣粤高速”杯摄影艺术展。

6月12日至14日，2018“聚焦最美江西”摄影采风团一行20余人走进萍乡市经济技术开发区采风创作。

7月1日至10月15日，江西省委宣传部、省文化厅、省文联共同主办，江西省摄协承办“厉害了，我的国”——江西省庆祝改革开放40周年手机摄影大赛。

7月31日，由中国摄影报社、江西省摄协、庐山管委会主办的2017庐山恋全国摄影大展评选会在北京举行，评出入展作品100幅。

8月18日，由中国摄影报社、江西省摄协、三清山管委会主办的三清山全国摄影大展评选会在北京举行，评出入展作品100幅。

10月17日，中国摄协《大众摄影》杂志社授予靖安县宝峰镇“中国摄影小镇”称号，这是江西首个也是全国第13个“中国摄影小镇”。

10月22日至11月4日，由江西省文联、江西日报社主办，江西省摄协承办的“巨变”——江西省纪念改革开放40周年摄影图片展在江西省展览中心举行。

11月9日，由河南省摄协、江西省摄协共同主办的“豫风赣韵”——河南•江西两省摄影联展在江西省文联展厅举行，展出两省摄影家作品100多幅。

11月22日，由江西省摄协、江西省生态摄影研究会共同主办的叶学龄慢门鹭鸟摄影作品研讨会在南昌原省政协大院举行。

12月8日，由江西省摄协、南昌高新区管委会、努比亚手机联合主办的2018•江西摄影公益大讲堂，在高新区瑶湖森林公园举行，江西省摄协主席徐渊明作《浅谈如何创作与投稿》讲座。

12月26日，由江西省摄协主办的“野性律动”张项理非洲摄影作品展在江西省文联展览厅举行，展出作品100幅。

【民间文艺家协会】

3月26日，江西省民协六届一次主席团会议和常务理事（扩大）会议在南昌召开。

7月31日，江西省文联印发《关于做好中国民间文学大系出版工程江西卷工作的通知》，对中国民间文学大系出版工程江西卷工作作出具体安排，并成立领导小组、专家委员会、工作办公室和歌谣卷编委会，各设区市相应成立组织机构。

8月7日，由中国民协、江西省文联主办，江西省民协、婺源县委宣传部等承办第四届中国(篁岭)晒秋文化节开幕式暨二十四节气节俗文化专家研讨会在婺源县篁岭村举行。

8月16日至18日，由中国民协、江西省文联、新余市委市政府主办，江西省民协、新余市委宣传部等承办的“我们的节日——2018(新余）七夕民俗文化学术研讨会”在江西新余举行。

8月28日，《中国民间文学大系》出版工程江西卷编纂工作推进会暨专题培训在南昌举行。

10月9日至14日，第十一届中国民间艺术节暨第十四届中国民间文艺山花奖•优秀民间艺术表演(民歌)初评在兴国县举办。

10月19日至21日，中国文联副主席、中国民协主席潘鲁生一行来江西调研督导《中国民间文学大系》出版工程、《中国民间工艺集成》编纂工作。10月19日上午，在南昌召开《大系》《集成•江西卷》编纂工作推进会。

挖掘、整理民间文艺资源。通过申报，获批两个“中国民间文艺之乡”，即吉安市青原区被命名为“中国下元宵文化之乡”，鄱阳县被命名为“中国渔俗文化之乡”。

组织推荐本省艺术家参加由中国民协举办的第一期和第二期“深入学习贯彻习近平新时代中国特色社会主义思想和党的十九大精神研讨班”。组织推荐艺术家参加全国各类民间文艺活动。出版大型图文集《村庄》，制作和出版影像民族志《赣南客家山歌典藏》等。

【曲艺家协会】

2月6日，江西省曲协、省杂协、南昌市曲协赴上高县野市乡开展“我们的中国梦”文化进万家“红色文艺轻骑兵”送欢乐活动。

2月27日，江西省曲协选送鄱阳大鼓《女书记钓鱼》参加由中国曲协等主办的第十三届河南宝丰马街书会全国优秀曲艺节目展演。

3月30日，江西省曲协五届五次主席团会议、五届三次理事（扩大）会暨2018年工作会在南昌召开。

4月16日，江西省曲协赴萍乡师范附属小学——非物质文化遗产（萍乡春锣）传承基地调研。

5月8日，由江西省曲协选送的萍乡春锣《将军回乡》《唱春忙》参加第二届“中国浙江（绍兴)•全国曲艺小书（弹词、走书）传承发展论坛及观摩交流展演”。

7月14日至16日，由江西省文联主办，江西省曲协、赣州市文化广电新闻出版局执行主办，赣州市文化馆承办的江西省第九届少儿曲艺大赛在赣州市举行。6个设区市的68个节目149名选手参加比赛。

7月31日至8月3日，第八届全国少儿曲艺展演在张家港市举行，江西省曲协报送鄱阳大鼓《误会》、玉山小板《山里红娃小当家》参加展演。

9月26日，会员吴邦国创作的《新时代、新视听觉语境下的地方曲艺》入选第三届全国曲艺理论学术研讨会优秀论文，陆泽浦携其创作的《红烛拒染》《母探》参加第十届全国曲艺创作高级研修班。

10月15日，在江苏扬州举办的第十届中国曲艺牡丹奖颁奖仪式上，江西省曲协选送的节目鄱阳大鼓《晒秋》荣获牡丹奖文学奖。

10月18日至19日，江西省曲协五届七次主席团会、五届四次理事（扩大）会召开，通过江西省曲协个人会员管理办法，成立“鼓曲说唱”工作委员会、“快板”工作委员会。

【杂技家协会】

2018年，江西省杂协、省杂技团有限责任公司文艺轻骑兵演出小组，赴江西城镇乡村举行“我们的中国梦•文化进万家”演出150多场。

1月13日，江西省杂协组织节目赴余干县参加由中国文联主办的“扎根生活沃土•服务基层群众”送欢乐下基层•文艺志愿服务暨余干县移风易俗先进典型表彰迎新春文艺晚会演出。

6月7日，经江西省杂协主席团会议研究成立“江西省杂协杂技发展工作委员会”、“魔术工作委员会”。会议通过《江西省杂协杂技发展工作委员会、魔术工作委员会成员履职工作规则》。

6月7日，江西省杂协四届二次理事会在江西省文联召开。

11月17日，由江西省杂协、省杂技团有限责任公司主办，省杂协魔术工作委员会、省高校魔术联盟承办的首届江西省魔术展演在省文联举行。

【文艺评论家协会】

2月7日，江西省文艺评论家协会四届二次主席团会议在南昌召开。

3月26日，江西省评协与江西省社科院文研所、江西省艺术研究院联合举办《江西文艺发展报告》编撰座谈会。

6月25日至28日，江西省评协承办由中国评协、江西省文联在景德镇举办的首届全国文艺评论传播专题培训班。

【企业文联】

1月8日至19日，由江西省文联、省国资委主办，省企业文联、省国资委党群工作处承办的“聚焦劳动美 共筑中国梦”全省企业职工摄影展在江西省文联展厅展出。此次展览收到800余件参评作品，评出一等奖5名、二等奖10名、三等奖21名、优秀奖87名，11个单位获优秀组织奖，150余件优秀作品入展。

11月2日，由江西省文联、省国资委、省总工会、省工商联主办，省企业文联与方大特钢联合承办的“改革再出发”——江西省企业职工纪念改革开放40周年文艺晚会暨全省企业职工优秀原创歌曲展演在南昌方大特钢文化中心举行，1000余观众观看演出。

11月2日至6日，“改革再出发”——江西省企业职工纪念改革开放四十周年书法、美术、摄影巡展首展在方大特钢举行。展出由新余钢铁、江西铜业集团、省投资集团等20多家企业选送的200多件作品。

【文艺志愿者协会】

元旦春节期间，举办系列“红色文艺轻骑兵”进社区、进乡村赴基层慰问活动。

围绕第5个中国文艺志愿者服务日，举办“基层主旋律音乐讲堂之如何做到科学发声”文艺志愿服务活动、“扎根生活沃土 服务基层群众”——纪念毛泽东《在延安文艺座谈会上的讲话》发表76周年惠民音乐会等7场惠民活动。

3月7日，江西省文艺志愿服务平台开通，社会团体、单位或个人，可以在平台上登记和申请能提供的文艺服务内容、形式。

4月24日，江西省文艺志愿者协会一届四次主席团会议、一届三次理事（扩大）会议在南昌举行。

5月23日，江西省文联文艺志愿服务团“扎根生活沃土 服务基层群众”慰问演出在丰城市杜市镇举行。其间，文艺志愿者还在南溪村辅导村民书法、摄影创作，并为村民拍摄爱心亲情照。

7月13日，江西省文艺志愿者协会在江西省文联举行中国文艺志愿者协会个人会员项目结项工作座谈会和汇报展演。自2017年12月5日启动至2018年6月，5个项目在南昌新余、鄱阳等13个市、县开展123场公益培训、演出、采风、创作活动，服务人次5367人，创作原创歌曲、美术、书法作品40件。

9月12日至14日，江西省文艺志愿者协会组织46名文艺志愿者参加在武汉举办的“深入学习习近平新时代中国特色社会主义思想，推进文艺志愿服务制度化专题培训班”。

9月28日，由江西省文联、省高速集团主办，省文艺志愿者协会、省高速集团团委承办的“改革开放40年 高速绘就新画卷”文艺志愿活动在井冈山收费站、井冈山红旗广场举行。

12月6日至9日，由中央文明办三局、中国文联文艺志愿服务中心主办，江西省文明办、江西省文联、江西省文艺志愿者协会等承办的2018年乡村学校少年宫艺术辅导培训计划修水县培训项目在修水县举行。

山东省文联

综 述

2018年，山东省文联及各团体会员在省委省政府的坚强领导和中国文联的具体指导下，深入学习贯彻习近平新时代中国特色社会主义思想和党的十九大精神，认真学习贯彻习近平总书记视察山东重要讲话、重要指示批示精神，贯彻落实省委一系列重大决策部署，坚持以人民为中心的发展理念，探索“走下去、请上来”的工作思路，守正创新，勇于担当，积极作为，各项工作在整体推进中实现重点突破，取得了明显成效。组织开展“深入生活、扎根人民”教育培训工作，全年培训协会会员和文艺骨干3000多人；围绕纪念改革开放40周年开展系列主题活动；制定实施《山东省文联艺术创作工程规划（2018—2021）》；引导全省文艺工作者加强现实题材创作，有近300人次在全国各类艺术奖项评选中获得好名次；创立“‘到人民中去’——山东文艺界5•23文艺志愿服务活动”品牌，举办第十一届“山东国际大众艺术节”、“艺术四季”系列活动，丰富活跃基层群众精神文化生活；大力弘扬中华优秀传统文化，扎实推进齐鲁文艺名家传记工程；积极探索建立“文艺惠民、文艺采风、公益培训、人才培养、文艺创作”五位一体的新时代文明实践文艺志愿服务模式。

重要会议与活动

【山东省文学艺术界联合会第九次代表大会】

2月6日至8日，山东省文学艺术界联合会第九次代表大会在济南召开。来自全省艺术界的482名代表欢聚一堂，共商繁荣发展山东文艺事业大计。

2月7日上午，山东省文学艺术界联合会第九次代表大会、山东省作家协会第七次代表大会在山东会堂开幕。中国文联党组书记、副主席李屹，中国作协党组书记、副主席钱小芊分别代表中国文联、中国作协致辞。中共山东省委书记、省人大常委会主任刘家义，省委副书记、省长龚正，省政协主席付志方，省委副书记、济南市委书记王文涛，省委常委、宣传部长王清宪，省人大常委会副主任、党组副书记于晓明，副省长于杰出席开幕式。省妇联主席张惠代表省各人民团体致贺词，省文联主席潘鲁生致开幕词，省作协主席张炜主持开幕式。省直有关部门、人民团体负责同志，来自全省各条战线的700余名文艺工作者代表参加开幕式。北京、上海、浙江、广东等30个省（市、自治区）文联和新疆生产建设兵团文联向大会发来贺信。刘家义代表省委、省人大、省政府、省政协，向大会召开表示祝贺，向全省广大文艺工作者致以亲切问候。李屹、钱小芊分别代表中国文联、中国作协对大会召开表示祝贺。

会议期间，省文联党组书记王世农代表省文联第八届委员会作题为《不忘初心 牢记使命——奋力开启新时代文艺事业发展新征程》的工作报告。省文联党组成员、副主席矫红代表省文联第九次代表大会章程修改委员会作《关于〈山东省文联章程〉修改情况的说明》。代表们学习讨论了省委书记刘家义代表省委、省政府所做的讲话，总结了省文联上一次代表大会以来的工作，对今后山东文艺事业的发展进行了规划和描绘，审议并通过了省文联的工作报告，讨论、修改并通过了新的省文联章程，选举产生了第九届省文联领导机构。

8日下午，省文联第九次代表大会圆满完成各项议程，胜利闭幕。闭幕式上，宣布省文联第九届委员会第一次会议选举产生的省文联第九届委员会主席、副主席、主席团委员名单。潘鲁生当选为主席。王世农、戚建波、于联华（女）、杨枫、顾亚龙、矫红、孙梽文、姜慧（女）、王映海、晋亮当选为副主席，于海丰（女）、谷永威、王映雪（女）、王文清、杨珀（女）、刘明波当选为主席团委员。潘鲁生代表新一届省文联主席团致辞。省文联党组书记、副主席王世农主持闭幕式。

大会号召，省文联各团体会员和广大文艺工作者要更加紧密地团结在以习近平同志为核心的党中央周围，深入贯彻习近平新时代中国特色社会主义思想和党的十九大精神，在省委、省政府的坚强领导下，不忘初心，牢记使命，团结拼搏，开拓创新，为这伟大的时代书写更多更美好的壮丽新篇，为加快建设物质富裕、精神富有、和谐美丽现代化强省，为实现中华民族伟大复兴的中国梦而努力奋斗。与会代表一致认为，这次省文代会是山东文艺战线践行习近平新时代中国特色社会主义思想，勇担新使命、展现新作为、不负新时代的一次全面动员，必将为推进山东省精神文明和经济社会发展产生积极而深远的影响。

【第十一届山东国际大众艺术节】

8月22日至12月7日，由中共山东省委宣传部、省文联主办的“第十一届山东国际大众艺术节”（简称艺术节）成功举办。本届艺术节旨在深入学习贯彻习近平新时代中国特色社会主义思想和党的十九大精神，紧密围绕山东省委省政府“走在前列”的目标定位，紧紧围绕新旧动能转换和乡村振兴战略，坚持以人民为中心的工作导向，遵循“走下去，请上来”的工作思路，按照节约简朴、注重实效的原则，以“改革颂 中国梦”为主题，组织广大艺术家和文艺工作者深入基层，深入生活，为广大人民群众奉献了戏剧、音乐、曲艺、舞蹈、杂技、电影、电视、美术、书法、摄影、民间文艺共11个艺术门类的40余项、300余场次各具特色的艺术展演活动。

8月22日下午，由中国文联、中国电影家协会、中共山东省委宣传部、省文联主办的“沂蒙颂歌”——中国文联、中国电影家协会文艺志愿服务团走进山东费县“送欢乐 下基层”慰问演出暨第十一届山东国际大众艺术节开幕式在山东省临沂市费县大青山胜利突围纪念广场举办。来自中国文联、中国电影家协会文艺志愿服务团的30余名文艺家和300余名来自省市县的艺术家及文艺工作者，以多种形式为老区群众送文化、送祝福。活动期间，文艺志愿服务团艺术家还以文艺公益培训、小分队慰问演出、文艺采风等方式到乡村社区，将高水准的艺术盛宴送到了农民群众家门口。

本届艺术节在前十届艺术节成功举办的基础上，通过精心组织、精心运作，进一步强化特色、打造亮点，增强艺术节的品牌效应和社会影响力，取得了良好的社会反响，1万余位国内外艺术家参加了展演活动，惠及观众10万人次。中央、省、市媒体对艺术节进行了广泛的宣传报道。艺术节推进了山东文艺事业繁荣发展，为纪念改革开放40周年营造了良好的文化氛围。

【能量——改革开放40年山东美术发展成果展】

8月9日至19日，由中共山东省委宣传部、中国美术家协会、中国美术馆、省文联、省文化厅主办，省美术家协会、山东美术馆承办的“能量——改革开放40年山东美术发展成果展”在中国美术馆隆重举办。展览展出改革开放以来山东籍艺术家创作的国画、油画、版画、雕塑、水彩（粉）画、综合材料、壁画、漫画、年画、连环画、环艺、陶艺、宣传画、招贴画等各类作品280件，及改革开放40年山东美术教育、美术产业有关文献。展览全面反映了40年来山东各画种取得的优秀成果，用艺术的方式展现40年间山东经济社会各领域的巨大发展变化。

【中国文联组织开展“崇德尚艺 做有信仰 有情怀 有担当的新时代文艺工作者巡回宣讲活动”】

8月24日上午，中国文联“崇德尚艺 做有信仰 有情怀 有担当的新时代文艺工作者巡回宣讲活动”在济南舜耕山庄举行。中国曲协主席、中国文艺志愿者协会主席姜昆，中国书协副主席、江苏省文联副主席孙晓云，中国摄协理事、“野性中国”首席摄影师奚志农3位艺术家，结合各自的从艺经历和创作实践，倾情讲述学习贯彻落实习近平总书记关于文艺工作的重要论述的心得体会。山东省文联党组书记、副主席王世农，省文联党组成员、副主席矫红以及文艺工作者代表和省文联部分机关干部职工近300人现场聆听了宣讲。宣讲会后，姜昆、孙晓云、奚志农三位艺术家与参加宣讲会的部分文艺工作者进行座谈交流。

“崇德尚艺 做有信仰 有情怀 有担当的新时代文艺工作者巡回宣讲活动”是中国文联学习贯

彻落实习近平总书记关于文艺工作的重要论述，展现文艺界正风正气，树立文艺界良好形象，团结凝聚更多从业者、爱好者立志做有信仰、有情怀、有担当的新时代文艺工作者的一项重要举措。通过巡回宣讲活动在全国广大文艺工作者中进行正面引导，为推进文艺队伍建设和文艺界行风建设发挥了良好的示范作用。

【改革颂　中国梦——2018山东省群众合唱展演】

9月22日晚，由中共山东省委宣传部、省文联主办，省音乐家协会等单位承办的“改革颂•中国梦——2018山东省群众合唱展演”在济南开幕。省文联党组书记、副主席王世农出席并为获奖选手颁奖。来自山东各地40支团队，共计2200位老中青参赛者参加了为期2天的活动，最终评选出了最佳演唱奖、最佳和声奖、最佳协作奖、最佳指挥奖等奖项。该展演是第十一届山东国际大众艺术节的重要活动。

【纪念改革开放40周年山东电影回顾展】

9月28日，由中共山东省委宣传部、省文联、济南市委宣传部主办，省电影家协会、济南日报报业集团承办的“光影璀璨——纪念改革开放40周年山东电影回顾盛典”在济南举办。中国电影家协会副主席王兴东，中国电影家协会秘书长、中国电影评论学会会长饶曙光，著名表演艺术家牛犇、王馥荔、高明、卢奇、温玉娟、石凉、岳红、范志博、范雷、于月仙等出席。整台晚会由“美丽田野”“情义山东”“激情岁月”“红旗飘扬”和“新时代、新征程”五个篇章组成。

【纪念改革开放40周年“讲好中国故事”首届山东快书汇演】

11月23日至24日，由山东省文联、中国曲协山东快书艺术委员会主办，省曲艺家协会承办的“纪念改革开放40周年‘讲好中国故事’首届山东快书汇演”在济南举办。该活动从2月开始筹备，共举办6场山东快书汇演，3次山东快书艺术研讨会及6场山东快书下基层演出。在聊城、淄博、青岛举办三场比赛，来自全国的150个节目入围，经专家复评出33个优秀节目进入决赛，设山东快书十佳表演之星、山东快书十佳表演新星、山东快书十佳网络人气之星等奖项。决赛作品既有传统经典节目，也有新创作节目，涉及第一书记、精准扶贫、乡村振兴等题材。组委会在网络开辟“我的快书我的梦”专栏，面向大众征集山东快书视频，并在官网展播。

【勇立潮头　走在前列——山东省庆祝改革开放40周年主题摄影展】

11月19日，由中共山东省委宣传部、省委党史研究院、大众报业集团、省文联、省档案馆、山东广播电视台、山东出版集团主办，由省摄影家协会、山东画报社承办的“勇立潮头　走在前列”——山东省庆祝改革开放40周年主题摄影展在山东出版美术馆开幕。展出400件珍贵照片和实物展品，展览共分“崇尚创新　砥砺奋进”“注重协调　行稳致远”“倡导绿色　岱青海蓝”“厚植开放　拥抱世界”“推进共享　成就梦想”“从严治党　不忘初心”和“聚焦生活点滴　记录社会进步”七个部分，突出“创新、协调、绿色、开放、共享”新发展理念主线，注重百姓视角，既有以展示“老物件”为内容的实物，又用摄影艺术反映40年来百姓衣、食、住、行等方面的变迁瞬间，展示改革开放40年共产党人艰苦奋斗、改革创新，带领山东人民创造幸福美好生活的伟大壮举。

【大型舞蹈诗《俺的山东大秧歌》《谁不说俺家乡好》在北京举办】

8月29日，由山东省文联主办，省舞蹈家协会联合17市舞协创作出品的大型山东民间舞蹈诗《俺的山东大秧歌》《谁不说俺家乡好》在山东省会大剧院首演，9月14日、15日晚在北京民族剧院上演，千余名观众观看。《俺的山东大秧歌》集合来自山东各地的15支基层秧歌队500多名优秀演员，保存了原生态的汉族民间舞蹈风格。包括济南的《王皮跑灯》《济阳鼓子大秧歌》《商河鼓子大秧歌》，莱芜的《花鼓锣子》，聊城的《跑竹马》，济宁的《邹城阴阳板》，烟台的《海阳大秧歌》，德州的《跑驴儿》，日照的《海中跷》，枣庄的《骰牌灯》《鲁南花鼓》，菏泽的《商羊舞》，青岛的《胶州大秧歌》，淄博的《磁村花鼓》等具有地方特色的民间舞蹈节目。《谁不说俺家乡好》以山东美丽家园为主题，由序《春天》《圣贤歌》《泰山魂》《齐鲁风》《蓝黄颂》和尾声《大美山东》六部分组成。用诗意化的情节，饱含深情的舞蹈语言讲述齐鲁文化的绵延厚重、齐鲁大地的唯美辽阔和齐鲁儿女的坚韧豪迈。

【山东省首届农民戏剧展演月】

为助力乡村振兴战略，满足农村群众精神文化需求，9月30日，山东省首届农民戏剧展演月在淄博市淄川区杨寨镇赵瓦村文化广场拉开帷幕。10月29日，由中共山东省委宣传部、省文联主办，省戏剧家协会、淄博市委宣传部、淄博市联、淄博市文广新局承办的山东省首届农民戏剧节收官演出在淄川区太河镇山桥村举办，为40多位山村老年村民送戏到村口。山东首届农民戏剧展演月共在17市选拔出146个农民院团走进各地乡村集中展演了近240场，为山东50万农民送去精彩的戏剧盛宴。

【“与时代同行”齐鲁红色故事巡讲】

为传承红色基因、讲好山东故事，由山东省文联主办、省民间文艺家协会承办的“与时代同行”齐鲁红色故事巡讲活动在5月至10月共开展四场。艺术家于5月23日走进莱芜战役纪念馆，9月15日走进徂徕山，9月28日走进蒙阴，10月13日走进长清大峰山。参与活动艺术家80人次，现场观众达2万人，网络直播、微视频观众逾20万人。故事巡讲内容以红色经典故事和当代主旋律故事为主。讲述者有省民间文艺家协会举办的“2017年第二届齐鲁故事大赛”获奖选手，还有民间文艺工作者、专业朗诵家、表演艺术家、不同年龄段的普通市民、农民、工人、学生。

【“到人民中去”——山东文艺界5•23文艺志愿服务活动】

在第5个中国文艺志愿者服务日到来之际，由山东省文联主办，省文联各艺术家协会，各市、大企业文联，各县（区）文联共同参与的“到人民中去”——2018山东文艺界5•23文艺志愿服务活动，引起社会广泛关注。活动以省文艺志愿服务团为依托，坚持省市县三级联动，各市及所辖区县都举办了独具特色的志愿服务活动，以点带面，全面铺开，在“5•23”前后掀起了全省文艺志愿服务活动高潮，开展247项形式多样的系列活动，近5000人次的艺术工作者参与其中，惠及约100万基层群众，涵盖戏剧、音乐、曲艺、舞蹈、美术、书法等各个艺术门类，形式多样，既有慰问演出、文艺采风，也有文艺支教、文艺扶贫等，不仅把文艺“送”到基层，而且把文艺“种”在基层，活动极大丰富活跃了基层群众精神文化生活，对助推乡村文明振兴发挥了促进作用。省文联积极探索建立“文艺志愿、文艺采风、公益培训、人才培养、文艺创作”五位一体的文明实践文艺志愿服务模式。

【新时代文明实践文艺志愿服务】

根据省新时代文明实践志愿服务总队要求，省文联先行先试，迅速成立了山东省新时代文明实践文艺志愿服务队。2018年8月22日，与第十一届山东国际大众艺术节开幕式同步，举行新时代文明实践文艺志愿服务授旗仪式，全面启动了省文联新时代文明实践文艺志愿服务活动。活动建立了覆盖各艺术门类的12支分队，招募志愿者1254人，省级文艺大讲堂人才库，入库专家120人，帮助基层培养文化人才，助力乡村文化振兴。截至2018年底，已开展数百场次新时代文明实践文艺志愿服务活动，参与艺术家和文艺志愿者近万人，惠及群众200多万人。省文联探索建立文艺志愿、文艺采风、公益培训、人才培养、文艺创作“五位一体”的新时代文明实践文艺志愿服务新模式。

【“艺术四季”系列文艺活动】

“艺术四季”系列文艺活动由山东省文联主办，省舞蹈家协会、省美术家协会、省书法家协会、省音乐家协会、济南报业集团、中共济南市槐荫区委宣传部、济南市槐荫区文联、山东省会大剧院承办，以“春之熠、夏之声、秋之舞、冬之韵”为主题，组织开展展览、演出、笔会等系列活动，形成文化惠民、大众共享的长效机制，繁荣发展文艺事业，丰富和活跃人民群众精神生活。

5月5日，“艺术四季•春之熠——书写新时代书法文化惠民活动”在省会艺术中心山东省文联西广场正式拉开序幕。省书法家协会组织20位知名书法家惠民队伍现场挥毫泼墨，创作1000余幅书法作品。济南市西部城区书法爱好者、槐荫区驻区产业工人、企业员工、槐荫区环卫工人、闻讯赶来的周边社区群众、大学生、新闻媒体记者和来自宝岛台湾的游客等1000余人参加了此次活动。

8月6日晚，“艺术四季•夏之声——星空晚风露天电影放映周”活动在槐荫区省会文化艺术中心省文联西广场举行。千余名市民扶老携幼早早聚集到活动现场，在露天电影放映幕布前观看电影《红海行动》。在接下来的一周内陆续放映了《羞羞的铁拳》《驴得水》《智取威虎山》《铁道飞虎》等多部优秀国产影片。

11月3日，“艺术四季•秋之舞——山东省优秀广场舞蹈作品展演”在省会文化中心广场隆重举行。来自全省各市13支优秀广场舞队伍近300人参加了此次展演。临沂市文化馆群星舞蹈队表演的《齐鲁情》、济南市章丘区文化馆舞蹈队表演的《鲁韵扇舞》、烟台市莱山区滨海路街道办事处舞色海艺术团表演的《又见北风吹》等8个作品荣获优秀展演奖。曹县秧歌舞协会天天舞蹈队表演的《幸福舞满天》、省老年舞协表演的《六月清荷》、莱钢舞之韵艺术团表演的《舞动中国》等5个作品荣获展演奖。

“艺术四季”活动还包括在省会大剧院、济南市美术馆、西城时光artimes等场馆举办的老济南影像艺术展、德国钢琴互动音乐会、360全明星秀、灿若星辰钢琴大师课、观佛北朝拓本精品展、“春华”山东首届大学生优秀艺术作品专场拍卖、英国最古老合唱团之一——牛津合唱团音乐会、冰上芭蕾《灰姑娘》、冰上芭蕾《天鹅湖》、开心麻花爆笑舞台剧《莎士比亚别生气》等多项活动。

【创作与获奖】

2018年，山东省文联制定实施《山东省文联艺术创作工程规划（2018—2021）》，引导全省文艺工作者加强现实题材创作，组织艺术家到生产生活一线采风调研，汲取营养，创作出一批反响较好的文艺作品。一年来，省文联组织完成了国家级重大项目《中国民间文学大系•山东卷》编纂工作；开展“勇立潮头 走在前列”音乐创作活动，新创作15首合唱歌曲组成大型音乐诗画演出，展现齐鲁风情，歌颂时代精神，推动山东原创音乐发展。

在全国性各类艺术奖项评选中，山东省有近300人次获得好名次。其中，在中宣部主办的第六批“中国梦”优秀歌曲评选中，山东有1部作品入选；在第二十二届中国少儿戏曲小梅花荟萃比赛中，山东有7位选手荣获金花奖；在“中国曲艺牡丹奖”评奖中，山东有5部作品入围、3部作品提名；在“2018舞动中国梦”——六省（区）舞蹈精英展演活动中，山东有3名选手分别荣获金、银、铜奖；在第39届法国世界明日杂技节上，山东有1部作品荣获金奖及法兰西共和国总统奖；在“国风盛典——首届全国中国画作品展”中，山东有5位作者作品被评为入会资格作品（最高奖项），36位作者作品入选；在全国第三届篆书作品展中，山东入展15人，入展总数居全国第三；在世界新闻摄影基金会主办的“2018年世界新闻摄影大赛（荷赛）”中，山东有1部作品获得人物类单幅奖；在第八届北京国际电影节上，山东有1部作品荣获纪录片单元评委会最佳作品奖；在第29届中国电视金鹰奖评选中，山东有1部作品获电视剧提名奖；在第三届中国（潍坊）民间艺术博览会上，山东有2件作品荣获金奖，2件作品入围山花奖；在第三届“啄木鸟杯”中国文艺评论年度优秀作品评选中，山东有1部作品获奖。

【各艺术家协会主席团年度述职考核工作】

按照协会章程的有关规定，省文联研究制定了《省文联所属艺术家协会主席团年度考核工作办法》，根据各艺术家协会工作实际，严格考核内容，注重考核侧重点与艺术门类性质相结合、年度考核与平时工作业绩考核相结合。组织各协会分别召开年度考核工作动员会议，将考核内容、考核办法、考核时间通报各协会主席团成员，并随时听取各协会考核工作进展情况汇报，确保整个考核工作有领导、有组织、有步骤顺利进行。根据考核时间安排，组织11个艺术家协会分别召开述职考核工作会议。考核会上，协会主席代表主席团作述职报告，主席团成员分别进行了述职，然后采取无记名方式对协会主席团及主席团成员进行民主测评。人事部对民主测评结果进行汇总，并结合汇总结果、平时了解情况及主席团成员年度内参加协会会议和活动情况等综合考量分析，形成考核评价意见，向党组进行了汇报，并向各艺术家协会主席团进行了反馈。对取得考核优秀等次的主席团成员进行了通报，并将考核情况向省委宣传部作了专题汇报，同时在山东艺术网进行公布。

各文艺家协会

【戏剧家协会】

元旦春节期间，山东省戏剧家协会组织开展的“2018年元旦春节戏曲名家走基层”文艺采风演出活动在聊城茌平县人民广场露天舞台成功举办。

2月3日，“我们的中国梦　文化进万家”山东省戏剧家协会“梅花奖艺术团”走基层慰问演出活动在淄博傅山村举行。同日，省戏剧家协会主席团召开深入学习宣传贯彻党的十九大精神座谈会。

3月12日，省戏剧家协会采风基地挂牌仪式暨“我们的中国梦　文化进万家”文化走基层活动在莱芜市高新区官场村举行。

3月22日，省戏剧家协会在山东文化艺术大厦召开省剧协2018年工作会议及第七届四次主席团会议。

5月20日，由省戏剧家协会承办“到人民中去”——山东省梅花奖艺术团5•23文艺志愿服务活动，赴菏泽市郓城县三官庙村慰问演出。

5月27日，由省戏剧家协会主办，山东广播电视台少儿频道承办的“第二十二届山东省戏曲小梅花荟萃选拔展演”在济南落下帷幕。

7月13日至16日，第二十二届中国少儿戏曲小梅花荟萃在浙江嵊州举办，山东报送的冯紫君、邓涵予、安牧乔、刘灵恩、张艺露、白书萌、王贻琳等人分别获5枚金牌，1枚银牌，1枚集体节目金奖的佳绩。

9月2日，由中共山东省委宣传部、山东省文联主办的第十一届山东国际大众艺术节暨第七届山东省戏剧红梅大赛在济宁汶上县举办。大赛分复赛、决赛、颁奖晚会等环节，涵盖京剧、吕剧、山东梆子、五音戏、柳琴戏、茂腔、渔鼓戏等十几个剧种，312人参赛，评出一二三等奖及优秀组织奖，有力促进山东戏剧艺术整体水平提高。

9月13日晚，由中共山东省委宣传部、山东省文联主办的第十一届山东国际大众艺术节暨山东省吕剧艺术交流展演活动在东营市广饶县举办。本次活动历时四天，期间开展了吕剧管理艺术研讨会、吕剧艺术发展研讨会、小戏折子戏展演大赛、青年演员展演大赛、青年演奏员展演大赛及名家下基层等活动。

9月30日，“山东省首届农民戏剧展演月”在淄博市淄川区杨寨镇赵瓦村文化广场拉开帷幕。接下来一个月里，17地市选拔出146个农民院团走进各地乡村集中展演了近240场，为山东近50万农民带去了一场精彩的戏剧盛宴，满足了山乡、农村村民的艺术需求。10月29日，“山东省首届农民戏剧节”收官演出在淄川区太河镇山桥村举办。

【音乐家协会】

1月4日，由省音乐家协会承办的山东省2018年“我们的中国梦”文化进万家启动仪式在济阳举办。1月11日“我们的中国梦　文化进万家——山东省艺术家走进滨城文艺演出”在滨州市滨城区彭李街道黄河社区举办。

3月1日，由省音乐家协会承办的“我们的中国梦　文化进万家——山东省艺术家走进聊城高新区文艺演出”在聊城市中心医院举行。

3月24日下午，山东省音乐家协会第七届主席团会议在济南召开。

5月18日至24日，由省音乐家协会承办的2018中国歌咏之乡威海国际合唱艺术周暨环翠区第45届5•23歌咏会在威海市举办。

5月25日，由省音乐家协会承办的“到人民中去——2018山东文艺界文艺志愿服务活动走进章丘”在章丘区文化馆上演。

6月4日至8日，由省音乐家协会承办的全国中青年电子键盘骨干（新文艺群体）培训班在济南南郊宾馆举办。

6月28日至29日，省音乐家协会组织知名艺术家组成文艺志愿服务队赴革命老区临沂市蒙阴县，在蒙阴县一中、蒙阴县文化馆举办了两场形式多样、精彩纷呈的文艺演出。

7月30日至8月5日，2018中国•蓬莱“鹦鹉杯”国际手风琴艺术周在蓬莱成功举办。

9月2日晚，由省音乐家协会承办的第十一届山东国际大众艺术节“齐鲁风　运河情”主题创作音乐会在历山剧院成功举办。

9月14日至18日，由省音乐家协会承办的2018中国青岛国际（即墨）合唱大会在即墨市成功举行。

9月22日晚，由省音乐家协会承办的“改革颂•中国梦——2018山东省群众合唱展演”在济南圆满落幕，本展演是第十一届山东国际大众艺术节的重要活动。

11月1日至2日，由省音乐家协会、省曲艺家协会、省杂技家协会组织的山东省新时代文明实践文艺志愿服务队走进沂蒙革命老区，为沂南县依汶镇汶明村和刚刚乔迁新居的莒南县大店镇街疃社区群众送上两场精彩的文艺演出。

12月7日晚，由省音乐家协会承办的“勇立潮头 走在前列——山东省庆祝改革开放40周年大型群众合唱诗画”演出在山东剧院举办。

【曲艺家协会】

2月1日，“我们的中国梦”——文化进万家送欢笑下基层专场演出在肥城石横镇成功举办。

3月16日至18日，由山东省文联主办、省曲艺家协会承办的山东省曲艺采风创作成果展演在明湖居剧场举行。

3月21日，山东省曲协第七届主席团第四次会议在济南召开。

4月7日，省曲协组织送欢笑到基层走进阳信县演出。

4月8日，省曲协在肥城市举办走进桃花源 弘扬传统文化——北方曲艺展演暨首届山东曲艺创作表演培训班。

4月17日，“第三届菏泽牡丹书会暨鲁苏豫皖四省曲艺精品大展演”在曹州牡丹园国花魂广场举办。同日，鲁苏豫皖四省曲艺发展研讨会在菏泽召开。

5月20日至25日，省曲协举办“到人民中去——山东曲艺人在行动”慰问铁路职工演出、走进泰安天宝镇送欢笑进乡村、“送欢笑到宁阳”三场曲艺演出。

7月28日至29日，我们的中国梦——第二届山东省少儿曲艺大赛暨颁奖汇报演出在济宁举办。

9月15日，纪念改革开放40周年“讲好中国故事”首届山东快书汇演初赛聊城赛区开赛。

9月21日，第五届山东省小品新作大赛决赛在东营市垦利区举办。

9月22日，在东营市举办山东快书杨派创始人杨立德先生诞辰95周年纪念活动。

9月29日，纪念改革开放40周年“讲好中国故事”首届山东快书汇演初赛淄博赛区开赛。

10月9日至13日，省曲协组织“青山绿水、美丽山东”乡村振兴曲艺创作采风活动。

10月10日，纪念改革开放40周年“讲好中国故事”首届山东快书汇演初赛青岛赛区开赛。

10月10日至13日，2018中国文艺志愿服务项目山东德州曲艺培训班在德州市陵城区成功举办。

10月20日至21日，山东快书下基层演出小分队赴聊城铁路俱乐部、聊城大学慰问演出。

11月21日，山东快书下基层演出小分队在济南汉峪金谷老舍茶馆演出。

11月23日至24日，由山东省文联、中国曲艺家协会山东快书艺术委员会主办，省曲协承办的纪念改革开放40周年“讲好中国故事”首届山东快书汇演在山东剧院举办。

11月24日，首届山东快书汇演颁奖晚会在山东电视台800米演播厅进行。

12月4日，《山东快书少儿教程》出版发行仪式暨山东快书创作表演研修班在济宁举行。

12月6日，在聊城举办“纪念改革开放40周年，讲好中国故事”全国山东快书学术研讨会，并举办“乐”动校园——走进聊城五中活动。

12月30日，由山东省文联主办，省曲艺家协会承办的“欢笑齐鲁”——新年相声晚会在山东剧院上演。

【舞蹈家协会】

3月23日，省舞蹈家协会主席团述职会议在济南舜耕山庄举办。

4月20日，全省舞协工作会在济南召开，省舞协主席团及各市舞协主席参会。

4月26日，为“纪念改革开放40周年”，由山东省文联、省舞协、中共滨州市委宣传部主办的大型歌舞诗剧《谁不说俺家乡好》巡演在滨州举办。

5月5日至6日，“民族瑰宝 舞之传承”中国非物质文化遗产传统舞蹈展演在上海国际舞蹈中心举办，山东选送作品《爷爷教我踩高跷》入围。

5月12日至27日，由山东省文联主办，省舞蹈家协会承办的山东省青少年舞蹈比赛在历山剧院举办。

5月23日，大型歌舞诗剧《谁不说俺家乡好》在历山剧院隆重上演。此次演出作为“到人民中去”——2018山东文艺界5.23文艺志愿服务系列活动之一，由山东省文联、省舞蹈家协会及山东省十七地市舞协共同出品。

7月，省舞蹈家协会组织山东代表团参加在北京举办的第五届“荷花少年”全国中学生校园舞蹈展演，滕州文化馆《湖上渔歌声声醉》《蓝盔节奏》荣获“星光少年”（银奖）。

7月1日，省舞蹈家协会在济南历山剧院举办

《齐鲁舞韵》山东省专业舞蹈比赛。

8月12日至13日，第十二届山东省《小飞天》奖儿童舞蹈大赛在济南历山剧院举办。

9月14日，由山东省文联主办，省舞协联合17市舞协创作出品的大型山东民间舞蹈诗《俺的山东大秧歌》在北京民族剧院展演；9月15日，由中国舞协作为支持单位，山东省文联、省舞协主办的大型歌舞诗剧《谁不说俺家乡好》在北京民族剧院展演。

9月29日，为纪念改革开放40周年，组织创作的大型山东民间舞蹈诗《俺的山东大秧歌》在省会大剧院首演，并作为山东国际大众艺术节活动之一。

10月25日，2018舞动中国梦——六省（区）舞蹈精英展演在陕西西安举办。山东省舞蹈家舞协选派三名精英组成山东代表团参展，荣获了1金、1银、1铜的好成绩。

11月3日，“艺术四季”系列文艺活动之“秋之舞”——山东省优秀广场舞蹈作品展演在山东省文化艺术中心西广场成功举办。

11月27日至28日，大型山东民间舞蹈诗《俺的山东大秧歌》、大型歌舞诗剧《谁不说俺家乡好》进京展演座谈总结表彰会议在济南舜耕山庄举办。

12月22日，山东省新时代文明实践文艺志愿服务队舞蹈分队走进威海荣成，开展渔鼓秧歌挖掘整理工作。

【杂技艺术家协会】

1月10日，省杂技艺术家协会在省文联820会议室召开《山东省杂技史略》编写第一次研讨会。

2月，在巴黎举办的第39届法国世界明日杂技节上，经省杂技艺术家协会推荐的济南市杂技团作品《高椅》荣获金奖及法兰西共和国总统奖。

2月26日，在西班牙赫罗那市举办的第七届西班牙国际马戏节上，省杂技艺术家协会推荐的济南市杂技团作品《蹬人》荣获第七届西班牙国际马戏节金奖。

3月1日，省杂技艺术家协会元宵节期间组织杂技、魔术、音乐、戏曲等艺术门类的文艺家和文艺志愿者30余人，到东雒村开展“文艺惠民 服务群众”活动与民同乐、欢度新春。

3月9日，在省文联9楼会议室召开省杂技艺术家协会第六届主席团四次会议。

3月12日，在俄罗斯伊热夫斯克举办的第十一届俄罗斯国际马戏节上，由省杂技艺术家协会推荐的济南市杂技团作品《蹬人》荣获第十一届俄罗斯国际马戏节最高奖——金熊奖。

5月，根据《齐鲁文艺名家传记工程》编撰年度工作任务安排，省杂技艺术家协会推荐齐鲁文艺名家杂技类33名。

5月25日，由省杂技艺术家协会牵头，来自山东省文联文艺志愿服务团的艺术家们到济南市高新区汉峪金谷，给基层群众送去一场精彩的慰问演出。

6月7日，中国杂技家协会分党组书记、驻会副主席、秘书长王仁刚一行到济南市杂技团进行调研。

6月29日，省杂技艺术家协会主办第二届山东省青年魔术大赛、第十二届山东杂技魔术大赛评选初评会议在济南召开。7月进行了终评。9月16日，第二届山东青年魔术大赛颁奖典礼在济南汉峪金谷举行。

9月10日，山东省杂技团《炫——草帽》节目参加在俄罗斯莫斯科举办的俄罗斯“偶像——2018”世界马戏艺术节，荣获银奖。

9月21日上午，由省文联主办、省杂技艺术家协会承办第十二届山东杂技魔术大赛颁奖典礼暨东阿县杂技之乡授牌仪式在聊城东阿县举行。本次大赛历时9个多月，从95个参赛节目中评出获奖作品25个。大赛旨在挖掘和培养更多杂技人才，鼓励杂技创新，创作精品节目，推动山东杂技艺术的发展繁荣。

10月9日至11日，省杂技艺术家协会组织艺术家深入基层，到宁津县长官镇开展“文艺惠民 服务群众”系列演出活动，惠及群众6000余人。

11月1日，在武汉举办的第十三届武汉·中国光谷国际杂技艺术节上，由省杂技艺术家协会推荐的德州市杂技艺术保护教育传承中心作品《高椅》荣获黄鹤金奖第一名。

11月12日，省杂技艺术家协会组织山东文艺志愿者一行30人，到临沂市河东区汤头镇篆注社区为当地群众送上杂技、魔术、歌曲、戏曲、舞蹈等艺术形式多样的文艺演出。

11月27日，在立陶宛举办的立陶宛第十一届国际杂技节上，由省杂技艺术家协会推荐的东阿县杂技团作品《美人鱼柔术》《青花瓷转碟》荣获总冠军。

12月28日，由省文联主办、省杂技艺术家协会承办的“送欢乐走基层——省杂协新时代文明实践文艺志愿服务走进宁津”在宁津县职业中专举办。师生800余人观看了演出。

12月29日，由省文联主办，省杂技艺术家协会承办的“迎新年山东杂技精品展演”在济南铁路工人文化宫举办。

【美术家协会】

1月6日，由省文联主办，省美协、山东美术馆、中天鼎璨文化传播有限公司承办的“放歌新时代 共筑中国梦•第三届山东省青年美术大展”在山东美术馆开幕。

1月27日，省美术家协会开展“我们的中国梦——文化进万家•迎新春文艺志愿服务行走进兖矿集团兴隆庄煤矿”送文化进基层活动。

2月1日，省美术家协会开展“我们的中国梦”——文化进万家迎春运•走进济南高铁西站文艺志愿服务行。

3月6日，省美术家协会七届四次主席团会议在济南召开。3月7日，省美术家协会2018年工作会议召开。

3月8日，由省美术家协会主办的“多彩•2018”全国女画家作品展在济南市美术馆开幕。

3月26日下午，“山东省美术家协会美术精品创作座谈会”在济南东方大厦召开。

4月17日至18日，省美术家协会春季花鸟画、山水画写生创作培训班分别在滨州和胶南举行开班仪式。培训为期十天，共培训学员约200名。

5月4日下午，“山东省美术家协会第十三届全国美展暨艺委会工作规范部署会”在济南东方大厦召开。

5月10日至11日，省美术家协会在“到人民中去”——2018山东文艺界5•23文艺志愿服务活动中，组织山东知名画家及理论家组成志愿服务团走进昌邑，开展“深扎”系列活动。

5月16日，由省残联、省文联主办，省残疾人福利基金会、省美协、省书协共同承办的“共享阳光•爱心助残”文艺志愿服务活动在济南举行，爱心书画家们共义捐书画作品80余幅，以实际行动支持残疾人事业，帮助残疾人朋友获得更多实实在在的救助。

5月31日至6月1日，省文联、省美协组织山东知名美术家，开展“山东文艺志愿服务行——省文联、省美协爱心助学公益活动”，本次活动艺术家的作品将全部由爱心企业出资收藏，所得善款20万元全部捐助给阳谷县石佛镇王皋如小学和廉庄小学。

6月9日至10日，上合组织首脑级峰会在青岛举行。省美术家协会组织鲁籍艺术家创作完成上合青岛峰会大厅及重要会议室陈设美术作品。包括国画、油画、水彩共计22张精品力作。

6月14日至23日，省美术家协会组织20余位知名画家、理论家赴甘肃、新疆开展了为期十天的采风写生活动。

7月24日上午，中国美术家协会2018年中青年文艺骨干和文艺管理干部培训班在山东威海开班。

7月30日，由山东知名美术家组成的代表团赴北部战区陆军某旅走访慰问。

8月9日，由中共山东省委宣传部、中国美协、中国美术馆、山东省文联、山东省文旅厅主办，山东省美协、山东美术馆承办的“能量——改革开放40年山东美术发展成果展”在中国美术馆隆重开幕。

8月中下旬：由山东省文联、山东国际大众艺术节组委会主办，山东省美协承办的国家艺术基金2016年度资助项目——“新丝路新梦想”一带一路十省美术名家写生作品巡展（甘肃、新疆站）于8月14日、8月25日分别在敦煌市美术馆、乌鲁木齐市美术馆开幕。

8月26日，“青禾映像——山东青年艺术家邀请展”在济南阳光100•泰禾艺术空间开幕。

9月7日，第十一届国际大众艺术节“改革颂•中国梦——春华秋实•十届齐鲁风情油画回顾邀请展”在济南市美术馆开幕；“山东省美术家协会学习贯彻习近平总书记给中央美院老教授回信精神座谈会”在山东文化艺术大厦会议室召开。

9月11日，由中共山东省委宣传部、中国美协、山东省文联主办，山东省美协承办的“首届全国美术高峰论坛”在山东济南开幕，此次论坛汇聚了国内著名美术理论家60余人，以及征稿优秀论文入选作者60余人。

9月20日，省文联、省美术家协会组织知名艺术家走进荣成市俚岛镇开展文艺志愿服务行活动，每位艺术家为本次活动各捐献作品一幅并现场合作大画。

9月28日，“第二十二届山东美术新人新作展”在菏泽市李荣海美术馆开幕。

10月22日至31日，“红色沂蒙•美丽山东”庆祝中华人民共和国成立70周年山东大型美术创作工程采风写生活动举办。

11月21日，由中国国家博物馆、中共山东省委宣传部、中国美协、中央美院、山东省文联主办，山东省美协、中国美术馆、北京画院、李苦禅纪念馆协办的“法古禅心——纪念李苦禅诞辰120周年艺术展”在中国国家博物馆开幕。

11月30日，“寂寞沙洲——张朋诞辰100周年艺术研讨会暨作品展”在青岛画院举办。

12月，“永恒的家园——学术一百•山东青年美术作品全国巡展（郑州、西安站）”分别于12月7日和12月15日在河南省美术馆、崔振宽美术馆开幕。

12月12日至16日，山东省大型主题性美术创作暨十三届全国美展创作培训班在济南举办。

【书法家协会】

1月15日，2018年全国文化科技卫生“三下乡”山东分会场集中示范活动在枣庄市薛城区陶庄镇举行，省市区三级书法家20余人创作了1000余幅作品。

1月31日，“2018中国文联、中国书协‘书法家送万福进万家’志愿服务公益活动”在山东省德州市武城县四女寺镇刘茂商社区举行。

3月6日，省书协六届三次主席团扩大会议在济南召开。

3月8日，“第十一届王羲之书法论坛暨女子书法创作活动”在济南举行，中国书协理事、安徽省书协副主席韦斯琴受邀讲座。

3月27日，在中国书协2018年度工作会议上，省书协被评为2017年度中国书协团体会员先进单位，青岛市书协、淄博市书协、潍坊市书协、菏泽市书协被评为2018年“送万福进万家活动”先进集体，郝晓明被评为2018年“送万福进万家活动”先进个人。

4月3日，由省委宣传部、省文联主办，省书协、山东大学艺术学院、省石刻艺术博物馆承办的海岱石华——山东秦汉魏石刻书法艺术展在日本东京日中友好会馆美术馆开幕。

5月5日，由山东省文联主办的“艺术四季•春之熠——书写新时代书法文化惠民活动”在省会艺术中心山东省文联西广场举办，20位书法家为社区群众创作了1000余幅书法作品。

5月25日，由中国书协、山东省文联主办，山东省书协、枣庄市文联等承办的“到人民中去”中国书协、山东省文联书法家走进英雄台儿庄活动举办，14位书法家为台儿庄群众书写书法作品500余幅。

5月26日，“美航康悦城杯”山东省第三届刻字艺术展在山东省文化馆开幕。

7月14日，“诺尔科技”杯第五届山东青年临书大展在济南市美术馆开幕。

7月20日，“翰墨薪传•全国中小学书法教师培训项目（华东地区）”第四期培训在曲阜师范大学启动。

8月7日至9日，中国书协行业建设委员会工作培训班在济南举办。

8月9日，中国书协党的十九大精神主题学习实践暨书法志愿服务公益活动在济南南全福社区和中共山东省党史陈列馆分别举行。

8月10日，由中国文联、中国书协、中国书协书法行业建设委员会主办，中国文联书法艺术中心、山东省书协等部门联合承办的“讴歌新时代共筑中国梦”学习十九大精神主题书法展在济南市美术馆开幕。

9月2日，第二届陈介祺艺术节在潍坊十笏园文化街区开幕。

9月3日，第十六届中国临沂书圣文化节暨第三届王羲之奖书法作品展在临沂市国际会展中心开幕。

9月20日，“财金杯”山东省第三届篆刻艺术展在临沂市美术馆开幕。

10月9日，由山东省书协、中共临沂市委宣传部、中共费县县委、费县人民政府主办的颜真卿书法艺术奖作品展在费县开幕。

10月27日，2018年康有为书学国际研讨会暨首届青岛国际书法双年展系列活动在青岛国际会议中心开幕。

11月8日，由南京市浦口区人民政府、山东省书协、江苏省书协、江苏省书法院联合主办的高山仰止•金陵四家书画作品全国巡回展在济南市美术馆开幕。

11月23日，由山东画报出版社、山东省书协共同主办的《山东书法全集》新书发布会在山东书城举行。

12月2日，第十一届山东国际大众艺术节•王弼文化奖全国书法作品展在济宁金乡开幕。当日下午，山东省新时代文明实践文艺志愿服务队书法分队走进曲阜市尼山镇圣源村，20位书法家为当地群众创作作品800余幅。

12月28日，新时代文明实践：山东省书协“送万福进万家”暨第八届“百县千村”书法惠民活动在全省同步举行。

12月30日，第四届牡丹奖（友联杯）山东省书法作品双年展在菏泽市曹州书画院开幕。

【摄影家协会】

2月9日，省摄影家协会走进临沂沂南红色革命老区开展“深入生活，扎根人民”主题实践活动。

3月20日，“新时代新征程”——山东青年摄影家作品展在济南市美术馆开幕。

3月30日，2018年全省摄影工作会议在青岛张家楼镇召开。

5月5日，由省摄影家协会与孟加拉国家摄影协会联合举办的“一带一路•走进亚洲摄影第一国”暨中孟摄影家学术创作交流会在山东济南举行。

5月24日，滕州市城市记忆暨新型城镇化建设摄影大赛启动。

6月30日至7月1日，省摄影家协会开展“庆祝建党97周年——走进革命老区、弘扬沂蒙精神”活动。

7月20日，由省摄影家协会和海阳市人民政府主办的中国（海阳）首届摄影文化节开幕。

7月26日，省摄影家协会新时代文明实践活动走进东平。惠及群众四百余人。

7月30日，由省摄影家协会主办的山东省首届航拍摄影视频作品大赛正式启动。

8月1日，省摄影家协会开展“为官兵写生 为八一喝彩”摄影进军营活动。

9月26日，“秦池杯——首届山东省纪实摄影展”在潍坊市十笏园美术馆开幕。

9月28日，省摄影家协会举办聚焦花博会走进商河新时代文明实践活动。

10月5日，由省摄影家协会主办的生态湿地麻大湖摄影大赛启动仪式在滨州博兴县麻大湖景区举行。

10月10日，由省摄影家协会主办的“濯村杯”首届中国最美乡村摄影大展在烟台莱阳举办。

由省摄影家协会主办的“青未了”青年摄影人才培养学习成果汇报展在莱阳举办。

10月21日，山东省就业创业服务暨人社扶贫摄影大赛展览在山东省博物馆举办。

11月10日，由山东国际大众艺术节组委会、省文联主办，省摄影家协会、山东省高校摄影学会、山东工艺美术学院承办的山东省第三届高校摄影大展在济南CCPARK创意港开幕。

11月19日，勇立潮头 走在前列——山东省庆祝改革开放40周年主题摄影展在山东书城五楼山东出版美术馆开幕。

11月29日，山东省摄影家协会泰山景区创作基地揭牌仪式在泰山之巅大观峰前隆重举行。

12月8日，由中国摄影家协会主办，省摄影家协会承办的第三届全国青年摄影大展山东巡展在济南市图书馆开幕。

12月7日至9日，省摄影家协会组织摄影家60余名走进威海荣成采风创作，为当地摄影爱好者送去精彩的讲座。

【电影家协会】

1月5日，山东省电影家协会六届主席团第三次扩大会议在济南召开，传达《省文联所属各艺术家协会主席团年度考核办法》，部署安排党建工作等。

1月18日，山东省电影家协会动画艺术委员会成立大会暨第一次委员会议在山东文化艺术大厦召开。

1月25日，深入贯彻落实十九大精神——2017年度山东影协工作会议在济南召开。

3月15日，省电影家协会六届四次主席团会议在济南召开。

4月9日，中国电影家协会2018年度工作会议暨全国电影（影视）家协会主席秘书长工作会议在山东青岛召开。

5月14日，由山东省文联、省电影家协会主办的“到人民中去”—— 2018山东文艺界5•23文艺志愿服务系列活动之山东影协微电影公益展映在山东德州四女寺镇刘茂商社区举行。

5月21日至25日，省电影家协会与国家电影剧本中心联合举办“电影艺术家看山东”系列采风活动。

6月20日，第11届山东青年微电影大赛创作培训在山东青岛举行。

7月23日，省电影家协会与济南百丽宫影城联合举办纪录片《你一定不能错过》媒体见面会。

8月6日至10日，由省电影家协会承办的“艺术四季•夏之声”活动在济南举行，为广大市民露天放映《红海行动》《羞羞的铁拳》《驴得水》《智取威虎山》《铁道飞虎》5部电影，观影人数上千人。

8月15日至9月15日，省电影家协会举办第34届“大众电影百花奖”山东地区观众评委选拔赛，最终选出观众评委5人，于11月赴广东佛山参加“第34届大众电影百花奖暨第27届金鸡百花电影节”活动。

8月30日至9月1日，省电影家协会率全省十多位知名电影艺术家组成采风团，深入湖南湘西开展创作采风活动。

9月28日，由中共山东省委宣传部、省文联、济南市委宣传部主办，省电影家协会、济南日报报业集团承办，舜网、《时代影视》等单位协办的“光影璀璨——纪念改革开放40周年山东电影回顾盛典”在济南举办。活动分为回顾盛典、40部经典影片回放和“向现实主义出发——山东电影回顾与展望”主题论坛三大板块。

9月28日，由省电影家协会等单位主办的“我们一起走过•第11届山东青年微电影大赛”颁奖典礼在山东省会大剧院举行，142部作品脱颖而出夺得奖项。

9月29日，中共山东省委宣传部、济南市委宣传部、济南报业集团、省电影家协会联合举办“回顾与展望——山东电影发展论坛”，邀请国内顶级的电影专家，对改革开放40年来山东电影事业的繁荣发展进行解读，同时也为未来如何把握时代脉搏，勇居发展潮头建言献策。

10月19日，由省委宣传部、省文联、山东广播电视台主办，省电影家协会承办的首届山东省社会主义核心价值观主题微电影征集展示活动评审会议在济南举行，最终评选出剧情微电影、纪实微电影、动漫微电影、专题片、纪录片获奖作品共60部，其中一等奖4部，二等奖8部，三等奖15部，优秀奖32部，特别奖1部。

10月29日至30日，省电影家协会组织电影专家举办“德州长河艺术大讲堂”电影创作高级培训班。

10月31日至11月3日，省电影家协会组织全省电影艺术家10余人赴重庆开展创作采风活动。

11月，由省电影家协会承办的山东省第三届“文明乡村•美丽家园”微纪录片评选展映活动评审会议在济南举行，共评选出获奖作品36部，其中一等奖2部，二等奖7部，三等奖13部，优秀奖14部。

11月28日至12月3日，省电影家协会与欧盟驻华代表团、济南市文化新局，济南百丽宫影城联合举办济南地区2018第十一届欧盟影展，推出会员《幸福的拉扎罗》《冷战》等影片的观影活动，让会员感受近两年欧洲最优秀的电影作品的魅力。

12月20日至23日，由中国电影家协会、中国文联电影艺术中心、省电影家协会联合举办了走进沂蒙革命老区编剧基层采风创作实践活动。

2018年，省电影家协会先后推荐30名新文艺群体会员参加中国影协举办的新文艺群体电影人才和管理干部培训班、国有电影企业骨干研修班、新文艺群体制片人培训班等，助推青年影人进入全国视野，获得更大发展空间。

2018年，省电影家协会会员创作硕果累累，摘得多项大奖：在中国金鸡百花电影节第三届国际微电影展映盛典活动中，姚理拍摄的微电影《王羲之》、会员赵剑平创作的微电影《纸钢琴》斩获优秀作品奖；在第25届北京大学生电影节原创影片大赛中，刘晓东创作的微电影《幸福房子》荣获入围奖：在第八届北京国际电影节上，焦波创作的纪录片《出山记》荣获纪录片单元评委会最佳作品奖。

【电视艺术家协会】

1月21日，在中国电视艺术家协会主办的第十届全国德艺双馨电视艺术工作者表彰大会上，山东省电视艺术家协会被评为“中国电视艺术家协会先进集体”，省电视艺术家协会副主席张作昌荣获第十届“全国德艺双馨电视艺术工作者”称号。

3月1日，省电视艺术家协会制作的首届《书香齐鲁》收官之作——大型文艺专题节目《诗词的流域》顺利完成，并在山东卫视晚间黄金段播出。

4月12日，省电视艺术家协会第五届三次主席团会议在山东文化大厦召开。

4月27日，省电视艺术家协会组织召开“书香齐鲁——第二届山东省青年电视主持人经典诵读大赛”创作策划会。

5月21日至23日，省电视艺术家协会组织电视小分队，参加“到人民中去”——2018山东文艺界5•23文艺志愿服务活动。跟随省级各文艺家小分队赴黄河滩区迁建村镇采风，对现场创作书法、美术作品，深入学校开展文艺培训、文艺讲座、文艺支教活动等进行实时拍摄和报道，并在山东卫视《调查》栏目中播出。

6月22日，参加省委宣传部主办“中国梦•新时代”百姓宣讲员全省征集活动。省电视艺术家协会与山东卫视《调查》栏目组共同策划、拍摄和制作视频短片《让山东广电成为人民美好生活的一部分》，由山东广播电视台主持人马頔代表协会参与活动，荣获佳绩。

7月1日，为庆祝中国共产党建党97周年，由省电视艺术家协会主办的第五届山东省朗诵大赛在山东青岛举行。

7月21日，由省电视艺术家协会主办的第九届山东省小主持人金话筒电视大赛在山东烟台举办。

9月3日，省电视艺术家协会组织“到人民中去”——山东省电视艺术家协会文艺志愿服务活动。带领首届《书香齐鲁》冠军主持人薛猛和马頔走进济南东部山东力诺集团，为工作在生产一线的工人送去文艺志愿服务活动。主持人们现场为工人们朗诵文学经典，并带领工人们共同诵读经典诗词，学习中国优秀传统文化，感受中国文学之美。

10月14日，由中国文联、省电视艺术家协会主办的第29届中国电视金鹰奖评选活动中，山东影视制作股份有限公司制作的电视剧《安居》获第29届中国电视金鹰节电视剧提名奖。山东视协受邀参加在湖南长沙举办的第29届中国电视金鹰节开幕式系列活动。

11月16日至18日，在中国电视艺术家协会、福建省文联等单位主办的“声耀平潭•第十届海峡两岸电视主持新人大赛”中，山东省代表队荣获一个铜奖和两个优秀奖的佳绩。

【民间文艺家协会】

1月3日，由山东省文联主办、省民间文艺家协会承办的山东文艺志愿服务行——民间文艺家慰问演出活动在枣庄职业（技师）学院举行。

1月24日，由中国民协主办、省民间文艺家协会承办的“送福到沂蒙——文化进万家”专场慰问演出在莒南县大店镇举行，演出活动被中央电视台《朝闻天下》报到。

3月1日，由山东省文联主办、省民间文艺家协会承办的“齐鲁工匠手艺体验基地”成果汇报展在济南美术馆举行，480余件作品入选展览。

3月15日，山东省民协召开七届三次主席团会议。

4月10日，由中国民协主办、省民间文艺家协会承办的“歌唱乡村振兴战略•民间文艺家走进三元朱村”慰问演出活动在寿光三元朱村举行，活动受到全国劳动模范王乐义和村民们的热烈欢迎。

4月20日，由中国民协、山东省文联主办，省民间文艺家协会承办的“第三届中国（潍坊）民间艺术博览会暨中国民间文艺‘山花奖’评选”活动在潍坊召开，省民协推荐的2件民间工艺作品入围山花奖。

4月29日，由山东省文联、聊城市委宣传部主办，省民间文艺家协会、聊城市文联承办的“2018山东省民间艺术博览会”在聊城举行，来自全省17市及北京、天津、贵州等省市的150余名民间艺人参展。

5月8日，由山东省文联主办、省民间文艺家协会承办的“齐鲁工匠手艺基地”授牌仪式在枣庄职业（技师）学院举行。

5月23日，由山东省文联主办、省民间文艺家协会承办的“与时代同行——齐鲁红色故事巡讲”活动在莱芜战役纪念馆举行。

5月29日，由中国民协、山东省文联主办，省民间文艺家协会承办的“中国民协第一期深入学习贯彻习近平新时代中国特色社会主义思想和党的十九大精神研讨班”在烟台开班。

8月9日，由山东省文联主办、省民间文艺家协会承办的《中国民间文学大系•山东卷》编纂工作推进会在济南举行。

9月1日，由山东省文联、山东国际大众艺术节组委会主办，省民间文艺家协会承办的“第十一届山东国际大众艺术节——2018山东省民俗文化博览交易会”在潍坊举行。

9月15日，由山东省文联主办、省民间文艺家协会承办的“与时代同行——齐鲁红色故事巡讲走进徂徕山”活动在泰安徂徕山举行。

9月20日，由山东省文联主办、省民间文艺家协会承办的《中国民间文学大系•说唱•山东卷》编纂工作推进会在济南举行。

9月21日，由中国民协主办、省民间文艺家协会、乐陵县政府承办的“我们的节日•中秋祭月”活动在德州乐陵举行。

9月，由山东省文联主办、省民间文艺家协会承办的“美丽乡村•齐鲁故事创作征文比赛”，20篇故事分获一、二、三等奖。

9月28日，由山东省文联主办、省民间文艺家协会承办的“与时代同行——齐鲁红色故事巡讲走进孟良崮”活动在蒙阴孟良崮红军小学举行。

10月13日，由山东省文联主办、省民间文艺家协会承办的“与时代同行——齐鲁红色故事巡讲走进大峰山”活动在济南长清大峰山举行。

10月14日，由中国民协主办、省民间文艺家协会承办的“民间文化进校园”活动在枣庄滕州举办。

10月15日，由中国民协主办、省民间文艺家协会承办的“中华孝文化”研讨会在菏泽举行。

10月19日，由中国民协、山东省委宣传部、山东省文联、烟台市人民政府主办，省民间文艺家协会、烟台市文联承办的“中国民间工艺博览会”在烟台举行，来自泰国、印度、尼泊尔、巴基斯坦、越南等国家和地区的1000余位民间艺人参展。

10月27日，由山东省文联、山东国际大众艺术节组委会主办，省民间文艺家协会承办的“纪念改革开放40周年•第十一届山东国际大众艺术节——第三届齐鲁故事大赛暨颁奖仪式”在莱芜举行，大赛分专业组、业余组和少儿组，60位选手分获一、二、三等奖。

11月5日，由山东省文联主办、省民间文艺家协会承办的“与时代同行—齐鲁红色故事采风调研”活动，组织15位民间故事作者深入革命圣地延安进行采风调研。

积极开展了“中国民间文化之乡”的创建，寿光、潍坊杨家埠、聊城东昌府分别被中国民协授予“中国农耕文化之乡”“中国风筝之乡”“中国木版年画之乡”。

完成《中国民间文学大系•说唱•山东卷》初稿的编纂。

河南省文联

综 述

2018年，在河南省委的坚强领导和河南省委宣传部的有力指导下，河南省文联始终坚持“二为”方向、“双百”方针，坚持创造性转化、创新性发展，坚持以人民为中心的工作导向，积极发挥党和政府联系文艺工作者的桥梁纽带作用，认真履职尽责，强化观念转变、职能转变、作风转变，推动理念创新、机制创新、工作创新。抓好政治导向、凝聚思想力量，不断强化对全省文艺界的思想引领；紧扣时代脉搏、服务发展大局，大力唱响新时代主旋律；增强前列意识、树立艺术标杆，推动形成各文艺门类精品迭出的良好创作局面；强化服务意识、坚持文艺为民，扎实推进“深入生活、扎根人民”主题实践活动和文艺志愿服务活动；多措并举、梯队培养，打造一支梯次分明、德艺双馨的文艺豫军；坚持创造性转化、创新性发展，推动优秀传统文化传承发展；加强建设、拓展职能，文联工作开创崭新格局。全省文艺事业和文联工作迈上新台阶。

重要会议与活动

【油画中原——十年回顾展】

1月18日，由河南省文联、河南省美协主办的“油画中原——十年回顾展”在中国文艺家之家展览馆开幕，展出作品93幅。

展览得到中国文联、中国美协领导高度评价。中国文联党组成员、副主席赵实参观展览。

在京展出后，展览先后巡展郑州、商丘、周口等地，让全省美术工作者分享这一巨大成果，各地反响热烈。

【2018年春联征集活动】

1月31日，由河南省文联、河南日报社共同举办的2018年春联征集活动在《河南日报》公布结果。此项跨越2017年底至2018年初的活动收到来自全国各地作者创作的1418幅应征作品，21名作者创作的53幅优秀春联获奖。此次活动旨在贯彻落实党的十九大精神，弘扬社会主义核心价值观和中华优秀传统文化，唱响主旋律、讴歌新时代、表达新愿景，为中原更出彩营造良好的社会文化环境。活动向获奖春联的作者寄赠了获奖证书，并组织省内知名书法家，挥毫书写部分获奖春联，印刷后免费向广大百姓赠送，为基层群众送去新春祝福。

【河南省文联赴宁陵县慰问结对帮扶贫困村】

2月6日，河南省文联党组书记王守国、主席邵丽带领省文联全体干部和多位著名书画、摄影家，来到结对帮扶村——宁陵县孙迁村慰问贫困群众，为乡亲们送来慰问金、春联和挂历等慰问品，由书画家现场为乡亲们写送春联，为群众拍摄全家福照片。

10月19日，王守国、邵丽带领全体干部职工到商丘市宁陵县孙迁村开展结对慰问帮扶活动。干部职工到结对帮扶贫困家中走访慰问，并来到河南省文联为该村引进的扶贫项目——梅花鹿养殖基地等处了解情况。

【第三届河南民间文艺金鼎奖颁奖】

2月8日，由中国民协、河南省文联主办，河南省民协、开封市委宣传部、开封市文联承办的“第三届河南省民间文艺金鼎奖”颁奖礼在朱仙镇启封故园举行。本届金鼎奖评出个人成就奖6名(含终身成就奖)、民间文艺作品奖2个、民间著作奖6个、民间文艺集体成就奖6个、民间影像奖3个、民间工艺美术作品奖7个。

【第四届黄河戏剧奖•特别贡献奖颁奖】

2月12日，第四届黄河戏剧奖•特别贡献奖颁奖仪式在郑州举行。贾廷聚、吴心平、荆桦、宋喜元获奖。

【第十三届河南宝丰马街书会全国曲艺展演】

2月26日至3月1日，由中国曲协、河南省文联，平顶山市委、市政府主办，河南省曲协，宝丰县委、县政府承办“第十三届马街书会优秀曲艺节目展演”。全国16个省市的20个曲种、26个节目参加了为期两天的展演。河南参演5个节目。来自山西运城的河南坠子演员焦军芳夺得2018年马街书会“书状元”。

【河南省文联七届四次全委会】

3月8日至9日，河南省文联七届四次全委会在郑州召开。会议传达中国文联十届三次全会、全省宣传部长会议精神。

河南省委宣传部常务副部长王耀就贯彻落实习近平新时代中国特色社会主义思想和党的十九大精神，如何做好新形势下的文艺工作和文联工作提出具体要求。

河南省文联党组书记王守国作题为《深入学习贯彻党的十九大精神 奋力开启河南文艺繁荣兴盛新征程》的工作报告。全面回顾总结了河南省文联2017年度工作，提出2018年工作思路和着力把握的六个方面重点工作。

河南省文联主席邵丽就贯彻落实会议精神强调要认真做好会议精神的汇报、传达、贯彻，要紧密结合各地实际科学谋划落实各项任务，要加强对改革工作的探索和筹划推进。

会议表彰了文艺志愿服务先进单位和先进个人。

【外交部河南全球推介大型摄影展】

4月13日，以“新时代的中国——与世界携手，让河南出彩”为主题的全球推介活动在外交部蓝厅成功举办。国务委员兼外交部部长王毅出席并发表讲话，河南省委书记王国生致辞、省长陈润儿推介。来自全球150多个国家的驻华使节、国际组织驻华代表、中外专家学者共计500余人出席。这次活动是外交部的第12场省市区全球推介活动，也是12场中唯一一个由摄影家协会组织承办展览任务的省份。河南省摄协承办了在外交部举办的河南全球推介活动展览，历经9个月的准备、57次修改完善，最终精心挑选出70余幅摄影佳作现场展出。

【河南作家进高校系列活动】

4月至6月，河南省文联、省作协举办了河南作家进高校系列活动。旨在作家和青年学生间搭建一个互动交流的平台，向青年人传达十九大精神，激发他们的文学梦想和阅读热情。邵丽、李佩甫、田中禾、乔叶、孟宪明等二十余位作家走进郑州、开封、洛阳、信阳等高校。活动覆盖学生十余万人。

【纪念陈素真大师诞辰100周年系列活动】

2018年是豫剧大师陈素真诞辰100周年。由中国剧协作为指导单位，河南省委宣传部、河南省文化厅、河南省文联、开封市委市政府、河南广播电视台、中华豫剧促进会共同主办，开封市委宣传部、河南省剧协、河南豫剧院、开封市文广新局位承办的“素韵•真声”——纪念陈素真大师诞辰100周年系列活动于4月21日至24日在开封举行。内容包括一场《梨园春》专题晚会、两场折子戏演出、三台陈派经典大戏。共有14个豫剧院团的400多名演职员参加演出，其中既有河南省级院团的精彩呈现，又有来自新疆、河北、陕西、山西、开封等全国豫剧陈派弟子的集中展演；既有老中青三代豫剧人的集体亮相，又有京剧、汉剧、影视等文艺名家的助力捧场。陈派艺术传承人各展才艺，重现了豫剧“祥符调”的独特风采，呈现了当前豫剧“祥符调”的最高水平。活动期间，还举办了“陈素真大师诞辰100周年艺术展”“豫剧陈派表演人才培养开班仪式”“豫剧大师陈素真诞辰百年座谈会”“陈素真纪念馆开馆仪式”等精彩纷呈的文化活动。

【第四届“魏碑圣地”全国魏碑、隶书书法大赛】

4月22日，由河南省文联、洛阳市政府、河南省书协、当代书法篆刻院主办的第四届“魏碑圣地”全国魏碑、隶书书法大赛（含在校大、中学生）颁奖暨作品展览开幕式在河南省偃师市张海书法艺术馆举行。

本次大赛自征稿以来备受书界关注，共收到全国各地稿件4172件。最终，评出各组获奖、入选作品共200件。其中获奖作品95件，入展作品105件。

本次大赛的大学生获奖者，如果报考郑大书法学院或全国有关其他院校书法类硕士、博士生被录取后，每人一次性补助20000元学习费用。中学生获奖者，如果报考郑州大学书法学院或全国其他高等书法院校被录取后一次补助20000元。河南省籍（含河南学籍）年满18岁以上成年组及在校大学生入选、获奖的作者作为加入河南省书法家协会会员条件之一。

【第十届“小荷风采”全国少儿舞蹈创作与教学高级研修班】

5月14日至18日，由中国舞协、河南省文联主办，中国文联舞蹈艺术中心、河南省舞协承办的第十届“小荷风采”全国少儿舞蹈创作与教学高级研修班在郑州举办。全国近170位舞蹈编创人才参加培训。河南近30名编导参加。

【十年一剑——李放书法作品展】

由郑州大学和河南省文联主办，中国文字博物馆、中国书协书法教育委员会、河南省书协协办，郑州大学书法学院、河南省文艺评论家协会承办的“十年一剑——李放书法作品展”于6月3日上午在河南省美术馆开幕。展览包含了李放在郑州大学工作十年期间创作的百余件书作精品。

【第四届河南舞蹈“洛神奖”】

6月28日至7月2日，河南省第八届专业舞蹈大赛暨第四届河南舞蹈“洛神奖”在郑州评奖。本次评奖收到报送作品视频155个，经过现场复赛、决赛，评选出一等奖24个、二等奖29个、三等奖36个。这次大赛首次进行舞蹈理论评论文章的评奖，共有97篇文章入围；经评审，最终评出一等奖10个、二等奖16个、三等奖12个。

【“党徽闪耀中原”河南省第一届党建主题摄影展】

为庆祝建党97周年，6月29日，由河南省委组织部、省文联共同主办，省党员教育中心、省摄影家协会共同承办的“党徽闪耀中原”河南省第一届党建主题摄影展在郑州举行。展出的130余幅优秀作品多角度展现了河南省广大党员干部践行“两学一做”的精彩瞬间和改革开放的丰硕成果，为即将开展的“不忘初心、牢记使命”主题教育营造浓厚氛围。

【河南民营院团北京公益展演】

7月4日至14日，由河南省文化厅、河南省文联主办，河南李树建戏曲艺术中心、河南省剧协承办的“唱响新时代——河南民营院团公益展演活动”在北京梅兰芳大剧院举行。来自河南、上海两地的10个民营剧团演出《程婴救孤》《清风亭上》《穆桂英挂帅》《铡刀下的红梅》《三娘教子》等豫剧经典剧目。

【庆祝改革开放40周年优秀舞蹈作品展演】

7月6日，由河南省委宣传部、省文化厅、省文联、省教育厅主办，河南省舞协承办的“出彩河南——庆祝改革开放40周年优秀舞蹈作品展演”活动在河南艺术中心大剧院举行。演出的16个舞蹈节目，均为河南省第八届专业舞蹈大赛暨第四届河南舞蹈“洛神奖”的优秀作品，舞者以优美的舞姿诠释“出彩河南”，向改革开放四十周年献礼。

【第六届河南曲艺牡丹奖】

7月16日，第六届河南曲艺牡丹奖初评。参评对象系2016至2017年内在曲艺创作和曲艺表演中成就突出的作者和演员。8月2至3日，第六届河南曲艺牡丹奖河南省曲艺大赛举行，共评出各类奖项25个，其中节目奖10个、表演奖10个、文学奖5个。

【第五届黄河戏剧奖评出戏剧文学奖、理论评论奖】

7月19日，第五届黄河戏剧奖•理论评论奖评审会在郑州举行，评选出获奖作品10篇，其中一等奖3篇、二等奖3篇、三等奖4篇。穆海亮的《论戏曲批评的“非戏曲化”倾向》、楚惬的《当代语境下戏剧中的“乡愁”美学意蕴——以现代戏〈丹水情深〉为例》、张大新的《新世纪豫剧的传统定位与全球化视野》荣获一等奖。

9月17日，第五届黄河戏剧奖•戏剧文学奖评审会在郑州举行，评选出获奖作品13篇，其中一等奖3篇、二等奖5篇、三等奖5篇。安克慧的《大清诤臣窦光鼐》、刘洪涛的《曹操扶汉》、许红的《八月桂花开》荣获一等奖。

【第二期全国民营杂技团体带头人培训班】

7月24日，由中国杂协、河南省文联主办，中国文联杂技艺术中心、河南省杂协承办的第二期全国民营杂技团体带头人培训班在河南林州举行。全国12个省、区、市的49名民营杂技团体带头人参加培训。

【中原画风·河南省优秀美术作品展】

7月27日至9月21日，由河南省委宣传部、中国美协、河南省文联主办，河南省美协承办的“中原画风——河南省优秀美术作品展”先后在新疆乌鲁木齐、宁夏银川、青海西宁、甘肃兰州举行。

这次跨省大型综合展览，阵容庞大、内容丰富，是河南美术界“走出去”战略的又一重大举措，也为2019年全国第十三届美展储备作品。展览荟萃了河南老中青三代美术家精心创作的国画、油画、版画、雕塑、水彩粉画作品197幅。

【电影公益放映】

7月30日，由河南省文联、商丘市委宣传部、省影视协联合主办的“拥抱新时代 谱写新篇章——走进商丘市宁陵县石桥镇孙迁村电影公益放映活动”举行。此次活动选时在建党建军纪念日前夕，精心遴选《建国大业》《刻在石磨上的勋章》《家有贤妻》三部红色主旋律及廉政主旋律电影进行放映，受到各方好评。

【第十一届河南省戏曲红梅奖（县区级暨民营院团）大赛】

9月28日至30日，由河南省文联、省剧协主办的“偃月古城杯”第十一届河南省戏曲红梅奖（县区级暨民营院团）大赛在巩义举办。大赛分为演唱组和器乐组。河南18个地市、基层院团的93名演（奏）员轮番登台，9种器乐、10个剧种同台竞秀。

【第八届黄河戏剧节】

10月9日至26日，由河南省文联、驻马店市委市政府、河南省剧协主办的“天中杯”第八届黄河戏剧节在驻马店举行。本届黄河戏剧节首次将省市院团与县区级及民营院团分开评奖，为县区级及民营院团创造更大的展示平台；参赛剧目题材丰富，风格多样，涵盖了京剧、豫剧、曲剧、越调、淮剧、话剧等多个剧种，反映了近两年来河南戏剧创作的良好态势；覆盖范围大，受众群体广，共有来自河南、北京、上海、新疆4个省区市的25台精彩大戏轮番登场。大赛期间，共有数百万观众在现场或通过电视网络直播观看了演出。

10月17日至19日，以“现代戏创作的现状与思考”为主题的黄河戏剧论坛在驻马店举办。河南省内外多位知名专家畅谈现代戏创作现状，谋划现代戏未来发展，取得了一系列重要学术成果。

【第三届中原作家群论坛】

10月15日至17日，由中国作协创研部、河南省文联主办，省作协、省文学院承办的第三届中原作家群论坛在郑州举行。全国文学界的知名专家学者和豫籍作家代表济济一堂，围绕“新时代、新突破、新高峰”这一主题，就繁荣河南文学创作、推动中原作家群实现更好发展进行研讨。

中国作家协会副主席、书记处书记李敬泽，河南省委常委、宣传部长赵素萍，中国作协创研部主任何向阳，中国作协创联部主任彭学明，河南省文联党组书记王守国，河南省文联主席、河南省作协主席邵丽等相关领导出席开幕式。

【第十届中国杂技金菊奖全国滑稽比赛暨开封首届幽默艺术周】

10月27日，由中国文联、河南省委宣传部、中国杂协主办，河南省文联、开封市委、开封市政府联合承办，中国文联杂技艺术中心、开封市委宣传部、中国杂协滑稽艺术委员会、河南省杂协、开封市文联共同协办的第十届中国杂技金菊奖全国滑稽比赛暨开封首届幽默艺术周在古都开封举行。全国10个省、区、市的11个滑稽节目选手齐聚开封，共同角逐中国滑稽艺术的最高奖项——中国杂技金菊奖滑稽节目奖。

中国杂技金菊奖是经中央批准设立，由中国文联和中国杂技家协会共同主办的全国性文艺专业奖项，每三年举办一届。滑稽节目奖是中国杂技金菊奖的子项之一，通过举办全国滑稽比赛，评选出3个滑稽节目奖。

【第四届河南音乐“金钟奖”】

10月，由河南省文化厅、河南省文联、河南省教育厅主办，河南省音协、河南省文化艺术研究院、郑州师范学院承办的第七届河南省专业声乐器乐大赛“文华奖”暨第四届河南音乐“金钟奖”评选活动举行。报名参赛选手480余人。25位国家级专家历时7天，评选出一等奖56名、二等奖103名、三等奖115名、优秀组织奖17个。

【未央——杨杰书法作品展】

11月9日，“未央——杨杰书法作品展”在河南美术馆开幕。

展览由中国书协、河南省委宣传部、河南省文化厅、河南省文联主办，中国国家画院学术支持，中国书协妇女书法家委员会、河南省书协、河南省美协、河南省美术馆、河南人民出版社、河南省书画院、郑州大学书法学院承办，是“河南省艺术名家推介工程”项目。

展览展出杨杰作品近百件，篆、隶、行、草，诸体俱备，风格独特，展现了杨杰深厚的艺术功力和丰沛的艺术才情，体现了杨杰继承传统，锐意创新，在书法艺术中苦心孤诣，追求自然美、社会美、心灵美的最新成果。

开幕式上，杨杰向河南省美术馆捐赠作品。河南省美术馆馆长化建国接受捐赠并向杨杰颁发了收藏证书。

开幕式后，举行了“杨杰书法研讨会”。研讨会由《中国书法》主编朱培尔学术主持。张改琴、宋华平、周俊杰（书面发言）、张志和、西中文、李庶民、王荣生、姜寿田、孟会祥等与会专家、学者纷纷发言，对杨杰书法给予了高度评价。

【中国•宝丰第七届魔术文化节】

11月10日至11日，由中国杂协，河南省文联，平顶山市委、平顶山市政府主办，中国杂协理论研究委员会、河南省杂协、宝丰县委、宝丰县政府承办，河南省杂协魔术艺术委员会、河南宝州文体公司协办的中国•宝丰第七届魔术文化节在河南省平顶山市宝丰县举办。活动期间举办了全国魔术邀请赛、宝丰魔术发展座谈会、“魔术进校园”走进宝丰县第一高级中学、魔术道具展和颁奖晚会等活动。

在全国魔术邀请赛中，共有来自全国8个省、市的12个节目参赛。经过激烈角逐，《流光掠影》（梁毅虎）、*The fairy beans*（李昊）、《幻鸽》（郭帅）、*Lucky day*（刘路洋）、《烟雨伊人》（朱效淇）、《扑克世界》（张俊喆）、《江湖》（连鑫）7个节目获得本届魔术文化节的魔术节目奖。

【第12届中国摄影艺术节】

11月18日至25日，第12届中国摄影艺术节暨中国摄影金像奖颁奖典礼在三门峡隆重举行。

本届中国摄影艺术节由中国文联、河南省委宣传部、中国摄协主办，河南省文联、三门峡市政府承办，以“聚焦新时代 金像映初心”为主题，除金像奖颁奖典礼外，设立110个展览，展出摄影作品6000余幅。

18日晚，颁发了第十二届中国摄影金像奖。19位摄影家分获第十二届中国摄影金像奖三个子项的奖项。颁奖典礼现场还表彰了获得“中国文联终身成就摄影家”荣誉称号的牛畏予、黄贵权两位为中国摄影事业做出突出贡献的摄影界元老，中国摄影家协会向三门峡市授予了“中国摄影之乡”称号。

摄影节期间还同期举行了第二届三门峡白天鹅•野生动物国际摄影大展。展览突出生态文明主题，体现了摄影人在促进生态社会和谐发展道路中扮演的重要角色。

【纪念改革开放40周年河南省书法作品展】

11月22日至28日，由河南省委宣传部、河南省文联主办，河南省书协承办的“纪念改革开放40周年河南省书法作品展”在郑州举行，展出省书协各专业委员会委员创作的近200件以“习近平用典”为内容的书法作品。

【河南省直机关纪念改革开放40周年书画展】

12月12日至16日，由河南省委宣传部、省委直属机关工委、省文化和旅游厅、省文联、省档案局、河南日报报业集团、河南广播电视台等单位联合主办的河南省直机关纪念改革开放40周年暨红旗渠杯书画展在河南省美术馆举行。共有56幅特邀作品和310幅作品参展。

获奖情况

【综合】

1月11日，河南省委、省政府印发决定，对获得河南省第六届文学艺术优秀成果奖的80部作品和10名个人进行表彰。由河南省文联申报的32部作品、4名个人获奖。

7月24日，河南省委宣传部印发决定，表彰河南省第十二届精神文明建设“五个一工程”组织工作先进单位和获奖作品。6家单位获组织工作奖，47部作品获优秀作品奖。由河南省文联申报的2首歌曲、3部图书获优秀作品奖。

【文学】

8月11日，河南诗人杜涯以诗集《落日与朝霞》获得第七届鲁迅文学奖诗歌奖，为河南省文学界赢得极大荣誉。河南省委宣传部对省作协及杜涯本人致以贺信，极大地鼓舞了全省作家和文学工作者。

【戏剧】

7月13日至16日，河南推荐选手参加了在浙江嵊州举办的第二十二届中国少儿戏曲小梅花荟萃。魏硕、田宸子、桑艺萌、牛雨馨、王宇梦、张琬其等6人凭借精湛的表演技艺大展风采，为河南再添六朵“金花”。其中魏硕、田宸子、桑艺萌、牛雨馨还荣获十佳称号。魏硕、田宸子、牛雨馨、王宇梦还受组委会邀请参加“佩花晚会”演出。河南省剧协荣获“优秀组织奖”。

【音乐】

9月，由中国音协支持，中国音协合唱联盟、山东省音协等共同主办的2018中国青岛国际（即墨）合唱大会在青岛举行。河南省音协选送的安阳师范学院音乐学院合唱团荣获杰出贡献团队。

10月，由中国音协、常州市委宣传部共同主办，中国音协电子键盘学会等承办的中国音乐小金钟——吟飞杯第二届全国电子键盘展演在常州举行。河南省音协选送的河南选手获得2新星、2新秀、2新人的好成绩，河南省音协获得优秀组织奖。

【摄影】

11月18日，第十二届中国摄影金像奖在三门峡颁奖。河南选送的摄影家高建设喜获中国摄影金像奖（艺术摄影类）。

【舞蹈】

10月16日，在第十一届中国舞蹈“荷花奖”当代舞评选中，河南省舞协选送的街舞作品《黄河》获得中国舞蹈“荷花奖”当代舞奖（全国仅3个）。这是河南省近年来舞蹈作品获得的最高奖项；作为交响乐作品《黄河》的街舞版，被誉为中国首部原创交响乐街舞作品。中国舞蹈“荷花奖”历史上从未有过街舞作品入围终评，此次《黄河》入围并获奖开创了中国街舞的历史。同时，省舞协选送的《英雄赞歌》得分位于总排名第5名，获得中国舞蹈“荷花奖”提名奖（全国仅6个），为河南舞蹈赢得了全国性荣誉。

7月23日至25日，第五届“荷花少年”全国舞蹈展演在北京举行。河南的《罗袖思》等两个作品获得“荷花少年”荣誉称号，《爱在草原》等三个作品获得“星光少年”荣誉称号。

【民间文艺】

1月13日，由中国文联、中国民协、广东省文联主办的“恰是山花烂漫时——第十三届中国民间文艺山花奖”颁奖典礼在广州越秀山下的中山纪念堂举行。河南夺得两朵“山花”：甘桂芬的新故事作品《不为天子为良匠》、中国刺绣艺术大师苗炜的刺绣作品《美人记》，分别获得优秀民间文学作品奖和优秀民间工艺美术作品奖。

【文艺志愿】

2018年，中央宣传部、中央文明办、民政部等11部门组织开展的全国宣传推选学雷锋志愿服务“四个100”先进典型活动中，河南省文艺志愿者协会被评选为“最佳志愿服务组织”。

对外及对港澳台交流

11月21日至28日，河南省文联副主席苗树群、省书协主席杨杰、省书协副主席兼秘书长谢安钧、省舞协主席兼秘书长孔夏一行赴捷克、俄罗斯进行了一系列文化艺术交流活动。

各文艺家协会

【文学院】

7月17日至21日，河南省作协、省文学院组织开展河南作家“一带一路”采风活动。河南省内作家二十余人赴陕西西安、延安等地，感受“一带一路”西北地区门户陕西省的热点和亮点。参加采风的作家们撰写了二十余篇精美的文章，抒写了陕西的民俗民风，延安的红色革命史，革命老区人民脱贫致富的经验等。

9月29日，河南省作协、省文学院在郑州举办首届南丁文学奖颁奖典礼。著名作家周大新凭借小说《天黑得很慢》成为首位南丁文学奖获得者。中国作协副主席李敬泽等领导参加颁奖典礼。该奖是为纪念南丁先生在中原作家群建设和文学创作方面的重要功绩，并进一步推动新时代中原作家群创作的繁荣兴盛而设立的。

孟宪明的儿童文学作品《花儿与歌声》获得全国评选“中国好书”称誉。何弘评论新著《从乡土到多元——网络化背景下的文学》，从整体到个体对中原作家进行面面俱到的精湛梳理，对网络文学和社会的关系进行科学表述。蓝蓝出版诗集《从缪斯山谷返回》《世界的渡口：蓝蓝诗集》以其对自然风物和当代现实的诗性沉思，展现了面对生活与世界所拥有的善良、美好、尊严和勇气，获得年度华语传媒文学大奖诗人奖。墨白《告密者》力图贴近正在变化中的社会现实，从现实中学习、临摹、感受。南飞雁《天蝎》把仕途压力和情感危机极为微妙的呈现给读者，写出了现实社会里中年男人的勇敢与怯懦。赵瑜连续出版两部散文集。冯杰散文集《午夜异语》文化中内蕴童话，乡土中潜藏历史，彰显时代斑驳世相。傅爱毛、陈宏伟、赵大河、李清源、王安琪、萍子等专业作家、诗人相继创作出一批小说、诗歌、散文。

河南省文联组织作家持续开展深扎活动，出版30卷的深扎文丛。

【戏剧家协会】

2月12日，河南省剧协、河南广播电视台新农村频道、河南职业技术学院等共同主办了“梅花朵朵开”——第十四届河南省少儿戏曲小梅花大赛总决赛暨2018年少儿戏曲春晚。19位小梅花金奖选手经过三个多小时的激烈比拼，最终王宇梦夺得小状元、高浩然夺得小榜眼、桑果夺得小探花。赛前河南省剧协在微信公众号上发起了投票，得票最高的殷硕言最终获得“最佳人气奖”称号，同时第十四届河南省少儿戏曲小梅花大赛十强产生，而这十强也将在2018年代表河南参加中国少儿戏曲小梅花的选拔。

6月30日至7月1日，第十五届河南省少儿戏曲小梅花大赛决赛在许昌举办。河南18个地市的100多位选手参与评选，其中个人节目108个，集体节目3个，参赛剧种涵盖了豫剧、曲剧、越调、京剧等多个剧种。

7月1日至9月7日，河南省剧协组织专家，陆续完成对许昌市、巩义市、汝州市、驻马店经济开发区、开封市、封丘县、渑池县等地的戏曲之乡考察，并对当地戏曲事业发展提出建议。

【音乐家协会】

7月，由河南省音协和郑州大学音乐学院策划组织，河南省文化厅2018年度政府购买公共文化服务专项资金项目支持，在郑州大学音乐学院举办了“追梦中原”词曲创作培训班。国内著名词曲作家孟可、何沐阳、宋青松、金奇、李仲党和青年词作家许会峰，以及河南省委党校著名教授康来云受邀前来授课。河南省委常委、宣传部长赵素萍和省文联领导接见了授课老师代表。河南80余位词曲作家参加培训。

【美术家协会】

“河南省美术家协会助残扶贫创作笔会”

1月28日，由河南省美协、河南省残疾人福利基金会联合举办的助残扶贫创作笔会在郑举行。张剑锋、刘杰等来自全省各地的40余名爱心艺术家现场创作了46幅作品并捐赠给河南省残疾人福利基金会。经有关企业、收藏机构竞拍，所得善款60万元全部用于助残扶贫。

笔会之余，爱心艺术家对贺志强、何春亮等10名残疾人画家的绘画作品进行评点、辅导和鼓励。

4月、5月、10月，河南省美协协调省内各高校1000余名师生相继进驻信阳光山东岳寺村写生基地，为当地带去100余万元的经济收益。

“油画中原——全国百名油画家走进商丘”

10月24日，全国150余位油画家走进商丘，开展“油画中原——全国百名油画家走进商丘”活动。

自2007年以来，“油画中原”活动已连续举办了11年。本次活动邀请了北京、山东、福建、四川、辽宁、重庆、广西、海南等地油画名家参加，为河南画家与省外画家提供直接交流平台，让外省的油画家了解商丘、了解河南。

【书法家协会】

1月6日至10日，由河南省书协主办的“中原风——河南省789书法篆刻作品研究展”在郑州举行。展览有针对性地向全省70、80、90后书法作者征稿。137件作品入展。河南省书协希望通过展览，继承老中青传帮带优良传统，发掘河南书坛新人，保证河南书法事业可持续性发展。

6月2日至20日，由河南省书协主办的河南省第二十七届群众书法作品展在郑州举行。展览分五场，展出作品一千五百余件。

10月26日至11月4日，由中国书协主办，河南省书协等承办的全国第三届篆书作品展在漯河举行。展览从九千余件来稿中评出206件入展作品。河南入展37人，居全国第一。

【摄影家协会】

6月28日，“中国摄影家协会培训中心”揭牌仪式在三门峡举行。中国摄协分党组书记、驻会副主席郑更生，三门峡市委副书记、市长安伟共同为“中国摄影家协会培训中心”揭牌。“中国摄影家协会培训中心”是中国文联艺术家协会首家培训中心，三门峡市是中国年度文化影响力城市，素有“黄河明珠、文化圣地、天鹅之城”的美誉。

"中国摄影家协会培训中心"落址三门峡，将为摄影家和摄影爱好者提供更加广阔的学习、交流和创作平台。未来的10年里，每年将有500名中国摄影界的优秀人才走进三门峡"培训中心"。

9月21日至25日，由河南省摄协主办的"纪念改革开放40周年摄影作品展览"在郑州举行。展览以40年来河南发生的巨变为主线，共分"70年代""80年代""90年代""新世纪""新时代"五个篇章，精心筛选出160幅优秀摄影作品全方位展示了河南在社会经济、城市建设、生态环保、科技教育、文化体育、民生保障等方面取得的辉煌成就。

展览先后在河南省8个城市巡展，观展群众高达50万人。

10月22日至26日，由河南省摄协主办的2018年度河南省扶持艺术发展专项资金项目"改革开放40年摄影展"，在河南省文联展厅举行，展出了河南摄影界80多位摄影家的100多幅有着典型中原地域特色的摄影作品。

省摄协还邀请省内专家学者及部分参展作者举办"改革开放40年摄影展"学术研讨会，为当下河南摄影家深入生活、扎根人民，创作出更多优秀摄影作品提供理论思考。

【曲艺家协会】

4月18日至19日，社旗县委宣传部、河南省曲协联合举办河南省首届"赊店杯"曲艺展演。来自全省的22个节目参演，经过三场比赛，共评出一等奖4个、二等奖6个、三等奖12个。

4月19日，河南省曲协组织35名曲艺演员、9个精品节目赴社旗县举办"走基层 送欢笑——走进社旗惠民演出"；5月21日，组织35名曲艺演员、12个精品节目赴中牟县举办"送欢笑 到基层——走进中牟惠民演出"；8月3日晚上，组织35名曲艺演员、10个精品节目赴南阳市举办"走基层 送欢笑——走进南阳惠民演出"；10月29日，组织35名曲艺演员、9个精品节目赴三门峡市陕州区举办"走基层 送欢笑——走进陕州惠民演出"，演出以弘扬社会主义核心价值观为主题，形式多样、内容丰富，受到热烈欢迎。

10月26日至29日，河南省曲协、三门峡市文联、三门峡市陕州区委宣传部联合举办第三届河南省鼓曲唱曲展演。全省30个节目参演，经过三场比赛，共评出一等奖15个、二等奖15个。其中河南坠子《焦裕禄》、河南坠子《包公赔情》、陕州锣鼓书《两口子吵架》、三弦书《火爆之谜》、河南坠子《英雄王二小》、南阳鼓儿哼《号令》、河南坠子《盛世中华大蓝图》、河南坠子《风波亭》、河南坠子《义薄云天》、大调曲子《神医末路》、河南坠子《小八义》、河南坠子《数点》、豫东琴书《雨露》、河南坠子《黛玉悲秋》荣获一等奖。

【电影家协会】

2018年，河南省影视协联合拍摄的戏曲电影故事片《白发娘亲》紧紧抓住"当官要为民、为民才当官"的主题，谱写了一曲震撼人心的正气歌。联合拍摄的廉政电影《夜花火》剧情一波三折，打造了一个环环相扣的犯罪空间和时间；《夜花火》经中宣部和国家广电新闻出版总局遴选，已入围国产百部优秀影片孵化计划。

【舞蹈家协会】

10月29日、30日，河南省舞协在郑州举办首期舞蹈艺术理论评论写作培训班。培训班特邀河南省知名艺术理论评论家、教授，对相关理论评论文章有针对性地进行分析分解，讲授了理论评论的构思和写作。全省90余名舞蹈理论评论写作人才参加学习交流。

11月16日至18日，由河南省舞协主办的河南省舞蹈创编人才高级研修班在郑州举办。该培训是河南省扶持艺术发展专项资金"艺术人才培养"项目。舞剧编导韩真、音乐家孟可等受邀前来授课。全省180余名舞蹈骨干参加培训，学习了新理念，了解了当前舞蹈创作的整体态势，切实解决了舞蹈编创中的一些困惑，提升了舞蹈编创能力。

"五一"期间，第十二届"舞动中原"国际标准舞全国公开赛在洛阳举行。国内外233支舞蹈代表队，13000多名选手参加活动。

7月，"舞动中原"庆祝改革开放40年河南省少儿舞蹈教学成果展演在郑州举办。全省320多支少儿舞蹈队伍，近7000名少年儿童参加展演。

11月，"舞动中原"河南省第四届中老年舞蹈展演在郑州举行。现场展演网络直播点击量达100多万人次。

【杂技家协会】

5月25日，国家艺术基金资助项目大型儿童杂技剧《槐树爷爷》在郑州首演，并于7月7日起进驻开封市万岁山大剧院进行驻场演出。

这是河南省首次专门为儿童打造的集魔术、杂技、舞蹈、音乐、滑稽为一体的大型原创儿童杂技剧，也是河南省杂协打造杂技拳头产品的一次有益尝试。该剧被列为河南省委宣传部中原文艺精品创作工程重点项目、河南省扶持艺术发展专项资金扶持项目，河南省文联和开封市着力打造、重点扶持的文艺精品项目。

10月28日，由中国杂协主办、河南省杂协承办的第二届中国杂技理论研修班在河南大学举行，全国32名杂技理论高级人才接受了为期7天的专业培训。

【民间文艺家协会】

2018年，河南省民协连续举办了“我们的节日——年画里的中国故事”大讲堂、“我们的节日——中国•春节民俗文化研讨会”、“我们的节日——中国清明民俗文化‘感恩意识与家国情怀’大讲堂”、“我们的节日——端午节习俗与屈原文化”大讲堂、“我们的节日——全国十大木版年画创新发展学术研讨会”，邀请肖放、陈连山、田兆元、林继富、黄涛、方铭等知名学者出席发表演讲。论坛采取学术讲座、研讨、对话等多种方式，在网易新闻直播平台上以网络直播形式面向全世界推出，网络点击量累计超过三十万人次，有力地宣传和弘扬了中华优秀传统文化。

2月8日，河南省民协在开封启封故园举办“我们的节日——2018中国•开封年文化节”开幕式和“全国木版年画精品展”系列活动。

2月16日（正月初一）至3月3日（正月十六）在郑州绿博园举办“我们的节日——2018中国•郑州民俗系列”展览，包括“恰是山花烂漫时”——河南省历届山花奖获奖作品展、“金针玉指弄春丝”——中原民间女红艺术展、“巧捏春泥寄乡情”——鹤壁浚县泥咕咕精品展。三项展览春节期间吸引数十万游客参观。

2月17日至3月2日，“回家过年”河南（鲁山）2018年春节民俗文化节活动在鲁山举行。铜器表演、军乐队展演、广场舞展演、曲艺说唱、唢呐展演、戏迷擂台赛、灯谜竞猜、农民篮球邀请赛等活动精彩上演。

4月27（农历三月十二）日，以“传承嫘祖文化，弘扬嫘祖精神，和平和睦和谐，共建美好家园”为主题的第四届中国嫘祖文化节在荥阳举行。

6月16日，“我们的节日端午——河南（青天河）第三届民间工艺美术绝活绝技及特色饮食展和民俗表演”活动在青天河景区举行。

6月18日至7月2日，灯影流彩有古韵——河南省皮影、木偶艺术展，指上缤纷传奇艺——河南省彩扎、编织艺术展在郑州绿博园河南民间工艺美术馆举办。

9月22日至10月31日，“我们的节日——2018中国（郑州）中秋文化节暨首届‘中国农民丰收节’”活动在郑州举行。活动主要包括：匠心神韵——全国十大木版年画创新展和百“寿”书法作品展，戊戌中秋赏月庆丰盛典，木版年画学术论坛，第四届“河南省民间文艺金鼎奖•民间艺术表演”初评活动，中原民间工艺美术绝活绝技、河南老字号、中原贡品展，绚烂迎宾蝴蝶兰展，香溢满园国庆菊展，活动内容丰富，形式多样。

10月16日，“我们的节日——中国•上蔡第十六届重阳文化节”在河南上蔡开幕。

【文艺评论家协会】

5月9日，由河南省美术馆、河南省美协、河南省文艺评论家协会主办的“二十世纪杰出的现实主义画家——李伯安作品展”研讨会在河南省美术馆举行。李伯安先生被吴冠中誉为20世纪中国最好的画家之一。其水墨人物长卷《走出巴颜喀拉》以对民族精神的高扬而呈现史诗般的光辉，把20世纪中国的水墨人物创作推上了一个新的高峰。与会嘉宾深情发言，对李伯安的艺术和精神展开了深入研讨，在他逝世20周年之际，再次纪念这位杰出画家。

6月13日，河南省文艺评论家协会邀请在郑的部分小剧场话剧主创团队、文艺评论家、话剧表演艺术家等召开座谈会。刘景亮、杨扬、李静宜、于同云、李红艳、董焕琳、闫玉静、李晔飞等专家、主创人员围绕河南省小剧场话剧的现状及发展趋势进行研讨，并对小剧场话剧的创作、演出、市场推广提出意见和建议。

10月27日，2018第七届雁鸣湖金秋笔会暨《雁鸣金秋》诗歌卷、散文卷首发式在中牟举行。毕淑敏、叶延滨、何向阳、邢军纪、孙荪、李佩甫等全国50多位知名作家、评论家、诗人齐聚雁鸣湖畔，共襄文学盛会。活动由河南省文艺评论家协会、河南日报文艺部、郑州大学出版社、中牟县委县政府主办，中牟县委宣传部、《散文选刊》杂志社、河南日报中原风读书会、中牟县文联承办。

文艺志愿服务

【文艺志愿服务慰问演出】

2018年，河南省文艺志愿者协会共组织文艺志愿者艺术家赴郑州七中、周口西华县、宁陵县、百年职校、三门峡、新县、长垣县、武汉市、光山县、鹤壁市举办“送欢乐、下基层”、“到人民中去”慰问演出活动10场，为当地老百姓、学校师生带去丰富多彩的视听盛宴。

【文艺支教】

4月、9月，河南省文艺志愿者协会分别派遣10名、19名优秀大学生作为文艺支教志愿者赴光山县、新县、鲁山县、宁陵县、郑州百年职校开展文艺支教工作，为当地学生、村民普及音乐、美术、书法知识，受到学校老师、学生及村民们好评。

【文艺培训】

4月25日，河南省文艺志愿者走进郑州百年职校举办公益培训。

4月27日至28日，在河南汝阳、宜阳开展乡村学校少年宫艺术教师培训。

9月22日，在首个中国农民丰收节期间，河南省文联文艺志愿者走进光山县，为当地农民戏曲、音乐爱好者开展戏剧、音乐辅导、培训。

11月1日至4日，2018年乡村学校少年宫艺术辅导员培训计划——河南汝阳、宜阳、鲁山县培训项目启动，分别开设艺术欣赏、美术、音乐、舞蹈四个门类的培训班，每个县培训150人左右。

【文艺扶贫】

10月11日晚，“筑梦新时代　唱响幸福歌”文艺扶贫歌曲创作汇报音乐会在北京二七剧场举行，新闻联播等中央媒体对此进行报道。展现河南鲁山县风情的歌曲《牛郎织女》和展现河南宁陵县风情的歌曲《又见梨花》在音乐会亮相。

此前在中国文联文艺志愿服务中心与中国音乐家协会开展的文艺扶贫歌曲创作活动中，经过河南省文联的积极争取和推荐，7月和8月，全国知名词曲作家为河南省国家级贫困县鲁山县、宁陵县创作文艺扶贫原创形象歌曲，极大地宣传了贫困县的民俗风情、旅游文化、民间工艺等，为助力脱贫攻坚做出贡献。

期刊出版

【《武侠故事》蝉联河南省一级期刊】

2018年第十届全省社科期刊综合质量检测评定中，《武侠故事》成绩优良，被评为一级期刊，从而达到了2014年、2016年、2018年连续三次获省部级一等奖，被评为河南省一级期刊。

【电影《守护初心的日子》启动】

7月14日，由河南时代传媒集团策划出品的电影《守护初心的日子》启动仪式在北京举行。《守护初心的日子》是河南省文联旗下时代传媒集团的奔流影视中心倾力打造的《河南好人》系列电影的第一部。

湖北省文联

综 述

2018年，湖北省文联深入学习贯彻习近平新时代中国特色社会主义思想和党的十九大、十九届二中、三中全会精神，贯彻落实习近平总书记关于文艺工作的重要论述和全国宣传思想工作会议精神，团结引领全省广大文艺工作者围绕中心、服务大局，深入生活、扎根人民，深化改革、履职尽责，推动文联工作理念创新、工作创新、机制创新，各项工作都取得了新进展、新成效。“写意长江——湖北中国画作品展”得到了中国文联党组书记、副主席李屹和省委常委、宣传部部长王艳玲等领导及知名美术家的高度评价。“奋进新时代、壮阔荆楚潮——湖北腾飞四十年大型成就展”、“长江颂”长江流域书法名家邀请展、荆楚“红色文艺轻骑兵”文艺志愿服务等活动有声有色。组歌《我们就是河流》、音乐剧《黄四姐》、电视剧《猎场》、电影《哭嫁》《延边少年》、湖北大鼓《不吃鱼的猫》等文艺精品脱颖而出。大力推进“湖北文艺四库全书”建设，文艺人才队伍不断壮大，金伯兴、樊利杰、吉虹等文艺家在全国获奖。

会议与活动

【荆楚“红色文艺轻骑兵”活动】

1月8日，湖北省文联荆楚“红色文艺轻骑兵”走进第七届世界军人运动会建设工地，用文艺向奋斗在一线的建设者致敬。此次活动由省委宣传部、省文联、中建三局集团联合主办，省文艺志愿者协会、中建三局黄家湖大道综合管廊工程项目部承办。省委宣传部副部长邓务贵，省文联党组书记、常务副主席邓长青和中建三局近500名工程建设者们一起观看演出。按照中宣部和省委省政府要求，2018年湖北省文联组建了48支荆楚“红色文艺轻骑兵”小分队，开展文艺志愿服务活动80余场次，受益群众15万人次；全省各基层文联组建“红色文艺轻骑兵”志愿服务小分队300余支，开展文艺活动500余场次，受益群众达40万人次。中央电视台、人民网、湖北电视台、中国艺术报等媒体对此进行了报道。

【第八届“中国农民春晚”】

2月8日，由省委宣传部、省新闻出版广电局、省文联、湖北广播电视台共同主办，省电视艺术家协会、湖北广电垄上频道组织承办的第八届中国农民春晚在襄阳体育馆举办。本届农民春晚以“绿水青山美中华”为主题，共有来自全国的20个节目上演，其中近一半是各地的国家级非物质文化遗产，展现乡村振兴、精准扶贫、“绿水青山就是金山银山”等内容。

【湖北省文联第九届委员会第八次会议】

3月20日，湖北省文联九届八次全委会在武汉东湖宾馆召开，近200名文联委员和文联副处副高以上干部参加了会议。全国政协委员、省文联主席熊召政在会议上传达了全国“两会”精神，省文联党组书记、常务副主席邓长青作省文联九届八次全委会工作报告。会议审议、通过了《关于通过〈湖北省文联九届八次委员会工作报告〉和〈湖北省文联2018年工作要点〉的决议（草案)》。会议还表彰了湖北省第三届“最美文艺志愿者”6人，“优秀文艺志愿者”68人。

【第十六届春满楚天湖北省地方台春节文艺节目展评颁奖礼暨到人民中去——湖北文艺家走进阳新文艺志愿服务活动】

5月22日至23日，“大美阳新幸福歌”——第十六届春满楚天湖北省地方台春节文艺节目展评颁奖礼暨到人民中去——湖北文艺家走进阳新文艺志愿服务活动在阳新县隆重举行。活动期间，举办了文艺辅导、艺术讲座、书画笔会、慰问演出等系列活动。省文联党组书记、常务副主席邓长青为第十六届春满楚天全省地方台春节文艺节目展评特别奖——《绿水青山美中华》第八届中国农民春节联欢晚会获奖单位颁奖。此次活动由省委宣传部、省文联、省新闻出版广电局、湖北广播电视总台主办，省电视艺术家协会、省文艺志愿者协会、省文联文学艺术院、湖北广播电视台垄上频道、黄石电视台、黄石市文联、阳新县委县政府承办。

【湖北省文联第十次代表大会、湖北省作协第七次代表大会】

7月19日至21日，湖北省文联第十次代表大会、湖北省作协第七次代表大会在武汉胜利召开。大会开幕式于7月20日在武昌洪山礼堂举行。中国文联党组书记、副主席李屹，中国作协党组成员、副主席吉狄马加和蒋超良、王晓东、徐立全、马国强、王艳玲、梁伟年、陈安丽等省委、省人大、省政府省政协领导出席开幕式。省第十次文代会、第七次作代会主席团全体成员和特邀嘉宾在主席台就座。开幕式由省委常委、宣传部部长王艳玲主持。省总工会党组书记、常务副主席董永祥代表省级各人民团体致辞。李屹代表中国文联对大会的召开表示祝贺，向湖北省委、省政府重视支持文艺事业表示感谢。吉狄马加代表中国作协对大会召开表示祝贺。蒋超良在开幕式上作重要讲话。省文联党组书记、常务副主席邓长青代表湖北省文联第九届委员会作题为《以习近平新时代中国特色社会主义思想为指引　奋力谱写湖北文艺繁荣发展新篇章》的工作报告，省文联党组成员、副主席罗丹青作《关于〈湖北省文联章程〉修改情况的说明》。开幕式后，先后举行了第二次全体会议、第三次全体会议、十届一次全委会、十届一次主席团会和闭幕式，审议通过了工作报告、章程，选举产生了十届委员会和主席团。闭幕式后，省委常委、宣传部部长王艳玲出席了省文联、省作协新一届委员会全体会议并讲话，省委宣传部常务副部长张海明与省文联、省作协新一届兼职副主席进行了谈话。

【中国文联文艺志愿服务制度化培训班】

9月12日至14日，深入学习习近平新时代中国特色社会主义思想、推进文艺志愿服务制度化专题培训班在武汉举办。中国文联文艺志愿服务中心主任、中国文艺志愿者协会副主席兼秘书长廖恳，湖北省文联党组书记、常务副主席邓长青出席开班仪式，省文联党组成员、副主席王永平主持仪式。来自湖北、湖南、江西、河南四省文联文艺志愿服务工作部门主要负责人和负责注册管理工作的同志，省级文艺家协会负责人或负责注册管理工作的同志，各市州县文联文艺志愿服务工作部门负责人近300人参加了培训班。培训班由中国文联文艺志愿服务中心指导，湖北省文联、河南省文联、江西省文联、湖南省文联主办，湖北省文艺志愿者协会、河南省文艺志愿者协会、江西省文艺志愿者协会、湖南省文艺志愿者协会、湖北省文联文学艺术院等单位协办。

【第十四届湖北曲艺百花书会评奖暨中国曲协文艺志愿服务团送欢乐走进襄阳】

11月7日，第十四届湖北曲艺百花书会颁奖仪式暨中国曲协文艺志愿服务团送欢乐文艺晚会在襄阳剧院举行，中国曲协主席、著名相声表演艺术家姜昆，中国曲协副主席范军，中国文联曲艺艺术中心主任项云，湖北省文联党组书记、常务副主席邓长青，湖北省文联党组成员、副主席王永平，湖北省文联副主席、省曲艺家协会主席陆鸣，襄阳市政协主席岳兴平，襄阳市委常委、宣传部部长胡和平，襄阳市副市长丁亚琳等领导和嘉宾出席。此次评奖共评出节目奖6个、表演奖6个、文学奖3个、新人奖5个。颁奖仪式后，湖北省老曲艺艺术家、获奖节目代表和中国曲协文艺志愿服务团的艺术家们同台献艺，为观众奉献了一场汇聚梆子、大鼓、小曲、道情、相声、小品、说唱等具有浓郁曲艺特色的文化大餐。

【写意长江——湖北省中国画作品展】

11月14日，由中国文联、中国美术家协会、湖北省委宣传部指导，湖北省文联主办，湖北省美术家协会、省国画院承办的“写意长江——湖北省中国画作品展”在中国文联文艺家之家展览馆隆重开幕。中国文联党组书记、副主席李屹，中国文联党组成员、副主席李前光，中国文联党组成员、书记处书记陈建文，中央宣传部原秘书长、中国政治思想工作研究会副会长官景辉，中国人民解放军军械工程学院原副院长黄金元将军，湖北省国际文化交流中心理事长、湖北省原副省长赵斌；中国文联各部门、各协会、各单位负责人；中国国家画院名誉院长龙瑞，中国美协副主席、中国国家画院院长杨晓阳，中国国家画院常务副院长卢禹舜，解放军艺术学院中国画研究室主任任惠中，中国工笔画学会会长陈孟昕，中央美术学院中国画学院院长陈平，北京画院党委书记刘宝华，中国国家画院副院长纪连彬等知名美术家；孙克、刘曦林、丁杰、尚辉等18位知名美术理论、评论家；湖北省文联部分主席团成员、秘书长及北京美术界众多关心和支持湖北美术事业的领导和艺术家等共300余人出席大会开幕式。开幕式由湖北省文联党组成员、副主席罗丹青主持。湖北省文联党组书记、常务副主席邓长青致开幕词，中国美协分党组书记、驻会副主席、秘书长徐里发表讲话，湖北省国画院院长陈迪和介绍了策展情况，湖北省文联副主席李乃蔚代表参展画家发言，湖北省国际文化交流中心理事长、湖北省原副省长赵斌宣布展览开幕。开幕式后，多位国内知名理论家参加研讨会，对此次参展的全部127幅作品给予高度肯定。

【第十二届湖北戏剧牡丹花奖颁奖暨戏曲进校园展演】

11月29日晚，由湖北省文联主办、湖北省戏剧家协会承办的第十二届湖北戏剧牡丹花奖颁奖暨戏剧进校园展演在华中农业大学大学生活动中心举行，省文联党组成员、副主席罗丹青致辞，省文联党组成员、副主席王永平宣读获奖名单。本届“牡丹花奖”评选于1月正式启动，全省各戏剧院（团）推荐参评的54人中，20人荣获本届“牡丹花奖”，2人荣获“牡丹花大奖”，涵盖了京剧、汉剧、楚剧、荆州花鼓戏、黄梅戏、豫剧、阳新采茶戏、襄阳花鼓戏、话剧等剧种。湖北省京剧院等六家单位获优秀组织工作奖。

【奋进新时代，壮阔荆楚潮——湖北腾飞40年大型成就展】

12月28日，“奋进新时代，壮阔荆楚潮——湖北腾飞40年大型成就展”在湖北省图书馆拉开帷幕。成就展由湖北省文联、省档案馆联合主办，湖北画报社承办，湖北省国画院、湖北省摄影家协会、新华网湖北频道为支持单位。现场精选340余幅摄影图片、美术作品以及若干实物模型，展示湖北光辉发展历程与巨大发展成就。省政协第十一届委员会副主席肖旭明出席开幕式并宣布展览开幕。省委宣传部副部长邓务贵，省文联党组书记、常务副主席邓长青参观展览。省文联主席刘醒龙、省档案馆副馆长李宗春代表主办方致辞。省文旅厅副厅长杨军、省文联党组成员、副主席罗丹青、省政协第十一届委员会教科文卫体委员会主任肖安民等领导出席开幕式。省文联党组成员、副主席肖伟池主持开幕式。省国画院院长陈迪和作为艺术家代表发言。

创作与研究

【第五届湖北舞蹈“金凤奖”（职业舞蹈）评奖】

6月27日晚，第五届湖北舞蹈“金凤奖（职业舞蹈）”颁奖晚会在湖北剧院举行，出席颁奖晚会的领导有省文联党组书记、常务副主席邓长青、副主席罗丹青，省舞蹈家协会主席梅昌胜、协会驻会副主席张莉、副主席詹志美、魏汉萍及各院团、院校的负责人等。评奖活动，共收到全省各地市州舞协，专业院团院校报送的舞蹈作品86件，最终评选出特别奖1名、作品一等奖2名、作品二等奖3名、作品三等奖4名、表演一等奖2名、表演二等奖3名、表演三等奖4名、展演奖20名、优秀组织奖2名。

【“长江杯”空竹盛典暨第四届湖北杂技金菊奖2018空竹展演】

9月15日，由湖北省文联、省杂技家协会举办的“长江杯”空竹盛典暨第四届湖北杂技金菊奖2018空竹展演在武汉杂技厅拉开帷幕。展演为期两天，展演的空竹节目，分为团体表演、单轮空竹个人表演、双轮空竹表演、空竹双人舞、花式空竹5个门类，共有281人参加展演。江西、上海、湖南、江苏、重庆等长江经济带的空竹名家受邀参加了展演。省文联党组成员、副主席肖伟池宣布获奖名单。中国杂协副主席、湖北省文联副主席、省杂协主席梅月洲为获奖选手颁奖。省文联党组书记、常务副主席邓长青出席颁奖典礼并讲话。

【金鸡百花电影节获奖电影巡展】

9月17日晚，与改革开放同行——金鸡百花电影节获奖电影巡展启动仪式暨湖北省文联荆楚

“红色文艺轻骑兵”走进潜江慰问演出活动在曹禺大剧院举行。本次活动由中国电影家协会、湖北省文联、潜江市政府联合主办，省电影家协会、省文艺志愿者协会、潜江市委宣传部、潜江市文联承办。中国电影家协会分党组成员、秘书长饶曙光，省文联党组书记、常务副主席邓长青，潜江市委副书记、市长龚定荣出席活动并致辞，著名导演、制片人文隽，著名导演郑大圣和潜江市各界群众代表近千人参加活动。活动现场为“纪念改革开放四十周年微电影大赛”获奖的《延边少年》《坚守》等10部优秀作品颁奖。电影高峰论坛上，中国电影家协会分党组书记、驻会副主席张宏与湖北的电影艺术家、评论家就湖北电影发展改革的思路与对策进行了深度探讨。此后的电影周还开展了“与改革开放同行——金鸡百花获奖电影巡映活动100场”文化惠民活动，组织了20部金鸡百花获奖电影“进社区、进乡村、进校园”。

【《中国民间文学大系·湖北卷》《中国民间工艺集成·湖北卷》编纂工作推进会】

9月18日，中国文联副主席、中国民协主席潘鲁生，中国民协网络信息处负责人吴京男等一行赴武汉实地调研荆楚民间特色工艺，先后实地参观考察了黄春萍锦绣坊汉绣工作室和江城紫砂艺术馆，并召开专题研讨座谈会，督导并推进《中国民间文学大系·湖北卷》《中国民间工艺集成·湖北卷》的编纂工作。

【聚焦“一带一路”全省摄影大展】

9月29日上午，由湖北省摄影家协会主办的聚焦“一带一路”全省摄影大展在省图书馆举行开幕仪式暨颁奖典礼。省文联党组成员、副主席罗丹青及省摄影家协会主席团成员出席展览开幕式并颁奖。开幕式由省摄协驻会副主席史建文主持，省文联副主席、省摄协主席杨发维致辞。本次展览共有118名作者获奖，147件获奖作品展出，其中金奖作品5件、银奖作品10件、铜奖作品15件、优秀作品117件。黄石、孝感、宜昌、襄阳、黄冈、荆州、荆门、恩施获组织工作奖。

【庆祝改革开放四十周年“湖北音乐金编钟奖”成果展】

10月17日晚，省文联、省音协、省文艺志愿者协会联合武汉市洪山区委、区政府、武汉音乐学院、湖北广电城市电视频道、华中农业大学团委、湖北省土家族（五峰）歌舞剧团、柏斯音乐集团等多家单位，在华中农业大学体育馆举办“为你歌唱——‘湖北音乐金编钟奖’成果展暨荆楚红色文艺轻骑兵走进武汉市洪山区高校惠民演出”活动。来自一至七届金编钟奖的评委、获奖选手和湖北省音乐界的专家教授、一线演员、文艺志愿者代表等共110名演职人员与省市区的领导、嘉宾、群众及华中农业大学师生3000余人参加了活动。

【文艺精品战略促文艺创作繁荣】

2018年，湖北省文联加强顶层设计，成立了省文联文艺精品创作领导小组，明确了职能主管部门，制定了《湖北省文联文艺精品创作生产实施方案》（2018-2021），各省级文艺家协会分别成立了文艺精品创作生产工作专班。制定了《湖北文艺家工作室管理办法》，在基层开办了“荆楚文艺名家大讲堂”，积极建设湖北文艺“四库全书”，即湖北省文联中青年人才库、湖北省文联文艺创作扶持项目库、湖北文艺资源数据库和荆楚文艺名家档案库，其中中青年优秀文艺人才库新增补了172名。坚持文艺创作与文艺评论两手抓，《长江文艺评论》影响力日益增强，文艺评奖改革深入推进，歌曲《核心价值观之歌》、交响组歌《我们就是河流》、土家乡村音乐剧《黄四姐》、电视剧《金水桥边》《猎场》、电影《哭嫁》《延边少年》、动画短片《冲破天际》、湖北大鼓《不吃鱼的猫》、舞蹈《奔马·途》等一批文艺精品和金伯兴、樊利杰、吉虹等文艺家在全国和国际上获奖。

文化交流

【湖北省美术团庆祝海南建省30周年美术作品展】

4月28日，湖北省美术团庆祝海南建省30周年美术作品展在海南省海口市国新书苑开展。本次画展由湖北省美术家协会、海南省国新书苑联合主办，海南省著名艺术家易至群、谢源璜担任学术主持，共展出书画作品109幅。

【长江颂•长江流域书法名家邀请展】

8月19日，由湖北省书法家协会、书法报社、湖北美术馆联合举办的长江颂•长江流域书法名家邀请展在湖北美术馆开幕。省书协主席徐本一在开幕式上致辞；中国书协副主席、江西省书协主席毛国典代表中国书协致辞；省文联党组书记、常务副主席邓长青宣布展览开幕。开幕式由省文联党组成员、副主席罗丹青主持。活动得到了来自长江流域19省、自治区、直辖市的208位书法家的大力支持。省政协常委、教科文卫体委员会主任、省书法院院长刘永泽，书法报社原社长、省书协原顾问孙方，省美协原副主席张善平，省书协名誉主席金伯兴，江西省书协副主席韩顺任、张英俊及来自江西、湖北的近400位书法家、书法爱好者参加了开幕式。

机关建设

湖北省文联把学习贯彻习近平新时代中国特色社会主义思想作为文艺工作首要政治任务，通过党组中心组学习会、培训班、座谈会等多种形式，深入领会精神实质。坚持以党建带群建，省文联党组和主席团全体成员及各文艺家协会负责人赴红安县和大悟县等革命老区开展“不忘初心、牢记使命、繁荣文艺”主题教育活动。以“两学一做”学习教育常态化制度化为主线，加强文联机关党建工作，实现了党建工作全覆盖。开展作风建设年活动，组织“新时代 新作为”大学习大讨论，建立了文联机关查纠“四风”联动协作机制。坚决贯彻落实意识形态工作责任制，意识形态工作经验获省委宣传部充分肯定。推动“互联网+文艺”工作取得新进展。定点扶贫和驻村帮扶成效明显，帮助大悟县陈河村建成了“鄂北文化驿站”，促进了定点村村集体和村民的增收。省文联干部教育、管理、使用和离退休干部工作以及目标责任制管理、综治、文明创建、法治、国家安全、机要档案、信访接待、人大政协提案办理、统战、工青妇、年鉴编撰、信息报送等规范有序，获得上级主管部门好评。严格执行2018年度预算资金计划，确保资金合规合纪安全执行，为文联各项文艺项目的开展提供了有力的保障。

直属单位

【今古传奇传媒集团有限公司】

3月，侠世界线上IP及线下武侠主题公园项目在武当山举办侠世界创世盛典。4月，数字新媒体公司淘宝新店上架今古传奇系列周边产品。5月，今古传奇影视公司参与投资制作的《延边少年》获得戛纳奖特别提及奖；“楚文杯”第二届中国小学生阅读大赛开赛。侠世界项目在深圳文博会招商。6月，举办赤壁诗会，筹办耕读诗会；湖北今古传奇大鲲童萌文化发展有限公司成立。7月，《速读》编辑部推进盐城建站等建站推广工作；武侠世界公司完成《中国英雄》的网络大电影剧本第二部。8月，落实传奇文化产业园一期的详细规划设计；《青春创业手册》《武陵王》开机筹备。9月，参加刊博会，动画片《武当虹少年》获得好评；武侠文创白酒——侠世界七种武器新品推介发布。10月，与北京真实影像确定《选择与尊严》合作项目；侠世界网络大电影《决战唐门》合同签约。11月，举办荆州文艺大典；与湖南潇湘电影厂《新龙门客栈》定制IP联动；《武汉100》纪录片第二辑开拍。12月，出版凤凰荆州2018文艺大典学术成果《谈艺录》。

【书法报社】

4月，在福建泉州举办第十届全国硬笔书法骨干教师高级研修班；在洪湖革命历史博物馆举办巾帼墨华•湖北省妇女书法作品展。5月，在珠海举办第五届全国教师现场书法创评暨教学论坛。7月，在湖北省档案馆举行葛昌永书写“十九大报告”书法长卷捐赠仪式；在云南鲁甸举行援建的书法培训楼“翰馨楼”启用仪式及举办“情系鲁甸 翰墨飘香”书法作品展；举办荆风楚韵•湖北中青年书法家作品展。7月至8月，在昆明、黄山、常州分别举办第十四届全国少儿书画现场大赛（楷书决赛，美术、行草书决赛，篆隶书决赛）；在杭州、西安分别举办第十届全国中小学生硬笔书写大赛现场总决赛。8月，与省书协在湖北美术馆共同举办“长江颂•长江流域书法名家邀请展”。9月，在中国（武汉）期刊交易博览会期间举办“金秋助学”全国报刊社长、总编辑书法公益捐赠展，通过现场义拍义卖，共为洪湖革命老区筹捐爱心善款180余万元；在东湖长天楼举办墨润中秋•国展获奖青年书家15人作品邀请展。9月至10月，在北京、泰宁分别举办第十一届中国重阳书画展暨中国书画名师班。11月，在长沙县举办“田茂杯”开慧故里好家风书法报•书法海选现场决赛；举办第十届“观音山杯”全国书法艺术大展。12月，在深圳举办“陆羽杯”首届全国茶文化书法大赛。书法报社获2018中国（武汉）期刊交易博览会“优秀组织奖”；2018年非洲湖北传媒周活动“优秀单位”及“优秀宣传组织工作特别奖”。

【湖北画报】

2018年，《湖北画报》开辟“改革开放四十年”专栏，报道了一批有特殊贡献的企业和人物，聚焦全省“两会”等重大主题，推出《两会特刊》、“万里茶道 世纪动脉”、“新时代劳模精神熠熠生辉”、“走出去，再造一个海外新农垦”、“迎军运，文明在武汉”、“改革开放四十年 灵秀湖北谱华章”等专题报道、特别策划。承办“奋进新时代 壮阔荆楚潮——湖北腾飞四十年大型成就展”活动，成功申报“‘视觉长江’中外摄影家大型采风活动”项目，“长江三峡漫云文创基地”项目有序推进。编辑出版了数十种专刊画册产品，举办了20多场区域旅游营销策划推广活动以及十多场大型媒体采风活动。

【戏剧之家杂志社】

从2018年起，《戏剧之家》正式升级为旬刊，全年共出版36期。2月至12月，举办了第四届优秀学术论文评选活动。12月，参与在潜江举办的第四届全国剧本创作交易会，承担了第四届“曹禺杯”优秀剧本征集评选活动的前期宣传推广、剧本征集、活动跟踪报道及获奖舞台剧本专辑编辑出版工作。

【文学艺术院】

1月，“荆楚风•中国画名家系列——吴俊化写意花鸟画展”在湖北省国画院美术馆开幕。2月，“闲情偶寄•程春利、李剑、李雪梅、黄少牧花鸟画小品展”在湖北省国画院美术馆举办。3月，中国文联党组书记、副主席李屹，湖北省政协副主席马旭明，湖北省文联党组书记、常务副主席邓长青到湖北省国画院调研；“2018年湖北省国画院迎春作品展”、“第六届湖北省中国画高级研修班作品展”在湖北省国画院举行。4月，举办湖北省文联所属社会组织学习贯彻习近平新时代中国特色社会主义思想培训班；举办湖北省文联系统网络监管与新闻写作培训班；新疆博尔塔拉自治州党委宣传部副部长、文体广新局党组书记田涛一行5人来到湖北省国画院调研交流。5月，举办了2018年舞蹈教学研修班、湖北省书协新会员培训班、湖北省青少年魔术教师培训班、湖北省微视频创作培训班；“心道悟源•叶利平中国画作品展”“钟期会心•李剑中国画作品展”“故园春秋•黄少牧中国画作品展”在湖北美术馆隆重开幕。6月，举办湖北第一届中青年词曲作家高级研修班；“到人民中去”省书协文艺志愿走基层活动赴襄阳、荆门、咸宁；“中国梦•艺术魂——纪念改革开放40周年当代名家邀请展”在湖北省国画院美术馆开幕；“湖北画家画湖北”采风团走进大冶；湖北省书法院参加“首届全国书法院作品联展（安徽站）”。7月，举办湖北省曲艺创作表演培训班；“纪念建党97周年•湖北省国画院党员画家作品展”在湖北省国画院美术馆开幕。8月，省委常委、宣传部部长王艳玲到湖北省国画院调研；写意长江——湖北省国画院画家采风团走进宜昌、荆州；“墨舞峡江——魏启荣重庆书法作品展”在重庆长江当代美术馆隆重开幕。10月，湖北省书协2018年临书临印培训班、“国风楚韵中国画名家个案研究系列展——冯汉江意笔山水”在湖北省国画院美术馆开幕；第七届湖北省中国画高级研修班作品展在湖北省国画院展览馆开幕；“大美新长江”庆祝改革开放四十周年暨第二届湖北省书法院院展在湖北省图书馆举行。11月，举办2018年湖北省谜语（灯迹）知识培训班；“画说大冶——湖北省中国画作品展”在湖北省国画院美术馆开幕。12月，“奋进新时代 壮阔荆楚潮——湖北腾飞40年大型成就展”在湖北省图书馆举行。2018年全年，完成年度湖北省文联中青年优秀文艺人才库人才推荐、申报、资格审查、评审、公示、签约及资金拨付工作；翠柳一号录音棚录制湖北省文联“红色文艺轻骑兵”、“到人民中去”音乐、音乐交响诗《我的长江》、纪念改革开放40周年湖北省音协金编钟奖展演音乐4首、“与共和国同行——纪念改革开放40周年暨纪念知识青年上山下乡50周年综艺晚会”歌曲联唱12首。

各文艺家协会

【戏剧家协会】

举办第十二届湖北戏剧牡丹花奖活动，共有20位优秀中青年演员荣获本届“牡丹花奖”，2位优秀中青年演员荣获“牡丹花大奖”。4月至5月，组织省内部分知名戏剧专家组成文艺下基层小分队分别赴恩施与襄阳多个基层专业戏剧院（团）开展地方戏小剧种的专业辅导和艺术提升。6月至11月，举办“2018年湖北高校戏剧展演”，共有近40所高校的78个剧（节）目参加，部分作品和个人荣获“优秀展演剧（节）目”、“校园戏剧之星”等荣誉。7月，在第22届中国少儿戏曲小梅花荟萃活动中，由省剧协推荐的周丹妮、鲁昱辰和张星茹分别获业余A、B组和专业组个人“金花”称号；楚歌《橘颂》获“创新类最佳集体节目”。8月，举办2018年“夏之风”东湖戏剧惠民展演周。11月，推荐武汉楚剧院新编剧目《乡里乡亲》参加第八届（张家港）长江流域戏剧艺术节并荣获“优秀展演剧目”；在第四届“曹禺杯”优秀剧本征集评选中，从460部舞台剧剧本中推出14部作品分获“优秀奖”、“提名奖”和“新人奖”。全年成功组织开展“戏剧进校园”的辅导、培训和讲座等系列活动90多场（次），惠及大、中、小学四十多所，受惠师生逾万人。

【音乐家协会】

1月至4月，完成湖北省第十九个党风廉政建设宣传教育月巡演歌曲创作任务和收集改编整理。3月至11月，参与大型交响组歌《我们就是河流》创作展演和研讨交流。4月，在武汉召开全省音协工作会和音乐考级会。4月至5月，组织两批专家小分队赴襄阳市南漳县和宜昌市五峰土家族自治县进行基层文艺培训（辅导）。5月至6月，完成中宣部第六批“中国梦”主题新创作歌曲征集活动的报送工作。6月，举办第一期湖北优秀中青年词曲作家高级研修班。7月至12月，组建《长江组歌》词曲创作团队赴宜昌、荆州、岳阳三地采风创作，召开座谈会、研讨会，共收到第一批原创歌词100余首、原创歌曲80余首，最后32首进入录音制作。8月至12月，开展荆楚音乐创作“131”精品工程——2018年全省优秀原创歌曲推选活动，共征集原创歌曲132首，从中推荐8首参加中国音协“听见中国听见你”2018年度优秀歌曲推选活动。10月，举办“为你歌唱——庆祝改革开放四十周年‘湖北音乐金编钟奖’成果展暨荆楚红色文艺轻骑兵走进武汉市洪山区高校惠民演出”活动。11月至12月，组织词曲作家参加中央文明办、中国文联和中国音协等单位举办的“学雷锋志愿服务主题歌曲征集传唱活动”，歌曲《老陈》荣获学雷锋志愿服务主题歌曲全国“十佳”优秀歌曲作品奖，《谢谢你》《你从未离开》《你是好人》等3首荣获入围歌曲奖。全年组织活跃在一线的音乐家近30人参与省文联荆楚“红色文艺轻骑兵”惠民演出“六进”“五送”活动50多场次，受益人群达10万人次。

【美术家协会】

1月，主办荆楚风——中国画名家作品系列吴俊化写意花鸟画展。2月，主办闲情偶寄——程春利、李剑、李雪梅、黄少牧花鸟画小品展。3月，组织“艺术进校园•湖北水彩画展”。6月，主办湖北省第十届少儿视觉艺术“萌芽杯”展；共赋华章——李孟、杨茂宗中国画作品展；主办心道悟源•叶立平中国画作品展；主办钟期会心•李剑中国画作品展；故园春秋•黄少牧中国画作品展；主办镶嵌中国——马赛克艺术邀请展全国巡展•武汉。9月，主办步漆而语——湖北省高等院校首届漆艺作品展；主办多维景观——湖北女性艺术家作品展。10月，主办国风楚韵中国画名家个案研究系列展——冯汉江意笔山水、“红T/象•素”时尚插画艺术展。11月，主办写意长江——湖北省中国画作品展、画说大冶——湖北省中国画作品展。12月，主办“画说麻城”——2018湖北美术作品展。

【曲艺家协会】

3月，征集报送优秀作品参加第三届“走马杯”讲好中国故事曲艺展演活动，其中湖北大鼓《一诺千金》入选。推荐湖北大鼓《讲孝心》入选第九届中国曲艺节。指导创建潜江湖北道情传承基地。4月，面向全省征集改革开放40周年优秀曲艺作品40余篇报送中国曲协遴选结集。启动湖北曲艺进校园小分队——走进中南民族大学，中南民族大学以选修课（计入学分）的方式培养曲艺传承人。举办了湖北小曲表演艺术家何忠华先生收徒仪式,13名青年曲艺新徒拜师学艺。6月至

7月，选送湖北大鼓《不吃鱼的猫》、小品《信任危机》、相声《大话西游》参加中国曲艺牡丹奖分赛区比赛并获入围奖，最终《不吃鱼的猫》获中国曲艺牡丹奖表演奖。举办“到人民中去”湖北省曲艺创作表演（孝感）培训班，并邀请到中国曲协领导到孝感调研，主持召开了加强新时代个人会员发展管理服务工作暨基层曲协组织建设座谈会。选送优秀少儿节目湖北小曲《水调歌头•游泳》参加第八届全国少儿曲艺展演，并入选中央电视台“大手拉小手”慰问专场演出。11月，第十四届湖北曲艺百花书会决赛与颁奖仪式暨中国曲协文艺志愿服务团送欢乐文艺晚会在襄阳举行。12月，选派优秀曲艺作者徐东参加第十期全国曲艺创作高级研修班。2018年全年，省曲协曲艺轻骑兵会同省文联荆楚红色文艺轻骑兵小分队，深入全省各地的社区、乡镇、学校、建设工地、部队、厂矿、村庄、田间地头等开展慰问演出活动达60多场，100余人次的曲艺家和曲艺工作者参与。

【摄影家协会】

1月至2月，省摄协主席团带队组织4支“红色文艺轻骑兵”小分队，走进随县农村、黄石老小区“筒子楼”、汉十高铁云梦段、杨泗港大桥建设工地等地送摄影、送温暖。与湖北电视综合频道《爸爸我来了》大型公益直播节目合作，为汉十工地留守儿童家庭拍摄全家福。3月，赴宜昌、荆州调研，完成《湖北省摄影家协会关于基层协会发展现状及问题的调研报告》；与中国艺术摄影学会、中国摄影报社、武当山风景区管理局联合主办的“武当369杯”2018武当山全国摄影大展启动征稿；授予松滋市“湖北摄影之乡”称号；启动“摄影家轻骑兵走进卸甲坪土家族乡”活动。5月至6月，“到人民中去”湖北省摄影家协会摄影培训小分队在潜江、神农架、孝感举办3场培训活动。6月，组织“神韵随州 镜采四季”旅游摄影大赛征稿工作。7月，做好省文联十代会省摄协代表团7名委员、39名代表的申报工作。9月，组织“绿色当阳 秀美沮漳”摄影大展、湖北•巴人河旅游摄影大赛征稿；主办聚焦“一带一路”全省摄影大展。10月，与中国摄影报社、“红色老区灵秀大悟”全国摄影大展组委会联合主办的第五届“红色老区 灵秀大悟”全国摄影大展开幕。11月，“大美湖北”——湖北省庆祝建国七十周年摄影作品展征稿启动；选送19幅反映湖北省经典风景的作品组成“灵秀湖北”单元参加第十二届中国摄影艺术节“大美中国”展览。12月，与湖北电视台休闲指南频道联合承办《凝固光影》专业摄影类周播电视栏目。

【舞蹈家协会】

1月，第五届湖北舞蹈“金凤奖”（职业舞蹈）评奖活动工作全面展开。3月，围绕“全省各文艺门类发展现状和问题及未来发展的意见与建议”主题开展大调研活动。5月，“2018年湖北省舞蹈教学研修班”在武汉市艺术学校举办。10月，“到人民中去”——2018年湖北省舞协艺下基层舞蹈培训小分队活动在荆门举办。此外，协会按照湖北省文联党组统一部署，做好湖北省舞蹈家协会第八次会员代表大会筹备工作；引导协会会员积极参与省文联组织的“到人民中去”文艺志愿服务主题活动。武汉音乐学院《悟尘》获2018年湖北文艺精品创作扶持专项基金，湖北艺术职业学院女子双人舞《梦中梦》、武汉音乐学院舞蹈《归决》《楚之风》、武汉邮政艺术团舞蹈《奔腾2018》成为省文联签约制文学艺术作品创作扶持项目，由武汉市艺术学校选送的舞蹈作品《时光》《弦歌铮铮》参加第五届“荷花少年”全国校园展演，获得“星光少年”荣誉称号。

【民间文艺家协会】

5月，组织开展《中国民间文学大系•湖北卷》的编纂工作。8月，《中国民间文学大系•湖北咸宁民间叙事长歌卷》编纂工作会在湖北科技学院鄂南文化研究中心召开。9月，中国文联副主席、中国民协主席潘鲁生，中国民协网终信息处负责人吴京男等一行赴武汉实地调研荆楚民间特色工艺，并召开专题编纂工作会。10月，中国民间文艺家协会专家组全票通过黄冈创建“东坡文化之乡”工作验收。11月，2018年湖北省谜语（灯谜）知识培训班在武汉举办；中国民间文艺家协会决定授予湖北省麻城市“中国孝善文化之乡”称号；在宜昌召开《中国民间文学大系•湖北机智人物故事卷》及《中国民间文学大系•雾渡河长歌卷》编纂工作会。

【书法家协会】

元旦春节期间先后组织荆楚“红色文艺轻骑兵”书法小分队133支，开展活动272场，现场书写春联福字35000余套，发放印制春联福字12000余套；多人入展或入选全国第二届大字书法艺术展、全国第二届大学生书法篆刻作品展、全国第二届高等书法教育论坛、全国第三届篆书作品展、全国第八届篆刻艺术展、全国第三届册页书法作品展、全国第六届妇女书法篆刻展等；4月，金伯兴、樊利杰获第三十四届兰亭书法节暨第六届中国书法兰亭奖铜奖，王勇入选第六届中国书法兰亭奖作品展。在洪湖市举办学习贯彻习近平新时代中国特色社会主义思想和党的十九大精神专题培训班。举办了湖北省第五届书法艺术节启动仪式和巾帼墨华•湖北省妇女书法作品展开幕仪式。5月，在武汉举办全省百名优秀书法人才工程项目推进会。在武汉举办为期5天的全省新会员培训班。6月，“走进新时代•开启新征程”书法作品展览在湖北省图书馆开幕。“到人民中去”系列文艺志愿走基层活动分别在武汉、襄阳、荆门、咸宁开展。8月，长江颂•长江流域书法名家邀请展在湖北美术馆开幕。9月，“美丽乡愁”第三届湖北省青年书法展在襄阳举办。中国襄阳米芾书法名家作品邀请展在米公祠开幕。10月，湖北省书协2018年临帖临印培训班在武汉举行。“印苑楚声•第二届湖北省篆刻艺术展”开幕式在武汉博物馆举行。11月，纪念改革开放40周年“翰墨写云舒”湖北书法百人工程惠民公益系列讲座暨书法小品展在武汉嘉宝美术馆举办。湖北、山东书法创作交流座谈会暨山东青年书法名家全国推荐（湖北站）活动在湖北省文联举行。湖北省第二届书法小品展在武汉美术馆开幕。湖北省第六届书学讨论会在公安县召开。12月，第五届湖北书法艺术节闭幕式暨湖北省首届行草书展开幕式在监利县博物馆开幕。

【电影家协会】

3月至4月，开展湖北省高校电影理论现状等专题调研。6月，第六届中国襄阳大学生电影展在襄闭幕，本次影展共入围80部影片。8月，开展大众电影百花奖湖北大众评委选拔活动。9月，改革开放40周年电影周在潜江圆满举办，期间举行了改革开放40周年中国电影发展历程与展望高峰论坛、“与改革开放同行——金鸡百花电影节获奖电影巡展启动仪式暨湖北省文联荆楚红色文艺轻骑兵走进潜江活动”以及微电影创作讲座等。10月，组织了第四届“曹禺杯”电影类优秀剧本终评会。11月，由湖北省电影家协会重点支持的电影《村路弯弯》在武汉洪山礼堂举行首映式。11月28日，湖北省电影家协会高校电影工作委员会正式成立。12月，参与主办的（潜江）全国剧本交易会在潜江举行。

【杂技家协会】

5月，举办了为期四天的“湖北省首届青少年魔术教师培训班”，来自全省各市州的31名青少年魔术教师参加。9月，举办“长江杯”空竹盛典暨第四届湖北杂技金菊奖2018空竹展演。开展“荆楚红色文艺轻骑兵”和“到人民中去”等文艺慰问演出活动，组织省内空竹艺术家、魔术师在广埠屯实验小学开展了“到人民中去”主题文艺演出；在辛安渡小学和汉阳区消防中队开展“荆楚红色文艺轻骑兵”等系列活动。全年在武昌区青少年宫等地开展文艺辅导小分队活动，对7个班200多名孩子开展了常年性的魔术辅导培训。

【电视艺术家协会】

1月，承办“拥抱新时代•共筑中国梦”——湖北省文联荆楚“红色文艺轻骑兵”走进蔡甸慰问演出；荣获“全国优秀视协”荣誉称号。2月，在襄阳举办第八届中国农民春节联欢会——《青山绿水美中华》。4月，承办中国电视艺术家协会主办的第九期“深入学习贯彻习近平总书记文艺工作座谈会重要讲话精神”湖北专题研讨班。率团参加由中国视协主办的全国卫视中国行“美丽中国宜宾之旅”大型主题参访活动。中国电视艺术家协会在麻城举办了“中国麻城微电影大赛”启动仪式。5月，组织“到人民中去——优秀影视作品校园行”创作辅导活动（湖北大学站）；举行“聚焦新时代——2018年湖北省电视文艺节目、微电影（视频）创作高级研修班”；组织“学习习总书记系列讲话暨媒体融合”专题研究班和全省电视艺术创作高峰论坛。举办第十六届《春满楚天——湖北省地方春节文艺节目展评颁奖礼》暨“到人民中去”湖北文艺家走进阳新文艺志愿演出活动。7月，完成了第十五届湖北省运动会圣火采集仪式、传递仪式和开幕式文艺演出等诸多省运会关键活动。9月，组织创作团队完成了“中国农民丰收节”湖北主会场大型文艺慰问演出。11月，承办“长江杯”湖北电视艺术主持新人赛复赛、决赛，获奖选手组成湖北代表队参加第十届“海峡两岸”电视主持新人赛，湖北选手张琛荣获大赛金奖。承办“潮涌四十载·筑梦新时代”湖北省庆祝改革开放四十周年朗诵音乐会。

【文艺评论家协会】

完成2018年度《长江文艺评论》杂志的编辑出版，全年出刊6期，刊发文章154篇。2月，湖北省文联重点文艺扶持项目《湖北文艺名家研究》正式出版印刷。3月，启动第十届湖北文艺评论奖评奖活动，最终评选出著作类一等奖2名、二等奖3名、三等奖6名，论文类一等奖4名、二等奖7名、三等奖7名、优秀奖15名，并于12月在武汉举办了颁奖仪式。5月，召开《湖北文艺名家研究》出版座谈会。7月，组织全省文艺理论、评论工作者积极申报第三届“啄木鸟杯”中国文艺评论年度推优活动，推荐著作类4部、文章类6篇，共10件作品参评。8月，协办的湖北省文联“到人民中去·荆楚文艺讲堂”在秭归县屈原村拉开序幕，湖北省文联主席刘醒龙进行了首场讲座。11月，在枝江举办“到人民中去·荆楚文艺讲堂”红色文艺轻骑兵活动；联合恩施州委宣传部在武汉举办“陈连升套书”研讨会。

基层文联

2018年，湖北各市州、产行业文联以及文艺社团紧紧围绕当地党委政府和相关部门的中心工作，立足自身实际、深化改革创新，主动策划文艺活动和主题创作，广泛开展实践活动，深入实施文艺志愿服务。武汉市文联李修文、张执浩等作家作品获第七届鲁迅文学奖；黄石市文联承办了“到人民中去——湖北文艺家走进阳新慰问演出暨春满楚天第十六届全省春节文艺节目评奖颁奖典礼”活动；十堰市举办“纪念改革开放40周年书法、美术、摄影作品艺术展”；襄阳市文联开展“筑梦襄阳”全国名家看襄阳写襄阳活动；宜昌市文联文艺创作获省以上各类专业奖项50多项（件），高标准完成2018年屈原端午文化节；荆州市文联承办了首届中华诗人节；荆门市文联举办第十六届屈家岭桃花笔会；鄂州市文联主办了“改革潮涌正扬帆——鄂州市庆祝改革开放四十周年书画展”等系列文艺活动；孝感市文联以送春联、送全家福照片、送文艺演出、捐赠扶贫物资等形式服务脱贫攻坚；黄冈市文联举办“中国书法城——五城市书法作品交流展黄冈展”；咸宁市文联举办庆祝改革开放40周年暨建市20周年征文大赛；随州市文联开展书画、摄影、诗词楹联等培训活动，惠及一千多名文艺工作者；恩施州文联开展“世界硒都我的家园”主题系列文艺活动；仙桃市文联成功主办翰墨承传·仙桃市首届书法篆刻大展暨全国中青年书法名家邀请展；天门市文联抓好“茶和天下，陆羽文化”一县一品文化品牌创建，开展陆羽茶文化美术作品展、茶艺表演大赛等；潜江市文联举办“到人民中去·千张农民笑脸庆丰收”活动；神农架林区文联举办庆祝改革开放四十周年美术、书法、摄影作品展。省文联产（行）业文联工作委员会，江汉石油管理局有限公司工会、文联共同主办了水杉杯·我们的原野首届湖北省文联产（行）业文联原创舞蹈大赛。地方、产行业文艺事业繁荣发展，为推动地方、产行业改革发展营造了浓厚氛围，丰富了人民群众的精神文化生活。

湖南省文联

综 述

2018年，在湖南省委、省政府和省委宣传部的正确领导下，在中国文联的有力指导下，湖南省文联始终坚持以习近平新时代中国特色社会主义思想为指导，紧紧围绕学习贯彻党的十九大精神，坚持“二为”方向和“双百”方针，坚定文化自信，大力弘扬和践行社会主义核心价值观，突出以人民为中心的工作导向，突出聚焦中国梦、讴歌新时代主题，突出引导推动创作、多出精品多出人才中心任务，突出全面推进全省文联系统深化改革，转变职能、转换思路、调整结构、改进作风，充分发挥在行业建设中的主导作用，最广泛地团结引导广大文艺工作者听党话、跟党走，为加快推进文化强省建设、繁荣发展全省文艺事业添砖加瓦，贡献力量。

重要会议与活动

【“湖湘意蕴——2018湖南省画院作品展”举行】

4月26日至5月4日，由湖南省文联主办、湖南省画院承办的“湖湘意蕴——2018湖南省画院作品展”在湖南省画院美术馆举行。该次展览共展出了由湖南省画院专职画家和青年画院特聘画家精心创作的67幅作品，较为全面地呈现了湖南省画院长期以来坚持深入生活、扎根人民，坚持思想精深、艺术精湛、制作精良相统一，坚持承传经典、开拓创新的创作理念。

该展览是湖南省画院的年度性展览。近年来，湖南省画院秉承繁荣社会主义文艺的思想主旨，倾力打造“湖湘意蕴”等展览品牌，不断推出讴歌党、讴歌祖国、讴歌人民、讴歌英雄、讴歌改革开放的优秀作品，为湖南美术事业的发展做出了积极的贡献。

【“笑满三湘——到人民中去”第5个中国文艺志愿者服务日主题活动启动仪式暨文艺扶贫惠民演出举行】

5月17日，“笑满三湘——到人民中去”第5个中国文艺志愿者服务日主题活动启动仪式暨文艺扶贫惠民演出，在革命老区平江县梅仙镇三里村三里学校举行。湖南省文联党组书记、副主席、秘书长夏义生宣布“到人民中去”主题活动启动，希望广大文艺工作者勇担社会责任、结合自身实际、发挥聪明才智，更加积极热情地参与文艺志愿服务活动，在志愿服务中获取灵感、汲取素材，在志愿服务中陶冶情操、磨砺品格，把人间温暖送到基层，把文化艺术种在基层，自觉做到为人民抒写、为人民放歌。

启动仪式前，省、市文艺家来到三里学校教室，讲授书法、美术知识。文艺演出中，省、市文艺家为现场1000多名师生表演了歌舞、小品、相声、魔术等节目，还当场创作了大量作品，赠予梅仙镇文化活动中心、三里学校及现场群众。

【“与时代同行——全国摄影艺术展览60年摄影精品回顾展、第18届湖南省摄影艺术展”开幕】

6月28日，“与时代同行——全国摄影艺术展览60年摄影精品回顾展、第18届湖南省摄影艺术展”在谢子龙影像艺术馆开幕。湖南省政协原副主席、省文联主席欧阳斌，省政协原副主席、省摄协顾问武吉海，中国摄协副主席潘朝阳，省文联党组书记、副主席、秘书长夏义生等出席开幕式。

全国摄影艺术展览自1957年创办至今已有60年历史，举办了26届，共展出上万幅佳作，见证了新中国波澜壮阔的建设发展。此次首次来湖南举办，精选历届全国影展经典作品260余件，共330余幅，以生动直观的影像语言，讲述中国故事、传递中国声音、阐释中国精神、展示中国面貌。第18届湖南省摄影艺术展是湖南省规格最高、规模最大、阵容最强、最具专业性的摄影艺术盛事，每两年举办一次，至今已举办了18届，深受摄影界和社会各界的广泛关注。

【武陵追梦——2018湖南青年艺术家走进吉首开展写生采风活动】

7月16日，“武陵追梦——2018湖南青年艺术家走进吉首写生采风活动”在长沙启动。湖南省文联党组书记、副主席、秘书长夏义生为活动授旗，并发表讲话。

夏义生在讲话中指出，中国山水画的理想追求是为祖国河山立传，而湖南的艺术家们不仅要用自己手中的笔和才情，助推武陵山片区百姓脱贫致富奔小康，还要为“武陵立传”。他说，以武陵山脉为题材举行创作的，历史上不多见，当代的画家画武陵山的也较少见，且远远没有把武陵山的神秘、神奇用艺术的形式表现出来。因此，作为湖南的画家，就要从湖南的山水出发，用自己手中的笔去描绘、去创作。他还寄语青年艺术家们，要以自然为师、以山水为师、以生活为师，慢慢地走、细心地看，用自己手中的画笔，去记录大自然的神奇和生活的繁茂。要以学习的心态面对武陵山水，要以更高的标准对待自己的艺术创作。

【湖南省文联系统举办文艺维权培训班】

7月29日至8月1日，湖南省文联系统文艺维权培训班在长沙举办。来自湖南省、市、县三级文联及省级文艺家协会、文艺类社会组织的近100名学员参加了培训。来自中国文联权保部、湖南省版权局的领导、专家和知名知识产权律师为学员精心授课。省政协原副主席、省文联主席欧阳斌，省文联党组书记、副主席、秘书长夏义生以给学员寄语、书信等形式表达了对办好该期培训班的重视关心，省文联党组成员、副主席唐贵平出席开班仪式并讲话。

学员们纷纷反映，通过此次培训，认识到了文艺维权在文联工作中的重要性，掌握了文艺维权的基本知识和方法，增强了做好文艺维权工作的意识和信心。

【“笑满三湘到海南”文艺志愿系列活动举行】

8月13日至17日，由湖南省文联、湖南省总工会主办的“笑满三湘到海南”文艺志愿系列活动在海南举行。

该次赴琼是“笑满三湘”文艺志愿系列活动自2016年举办以来，首次走出湖南。这也是湖南省文联贯彻落实习近平总书记关于文艺工作的重要论述和党的十九大精神、全面推进深化改革的一次重要举措。活动期间，文艺志愿者们前往海南文昌航天城发射中心、施茶村进行了交流采风，举办了湘琼两省文艺家交流座谈会和创作笔会、“笑满三湘到海南”海口与三沙两场文艺志愿演出等多个活动。此次系列活动不仅展示了湖湘文化的独特魅力，促进了两省之间的文化交流，同时也践行了乌兰牧骑精神，慰问了在琼工作的湘籍人士、驻岛军警民以及广大老百姓，积极推动了两省文艺事业共同发展。

海南省文联主席，海南省文联、省作协党组书记孙苏和湖南省文联党组书记、副主席、秘书长夏义生出席了以“在新的时代如何推动湘、琼两省文艺创作繁荣发展”为主题的交流座谈会，并分别作了讲话。

【全省新文艺群体培训班举办】

为贯彻习近平总书记关于加强对新文艺组织、新文艺群体的团结引导和“哪里有文艺工作者，文联、作协的工作就要做到哪里”重要讲话精神，10月14日至18日，由湖南省文联主办的2018年全省新文艺群体培训班在长沙举行。湖南省政协原副主席、省文联主席欧阳斌为培训班授课，省文联党组成员、副主席唐贵平在开班式上作动员讲话。来自全省各市、州、县新文艺群体的100名学员参加了培训。

进入新时代以来，湖南民营文化机构、网络文艺社群、自由撰稿人、独立制片人、独立演员歌手等新文艺群体大量涌现。湖南省文联在广泛调研、摸底基础上，经各市州文联、省各文艺家协会推荐，建立了全省新文艺群体数据库，并举办了该期以学习贯彻习近平总书记关于文艺工作的重要论述、党的十九大精神和全国宣传思想工作会议精神及名家讲座为主要内容的专项培训班。在为期4天的培训中，欧阳斌、金沙、赵树勤、潘知常、大兵、纪红建等领导、专家为学员精心授课。学员在讨论中表示，此次培训非常成功，大家开拓了视野，提升了素养，特别是通过聆听多位名家介绍创作经验，与他们面对面互动，受益匪浅，很受鼓舞。希望省文联以后能多开展此类培训以及创作采风等活动，对新文艺群体给予更多关注和扶持。

【周立波诞辰110周年文学研讨会召开】

10月23日，周立波诞辰110周年文学研讨会在湖南益阳市举行。湖南省政协原副主席、省文联主席欧阳斌主持研讨会。中国作协原党组成员、副主席廖奔，省委宣传部常务副部长蒋祖烜，省文联党组书记、副主席、秘书长夏义生等领导出席。

研讨会上，北京大学外国语学院博士生导师周小仪教授、旅美作家周仰之、中国社科院文学所研究员何浩、沈阳师范大学中国文化与文学研究所副所长贺绍俊等20余名专家学者围绕周立波文学作品的写作风格、语言特色、人物形象塑造等畅所欲言，进行了深入剖析。

【湖南省“三百工程”文艺人才暨基层文艺骨干培训班举办】

11月7日至9日，湖南省“三百工程”文艺人才暨基层文艺骨干培训班在长沙举办。此次培训班是在省文联党组的统一部署下，深入学习贯彻党的十九大精神和习近平关于文艺工作的重要论述以及全省宣传思想工作会议精神的重要举措，旨在切实加强全省文艺人才队伍建设，不断提升湖南省“三百工程”文艺人才和基层文艺骨干的政治素质、理论素养和业务水平。全省130余名文艺家和文艺骨干参加培训。

11月8日上午，省政协原副主席、省文联主席欧阳斌出席开班式，并做了《学习贯彻习近平总书记关于文艺工作的重要论述 做有信仰有情怀有担当的新时代文艺工作者》的主题讲座。他要求大家，要秉承“有信仰、有情怀、有担当”这一崇高目标和重要标准，始终把党和人民的事业放在心中最高位置，坚持以人民为中心的创作导向，走与人民相结合的创作道路，努力创作出讴歌党、讴歌祖国、讴歌人民、讴歌英雄的优秀作品，把个人的命运与国家进步、民族复兴联系在一起，把最好的精神食粮奉献给人民，做一名德艺双馨的新时代文艺工作者。

省文联党组书记、副主席、秘书长夏义生在开班式上致辞。他强调，要深刻领会党的十九大精神和习近平总书记关于文艺工作的重要论述，用习近平新时代中国特色社会主义思想武装文艺队伍。要激发文艺原创活力，把湖南打造成优秀文艺作品的创作高地；要着力培养推介文艺领军人物，重振文艺湘军雄风；要坚守对人民的初心、对艺术的初衷，在市场经济大潮面前耐得住寂寞、稳得住心神，不为一时之利而动摇、不为一时之誉而急躁，不当市场的奴隶，潜心于精品的创作，做德艺双馨的文艺工作者。

培训期间，盛和煜、殷国明两位专家为学员们作了专题讲座。

【“纪念改革开放40周年——艺术湖南•美术创作成果展览”开幕】

11月22日，“纪念改革开放40周年——艺术湖南•美术创作成果展览”开幕式在湖南省展览馆举行。省政协原副主席、省文联主席欧阳斌，省委宣传部常务副部长蒋祖烜，省文联领导夏义生、唐贵平等出席。来自美术界、评论界、高校的300余人参加。省文联党组书记、副主席、秘书长夏义生主持开幕式。

此次展览旨在展示改革开放以来，湖南省经济社会前沿建设和美术创作实践所取得的丰硕成果。自2018年2月以来，共征集到从1978年至2018年，在中国美协主办的活动或全国大型展览中入选、获奖的作品280件；反映改革开放40年来的重大事件、人民生活、自然景观、人文标志的优秀现实题材原创作品40件。总计参展的320件作品涵盖中国画、油画、水彩、雕塑等多个门类，艺术家们以美术的形式热情讴歌党、讴歌祖国、讴歌人民、讴歌英雄，通过多样化的艺术形式传递出奋发向上的勃勃生机，展现了湖南美术良好的发展态势。

【“纪念改革开放40周年——全国中国画作品展”举行】

12月4日至10日，由中国美协、湖南省文联主办的“纪念改革开放40周年——全国中国画作品展”在湖南省展览馆举行。省政协原副主席、省文联主席欧阳斌，省委宣传部常务副部长蒋祖烜，省文联领导夏义生、唐贵平等领导，全国部分省市美术家协会负责人，以及湖南省美协主席团全体成员、市州美协代表、参展作者等400余人参加了开幕式。

展览共展出来自全国各地的200件中国画作品，其中，中国美术家协会入会资格作品40件。

此次展览展现了广大美术家和美术工作者深入践行习近平新时代中国特色社会主义思想，“以六经责我开生面”的创新精神，彰显了艺术个性，凝聚了艺术真情，推动社会主义文艺事业繁荣兴盛迈向新境界。

【举办全省脱贫攻坚主题文艺创作推进会】

为了总结湖南省脱贫攻坚主题文艺创作经验，总结经验，找出不足，进一步激发湖南文艺原创力，创作出更多更好的脱贫攻坚题材精品力作，服务精准扶贫中心工作，服务加快富饶美丽幸福新湖南建设，12月11日，湖南省文联在怀化学院举办了全省脱贫攻坚主题文艺创作推进会。怀化学院校长宋克慧出席并致辞。彭学明、龙宁英、纪红建、毛剑锋等文艺家介绍了创作经验。刘起林、岳凯华、张建安等文艺评论家对脱贫攻坚题材的作品进行点评，对湖南省下一阶段的创作提出中肯建议。

湖南省文联党组书记、副主席、秘书长夏义生作总结讲话。他回顾了前一阶段湖南省脱贫攻坚主题文艺创作的情况，部署了今后湖南省脱贫攻坚主题文艺创作的任务。夏义生强调，脱贫攻坚主题文艺创作是新时代主旋律创作的重要领域，全省广大文艺工作者要回到文学艺术的源头，深入农村贫困地区，感受贫穷的切肤之痛和脱贫的喜悦之情；要深入农村贫困地区人民群众之中，记录脱贫攻坚战中奋斗者的足迹；要站立在时代的高位，精心刻画脱贫攻坚的艺术典型，为人民塑像，为时代树碑，为民族立传，在国家和民族的发展进步中实现自己的人生价值和艺术追求。

各市州文联主要负责同志、省各文艺家协会主要负责同志、特邀文艺家代表、“湖南省文联脱贫攻坚主题文艺创作三年行动计划”创作项目签约艺术家代表、省文艺评论家协会主席团成员，以及怀化学院师生代表共300人参加会议。

【省委宣传部、省文联领导为参加中国美协第九次代表大会、中国影协第十次代表大会的代表送行】

12月19日，湖南省委宣传部常务副部长蒋祖烜，省文联党组书记、副主席、秘书长夏义生在省委宣传部会议室为参加中国美协第九次代表大会、中国影协第十次代表大会的湖南代表团送行。省文联党组成员、副主席唐贵平作为湖南代表团领队出席会议。蒋祖烜在会上做了重要讲话，夏义生主持会议。省委宣传部文艺处负责人祝平良通报中宣部通知精神。

湖南美协主席、代表团团长朱训德，省影协主席、代表团团长周丕学，省美协代表魏怀亮、旷小津、段江华、石纲、卢雨，省影协代表谷良、欧阳翀、王青伟等分别发言，表示一定珍惜这份荣誉，不辱使命，把大会精神、盛况带回湖南，促进湖南文艺事业的大发展、大繁荣。

【湖南省书法邀请展暨“书道湖湘•墨韵芳菲”湖南省女书法家作品展举行】

12月22日，庆祝改革开放40周年——湖南省书法邀请展暨“书道湖湘•墨韵芳菲”湖南省女书法家作品展在省展览馆举行。省政协原副主席、省文联主席欧阳斌，省文联党组书记、副主席、秘书长夏义生，省书协主席团成员，以及各地市书协代表，社会各界的书法工作者、爱好者500余人参加了开幕式。

此次参展作品共计320幅，其中，邀请展作品91幅，女书法家作品展作品229幅，是广大书法家为向改革开放40周年献上的一份特别的厚礼。

扶贫工作

【湖南省文化科技卫生“三下乡”集中示范活动启动】

2018年湖南省文化科技卫生“三下乡”集中示范活动启动仪式在永州市双牌县麻江镇廖家村举行。湖南省委常委、省委宣传部部长蔡振红出席活动并讲话，国务院扶贫办作为活动的指导单位出席。省委宣传部、省文联及省文化、科技、环保、林业、农业、交通、消防、红十字会等22家省直单位负责人，专家、艺术家及市县相关单位参加了活动启动仪式。

省文联作为主办单位之一，现场向麻江镇捐赠了5万元帮扶资金，并组织了由王希俊、刘广文、胡紫桂、罗红胜、王元建、张志、王俊隆、张献忠、李运良、张玉波、欧阳维忠等15名省市书法名家组成的省文联“扎根生活沃土，服务基层群众”服务队，现场撰写了1200多副（幅）春联及“福”字，赠送给当地群众，祝福群众过一个快乐祥和的春节。

【且己村帮扶工作扎实推进】

2018年，湖南省文联帮扶工作队自3月12日驻且己村以来，严格贯彻落实中央关于坚决打好打赢脱贫攻坚战的总体要求，贯彻落实省委、省政府、省扶贫开发领导小组，省委常态化扶贫督查领导小组，湘西州委、州政府、州委扶贫开发领导小组及泸溪县委、县政府的整体部署，扎实推进和开展驻村帮扶工作。在湖南省文联党组的领导下，按照“五个一批”“六个精准”的要求，认真开展“精准识别”工作，进一步完善且己村建档立卡户基础信息；积极推进基础项目，完善且己村水电路基础项目和村级服务平台公共服务设施；稳步夯实基础产业，以村集体和村属公司、农民合作社为依托，带动村民发展羊肚菌和“博辣红牛”辣椒产业及传统的椪柑产业。

省文联党组全年四次专题研究且己村的脱贫工作，召开党组会专题讨论“且己村2018年脱贫攻坚方案”“且己村三年脱贫攻坚规划”及“扶贫资金项目使用方案”，并以文件形式下发。先后三次从单位有限的经费中拨付35万元，支持且己村党建工作、村级服务平台建设、村民解难帮困工作。还通过其他单位整合资金31万元，支持且己村的产业发展和基础建设。另积极协调为且己村解决150床新棉被、150件新大衣，让村民温暖过冬。

【夏义生指导且己村脱贫攻坚工作】

10月29日，湖南省文联党组书记、副主席、秘书长夏义生来到省文联帮扶的泸溪县潭溪镇且己村，指导且己村脱贫攻坚工作。这也是他在不到40天的时间内，第二次赴帮扶村指导和督查脱贫攻坚帮扶工作。

夏义生在泸溪县委常委统战部部长章华、泸溪县潭溪镇党委书记彭晓云的陪同下，上工地、进田间、访农户。先后走访了预脱贫户和非贫困户，了解村民的“一超过、两不愁、三保障”情况，听取村民意见，鼓励大家树立信心打好脱贫攻坚战，建设美丽且己村。夏义生还察看了村民们正在架设大棚的且己村羊肚菌产业基地，了解产业发展情况以及农户的利益联结机制。在且己村硬化道路和村级阵地建设工地现场，了解村基础工程推进进度，叮嘱村支两委和驻村工作队要积极做好群众工作，确保通村公路全部硬化到位，确保公共服务设施全部完善，确保按质按量如期完成工程项目。

随后在驻村工作队驻地，夏义生与县镇领导、村支两委、驻村工作队同志进行了座谈。在座谈中，夏义生首先传达了28日在吉首召开的“全省深入学习贯彻习近平总书记精准扶贫工作重要论述大会”精神，传达了湖南省委书记杜家毫关于“要深学笃用习近平总书记精准扶贫工作重要论述，坚定信心决心，全面对标看齐，向脱贫攻坚最后堡垒发起总攻，坚决打赢打好精准脱贫攻坚战”重要讲话和国务院扶贫办主任刘永富、湖南省省长许达哲的重要讲话精神。夏义生要求大家迅速认真贯彻落实会议精神，提升政治站位，提高脱贫质量，打好且己村的脱贫攻坚战，要对标对表完善基础设施，完善各类信息资料，提升村民满意度；要有一种时不我待的紧迫感，加大工作力度和工程推进进度，圆满完成脱贫任务，向省委省政府交一份满意答卷。夏义生表示，省文联作为且己村的帮扶单位，将竭尽全力帮扶且己打赢脱贫攻坚战，建设幸福新且己。

深化改革

【湖南省文联九届九次全委会暨全省文联系统深化改革推进会召开】

2月7日，湖南省文联九届九次全委会暨全省文联系统深化改革推进会在长沙召开。省政协副主席、省文联主席欧阳斌主持会议，省文联党组书记、副主席、秘书长夏义生向大会作工作报告。省文联党组成员、机关党委书记叶心予传达了省委常委、宣传部部长蔡振红对全省文联系统深化改革工作的批示，省委宣传部副部长杨金鸢出席并寄语2018年全省各级文联、作协。省文联第九届全委会委员、各市州委宣传部副部长，省文联副处以上干部、协会负责人，全省文联系统2017年度先进单位负责人、先进个人，第六批湖南省文艺惠民服务基地负责人，以及部分县市区文联主席列席会议。

夏义生在工作报告中总结了2017年湖南省文联所取得的成绩，在深化改革上做出的新亮点。他指出，历经49次修改、调整和完善，《湖南省文联深化改革方案》于2017年11月29日由湖南省委办公厅正式印发。中国文联对该方案给予了高度评价，认为《湖南省文联深化改革方案》“体现湖南省文艺事业和文联工作实际，框架结构合理，改革措施到位，亮点较多”。夏义生在会上还特别提到了“观念改变”的问题，他认为，省文联的“深化改革”注重引导文艺工作者、文联工作者转观念、换思维，使大家认识到文联组织不是某一部分人的组织，不是文艺家的小圈子，不是贵族化的沙龙，而是广大文艺家、文艺工作者、文艺从业人员乃至文艺爱好者共同的家园。

会上，湘潭市文联和长沙市文联的负责同志交流了各自在深化改革中的一些亮点和经验。最后，欧阳斌作会议总结。他指出，通过该次会议，大家看到了全省文联系统在转思维换思路、积极履职尽责、勇于改革创新中焕发出的生机活力，希望全省文联系统各单位各部门认真做好全委会精神的汇报、传达和贯彻工作，扎实推进各项任务的落实，着力推进全省文联系统深化改革。

【湖南省文联部署推进深化改革工作】

3月27日，湖南省文联召开全体干部职工大会，部署推进省文联深化改革工作。省文联党组书记、副主席、秘书长夏义生主持会议并讲话。

夏义生在讲话中强调，省文联深化改革2017年全面启动。为推进文联深化改革，使改革方案真正全面落实、落地见效，一要高度重视，文联组织深化改革，是群团改革的重要组成部分，是党中央部署的一项重要政治任务，大家一定要提高认识、转变观念、担当责任。二要全面落实，各文艺家协会、机关各处室、各直属单位承担具体改革任务，部门和单位负责人是落实这些具体任务的第一责任人，要尽快认真研究制定工作方案，细化时间表、路线图、任务书。三要抓出重点，要切实增强文联组织的政治性、先进性、群众性，以团结引导文艺工作者作为改革的出发点和落脚点，加强与新文艺组织、新文艺群体的联系，加强行风建设、行业自律，推动文艺事业出作品、出人才。

【全国文联系统深化改革座谈会召开】

3月29日至30日，全国文联系统深化改革座谈会在长沙召开。中国文联党组书记、副主席李屹出席会议并讲话。在湘期间，湖南省委书记、省人大常委会主任杜家毫会见了李屹一行。中国文联党组成员、书记处书记陈建文，湖南省有关领导乌兰、蔡振红、谢建辉、欧阳斌出席座谈会、参加会见。

杜家毫在会见中说，湖湘文化积淀深厚、源远流长，不仅孕育和催生了一大批文化名人，也成为引领和推动湖南经济社会发展的强大动力。当前，湖南正深入贯彻落实党的十九大精神，统筹推进“五位一体”总体布局，加快建设文化强省。湖南省将以全国文联系统深化改革座谈会在湘召开为契机，进一步加强党对文联工作的领导，不断深化文联系统改革，切实加大对文艺人才的培养、引进和扶持力度，努力营造出人才、出精品的良好环境，推动文化事业、文化产业全面繁荣发展。希望中国文联一如既往在文艺项目实施、文艺领军人才培养、文联改革发展和自身建设等方面给予湖南大力支持和指导。

会谈中，李屹充分肯定近年来湖南文艺事业发展和文联工作所取得的成绩。他表示，中国文联将发挥自身优势，全力支持地方文联改革发展，助力湖南文艺事业和文化产业发展再上新台阶。在全国文联系统深化改革座谈会上，李屹做了重要讲话，他指出，一年来全国文联系统深化改革有序推进并取得重要阶段性成果，呈现出稳步推进的良好态势。当前，文联组织深化改革正处在关键时期，省市级文联要进一步增强谋划改革、推动改革的责任感使命感，在思想上高度重视，在组织上加强领导，在方案上精心策划，在实施上狠抓落实，确保深化改革工作全方位顺利推进。要把抓改革作为重大政治责任，切实扛在肩上、抓在手上，集中精力抓改革方案的细化、落实，确保2018年年内完成各项阶段性改革任务。要加强对地方文联改革的指导和督促推动，及时了解地方文联改革的推进情况，加快推进全国文联系统深化改革工作，确保如期完成改革的阶段性任务。

在全国文联系统深化改革座谈会上，省文联党组书记、副主席、秘书长夏义生继2018年1月21日在中国文联十届三次全委会上介绍省文联深化改革经验之后，再次向全国文联系统介绍了湖南省文联系统深化改革的做法和体会。

在湘期间，李屹前往湖南省画院调研考察，并参观“新时代新湖南现实题材创作美术作品展”，对湖南省坚持开展“深扎”活动和现实题材创作、积极培养青年文艺人才给予了充分肯定。

机关建设

【湖南省委第十巡视组向省文联党组反馈巡视“回头看”情况】

根据省委统一部署，3月2日至5月31日，湖南省委第十巡视组对省文联进行了巡视“回头看”。巡视组坚持以习近平新时代中国特色社会主义思想为指导，全面贯彻党的十九大精神，按照中央和省委关于巡视工作的决策部署，以“四个意识”为政治标杆，坚决落实“两个维护”，聚焦坚持和加强党的全面领导、新时代党的建设总要求、全面从严治党，紧扣“六个围绕、一个加强”，从严从实开展监督。通过开展个别谈话，受理群众来信来访，调阅有关文件资料，深入了解情况，顺利完成了巡视任务。省委巡视工作领导小组听取了巡视组的巡视情况汇报，并向省委书记专题会议报告了有关情况。

湖南省文联积极配合湖南省委第十巡视组对省文联党组巡视“回头看”及做好巡视反馈意见的整改工作，召开了2次党组会议、3次党组办公会议，研究配合巡视工作及边巡边改；研究制定了《中共湖南省文联党组关于落实省委第十巡视组巡视“回头看”反馈意见的整改方案》，将5个方面、15个问题细化分解为31项整改任务，制定了104项整改措施；出台了《中共湖南省文联党组关于落实省委进一步贯彻落实中央八项规定精神的有关规定》《关于进一步规范财务报销工作的通知》等规章制度9个。至2018年底，完成了大多数巡视整改任务，取得了阶段性成效。

【举行纪念建党97周年“重温入党誓词、铭记初心和使命”主题党日活动】

6月20日，湖南省文联举行纪念建党97周年“重温入党誓词、铭记初心和使命”主题党日活动。省政协原副主席、省文联主席欧阳斌以《忠实践行习近平总书记关于文艺工作的重要论述 助推湖南文艺事业由高原迈向高峰》为题为全体与会人员上了一堂深刻的党课。会议由湖南省文联党组书记、副主席、秘书长夏义生主持，省文联领导及全体干部职工、离退休党员代表，省各文艺家协会主席、副主席，文艺类社会组织党支部负责人等参加活动。

会上，全体同志齐唱国歌，全体党员重温入党誓词。欧阳斌紧紧围绕践行习近平总书记关于文艺工作的重要论述这一主题，谈了学习领会习近平总书记关于文艺工作的重要论述的深刻体会。他指出，习近平总书记关于文艺工作的重要论述是指导新时代湖南文艺工作的指路明灯，学习和践行习近平文艺思想必须始终坚持以人民为中心的创作导向，坚定文化自信，湖南文艺要努力从高原迈向高峰。在新时代的征程上，湖南文艺界要擦亮三个“湘军”品牌，重振文艺“湘军”雄风；围绕“六个标志性”，为文化强省建设做贡献；积极发挥文联作用，当好扶持红花的绿叶。为深入推动湖南文艺攀登新时代新高峰，要继续深化改革，在重要时间节点和重大题材创作上有所突破，不断推动各个艺术门类创新发展，争取把湖南文艺事业发展的底子打得更扎实一些。

夏义生作总结发言。他指出，欧阳斌同志的党课内容丰富，思想敏锐，语言幽默，挚爱文艺，不忘初心，饱含深情。他强调，以人民为中心的创作导向是学习践行习近平文艺工作思想首先要做到的，也是文艺工作的魂，魂不能丢；文化自信是文艺工作的根基，根基不能虚；文艺工作者的目标是要努力攀登新时代文艺新高峰，目标要明确。文联的干部要当好“服务员”，始终坚持创新开放，打好团体赛，为湖南文艺发展营造好的氛围、好的文艺生态，立足大局、涵养大气、共创大业，重振文艺湘军雄风，共同促进湖南文艺事业繁荣发展。

【召开党风廉政建设和反腐败工作会议】

6月29日，湖南省文联召开2018年党风廉政建设和反腐败工作会议，深入学习贯彻习近平新时代中国特色社会主义思想，全面贯彻落实中纪委十九届二次全会和湖南省纪委十一届三次全会精神，总结上半年党风廉政建设和反腐败工作，对下半年的工作进行了部署安排。省文联党组书记、副主席、秘书长夏义生作重要讲话，党组成员、机关党委书记叶心予做工作报告，党组成员、副主席唐贵平主持会议，刘云、魏怀亮和全体干部职工参加会议。

会上，机关处室、协会、直属单位负责人代表向夏义生递交了党风廉政建设责任书。会议还表彰了一批优秀党支部、优秀党支部书记、优秀党务工作者和优秀共产党员，并观看了警示教育片《忠诚与背叛》。

【省文联合力推进创建省直机关文明单位大会】

8月25日下午，湖南省文联召开合力推进创建省直机关文明单位大会。省政协副主席、省文联主席欧阳斌出席会议并作重要讲话。省文联党组书记、副主席、秘书长、机关党委书记夏义生作省文联上半年工作总结，对下半年工作进行安排部署。会议由省文联副主席、省画院院长刘云主持。省文联全体干部职工参加会议。

直属单位

【湖南省画院】

坚持思想精深、艺术精湛、制作精良相统一，加强现实主义题材创作，注重艺术原创力，组织创作一批宣扬真善美，讲品位、讲格调、讲责任的优秀作品。积极备战“人文湖湘——湖南省重大题材美术作品工程”“第十三届全国美展”；举办了“湖湘意蕴——2018湖南省画院作品展”、城头山第三届稻田彩绘节暨首届文化艺术节书画家走进澧县采风写生创作活动，全体专职画家参加了“湖湘意蕴——2018湖南省画院作品展”“新时代•新湖南——现实题材创作美术作品展”。

湖南省画院青年画院画家贾文广申报的《湖湘精神——三湘巨变建设者人物篇》，朱政东申报的《城南追忆 即将逝去的老城区》入选国家艺术基金2018年度资助项目，黄子恺申报的《夜是城的归宿》再次获国家艺术基金2018年度美术类滚动资助作品。

【湖南省文联文艺创作与研究中心】

2018年，湖南省文艺理论研究室更名为湖南省文联文艺创作与研究中心。《创作与评论》更名为《文艺论坛》，《新故事》更名为《湘江文艺》。

《文艺论坛》（原《创作与评论》）2018年入选中国人文社会科学扩展期刊和科学引文数据库（SCD）来源期刊。《文艺论坛》《湘江文艺》2018年出刊9期，所刊发的文章被各权威选刊争相选载，其中，中篇小说《皋月》被5家选刊转载、中篇小说《母亲在世时》被《新华文摘》文艺作品栏目头条转载。

组织实施了“脱贫攻坚主题文艺创作三年行动计划”创作项目，签约文艺家金沙、孟勇、王青伟、聂鑫森、薛媛媛、谢宗玉、龚盛辉、潘绍东、周建清等9人，各签约文艺家积极奔赴贫困地区体验生活，搜集创作素材；与湖南省舜文化研究会、永州市文艺评论家协会联合主办了湖南省舜文化研究基地十周年暨陈仲庚教授学术活动四十周年研讨会，积极扶持地方学术研究；与湖北省文联《长江文艺评论》编辑部、广州文学艺术创作研究院文学创作研究室进行了交流；开展了《中国共产党纪律处分条例》宣传教育短视频制作的前期工作；完成了《中国文联2018年年鉴》《湖南年鉴》《湖南宣传年鉴》湖南省文联部分的编撰工作。

【湖南省文联网络文艺发展中心】

全年对各单位、各部门报刊、网站、新媒体平台自查自纠情况进行了二次督查，及时了解存在的问题，积极采取纠正措施，进一步规范省文联报刊、网站和新媒体的建设与管理，营造良好的舆论环境，更好地发挥其在弘扬主旋律、传播正能量，服务广大文艺家、文艺工作者和新文艺群体中的积极作用。

根据《全国文联“互联网+文艺”建设工作规划（2018至2020）》、湖南省委书记杜家毫在全省网络安全和信息化工作会议上的讲话及省委巡视组对省文联信息化建设安全性的整改要求，结合省文联工作实际与宣传推广需求以及新媒体发展水平，对省文联官网湖南文艺网进行升级改造，将之前由第三方公司开发及维护的云服务器交由红网运行维护，并与红网合作打造省文联“文艺云”，提升省文联的网络信息安全及优化新时代文艺传播平台。

各文艺家协会

【书法家协会】

2018年，举办了两期共400名会员参加的深入学习贯彻习近平总书记关于文艺工作的重要论述专题培训班；举办了“书道湖湘”公益大讲堂第十九讲、二十讲，全国第三届篆书展创作培训、全国第三届册页展创作培训、全国第六届刻字展培训，以及第六届湖南省艺术节；举办了2018“欢乐潇湘”等国展、省展作品创作点评辅导会等；主办了“书道湖湘、爱莲说——廉政文化书法作品展”，湖南省第二届临帖作品展，湖南省首届刻字艺术展，狂草四人展，湖南省首届篆书作品展，“翰墨薪传、湘美杯湖南少年儿童书法现场大赛”等；协办了庆祝“全国科技工作者日”暨科协成立60周年书法、美术、摄影作品展，湖南省第六届艺术节书法展，第13届省运会书法摄影展，“2018欢乐潇湘”群众书法摄影展，“欧阳询杯”全国书法名家邀请展。

在2018年中国书协主办的四次国展中，湖南省书法家取得了较好的成绩：全国第二届大字展中，入展27人；全国第三届篆书展中，入展11人；全国第八届篆刻展中，入展19人；全国第三届册页展中，入展18人。

【戏剧家协会】

1月5日至6日，主办了湖南快乐戏迷五周年巅峰会暨2018邵东戏剧节。

1月29日，召开深入学习宣传贯彻党的十九大精神暨九届主席团第八次会议，邀请党的十九大代表、省剧协副主席肖笑波作深入学习宣传贯彻党的十九大精神报告，主席团参会人员分别作了讨论发言。

充分发挥职能作用，探索建立戏剧行业标准和行业规范，推动戏剧队伍建设、行业建设取得新突破。2018年11月6日，成立省剧协民营戏剧团体工作委员会并举办会员培训，省文联党组书记、副主席、秘书长夏义生出席开班式并做了讲座。

11月19日至11月21日，省剧协代表参加中国剧协民间职业剧团工作委员会成立大会，湖南花鼓戏《胡子将军》作为此次晋京展演活动开幕式演出剧目，在北京民族文化宫大剧院演出。

【摄影家协会】

2018年，举办了两次深入学习贯彻习近平总书记关于文艺工作的重要论述会员培训班，400余名省摄协会员参加培训；举办了找寻文化基因留住乡愁记忆——2018中国（洪江）公益摄影展活动、“新时代、新蓝领、新作为——使命与风采”全省职工摄影大展、第十八届湖南省摄影艺术展览、“走进湘桂黔边•关注老少山穷”第二届全国摄影展；举办了“锦绣潇湘·伟人故里——我们的新湖南”人文风物摄影大赛、纪念改革开放40周年“幸福是奋斗出来的”影像创作工程、“锦绣潇湘·伟人故里”首届“印象宁远”旅游摄影大赛、“锦绣潇湘·别样郴州”首届“印象郴州”全国摄影大赛、全球摄影单项奖值最高（超100万元）的摄影大赛——“洪江古商城湖南怀化旅游摄影大赛”等。

湖南省摄协主席谢子龙入选省宣传文化系统“五个一批”人才。谢子龙、阳红光创作的《幸福是奋斗出来的》项目获中国摄协重点支持项目。在第26届全国摄影艺术展览中，湖南共有18位作者、19件作品入围，湖南省摄协荣获“优秀组织工作奖”。在2018中国国际摄影艺术节、第17届中国国际摄影艺术展览中，湖南共有8人8件作品入选。

【曲艺家协会】

2018年，举办“笑满三湘——到人民中去”文艺惠民演出共22场，精选近年来创作排演的弘扬社会主义核心价值观、老百姓喜闻乐见的优秀原创节目送到最基层、最困难、最偏远、最需要的人群中去。

在第十届中国曲艺牡丹奖评选活动中，大兵、赵卫国等人主演的相声《迟到》获节目奖提名，周卫星、原野主演的小品《征婚》获节目奖入围。张莉、李庭婷、杨羹华主演的常德丝弦《一封举报信》获新人奖入围；笑工场青年相声俱乐部获首届中国相声小品大赛“最佳团队奖”；朱建强的情景小品《小先生》，获第四届湖南省青年文化艺术节曲艺类铜奖；尚勇、尚杰主演的双簧《劝君莫做瘾君子》获湖南省禁毒宣传优秀节目竞赛金奖；杨文辉创作的快板《神州处处展新容》获湖南省青年艺术节金奖；66集长篇评书《彭大将军》（刘兰芳演播）由中央人民广播电台录制，并于10月11日在中央人民广播电台娱乐频道“名家书场”播出。

【杂技家协会】

2018年，全年完成各类公益性演出任务43场，其中，“雅韵三湘”系列演出12场、惠民演出31场，并于12月11日至12日承办了“到人民中去——精品杂技下基层”暨“我们的中国梦——文化进万家”大型慰问演出活动。湖南杂技在全球各地上演373场，出访14批次162人次。

2月15日至22日，湖南省杂技剧院两支演出团队分别前往泰国和美国送去新春祝福。

4月29日至5月10日，为庆祝中西建交45周年，“纯粹中国”中国杂技晚会《青春如画》先后在西班牙马德里、阿兰胡埃斯、塞维利亚进行3场演出。

6月29日至12月30日，“梦之旅”赴美国布兰森市驻场演出及湖南图片展完成300余场。

10月29日至11月5日，湖南杂技剧院跨界融合舞台剧《加油吧，少年！》作为“文化中国•湖南文化走进德国”大型文化交流活动的重要组成部分，赴德国杜塞尔多夫、芬兰图尔库演出11场。

6月4日，湖南省杂技剧院的新编节目《丝路芳华——五人柔术》《荷韵——单手倒立》获乌克兰第三届国际青少年马戏节总冠军“金栗子”奖。

【民间文艺家协会】

4月9日，驻会人员陪同中国文联副主席、中国民协主席潘鲁生看望了湘绣工艺大师鄢建美，考察走访了菊花石雕艺术馆和浏阳夏布作坊，并与菊花石雕传承人陈继武、浏阳夏布传承人梁长进等就如何充分挖掘传统文化内涵与传统美学精神，坚定文化自信，创新发展意向，如何把老祖宗留下的文化财富保护好、传承好，使传统手工技艺与经济社会和人民生活发展有效对接，使传统文化融入当代生活、造福社会民生等方面展开充分讨论。

6月13日至16日，中国民间文学大系出版工程“民间小戏”专家组成立大会暨新时代民间小戏传承与发展学术研讨会在陕西省汉中市洋县举办。“民间小戏”湖南卷的示范卷编委会代表吴帼屏、李跃忠出席了本次活动，并与中国民协签订了任务书。

【美术家协会】

2018年，举办了学习贯彻习近平总书记关于文艺工作的重要论述专题培训班暨第十三届全国美展创作动员工作会（第一期），培训为期3天，194人参加学习；举办了“新时代•新湖南”现实题材创作美术作品展、艺术湖南•美术创作成果展览、美丽中国•全国中国画作品展览、“欢乐潇湘”群众美术书法摄影作品展等；组织开展了“武陵追梦•湖南青年艺术家走进吉首”采风写生活动、武陵追梦•红色记忆——当代湖南中青年山水画家采风写生活动等。

旷小津、段江华、魏怀亮、舒勇当选中国美协第九届理事会理事。

【舞蹈家协会】

5月21日至25日，“到人民中去”文艺志愿服务主题活动——中国舞协文化惠民阳光计划在湖南湘潭举行，通过专业实践教学与专题讲座相结合的形式，为来自湖南14个市州的100多名基层舞蹈志愿者进行了专业培训。

5月29日至31日，中国舞协主席、中国文学艺术基金会副理事长冯双白和中国舞协分党组成员、副秘书长柳斌带领调研组先后对湖南两地多个“新农村少儿舞蹈美育工程”——舞蹈课堂基地进行了授牌及调研。

7月22日至26日，在第五届“荷花少年”全国舞蹈展演中，《赶歌》《湘江北区》（普通中学组）、《平沙落雁》（专业中专组）荣获金奖“荷花少年”称号，《笙生不息》《浪花一朵朵》（普通中学组）荣获银奖“星光少年”称号，湖南省舞协荣获“优秀组织奖”荣誉。

【电视艺术家协会】

2018年，先后成立了编剧、纪录片、影视化妆造型、动漫、制片人及行业委员会等6个专业委员会。各专业委员各自发挥专业优势，开展了一系列专业活动，不但为广大会员提供了更多的专业学习交流机会，更扩大了协会的社会影响力。

5月，青年编剧专业委员会在长沙举行了成立仪式，并启动了“金芒果新人新剧大赏”活动。

11月22日，协办“2018湖南（长沙）影视文化产业博览会”。湖南省视协纪录片专业委员会除协调湖南金鹰纪实频道创作纪录片《谭嗣同》《相爱四十年》《青春中国》《技赢未来》《岳麓书院》《毛泽东》外，还协调湖南电视台新闻中心参加了中国视协组织的第11届中国旅游电视周2018“幸福田东”旅游电视片异地采访活动，摄制了纪录片《田东僚歌》，并安排在湖南卫视午间新闻播出。

【文艺评论家协会】

2018年，举办了首届张枣诗歌学术研讨会、“雪峰文丛”第二辑系列（《王跃文作品评论集》《向本贵作品评论集》《邓宏顺作品评论集》）新书发布会、苗族文化与创作研讨会、传神——湖湘工笔画邀请展研讨会、刘鸿洲美术创作研讨会、“生态文明　美丽中国”青羊湖音乐创作研讨会、沈从文研究国际学术论坛、《灵气与文艺的美学考察——兼及对新时代湖南文艺的观察与思考》讲座交流及湖南省简牍书法创作与研究座谈会等；与省曲协联合策划并推进“三湘党旗红”系列评书故事会创作工程；与省文联、省美协共同主办了纪念改革开放40周年“艺术湖南•美术创作成果展览”活动。

【湖南省（企）事业文联】

2018年，为纪念习近平总书记视察十八洞村五周年，在十八洞村成立了全省首家村级文化交流协会——十八洞村文化交流协会，并举办了“‘十一月’阳明诗歌座谈会”；根据省文联党组安排，策划编纂《湖湘五记•千年湖湘“一湖四水”文脉图记》大型图书，全书近百万字，图文并茂，以洞庭湖、湘、资、沅、澧为脉络，钩沉湖湘胜迹，辑录先贤文存，思辨生态文明，全景式地呈现了湖湘文化的源与流。

广东省文联

综 述

广东省文联深入学习贯彻习近平新时代中国特色社会主义思想和党的十九大精神，特别是习近平总书记视察广东重要讲话精神，牢固树立“四个意识”，坚定“四个自信”，坚决做到“两个维护”，牢牢把握以人民为中心的工作导向，认真履行“团结引导、联络协调、服务管理、自律维权”的职能，聚焦社会主义核心价值观，弘扬时代主旋律；积极开展重大主题文艺活动，聚焦现实题材，开展系列文艺创作活动，开展“红色轻骑兵 新春走基层”活动以及“深入生活、扎根人民”“到人民中去”主题实践活动，继续深化落实《广东省文联改革方案》，加强文艺人才队伍培训建设，加强岭南传统文化的传承发展工作，推动文艺走出去。

重要会议与活动

【广东省文联七届六次全委会召开】

2月9日，广东省文联七届六次全委会在广州举行。广东省文联党组书记程扬向大会做工作报告，省文联主席许钦松主持会议并传达中国文联第十届三次全委会精神。会议围绕深入学习贯彻党的十九大精神，贯彻落实省委十二届三次全会、中国文联十届三次全委会和全省宣传部长会议精神等主题，通过《关于加强广东省文联全委会委员履职工作的暂行办法》和《新时代文艺工作者“讲品位、讲格调、讲责任，抵制低俗、庸俗、媚俗”倡议书》。广东省文联七届委员会委员、机关各部室处级以上干部、直属单位领导班子成员、港澳文艺界委员及嘉宾出席会议。

【粤派批评与当代中国文艺学术研讨会在京召开】

1月13日，由中国文艺评论家协会、中国文联文艺评论中心、广东省文联主办，《中国文艺评论》编辑部、广东省文艺评论家协会、羊城晚报报业集团承办的粤派批评与当代中国文艺学术研讨会在北京召开。仲呈祥、黄树森、谢有顺等20位专家学者出席会议，围绕当代中国文艺格局中的“粤派批评”、文学史研究的“粤派风度”“粤派批评”的时代担当及其内涵发展、“粤派批评”的学术维度与文化品格、粤籍学者与中国文艺理论空间的开辟等问题进行了讨论。

【广东红色文艺轻骑兵新春走基层活动启动】

1月15日，广东红色文艺轻骑兵新春走基层活动在广州启动。广东省委常委、宣传部部长慎海雄出席并为活动授旗。广东省委宣传部、省文化与旅游厅、省文联有关负责同志，文艺家代表及社区居民参加。文艺家们为社区居民表演了文艺节目、送福送春联。

【广东省粤剧编剧研究生班毕业十年成果展示活动举办】

1月27日至28日，由广东省文联、省剧协主办，广东粤剧院、红线女艺术中心承办的广东省粤剧编剧研究生班毕业十年成果展示活动在广州举办。该研究生班由粤剧艺术家红线女倡议，经时任广东省委书记张德江批示而创办，由广东省文联与中山大学研究生院联合主办，广东文艺职业学院负责教学管理，面向全国招收25名学员，于2004年9月开学。学员于2007年7月毕业。10年间，学员创作大型剧本103部、中小型剧本135部，上演剧（曲）目89部，发表剧（曲）本19部，制作影视视频及广播剧（曲）14部；获国家级奖项36个，省级奖项99个；出版、发表艺术专著（论文）41部（篇）。

1月27日，举办“同窗有戏 梨园花开”——广东省粤剧编剧研究生班毕业十年作品展演，欧凯明、崔玉梅、曾小敏等3位中国戏剧梅花奖获得者领衔演出学员们创作的6部粤剧、1部潮剧和1部话剧，专家学者和观众共1000人次观看了演出。

1月28日，举办《同窗有戏 梨园花开——广东省粤剧编剧研究生班毕业十年剧作选》首发式和广东省粤剧编剧研究生班毕业十年座谈会，李仙花、罗怀臻、倪惠英等34名专家学者及粤剧编剧研究生班的同学出席首发式和座谈会，剧作选汇集学员毕业十年来创作的主要剧作；座谈会上，专家学者围绕粤剧编剧研究生班的学员成长和编剧人才的培养模式等话题展开讨论。

【许钦松、李劲堃艺术研讨会在广州举行】

1月28日，由广东省文联主办，广东省文艺评论家协会、省美协承办的许钦松、李劲堃艺术研讨会在广州举行，陈瑞林、周由强、蒋述卓等26位专家学者出席研讨会，就“许李现象”以及两位画家在传承岭南画派精神之余，各自对中国画艺术语言进行的创造性转化、创新性发展的探索进行了研讨。

【广东省文联系统学习贯彻习近平总书记重要讲话精神专题研讨班举办】

4月19日至20日，广东省文联在广州举办广东省文联系统学习贯彻习近平总书记重要讲话精神专题研讨班。研讨班专题传达学习省委书记李希和省委常委、宣传部长傅华关于认真学习贯彻习近平总书记参加广东代表团审议时重要讲话精神的有关指示要求。期间，省委宣讲团成员作《贯彻落实习近平总书记重要讲话，完成好新时代广东“走在前列”新使命》专题辅导和《文化自信与文化使命——学习贯彻习近平总书记重要讲话精神》的专题报告。广东省文联七届主席团成员、委员、各省级文艺家协会主席团成员理事、广州市及各区级文联负责人等基层文联代表，广东省文联机关全体干部和直属单位班子成员共232人参加研讨班培训辅导。

【艺匠神工——辜柳希系列推广活动】

作为广东省委宣传部指导的“广东民间工艺领军人物”系列推广活动，中国工艺美术大师、国家级非物质文化遗产（潮州木雕）代表性传承人、享受国务院特殊津贴专家工艺美术师、广东省民间文化技艺大师辜柳希成为2018年重点推出的广东民间工艺领军人物。此次活动由广东文联、省民协、潮州市文联主办，广东省岭南民间工艺研究院、潮州市民协等承办，包括举办京穗双城展、学术研讨会、高校巡讲、个人专题片推介、辜柳希木雕口述及理论研究等各项活动。

9月7日至12日，由广东文联、省民协、潮州市文联主办的“艺匠神工——辜柳希木雕艺术作品展”在广州举行，展出辜柳希创作的木雕作品共126件。9月7日，展览开幕式后，举办辜柳希木雕艺术研讨会，张民辉、庞国华等14位专家学者出席研讨会，对辜柳希木雕艺术创作特色、潮州木雕艺术的传承推广等进行探讨，并围绕辜柳希口述史、木雕技艺传承总结等进行主题式记录与研究。9月9日至10日，辜柳希木雕艺术高校巡讲分别在广州华南师范大学、广东省文艺职业学院举办，辜柳希为同学们详细讲解了潮州木雕艺术的创作过程。9月21日至25日，由中国民协、广东省文联、民族文化宫展览馆、广东省民协、潮州市文联主办的“艺匠神工——辜柳希木雕艺术作品展”在北京举办，126件木雕作品在京巡展。

【渔歌里说——我唱渔歌给党听汕尾渔歌专场在京举办】

10月30日、31日，由中国民协、广东省文联、省中华民族文化促进会、省民协等主办，汕尾市城区人民政府等承办，汕尾市城区新港渔歌队、汕尾市城区汕尾渔歌传承基地演出的渔歌里说——我唱渔歌给党听汕尾渔歌专场在北京举办，共85人参加演出。此次演出是国家级非物质文化遗产汕尾渔歌首次以专场的形式在北京演出。演出分为《海上疍家人》《海风》《海月》《海阳》，展现了疍家历史文化、疍家人的幸福新生活和对党的感恩之情。

【萧殷文学研讨会暨萧殷文学馆开馆活动河源举行】

12月7日，由广东省文艺评论家协会、河源市委宣传部、河源市文联等主办，河源市图书馆承办的萧殷文学研讨会暨萧殷文学馆开馆活动在河源举行。王蒙及刘斯奋、蔡运桂、章以武等40位文艺家，萧殷家属及各界人士190人参加活动。萧殷文学研讨会分为“萧殷的文学及评论观”学术研讨会和“追寻那双温润的手”萧殷文学导师成就专场研讨会，两个研讨会同时进行，与会学者专家高度评价了萧殷的历史贡献和萧殷精神对推动广东文艺事业发展的重要意义。萧殷文学馆位于河源市图书馆内。中国作协为萧殷文学研讨会暨萧殷文学馆开馆活动发来贺信。活动仪式上，王蒙作“文学与生活”专题讲座，广东省文艺评论家协会举行《百年萧殷纪念文集》首发赠书活动。

【庆祝改革开放40周年大型交响组歌《大江潮》音乐会广州举办】

6月7日，由广东省文联、羊城晚报报业集团、广东省音协主办的庆祝改革开放40周年大型交响组歌《大江潮》音乐会在广州举办。大型交响组歌《大江潮》由序《风起云帆》、四个乐章《潮起珠江》《踏浪中流》《悠扬船歌》《筑梦东方》和尾声《奔腾吧，珠江》6部分，共14首歌曲组成。广东广播电视台对音乐会进行了现场全程录制并在《羊城晚报》旗下的“金羊网”、手机客户端“羊城派”、“新浪广东”微博进行同步网络直播。1400名观众到现场观看了音乐会，130多万名观众通过网络直播平台观看。

【“大潮起珠江——庆祝改革开放40周年全国美术作品展”在京举办】

7月27日至8月6日，由中国美协、广东省委宣传部、中国美术馆、广东省文联、深圳市委宣传部主办的“大潮起珠江——庆祝改革开放40周年全国美术作品展”在北京举办，共展出反映改革开放40年历程的作品265件，其中2/3的作品来自广东。展览分为“春潮澎湃”“激流勇进”和“扬帆逐梦”3大板块。

8月23日至9月24日，“大潮起江——庆祝改革开放40周年全国美术作品展•广东站”在广州举办，共展出在北京展出作品中的243件。

【系列文化惠民活动纷纷举办】

广东省文联组织“广东红色文艺轻骑兵”分赴广东各地开展文艺惠民演出、送“福”送春联进万家、文艺课程培训、为百姓义务拍照等活动。其中，“广东红色文艺轻骑兵”戏剧小分队先后在广州、汕尾、梅州等地开展50场演出活动，受益群众3万人次。广东省视协文艺轻骑兵志愿者小分队赴清远、河源、梅州等地开展文艺惠民演出89场，并根据青少年的阅读特点印制多期宣传口袋书并现场免费派送，结合乡村少年宫活动举办摄影、戏剧、曲艺、歌舞等艺术知识讲堂授课76场次。春节期间，广东书法红色轻骑兵小分队开展公益惠民活动53场次，500名书法家参加，为百姓送出春联3万幅、“福”字5万件，受益群众5万人次。“广东红色文艺轻骑兵”摄影小分队组织开展“红色文艺轻骑兵”新春走基层活动151场，800名摄影家参加，为群众举办展览并赠送冲洗制作好的肖像照和全家福，并为部分困难群众赠送慰问品和慰问金，受益群众14300人次。“广东红色文艺轻骑兵”杂技小分队共组织惠民演出37场，受益群众14000人次。广东省文联同时开展“到人民中去”和“百家千场艺术讲座下基层”等惠民活动，现场惠民演出和网络直播相结合，讲座与基层文艺人才培养精准结合。广东省视协理事任永全获中央文明办授予的“全国最美志愿者”称号。

对外及对港澳台文化交流

【举办“登峰造极•中国漆画展”】

2月3日至9日，由广东省美协漆画艺术委员会、尼泊尔国家美术馆、中尼“一带一路”文化促进联合会主办、广州市美协等协办的“登峰造极•中国漆画展”——首届中尼“一带一路”文化节在尼泊尔国家美术馆举办，展出32位中国艺术家的35件漆画作品、9位尼泊尔艺术家的18件作品。

【2018大师对话：鲁迅与但丁首场对话活动在广州举行】

4月22日，由鲁迅文化基金会发起，广东省文艺评论家协会、广州图书馆等共同举办的2018大师对话：鲁迅与但丁首场对话活动在广州举行。广东省文艺评论家协会主席林岗、广东省文化学会会长李明华、广东外语外贸大学意大利语教授张弛等中方专家与但丁故居基金会主席、佩斯卡拉大学终身教授、但丁•阿利格耶里家族后裔雷诺•蒂•瑟杰•阿利格耶里、罗马大学意大利文学与文化专业教授卢卡•马科齐等专家展开对话。参与对话交流活动的专家认为，鲁迅与但丁分别是中意双方最有影响力的作家之一，并从不同角度探讨了鲁迅与但丁在引领各自民族文化复兴过程中发挥的重要作用。

【全球微粤曲大赛第四届演唱赛暨首届作品创作赛启动】

8月8日，由广东省曲协、广东省流行音乐协会等主办的全球微粤曲大赛第四届演唱赛暨首届作品创作赛在广州启动，大赛共设广州赛区、佛山赛区、阳江赛区、东莞赛区、清远赛区、高校赛区、优健赛区、广西赛区、香港赛区、澳门赛区以及海外赛区等11个赛区。来自广东、广西、香港、澳门、加拿大、英国、日本的2100名选手报名参加比赛。8月至11月，各赛区举办海选、预赛、晋级赛和半决赛，评选出12名青少年组选手和15名成年组选手晋级总决赛。12月8日，全球微粤曲大赛第四届演唱赛总决赛在广州举办。比赛实况全球网络直播，大赛启动至半决赛，网络浏览总量达160万人次，总决赛浏览总量达55万人次。

【粤港澳大湾区系列文艺活动举办】

4月13日，由中国美协陶艺委员会、广东省美协、广州美术学院主办的第三届广东当代陶艺大展在广州举行。展览分为“中国当代陶艺家特邀作品展”“中国当代陶艺家作品邀请展”“港、澳、台当代陶艺作品展”“当代陶艺家作品展”4个项目展。

4月19日，由中国民协、广东省民协、广州市民协主办的“我们的节日•清明——中国广东清明文化节暨同根同源粤港澳清明文化研讨会”在广州举行，来自北京大学、中山大学、香港中文大学、澳门大学等院校的23名专家学者出席研讨会，围绕清明文化、岭南地区清明礼俗文化的传承与创新等问题展开讨论。

10月11日，由广东省摄协、香港中华摄影学会、澳门摄影学会主办的三地情——广东、香港、澳门摄影60年经典作品展在广州举行，展出60年来广东、香港、澳门的经典摄影作品。

10月12日至13日，由广东省文联、中国艺术研究院音乐研究所主办，广东省文艺研究所、广东省音协等承办的“粤港澳大湾区传统音乐文化研讨会暨纪念潮乐泰斗王安明先生音乐会系列活动”在广州举办，中国音协副主席赵塔里木、中国艺术研究院音乐研究所所长项阳等100名音乐家和音乐演奏家参加，与会专家指出，潮州音乐是岭南音乐的重要组成部分，并就潮州音乐保护及王安明的音乐风格、表演技巧等进行了探讨。

11月24日，由广东省文联主办，广东省影协、省文艺研究所承办的“影像传播与中国故事”——首届华语电影文化广东圆桌论坛在广州举行，来自广东及香港、澳门的34位专家学者出席论坛，回顾了广东电影的成就并就粤港澳大湾区与当代电影的未来、大湾区背景下广东电影的发展机遇、如何开拓“好电影”题材的思路和角度等展开了讨论。

创作与研究

【获奖情况】

电影艺术类获奖名单

1. 李亚威

深圳市文联副主席、深圳市电影电视家协会主席

第三届加拿大金枫叶国际电影节“最佳纪录片奖”“最佳纪录片导演成就大奖”《过端》

2. 张全欣

广东省影协副主席

第71届戛纳亚洲优秀电影展映最佳导演奖导演的《奇妙的朋友之萌爱》在电影节展映

3. 邓原、潘钧

广东省影协会员

第二十五届北京大学生电影节“特别单元”戏曲单元组委特别推荐奖《柳毅奇缘》

第十五届广州大学生电影节“齐放•青年电影新势力展映”优秀影片奖

电视艺术类获奖名单

1.《老广的味道》广东广播电视台

电视专题最佳作品

2.《环球旅行家玩转衢州》广东广播电视台

优秀作品奖

3.《探奇宁夏 奇趣之旅》佛山电视台

优秀作品奖

4.《漫步顺德》佛山电视台

好作品奖

5. 马志丹纪录片作品《宫之道•稻之道•非常稻》广东广播电视台

2017年度优秀国产纪录片及创作人才扶持项目评选优秀导演

舞蹈艺术类获奖名单

1.《与妻书》广东歌舞剧院

第十一届中国舞蹈“荷花奖”当代舞奖

2.《不眠夜》广东舞蹈戏剧职业学院

第十一届中国舞蹈“荷花奖”现代舞奖

3.《醒•狮》广州歌舞剧院有限公司

第十一届中国舞蹈“荷花奖”舞剧奖

4. 寇祖全 广州芭蕾舞团

2018年韩国首尔国际芭蕾舞比赛青年组男子银奖、上海国际芭蕾舞比赛青年组铜奖

5. 欧佳媛 广州芭蕾舞团

2018年韩国首尔国际舞蹈大赛青年组女子铜奖

6. 弯 玥 广州市艺术学校

北京国际芭蕾舞院校比赛铜奖

美术艺术类获奖名单

1. 谢应云《乐园》

大道有痕——“2018•中国百家金陵画展（版画）”典藏作品（最高奖）

2. 张静《中国速度》（中国画）

第六届全国青年美术作品展览•全国美展直送作品

3. 林锋《春花秋实》（油画）

第六届全国青年美术作品展览•全国美展直送作品

摄影艺术类获奖名单

1. 叶健强、岳鸿军、唐小平

第十二届中国摄影金像奖

2. 陈翊雄、罗玲荣、马国彤、史 维、陈立武

2017“伯奇杯”中国创意摄影展十佳创意摄影师称号

杂技艺术类获奖名单

1. 张昱

第27届FISM世界魔术大赛近景魔术比赛纸牌类冠军（中国内地魔术师在该比赛中取得的最好成绩）

2. 魔术《扇之梦》（深圳辛宽魔幻杂技艺术团）

第十届中国杂技金菊奖

文艺评论类获奖名单

1. 黎保荣《影响中国现代文学的三个关键词》第三届“啄木鸟”杯中国文艺评论年度优秀作品（著作类）

2. 王琴《论广东汉剧“梁派”唱腔艺术特色》第三届“啄木鸟杯”中国文艺评论年度优秀作品（文章类）

【理论评论】

广东省文艺研究所完成长篇小说《白门柳》分章评点，编撰饶宗颐研究新论图书，出版《古典之美——诗书画品鉴》图书专题研究。

广东省舞协共出版4期舞蹈理论刊物《舞蹈研究》。

【创作情况】

广东省音协主创音乐剧《一缕阳光》，获2018年度国家艺术基金大型剧目资助项目，在惠州、广州、东莞、珠海、江门、河源、深圳等城市进行巡演，共20场。

机关建设

广东省文联在职数和职务方面严格按照“三定”方案执行，组织业务技能培训25项，培训117人次，文联机关及下属单位干部参加网络培训113人次，推动合同工规范管理，组织省级各文艺家协会及直属各单位进行关于合同工法律法规的专题培训。

【文艺人才培养】

1月8日至12日，由广东省文联主办，广东省影协、暨南大学艺术学院等承办的“广东电影专题系列培训（第二期）•青年电影编剧培训班”在广州举办，编剧刘毅等分别从“中国电影的类型化尝试”“从故事到影像的奥秘”以及“剧本的结构和创意”等角度对103名年轻编剧进行培训。

9月25日至29日，由广东省影协主办，广东南方二九八艺术传播有限公司和广东剧本超市承办的“广东电影专题系列培训（第三期）•‘大梦想家’优秀电影剧本评奖及编剧培训班”在广州举办，编剧何冀平等分别以“不变初心、不改本性”“编剧圈甲乙双方生存指南”“如何卖你的电影故事——对电影创作投资的策略”“电影叙事的时空逻辑”“导演到底想要什么？——弄清楚导演的想法，一起完成一部作品”为主题，对30名学员进行培训。

11月4日至9日，由广东省音协、韶关市委宣传部等主办，韶关市音协承办的广东省音协韶关采

风创作活动暨广东省音乐创作人才专项培训在韶关举行。广东省音协主席唐永葆等出席本次活动并参与授课，活动采取小班制培训模式，分成作词、作曲、编曲、音乐评论4个班分别进行授课，56名学员参加了创作采风和培训学习。

11月26日至30日，由广东省民协、广州美术学院建筑艺术设计学院举办的广东省中青年民间工艺家雕刻艺术高级研修班在广州举行，张民辉等民间艺术名家就理论基础、民间雕刻技艺等内容展开教学，50名从事民间雕刻艺术的中青年工艺家参加了培训。

12月21日，由广东省音协、华南农业大学艺术学院主办的广东省音协音乐艺术管理人才（含新文艺群体）专题培训讲座在广州举行，中央音乐学院教授宗晓军讲授《音乐精神与音乐创新》，广东省音协理事、有关地市音乐家协会代表、新文艺群体音乐工作者等共300人参加学习。

直属单位

【广东文艺职业学院】

完成2018年招生录取工作，共录取1587人。

学院教师苏世隆主持的项目《珠三角高职院校学生基层党组织“弱化、虚化、边缘化”问题的成因、表现及对策研究》获全国职业教育科研规划课题重点自筹项目立项，这是学院首次获全国职业教育科研规划课题立项。

音乐与舞蹈学院联合广东省音协等单位申报的成果项目《音乐表演专业“课内、课外、社会”三舞台课程体系的创新与实践》获2017年广东省教育教学成果奖二等奖。

在首届高校数字创意教学技能大赛中，影视戏剧系动漫设计专业教师林朝平、王兆举共同制作的《动画技法》系列微课获动漫制作组全国优秀奖。

在第六届孔雀奖全国高等艺术院校声乐大赛中，现代流行音乐专业的徐扬获得高职高专院校学生流行组二等奖、汪玲获得高职高专院校教师民族组一等奖。

【岭南美术出版社有限责任公司】

出版的图书《无外》(*Boundless*)获第九届全国书籍设计艺术展银奖，《其命惟新——广东美术百年研究文选（上中下）》获第27届“金牛杯”全国优秀美术图书银奖，《茶器与匠心之美》获铜奖。

出版的图书《我的学艺生涯》《中国航空之父冯如》入选2018年农家书屋重点出版物推荐目录。

【广东省文艺研究所】

推出《岭南音乐声音档案》，出版《古典之美——诗书画品鉴》《文艺属于人民》《潮乐泰斗•王安明百年诞辰纪念专辑》(4CD)、《潮声》——粤港澳大湾区传统音乐文化研究暨潮乐泰斗王安明百年诞辰纪念音乐会（2DVD)、《岭南琴宗》——杨新伦大师琴艺绝响（CD）等。

【广东书法院】

6月16日至7月3日，由广东书法院等主办的岭南翰墨传承——广东书坛首届书法导师（公益）班作品展在广州举办。

10月，广东书法院书法文化考察团赴山西大同云冈石窟地进行专业考察。

12月12日，由广东书法院、广东楹联学会主办的“福海寿山”——《梁俨然楹联集》首发式暨全国书法名家书梁俨然对联作品展在广州举办。

为期一年的广东书法院清远首届书法高研班11月13日，在清远开班,清远市50名书法家和书法爱好者参加培训，中国书协篆书委员会委员、中国文字博物馆客座研究员傅亚成等进行篆书专题等授课。

【广东省文联艺术馆】

举办“新域——广州美术学院油画系青年教师作品展暨星河展第71回”“第八届广东省新人新作书法作品展”“美丽广东•摄影大赛作品展”等展览共31个。

各文艺家协会

【戏剧家协会】

1月10日，由广东省委宣传部、省文联、广州市文联主办，广东省剧协、广州粤剧院承办的倪惠英粤剧艺术研讨会在广州举办，中国剧协秘书长、戏剧评论家崔伟等20位专家学者出席研讨会，围绕倪惠英粤剧表演艺术的特色、在粤剧领域的成就和贡献等进行讨论。

5月19日至20日，由广东省剧协和深圳市宝安区沙井街道办事处主办、沙井街道宣传工作部等承办的“梨园新蕊　岭南绽放”——广东省第九届少儿戏曲小梅花荟萃活动在深圳举办，剧种涉及粤剧、京剧、广东汉剧、潮剧、白字戏等，44名小选手和7个集体节目进入决赛。

6月27日，广东省文联、省剧协主办的大道如斯——回眸广东戏剧四十年专题演出在广州举行，演出分为《初心篇》《求索篇》和《传承篇》，包括粤剧、潮剧和广东汉剧与其他地方剧种。

6月5日至8月31日，广东省文联、省剧协主办的广东省第九届中青年戏剧演艺大赛在广州、汕尾、梅州和揭阳等地举行，大赛设话剧、汕尾、梅州、潮剧、和粤剧5个赛区，397名选手进入决赛。

12月23日，广东省文联、省剧协主办的梨园新秀迎新春——首期广东戏剧名家与青年新秀结对传艺汇报演出在广州举办，9位参与首期“广东戏剧名家与青年新秀结对传艺”活动的师父携10位徒弟出席活动。

12月26日，广东省剧协在广州举办广东汉剧《白门柳（续）》剧本研讨会，戏剧评论家崔伟等8名专家学者出席研讨会，从文学、史学的视角对剧本进行分析讨论。

【电影家协会】

1月23日，由中国电影报社、广东省影协主办的粤剧电影《柳毅奇缘》学术研讨会在广州举行，邓原等14名学者专家出席研讨会，对粤剧与电影的结合以及粤剧电影的社会文化价值进行讨论。

4月至11月，广东省影协、广州图书馆主办的“周末电影讲坛”（7-12期）在广州举办，影评人列孚、石川、李学武、郝朝帅、张全欣、孙洪涛等主讲。

12月11日，由广东省影协主办的电影故事片《军魂》剧本研讨会在广州举行，林原等18位专家出席会议。

【电视艺术家协会】

6月2日，由广东省文联、省电视艺术家协会指导，粤TV（中国IPTV-广东）主办的“家有酷宝”粤TV第二届少儿才艺秀启动，共830组节目报名参赛，活动颁奖典礼11月4日在广州举行。

6月，广东省视协在广州举办中国电视艺术家协会青少儿语言艺术播音主持等级考级培训班。

【音乐家协会】

2月27日，由广东省音协、汕尾市委宣传部主办的2018广东省（汕尾）渔歌邀请赛在汕尾举行，28支队伍近386名选手参加邀请赛。12月11日至12日，由广东省音协等主办的杨岩教授从教30周年“金钟之星”音乐会及声乐教育经验研讨会在广州举行。金钟之星音乐会是云集杨岩教授从教三十周年来所培养的“金钟奖”获得者联袂演出的一场音乐会，沈阳音乐学院原院长刘辉等出席研讨会，对声乐教学经验和学科前沿信息进行交流。

8月至12月，广东省文联、省音乐家协会、羊城晚报报业集团等主办的唱响我们这四十年——庆祝改革开放四十周年2018寻找广东原创好歌曲征集活动，共635首原创歌曲参与。

【舞蹈家协会】

4月25日至27日，由广东省文联、省舞协主办，河源市文联等承办的“第四届广东省中老年舞蹈展演”在河源举行，490名平均年龄55岁的演员参加展演。

5月15日，由广东省舞协、广东舞蹈戏剧职业学院等主办的5•15　我要舞——广东共起舞群众舞蹈展演在广州举行，220人参加展演。

6月11日，由广东省文联、省教育厅主办，省舞协等承办的广东省第三届青少年舞蹈展演在江门举行，526名青少年舞蹈演员参加展演。

6月14日至15日，由中国舞协、广东省文联、省教育厅主办，广东省舞协、广东舞蹈戏剧职业学院承办的2016-2017年广东省“新农村少儿舞蹈教室”汇演及湖南、海南、河北、重庆五省市新农村舞蹈美育工程交流活动在广州举行，1200名来自五省市农村小学的孩子参加汇演。

7月25日至31日，由广东省文联、省舞协主办，深圳市舞协承办的广东省第六届岭南舞蹈大赛在深圳举行，共77个节目报名参赛，大赛增设以岭南舞蹈为主题的论文比赛，共收到学术论文85篇。

10月15日至17日，由中国文联、中国舞协、广东省文联主办，中国文联舞蹈艺术中心、广东省舞协承办的第十一届中国舞蹈“荷花奖”当代舞、现代舞评奖活动在广州举办，共有当代舞作品228部、现代舞作品141部报名参加评奖。

10月17日，由中国文联、中国舞协、广东省文联主办，中国文联舞蹈艺术中心、广东省舞协承办的“中国现当代舞蹈发展论坛”在广州举办，白淑湘等34名舞蹈家、评论家出席论坛，针对现当代舞蹈创作问题的反思与前瞻等问题展开讨论。

【美术家协会】

3月29日至4月27日，由广东省美协、广州美术学院主办，广州美术学院美术馆承办的乾坤戏场——广州美术学院明清潮州金漆木雕藏品研究展在广州举办，展览是文化部“2017年全国美术馆青年策展人扶持计划”入选项目，展出广州美术学院收藏的明清潮州金漆木雕93件。

10月28日，由中国美术家协会主办，中国文联美术艺术中心、广东省美协等承办的山水砚都多彩肇庆——全国中国画作品展在肇庆举行，展出作品共203件。

12月1日，由广东省文联、省美协主办的新域——广州美术学院油画系青年教师作品展暨星河展第71回在广州举办，展出7位青年美术家作品共75件。

12月11日，由广州市委宣传部、广州文化广电新闻出版局、广东省美协主办，广东省美协中国画艺委会、省中国画学会、广州画院等承办的工以载道——广东省第七届中国画（工笔）展在广州举办，共展出作品80件。

12月22日至24日，中国美术家协会第九次全国代表大会在北京召开，广东代表王永、王绍强、方土、许鸿飞、李劲堃、林蓝、林永康、金城、黄启明、梁宇、黎明等11人当选为中国美术家协会第九届理事，李劲堃当选为中国美术家协会第九届副主席。

【书法家协会】

1月22日，由广东省书协、广东书法院、佛山市南海区文化体育局等主办的第五届全国“康有为奖”书法评展获奖作品展在佛山举办，共展出作品225件。

4月30日，由广东省书协等主办的首届“凤凰杯”全国书法作品展在潮州举办，共展出作品204件。

7月24日，由广东省书协、岭南画派纪念馆主办的岭南墨妙——詹安泰、佟绍弼、何绍甲、卢子枢、麦华三书法精品展暨学术座谈会在广州举办，共展出詹安泰、佟绍弼、何绍甲、卢子枢、麦华三书法篆刻作品共102件，以及部分珍贵文献资料，座谈会上，与会专家学者和5位参展前辈的家属、学生共同追忆、研讨他们的艺术成就。

10月20日，由广东省文联、省书法家协会主办的广东省星河展•第七回书法展在广州举办，展出11名中青年书法家作品共88件。

11月22日，由广东省文联主办、省书法家协会承办的庆祝改革开放40周年广东书法大展在广州举办，共展出作品198件。12月22日，由广东省书协主办的第八届广东省新人新作书法作品展在广州举办，共展出作品199件。

【摄影家协会】

3月30日，由中国摄影家协会，广东省文联、省摄影家协会等主办的2017“伯奇杯”中国创意摄影展在佛山举办，共征集到海内外创意摄影师创作的作品22000幅（组）。

8月18日，由中国摄影家协会、广东省文联、省摄影家协会等主办的第十三届全国摄影理论研讨会在东莞举办，研讨会以“风光摄影与自然观”为主题，96名摄影理论专家、摄影家参加研讨会，与会人员在风景摄影领域提出启发性意见并达成共识。

10月20日，由广东省文联、省摄影家协会主办的星河展——第八届广东青年摄影家作品展在广州举办，共展出10名青年摄影家作品100件。

10月27日，由广东省文联、湛江市委宣传部、湛江市文联主办的“美丽广东”摄影大赛作品展在广州举办，共展出作品305件。

11月4日，由广东省文联主办、省摄影家协会承办的时代影像——广东改革开放40载变迁摄影大展在广州举办，共展出作品200件(组)。

11月24日，广东省摄协主办的广东省第九届摄影理论研讨会在汕头举办，20名摄影专家学者出席研讨会，围绕历史现场的不同观看——多元与多维视角的广东影像等进行学术阐释和理论解读。

【曲艺家协会】

9月19日至20日，由广东省曲协、东莞市中堂镇人民政府主办的“粤韵满中堂”——广东省（中国）曲艺之乡曲艺精品展演在东莞举办，共21个节目参加展演，包含粤曲、小调、说唱、快板、木鱼歌等曲艺形式，来自广东省各曲艺之乡的演员共120人参加展演。

10月14日，由广东省文联、省曲艺家协会、深圳市文联主办的第十二届广东省青少年“明日之星”选拔赛综合曲种专场决赛在深圳举办，共17个节目参加比赛，包括快板、相声、山东快书等曲种。

10月26日，由广东省曲协主办、广东粤剧院承办的锦簇花荣二十年——陈锦荣粤剧粤曲作品展演活动在广州举办，陈锦荣的7部作品参加展演。

10月27日，由广东省文联、省曲艺家协会主办的第十二届广东省青少年“明日之星”选拔赛粤语曲种专场决赛在佛山举办，共20个节目参加比赛，包括粤曲独唱、粤曲对唱、琵琶弹唱、契约独奏等曲种。

12月16日至18日，由广东省文联、省曲艺家协会主办的第四届广东省曲艺大赛决赛在佛山举行，共113个节目参加决赛，包括粤曲、潮曲、雷曲、南音、龙舟说唱、沙田民歌、潮州歌册客家山歌说唱等曲种。

【杂技家协会】

10月1日，由中国文联、中国杂协主办，广东省文联、深圳华侨城欢乐谷旅游公司、中国文联杂技艺术中心承办的第十届中国杂技金菊奖全国魔术比赛决赛在深圳举行，共62个节目参赛，活动期间，组委会同时举办魔术表演培训班、魔术创作发展论坛、魔术剧目展演、魔术道具展、魔术沙龙等活动。

12月6日，由中国文联杂技艺术中心、广东省杂技家协会、河北省杂技家协会、东莞市清溪镇人民政府等主办的2018年中国传统杂技（魔术）交流大会在东莞举办，来自广东、香港、澳门、河北、河南、天津等地的绝技绝活表演艺术家、非遗传承人、魔术大咖联袂演出，《南方日报》、《广州日报》和中国杂协官方微信公众号直播间等直播此次活动，现场观众1万人次，网络直播参与观众20万人次。

12月15日至16日，广东省杂技家协会等主办的广东高校魔术联盟十周年交流活动在广州举办，活动内容包括魔术大师讲座、魔术沙龙、高校魔术舞台比赛等。

【民间文艺家协会】

1月13日，由中国文联、中国民协、广东省文联主办，广东省民协承办的“恰是山花烂漫时——第十三届中国民间文艺山花奖颁奖典礼”在广州举行，中国文联主席、中国作家协会主席铁凝等出席并为获奖者颁奖，颁奖典礼演出以二十四节气为线索，分为《惊蛰•启》《夏至•炫》《秋分•瑰》《冬至•泰》《立春•衍》五个篇章。

3月9日至28日，由广东中华民族文化促进会、省民协主办的华章逸彩——翟惠玲广彩艺术作品展在广州举办，展出翟惠玲及徒弟们创作的作品120件。

6月15日至25日，由广东省民协、省美协主办，广东省岭南民间工艺研究院承办的第二届广东省泥人节（泥塑展）在广州举办，共展出作品236件。

9月27日至28日，由广东省民协、东莞市文化馆等主办的广东省第五届麒麟文化节暨麒麟舞大赛在东莞举行，共21支队伍参加大赛；

9月28日，麒麟文化研讨会与舞蹈大赛同时举办，各地麒麟头扎作传承人、狮头扎作传承人、艺术院校相关学者等出席研讨会，与会人员围绕“广东麒麟舞彩扎与传统工艺”主题，就传统彩扎和工艺的起源、发展、传承、创新等方面内容进行探讨。

11月23日至26日，由广东省民协、中山市委宣传部等主办的第六届岭南民俗文化节暨2018年小榄菊花会在中山举办，20个演出团体进行客家舞蹈、湛江傩舞、汕尾渔歌、中山咸水歌等民间艺术表演。

【文艺评论家协会】

1月6日，由广东省委宣传部、省文化和旅游厅、省文联等主办，广东省文艺评论家协会等承办的“快活的蝙蝠——刘斯奋文艺成就研讨会暨书画作品展”在中山举行，北京师范大学文学院教授张柠、广东省文艺批评家协会主席林岗等23位专家学者围绕刘斯奋的小说、古典诗词等文学创作以及文艺理论、文化思想、书画作品等多方位进行学理性的剖析，展览展出刘斯奋绘画、书法作品共50件。

7月22日，由广东省委宣传部、省文化和旅游厅、省文联主办，省剧协、省文艺评论家协会等承办的桃花依旧笑春风——陈笑风粤剧艺术研讨会在广州举行，来自粤港澳的46位戏曲艺术家、文艺评论家出席研讨会，围绕陈笑风粤剧表演的从艺之路和取得的成就展开研讨，并针对风腔艺术特点、粤剧事业传承发展等话题进行探讨。

12月28日，由广东省文化和旅游厅、省文联、广州美术学院主办，广东省美协、省文艺评论家协会等承办的发时代之声•铸民族之魂——潘鹤艺术研讨会在广州举行，广州美术学院终身教授潘鹤及家属，广州美术学院校长李劲堃、中央美术学院教授殷双喜等美术家、美术评论家共53人出席研讨会，就潘鹤作品的艺术风格特点、教育教学理念、学术意义及价值进行了探讨与学术对话。

广西壮族自治区文联

综 述

2018年，广西壮族自治区文联(以下简称广西文联)始终坚持以习近平新时代中国特色社会主义思想和党的十九大精神为指导，坚持政治性、先进性和群众性，创新工作机制、延伸服务领域，突出以人民为中心的工作导向，突出“聚焦中国梦、讴歌新时代”主题，突出推动创作、多出精品多出人才的中心任务，全面推进文联深化改革，引导全区广大文艺工作者深入生活、扎根人民，在服务人民、繁荣社会主义文艺事业上取得了新的成绩：承办庆祝广西壮族自治区成立60周年文化艺术作品展（北京）的美术作品展和书法摄影作品展，举办广西壮族自治区成立60周年文学、歌曲创作征集活动，开展“千村万户文艺惠民工程”“文艺进校园”、2018广西中青年戏剧人才“文艺扶贫”培训班等文艺志愿服务和文艺扶贫工作，举办“一带一路 梦汇南洋”2018中国——马来西亚文化艺术作品交流展、“同唱友谊歌2018中越歌曲演唱大赛”等对外文艺交流活动，启动《中国民间文学大系·广西卷》编纂工作，举办“八桂民俗盛典”“七彩云南 美丽广西——美术作品展览”“镜头中的一带一路·第十一届中国西南六省区市摄影联展”等多项主题鲜明、内涵丰富的展览、展示和文艺实践活动。

会议与活动

【庆祝改革开放40周年、自治区成立60周年主题文艺活动】

广西文联勇于承担、出色完成多项主题创作、展览任务，以文艺形式讲好中国故事、广西故事，向广西壮族自治区成立60周年致敬。

2017年8月至2018年8月，自治区党委宣传部与广西文联联合举办广西壮族自治区成立60周年文学、歌曲创作征集活动，面向全国征集优秀作品，共评选出117篇（首）文学、歌曲作品。

10月12日，由自治区党委宣传部、广西文联等单位联合主办的“唱响新时代——庆祝广西壮族自治区成立60周年青年歌手选拔赛”决赛在广西电视台录制，赛事从4月份启动共历时7个月，弘扬少数民族优秀文化，创作和传播广西原创音乐作品，发掘和培养广西优秀青年歌手。

11月1日，自治区党委、政府主办的庆祝改革开放40周年和广西壮族自治区成立60周年文化艺术作品展在北京民族文化宫展览馆开展，广西文联、广西美协、广西书协、广西摄协承办美术作品展、书法摄影作品展，展出了代表广西最高水准的60幅美术精品、60幅书法精品、60幅摄影精品。

11月9日，由中国曲艺家协会、广西文联主办的中国曲艺家协会文艺志愿服务团“送欢笑”专场演出在柳州市举行，为广西壮族自治区成立60周年献礼。

11月12日，由中国文联、广西壮族自治区党委宣传部、中国文艺志愿者协会共同主办，广西文联承办的“情满八桂 筑梦广西”慰问演出在广西崇左市举行，中国文联党组书记、副主席李屹，自治区党委常委、宣传部部长范晓莉出席活动，来自全国各地、各民族的文艺名家、文艺工作者走进当地群众中去，举办了包括音乐、舞蹈、曲艺、杂技、朗诵、书法、美术等多个艺术门类的文艺演出和文艺培训活动。

除此以外，开展广西文明史诗重大题材美术创作项目，共完成作品47件，以美术形式对广西文明发展史进行艺术展示，开展广西文艺六十年暨广西文艺评论年度推优活动、自治区成立60周年60首经典歌曲展播的推荐工作。

【稳步推动文联深化改革】

2月，自治区党委办公厅印发《广西壮族自治区文联深化改革实施方案》后，广西文联坚决贯彻深化改革决策部署，推进深层次改革，激发新时代文艺活力。认真贯彻落实《中共广西壮族自治区委员会贯彻〈中国共产党党组工作条例（试行）〉实施细则》，制定《广西文联党组工作规则》《广西文联思想政治工作制度》，切实加强党对文艺工作的领导；启动自治区级文艺家协会会员培训工作，强化对文艺工作者的思想政治引领；实现协会和社会组织党的组织全覆盖、党的工作全覆盖，推动基层党建工作；实施第一批有文艺专长的机关工作人员以“专兼挂”的方式下至部分协会，优化和完善文联机关工作职能；增加基层和创作一线文艺工作者在文联主席团、协会主席团人选比例，加强基层文联组织建设，夯实基层力量；做好新文艺群体联系服务工作，努力培养标志性的文艺领军人才，努力扶持标志性的文艺精品，精心组织开展重大主题文艺实践活动和文艺志愿活动，推动广西文艺出名家出名作；加强对文联活动的宣传报道，加强对重点文艺作品、文艺现象的评论引导，集中力量建好移动网络，做强网上文联，延伸联络服务管理手臂。至2018年底，广西文联改革方案中的30项具体任务已基本落实完成。

【录制“歌海元宵——2018广西文艺界电视联欢晚会”】

1月17日，由广西文联、广西电视台联合主办的“歌海元宵——2018年广西文艺界电视联欢晚会”在南宁演出并录制。晚会以“为新时代放歌”为主题，充分展示了一年来广西文艺界创作和文艺惠民的新成果、新气象，展现了全区文艺工作者深厚扎实的艺术功底、不断创新的艺术追求，勾画出千千万万普通人同心共筑中国梦的信心和决心，彰显了文艺“当吹响时代前进号角”的价值引领。晚会于元宵节当晚在广西电视台播出。

【开展文艺志愿服务和文艺扶贫工作】

元旦、春节期间，广西文联组织“我们的中国梦”——文化进万家系列文艺志愿服务活动。组织“红色文艺轻骑兵”文艺志愿小分队，到南宁市解放路小学开展音乐、民间剪纸辅导活动。组织文艺志愿者赴五山乡中心小学，开展预防未成年人犯罪的法治教育。在5·23中国文艺志愿者服务日前后，广泛开展“到人民中去”主题文艺志愿服务活动：与来宾市文联共同组织摄影及书法志愿小分队赴武宣县开展文艺辅导讲座活动；在广西艺术学院开展广西艺术创作获奖作品展评（走进校园）专场演出活动。

10月至12月，承办中央文明办三局、中国文联文艺志愿服务中心主办的2018年乡村学校少年宫艺术辅导员培训计划——广西百色靖西市、田东县、凌云县培训项目，450位乡村文化宫艺术教师接受培训。

在“12•5”国际志愿者日前后，广西文联、广西文艺志愿者协会组织文艺志愿小分队走进广西民族大学相思湖学院和广西二幼开展文艺志愿服务活动。

积极开展“文艺助力脱贫攻坚”主题实践活动，邀请北京市文联到百色靖西市开展文艺扶贫志愿服务系列活动；举办2018广西中青年戏剧人才“文艺扶贫”培训；广西摄协分赴14个地市共62个村屯进行拍摄、制作广西深度贫困村屯宣传画册。

【白志繁当选广西文联主席】

3月23日，广西文联第十届二次全委会在南宁召开。会议宣读了自治区党委关于广西文联主要领导调整的决定，通报了广西文联第十届全委会变动情况。经全体委员投票选举，白志繁当选广西文联主席。会议总结了广西文联2017年工作，对2018年工作作出部署，包括进一步深入学习宣传贯彻习近平新时代中国特色社会主义思想和党的十九大精神、倾力谋划和推进文联深化改革、全力推进自治区成立60周年文艺精品项目创作等8项工作。

【全区文联工作座谈会召开】

3月23日，全区文联工作座谈会在南宁召开。广西文联党组书记、主席白志繁，党组成员、副主席钟桂发、石才夫、黄云龙，巡视员韦苏文，全区14个设区市文联主席、广西文联各部门负责人、13个全区性文艺家协会主席及驻会负责人参加会议。会议对各市文联、各全区性文艺家协会在过去一年为广西文艺繁荣发展做出的贡献给予充分肯定，并就如何深入学习贯彻落实习近平新时代中国特色社会主义思想和党的十九大精神，学习贯彻落实习近平总书记关于做新时代“红色文艺轻骑兵”的重要指示精神，进一步深入推进文艺事业和文联工作创新发展，号召广大文艺工作者坚持以人民为中心的创作导向，努力提高文联工作水平进行了部署。

【举办首届八桂民俗盛典】

4月17日至18日，由中国民协、广西文联、南宁市武鸣区政府主办的“我们的节日•壮族三月三——首届八桂民俗盛典”在南宁市武鸣区举办。“八桂民俗盛典”是广西首次举办的民间文艺品牌项目，围绕中国民间文艺山花奖•民间艺术表演奖系列评奖活动，推出民俗礼仪表演、山歌、民间广场歌舞、民间鼓舞鼓乐、舞龙、民间绝技绝艺等广西民俗文化系列展演。本次活动在“2018年中国壮乡•武鸣‘壮族三月三’歌圩暨骆越文化旅游节”期间举办，为当地群众献上一场丰富的文化盛宴。

【推进文艺志愿服务制度化专题培训班举行】

4月23日至25日，广西文联、贵州文联联合举办的深入学习领会习近平新时代中国特色社会主义思想暨推进文艺志愿服务制度化专题培训班在南宁举行，来自广西和贵州两省区文联系统的200余人参加培训。中国文联文艺志愿服务中心主任、中国文艺志愿者协会副主席兼秘书长廖恳，中央文明办三局联络处曹晶副处长、北京中科院软件中心有限公司技术项目负责人陈连升进行授课。广西、贵州两省区文联系统与会代表，就文艺志愿服务工作进行了经验交流和座谈。

【广西文艺期刊骨干编辑培训班举办】

4月26日至27日，由广西文艺期刊联谊会和《广西文学》编辑部主办、柳州市文联协办的广西文艺期刊骨干编辑培训班在柳州举办。来自区内各市县（区）的文艺期刊骨干编辑共70余人参加培训。《柳韵》《贺州文学》等20家基层文艺内刊受到表彰。《贺州文学》《柳韵》等内刊负责人或编辑在会上作发言，分享了办刊经验和做法。

【“三江侗画”现场推优座谈会召开】

5月6日至7日，《南方文坛》杂志联合《艺术探索》、广西三江侗族自治县文联主办的“‘三江侗画’现场推优活动”在三江独峒镇举行。来自北京、广西两地的著名评论家、画家，以及三江侗画画家共50余人参加活动。专家现场观摩之后，在独峒镇“三江侗画艺术博物馆”召开现场推优座谈会，就三江侗画的命名、创作主题与民族文化基因的表现和延续、创作过程中的外部干预介入、文化构建、空间性与时间性、创作的去功利化等议题展开学术讨论，并有针对性地为“三江侗画”的发展出谋献策。

【举行“文艺进校园”活动座谈会】

5月11日，广西文联、广西教育厅“文艺进校园”活动座谈会在南宁举行。广西文联党组书记、主席白志繁，广西教育厅副巡视员陈卫及有关处室负责人，广西文联有关部门、协会负责同志参加座谈。会议讨论《“文艺进校园”活动的实施方案（送审稿）》，并就两家联合发文等具体事项达成共识。

【中国评协慰问演出】

6月20日，由中国文艺评论家协会、广西文联主办的中国文艺评论家协会文艺志愿服务团“送欢乐下基层”慰问活动在南宁市上林县举办。文艺志愿服务团分别在上林县城关中学、上林县中学开展交流和书法辅导讲座，并赴云里村举办慰问演出。

【《中国民间文学大系•广西卷》编纂启动】

6月22日，广西民协九届二次理事（扩大）会议暨《中国民间文学大系•广西卷》编纂工作座谈会在南宁市举行，会议宣布《中国民间文学大系•广西卷》编纂工作正式全面启动。广西文联党组书记、主席白志繁为《中国民间文学大系•广西卷》首期聘任的18名专家委员会委员颁发聘书。《中国民间文学大系•广西卷》计划按照神话、史诗、民间传说、民间故事、民间歌谣、民间长诗、民间说唱、民间小戏、谚语、民间文学理论等类别与系列编选，每卷100万字。

【第二届“花山诗会”举行】

8月27日，由广西作协主办的广西第二届“花山诗会”在贵港市举行。贵港市市长农融，广西文联党组成员、副主席石才夫出席开幕式并致辞。广西作协主席东西主持开幕式。区内外著名作家、诗人60余人受邀参加诗会。杨克、金石开、石才夫、东西、凡一平围绕“广西诗歌如何出名家名作”作专题演讲，与会作家、诗人就“新时代文学创作的格局与创新”各抒己见，畅所欲言。诗会期间，举办了花山之夜•广西原创诗歌朗诵会，20多位诗人现场演绎了他们的诗作。

【桂黔滇湘山歌擂台赛结果揭晓】

9月20日至22日，由广西文联、南宁市西乡塘区委宣传部、广西民协主办的2018“美丽南方”“中国精神•中国梦”桂黔滇湘山歌擂台赛，在南宁市西乡塘区举行。来自广西、贵州、云南、湖南四省区的近百位山歌手亮嗓比拼。参赛山歌内容分为时政主题和传统主题。时政主题主要歌颂党的十九大精神、社会主义核心价值观、中国精神、中国梦；传统主题以爱情歌、抬爱歌、敬酒敬茶歌、迎客送客歌、感恩歌、历史传说歌为主。经过两天的激烈比拼，百色乐业的谢碧章（男）、河池东的兰吕秀儒（女）获得歌王组一等奖，获封“王中王”荣誉称号；南宁的韦知宝（男）、河池的谢电窕（女）获得歌手组一等奖，获封“歌王”荣誉称号。

【广西中青年文艺骨干（曲艺理论学术）高级研修班开班】

9月28日，由广西文联主办，广西曲艺家协会、百色市文联共同承办的2018年广西中青年文艺骨干(曲艺理论学术)高级研修班在百色市开班。参加研修学习的50多位学员分别来自入选第三届全国曲艺理论学术研讨的广西曲艺理论专家、中青年曲艺理论学术骨干，以及广西曲协理事会、主席团成员。中国曲艺家协会顾问崔凯为学员们做了题为《文化自信与艺术创新》的专题讲座，上海大学上海电影学院教授张祖健、《北京日报》高级记者彭俐分别为学员作题为《怎样做学术研究》的专题授课。

【广西青年作家创作会议举行】

10月15日，广西青年作家创作会议在南宁举行。广西文联党组书记、主席白志繁，自治区党委原副书记、广西文联原主席潘琦，广西文艺评论家协会主席容本镇，广西文联党组成员、副主席石才夫，广西文联副主席、广西作家协会主席东西，和来自全区14个地市和区直的116名青年作家代表欢聚一堂。这些代表，大部分是40岁以下的青年创作人才，基本上囊括了全区80后、90后的文学新秀。

【第九届“今日批评家”论坛举办】

11月24日，《南方文坛》杂志社联合中国现代文学馆主办的“2018年度优秀论文颁奖会暨第九届‘今日批评家’论坛”在南宁举办。中国文联副主席郭运德，广西文联党组书记、主席白志繁，中国现代文学馆常务副馆长刘方，李洱、王彬彬、东西等来自全国及广西的80位作家、评论家参会。王彬彬、李建军、郜元宝、王秀涛、黄伟林、李丹梦等6位学者的文章获《南方文坛》年度优秀论文。

创作与研究

【创作情况】

广西文联围绕“出名家出名作”，加强顶层设计，积极组织、申报《当代文学艺术创作工程三年规划》项目，制定《广西壮族自治区文联当代文学艺术创作工程规划（2018-2022年）》。开展庆祝改革开放40周年、自治区成立60周年主题文艺创作，推出文学、美术、音乐、书法、摄影文艺门类精品力作。

组织开展首届广西文艺花山奖评选工作,进一步激发全区文化工作者的积极性和创造性。举办《广西文学》基层作者创作培训暨改稿班、广西青年批评家培训班、广西摄影创作高级研修班等各文艺门类培训班，推荐文艺骨干人才参加全国舞蹈创编高级研修班、全国优秀青年词曲作家高级研修班；向自治区党委宣传部申请专项项目扶持经费300万元，对9个文艺项目进行扶持，30位新锐作家签约获得扶持。举办文艺发展座谈会，为广西文艺事业发展出谋划策；开展“深扎”主题实践活动，组织文艺家深入基层，开展采风创作活动；派出调研组到江西、湖南两省就如何提高广西书法创作水平开展调研；组织曲艺骨干赴第十届中国曲艺牡丹奖全国曲艺大赛各赛区观摩学习。

【获奖情况】

田耳荣获第三届华语青年作家奖“中篇小说奖”主奖，王勇英荣获首届“小十月文学奖”佳作奖，网络作家我本纯洁荣获阿里文学星辰奖“最受读者欢迎文学奖”，庞华坚、西子谦、无为荣获第八届冰心散文奖，朱山坡的短篇小说获得第七届鲁迅文学奖提名，陆辉艳入选“当代新锐女诗人二十家”。

歌曲《年华》入选中宣部第六批“中国梦”主题新创作歌曲展播，舞剧《刘三姐》入围第十一届中国舞蹈“荷花奖”舞剧评奖的现场终评展演，桂剧《桑园会》选段获得第二十二届中国少儿戏曲小梅花荟萃活动“小梅花金花”称号，《刘三姐歌谣•风俗歌卷》荣获第十三届中国民间文艺山花奖 • 优秀民间文学作品，戏剧《壮家少年志在四方》、邕剧《老背少》、瑶族铃鼓《歌堂夜》、侗族琵琶歌《三难有情人》、壮族唱天《咪洛甲》、广西文场《小三姐和小鲤鱼》、舞蹈《蛙鼓声声》、舞龙节目《母子龙》《稻草龙》等在全国赛事中取得好成绩。

广西书协8人书法作品入选全国第二届大字书法艺术展，6人书法作品入选全国第三届篆书作品展。

《美术界》荣获中国期刊协会评选的2018“最美期刊”称号；《南方文坛》入选中国人文社会科学核心期刊，囊括中国学术界三大核心期刊的荣誉。

文艺评论《真性情写真山水——宗其香与广西》（谢麟）、《小人物身上的大时代痕迹——从彩调剧〈哪嗬咿嗬嗨〉到话剧〈花桥荣记〉》（黎学锐、罗艳）获得第三届“啄木鸟杯”中国文艺评论年度优秀作品。

《南方文坛》荣获“自治区宣传思想文化工作先进单位”，利宇翔荣获“自治区宣传思想文化工作先进个人”。

【理论评论】

4月16日，举办中国“壮族三月三”研讨会，对“三月三”节日文化及壮族歌舞剧《三月三》开展研讨，研讨会成果有10余篇论文相继发表。

5月17日至20日，联合广西艺术学院举办“广西青年批评家培训班”，以“研讨广西文艺60年”为题，邀请国内名家授课点评广西戏剧、美术、文学、民间文艺、电影的艺术得失。

《广西文学》举办优秀作品推介活动，采取邀请专家授课和研讨的方式探讨广西文艺期刊的发展战略。

5月25日，组织广西桂学研究会与《民族文学》杂志社、贺州市文联举办“纪念改革开放40周年•中国多民族作家走进贺州暨《民族文学》重点作家研讨会”，对广西特别是贺州文学事业的发展起到良好的促进作用。

7月7日，《南方文坛》联合复旦大学召开“广西作家与当代文学”学术研讨会，探讨广西近三代作家对中国当代文学的贡献，推出“广西作家研究”专辑。

承办第三届全国曲艺理论学术研讨会，促进广西曲艺理论评论人才阵地建设。

编辑出版《广西美术发展史》《桂学探赜》《桂柳运河史》《桂学（第3卷）》《湘漓文化第三辑》等著作。

对外及对港澳台地区文化交流

【“中国•东盟书架工程”项目中文图书捐赠签约】

6月25日，广西桂学研究会与泰国清迈皇家大学文化交流座谈暨“中国•东盟书架工程”项目图书捐赠签约仪式在广西南宁举行。泰国清迈皇家大学是继泰国碧武里皇家大学之后第二个获得“中国•东盟书架工程”项目捐赠图书的泰国高校。

【“一带一路 · 梦汇南洋”艺术作品交流展举行】

6月29日，由广西文联、联合钢铁（大马）集团公司主办的“一带一路•梦汇南洋”2018中国—马来西亚文化艺术交流展在吉隆坡KENGALLERY画廊举行开幕仪式。展览展出岭南画派、漓江画派及马来西亚华人水墨画代表作近百幅。中马艺术家采风创作团向中国驻马来西亚大使馆赠送集体创作的中国画《源远流长》，向联合钢铁（大马）集团公司赠送了集体创作的中国画《大地回春》。

【举行《西行漫记》在美发表80周年——埃德加•斯诺纪念音乐会】

10月6日，《西行漫记》在美发表80周年——埃德加•斯诺纪念音乐会在美国考夫曼表演艺术中心举行。广西音协主席黄朝瑞、广西作曲家麦展穗应邀参加，并谱写主题歌《斯诺》。

【北美中文作家与广西作家文学交流会举行】

10月8日，北美中文作家与广西作家文学交流会在南宁举行。双方就广西现当代文学发展历程、广西作家的“触电现象”和如何定义先锋文学、如何提高创作的文学性、写作中如何把素材变成文本等话题展开交流。

【协办“同唱友谊歌2018中越歌曲演唱大赛”】

10月至11月，广西音协参与协办“同唱友谊歌2018中越歌曲演唱大赛”。大赛分中国赛区和越南赛区，吸引了来自中国东北、华中、西南、华南地区以及越南北、中、南部地区的数百名歌唱爱好者报名参赛。

【第三届“一带一路”文化艺术交流合作国际学术研讨会举办】

12月18日至20日，第三届“一带一路”文化艺术交流合作国际学术研讨会在广西北海市举行。期间，举办了“一带一路”文化艺术交流合作专题展示、文艺展演，开展立体的学术实践活动。广西民协组织近10支民间民俗非遗团队、传承人，为与会的国际国内专家学者们呈现了丰富多彩的民族节目和民族记忆。

机关建设

【传达学习全国两会精神】

3月27日，广西文联召开党组扩大会，传达学习贯彻习近平总书记重要讲话精神及全国两会精神。广西文联党组书记、主席白志繁主持会议并讲话。会议要求，要把学习宣传贯彻习近平总书记重要讲话精神和全国两会精神作为当前和今后一个时期的文联头等大事和首要政治任务，文联党组、各部门、各全区性文艺家协会、各党支部要抓紧抓好传达学习贯彻落实工作，要提高政治站位，全面系统准确把握，充分展现新时代广西文艺的新气象、新干劲、新作为。

【召开2018年度党的工作会议】

4月27日，广西文联召开2018年度党的工作会议。广西文联党组书记、主席白志繁，党组成员、副主席钟桂发、石才夫、黄云龙，巡视员韦苏文出席会议，广西文联全体党员、在职干部职工参加会议。会议通报2017年度党建、党风廉政建设和意识形态工作以及2017年度领导班子民主生活会情况，并就如何开展2018年工作进行部署。会上，文联领导班子成员向文联党组书记、各部门负责人向各分管工作领导、各党支部书记向机关党委书记递交了2018年度党建、党风廉政建设及意识形态工作责任状。会议组织观看“公仆——广西勤廉榜样先进事迹主题情景报告会”视频。

【贯彻习近平新时代中国特色社会主义思想和党的十九大精神培训班举行】

5月21日至25日，广西文联学习贯彻习近平新时代中国特色社会主义思想和党的十九大精神培训班在南宁举行。广西文联党组书记、主席白志繁，党组成员、副主席钟桂发、黄云龙，巡视员韦苏文，副巡视员张燕玲，以及文联机关各处室和全区性文艺家协会驻会全体干部职工80余人参加学习培训。围绕“学习贯彻习近平新时代中国特色社会主义思想和党的十九大精神”主题，白志繁做《把握要点，努力做好文联工作》专题辅导。自治区党校教授李广义、教授陈学璞、副教授张忠友分别做《深刻领会习近平新时代中国特色社会主义思想的精神实质和丰富内涵》《坚定文化自信，传承和弘扬中华优秀传统文化》《落实全面从严治党主体责任提升基层党建工作水平》题授课。

【开展“七一”主题党日系列活动】

6月20日至21日，广西文联围绕脱贫攻坚工作，开展以慰问扶贫点老党员代表、入户走访贫困户、进行扶贫领域腐败和作风问题专项督查为内容的“七一”主题党日系列活动。广西文联党组书记、主席白志繁，党组成员、副主席钟桂发，巡视员韦苏文、副巡视员张燕玲及机关各党支部党员干部、脱贫攻坚“一帮一联”帮扶责任人等近40人参加活动。在广西文联扶贫点大新县五山乡三合村，白志繁、钟桂发、韦苏文和机关党员代表分别入户慰问8位老党员，党员干部和帮扶责任人开展入户宣传和《帮扶手册》填写工作，机关纪委派出督查工作组开展扶贫领域监督。

【开展机关党员“党性教育月”活动】

12月，广西文联开展为期1个月的机关党员“党性教育月”活动。12月5日至6日，机关党员分赴广西机关党员党性教育基地进行，加强党史、爱国主义和党的优良传统教育。机关各党支部组织开展“三个一”（即以支部为单位开展一次集中讨论，每名党员开展一次自我党性分析、结合思想实际和工作实际撰写一篇体会文章）专题学习，使党性教育取得实实在在的成效。

【举办社会组织年度工作业务培训班】

3月16日，举办以广西文联作为业务主管的社会组织学习习近平新时代中国特色主义社会思想暨年度工作业务培训班，39个社会组织的负责人参加培训学习。培训班通报了2017年社会组织的工作情况，就《广西文联关于文艺类社会组织挂靠管理的暂行办法（试行）》修订稿（征求意见稿）进行讨论和征求意见，并就如何做好社会组织的党建工作作了具体部署。

各文艺家协会

【作家协会】

开展“广西壮族自治区成立60周年文学创作征集活动”并进行评选，获奖作品在《民族文学》《广西文学》刊发，并出版作品集《开满鲜花的土地》。推荐作家参加鲁迅文学院中青年作家高级研讨班、鲁迅文学院少数民族文学创作高级研修班、中国文联第二期全国新文艺群体拔尖人才高级研修班等培训班。

2017年至2018年，作家朱山坡、陶丽群连续两届考取北京师范大学与鲁迅文学院合办的硕士研究生班。

8月26日至29日，在贵港举办广西第二届“花山诗会”暨第十四期广西青年文学讲习班培训班、第十四期广西青年文学讲习班。

组织作家参与系列文学采风活动，参与人数多达300人次。

广西作家出版长篇小说、中短篇小说、散文、诗歌、儿童文学、报告文学、微型小说等专集选集达70多部，一批文学作品在《人民文学》《收获》《花城》《诗刊》《散文》《民族文学》等国内重要文学期刊发表，一批优秀中短篇小说、散文、诗歌被《新华文摘》《小说选刊》《小说月报》《散文选刊》等转载，列入年度排行榜，入选各种权威选本，荣获各种奖项。

【戏剧家协会】

4月，组织戏剧家分别走进广西中医药大学、广西大学开展“戏剧进校园”活动，为高校戏剧骨干进行授课，并组织大学师生观看第十届广西剧展优秀剧目。

6月，开展“第九届广西校园戏剧节•大学生戏剧评选活动”，共收到参评作品86部，《柏林旧事》《杨东莼》等作品获奖。

9月5日至8日，举办2018广西中青年戏剧人才“文艺扶贫”培训班，来自“广西特色文艺之乡（戏剧类）”地区、老少边穷地区及驻邕高校师生等60余名戏剧骨干参加培训。

推荐会员参加中国剧协民间职业剧团戏剧人才培训班学习。推荐广西戏剧家协会理事、南宁市远声粤剧有限公司郑远杰加入中国戏剧家协会民间职业剧团工作委员会任委员。

9月10日，承办“梅花飘香　名家传承”暨冲击全国“梅花奖”“戏曲小梅花荟萃”评奖活动——广西戏剧优秀青年人才培训班汇报演出暨“大小梅花共荟萃”展演。

【音乐家协会】

开展广西壮族自治区成立60周年歌曲征集活动，评选出15首优秀作品分获一、二、三等奖，《广西》《连心歌》《Welcome to 广西》三首作品被用于拍摄自治区60周年宣传MV。15首获奖歌曲结集出版作为广西60周年区庆赠礼光碟。完成自治区成立60周年60首经典歌曲展播的推荐工作，并与互联网音乐平台酷狗合作，上线展播歌曲。

6月21日至24日，举办广西音协文艺培训志愿服务项目——“唱响新时代”全区流行歌曲创作培训班。

11月15日至19日，与湖南省音协组织两省音乐家，赴广西兴安、全州、灌阳三县联合开展“迎接新中国成立70周年、建党100周年主题歌曲采风创作活动”。

与广西艺术学院合作录制12首优秀广西器乐作品，出版《广西民族器乐优秀作品选》献礼CD专辑。

推荐会员参加全国中青年电子键盘骨干培训班、中国音协第四期全国优秀青年词曲作家高级研修班。

【美术家协会】

8月，完成广西文明史诗重大题材美术创作项目，共验收47件作品。

10月，开展迎接十三届全国美展美术精品创作，预计创作完成16件高质量的美术作品。

11月9日，与云南省美术家协会联合承办的“七彩云南•美丽广西——美术作品展览”在云南美术馆开展，共展出来自广西、云南的160件作品。

12月，组织协办2018年广西艺术作品展美术作品展。

全年先后组织文艺志愿者90人深入柳州、桂林等地，以及广西理工职业技术学院、南宁市育才实验中学等院校开展文艺志愿服务活动，向基层单位和群众共计捐赠书画35幅、精美画册3870本，价值约45多万元，服务对象及受益人数约3500人次；先后组织90多名美术名家到大化、凤山、三江等县开展采风创作活动，创作700多幅美术作品。

【曲艺家协会】

6月20日，推荐广西教育学院雅韵曲艺社成为全国高校大学生曲艺社团联盟理事会理事单位。

9月26日至29日，承办的第三届全国曲艺理论学术研讨会在百色市召开。同时，在百色举办2018年广西中青年文艺骨干（曲艺理论学术）高级研修班。

11月10日，广西曲协广西文场专业艺术委员会、广西渔鼓专业艺术委员会在桂林市举办成立仪式。

11月26日，广西曲协与广西东南亚经济与政治研究院、广西民族大学国际交流处联合举办2018年第二期中国—东盟大讲坛活动，以“广西传统节庆文化和广西曲艺艺术的传承和弘扬”为主题，与泰国专家及国内知名高校师生开展内容丰富的曲艺学术交流活动。

推荐会员参加中国曲协举办的首期曲艺网络编辑、创作、推广人才培训班和首期曲艺小剧场创作、表演、经营管理人才培训班，以及2018年全国曲协业务干部培训班、首期中国曲艺之乡（名城）管理服务干部培训班。

【舞蹈家协会】

7月，在南宁举办学习贯彻习近平新时代中国特色社会主义思想暨中国舞蹈“荷花奖”2018年广西舞蹈人才创作表演辅导班，来自全区各地舞协推荐的60多名业务骨干和区直的舞协会员近100名参加辅导。

11月3日举办庆祝广西壮族自治区成立60周年广西第二届百姓健康舞蹈展演（少儿舞蹈专场），来自全区14个地市舞协推选的18个优秀的少儿舞蹈节目将近400名演员齐聚首府南宁进行展演。共推选出两个门类的12个舞蹈作品参加中国舞蹈“荷花奖”“荷花少年”评奖复评，有2个作品入围中国舞蹈“荷花奖”（舞剧）和“荷花少年”终评现场展演，壮族男子群舞《蛙鸣雨落》获得“荷花少年”“荣誉编导”“荣誉舞蹈教师”称号。

全年共组织3批次、推荐9名有创作基础的业务骨干等参加中国舞蹈家协会举办的全国中青年舞蹈创编人才高级研修班、“荷花少年”全国舞蹈创作高级研修班和舞协维权培训班。

【民间文艺家协会】

1月13日，广西民协组织报送的，由廖明君、韦丽忠编著的《刘三姐歌谣•风俗歌卷》喜摘第十三届中国民间文艺山花奖。

4月18日，由中国文联、中国民协、广西文联、南宁市武鸣区政府主办的中国（南宁•武鸣）舞龙大赛暨第十四届中国民间文艺山花奖•优秀民间艺术表演作品初评活动在广西南宁市武鸣区举行。来自全国各地的15支舞龙队500余人参赛，武鸣区罗波庙街舞龙艺术团的《母子龙》和隆安县国泰社区艺术团的《稻草龙》两个作品顺利入围。期间，召开中国“壮族三月三”研讨会，10余篇论文相继发表。推荐5件民间工艺作品参加第十四届中国民间文艺山花奖•优秀民间工艺美术作品初评活动及第三届中国（潍坊）民间艺术博览会，组织申报瑶族铜鼓舞《背着铜鼓山过山》入选第十四届中国民间文艺山花奖•优秀民间艺术表演（鼓舞鼓乐）初评活动，推荐广西朵昂组合《月柔柔》入选第十一届中国民间艺术节及第十四届中国民间文艺山花奖•优秀民间艺术表演（民歌）初评活动。

11月12日至17日，广西民协组织创作的山歌剧《花好•月圆》入选第九届全国小戏小品曲艺大展，喜获优秀剧目银奖和优秀组织单位奖。

【摄影家协会】

2月11日，广西摄协文艺志愿服务队到南宁市盘古路“环卫公寓”小区，为20多户环卫工人家庭免费拍摄并制作“全家福”照片。

3月17日，由中国文联摄影艺术中心、广西摄协联合在藤县开展第八届全国农民摄影大赛培训。

6月2日至8日，由中国西南摄影联展组委会主办、广西摄协承办的“镜头中的一带一路•第十一届中国西南六省区市摄影联展”在广西科技馆举行，展出210幅（组）摄影佳作。

6月23日至24日，主办摄影创作高级研修班，3位全国著名的摄影“大咖”与来自全区各行业的中青年摄影骨干70多人齐聚南宁，现场分享创作心得。

【书法家协会】

3月27日，广西书协、南宁市书协、来宾市书协、中国铁路南宁局集团有限公司书法家协会获得中国书法家协会颁发的2018年“送万‘福’进万家”书法公益活动先进集体，冯文东获先进个人。

5月26日至27日，主办“广西基层书法人才培训班”，来自广西书法之乡、兰亭学校的基层书法人才及部分文艺骨干90多人参加本次培训。

“六一”儿童节期间，广西书协、南宁市书协组织书法家分别到南宁市滨湖路小学、南宁市华西路小学、武鸣区城厢镇中心学校举行“书法进校园”活动。

6月25日至29日，广西书协一行6人到江西、湖南调研，认真学习了赣湘两省书法事业的成功经验。

10月16日至21日，主办“广西书法精锐培训班”，聘请中国书协副主席毛国典，以及胡崇炜、王厚祥、仇高驰、林玉梅等全国书法名家、国展评委及全国大奖获得者为广西书法骨干授课。

11月底，完成《美丽南方——美丽广西　当代书法精品展》《广西入选历届国展作者书法作品展》作品集的编辑、核对。

12月1日，2018年广西艺术展书法篆刻作品展在广西美术馆展出。

【杂技家协会】

3月，举办“首届广西基层杂技人才表演提高班”，来自全区各杂技团体的60余名学员参加培训。

成立广西杂协杂技专业艺术委员会。在贺州市八步区莲塘镇第二初级中学挂牌成立“广西杂技家协会杂技教学示范基地”。分4批推荐8名业务骨干参加中国杂技主办的各期杂技魔术培训班。青年选手苏超的魔术《梦想七彩蝶》进入第十届中国杂技金菊奖全国魔术比赛复赛。

杂技魔术团体的建设取得可喜成绩，以南国幻象魔术工作室、新桂军魔术工作室、贺州民族旅游艺术职业学校为代表的杂技魔术团队，频频出现在国内演出市场，并活跃在广西的城市乡村，成为广西杂技一道亮丽的风景线。

入选国家社科基金的《中国当代杂技研究》课题组，取得了一批成果：广西民族大学教授董迎春撰写的论文《试论杂技的创作及转型》，在《杂技与魔术》杂志组织的“全国优秀杂技理论作品十佳推优”评选中，入选推优作品排序第二名。

【文艺评论家协会】

举办广西文艺60年暨广西文艺评论年度推优活动。推选报送《真性情写真山水——宗其香与广西》（谢麟）、《小人物身上的大时代痕迹——从彩调剧〈哪嗬咿嗬嗨〉到话剧〈花桥荣记〉》（黎学锐、罗艳，）获得第三届“啄木鸟杯”中国文艺评论年度优秀作品。

在庆祝自治区成立60周年系列文艺创作活动中，着力组织相关文艺评论文章，在《广西日报》《美术界》等报刊发表，《广西文艺界》以专辑形式推出，并在“广西文艺界”微信公众号广泛传播。

参与举办中国“壮族三月三”研讨会、电影《又是一年三月三》研讨会、“庆祝广西壮族自治区成立60周年大会群众文艺表演”座谈会、贺州学院“文艺评论标准与文学创作研究”暨中国语言文学与艺术学学科建设专题座谈会、《贺州文化旅游丛书》《贺州作家文丛》新闻发布会暨贺州作家作品研讨会、乡土作家黄飞卿作品研讨会，开展广西桂学研究会与泰国清迈皇家大学文化交流座谈暨“中国•东盟书架工程”项目图书捐赠活动，主办广西桂学研究会、广西文艺评论家协会会员能力素质提升班。

【电影家协会】

1月27日，组织会员参加广西文联、南宁市委宣传部、南宁市文联主办的广西文联2018年新春文艺惠民活动，对广西近十年来的电影工作成果进行生动展示，展映了广西电影集团近年摄制出品的电影佳作《碧罗雪山》《冰雪同行》《承诺》《天琴》《阿佤山》等。

组织会员深入农村、社区和校园开展惠民放映80场。

推荐会员参加全区文艺骨干培训班及中国影协举办的电影骨干人才培训班，推荐一批新文艺群体参加培训。

协助、支持广西电影集团举办电影《又是一年三月三》北京研讨会、南宁研讨会。

召开广西影协第八届主席团第三次会议，民主推荐中国影协第十次全国代表大会代表人选及理事候选人建议人选，推荐5名代表人选，提名3名理事候选人建议人选，报上级审批。

【电视艺术家协会】

6月,承办中国视家协基层电视艺术工作者培训班(广西)。11月，承办中视协卡通艺术委员会新文艺群体人才培训班（广西)。

认真组织开展2017年度“广西广播电视奖”电视文艺优秀作品（含公益广告）评选工作，评出电视剧、电视文学、纪录片、专题片、纪录片栏目、综艺节目、广告片、音乐电视、电视文艺栏目、电视动画片、公益广告等类别共126个获奖作品。

积极参与、协助完成中国视协第十届全国德艺双馨电视艺术工作者推选活动、海峡两岸主持新人大赛、第十一届中国旅游电视周优秀旅游节目推选活动和表彰活动。

举办第二十九届中国电视“金鹰奖”初评活动（北海)、第四届世界电视日“中国电视大会”（南宁）等。

海南省文联

综 述

2018年，海南省文联及各团体会员坚持以习近平新时代中国特色社会主义思想为指导，学习贯彻党的十九大精神，落实中国文联十届三次全委会和全国宣传部长会议精神，聚焦中国梦、讴歌新时代主题，聚焦海南省党委和政府工作大局，聚焦建设美好新海南火热实践，广泛开展主题文艺活动，大力弘扬和践行社会主义核心价值观，广泛开展文艺志愿服务活动，文艺活动丰富多彩；坚持以人民为中心的工作导向，引导推动创作、多出精品多出人才，文艺创作成果显著，涌现出一批本土题材精品佳作；加强自身建设，突出职能转型，全面推进文联深化改革，充分发挥文联在行业建设中的主导作用，文艺工作基础得到进一步夯实；聚焦“两不愁三保障”突出问题，发挥定点帮扶优势作用，助力脱贫攻坚。不断提升省文联吸引力、凝聚力和影响力，为加快建设美好新海南、决胜全面建成小康社会和海南新一轮改革开放做出积极贡献。

重要会议活动

【召开海南省文联六届全委会二次会议】

2月2日，海南省文联六届二次全委会在海口召开。省文联作协党组书记、省文联主席孙苏作题为《不忘初心、牢记使命，砥砺前行，谱写新时代海南文艺事业发展新篇章》的工作报告。

关于2018年工作，孙苏强调，要学习贯彻习近平新时代中国特色社会主义思想和党的十九大精神，进一步坚定文化自信，以改革开放40周年、海南建省办经济特区30周年为契机，坚持以人民为中心的创作导向，以“讴歌新时代、共筑中国梦”为创作主题，力争推出一批有较大影响力的精品力作。开展“感悟大海、守卫南海、走向海洋”主题歌曲征集活动，持续推进“海南人的幸福生活”系列电影创作和DV看海南民间影像大赛，创作农垦题材电视剧《我爱你，中国》；大力传承弘扬海南优秀传统文化，继续加大琼剧扶持力度，推进戏曲进校园活动，开展民族民间音乐素材大系采集工作；加强文艺工作者的政治引导，加强文艺名家、创作带头人和基层文艺工者的培养，抓住国家“一带一路”倡议和建设海南国际旅游岛战略机遇，整合资源，突出特色，积极举办区域性、国际性文艺展演、展映、展示、论坛等交流活动。

会议增补陈鸿诚、邢润南、吴武军、陈运新、刘海强、崔坤玄6名同志为海南省文联第六届全委会委员，讨论了《关于加强海南省文联全委会委员履职工作暂行办法》。部分市县文联、省文联所属文艺家协会负责人在全委会上作工作经验介绍和交流。

海南省文联第六届委员以及非委员的省文联各团体会员单位主要负责人、老艺术家代表、新文艺群体代表、社会文艺组织代表、基层一线代表120人与会。

【举行海南省文艺工作座谈会】

10月23日，在习近平总书记主持召开文艺工作座谈会并发表重要讲话4周年之际，海南省文联举行文艺工作座谈会。全省各文艺门类艺术家代表和有关单位负责人60余人重温习近平总书记关于文艺工作的重要论述，交流研讨文艺工作实践和创作心得，为开创海南文艺工作新局面，助推中国（海南）自由贸易试验区建设建言献策。

海南省委常委、宣传部部长肖莺子要求，全省文艺工作者要进一步深刻理解和把握习近平总书记重要讲话的重大意义和精神实质，深入学习贯彻全国宣传思想工作会议精神，把守正创新融入文艺实践中，注重提升文艺作品的原创力、表现力、融合力、感召力和影响力。要紧跟时代步伐，把握工作重点，通过抓文艺创作规划、文艺人才培养、文艺作品孵化、文艺产品产业化、文化硬件设施建设等工作，为海南自由贸易试验区和中国特色自由贸易港建设凝聚起强大的精神力量。

【中国舞蹈“荷花奖”颁奖盛典暨获奖作品惠民演出举行】

由中国文联、海南省委宣传部、中国舞协、海南省文联、三亚市委市政府主办，海南省舞协、省歌舞团承办的“舞典华章——2017年中国舞蹈‘荷花奖’颁奖盛典暨获奖作品惠民演出”1月8日在三亚大东海广场举行。

中国舞协名誉主席白淑湘，中国舞协主席冯双白，中国舞协分党组书记、驻会副主席罗斌，海南省委宣传部副部长朱寒松，海南省文联作协党组书记、海南省文联主席孙苏，三亚市政协主席荣丽萍及中国文联副主席、中国舞协副主席迪丽娜尔·阿布拉，中国舞协副主席丁伟、山翀、王小燕、冯英、赵明等相关领导嘉宾出席活动。

本次颁奖是在全国性文艺评奖改革后，首次举办的颁奖活动，主要是对第十届中国舞蹈“荷花奖”民族民间舞、现代舞、当代舞和舞剧四个子项的获奖作品表彰。民族民间舞《阿里路》《永远的川军》《仓央嘉措》等17部获奖作品的单位代表及个人，领取了“荷花奖”奖杯。

欧米加参、查干朝鲁、白淑湘等三位新中国成立后国家培养的第一代舞蹈艺术家，获“中国文联终身成就舞蹈家”荣誉称号。

【海南省旅琼文艺家协会成立】

12月23日，海南省旅琼文艺家协会第一次会员代表大会在海口召开，来自全国各地的旅琼文艺家代表共襄海南文艺发展盛举。

海南省委常委、组织部部长彭金辉，海南省委宣传部常务副部长、海南省电影局局长符宣国，海南省文联作协党组书记、海南省文联主席孙苏，海南省委组织部部务委员、海南省委人才发展局局长、海南省委人才办主任张应端及著名作家、海南省文联名誉主席韩少功等出席大会。

大会圆满完成各项议程，审议通过《海南省旅琼文艺家协会章程》，选举电影表演艺术家唐国强为协会主席。107名代表当选第一届理事会理事。

彭金辉在闭幕式讲话中希望将协会建设成旅琼文艺家的温馨和谐之家。在省文联的领导下，加强协会建设，开好局、起好步，夯实基础，认真按章程履行好职能，努力创造良好的服务环境和平台，为旅琼文艺家提供展示才华的舞台。

孙苏在致辞中表示，省文联将充分履行“团结引导、联络协调、服务管理、自律维权”职能，围绕着用好特殊文艺人才的目标，探索、创新有效的服务手段，形成推动文艺事业繁荣发展的强大合力。协会要加强组织建设，做好团结引领工作，通过实实在在的服务，用心连结文艺家、用情服务文艺家，充分调动旅琼文艺家的积极性和创造性，多创作海南题材的文艺作品，写海南、画海南、拍海南、唱海南，积极培养文艺人才，积极参与文艺志愿服务活动。

唐国强表示，今后将结合旅琼文艺家的特点，尊重旅琼文艺家，坚持以人为本，搭建平台，创造条件，团结凝聚人才，发挥人才智库的作用，为繁荣发展海南文艺事业服务。

【中国传统村落保护（海南）高峰论坛举办】

5月3日至5日，中国传统村落保护（海南）高峰论坛在儋州市举办。150位知名专家、学者及业界嘉宾发表了主旨演讲，围绕“挖掘传统村落文化，寻求新形势下古村落的发展方向”主题，共同探讨中国传统村落保护现状和出路。论坛颁布《儋州宣言》，达成新时代保护中国传统村落的共识，加强使命意识和责任担当。

中国民协分党组书记、驻会副主席邱运华指出，要深入研究传统村落保护和发展与乡村振兴战略、与生态文明建设的关系，探索传统村落保护发展对推动乡村振兴战略、促进海南经济社会和谐发展的新模式，通过整合、融汇、转化、传播等多种手段，有效地促进传统村落文化资源的创造性转化和创新性发展，走出一条人与自然和谐发展的路子。

海南省文联作协党组书记、省文联主席孙苏在致辞中表示，对于海南来说，传统村落的保护与发展不仅是响应国家的乡村振兴战略，更是建设美好新海南的重要一环。在实施“乡村振兴”战略的大背景下，传统村落的保护与发展有助于推进全省的全域旅游工作。

高峰论坛由中国民协、海南省文联、儋州市

委宣传部联合主办。

【海南“候鸟型”文艺人才迎新座谈会举行】

1月18日，海南“候鸟型”文艺人才迎新座谈会暨海洋主题歌曲创作活动启动仪式在海口举行，海南省委副书记、省人才工作领导小组组长李军，海南省委常委、组织部部长、省人才工作领导小组副组长王瑞连出席。

据统计，目前旅居海南的来自全国各地各文艺领域的“候鸟型”文艺人才有2300人，他们在琼期间广泛开展采风创作、文艺培训教育、参与文艺支教扶贫。座谈会上，舞蹈家田培培、歌唱家陈咏峰、画家谭全昌、翻译家肖天佑、作家叶永烈、作曲家王持久、主持人敬一丹等代表畅谈在海南工作生活的感受体会，交流文艺创作经验，积极为海南文艺繁荣发展献计献策。

李军表示希望广大“候鸟型”文艺人才在海南期间放声歌唱，为时代而歌、为人民抒怀，努力把学习十九大精神的成效转化为推动社会主义文艺繁荣发展的具体行动，并帮助海南培育文艺人才，助推海南文化繁荣。各级文联组织要充分发挥党和政府联系文艺工作者的桥梁纽带作用，创新工作方式方法，搭建交流展示平台，做好服务保障，吸引全国各地的优秀文艺人才参与海南文化事业建设。

【海南岛专题影展系列活动启动】

10月1日，由海南省委宣传部、省旅游和文化广电体育厅、省文联共同举办的海南岛专题影展系列活动启动。这次活动是深入学习贯彻落实习近平总书记在庆祝海南建省办经济特区30周年大会上的重要讲话精神和《中共中央国务院关于支持海南全面深化改革开放的指导意见》，为海南岛国际电影节营造氛围。

广泛开展免费放映活动，经典影片《红色娘子军》《海霞》《海外赤子》及《老阿姨》《阿婆的槟榔》《旋风女足》《藏北秘岭：重返无人区》等30部海南主题或在海南取景拍摄的电影、纪录片、科教片，通过“南岛拾光•影叙人生”、“黄金影期•佳片有约”、“文化扶贫•美丽乡愁”、“百花齐放•文化惠民”、“鱼水情深•影音添彩”、“精彩荟萃•畅想青春”、“全岛收视•跟踪观影——海南电影进院线、进广场、进乡村、进社区、进军营、进校园、进荧屏”等7个板块，覆盖全省19个市县进行播放。

【举办第四届全国中青年舞蹈创编人才高级研修班】

11月5日，第四届全国中青年舞蹈创编人才高级研修班在海口开班，北京、天津、山西、内蒙古、新疆、宁夏等近30个省、自治区、直辖市及港澳地区的近130位舞蹈界中青年创编人才参加研修。

本次研修班持续7天，通过理论学习、专题研讨、作品赏析、实践教学、相互交流等多种方式学习，解决在舞蹈创编中遇到的难题。中国舞协主席冯双白，中国舞协分党组书记、驻会副主席罗斌等6位专家学者围绕“以人民为中心，用舞蹈艺术点燃精神火炬”“舞蹈创作问题研究”等主题，分别作了《以人民为中心，用舞蹈艺术点燃精神火炬》《舞蹈创作问题研究》《舞蹈叙事的技术——舞蹈空间的构筑》《舞蹈形象创作》《关于作品的定位》《浅谈舞蹈、舞剧叙事手法》等专题授课。

培训期间，主办方组织学员到母瑞山革命根据地纪念园上了一堂生动的党课。该活动由中国舞协、中国文联人事部、中国文学艺术基金会、海南省文联共主办，中国文联舞蹈艺术中心、海南省舞协、海南省歌舞团承办。

【第二届南海文艺奖颁奖仪式海口举行】

2月2日，由海南省文联主办的第二届南海文艺奖颁奖仪式在海口举行。

南海文艺奖是海南文学艺术界的综合性文艺最高奖，每两年评选一次。坚持公开、公平、公正的原则，经初评、复评、终审，最终评出各文艺门类获奖作品及艺术家终身成就奖。第二届海南省南海文艺奖共分为戏剧、音乐、舞蹈、曲艺、美术、书法、摄影、民间文艺、广播电视、影视剧、文艺评论、文学等多个艺术门类，每个艺术门类评选6件获奖作品，共72部（件）文艺作品获奖。

吴梅、曾祥熙获得第二届南海文艺奖终身成就奖。

颁奖仪式上，还举行了海南建省办经济特区30周年歌曲征集获奖作品颁奖。符传杰、林川媚、丁晓红、赵媛、卢海东、段萌珂、方丽歌、龙倩倩等艺术家进行了精彩演出。

【五大经济特区水彩画联展开幕】

12月23日，由海南省文联、深圳美术馆、海南省美协共同主办的“纪念中国改革开放40周年、海南建省办经济特区30周年——五大经济特区（深圳、珠海、汕头、厦门、海南）水彩画联展（海南展）”，在海南省博物馆开幕。

海南省文联作协党组书记、省文联主席孙苏，省美协原名誉主席曾祥熙，海南省美协主席团顾问、省美协理论委员会主任王家儒，深圳市美协副主席兼水彩艺委会主任张小纲，广东省美协水彩画艺委会副秘书长，珠海市美协副主席马丁，深圳美术馆策划部主任黎晓阳，广东潮汕水彩画院院长李小澄，广东潮汕水彩画院秘书长蔡楷生，厦门水彩画会会长黄永生，福建华侨大学美术教授姚波，海南省美协副主席符祥康、曾周、林明俊等300余人参加开幕式。

开幕式结束后，来自五大经济特区的水彩画家和嘉宾进行了学术研讨。

【举办第五届南北雕塑联展】

11月8日，第五届南北雕塑联展在广州市城市规划展览中心开幕。海南省文联作协党组书记、省文联主席孙苏，省文联副主席、省美协副主席阮江华，广东省美协专职副主席王永，广州市文化广电新闻出版局副巡视员朱红兵，全国政协委员、广东省美协主席团成员、广州雕塑院院长许鸿飞，陕西省雕塑院副院长马辉，海南省美协副主席、省雕塑艺术学会会长陈学博，广西艺术学院造型艺术学院雕塑系主任覃继刚等出席展览开幕式。

本次展览以当代雕塑展现改革开放40年以来的巨大成就和翻天覆地的城市变化，以古今文化传承与发展的“丝路”风韵，弘扬文化正能量和艺术创新。展出架上作品68件、大型户外作品8件。

展览由广州市文化广电新闻出版局、陕西省文化厅、海南省文联、广西艺术学院主办，广州雕塑院、陕西省雕塑院、海南省雕塑艺术学会、广西艺术学院造型艺术学院承办。

【“影视小屋”落户海南昌江矿区中学】

9月10日，“影视小屋”授牌仪式在昌江矿区中学举行。中国视协名誉主席赵化勇向昌江矿区中学校长李兰松授牌，中国视协向昌江矿区中学赠送了5台摄像机及三脚架、存储卡、UV镜及相关书籍等。

海南昌江矿区中学的“影视小屋”是继海南文昌中学“影视小屋”项目之后，在海南地区落户的第二所影视小屋，也是在全国落户的最后一所。

2013年以来，由中国视协与各省级视协联合开展的该项公益性捐助活动，旨在利用互联网等新媒体平台，创作征集推广一批以少数民族中小学生为创作主体制作的优秀视频作品，展示我国少数民族地区和革命老区、边远山区取得的辉煌成就。

授牌仪式由中国文艺基金会资助，中国视协、海南省文联、海南广播电视总台、海口广播电视台、海南省影视家协会联合主办。

【第三届海南省曲艺大赛揭晓】

11月25日，第三届海南省曲艺大赛在儋州市戏院举行颁奖。此次大赛共收到参赛作品62件，25个作品入围决赛。经过决赛，评选出曲艺类、小品小戏类、诵读类、综合类共19个等级奖及6个创作奖、6个组织奖。《阿莲》获曲艺类一等奖及创作奖；《帕勒脱贫记》获小品小戏类一等奖；《爸爸还在加班》获诵读故事类一等奖；《游文澜》获综合类一等奖。

大赛由海南省委宣传部指导，海南省文联、海南省旅游和文化广电体育厅、儋州市委宣传部和临高县委宣传部共同主办，海南省曲协、海南省群艺馆、儋州市文联和临高县文联承办。

【举办“勇当先锋、做好表率”专题活动岗位大练兵】

10月24日至26日，海南省文联在澄迈老城举办“勇当先锋、做好表率”专题活动岗位大练兵培训班，海南省文联，海南省作协机关干部职工，各市、县、自治县文联，省直各文艺家协会82名文艺工作者参训。

中国文联文艺研修院副院长冀彦伟作《理想信念教育——做有信仰、有情怀、有担当的文艺工作者》主题辅导。培训班还邀请专家对公文写作、信息采写、综合材料等进行专题授课，并组织交流讨论。学员们表示，要把培训所学结合实际落实到本职工作中，当先锋做表率，扛起文艺担当，努力履行“举旗帜、聚民心、育新人、兴文化、展形象”的使命。

【举办文艺社会组织培训班】

11月25日，海南省文联在海口举办文艺社会组织培训班，77家挂靠省文联的文艺社会组织的130余名会员参加培训。

中国文联国内联络部主任刘尚军，海南省文联作协党组成员、省文联专职副主席陆明分别作题为《新时代对文艺的新期待》《当前海南文艺社会组织面临的发展机遇、挑战和出路》的讲座。海南省民政厅民间组织管理局副局长彭小波解读《关于改革社会组织管理制度促进社会组织健康有序发展的实施意见》。

在座谈讨论中，大家畅所欲言，谈问题、谈感想、谈收获，在新形势、新机遇下就如何更好发挥文艺社会组织作用建言献策。

海南省文联作协党组书记、省文联主席孙苏作总结讲话，希望广大文艺工作者要认真学习贯彻习近平新时代中国特色社会主义思想特别是关于文艺工作的重要讲话精神，深刻把握当代文艺繁荣发展的正确方向和新时代要求，自觉担负起推动海南文艺繁荣发展的历史使命，始终听党话、跟党走，坚持以人民为中心的导向，崇德修身、追求真善美，做有信仰、有情怀、有担当的新时代文艺工作者，创造出更多更好的文艺精品。

【“弘扬延安精神•坚定文化自信”专题培训班举办】

10月11日至15日，海南省文联在延安干部培训学院举办“弘扬延安精神•坚定文化自信”专题培训班。海南省文联机关部分干部、省文联下属各文艺家协会和各市县文联有关负责人、一线文艺创作骨干以及新文艺群体代表等39人参加培训。

延安干部培训学院常务副院长庄庆萍出席开班仪式并致辞。海南省文联作协党组书记、省文联主席孙苏作开班动员讲话，希望学员深刻领会毛主席在延安文艺座谈会上的讲话精神，深刻领会习近平总书记关于文艺工作的系列重要讲话精神，不忘初心、牢记使命，努力担当起举旗帜、聚民心、育新人、兴文化、展形象的使命任务。

延安干部培训学院教授杨晓红、刘延生、杨志和分别作题为《辉煌十三年》《坚持走民主之路，跳出历史周期律》《全面系统学习习近平新时代中国特色社会主义思想》专题辅导。

学员们参观了宝塔山革命旧址、杨家岭革命旧址、延安革命纪念馆、延安新闻纪念馆等地，通过观看大量的实物、图片、影像和聆听讲解，了解延安时期党的发展历程、光辉历史以及在抗日战争中取得的辉煌业绩；来到中共中央总书记习近平曾工作生活过的梁家河村，追寻总书记人生足迹。

通过专题讲座、现场教学、情景教学、激情教学等形式，以及延安精神教育、革命传统教育、梁家河初心教育、现场感知践悟，让大家深受教育。

【举行电影《北纬18度的爱》首映礼】

4月27日，励志电影《北纬18度的爱》在人民大会堂小礼堂举行首映礼。影片讲述了海南90后黎族大学生青年阿丹怀揣青春梦想，带领同学回乡创业，经过艰辛的努力，成长为有理想、有本领、有担当的新型农民，展示了当代中国青年创业的风采。

该片导演兼制片人刘抒鹃多次到海南农村深入生活，寻找新形象新感受，多次修改剧本完善剧本，大胆起用新演员，追求全剧的时代特征海南风情生活质感和人物质感。

影片由海南省委宣传部、海南省文联、海南广播电视总台、国话影视文化传媒（北京）有限公司、万宁中泽天成投资有限公司等联合摄制。

【海洋风主题歌曲创作采风团慰问西沙守岛官兵】

4月16日至19日，海南省文联、海南广播电视总台和三沙市委联合主办的“感悟大海、守护南海、走向海洋”海洋风歌曲创作活动，邀请中央军委政治工作部歌舞团创作室国家一级作曲印青、陆军政治部文工团一级编剧王晓岭等9位著名词、曲作家走进西沙采风。

4月18日，创作采风团慰问驻岛官兵。士兵们用一曲由王晓岭作词、印青作曲的《强军战歌》献给采风团的老师们，拉开了慰问演出的序幕。空政文工团著名作曲舒楠、北京歌剧舞剧院独唱演员赵佳莹、海南青年歌唱家赵媛等人演唱了《追寻》《生死不离》《阳光路上》《祖国之恋》《多想对你说》《呼唤》《望月》《你是这样的人》等歌曲。赵佳莹与赵媛两位歌唱家带领官兵们齐唱战士点唱的由屈塬作词、印青作曲的《天路》。最后采风团艺术家与官兵合影留念，一起度过短暂愉快的时光。

【全国第二届行书作品展在三亚开幕】

2月20日，全国第二届行书作品展在三亚开幕。中国书协主席苏士澍，国家行政学院原副院长、中国书协第六届理事周文彰，海南省政协原副主席、中国书协第六届理事王应际，国家林业局原副局长、中国书协第六届理事赵学敏，海南省文联作协党组书记、省文联主席孙苏，全国政协委员、海南省政协常委、海南祥云雨影视文化传媒有限公司董事长冯川健，中国书协顾问邵秉仁、胡抗美，中国书协副主席、海南省书协主席吴东民，中国书协副主席宋华平及全国各地书法艺术家代表300多人参加了开幕式。

作品展所展出的296件作品，取法多元，笔酣墨畅，从不同角度、以不同形式展示了近年来书法事业的发展成就。

苏士澍致辞说，将以此次活动为契机，深入挖掘中华优秀传统文化蕴含的思想观念、人文精神、道德规范，结合时代要求创新，让中华文化焕发出永久的魅力和时代风采。

孙苏致辞说，举办全国第二届行书展有着重大而现实的意义，要充分发挥全国展的导向作用，使其成为推动当前书法艺术创作、理论和学术水平全面提高的重要载体，共同营造书法事业兴旺繁荣的良好氛围。

展览由海南省委宣传部指导，中国书协、海南省文联、海南省文体厅主办，中国文联书法艺术中心、中国书协行书委员会、海南省书协、海南祥云雨影视文化传媒有限公司承办。

文艺家协会

【戏剧家协会】

1月，在《剧本》杂志上公布面向全国征集戏曲小剧本活动评选结果，将13个入围作品以及从征集作品中选出的优秀作品汇编成增刊，提供给相关演出院团排演。

7月22日，召开六届主席团会议和理事会第三次全体（扩大）会议，总结第六次剧代会以来的工作，部署今后的工作，会议审议通过了《海南省戏剧家协会各艺术委员会工作条例》。

10月26日，主办爱心扶贫义演专场活动，15位理事向海南省文联定点扶贫青梯村捐赠了10010元善款。

11月13日至16日，承办闽南语系戏剧交流研讨活动“2018琼剧•潮剧的对话”，广东、海南两省戏剧家70余名齐聚一堂，共囊闽南语系戏剧繁荣发展。

11月14日，在海南大学思源学堂剧场举办琼剧、潮剧交流演出。召开第六届理事会第四次会议，增补周仕华为第六届主席团副主席。

11月15日，组织广东、海南两省专家学者、艺术家，深入琼海塔洋镇琼剧学园调研和现场教学，向学员们现场示范了潮剧绝活丑角扇子功，表演了精彩的戏曲片段。

年内，推荐会员蒙平、劳世贵参加中国剧协举办的民间职业剧团戏剧人才培训班；选送琼海市塔洋镇琼剧协会陈华琼剧学园学生陈春霞和王茜到浙江省嵊州市，参加第二十二届中国少儿戏曲小梅花荟萃活动，演唱琼剧《三看御妹》和《秦香莲》选段。

【美术家协会】

1月，深入学习习近平总书记在文艺工作座谈会上的重要讲话精神。

8月，在儋州举办首期中国画研修班，为扶贫工作募集善款32400元。

2018年，与昌江黎族自治县委、县政府主办艺术扶贫义卖活动，拍卖所得款77万元捐献昌江文化教育事业扶贫经费。

举办“传统文化进高校”王家儒、阮江华学术讲座、“文心雕龙•乔德龙中国画作品展研讨会”、“山海•心象——周建宏绘画作品展研讨会”。

举办“纪念海南建省30周年‘丹青南海潮’中国美术名家作品展”、海南昌江百米长卷大型书画活动、开展“中国艺术乡村行”——全国美术名家走进五指山水满乡采风写生活动、“问道太行风骨”——海南省美术家走进太行山重走革命路等主题的写生采风活动；开展备战第十三届全国美展采风活动，中国画人物创作研究班下乡采风，深入到文昌、琼海、临高、儋州、昌江、乐东、三亚、五指山等市县开展美术支教。

举办“南北对画”——海南、河南美协中国画交流展、第三届海南省艺术节•全省优秀美术作品展，“纪念中国改革开放40周年暨海之南•梦汇美丽沙”——海南省首届综合材料绘画作品展。

【摄影家协会】

3月，举办第六届“昌化江畔木棉红”全国摄影大赛。

6月23日，召开第六届第三次理事扩大会议，就协会年度工作进行部署和安排。

7月6日，在东方县联合主办“最美夕阳在东方”“云天杯”全国摄影大赛。

10月17日，联合举办海南百岁纪事公益摄影专题展。

11月28日至12月3日，组织来自20个国家的30名摄影师以三亚各大景区与四大湾区作为主要采风点，用镜头记录三亚在改革开放40年以来所发生的变化。

12月21日，主办“海南•台湾两岸摄影艺术家看海南摄影交流活动”，组织会员赴昌江、儋州等地开展摄影交流创作活动。

【书法家协会】

1月，协办庆祝海南建省30周年全国名家书画作品邀请展在文昌展出。

2月，承办全国第二届行书作品展，组织开展一系列的“送万福进万家”公益活动，在海南海警总队一支队、澄迈县仁兴镇苗村、定安县母瑞山革命老区、临高县大雅村、琼海市嘉积镇等地义务书写春联。

3月，主办琼海市和黑龙江省绥化市书法作品联展。

4月，举办庆祝海南建省30周年暨恩祥艺术馆开馆10周年书画联展，展出申万胜、周文彰、王应际、吴东民、崔如琢、徐里、李福顺等7人作品140余件。

6月，召开六届理事会二次会议。

7月，举办儋州市、东方市、临高县、昌江县、琼中县五市县书法联展。

8月，举办王应际书法展。

9月，举办江寿男书法作品展，举办“中国书法之乡”儋州、文昌、万宁书法作品联展。

10月，举办海南省第二届篆刻艺术临摹展、迎全国第八届篆刻艺术展作品看稿会，举办刻字艺术创作骨干培训班。

12月，协助中国文联文艺志愿者服务中心主办“2018年乡村学校少年宫艺术辅导员培训项目”。协办“鉴古开今——兵之道”主题书法作品展。

【影视家协会】

1月5日和9月10日，分别在海南文昌中学和海南昌江矿区中学启动实施“影视小屋”项目，组织影视导演前去支教。

3月，与中国影协等单位联合承办中国金鸡百花电影节第三届国际微电影展映活动。

4月27日，电影《北纬18度的爱》在北京人民大会堂举行首映式。

5月26日，与三亚赫迪文化发展有限公司、俄罗斯电影家协会、海南陵水黎族自治县等单位联合摄制的中俄合拍电影《陵水谣》于在陵水开机。

11月30日，组织举办“一路光影•一路歌”——2018海南省第二届青年导演影视作品展暨创作研讨会，展播了青年导演的18部优秀影视作品。

举办DV看海南系列之“DV看文昌”民间影像大赛，组织优秀青年影视人才参加由中国影协主办的新文艺群体电影人才培训班，配合中国影协做好“改革开放40周年”“新中国成立70周年”主题微电影创作活动在海南的征集工作。

【音乐家协会】

1月28日至2月2日，主办首届海南国际钢琴周系列活动，举办全国少年钢琴英才展演等活动，设立“SAE特殊儿童音乐教育专项基金”，用于关爱特殊儿童艺术教育事业。

3月28日至31日，大型原创民族歌剧《红色娘子军》在北京保利剧院连续演出4场。

承办庆祝海南建省办经济特区30周年第四届海南方言歌曲创作演唱大赛。

6月10日，组织人员赴内蒙古调研学习第二届中国内蒙古合唱节，推广海南省“21世纪海上丝路合唱节”相关活动。

年内，承办“感悟大海　守护南海　走向海洋”大海主题歌曲创作活动，组织音乐家到三沙采风。主办陈晶晶师生音乐会、“金色华章”——马金龙师生管乐音乐会、低男中音李阳独唱音乐会等十三场音乐会；指导协办第九届（儋州）东坡文化节暨儋州调声山歌全国研讨会；协办2018中国（海南）民歌盛典；选派赵媛、胡世荣等4名优秀青年声乐工作者参加全国青年声乐骨干培训班；选派高邦俊、杨帆参加全国中青年网络音乐人才培训班；组织选送歌曲参加中国当代歌曲创作精品工程“听见中国听见你”2018年度优秀歌曲推选活动。

【舞蹈家协会】

6月，成立海南省舞协中小学舞蹈教育专业委员会与省舞协街舞委员会。

7月，联合主办“舞动中国梦”少儿舞蹈精品展演，组织舞蹈《南海前哨》参加第十二届全国舞蹈展演。

8月，主办李文运个人舞蹈教学及作品专场演出。

9月，选送作品《望月》《我是一个兵》《田野》参加第五届六省区青年舞蹈精英展演。

10月，参加纪念改革开放40周年——首届全国街舞创作作品展演活动。

11月，承办第四届全国中青年舞蹈人才创编高级研修班，协助中央电视台在三亚录制《银河之声——2019少儿频道新年特别节目》。

2018年，协办纪念海南建省办经济特区30周年文艺晚会《美好新海南》，联合主办2018“舞动中国梦”少儿舞蹈精品展，选送节目参加由中国舞协主办的第十一届中国舞蹈“荷花奖”舞剧、当代舞、现代舞评奖和第五届“荷花少年”全国舞蹈展演，开展“到人民中去”文艺志愿服务活动。

【民间文艺家协会】

5月2日至5日，在儋州承办“2018中国传统村落保护（海南）高峰论坛”，共同探讨中国传统村落保护现状、困境和出路，发布《儋州宣言》。

10月9日至12日，组织省黎族民间原生态演唱组合《翩哈组合》参加第十四届中国民间文艺山花奖•优秀民间艺术表演。

11月24日，组织黎锦、黎族器乐、黎族民歌传承人在《海南周刊》十周年庆典活动上表演了海南黎族原生态民歌。

12月4日至7日，组织临高县表演队参加中国壮族歌谣会展演，演唱《哩哩美唱吉》。

年内，配合全省“三区”人才文艺扶贫专项工作。

组织民间工艺家和民间文艺工作者深入基层一线，开展培训、支教：黄丽琼、吴清裕到乐东、陵水培训黎族妇女织锦；黄海桃、周烨到昌江县红田学校、屯昌青梯村教孩子们剪纸，传承民间剪纸艺术；符花金在东方玉龙村小学传授黎族民歌技艺，教孩子们唱黎族民歌。陈光敏在定安龙河镇龙河中学、中心小学学生开展8期培训班，培训56人次民间艺人、村民和学生，撰写《定安民间艺术（琼剧）之乡》。

组织优秀的黎锦、椰雕、黎族器乐、民间表演等非物质文化遗产项目传承人参加2018三亚文博会。

【曲艺家协会】

1月，指导临高县开展“中国曲艺之乡”的创建工作，并于12月成功通过中国曲协专家调研组的考评；配合中国文联在临高县举办曲艺培训班。

1月26日，在海南省图书馆音乐厅首次举办海南省曲艺迎新专场晚会。

5月，开展“到人民中去”文艺志愿服务活动。

7月，召开曲协第三届二次理事会（扩大）会议，调整更换主席团成员和秘书长。

9月，出台深化改革实施方案。

11月，举办第三届海南省曲艺大赛。

年内，海南福星相声社连续6年免费公益演出达120场次，受到群众好评。

文艺作品获奖表彰情况

【音乐】

大型原创民族歌剧《红色娘子军》入选全国舞台艺术优秀展演剧目和全国优秀民族歌剧展演剧目；张巨斌主持创作的《更路传奇》和赵晓辰主持创作的《我们这一代》两部大型原创音乐剧获第三届海南省艺术节文华演出奖；庄丹嘉参与创作的原创小型音乐剧《火山脚下是我家》获“群星奖”戏剧类第一名；根据黎族音乐改编的重奏曲《转瑟冒》获第四届中国（徐州）扬琴艺术节暨全国扬琴展演新作品奖；曹量与王晓平撰写的《海南岛古代青铜乐器研究》获省社会科学优秀成果论文二等奖；在第四届方言歌曲大赛中，冯磊作词、作曲的《海风》《军坡》分别获创作类一等奖、三等奖，文海云作曲的《绿水青山》《骑楼的夜》分别获二等奖、优秀奖，蔡先民作曲的《送番歌》获三等奖，陈晶晶作词、蔡先民作曲的《家乡的桥》获三等奖。

【影视】

《侬婆》《渔家哩哩美》分别获第八届女性题材优秀电视作品推选展播活动二等奖、三等奖；《爱的感恩》和《梦回青梯》分别获首届全国优秀电视公益节目专题类好作品奖和宣传片类好作品奖；《山海有名》和《别样风情在屯昌》分别获2018“亚洲旅游影视艺术周”旅游类好纪录片奖和旅游类好形象片奖；本土题材微电影《我有花一朵》获第六届亚洲微电影艺术节“金海棠奖”优秀作品奖。

陈积流获第十届“全国德艺双馨电视艺术工作者”称号，林青获“中国电视艺术家协会先进工作者”称号。

【书法】

2月，李坤朋、郑仕多书法作品入展全国第二届大学生书法篆刻作品展。

5月，冯伟书法作品入展全国第二届大字书法艺术展。

9月，江寿男书法作品入展“理想与现状——当前书法创作学术批评展”。

11月，冯伟、唐敏文书法作品入展全国第三届册页书法作品展。

12月，在全国第五届颜体书法作品展中，李海滨作品获奖，郑文师作品入展。

【民间文艺】

杨伟勇创作的玉雕作品《秋收》参加第八届中国（浙江）工艺美术精品博览会获金奖；刘飞雄创作的大型贝雕作品《丹凤朝阳》获得中国工艺美术协会举办的“深圳·金凤凰”工艺品创新设计大赛金奖，获由海南省教育厅颁发的“匠心之师”荣誉称号；黄清妍参加海南省少数民族文艺会演获原生态节目优秀奖；冯崇安的作品《竹竿舞》入选中国民协彩塑专业委员会主办的“华彩意境至首届‘彩塑中国’全国雕塑作品邀请展”；黎族音乐器乐制作者、黎族歌曲传承人黄照安获评国家非遗项目传承人称号。

【摄影】

11月18日，罗韬获第十二届中国摄影金像奖。

4月13日，在海南建省内经济特区30年成就展中，省摄协25会员的32件摄影作品入选并获奖。

在外交部海南全球推介活动中，12幅会员作品入选参展。

海南文化走进欧洲三国，协会8名会员的9幅作品入选并参展。

【舞蹈】

舞蹈作品《汉子的脊梁》在“舞动中国”2018全国少儿舞蹈展演获一等奖；舞蹈作品《彩环舞》入选第七届中国舞蹈节系列活动暨“9·15”群众舞蹈展演；舞蹈作品《胡杨》《步影》《孤雁》入围第五届中国蒙古舞大赛决赛。

【琼剧】

在第二十二届中国少儿戏曲小梅花荟萃活动中，由海南省剧协选送陈春霞和王茜参加业余A组地方戏曲唱段，演唱琼剧《三看御妹》和《秦香莲》选段，双双夺得“金花”称号，指导教师黄庆萍、冯辉获“弘扬民族文化 哺育新梅成长”荣誉奖章。

1月，与《剧本》杂志社共同主办的面向全国征集戏曲小剧本活动，在中国剧协主办的《剧本》杂志上公布了评选结果，选出13个入围作品。其中，创作一类作品2个、二类作品3个、三类作品三个、优秀类作品5个，13位入围作者分别来自云南、广东、四川、陕西、安徽、海南、北京、江西等地。

【美术】

丁兰海作品入选“美丽中国·纪念改革开放40周年——全国中国画作品展”并获得优秀奖。

周建宏色粉画《休渔纪事》入选第三届中国色粉画作品展。

志勇综合材料绘画《涅槃》入选第六届全国青年美术作品展。

符嘉臻、林国华、李新赞、梁玉春4位青年画家油画作品入选第三届中国民族美术双年展。

【曲艺】

在第三届海南省曲艺大赛比赛中，少儿快板《阿莲》获曲艺类一等奖；群口相声《这事不赖我》获曲艺类二等奖，相声《到底谁傻》获曲艺类二等奖；快板《歌颂海南建省三十年》、相声《海口美》、河南坠子《游海南》获曲艺类三等奖；《爸爸还在加班》获诵读故事类一等奖；《沈园的故事》《永生的和平鸽》获诵读故事类二等奖；《月光下缅怀潘司令》《登陆临高角，解放海南岛》获诵读故事类三等奖；音乐说唱《游文澜》获综合类一等奖；口技小品《旧貌换新颜》获综合类二等奖；魔术《狗年旺旺旺》，获综合类二等奖；音乐说唱《公园县果园村》，获综合类三等奖；小品《帕勒脱贫记》获小品小戏类一等奖；小品《我的爸爸》《别让爱迟到》获小品小戏类二等奖；《校园三幕剧》获小品小戏类三等奖。《阿莲》获创作一等奖；《游文澜》获创作二等奖，《海口美》获创作二等奖；《帕勒脱贫记》《爸爸还在加班》《我爱第二故乡海南》获创作三等奖。

基层文联

【陵水县文联】

2018年，陵水县文联深入学习贯彻习近平总书记系列重要讲话精神，成立新时代琼崖理论传习所，引导文艺工作者准确把握新时代文艺的新思想新理念新要求，坚持深入生活、扎根人民，在服务大局、服务人民、繁荣社会主义文艺事业上取得了新的成绩。

一、开展文化惠民活动，丰富群众文化生活

1.开展15场“新春送福•翰墨传情”送春联活动。组织书法家于春节期间在椰林镇海韵广场和广百家超市、隆广镇、文罗镇、英州镇等地，为群众义务送去春联7000余副，将新春的祝福用笔墨传递给广大人民群众。

2.开展“点燃阅读星火•共建书香陵水”全民阅读文化分享活动。坚持文化品牌打造，每周五、周六在县新华书店和乡镇学校举行，已举办46期，同时免费向读者赠送书籍千余册，营造浓厚的群众文化阅读氛围。

3.组织县戏剧协会免费送戏下乡43场，遍及11个乡镇，演出县戏剧协会自编自导的琼剧新剧目《双创行动》《精准扶贫结甜果》《长乐宫》《花好月圆》和红色经典京剧剧目《红灯记》《沙家浜》《红色娘子军》等，丰富了当地人民群众的业余文化生活。

4.组织“文艺轻骑队”深入新村镇、文罗镇坡村和五星村、群英乡芬坡村、椰林镇联丰村、三才镇花石村、本号镇军昌村、英州镇田仔村，开展7场“脱贫攻坚”文艺宣讲活动，表演诗朗诵、独唱、舞蹈、器乐演奏等各类文艺节目约100个，受益群众约2000人。

二、广泛举办艺术精品展览采风交流活动，展现艺术成果

举办“山水神韵•生命乐章”方宝价国画写生作品展，庆祝海南建省办经济特区30周年“美丽中国•诗意陵水——中国油画名家走进陵水写生作品展”，“华丽蜕变•魅力陵水”庆祝海南建省办经济特区30周年摄影展，庆祝海南建省办经济特区30周年暨“美丽乡村”陵水县、五指山市书画摄影作品联展，“寻梦群英佳境、纵情灵山秀水”——美术、摄影采风创作作品展；举办7期“翰墨传承•溢香陵水”书法临摹交流学习活动，举办候鸟书法家时宏国篆刻培训讲座及笔会交流。

3月至10月，组织县美术工作者和候鸟美术人才，深入五指山、吊罗山、红色娘子军故乡琼海市等地方，开展“文艺进乡村•美术写生活动”；成立陵水县摄影创作基地，组织摄影协会会员参加拍摄展览活动。

三、推动文艺创作，硕果累累

合唱《久久不见久久见》和《把一切献给党》获庆祝海南建省办经济特区30周年全民大合唱活动暨海南省第三届艺术节“群星奖”合唱比赛二等奖；李其文、王谨宇创作的诗歌多次在国家级刊物杂志发表；吴武军的油画《思念》入选海南省第二届小幅油画展，油画作品《苍歌》入选第三届海南省艺术节全省优秀美术作品展；郑研、郑启英、杨克红、陈棕平的油画作品入展海南省第十五届青年美术家协会作品展；林道余创作的《清风徐来祥云涌》获青年艺术奖、中国画《小桥流水人家》获第三届“画时杯”全国教师数字书画展一等奖；李亚兰的摄影作品《花之韵》获第五届木棉红全国摄影大赛优秀奖，李家振的摄影作品《齐心协力》入选海南省离退休干部“美丽海南•夕阳正红”书画摄影作品展。

重庆市文联

综 述

2018年，重庆市文联在中国文联的全面指导下，在重庆市委和市委宣传部的正确领导下，团结带领全市广大文艺家和文艺工作者认真学习贯彻习近平新时代中国特色社会主义思想和党的十九大精神、习近平参加十三届全国人大一次会议重庆代表团审议时的重要讲话、习近平总书记给新近入党的电影表演艺术家牛犇同志的信以及全国全市宣传思想工作会议精神，牢牢把握正确的文艺方向；举办气势恢宏的“潮涌两江”系列活动，庆祝改革开放40周年；陈敏尔、张鸣、王赋、潘毅琴等市领导观看“潮涌两江——庆祝改革开放40周年首届重庆市群众书法大赛作品展”；开展“梦想驿站”“送欢乐下基层”“深入生活扎根人民”等文艺志愿服务活动近120场，惠及群众10余万人次；制定“六个一”帮扶计划，50余名艺术家与基层60余名文艺工作者结对帮扶；落实30万元专项扶贫经费，利用三峡红叶资源，定点帮扶巫山县安静村脱贫；举办第三届重庆市声乐比赛、第六届重庆大学生戏剧演出季等品牌文艺活动；完善重庆艺术奖，增设重庆中青年文艺家德艺双馨奖；70余件作品获得中国文联、重庆市委宣传部、重庆市文联214万元扶持；制定《重庆市文联深化改革实施方案》，五级文艺人才培训体系在全国文联系统教育培训工作会上交流。

会议与活动

【重庆市文联四届三次全委会召开】

2月5日，重庆市文联四届三次全委会在重庆市文艺家活动中心召开。重庆市文联党组书记、副主席陈若愚代表市文联四届主席团向全体委员作工作报告。他从紧抓思想引领，党的十九大精神学习宣传入脑入心；服务中心大局，重大主题文艺活动开展有声有色；坚持正确导向，重大主题文艺创作推进如火如荼；强化惠民利民，文艺志愿服务全面落地落实；深化专项改革，文联工作和文艺事业稳扎稳打；加强党的领导，党风廉政建设工作治标治本等方面总结了2017年文联工作。对于2018年工作，他提出要坚持以习近平新时代中国特色社会主义思想为指导，紧紧围绕学习贯彻党的十九大精神，坚持以人民为中心的工作导向，大力弘扬社会主义核心价值观，聚焦中国梦、讴歌新时代，突出引导推动创作、多出精品多出人才中心任务，全面推进文联深化改革，为繁荣兴盛重庆文艺事业、推动文化强市建设做出积极贡献。会议学习了党的十九大精神，传达了全国宣传部长会议、中国文联十届三次全会和全市宣传思想工作会议有关精神。通报了重庆市文联第四届委员会委员变动情况，通报了获得“十佳创新工作”“十佳创新品牌”的会员单位名单。重庆市影协，九龙坡、垫江、城口、巫山等区县文联做了交流发言。

【学习习近平总书记参加重庆代表团审议时的重要讲话精神】

3月12日，重庆市文联党组书记、副主席陈若愚主持召开中心组学习扩大会议，学习习近平总书记参加十三届全国人大一次会议重庆代表团审议时的重要讲话精神。陈若愚强调，习近平总书记的重要讲话具有很强的理论性、战略性、导航性和实践性，对今后一个时期全市发展具有重大意义，为市文联下一阶段工作提供了行动指南。重庆市文联将以习近平新时代中国特色社会主义思想为指引，立足本职、牢记使命、认真履职，为全市文艺发展做出新贡献。陈若愚要求，全体干部职工要坚决维护以习近平同志为核心的党中央权威和集中统一领导，深入学习领会总书记重要讲话精神，努力做好本职工作，为重庆各项工作迈上新台阶而努力。会后，机关各支部立即组织召开会议进行了学习传达。

【重庆市文联学习习近平总书记给牛犇同志的信】

6月25日，习近平总书记给新近入党的电影表演艺术家牛犇写信，勉励他发挥好党员先锋模范作用，继续在从艺做人上为广大文艺工作者作表率。6月28日至29日，重庆市文联以“努力做一名有信仰有情怀有担当的文艺工作者”为主题，组织召开党组会、机关党委会、党员大会和中心组学习会，认真学习《习近平给新近入党的电影表演艺术家牛犇的信》《习近平写信勉励新近入党的电影表演艺术家牛犇》《83岁电影人牛犇入党：60余年执着追求的背后，是“党员”两个字的分量》等材料。大家一致认为，习近平总书记给老艺术家的信体现了党中央对文艺工作者的关心和期待，让广大文艺工作者倍受鼓舞。牛犇同志从事表演事业多年，不忘初心，坚持为人民创作，在从艺做人上做出了表率。大家表示，要学习牛犇同志坚定的信仰、博大的情怀和对国家社会事业的担当，学习牛犇等老一辈艺术家精益求精、严格要求自己的精神，履行好义务，兢兢业业做好本职工作，为重庆文艺的繁荣兴盛做出更大贡献。

【中国文联“新时代文艺工作者巡回宣讲活动”在渝举行】

8月28日，中国文学艺术发展专项基金资助项目“崇德尚艺　做有信仰有情怀有担当的新时代文艺工作者巡回宣讲活动”在渝举行。中国书协副主席、江苏省文联副主席孙晓云，中国摄协副主席、法制日报社美术摄影部主任居杨，北京唱高文化传媒有限公司CEO、音乐制作人何沐阳3位艺术家，分别以《用60年的书写实践来承传中国传统书法》《弘扬真善美　传递正能量　用镜头讲好中国故事》《把握时代语境　唱响时代之声》为题，倾情讲述他们学习贯彻落实习近平总书记关于文艺工作的重要论述的心得体会。重庆市文联党组书记、副主席陈若愚，重庆市文联党组成员、副主席、重庆市摄协主席杨矿，部分重庆市文艺家协会负责人，文艺工作者代表和重庆市文联机关干部职工代表近300人现场聆听了宣讲。

【重庆市文联学习座谈习近平总书记在全国宣传思想工作会议上的重要讲话精神】

8月28日，重庆市文联召开中心组学习会，学习座谈习近平总书记在全国宣传思想工作会议上的重要讲话精神。重庆市文联党组书记、副主席陈若愚在讲话中要求，全市文联系统一是要充分认识全国宣传思想工作会议的重大意义，认清新形势下宣传思想工作的历史方位、使命任务和中心环节，迅速把思想和行动统一到会议精神特别是习近平总书记重要讲话精神上来；二是要充分利用文艺的独特优势，广泛地宣传落实，让讲话精神深入人心，落地生根；三是要强化意识形态的主阵地意识，提高政治站位；四是要抓好文艺创作，用健康向上的文艺作品陶冶情操、启迪心智、引领风尚；五是要以深化群团改革为契机，抓好自身建设，自觉肩负起新形势下宣传思想工作举旗帜、聚民心、育新人、兴文化、展形象的使命任务。

【重庆市文联传达学习全市宣传思想工作会议精神】

9月30日，重庆市文联召开机关干部职工大会，传达学习全市宣传思想工作会议精神。重庆市文联党组成员、副主席龙川主持会议并组织学习。会议认为，重庆市委书记陈敏尔在全市宣传思想工作会上的重要讲话是全面贯彻落实全国宣传思想工作会议精神的具体体现，讲话总揽全局、视野高远、内涵丰富、思想精深，是指导新形势下全市宣传思想工作的纲领性文献。龙川在讲话中要求，全市文联系统要充分认识全市宣传思想工作会议的重大意义，认真学习领会，切实把思想和行动统一到陈敏尔书记的重要讲话精神上来，进一步增强做好新形势下宣传思想工作的政治自觉、思想自觉和行动自觉。要把学习贯彻会议精神作为当前重要政治任务，在贯彻落实上下功夫，不断开创文联工作和文艺事业新局面。

【重庆市文联工作会议召开】

12月4日，重庆市文联工作会议在奉节县召开。会议传达学习了中央和重庆市委有关重要会议精神，总结了2018年全市文联工作，部署了2019年工作，交流了基层文联工作经验，并就社团管理进行了培训。会议指出，2018年，重庆市文联开展了气势恢宏的“潮涌两江”——庆祝改革开放40周年系列活动；在传统节庆和重要节点，深入基层广泛开展“梦想驿站”“到人民中去”“送欢乐下基层”“文化进万家”等文艺志愿服务活动。原创魔术节目《幻影飞鸽》获得中国杂技金菊奖金奖。何菊芳获得中国曲艺牡丹奖表演奖，袁国虎获得中国曲艺牡丹奖新人奖。会议指出，2019年是新中国成立70周年，是决胜全面建成小康社会、实施“十三五”规划的关键之年。重庆市文联将从加强思想引领、健全文艺志愿服务常态机制、打造文艺精品、培养文艺人才、深化群团改革、推动文联组织建设等方面，为繁荣重庆文艺事业做出新的贡献。

【中国文联第15期全国市县级文联负责人研修班在渝举办】

10月26日，由中国文联主办、中国文联文艺研修院承办、重庆市文联协办的“深入学习十九大精神，深化文联改革，推进创新发展”——中国文联第15期全国市县级文联负责人研修班在重庆开班。本期研修班共有来自全国各省、自治区、直辖市以及新疆生产建设兵团的97名市县级文联负责人参加。为期9天的研修班围绕“深化文联改革，推进创新发展”主题和新时期文联的职能定位，开展专题讲座、研讨交流、案例教学、现场教学、文化讲坛、互动教学等形式多样的集中式学习培训。开班式之后，中国文联国内联络部主任刘尚军给学员们作题为《机遇与挑战——深化改革中文联协会工作初探》专题讲座。

【重庆成功申办第十三届全国美展油画、雕塑展区】

12月24日，第十三届全国美术作品展览展区申办工作会在京举行。重庆成功申办第十三届全国美展油画、雕塑展区展览。全国美展是国家级权威性、综合性大展，每5年举办一次。第十三届全国美展于2019年举办，分为中国画展区、油画展区、版画展区、雕塑展区、壁画展区等13个展区。全国美展中的油画、雕塑两个大画种的展览同时在一座城市举办并不多见。这是全国美展的展区展览首次来渝。

【重庆市第七届中青年文艺骨干研修班在浙大开班】

9月18日，重庆市第七届中青年文艺骨干研修班在浙江大学玉泉校区开班。重庆市文联党组书记、副主席陈若愚在讲话中指出，举办这次研修班，旨在深入学习领会习近平新时代中国特色社会主义文艺思想，认真贯彻落实全国宣传思想工作会议精神，扎实加强文艺队伍建设，为繁荣发展全市文艺事业提供人才保障。陈若愚要求，参训学员们一要加强学习，在思想政治上有提升，自觉担起举旗帜、聚民心、育新人、兴文化、展形象的时代使命；二要抓住机会，在研修培训中有收获，带着疑问深学释疑，切实解决文艺创作中的难点问题；三是要放开手脚，在学创结合上有成效，发扬历届学员刻苦学习、潜心交流、注重实践的求学精神；四是要严守纪律，在作风建设上有定力，严格遵守《重庆市干部教育培训学风建设“十不准”》要求，以良好的精神风貌完成学业。本期研修班为期12天，共有来自全市各区县、各部门的60名中青年文艺骨干参训，涉及文学、美术、书法、摄影、音乐、舞蹈、曲艺、评论等领域。

【重庆长江大桥雕塑复制品亮相】

3月1日，重庆长江大桥雕塑《春夏秋冬》复制品在重庆市文联广场举行揭幕仪式。此组铸铜雕塑复制品将永远陈列于重庆市文联广场。《春夏秋冬》原作位于重庆长江大桥南北桥头，共四尊，每尊高8米，采用铝合金整体浇铸而成，从1984年9月26日落成至今，已经守望这座城市34年。《春夏秋冬》最初的设计始于1978年，从立意到最后落成，历时5年。这组雕塑由四川美术学院叶毓山、郭其祥、龙德辉等艺术家集体创作，作品打破常规，用人体语言来寓意春、夏、秋、冬四季，是一组反映重庆精神和城市文脉的作品。这组雕塑是重庆改革开放历史的见证，具有引领思想解放的意义。

【重庆市文联开展文艺志愿服务主题活动】

5月23日，纪念毛泽东同志《在延安文艺座谈会上的讲话》发表76周年暨第五个中国文艺志愿者服务日座谈会在重庆市文联召开。重庆市文联党组成员、副主席龙川、杨矿，各市级文艺家协会负责人，艺术家代表，新文艺群体和文艺志愿者代表，以及机关各部室负责人参加会议。在中国文艺志愿者服务日前后，重庆市文联共举办了文艺讲座、文艺演出、文艺采风、文艺展览等14项文艺志愿服务活动。

4月25日，文联大讲坛邀请央视《新闻联播》主播康辉、金话筒奖获得者沈竹音以及中国传媒大学播音主持艺术学院副院长喻梅授课。

5月10日，中国舞协、重庆市舞协“送欢乐下基层”文艺志愿服务“红色轻骑兵”小分队进乡村、进院坝活动赴重庆城口演出。

5月中旬，重庆市摄协举办了“发现双龙之美”蹲点摄影创作活动。

5月22日，“文艺助残，共享芬芳”重庆市文联文艺志愿服务活动走进重庆市聋哑学校。

5月23日，重庆市美协在市文联美术馆举办了首届行走涪州美术作品邀请展，重庆市剧协选送的音乐剧《王二的长征》在重庆市文联艺术剧场汇报演出。

5月29日，重庆市文联艺术剧场举行了越剧折子戏专场演出。全市各基层文联也纷纷响应，开展了丰富多彩的文艺志愿服务活动。

【重庆文联大讲坛走进人民银行重庆营业管理部】

5月8日，重庆文联大讲坛走进人民银行重庆营业管理部。重庆市文联副主席、市音协主席张礼慧为人民银行职工讲授了如何鉴赏中国古诗词艺术歌曲，并在解析与咏唱中，分享中国诗词之美，感受中国传统文化的魅力。张礼慧逐一对韩愈的《幽兰操》、白居易的《花非花》、李煜的《虞美人•春花秋月何时了》、岳飞的《满江红•怒发冲冠》、陆游的《钗头凤》、张继的《枫桥夜泊》等20多首经典古诗词曲目进行解读，再由专业演唱者现场咏唱，让在场观众充分感受到了中国古诗词与音乐结合的魅力。

【重庆市文联召开当代文艺创作工程推进会】

6月15日，重庆市文联当代文艺创作工程推进会召开。2018年至2021年，重庆市文联实施动态管理文艺创作规划项目50个，涉及美术、音乐、书法、摄影、戏剧、舞蹈、曲艺、电视、杂技、民间文艺、文艺评论、电影12个艺术门类。会上，重庆市文联党组成员、副主席龙川从为什么人创作、创作什么样的作品和如何创作三个方面，对全市文艺创作提出要求。龙川指出，全市文艺工作者要用心用情深入生活，读懂读透社会生活这本大书，以高于生活的标准反映生活，从生活中把握主流、反映本质，塑造出马克思所说的“有实践力量的新人形象”，以强烈的现实主义精神和浪漫主义情怀，表现普通百姓的悲欢离合、感动忧伤，让作品真正走入人心、产生共鸣，鼓舞人们秉持理性、正义、善良的精神火炬，努力实现重庆文艺创作从“高原”向“高峰”迈进。重庆各市级文艺家协会代表、基层文联代表、新文艺组织代表、艺术家代表各抒己见，就文艺作品创作提出建设性意见。会议还对第七届重庆艺术奖获奖作者作品进行了颁奖。

【重庆市文联召开“五个一工程”音乐创作推进会】

7月17日，重庆市文联召开“五个一工程”音乐创作推进会。重庆市音协介绍了重庆“五个一工程”音乐创作总体情况，重庆市文联文艺工作部对下一步音乐创作工作提出具体安排。与会的音乐创作者针对重庆音乐创作实际，从选词谱曲、编曲配器、录音制作等方面提出建议意见。重庆市文联党组成员、副主席杨矿在会上强调，重庆市文联和重庆市音协要围绕第十五届“五个一工程”音乐创作，全面出击、全力攻坚、全力保障，对具有较好基础的音乐作品，要重点组织、重点推进、重点打磨，对重点作者进行重点关注、重点服务、重点扶持。

【重庆市文联新文艺组织“送欢乐到基层”】

9月18日至19日，“颂歌献给党”重庆市文联新文艺组织送欢乐下基层暨庆祝中国农民丰收节活动走进垫江县砚台镇、大渡口区建胜镇、渝北区兴隆镇牛皇村，给当地居民带去精彩的文艺演出和流动展览，为首个中国农民丰收节增加喜庆的节日气氛。在新形势下，广大新文艺组织异军突起，目前重庆市文联主管的新文艺群体多达11个，涵盖书法、绘画、雕塑、音乐等艺术形式和门类。重庆市文联按照党中央精神，积极延伸服务手臂，团结凝聚好广大新文艺组织和群体，听党话跟党走，深入生活、扎根人民，把优秀的作品奉献给群众，为文化强市建设增光添彩。活动期间，重庆市文联党组成员、副主席杨矿，相关区县委宣传部、文联、作协等负责人分别到场观看了演出。

【重庆市文联新文艺组织作品展开幕】

9月14日，重庆市文联新文艺组织作品展在重庆市文联美术馆开幕。该展共展出作品60件，涵盖国画、油画、雕塑、书法、创意设计等艺术形式，全部由重庆市文联所属社会组织重庆市女子书画协会、重庆市硬笔书法家协会、重庆印社、重庆市创意设计家协会、重庆市雕塑学会、重庆市工笔画学会、重庆油画学会等新文艺组织推荐，是近年来广大新文艺群体艺术家和文艺工作者深入生活、潜心创作的佳品，带有浓厚的生活气息。

各文艺家协会

【书法家协会】

8月2日，“潮涌两江——庆祝改革开放40周年首届重庆市群众书法大赛作品展”在重庆美术馆开幕。此次活动，拉开了重庆文艺界庆祝改革开放40周年系列文艺活动的序幕。本次大赛分为以各区县为单位的初赛和市级决赛两个阶段。经由市书法家协会组织的评审委员会对所有参赛作品进行初评、复评、终评、评奖，评选出了入展作品196件，其中获奖作品56件（老年组28件、中青年组28件）。大赛呈现五个特点：一是赛事的创新性。这是重庆书法界首次举办的面向全市普通群众的书法比赛，旨在推动全社会学习传承书法艺术。二是对象的群众性。按照参赛办法规定，凡是在重庆范围内生活、工作的重庆籍成年市民皆可参加，同时又由于按征稿通知规定，中国书协会员不参与此次活动投稿，从而保证了大赛的群众性。三是书写的时代性。大赛以书写党的十九大精神为主，同时也可书写历代优秀诗文。四是参与的普遍性。从社会人士到机关企事业单位工作人员，从中学生到耄耋老人都积极参加，其中年龄最大的82岁。五是评奖的代表性。此次大赛获奖总数设定达到60人，是历年来重庆大型成人书法展览评奖人数最多的一次，意在鼓励广大群众书法爱好者的积极性。

4月11日，由重庆市书协和重庆市教科院主办，西南大学美术学院承办的“九凤天杯•首届重庆市大学生书法篆刻展”在市文联美术馆开幕。该展共收到重庆26所高校的500余件书法作品，通过认真评审，最终选出入展作品87件，获奖作品29件。展出作品内容丰富，书风多样，诸体兼备，精彩纷呈，充分展示了重庆高校学子崇尚经典、汲古创新的学书正道，真实地反映了重庆大学生的书法创作水平，受到广大书法爱好者的好评。

【音乐家协会】

4月25日，中国音协分党组书记、驻会副主席韩新安一行来渝，就重庆市文联深化改革和重庆市音协创新发展开展专题调研。在听取了重庆市文联关于推进协会深化改革工作介绍，了解了重庆市音协近年来工作进展情况后，韩新安对重庆市文联和市音协的工作给予充分肯定，希望通过调研，把重庆市文联和市音协的先进经验进行推广，更好地推动改革和发展。调研期间，韩新安一行考察了黄桷坪钢琴博物馆和重庆市流行音乐协会，并与新兴音乐群体代表及青年音乐工作者进行了深入交流。

“潮涌两江——庆祝改革开放40周年重庆市优秀原创音乐作品展”演成功举行。11月28日，重庆市文联、重庆市音协在重庆大剧院举办“潮涌两江——庆祝改革开放40周年重庆市优秀原创音乐作品展演”。展演由著名指挥家卞祖善执棒重庆爱乐乐团，张礼慧、张迈、刘光宇、姜明、刘广等众多优秀的歌唱家、演奏家登台献艺，为重庆市民倾情演绎本土词曲作家40年来创作的精品力作。展演在合唱重庆民歌《太阳出来喜洋洋》中拉开序幕。参演曲目共13个，分为三部分。在第一部分“经典回响”中，《我的祖国妈妈》《小白杨》《三峡情》等脍炙人口的经典歌曲，让观众大饱耳福；在第二部分“激情绽放”中，《天地人心》《除夕的夜晚》《青滩的姐儿叶滩的妹》《火辣辣的城》等近年来荣获全国“五一个工程”奖、重庆市文学艺术奖的优秀歌曲，让观众领略到重庆文化的独特魅力；在第三部分“时代放歌”中，《时光回》《我是党员》《神女赋》等重庆艺术家新近创作的汇聚正能量、讴歌新时代的流行歌曲，让观众感受到全市人民昂扬向上、意气风发的精神风貌。最后，展演在全体演职人员与全场观众大合唱《走向复兴》中落下帷幕。

【杂技家协会】

3月20日至21日，中国杂协第七届主席团第五次会议及第七届理事会第四次扩大会议在重庆市召开。重庆市委常委、宣传部部长张鸣出席理事会扩大会议开幕式。会议旨在通报中国杂协2017

年的工作和部署2018年的任务。会议期间，中国杂协还召开了杂技艺术工作者职业道德建设委员会、杂技教育委员会、杂技发展委员会会议，研究和部署工作。近年来，在中国杂协的大力支持下，重庆市杂协坚持以人民为中心的创作导向，创排的《花木兰》《梦幻奇观》等节目，获国际国内金奖12枚、银奖11枚，成绩显著。

4月7日，由重庆市杂协主办的2018年度春节魔术交流活动在重庆市文联举行。近50名重庆魔术师及魔术爱好者参加。此次活动邀请到曾于2017年2月登上央视元宵晚会并表演魔术《魔法闹元宵》中搭档李宁表演魔术的国内知名魔术师胡凯伦参加。胡凯伦就极限感应、死亡游戏、幽灵信息、心灵解码、巅峰预测、终端操控等观念、经验与大家进行了分享交流。

【舞蹈家协会】

5月9日，“到人民中去”中国舞协文艺志愿服务团“送欢乐下基层”赴城口县慰问演出暨“阳光计划”文艺扶贫系列活动在城口县体育馆启动。著名舞蹈家王小燕，著名幽默滑稽演员刘全和、刘全利，巴蜀笑星凌淋等众多文艺名家带去的精彩节目，吸引近千人观看。活动期间，中国舞协文艺志愿服务团开设了4场专题讲座。中国舞协主席、中国文学艺术基金会副理事长冯双白以《当代舞蹈艺术的创新和魅力》为题，为城口的学校、文化馆、文艺团体的舞蹈教师和爱好者介绍了当前舞蹈艺术发展现状，传授了舞蹈创作经验。中国舞协、重庆市舞协文艺志愿服务“红色轻骑兵”小分队还深入修齐镇、庙坝镇开展慰问活动，让老百姓在家门口观看演出。

3月16日，重庆市舞协与重庆网络作家协会、盛世阅读网组成爱心团队，前往大足区曲水小学，不仅为山区孩子捐赠了2万余元的物资，还带去了精神上的鼓舞。来自重庆市舞协的爱心老师为孩子们上了一堂专业舞蹈课，重庆网络作家协会的会员根据自己的网络文学创作经验，对孩子们进行了文学上的交流与指导，丰富了孩子们的精神世界。

【电视艺术家协会】

9月17日至19日，由中国视协、重庆广播电视集团（总台）、重庆市文联主办，重庆市视协承办的中国视协基层电视艺术工作者业务培训班（重庆编剧班）在渝举行。全市各区（县）的基层电视优秀人才代表、业务骨干、少数民族电视专业人员、各高校教师代表等70余人参加培训。本次培训邀请了中国视协顾问、浙江卫视原总编辑程蔚东，中国视协编剧专业委员会主任王海平，最高人民法院影视中心主任田水泉，四川广播电视台星空影视公司文学总监、《楚乔传》编剧杨涛授课；同时也邀请了重庆广播电视集团（总台）版权管理开发中心版权权益部业务主管罗晓旭，《最后的棒棒》导演何长林分享版权维权和创作心得。课题紧跟时代脉搏，课程内容丰富，对电视艺术工作者思想境界和职业素养提升，尤其是重庆市电视编剧人才创作能力激发，具有重要意义。

12月2日，首届重庆市“鸣声奖”颁奖典礼在重庆市文艺家活动中心举行。本次活动是重庆市广播电视(新媒体行业)播音主持最高艺术奖，遴选素质好、专业强、勇于创新的优秀播音主持人及学术论文。经过评比，重庆新闻联播主持人李洁获得“鸣声大奖”。罗念农、赵莹获“鸣声奖”终身成就奖，杨全、张健等10人获“鸣声奖”优秀奖，林玉佳等3人获“鸣声奖”学术论文优秀奖。获奖选手在现场诵读了《声行千里，心致广大》《柠檬黄了》《祖国啊，我亲爱的祖国》《不忘初心》等作品，热情讴歌我国改革开放40年来取得的巨大成就。

【曲艺家协会】

6月22日至27日，首期边远地区（重庆万州）曲艺工作者培训班暨纪念改革开放40周年第四届重庆市曲艺创作高级研修班在万州区举办。中国曲协分党组书记、驻会副主席董耀鹏，中国曲协副主席、四川省文联副主席、省曲协主席张旭东，中国曲协分党组成员、副秘书长黄群，重庆市文联党组成员、副主席龙川，重庆市曲协名誉主席王毅，重庆市万州区区委常委、副区长张爱辉，万州区委宣传部副部长程良华和辽宁省曲协名誉主席、评书表演艺术家田连元，中国曲协快板艺术委员会委员王文水及来自市区两级的60余名边远地区曲艺工作者出席了开班式。在为期6天的培训中，董耀鹏、龙川分别以《习近平新时代中国特色社会主义思想辅导报告》等为题，从基本要义、理论架构、创新观点、政策取向等方面，对习近平新时代中国特色社会主义思想和党的十九大报告中关于文艺工作的新理念、新目标、新要求进行深入剖析。张旭东、田连元、王文水分别以《谐剧艺术创作表演中的“情”与“趣”》《评书漫谈》《我和大家聊快板》为题，从表演、创作等方面对曲艺专业知识进行深入浅出地讲解、示范。培训期间，还举办了2场“深入生活•扎根人民”纪念改革开放40周年文艺演出。培训班师生同台献艺，用四川竹琴、四川清音、四川评书、金钱板、快板等曲艺形式，为当地群众献上了一场南北交融、丰富多彩的曲艺演出。

3月13日至14日，第三届“走马杯”讲好中国故事曲艺展演在九龙坡区华润谢家湾小学艺术中心举行。本次展演由中国曲协会同重庆市曲协、九龙坡区委宣传部、区文联、走马镇政府共同举办，共有来自全国21个省市区的25个节目入围展演，涉及曲种19个。参演节目都紧紧围绕“讲好中国故事、传播好中国声音”这一主题，语言生动鲜活，表演真情真挚，营造了知荣辱、讲正气、作奉献、促和谐的良好风尚。

【戏剧家协会】

1月31日，“戏曲进校园”首届重庆市中小学戏曲小梅花展演颁奖及汇报演出在重庆市文联艺术剧场举行。本次展演共收到重庆市17个区县教委、37所中小学报送的33个戏曲个人节目和20个戏曲集体节目，涵盖川剧、京剧、梁山灯戏、黄梅戏、豫剧、评剧等剧种的经典唱段以及京胡演奏、川剧变脸绝活表演等。经过认真评审，万盛经开区中盛小学陈燕茜演唱的评剧《花为媒•报花名》等8个节目获得一等奖；江北区蜀都小学何丹璐演唱的京剧《贵妃醉酒》等15个节目获得二等奖；南岸区南开（融侨）中学唐子游演唱的京剧《梨花颂》等25个节目获得三等奖。获得视频评审一、二等奖小学组的9个个人节目和7个集体节目，参加了1月30日举行的市级现场决赛。经过激烈角逐，沙坪坝区南开小学李彦儒表演的京胡演奏《夜深沉》等5个节目获得小梅花“金花奖”；大足区米粮小学表演的川剧《铡侄》等4个节目获得最佳展演节目奖。此次活动呈现出参赛学校多、覆盖范围广、剧种丰富、质量较高的特点，充分展示了重庆中小学戏曲教育的成果，为重庆全面贯彻党的戏曲教育方针，传承中华优秀传统文化，推进戏曲进校园活动发挥了积极作用。

5月16日至25日，举办第六届重庆大学生戏剧演出季。5月16日，由重庆大学学生艺术团缙云话剧队创作排演的原创话剧《重庆家书》在四川外国语大学剧场上演，拉开了第六届重庆大学生戏剧演出季的帷幕。本届戏剧演出季共收到重庆大学、重庆师范大学、四川外国语大学、重庆邮电大学移通学院、解放军陆军勤务学院等14所高校24个剧社创作排演的话剧、川剧、京剧、音乐剧等41部大小剧目，其中原创剧目超过21部。经筛选，《重庆家书》《寅初亭》《白蛇传》《母亲》《大学的江湖》等17部作品开展了为期9天的交流演出。这些参演作品紧紧围绕实现中华民族伟大复兴“中国梦”的思想主题，凝聚正能量，弘扬真善美。经认真评选，话剧《重庆家书》《传承》等10个原创剧目被评为第六届重庆大学生戏剧演出季优秀创作剧目；川剧《白蛇传》、话剧《生死场》等9个剧目推选为优秀演出剧目；话剧《大侠》的编剧曾立、话剧《灵魂拒葬》的导演杨悦君等15位主创人员被评为优秀指导教师；话剧《传承》指导、参演专家丁长福，川剧《白蛇传》的导演、指挥魏源，京剧《拜寿》的编剧、导演李亮被评为特别贡献指导教师；话剧《重庆家书》任绍曾的扮演者李成龙，川剧《白蛇传》白蛇的扮演者邓曼玲、周雪儿等33名演员被评为优秀演员；重庆大学、西南大学等9个单位被推选为优秀组织单位。

【美术家协会】

11月8日，“潮涌两江——庆祝改革开放40周年重庆市美术作品展”在重庆美术馆开幕。展览共展出200余件美术作品，分“春暖两江”“江涛奔涌”“大江新象”三个部分。第一部分“春暖两江”表现了1978年改革开放初期，中国打开遥望世界、变革求新的大门，在中国共产党的领导下，感时代之变，重庆以及重庆美术界萌发的春的气息；第二部分“江涛奔涌”描述了在改革开放深入阶段，伴随着国家的强大，重庆在改革开放道路上实现的自我腾飞，重庆直辖、三峡大坝等一系列重大事件回响在时代的脉络中；第三部分“大江新象”抒发了在新的时代，美术工作者以习近平新时代中国特色社会主义思想为指引，筑就中国梦的理想与热情。本次展览持续至11月18日，免费向公众开放。

4月10日，由重庆市委宣传部、重庆市文联主办的“艺绘新时代•共筑中国梦”党的十九大精神主题美术创作作品展在重庆一中举行。这是重庆大学美术作品展首次走进中学校园，300余件美术作品生动形象地展示了党的十九大精神，广受学生欢迎。该展为期10天，展出作品包括版画、艺术设计、视频动漫等多种形式，是从全市10余所高校美术专业师生创作的1000余件作品中精挑细选而来。展览现场，四川美术学院的师生展示了木刻版画制作过程，并邀请重庆一中学生一起动手拓印版画。

5月12日至26日，“讲中国故事”第五届全国架上连环画展在重庆美术馆举办。本次展览由中国美协主办，中国文联美术艺术中心、中国美协连环画艺委会、重庆市美协、盼盼集团惟善轩美术馆承办，鲁迅美术学院、大足区委区政府协办。展览共征集到参展作品876组、7008件，不仅遴选出100组、800件精品力作巡回展示，还特邀沈尧伊、李晨、董克诚、侯国良、查家伍等中国连环画领域大师级艺术家创作的代表作参展。参展作品围绕“讲中国故事”这一主题，取材广泛，手法多样，不但充分发挥了连环画在叙事上的优势，也展现了其作为架上绘画在艺术语言上的表现力与开放性。展出作品中，有12组作品来自重庆。

【摄影家协会】

10月15日，“潮涌两江——庆祝改革开放40周年重庆市摄影作品展”在重庆市文联美术馆开幕。本次展览采取公开征集和重点定向约稿相结合，从7000余件来稿中评选出100余幅优秀摄影作品参展。投稿作者年龄从20多岁到80多岁，体现了一代又一代摄影人眼中重庆的变迁和发展，反映了改革开放40年来重庆取得的巨大成就。

11月6日，重庆市首届手机摄影大赛启动仪式暨重庆市摄协手机摄影专委会成立仪式在南岸区举行。本次手机摄影大赛面向广大手机摄影爱好者征稿。大赛共设置了三类奖项：最具实力作品10幅，创作补贴各2000元；最具潜力作品20幅，创作补贴各1000元；新锐作品120幅，创作补贴各200元。本次摄影大赛投稿5幅作品的选手和获奖作者在认可章程的前提下可直接申请加入重庆市摄协手机摄影专委会，成为首批会员。重庆市摄协手机摄影专委会的成立，填补了全国省级摄影家协会专门为手机摄影设立专委会的空白，走在了全国前列。

8月15日至23日，由重庆市摄协主办的第二届重庆青年摄影展开幕式在重庆市文联美术馆举行。中国摄协理事、中国摄影金像奖获得者、第十一届中国摄影金像奖评委李泛，重庆市文联党组成员、副主席、市摄协主席杨矿及部分重庆市摄影家出席开幕式。杨矿在开幕式上讲话，希望重庆的摄影艺术不断创新，用摄影感受城市脉动，用摄影记录伟大时代。本次展览展出了重庆青年摄影师们在新的语境下创作的60幅优秀摄影作品，内容丰富，语言新锐，体现了青年摄影师的独特视觉和情怀，给重庆静态影像领域带来新的风尚。该展评出10名最具潜力新人奖、50名优秀作品奖。

【文艺评论家协会】

11月22日，由中国文艺评论家协会、重庆市文联、巫溪县委主办，中国文联文艺评论中心、重庆市文艺评论家协会、重庆市文艺志愿者协会承办的中国文艺评论家协会赴重庆巫溪文艺辅导、展示演出志愿服务活动在巫溪举行。上午，文艺展示演出活动在巫溪影剧院拉开帷幕。中国文联荣誉委员、中国曲协名誉主席刘兰芳，中国文联文艺评论中心副主任、中国文艺评论家协会副秘书长周由强，重庆市文联党组成员、副主席杨矿，重庆市文联副主席、市美协主席、四川美术学院院长庞茂琨，巫溪县委副书记陈奎，巫溪县委常委、宣传部长王芳，复旦大学中文系教授、上海市文艺评论家协会主席汪涌豪，黑龙江省摄协主席、著名摄影理论家索久林与来自全国各地的艺术家、专家和当地群众代表等共计300余人参加此次文艺辅导展示演出活动。下午，中国文艺评论家协会组织专家继续开展文艺辅导讲座。汪涌豪、索久林分别以《道家思想的哲学智慧与启示》、《用通感揭开缪斯女神的面纱——多感互通的艺术鉴赏》为题，为巫溪县领导，各街道、乡镇宣传委员、文化站长，各文艺家协会会员约200人进行了文艺辅导讲解。

10月19至21日，第二届重庆市基层文艺评论骨干培训班在大足区举办。重庆市文艺评论家协会、重庆市文联理论研究室及大足区委宣传部、区文联负责人出席开班式，来自全市20余个区县的近40名学员参加培训。本次培训班邀请市内知名专家学者，围绕党的十九大精神和习近平新时代中国特色社会主义文艺思想解读、“新时代的中国发展与文艺创作”“编辑眼中的好书”“大众阅读与民族复兴”“论传统美术及其当代价值”等方面内容，进行了为期两天的集中培训。

9月3日，重庆市文艺评论家协会赴巴南区开展“麻雀艺评”专题调研。2017年以来，重庆市巴南区按照习近平总书记“把人民作为文艺审美的鉴赏家和评判者”的要求，积极探索基层文艺评论工作新路径，推出了“麻雀艺评”基层文艺评论品牌活动。截至8月31日，在巴南区级部门、辖区镇街已举办“麻雀艺评”160余场次，姜家镇等11个镇街通过“麻雀艺评”活动催生了基层文联组织，营造了浓厚的社会氛围，产生了较大的社会反响。专题调研采取问卷调查、个别走访、集中座谈等方式进行。座谈会上，部分镇街的宣传文化干部、相关文艺家协会负责人、当地文艺家代表和基层群众近30人参加座谈。作为“麻雀艺评”活动的组织者、参与者、见证者和体验者，与会人员畅所欲言，共同回顾了两年来“麻雀艺评”活动的开展情况。大家一致认为，作为一项基层文艺评论活动，顺应时代要求，尊重文艺规律，创新评论手段，党政支持、部门积极、群众欢迎，是一个非常好的基层群众性文艺活动载体。大家对“麻雀艺评”活动在举办数量、活动环节、活动内容、活动保障、活动宣传等方面存在的问题和不足发表了中肯的意见，并提出了相关建议。

【民间文艺家协会】

6月11日至15日，首届巴渝吹打乐中青年人才培训班在綦江举行。本次培训班是落实《2016-2021年全市文艺人才培训规划》“十百千万”文艺人才培育工程具体举措之一，旨在培养中青年吹打骨干，夯实民间文艺基础，为实现乡村文化振兴提供有力人才保障。培训班邀请到重庆市文联、四川音乐学院、西南大学、重庆市打击乐协会有关专家和民乐作曲家、吹打乐非遗代表性传承人，以《巴渝吹打乐渊源、特点》《打击乐技巧》《曲牌编创技巧》等为题进行授课。重庆市文联党组成员、副主席杨矿以《用文艺的光芒照亮生命的天空》为题，希望广大吹打乐从业者进一步加强思想修养、知识修养、艺术修养，坚持坚守艺术道路，坚定文化自信，为民间文艺发展做出自己的贡献。

9月17日，由重庆市民协与长江师范学院重庆民族研究院联合主办的首届民间文艺跨界交流与融合中青年骨干培训班在重庆市文联举行开班仪式。重庆市文联党组成员、副主席杨矿出席开班仪式并讲话。他希望学员们要秉承崇德尚艺的优良传统，弘扬中华美育精神，做一个有信仰、有情怀、有担当的新时代文艺工作者。这是重庆首次针对全市中青年民间文艺人才、文艺教育工作者举办的培训班，也是“中职文化艺术类市级骨干教师培养对象”培训的四大板块之一。来自市内23个区县的中职学校及民协青年文艺工作者共40余名参加培训，涉及美术、音乐、舞蹈、书法、文艺理论及艺术管理等多个艺术领域。

【电影家协会】

4月初，“重影杯”第九届电影剧本征集评选正式启动。收到来自全国24个省市的电影剧本116部。经认真评审，重庆市王志刚的剧本《产房》荣获一等奖，海南省张建东的剧本《星星点灯》、重庆市何长林的剧本《“背时人”邱二》荣获二等奖，重庆市陈显明的剧本《凤鸣木洞》、吴喜梅的剧本《记忆之门》、刘先畅的剧本《十三寨》荣获三等奖，内蒙古自治区张如荣的剧本《巫山神女》等获提名奖。

【文艺成绩】

在中国美协第九次全国代表大会上，重庆市文联副主席、市美协主席、四川美术学院院长庞茂琨当选为中国美协副主席。

原创魔术节目《幻影飞鸽》获得第10届中国杂技金菊奖金奖，这是重庆杂技第一次摘得中国杂技最高奖。

魔术节目《伞丛扇影》在IBM国际魔术大赛上一举夺得金牌、金奖和最受观众欢迎奖。

何菊芳获得第10届中国曲艺牡丹奖表演奖，袁国虎获得新人奖。

电视连续剧《海棠依旧》获得第29届中国电视金鹰奖唯一一个最佳电视剧奖，同时获得最佳导演奖；电视连续剧《绝命后卫师》获得优秀电视剧奖。

电影剧本《归程》获得“夏衍杯”电影剧本

征集评选活动一等奖。

蔡循生等12人入选第五届全国架上连环画展作品展。

林文洁等6位作者入选第六届全国青年美术作品展。

谢光跃油画作品入选“大潮起珠江——庆祝改革开放40周年全国美术作品展”。

话剧《重庆家书》在第6届中国校园戏剧节中完美呈现，获评“优秀展演剧目”，成为参演的10部优秀作品之一。

舞蹈作品《边缘》入围第11届中国舞蹈“荷花奖”现代舞终评。

舞蹈《丑角》、舞剧《杜甫》入围第12届全国舞蹈展演。

舞蹈《春回满庭芳》获得第5届大学生艺术展演舞蹈本科乙组（专业组）一等奖。

刘见的《城市乐章》入选中国第17届国际摄影艺术展，刘嵩、蒋廷举的《山水之城》《二维码中的小生意》入选2018中国纪实摄影展。

纪录片《最后的棒棒》在全国热播。

重庆市民协主席刘能风获得第四届全国石雕石刻设计大赛传统雕艺类金奖。

重庆市文艺志愿者协会荣获全国学雷锋志愿服务“最佳志愿服务组织”称号。

四川省文联

综 述

2018年，在中国文联的有力指导下，四川省文联认真贯彻落实党的十九大精神，深入学习贯彻习近平总书记系列重要讲话精神，认真贯彻落实四川省委十一届三次、四次全会精神，团结和带领广大文艺工作者，坚持以人民为中心的创作导向，围绕中心、服务大局，面向基层、服务群众，自觉履行“团结引导、联络协调、服务管理、自律维权”职能，把握导向、突出重点、明确责任、狠抓落实，在文艺创作、人才队伍建设、文艺惠民、主题展演、推动改革创新等方面做了大量脚踏实地、卓有成效的工作，各项文艺工作在健康发展的轨道上迈出坚实的步伐。

重要会议

【召开四川省文联七届三次全委会】

2月6日，四川省文联七届三次全委会在成都新华宾馆召开。省文联七届全委会委员、部分艺术家代表、省文联机关处室、省级各文艺家协会、省文联直属事业单位负责人近150人参加会议。会议听取并审议通过了省文联党组书记、常务副主席平志英代表主席团所作的《高举习近平新时代中国特色社会主义思想伟大旗帜 努力铸就文艺高峰 加快建设文化强省》的工作报告，总结了省文联2017年工作，指出省文联在2018年要着力抓好七个方面的工作：一是着力加强思想理论建设，推动习近平新时代中国特色社会主义思想深入人心；二是着力推进文联深化改革，为文联创新发展提供不竭动力；三是着力开展主题文艺创作实践活动，为建设美丽繁荣和谐四川凝心聚力；四是着力夯实文艺川军队伍，造就一批巴蜀文艺名家；五是着力构建文艺志愿服务常态化机制，满足人民群众对美好生活的向往和需求；六是着力拓展文艺交流平台，增强四川故事的传播力影响力；七是着力加强文联自身建设，提高服务水平和履职能力。

会议审议并通过了《四川省文联全省委员会委员履职暂行办法》。会上，省文联主席郑晓幸作重要讲话，就深化改革、新文艺组织和创作等三方面重点工作进行了强调并指出，文联工作要始终坚定方向，站稳立场，围绕中心服务大局；要始终同频共振，统筹整合凝聚合力；始终突出重点，注重特色，内容为王，创意制胜；要始终与时俱进，改革创新，以人为本。

【召开四川省文联深化改革工作座谈会】

4月2日至3日，四川省文联系统深化改革工作座谈会在成都召开。本次会议主要任务是深入学习领会习近平新时代中国特色社会主义思想，特别是全面深化改革重要思想，贯彻落实中央、中国文联和四川省委关于文联深化改革工作部署，讨论《四川省文联深化改革方案（征求意见稿）》，交流全省文联系统深化改革进展情况和工作经验，研究分析存在的问题，加大力度推进文联系统深化改革。会上，同时还召开了省文联七届五次主席团会，组织了分组讨论。与会者就《四川省文联深化改革方案（征求意见稿）》进行了深入研讨交流，大家敞开思想、集思广益，提出了许多宝贵的建设性意见和建议。

【承办2018年全国文联组联工作会议】

4月18日，由中国文联主办，中国文联国内联络部、四川省文联承办的2018年全国文联组联工作会议在成都开幕。中国文联党组成员、副主席左中一出席会议并讲话，四川省副省长杨兴平出席会议并致辞，四川省文联党组书记、常务副主席平志英，四川省文联党组副书记、副主席兼秘书长李兵等有关方面负责人出席会议。来自全国各省、直辖市、自治区文联，新疆生产建设兵团文联，各全国产（行）业文联，各全国文艺家协会的领导和组联干部约150人参加会议，四川各市州文联、各省级文艺家协会、省文联机关各处室代表列席会议。

【举办“新时代、新力量、新展望”——四川新文艺群体发展研讨会暨《文化繁荣兴盛的有生力量》首发式】

12月7日，由四川省文联、中国文艺评论家协会、《光明日报》文艺部联合召开的“新时代、新力量、新展望”——四川新文艺群体发展研讨会暨《文化繁荣兴盛的有生力量》首发式在成都新华宾馆举行。全国政协委员、中国文联副主席、书记处书记、中国文艺评论家协会副主席夏潮，四川省副省长杨兴平出席开幕式并致辞。省文联主席郑晓幸作《新文艺群体：文艺繁荣兴盛与文化强省的有生力量》主旨演讲。《光明日报》文艺部主任邓凯，四川省政府副秘书长刘全胜，四川省委组织部副部长邓涛，四川省委宣传部副部长周青，四川省委统战部副部长魏在田，中央党校文史部主任、教授范玉刚，北京工业大学中国文化产业研究所所长、博导王国华，中国文联理研室调研处处长于德海，《中国艺术报》副社长朱虹子，《中国文化报》四川记者站站长王雪娟，中国文联出版社编辑部主任刘旭，《人民日报》四川分社副社长刘裕国，《光明日报》四川记者站副站长李晓东，四川省文联主席郑晓幸，四川省文联党组书记、常务副主席平志英，四川省文联党组副书记、副主席兼秘书长李兵，以及省文联主席团成员、各机关处室、省级各文艺家协会负责人、各市州文联负责人、全省新文艺组织代表出席会议。

【四川省各文艺家协会顺利完成协会换届工作】

4月11日，四川省民协第八次全省代表大会在成都金牛宾馆召开。中国民协、四川省委宣传部、四川省文联等有关领导和嘉宾出席开幕式。大会宣读并通过了《关于四川省民间文艺家协会第七届理事会工作报告》《关于四川省民间文艺家协会章程（草案)》的决议和《四川省民间文艺工作者自律公约》。大会选举产生了四川省民协第八届主席团。大会号召，伟大的时代为民间艺术繁荣提供了广阔的舞台，我们要长期不懈地深入学习贯彻习近平总书记在党的十九大报告和关于文艺工作的系列讲话精神，大力践行“爱国、为民、崇德、尚艺”的文艺界核心价值观，继续解放思想，继承传统，开拓创新，创作出更多无愧于民族和时代，思想精深、艺术精湛、制作精良的优秀民间文艺作品。

4月13日，四川省美协第七次全省代表大会在成都太成宾馆举行。中国美协、四川省委宣传部、四川省文联等有关领导，以及四川省美协第六届主席团和全省美术家代表共计144人参加了大会。大会选举产生了省美协第七届主席团，选举产生了省美协第七届理事会理事，通过了《关于四川省美术家协会第七次全省代表大会工作报告》的决议《关于修改四川省美术家协会章程（草案)》的决议和《四川省美术工作者自律公约》。

4月13日，四川省书协第七次全省代表大会在成都金牛宾馆开幕。中国书协、四川省委宣传部、四川省文联有关领导及全省书法界代表121人参加了大会。会议听取、审议了四川省书协第六届理事会工作报告；分析了当前四川省书法事业面临的新形势，规划部署了今后五年的工作任务；审议、通过修改后的《四川省书法家协会章程》；选举产生了第七届主席团主席。会议号召书法工作者要与人民同心、与时代同频、与祖国同音、与高尚同行、做德艺双馨的有责任、有品位、有格调、有担当、人民喜爱的书法家。强调书协工作要有专业性和群众性，防止机关化、行政化、娱乐化、贵族化。

4月22日，四川省舞协第八次全省代表大会在成都金牛宾馆召开。来自四川舞蹈界的代表和特邀嘉宾齐聚一堂，共谋四川舞蹈发展大计。会议听取并通过了上一届音协主席团的工作报告；选举产生了新一届理事会及主席团。会议号召广大舞蹈工作者要把握好新时代的发展机遇，坚持以习近平新时代中国特色社会主义思想为指引，坚定四个自信，坚持“二为方向”和“双百方针”，坚持以人民为中心，以社会主义核心价值观为引领，创作出更多思想精深、艺术精湛、制作精良的舞蹈作品。

4月26日，四川省视协第六次全省代表大会在成都金牛宾馆召开。中国文联、中国视协，四川省委宣传部、省文联领导及全省100多名电视艺术工作者代表出席大会开幕式，共商四川电视艺术事业发展大计。大会听取并审议了省视协第五届理事会、主席团所作的工作报告；听取并审议了关于修改《四川省电视艺术家协会章程》的说明。全体与会代表就工作报告的内容及章程修改草案进行了热烈讨论。大会投票选举产生了四川省视协第六届主席团、理事会。代表们还就协会今后五年的工作重点和四川省电视艺术事业的发展积极建言献策。

5月11日，四川省音协第八届会员代表大会的在成都市金堂县召开，来自四川音乐界的156名代表和特邀嘉宾齐聚一堂，共谋四川音乐发展大计。会议听取并通过了上一届音协主席团的工作报告；选举产生了新一届理事会及主席团；组建了四川省音协词曲创作、音乐评论、表演艺术、音乐教育、社会音乐活动5个专家委员会并建立专家库。全体代表分组就工作报告的内容和章程修改草案进行了热烈讨论，并就四川省今后一段时期音乐工作的开展以及音乐事业的发展积极出谋划策。

5月3日，四川省文艺评论家协会第四次全省代表大会在成都召开。中国文艺评论家协会、四川省委宣传部、四川省文联等有关领导出席会议，来自全省各市州的文艺评论家协会主席和评论家代表等100余名嘉宾、代表、特邀代表出席此次大会。大会审议通过了由四川省文艺评论家协会第三届主席团秘书长艾莲作的《推进文艺评论工作 打造文艺评论川军》的工作报告，选举出了四川省文艺评论家协会第四届主席团主席、副主席与理事会理事。会议规划了四川省文艺评论家协会今后几年将做好的工作，为谱写四川文艺繁荣发展新篇章贡献评论力量。

重要活动

【举办纪念5•12汶川特大地震十周年慰问活动、辅导培训】

5月7日，由中国文联、四川省委宣传部、中国文艺志愿者协会主办，中国文联文艺志愿服务中心、四川省文联、绵阳市委宣传部承办的纪念5•12汶川特大地震十周年慰问演出、辅导培训等活动在绵阳、北川等地举行。文艺志愿服务团的领导和艺术家参观了北川老县城遗址和5•12汶川特大地震纪念馆，深入北川中学、西南科技大学、绵阳师范学院对学生们进行辅导培训，在绵阳九州体育馆举行了精彩的慰问演出。艺术家们走进教室，来到师生身边，现场指导、传授技艺，并在舞台上精彩演绎，受到灾区人民的热烈欢迎。中国文联党组成员、副主席李前光，中国文艺志愿者协会主席姜昆，四川省委常委、宣传部部长甘霖，四川省文联党组书记、常务副主席平志英，40多位中国文联文艺志愿服务团的艺术家以及主、承办方负责人参加了相关活动。

【举办“感恩•奋进——5•12汶川特大地震十周年灾区重建成就主题摄影展”】

5月10日，由中国摄协、四川省文联主办，四川省摄协承办的“感恩•奋进——5•12汶川特大地震十周年灾区重建成就主题摄影展”在四川美术馆举行。本次展览于今年3月面向全国公开征稿，组织、邀请中央及地方媒体摄影记者及部分摄影家于4月深入地震灾区和重建一线进行专题拍摄，用镜头见证灾区群众感恩奋进的时代风貌，用光影视角表达艺术家们的真诚、责任和感动，尽可能全方位呈现灾区恢复重建的真实面貌。最终，评委会从收到的近2万幅（组）稿件中选出最具代表性的120幅（组）作品进行展出。

【举办“壮阔东方潮 奋进新时代——纪念改革开放40周年四川文艺成就座谈会”】

11月12日，由中国艺术报社、四川省文联主办的“壮阔东方潮 奋进新时代——纪念改革开放40周年四川文艺成就座谈会”在成都新华宾馆举行。《中国艺术报》总编辑康伟、副总编辑余宁，四川省文联主席郑晓幸，四川省文联党组书记、常务副主席平志英，四川省文联党组副书记、副主席兼秘书长李兵，四川省文联党组副书记刘建刚，四川省文联副主席、成都市文联党组书记宋凯，四川省委宣传部文艺处处长黄怡，中国曲协副主席、省文联副主席、省曲协主席叮当，省文联副主席、省舞协主席王玉兰，以及四川省各艺术领域代表艺术家30人参加座谈会。座谈会上，四川省文联、各市州文联负责人、文艺报刊负责人，说变化、谈感受、忆经历、道真情，共同回顾改革开放以来四川省文艺事业的发展，并就下一步如何更好地促进四川省文艺事业发展进行了交流发言。

【举办庆祝改革开放40周年系列文艺活动】

按照中央和省委庆祝改革开放40周年的部署安排，组织举办了15项系列主题活动，精彩纷呈，为广大人民群众提供了丰富的文化大餐。

7月27日至8月5日，“纪念改革开放40周年四川省新文艺组织新文艺群体发展成果展——李先海雕塑作品展”在四川美术馆举行，展出著名雕塑家李先海十余年来创作的雕塑精品。李先海1955年出生于重庆奉节，现为中国工艺美术大师，其作品《苦旅共甘泉》《小川戏》《中华医学》等曾获全国美展银奖等殊荣，并被中国国家博物馆、中国美术馆、中央电视台、上海雕塑艺术馆等收藏。

8月9日，四川文艺界纪念改革开放40周年座谈会在广安举行，四川省文联领导及各市州代表、艺术家出席会议。座谈会上，艺术家们回顾总结这40年来四川文艺走过的壮阔历程，也对未来四川文艺的发展给予了很多寄语。与会人员一致表示“我们要带着深深的感恩之情，在推动四川文艺繁荣兴盛的新路程上，出精品、出人才，为中国文艺的繁荣奏响我们四川艺术的新篇章”。

11月9日，由中国美协、中国国家画院、四川省文联、四川省美协、成都画院、北京画院共同主办的“雪域放歌——李焕民艺术展”在北京画院美术馆开幕。该展览共展出70余件作品，包括版画、油画、素描、创作稿、写生稿等，系统地梳理了李焕民一生艺术的创作脉络，多面地展示了李焕民的艺术人生。

11月22日至12月9日，“恢宏改革画卷•见证巴蜀巨变——四川省文联纪念改革开放40周年文艺特展”在四川美术馆举办，该展览涵盖了13个艺术门类，共展出600余件（组）摄影、书法、绘画等作品以及相关文献和影像作品，描绘出改革开放的恢宏画卷和巴蜀40年来的时代变迁。展览共接待观展观众近3万人次、观展团队718个，平均每天约1500人次。展览吸引了180余家新闻媒体的关注，仅新华网的展览开幕式消息点击量就达到近66万人次，百度新闻词条搜索超过24600条，总点击量超过3000万人次，得到省领导和社会各界的高度评价和赞誉。

11月20日上午，由省文联主办的四川文艺界纪念改革开放40周年系列活动之一“又是春潮拍岸时”诗歌朗诵会在广安市举行，以契合主题的相关诗歌及语言类作品为素材，通过特别的艺术加工和舞台演绎，展现对小平同志的深切缅怀、对改革开放40年光辉历程的诗意礼赞、对人民幸福生活的由衷颂扬、对新时代中国梦的无限憧憬。

11月20日下午，广安市民广场上欢声雷动、歌舞飞扬，由四川省文联、广安市委宣传部联合主办的第十五届“春熙放歌”纪念改革开放40周年大型公益演出——走进广安，为11月的神州大地增添了一份律动、一份韵美。“春熙放歌”已成为省内知名的大型群众音乐活动品牌。著名歌唱家罗蓉、马薇、谭学胜、唐竹雅等登台献唱。

2018年11月22日至2019年2月，“共同的记忆——纪念改革开放40年摄影作品展巡展”在四川美术馆和部分市(州)县(区)基层举办。此次展览精选400余幅优秀摄影作品，集中展示了四川省改革开放以来在各领域取得的伟大成就，展出的很多作品都是第一次与观众见面。11月下旬，部分展品深入米易、德昌、西昌、盐源等少数民族地区，开展巡展活动。

11月24日至12月1日，由四川省文联主办，四川省书协承办的“当代书法名家书四川首批十大历史名人诗文邀请展”暨“传承与创新——四川省第六届书法篆刻作品展”在成都新会展中心文轩美术馆开幕。当代中国最具影响力的100位书法名家和省内2300余名书法作者以四川首批十大历史名人大禹、李冰、落下闳、扬雄、诸葛亮、武则天、李白、杜甫、苏轼、杨慎的部分诗文为创作文本参加创作。共收到来自全省各地的2255件稿件，其中书法作品2060件、篆刻作品86件、现代刻字作品109件，经过四轮评审，评选出30件优秀作品和170件入展作品。

12月7日，《文化繁荣兴盛的有生力量》新书发布暨研讨会在新华宾馆举办，经省文联组织专项调研，调研重要理论成果——《文化繁荣兴盛的有生力量》（四卷，约100万字）即将出版。该书是全国第一套调研、研究、反映“文艺四新”的专著。该书的出版，对四川省文联转变职能、增强新文艺组织群体的覆盖引领具有重要意义，同时较为全面地反映了全省新文艺组织群体发展的总体情况。

12月8日至9日，四川省第三届青年舞蹈展演在成都锦城艺术宫举办。50多个节目参加展演，囊括了不同舞蹈类别。包括四川大学艺术学院舞蹈系、甘孜州歌舞团等在内的高校、专业舞蹈团体都将参赛。尤其值得一提的是，参赛的还有新文艺组织及团体，专业和业余团体在同一平台对决。

12月12日，由四川省文联、德阳市委宣传部主办的庆祝改革开放40周年新文艺组织系列展演暨第四届“德阳音乐季”首场音乐会《西部放歌》——陈川作品音乐会在德阳举行。在近2小时的演出中，超过400人的演职团队为德阳市人民奉献了一台具有浓郁西部民族特色的大型歌舞晚会，受到全场观众的热烈欢迎。

2018年12月14日至2019年1月2日，“师造化境匠心独行——徐匡艺术展”在四川美术馆开幕。徐匡是四川黑白木刻群体的代表人物，也是全国黑白木刻的领军人物之一。尤其是其近20年来的独版木刻，成为他的代表性作品。此次展览展出其代表版画及相对应的素描、油画等作品，不仅是对徐匡艺术创作完整而系统的呈现，也是对四川现代版画史的梳理。

12月19日，说唱新时代 曲韵大中华——纪念改革开放40年•“美丽乡村”主题曲艺原创作品展演在北京民族文化宫大剧院举行，演出的创作者均为中国曲艺牡丹奖获得者。展演由10个节目组成，其中四川有三个节目入选，分别是四川谐剧《山村趣话》、四川清音《村史馆》和四川渝江鼓调《丹韵群芳谱 》。

12月19日，“‘美丽乡村’曲艺原创优秀作品展演”在北京民族文化宫大剧院举行。本次曲艺展演活动的10个作品内容，来源于创作人员赴四川省彭州市基层采风的乡村题材，蕴含着社会主义新时代的思想观念、人文精神和道德规范。演出以“创新”“和谐”“美丽”“欢乐”等关键词为核心元素，聚焦改革开放的伟大成就，聚焦美丽乡村的日新月异。

12月18日至19日，由四川省文联主办、四川省舞协、四川省艺术研究院、四川省文化馆等承办的首届四川省“天府金荷”中老年舞蹈展演暨2019年“戴爱莲杯”群星璀璨人人跳全国舞蹈展演选拔赛在四川歌舞剧院举行。这次展演及选拔比赛，堪称中老年群众舞蹈创作的大展示和检阅，来自省内老年大学、文化馆等机构的舞者，挑战不同舞种，展现出不一样的精神面貌。

【举办《入蜀方知画意浓——全国美术作品展（中国画）》】

6月，在四川美术馆举办了《入蜀方知画意浓——全国美术作品展（中国画）》，展览由中国美协、四川省文联主办，面向全国征集稿件，共收到了4259件投稿作品，经过认真严格的初评和复评，最终评选出入选作品231件，其中53件作品的作者获得一次中国美协入会资格。此次展览立足于丰厚的“入蜀”文化背景，邀请全国艺术名家新秀来表现蜀地的大美山水、风土人情，展现了改革开放40年来祖国发生的翻天覆地变化。

【中国•彭州曲艺牡丹嘉年华主题活动启动】

4月9日，为期一周的首届中国•彭州曲艺牡丹嘉年华主题活动在彭州市丹景山镇启幕，活动围绕主题，精心策划组织了开幕式暨演出晚会，成立了全国青年曲艺工作者联盟成立，开展了牡丹讲堂、中国曲艺牡丹奖艺术团小分队进社区系列展演、省市曲艺研究院“送欢笑”演出、走进彭州美丽新农村——讴歌改革开放40周年“乡村振兴”主题采风等活动，以及第四届涪江沱江四市25区（市）县书画作品展。

文艺惠民

【中国视协、四川省文联在甘孜州理县中学举行“影视小屋”授牌仪式】

6月20日，中国视协、四川省文联在理县中学举行“影视小屋”授牌仪式，并向理县中学捐赠了6部高清摄像机和100多部电视艺术启蒙书籍、光碟。中国视协名誉主席赵化勇、四川省文联党组副书记刘建刚等领导和来自中央电视台、北京大学、中央民族大学的专家学者出席了授牌仪式。

【四川省文联开展“艺术乡村”试点论证工作】

11月7日，四川省文联深入精准扶贫定点帮扶驻村点阿坝州理县桃坪镇佳山村开展“艺术乡村”试点论证工作。论证工作邀请了四川省美协、四川美术馆、沫若艺术院、四川师范大学影视传媒学院、四川师范大学美术学院、西南民族大学艺术学院、神州版画博物馆等7家单位8名艺术类专家组成专家组，对佳山村“艺术乡村”实施计划进行实地考察论证，确认“艺术乡村”方案的可实施性。

【开展“两新联万村 党建助振兴”脱贫攻坚文艺行动】

11月22日至23日，省文联组织20家社团的60余名艺术家赴广元市青川县开展“两新联万村 党建助振兴”脱贫攻坚文艺行动。共创作书画作品近30幅，培训书法、美术、摄影骨干200余人，拍摄“全家福”40余张，1000余人观看了文艺演出，给6家贫困户捐款义拍金共6000元。该活动通过把精品精彩奉献给青川人民，展现了省级文艺家的水平和风采。

【积极开展“扎根生活沃土•服务基层群众”、文化“三下乡”等送文艺惠民活动】

3月至8月期间，组织文艺小分队到达州市渠县、南充市嘉陵区、德阳市中江县、绵阳市北川县等地开展文艺演出20余场；组织优秀艺术家到西部战区、空十四师、甘孜独立营、雷马屏监狱等地举行文艺演出10余场；积极组织艺术家赴基层采风创作，到达州市宣汉、攀枝花市米易等地组织开展专题采风和文艺惠民类采风活动30次，参加人数超过300人；向基层赠送书画作品1000余幅；组织开展“到人民中去”主题实践活动，组织艺术家赴阿坝州理县、甘孜州理塘县和雅江县等地开展系列文艺惠民活动10余场。

【组织彝族儿童剧《海上的诺苏火布》到凉山州巡演】

4月，组织现实题材彝族儿童剧《海上的诺苏火布》赴凉山州巡演活动，一共演出20场，观众人数达27000多人次，并向学校赠送《海上的诺苏火布》绘本300册，其余各类儿童书籍200多册。此次活动用舞台艺术的形式，传递了“贫穷不是大凉山的烙印，大山里的孩子也有梦想”的精神能量。在凉山州巡演的最后一天，于西昌宁远学校举行了凉山州巡演活动的闭幕式，并向凉山州儿童捐赠了学习用品。

主题调研

【开展“大学习、大讨论、大调研”活动】

为贯彻落实习近平总书记来川视察指示精神，按照四川省委关于“大学习、大讨论、大调研”工作部署，7月至8月，省文联围绕如何利用传统村落文化、建设带动振兴乡村为题积极组织开展专项调研。调研组分三路，行程8000余公里，深入到都江堰、什邡、犍为、壤塘、岳池、通江等9个县市17个乡镇23个传统村落调研点，走访传统村落、文化园区、新文艺组织、传统工艺传习所、民间艺人工作室等，仔细查阅资料，召开座谈会18次，与基层干部、文艺骨干等交流约300人次，收集了众多一手素材，形成《弘扬传统村落文化，全面带动乡村振兴》报告并按时上报省委。

6月20日至25日，由四川省文联主办、四川省视协承办的《四川藏区广播电视传播力影响力情况调查》考察调研在阿坝、甘孜正式启动。在中国视协名誉主席赵化勇的率领下，由中央电视台、中国视协、北京大学、中央民族大学、民革中央、四川省视协组成的专家调研组一行8人走进阿坝、甘孜，开展实地考察调研。调研团队深入阿坝、甘孜，研讨如何有效利用现有广播电视第一渠道和移动互联网络第二渠道加强党和政府的声音传播力，为党和政府抗击境外敌对势力的渗透提供决策参考。

获奖情况

【电影《十八洞村》喜获佳绩】

12月8日，第十七届中国电影华表奖颁奖典礼在北京国家游泳中心（水立方）举办。电影《十八洞村》获华表奖最佳编剧奖、最佳故事奖、最佳演员奖。

【纪录片《第一书记》(第1季)喜获佳绩】

纪录片《第一书记》(第1季)在国家广电总局2018年第二季度推优中获得“优秀国产纪录片”、在第十三届中国纪录片国际选片会上获得二等奖。

【摄影家金平获第十二届中国摄影“金像奖”】

11月18日，第十二届中国摄影金像奖颁奖典礼在河南省三门峡市举行，四川省摄协副主席、宜宾籍摄影家金平荣获艺术摄影类金像奖。

【四川“影视小屋”在“艺术公益中国行”评选活动中获佳绩】

1月12日，由中国文学艺术基金会携手新华网共同打造的“艺术公益中国行”艺术公益项目展评活动结束，四川省视协“影视小屋”影视培训获评“艺术公益中国行”年度最炫公益项目，由四川省视协“影视小屋”创作的微电影《我把我寄给你》获评最佳公益作品。

【四川农民画《南丝路一带缘　藏汉人一家亲》喜摘山花奖】

1月13日，由中国文联、中国民协主办的第十三届中国民间文艺山花奖在广州市中山纪念堂颁奖。四川省民协会员、藏族民间画师着着，以农民画《南丝路一带缘　藏汉人一家亲》喜摘山花大奖，成为本届山花奖最年轻的获奖者。

【四川省文联获得2017年度省直机关党组（党委）理论学习中心组先进单位和全省机关宣传信息工作先进单位】

1月16日，四川省直机关工委召开2018年度省直机关党建工作会议，省文联获得2017年度省直机关党组（党委）理论学习中心组先进单位和全省机关宣传信息工作先进单位，并受到通报表扬。

【四川艺术家在第十届全国德艺双馨电视艺术工作者表彰大会上获佳绩】

1月21日，第十届全国德艺双馨电视艺术工作者表彰大会在北京举行。四川广播电视台纪录片导演高松荣获第十届“全国德艺双馨电视艺术工作者”荣誉称号；四川省视协荣获先进集体荣誉称号；四川省视协驻会副主席、秘书长寒露荣获先进个人荣誉称号，并作为获奖代表在大会上发言。

【四川纪录片《记录四川100双手》获星光奖】

4月3日，中国电视艺术最高奖——第25届中国电视文艺星光奖颁奖盛典在浙江宁波举行，由四川省文联、四川广播电视台联合出品的纪录片作品《纪录四川100双手》因其题材的现实性、人物故事的典型性、故事讲述的贴近性，获得“纪录片大奖——提名作品奖”。

【四川电影《北纬30度之爱》入围美国洛杉矶电影奖】

5月，由四川省文联、四川省影协、雅安市文联联合摄制，四川省华泰飞雅影视文化传播有限公司、上海思禹文化传播工作室出品的电影《北纬30度之爱》在美国洛杉矶电影奖（Las Angeles Film Awards）中成功入围，获得最佳摄影奖、演员荣誉提名奖（肖宏），最佳团队奖等奖项。

【四川扬琴《守望》获第十届中国曲艺牡丹奖】

10月7日，第十届中国曲艺牡丹奖颁奖系列活动新闻发布会在江苏扬州举行，在本届“牡丹奖”评选的20个奖项中，由四川省曲协、巴中市曲协、巴中市文广新局、巴州区文广新局、巴州区曲协联合报送的四川扬琴《守望》获得牡丹奖节目奖。

【四川电视剧获第二十九届中国电视金鹰奖多项大奖】

10月14日，第二十九届中国电视金鹰奖颁奖晚会在长沙举行。由四川省视协推荐的《天下粮田》获本届金鹰奖优秀电视剧奖，《索玛花开》获电视剧作品奖荣誉提名奖，《那年花开月正圆》的编剧苏晓苑获最佳编剧奖。

【四川论文获全国多个奖项】

论文《再历史：对电影工业美学的知识考古及其理论反思》获得第二十七届中国金鸡百花节中国电影高峰论坛优秀学术论文奖，论文《当电影遇上哲学——试论电影史与艺术史的博弈》获评第三届“啄木鸟杯”中国文艺评论年度优秀作品，论文《振兴川剧三种关系辨析》获得第32届田汉戏剧奖理论评论奖一等奖。

人才培训

【“四川省书法家协会现代刻字艺术创作培训基地”揭牌仪式暨全省刻字艺术骨干创作培训班在华蓥举行】

5月3日至6日，“四川省书法家协会现代刻字艺术创作培训基地”揭牌仪式暨全省刻字艺术骨干创作培训班在川东北革命根据地华蓥市举行，来自全省的刻字骨干和爱好者近100人参加了此次活动。四川省现代刻字艺术创作培训基地的挂牌，为广大刻字艺术爱好者提供了学习交流的平台，揭牌仪式后，40余名刻字骨干参加了为期3天的培训。四川省文联党组副书记刘建刚为刻字培训创作基地揭牌。

【第五届非虚构电视节目制作培训讲座在雅安举办】

5月16日至19日，由四川省视协主办，省视协纪录片专委会承办的第五届非虚构电视节目制作培训讲座在雅安举办。来自四川广播电视台等全省32家电视机构、4所省内外高校、12家省内外影视制作传媒公司的110名学员，与来自北京电影学院的资深教授、中央广播电视总台的著名纪录片导演一起举行开班仪式。

【“全国青年声乐拔尖人才（含新文艺群体）培训班”在崇州市街子镇举行】

6月25日，中国音协“全国青年声乐拔尖人才（含新文艺群体）培训班”在崇州市街子镇举行。来自31个省、自治区、直辖市，新疆生产建设兵团及石油、石化、煤矿、公安系统的135名青年声乐演员参加此次培训。著名作曲家、中国音协名誉主席赵季平，中国音协分党组成员、副秘书长王宏，著名女高音歌唱家、全总文工团国家一级演员郑咏，四川省文联主席郑晓幸，四川省文联党组书记、常务副主席平志英等领导和专家出席开班仪式。

【2018年“四川省乡村学校少年宫艺术辅导员培训”在理县古尔沟正式启动】

11月5日至7日，由中央文明办三局、中国文联文艺志愿服务中心主办，省文明办、省文联承办的2018年“四川省乡村学校少年宫艺术辅导员培训”开班仪式暨第一期培训在理县古尔沟正式启动。来自中国文联的相关领导，省文明办、阿坝州、理县县委的有关领导出席并致辞和讲话，阿坝、广元、乐山、凉山4市州以及所辖茂县、剑阁、马边、昭觉等8个县的文明办、文联负责人、授课教师和参训学员共计120余人参加开班仪式。

【“全国卫视中国行——美丽中国•宜宾之旅”大型主题采访活动在宜宾启动】

4月14日，由中国视协主办的“全国卫视中国行——美丽中国•宜宾之旅”大型主题采访活动在宜宾正式启动，来自中央电视台、省级卫视台在内的全国17个省的31家电视台的相关负责人和记者们齐聚一堂，对宜宾开展为期一周的采访活动。

文艺家协会及直属单位

【四川省美术家协会、四川美术馆】

2018年参与的美术展览共40场，其中四川省美协、四川美术馆作为主办方的展览19场，承办、协办的展览21场。四川省作者在中国美协举办的全国美术作品展中，取得入会资格作品50余件，入选作品70余件。

4月，由四川省美协、四川美术馆、四川美术出版社承办的《硝烟中走出的人民艺术家——李少言作品文献展》获得“2017年度全国美术馆优秀展览提名项目”奖。

9月，赴关山月美术馆和广东美术馆进行考察学习，深入交流了信息化建设、展览策划陈设、馆际合作等情况，完成了全国重点美术馆信息化建设情况考察调研工作。

9月8日上午，“循道•惟新——第二届西南青年版画创作推动计划展览”在四川美术馆开幕。特别邀请到国家画院版画院秘书长、中央美院研究生院常务副院长陈琦和著名版画理论家、中央美院版画史论方向的博士生导师齐凤阁在四川美术馆四楼报告厅先后举行讲座。

【四川省戏剧家协会】

2018年，组织全省10余个戏剧院团和众多表演艺术家，举行了80场演出，观众达8万多人次，演出覆盖了省会城市、市州二线城市和县级广阔城乡地域，演出对象以省内各大专院校学子为主，同时兼顾部分中小学生。组织创作儿童舞剧《小军号》，该项目成功申报2018年国家艺术基金支助，获120万元资金支持。

6月，“2018年四川省大学生校园戏剧展演季”开幕式在成都市锦江剧场举行。本届展演季以“理想与奋斗”为主题，旨在展现当代大学生心系祖国、肩负使命，为实现中华民族伟大复兴的中国梦而努力奋斗的远大理想。

11月12日，组织、创作的大型青春励志音乐剧《你好，青春》成功入选由中国文联、中国剧协主办，清华大学艺术教育中心协办的第六届中国校园戏剧节优秀原创剧目，并在北京举办的开幕式上进行了首场演出。

【四川省音乐家协会】

7月至8月，组织开展了全省社会艺术水平音乐考级活动。

8月至11月，举办“到人民中去”音乐大讲堂，依次走进什邡市、长宁县、广元市、三台县，近480余名声乐教师、学生、合唱团员、声乐爱好者参加了培训活动。

9月25日，“脱贫攻坚 文艺助力——红色文艺轻骑兵音乐乡村行”在中江县南山镇三塘村、牵河村两地举行。

9月27日，举办“2018年全省艺术管理人才（含新文艺群体）培训班”，来自全省21个市州音协、省级文艺团体、艺术院校、新文艺群体的120余名学员参加了本次培训。

11月20日，第十五届“春熙放歌”纪念改革开放40周年大型公益演出活动在广安市民广场举行，现场观众逾2000人。

12月3日，“中国歌剧进校园”走进乐山师范学院，四川省音协主席、国家一级作曲林戈尔带来名为“中国歌剧赏析”的专题讲座。

12月，在甘孜州泸定县磨西镇、德阳艺术中心组织了两场“四川省优秀歌曲展演”。

12月18日，在德阳演艺中心举行了中国音协“‘听见中国听见你’2018年度优秀歌曲四川推选暨‘四川省优秀歌曲展演’”评比活动，选出8首优秀歌曲报送中国音协，同时编辑出版2018《踏歌集》。

【四川省民间文艺家协会】

编辑出版《四川民间文化大典》《中国民间工艺集成•四川卷》《中国民间剪纸集成•四川藏羌卷》《蜀中风俗图咏》《四川美术史》《二十世纪四川书法名家研究丛书》《四川传统村落立档调查图文丛书》等国家和省级重点项目系列丛书和图典。

3月21日，“川西林盘文化之乡”授牌仪式在都江堰市柳街镇举行。

6月13日至15日，由中国民协副主席、四川省文联副主席、四川省民协名誉主席沙马拉毅带队的“中国哪吒文化之乡”考察评审组一行8人专程赴宜宾市翠屏区，对该区申报“中国哪吒文化之乡”的工作进行实地考察、评审。

8月3日，“2018中国乐山•马边彝族风情狂欢节暨第三届小凉山火把节”举办开幕式，在这重要的民族节日里，“中国小凉山彝族民间文化活态传习基地”授牌仪式同时举行。

9月14日至16日，由中国文联副主席、中国民协主席潘鲁生带领的中国民协专家评审组一行10人对宣汉县申报“中国巴文化之乡”进行实地考察、评审。

11月28日至12月1日，由中国民协、四川省文联、攀枝花市委市政府主办，省民协、米易县政府承办的2018中国民间情歌大会及颛顼文化研讨活动在米易举办。

【四川省摄影家协会】

1月8日，组织“文艺轻骑兵”走进邛崃市水口镇，省内20余名摄影志愿者在水口镇举办 2018年首个摄影展览，为返乡过春节的群众拍摄全家福。

1月21日至28日，由20余名四川摄影志愿者组成的“四川文艺轻骑兵”摄影小分队，奔赴大巴山区。

3月，启动中国• 简阳首届全国摄影大赛。

4月22日，手机摄影乡村辅导站在遂宁市射洪县大榆镇古井口村挂牌成立。

5月，筹备承办由四川省文联主办、四川省摄协承办的“感恩奋进•治蜀兴川”5•12汶川特大地震灾后恢复重建 10周年主题摄影采风活动（青川、北川、汶川），“5•12港澳援建主题成果展”采风（什邡、彭州）活动；协办中国文联、中国摄协、省文联在绵阳举行的“影像的力量”中国文联文艺志愿摄影讲座，中国文联文艺志愿服务团纪念“5•12”汶川特大地震 10周年慰问演出《爱的牵挂》（各市州近千人参加）。

6月，完成“蜀韵滇风 魅力会理”首届全国摄影大赛活动及颁奖仪式。

7月，主办洪雅县汉王乡手机站成立五周年主题系列惠民活动；7月27日，在北京中国摄影展览馆主办“情漫嘉陵江九人摄影作品联展”。

8月，组织志愿者为巴中市平昌县龙岗镇347名80岁以上的老人拍摄纪念照，并制作装框赠送给每位老人。

11月19日，摄影家金平获得第十二届中国摄影金像奖。

【四川省书法家协会】

1月18日，组织11位书法名家到阿坝州理县参加省委宣传部组织的“2018年迎新春科技、卫生、文化赶场”大型惠民活动，为老百姓书写春联千余幅。

1月28日，组织20多名书法家到洪雅县汉王乡山区开展四川省“书法家送万福进万家”下基层志愿服务公益活动，书法家现场书写了1000余幅春联和“福”字赠送给当地老百姓。

7月7日，由四川、浙江两省书协共同主办，文轩美术馆、四川书法家网协办的“四川•浙江书法篆刻名家精品交流展”在成都文轩美术馆拉开序幕。

11月10日，组织24名书法名家在成都东郊音乐公园开展“让书法走进生活”大型公益书写活动，吸引了3000多市民前来参与，书法家现场免费为广大群众创作了200多幅书法作品赠送给广大市民；举办四川省书协第二十一期临帖（行草）培训班，从全省530多报名人员中遴选出100名学员参加了为期4天的学习。

【四川省舞蹈家协会】

4月11日，承办中国舞蹈家协会文艺志愿服务团走进四川德阳慰问演出，服务群众近2000人。

5月29日，与凉山州舞蹈家协会、会理县文联联合开展中国舞协“新农村少儿舞蹈美育工程”，参与美育工程的舞蹈教师志愿者13人，惠及的少年儿童约4000人。

7月28日、29日，与上海市歌舞团联合主办《野斑马》舞剧及舞蹈公开课，在锦城艺术宫举办的两场演出，观演人数达3000人。

12月，举办四川省首届中老年舞蹈展演，参展人数近2300人；举办四川省第三届青年舞蹈展演，参展人数近1200人。

【四川省曲艺家协会】

3月23日，由省文联，省曲协，巴中市委、市政府，巴中市巴州区委、区政府共同打造的大型曲艺《望红台》在四川省川剧院首演。

4月至10月，“四川曲艺流动讲堂”走进甘孜、泸县、岳池县、遂宁，为当地文联、曲协、高校、文化馆(站)等单位的百余位文艺工作者授课指导。

10月7日，第十届中国曲艺牡丹奖颁奖系列活动新闻发布会在江苏扬州举行，在本届“牡丹奖”评选出的20个奖项中，四川省曲协报送的四川扬琴《守望》获得本届“牡丹奖”节目奖。

10月22日至26日，由中国文联、中国文艺志愿者协会主办，中国曲协、四川省曲协等承办的“2018中国文联文艺志愿培训项目——四川南江曲艺培训班”在南江县举办。

【四川省杂技家协会】

4月9日至12日，组织宜宾市酒都艺术研究院杂技团赴阿坝州金川、壤塘开展“技炫四川”——杂技惠民演出活动。

10月19日至20日，组织省内7个杂技团的10余个优秀杂技节目赴遂宁参加“技炫四川”杂技惠民演出，共演出2场，参加艺术家130余人。

10月18日至20日，第九届四川省巴蜀文艺奖杂技比赛(初评)在遂宁举行。打造杂技剧《东方有竹》，该剧由宜宾市酒都艺术研究院和宜宾市远方文化演艺有限责任公司主创，以蜀南竹海与竹刻工艺为背景，表现了改革开放40年来社会的变迁和发展。

10月19日，“呈现精彩•服务人民”杂技艺术创新发展研讨会在遂宁召开。

【四川省电影家协会】

5月，由四川省文联主办、四川省影协承办的“讴歌新时代　共筑中国梦”大型电影惠民系列活动在泸州市合江县举办。

8月至9月，由四川省文联主办、四川省影协承办的“讴歌新时代•共筑中国梦”影评征文活动暨第34届大众电影百花奖四川省观众评委选拔活动顺利开展，评选出优秀作品多件，并选拔推荐五位获奖者担任第34届大众电影百花奖四川省观众评委。

11月7日下午，由峨眉电影集团等承办的“川港两地影视文化交流日”活动在香港举办。

12月，由四川省文联主办、四川省影协承办的“深入生活•扎根人民”大型电影惠民系列活动在雅安市汉源县举办。

12月22日，由峨眉电影集团出品制作、四川省影协参与拍摄的电影故事片《大路朝天》在全国上映，该片以成雅高速、雅西高速、雅康高速建设为创作题材，聚焦祖孙三代路桥工人命运与情感，致敬改革开放40周年。

【四川省电视艺术家协会】

2月26日起，省文联、省视协联合省内21个市州电视台共同举办《主播看四川——改革开放四十周年成果精品节目展播》活动，在四川电视台公共频道SCTV-9《联播四川》开播，节目连续播出41天，每晚播出一集，并且所有视频节目在爱奇艺“四川地方站”爱频道同步上线。

3月8日至12日，重点纪录片《第一书记》在四川卫视22:30分时段播出。

5月26日，CCTV-9纪录片频道播出川军纪录片力作《梦回眉州》。

6月20日，中国视协、四川省文联在理县中学举行“影视小屋”授牌仪式，并向理县中学捐赠了6部高清摄像机和100多部电视艺术启蒙书籍、光碟。

10月1日至7日，由省视协打造的“影视小屋”项目创作的《我把我寄给你》《祠堂里的老板凳》《诉》《欣欣的日记》《心灵的圣坛》《刺猬》《红花》7部优秀作品登陆四川广播电视台妇女儿童频道，得到了广大观众的热烈好评。

【四川省文艺评论家协会】

2018年，协会会员共出版专著7部，在各级各类刊物上发表理论评论文章64篇，其中在《人民日报》《光明日报》发表评论文章8篇。

8月，第四届全国文艺评论骨干专题研讨班在雅安举办，协会推荐正式学员并组织了10位评论家作为列席学员参训。

11月3日至5日，由四川大学、四川省文艺评论家协会主办，四川大学艺术学院承办的“2018第一届国际宗教艺术与文化学术研讨会”在四川大学艺术学院举行。

贵州省文联

综 述

2018年，贵州省文联团结带领各团体会员，认真学习贯彻党的十九大精神、习近平总书记关于宣传思想和文艺工作的系列重要讲话精神，始终坚持政治性、先进性、群众性，突出以人民为中心的工作导向，突出聚焦中国梦、讴歌新时代主题，突出引导推动创作、多出精品多出人才中心任务，突出全面推进文联深化改革，引导全省广大文艺工作者深入生活、扎根人民，以丰富的文艺创作唱响牢记嘱托感恩奋进新时代凯歌，切实实施“新思想领航工程”“党建示范工程”“文艺精品工程”等，组织广大文艺家进行深入学习、调研、采风，打造省“十三五”重点剧目《星火云雾街》和苗族英雄史诗《亚鲁王》广播剧，举办“发现文化贵州•品味真迹藏画”——贵州珍藏中国美术精品汇展第一、二季展览和第五届“恒安杯”篆书隶书篆刻艺术大展、第十一届中国西南六省区市摄影联展、庆祝改革开放40周年暨第七届中国舞蹈节贵州省优秀舞蹈展演等活动，推出一系列多彩贵州新创歌曲和中国梦主题歌曲，推出首部苗族英雄史诗合唱剧《亚鲁王》，为建设百姓富生态美的多彩贵州新未来发挥了积极作用。

会议与活动

实施“新思想领航工程”。贵州省文联把习近平新时代中国特色社会主义思想和省委省政府的决策部署融入文联和文艺工作全过程，使其成为干部职工和文艺工作者的主心骨、定盘星、度量衡。

抓学习、强认识。认真贯彻落实习近平总书记对毕节试验区工作做出的重要批示精神，及时传达学习省委十二届历次全会、全省深入实施“文军扶贫”脱贫攻坚三年行动动员大会等会议精神，召开贵州省文联系统深入实施“文军扶贫”脱贫攻坚三年行动推进会。先后举办省文联学习党的十九大精神专题培训班、省文联系统学习全国两会精神专题报告会、“紧跟党走 向人民学习 潜心创作无愧于时代的精品力作”座谈会、基层党组织建设培训会、省文联“七一”专题讲座，围绕中央巡视组巡视反馈意见召开巡视整改专题民主生活会，实施“新时代文艺工作讲习所”行动计划，牢固树立“四个意识”，不断增强“四个自信”，主动服务好贵州发展大局。

抓调研、破难题。组织全省文联系统开展文艺战线大调研活动，省文联党组成员和班子成员带头领课题，各文艺家协会和部门集体抓课题，市（州）、县（市、区）文联系统推课题，文联系统调查研究蔚然成风。大调研活动开展以来，贵州省文联党组领导带队，先后赴中国文联及各全国文艺家协会，安徽省文联、四川省文联，贵州省科协、贵州省妇联、贵州日报社、贵州文艺演艺集团等部门及9个市（州）开展调研，聚焦重点课题，解决实际问题，研究管用对策，真正实现了全方位覆盖、全员化参与，形成40余篇大调研成果，成为促进文艺事业创新发展的活力源泉。

抓培训、强素质。邀请贵州省直机关工委、省委党校等部门专家学者开展专题培训讲座，主办或指导各协会开展全省中青年文艺人才（舞蹈编导、戏剧编剧、音乐编曲）培训班和贵州少数民族艺术骨干培训班、文艺志愿服务制度化专题培训班、乡村少年宫艺术辅导员培训班、全省新文艺群体骨干培训班等，引导广大文艺工作者做有信仰、有方向、有情怀、有担当、有作为的人，在思想认识上有了新提高、在指导实践上有了新成效、在精品创作上有了新突破、在成果转化上有了新亮点。

实施“党建示范工程”。省文联紧紧抓住政治建设这个统领、思想建设这个灵魂、组织建设这个基础、正风肃纪这个关键、服务大局这个根本，引导全体党员干部主动履责、全力尽责、决不推责、担当负责。

健机制。“七一”召开专题培训会，牢记嘱托、感恩奋进，到省直工委旧址重温入党誓词，发出《致老党员的一封信》、开展慰问老党员等活动，不断提高全体党员政治站位。规范机关党员干部学习教育机制，狠抓全体党员集中学习会、党组会、党组理论学习中心组学习会、党务业务工作联席会等，形成制度化、常态化学习机制。

夯基础。规范机关党支部标准化建设，紧紧围绕“3个在职党支部优秀，2个离退休党支部达标”的总目标，组织党支部自查自纠，注重党支部整改提升，坚持把支部工作盯紧、盯细、盯实，严格“三会一课”，确保党支部工作抓严格、抓规范、抓具体和抓落实。

重监督。召开贵州省文联党的工作和党风廉政建设工作专题会，层层签订党风廉政建设责任书，加强元旦春节等重点时节执纪监督检查，组织党员干部赴王武监狱、羊艾监狱开展警示教育，努力维护省文联机关风清气正良好政治生态。

强纽带。认真开展省文联机关“三八”妇女节联谊会、“六一”儿童节“牵手拉手连手”暖心工程，组建机关妇委会、青工委等，广泛开展“三创三树”、新时代市民（农民）讲习所等活动，层层激发干事力量。

实施“惠民活动工程”。贵州省文联着眼于为广大人民群众提供丰富的精神食粮，组织开展了一系列有特色、接地气的文艺主题实践活动，不断发挥文军扶智与扶志的积极作用，切实增强文艺的凝聚力、吸引力和感染力。

服务基层，开展多彩贵州脱贫攻坚“春风行动”书画采风创作活动。2018年4月，多彩贵州脱贫攻坚“春风行动”书画采风创作活动在毕节市黔西县启动。贵州省委常委、省委宣传部部长慕德贵出席并致辞，中国书协主席苏士澍，中国美协分党组书记、驻会副主席、秘书长徐里等全国名师大家现场开展教学，以文艺的形式助推贵州脱贫攻坚工作。

振兴乡村，举办“讴歌新时代•推动乡村振兴战略”送文艺下乡活动。认真贯彻落实乡村振兴战略，组织文艺工作者400余人次赴贵阳息烽、安顺镇宁、毕节威宁和赫章等地开展送文艺下乡专场演出10场，观看群众3万人次，真正把习近平新时代中国特色社会思想、党的十九大精神和贵州省委十二届历次全会精神传递到了老百姓手中，坚定了人民群众对乡村振兴的信心。

扶贫扶智，助推脱贫攻坚深化落实。扎实推进同步小康驻村工作，班子同志带头深入扶贫帮扶点调研解决问题，协调脱贫攻坚项目经费470万元，协调救灾扶助棉衣、棉被近百套；邀请著名作家王宏甲为结对帮扶县息烽县委中心学习组作专题报告，推广塘约经验；邀请脱贫攻坚先进典型陈大兴、左文学到基层开展扶贫专题讲座，帮助村级组织理清发展思路，为基层抓党建促扶贫提供思路，对当地干部的启发很大；召开“贵州曲艺事业发展基金研讨暨曲艺家座谈会”，以“曲艺家在行动”助推脱贫攻坚。

聚焦生态，尊崇自然绿色发展。积极参与生态文明贵阳国际论坛2018年会，承办“中外文化体育名人与生态文明建设讲演会”和“生态文明从小做起”文艺志愿者走进花溪二小活动；组织中外文化体育名人共倡共议生态文明，助力美丽中国建设；对话小读者，充分发挥文艺体育界在生态文明建设中的积极作用，在全社会掀起“助力生态环保•共建美好家园”的公众意识及责任担当。

心系群众，扎实开展群众性文化活动。组织开展“中国农民丰收节”“我们的中国梦”“送欢乐下基层”“聚焦脱贫攻坚　共建美好家园”“到人民中去”“5•23志愿服务日”文艺志愿服务等活动；引导各协会开展“摄影大篷车下基层”“新春走基层　温暖全家福”“祖国好•家乡美”“与祖国同行•与人民同心”“拜年去”“拜文化年”“戏曲进校园”“曲艺进高校”“阅读点亮心灯”“电视艺术家下基层”“送万福进万家”“心系建设者”等文艺惠民活动，惠及群众上万人。

创作与研究

贵州省文联围绕以“五个一工程”为引领的文艺精品创作生产，按照每年谋划一批创作项目、推出一批重点作品的思路，团结和组织全省广大文艺工作者紧密结合贯彻党的十九大精神、纪念改革开放40周年和贵州省委十二届历次全会精神，围绕决战脱贫攻坚、决胜同步小康、开创多彩贵州新未来的伟大实践进行创作。

影视创作亮点突出。贵州省“十三五”重点剧目《星火云雾街》登陆央视8套黄金档，苗族英雄史诗《亚鲁王》广播剧在中央人民广播电台中国之声“纪录中国”栏目播出，电视剧《云上绣娘》、电影《极度危机》《爸　再爱我一次》《云上之爱》宣传发行工作有序推进，电视剧《伟大的转折》《花繁叶茂》《看万山红遍》、电影《伟大转折之娄山关战役》《海龙刀》、微电影《腊梅迎香》创作拍摄工作稳步推进；省视协推荐的《青年霍元甲之冲出江湖》获第29届电视金鹰奖提名奖，专题片《北侗绣娘》等23部电视作品在全国公益专题片评选等活动中获奖；成立贵州微电影联盟和贵州省影协微电影委员会，启动“社会主义核心价值观进校园”微电影系列拍摄，举办纪念改革开放40周年贵州省大学生影评征文大赛、2018贵阳市微视频暨第五届微电影大赛。

视觉艺术多姿多彩。承办“发现文化贵州•品味真迹藏画”——贵州珍藏中国美术精品汇展第一、二季展览，内容较为丰富，观展群众络绎不绝，媒体持续报道，实现了文化共享、佳作共赏；举办“2018／首届贵州省高校美术教师优秀作品双年展”、“青山映碧水　绿色颂贵州”中国画书法作品展、全省中小学生“祖国好•家乡美”书法绘画大赛、第五届“恒安杯”篆书隶书篆刻艺术大展、“行草十家书法展”、第十一届中国西南六省区市摄影联展、“辉煌四十年　多彩贵州路”——庆祝改革开放40周年摄影展、2018“聚焦脱贫攻坚　共建美好家园”贵州省扶贫工作阶段性成果汇报摄影展等，21人次入选全国性书画展；组织创作雕塑《时代楷模黄大发》《时代楷模南仁东》等，助推脱贫攻坚；“文学影视美术界的贵州现象”入围贵州改革开放40年40事评选。

舞台艺术创新发展。组织开展多彩贵州新创歌曲及生态文明贵阳国际论坛会歌征集和“唱响新时代　放歌新未来”2018多彩贵州歌唱活动，10万余人次参与，推出《奋斗的时代在一起》《天眼》《绿色的大爱》《向往》《心远天高》等多彩贵州新创歌曲和中国梦主题歌曲，被广为传唱；开展2018全省古筝大赛、2018中国•贵州首届山歌民谣演唱大赛，启动贵州省脱贫攻坚精品歌曲创作工程；推出首部苗族英雄史诗合唱剧《亚鲁王》；组织庆祝改革开放40周年暨第七届中国舞蹈节贵州省优秀舞蹈展演、贵州省第二届“群文杯”大学生舞蹈比赛，备战“荷花奖”舞蹈新作品暨“戴爱莲杯”群星璀璨人人跳全国舞蹈展演选拔赛；水族舞剧《木楼古歌》绽放第八届长江流域戏剧艺术节，黔剧《湄水长歌》亮相全国基层院团戏曲会演并在全省巡演20场次，7人入选2018年度“中国戏剧小梅花荟萃”活动；举办唱响新时代•圆梦新征程——纪念改革开放40周年“牡丹奖”贵州优秀曲艺节目展演进校园；侗族琵琶弹唱《移民新村喜事多》、评书《一泓清泉》、荷叶《红军爷爷》、水族旭早《朝阳中的水家》等在全国性曲艺赛事中获奖；与息烽集中营历史纪念馆共同打造“红色文化　历史记忆”——解密历史档案“集中营”背后的故事，受到好评；论文《经营性曲艺产业的现状研究——以贵州为例》获第三届全国曲艺理论学术研讨会优秀论文；魔术节目《四季话语》入围第十届中国杂技金菊奖全国魔术比赛半决赛。

民族民间艺术竞放异彩。举办第九届滇黔桂三省（区）山歌歌王争霸赛活动、丹寨乌湾村蜡染技艺大赛、“我们的节日——乌湾苗族吃新节”等系列文化艺术活动；贵州民间文学艺术“五优引领工程”丛书《阿西里西的故乡——板底彝族古村落》出版发行；成功推动福泉市被命名为“中国福文化之乡”暨中国福文化研究基地。

发挥文艺阵地对增强文艺影响力和辐射力的作用，不断夯实基础，形成刊物、基地、媒体蓬勃发展的强大合力。夯实文艺传播主阵地。组织完成第七届贵州省文艺奖、第十三届贵州省“新长征”职工文艺创作评奖活动，推出获奖作品254件；完成第三届贵州省文联德艺双馨文艺工作者评选，彰显了导向，激发了文艺创造活力；《艺术评鉴》今年出刊24期，共1968篇，约600万字；《今日文坛》刊发稿件80余篇，约40万字；《贵州文艺界》出刊12期，200余篇，约20万字，推出了一大批有分量、有力度、有影响的研究成果。

加大宣传工作，不定期刊出《文联工作动

态》，贵州省文联工作经验做法8次得到贵州省委领导同志的肯定性批示。

做强文艺创作新基地。坚持文艺工作向基层延伸，着重打造省文联息烽采风创作培训基地、安顺旧州书画摄影培训基地、平坝小河湾村音乐舞蹈创作基地、三都水族水书创作基地、贵定音寨稻雕创作基地等20余个各文艺门类创作基地，授予长顺县为“贵州省国画之乡”，充分发挥基地的示范辐射带动作用。

培育网络文艺新生态。积极筹建省文联网络文艺传播中心，探索“互联网+文艺”，办好“贵州省文联”微信公众号和各文艺家协会微信平台等，推动各文艺家协会信息资源有效整合和互联互通，努力建设“网上文联”。

云南省文联

综 述

2018年，云南省文联团结带领全省广大文艺工作者深入学习贯彻习近平新时代中国特色社会主义思想和党的十九大精神，以推进文联深化改革为契机，创新工作思路和举措，坚持以人民为中心，坚定文化自信，坚持守正创新，勇担使命任务。

一年来，云南省文联坚持以社会主义核心价值观为引领，围绕改革开放40周年、新中国成立70周年、2020年全面建成小康社会、建党100周年等重大历史节点，扎实开展主题文艺创作，举办云南省庆祝改革开放40周年书法美术摄影展、第十届云南戏剧山茶花奖评奖等活动，推出和展示了一批有质量有特色的优秀作品；广泛开展“扎根生活沃土、服务基层群众”主题实践活动和“送欢乐下基层”“乡村学校少年宫艺术教师培训”等文艺志愿服务，组织1000余人次的文艺志愿者深入基层开展文化惠民活动，直接服务群众数十万人，云南省文联文艺志愿服务团获中宣部、中央文明办等13个部门联合举办的2018年学雷锋志愿服务全国“四个100”先进典型表彰；加大培训力度，注重加强对青年文艺人才和少数民族文艺人才的培养，全年举办多种形式的座谈会、培训班和专题研讨班26期，培训文艺工作者2700余人次；积极推进文联深化改革，省委办公厅制定下发《省文联深化改革方案》《省作协深化改革方案》，全省文联系统深化改革工作稳步推进；圆满完成省音协、省剧协、省曲协、省摄协、省民协、省视协等6家协会换届工作；举办“2018中国•南亚东南亚艺术周暨澜湄艺术节”，进一步扩大了云南文艺对外影响力。云南文艺事业呈现新变化，文联工作取得新进展，为推动云南文艺繁荣兴盛做出了新的贡献。

会议与活动

【副省长李玛琳到省文联开展调研工作】

2月7日，云南省副省长李玛琳率省政府督查室副厅级督查员彭耀民一行赴省文联开展调研活动，实地考察云南文学艺术馆建设、主持召开文艺工作座谈会。省文联党组书记、常务副主席李勇，党组成员、副主席张碧伟，机关各部室、各省级文艺家协会、《边疆文学》编辑部、文学艺术馆相关同志参加座谈。

【云南省文联“送欢乐下基层”红色文艺轻骑兵走进昆明寻甸】

2月7日，云南省文联“送欢乐下基层”红色文艺轻骑兵走进昆明寻甸县羊街镇开展慰问演出等文艺志愿服务。活动现场赠送书籍杂志600余册，组织书法家为群众书写春联400余副，送“福”1000余幅，组织摄影家拍摄全家福200余组。

【云南省文联“送欢乐下基层”红色文艺轻骑兵走进红河州弥勒市】

2月8日，云南省文联组织30余位文艺家组成红色文艺轻骑兵“送欢乐下基层”走进红河州哈尼族彝族自治州弥勒县开展文化惠民活动。

【云南省文联七届八次全委会在昆明召开】

3月6日，云南省文联七届八次全委会在昆明召开。云南省委宣传部常务副部长罗杰，省纪委驻省委宣传部纪检组组长唐先胜到会指导，云南省文联党组书记、常务副主席李勇，省文联党组成员、副主席张维明，省文联党组成员、副主席、秘书长张碧伟，省文联副主席、省曲协副主席夏嘉伟及省文联七届委员会各位委员出席会议，省文联机关各部室、各事业单位干部职工列席会议。

【云南省文联召开深化改革工作座谈会】

3月6日，云南省文联在召开七届八次全委会期间，举办深化改革工作座谈会。省文联党组书记、常务副主席李勇，省文联党组成员、副主席张维明、张碧伟，以及省文联七届委员会委员，省文联机关各部室、各协会负责人近40人参加座谈会。16个州市文联负责人结合各州市的实际，就推进本州市文联改革工作，对优化文联组织基本职能，强化服务管理职能，改革调整机构设置、人员配备、运行机制等方面展开交流讨论，并提出了各自的意见和建议。

【中国文联•云南省乡村学校少年宫艺术教师培训试点项目成果展演展示暨研讨座谈会在禄劝县举办】

3月15日，云南省乡村学校少年宫艺术教师培训试点项目成果展演展示活动暨研讨座谈会在该项目实施县昆明市禄劝县苗族实验中学举办。中国文联文艺志愿服务中心副主任孙德华，中央文明办三局联络处处长张继青，云南省文明办专职副主任李联斌，云南省文联党组成员、副主席张碧伟，昆明市文明办主任李富贵及武定县、禄劝县等三个试点县相关单位的领导，省、市文艺志愿者代表，部分乡村学校少年宫优秀艺术教师代表共计300余人参加展演展示活动。

【云南省委常委、宣传部部长赵金到云南省文联调研】

3月20日，云南省委常委、宣传部部长赵金到云南省文联调研，现场考察云南文苑项目进展情况，就迎接庆祝改革开放40周年文艺创作情况、云南文艺事业发展需要解决的问题召开座谈会并讲话。

【中国文联党组成员、副主席郭运德到云南省文联调研】

3月22日，中国文联党组成员、副主席郭运德率中国文联调研组赴云南省调研，实地参观考察云南文学艺术馆建设情况，并与云南省文联各有关部室、协会、基层文联相关负责人，以及部分文艺家代表进行座谈。云南省文联党组书记、常务副主席李勇主持座谈会，省文联党组成员、副主席张维明就文联工作和文艺事业发展情况做了汇报。

【中国作协副主席吉狄马加一行到曲靖、昆明进行专题调研】

3月28日至29日，中国作协党组成员、书记处书记、副主席吉狄马加率中国作协调研组一行到曲靖、昆明进行专题调研。围绕如何开创新时代作协工作和文学事业发展新局面，延伸手臂、深入基层与“深扎”活动情况等方面，听取了基层文联、作协及作家的意见和建议。

【第五届云南本土歌曲创作与演唱大赛在曲靖市沾益区落幕】

4月18日至24日，由云南省文联主办，云南省音协、沾益区文化体育广播电视局承办的“珠江源之声”第五届云南本土歌曲创作与演唱大赛在曲靖市沾益区举办，并于24日晚举行了颁奖晚会。云南省文联党组书记、常务副主席李勇，省文联党组成员、专职副主席张维明，曲靖市委常委、常务副市长杨中华，云南省音协主席陈勇，曲靖市文联党组书记朱莉娥等领导和嘉宾出席颁奖晚会并为获奖选手颁奖。此次进入复赛的选手共有800余名，是历届参赛选手最多的一次。

【赵实到云南调研文艺界行风建设等工作】

4月25日至27日，中国文联党组成员、副主席赵实在云南调研培育和践行社会主义核心价值观，加强文艺工作者职业道德建设，推动文艺界行风建设工作，先后来到昆明市、楚雄州，看规划、听介绍，走进云南文学艺术馆了解布展情况，对云南文学艺术事业发展取得的成绩给予充分肯定。

【“到人民中去”中国文联、云南省文联文艺志愿服务团走进“中缅边境线”】

5月21日至25日，中国文联、中国文联文艺志愿者服务中心、云南省文联组织文艺志愿小分队赴芒市、腾冲、泸水开展志愿服务活动。中国文联、云南省文联文艺志愿小分队由中国文联志愿服务中心副主任孙德华和云南省文联党组书记、常务副主席李勇带队，30余位知名艺术家组成，先后在芒市木康边境检查站、腾冲、泸水开展了慰问演出、文艺知识讲座、文艺创作辅导等活动。

【2018年乡村学校少年宫艺术辅导员培训计划工作会议在昆明召开】

7月10日，由中央文明办三局、中国文联文艺志愿服务中心主办，云南省文联、昆明市文联承办的2018年乡村学校少年宫艺术辅导员培训计划工作会议在昆明召开。来自全国11个西部省市自治区文明办、文联的领导和2018年乡村学校少年宫艺术辅导员项目实施县文明办、文联的领导共计120多人参加会议。

【中国作协党组书记、副主席钱小芊到云南昭通调研】

7月18日，中国作协党组书记、副主席钱小芊率调研组到云南省昭通市，就青年作家、少数民族作家队伍建设和推动文学事业发展进行调研。云南省委书记陈豪，云南省委常委、省委宣传部部长赵金在昆明会见了调研组一行，就支持云南文学事业发展、推动云南文学出精品出人才深入交换了意见。

【云南文艺助力中国最美丽省份建设座谈会在省文联召开】

8月15日，云南省文艺界的百余名代表在省文联举行座谈会，为云南文艺助力“把云南建设成为中国最美丽省份”建言献策。影视界代表于荣光、音乐界代表万里、戏剧界代表孙晋昆、舞蹈界代表王佳敏、美术界代表罗江、书法界代表杜建民、文艺评论界代表宋家宏等参加座谈会并结合相关文艺领域实际情况踊跃发言。

【2018云南省少儿曲艺展演落幕】

8月28日，纪念改革开放40周年——2018云南省少儿曲艺展演在昆明学院学生会堂落幕。本次展演由云南省文联、云南省文化厅和昆明经开区社会事业局、经开区文化馆联合主办，原云南省人大常委会副主任、云南省关心下一代工作委员会常务副主任刀林荫，云南省文联党组成员、副主席、秘书长张碧伟，云南省文化厅党组成员、省纪委驻文化厅纪检组长邱旗等领导，来自全省各州市代表队的领队、编导和演员，以及现场观众800多人观看了演出。

【“崇德尚艺　做有信仰　有情怀　有担当的新时代文艺工作者巡回宣讲活动”在云南昆明举行】

8月29日，由中国文联主办、云南省文联承办、中国文学艺术发展专项基金资助的“崇德尚艺　做有信仰　有情怀　有担当的新时代文艺工作者巡回宣讲活动”在云南昆明举行。中国书协副主席、江苏省文联副主席孙晓云，中国摄协副主席、法制日报社美术摄影部主任居杨，北京唱高文化传播有限公司CEO、音乐制作人何沐阳结合各自的从艺经历和创作实践，讲述了学习贯彻落实习近平总书记关于文艺工作的重要论述的心得体会。省文联党组领导，省委宣传部、省文化厅相关处室负责人，省文联各部门、协会负责人，部分文艺家代表及文联全体干部职工、云南艺术学院师生240余人现场聆听了宣讲。

【《民族文学》云南玉溪创作基地授牌仪式暨文学创作培训会举行】

9月15日，《民族文学》云南玉溪创作基地授牌仪式暨文学创作培训会在玉溪市举行。《民族文学》主编石一宁为玉溪创作基地授牌，云南省文联党组书记、常务副主席李勇，玉溪市委常委、市委宣传部部长杨兴荣出席授牌仪式，来自玉溪市县的80多名多民族作者参加了培训会。

【云南省文联文艺志愿服务团赴昭通镇雄“送欢乐下基层”】

9月20日至22日，云南省文联组织40多名全国知名文艺家和省内文艺家，到国家扶贫开发重点县、革命老区镇雄县开展“送欢乐下基层”，通过慰问演出、进行文艺辅导等活动纪念改革开放40周年，助力贫困地区脱贫攻坚。

【云南省广场舞集中展演在昆明举行】

10月19日至22日，由云南省文化厅、云南省体育局、云南省文联共同主办的云南省广场舞集中展演活动在昆明举行。云南省副省长李玛琳，省委宣传部常务副部长罗杰，省文化厅厅长李涛，省文联党组成员、副主席张碧伟，省广播电视台副台长范宇航，昆明市委常委、宣传部长金幼和等观看展演。来自全省各州市的44支优秀广场舞代表共1600余人参加了展演。

【2018年云南省花灯滇剧艺术周在红河州建水县举办】

11月10日，2018年云南省花灯滇剧艺术周在红河州建水县小桂湖广场开幕。本届艺术周活动包括优秀花灯滇剧剧（节）目展演、青年花灯滇剧演员演唱比赛、花灯滇剧艺术进校园进社区活动、邻近省区戏曲艺术交流展示、展演比赛专家评论会等内容。全省相关州市和省级文艺院团、艺术院校的15支代表队共带来21个花灯小戏、11个滇剧小戏和12个花灯歌舞参加剧（节目）展演，61名演员参加了青年演员演唱比赛。

【云南省庆祝改革开放40周年美术书法摄影作品展举办】

11月12日，由云南省委宣传部、云南省文联共同举办的“云南省庆祝改革开放40周年美术书法摄影作品展”在云南省文学艺术馆开幕。云南省委常委、省委宣传部部长赵金，省人大常委会副主任杨保建，省政协副主席何波，省委宣传部常务副部长罗杰，省文联党组书记、常务副主席李勇，云南艺术学院院长郭浩，省高级人民法院副院长滕鹏楚，云南美术界代表姚钟华，云南书法界代表赵浩如，云南摄影界代表刘明等领导嘉宾，以及书画界、摄影界、新闻界200余人参加开幕式。

【云南省文联6个艺术家协会召开会员代表大会完成换届选举】

11月19日至22日，云南省音乐家、戏剧家、曲艺家、摄影家、民间文艺家、电视艺术家协会在昆明分别召开会员代表大会。云南省委常委、省委宣传部部长赵金出席开幕式并讲话。会议回顾总结了6个省级文艺家协会上一次代表大会以来的工作，并选举产生了新一届协会领导班子。省文联党组书记、常务副主席李勇，省文联党组成员、副主席张维明、张碧伟出席开幕式。宗庸卓玛当选省音协第七届主席，吴卫民当选省剧协第七届主席，潘卫炎当选省曲协第六届主席，刘明当选省摄协第六届主席，杨海涛当选省民协第六届主席，马建宇当选省视协第五届主席。

【中国视协基层电视艺术工作者业务培训云南昭通班开班】

11月27日，中国视协基层电视艺术工作者业务培训云南昭通班开班。中国视协分党组成员、副秘书长范宗钗，云南省文联党组成员、副主席张维明，中国视协会员工作处副主任赵巍，云南省视协副主席黑燕、中国传媒大学教授李继东等出席开班仪式。昭通电视台及昭通市九县一区一市基层电视台和新闻制作机构负责人、部分记者编辑70余人参加培训。

【“春满彩云南”——庆祝改革开放40周年云南文艺成就展在昆明开展】

12月14日，由云南省文联主办的“春满彩云南”——庆祝改革开放40周年云南文艺成就展在云南文学艺术馆开展。云南省委常委、省委宣传部部长赵金，省人大常委会原副主任、省文联名誉主席梁公卿，省文联党组书记、常务副主席李勇，省文联党组成员、副主席张维明、张碧伟以及部分州市文联、省级各文艺家协会主要负责人和文艺家近200人出席开幕式。展览共155块展板，900余幅图片，计10万余字，荟萃了改革开放40年来云南13个艺术门类和16个州（市）的文学艺术成果。

获奖情况

云南省视协报送的作品《风情耿马》《狮子国的55张面孔》在“2018亚洲旅游影视艺术周”上分别荣获“优秀专题片奖”和“好专题片奖”。

云南省曲协报送的彝族大三弦弹唱《美丽家园老实扎》、白族大本曲《妙手仁心李伯藩》获第十届中国曲艺牡丹奖•文学奖入围奖和节目奖入围奖；快板书《孟宗哭笋》获第十届中国曲艺牡丹奖•新人奖提名奖。

对外及对港澳台地区文化交流

【“2018中国•南亚东南亚艺术周暨澜湄艺术节”开幕】

6月13日，由云南省委宣传部、云南省文联、云南艺术学院主办的“2018中国•南亚东南亚艺术周暨澜湄艺术节”在昆明开幕。本届艺术周以“共筑新丝路，相约彩云南”为主题，来自26个国家的100余名艺术家代表参加。全国政协委员、中国文联原副主席、书记处书记、中国文艺评论家协会副主席夏潮出席开幕式，云南省委常委、省委宣传部部长赵金出席并致辞，副省长李玛琳出席开幕式。孟加拉国、印度尼西亚、泰国、马来西亚等10个国家的代表分别在开幕式上做了交流发言。

【云南民间文化艺术展演团赴印度加尔各答展示展演】

10月12日至18日，应中国驻印度加尔各答总领馆邀请，云南省民协组织省内民间工艺师前往印度加尔各答参加当地杜尔迦女神节，并为当地群众进行技艺展示。中国驻加尔各答总领事马占武夫妇，印度西孟邦邦长特里帕蒂，印度比丹那嘎市市长达塔、市议会主席查克拉波迪、市政议员辛哈罗伊，普里加干纳特神庙大祭师库马尔，缅甸驻加尔各答总领事苏伊，云南省文化厅副巡视员胡春华，云南省民协主席杨海涛等，以及加尔各答当地各界民众和华侨华人、中资机构代表2万余人观看了开幕式。

机关建设

【云南省文联召开2018年党建工作会议】

3月7日，云南省文联召开2018年党建工作会议，认真学习贯彻党的十九大精神和习近平新时代中国特色社会主义思想，认真总结过去一年的党建工作，安排部署2018年党建工作任务。云南省文联党组书记、常务副主席李勇，党组成员、副主席张维明、张碧伟，以及省文联全体党员参加会议。

【云南省文联举办“‘万名党员进党校’及处级干部学习宣传贯彻党的十九大精神和习近平新时代中国特色社会主义思想培训班”】

6月25日至29日，云南省文联举办“‘万名党员进党校’及处级干部学习宣传贯彻党的十九大精神和习近平新时代中国特色社会主义思想培训班”。云南省文联党组书记、常务副主席李勇，省文联党组成员、副主席张维明、张碧伟及省文联全体党员和副处级以上干部参加了培训，各党支部在大会上进行了学习交流发言。

【云南省文联举办全省文联系统学习习近平新时代中国特色社会主义思想综合素质提升培训班】

7月22日至27日，云南省文联在昆明举办全省文联系统学习习近平新时代中国特色社会主义思想综合素质提升培训班。来自省文联机关部室主要负责人、直属各省级文艺家协会主要负责人、16个州市文联主要负责人以及各区县（市）文联主要负责人共123人参加培训。中国文联原副主席、中国文艺评论家协会主席仲呈祥，中国文联国内联络部主任刘尚军，云南省文联党组书记、常务副主席李勇，省文联党组成员、副主席张维明出席开班仪式。

各文艺家协会

【作家协会】

4月12日，“读行沾益人文之旅”——云南文艺名家沾益行交流座谈会在曲靖市沾益区举行。云南省作协副主席范稳，云南省作协副主席潘灵、张庆国，云南师范大学图书馆原馆长、教授朱曦，昆明市摄协主席马克斌、摄影家张学忠等，以及来自沾益等地的文学爱好者参加了交流座谈会。

5月15日至20日，由鲁迅文学院与云南省作协联合举办的云南省首届人口较少民族文学创作培训班在丽江举行。27名云南人口较少民族作家及来自全省各地的26名少数民族作家共53人参加培训。全国人大常委会委员，中国作协党组成员、书记处书记、副主席，鲁迅文学院院长吉狄马加，中国作协主席团委员、中国少数民族作家学会常务副会长叶梅，云南省文联党组书记、常务副主席李勇，鲁迅文学院副院长邢春，丽江市委副书记、市委宣传部部长何玉兰等出席开班典礼。

10月9日至11日，云南省作协在昆明召开七届三次、四次理事会。云南省委宣传部常务副部长罗杰，省文联党组书记、常务副主席李勇，省文联党组成员、副主席张维明及省作协常务理事、理事出席。会议增补选举省作协副主席范稳为第七届云南省作协主席；会上宣布成立云南省网络文学创作委员会，由云南省作协副主席、昆明市作协主席张庆国担任委员会主任；会议还评选出了10名“2017年度云南优秀作家”。

11月24日，由《诗刊》杂志社、云南省文联、云南省作协联合主办的“云南青年诗人研讨会”在北京中国现代文学馆举行。中国作协书记处书记、副主席吉狄马加，中国作协书记处书记吴义勤，《诗刊》副主编李少君，云南省文联党组书记、常务副主席李勇，以及国内30余位诗人、作家、评论家参加研讨会。

【戏剧家协会】

6月13日，由云南省委宣传部、云南省文联主办，省剧协、省杂协、省曲协承办的“西南彩云飞”2018中国•南亚东南亚舞台艺术展演在云南大剧院向参加南博会的国内外嘉宾、广大文艺工作者、社会各界公众免费演出。云南省副省长李玛琳，云南省文联党组书记、常务副主席李勇等现场观看了演出。

7月28日，云南省文联、省剧协组织文艺家走进武警云南省总队第二支队，举办庆祝中国人民解放军建军90周年诗歌朗诵音乐会。云南省文联党组成员、副主席、云南戏剧“山茶花奖”艺术团团长黄映玲，武警云南省总队第二支队政委龚德锋、副支队长刘二，云南省剧协负责人、云南戏剧“山茶花奖”艺术团副团长李红梅等出席，与现场500余名官兵一起观看了演出。

8月28日，“第一届云南省少数民族戏剧会演”在云南省滇剧院开幕，云南省委常委、宣传部部长赵金，省委宣传部常务副部长罗杰，省政协教科文卫体委副主任、省剧协主席吴卫民，省文联党组成员、副主席张碧伟，省文化厅副厅长王江红等出席开幕式。

12月16日，由云南省文联主办，省剧协、省文化馆承办的云南戏剧“山茶花奖”艺术团“山茶芳菲”庆祝十九大云岭戏剧名家新年演唱会在云南省文化馆举行。云南省政协原副主席陈勋儒，云南省文联党组书记、常务副主席李勇等出席并观看了演唱会。

9月28日，云南戏剧“山茶花奖”艺术团赴大姚县石羊镇开展文艺志愿服务活动，云南戏剧“山茶花奖”获得者陆湘璇、赵文杰等艺术团成员及女高音歌唱家靳丽芬、京剧表演艺术家徐霆雷、李佳阔，白剧优秀演员罗金玲，彝族优秀歌手非明荣、杞章芬等40余名艺术家，为当地2000余名各族群众献上了一场精彩的演出。

【曲艺家协会】

8月27日至28日，2018云南省少儿曲艺展演在昆明举办，共有来自各州市和社会团体的21个节目参加展演，其中有10个节目荣获2018云南省少儿曲艺奖。

【音乐家协会】

6月4日至7日，由云南省音协主办、云南艺术学院音乐学院承办的首届云南风格器乐作品创作与演奏大赛在昆明举办，来自全省各高校、州市的音乐工作者、爱好者300余人参加了比赛。

10月10日至13日，由云南省音协举办的云南省词曲创作高级研修班在昆明举行，来自全省各地的58名优秀中青年音乐创作人才参加了培训。

12月29日，由云南省文联主办，云南省音协、云南省大剧院共同承办的《歌韵流芳》——纪念黄虹诞辰90周年音乐会在云南大剧院举行。云南省政协主席、党组书记李江，省委常委、宣传部部长赵金，省人大常委会副主任王树芬，省政协副主席罗黎辉，省人大原副主任晏友琼，省政协原副主席陈勋儒，省文联党组书记、常务副主席李勇，省人大法工委副主任谭从，省政协文史委副主任郑明等出席并观看了音乐会。

【舞蹈家协会】

5月15日，由云南省文联主办、省舞协承办、昆明社区服务行业协会协办的云南省5•15全国舞蹈日中老年舞蹈展演活动在云南文学艺术馆百花广场举行。云南省排舞广场舞交流中心、七乡情艺术团、昆明市侨联艺术团、高原秋色艺术团等50余支代表队、艺术团体近千名舞者参加了展演。

5月17日至23日，云南省舞协组织6名青年舞蹈编导赴迪庆藏族自治州德钦县藏族村寨开展采风活动，并与德钦县文化馆签订了《云南省舞蹈家协会与迪庆藏族自治州德钦县文化馆“结对子、种文化”文艺结对帮扶协议书》。

6月13日下午，由云南省委宣传部、云南省文联、云南艺术学院主办的“2018中国•南亚东南亚艺术周暨澜湄艺术节”国际舞蹈发展论坛在云南文学艺术馆六楼国际会议厅举行。中国舞协分党组书记、驻会副主席、秘书长罗斌，云南省文联党组成员、副主席张碧伟，应邀参加本次论坛的17位国际、国内专家及云南艺术学院舞蹈学院、云南艺术学院附属艺术学校、云南民族大学艺术学院舞蹈系、昆明学院的师生，昆明市歌舞剧院、云南省歌舞剧院的编导和演职人员近200人出席了论坛。

9月17日至23日，云南省舞协组织17名编导组成采风团深入普洱市景东、镇沅、景谷、澜沧、西盟、孟连、思茅等少数民族村寨实地采风，采访非物质文化遗产传承人，开展观摩调研活动。

9月28日至30日，云南省舞协会员培训班在昆明举办。著名舞蹈家、云南省舞协副主席王佳敏，蒙古族舞蹈家李德戈景，青年舞蹈家姜洋现场授课，来自全省各地专业艺术院团、文化馆（站）、艺术院校及新文艺群体等60余名省舞协会员参加了培训。

【美术家协会】

6月11日，由云南省文联、云南艺术学院主办，云南省美协、云南艺术学院美术学院承办的2018年中国•南亚东南亚国际美术展（雕塑）开幕式在云南文学艺术馆举行。省文联党组书记、常务副主席李勇，云南艺术学院院长郭浩，云南省美协副主席郭游，四川省美协副主席邓乐，四川美术学院雕塑系党总支书记申晓南，以及孟加拉、马来西亚、韩国、日本等国家的著名雕塑家，南亚东南亚以外的参展艺术家，云南省美术界嘉宾、雕塑爱好者、入选作品的作者等近200人出席开幕式。

9月14日，云南省美协召开学习“习总书记给中央美院八位老教授的回信”专题座谈会。省文联党组书记、常务副主席李勇，省文联党组成员、副主席张碧伟，省美协主席罗江，以及省美协主席团成员、在昆理事、各艺委会代表，在昆中青年美术主要创作者40余人出席座谈会。

10月15日，由云南省美协主办，云南省美协中国画艺术委员会、云南省美协油画艺术委员会、云南省美协版画艺术委员会、云南省美协水彩（粉）艺术委员会承办的“2018年云南省青年美展”开幕式在云南文学艺术馆举行。云南省文联党组书记、常务副主席李勇，党组成员、副主席张碧伟，省美协主席罗江以及云南省美术界、各承办单位嘉宾、入选作品的作者、美术爱好者计200余人参加开幕式。

【摄影家协会】

12月2日，第六届云南摄影艺术展在云南文学艺术馆开幕，云南省文联党组成员、副主席张维明，云南省摄协主席刘明，云南省摄协副主席王长山、李雄春及获奖摄影家代表、在昆的部分理事与摄影家、摄影爱好者参加开幕式并观看了摄影展。本届摄影艺术展设记录类、商业类、艺术类三个奖项，从1100件投稿中评选出获奖作品120幅。

【书法家协会】

1月19日，由云南省文联主办，云南省书协、曲靖市委宣传部、曲靖市文联、曲靖日报社承办，曲靖市书协协办的云南省文联“送欢乐下基层——云南省书法家送万福进万家志愿服务”启动仪式在曲靖市麒麟区珠江源广场举行。云南省文联党组成员、副主席张碧伟等出席启动仪式并讲话。本次活动共有近20位全省知名书法家参与，为群众书写春联1600余副、“福”字2000余个。

【民间文艺家协会】

4月8日至10日，由中国民协、云南省文联、中国民间文学大系出版工程领导小组办公室主办，云南省民协、玉溪市通海县文联、通海县民协承办的《中国民间文学大系》“民间长诗”专家组成立大会暨“新时代民间长诗传承发展学术研讨会”在通海举行。中国民协分党组书记、驻会副主席、秘书长邱运华，云南省文联党组书记、常务副主席李勇，中国民协分党组成员、副秘书长吕军，云南省文联党组成员、副主席张碧伟，云南省民协主席杨海涛，云南省民协名誉主席杨利先，玉溪市文联主席普辉及来自全国各地的有关专家学者70余人出席。

6月15日，由云南省委宣传部、云南省文联主办，云南省民协承办，昆明合虛民族民间文化传习馆协办的“一带一路”中国云南•南亚东南亚民间工艺大师手工技艺展示在南博会亮相，来自孟加拉国、加拿大、印度、马来西亚、尼泊尔、泰国的9名民间工艺家以及来自云南的6名中青年民间工艺家同时登台献艺。

11月23日，由云南省民协主办的“庆祝改革开放40年与云南民族民间文学”学术研讨会在昆明举行。全省各州市近100名文艺工作者就云南民族民间文学所走过的历程、21世纪云南民族民间文学的发展和当代传承等进行了研讨，旨在切实推进云南民族民间文学的理论研究和搜集整理工作。

【杂技家协会】

9月11日至14日，由中国杂协、云南省文联主办，中国文联杂技艺术中心、云南省杂协承办的全国杂技院团负责人及管理人才培训班在昆明举办。中国杂协分党组书记、驻会副主席、秘书长王仁刚，中国杂协分党组成员、副秘书长刘挥，云南省文联党组书记、常务副主席李勇，云南省文联党组成员、副主席张碧伟和来自全国24个省市区杂技院团的46名负责人参加了开班仪式。

【电影家协会】

3月7日，中国影协分党组书记、驻会副主席张宏到云南省文联、云南省影协实地调研并召开调研座谈会。云南省文联党组书记、常务副主席李勇，省文联党组成员、副主席张维明，张碧伟，云南省影协副主席伍匡文、王天祥、宋杰，秘书长陇栩，云南民族电影制片厂厂长赵春明及省影协理事等十余人参加了调研座谈。

9月28日至10月2日，“2018第二届澜湄国际电影周”在昆明世博园举办。来自中国、老挝、缅甸、泰国、柬埔寨、越南、新加坡、菲律宾、印度、韩国等200余名电影人参加电影周。电影周期间，举办了澜湄国际电影周主题论坛、合作论坛、流域国家电影展映、中外电影项目推介及版权贸易、澜湄国际电影周项目创投等系列活动。

【电视艺术家协会】

5月3日，由云南省文联主办，云南省影协、云南省视协承办，云南民族电影制片厂协办的2018年云南省影视编导研修班在昆明开班。来自全省11个州市、26家影视公司的90多名影视管理、编导骨干参加了“共筑中国梦•云南篇章”影视创作研修活动。中国影协分党组成员、秘书长，中国文联电影艺术中心主任饶曙光，省文联党组书记、常务副主席李勇等出席开班仪式。

【文艺评论家协会】

11月1日，由云南省文艺评论家协会组织的《边疆文学•文艺评论》刊物培训研讨会在昆明举行，省文联党组书记、常务副主席李勇，省文联党组成员、副主席、省文艺评论家协会主席张维明等出席开班仪式并讲话，来自全省各大专院校、文艺刊物主编、部分州市评协负责人和中青年文艺评论骨干80余人参加了培训研讨。

【产业文联】

12月22日，由云南省文联、云南世博旅游集团共同主办，云南省产业文联和云南世博旅游景区公司承办的“送欢乐下基层——喜迎新春美术书法摄影进企业文化惠民”活动在昆明世博园举行。云南世博旅游集团党委副书记、纪委书记胡耀斌，省文联组联部、省产业文联、世博旅游景区公司相关领导以及省内著名书画家、摄影家、企业干部职工、景区游客近千余人参加了活动。

【《边疆文学》编辑部】

5月20日至27日，《边疆文学》编辑部围绕“新时代新使命新征程新作为”这一主题，赴南京、苏州、杭州，与南京《钟山》杂志社、苏州《苏州杂志》社、杭州《江南》杂志社、《西湖》杂志社进行了文学和业务交流。

8月21日至26日，《边疆文学》2018年度笔会在玉溪市澄江县举行，来自全省16个州市的50余名作者参加笔会。云南省作协副主席、《边疆文学》编辑部总编辑潘灵，云南省作协副主席、著名诗人雷平阳，中山大学中文系教授谢有顺等出席笔会开幕式。

西藏自治区文联

综 述

2018年，西藏自治区文学艺术界联合会（以下简称西藏文联）在中国文联的亲切关怀下，在西藏自治区党委、政府的坚强领导和西藏自治区党委宣传部的有力指导下，紧紧围绕学习宣传贯彻党的十九大精神这条主线，以习近平新时代中国特色社会主义思想为指导，认真贯彻落实西藏自治区党委、政府关于文艺工作和文联工作的指示精神，充分发挥联系广大文艺工作者的桥梁纽带作用，团结引领广大文艺工作者围绕中心、服务大局，深入生活、扎根人民，深化改革、履职尽责，创作推出了一批优秀文艺作品，取得了实实在在的成绩，主旋律更加响亮，正能量更加强劲，为西藏经济社会长足发展和长治久安提供了有力的精神动力和文化支撑。

会议与活动

【西藏文联召开全体干部职工大会传达学习全国宣传部长会议精神】

1月11日，西藏文联召开全体干部职工大会，传达学习全国宣传部长会议精神。西藏自治区党委宣传部副部长、西藏文联党组书记张晓峰主持会议并讲话。会上，西藏文联副主席美朗多吉、副主席平措扎西分别传达了《习近平总书记关于宣传思想文化工作的重要思想》和《全国宣传部长会议精神传达提纲》。

会议指出，习近平总书记关于宣传思想文化工作的重要思想，内容丰富、论述深刻，把党对宣传思想文化工作的规律性认识提升到一个新的高度，是习近平新时代中国特色社会主义思想的重要组成部分，为做好宣传思想文化工作指明了前进方向、提供了根本遵循。会议要求：一要认真学习，深刻领会，把学习习近平总书记关于宣传思想文化工作的重要思想、全国宣传部长会议精神与学习贯彻西藏自治区宣传工作会议精神结合起来，与落实西藏文联2018年工作要点结合起来；二要贯彻精神，开拓创新，用习近平新时代中国特色社会主义思想指导全区文艺工作再上新台阶；三要求真务实，务求实效，把会议精神落实到本职工作，圆满完成西藏文联2018年的各项工作。

【西藏文联五届六次全委会在拉萨召开】

3月25日，西藏文联五届六次全委会在拉萨召开。会议深入学习贯彻落实习近平新时代中国特色社会主义思想和党的十九大精神，贯彻全国和全区宣传部长会议精神，全面总结西藏文联2017年工作，部署2018年工作，努力推进文联深化改革，进一步团结动员广大文艺工作者，推动社会主义文艺繁荣发展。

西藏自治区政协副主席、西藏文联主席扎西达娃出席并讲话。西藏自治区党委宣传部副部长，西藏文联党组书记、副主席张晓峰作题为《深入贯彻落实党的十九大精神 奋力推进新时代西藏文艺事业繁荣发展》的工作报告。会议通报了西藏文联五届全委会主席团决定，增补卫东、高延鸿、米玛、达次、朗嘎扎西、宗吉、贡久多吉、卢虎、唐天源为西藏文联第五届全委会委员；刘斌、措姆、金巴洛追、杜宏、普布次仁、伍金多吉、贾央次仁不再担任西藏文联第五届全委会委员职务，撤销次仁占堆西藏文联第五届全委会委员资格。会上，拉萨市文联、日喀则市文联、林芝市文联、山南市文联、西藏作协、西藏美协、西藏摄协进行了大会交流发言。

【组织60余名区内外作家艺术家赴林芝采风采访】

3月，根据西藏自治区政府安排，在林芝第十六届桃花旅游文化节，西藏文联组织60余名区内外作家艺术家赴林芝，参加桃花节开幕式和林芝市组织的各项民俗活动、文艺展览。

【西藏文联召开干部职工大会学习贯彻习近平总书记给牛犇同志的信精神】

7月2日，西藏文联党组召开全体干部职工会议，传达学习习近平总书记给电影表演艺术家牛犇同志的信精神和西藏自治区党委常委会指示精神，西藏文联党组书记张晓峰主持会议并总结讲话。会议要求，认真学习习近平总书记给牛犇同志的信精神，深刻领会精神实质，不断提高思想站位，切实把思想和行动统一到中央要求上来，以党员的标准始终严格要求自己，不忘初心、牢记使命，坚持立业先立德，从艺先做人，大力继承和弘扬“老西藏精神”“两路精神”，持续开展“深入生活、扎根人民”主题实践活动，坚持以人民为中心的创作导向，创作出更多有筋骨、有道德、有温度，接地气、传得开、留得下的优秀文艺作品，以实际行动推动西藏文艺事业蓬勃发展。

【“走进新时代——第十一届西藏珠穆朗玛摄影大展”布达拉宫广场开幕】

9月7日至21日，由中国文联、西藏自治区政府主办，西藏自治区党委宣传部、中国西藏旅游文化国际博览会组委会办公室、西藏文联、拉萨市政府承办，中国摄协支持的“走进新时代——第十一届西藏珠穆朗玛摄影大展”在布达拉宫广场举行。西藏自治区党委常委、宣传部部长边巴扎西，西藏自治区副主席多吉次珠，西藏自治区政协副主席、西藏文联主席扎西达娃，中国音协分党组成员、副秘书长王建国，中国摄协分党组成员、副秘书长彭文玲，西藏文联党组成员、副主席、巡视员吉米平阶，西藏自治区强基办副主任达娃次仁，西藏自治区扶贫办党组成员、副主任普珍，西藏文联党组成员、副主席冯志端，西藏文联副主席美朗多吉、平措扎西，拉萨市政府副市长朱建红，西藏摄协名誉主席扎西次登，西藏摄协主席旺久多吉等出席开幕式。开幕式由西藏自治区党委宣传部副部长、西藏文联党组书记张晓峰主持。出席开幕式的领导和嘉宾为本届西藏珠穆朗玛摄影大展获奖作者代表颁发了奖杯和荣誉证书。

【“风雨历程45载　水墨情怀洒雪域——韩书力水墨画观摩鉴赏展”在拉萨举办】

9月9日，由西藏美术院和西藏画船听雨文化艺术有限公司共同主办的“风雨历程45载　水墨情怀洒雪域——韩书力水墨画观摩鉴赏画展”在拉萨举行，集中展出了西藏文联名誉主席、西藏美协主席、西藏美术院院长韩书力进藏以年来创作的49幅精品画作。西藏自治区政协副主席、西藏文联主席扎西达娃，著名歌唱家才旦卓玛，西藏军区保障部部长张文龙等出席。展出作品是韩书力近半个世纪来创作的以西藏题材为主要内容的水墨佳作，这些作品既吸收了内地与西藏文化艺术的元素，也借鉴了西方写实艺术与东方传统艺术的精华，充分展现了韩书力艺术创作的鲜明地域特色和清晰的个性特征。同时，这些作品更见证了改革开放40年来西藏美术事业发展进步的点点滴滴，具有极高的艺术价值和收藏价值。这次画展的举办为西藏美术工作者和爱好者提供了一次宝贵的观摩和鉴赏机会，对于推动全区水墨创作将会发挥积极的推动作用，是献给改革开放40年的一份厚礼。

【“传承与创新——雪域星生·拓绘经典”展览在拉萨举办】

9月23日，由西藏文联、西藏自治区文化厅共同主办的“传承与创新——雪域星生·拓绘经典”展览在西藏自治区群众艺术馆开幕。展览展出了著名收藏家叶星生近年创作的48幅拓绘作品。西藏自治区党委常委、统战部部长旦科，西藏自治区副主席多吉次珠，西藏自治区政协副主席、西藏文联主席扎西达娃，西藏自治区副秘书长达娃次仁，西藏文联党组成员、副主席、巡视员吉米平阶，西藏自治区文物局党组书记、副局长尼玛丹增等出席开幕式并参观展览。开幕式由西藏自治区文化厅厅长岗青主持。

【西藏文联召开大会传达学习全区宣传思想工作会议精神】

11月9日，西藏自治区党委宣传部副部长，西藏文联党组书记、副主席张晓峰主持召开西藏文联全体干部职工会议，全文传达学习了西藏自治区党委书记吴英杰在全区宣传思想工作会议上的重要讲话和西藏自治区党委常委边巴扎西的总结讲话。会议要求，西藏文联机关干部职工和广大文艺工作者要按照吴英杰和边巴扎西的讲话要求，更加紧密地团结在以习近平同志为核心的党中央周围，坚持以习近平新时代中国特色社会主义思想为指导，增强“四个意识”、坚定“四个自信”、做到“两个维护”，切实增强“五个认同”，不忘初心、牢记使命、锐意进取、扎实工作。下一步要深入持久开展“深入生活、扎根人民”主题实践活动，坚持以人民为中心的创作导向，不断创作更多讴歌党、讴歌祖国、讴歌人民、讴歌英雄的精品力作，不断推出更多体现当代中国价值观念、具有西藏地域特色和民族特点、人民群众喜闻乐见的优秀作品，不断推动西藏文艺百花齐放，推动文艺作品从高原走向高峰。

【2018年乡村学校少年宫艺术辅导员培训计划——西藏自治区山南市扎囊县培训项目启动】

11月15日，2018年乡村学校少年宫艺术辅导员培训计划——西藏自治区山南市扎囊县培训项目启动，开班仪式在扎囊县阿扎完小举行。此次活动由中央文明办、中国文联指导，西藏文联、西藏自治区文明办、山南市文化局、山南市文联主办，西藏文联组联部、山南市扎囊县教育局承办，西藏艺术家分别为第一期汉、藏文书法班、美术班、音乐班学员授课，相关单位领导、志愿者授课教师、培训班学员共计100多人参加启动、开班仪式。

【加强对拉鲁湿地周边民间故事、革命故事的收集整理】

根据西藏自治区党委主要领导的指示精神，组织全区民间文艺家深入拉萨市政协、拉鲁湿地管理局及湿地周边院校、居委会、村落、寺庙等进行田野调查，采访相关单位和知情人士，收集整理民间故事2篇、传统习俗2篇、革命故事2篇，确认民俗古迹15处，提出合理化建议3条。

【开展全区少儿歌曲创作征集活动】

少儿歌曲创作是西藏自治区党委主要领导交给西藏文联的一项重要工作，西藏文联党组、主席团高度重视，认真组织歌曲创作工作，在《西藏日报》上刊发征集通知，面向全区征集了一批歌颂党、歌颂祖国、歌颂社会主义新西藏、歌颂西藏少年儿童沐浴在祖国阳光下健康幸福成长的原创歌曲。其中，西藏音协创作了《高原精灵》《三碗酥油茶》《青青的草蓝蓝的天》3首原创歌曲，面向区内外广泛征集歌曲40多首。

【“蓝天净土•高原画派——西藏题材创作工程唐天源画展”在广东开幕】

1月6日，由西藏文联、广东省文联、西藏美协、广东省美协联合主办的“蓝天净土•高原画派——西藏题材创作工程唐天源画展”在广东省文联艺术馆开幕。展览旨在通过唐天源的个人展览，展示“蓝天净土•高原画派”西藏题材创作工程成果，带动更多艺术家投身于高原题材美术创作中，并以此促进西藏、广东两地的文化交流与创作。展览展出了唐天源的美术作品93幅，这既是画家行走西部近30年、专注研究世界第三极文化、潜心创作的一次集中成果展示，也是唐天源在西藏高原生命历程的艺术反映。

【参与中国西南六省区市摄影联展】

6月2日至8日，由中国西南摄影联展组委会主办，广西摄协承办，重庆市、贵州省、四川省、西藏自治区、云南省摄协协办的“镜头中的一带一路•第十一届中国西南六省区市摄影联展”在广西南宁举行。展览展出的西藏摄影家提供的35件摄影作品展示了在党的领导下，社会主义新西藏经济发展、社会进步、民族团结、和谐稳定、生态良好、改革开放、人民安居乐业的新风貌，展示了社会主义新西藏的新发展、新变化、新生活，展示党的十八大以来全区取得的辉煌成就以及全区独特的自然景观和优秀传统文化。

【西藏作协在京组织西藏作家作品展和改革开放40年西藏文学创作研讨会】

8月22日至26日，西藏作协在北京第二十五届国际图书博览会期间，利用中国作协“中国作家馆”的展览平台，举办文学创作成就展览展示活动，并组织召开改革开放40年西藏文学创作研讨会。开馆仪式由中国作协书记处书记吴义勤主持，中央政治局委员、中宣部部长黄坤明以及中国作协主席铁凝，中国作协党组书记、副主席钱小芊先后莅临现场，听取了中国作协现场负责人对改革开放40年文学成就展和西藏作家作品展的布展介绍，并亲切接见了西藏作家代表。中国作协副主席李敬泽就办好西藏文学创作研讨会多次向相关部门专门作出指示。西藏自治区政协副主席、西藏文联主席扎西达娃，西藏文联党组成员、副主席、巡视员吉米平阶，西藏自治区副秘书长刘萱等一行20余人赴京参加此次活动。扎西达娃代表西藏文联、西藏作协致辞，并向“中国作家馆”赠送了西藏作家参展图书。

【“吉祥高原——西藏自治区书画艺术研究院精品展”在京举办】

9月27日至10月15日，由西藏文联和西藏自治区书画艺术研究院共同主办，北京西藏文化中心、雪域西藏艺术研究院共同承办的“吉祥高原——西藏自治区书画艺术研究院精品展”在北京西藏文化中心高原美术馆举办。来自全国的书画家代表、首都各界人士200余人参加开幕式，北京市顺义区党委宣传部副部长刘金燕、北京建藏援藏工作者协会秘书长王建、西藏自治区书画艺术研究院院长郝爱平等出席开幕式并分别致辞。

文艺惠民活动

【组织书法家、摄影家为农牧民送“福”字、拍“合家欢照”】

在元旦、春节、藏历新年期间，配合西藏自治区2018年文化科技卫生法律爱国爱教宣传“五下乡”集中示范活动，西藏文联组织26名书法家、摄影家历时11天到林芝市波密县、米林县、工布江达县、八一镇，山南市扎囊县，拉萨市宗角禄康、布达拉宫消防支队、龙王潭便民警务站，日喀则市昂仁县、拉孜县开展“西藏书法家协会送万福进万家公益活动”“为农牧民拍合家欢照”活动，共为农牧民群众送“福”字、送春联、送吉祥格言等书法作品5000多副，拍“合家欢照”200多幅。

【中国书协赴藏开展送文化下基层公益活动并举办西藏书法创作骨干培训班】

5月22日至26日，中国书协在拉萨市城关区纳金乡塔玛居委会开展送文化下基层书法公益活动，并在拉萨市泽当饭店举办西藏书法创作骨干培训班。在为期三天的培训班上，中国书协隶书委员会委员季平、行业建设委员会委员董文广、女书家委员会委员林玉梅等分别就书法的临摹与创作、隶书临摹与创作、行草书临摹与创作、楷书临摹与创作等问题进行专题讲座，并与当地书法创作骨干、书法爱好者进行交流。西藏书协主席团部分成员，西藏书协部分理事、会员和塔玛乡村民群众、中小学生、书法爱好者100余人参加了相关活动。

【中国曲协在西藏举办自治区曲艺工作者培训班并举办“走进新时代”——中国曲协文艺志愿服务团送欢笑到基层演出】

6月23日至7月6日，中国曲协先后在山南、拉萨举办了西藏自治区民族曲艺工作者培训班，来自全区7个地市的100多位曲艺创作表演骨干第一次接受专业化、系统化培训。培训期间，中国曲协分别在山南、拉萨举行两场演出活动，巩汉林、金珠、奇志、叮当、师亚峰等名家新秀以曲艺的形式展现和歌颂了近年来西藏在经济社会等各项事业中取得的成果，近1000名观众观看了演出。

【中国文联“深入生活、扎根人民”音乐舞蹈艺术家赴西藏采风创作成果汇报演出在拉萨、日喀则举办】

8月11日至18日，由中国文联党组书记、副主席记李屹率领的中国文联深入西藏采风创作成果展演艺术团一行赴拉萨、日喀则两地举办中国文联“深入生活、扎根人民”音乐舞蹈艺术家赴西藏采风创作成果汇报演出。汇报演出前，西藏自治区党委书记吴英杰会见李屹一行并深入交流，西藏自治区党委副书记、西藏自治区主席齐扎拉及丁业现、庄严、边巴扎西、刘江、多吉次珠、扎西达娃等自治区领导参加会见，与当地群众一起观看了演出。李屹一行还先后前往西藏文联、日喀则市委宣传部调研，与西藏艺术家代表座谈。

【“西藏行——吴英昌书法作品展”和书法公益培训在拉萨举办】

8月30日，由西藏文联、西藏书协主办，西藏自治区群众艺术馆、西藏书协承办的“西藏行——吴英昌书法作品展”在西藏自治区群众艺术馆开幕。展览展出的70多幅书法作品均是吴英昌近年来创作的精品之作，展览为增进藏冀两地文化交流特别是书法艺术交流创造了平台。

9月1日至4日，吴英昌书法公益培训活动在西藏文联举办，西藏书协会员、书法爱好者近30人参加了培训。

【配合湖南省文联在山南开展慰问演出活动】

9月，西藏文联配合湖南省文联文艺志愿服务团30多名艺术家，在山南市举办文艺志愿惠民演出。湖南著名笑星大兵、周卫星，歌唱家张映龙、李庭婷等先后表演了相声《K歌之王》、口技《大阅兵》、小品《教子》、歌曲《浏阳河》等精彩节目；山南市桑日县民间艺术团表演了歌舞《吉祥颂》《舞动山南》等节目。

获奖情况

【民间鼓舞鼓乐作品《山南鼓舞》获第十三届中国民间文艺山花奖·优秀民间艺术表演奖】

1月13日，第十三届中国民间文艺山花奖颁奖晚会在广东省广州市中山纪念堂举行。由西藏民协推荐选送的琼结县久河村卓舞表演队的作品《山南鼓舞》荣获第十三届中国民间文艺山花奖·优秀民间艺术表演奖。应中国民协邀请，久河村卓舞表演队参加了红毯迎宾表演和颁奖晚会节目演出。

【电影《天源·纳木错》获“2018年第15届世界民族电影节”最佳长篇故事片奖】

4月6日至8日,第15届世界民族电影节于美国洛杉矶举行。由西藏当雄县政府、西藏文联、中视星耀影视传媒、大公电视等单位联合摄制的电影《天缘·纳木错》获“2018年第15届世界民族电影节”最佳长篇故事片奖。

【摄影作品《冰湖上的转场》获国际民俗摄影大赛金奖】

11月19日，由中国民俗摄影协会主办的第十届国际民俗摄影“人类贡献奖”大赛在云南省红河哈尼族彝族自治州弥勒县举行。西藏摄协选送的摄影作品《冰湖上的转场》获国际民俗摄影大赛金奖。

【单位、个人获奖情况】

林芝市书协、山南市书协获中国文联、中国书协“书法家送万福进万家”志愿服务公益活动“先进集体”。西藏美术家韩书力、巴玛扎西等创作的6幅美术作品被中国国家博物馆收藏，边巴作品《遥远的景象》被中国美协收藏；旦增、索朗旦增、李维维等获中国书协“先进个人”称号；克珠群佩荣获2017年度西藏自治区地方志工作先进个人。

创作情况

【编纂《西藏自治区志·民俗志》】

西藏民协与西藏民族大学签署《西藏自治区志·民俗志》联合编纂协议，集中人员、时间和精力对各章节进行体例梳理、查漏补遗，进一步对各篇章进行丰富完善，形成近100万字的文字稿。

【出版《文艺生活·艺术中国》西藏当代艺术特刊】

根据西藏自治区党委宣传部的安排，与湖南省文化厅主管的《文艺生活·艺术中国》沟通协调，出版西藏当代艺术特刊，集中反映西藏当代美术、书法、摄影艺术发展成就。

【其他创作】

西藏文联组织区外4名报告文学作家进藏以组团式医疗援藏为题材进行采风创作，其中撰写的《在高原播下现代医疗的种子》在《光明日报》刊发，《天籁玉麦》散文集列为中国作协2018年重点扶持项目；创作长篇报告文学《卓嘎央宗姊妹守边》、长篇小说《拉萨尘封五千年》《谭冠三》、文学剧本《新格萨尔王》《净土》；拍摄纪录电影《雪顿之恋》《茶马古道后裔》；撰写西藏唐卡艺术家丛书系列《从牧童到画师——平措多布杰传记》，出版画册《西藏当代布面重彩》《神奇八宿》；制作发行《土登相声精品荟萃》光碟；稳步推进“中国民间文学大系出版工程”“西藏百幅唐卡创作工程”；编辑整理西藏当代美术大系系列丛书；承担西藏自治区党委、政府及西藏自治区党委宣传部安排的大型主旋律美术作品《小康新村过望果节》《藏北羌塘草原》创作任务和中国美术馆举办的中国唐卡大展学术梳理、作品征集工作。

对外及港澳台地区文化交流

【西藏作家次仁罗布随中国作家代表团出访捷克、波兰进行文化交流】

5月11日至18日，中国作家代表团一行6人赴捷克和波兰进行文化交流活动，西藏作协副主席次仁罗布随团出访。在交流活动中，次仁罗布重点向外国作家和友人介绍了西藏文学和藏民族文化，以及党和国家对文化文学的扶持和取得的成绩，在捷克大使馆宣传展台上展示了以西藏内容为主的书籍、杂志、光盘等。

【西藏曲协2名会员随中国曲协代表团赴日本、新加坡开展文化交流活动】

7月8日至17日，应日本中国文化交流协会、新加坡拉丁马士公民咨询委员会的邀请，西藏曲协2名会员随中国曲协代表团赴日本、新加坡开展文化交流活动。

【西藏文联组团赴台交流访问】

7月15日至21日，西藏文联赴台交流访问团一行14人先后赴台北、高雄等县市进行文化交流，与50多位书法家进行四次汉藏文书法交流座谈，并在现场举行书法笔会，用汉藏书法形式热情颂扬中华传统文化、赞美祖国大好河山、歌颂两岸一家亲，相互赠送“两岸桥梁”“西藏台湾万里牵缘因翰墨众心连　茶香景丽人情暖　宝岛惊鸿乐万千”“崇德尚艺”“艺文弘光”“厚德载物”“天道酬勤”“两岸和平”“扎西德勒”等汉藏文书法作品100余幅。在嘉义县，交流访问团访问了阿里山邹族部落文化园区，听取了园区负责人关于少数民族文化保护和传承情况介绍，观看了邹族部落歌舞展示。

【“蓝天净土——西藏当代绘画展”在比利时布鲁塞尔举办】

10月23日，由西藏自治区党委宣传部副部长、西藏文联党组书记张晓峰率领的西藏高原画派画家在比利时布鲁塞尔，参加了“蓝天净土——西藏当代绘画展”开幕式。展览由中国文联主办、中国美协和西藏文联承办，中国驻欧盟使团公使王红坚、中国-欧盟文化艺术节组委会主席朱莉•帕特森出席展览开幕式并致辞。展览展出了韩书力、巴玛扎西、计美赤列、边巴、拉巴次仁5位西藏当代老中青年画家创作的40幅反映高原文化特质的布面重彩作品，这是西藏当代画家群体的作品首次亮相布鲁塞尔。展览作品体现了传统技法与超现实主义手法的融合，展示了西藏当代画家们在继承民族传统艺术的基础上，以崭新的观念、视角、技法和材质表现出的高原生活气息与美好理想，讲述了画家们用心灵与画笔描绘出来的今日中国的西藏故事。

【西藏摄协副主席扎顿参加“2018中国文联赴美视觉艺术策展人高级研修班”】

10月26日至11月17日，西藏摄协副主席扎顿参加由中国文联国际联络部和中国文联文艺研修院共同主办的“2018中国文联赴美视觉艺术策展人高级研修班”，有力地提高了西藏摄协视觉艺术策展人的综合判断、学术水平和传播推介等能力。

机关建设

【党建工作】

西藏文联党组认真抓好党建工作，研究制定《2018年西藏文联党建工作要点》和党建工作整改方案；制定《西藏文联领导班子议事规则》并严格执行，及时组织召开党组中心理论组学习会，传达学习党的方针政策和各类文件精神，召开了2018年组织生活会和民主评议党员大会，评出优秀党员6名、合格党员52名，优秀党务工作者4名、优秀党支部1个；认真开展各项党建活动10余次，主题党日活动8次，党组书记讲党课1次，组织召开老干部“七一”座谈会，参观红色教育基地2次，观看爱国题材电影1场次，集中收看大型纪录片1次。

【廉政建设】

西藏文联党组认真履行职责，落实“两个责任”，制定了《西藏文联关于加强廉政风险防控机制建设的实施细则》《文联党员干部活动警示提醒制度》，及时召开2018年党风廉政建设专题会议，总结了2017年度党风廉政建设工作，对2018年度党风廉政建设作出具体安排，党组主要领导同志与主席团成员、各部室、各文艺家协会负责人签订《2018年度党风廉政建设责任书》；定期或不定期对西藏文联干部职工守纪律、守规矩等情况进行自查，并就相关问题进行了纠正；坚持每月向自治区纪委驻自治区党委宣传部纪检组进行月报。

【驻村工作】

西藏文联加强驻村工作队管理，制定《西藏文联驻村工作纪律管理办法》，关心关爱驻村队员，厅级领导深入驻村点调研慰问3次，开展“结对帮扶”活动2次，发放结对帮扶资金70500元。

先后开展了摩托车维修技术、卫生常识（发放药品）和果树修剪等3期农牧民适用技术培训班，450名农牧民参加培训并受益；开展送医送药活动巡诊2次，义诊500余人次，发放价值3万元的药品；维修了尼巴村水渠、普龙村村民集体活动场所；在春节期间，开展书法家送“福”字到农牧户家中活动。

直属单位

【文艺理论研究室】

加强党的文艺方针和业务知识学习，努力提高文艺理论水平，加强自身理论研究能力；根据中国文联和西藏自治区党委宣传部的相关要求，结合西藏文联工作和文艺事业实际，加强调查研究，撰写调研报告2篇；积极组织人员参与各种全国性的理论评论和文艺评论，在与全国同行的不断交流中学习先进经验，提高业务水平。

【《西藏文学》编辑部】

联合西藏民族大学文学院、《西藏文艺》《邦锦梅朵》编辑部举办第四届《西藏文学》走进高校“掘文杯”征文大赛暨名家进校园——西藏民族大学主题活动，对于繁荣大学生文学创作，提升师生文学创作水平，发掘和培养文学爱好者起到了积极推动作用；加大纪实性报告文学的刊登量，设立“纪念改革开放40周年”专辑。

【《西藏文艺》编辑部】

推出纪念“87笔会”召开30周年专号、编辑发行中篇小说专号、编辑发行一期申扎采风专号（增刊）、编辑发行一期“吐蕃诗人奖”获奖作品专号（增刊）；赠送500册刊物。

【《邦锦梅朵》编辑部】

加强自身建设，每周召开编务会议研究工作，主动参加西藏文联和有关协会组织的采风活动，收集素材，提高编辑水平。

【《西藏人文地理》编辑部】

完成《拉萨工巧》《普兰之光》《莲花圣地》《西藏编织》原创专题的策划采编和出版发行；在中国西藏网、新浪网、今日头条、中国知网、超星、加拿大PressReader等平台建立杂志电子阅读平台；成为西藏首个在今日头条荣获“年度区域头条号”的西藏媒体；在武汉举办的中国期刊交易博览会上，荣获“2018中国最美期刊”称号。

各文艺家协会

【作家协会】

5月，西藏山南市错那县委、县政府主办，西藏作协和错那县旅发委协办“美丽勒布·文学放歌——知名作家走进勒布沟”采风活动。活动期间，作家们在错那县麻玛乡召开了仓央嘉措诗歌研讨等文学交流活动，举行了勒布沟艾巴仓乐园“西藏文学创作基地”挂牌仪式。

9月27日至10月5日，组织作家采风团赴阿里地区考察巴嘎乡岗莎村牦牛运输旅游服务中心运营情况和经验做法，深入边境小康村——扎西岗乡典角村发现典型、积累素材。

10月7日至10日，在西藏那曲申扎县召开“西藏作协2018年‘深入生活 扎根人民’申扎笔会”，西藏近年来文学创作成绩突出的作家20余人和申扎县文联、相关单位负责人共50余人参会。

【美术家协会】

1月，组织艺术家研讨中华古神话题材《大禹治水》《后羿射日》《龙凤凤》《龙》的后续理论梳理。

8月11日至17日，在中国拉萨雪顿节期间举办第四届“见即愿满”精品唐卡展。

10月19日，在西藏自治区群艺馆举办“青山绿水——大美西藏油画风景展”，收到西藏各地市油画家、油画爱好者及区外油画家的参选作品150余件，最终从中评选出80余件作品参加展览。

【书法家协会】

5月23日，中国书协、西藏书协共同举办“西藏书法家协会骨干会员公益培训”，培训内容有书法理论，隶书、行草书、楷书的临摹与创作，38人参加培训。

8月10日，“庆祝改革开放40周年暨2018年那曲羌塘恰青格萨尔赛马艺术节书法展”在那曲图书馆举办。本次展览展出西藏书协、那曲书协50位书法家的精品力作以及书法爱好者、学生代表作品100多幅。

8月21日，西藏书协推选16幅作品参加西藏自治区群艺馆举办的“风起澜沧江·西南地区少数民族题材美术作品展”。

【摄影家协会】

4月9日，组织4名摄影家的20幅摄影作品参加第十二届中国西南六省区市摄影联展。

4月，组织40名摄影家的80幅摄影作品参加在辽宁沈阳美术馆举办的“第十届西藏、澳门、辽宁三地摄影展”。

9月21日，与西藏当薛嘎牧摄影文化公司合作举办“西藏首届大学生摄影展”。

【音乐家协会】

6月13日，组织区内著名词曲家赴西藏昌都市采风，对昌都“神奇的家园”歌舞剧和做好基层文艺工作提出意见和建议。

7月，与西藏克莱德曼音乐艺术学校完成2018年音乐考级工作。

12月，与雪域音乐网共同主办、西藏天利经济文化传媒集团承办第二届雪域音乐年度暨颁奖典礼晚会。

【舞蹈家协会】

7月，应中国民协邀请，西藏舞协主席丹增贡布赴云南香格里拉对“奔子栏”锅庄之乡进行考察，前往甘肃省对当地艺术团就藏族锅庄进行解析，参加“奔子栏”藏族锅庄高峰论坛。

8月，在昌都举办四川、云南、青海、西藏四区“首届热巴舞展演暨热巴高峰论坛”。

10月16日至19日，由西藏舞协牵头，联合西藏音协词曲作家、西藏曲协得力骨干、西藏舞协一线编导专家一行7人前往日喀则岗巴县，对当地民间艺术团的现状及周边乡村的民风民俗、传统文化传承情况进行调研考察。调研中，专家们从艺术发展的角度，就音乐的词曲创作、歌舞编导、演出及艺术领悟等为演员们作了点评与辅导，并与所有演职人员进行了互动交流。

【戏剧家协会】

8月26日，联合拉萨市成功举办“第五届全区藏戏大赛”和“第七届全区藏戏展演”活动。

10月，举办“2018拉萨国际绿色电影周”、《草原英雄布德》电影剧本研讨会、纪录电影《好人好官孔繁森》首映式活动。

11月1日，组织山南艺术团20名演员参加中国张家港长江艺术节。

【曲艺家协会】

6月30日至7月初，邀请全国知名专家对西藏各地市、县部分曲艺工作者就创作、表演、导演等进行针对性培训，随后组织专家和当地曲艺工作者开展了下基层、挖素材、提能力活动。

6月，与中国曲协在山南铁路施工现场和自治区政协礼堂开展“送欢笑到基层”演出活动。

9月，西藏曲协主席平措扎西深入基层3个月，了解基层曲艺队伍建设情况，发现人才、积累素材。

【民间文艺家协会】

5月28日，推荐4名西藏民协会员参加中国民协在山东举办的学习贯彻党的十九大精神暨习近平谈治国理政培训班。

11月24日，与西藏舞协形成合力，推荐山南、那曲优秀民间舞蹈作品参加“第十四届中国民间文艺山花奖”评选活动。

【影视家协会】

5月，推荐柯克、赵军两名会员任中国电影百花奖观众评委。

11月，先后完成译制藏语电视剧《平凡的世界》《欢乐颂》《伪装者》等139集。

基层文联

【拉萨市文联】

组织开展“纪念3·28西藏百万农奴解放59周年”相约最美证件照活动，举办“勉萨画派”当代百幅代表性作品西藏区内巡展。

【日喀则市文联】

举办“我们与你在一起”大型诗歌公益活动，开展第一届书法笔会活动。

【山南市文联】

在安徽省图书馆举办“山南市唐卡摄影书法暨民族手工艺展”，举办“美丽山南　金秋雅砻”知名摄影师走进山南摄影采风活动。

【林芝市文联】

举办“旗帜高扬领航向——林芝市庆祝建党97周年歌咏大会”和桃花节“定格桃源”主题书画摄影展。

【那曲市文联】

启动《那曲文艺志》编纂工作，组织采风组分别赴那曲市东中西部县开展“深入生活、扎根人民”采风活动。

【昌都市文联】

起草《昌都市文联深化改革方案》，修改完善《昌都市文联工作职责》等规章制度。

【阿里地区文联】

组织开展阿里第三届“4•23书香阿里•全面阅读”活动，组织阿里地区象雄艺术团、群艺馆及7县民间艺术团开展了339场文艺演出。

【西藏检察官文联】

组织创作故事片《香之罪》并在拉萨2018年国际绿色电影周开幕式上播放。

【西藏公安文联】

创作歌曲《警察兄弟》《青春飞扬》、小品《征途》、电影《八角街》等文艺作品。

陕西省文联

综 述

2018年，陕西省文联认真学习贯彻习近平新时代中国特色社会主义思想，始终坚持中国特色社会主义文艺发展道路，准确把握文艺工作的时代主题和历史使命，坚定文化自信，增强文化自觉，认真履行职能，拓展工作领域，创新工作方式，提高工作效率，凝聚人气，形成亮点，扩大影响，提升水平，取得良好成绩。

会议与活动

【开展“我们的中国梦”送欢乐下基层系列慰问演出活动】

元旦、春节期间，陕西省文联组织各直属文艺家协会联合各市（区）文联和有关单位，共同开展以“我们的中国梦”为主题的送欢乐下基层系列慰问演出活动，演出20余场，向先进模范人物赠送书画作品300余幅，为老百姓书写春联上万幅。来自全省的数百名文艺工作者踊跃参加文艺志愿服务，深入到企业、军营、农村、社区、重点项目建设工地，走访劳模、老党员、贫困户，走进寻常百姓家，把温暖和欢歌笑语送入千家万户。

【陕西省文联五届九次全委会召开】

6月20日上午，陕西省文联五届九次全委会在西安召开。会议听取并审议了省文联党组书记、常务副主席吴丰宽代表文联主席团作的题为《深入学习贯彻习近平新时代中国特色社会主义思想努力推动社会主义文艺事业大发展大繁荣》的工作报告。会上，通过了陈谦任省文联副主席，增补了省文联全委会委员。会议由省文联党组成员、专职副主席禹剑峰主持，省文联主席团成员及来自全省各地的文联委员参加了会议。吴丰宽全面回顾总结了省文联2017年以来取得的工作成绩，深刻分析当前文艺形势，提出了今后省文联工作的总体思路和明确要求。一是认真学习贯彻党的十九大精神，自觉用习近平新时代中国特色社会主义思想指导文艺和文联工作；二是坚定文化自信，切实担当建设文化强省的神圣使命；三是坚持以人民为中心的创作导向，推出更多文艺精品；四是坚持追求德艺双馨，建设高素质的文艺人才队伍；五是推动文联深化改革，增强文联吸引力和发展活力。

会议通过表决，增补省作协党组书记钱远刚，延安市文联党组书记、常务副主席王青山，宝鸡市文联党组书记张辉，省总工会宣传教育部部长王喜潮，省剧协党组书记、副主席李生茂，西安秦腔剧院副总经理、易俗社社长惠敏莉，省曲协主席韩应莲，省曲协副主席、秘书长李晓春，省摄协秘书长杨洪波，省舞协副主席、秘书长瞿石明，省民协副主席、秘书长刘丽玲，省评协秘书长杨钊，省影协秘书长王珍，省视协秘书长许文，省杂协主席陈海燕，省杂协秘书长李绍忠等16位同志为陕西省文联五届委员会委员。会议号召，全省文艺界在习近平新时代中国特色社会主义思想的指引下，以饱满的热情和奋斗姿态，自信自觉自加压力，提升理论觉悟和工作水准，激发思想动力和工作活力，更好地促进文艺事业大发展大繁荣。

【社团工作会议召开】

3月22日下午，陕西省文联召开2018年社团工作会议。深入学习贯彻落实习近平新时代中国特色社会主义思想和党的十九大精神，传达贯彻中国文联十届三次全委会精神，认真总结文联所属社团2017年工作，部署2018年重点工作，进一步凝聚新文艺群体和组织力量，团结动员广大文艺工作者，推动社会主义文艺繁荣发展。会议对2017年度工作成绩突出的陕西省黄土画派艺术研究会、省老年书画学会、诗词学会、钢琴学会和新闻书画协会等5家社团进行了表彰，听取了负责同志所做的工作报告；为12家社团党组织赠送了学习用书，明确了下一步党建工作的具体要求；对今年的社团年检工作做出了具体安排。

【开展“到人民中去”陕西文联文艺志愿服务活动】

5月21日至25日，由陕西省委宣传部、陕西省文联主办的“到人民中去——陕西文联‘沿黄公路文艺行’志愿服务活动”举行。由60余名陕西省优秀艺术家、文艺工作者和新闻媒体记者组成的文艺志愿服务团，前往沿黄公路沿线的大荔、合阳、韩城、宜川、延长等市县，开展了采风学习、慰问演出、书法培训、向先进模范人物赠送书画作品等内容丰富、形式多样的文艺志愿服务活动。5天时间内，共举办慰问演出5场，为当地书法爱好者进行书法培训讲座3场，为各行各业的先进模范人物创作赠送书画作品55幅。

【陕西百名优秀中青年作家艺术家资助计划】

1月7日，由陕西省文联主办的“清风拂面——陕西百优人才音乐舞蹈曲艺杂技展演”在西安易俗大剧院举行。24位音乐、舞蹈、曲艺、杂技、电视等艺术门类的百优人才参加本次展演，消防官兵、大学生代表和广大市民群众1200余人观看了演出。演出分为“清风拂面来”“百花竞绽放”“引领新航向”“携手共筑梦”四个篇章，由青年艺术家创作、表演的歌曲、舞蹈、相声、关中曲子、杂技等节目精彩上演。各位青年艺术家尽显其能，充分展示了他们的艺术才华和成长进步。

9月26日至27日，“深入生活　扎根人民——陕西百名优秀中青年作家艺术家采风活动”在宝鸡市千阳县举办。由戏剧、音乐、书法、美术、摄影、曲艺、文艺评论、民间文艺等艺术门类的30余名优秀中青年文艺工作者组成的采风团，先后来到宝鸡海升现代农业有限公司、南寨镇闫家村、张家塬镇新文村和燕伋望鲁台遗址参观学习；在张家塬镇新文村，艺术家们在雨中为群众献上了一场别开生面的文艺演出，书画家向当地12位模范人物赠送了精美的书画作品，摄影家向3组模范家庭拍摄赠送了全家福；书法家杨小琪为文家坡小学的师生们进行了书法培训，详细讲解书法知识，示范正确书法创作方法，帮助师生理解书法的艺术魅力，提高书法创作水平。

11月13日至16日，2018年度“双百人才”培训班在西安举办。培训班邀请李延长、阎晶明、欧阳逸冰、任保平等专家学者进行授课，省文联“百青人才”和各文艺家协会负责人60余人参加培训。

【陕西省市、县（区）行业文联负责人培训班举办】

9月25日至28日，陕西省市县（区）行业文联负责人培训班在宝鸡举办，来自全省各市县（区）行业文联的负责人120余人参加了培训。本次培训旨在深入学习贯彻习近平新时代中国特色社会主义思想和党的十九大精神，把握新时代社会主义文艺的旗帜和方向，努力践行“五个扎实”要求，进一步提升新时代文联干部的政治素养、知识结构和工作能力，推动全省文艺事业繁荣发展，助力全省脱贫攻坚任务。开班式上，省文联党组成员、专职副主席禹剑峰主持并做了动员讲话，宝鸡市委常委、宝鸡市副市长徐延波致辞，宝鸡市文联党组书记张辉，省文联人事处副处长吴江峰，宝鸡市纪律检查委员会驻市委宣传部纪检组长胡惠荣等出席开班式。禹剑峰在动员讲话中要求：一是要结合授课内容，认真思考文艺工作在新时代的新特点、新问题，多书写人民群众喜闻乐见的精品佳作；二是要提高政治站位作表率，团结引导文艺工作者，带动更多文艺工作者做有信仰、有情怀、有担当的人；三是要严格遵守培训纪律，展现文艺工作者的良好精神风貌。开班式后，学员们重点围绕深化文联改革、加强组织建设、助力脱贫攻坚等内容进行了分组讨论。省委党建办、基层办副主任寇胜茂，省委党校政治经济学教研部主任钟卫国，西北大学文学院院长段建军分别以《以十九大精神为指导，推动实施乡村振兴》《落实“五新战略”扎实推进陕西经济持续健康发展》《柳青、路遥、陈忠实、贾平凹对中国当代现实主义文学的贡献》为题进行了专题辅导讲座。

培训期间，还组织学员赴宝鸡青铜器博物院、石鼓阁进行了现场教学，学习考察了宝鸡悠久厚重的周秦历史文化及文艺事业发展情况。

【陕西省文联新文艺群体培训班举办】

6月21日至23日，陕西省文联新文艺群体培训班在照金举办。来自书法、美术、音乐、舞蹈、戏剧、摄影、曲艺、影视、杂技、民间文艺、文艺评论等各个艺术门类的近70名体制外文艺工作者参加了培训。本次培训班主题为“以习近平新时代中国特色社会主义思想为指引，推动陕西文艺大创作大繁荣大发展”，以“坚定文化自信、坚持服务人民、勇于创新创造、坚守艺术理想”为指导思想。培训班先后邀请省文联党组书记、常务副主席吴丰宽，省委党校科学社会主义教研部副主任张进蒙，省文艺评论家协会主席、陕师大新传院院长李震，省委宣传部副巡视员、文艺处处长贺晋东给大家作了精彩报告，观看了《阎肃同志先进事迹报告会》，在照金革命纪念馆进行了现场教学，开展了才艺展示联欢活动。

【开展“助力脱贫攻坚”陕西文联文艺志愿服务活动】

7月起，每月组织一次“助力脱贫攻坚”陕西文联文艺志愿服务活动，先后深入黄陵县店头镇建庄村、留坝县留侯镇庙台子村、太白县王家堎镇、佛坪县沙窝村、柞水县曹坪镇、石泉县曾溪镇油坊湾村、紫阳县高滩镇白鹤村、商洛市商州区北宽坪镇、铜川市官庄镇等地开展文艺演出、书画创作、文艺培训等慰问活动。举办慰问演出9场，用群众喜闻乐见的方式讲述脱贫故事，反映乡村新貌。在慰问演出过程中，组织开展扶贫政策问答活动，使脱贫攻坚理念深入人心。与此同时，组织文艺家为贫困地区的中小学师生、文艺爱好者进行音乐、摄影、书法、美术等培训，把优秀文化的种子“种”在基层。

【陕西省文联文艺工作者职业道德建设委员会和文艺维权委员会成立】

10月26日，陕西省文联文艺工作者职业道德建设委员会成立大会在省文联举行。大会认真学习了习近平总书记给新近入党的电影表演艺术家牛犇的信，审议通过了《陕西省文联文艺工作者职业道德建设委员会章程（草案）》，发布了《做有信仰、有情怀、有担当的新时代文艺工作者倡议书》。推举贠恩凤为陕西省文联文艺工作者职业道德建设委员会荣誉主任，刘远为主任，李震、邢庆仁、苗皇为副主任，赵光远为秘书长。陕西省文联文艺工作者职业道德建设委员会委员由陕西省各艺术门类的文艺家代表、各文艺家协会负责人等共42人组成。同时，成立了陕西省文艺维权委员会，适应新形势下文艺发展的需要，强化文联自律维权职能，积极维护广大文艺工作者权益。

【组织举办“颜体书法赴澳门展”文化交流活动】

6月4日至7日，应澳门中华文化联谊会邀请，由中国文联策划，陕西省文联和江西省文联共同主办的“颜体书法赴澳门展”成功举办。陕西省文联党组书记、常务副主席吴丰宽，组联部主任王行舟，陕西省书协副主席张胜伟、副秘书长田选军等人携30幅面向全省公开征集的颜体书法精品，赴澳门参加交流活动。该活动系省文联2018年度开展陕西文化“走出去”系列活动中的重要环节和举措，有利于省文联立足陕西丰富的历史文化资源和书法名家众多的独特优势，对外宣传陕西形象，提高陕西文化知名度，不断向外传递“陕西声音”。

创作与研究

【获奖情况】

王玉强、王继康、曹心茹、杜建涛获得第22届中国少儿戏曲小梅花金花称号。

青年快板演员杨锦龙、青年快书演员纪鸣亮分别获第10届中国曲艺牡丹奖表演奖、新人奖。

《白鹿原》荣获第29届中国电视剧金鹰奖优秀电视剧奖，《好先生》荣获优秀电视剧提名奖，《白鹿原》还荣获了电视剧单项奖的最佳导演奖、最佳摄影奖、最佳美术奖提名。

白辰获得第12届中国摄影金像奖（商业摄影类）。

【理论评论】

5月27日上午，《大秦岭·中国脊梁》百米画卷及写生作品汇报展在陕西宾馆开幕，这也是《大秦岭·中国脊梁》百米画卷、230余幅创作团队成员的写生作品首次公开展出。“大秦岭·中国脊梁”大型考察写生创作项目自2016年9月启动以来，主创团队以体验、写生的方式深入到大秦岭腹地，有计划、有步骤地定点考察写生，历经寒暑四季，实地创作写生作品2000余幅，记录了大量考察笔记、文献及考察影像资料。作品全长100米、高2米，以超越时空的视角进行大的艺术概括，全面展示了秦岭东起潼关、西到天水的自然风貌和文化景观，充分体现了新时代的艺术审美，倾注了艺术家们对艺术的执着追求。

各文艺家协会

【戏剧家协会】

5月9日至11日，陕西省剧协第七次会员代表大会在西安召开。省委宣传部常务副部长钟顺虎，省纪委驻省委宣传部纪检组副组长姜劲波，省委宣传部干部处处长李成砚，省委宣传部文艺处副处长郑宁莉，省文联党组书记、常务副主席吴丰宽，省文联党组成员、主席赵季平，省文联党组成员、副主席禹剑峰，省文联党组成员、副主席李仲谋，省文联党组成员、秘书长陈谦以及来自全省的100多名从基层推选出的戏剧家代表出席。

5月22日，由陕西省剧协和陕西日报社、西安交通大学共同主办，陕西当代实验话剧研究院协办的“贯彻习近平文艺思想•唱响新时代昂扬旋律”——纪念毛泽东同志《在延安文艺座谈会上的讲话》发表76周年•中国经典作品朗诵会在西安交通大学举办。

6月25日，由陕西省剧协主办，西安市剧协、西安越剧艺术团承办的“戏曲进校园暨嵊州市越剧团走进西北大学”活动举办。

6月25日至29日，陕西戏剧创作研修班在西安举办。本次研修班邀请了崔伟、胡安忍进行专题讲座，刘远、冀福记、甄亮、丁科民、雒社扬、杨珺等专家针对陕西省报送的40余部戏剧作品一一进行了认真细致的剖析点评，指出作品存在的不足，同时提出了具体的修改意见。本次创作研修班将戏剧理论学习、戏剧作品研讨和深入基层采风相结合，探索开放式的办班方式和研讨渠道，将以往的单一宣讲变成双向乃至多向互动。在点评剧本环节，陕西省剧协还邀请到王化武作了关于大型秦腔现代戏《大树西迁》的艺术价值及社会影响的讲座。

8月7日，由陕西省剧协主办，榆林市剧协、安康市剧协、商洛市剧协、汉中市剧协协办，陕西广播电视台公共频道承办的陕西省首届戏曲小剧种汇演在西安广播电视台举行，来自榆林等地的4个剧团80余人参加汇演。

9月6日至8日，由陕西省剧协主席刘远指导的话剧《雕虫沧桑》在西北农林科技大学校内公演。

9月28日，陕西省朗诵艺术进校园活动启动仪式暨首场演出在西安外国语大学拉开帷幕。

9月28日，由陕西省文化厅主办，陕西省剧协与陕西省图书馆、陕西当代实验话剧研究院共同承办的第六届陕西省阅读文化节在易俗大剧院开幕。

10月23日，朗诵艺术进校园活动第二站在西北大学举办。

11月27日，陕西省剧协第七届主席团第二次会议召开，全体同意将69名入会申请者吸纳为陕西省剧协会员，同意将新收到的中国剧协入会申请材料共27份上报至中国剧协。

12月17日至18日，召开陕西省剧协成立及《当代戏剧》创刊60周年学术研讨会。

【音乐家协会】

4月25日，陕西省音协联合中国唱片集团有限公司、西北工业大学在西北工业大学国际会议中心举办陕西省重大文化精品项目《送你一座长安——西安组歌》首发仪式。陕西省人大原副主任、陕西省慈善协会会长刘维隆，著名作曲家赵季平等17位领导、嘉宾出席。

5月22日，与中国音协联合主办深化改革调研座谈会。为纪念延安文艺座谈会讲话发表76周年、习近平在文艺工作座谈会上的讲话发表3周年，中国音协、陕西音协主办的深化改革调研座谈会在陕西省榆林市召开。会上，新兴音乐群体和音乐产业从业代表20余人畅所欲言，就音协延伸手臂、联络管理音乐工作者、服务会员、推动音乐产业发展等工作开展了座谈。

5月26日至29日，组织词曲作家17人赴安康紫阳进行以“讲好陕西故事，谱写时代乐章”为主题的采风活动。28日下午，召开紫阳民歌创作研讨会，安康市、紫阳县相关领导及当地文艺工作者与会。

7月17日，联合西安市灞桥区委宣传部、灞桥区文明办组织词曲作家14人开展采风活动，深入了解灞桥区改革开放40年来的发展变化。

7月27日至29日，联合宝鸡市委宣传部、宝鸡市旅发委、宝鸡市音协组织词曲作家23人开展宝鸡原创歌曲创作采风活动。

8月2日，举办第九届秦岭大熊猫旅游节暨音乐节启动仪式，联合汉中市旅游发展委员会、佛坪县委县政府，以“脱贫攻坚结硕果、全域旅游谱新篇”为主题，旨在展现脱贫攻坚成效，打响“古道明珠•静美佛坪”全域旅游和城乡发展战略品牌。

8月8日，由陕西省音协和陕西省交响乐协会主办的“天使之音•奏响古城”少儿交响乐演奏会在西安人民剧院举办。

10月12日，由陕西省音协、陕西广播民族乐团共同主办的《丝路国风》赵季平作品音乐会在西安音乐厅举办。

10月24日，由陕西省文化厅、陕西省音协等单位联合主办的“海红花开”府谷二人台艺术周举行。

10月28日，在北京音协与西安音乐学院音乐厅共同主办《听妈妈讲那过去的事情》——纪念著名作曲家瞿希贤合唱作品音乐会。

11月17日，联合陕西省慈善协会、陕西省合唱协会共同主办的“2019爱心歌曲大家唱”合唱比赛在陕北民歌大舞台举行，经前期遴选，共17支队伍参加比赛。

12月2日，在西安音乐台FM93.1频道举办“放歌大秦岭”助力脱贫攻坚《好山好水好景》扶贫歌曲演唱会。

12月20日，主办“2019陕西合唱新年音乐会”。

【美术家协会】

2月27日，陕西省美协四届九次主席团会议召开，会议传达了中国美协2018年工作会议等有关会议精神，通过了陕西省美协2018年工作会议议程、陕西省美协2018年工作报告，并提出2019年工作意见，同时审议通过了《中共陕西省美协党组 陕西省美协 贯彻落实中央、省委、省文联八项规定实施办法的具体办法》《陕西省美协主办、协办展览承诺书》和《陕西省美协关于表彰2017年度先进单位和先进个人的决定》。

2月28日，陕西省美协在西安文苑大酒店组织召开2018年陕西省美协工作会议，省美协主席王西京，省美协党组书记、驻会副主席吕峻涛对2018年的工作进行了全面部署和动员。同时，会上宣读了《陕西省美协关于表彰2017年度先进单位和先进个人的决定》，并为2017年度先进单位和先进个人颁奖，极大地鼓舞了各美术团体单位，凝聚了陕西美术力量，为促进陕西美术各项工作开展奠定了良好的基础。

8月9日至17日，组织画家25人赴甘肃省武山县开展“备战第十三届全国美展写生采风活动”，带领写生团画家赴甘肃省通渭县参加通渭艺术节，并观看了“第六届全国青年美术作品展览通渭巡展”。

10月19日至23日，陕西省委宣传部、陕西省文化厅、陕西省文联主办，陕西省美协、陕西省美术博物馆、陕西美术馆承办的“陕西省庆祝改革开放四十周年美术作品展览”在陕西省美术博物馆举办。

10月21日，2018“翰墨神木”全国中国画作品展开幕式在神木大剧院举行。

11月9日下午，由中国美协、中国国家画院、陕西省文联联合主办的“王西京赴法作品汇报展”在陕西美术馆开幕。

11月14至15日，陕西省美协第五次会员代表大会在西安市举行，来自全省的220名美术代表参加了会议。此次大会选举产生了新一届理事会、新一届主席和副主席，并讨论任命了五届主席团秘书长和副秘书长。开幕式后，会议审议并通过了《陕西省美协章程》，从通过之日起执行。选举产生第五届陕西省美协主席为郭线庐，副主席依次为（按姓氏笔画排序）：王犇、巨石、石丹、邢庆仁、吕峻涛、刘奇伟、杨光利、宋亚平、张琨、罗宁、屈健、姜怡翔、贺荣敏、蔺宝刚。新一届领导班子产生后，当日召开五届主席团第一次会议，聘请刘文西、赵振川、王西京为名誉主席，任命吕峻涛继续兼任秘书长，何虎林、靳长安、刘良银、李玉田、王保安、王志平为副秘书长。同时，确定了省美协顾问、艺术委员会终身委员事宜。

12月14日，中国美协、陕西省文联主办，陕西省美协承办的“汉风唐韵•水墨长安”——中国画作品展在陕西省美术博物馆展览开幕，展览持续到23日。旨在鼓励广大美术家和美术工作者深入生活、扎根人民，助力国家“一带一路”文化发展战略，打造丝路文化高地，同时解决省美协会员加入中国美协难的问题。

【书法家协会】

3月18日、19日，5月19日、20日，9月1日、2日，11月10日、11日先后举办12场陕西书法大讲堂，分别邀请肖云儒、杜中信、温友言、路毓贤、冉繁英、王卫军、杨锁强、刘天琪、王卫民、王即之、薛体化等全国知名专家学者做专题讲座，来自省内外的书法家与书法爱好者8000余人次聆听了讲座。大讲堂对调动全省广大书法爱好者学习书法、学习文化的积极性，提高会员的综合素养，对陕西书法健康发展起到了积极作用。

11月28日，由陕西省书协、江苏省书协主办的《江苏•陕西书法篆刻作品交流展》（江苏展）在南京现代美术馆开幕。展出了两地老、中、青三代178名代表性书家新近创作的精品力作，涵括了篆隶真行草多种字体，展示了两地书家对于传统的继承、创新和探索以及两省书法的整体面貌和创作实力。

【摄影家协会】

7月5日至7日，陕西省摄协主席胡武功携6名会员参与了中国摄协出版社组织的“古韵今风 富美临渭”中国临渭区国际摄影大展采风拍摄活动。

7月15日，陕西省摄协为商洛棣花古镇授牌会员创作基地。

11月28日至30日，陕西省第十八届摄影艺术展在西安市曲江新区亮宝楼举办，共征集反映陕西人文精神、凝聚陕西力量的优秀作品10756幅/组，经过严格评审，共有273幅/组作品入选。

【曲艺家协会】

4月10日至14日，中国曲协新时期会员管理暨基层曲协建设专题调研组深入西安、榆林、延安等地调研，并在榆林市横山区举行专题调研座谈会。

7月16日至18日，陕西省曲协专题调研组深入延安曲艺馆、安塞区、甘泉县进行调研。

8月17日至19日，陕西省曲协专题调研组深入安康市汉滨区开展专题调研。

9月19日，陕西省文联主办、陕西省曲协承办的首届陕西曲艺牡丹奖大赛颁奖仪式在西安举行。中国曲协主席姜昆，陕西省文联党组成员、专职副主席陈谦，陕西省委宣传部副巡视员贺晋东等出席颁奖仪式并为获奖者颁奖。

9月19日至20日，陕西省曲协在西安东方大酒店召开省曲协第六届二次理事会并举办理事培训班。

10月16日，陕西省曲协被评为2018年度《曲艺》杂志社通联工作先进单位。

11月5日至9日，由中国曲协主办、陕西省曲协协办的2018年全国曲协业务干部培训班在陕西延安大学泽东干部学院举办。

【舞蹈家协会】

3月14日至17日，在西安举行陕西街舞联盟深入学习贯彻习近平总书记系列重要讲话精神专题研讨班暨陕西街舞联盟年终盛典优秀作品展演及颁奖晚会，来自全省各地的300名街舞会员代表参加了集中脱产培训。

5月15日，由陕西省舞协选送，榆林市舞协、神木舞协创作的舞蹈节目《红红火火》参加中国文联、中国舞协主办的第七届舞蹈节系列活动之一——“我要舞”（5•15）群众舞蹈展演，在北京国际雕塑公园演出。

5月20日至25日和9月16日至21日，分别在长武县和紫阳县举办了两期“新农村少儿舞蹈美育工程”舞蹈师资培训班，共培训教师100多名。

6月16日至18日，开展陕西省少儿舞蹈教学展演工作，全省86家单位159个培训学校参加展演，节目数共计167个，3000多名少儿参加了展演。

9月29日，由陕西省舞协、安康市文联、石泉县文联、安康市舞协等联合举办“石泉十美杯”全市第二届地方本土原创舞蹈展演暨全市第三届地方原创“百姓健康舞”展演，来自安康全市、县的400多名参赛选手参加了在安康市石泉县后柳镇举行的展演。

10月13日至14日，举办第六届“陕西舞蹈荷花奖”大赛。经过全省11个市（区）的推荐，通过初评、复评再选拔，从1300多个报名节目中选拔出群文组26个、专业组29个优秀原创作品进入决赛，省文联纪检专员全程监审，大赛坚持公平、公正、公开的原则，经过激烈竞赛，分别评选出了表演和创作一、二、三等奖的获奖作品。

10月24日至27日，由中国舞协、陕西省文联指导，陕西、山西、山东、海南、宁夏、江西六省（区）舞协联合主办的“2018西安•舞动中国梦”青年舞蹈精英展演在西安人民剧院举办，艺术家和群众代表600多人观看了演出。

11月4日至6日，由中国舞协、陕西省文联、榆林市委宣传部指导，陕西省舞协、广东省舞协、江门市文联、江门市蓬江区文化广电体育局联合主办，榆林市文联、榆林市舞协承办的2018年陕西省“百姓健康舞”展演暨2019年“戴爱莲杯”

群星璀璨人人跳全国舞蹈（陕西）选拔展演活动在榆林剧院举办。

11月14日至16日，由中国舞协主办、中国文联舞蹈艺术中心承办、陕西省舞协协办的首届“顶尖舞者进校园（西安站）”活动，分别在西安音乐学院、西安培华学院、西安建筑科技大学附属小学、西安高新第一中学、陕西师范大学、西安市铁一中学举行。

【民间文艺家协会】

1月31日下午，由中国民协、中国文联民间文艺艺术中心、陕西省文联主办，陕西省民协、安康市文联、紫阳县委县政府等单位承办的“我们的中国梦”文化进万家文艺志愿服务慰问演出活动在紫阳人民广场举行。

3月11日至14日，中国首届女登文化艺术节在凤翔县举办。

4月10日上午，陕西省文联、陕西省民协组织多名陕西著名民间艺术家在西安索菲特酒店会展中心向来自上合组织成员国及观察员国、对话伙伴国的前政要、民间组织、智库、媒体人士以及上合组织秘书处代表共12个国家的80多位中外人士现场展示了“秦派”内画、宝鸡社火马勺脸谱、华州皮影、西安剪纸、长安泥塑等独具陕西特色的民间艺术。

5月4日，柞水县隆重举办2018年秦楚古道杜鹃花节开幕式暨“中国渔鼓文化之乡”授牌仪式。

5月25日，召开了陕西省民协六届三次理事扩大会暨《中国民间文学大系•陕西卷》工作会。

5月27日至28日，由中国民协、西安市委、西安市政府、陕西省文联主办，中国手艺发展研究中心、陕西省民协等单位承办的第二届中国匠人大会在西安曲江国际会议中心举行。

5月29日上午，中国民协第一期深入学习贯彻习近平新时代中国特色社会主义思想和党的十九大精神研讨班在山东省烟台市开班。此次研讨班有来自全国29个省市的200多名中青年民间文艺工作者参加。由陕西省民协副主席兼秘书长刘丽玲带队，陕西6名优秀民间文艺家参加了此次培训。

6月5日至8日，由中国民协、中国文联民间文艺艺术中心、陕西省文联联合主办，陕西省民协等单位承办的“2018中国（青木川）古村落保护与发展高峰论坛”在汉中市宁强县举办。

6月13日至16日，《中国民间文学大系》出版工程“民间小戏”专家组成立大会暨新时代民间小戏传承与发展学术研讨会在陕西省汉中市洋县举行。

7月27日至29日，由中国民协、陕西省文联主办，陕西省民协、镇坪县委、镇坪县政府、安康市文联等单位共同承办的中国•镇坪首届长寿文化高峰论坛在安康市镇坪县举办。

8月3日至13日，“一带一路”民间文化探源工程——2018夏季西北民歌文化生态调研活动圆满结束。本次活动由中国民协联合陕西、宁夏、内蒙古民协共同组织20余位民族音乐、民俗文化领域的专家学者，对宁夏花儿，蒙古长调、古如歌，陕北清涧道情、横山酒歌等具有代表性的地方民歌进行了实地考察。

8月22日至26日，由中国民协、陕西省文联共同主办，陕西省民协承办的中国民协第二期深入学习贯彻习近平新时代中国特色社会主义思想和党的十九大精神研讨班在西安举办。

9月19日上午，由陕西承担的中华优秀传统文化传承发展工程——《中国民间文学大系》陕西民间小戏卷、陕西谚语示范卷的编纂工作推进会在西安召开。

10月14日至17日，由中国民协、陕西省文明办、陕西省文联、陕西省妇联主办，陕西省民协、韩城市委宣传部、韩城市文联承办的“我们的节日•重阳——韩城、蓝田乡规民约考察调研活动暨中国乡规民约、家风家训研讨会”在陕西召开。

11月6日，中国民协专家组一行来到凤翔，对凤翔县“中国泥塑艺术之乡”命名工作进行前期考察。

11月15日上午，由中国民协、陕西省文联主办，中国文联民间文艺艺术中心、陕西省民协、西安市鄠邑区政府承办的“庆祝改革开放40周年全国农民画展暨2018•西安鄠邑•中国农民画艺术节”开幕式在西安市鄠邑区荣华天悦凯莱酒店举行。

【评论家协会】

3月，完成《关于筹备出版〈第五届“陕西文艺评论奖”获奖作品集〉的实施方案》并报文联党组批准；4月初，下发《关于收集第五届“陕西文艺评论奖”获奖作品电子版的通知》，开始收集获奖作品电子版，于5月底完成；6至7月，进入作品电子版的编辑阶段；8至9月，印刷单位进行排版校对；10月，开始印刷出版第五届“陕西文艺评论奖”获奖作品集；10月22日，500册作品集全部出版送交协会。

10月26日，由省评协、陕西师范大学文艺评论基地共同举办的“长安评论”讲坛第四讲——“学术人生的融通及其意义”在陕师大长安校区逸夫科技信息楼七层报告厅举行。

【杂技家协会】

7月，组织了为期5天的魔术骨干集训，对25名青年魔术骨干进行了集中培训。

10月中旬，组织了“陕西省第一届大学生魔术展演系列活动”，全省30多所高校参与，参加人员超过2000人，陕西电视台、《陕西日报》等十余家媒体进行了现场报道。高校魔术联盟也发展到30所高校，成员达500余人。

【电视家协会】

10月24日，由陕西省文联、陕西省视协主办的陕西主持新人培训暨全国第十届海峡两岸主持新人大赛参赛人员的选拔活动在陕西师范大学举办，邀请陕西广播电视台著名主持人杨芳、刘芳、徐杰为高校学生现场教学辅导。

11月15日，在福建平潭举办的第十届海峡两岸主持新人大赛中，陕西参赛选手于洋荣获银奖，金雨晨、蔡星宇两名选手荣获最佳新人奖。

【影视家协会】

7月26日，首场公益放映在西安市交警莲湖大队举行。今年的公益展映活动重点面向社会企事业单位和各社区，放映国产优秀故事片、戏曲片、儿童片、科教片等30部。此项活动极大地弘扬了社会主义核心价值观，宣传了优秀传统文化，激发了全民爱国热情，传播了社会正能量，也为“公益电影展映”这个品牌增添了新的内涵。

11月2日，首届“陕西电影奖”评奖活动举行颁奖仪式。“陕西电影奖”是陕西省委宣传部批准、陕西省文联主办、陕西省影协承办的全省唯一的电影类综合性奖项。此次评奖从2018年4月开始征集作品，共征集到参评作品110余部。9月25日至29日进行了初评，10月21日进行了终评，最终产生了所有子奖项，8个子奖项奖金共计24万元，现已全部发放到位。

11月22日晚，首届“陕西电影奖”获奖影片展映周在陕西科技大学拉开帷幕。此次影片展映周活动将在陕西科技大学、西北大学、长安大学、西安外国语大学等多家高校同时展开，为期一周。

11月25日上午，首届陕西电影发展论坛在西安举行，来自陕西各大高校影视专业的专家学者、电影主管部门领导、电影产业链从上游编剧导演到下游发行院线的业内人士共80余人参加了论坛，共话陕西电影发展。与会专家回顾了陕西电影历史，分析了陕西电影发展现状，展望了陕西电影未来发展前景，并就如何进一步促进陕西电影事业发展、做强陕西电影产业、培养陕西电影后备人才等作了主旨发言。同时，结合电影发展的热点问题，与会人士共同研讨了如何进一步增强文化自信，提升艺术品质，推动陕西电影又好又快发展。本届论坛共征集论文30余篇，集结成《陕西电影发展论坛论文集》一册。

甘肃省文联

综 述

2018年，在省委和省委宣传部的坚强领导下，在中国文联及所属全国文艺家协会的具体指导下，省文联团结引领全省广大文艺家和文艺工作者深入学习贯彻习近平新时代中国特色社会主义思想和党的十九大、十九届二中、三中全会精神，贯彻落实习近平总书记关于文艺工作的重要论述和全国、全省宣传思想工作会议精神，推动文艺精品创作，扎实开展“深入生活、扎根人民”主题实践活动，以深化改革为动力，以“两学一做”学习教育为保障，围绕中心、服务大局，全力落实省文联五届五次、六次全委会各项工作部署，为推动新时代甘肃文艺事业繁荣发展、建设文化强省做出了积极贡献。

机构概况

甘肃省文联成立于1954年12月，现有编制131人，在岗107人。机关内设5个处室，即办公室、人事处、组联处、机关党委和文艺指导与维权处；13个省级文艺家协会，即作协、剧协、影协、音协、美协、曲协、舞协、民协、摄协、书协、杂协、视协、评论家协会（5个处室和13个文艺家协会参公管理）；3个事业单位，即省文学院、文艺理论研究室和《飞天》文学月刊编辑部。

文艺创作

作家弋舟作品《出警》荣获第七届鲁迅文学奖短篇小说奖，由省文联副主席汪小平编导的电影《丢羊》荣获华表奖，张掖市肃南裕固族自治县退休教师祁翠花荣获第四届叶圣陶教师文学奖提名奖，张承荣作词的歌曲《远方的妈妈》荣获第十届中国音乐“金钟奖”，定西市脱贫攻坚题材秦腔现代剧《禹河春》和普法题材《公民张三》入选文化和旅游部2018年“全国优秀现实题材舞台艺术作品展演”剧目，积极参与俄罗斯画家画敦煌艺术创作，与俄罗斯列宾美术学院合作举办“天境祁连与人文敦煌”大型油画创作工程。圆满完成“西风烈•如意甘肃”原创歌曲展演，邀请俄罗斯著名艺术家创作大型敦煌交响乐《丝绸之路•敦煌》并在敦煌大剧院成功首演等。

文艺活动

围绕庆祝改革开放40周年，先后举办甘肃省第二届美术金驼奖作品展、高雅艺术进校园暨甘肃省电影家协会朗诵专业委员会成立一周年走进兰州大学专场演出、新农村少儿舞蹈美育工程成果展演、记录新时代——庆祝改革开放40周年电视节目展评展播活动、影评征文暨大众电影百花奖甘肃观众评委推选活动、时代影像——甘肃改革开放40周年摄影展、墨咏陇原新丝路——庆祝改革开放40年甘肃省书法展、庆祝改革开放40周年“西风烈”原创歌曲演唱会、纪念改革开放40周年“飞天”征文大赛，编辑出版《甘肃省文联四十年》图文册，深度参与筹办“甘肃省庆祝改革开放40周年图片展”等工作。

认真贯彻总书记关于红色文艺轻骑兵的重要指示，大力弘扬“乌兰牧骑”精神，发挥陇原文艺轻骑兵作用与优势，“深入基层、扎根人民”，组织文艺志愿者和文艺小分队赴基层进行慰问演出13场，直接观看群众累计高达10万余人。在兰州、定西、平凉、庆阳等10地开展甘肃戏剧八骏巡演活动。坚持每周六在兰州市区有关影院开展“爱上纪录片”公益放映活动，受到观众的广泛好评。赴临夏州积石山县、平凉市静宁县威戎镇开展“送欢乐下基层”杂技文艺志愿演出，在兰州市16所小学、8所高校开展魔术进课堂和魔术巡演活动，在陇南市武都区、临夏州东乡县、武威市天祝县、凉州区等地共开展乡村学校少年宫艺术辅导员培训活动16期，开设各艺术门类培训，辅导学员多达3000余人次，招募志愿者100余人，进一步加强了乡村学校素质教育，有效推动了乡村学校少年宫建设。积极争取中国文联优质文艺资源，协调配合中国文联文艺志愿服务小分队组织全国知名文艺家开展系列慰问活动4次，分别赴陇南、临夏、张掖、武威、嘉峪关、敦煌等地开展文艺慰问演出，并与书法、摄影、民间文艺、曲艺、声乐、电影、舞蹈等艺术门类爱好者进行交流辅导培训，以多种形式开展服务活动。

省文联紧紧围绕脱贫攻坚、“一带一路”倡议等重大部署，组织策划主题创作，坚持“请进来、走出去”“强合作、谋共赢”，开展系列活动，为新时代鼓与呼，举办了首届丝绸之路文化论坛暨第三届诗歌八骏推介会、“金城流韵——21世纪新丝绸之路”全国中国画作品展、海上丝绸之路•全国五省市书法邀请展、丝路之光2018•甘肃首届雕塑作品邀请展、陇东诗群研讨会，与上海音协等多家单位联合主办第35届上海之春国际音乐节“锦绣中华——西北风情民族管弦音乐会”。围绕办好第三届敦煌国际文化博览会，扩大对外艺术交流，举办了第29届中日友好自作诗书法交流展，首届中韩友好交流书画展，积极参与俄罗斯画家画敦煌艺术创作，与俄罗斯列宾美术学院合作举办“天境祁连与人文敦煌”大型油画创作工程暨中俄美术论坛。“一带一路”国际美术馆联盟在敦煌举行“丝绸之路文化传承与创新论坛”。圆满完成“西风烈•如意甘肃”原创歌曲展演，举办2018金钟之星“一带一路”民族音乐会。邀请俄罗斯著名艺术家创作大型敦煌交响乐《丝绸之路•敦煌》并在敦煌大剧院成功首演。结合地域特色，和中国作协所属的《民族文学》杂志社在甘南州联合举办藏文创作和翻译研讨会，举办省舞蹈业务骨干（锅庄舞）培训班、街舞进藏区等活动。编辑出版《甘肃历史文化概览》。

文艺期刊

公开发行期刊：《飞天》月刊。内部交流期刊：《甘肃文艺》《甘肃书法》《甘肃摄影》。

深化改革

2018年2月省委印发《甘肃省文联深化改革方案》。省文联认真贯彻落实《改革方案》和省委文化体制改革工作领导小组相关要求，采取制定方案明确分工、顶层设计建立制度、优化职能加强服务、督促检查强化落实、搭建平台促进交流等措施，推动文联改革任务落实落地、有序推进。省文联先后召开了主席团会、全委会、改革动员部署会、改革专题会，狠抓改革进度时限，压茬落实各项改革任务。截至目前，省文联深化改革方案确定的任务基本收尾，13个省级文艺家协会深化改革方案全部印发实施，全省14个市州文联和矿区文联中，已有13个市州文联出台了改革方案。

甘肃省作家协会

【工作综述】

2018年，在甘肃省文联党组领导下，在中国作协的指导下，甘肃省作协坚持新时代中国特色社会主义文艺方向，按照中共甘肃省委关于繁荣发展文艺工作的要求，组织和引导会员及广大文学爱好者深入生活、扎根人民、勤奋创作，认真落实省文联五届四次全委会精神，把出人才出作品作为主要任务和目标，为推动新时代甘肃文学事业繁荣发展做出了积极贡献。

【文学创作】

作家弋舟作品《出警》荣获第七届鲁迅文学奖短篇小说奖；甘肃省作协副主席陈玉福编创的《热血军旗》获第31届飞天奖•优秀重大题材类电视剧奖，同时荣获第29届中国电视剧金鹰奖优秀电视剧奖；甘肃省作协主席马步升获第二届丝路散文奖最佳作品奖；张掖市肃南裕固族自治县退休教师祁翠花荣获第四届叶圣陶教师文学奖提名奖。

【文学活动】

1月24日，甘肃省文联、甘肃省作协在临洮县政协书画院举行甘肃省作协“我们的中国梦——文化进万家•书香暖冬”图书捐赠仪式，捐赠图书10箱约450本。

11月2日至6日，甘肃省文学创作骨干研修班在嘉峪关中核四零四生活区碧波园文体中心举办，来自甘肃矿区、嘉峪关市、酒泉市的50多名文学创作骨干参加了培训。

2018年9月14日至12月8日，组织开展第七届甘肃黄河文学奖评奖，214人参评，35人获奖。

【先进集体】

3月28日至29日，在北京召开的中国作协信息工作会议上，甘肃省作协获得中国作家协会办公厅“2017年度文学信息工作先进单位”称号。

【深化改革】

制定出台《甘肃省作家协会深化改革方案》，并成立了甘肃省作协网络文学创作委员会等专业委员会，首次将网络作家等新文学群体纳入服务范围。

甘肃省戏剧家协会

【工作综述】

2018年，甘肃省戏剧家协会在甘肃省文联党组的领导下，认真学习贯彻习近平新时代中国特色社会主义思想和党的十九大精神，深入领会党的文艺方针和政策，认真履行协会职能，不断进行戏剧创作、培养戏剧人才，打造特色文艺品牌，认真开展文艺扶贫工作，为甘肃省戏剧事业的繁荣发展努力奋斗，圆满地完成了各项任务。

【品牌活动】

10月10日至19日，第五届甘肃戏剧红梅奖大赛在平凉市崆峒区举行。本次大赛首次进行现场亮分，首次引入观众评委，首次由省文联纪检干部全程监督。大赛共评出红梅奖剧目奖6台，表演奖17名，组织贡献奖1个，优秀组织奖6个，奉献奖2名，入选剧目2台，入选演员13名。许多获奖剧目是由民营剧团创排，反映出我省民营剧团在戏剧改革中不断雄起的可喜局面。

【竞赛展演】

2018年，甘肃省剧协组织甘肃戏剧八骏在兰州省内十地进行巡演，全面展现戏剧八骏风采。

5月，推荐刘雄、宋少峰参加中国剧协民间职业剧团戏剧人才培训班学习；推荐我省尚雯婕、马文岩参加第二十二届中国少儿戏曲小梅花荟萃活动评选活动，两位小选手均荣获“小梅花”金花称号，省剧协获优秀组织奖。

6月12日，推荐兰州大学话剧《江隆基——从北大到兰大》、天水师范院校原创话剧《“贷”价》参加中剧协于11月举办的第六届中国校园戏剧节活动。

7月，推荐戏曲《婆媳缚牛》、小武戏《生死独木桥》、情景剧《红与黑》、音乐小品《法律直通到山乡》参加中国剧协小戏小品艺术展演活动，小品《红与黑》荣获多项奖励；推荐戏剧评论《唤醒传统戏剧的文化自觉》参加此届文艺评论的推优活动；推荐李亚文、李静、班立林参加中国剧协全国民营剧团院团长培训班学习；推荐马少敏参加中国文联第13期全国中青年文艺人才高级研修班学习。

【培训研讨】

5月，在平凉市崆峒区组织眉户剧《崆峒山下》研讨会，省市区专家40人参加；6月，在天水市甘谷县组织秦腔《椒乡里的麻辣事》研讨会，省市县专家40人参加；7月8日至9日，组织6位专家观看了由山西省话剧院来兰巡回演出的大型话剧《生命如歌》并召开研讨会。这些研讨会为助推优秀戏剧原创作品起到了十分重要的作用。

11月26日至29日，甘肃省剧协和定西市文联联合举办了甘肃省戏剧骨干人才研修班，共有56人参加了研修班学习。研修班邀请了全国知名戏剧编剧陈国峰、姜朝皋，我省戏剧专家王正强、张哲，政治理论专家常青等参加授课，并进行了现场教学，观看了定西大众秦剧团新编历史秦腔剧《许铁堂》，进行了学员才艺展示和交流活动。

甘肃省电影家协会

【工作综述】

2018年，在省委宣传部和省文联党组的正确领导下，在中国电影家协会的精心指导下，省影协以习近平新时代中国特色社会主义思想为指导，深入贯彻党的十九大精神，深入学习领会习近平总书记关于文艺工作的讲话精神，围绕中心，服务大局，始终坚持“以人民为中心”的创作导向，以《甘肃省文联深化改革方案》为指导，立足省情，深化影协改革，拓展工作半径，搭建平台，树立形象。

【影视创作】

首次参与创作实践，联合摄制电影《雪葬》。该片于2018年成片上映，获得了一系列奖项，其中在第四十三届蒙特利尔国际电影节获得铜奖，实现了我省本土电影国际A类电影节等级奖的突破。

【文艺活动】

3月29日，焦炳琨《本土影视生命意识的思考》新书首发式暨研讨会在宁卧庄举行。本次首发式暨研讨会既是对新书进行宣传与推介，也是全省电影从业者对为甘肃电影事业做出突出贡献的德艺双馨老艺术家的致敬。

5月19日至23日，“全省电影创作培训班”在兰州大学举办，本次培训班从中国电影的趋势、重建中国电影美学传统的必要性、当下国产电影的美学批评、主旋律电影的创作、新时代中国电影新发展等五个方面，对我省电影创作者进行创作艺术和美学构架上的专业培训。

9月29日晚，在嘉峪关雄关广场举行第七届中国（嘉峪关）国际短片电影展“中国影协送欢乐下基层——情系嘉峪关公益慰问演出”，为祖国庆生，为嘉峪关市民送上节日的祝福。

组织“大众电影百花奖”优秀影评征集评选暨大众评委选拔活动。选拔出两位政治素质过硬、艺术鉴赏力强的同志担任大众评委，圆满完成第34届大众电影百花奖评选工作任务。

11月30日，“庆祝改革开放40周年——高雅艺术进校园暨甘肃省电影家协会朗诵专业委员会成立一周年走进兰州大学专场演出”在兰州大学成功举行。

11月23日至26日，“甘肃省电影业务骨干研修班”在嘉峪关市成功举办。来自我省各市州电影业务骨干近50人参加研修。

12月17日下午，省委宣传部、省文联组织召开“甘肃省电影界庆祝本土创作影片《丢羊》荣获第17届中国电影华表奖优秀农村题材影片”座谈会。

策划“爱上纪录片”系列公益展映活动。全年举办四十期，对我省纪录片的传播推广、纪录片观众群体的培养具有独特的创新性和带动作用。

甘肃省音乐家协会

【工作综述】

2018年，甘肃省音乐家协会在甘肃省文联党组的领导下，将党建工作和理论学习作为首要工作。理论联系实际，深入开展“两学一做”，注重文艺助推精准扶贫工作，全年较圆满地完成了多项工作和任务。结合音乐发展和音协工作实际，制定出台了《甘肃省音乐家协会深化改革方案》。通过第三届“西风烈•如意甘肃”原创歌曲征集评选演唱活动、邀请俄罗斯作曲家维克多•布列沙克为第三届文博会创作交响乐作品《丝绸之路•敦煌》并在文博会开幕式成功首演、举办“庆祝改革开放40周年‘西风烈’原创歌曲演唱会”等活动增进甘肃音乐界与全国一线水平的学习与交流，有力地宣传了甘肃，增强了甘肃的知名度。

【音乐创作】

2月，组织完成第三届“西风烈•如意甘肃”原创歌曲征集终评工作，最终评选出30首歌唱甘肃的优秀歌曲。

2月至9月，邀请俄罗斯作曲家维克多•布列沙克为第三届文博会创作交响乐作品《丝绸之路•敦煌》并在开幕式晚会上成功首演。

8月，“第四届中国西北音乐节歌曲评奖暨玉树音乐采风活动”在青海省玉树州举办，甘肃省音乐家协会报送的10首作品分别荣获一二三等奖。

由杨玉鹏作词、我会组织创作的歌曲《山杏花开的时候》入选了中国音协中国当代歌曲精品工程“听见了中国听见了你”2017年度20首优秀歌曲，在全国推广、传播。

【艺术交流】

5月5日晚，第35届上海之春国际音乐节《“锦绣中华——西北风情”民族管弦乐音乐会暨上海民族乐团2018—2019演出季开幕音乐会》在上海大剧院举办。这是甘肃省音乐家协会首次参加这一国际性品牌的音乐节。

9月23日晚，在第三届丝绸之路(敦煌)国际文化博览会期间，《2018金钟之星“一带一路”民族音乐会》在敦煌大剧院上演。

11月20日至23日，甘肃省音乐业务骨干研修班在金昌市开班。共有100余名基层音乐骨干参加了学习。培训期间，还组织举办了“新时代•新金昌”——盛世之音音乐晚会。

【重要活动】

2月，“西风烈•如意甘肃”原创歌曲征集评选演唱活动征集歌曲的终评工作在北京举行，评选出30首歌唱甘肃的优秀歌曲。

2月至9月，邀请俄罗斯功勋艺术工作者Victor Pleshak(维克多•布列沙克）为第三届丝绸之路(敦煌)国际文化博览会创作交响乐作品《丝绸之路•敦煌》。9月27日晚，该作品在第三届丝绸之路（敦煌）国际文化博览会开幕式晚会上首演。

6月，甘肃省音乐家协会组织“全国少数民族山歌邀请赛甘肃选拔赛”，最终选拔6名选手参加在湖南（南山）举办的全国比赛。

8月20日至21日，甘肃省第十届青少年提琴展演活动在甘肃艺术馆举行。

8月，第四届中国西北音乐节歌曲评奖暨玉树音乐采风活动在青海省玉树州举办，甘肃省音乐家协会报送的10首作品分获一二三等奖。

9月，甘肃省音乐家协会共选拔报送5名选手参加“中国音乐小金钟——吟飞杯第二届全国电子键盘展演”，其中3名选手进入10月的全国展演。

9月23日，第三届丝绸之路(敦煌)国际文化博览会期间，《2018金钟之星“一带一路”民族音乐会》在敦煌大剧院上演。

11月20日至23日，甘肃省音乐业务骨干研修班在金昌市开班，一百余名基层音乐骨干参加了学习。

12月23日，“庆祝改革开放40周年‘西风烈’原创歌曲演唱会”在兰州音乐厅举行。

甘肃省美术家协会

【工作综述】

2018年，甘肃省美术家协会在甘肃省文联的坚强领导下，在中国美协的指导下，团结引领广大美术家和美术工作者，圆满地完成了各项工作任务。先后举办各类美术展览和活动约30项，完成上级单位部署安排的创作任务、资料报送、项目申报等工作10余项。总计完成各类重点工作任务约60项。其中举办国际性美术活动3项，举办全国性展览和活动4项，举办各类省级展览10项，举办学术报告会、研修班2场，组织下基层采风写生6次，组织省级交流3次，组织画家或作品配合甘肃省文联开展文艺三下乡等文艺志愿服务活动5次，组织画家或作品与俄罗斯、乌克兰、摩尔多瓦、韩国等艺术界开展交流活动2(批）次，组织召开各类会议7次。

【美术创作】

“天境祁连与人文敦煌大型油画创作工程”。2018年1月至2月，与俄罗斯列宾美术学院合作，完成了“天境祁连与人文敦煌大型油画创作工程”，共创作7幅大型油画，为我省留下了一批具有国际水准的精品力作。

“俄罗斯油画家画敦煌创作工程”。组织俄罗斯油画家创作100幅以敦煌壁画为题材、对敦煌壁画进行再创作的油画作品和部分写生作品，作品开启了传承和弘扬敦煌壁画艺术的新途径，对发掘敦煌壁画艺术的价值、扩大敦煌壁画艺术的影响力以及甘肃对外文化交流方面起到了推动作用。

【艺术交流】

“中国美术馆送文化下基层活动”。2月24日至3月1日，组织文艺小分队前往甘南州县以下基层单位、革命老区和贫困地区开展文化服务活动。

“丝路文化的传与承”国际学术研讨会。6月，来自英国等14个国家和地区的17位国家美术馆、博物馆馆长，以及国内知名艺术家一行60多人在敦煌进行观摩交流，并在敦煌研究院召开国际学术研讨会。

【美术展览】

中国美协精心遴选“中国北京国际美术双年展”历年藏品，在陇南西河乞巧女儿节期间参加“翰墨缘•乞巧情”国际女书画家作品展，为弘扬中华优秀传统文化，开阔创作思路，宣传推介乞巧文化品牌发挥了积极作用。

6月21日至27日，在兰州市美术馆举办了“甘肃省第二届大学生美术作品展”，这次展览向社会各界展示了当代大学生在美术领域较高的艺术素养和审美水准，展示了甘肃省高校美术专业方面的较高的教育教学成果。

8月16日，“第六届全国青年美术作品展”通渭巡展在甘肃通渭悦心美术馆举行。

10月16日，“金城流韵——21世纪新丝绸之路”全国中国画作品展在兰州甘肃金城画院隆重开幕。

11月15日，“纪念改革开放40周年甘肃省第二届美术金驼奖作品展”在兰州隆重开幕。这次展出的作品尺幅较大，特色鲜明，风格多样，质量较高。

9月14日，“中原画风•河南省美术作品展”西北四省巡展在兰州雁儿湾文化艺术区隆重开幕，本次展览荟萃了河南省老中青美术家创作的精品力作，展示出鲜明的河南特色和中国气派，为甘肃、河南两省美术界交流学习、促进创作水平提供了良好的机会。

12月11日，纪念改革开放40周年“薰衣草之约”甘肃省中国画作品展在金昌市文化中心隆重开幕。

12月8日，“2018甘肃省美术写生作品展”在兰州隆重开幕。展览作品风格多样，题材丰富，从不同视角形象地描绘出了壮丽的山川景观和人民群众建设幸福美好新甘肃的良好精神风貌。

【工作会议】

5月12日，甘肃省美术家协会第十三届全国美展创作动员会议在甘肃省艺术馆举行，会议传达了中国美协十三届全国美展西南片区调研工作会议精神，动员部署今后全省的美术创作工作。

【采风创作】

6月至10月甘肃省美术家协会组织全省画家约100人（次）分6次分别深入张掖等市的相关县区、基层农村、少数民族地区采风写生。

【美术培训】

11月3日，“甘肃省美术业务骨干研修班”在敦煌举办。这次美术研修班为全省美术工作者讲好甘肃故事，传承陇原精神，推动我省美术事业繁荣发展起到了积极推动作用。

甘肃省曲艺家协会

【工作综述】

2018年，在甘肃省文联党组的领导和中国曲协的指导下，甘肃省曲协及广大会员深入学习贯彻习近平新时代中国特色社会主义思想和党的十九大精神，认真履行“团结引领、联络协调、服务管理、自律维权”职能，努力发挥桥梁纽带作用，积极主动，结合曲协的实际完成了工作。

【文艺创作】

由协会会员创作演出的秦安小曲《梦圆中华》入围第九届中国曲艺节，3月赴天津参加演出，之后入围第十届中国曲艺牡丹奖，8月赴山西参加比赛。

【文艺活动】

2月5日，由中国文联、中国曲协、甘肃省文联主办，甘肃省文联文艺志愿服务团、甘肃省曲协、陇南市文联、武都区委、区政府、武都区文联承办的“我们的中国梦——文化进万家”文艺志愿服务小分队慰问演出活动在陇南市武都区洛塘镇举办。来自全国各地的十余名艺术家为5000多名武都各地的群众奉献了一台高质量、高水平的演出。

8月至12月，第三届甘肃曲艺牡丹奖评奖举办，共征集节目奖参评作品20个，表演奖参评演员46人，文学奖参评作品23个，新人奖参评演员10人，经过初评、复评、终评，最终评出节目奖4个，表演奖10个，文学奖5个，新人奖1个，代表了我省近年曲艺表演、创作的较高水平。

11月7日至9日，甘肃省曲艺业务骨干研修班在天水举办，来自全省的曲艺骨干50余人参加了培训。在本次培训专家辅导与讨论交流相结合，理论学习与创演实践相结合，全面提升了曲艺工作者的思想政治素质和艺术素养，不仅为“省市县文联携手打造文艺品牌行动”搭建研修学习平台，为甘肃省文化强省建设提供强有力的人才支撑，同时对于激发广大曲艺工作者自觉弘扬发展传统曲艺也具有重要意义。

甘肃省舞蹈家协会

【工作综述】

2018年，在省文联党组领导下，在中国舞蹈家协会的指导下，甘肃省舞协团结引领全省广大舞蹈工作者深入学习贯彻习近平新时代中国特色社会主义思想和党的十九大精神，贯彻落实习近平总书记关于文艺工作的重要论述，推动文艺精品创作，围绕中心、服务大局，不断增强广大舞蹈家和舞蹈工作者紧密团结在党的周围，听党话、跟党走的坚定性自觉性。为推动新时代甘肃舞蹈事业繁荣发展做出了积极贡献。

【舞蹈创作】

全省各专业院团、院校积极投身创作，参与全国性舞蹈赛事、展演，甘肃舞蹈在全国的影响力进一步增强。兰州文理学院艺术中专部表演的舞蹈《格来尼玛》获第五届“荷花少年”全国校园舞蹈展演星光少年（专业中专组）荣誉称号，陇南市武都团区委武都区第二中学表演的舞蹈《望高山》获星光少年（普通中学组）荣誉称号。舞蹈《云端》《天网》等11个优秀舞蹈作品参加第十一届中国舞蹈“荷花奖”当代舞、现代舞评奖等。

【文艺活动】

“新农村少儿舞蹈美育工程——少数民族舞蹈课堂”是中国舞蹈家协会开展的一项文化惠民工程，该活动旨在让农村孩子享受舞蹈艺术的熏陶，培养良好的审美情趣。自2013年从酒泉地区开展此项活动以来，先后在酒泉、陇南、庆阳、定西、天水、甘南、武威、张掖、嘉峪关、敦煌等地建立了“少数民族舞蹈课堂”示范点，约150多所乡村学校、5万多名乡村学生接受了舞蹈美育教育。2018年，为纪念改革开放40周年，检验教学成果，先后在玉门市、张家川县、陇西县、天祝县、肃南县、嘉峪关等地举办新农村少儿舞蹈美育工程成果展演。

【舞蹈培训】

9月26日至28日，“甘肃省文艺业务骨干系列研修班——甘肃省舞蹈业务骨干(锅庄舞)培训班”在合作市举办。本次培训通过专题讲座、理论教学和实践教学相结合的形式，为来自甘南各县市以及肃南县、天祝县的60余名锅庄舞编创人员和文艺骨干进行培训。

5月25日至30日，中国舞蹈家协会2018“文艺骨干和文艺管理干部”培训活动在甘肃敦煌举办。通过专题讲座、专业实践、实地采风、现场教学、工作坊相结合的形式，为来自甘肃全省13个专业院团、高等院校及敦煌当地的共70名舞蹈骨干进行培训。

甘肃省民间文艺家协会

【工作综述】

2018年，甘肃省民协在省文联党组的关心和领导下，以习近平新时代中国特色社会主义思想为统领，以深入贯彻党的十九大精神为指导，团结引领广大民间文艺工作者，统一思想、坚定信念，深入生活、履职尽责，把弘扬社会主义核心价值观、弘扬中华优秀传统文化紧密结合起来，积极推动我省民间文艺事业的全面发展，在助力省文联中心工作、落实文联系统深化改革、服务人民群众、开展文艺活动、加强民间文艺队伍建设等方面做了大量工作。其中在展览、重大项目、调研、扶贫、培训、文艺之乡命名、机构改革等方面的工作最具代表性。

【民间文艺创作及艺术交流】

甘肃省民协积极组织、推荐会员参加了“中国民协第一期深入学习贯彻习近平新时代中国特色社会主义思想和党的十九大精神研讨班”“中国民协第二期深入学习贯彻习近平新时代中国特色社会主义思想和党的十九大精神研讨班”“2018中国（米易）首届民间情歌大会暨中国颛顼文化研讨会”、国家艺术基金项目“花儿青年表演艺术人才培养”研讨会等学习研讨，进一步提高了会员的思想政治素质和业务能力水平。

组织、推荐会员参加了“第三届中国（潍坊）艺术博览会”“第十四届中国民间文艺山花奖•优秀民间工艺美术作品”初评、中国传统村落保护（海南）高峰论坛、甘肃省第九届敦煌文艺奖评选、第十届陇南乞巧女儿节、“全国胡仁乌力格尔大会”、2018中国民间工艺品暨首届中国民间工艺传承创新观摩大会、敦煌文博会、2018中国农民画优秀作品展、“图说我们的价值观——美术书法摄影剪纸”展、第十届“陆野杯”全国二人台艺术交流展演活动、第八届“敦煌行•丝绸之路国际旅游节”暨第十届凉州民间文艺大赛决赛、第十四届中国民间文艺山花奖•优秀民间艺术表演（鼓舞鼓乐）初评活动等展演竞赛和评选，并获得喜人成绩。通过这些活动，建立健全了服务、联络广大基层会员的工作新机制，推动了新文艺群体的健康发展。

甘肃省摄影家协会

【工作综述】

2018年，在甘肃省委宣传部和甘肃省文联党组的正确领导下，在中国摄影家协会的精心指导下，甘肃省摄协以习近平新时代中国特色社会主义思想为指导，深入贯彻党的十九大精神，深入学习领会习近平总书记在文艺工作座谈会上的讲话，在中国文联九大、中国作协十大开幕式上的讲话精神，围绕中心，服务大局，紧紧围绕“纪念改革开放四十周年”这一主题，始终坚持“以人民为中心”的创作导向，以《甘肃省文联深化改革方案》为指导，立足省情，深化摄协改革，拓展工作半径，搭建平台，树立形象，搭建合理的人才梯队，举办了一系列主旨鲜明的展赛培训活动，着力构建一条“影像丝绸之路”。

【摄影创作】

甘肃省摄协主席吴健以《西风东渐•佛影重现（组照）》荣获第十二届中国摄影“金像奖•艺术摄影类”，实现甘肃摄影人在摄影“金像奖”上零的突破。

【文艺活动】

6月18日，第二届“影像丝绸之路——天水摄影双年展”在天水举办。天水摄影双年展已成为我省摄影界的品牌活动，对推进我省摄影事业的繁荣发展有着积极的促进作用。

11月28日至12月2日，“时代影像”——甘肃改革开放40周年摄影展在兰州举办。展出作品以全新的展览形式，通过新旧对比的艺术表达，全面展现了四十年来我省经济、政治、文化、社会、生态文明等方面取得的丰硕成果。

12月14日至18日，由甘肃省文联、甘肃省摄协主办，甘肃省摄协承办的第五届甘肃摄影“奔马奖”暨第二十届甘肃摄影艺术展在兰州举办。这也是全国、全省文联系统深化改革背景下，“奔马奖”和全省艺术节展的首次评审。获奖和入选作品全面反映了我省摄影界近年来多元共生、蓬勃发展的摄影风貌。

8月24日至28日，“甘肃省摄影业务骨干研修班”在平凉举办，来自我省各市州、各行业的摄影骨干100余人参加了此次研修班。本次研修班是省摄协首次举办跨学科、跨艺术门类的业务骨干研修班，将推动“丝绸之路影像文化遗产”大型创作系列活动的全面开展。

甘肃省书法家协会

【工作综述】

2018年，甘肃省书协在甘肃省文联党组的领导下，在中国书协的业务指导下，围绕年初制定的工作计划，从思想政治引领、延伸服务手臂、书法精品创作、扩大书法交流四大板块着手，先后组织了7次“送万福、进万家”公益活动，主办了“礼赞十九大•书写新时代”——十九大报告语录作品展等12次各级各类书法展览，举办了“甘肃省简牍书法创作骨干研修班”等8类书法培训，编印了8本作品集、1本论文集，按期完成了《甘肃书法》1-4期的编辑工作。

【书法创作】

举办了由甘肃省委宣传部、甘肃省文联主办，甘肃省书协承办“礼赞十九大•书写新时代——甘肃书法家书写十九大报告语录作品展”，作品展共收到作品110件。

【书法交流】

承办了由中国书法家协会、日中友好自作诗书交流会主办的“第29届中日自作诗书交流展”，在扩大甘肃书法影响力的基础上，进一步诠释着诗词文化互鉴交汇的重大意义，描绘着书法文明交流融合的美好愿景；承办了由中国文联、中国书协主办的“中国精神•中国梦——社会主义核心价值观书法作品主题创作暨全国基层巡展”（庆阳展、兰州展、陇南展）；应青海省书协邀请，成功组织了甘肃省书协与青海省书协工作经验交流座谈会；应广东省书协邀请，组织了由广东省文联、甘肃省文联、山东省文联、河南省文联、上海市文联主办的“海上丝绸之路•全国五省市书法邀请展”活动。

【书法展览】

举办了“墨咏陇原新丝路——纪念改革开放40周年甘肃书法作品展”，让更多的书法家、书法爱好者参与、见证改革开放40周年甘肃书坛新气象，主动满足甘肃广大人民对书法艺术多样化、多层次、多方面的需要。

举办了“甘肃省第二届简牍书法展暨研讨会”，展览呈现出从事简牍书法创作的书法家和书法爱好者明显增多，整体创作能力不断提高，形式探索、材料开发呈现多样性、理论研究选题多样、学术性不断提升等显著特点。

举办甘肃省第五届“张芝奖”书法大展，共从3180多件书法作品和78篇论文中分别评选出入展作品233件（其中一等奖3件，二等奖6件，三等奖11件）、入选论文20篇（其中获奖论文奖5篇）。

为全面展示甘肃省老书法家和新文艺群体书法家的创作成就和艺术成果，成功举办了首届甘肃省老书法家作品展、首届甘肃省新文艺群体书法作品展。

【志愿服务】

先后组织了2018中国文联、中国书协“书法家送万福进万家”志愿服务公益活动（走进东乡）、2018年中国文联、中国书协“送欢乐下基层”书法志愿服务公益活动走进了革命老区——环县曲子镇双城村、中共甘肃省委宣传部“我们的中国梦——文化进万家”大型公益活动等，号召全省14市州书协、团体会员单位组织书法志愿服务团，深入开展“送万福进万家”——写春联公益活动。

【书法培训】

举办了甘肃省第15期书法创作提高班，并分为庆阳、陇南、张掖、临夏四大教学点进行面授；4月在兰州市举办了为期4天的免费的甘肃省首届写经书法创作研修班；6月举办了“2017年甘肃书法教学成果展”；9月下旬在甘肃省武威市举办了为期四天的免费“甘肃省简牍书法创作骨干研修班”以及免费的甘肃省第二届简牍书法作品展投稿作品看稿会；继续承办了为期10天的由教育部和中国文联共同实施的“翰墨薪传•全国中小学书法教师培训项目”第四期培训（西北地区班）。

【编辑出版】

编辑出版《甘肃书法》2018年第1-4期，突显简牍、写经书法理论研究和学术引领；编印了《甘肃简牍墨迹精选》、《敦煌写经书法精选》学习资料，修订出版了《甘肃省书法创作提高班经典碑帖学员教材》；编印了《礼赞十九大•书写新时代——甘肃书法家书写十九大报告语录作品展》《甘肃省第二届简牍书法展》《甘肃省第五届“张芝奖”书法大展》《首届甘肃省老书法家作品展》《首届甘肃省新文艺群体书法作品展》等8本作品集和《甘肃省第五届“张芝奖”书法大展》论文集1本。

甘肃省杂技家协会

【工作综述】

2018年，在甘肃省文联党组的领导下，甘肃省杂技家协会坚持以人民为中心的工作导向，团结凝聚全省广大杂技工作者，大力弘扬社会主义核心价值观，广泛开展文艺志愿服务活动，聚力创作彰显地域特色的精品佳作，使全省杂技事业呈现出昂扬向上、欣欣向荣的发展态势。

【重要活动】

4月27日，省杂协组织以省杂技团为主要阵容的优秀艺术家来到保安族东乡族撒拉族自治县——积石山，开展“新时代 新使命 新征程”送欢乐下基层文艺志愿演出活动。6月13日，赴静宁县威戎镇杨湾村开展“到人民中去”——送欢乐下基层文艺志愿演出活动。这两次文艺志愿演出活动是甘肃省文联和我省文艺工作者认真学习宣传贯彻党的十九大精神的具体行动，是深入全省民族地区和贫困地区开展文化惠民活动，也是坚持“以人民为中心”“深入生活，扎根人民”的又一次生动的艺术实践，受到民族和贫困地区人民群众的欢迎和好评。

持续在兰州多所小学开展“艺术进校园•魔术课堂”活动。2018年，在兰州市内16所小学全面展开，“魔术课堂”成效显著。提升了孩子们的思考能力，对知识的热爱和自我表达能力，同时扩大和传播了魔术文化，发现了好的苗子。

10月20日至21日，甘肃省魔术艺术人才培训班在兰州举办。本次培训班邀请省内著名学者肖安鹿教授、著名魔术艺术家王志伟、肖桂森先生进行魔术教学及现场辅导。省内近百名魔术工作者和魔术爱好者参加了培训班的学习。

11月至12月，“甘肃省高校魔术巡演”活动在兰州八所高校举办。巡演在弘扬中华民族优秀传统文化，丰富大学生业余文化生活，宣传推广魔术艺术、发掘和培养魔术优秀人才发挥积极的作用的同时，也为艺术家及协会会员深入生活、扎根人民搭建了优质平台，更好地推动甘肃魔术艺术的繁荣和发展。

12月22日，甘肃省高校魔术联盟成立。甘肃省高校魔术联盟的成立，标志着我省高校魔术发展迈上了新的台阶，对甘肃魔术艺术的发展与创新有着积极而深远的意义。

甘肃省电视艺术家协会

【工作综述】

2018年，甘肃省视协坚持文艺贴近实际、贴近生活、贴近群众的原则，弘扬主旋律，提倡多样化，遵守文艺规律，继承优良传统，开拓创新。积极履行团结引导、联络协调、服务管理、自律维权的基本职能，充分发挥组织、引导、服务、维权的作用。深入生活、扎根人民，通过组织学习、文艺创作、文艺评论、成果展示、理论研讨、学术讨论、调查研究、人才培训、对外交流和维权保护等项工作，对会员进行业务指导，引导会员爱国、为民、崇德、尚艺，弘扬先进文化，倡导宽容和谐，模范遵纪守法,为推动我省电视艺术事业的繁荣与发展贡献力量。

【培训交流】

6月16日，组织“爱上纪录片”系列展映之纪录片《河州四韵》推广展映活动在兰州百安概念影城成功举办。此纪录片在央视播出后，受到了观众和社会各界的广泛好评。

11月9日至11日，“甘肃省电视艺术家协会文艺业务骨干研修班”在张掖成功举办。文艺骨干研修班切实加强了基层和创作一线电视艺术业务骨干思想引领、政治引领、价值引领，进一步提高了电视艺术工作者队伍的思想道德素质、文化修养和业务水平。

11月12日,由甘肃省视协主办的甘肃省“影视小屋”艺术大课堂在张掖举办，“影视小屋”艺术大课堂的顺利举办，使同学们能够通过亲身实践积累，可以系统、透彻地理解和认识电视艺术创作过程，为下一步的拍摄创作奠定良好的基础。

11月15日，组织甘肃省代表队参加第十届海峡两岸电视主持新人大赛。由省视协推荐选送的选手陈英格获得大赛铜奖，指导老师李丽获得优秀指导奖，陈思雯、高释淇两位选手获得优秀选手奖。

【重要活动】

6月23日至26日，在中视协举办的“首届全国优秀公益电视节目表彰活动暨全国公益电视节目创作者业务培训”活动中，由省视协推荐报送的《我的梦想有你们的陪伴》等5部作品获奖，省视协荣获最佳组织奖。

7月29日至8月1日，2018•亚洲旅游影视艺术周在浙江台州落下帷幕。由甘肃省视协组织推荐的《河州四韵》等3部作品获奖。

10月12日至15日，第十二届中国金鹰电视艺术节在湖南长沙举行，甘肃省视协组织申报电视剧《初心》荣获第29届中国电视金鹰奖优秀电视剧奖，甘肃省视协作为获奖单位参加了本届中国金鹰电视艺术节。

10月24日至26日，首届中国（麻城）微电影大赛在湖北麻城举行，由省视协推荐上报的《望平川》等2部作品获奖，甘肃省视协荣获最佳组织奖并应邀参加颁奖盛典。

11月6日至8日，在第六届亚洲微电影艺术节系列活动中，由甘肃省视协报送的参评作品《小夫妻》荣获本届亚洲微电影艺术节大国工匠单元微电影奖。

9月28日至29日，中国视协“记录新时代——纪念改革开放40周年电视节目展评展播活动”在嘉峪关市举办，甘肃省视协推荐的《爱不能等待》短视频（非记录类）等4部作品获奖。

12月17日，甘肃省视协推荐作品参加第九届敦煌文艺奖评选，《敦煌画派》等 4 部作品获奖。

12月22日至24日，在第十一届中国旅游电视周优秀旅游电视节目推选活动中，甘肃省视协报送的《飞天之旅　气象伴你》等4部作品获奖，甘肃省视协荣获最佳组织奖。

甘肃省文艺评论家协会

【工作综述】

2018年，在甘肃省文联党组的领导和中国评协的指导下，甘肃省评协及广大会员深入学习贯彻习近平新时代中国特色社会主义思想和党的十九大精神，认真履行“团结引领、联络协调、服务管理、自律维权”职能，努力发挥桥梁纽带作用，积极主动，结合评协的实际完成了工作。全省文艺评论工作者积极投身创作，发表、出版文艺评论文章、专著，参加全国、区域、省级学术活动、论坛、评奖，甘肃文艺评论力量进一步增强。

【评论活动】

8月3日至5日，在甘肃省甘南藏族自治州合作市召开“藏文创作与翻译研讨会”。研讨会以讲座、研讨、交流相结合的方式进行，与会作家和翻译家对藏文文学创作和翻译的现状进行了深入研讨，对藏文文学创作与翻译的前景进行了展望，并对队伍建设提出了意见和建议。

【评论讲座】

4月20日至22日，“陇原文艺讲座”（景泰站）在景泰县成功举办。讲座结合景泰当地文艺工作者的实际需求，文学、书法等方面专家学者分别做了专题辅导。

【评论培训】

10月12日至12月15日，“第四届甘肃文艺论坛暨甘肃省文艺评论骨干研修班”在白银成功举办。论坛邀请了南京大学中国新文学研究中心教授、南京大学文学院戏剧影视艺术系教授、博士生导师李兴阳和兰州大学文学院教授、博士生导师胡颖进行专题讲座。

【评论研讨】

由甘肃省委宣传部、甘肃省文联主办的“杨光祖《批评的思想之光》研讨会”于11月23日在兰州举行。研讨会围绕杨光祖评论集《批评的思想之光》对杨光祖近年来的文学批评进行了深入的研讨，对其敢于说真话、敢于“剜烂苹果”的鲜明批评立场给予了高度肯定，对其在思想上的追求给予了积极评价。

【文艺交流】

6月29日，“当代小说家弋舟新作研讨会”在兰州大学举行；12月1日，由兰州大学文学院主办、甘肃省文艺评论家协会协办的“新世纪西部作家论坛之五：刘亮程作品研讨会”在兰州大学举办。

【文艺评奖】

完成“第三届甘肃文艺评论奖”评奖工作。评奖共征得评论文章和专著68篇（部）。经评委会认真评审，共评出34部（篇）作品获得第三届甘肃文艺评论奖。本次评奖对展现我省近两年文艺评论成果，壮大文艺评论队伍，激发评论家的热情，倡导良好的学术风气，推动我省文艺评论事业进一步发展起到了良好的推动作用。

青海省文联

综 述

2018年，是青海省文艺事业、文联工作取得新进展、新突破、新成效的一年。一年来，在青海省委、省政府的坚强领导下，在中国文联和青海省委宣传部的有力指导下，全省文艺战线深入学习贯彻习近平新时代中国特色社会主义思想，按照中央、青海省委关于文艺和文联工作的部署要求，团结、引导广大文艺工作者听党话、跟党走，自觉肩负起举旗帜、聚民心、育新人、兴文化、展形象使命任务，围绕中心、服务大局，以务实的精神推进各项工作的落实，努力推动全省文艺事业繁荣发展。

会议与活动

【召开青海省文联八届二次全委会】

8月10日，召开青海省文联八届二次全委会，青海省委宣传部副部长高波出席会议并讲话，省文联党组、主席团各成员，省文联八届荣誉委员、委员及全体文联职工参加会议。会议审议通过了省文联党组书记、主席班果《不忘初心 砥砺前行 奋力开启青海文艺繁荣兴盛新征程》的工作报告，传达了中国文联十届三次全委会精神，增选梅卓为省文联兼职副主席、王光献为省文联挂职副主席，更替靳生华、李俊为省文联八届委员，审议通过了《青海省文联关于加强全委会委员履职工作的暂行办法（审议稿）》。

【6个文艺家协会换届】

12月3日至28日，青海省作协、音协、舞协、美协、剧协、民协6个文艺家协会分4个批次完成换届任务。6个协会换届大会，共有622名代表参加，是省文联各文艺家协会历次换届工作中，代表出席率、候选人当选率、当选人得票率、群众满意率最好的换届大会，得到上级领导充分肯定，社会评价积极，文艺界反映良好。

【中国曲协文艺志愿服务团“送欢乐下基层”活动】

7月12日至14日，由中国文联、中国曲协主办，青海省文联、中国文联曲艺艺术中心承办，青海省曲协、西宁市群艺馆协办的中国曲协文艺志愿服务团“送欢乐下基层”——走进青海西宁志愿演出和讲座交流培训系列活动，在西宁中心广场百姓大舞台和青海美术馆等地举办。活动邀请玉米提、任世和、焦建东、刘宪刚、刘颖、浩南、刘全和、刘全利等全国知名表演艺术家来青献艺，近3000名群众观看了演出，曲艺家赵福玉、武宾应邀为青海曲艺工作者及爱好者进行讲座、交流，培训学员140多名。

【举办“第二届昌耀诗歌奖”】

3月至5月，由国际汉语诗歌协会、青海省作协主办，青海互助青稞酒股份有限公司承办，《青海湖》文学月刊社联合协办“第二届昌耀诗歌奖”评选活动。6月22日至25日，“第二届昌耀诗歌奖”颁奖典礼系列活动在青海互助青稞酒股份有限公司举行，青海省委宣传部有关领导、“第二届昌耀诗歌奖”组委会成员、“第二届昌耀诗歌奖”评委会成员、“首届昌耀诗歌奖”获得者等100多人参加颁奖典礼。经专家组评审，吴思敬获“特别荣誉奖”、张清华获“理论批评奖”，宋琳（法裔）诗集《口信》、阿信诗集《那些年，在桑多河边》、陆健诗集《一位美轮美奂的小诗人之歌》获“诗歌创作奖”。

【“第四届中国梦·青海故事”有奖征文活动举办】

12月19日，青海省作协、青海省委宣传部、《青海日报》社会文化专刊部联合举办“第四届中国梦·青海故事”有奖征文活动，共收到来稿80余篇，20篇作品获奖，遴选优秀作品24篇在《青海日报》刊发，27篇发表于青海作家网。

【浙、青两省作协开展交流活动】

6月30日至7月7日，浙江省作协党组书记、副主席臧军为团长的浙江作家代表团一行10人来西宁，开展浙、青两省作协交流系列活动，两省作家赴海东市、西宁市和海西州开展走访基层农牧民群众和文学结对交流，促成三对基层文联（作协）结对。

【“深入生活、扎根人民”采访创作活动启动】

8月31日，由青海省委宣传部主办、青海省作协、《青海湖》编辑部承办的庆祝改革开放40周年青海作家“深入生活、扎根人民”采访创作活动在西宁启动。3支小分队40多名作家分赴海东市、果洛州玛沁县、甘德县、班玛县和青海油田敦煌基地及柴达木盆地开展为期15天的采访创作活动，深入基层农村、牧区、企业，以庆祝改革开放40周年为主题，创作了一批散文、诗歌、报告文学和纪实文学等文学作品。

【“第六届全国青年美术作品展览巡展”举办】

7月26日至8月12日，由中华全国青年联合会、中国文联、中国美协共同主办，中国美术馆、中华艺文基金会支持，青海省美协、青海美术馆承办的“第六届全国青年美术作品展览巡展”在青海美术馆举办。展览汇集中国画、油画、版画、雕塑、水彩•粉画、漆画、插图•连环画、综合材料绘画等8个类别的入选作品387件，其中前46件作品为“第十三届全国美术作品展览”展区直送作品。本次巡展系青海省首次承办国家级大型展览活动，也是青海美术史上展览规格和水平最高、展览规模最大的一次专业学术展览。

【主办纪念改革开放40周年农牧民摄影成果展】

11月21至28日，由青海省摄协主办的“纪念改革开放40周年农牧民摄影成果展”在青海美术馆开展。本次展览全部面向基层一线农牧民，共征集摄影作品400余幅，其中的160幅优秀作品入围展览，作品涵盖生态建设、自然风光、民俗人文和野生动植物等内容。

【青海省庆祝改革开放40周年美术书法摄影作品展举办】

12月22日至2月15日，由青海省委宣传部、青海省文联主办，青海省美协、青海省书协、青海省摄协、青海美术馆承办的“青海省庆祝改革开放40周年美术书法摄影作品展”在青海美术馆举办，321件美术书法摄影作品参展。展览以艺术的形式充分反映了改革开放40年来青海经济社会、生态文明建设、人民群众生活等方面所发生的深刻变革和巨大成就，展示了40年来青海省美术、书法、摄影事业取得的长足发展和丰硕成果。

【中国生态之窗——三江源国家公园摄影展（大赛）评奖揭晓】

11月22日，三江源国家公园管理局、青海省生态保护和建设办公室、青海省摄协联合主办首届“中国生态之窗——三江源国家公园”摄影展（大赛）评奖揭晓。影展共征集作品3942幅，经专家组两轮评审，江永文保《可可西里藏羚羊》组照等3幅(组)作品获得收藏奖，文德《天上索加》等12幅(组)作品分获一、二、三等奖，另评出优秀奖59名，入选奖200名。

【“舞动新时代•绽放新风采”原创舞蹈大赛揭晓】

10月18日至30日，青海省委宣传部、青海省文联、青海省文化和旅游厅、青海省教育厅、青海广播电视台联合主办，青海省舞协、青海昆仑广视传媒集团承办“舞动新时代•绽放新风采”原创舞蹈大赛，全省42家单位130多部作品近1600名演员参赛，最终46部作品分获奖，11个单位荣获优秀组织奖，并在青海电视台举办了原创舞蹈精品展暨原创舞蹈大赛颁奖典礼。

【2018中国青海《格萨尔》史诗民间艺人原生态演唱会暨学术研讨会系列活动】

8月13日至14日，由中国民间文学大戏出版工程领导小组、中国民协、青海省文联主办，中国民间文学大戏出版工程编纂出版工作委员会、青海省《格萨尔》史诗研究所、青海省民协承办的“中国民间文学大系出版工程•2018 中国青海《格萨尔》史诗民间艺人原生态演唱会暨学术研讨会系列活动”在西宁市湟中县群加乡举行，中国文联、中国民协及来自全国各地60多名专家、学者、艺人参加活动，期间开展了专家讲座、学者论坛、成果展览等以传承、培训、学术为一体的青海格萨尔文化综合性活动，同时标志着青海省“中国民间文学大系出版工程”全面启动。

【举办第四届中国西北音乐节歌曲评奖暨玉树音乐采风活动】

8月6日至12日，西北五省区音协共同主办“庆祝改革开放四十周年·第四届中国西北音乐节歌曲评奖暨玉树音乐采风活动”，16位音乐家参加，西北五省区138首作品参评，期间深入玉树州称多县尕朵乡采风并创作出15首反映当地民风的声乐作品。

【庆祝改革开放四十周年暨社会主义核心价值观少儿合唱音乐会举行】

11月16日，由青海省文联主办，青海省音协、青海民族大学和西宁市城西区教育局承办的“青海省庆祝改革开放四十周年暨社会主义核心价值观少儿合唱音乐会”在青海大剧院音乐厅举行，青海省音协、青海师范大学附中、西宁市古城台小学、西宁市胜利路小学、西宁市贾小庄小学和青海民族大学艺术学院等6支合唱团参演。

【“中国藏族卓舞之乡”授牌】

7月23日，“中国藏族卓舞之乡”授牌仪式在玉树藏族自治州玉树县“格萨尔”广场举行，中国舞协分党组书记、驻会副主席兼秘书长罗斌，中国舞协分党组成员、副秘书长柳斌，中国舞协活动管理处处长张鹤及工作人员张雅宁、青海省文联、青海省舞协及玉树州（市）领导出席揭牌仪式，罗斌为玉树县仲达乡授牌并致辞。

【系列文艺惠民活动多地开展】

2018年，青海省文艺志愿者协会围绕元旦、春节、3•15学雷锋日、5•23中国文艺志愿者服务日、农民丰收节等重要时间节点，组织艺术家及文艺志愿者赴玉树州杂多县、班玛县、互助县、祁连县等地开展“我们的中国梦•文化进万家文艺志愿服务活动”“送欢乐下基层百幅肖像进万家摄影系列活动”“新春送‘福’送春联”“到人民中去——乡村艺术教师培训、文艺慰问演出、文艺支教、书画笔会、文学小分队进校园”等“送”“种”结合的文艺志愿品牌活动150余场（次），先后为群众赠送美术、书法作品400余幅，春联、福字8000余幅，全家福、肖像照300余幅，参与活动的志愿者达800余人（次），受益群众2万余人。

组织《“汉译民”藏语卷（2016）》五卷本作家、翻译家赴青海民族大学藏学院、青海师大民族师范学院、黄南州民族中学和塔尔寺、结古寺、隆务寺、夏琼寺等寺院捐赠图书共1.2万册。

6月至11月，组织青海省舞协、书协、美协、摄协、曲协150余名文艺志愿者分赴湟中县、海北州、互助县、玉树州等地举办“服务群众、深入生活”走基层主题实践采风培训活动，培训基层文艺骨干1400余人。

3月至10月，继续开展“戏剧进校园”活动，该活动已经惠及西宁一中、周家泉小学、互助一中、互助彩虹中学、黄南尖扎民中、同仁逸夫学校、泽库民中等学校，全年培训师生近3500人。

5月至10月，组织70余名美术家深入大通县、贵德县、化隆县群科镇、湟中县第一中学等地开展书画进课堂、采风创作、美术培训等志愿服务活动，捐赠各类美术作品百余幅，培训美术爱好者600余人。

青海美术馆引进“第六届全国青年美展”，举办“爱国老人喜饶嘉措大师爱国爱教展”“青海省第四届青年美展”“第二届青海书坛新秀20人作品展”“翰墨寄深情——两岸新闻界书画作品展”等展览近50场，展品超过6000件。

召开青海台湾新闻界书画交流会，举办“聚梦夏令营”“深入青海——心解绘画写意性”文化系列讲座等特色活动20余场（次）。

继续开展全国首创独有品牌活动——“夏夜美术馆”，2016年至2018年青海美术馆观众累计突破18万人次。

顺利完成民俗音乐剧《音画玉树》《吉祥彩绘》（百幅）、青山绿水新青海——西宁丝毛挂毯编织等三项中国文学艺术基金扶持项目，获准扶持资金108万元。

完成“中国文艺基金会2018年青海农村（艺术）教育资助项目”，全省30名艺术贫困生获助，资助金额7.5万元。

邀请省内外音乐、舞蹈、书法、美术、手工专业5位专家教师赴玉树州完成“中国文艺基金会2018乡村学校少年宫艺术辅导培训计划青海省杂多县培训项目”，培训学员186名。

联合中国公益摄影协会资助互助县丹麻乡小学、循化县职校、玉树县职校、杂多县职校4所学校开设公益摄影班。

文艺创作与研究

编辑出版《青海，我的家园（第二辑）》，该书共收到来稿约210篇，采用稿件90篇，约48万字。

编辑出版《青海文学十年精选》（6卷本），《野牦牛翻译文学十年精选》（4卷本）文学丛书，精选本汇集全省259名老中青作家近10年创作的优秀作品300余篇（首）。

完成《"汉译民"藏语卷（2016）》五卷本出版工作，总字数近150万字。

开展庆祝改革开放40周年主题散文、诗歌、报告文学和纪实文学等文学作品创作活动，《青海湖》杂志专刊发表。

编辑完成《中国民间文学大系•史诗•格萨尔•青海卷》《中国唐卡文化档案•藏娘卷》，全面启动实施《中国民间文学大系》出版工程，完成《中国民间文学大系•史诗•格萨尔•青海卷》第一卷100万字、50幅图片。编辑出版《中国唐卡文化档案•藏娘卷》，上交图片2000幅、文字10万字、专题片影像资料100分钟。

完成"庆祝改革开放40周年全省优秀曲艺作品创作活动"，创作曲艺作品50多篇，遴选8篇优秀作品排演专场演出，12篇分两期在《青海日报•人文周刊》专版刊登。

完成玉树州"中国藏族卓舞之乡"授牌及采风创作活动，创作了一批接地气、有生气的优秀舞蹈作品。

直属单位

【青海省《格萨尔》史诗研究所】

4月21日至24日，青海省《格萨尔》史诗研究所、果洛藏族自治州文体广电局主办，果洛州玛沁县文体广电局承办的"第二届格萨尔文化生态保护实验区《格萨尔》史诗传承艺人培训班"在果洛州玛沁县下大武乡藏文化中心举行。

4月，开展第二届青海省《格萨尔》研究成果奖评选工作，最终评选出著作类一等奖1部、二等奖2部、三等奖3部，论文类一等奖1篇、二等奖2篇、三等奖3篇。

4月，国家社科基金项目"中国藏区民间格萨尔信仰的田野考察"和"玉树地区的《格萨尔》文化普查与考证"顺利结项。

6月，申报国家级社科基金项目"《格萨尔》中的藏族生态文化研究 "和"《格萨尔》史诗中的传统民俗文化研究"获得立项。编译《〈格萨尔〉史诗简明读本》之《受命天界》和《降生人间》完成初稿。

7月26日，在玉树杂多县举行"青海省《格萨尔》史诗非遗文化传承保护科研基地"授牌仪式。

8月13日至14日，完成2018中国青海《格萨尔》史诗民间艺人原生态演唱会暨学术研讨会系列活动。

9月15日，作家出版社、中国华夏文化遗产基金会、青海省《格萨尔》史诗研究所联合主办降边嘉措新著《英雄格萨尔》学术研讨会。

10月11日，在青海湖东喜玛拉登地区设立《格萨尔》史诗传承基地，此为国家"非遗"传承保护项目之一，喜玛拉登在《格萨尔》史诗中具有一定影响，也是目前青海省格萨尔文化传承保护的重要地区之一。

10月下旬，搜集、编印民间《格萨尔》珍贵手抄本《大食财宝宗》。

10月底，省《格萨尔》史诗研究所主办的《格萨尔研究》2016—2018年合刊完成藏汉文编辑工作，刊发研究论文20余篇，图文并茂地展示了近三年来青海省《格萨尔》工作新成绩。

11月初，省《格萨尔》史诗研究所副研究员巷欠才让专著《史诗〈格萨尔〉中的体育文化普查与研究》由青海民族出版社出版发行；11月12日，巷欠才让入选青海省文化名人暨"四个一批"优秀人才。

11月24日，青海省"高端创新人才千人计划"特殊经费支持的自主项目"国内首家格萨尔文化传承人数据库"建设项目正式开通，项目得到《中国文化报》、中央人民广播电台、中国藏语广播网、《青海日报》、新华网、中国新闻社、青海新闻网等媒体和学术界的高度关注。

12月底，省《格萨尔》史诗研究所共完成《敦氏预言授记》《门岭大战》《征服魔国》《仙界遣使》《降岭之战》《征服雪山水晶国》《郭拉擦宗》《欧燕银宗》《大食财宝宗》《岭八十大将传》等10部原始史诗部本的数字化转换及储存工作，共5569页。

【青海省文联文学创作与理论评论中心】

3月21日至23日，青海省文联副主席秦光明，省文联文学创作与理论评论中心主任贾一心赴海西蒙古族藏族自治州，就州市文联深化改革开展督促，同时就海西州新文艺组织、新文艺群体展开调研。

4月10日至13日，秦光明、贾一心同志赴福建厦门参加全国文联研究部门工作会议。

7月6日，省文联文学创作与理论评论中心作家龙仁青散文《弟弟的水果糖》在《光明日报》副刊发表。《河湟皮影戏的生成语境与流布》发表于《青海师范大学民族师范学院学报》2018上半年刊。

【大湖出版文化传媒有限责任公司】

举办青海省作协2018年中青年作家读书班，协办“第二届昌耀诗歌奖”颁奖典礼活动，编辑出版《青海湖•中青年作家读书班专号》《青海湖•致敬改革开放40周年青海女作家专刊》《青海湖•庆祝改革开放40周年青海作家“深入生活 扎根人民”采访创作活动作品集》。

编辑部“视听世界”栏目与青海省音协合作在《青海湖》每期刊发青海有成就老音乐家人物传记一篇，2018年累计刊发8篇。

编辑部“史诗肖像”栏目组织省内知名作家挖掘整理格萨尔艺人事迹，为格萨尔艺人建档立传，2018年共刊发8篇格萨尔艺人采访文章，编辑出版《青海国家级格萨尔文化生态保护工程——果洛格萨尔文化丛书》。

2018年，编辑出版发行《青海湖》文学版12期、《青海湖•人文胶州版》6期、《西海文摘报》50期、《俪人•西部散文选刊》12期，共完成近540万字的审稿及编辑工作。

2018年努力推进公司宣传与推介，积极扩大影响，向全国各省市区作协、各省级文学期刊社和国内100所著名大学的文学院、国外著名大学的图书馆80所、孔子学院20所邮寄刊物。利用《青海湖》微信平台，宣传、推介本省优秀作家及作品，获得省内外作家读者的广泛关注，极大地方便了读者的阅读，搭建了读者与杂志的交流桥梁。

【青海美术馆】

1月10日，省委常委、宣传部部长张西明陪同中国文联党组书记、副主席李屹视察美术馆并指导美术馆相关工作，要求切实做好制度立馆，用各项活动诠释出一个有温度有态度有能量的美术馆，更好地为社会为大众服务，同日“青海文艺家之家”在青海美术馆挂牌成立。

2月10日，举办“戊戌有福”——青海美术馆迎新春送春联文化惠民活动。

3月至4月，美术馆员工分两批赴江苏、浙江、广东，与深圳关山月美术馆、广东美术馆、雅昌艺术中心、江苏省美术馆、浙江美术馆、中国美术学院等开展馆际交流学习活动，借鉴先进管理运营模式及方法内容。

2018年，承办“第六届全国青年美展”青海美术馆巡展、“高原回应大海”——纪念改革开放40周年青海美术作品展深圳关山月美术馆巡展、“依依东望——钟锡九和他的朋友们”书法纪念展、“陶印辉光——中国陶瓷印创作生态研究展”“翰墨寄深情——两岸新闻界书画作品青海展”“时代抒怀——浙江美术馆馆藏作品展”“中原画风•河南省优秀美术作品青海展”“家和万事兴——家教家风主题展”“林锡纯先生逝世一周年追思会暨书法作品展”“青海省庆祝改革开放40周年美术书法摄影作品展”“爱国老人喜饶嘉措大师爱国爱教展”“青海省第四届青年美展”“第二届青海书坛新秀20人作品展”等展览近50场，展品超过6000件。

召开青海台湾新闻界书画交流会，举办“聚梦夏令营”“深入青海——心解绘画写意性”文化系列讲座等特色活动20余场（次）。

继续开展全国首创独有品牌活动——“夏夜美术馆”。2016年至2018年，青海美术馆观众累计突破18万人次。

自8月20日起，青海美术馆典藏部陆续正式典藏齐白石、张大千、赵望云、石鲁、田汉、启功、林散之、钟锡九、林锡纯、吴长江、杜滋龄、周京新等艺术大家的61件重要作品。

各文艺家协会

【作家协会】

3月至6月，承办“第二届昌耀诗歌奖评奖活动”。

6月16日，由西藏琼结县政府等主办的全国藏汉双语诗歌大赛暨“第二届吐蕃诗人奖”评选活动结束，青海省作协推荐的青海省藏族诗人居•格桑荣获“吐蕃诗人”奖。

6月26日，青海省作协、海东市互助县文联、东和乡中心学校联合举办“青海省作协文学小分队进校园文学志愿服务活动”，近20名艺术家与师生交流并为学生签名赠书，计230本。

6月28日，青海省作协、省散文报告文学学会与海北藏族自治州门源县文联、西滩寄宿制小学共同举办“省作协文学小分队进校园文学志愿服务活动”，邢永贵、祁建青等12名省内知名作家参加活动。

6月30日至7月7日，顺利完成“浙青作协交流活动”。

7月28日至29日，青海省作协、青海省企业联合会共同在海北藏族自治州海晏县河清牧场主办“河清牧场诗意行”采访活动，来自全省各地的14名作家、诗人、媒体记者参加。

9月，完成由青海省委宣传部主办、青海省作协、《青海湖》编辑部承办的庆祝改革开放40周年青海作家“深入生活、扎根人民”采访创作活动。

9月10日至30日，在湟中群加文艺创作基地举办“青海2018年度中青年作家重点作品创作培训班”两期。

9月14日，青海省作协、西宁市关心下一代工作委员会、西宁市民办教育协会共同发起西宁市第六届“紫恒杯”小荷作文征文大赛活动。

10月18日，青海省作协网络文学委员会成立，委员会作为省作协内设机构，由网络作家义务开展联系新文学群体、引导网络文学发展工作。

11月25日，《青海文学十年精选》（6卷本）、《野牦牛翻译文学十年精选》（4卷本）两套丛书编选出版，两套丛书共精选259名作者10年间创作并公开发表的优秀文学作品（含藏译汉）共300多篇（首），分体裁结集出版，基本囊括各文体代表性作家的代表性作品，是创作活跃的青海作家的集体亮相。

12月3日，召开省作协第八次代表大会，全省120名代表参加会议，选举梅卓为青海省作协主席。

12月，举办第四届“中国梦•青海故事”征文活动，终评获奖作品20部。

12月20日，由青海省作协、果洛州委宣传部、果洛州文化体育广电局主办的“格萨尔文化系列图书出版座谈会”在西宁召开，全国《格萨（斯）尔》工作领导小组办公室主任、研究员诺布旺丹，省文联党组成员、副主席、省作协主席梅卓等40余名专家学者参加出版座谈会。

2018年，推荐2部作品申报浙江省作协优秀作品助推计划，推荐3名作家参加鲁迅文学院少数民族文学创作高级研修班(诗歌创作班）学习，推荐5名优秀期刊编辑参加鲁迅文学院少数民族文学创作高级研修班（民族地区刊物编辑班）学习，推荐1名作家参加鲁迅文学院34届高研班学习，推荐4名基层作协负责人参加鲁迅文学院基层负责人培训班学习，推荐10名作家申报定点深入生活项目、组织4部作品申报重点作品扶持项目、组织10部作品申报少数民族作家重点作品扶持项目、组织4部作品申报“民译汉”项目、组织5部作品申报中国作协中国当代文学创作工程，青海省作家马云龙（回族）、祁建青（土族）、求夏（藏族）、曹建川获得中国作协2018年度定点深入生活项目。

9月18日，邀请宁夏区作协副主席、诗人、编剧唐荣尧为青海省作协中青年重点作品创作培训班学员及20余名会员授课。

9月28日，邀请鲁迅文学奖获得者、湖北省文联主席熊召政和《收获》杂志副主编钟红明在青海美术馆为中青年重点作品创作培训班学员及50余名会员授课。

【音乐家协会】

5月2日，西北五省区音协与上海音协共同主办第35届上海之春音乐节锦绣中华——西北风情民族管弦乐音乐会，由上海民族乐团演奏了青年作曲家李玥锦作曲的竹笛、扎木年与乐队《自云端来》的世界首演，扎木年由青海省音协推荐的青海本土牧民万代才让演奏，作为音乐会的开场曲，受到上海观众的欢迎。

6月至10月，举行青海省第二届高校音乐专业声乐交流音乐会、乌克兰著名钢琴演奏家阿娜斯塔西娅•卢基亚年科举办钢琴讲座。

8月6日至12日，西北五省区音协共同主办“庆祝改革开放四十周年第四届中国西北音乐节歌曲评奖暨玉树音乐采风活动”。

9月至11月，主办“庆祝改革开放40周年青海男高音经典歌曲音乐会”“庆祝改革开放40周年暨民族团结进步主题演唱会”“青海省庆祝改革开放四十周年暨社会主义核心价值观少儿合唱音乐会”。

10月至12月，监制出版《我心中的玉树》——玉树音乐之旅专辑、《青海长风颂大美》——青海省庆祝改革开放40周年优秀原创歌曲专辑。

12月26日，召开青海省音协第七次代表大会，通过了理事会工作报告，选举产生了青海省音协七届理事会、主席团，高质量圆满完成了选举的各项工作。

2018年，主办“大美青海”旅游宣传歌曲征集比赛、星海杯全国钢琴比赛青海选拔赛，选拔选手参加“第17届卡西欧全国电子键盘大赛”，分获合奏一等奖、甲组一等奖、即兴创作一等奖；余浩旻获中国音乐小金钟最高奖“新星奖”。

整理完成全国音乐会员数据库，出版当代音乐家系列丛书《桑德管弦乐作品集》；与《青海湖》杂志协商开办“视听世界”栏目，为12位优秀的音乐家为他们立传。

选送杨忠等14人分批次参加中国音协新兴音乐组织服务培训，全国中青年词曲创作骨干培训班，全国基层音乐人才培训班，全国青年声乐骨干培训班，全国中青年琵琶、二胡、电子键盘等培训班。

继续开展教育部、中央音乐学院校外音乐水平考级活动，10月开展全国音乐等级考试机考，并已实现网上报名。

【戏剧家协会】

3月至10月，继续开展西宁一中、周家泉小学、互助一中、互助彩虹中学、黄南尖扎民中、同仁逸夫学校、泽库民中等学校戏剧进校园工作。

9月18日，主办“讲好青海故事 弘扬高原精神、传播优秀文化”剧本朗读会。

10月16日至23日，组织10名优秀会员参加中国田汉戏剧周展演活动，荣获3个一等奖、4个二等奖、3个三等奖的好成绩。

11月4日，组织推荐省京剧团《藏羚羊》参加长江戏剧节获得优秀展演剧目。

12月17日，召开青海省剧协第七次代表大会及七届理事会暨第二次省剧协深化改革会议，会议选举产生新一届剧协领导机构，成立省剧协艺术委员会、民间剧团工作委员会、青年艺术家之友工作委员会，印发相关管理条例。

12月29日，编辑出版《改革开放40年青海省优秀剧本选》。

2018年，参加国家艺术基金申报培训班，并在省文联组织开展申报培训工作，按要求完成“庆祝新中国成立70周年黄河流域地方戏（折子戏）传播交流推广项目”申报工作，推荐3名民间戏剧剧团业务管理人员参加中国剧协举办的民间职业剧团戏剧人才培训班，推荐2名民营剧团管理人员参加中国剧协举办的全国民营剧团院团长培训班。

【舞蹈家协会】

5月15日，主办“中国舞蹈节5•15‘我要舞’青海群众舞蹈展演”，西宁市近2000名群众齐聚中心广场，与全国16个城市的群众演员同步开展舞蹈展演，并实现在中国舞蹈家服务号“舞蹈plus”和西宁数字文化网进行全程网络直播。

10月，承办“舞动新时代•绽放新风采”青海省庆祝改革开放40周年原创舞蹈大赛。

5月29日至30日，青海省舞蹈家志愿小分队赴海东市互助县开展支教采风活动，为全县业余舞蹈编导、中小学舞蹈老师、文化馆舞蹈演员、县域部分乡镇舞蹈队成员、自由舞蹈从业人员进行授课辅导。

7月，完成玉树州仲达乡“中国藏族卓舞之乡”授牌工作；承办“中国舞蹈家协会文艺骨干和文艺管理干部青海培训班”，全省专业艺术院团、文化馆（站）、艺术培训机构、艺术院校及新文艺群体19家单位近80名学员参加培训，中国舞协分党组书记、驻会副主席兼秘书长罗斌，北京舞蹈学院教授刘建，首都师范大学舞蹈系教授武巍峰，北京舞蹈学院青年舞团讲师武帅应邀授课；选送西宁市城北区青少年活动中心少儿舞蹈作品《水之灵》赴上海参加2018年“舞动中国梦”少儿舞蹈精品展演，荣获“舞动新苗”荣誉称号；选送青海省文化艺术职业学校的作品《热土•礼赞》参加第五届“荷花少年”全国舞蹈展演，荣获“星光少年”荣誉称号。

8月1日至9日，组织开展北京舞蹈学院中国舞考级，全省考级人数1083人，考级通过率达到100%。

10月19日至30日，承办“舞动新时代•绽放新风采”青海省庆祝改革开放40周年原创舞蹈大赛。

12月28日，召开青海舞协第七次代表大会，选举产生协会新一届领导机构。

2018年，推荐会员参加“荷花少年”全国舞蹈创作高级研修班、第十届“小荷风采”全国少儿舞蹈创编高级研修班、第四届全国中青年舞蹈创编人才高级研修班。

【书法家协会】

1月19日至2月12日，青海省书协组织近百名书法志愿者开展“送福进万家志愿活动”，志愿者走进湟中县昂藏村、湟中县多巴新城康川街道广场、湟中县多巴镇通海城中村、湟中县甘河镇、大通县青海水泥股份有限公司、民和回族土族自治县古鄯镇菜子湾村、中国水电四局、武警海东支队、青海百河铝业有限责任公司、青海省地矿局、中国铝业青海分公司、金辉矿业集团有限公司、青海瑞合铝箔有限公司、青海省圣源地毯有限公司、中石油青海销售公司、青海省康乐医院、青海省红十字医院、青海美术馆、青海省图书馆等地，书写赠送春联福字近万幅。

1月至9月，青海省书协组织书法家赴国网青海省电力公司、海西州、格尔木市、德令哈市、海东市、湟中县、大通县、贵德县、循化县等地，连续举办“青海省书法家协会公益大讲堂”近10场。

2月至12月，青海省书协主办青海省“翰墨迎春”春联书法邀请展、“中国梦•劳动美”——全省职工庆五一书法作品展、第二届青海书坛新秀20人书法作品展、青海省第二届女性书法篆刻作品展、青海省首届老年书法展、林锡纯先生逝世一周年追思会及书法作品展等大型展览活动。

6月28日，“诗意青海书法晋京展”在北京阳光重阵美术馆开幕，中国书协分党组书记、驻会副主席陈洪武，青海省文联党组成员、副主席李国权，民革中央画院副院长、北京重阵美术馆馆长张国辉，青海省书协主席石力，青海美术馆馆长陈治元，青海省书协副主席郭强、谢全胜等出席开幕会。

10月11日至13日，青海省“全国第六届妇女书法篆刻展”暨“全国第三届册页展”作品看稿会在西宁举办，清华美院教授刘景芳与册页投稿作者深入交流。

12月11日至15日，全国第六届妇女书法篆刻作品展评审工作在西宁青海美术馆进行，收稿7269件（不含重复稿件），入选260件，其中青海作者徐小江、王晓鹏入展。

12月22日，庆祝改革开放40周年美术书法摄影作品展在青海美术馆展出，书法作品入展116幅。

4月6日，青海省2018春季书法考级，参加考试人员614人。

7月15日至22日，青海省书协、省书协篆书篆刻专业委员会、草书专业委员会在青海美术馆分别举办《书法与篆刻——我从千年来带着翰墨香》《元朱文欣赏与创作》《大字行草书创作体会》专题讲座，省内书法家、书法爱好者450余人参加。

8月16日，青海省书协举办毛国典、陈海良学术讲座暨创作点评活动。

8月27日至9月2日，青海省书协在省书协教育培训中心举办妇女书法篆刻创作班，省内女书法家51人参加培训。

6月至10月，青海省书协主办百名书法家同书宪法魂法治文化主题创作活动、全省书法界学习交流活动、全国第六届妇女书法篆刻展创作点评活动，青海省书协主席团、理事会部分成员及创作骨干150余人参加。

【美术家协会】

2018年,青海美协承办“笔墨鉴初心——张元吉中国画作品展”“高原回应大海——青海美术作品深圳市关山月美术馆巡展”“我行其野”纪平、陈海平、刘建宁书画作品联展，“情系丝路——西部大地情”甘、青两地美术作品联展、“多彩循化”全省书画作品展、“渤海明珠——天津美术作品展”“第六届全国青年美展”“别梦依稀——朱乃正书画收藏品纪念展览”“中原画风•河南省优秀美术作品青海展”“青海省第四届青年美术作品展”“庆祝改革开放40周年暨德令哈建市30周年”全省书画作品展、《乡愁——远山的呼唤》省垣油画/水彩写生作品七人展、“牵手国寿共创未来”少年儿童绘画作品展、“丹青绘就改革开放路，翰墨抒怀民族复兴梦——纪念改革开放40周年”书画展等。

3月27日，青海省美协联合青海电视台《百姓一时间》栏目组赴海东市化隆县群科镇共同举办“春天在艺术的气息里”创作采风活动，画家们用笔墨展现春意盎然，激发创作灵感，同时助力精准扶贫，描绘新时代下乡村风貌变化。

5月25日至31日，举办2018“到人民中去”青海省文联文艺志愿服务主题活动——青海省美术家小分队赴祁连支教、采风创作活动，发现、挖掘、培养基层美术人才。

3月，报送会员韵文江参加中国文联、中国美协举办的“第七届西部少数民族青年美术家高级研修班”，报送会员张爱民、梁子隽、林涛参加国家2017年度艺术人才培养资助项目——“草原八省区水彩粉画创作人才培养”。

8月，报送会员赵强参加中国文联第七期全国少数民族地区文艺骨干（视觉艺术）研修班，报送梁子隽、霍建云、孙发安参加中国美协举办的第三期青年文艺骨干和文艺管理干部培训班。

12月27日，召开青海省美协第七次代表大会，选举产生青海省美协第七届理事会和主席团。

2018年，重要国家级专业展览中：会员梁子隽作品《琴清风初动》入选第六届全国青年美术作品展；会员黄沛沛中国画作品《高原红》入选第四届“八荒通神”——哈尔滨美术双年展，作品《高原骑手》入选“第九届民族百花奖”中国各民族美术作品展，作品《高原迁途》入选“翰墨青州•2018全国中国画作品展”，作品《高原轻风》入选“汉风唐韵•水墨长安——中国画作品展”，作品《高原前行》入选第三届中国民族美术双年展；会员银卓玛中国画作品《故里圣地》入选“第九届民族百花奖”中国各民族美术作品展，《追梦》入选“同源•首届中国画作品展”，《梦故乡》入选“墨香诏安——中国画作品展”，《海丝纽带》入选“水墨融情海丝梦”首届全国中国画作品展；会员张岩春作品《光华映千秋》入选“美丽中国•纪念改革开放40周年——全国中国画作品展”；会员李积霖作品《新霜篱落》入选汉风唐韵•水墨长安——中国画作品展。

【摄影家协会】

1月至2月，青海省摄协组织30余名摄影家组成志愿小分队分赴黄南州同仁县曲库乎乡古德村、湟中县群加下圈村、海东市公安消防支队工业园区大队开展“2018年送欢乐下基层百幅肖像进百家系列活动”，摄影家走村串户为村民和公安消防官兵拍摄、装裱、赠送全家福、肖像照和军营生活“写真”照近400幅。

7月17日至20日，青海省摄协组织摄影家赴果洛州班玛县及玛可河林场举办摄影讲座、系列培训、创作交流以及本土摄影家雅格多杰个人摄影展等文艺志愿服务活动。

8月10日，青海省摄协组织十余名摄影家赴海南州贵德县河西村美的花田农场进行采风创作活动，为打造美丽乡村建设增砖添瓦。

9月29日至30日，海东市摄协、青海省摄协在互助北山景区举行摄影创作基地授牌、摄影采风、培训等系列活动。

10月11日至19日，青海省摄协组织摄影讲师赴青海油田（敦煌七里镇、花土沟）举办摄影培训交流创作活动，两地近300名摄影爱好者参加了培训。

11月19至20日，在西宁举办全省农牧民摄影培训班，来自玉树州、果洛州的40余名牧民摄影爱好者参加了培训。

12月，中国公益摄影协会与青海省摄协共同资助互助县丹麻乡小学、循化县职校、玉树市职校、杂多县职校4个公益学校摄影班，丹麻乡小学、循化县职校摄影班顺利开班，每班50名学生参加了摄影系统性学习。

2018年，省摄协承办“2018化隆•群科第四届杏花旅游节”全省摄影大赛、“青海省第十七届运动会暨第二届全民健身大会武术运动摄影大赛”、青海西宁湟水国家湿地公园第37届“爱鸟周”宣传活动暨“西宁湟水湿地鸟类”摄影大赛、“国宾园林•盛世牡丹”摄影大赛、“青海省土地整治摄影大赛”“昆仑圣殿格尔木”青藏高原野生动物全国摄影大展、“大美青海•梦幻察尔汗”全国摄影大展、“红星地产杯”首届全国野生动植物摄影大赛、第十六届环青海湖国际公路自行车赛“安兆坊杯”国际摄影大赛颁奖典礼暨第十七届环青海湖国际公路自行车赛“安兆坊杯”国际摄影大赛、“丝路•驿站——日月山古道文化摄影大赛”“大美西宁——美丽乡村建设成果摄影大赛”“民族团结一家亲”摄影大赛、2018年第二届精准扶贫摄影大赛、“2017中国青海坎布拉摄影旅游节”摄影大赛、首届“中国生态之窗——三江源国家公园”

摄影展、“辉煌四十年——青海美术书法摄影作品展”等。

【民间文艺家协会】

1月至11月，完成玉树、黄南相关地区唐卡、壁画的访谈等动态影像数据采集、静态图片拍摄整理、文字撰写等工作，11月上交《中国唐卡文化档案•藏娘卷》图片2000幅、文字10万字、专题片影像资料100分钟，《中国唐卡文化档案•年都乎卷》图片1000幅，文字13万字，专题片影像资料100分钟。

3月至5月，青海省民协在《中国民族报》文化周刊视野推出由青海省民协主办的《让更多人在传统村落中看到“乡愁”》《河湟流域的传统村落》《隆务河流域的传统村落》《玛柯河流域的传统村落》《澜沧江流域的传统村落》《通天河流域的传统村落》《移动的游牧村落》等青海传统村落图文专题七期。

4月，青海省民协选送空竹代表队赴河南省开封市清明上河园参加“2018中国（开封）清明文化节•全国抖空竹展演”，青海代表队取得优秀奖。

4月，青海省民协组织唐卡、刺绣、藏绣、丝毛挂毯等民间工艺参加中国民协、山东省文联主办的第三届中国（潍坊）民间艺术博览会，获10项金奖。

8月13日至17日，青海省民协承办的“中国民间文学大系出版工程•2018中国青海《格萨尔》史诗系列活动”在青海省湟中县举行，期间召开了《中国民间文学大系•史诗•格萨尔•青海卷》编纂工作推进会并安排了艺人演唱、专家讲座、学者论坛、成果展览等活动，艺人演唱视频和学者论文将于后期结集出版。青海省民协全面启动实施《中国民间文学大系》出版工程编纂工作，截至11月，省民协根据《〈中国民间文学大系〉出版工程示范卷编纂工作任务书》中指定的示范卷卷本要求，向中国民协上交《中国民间文学大系•史诗•格萨尔•青海卷》第一卷100万字、50幅图片。

8月21日，受中国民协委托，由中国民协顾问罗杨带队一行8人，赴青海省开展“新文艺群体文艺人才专业技术职称评定和青年文艺人才培养工作”调研，调研组与青海省作协、音协、舞协、民协、曲协、书协、美协、摄协及民间艺人代表近50人进行了座谈交流，并赴西宁市湟中县、黄南州等地进行深入调研。

9月，组织8名会员代表赴山东省烟台市参加“中国民协第一期深入学习贯彻习近平新时代中国特色社会主义思想和党的十九大精神研讨班”。

10月，青海省民协组织会员参加中国民协、江苏省委宣传部、江苏省文联、江苏省文化厅主办的“2018全国农民画优秀作品展”，全国展出作品150幅，青海省民协推荐的三幅作品入展。

10月，由中国文联、中国民协、江西省委宣传部、江西省文联等举办“第十一届中国民间艺术节暨第十四届中国民间文艺山花奖•优秀民间艺术表演（民歌）”初评活动在江西省赣州市兴国县举办，青海省民协推荐的黄南州泽库县民歌《石魂和韵》通过初选参加山花奖初评。

12月20日，召开青海省民协第七次代表大会，选举产生青海省民协第八届理事会和主席团。

【曲艺（杂技）家协会】

2月9日，青海省曲协组织艺术家赴青海海东市乐都区共和乡民族村举办“我们的中国梦•文化进万家”曲艺专场慰问演出。

7月12日至14日，由中国文联、中国曲协主办，青海省文联、中国文联曲艺艺术中心承办，青海省曲协、西宁市群艺馆协办的中国曲协文艺志愿服务团“送欢乐下基层”走进青海西宁志愿演出和讲座交流培训系列活动，在西宁中心广场百姓大舞台和青海美术馆等地举办，省内多家主流媒体进行了广泛宣传报道。

12月14日，由青海省文联主办，青海省曲协、青海省文化馆承办的“庆祝改革开放40周年全省优秀曲艺节目展演”在省文化馆群星剧场举办。此次活动是在省曲协集中组织曲艺作家创作的50多篇曲艺作品中选出8篇作品作为排演脚本，经过各地曲协的二次编排创作，最终上演。同时，筛选出12篇优秀作品，分别推荐刊登于12月14日和12月21日的《青海日报•人文周刊》专版。

【电影电视家协会】

1月，海西州举行首届“柴达木杯”民族团结原创微电影大赛颁奖典礼，大赛由中国视协、海西州委指导，海西州民族团结进步创建工作领导小组、海西州文联、青海省影视协、海西州广播电视台共同承办，全国各地参映作品69部，其中《德都蒙古查干萨日》《德令哈之恋》《天路情》

《器血》《良心》等多部作品荣获一、二、三等奖。央视一套《午间新闻》、中国网、人民网、新华网、凤凰网及亚洲广播电视台、中国藏族网通等给予了充分报道。

6月，应美国好莱坞（DWF）电影节组委会邀请，张海涛导演携公益电影《无手老师》参加第21届美国洛杉矶“与电影共舞”国际电影节，该电影节是美国同类电影节中规模最大的国际电影节之一，在亚洲竞赛单元展映中《无手老师》获导演、编剧、音乐、演员、制片5项提名，最终荣获本届美国好莱坞国际电影节“最佳电影观众感动奖”，受到现场观众及专家评审组的欢呼与好评。

11月，会员张帅、廖乙入参加广东佛山举办的第34届大众百花电影奖现场投票评审工作，这是大众电影百花奖开奖56年以来，青海观众首次以评委身份亮相国家级电影节，青海省影视协常务副主席张海涛应邀出席颁奖典礼、影片展映、民族电影论坛等系列活动。

12月26日至29日，中国影协第十次全国代表大会在北京召开，张海涛、万玛才旦当选为中国影协第十届全国理事。

2018年，万玛才旦导演藏族母语电影《撞死了一只羊》，荣获第75届威尼斯国际电影节地平线竞赛单元“最佳剧本奖”，同时该电影荣获第十九届东京FILEX国际电影节“评审团奖”。张海涛、陈俊杰创作的获奖电影剧本《瀚海情缘》（又名《枸杞红了》）入选福建省政府（广电、文联）重大文艺创作项目库2018年度影视剧本（全国）征集入选优秀作品并获扶持经费支持。

2018年，青海省电影电视家协会分6批次推荐骨干会员参加全国二、三、四期“新文艺群体影视专业人才培训班”“全国影视行业企业骨干人才研修班”。

【文艺志愿者协会】

2018年，青海省文艺志愿者协会围绕元旦、春节、3•15学雷锋日、5•23中国文艺志愿者服务日、农民丰收节等重要时间节点，组织艺术家及文艺志愿者赴玉树州杂多县、班玛县、互助县、祁连县等地开展“我们的中国梦•文化进万家文艺志愿服务活动”“送欢乐下基层百幅肖像进万家摄影系列活动”“新春送福送春联”“到人民中去——乡村艺术教师培训、文艺慰问演出、文艺支教、书画笔会、文学小分队进校园”等“送”“种”结合的文艺志愿品牌活动150余场（次），先后为群众赠送美术、书法作品400余幅，春联、福字8000余幅，全家福、肖像照300余幅，参与志愿者800余人（次），受群2万余人。

组织《“汉译民”藏语卷（2016）》五卷本作家、翻译家赴青海民族大学藏学院、青海师大民族师范学院、黄南州民族中学和塔尔寺、结古寺、隆务寺、夏琼寺等寺院捐赠图书共1.2万册。

6月至11月，组织省舞协、书协、美协、摄协、曲协150余名文艺志愿者分赴我省湟中县、海北州、互助县、玉树州等地举办“服务群众、深入生活”走基层主题实践采风培训活动，培训基层文艺骨干1400余人。

3月至10月，继续开展“戏剧进校园”活动，活动已经惠及西宁一中、周家泉小学、互助一中、互助彩虹中学、黄南尖扎民中、同仁逸夫学校、泽库民中等学校，全年培训师生近3500人。

5月至10月，组织70余名美术家深入大通县、贵德县、化隆县群科镇、湟中县第一中学等地开展书画进课堂、采风创作、美术培训等志愿服务活动，捐赠各类美术作品百余幅，培训美术爱好者600余人。

宁夏回族自治区文联

综 述

2018年，在宁夏回族自治区党委的坚强领导下，在中国文联和宁夏回族自治区党委宣传部的有力指导下，宁夏回族自治区文联(以下简称自治区文联)全面贯彻落实习近平新时代中国特色社会主义思想和党的十九大精神及宁夏第十二次党代会精神，以自治区文联第八次代表大会为新起点，紧紧围绕自治区成立60周年、改革开放40周年等重要时间节点，围绕中心、服务大局、改革创新，推动宁夏文艺事业取得显著成效。

会议与活动

【自治区文联第八次代表大会胜利召开】

1月15日至16日，自治区文联第八次代表大会在银川召开，来自全自治区的375名代表欢聚一堂，共商宁夏文学艺术事业发展大计。宁夏回族自治区党委书记石泰峰出席并讲话。石泰峰代表自治区党委对大会的召开表示祝贺，对自治区文联第七次代表大会以来宁夏文艺事业发展取得的成绩给予充分肯定，并向广大文艺工作者致以崇高的敬意和诚挚的问候。

石泰峰指出，文艺事业是党和人民的重要事业，文艺战线是党和人民的重要战线。文艺战线和广大文艺工作者要顺应时代召唤和人民期盼，创作更多无愧于时代、无愧于历史、无愧于人民的优秀作品，为宁夏改革发展稳定做出更大贡献。要把握正确方向，坚定不移走中国特色社会主义文化发展道路；要旗帜鲜明讲政治，牢固树立“四个意识”，在思想上政治上行动上同以习近平同志为核心的党中央保持高度一致，坚定不移听党话、跟党走；要强化理论武装，把习近平新时代中国特色社会主义思想作为引领文艺事业发展的根本遵循，深刻领会，准确把握，以群众喜闻乐见的文艺作品为载体，推动这一伟大思想深入人心；要增强文化自信，不忘本来、吸收外来、面向未来，创作更多优秀作品，推动社会主义文化繁荣兴盛。

石泰峰指出，广大文艺工作者要围绕中心、服务大局，为宁夏改革发展凝神聚气。要唱响时代主旋律，努力成为时代风气的先觉者、先行者；要投身发展新实践，站在宁夏改革发展的最前沿、第一线，描绘和记录宁夏各族人民推动改革发展的豪情壮志和辉煌历程；要传播社会正能量，礼赞最美人物、道德模范、先进典型，让人们看到美好、看到希望、看到梦想就在前方；要坚持以人民为中心的创作导向，热爱人民、服务人民，扎根人民，大力弘扬社会主义核心价值观，多出精品力作，更好地满足人民群众的精神文化需求；要坚持德艺双馨的崇高追求，牢记社会责任，抵制低俗、庸俗、媚俗，自觉弘扬新风正气，提高素质能力、勇于创新，努力攀登人生和艺术高峰。

石泰峰强调，宁夏各级党组织要加强和改进对文艺工作的领导，认真研究事关文艺发展的重大问题，为文艺事业持续健康发展创造更好的条件和环境。各级文联要认真贯彻落实群团组织改革的各项要求，更好履行团结引导、联络协调、服务管理、自律维权职能，把各级文联建设成文艺工作者的温馨之家。

中国文联党组成员、副主席赵实到会祝贺并致辞。

赵实指出，自宁夏第七次文代会以来，自治区文联在自治区党委的坚强领导下，深入贯彻落实习近平总书记系列重要讲话精神，坚持以人民为中心的工作导向，紧紧围绕地方党委的中心工作，团结带领宁夏文艺工作者，潜心创作、锐意进取，各项工作都取得了可喜的成绩。围绕民族团结、生态保护、脱贫攻坚等主题，推出了一大批展现宁夏地域特色、讴歌时代精神的文艺新作，大力培养和推介优秀文艺人才，积极开展“深入生活、扎根人民”“到人民中去”“送欢乐下基层”等主题实践活动和文艺志愿服务，唱响了新时代的主旋律。自治区文联认真履职尽责，强化职能转变和作风转变，积极推动理念创新、工作创新，不断提升了文联组织的凝聚力影响力，为汇聚起繁荣文艺的重要力量做出了积极贡献。

赵实希望自治区广大文艺工作者和自治区文联，认真学习贯彻习近平新时代中国特色社会主义思想，切实提升思想政治素质和文艺创新能力；更加坚定文化自信，勇于担当新时代文艺的崇高使命；大力弘扬和践行社会主义核心价值观，充分发挥文艺立心铸魂的重要作用；坚持以人民为中心的创作导向，努力攀登新时代的文艺高峰；坚持改革创新，充分履行文联职能，进一步彰显生机活力。

自治区主席咸辉、自治区政协主席齐同生、自治区党委副书记姜志刚、自治区常务副主席张超超等出席开幕会。大会选举产生了宁夏文联第八届委员会，杨洪涛当选为主席，崔晓华、樊虹、庾君、雷忠、王雪峰、田裕民、刘京、张春荣、范晋国、郎伟、郭文斌为副主席，庾君兼秘书长。

【自治区文联文艺志愿服务进企业】

2月9日，自治区文联组织艺术家走进石嘴山市高新科技孵化园，开展“我们的中国梦 文化进万家”文艺志愿服务活动，为园区职工送去了精彩的文艺节目和新春祝福。

活动在《节日欢歌》舞曲中拉开序幕。艺术家们进到车间，一刻都不停歇，挥毫泼墨，金剪飞舞，用手中的笔和剪刀，用心中流淌的“花儿”，用丰富多彩的艺术形式，用心中的爱，传递着新春的祝福。活动现场，艺术家们为群众书写春联、“福”字300余副、赠送剪纸作品150多幅。音乐、舞蹈、曲艺、杂技艺术家们带来了男声独唱《不忘初心》《咱老百姓》，音乐快板《咱说说党的十九大》等精彩的文艺节目，受到工友们的热烈欢迎，现场掌声不断，让200余名企业职工在车间里欣赏到精彩的文艺节目。

自治区文联党组书记崔晓华，党组成员、副主席兼秘书长庾君，石嘴山市高新管委会主任李彬等出席此次活动。

【自治区文联围绕深化改革开展调研】

按照自治区党委群团改革的安排部署和中国文联的改革要求，3月8日至10日，自治区文联党组书记崔晓华带领调研组赴西吉、隆德、泾源、海原县和中卫市开展工作调研。此次主题调研活动针对文联普遍存在的一些困难和问题，特别是如何发挥好党和政府联系广大文艺工作者的桥梁纽带作用，以及新时代对新文艺群体的团结引领，广泛征求市县两级文联的意见建议。

调研组一行还到宁夏作协扶贫联系点西吉县将台乡明星村，向新建的村综合文化活动中心赠送了书籍和摄影作品。

【自治区文联持续推进扶贫工作】

3月8日，自治区文联党组书记崔晓华带领自治区文联调研组一行，到定点帮扶的西吉县新营乡大窑滩村，就做好第二轮帮扶工作进行深入调研。在大窑滩村部，崔晓华详细了解扶贫工作进展情况，介绍了文联实施“六个一 心连心”文艺惠民工程的安排，对文联第二轮扶贫工作进行了交接。

崔晓华指出，自治区文联扶贫队2018年被评为新营乡优秀工作队，马惟军被评为优秀扶贫队员，都是对文联扶贫工作的肯定，文联扶贫工作用真情温暖了大窑滩村村民的心。

调研组一行还参观了大窑滩村村委会党员活动中心、妇女之家等，为村部新建的文化活动中心赠送了书法、摄影作品、办公桌椅。

【《宁夏回族自治区文学艺术界联合会深化改革方案》印发】

3月16日，自治区党委办公厅印发了《宁夏回族自治区文学艺术界联合会深化改革方案》。《方案》强调，自治区文联是党领导的文艺界人民团体，是党和政府联系文艺工作者的桥梁纽带，是繁荣发展社会主义文艺事业的重要力量。

《方案》明确了自治区文联改革的指导思想、基本原则、总体目标。强调自治区文联改革必须始终坚持党的领导，强化思想政治引领，注重优化职能，密切联系文艺工作者，遵循文艺人才规律，坚持问题导向。通过深化改革，切实解决自治区文联组织存在的突出问题，推动文联基本职能转变，使文联组织政治性、先进性、群众性更加突出，联系范围、服务意识和管理能力显著提升，对网络文艺和新文艺群体影响力显著扩大，桥梁纽带作用、自律维权作用、行业建设主导作用显著增强，组织活力、向心力、吸引力和行业影响力不断提高，努力培养一批文艺领军人物，把文联组织真正建设成为覆盖面大、凝聚力强、温馨和谐的文艺工作者之家。

【自治区文联系统党务干部赴延安干部培训学院开展党性教育】

为深入学习贯彻习近平新时代中国特色社会主义思想和党的十九大精神，不断增强党组织的凝聚力和战斗力，自治区文联组织机关、银川市等五市文联和新文艺群体29名党务干部，于4月25日至28日赴延安干部培训学院枣园分院开展了以“不忘初心 牢记使命”为主题的党性锻炼专题培训。

培训期间，学员们聆听了中国共产党在延安十三年的历史，参观了枣园、杨家岭、宝塔山革命旧址、梁家河村和鲁迅艺术学院。在重温入党誓词、现场教学、现场讲解、激情教学中，每一位党员的心灵一次次受到冲击和震撼，一次次受到洗礼和升华。

【首期宁夏高层次文艺人才研修班在京举办】

5月2日至11日，在中国文联文艺研修院的大力支持下，“首期宁夏高层次文艺人才（文艺名家）研修班”在北京举办。50名文艺名家、文艺骨干和文艺工作者参加了研修。此次培训班是中国文联文艺研修院承办的首次地方文艺骨干研修班，研修院高度重视，精心组织、周密安排，中国文联文艺研修院常务副院长傅亦轩、自治区文联党组书记崔晓华出席开班仪式。

此次研修班坚持“科研引领、跨界融合、延伸服务”理念，师资力量雄厚、课程丰富多彩，既有专家讲解又有现场情景演示，既有理论学习又有拓展体验，内容丰富，形式多样，生动活泼。在注重研修内容针对性、教学形式灵活性的基础上，积极引导学员解放思想、深入思考、自主学习、互动交流，实现了教学相长、学学相长，学以致用。

在研修教学环节，全体学员赴北京市通州区参观学习，并听取了通州区文联主席的案例教学，并与当地新文艺群体艺术家深入座谈交流，并共同参加文艺交流演出，宁夏音协、舞协、民协的多位学员现场即兴表演、创作，展示了宁夏文艺界的风采。双方文艺家互赠书法、剪纸作品，研修班还组织学员参观了中国文联发展史展厅和国家博物馆。

【自治区文联开启“互联网+文艺”新起点】

5月15日，宁夏文艺界（www.nxwl.org.cn）网经过改版，以全新面貌与读者见面。此次改版建设，是自治区文联贯彻国家“互联网+”行动计划和中国文联“互联网+文艺”规划建设要求，推进自治区文联网络与信息化工作建设的一项重要工作，标志着“互联网+宁夏文艺”规划建设工作全面启动。改版后的宁夏文艺界网按照大平台、大数据、大系统、集成化建设要求，接入中国文联“互联网+文艺”资源系统。

该项目的建设得到了中国文联网络文艺传播中心的大力支持。自治区文联将以此次改版上线为新起点，秉持传播先进文化，弘扬时代精神，关注文艺动态、聚焦文艺热点，加强文艺评论、倡导德艺双馨，打造文艺品牌，繁荣网络文艺的宗旨，不断加强新技术应用，丰富网站内容，加快推进“宁夏文艺之家”网上服务平台建设，努力为广大读者提供优质的网上服务。

【全国文艺评论家协会2018年度工作会在宁夏召开】

5月16日，由中国文艺评论家协会、自治区文联主办的全国文艺评论家协会2018年度工作会在宁夏召开。中国文联党组成员、副主席、中国文艺评论家协会副主席郭运德，中国文艺评论家协会主席仲呈祥，中国文艺评论家协会副主席兼秘书长、中国文联理论研究室、文艺评论中心主任庞井君，自治区党委宣传部副部长毛录，自治区文联党组书记崔晓华，中国文艺评论家协会副秘书长、中国文联文艺评论中心副主任周由强等出席开幕会。

开幕会后，还举行了“新时代文艺评论：一家一言”主席论坛，中国文艺评论家协会主席仲呈祥和来自全国9个省市自治区的文艺评论家协会主席等10位专家学者，围绕文艺评论的基础理论研究问题，就今后需要重点突破的方向分别阐述了真知灼见。本次主席论坛群英荟萃，观点新颖深刻，富含新时代文艺思想。

【自治区文联举行“到人民中去”专场文艺演出】

5月23日，为深入学习贯彻习近平新时代中国特色社会主义思想和党的十九大精神，纪念毛泽东《在延安文艺座谈会上的讲话》发表76周年，坚持“以人民为中心”的工作导向，大力弘扬“乌兰牧骑精神 做新时代文艺轻骑兵”精神，在第五个中国文艺志愿者服务日，自治区文联在银川市光明广场举办“到人民中去”——纪念毛泽东同志《在延安文艺座谈会上的讲话》发表76周年专场文艺演出，文艺工作者们饱含深情，载歌载舞，为现场观众献上了一场文艺盛宴。

【自治区党委宣传部副部长毛录到自治区文联调研】

6月15日下午，自治区党委宣传部副部长毛录到自治区文联调研，就基层文联改革、文艺队伍建设、自治区“60大庆”项目筹备情况及重点工作完成情况等召开座谈会，文联党组成员和各部室、协会代表参加。

毛录认真听取大家发言后，对自治区文联工作给予了充分肯定，并对下一步的文联工作提出具体要求。自治区文联党组书记崔晓华作会议小结。

【自治区文联到定点包扶村开展扶贫慰问活动】

6月21日，自治区文联党组书记崔晓华带队到定点包扶村西吉县新营乡大窑滩村开展扶贫慰问活动。在西吉县新营乡大窑滩村文化活动服务中心，崔晓华一行与随行的宁夏剧协主席李小雄、宁夏剧协理事徐爱琴和宁夏秦腔剧团首席板胡冯斌权观看了群众的秦腔表演，艺术家们对群众的秦腔表演进行了现场点评和指导，并与村民同台演唱，受到了村民的热烈欢迎。崔晓华代表自治区文联向村文化活动服务中心老艺人姬国秀赠送了乐器三弦琴，勉励他继续为丰富群众业余文化生活增添欢乐。

在大窑滩村，崔晓华就驻村扶贫工作进行了调研，并对大窑滩村安装太阳能路灯、文化宣传墙更新等工作进行了现场考察。随后，崔晓华代表自治区文联党组看望慰问了6名困难党员和老党员，并送去了慰问金，鼓励他们追求美好生活，继续发挥共产党员的模范带头作用。

【马忠义摄影作品展在银川举办】

在喜迎自治区成立60周年、纪念“七一”建党97周年之际，由自治区文联、宁夏摄协、陕西省摄协共同主办的“塞上江南，精彩宁夏”马忠义摄影作品巡回展在宁夏展览馆展出。自治区党委宣传部副部长毛录，自治区文联党组书记崔晓华，自治区文联党组成员、副主席兼秘书长庾君出席开幕式。中国摄协致贺信向展览开幕表示祝贺。

马忠义是著名的红色摄影家，在长达半个多世纪的艺术实践中，足迹遍及大江南北，发表了《六盘山上花烂漫》《草原医生》《黄土高原披绿装》等表现民族团结、延安精神、祖国新貌，反映人民群众、社会变迁和革命领袖的照片；编辑出版了《毛泽东在延安》《延安颂》《井冈山画集》《郭兰英》等百部摄影画册，并在美国、法国、新加坡和港台地区参展、获奖。

【中国美协赴宁夏闽宁镇慰问】

6月29日至7月5日，中国美协组织慰问团赴永宁县闽宁镇开展“送欢乐下基层”活动，庆祝党的97岁生日。慰问团由杜松儒、王雪峰、祁海峰等来自全国各地的美术名家组成。

6月30日，活动启动仪式在闽宁镇举行，自治区文联党组成员、副主席兼秘书长庾君，永宁县委常委、副县长唐杰，中国文联美术艺术中心活动管理处副处长杜松儒参加启动仪式。慰问团的到来受到了当地干部群众的热情欢迎，中国美协慰问团向闽宁镇捐赠了美术用具和书籍，闽宁镇向中国美协赠送了锦旗。启动仪式后，中国美协慰问团一行实地感受闽宁镇近年来的发展成就并进行了义务笔会。活动期间，慰问团一行还深入贺兰山韭菜沟、苏峪口等地，开展了“文化惠民”慰问活动，为创作收集素材。

【自治区文联召开“六个一 心连心”文艺惠民工程推进会】

7月12日，自治区文联召开“六个一 心连心”文艺惠民工程推进会。自治区文联党组书记崔晓华出席会议并讲话，自治区文联党组成员、副主席兼秘书长庾君主持会议。

崔晓华强调，“六个一 心连心”文艺惠民工程，是文联党组紧紧围绕自治区党委中心工作，助力脱贫攻坚、深化文联改革的一项重要工程，文联各部室、各文艺家协会要高度重视，充分认识抓好此项工程的意义，切实增强自觉性和主动性，认真研究和谋划，进一步完善可行措施和办法，切实把该项工程做实做大做强，做出特色，形成品牌。

崔晓华要求，“一分部署，九分落实。”文联上下要进一步强化责任意识，发扬敬业拼搏精神，创新方法、整合资源，团结协作、扎实工作，努力把“六个一 心连心”文艺惠民工程往深里做、往实里做，形成响亮品牌，推动宁夏文艺工作和文联工作迈上新台阶。

【西部文联深化改革工作经验交流暨第二十七届西部文联工作会在银川召开】

为深入学习贯彻习近平新时代中国特色社会主义思想和党的十九大精神，贯彻落实中国文联深化改革精神，7月19日，西部文联深化改革工作经验交流暨第二十七届西部文联工作会在银川召开。来自广西、云南、贵州、四川、重庆、陕西、甘肃、青海、内蒙古、新疆、新疆建设兵团、宁夏和成都、西安14个省（市、区）及副省级城市的文联负责人齐聚银川，就如何推动文联改革和文艺工作进行座谈交流，座谈会由自治区文联党组成员、副主席兼秘书长庾君主持。

会上，围绕文联深化改革、服务新文艺群体和文艺扶贫工作、加强沟通协作、推动西部文艺事业繁荣发展开展了深入交流和探讨。大家表示，西部文联工作会议十分必要，对加强西部文联之间的交流合作，相互学习借鉴文联工作的好经验好做法，发挥各自的特色文化优势，探寻发展文艺事业的新思路、新方法起到了积极作用。此外，与会人员还赴中国文艺志愿者服务基地、中西部合作扶贫示范点闽宁镇进行了考察学习。

【中国文联文艺志愿服务团庆祝自治区成立60周年慰问演出举办】

8月8日至10日，为庆祝自治区成立60周年，中国文联党组书记、副主席李屹率中国文联文艺志愿服务团赴宁夏进行慰问演出。自治区党委常委、宣传部长赵永清，自治区副主席杨培君等领导出席。服务团分别在石嘴山市、中卫市和盐池县举办了三场“中国梦宁夏情——庆祝宁夏回族自治区成立60周年‘送欢乐下基层’文艺志愿服务慰问演出”；王志、黄豆豆、徐峥、方锦龙、刘洪彪等艺术家在三地还举办了9场次辅导培训，860余名基层文艺工作者参加了辅导培训。中国文联文艺志愿服务团精彩的慰问演出活动，受到当地人民群众的热烈欢迎，产生了广泛的社会影响。

【庆祝自治区成立60周年曲艺杂技专场文艺演出在银川举行】

8月17日晚，由自治区党委宣传部、自治区文联主办的“不忘初心，砥砺前行——庆祝自治区成立60周年曲艺杂技专场”文艺演出在宁夏人民会堂举行，来自区内外的曲艺杂技艺术家、演员们表演的精彩曲艺杂技节目，赢得场内观众的热烈掌声。自治区党委宣传部副部长毛录，自治区文联党组书记崔晓华，自治区文化厅厅长宋建钢，自治区纪委监委驻宣传部纪检组组长黄湘宁，自治区文联党组成员、副主席兼秘书长庾君等观看了演出。

为组织好这台专场文艺演出，自治区文联调动基层协会和专业剧团各方面的积极性，广大会员热情参与，放弃节假日休息，认真组织排练。著名相声演员方清平和中国曲艺牡丹奖获得者、济南市曲艺团的山东琴书表演艺术家罗晓静以及她的搭档马业垒也到场祝贺演出，受到观众热烈欢迎。

【“六个一 心连心”文艺惠民工程暨迎国展全区中青年书法骨干创作集训在隆德开班】

8月17日，宁夏书协和隆德县文联联合举办的“六个一 心连心”文艺惠民暨迎国展全区中青年书法骨干创作集训班在固原市隆德县第一小学正式开班。此次集训邀请了四川大学书法研究所所长、中国书协草书专业委员会委员吕金光，中国书协行书专业委员会委员、上海市青年书协主席、江苏省国画院特聘书法家张卫东，共同指导宁夏中青年创作骨干积极备战全国册页书法展、全国妇女书法展。培训期间，参加培训学员还向红二十五军翻越六盘山驻地、杨家店红色文化教育基地赠送书法作品20余件。

本次集训是宁夏书协开展自治区文联“六个一 心连心”文艺惠民工程的重要举措，是宁夏书协换届以来首次邀请活跃在创作一线的在中国书法兰亭奖、全国性书法展上取得好成绩的著名书法家来宁夏进行书法培训的一次成功尝试，对宁夏基层书法人才队伍的培养和宁夏基层书法作者创作水平的提升具有很大促进作用。

【自治区文联召开座谈会祝贺马金莲获鲁迅文学奖】

8月20日，自治区文联组织召开座谈会，祝贺马金莲小说《1987年的浆水和酸菜》荣获第七届鲁迅文学奖。自治区党委宣传部副部长毛录、自治区文联党组书记崔晓华出席会议，石舒清、郭文斌、郎伟和湖北省作协副主席、《长江文艺》主编何子英、责任编辑吴佳燕以及区内外文学刊物负责人，宁夏老作家和部分在银川市的作家、评论家参加了座谈会。

【庆祝自治区成立60周年书法美术摄影作品展在银川举办】

在全区上下认真学习贯彻习近平新时代中国特色社会主义思想、党的十九大精神和自治区第十二次党代会精神，喜迎自治区成立60周年之际，为进一步弘扬优秀传统文化，以美术摄影书法作品描绘宁夏的壮美山川、发生的沧桑巨变、创造的辉煌成就，自治区党委宣传部和自治区文联主办的“辉煌六十年 走进新时代——庆祝自治区成立60周年”全区美术摄影书法作品展于9月16日在银川美术馆开幕。

自治区党委常委、宣传部部长赵永清出席并宣布作品展开幕，自治区党委宣传部副部长毛录主持开幕式，自治区文联党组书记崔晓华致辞。自治区政协副主席洪洋，自治区人大常委会原副主任黄超雄，自治区政府副秘书长吴涛，自治区纪委监委驻宣传部纪检监察组组长黄湘宁，自治区文化厅党组书记、厅长宋建钢，自治区文联原党组书记、主席郑歌平，自治区文联主席杨洪涛，自治区文联党组成员、副主席樊虹、庾君、雷忠等参加了开幕式。

【第十三届宁夏少儿“希望杯”舞蹈展演暨第十届“小荷风采”全国少儿舞蹈展演宁夏选拔活动举行】

10月13日，由自治区文联、自治区教育厅主办的第十三届宁夏少儿“希望杯”舞蹈展演暨第十届“小荷风采”全国少儿舞蹈展演宁夏选拔活动在宁夏人民会堂举行。

自治区文联党组书记崔晓华，自治区文联党组成员、副主席樊虹，自治区教育厅副巡视员石丽文，自治区文联副巡视员、宁夏民协主席刘伟，宁夏舞协主席张伟等出席开幕式。樊虹在开幕式上致辞，石丽文宣布第十三届宁夏少儿“希望杯”舞蹈展演暨第十届“小荷风采”全国少儿舞蹈展演宁夏选拔活动开幕。宁夏舞协主席团及各市舞协、教育局的同志，宁夏各学校、各艺术培训机构和新闻媒体等有关人员观看了展演。

【自治区文联举办主题征文颁奖诵读晚会】

10月18日，自治区文联、宁夏荣光科技集团在银川举办光荣与梦想“荣光杯”主题征文颁奖诵读晚会。自治区党委宣传部副部长毛录、自治区文明办专职副主任高建博，“荣光杯”主题征文终评委石舒清、郭文斌、郎伟和自治区文联、宁夏荣光科技集团领导为获奖作者颁奖。

自治区文联、宁夏荣光科技集团联合举办的“荣光杯”主题征文、诵读活动，是自治区文联庆祝自治区成立60周年系列文艺活动中的一项重要内容，此次征文围绕传承中华优秀传统文化、革命文化和社会主义先进文化，汇集了来自全国28个省区市作家的稿件1678篇（首）。经过邀请著名作家、评论家评审，41篇作品获奖。作家们用文明典雅、欢乐祥和的文学形式，表现塞上大地的厚重文脉、淳良民风、乡情仁爱，以此庆祝自治区成立60周年，致礼新时代的航程。

【自治区文联选送的作品荣获“辉煌60年 见证新发展”主题诵读演讲展评活动一等奖】

10月23日，由自治区党委宣传部、自治区直属机关工委共同主办的“辉煌60年 见证新发展”主题诵读演讲展评活动总决赛暨颁奖典礼在宁夏广播电视台演播大厅举行，由自治区文联选送的情景诗诵读《高高的白杨树》荣获一等奖。

【自治区文联举办文艺惠民慰问演出】

在宁夏各族人民欢庆自治区成立60周年、首届中国农民丰收节之际，自治区文联党组成员、副主席兼秘书长庾君带队，于10月26日至28日，分别到西吉县大窑滩村、彭阳县郑庄村，开展“六个一 心连心”文艺惠民慰问演出，共庆自治区成立60周年和首届中国农民丰收节，丰富基层群众文化生活，助力脱贫攻坚，受到当地各族群众的热烈欢迎。

10月28日，自治区文联党组书记崔晓华到固原市彭阳县郑庄村调研和看望艺术家，对他们的辛劳付出表示感谢。

【诗剧朗诵晚会《西去列车的窗口》在银川举办】

10月25日晚，由自治区党委宣传部、自治区广播电视局、自治区文联主办的庆祝自治区成立60周年全民阅读音乐诗剧朗诵晚会《西去列车的窗口》在宁夏大剧院举行。

该晚会是对宁夏60年的深情祝福之作，以宁夏60年辉煌历程为时光轴，以“西去列车的窗口”为舞台意象，以一个个音乐诗剧为内容单元，衔接勾连起每一个篇章。现场观众反响热烈，整个剧场充满了对自治区60年如歌岁月和对美丽新宁夏的守望、祝福与致敬之情。

【宁夏书协《十九大报告小楷十四条屏》捐赠仪式在自治区档案馆举行】

11月2日，宁夏书协《十九大报告小楷十四条屏》捐赠仪式在自治区档案馆举行。自治区档案局局长王耘，自治区文联党组成员、副主席兼秘书长庚君，宁夏书协主席宋琰及参与书法作品创作的部分书法家代表共同出席捐赠仪式。

《十九大报告小楷十四条屏》是为迎接自治区成立60周年，宁夏书协专门谋划、精心部署创作的主题书法作品，杨华、徐晓玲等14位书法家几易其稿、反复打磨，从创意、设计、书写到最后完成装裱，历时7个月完成。作品一经展出，便得到了自治区领导的高度认可。

【“新农村少儿舞蹈美育工程”助山区孩子圆梦】

11月27日，由中国舞协、自治区文联主办，宁夏舞协承办的“新农村少儿舞蹈美育工程——少数民族舞蹈课堂”西吉支教成果汇报在西吉县回民小学精彩绽放。

“新农村少儿舞蹈美育工程——少数民族舞蹈课堂”是中国舞蹈家协会自2006年起在全国实施的一项文化惠民工程，宁夏舞协积极争取并予以配套经费，于2017年11月在宁夏西吉县3所小学首批启动。此项活动致力于缩小城乡儿童素质教育差距，让农村孩子享受舞蹈艺术的熏陶，培养良好的审美情趣。宁夏舞协为西吉县3所小学近百名农村孩子开辟绿色通道，使得她们表演的舞蹈作品参加了第十三届全区少儿“希望杯”舞蹈展演，实现了山区孩子登上大舞台的梦想，深化了“新农村少儿舞蹈美育工程——少数民族舞蹈课堂”志愿服务的教学成果，农村的孩子们由此提升了艺术素质，增强了自信心，获得更多的幸福感。

【中国文联宣讲团银川巡回宣讲】

11月28日，由中国文联主办，中国文联国内联络部、自治区文联承办的“崇德尚艺 做有信仰有情怀有担当的新时代文艺工作者”巡回宣讲活动在银川举行。中国摄协副主席、中国文艺志愿者协会副主席居杨，中国民协副主席、南通蓝印花布印染技艺国家级代表性传承人吴元新，中国音协新兴音乐群体工作委员会副主任、音乐制作人何沐阳，分别为宁夏文艺工作者代表倾情讲述了《弘扬真善美 传递正能量 用镜头讲好中国故事》《从染坊学徒到国家级传承人——我的蓝印花布传承之路》《把握时代语境 唱响时代之声》等主题鲜明、沁人心脾的心得故事，并在活动期间与宁夏文艺工作者进行了面对面的座谈交流。

“崇德尚艺 做有信仰有情怀有担当的新时代文艺工作者巡回宣讲”活动于2018年8月在京正式启动。巡讲中，文艺家通过亲身经历和创作实践，以讲故事的形式讲述他们对艺术理想的坚守和追求、对服务人民的理解和践行，分享他们学习领会习近平总书记关于文艺工作的重要论述的深刻领悟和积极实践，受到广大文艺工作者特别是基层一线文艺工作者的热烈欢迎，为大力推进文艺队伍建设和文艺界行风建设起到了良好的示范引领作用。

【宁夏文艺界召开学习贯彻宁夏宣传思想工作会议精神座谈会】

11月28日，宁夏文艺界学习贯彻宁夏宣传思想工作会议精神座谈会在银川召开。自治区文联党组书记崔晓华出席会议并讲话，自治区文联党组成员、副主席兼秘书长庚君主持座谈会。

会议学习传达了自治区党委书记石泰峰和自治区党委常委、秘书长、宣传部部长赵永清在宁夏宣传思想工作会议上的讲话精神。在听取5位文艺工作者代表发言后，崔晓华指出，宁夏宣传思想工作会议是自治区党委对宁夏宣传思想工作的总动员和再部署，特别是对文化、文艺工作提出了新要求、新希望、新期待。学习贯彻宁夏宣传思想工作会议精神是当前和今后一个时期，全区广大文艺工作者的政治任务，要以高度的政治自觉，深化学习、领悟精髓、把握要义、承担使命任务，在学懂、弄通、做实上下功夫，全面贯彻落实好宁夏宣传思想工作会议精神。

【自治区文联举办学习《宪法》专题讲座】

为深入开展宪法学习宣传教育，迎接第五个国家宪法日和全区法制宣传月的到来，12月6日，自治区文联邀请宁夏社科院社会学法学研究所研究员李保平为全体干部职工做了专题讲座。自治区文联党组成员、副主席兼秘书长庾君主持座谈会。

李保平以《维护宪法权威 建设法治宁夏》为题，从为什么是法治以及改革开放40年法治建设历程和维护宪法权威、建设法治中国等方面，对我国的宪法进行了全面系统解读，使参会人员对现行宪法有了进一步理解掌握，准确把握了宪法修改的重大意义和核心要义，坚定了宪法自信，增强了宪法自觉，对抓好宪法的学习宣传和贯彻实施，全面推进依法治国有很强的指导意义。

【赵永清接见出席中国美协第九次全国代表大会宁夏代表】

12月18日，自治区党委常委、秘书长、宣传部部长赵永清接见出席中国美协第九次全国代表大会的宁夏代表。

赵永清常委代表自治区党委向各位代表表示亲切问候，对大家为宁夏美术事业繁荣发展做出的积极贡献给予充分肯定。他指出，各位代表都是层层推荐选拔出来的宁夏美术界的优秀代表，使命光荣，责任重大。一是要充分认识大会的重要意义，认真履行代表职责，圆满完成大会的各项任务；二是要认真学习好大会文件和大会精神，努力做到学深悟透、融会贯通；三是要严格遵守大会纪律，用实际行动维护换届工作的严肃性；四是要与兄弟省（区、市）代表多交流、多学习，以良好的精神面貌和饱满的精神状态，充分展示宁夏美术工作者的风采。

【“中国文学的宁夏现象”研讨会在京召开】

12月20日，由中国作协、自治区党委宣传部共同主办，中国作协创研部、自治区文联承办的“中国文学的宁夏现象”研讨会在北京举行。中国作协党组成员、书记处书记、副主席李敬泽，自治区党委常委、秘书长、宣传部部长赵永清出席研讨会并讲话，叶梅、包明德、李一鸣、梁鸿鹰、李少君等全国著名评论家、专家学者参加研讨。李敬泽、赵永清等向中国现代文学馆、鲁迅文学院赠送了《文学宁夏丛书》（20卷），丛书遴选宁夏20名中青年作家的作品编辑出版，集中体现了宁夏作家的创作风貌，是宁夏文学界献给自治区成立60周年的一份礼物。

协会工作

【作家协会】

9月20至21日，由中国作协和共青团中央共同举办的全国第八次青年作家创作会议在北京举行。宁夏作家代表团由自治区文联党组成员、副主席雷忠带队，马金莲、刘汉斌、田鑫、赵磊（笔名我本疯狂）和马骥文5位青年作家参会。

【戏剧家协会】

由自治区文联、宁夏剧协共同举办的宁夏第二届小戏小品剧本评奖活动11月落下帷幕。本次评选共收到参赛作品53件，经专家评审推出10件作品，分别获得一、二、三等奖和优秀奖。本次参赛剧本样式众多、题材新颖，从不同角度充分反映了宁夏广大人民群众积极响应国家号召，大力开展精准扶贫、反腐倡廉、依法治国、生态环境保护，与新时代共同前进的动人故事。

【音乐家协会】

6月23日，由自治区文联、宁夏音协主办的“2018中国音乐‘小金钟’宁夏区展演”活动在宁夏大剧院举行。展演活动集中检验和展示了宁夏二胡演奏的最新成果，为宁夏广大青少年学习二胡表演艺术提供了一个学习、交流、展示的平台，进一步提高广大青少年爱好二胡、爱好民族音乐的积极性和自觉性，有力地推动了宁夏二胡民族音乐的发展和传承。

宁夏音协从新星、新秀中推优4人，8月26日参加了在江苏省无锡市举办的2018中国音乐“小金钟”全国二胡展演。

【舞蹈家协会】

7月24日至25日，由自治区文联、宁夏日报报业集团、宁夏舞协联合主办的2018中国•宁夏标准舞、拉丁舞国际公开赛暨宁夏代表队选拔赛在宁夏体育馆举行。比赛吸引了来自英国、俄罗斯、立陶宛及北京、上海、广州、内蒙古、宁夏等国内外70个参赛代表队4000多位选手参加，特邀近20对著名国内外国标舞、拉丁舞选手进行了激烈的角逐和倾情表演，20余位国际评审专家担任本次赛事的评审。7月24日晚，举办的世界标准舞、拉丁舞巨星表演晚会将活动推向高潮，国内外优秀舞者同台竞技，为现场观众带来了一场世界顶级视觉盛宴。

【美术家协会】

2月6日，根据自治区文联开展“六个一 心连心”文艺惠民工程的部署，由自治区文联党组成员、副主席兼秘书长庾君带队，自治区文联副主席、宁夏美协主席王雪峰等十位画家参加，来到革命老区盐池县麻黄山乡平庄村，开展“六个一 心连心”文艺惠民活动，为乡亲们赠送了三十多幅国画作品，并现场书写了近二百幅春联和“福”字。

【摄影家协会】

为庆祝自治区成立60周年，7月21日，自治区文联、宁夏摄协举办“空中看宁夏”摄影作品展开幕式。自治区人大常委会原副主任韩有为，自治区党委宣传部副部长毛录，自治区文联党组书记崔晓华，自治区文联党组成员、副主席兼秘书长庾君出席开幕式。此次展览征集了来自全区各市、县约200名作者的1500余幅稿件，经过评委认真评选，100幅作品成功入围展出，通过立体视角、空中视野展现了宁夏各族人民在自治区党委、政府的领导下共同奋进新时代的新画卷。

【书法家协会】

为深入学习宣传贯彻党的十九大精神和习近平新时代中国特色社会主义思想，争做新时代“红色文艺轻骑兵”，根据自治区党委宣传部的部署和自治区文联的工作要求，1月20日至26日，宁夏书协在全自治区范围内开展了“我们的中国梦——文化进万家、书法家送万福进万家”活动。银川市书协、石嘴山市书协、吴忠市书协、固原市书协，宁夏妇女书协、宁夏书画艺术发展促进会、银川市兴庆区书协、金凤区书协、西夏区书协分别到银川兴庆区天鹅湖小镇社区、掌政乡春林社区、掌政乡五渡桥村，新城新华联购物中心、银川立达市场，平罗县宁夏昌茂祥冶炼有限公司，吴忠市高闸镇和金积镇，隆德县温堡乡杜川村、风岭乡卜岔村以及隆德二中向当地群众、学子赠送党的十九大精神内容的书法作品，并义务书写赠送“福”字、春联3560余幅，通过手中的毛笔宣讲党的十九大精神和习近平新时代中国特色社会主义思想，传递党的声音和关怀，表达新春祝福。

【民间文艺家协会】

5月31日至6月1日，宁夏民协联合吴忠市文联、吴忠市团委，牵手红寺堡区弘德圆梦爱心服务中心等单位赴吴忠市红寺堡区太阳山镇周新村、太阳山裕华第二小学开展庆祝“六一国际儿童节”，实施“六个一 心连心”文艺惠民工程。精彩的文艺节目，为孩子们和老百姓送上节日的祝福。同时，为周新村赠送了民间文艺家伏兆娥及张云仙的4副剪纸作品，还赠送了300多本实用书籍。宁夏民协为丰富“六个一 心连心”文艺惠民活动内容，拓展活动形式，牵手红寺堡区弘德圆梦爱心服务中心等公益慈善机构和爱心单位，为学校赠送实用书柜、各类书籍、书包、笔袋、爱心鞋、精美剪纸摆台、遮阳帽、雨披等生活、学习用品，价值近7万元，真正将实惠和爱心送到孩子们身边，为“六个一 心连心”文艺惠民工程锦上添花。

【曲艺杂技家协会】

5月22日，由宁夏曲艺杂技家协会组织的“到人民中去”文艺志愿者服务队一行38人，在自治区文联党组成员、副主席兼秘书长庾君带领下，来到盐池县麻黄山乡，开展“送欢乐下基层”——走进盐池县麻黄山文艺志愿服务慰问演出，为村民们送上了一场精彩的曲艺杂技节目盛宴。演员们活泼、幽默的表演，赢得了村民们阵阵笑声和接连不断的掌声。

【电影电视家协会】

1月7日，第六届亚洲微电影艺术节在云南省临沧市举办颁奖晚会。由吴忠市广播电视台创作的微电影《李进祯》喜获第六届亚洲微电影艺术节“金海棠奖”——最佳作品奖。

【文艺评论家协会】

5月16日至17日，全国文艺评论家协会2018年度工作会在宁夏召开。自治区文联邀请与会学者专家为宁夏文艺评论工作者作专题辅导，并举办自治区文联首期文艺评论人才培训班。中国文艺评论家协会副秘书长周由强，自治区文联党组成员、副主席兼秘书长庾君出席会议，自治区文联党组成员、副主席雷忠致开幕辞，宁夏文艺评论家协会主席、宁夏师范学院副院长郎伟主持，80多位宁夏文艺评论家协会会员和北方民族大学部分的研究生参加了开班仪式。

培训班邀请了周由强，中国传媒大学教授戴清、浙江省文艺评论家协会秘书长沈勇分别为学员授课，并举行了“中国文学的宁夏现象”专题研讨。与会专家认为，在文化同质化和异质化同时存在的今天，有地域特色的西部文化更具有竞争力，宁夏得天独厚的地域文化特点更给文艺工作者提供了良好的创作环境。

【《朔方》编辑部】

8月16日，第三届《朔方》文学奖揭晓。本届文学奖参评范围是2016至2017年在《朔方》的原发作品，严格按照由评委会讨论制定的评奖条例进行，坚持导向性、原创性、公正性和少而精、宁缺毋滥的原则，力求作品思想性和艺术性相统一。受邀担任终评委的全国著名评论家、编辑家和作家经过认真审读和评选，从入围参评的36篇（组）作品中，最终评选出本届11篇（组）获奖作品。

【宁夏文学艺术院】

为提高基层文艺工作者创作水平，围绕自治区文联“出人才，出作品”中心工作，履行“培扶人才、编研作品”基本职能，采取“办班到当地，送课到家门”具体举措，针对基层文艺工作者请假难、专业面较广的特点，3月24日至5月19日，宁夏文学艺术院利用周末时间，先后在石嘴山市、平罗县、银川市三区两县举办了5期文艺培训班，培训学员近千人次。

宁夏文学院院长杨梓、西北民族大学教授左宏阁、宁夏作协副主席季栋梁、宁夏大学人文学院副院长王岩森，宁夏大学美术学院教授杨新林、杨开飞，独立摄影师王建波分别从现代诗歌审美、古体诗鉴赏、散文创作、文艺批评的任务、审美学的实践、书法鉴赏、专业摄影的审美等多个方面入手进行了讲座，使宁夏文艺爱好者普遍受益，受到了基层文联的好评。

新疆维吾尔自治区文联

综 述

2018年，在新疆维吾尔自治区党委的坚强领导下，新疆文联深入学习贯彻习近平新时代中国特色社会主义思想和党的十九大精神，贯彻落实习近平总书记关于文艺工作的重要讲话和重要指示精神，贯彻落实全国宣传思想工作会议、全国宣传部长会议和全区宣传思想工作会议、自治区宣传部长会议精神，贯彻落实新疆维吾尔自治区党委九届二次、四次、五次、六次全会精神，贯彻落实新疆文联第八次代表大会精神，团结引领全区广大文艺工作者，自觉担负起“举旗帜、聚民心、育新人、兴文化、展形象”的使命任务，以社会稳定和长治久安总目标为统领，深入开展意识形态领域反分裂斗争，在正本清源上展现新担当，在守正创新上实现新作为，较好完成了2018年工作任务，为繁荣新疆多民族文艺事业做出了积极贡献。

重要会议和活动

【新疆维吾尔自治区第八次文代会召开】

6月24日至25日，新疆文联第八次代表大会在乌鲁木齐召开。

新疆维吾尔自治区党委书记陈全国，中国文联党组书记、副主席李屹，新疆维吾尔自治区党委副书记、新疆维吾尔自治区主席雪克来提•扎克尔，新疆维吾尔自治区领导努尔兰•阿不都满金、孙金龙、李鹏新、李伟、徐海荣、艾尔肯•吐尼亚孜、马学军、田文、罗东川、沙尔合提•阿汗、张春林，以及自治区人大、政府、政协、兵团的分管领导出席开幕式。

6月24日，开幕式由雪克来提•扎克尔主持，陈全国，李屹出席并作重要讲话。

陈全国指出，党的十八大以来，以习近平同志为核心的党中央高度重视文艺工作，习近平总书记多次发表重要讲话、做出重要指示，在党的十九大报告中对繁荣发展社会主义文艺做出重大部署。要认真学习、深刻领会习近平总书记关于文艺工作的重要论述的丰富内容和精神实质，坚决把思想和行动统一到总书记的重要讲话和重要指示精神上来，确保文艺工作沿着以习近平同志为核心的党中央确定的正确方向前进。

陈全国强调，做好新时代新疆文艺工作，必须以习近平新时代中国特色社会主义思想为指导，紧紧围绕落实以习近平同志为核心的党中央治疆方略特别是社会稳定和长治久安总目标，坚持为人民服务、为社会主义服务的方向，坚持“百花齐放、百家争鸣”的方针，通过更多反映时代呼声、展现人民奋斗、振奋民族精神、陶冶高尚情操的优秀作品，凝聚磅礴精神力量，激发全区各族人民为建设美丽新疆、共圆祖国梦想砥砺奋进、不懈奋斗。要强化政治担当，更好地肩负起新疆文艺发展的历史使命；要坚定文化自信，充分发挥文艺鼓舞精神、凝聚力量的重要作用；要坚持服务人民，走中国特色人民文艺发展道路；要勇于创新创造，创作更多无愧于时代的精品力作；要坚守艺术理想，培养好一批有智慧有才情、敢担当敢创新、可信赖可依靠的文艺工作者。

李屹在讲话中指出，希望新疆各族文艺工作者认真学习贯彻习近平新时代中国特色社会主义思想，进一步坚定文化自信，努力创作具有中国气派、时代风貌、新疆特色的精品佳作，自觉肩负新时代文艺发展的崇高使命和神圣职责；大力弘扬和践行社会主义核心价值观，精心创作出热情讴歌党、讴歌祖国、讴歌人民、讴歌英雄的优秀作品，充分发挥文艺立心铸魂的重要作用；坚持以人民为中心的创作导向，从中华优秀传统文化中萃取精华，从新疆多民族文化资源中汲取养料，从各族人民投身稳定发展实践中提炼素材，潜心创作无愧于新时代的精品力作。希望新疆文联坚持党对文艺工作、文联工作的统一领导，坚持改革创新，充分履行文联职能，进一步彰显生机活力。

新疆文联党组书记张新生代表新疆文联第七届委员会向大会做工作报告。

6月25日下午，新疆文联第八次代表大会在乌鲁木齐闭幕。

大会通过了部分修改的《新疆维吾尔自治区文学艺术界联合会章程》；选出126名新疆文联第八届委员会委员；选出新疆文联第八届主席团成员：阿拉提•阿斯木当选主席，张新生、张君超、哈德别克•哈汉、巴赫提亚•巴吾东当选副主席，熊红久当选秘书长，马旭国（回族）、迪丽娜尔•阿布都拉（女，维吾尔族）、巴合提•木汗买提汗（哈萨克族）、巴音巴图（蒙古族）、阿迪力•吾守尔（维吾尔族）、李学亮、马雄福（回族）、郤振明当选兼职副主席；推举夏侃•沃阿勒拜、周涛、刘宾、艾坦木•玉赛因为名誉主席。

新疆维吾尔自治区党委常委、宣传部部长田文出席闭幕式并讲话。田文对全疆文艺工作者提出了三点要求：一要把使命放在心上，唱响新时代正气歌，彰显中华文化凝聚力；二要把责任扛在肩上，找准服务总目标的着力点，把握好文艺工作的方向；三要把任务落到实处，聚焦聚力创作生产，推出更多优秀作品。坚持“双创”方针传承发展中华优秀传统文化。坚持以人民为中心的创作导向。大力推进体制改革，履行好新时代文联职能。

【新疆文联召开文艺创作座谈会】

3月26日，为学习贯彻党中央十九大精神和习近平总书记系列文艺讲话精神，新疆文联在文联大厦召开了新疆文艺座谈会，新疆一些著名文艺家、各文艺家协会负责人及有关人员、各杂志社负责人及编辑、文联各处室负责人等约百人参加了会议。

新疆文联党组书记张新生主持座谈会，新疆文联党组副书记、自治区作协主席阿拉提•阿斯木，新疆文联党组组成员、副主席张君超，以及新疆文学艺术界代表努斯来提•瓦吉丁、马雄福、阿迪力•吾守尔、叶尔克西、郤振明、李方、戈弋、狄力木拉提•泰来提、刘振东、王泳舸、陈曙明、张映姝、帕提古力•艾合买提、马合萨提•努尔哈孜等16人在座谈会上发言，另有25人进行了书面发言。

【新疆文联召开推进深化改革工作动员会】

2月28日，新疆文联召开推进深化改革工作动员会。新疆文联党组副书记阿拉提•阿斯木主持，新疆文联党组书记张新生作动员讲话；新疆文联党组成员、副主席张君超，党组成员哈德别克•哈汉参加会议，并分别宣读了有关文件。会议通报了新疆文联深化改革方案制定出台、文联党组贯彻落实的任务分工方案情况，介绍了成立文联推进深化改革工作领导小组情况。动员会后，新疆文联举办了深化改革培训班，张君超主持了培训班。

【新疆文联出台期刊编辑人员从业行为规范】

为加强文联期刊编辑队伍思想政治建设，确保期刊正确导向和出版方向，4月11日，新疆文联出台了《文联主管主办各类期刊编辑人员从业行为规范》。

【“我们的中国梦’——文化进万家”活动】

1月11日至3月2日，由新疆文联13个文艺家协会组成的7个文艺小分队冒着严寒赴南北疆，深入到乡村、社区、学校、部队等基层一线开展了51场“我们的中国梦——文化进万家”文艺慰问演出、写春联、送“福”字、拍全家福、剪窗花、捏泥人、作画、放电影、为农牧民读一首诗等形式多样、丰富多彩的文化惠民活动。小分队每到一处都受到当地群众的热烈欢迎。

【全国民族文艺评论人才培训班在新疆举办】

10月23日至27日，由中国文艺评论家协会、新疆文联主办，中国文联文艺评论中心、新疆文艺评论家协会承办的“全国民族文艺评论人才培训班”在乌鲁木齐市举办。

中国文艺评论家协会主席仲呈祥出席开班式并作开班动员，新疆文联党组书记、副主席张新生，新疆维吾尔自治区党委宣传部文明办主任杨胜江和来自全国各民族的50名文艺评论骨干参加了开班式。开班式由中国文联文艺评论中心副主任、中国文艺评论家协会副秘书长周由强主持。本次培训班以“新时代民族文艺评论新发展的路径与方法”为研讨主题，邀请仲呈祥、白建春、刘琼、谢柏梁、张德祥、田卫疆等专家学者为学员进行辅导授课。

【“我们的中国梦——文化进万家”中国文艺评论家协会文艺志愿服务活动走进昌吉州】

1月23日至26日，由中国文艺评论家协会、新疆文联主办，新疆文艺评论家协会承办的“我们的中国梦——文化进万家”中国文艺评论家协会志愿者服务小分队，走进新疆昌吉、阜康，分别开展专家讲座、美术书法辅导交流、慰问演出等活动。

【新疆文联艺术家“送欢乐下基层”欢度古尔邦节慰问演出】

8月20日，由新疆音协、新疆曲协、新疆书协、新疆杂协等单位联合主办的新疆文联艺术家“送欢乐下基层”欢度古尔邦节慰问演出在新源县那拉提镇阿尔善村举行。8月21日，新疆文联艺术家“深入生活、扎根人民”促进守边固边慰问演出在都拉塔口岸管委会举行。高建新、夏米力、付颖静、荣卫、高昂、刘丽敏、夏力哈尔、古兰丹、开赛尔参加演出。新疆书协副主席兼秘书长李志顺等为在场观众挥毫。

【新疆作家协会启动实施签约作家创作扶持和培养计划】

4月1日，《新疆作家协会签约作家创作扶持和培养计划实施办法》正式发布。由新疆文联、新疆作协组织实施签约作家创作扶持和培养计划，旨在推动新疆多民族文学的繁荣发展，促进多出精品、多出人才。（此计划）每届签约20人，汉语系7人，维吾尔语系7人，哈柯蒙语系6人。每届签约期3年。

【第三期边疆民族地区（新疆）曲艺工作者培训班在乌鲁木齐开班】

8月17日，由中国曲协、新疆文联主办，新疆曲协承办的中国曲协第三期边疆民族地区（新疆）曲艺工作者培训班在乌鲁木齐开班。来自全疆的11个民族的100多位曲艺工作者参加此次培训。中国曲协分党组副书记、秘书长曲华江，新疆文联党组副书记、主席阿拉提•阿斯木，新疆曲协主席高建新等出席了开班仪式。

培训期间，曲华江、郭达、孙晨、张新生、张旭东先后为学员作题为《新时代曲艺人的新使命新作为》《表演艺术漫谈》《聊聊相声》《认真学习贯彻习近平文艺思想，努力做有信仰、有情怀、有担当的新时代文艺工作者》《谐剧创作表演中的情与趣》的专题授课。

新疆地区举办专门的曲艺工作者培训班在中国曲协发展历史上尚属首次，也是自新疆曲艺家协会成立以来的首次培训。

【新疆文联文艺志愿者服务小分队开展“到人民中去”活动】

按照中国文联《关于在第五个中国文艺志愿者服务日前后广泛开展“到人民中去”文艺志愿服务主题活动的通知》精神，5月21日由新疆文艺评论家协会、电影家协会、视协组成的文艺志愿服务小分队赴昌吉学院开展“到人民中去”文化艺术进校园活动。活动邀请新疆影视传媒专业学者对青年学生进行文化艺术欣赏培训讲座活动。5月23日上午，由新疆美协、书协、摄协、文艺评论家协会近20名艺术家组成的“到人民中去”文艺志愿者服务小分队，在新疆文联党组成员哈德别克•哈汉带领下，深入到新疆军区机关门诊部，为官兵们创作书画作品150多幅，拍摄照片装框50幅。

【新疆文联开展“民族团结一家亲•结亲周”活动】

为深入推进“民族团结一家亲”活动，把党的十九大精神传播到新疆文联“访惠聚”驻村工作队所驻的麦盖提县巴扎结米乡恰木古鲁克村和阔什艾肯村的村民当中，新疆文联邀请两个村的50名村民代表于4月26日至28日来乌鲁木齐“探亲”，这也是新疆文联组织开展的2018年度第二次“民族团结一家亲•结亲周”活动。26日，村民们参观了乌鲁木齐县水西沟镇东湾村的安居新房、菜园子农家乐、草莓蔬菜大棚种植基地，大庙村的“大庙模式”。27日，村民们又分别参观了位于乌鲁木齐经济技术开发区的上汽大众（新疆）汽车有限公司和乌鲁木齐国际大巴扎，并在新疆大剧院观看了大型室内实景民族歌舞《千回西域》。

【“访惠聚”工作】

根据新疆维吾尔自治区党委《关于持续接力开展“访民情惠民生聚民心”驻村工作的意见》要求，新疆文联党组选派16名年富力强、经验丰富的单位骨干组成第五批“访惠聚”工作队。全体成员于1月30日抵达喀什地区麦盖提县巴扎结米镇恰木古鲁克村及阔什艾肯村。

机关建设

【新疆文联举办2017年度总结表彰暨“民族团结一家亲迎新春”联欢会】

2月9日上午，新疆文联2017年度总结表彰暨“民族团结一家亲•迎新春”联欢会在文联大厦举办。新疆文联党组书记张新生、党组副书记阿拉提•阿斯木，党组成员、副主席张君超、哈德别克•哈汉参加大会。大会由张新生主持，阿拉提•阿斯木代表党组做工作总结，张君超、哈德别克•哈汉分别宣读了文联对2017年度绩效考核定等优秀人员、五好党支部、优秀共产党员、优秀党务工作者、民族团结先进集体和个人的表彰决定。

【新疆文联党组领导春节走访慰问老党员、老艺术家、“访惠聚”驻村干部和南疆支教干部】

为进一步弘扬中华民族尊老爱幼的传统美德，切实做好元旦春节期间走访慰问工作，2018年新春佳节来临之际，新疆文联党组成员于2月11日分成四个组分别看望慰问了老党员、老艺术家、离退休老干部、生活困难党员、“访惠聚”驻村干部和南疆支教干部等，让他们切身感受到以习近平同志为核心的党中央和新疆维吾尔自治区党委的关怀和温暖，为他们送上新春的祝福和亲切的慰问。

【新疆文联举行“访惠聚”驻村干部和深度贫困村第一书记欢送仪式】

1月30日清晨，新疆文联第五批驻喀什地区麦盖提县巴扎结米乡恰木古鲁克村、阔什艾肯村的“访惠聚”驻村工作队队员和任莎车县孜热甫夏提塔吉克民族乡库孜玛力村、库木巴格村、阔什铁热克村、萨依巴格村4个深度贫困村的第一书记即将出发，新疆文联全体干部职工在新疆文联大楼门前集体为他们送行。新疆文联第五批“访惠聚”工作队，共有队员16名，总领队由党组成员熊红久担任。新疆文联有四名同志担任深度贫困村第一书记，领队由党组成员巴赫提亚•巴吾东担任。

新疆文联党组副书记阿拉提•阿斯木，党组成员、副主席张君超，党组成员哈德别克•哈汗参加了欢送仪式。

【新疆文联学习贯彻自治区第八次文代会精神和陈全国在开幕式上的讲话精神】

6月24日至25日，新疆文联第八次代表大会在乌鲁木齐市召开。会议一结束，新疆文联立即行动起来，学习贯彻这次文代会精神和自治区党委书记陈全国在新疆文联第八次代表大会开幕式上的讲话精神。

6月29日，新疆文联召开了全体干部职工会议，新疆文联党组书记、副主席张新生在会上认真传达了新疆维吾尔自治区党委书记陈全国在新疆文联第八次代表大会开幕式上的讲话。新当选的新疆文联主席阿拉提•阿斯木出席会议。

6月30日，新疆文联召开学习贯彻陈全国书记讲话精神动员会议，并就具体学习做了部署安排，要求大家认真学习，深刻领会，将思想和行动统一到习近平新时代中国特色社会主义思想和习近平总书记关于文艺工作的重要论述上来，统一到新疆社会稳定与长治久安总目标上来，搞好意识形态领域尤其是文艺战线上的反分裂斗争。

【新疆文联举办学习中央关于新疆历史问题基本观点专题培训班】

3月29日至4月4日，按照新疆维吾尔自治区党委宣传部工作部署，新疆文联分两期组织机关全体干部和文艺家进行中央关于新疆若干历史问题基本观点专题学习培训。

培训采取研读有关材料、专家辅导、分组讨论等方式，深入学习领会中央关于新疆历史问题的基本观点，针对文艺界存在的突出问题统一思想、凝聚共识。培训期间，新疆维吾尔自治区党委宣传部副部长张可让、自治区党委党校原副校长束迪生、新疆社会科学院研究员马品彦、田卫疆、贾从江等专家围绕“新疆是中国领土不可分割的一部分”“新疆各民族是中华民族血脉相连的家庭成员”“新疆历来是多种宗教并存的地区”“新疆各民族文化是中华文化的组成部分”等内容做了专题讲座。

【文联机关党委等组织祭扫革命烈士活动】

5月3日下午，在新疆文联机关党委、青工委和团支部的组织下，参加以“坚定爱国主义理想信念，缅怀革命先烈，做新时代青年”为主题的乌鲁木齐市革命烈士陵园祭扫活动，并进行“我是中国公民”宣誓仪式。

直属单位

【新疆文联主管主办期刊的专项审读工作】

根据新疆维吾尔自治区新闻出版广电局有关部署要求，从年初至5月底，新疆文联主管主办文艺期刊进行了专项审读自查。

【中国文艺理论研究室在阿克苏举办“美的鉴赏”大讲堂活动】

10月8日至11日，中国文艺理论研究室、中国文艺评论家协会携手阿克苏地区文联举办了送文艺下乡“美的鉴赏”大讲堂活动。两天时间，在姑墨书院、新疆大学阿克苏科技学院和阿克苏大欣汽车城等三个讲座现场，先后有400多名诗歌、电影、文学、摄影爱好者及大学生聆听了艺术家们精彩生动的讲座，在基层引起了强烈的反响。

【广汇杯·纪念改革开放40周年征文颁奖典礼】

12月20日上午，由《西部》杂志社与新疆广汇集团共同举办的“广汇杯·纪念改革开放40周年征文颁奖典礼”在新疆维吾尔自治区科技馆举行。来自自治区内外的征文获奖者和文艺工作者100余人参加了颁奖典礼。新疆文联党组成员、副主席张君超，新疆广汇集团党委副书记、工会主席马岩出席颁奖典礼并致辞。兵团作协主席、作家丰收和新疆民协主席马雄福等参加了颁奖典礼。自2018年第3期至2019年第1期，《西部》共刊发参赛作品22篇（组）。本着内容健康，融思想性、时代性、艺术性于一体的原则，征文活动评委会最终评出19篇（组）获奖作品。新疆维吾尔自治区作家董立勃的《路》（小说）获一等奖；董为清的《勇立潮头，逐梦前行》（纪实文学）获二等奖；吴连增的《故乡，不再遥远》（散文）、黄毅的《甜》（散文）和阿依努尔·毛吾力提（哈萨克族，女）的《黑牛的春天》（散文）获三等奖。

【《西部》举办新疆小说创作研修班】

7月19日至24日，《西部》杂志社与博州文联合作，在博乐市共同举办“博尔塔拉·西部作家写作营”新疆小说创作研修班。

【“可可托海杯·第五届西部文学奖”颁奖典礼】

9月21日，由新疆文联、阿勒泰地委宣传部、《西部》杂志社，富蕴县委、县人民政府联合举办的“可可托海杯·第五届西部文学奖”（2016至2017年度）颁奖典礼在富蕴县可可托海镇举行。来自北京、辽宁、安徽、湖北和新疆本土的8位作家作品分获小说奖、散文奖、诗歌奖、评论奖和外国文学翻译奖。新疆文联副主席张君超，阿勒泰地委副书记、教育工委书记、宣传部长窦朝晖等出席颁奖典礼。

【《西部》举办南疆作家创作研修班】

11月3日，《西部》杂志社与兵团第二师文联合办的“走进塔里木·西部作家写作营”南疆作家创作研修班在铁门关市举行。

获奖情况

【丰收、李娟获第七届鲁迅文学奖】

9月20日晚，第七届鲁迅文学奖颁奖典礼在中国现代文学馆举行，34部(篇)的中篇小说、短篇小说、报告文学、诗歌、散文杂文、文学理论评论和文学翻译作品获奖。新疆兵团作家丰收的报告文学集《西长城》（人民文学出版社 2014年9月出版）荣获鲁迅文学奖·报告文学奖；新疆作协专业作家李娟的散文集《遥远的向日葵地》荣获鲁迅文学奖·散文杂文奖。

【《塔克拉玛干的鼓声》获中国电影华表奖】

12月8日，第十七届中国电影华表奖揭晓：新疆本土题材电影《塔克拉玛干的鼓声》荣获优秀少数民族题材影片奖。《塔克拉玛干的鼓声》由高黄刚、李牧时编剧，西尔扎提·牙合甫执导，前后历时一年半时间在和田、喀什等地拍摄，以自治区正在开展的“访民情惠民生聚民心”工作为叙事线索，讲述了一个名叫阿依古丽的小女孩在“访惠聚”工作队的支持下最终实现舞蹈梦想的动人故事。

【亚楠获“2017·星星年度诗歌奖”】

5月8日，由《星星》诗刊社、成都文理学院主办的“2017·星星年度诗歌奖”颁奖典礼在成都举行。新疆著名诗人亚楠摘取《星星》2017年度散文诗人奖。

【王献忠获全国法治漫画奖】

6月8日，由国家司法部、国家互联网信息办、全国普法办共同举办的第十四届全国法治动漫微电影征集展播评选揭晓，新疆著名漫画家王献忠的漫画作品《帮忙可以，给多少钱？》获本届法治漫画类三等奖。

【第四届中国西北音乐节新疆10首歌曲获奖】

在第四届中国西北音乐节上，新疆音协推选的歌曲作品共有10首获奖。《住在村庄》（作词：赵思恩，作曲：叶林华）、《拥抱新时代的春天》（作词：谭林坤，作曲：努斯来提•瓦吉丁）获一等奖；《天山南北是我们共同的家园》《勋章》《博尔塔拉》《各民族越亲新疆越美》获二等奖；《心手相连》《给你沏杯茶》《永远在一起》《因为有了你》获三等奖。

【“可可托海杯•第五届西部文学奖”（2016至2017年度）获奖作品】

小说奖

鬼金：《光之深处》（黑龙江）

李健：《泰克拜》（新疆）

散文奖

吴连增：《文学，不会衰老》（新疆）

江少宾：《风吹落日》（安徽）

诗歌奖

余笑忠：《每一次回望都有如托孤》（湖北）

陈末：《拉利亚组曲》（新疆）

评论奖

周庆荣：《我们的思考永远未完成》（北京）

外国文学翻译奖

李以亮：《亚当•扎加耶夫斯基随笔选》

各文艺家协会

【新疆作协】

1月28日至2月1日，与中国文艺评论家协会组织10多位诗人、作家的文艺志愿者小分队，赴喀什地区举办“‘我们的中国梦’——文化进万家•为农牧民读一首诗”活动，分别在巴楚县巴楚镇友谊社区和麦盖提县巴扎结米乡阔什艾肯村举办“为居民读一首诗”“为村民读一首诗”维汉双语诗歌朗诵会，为各族群众送去新年文化大餐，受到当地群众的热烈欢迎。

3月16日，新疆作协八届主席团第四次（扩大）会议在乌鲁木齐举行。会议总结了去年的工作，安排部署了今年的工作。审议通过《新疆作协签约作家创作扶持的培养计划实施办法》。评选产生年度新会员73人。新疆文联党组书记张新生，新疆文联党组副书记、作协主席阿拉提•阿斯木出席会议。

4月初，启动第四届签约作家及创作选题的申报征集，共征集到87人的87项创作选题。5月下旬，在乌鲁木齐进行了两天的评审，共评选产生20人和20项创作选题。文联纪检部门的同志参加评审会。经过一周的公示和领导小组审核，19名签约作家已正式通过。

5月中旬，组织区内一线作家开展了为期一周的“主题文学创作专题研修班”，统一思想，凝聚共识，进一步激发创作热情和积极性，规划重大现实题材创作选题，推进新疆文学出精品、出人才、出成果，共征集到主题文学创作选题近20项。

8月30日至9月5日，“2018•上海——新疆文学周”分别在克拉玛依市和阿勒泰地区举行。新疆文联党组书记张新生，克拉玛依市人大常委会党组书记李凤堂，上海市作协党组书记王伟，上海市作协副主席、杨浦区作协主席陈思和，克拉玛依市副市长阿合买提•巴拉提，市委宣传部副部长多里坤•吐鲁洪，市文联党组书记李显坤、副主席秦小林等出席8月31日在克拉玛依举行的启动仪式。启动仪式由新疆作协常务副主席、秘书长沈苇主持。

9月20日至21日，第八次全国青年作家创作会议在北京召开。新疆参会的5名代表是李娟、毕亮、麦麦提敏•阿卜力孜、阿依奔•杰克山奔、买买提神苏甫•阿曼吐，由作协副主席刘亮程带队。

9月25日至30日，与木垒书院联合主办第二期“大地生长新疆作家班”，来自10个地区15个县市的40余位学员参加本次作家班。

10月10日至31日，选派了10名中青年作家，参加湖南省作协毛泽东文学院第七期新疆作家班文学创作培训工作。

组织开展2018年度“新疆民族文学原创和民汉互译工程”的征集和初评，共征集到各语种的原创文学作品56部。

【新疆民协】

1月19日至26日，“我们的中国梦——文化进万家”民间文艺家协会文艺小分队深入和田县、洛浦县、策勒县、和田市木尕买里社区等十三个村镇、社区、青少年活动中心，举办系列新春文化活动，将优秀传统文化带进校园。小分队走进校园教小朋友捏面人、剪纸，使孩子们从小接受民间艺术的熏陶，激发孩子们对中国优秀传统文化的热爱之情。同时，为当地群众送剪纸“福”字窗花，增强了村民们对中华传统文化的认同感。

3月22日至27日，在乌鲁木齐新闻大厦举办第二期新疆文联民间艺术展演培训班。40余名民间艺术家，对第一期培训班上创作的文艺作品进一步进行加工完善编排成为相声、快板、“花儿”、曲子、考夏克、莱帕尔（双人歌舞表演）、托布秀尔、阿肯阿依特斯等文艺节目。

5月23日至28日，组织文艺志愿者小分队，在麦盖提县恰木古鲁克村和阔什艾肯村举办中国文联志愿者会员项目“到人民中去”——新疆文艺志愿者小分队走进麦盖提县，举办民俗摄影技术骨干培训班暨民俗摄影服务采风活动。为新疆民俗摄影队伍培养了专业力量。同时，小分队的艺术家们为恰木古鲁克村和阔什艾肯村40余对老人拍摄了金婚银婚纪念照，为60余位优秀共产党员拍摄了全家福；为新疆文联“访惠聚”工作队队员们拍摄了工作、学习、生活、劳动视频资料片等为民服务活动。小分队还抽出专门的时间采访刀郎文化传承人、星期天巴扎、农民画基地等。

6月1日，协会动员社会各界力量，筹措2万余元的学习用品和幼儿玩具等捐赠给了麦盖提县阔什艾肯幼儿园。

10月10日，在乌鲁木齐召开国家级文化课题项目《中国民间文学大系》——《玛纳斯》1至4卷，《江格尔》1至3卷，《哈萨克族达斯坦》1卷，共计三部八卷示范编纂工作推进会。

10月，在南京市举办的全国农民画优秀作品展，新疆民协选送的作品有三件入选展出。

11月23日至26日，组织参加在山西省祁县举办的第十一届中国民间艺术节、第十四届中国民间文艺山花奖•优秀民间艺术表演初评及鼓舞鼓乐展演活动。

民间文化研究工作：一、与克州政府合作完成《玛纳斯》汉译稿件第七、第八部的柯汉文对照；二、完成蒙古族图兀勒（叙事长诗）约13千行录音听写记录工作；三、完成维吾尔达斯坦（叙事长诗）八部汉译和43000行的录入工作；四、整理完成哈萨克族达斯坦（叙事长诗）录入整理工作；五、完成《中国民间剪纸集成•天山卷》初稿编撰工作；六、完成中宣部和中国文联立项的重点文化工程“一带一路”民间文化探源工程项目——《阿凡提类型故事论文集》。

11月，在莎车县美术馆举办新疆民间剪纸、农民画作品展；在莎车县体育中心举办民间刺绣图案设计与制作、民间剪纸、面塑培训班，140多名莎车县下属乡、镇、村文艺骨干、民间文艺人代表参加了学习培训；组织三名新疆知名民间剪纸、面塑艺术家到莎车县孜热甫夏提乡中心小学、中心幼儿园，开展民间优秀文化进校园活动，为200多名老师、学生讲授民间剪纸、面塑技艺课。

【新疆美协】

2月5日，新疆美协在七坊街举办《第六届新疆版画作品展》。本次展览展出作品102幅，评出优秀奖12幅，同时召开了画展研讨会。

2月8日，在乌鲁木齐召开2018年新疆美术家协会主席团（扩大）会议，部署了工作和规划。

2月28日，在喀什地区莎车县孜热甫夏提乡库孜玛勒村开展“我们的中国梦——文化进万家”活动。

3月25日，举办了“备战第十三届全国美展——新疆中国画创作研讨会”。

4月8日，在新疆艺术学院美术馆举办“新疆当代艺术名家回顾展”。

5月，分春夏秋冬四季推出并举办了“聚焦新时代——新疆实力派油画家作品联展”。

5月15日至6月15日，在乌鲁木齐市第一中学新校址美术馆举办“连环画进校园座谈会——连环画绘本插画展”，展览汇集了新疆老中青三代连环画画家的优秀作品共计150幅。

5月23日，新疆美协组织了8位美术家深入到新疆军区机关门诊部献“艺”官兵，艺术家们不辞辛苦挥毫泼墨，为官兵们创作书画作品80余幅。

5月31日至6月7日，新疆美协组织文艺志愿者服务队在喀什地区麦盖提县巴扎结米乡村，开展了“到人民中去”文艺志愿者服务活动，给当地村民创作书画作品100余幅。

6月24日，由新疆美协主办，国家艺术基金申报资助的“新疆少数民族青年国画创作研修班”项目在吉木萨尔县正式启动。新疆美协在全疆范围公开选拔学员37人。

7月26日，在冀宝斋举办“水墨关山——迎八一山水画作品展”。

8月，新疆美术家协会文艺志愿者服务小分队来到了独山子，开展“深入生活，扎根人民”主题活动，培训学员200多人次，深入生活进行文化服务和写生活动。

8月8日至16日，“乡里乡情——吴奇峰作品展”在乌鲁木齐市美术馆开展，共展出吴奇峰创作的中国画、瓷画作品100余件。由中国美术学院、浙江省文联、新疆文联、乌鲁木齐市文联主办，新疆美协、浙江美协等承办。

8月18日至22日，在乌鲁木齐市新疆美术摄影艺术馆举办了由新疆美协、新疆文化出版社、新疆电子音像出版社主办的第三届“新疆新闻漫画作品展”，共有56位作者的160件作品展出。

9月20日，在新疆喀纳斯举办了由中国女画家协会主办，新疆美协承办的“大美喀纳斯——斑斓五彩滩采风活动”。

9月23日，在阿勒泰地区举办了由美术家协会主办，中国画艺委会协办的“金山银水——阿勒泰写生行写生活动”。

9月，协助山东省美协组织“一路一带”十省美术家写生活动和作品展。

10月5日，协助河南省美协组织“中原画风河南省美术作品巡展新疆站”展出。

10月13日，在尉犁县美术馆举办了由新疆美协主办、水彩画艺委会协办“水彩家园•金色尉犁2018年新疆水彩作品展”。

10月18日至22日，美术家协会组织国画艺委会、油画艺委会、水彩•粉画艺委会、连环画艺委会、漫画艺委会的主要负责人和部分知名画家代表在莎车县开展了“举旗帜、聚民心、育新人、兴文化、展形象”美术培训、漫画作品展和写生活动，培训当地美术爱好者400人次，新疆漫画作品展展出85幅漫画作品，展出的85幅作品无偿捐赠给莎车县。

10月26日至11月1日，组织龚建新、雷中岣、李尧天、王钧兵等十位老艺术家到中国美协揭阳写生基地开展写生交流活动。

11月，举办了《弘扬中华优秀文化——中国传统木版年画》展，展出关维晓教授40年来收藏的中国优秀木版年画作品118幅，同时举办了“第十三届全国美展新疆版画创作稿观摩会暨中国传统木版年画作品研讨会”。

12月，在新疆师范大学美术学院展厅举办《新疆首届小版画暨藏书票》画展，同时召开了“新疆首届小版画暨藏书票研讨会”和第十三届全国美展新疆版画创作动员会。

【新疆摄协】

1月15日至29日，新疆摄协派出精干文艺小分队走进于田、民丰等七个乡村，开展了“我们的中国梦”文化进万家活动。先后为两县七村的村民拍摄并制作了276幅全家福。同时举办了“民族团结一家亲”为主题的摄影展览。

4月，组织“到人民中去”新疆摄影家走进米东区天山村“全家福”拍摄活动，为该村民族团结典范拍摄“全家福”照片40余幅，并把扩放好的照片装好镜框送到每一户拍摄“全家福”的村民手中。

4月、6月，在新疆第四监狱举办了2次“文化惠民、千人培训”摄影讲座、摄影展活动；11月在汇展社区进行了摄影讲座免费培训人数达210人。

11月24日，举办“庆祝改革开放四十周年”暨新疆第二十届摄影艺术作品展。

【新疆音协】

新疆音协出台了新疆音协深化改革方案（草案）。作为新疆文联青年文艺工作者改革试点单位，新疆音协在各类音乐展演展示活动中，加大青年音乐工作者和新兴音乐组织中优秀人才参与音乐活动的比例。协会选派十余人参加了中国文联、中国音协举办的各类培训班；组织30人参加了在西安音乐学院举办的为期四个月的钢琴、电子管风琴、二胡、古筝脱产培训班；举办了青年作曲培训班一期；协会流行音乐学会选派新兴音乐组织优秀青年演员代表新疆参加了第十三届北京国际文化艺术博览会。

与有关单位联合主办了第四届中国西北音乐节——榆阳•陕北民歌总决赛、第十七届星海杯钢琴大赛新疆赛区选拔赛、“伯牙奖”钢琴艺术节新疆赛区选拔赛、第十七届卡西欧电子键盘大赛新疆赛区选拔赛、第六届吟飞国际电子管风琴大赛新疆赛区选拔赛等多项赛事；组团参加了中国音乐“小金钟”二胡展演、第十七届星海杯钢琴大赛全国总决赛、第四届兰州国际钢琴艺术节、“伯牙奖”钢琴艺术节、第十七届全国卡西欧电子键盘大赛、第六届吟飞国际电子管风琴大赛等多项全国赛事，获得了较好的成绩。

主办了第三十五届上海之春音乐节——“锦绣中华”西北风情民族管弦乐音乐会、“把一切献给党”——纪念严良堃先生交响合唱音乐会、“丝路曼歌”音乐会、“民族团结一家亲，心系萨依村”——交响合唱音乐会、李博文钢琴独奏音乐会、“梦想中国”——郑玉帆歌友会、电子管风琴专场音乐会等近十场音乐会。

“新时代•天山之声”歌曲创作征集活动面向全国已征集二百多首歌曲，现已进入初评工作；协会推选作品参加第四届中国•西北音乐节歌曲征集评选活动，《拥抱新时代的春天》《住在村庄》获一等奖。

在乌鲁木齐市、奎屯市、库尔勒市、独山子区举办了声乐、电子键盘、钢琴、古筝、二胡、吉他、作曲等专业门类的10期“千人培训”活动，培训学员500余人。

【新疆曲协】

春节前夕，开展多项“我们的中国梦，文化进万家”活动：1月26日，在乌鲁木齐市翠泉路片区管委会开展“民族团结一家亲，同饮一碗腊八粥”慰问环卫工人、警务站民警等；2月2日，“送欢笑”走进第一监狱慰问干警及其家属；2月3日，走进军区第一、第二、第三干部休养所慰问老军人代表；2月8日，走进乌鲁木齐市第十五小送欢笑和新春祝福。

3月22日，在乌鲁木齐市19中、58中开展纪念2018年“世界水日”和“中国节水周”主题宣传教育活动。

5月3日，组织文艺志愿服务队在哈密市伊州区举办千人培训。

7月2日，在兵团第十二师举办“庆七一，感党恩，民族团结一家亲”联谊活动和“不忘初心跟党走，携手谱写新篇章”主题党日活动。

7月12日，召开会议，集中学习习近平总书记给电影表演艺术家牛犇的信，学习新疆第八次文代会精神，与会曲艺工作者纷纷发言表态，要坚守理想信念，充分认识肩负的责任，自觉弘扬和践行社会主义核心价值观，讲品位，讲格调，讲责任，抵制低俗、庸俗、媚俗，做有信仰、有情怀、有担当的曲艺工作者，创作和表演更多的正能量的作品，为繁荣发展新疆的曲艺事业贡献力量。

7月13日，在乌鲁木齐公安特警7支队开展“民族团结一家亲”联谊活动；7月31日，新疆曲协走进部队开展下基层送欢乐慰问活动。

9月1日，在乌鲁木齐市天津国际大厦举行成立一周年庆典暨“天山笑声俱乐部”挂牌仪式。

9月23日，组织天山相声俱乐部和红星相声社的演员在恰逢中秋佳节之际，在新市区万达广场举办了与百姓同欢度中秋的活动。

10月17日，组织文艺志愿服务小分队，在“重阳节”之际，走进乌鲁木齐市养老福利院、米东区敬老院开“尊老敬老”公益慰问演出。

【新疆舞协】

为进一步规范全疆少儿舞蹈考级工作，对舞蹈考级单位的办学资质、办学条件、教学资质等方面进行了严格审查，建立档案。严格执行文联财务处制定的协会考级工作制度，考级工作进展顺利。

9月22日至23日，在乌鲁木齐市美居物流园广场举办“魅力新疆 炫舞新时代”——新疆第四届街舞大赛。

在哈密市、喀什市、乌鲁木齐市、独山子市、库尔勒市举办了“基层文艺骨干（舞蹈）培训班”、“中国舞”教师培训班、“街舞培训班”、“广场舞培训班”等各类舞蹈培训工作，累积培训人数700余人。

【新疆书协】

2018年，先后举办了“不忘初心、牢记使命——庆祝党的十九大胜利召开新疆书法美术展”、新疆第五届书法篆刻展、与新疆社科联共同举办“庆祝党的十九大主题书法展”、与新疆艺术学院共同举办“新疆第五届书法篆刻展进校园”、新疆首届榜书艺术大展、庆三八——新疆女书家书法展；丝路墨香——陕西教育书法研究会书法展、豫疆情——新疆河南两地书法展、关山万里——陈大中边塞诗书法展、和风——闵荫南八秩寿师生书画展。

与中国书协培训中心合作在乌鲁木齐市举办一期全疆基层书法骨干培训班；与兵团书协联合举办全疆基层篆刻骨干培训班；在莎车县举办“举旗帜、聚民心、育新人、兴文化、展形象”新疆文联文化扶贫书法培训展览活动。

自2008年4月起，新疆书协被文联深化改革办公室确定为新疆文联新文艺群体试点单位。认真制定出台了《新疆书法家协会深化改革方案》。制定《新疆书协主席团成员、理事会理事履职工作规则》《新疆书协关于加强和改进专业委员会工作的意见》《新疆书协关于加强和改进会员队伍建设工作的实施意见》，明确新疆书协主席团、理事会、专业委员会以及会员的工作目标与职责；制定《新疆书协关于加强新文艺群体书法家服务管理工作的实施意见》，切实在深入生活、教育培训、创作展示、评比奖励、宣传推介等方面增加新文艺群体的比例；修改《新疆书法家协会章程》，建立公众微信平台以更丰富更及时更生动的资讯反映书坛和协会动态，作为协会对外宣传交流的重要窗口，成立新疆青年书法家协会，凝聚和团结全疆青年书法队伍。

11月6日，新疆书协召开五届二次理事（扩大）会。新疆文联党组书记、副主席张新生，新疆文联党组成员、副主席张君超，新疆书协主席李方，新疆书协常务副主席兼秘书长李志顺出席会议，新疆书协第五届主席团成员、理事，以及新疆文联深改办成员、各文艺家协会秘书长等共60余人参加会议。

与中国书协培训中心合作在乌鲁木齐市举办一期全疆基层书法骨干培训班；与兵团书协联合举办全疆基层篆刻骨干培训班；在莎车县举办“举旗帜、聚民心、育新人、兴文化、展形象”新疆文联文化扶贫书法培训展览活动。让基层作者能有机会近距离接触书法名家，参与和体验高水平的书法培训，全疆各地近千人参加培训。

【新疆杂协】

10月，由杂协选送的魔术表演《花海徜徉》，表演者艾孜亥尔•艾合买提获得中国金菊奖魔术比赛入围奖；11月，由杂协选送的滑稽表演《雕塑下的爱情》，表演者买买提江•肉孜获得中国金菊奖滑稽比赛入围奖。

【新疆剧协】

1月至2月，在乌鲁木齐市、昌吉州等地开展少儿戏剧“朗诵・语言艺术”考级工作。

与有关高校联系，组织相关作品，参加由中国文联、中国戏剧家协会、中国文学艺术基金会主办的第六届中国校园戏剧节（庆祝改革开放四十周年——2018优秀原创校园戏剧展演）。

6月21日、22日，在巴里坤县举办戏剧艺术类培训班，来自巴里坤县各乡镇的文化专干、文艺爱好者和村文化能人60余人参加培训。

【新疆影协】

完成由新疆维吾尔自治区党委宣传部、新疆文联主办，电影家协会承办的“砥砺奋进的五年新疆首届微电影、微视频”评奖活动，历时1年半时间，收到自治区微电影、微视频近400部。

举办新疆首届“百花征文，光影新疆”活动，共收征文100余篇，推荐观众评委两名，圆满地完成了第27届中国电影金鸡百花观众评委选拔活动。

积极参与中国文联和中国电影家协会举办的培训活动，先后推荐选派20多位新疆电影创作骨干到内地参加培训。

在乌鲁木齐和昌吉，举办了4期“千人培训——新疆影视人才创作培训”，共计有600余人次参加培训；在新疆艺术学院、昌吉学院、喀什大学等地举办“电影进高校——新疆学生影视人才培训”，共计有500多学生参加培训。

新疆生产建设兵团文联

综 述

新疆生产建设兵团文学艺术界联合会（以下简称兵团文联）成立于1983年。2018年兵团级文艺家协会13个，18个师局文联，113个团场文联，共有会员2529人。

兵团作家协会成立于1983年12月，隶属于兵团文联，是中国作家协会团体会员和新疆作家协会团体会员，是兵团党委领导下的专业性群众团体。其任务是保护作家的合法权益，组织作家学习、参观、访问，举办作品专题讨论和举办创作征文，改善作家的创作和福利条件。扶植培养文学新人的成长，鼓励艺术创新，充分尊重作家的创造性劳动，保障创作自由和评论自由，支持实事求是的文艺批评，尊重反批评的权利，对积极反映兵团生活的优秀文学作品给予奖励。

兵团美术家协会成立于1983年12月。隶属兵团文联领导，是兵团各民族美术家组成的专业性群众团体，系中国美术家协会团体会员。其任务是：组织协会会员学习政治理论和业务知识。团结兵团各族美术家贯彻执行党的基本路线，坚持四项基本原则，坚持文艺为人民服务、为社会主义服务的方向，坚持“百花齐放、百家争鸣”的方针，组织兵团各民族美术家为繁荣和发展兵团的美术事业，弘扬中华民族优秀文化传统，建设社会主义精神文明、实现社会主义现代化而奋斗。鼓励文艺探索和创新，尊重知识和人才，发现和培养新生力量，发展有贡献的文艺工作者入会。

兵团摄影家协会成立于1983年12月，下属14个师、1个公安局摄影协会、2个大学摄影协会和72个团场摄影协会，均系兵团摄影家协会的团体会员单位。

兵团书法家协会成立于1983年12月，当时是与美术家协会同为一个协会。兵团书法家协会是中国共产党领导的、由新疆生产建设兵团书法家和书法工作者组成的专业性人民团体，隶属新疆生产建设兵团文学艺术界联合会，是中国书法家协会的团体会员。其任务是：最广泛地团结书法家和书法工作者，为繁荣兵团的书法事业努力奋斗；鼓励并组织会员学习政治和业务知识，努力提高书法队伍的思想文化素质和艺术水平。对各师（局）书法组织和下属团体会员负有联络、协调、服务、指导的职责，对本会会员有联络、服务的职责。对成绩突出的会员予以表彰和奖励。加强与各省、区、市书法组织的联系与交流，促进兵团书法艺术的普及与提高。

兵团戏剧家协会成立于1983年12月，是中国共产党领导下由兵团戏剧家和戏剧工作者组成的具有独立社会团体法定代表人资格的专业性和行业性人民团体，是兵团戏剧工作者联系社会的桥梁和纽带。隶属兵团文学艺术界联合会，是中国戏剧家协会的团体会员。

兵团舞蹈家协会成立于1983年，原名兵团音乐舞蹈家协会。1995年6月，在兵团文联召开第二次兵团文学艺术工作者代表大会期间，兵团音乐舞蹈家协会分为兵团音乐家协会和兵团舞蹈家协会，正式成立兵团舞蹈家协会。

兵团杂技家协会1983年成立，是兵团文联领导下的由全兵团的杂技艺术家和杂技工作者自愿加入、组成的专业性人民团体，是党和政府联系杂技艺术家和杂技工作者的桥梁和纽带，同时也是杂技艺术家和杂技工作者联系社会、服务社会的桥梁和纽带。

新疆兵团音乐家协会原称新疆兵团音乐舞蹈家协会，成立于1983年12月，1994年6月正式成立兵团音乐家协会筹备工作组。1995年6月兵团音乐舞蹈家协会分离，召开了第三次兵团音乐家协会代表大会，大会修改了章程，改选了领导机构并改称新疆生产建设兵团音乐家协会。1998年5月28日正式成为中国音乐家协会团体会员。

兵团电视艺术家协会自1989年成立以来，同兵团电视中心积极配合，所拍摄的电视片有许多部在全国、自治区获奖，推动了兵团电视艺术事业的迅速发展。1991年7月被中国电视艺术家协会发展为团体会员。

兵团诗词楹联家协会1997年成立，隶属兵团文联领导，是中华诗词学会和中国楹联学会的团体会员。

2005年3月，兵团民间文艺家协会召开了第一次会员代表大会。来自兵团十四个师、大专院校和兵团直属单位民间艺术家及文艺工作者42人参加了会议。时任中国文联副主席、中国民间文艺家协会主席冯骥才发来贺信，时任秘书长向云驹应邀到大会作了讲话，时任兵团文联党组书记许柏林代表兵团党委宣传部、兵团文联作了《高起点创业，高标准创新》的讲话。与会代表审议通过了《兵团民间文艺家协会章程》。选举产生了兵团民间文艺家协会第一届主席团及理事会。

2014年1月5日，兵团文联文艺志愿者协会成立大会在乌鲁木齐召开。会议选举产生了兵团文艺协会首届理事会成员和主席团领导机构。麻振山当选为兵团文艺志愿者协会主席，王建昌、代立民、冯晓玲、申健、阎波成、吴军、张爱国、徐爱华、陶大明、梁斌、蒋玫、薛洁当选为兵团文艺志愿者协会副主席，梁斌兼任兵团文艺志愿者协会秘书长。兵团文联党组副书记、主席李光武，党组成员、副主席秦安江出席会议并讲话。

2014年1月2日，新年开年之际，兵团曲艺家协会成立大会暨第一次代表大会在乌鲁木齐召开。来自全疆的40多位曲艺工作者代表汇聚一堂，共商兵团曲艺事业发展繁荣大计。大会选举产生了兵团曲艺家协会首届理事会和主席团领导机构。张爱国当选为主席，杨迪中、章志明、韩晋、冯爱国、白庆胜、张国庆、张军当选为协会副主席。

会议与活动

【兵团文联召开工作会议】

3月19日，兵团文联工作会议在兵团广播电视大学召开。受兵团党委副书记、副政委李新明委托，兵团文化体育新闻出版广电局副局长李建伟出席会议并讲话。兵团文联党组成员、副主席李斌作2018年文联工作报告。各师（市）文联、各文艺家协会主要负责同志，文联机关、绿洲杂志社（专业创作组）全体成员，共计50余人参加会议。会议由文联办公室主任周康芬主持。

李建伟对过去一年兵团文联所做的各项工作、开展的各类活动，给予了充分肯定。就进一步做好兵团文艺和文联工作，提出要深入学习贯彻党的十九大精神，把握兵团文艺工作的正确方向；坚持以人民为中心的创作导向，提升兵团文化的影响力；强化文艺人才队伍建设，努力创作兵团特色的文艺精品；增强服务意识宗旨意识，通过深化改革创新文联工作四点意见。

李斌全面总结了过去一年兵团文联工作，并对2018年文联各项工作做出安排部署。兵团文联办公室副主任蔡小林传达了中国文联十届三次全委会精神。兵团文联办公室调研员熊建军，介绍了2018年兵团文艺精品工程扶持项目实施方案。会上，一师、七师、八师，文联书法家协会、摄影家协会、曲艺家协会分别就围绕打造文艺阵地、繁荣师市文艺；用文艺讲好兵团故事、用精品引领中国风尚；抢抓新机遇、开启新风貌、推动新发展；把握协会工作规律、发挥团结引领作用；聚焦改革开放、为兵团人“塑像”；讲好兵团故事、写好兵团人做了交流发言。

【“我们的中国梦•文化进万家”活动】

1月14日至16日，由中国曲艺家协会分党组书记、驻会副主席、秘书长董耀鹏带队，著名表演艺术家李金斗、牛群、范军、刘全利、李少杰等一行20余位艺术家，赴新疆兵团第一师阿拉尔市开展“我们的中国梦•文化进万家”慰问演出活动。演出受到团场职工群众热烈欢迎。

【“翰墨兵团，书香阿拉尔”书法培训班】

5月5日，“翰墨兵团•书香阿拉尔”书法培训班在阿拉尔市文化馆开班。兵团文联党组成员、副主席李斌以及第一师阿拉尔市副市长谷水清、副秘书长兼文广局局长陈伍国、文联副主席舒华君、兵团文联蔡小林、万里明、孙朝军、张高鹏、杨永旺和来自师市的50多名书法工作者、爱好者参加了开班仪式。此次培训活动由兵团文联主办，兵团机关书法家协会、一师阿拉尔市文联承办，培训时间为期半年。将书法艺术薪火相传，以高度的文化自觉和文化自信，大力传播先进文化，积极弘扬中华文化，发挥兵团特殊作用，践行兵团向南发展战略。

【“歌颂边疆筑梦英雄”采风活动】

5月30日，中国音乐家协会流行音乐学会“歌颂边疆筑梦英雄”采风团从北京、浙江、广州、河北等地千里迢迢飞往新疆来到兵团，进行为期7天的南北疆采风活动。采风团一行13人先后来到一师阿拉尔市、四师可克达拉市、七师、八师石河子市，深入基层一线，采访兵团先进典型人物，了解兵团的历史文化和发展成就，为创作中歌颂兵团精神和兵团历史、英雄人物的歌曲提供了思想源泉。

【文艺志愿服务北疆行】

8月5日至10日，兵团文联到人民中去文艺志愿服务活动北疆行在四师、七师、八师火热开展。6天的行程，文艺志愿服务小分队驱车3000余公里，辗转3个师的6个团场，为职工群众送去一场场文艺盛宴，受到了广大职工群众的欢迎和喜爱。

【《西长城》喜获鲁迅文学奖】

8月11日，第七届鲁迅文学奖获奖作品名单公布，兵团作家丰收作品《西长城》喜获鲁迅文学奖。报告文学《西长城》于2014年暨兵团成立60周年之际出版，全景式再现兵团60年壮丽的历史，全面记录兵团60年所走过的风雨历程，动情讲述几代兵团人屯田戍边奉献边疆的不平凡事迹。他们剿匪平叛、建政维稳、修渠引水、开荒造田、植棉花、种瓜果，使荒原变绿洲，成为维系中国边疆稳定的“西长城”！

【出台文联深化改革文件】

为推进兵团文联深化改革工作，在起草制定深化改革方案过程中，兵团文联先后赴湖南省文联、宁夏文联等学习考察，征求中国文联深改办的意见，召开多次座谈会就改革工作进行研讨，深入征求基层文化、文联组织的意见建议。9月7日，经兵团党委常委会第45次会议审议通过，兵团党委办公厅印发了《兵团党委办公厅关于印发〈新疆生产建设兵团文联深化改革方案〉的通知》（新兵党厅字〔2018〕37号），为兵团文联深化改革提供了遵循和指导。

【兵团首届“绿风诗歌节”】

9月27日，兵团首届“绿风诗歌节”在八师石河子市开幕，诗歌节以“放歌新时代，唱响军垦情”为主题，目的是纪念改革开放40周年，推进兵团先进文化示范区建设，展现兵团在提升维稳戍边看家本领、壮大综合实力和深化改革中取得的成就，打造军垦特色文化品牌，提高兵团军垦文化影响力和知名度，更好地弘扬兵团精神，邀请了全国对兵团诗歌发展做出杰出贡献的诗人近百人参加。

【庆祝改革开放美术书法摄影作品展】

10月9日，“开创新时代，迈上新征程”纪念改革开放40周年，兵团美术书法摄影作品展在乌鲁木齐市美术馆开展。兵团党委宣传部副部长张新辉开幕致辞。展览时间为2018年10月9日至10月14日。此次展览结束后在南北疆进行了巡展，2万多名各族职工群众观看了展览，受到兵团领导的肯定。

【梅花奖艺术团慰问演出】

10月，梅花奖艺术团慰问演出在新疆人民大会堂举办，自治区、兵团相关领导出席活动，为新疆和兵团广大职工群众奉上了一场文化国粹盛宴。

【兵团美术家协会召开第六次会员代表大会】

10月28日，兵团美术家协会第六次会员代表大会在乌鲁木齐市召开。兵团党委宣传部副部长张新辉，兵团文联党组成员、副主席李斌出席会议并讲话。会议选举秦建新当选为兵团美协第六届主席团主席，万里明当选常务副主席，尤山、段保国、杨永旺、杨勇当选副主席。大会主席团首次为南疆片区设置席位制副主席1名，待条件成熟时增补人选。

【文艺精品工程】

紧紧围绕创作优秀作品这个中心任务，继续推进“兵团文艺精品工程”的实施。突出现实题材、爱国主义题材、重大革命和历史题材、青少年题材等主旋律作品的创作生产。经过认真评选，从80多件作品中评选出24个文艺创作项目纳入2018年度“兵团文艺精品工程”。其中大型史诗歌舞剧《天山》等舞台剧目、电影《这个冬天不太冷》（又名《徒步穿越》）等主旋律文艺作品获得项目扶持。

文艺人才队伍建设

2018年各级文联组织举办各类艺术培训、讲座50多次，培训规模1400多人。9月与中国文联文艺研修院联合举办兵团文艺干部研修班，20名文艺人才参加了为期15天的培训；10月与湖南省作家协会毛泽东文学院联合举办第五期兵团作家培训班，10名文艺干部参加了为期21天的培训；4名文艺人才参加了鲁迅文学院培训；11月，与安徽省文联协作，5名影视人才参加了为期一周的皖苏浙影视人才培训班；全年8名师市、团场文联主席参加了中国文联举办全国市县级文联负责人培训班。

各文艺家协会

【兵团作家协会】

依托《绿洲》杂志平台，充分发挥其宣传推广作用，把兵团作协会员的创作成果推出兵团，推向全国。全年开展笔会5次，读者见面会5次，进一步走进作家，贴近读者。全年共选派作协会员42人外出培训，组织会员外出学习和交流。9月29日，在乌鲁木齐举办《西长城》获第七届“鲁迅文学奖”座谈会，近50位自治区、兵团文学艺术界代表参加座谈。11月12日，兵团作家协会主席、鲁迅文学奖获得者丰收的新书《珠穆朗玛的眸子》在乌鲁木齐首发。《珠穆朗玛的眸子》是一本以1962年中印边境自卫反击战为主要内容的军事题材纪实文学作品，通过《1962：西线有战事》、《雪域高原》、《麦克马洪线》、《阿克赛钦的炮声》等六个章节讲述了1962年中国人民解放军第五十四军130师接到命令、行军入藏、不畏牺牲赢得胜利的整个过程。

【兵团曲艺家协会】

4月2日至20日，兵团曲艺家协会与兵团文化中心联合排演话剧《尤良英》。该剧以宣传兵团民族团结进步模范尤良英的先进事迹为主线，用最具直观性的话剧形式讲述她扎根新疆20余年，真诚帮助少数民族群众脱贫致富的感人故事。8月1日至31日，由兵团曲艺家援助创作并导演的音乐剧《卡小花》，入选文化和旅游部重点督办舞台剧作品。9月，由曲艺家协会导演，在兵团第六师五家渠市创作排演的大型情景剧《破冰》，受到兵团领导和社会各界观众的高度评价，并荣获兵团第十届文艺汇演优秀剧目奖（一等奖）。

【兵团文艺志愿者协会】

兵团文联先后两次组织文艺小分队赴南北疆少数民族团场、地方乡村送文艺，开展“到人民中去”文艺志愿服务活动，共演出20场次，服务人民群众15000人次；各级文联组织、各文艺家协会继续开展好“送春联进万家”活动，春节期间书法家义务送春联13000多副，举办各类展览30多场；举办各类书画摄影展览活动30多场次，观众2万多人次。

【兵团音乐家协会】

2月2日，在美国伊斯曼音乐学院音乐厅进行了艺术节颁奖仪式，由兵团音乐家协会吴军改编的扬琴重奏作品《塔吉克舞曲》，在本次艺术节比赛中荣获专业重奏组金奖。5月30日中国音乐家协会流行音乐学会“歌颂边疆 筑梦英雄”采风团到兵团，进行为期7天的南北疆采风活动。采风期间，采风团成员受到了兵团党委常委、副司令员、第一师政委、第一师阿拉尔市党委书记姚新明的亲切接见，姚新明希望各位艺术家用新的视角、新的语言、走心的旋律，投入地写好新疆，写好兵团，唱好兵团人和兵团精神。

【兵团美术家协会】

1月30日至2月4日，兵团美术家协会组织部分协会主席团成员及会员骨干一行10人组成慰问小分队，先后走进兵团第三师图木舒克市、50团、53团、42团、41团和兵团三运司等团场和企业，为南疆职工群众送温暖、送书画、写春联、送祝福。6月20日至28日，“聚力新时代奋进新征程”一带一路石河子、合肥书画创作培训班暨交流展览和采风写生活动，展览在八师开幕。9月20日至25日，举办“不忘初心继续前进”军垦题材美术书法作品邀请展在八师石河子市科技馆开展，展出作品125幅。

【兵团书法家协会】

1月8日，书法家们冒着严寒，先后深入到边境霍尔果斯口岸、霍尔果斯气站、兵团第十一师、十二师、乌鲁木齐市公安局、乌鲁木齐高铁站、某高炮旅、街道社区、团场、企业、警营，开展了书画送文化、送祝福活动，共计书写春联福字、书法作品9000多幅，为群众带去了更多的精神文化食粮。6月，兵团首届“自作诗词楹联 书法篆刻展”在兵团机关展出。举办了“新疆齐鲁文化杯”首届“翰墨兵团，书香团场”全国书法作品展览，面向全国征集作品2800多幅，展览的340多件优秀作品全部捐赠给贫困团场。11月14日，新疆生产建设兵团北疆片区书法教师师资培训班在新疆干部学院开班。此次培训班为期10天，来自兵团北疆各大中专院校、中小学校的100名教师，从14日至23日集中进行封闭式学习。培训以普及传统书法知识课题为基础，以弘扬传统书法为己任，重点在于培养书法老师，让教师们深入了解书体以及经典书帖，提高他们的审美及书写水平。

【兵团摄影家协会】

2018年新批会员16人。2月2日至4日，兵团摄影家协会在七师126团召开工作会议，增补十一师文联主席张国成为兵团摄影家协会副主席。九师谢民《玛依塔斯风云》摄影作品在新疆文学艺术联合会主办、新疆摄影家协会承办的“纪念改革开放40年”新疆第20届摄影艺术作品展中，入选纪实类摄影艺术展。八师摄影家协会在2018年《第二十届全国艺术摄影大赛》中取得了优异的成绩，有25人获奖。兵团摄影家协会理事王梓林，《在希望的田野上》获得北京艺术光影展一等奖，成为《国家地理》签约摄影师。《像由心生》兵团老摄影艺术家摄影作品联展，于7月18日在乌鲁木齐市美术馆开展。

【兵团诗词楹联家协会】

9月9日，召开第五次会员代表大会，审议通过了协会《章程》修订草案，选举产生了协会第五届理事会和主席团领导机构。协会名誉主席陶大明一首诗入选中华诗词学会“纪念改革开放40周年”征文优秀作品，论文《新时期对联文化与新疆多族群文化交融发展的思考》入选第三届海峡两岸中华诗词论坛，其本人应邀出席大会作学术交流。举办了“铁笔丹心书汗青”纪念改革开放40周年兵团题材诗歌朗诵会，“春天的邀请”兵团新年诗会。协会主席团成员在兵团、大专院校举办诗词楹联讲座10余场。

【兵团舞蹈家协会】

7月17日，兵团舞蹈家协会报送的少儿舞蹈《那孜库姆》参加由中国文联、中国舞蹈家协会在北京天桥艺术中心举办的春晓——“小荷风采”20周年优秀作品专场晚会演出获得圆满成功，兵团舞蹈家协会获得了优秀组织单位的荣誉证书。央视新闻网站当晚播出了采访新闻。2018年有8名新会员入会。兵团舞蹈家协会承办的兵团舞蹈编导培训班在乌鲁木齐开班，共有来自13个师局的34名学员参加了此次培训，培训班开设了编导理论、编导技法、古典舞、现代舞、维吾尔族组合、藏族组合、蒙古族组合、汉族东北秧歌组合等课程，学生们在短短的十天之内完成了课程内容并进行了汇报演出，演出得到了李晋阳局长等领导的高度评价。

【兵团杂技家协会】

3月3日至13日，参加伊热夫斯克第十一届国际马戏艺术节，参赛节目《春之韵——女子造型》荣获银奖第一和两个特别奖。5月7日至11日，参加巴西第一届国际马戏节，参赛节目《生命之旅——男子造型》《向太阳——绳技》荣获唯一金奖。11月8日至24日，赴珠海参加第五届中国国际马戏节，参赛节目《生命之旅——男子造型》荣获金虎奖。

【兵团戏剧家协会】

兵团猛进秦剧团新排原创方言话剧《圆梦密码》、大型现代戏《昆仑山下的承诺》、古装戏《梨花情》等。兵团豫剧团豫剧《戈壁母亲》参加“天中杯”第八届黄河戏剧节荣获金奖，石河子市艺术剧院豫剧团豫剧《一家亲》荣获银奖。

【兵团电影电视艺术家协会】

组织全兵团18名会员走出去，参加中视协、中影协组织的广播电视主持人、编剧、制片人培训。兵团内部举办新闻采编业务提高班、播音主持班、网络与新媒体班，培训相关从业人员近200人次。在中国视协举办的“人文中国第七季——家园”作品征集活动中，七师《天使匆匆》获第十六届中国人口文化奖广播电视类优秀奖，十三师的《战士的心》获得“人文中国第七季——变迁”中国好作品奖。参加中视协第六届亚洲微电影艺术节、中国首届微电影大赛，十三师创作的《缘来我们在这里》获亚洲旅游艺术周好微电影奖，七师创作的《真相》获亚洲微电影金海棠奖好作品奖，八师的《一份抓饭》获中国首届微电影大赛最佳作品奖和国家广电总局“弘扬社会主义核心价值观共筑中国梦”主题原创听节目优秀节目奖。四集纪录片《兵团人》荣获第25届电视文艺“星光奖”电视纪录片大奖。三集广播剧《守望边境线》在中央人民广播电台播出，并获得自治区广播文艺奖一等奖。电影《无罪》9月12日在中央电视台电影频道黄金时段播出，豆瓣网评分高达7.9分。全年共出版《兵团影视》6期。自2006年创办以来，得到了兵团党委宣传部、兵团文联、兵团广电局以及各师、团场电视台和兵团各界的大力支持，为3000多名兵团广播电视从业者提供了沟通交流学习的平台，深受兵团广播电视工作者的喜爱。

【兵团民间文艺家协会】

完成《中国民间文学大系•故事•新疆兵团卷》第一稿，一师启动编创《一师阿拉尔市民间故事》，目前已完成40万字共100个故事的收集整理工作。1月至6月，民协先后在石河子第三中学、第六中学等十一所中小学做非物质文化遗产金丝彩釉画校园巡展、授课，让更多的孩子参与到传统手工的学习、制作和传承！ 3月，会员范玉冰、陈湘农的花灯作品《新疆军垦第一犁》入选中国民协、四川省文联、自贡市中国民间花灯精品展，该作品被中国彩灯博物馆收藏。9月，理事侯瑞云的剪纸作品《塞外瓜果香》参加2018年第七届民间工艺美术“乡土奖”荣获铜奖，被中国工艺美术学会民间工艺美术专业委员会收藏。经积极申报筹备、汇报答辩，并由中国民协赴七师实地考察，9月16日中国民协授予兵团第七师“中国军垦文化之乡”称号。

机关建设

【加强理论学习】

文联党支部把学习宣传贯彻党的十九大、十九届二中、三中全会精神作为首要政治任务，以增强“四个意识”、坚定“四个自信”、落实“两个维护”为首要标准，着力提高全体党员党性意识。党支部集中购买了《中国共产党纪律处分条例》《习近平新时代中国特色社会主义思想三十讲》《党的历史论稿》《学习习近平新时代中国特色社会主义思想 坚定不移推动全面从严治党向纵深发展》等学习书籍，做到人手一册。支部采取集体学习、集中培训、党课宣讲、专题研讨等多种形式，每周认真组织学习1-2次，深刻把握习近平新时代中国特色社会主义思想的科学体系和丰富内涵，把学习成果转化为推动党建工作和开展文艺工作的思路和具体举措。

围绕中心、服务大局。始终围绕新疆工作总目标，落实自治区反恐维稳组合拳。聚焦兵团党委中心工作，在促进兵团深化改革、向南发展等方面下真功夫。在党支部和党员干部中进一步推进反恐维稳措施落实，印制了应知应会资料，采取有奖问答等形式加强学习效果，通过集中学习和阶段测试，全体党员干部基本掌握了兵团深化改革、反恐维稳方面的知识。努力做到了及时与中央和自治区党委、兵团党委对标对表，并认真查找短板和弱项，将全体党员的思想和行动统一到自治区和兵团党委的重大决策部署上来。

强化党风廉政纪律教育。深入学习贯彻习近平总书记关于进一步纠正“四风”、加强作风建设的重要批示，认真抓好中央八项规定和兵团党委的实施细则精神的贯彻落实。全年共开展党课授课五次，专题政治学习两次，专题廉政警示教育两次，学习覆盖率达100%。组织文联党支部和兵团慈善总会党支部全体党员干部参观103团知青纪念馆，并在第六师五家渠监狱开展廉政建设教育活动，用反面典型促进党员干部树立正确的人生观、世界观和价值观，规范党员干部在工作中的言行。

筑牢基层基础，强化文联基层党组织的职责。坚持“三会一课”、组织生活会、谈心谈话、民主评议党员等党内组织生活制度，推进文联党建工作科学规范有效开展。坚持把政治标准放在首位，严把党员入口。2018年文联党支部共组织34次集体学习，召开6次支部党员大会、15次支委会议、3次主题党日活动、4次建言献策会、讲党课51次，有的放矢安排好组织生活，丰富组织生活方式，规范各级组织生活纪录，始终保持党的组织生活这个“熔炉”的温度，不断提升文联党内组织生活的吸引力、感召力和针对性、实效性。

中国石油文联

综 述

2018年，在中国文联具体指导下，在中国石油、中国海油两大公司党组正确领导下，石油文联认真履行协调、联络、服务、指导职能，团结引导广大石油文艺工作者深入学习贯彻习近平新时代中国特色社会主义思想和党的十九大精神，坚持“二为”方向和“双百”方针，牢记使命、奋进有为，组织、创作、展演了一批具有时代气息、石油特色的文艺精品，弘扬主旋律，传播正能量，为企业改革发展党建做出了积极贡献。

会议与活动

【召开2018年工作会议】

中国石油文联在兰州召开了“深入学习贯彻习近平总书记关于文艺工作的重要论述2018年秘书长工作会议”，会议深入学习贯彻党的十九大精神，以习近平新时代中国特色社会主义思想为指导，回顾总结石油文联2017年的工作，研究部署2018年重点任务，进一步团结动员广大石油文艺工作者，牢固树立“四个意识”，坚定“四个自信”，坚持中国特色社会主义文化发展道路，坚持以人民为中心的工作导向，多出精品，多出人才，多为人民群众服务，多为企业发展服务，不断谱写新时代石油文艺新篇章，为石油企业高质量发展提供强有力的精神动力。石油文联主席团成员、石油文联秘书处全体人员、各专业协会秘书长、中石油和中海油各团体会员单位主持工作的有关同志及文联秘书长等参加会议。

会议期间，路遥峰、沈中分别作了“学习贯彻习近平总书记关于文艺工作的重要论述重要讲话精神，做好石油文化工作”和“落实意识形态工作责任，繁荣发展石油文艺事业”的辅导报告。并就《关于深入学习贯彻习近平总书记关于文艺工作的重要论述加强石油文艺工作的指导意见》征求了意见。各协会及团体会员单位于会后及时传达落实工作会议有关文件和精神，努力在实际工作中坚持党对一切工作的领导，切实把学习贯彻党的十九大精神和习近平新时代中国特色社会主义思想作为重大政治任务，提高把方向、谋大局、促改革的能力和定力，结合实际制定目标任务，找准自身发展的方向及定位，为文联事业发展提供了有力的思想保证。

【多次开展“送欢乐下基层”文化惠民活动】

坚持贴近工作、贴近基层、贴近员工，持续强化服务意识，积极为广大员工精神文化生活提供给养。本着“用最节俭的方式、深入最基层一线去”的原则，走访调研、听取基层意见和需求，精心策划，并对演出节目和人员层层把关、认真筛选、指导监督，9月16日至29日，集团公司思想政治工作部和石油文联共同组织石油艺术家演出团沿途深入管道局中俄东线、管道公司、抚顺石化、辽阳石化、辽河油田、锦州石化、锦西石化公司等单位开展“送欢乐下基层”慰问演出活动。

慰问演出团分两部分出发，一是组织精简的文艺小分队从9月16日至19日，赴黑龙江黑河对奋战在中俄东线一线现场的管道局、管道四公司进行了3场小型贴心慰问演出；二是由多家单位组成的石油文联慰问演出团于9月20日抵达沈阳与小分队会合。从9月20日至29日，分别赶赴辽宁抚顺石化、辽阳石化、辽河油田、锦州石化、锦西石化公司开展了5场大型慰问演出。在这14个日日夜夜里，石油文联慰问演出团的演员们不畏辛劳、克服困难、行程万余公里，白天赶路、晚上演出，常常工作到深夜凌晨。

本次慰问活动有近万名一线职工、家属和离退休老同志观看了充满情感的现场演出，数十万职工家属通过电视直播、转播、微信等形式观看了演出。慰问团每到一处，都受到了广大基层员工的热烈欢迎，演员们热情真挚的表演，不仅传递着集团公司党组对驻守北方石油员工的牵挂，更是对长期艰苦奋战在一线的石油将士们的崇高敬意！这次慰问演出活动行程长，受益群众广，演出场次多，观众评价高，慰问效果好。我们的石油艺术家们无畏艰难、连续作战、克服病痛、团结协作，赢得了慰问单位领导和现场观众的高度认可，为推动集团公司企业文化的繁荣发展和集团公司高质量发展做出了积极贡献。

【组织开展第十二届联合文化交流活动】

中国石油天然气集团公司与俄罗斯天然气工业（股份）公司第十二届联合文化交流活动，于11月20日晚在广州大剧院圆满落幕。本次演出活动由集团公司主办，中国石油天然气集团副总经理侯启军亲临现场，陪同俄罗斯天然气工业（股份）公司副总裁马尔科洛夫先生一同观看了联合演出。

本次活动受到集团公司各级领导高度重视，根据集团公司国际部、思想政治工作部的有关批示和要求，由石油文联负责本次中俄联合演出的策划组织工作，活动特抽调湖北销售宝石花艺术团、长庆油田艺术团、大庆油田及四川销售分公司精兵强将参加。演出现场，两国艺术家联袂登场，为观众献上了一台精彩的艺术盛宴。整场演出既充满了浓郁的俄罗斯风情，又保留着传统的中国民族气息，带领观众沉浸在艺术的殿堂里。中俄双方节目精彩纷呈，受到了集团公司主要领导、俄气公司高管、贵宾及驻粤干部员工的热烈欢迎和一致好评，为中国石油赢得了荣誉。

中俄文化交流联合文艺演出活动双方每年轮换举办，是中俄两国在石油领域共同打造的文化交流活动重点品牌，以及感受和交流两国石油文化的重要窗口和桥梁。

【积极开展庆祝改革开放40周年系列主题活动】

为庆祝改革开放40周年，文联专业协会积极组织开展了各项专业主题文艺活动：石油作协开展了集团公司“我与改革开放共成长”征文；石油音协开展了“好词好曲唱石油”原创歌曲征集活动和群众歌咏活动；石油舞协开展了石油舞蹈作品评选暨精品展演活动；石油美协、石油摄协、石油书协分别开展了主题展览；石油曲协、石油剧协组织了文艺作品交流活动和主题创作活动；石油邮协赴大庆油田、辽河油田、塔里木油田、青海油田、勘探院举办了5场家书主题大型系列巡展。文联专业协会的系列庆祝活动范围广、吸引力强、职工参与广泛，充分体现了石油文化发展变革的伟大历程，在行业和社会范围获得了巨大反响。

【各专业协会积极开展文化惠民活动】

为讴歌石油精神，振奋一线士气，文联各有关协会积极开展各类文化惠民活动。石油书协组织书法家深入长庆油田8个基层单位的10多个站点，行程2000多公里，为一线员工面对面写书法作品1000多幅。石油美协助力大港油田公司原油产量500万吨上产，组织骨干书画家走进埕海1-1人工岛，为一线石油职工现场挥毫泼墨，现场作画50余幅。石油摄协深入辽河油田曙光，欢喜岭，金海等采油厂，开展了为期3天深入而具体的指导，并赠送大量摄影作品。石油舞协会在大庆油田体育广场举办了第九届群众性广场文化活动广场舞（健身操）大赛，在丰富油田居民业余生活，繁荣石油文化的同时，增强了石油职工的向心力、凝聚力，活动获得了良好效果。

【积极参加中国文联和有关单位举办的大型文化活动】

石油舞协参加在中国文联、中国舞蹈家协会主办的“第七届中国舞蹈节‘9•15’系列活动”，并选送独山子石化公司作品《边疆晚霞别样红》代表石油人参加展演，受到现场观众和中国文联的好评。石油邮协组织参加兰州2018中华全国航天专题邮展，并获大镀金奖加特别奖、镀金奖各1部，大银奖6部，铜奖1部，一框类获镀金奖、铜奖各1部，参展、获奖作品居本届参展单位之首。石油书协协办“九九重阳——中国书法家敬老爱老诗书会”，以弘扬中华传统美德，尊老敬老为主题，以书法艺术和诗歌朗诵的形式，赞美夕阳红，咏赞为中国石油工业奉献青春的老科技、老劳模。

获奖情况

以各专业协会及会员单位为抓手，石油文联充分发挥自身优势，开展了一系列文艺精品创作，不断扩大石油文艺的传播力、影响力。石油书法家协会组织“大国工匠——中国石油书法篆刻精品展”，共评出获奖优秀作品40件；石油美术家协会及各单位美协积极组织参加各级展览，获奖作品近百幅；曲艺家协会离退休同志彭连和常年在家中传授曲艺艺术，荣获曲艺家协会“园丁奖”；长庆油田邓立鹏创作表演的《丰收的烦恼》等七个作品在央视三套《满堂彩》播出，在石油工业出版社发行了个人作品集，获得“德艺双馨”“陕西省职工艺术家”“石油曲艺家”等称号；舞蹈家协会舞蹈作品《小小刀郎人》参加第四届“爱莲杯”全国舞蹈展演获最佳编创奖；《边疆晚霞别样红》代表中石油舞蹈家协会参加中国舞蹈家协会主办的9•15群众舞蹈展演；《喜庆的扇花舞起来》获全国民歌舞蹈大赛银奖；《碟舞声声》获第六届全国老年大学舞蹈大赛金奖；《刀郎》获第六届全国老年大学舞蹈大赛银奖；用肢体语言表现操作设备的舞蹈作品《DCS上的新征程》、反映民族团结的舞蹈《奎依巴格核桃熟了》在独山子职工艺术节获一等奖；集邮协会参加第18届中华全国集邮展览，竞赛类邮品获大银奖1部、银奖2部、镀银奖1部；在兰州2018中华全国航天专题集邮展览邮集上，分获大镀金奖加特别奖1部、大银奖2部，一框类镀金奖、铜奖各1部；在庆祝改革开放四十周年2018全国集邮文化巡回活动暨“东联杯”第六届全国原地集邮邀请展上，胜利油田选送的1部邮集荣获大镀金奖。

机关建设

【不断加强意识形态建设】

深入学习贯彻习近平新时代中国特色社会主义思想和党的十九大精神。石油文联努力将思想和行动统一到党中央和集团公司党组、思想政治工作部的要求上来，积极组织会员，以个人自学、研讨交流、培训讲座等多种形式，引领协会会员读原著、学原文、悟原理，不断树牢“四个意识”、坚定“四个自信”、坚决做到“两个维护”，努力将先进的文艺思想和理念融入创作实践中。

【持续开展文联基础建设】

及时开展协会班子换届和增补工作。根据文联各有关协会有关章程规定和实际工作需要，曲艺家协会召开理事会议，投票决定长庆油田公司党委副书记、工会主席李逵担任中国石油曲艺家协会第三届理事会主席，同时增补调整了石油曲协主席、常务副主席、秘书长。戏剧家协会召开了第三届会员代表大会，会上选举产生石油剧协新一届理事会、常务理事和领导机构。

业务培训

推进培训工作常态化、制度化运行，不断增强人才修养和创作水平。积极组织专业培训班和研讨班，积极为会员之间搭建相互交流和学习的平台，通过邀请行业名家进行面对面、手把手地专业授课和讲座，近千名协会文艺骨干获得了提高。此外，积极派员参加“全国中青年词曲创作骨干培训班”“舞蹈骨干和舞蹈艺术管理工作者培训班”等由中国文联专业协会组织举办的培训、研修班，不断为协会文艺骨干提供外出“取经”的机会，创造与行业艺术家之间增进友谊、统一思想、凝聚合力的空间。

中国铁路文联

综 述

2018年，铁路各级文联组织以习近平新时代中国特色社会主义思想为指导，深入学习贯彻党的十九大精神，学习贯彻习近平总书记关于宣传思想工作、文艺工作的重要论述，按照中国铁路总公司党组对铁路文艺工作的部署和要求，紧紧围绕“交通强国、铁路先行”历史使命，坚持以人民为中心的工作导向，坚持“深入生活、扎根人民”的创作道路，坚守中华文化精髓，传承铁路文化基因，弘扬铁路精神，传播铁路价值，不断增强铁路文化的生命力和创造力，服务铁路改革发展，各项工作取得了喜人成绩，为繁荣铁路文化、提高企业核心竞争力、助力中国铁路高质量发展做出了应有的贡献。

重要会议

4月17日召开了中国铁路文联第三届二次理事会，铁路文联领导及所属各分支机构负责人、各局集团公司文联秘书长、总公司直属机关工会有关负责人，全国铁路公安、铁路设计集团文联负责人以及其他在京常务理事共38人参加了会议。会议由铁路文联主席王志国主持，铁路文联秘书长李强做了重要讲话。会议对2018年重点工作做出了部署，对《关于加强和改进铁路文联工作的意见（草案）》进行了讨论修改，增选李强为第三届铁路文联副主席。

品牌活动

【“铁路情怀•精准扶贫——中国铁路扶贫纪实摄影展”举行】

10月，由中国铁路总公司办公厅、宣传部和铁路文联主办，铁路摄协承办的“铁路情怀•精准扶贫——中国铁路扶贫纪实摄影展”在京举行，共展出铁路扶贫题材摄影作品605幅。中国铁路总公司党组书记陆东福与党组成员集体观看了展览，并给予了较高的评价。入展作品还在部分路局进行了巡展。《人民铁道》报等媒体对展览进行了大篇幅报道。展览全面客观地反映了总公司党组和各铁路局党委贯彻落实党中央扶贫政策所取得的可喜成就，为进一步推进铁路扶贫工作起到了良好的宣传鼓动作用。

【“复兴号奔驰在祖国广袤的大地上”主题系列文艺实践活动举行】

年初，在习近平总书记新年贺词的鼓舞和启迪下，中国铁路文联以高度的政治敏感和艺术直觉，迅速捕捉到了“复兴号奔驰在祖国广袤的大地上”这一具有新时代铁路特色的宏大主题，精心策划，精心组织，在全路开展了以“复兴号奔驰在祖国广袤的大地上”为主题的书画、摄影作品展征稿和文学征文活动。为确保活动深入开展，落到实处，铁路文联在北京连续举办了5期全路中青年文艺骨干培训班，及时为文艺骨干“充电”。铁路摄协组织摄影家深入沈阳、上海、济南、太原局集团等单位为摄影骨干举办讲座，组织他们到高铁沿线开展采风创作活动。铁路美协组织美术骨干深入到南京、杭州客运段的旅客列车上体验生活，为创作积累素材；美协领导还到兰州局集团指导美术骨干采风写生。铁路书协专门设置电子邮箱，为书法骨干提供咨询和指导服务。铁路作协组织作家深入沈阳、上海局集团公司为基层作者讲课改稿，指导创作，并在《人民铁道》“汽笛”副刊、《中国铁路文艺》杂志开辟“复兴号奔驰在祖国广袤的大地上”文学征文栏目。这次活动，集中推出了一批讴歌党、讴歌祖国、讴歌铁路的优秀文艺作品，共收到书画、摄影作品3000余件。11月份以“复兴号奔驰在祖国广袤的大地上”为主题的全路书法、美术、摄影作品展在民族文化宫举行，随后又在总公司机关及部分路局进行了巡展。中国美协、中国书协和中国摄协领导出席了展览开幕式，对展出作品给予了高度评价。活动共收到文学作品713篇（首），其中《人民铁道》、《中国铁路文艺》刊发107篇（首），《人民日报》“大地”副刊刊发4篇（首）。12月份，“复兴号奔驰在祖国广袤的大地上”全路优秀征文作品专场诗歌朗诵会在北京正阳门铁道博物馆举行，来自全路的40余名文艺骨干以饱满的激情朗诵了20首优秀诗歌作品，充分展示了当代中国铁路员工的高尚情操和精神风采。

【开展“新时代、新春联，铁路春运送万福”大型公益活动】

春运期间，按照中国文联“送万福进万家”工作安排和中国铁路总公司“平安春运、有序春运、温馨春运，让旅客体验更美好”的春运工作新理念，中国铁路文联与中国书协、中华全国铁路总工会、全国铁道团委、中国职工书法家协会和《人民铁道》报社等单位联合在全路开展了“新时代、新春联，铁路春运送万福”大型公益活动。据不完全统计，春节前，铁路各级文联共组织2300余名路内外书法家和书法骨干参与活动，在数百座车站和千余趟列车上向广大旅客和一线职工赠送春联和“福”字60余万副（幅），受到了广大人民群众的衷心喜爱和赞扬，产生了良好的社会效应。

【开展“送文化下基层”活动】

中国铁路文联积极响应中国文联的号召和中国铁路总公司党组的要求，先后两次组织开展了规模较大的“送文化下基层”文艺志愿服务活动。6月下旬，在第5个全国文艺志愿者服务日期间，中国铁路文联抽调13名路内书法、美术和摄影家组成文艺志愿小分队，由文联领导带队，到济南铁路局集团公司济南西站、济南工务机械段、临沂地区、费县生产生活一体化站区为劳模和一线先进班组职工赠送、创作书画及摄影作品200余幅，并为基层文艺骨干举办了书法、美术和摄影讲座。10月底，中国铁路文联抽调12名路内书法、美术、摄影艺术家，组成文艺志愿小分队，到沈阳铁路局集团公司阜新车务段小东站和沈阳客运段Z12次车队，为66名劳模及一线职工赠送、创作书画及摄影作品300余幅。艺术家们还以现场笔会的形式，与沈阳局的书画、摄影骨干进行交流。各地铁路文联因时因地制宜，开展了形式多样的“送文化下基层”活动。沈阳铁路局集团公司开行文化列车，举办“复兴号奔驰在祖国广袤的大地上”职工书法、美术、摄影巡回展。呼和浩特、上海、武汉、西安、乌鲁木齐铁路局集团公司结合企业及地域文化特点开展了形式多样的文艺志愿服务活动。“送文化下基层”活动充分体现了艺术为人民服务的宗旨，推动了铁路文艺更加广泛地惠及基层群众，深受一线职工的欢迎和好评。

创作情况

广大铁路文艺骨干围绕中心，服务大局，扎根生活沃土，不断激发创新活力和创作灵感，发表、展出了一批有质量、有格调、有品位、有影响的文艺作品。3名铁路作家获第8届冰心散文奖，1人获“新时代歌咏”全国主题诗歌创作二等奖，10余名铁路作家相继在《人民日报》《人民文学》《诗刊》《十月》《当代》《中国作家》等全国重点文学刊物发表作品。根据铁路作家李小重长篇小说《走火》改编的同名电视剧在浙江卫视热播。铁路作家魏术学根据铁路系统“大国工匠”郭晋龙事迹改编的微电影《白线》在第5届全国职工微视影大赛中荣获金奖。铁路摄协主席原瑞伦的4幅摄影作品先后在德国举办的“中德文化艺术节”和在中国国家博物馆举办的改革开放40周年摄影大展上展出，18幅反映改革开放40年成就的专题摄影作品在《中国摄影》杂志刊发。3位铁路摄影家的作品在新华图片社举办的改革开放40周年摄影展上获奖。6位铁路书法家的作品分别入选“迎接党的十九大胜利召开全国书法大展”“全国书法名家邀请展”“学习十九大精神主题书法展”“全国第三届篆书展”“第三届深入生活 扎根人民 文质兼美优秀基层书法家创作活动成果展”“全国书法名家邀请展”。陈华的《湘西记游》入选“纪念改革开放40周年全国中国画展”。王江潮的国画《仰望太行》《古源心语》入选国展并获奖。

业务培训

5月28日至7月6日，中国铁路文联在北京举办了5期中青年文艺骨干培训班，聘请路内外30位著名作家、书画家、摄影家及专家、学者授课。来自全路18个铁路局集团公司及总公司直属机关、铁路公安系统的300名文艺骨干接受了培训。本次培训始终把政治培训放在首位，要求全路文艺骨干以习近平新时代中国特色社会主义思想和党的十九大精神为指导，认清自己肩负的责任和使命，不断提高政治素质和业务素质，在文艺活动中发挥好引领带头作用。专家授课中纳入了“坚持以人民为中心的创作导向”“艺术家应努力做到德艺双馨”等内容，引导文艺骨干不忘初心、牢记使命，听党话、跟党走。理论和实践相结合，是本届培训班的又一鲜明特点。授课老师均是国内文学、美术、书法和摄影界的专家，具有丰富的创作实践及教学经验，课程内容丰富，形式活泼，既有高屋建瓴的理论阐述，又有创作技巧的示范和讲解、师生之间的互动交流，还有现场笔会和对学员作品的点评，教学针对性强，培训质量高，收到了事半功倍的效果。

中国煤矿文联

综 述

2018年，中国煤矿文联在中国煤炭工业协会的正确领导和中国文联的亲切指导下，全面贯彻党的十九大精神，认真落实中国煤炭工业协会和中国文联有关行业文化工作的部署，按照《全国煤矿文化艺术发展指导意见》和《关于推进“十三五”煤炭文化建设的指导意见》的总体要求，不断开拓进取，创新工作方式，坚守煤矿文艺工作阵地，用先进文化理论和优秀文艺作品为煤炭工业转型升级提供坚强文化保障，以实际行动践行“立足矿区、服务矿工”宗旨，弘扬主旋律，传播正能量，积极推动矿区精神文明建设，努力促进煤矿文化艺术事业的繁荣发展。

会议与活动

【召开所属专业协会工作会议】

1月5日，中国煤矿文联在北京召开所属专业协会工作会议。各专业协会负责人对《中国煤矿文化艺术联合会所属专业协会管理办法》修改草案逐条进行了研究，对第五届中国煤矿艺术节等2018年重大文艺活动的组织形式、活动方式、宣传推广等相关事项进行了热烈讨论。

【组织文化艺术工作专题调研活动】

1月22日至26日，中国煤矿文联组织调研组赴山西矿区进行文化艺术工作专题调研。调研组先后对山西焦煤西山煤电集团、汾西矿业集团，阳煤集团、潞安矿业集团的文化设施、文化遗迹、矿山民俗风情、博物馆和图书馆等进行了深入了解和实地考察，收集整理了许多珍贵历史资料、矿区文化成果和民俗人文信息，进一步完善丰富了《中国煤矿文化艺术志》的有关内容。

【开展“送万‘福’进万家”文艺志愿服务活动】

2月5日至6日，中国煤矿文联组织艺术家赴冀中能源股份公司东庞矿开展“送万‘福’进万家”文艺志愿服务活动。活动期间，文艺志愿者们挥毫献墨、题词作画，为矿区劳模、标兵和书画爱好者现场创作200余幅精美的“福”字、春联，受到矿区广大干部职工的热烈欢迎。

【召开集邮联谊会成立15周年纪念大会】

3月18日，中国煤矿文联集邮协会淮海专题集邮联谊会成立15周年纪念大会在江苏省徐州市举行。会议期间举办了“淮海专题集邮联谊会成立15年获奖成果展览”。

【大同煤矿集团获“最佳志愿服务组织”先进单位】

4月3日，中共中央宣传部、中央文明办在北京召开全国学雷锋志愿服务推进会，公布了由中共中央宣传部、中央文明办、民政部、环保部、文化部、国务院国资委、全国总工会、共青团中央、全国妇联、中国文联、中国残联11个部门联合举办的2017年度宣传推选学雷锋志愿服务“四个100”先进典型活动评选情况，并进行了表彰。大同煤矿集团公司文艺志愿者协会经中国煤矿文联和中国文联层层推荐，最终被评为“最佳志愿服务组织”，是全国煤炭行业唯一获此殊荣的先进单位。

【召开全国煤矿文化艺术工作会议】

4月12日，全国煤矿文化艺术工作会议在安徽省合肥市中国书法大厦召开。会议总结了2017年全国煤矿文化艺术工作，对2018年重点任务作了安排，就第五届中国煤矿艺术节方案和煤矿文联职工读书活动、“百矿千名”煤矿文化干部和文艺骨干培训工程第五届高研班、“送文化进矿区”文艺志愿服务和煤矿文联第五次会员代表大会等有关工作进行了交流，对抓好新时代煤炭行业基层文艺人才培养、队伍建设、文艺作品创作和文艺成果交流等多方面工作提出了建议。并对中国煤矿文联第五届理事会换届有关工作进行了部署。中国煤矿文联理事代表等共130余人参加会议。

【开展文艺志愿者下基层服务活动】

5月14日至16日，中国煤矿文联志愿者协会、书法家协会共同组织文艺志愿者服务团到安徽淮北矿业集团开展文艺志愿服务活动。文艺志愿者为矿工们送上了精彩的文艺演出和书法、美术、篆刻作品，举办了声乐讲座，并向朱庄煤矿赠送了数百册书刊杂志。5月23日至24日，组织文艺志愿者到山西大同煤矿集团开展文艺志愿服务活动。文艺志愿者们分别在塔山煤矿、晋华宫矿和同煤集团党校进行了书画篆刻作品赠送、创作交流笔会和书法艺术讲座等服务活动，受到矿区职工群众的热烈欢迎。

【举办《阳光》走进淮北矿区读书会活动】

5月15日，《阳光》杂志社在淮北矿业集团举办了《阳光》走进淮北矿区读书会活动。有关报刊和文艺工作者等70余人参加。会上介绍了中国煤矿煤矿作协和煤矿文学创作的有关情况，就《阳光》杂志栏目设置、组稿、编辑工作情况以及文学创作导向、作品框架、内容等方面提出了详细要求，对基层文学创作和阅读等工作进行了研讨交流。期间，《阳光》杂志向淮北矿业集团赠送了400册图书。6月29日，《阳光》杂志组稿会在北戴河中国煤矿工人疗养院举行，鲁迅文学院首届煤矿作家高研班、全国煤矿第五届文化干部高研班学员共100余人参加组稿会。

【煤矿书法家张宇书法作品展在北京开幕】

6月1日，由中国书协主办，中国煤矿文化艺术联合会、中国煤矿文联书协、中国职工书法家协会、安徽省文史研究馆、安徽省书协共同承办的“以古为镜——张宇书法作品展”在北京中国国家图书馆(国家典籍博物馆)开幕。本次展览共展出张宇书法作品80多件，综合展现了张宇在创作方面的不懈探索。

【举办首届煤矿作家高研班】

6月21日，由中国煤矿文联与鲁迅文学院共同举办的首届煤矿作家高研班暨第五届煤矿文化干部高研班在中国煤矿工人北戴河疗养院培训中心开班。高研班以中国梦、“深入生活，扎根人民”为核心，开设了包括文学、美术、文艺评论和中华文明、传统文化等内容的课程，邀请21位国内一线作家、艺术家、学者及文学期刊负责人授课，来自全国煤炭行业的105名作家、文化艺术工作者参加培训学习，并获得中国煤矿文联和鲁迅文学院联合颁发的结业证书。

【第五届中国煤矿艺术节开幕】

6月28日，由中国煤炭工业协会、中国煤矿文联、中国能源化学地质工会全国委员会、中国煤矿文化宣传基金会联合主办的第五届中国煤矿艺术节在河北省开滦集团开幕。中国文联、中国煤炭工业协会等有关领导和煤矿文联理事、全国各煤炭企事业有关负责人、煤矿文艺工作者代表，全国煤炭工业先进集体和劳动模范代表等共2000余人参加。开幕式后《美丽新时代》文艺晚会举行。晚会由信念、情怀和希望三个篇章组成。煤矿艺术家们通过舞蹈《黑色力量》、情景朗诵与组舞《百年追梦》、组歌《青春•芳华》、歌曲《矿工好儿郎》、男子集体舞《地层深处》、朗诵《矿山诗篇》、集体舞《为你守候》、舞蹈电影《我是矿工》、群口快板《幸福瞬间》、歌舞《点亮新希望》、朗诵《科技创新再启航》、舞蹈《扬帆再起航》、歌舞《美丽新时代》和大合唱《矿工万岁》等文艺节目，展示了煤炭工业改革发展取得的辉煌成就，讴歌了煤矿工人“特别能吃苦、特别能战斗、特别能奉献”的伟大精神，描绘了煤炭人进入新时代为实现中国梦而努力奋斗的精神风貌。

【召开全国煤矿文化网络宣传、《阳光》杂志编务工作会议】

9月19日，2018年度《阳光》杂志、中国煤矿文化网工作会议在浙江省宁波市召开。2018年度全国煤矿文化网络宣传、《阳光》杂志编务工作先进单位和个人代表等共90余人参加会议。会议对2018年度中国煤矿文化网和《阳光》杂志的工作作了总结，对下一步《阳光》杂志的发展方向作了介绍，对2019年度《阳光》杂志的发行工作进行重点部署安排。与会代表共同讨论交流了办网和办刊的思路和经验。

【举行第七届全国煤矿文学乌金奖颁奖会】

10月10日，第七届全国煤矿文学乌金奖颁奖会在中国现代文学馆举行。中国作协、中国煤炭工业协会有关领导及获奖作者参加会议。中国作协党组成员、副主席李敬泽，中国作协副主席、乌金奖组委会主任陈建功，中国煤炭工业协会党委书记、副会长兼秘书长梁嘉琨，中国煤矿文化宣传基金会理事长、中国煤矿文联副主席庞崇娅出席颁奖会。本届乌金奖共评出乌金奖作品32部/篇、提名奖作品27部/篇；另经乌金奖评选活动组委会研究，推选特别荣誉奖4部。获得特别荣誉奖的作品有刘庆邦的长篇小说《黑白男女》等4部；获得乌金奖的是：亚东的《风起毛乌素》、荆永鸣的《北京时间》、夏榆的《我的独立消失在雾中》等长篇小说5部，闫桂花的《兰成走了》、海佛的《小车里的煤田》等中篇小说5篇，王庆才的《别问我是谁》、黄静泉的《过年》等短篇小说5篇，徐迅的《我的故乡雨雪初霁》等散文集5部，东篱的《秘密之城》等诗集5部、组诗1篇，沙凡的《五彩石》等报告文学3部/篇，史修永的《多维视野中的中国当代煤矿小说》等文学评论3部/篇；获得提名奖的有：长篇小说4部，中篇小说3篇，短篇小说2篇，散文5部，诗集5部、组诗2篇，报告文学2部，文学评论4部/篇。煤矿乌金奖是中国作协与团体会员联办的唯一文学奖项，已经联办了七届。

【召开中国煤矿文联第五次会员代表大会】

12月21日，中国煤矿文联第五次会员代表大会在苏州召开。全国各煤炭企事业单位文化工作的主管领导，中国煤矿文联和所属专业协会理事、理事代表，2017—2018年度全国煤矿文化艺术工作先进单位和先进个人代表等290多人参加会议。大会听取了《中国煤矿文联第五次会员代表大会报告》《中国煤矿文联第四届理事会会费收支情况报告》《关于〈中国煤矿文化艺术联合会章程(修订草案)〉的说明》和《关于调整中国煤矿文联会费标准的说明》，选举产生了中国煤矿文联第五届理事会理事、常务理事和领导机构，审议通过了相关决议，对2017—2018年度全国煤矿文化艺术工作先进单位和先进个人进行了表彰。

与此同时，中国煤矿文联曲协第五次会员代表大会召开。会议总结了近五年的工作，选举产生了新一届理事会理事和领导机构。宋德全为主席，王玉、王长安、王成全、祁建国、李慧杰、连春建、陈功学、贾仑、徐雁宾、崔银龙为副主席，应宁为秘书长。

煤矿文联摄协第八次会员代表大会召开。会议选举产生了140人组成的新一届理事会。

煤矿文联音协第五次会员代表大会召开。会议充分肯定了上一届音协理事会的工作，并对今后五年煤矿音协的发展进行了认真的研究，选举产生了新一届煤矿音协理事会理事和领导机构。王海天为主席，邢存华、任真、张凤志、张永兵、苑铁、周忠新、额尔德尼为副主席。董帅为秘书长，田野、赵峰、康景茹为副秘书长。

煤矿文联书协第六次会员代表大会召开。会议审议并通过了《加大工作力度，打造书法品牌，为建设有煤矿特色书法事业做贡献》的工作报告，审议并通过了《关于〈中国煤矿文联书法家协会工作办法(修订草案)〉的说明》，选举产生了新一届理事会。会议号召煤矿书法家、书法爱好者要高举习近平新时代中国特色社会主义思想伟大旗帜，全面贯彻党的十九大精神，不忘初心，牢记使命，全身心投入到自己钟爱的书法事业中去，创作出无愧于时代的精品力作，努力成为人民喜爱的书法家，进一步开创煤矿书法事业新局面，努力为构建社会主义和谐社会做出新的更大贡献。

煤矿文联志愿者协会第二次会员代表大会召开，来自全国煤炭行业及中国煤矿文联12个专业协会的62名代表听取了题为《为企业服务，向矿工学习，做“活跃矿山的乌兰牧骑”》的工作报告。

煤矿文联作协第六次会员代表大会召开。会议选举产生了新一届煤矿作协理事会理事和领导机构。刘庆邦代表上一届煤矿作协主席团做了题为《扎根煤矿生活，深掘文学富矿》的工作报告。希望煤矿作家们要把握好新时期文学创作的方向，用新思想引导文学，坚持以人为本的创作导向，突出时代特色，做有担当、有情怀的煤矿写作者。

煤矿文联美协第七次会员代表大会召开。会议号召煤矿美协广大会员和美术爱好者，要以习近平新时代中国特色社会主义思想为指导，坚持以人民为中心的创作导向。坚持面向基层、服务煤矿和社会的宗旨，积极表现矿工丰富多彩的生活和煤矿企业改革发展新成就，不断提高煤矿美术创作的思想、学术和艺术水平，以崭新的面貌努力开创新时代中国煤矿美术事业发展的新局面。

中国电力文协

综 述

2018年，中国电力文学艺术协会(以下简称中电力文协)在中国电力企业联合会(以下简称中电联)和中国文联的指导下，以习近平新时代中国特色社会主义思想为指导，深入学习贯彻党的十九大精神、习近平总书记文艺工作座谈会重要讲话和中央关于繁荣发展社会主义文艺的意见的重要精神，以社会主义核心价值观为领引，强化服务电力企业、服务广大电力职工，充分发挥下属书法、作家、摄影、集邮及美术等5个协会的作用，结合改革开放40周年和中电联成立30周年纪念活动，组织开展面向基层、贴近群众的文艺活动，推动电力行业企业文化建设的繁荣和发展。

重要会议与活动

【举办主题展览】

10月15日，在中国国际展览中心成功举办了“全国电力行业庆祝改革开放40周年”电力行业书法、美术、摄影展。作为电力行业纪念改革开放40周年和中电联成立30周年活动的重要组成部分，参展的作品均是面向全国电力行业职工征集的优秀作品，全面展示了改革开放40年来电力行业、电力企业取得的成就，展现了电力职工良好的精神风貌和昂扬向上的奋斗精神。结集印制了《全国电力行业书法美术摄影优秀作品集》画册，向各电力企业进行发送。

【积极参加中国文联重要会议】

中电力文协参加了中国文联十届三次全委会、全国文联系统深化改革座谈会、全国文联系统教育培训工作会议等重要会议和活动，及时贯彻落实会议精神，指导和推动电力文协各项工作开展。

【电力文学创作】

3至12月，作为电力行业纪念改革开放40周年和中电联成立30周年活动组成部分，开展了“电力故事•家国情怀——纪念改革开放40周年”征文活动。展现40年来在党的领导下波澜壮阔的改革开放历程和取得的辉煌成就，描写了电力行业砥砺奋进推进改革开放的生动实践和40年来的巨大变化，充分反映电力职工在改革开放进程中与时俱进、不懈奋斗的动人故事和家国情怀。

3月29日，国家电网陕西省电力公司职工文学创作基地在国家电网陕西安康水电厂揭牌。

5月，中央宣传部授予国家电网天津电力公司张黎明“时代楷模”称号。中国电力作协组织14位作家、词曲作家、书画家赴天津电力公司采访、创作，发表报告文学、散文、诗歌300多篇，创作、出版长篇报告文学《黎明再出发》，创作、发表音乐作品20多首，书画作品50多件。

5月26日，江苏省电力作协文学创作基地在无锡市电力管理培训中心揭牌。

6月30日，中国电力作协甘肃电力职工文学创作基地、甘肃电力职工文学艺术创作基地同时在国网甘肃刘家峡水电厂揭牌。

12月14日，电力作协秘书长会议在北京召开，座谈交流各单位作协工作。中国电建、江苏电力、湖北电力、四川电力、浙江电力等电力作协介绍经验。

中电力文协组织电力作家、文学书写者开展创作新春联、诗朗诵、讲故事、车间（班组）板报、微信等便捷和喜闻乐见的文学惠民福民活动，用“文学照亮生活”，用文学服务电力职工群众。全年组织作家创作电力题材长篇小说、报告文学、影视剧文学、散文、诗歌等，推出17部电力题材文学专著。出版《脊梁》6期，牢牢把握正确的办刊方向，坚持“为职工书写、为电力放歌”的宗旨，以刊登电力题材的文学作品为主，使之成为发表电力文学精品的载体、联系电力作家的桥梁纽带、繁荣职工文化生活的阵地。

【组织书法活动】

2018年元旦、春节期间，中国电力书协组织开展“书法家送福进万家”电力书法志愿服务公益活动。电力书协结合电力行业特点，以协会主席团成员、理事和创作骨干为负责人或牵头人，组成多个电力书法志愿者服务团队，于“两节”期间先后在北京、安徽、天津、河北、江苏、山东、河南、甘肃、江西、贵州、浙江、山西、陕西、湖北、广东、云南等省（直辖市），在电网、发电、电建、核电等电力企业开展“电力书法家送‘福’进万家”走企业进基层书法志愿服务活动，受到电力企业和广大职工的热烈欢迎。“两节”期间共开展活动148场，参加活动电力书家1080人次，书写福字、春联和书法作品47600余幅。

4月1日，中国电力书协第五次会员代表大会在北京召开。中国电力文协主席杨昆及有关领导出席大会并致辞，电力书协会员代表90人参加了大会。大会审议通过了《中国电力书法家协会第五次会员代表大会工作报告》，审议通过了《中国电力书法家协会章程（修改草案）》。选举产生了第五届理事会和新一届主席团，聘任了名誉主席、顾问。中国能源建设集团有限公司党委副书记、副总经理张羡崇当选为中国电力书协第五届主席。大会圆满完成各项会议议程，为电力书协明确了今后五年的发展方向和工作目标，为进一步推动电力行业书法事业的繁荣和发展夯实了基础。

中国电力书协选派基层电力书法作者参评并入选中国文联、中国书协主办的“中国精神•中国梦——社会主义价值观书法作品主题创作暨全国基层书协巡展”“深入生活 扎根人民——文质兼美基层优秀书法家创作成果展”等活动，参加了“现状与理想——当前书法创作学术批评展”，推选一名参展作者和四名代表入选并参加了展览。

先后在中国能建集团公司总部和中国华电集团公司总部，组织主办“不忘初心——贺恭、祝新民书画作品联袂展”和“不忘初心——庆祝改革开放40周年电力书法作品展”等活动。

中国电力书协着重抓好和协会会员队伍建设，扩大协会创作队伍。2018年按照入会流程和认真审核，新发展会员48名，目前会员已达637人。

【开展摄影活动】

5月12日，中国电力摄协召开2018年工作会议，来自全国电力行业各单位50多位代表参加会议。会议总结了2017年工作，安排部署了2018年重点工作，参加了由中国摄影杂志社和中共永城市委宣传部共同举办的“永城芒山古庙会暨第三届芒砀山摄影季”活动，并进行了创作活动。

6月1日至4日，中国女摄影家协会与中国电力摄协摄影大PK活动于在改革开放的前沿城市——上海举行。双方分别派出五位优秀摄影家齐聚上海，在48小时之内自选主题，自由创作，结束后，每位队员提交20至30幅作品、1500字左右的文字说明，共同构成10组主题鲜明、风格各异的图文故事。

9月，协会在国家电投集团贵州金元股份有限公司设立中国电力摄影家协会创作基地。

联合《中国电力企业管理》杂志社、新华影视、新华微视举办《纪念改革开放四十周年首届全国电力职工视频作品大赛》，以视频的形式见证中国电力事业与改革开放同成长共发展的奋进历程。

10月，参加了在深圳展出的“巨变中国：1978-2018”庆祝改革开放四十周年大型主题图片展。中国电力摄协推荐50组参加，入选4组。这些参展作品以历史和纪实照片为主，带着广大职工的劳动温度、艺术高度和思想深度，表现了广大职工对生活、对劳动、对国家、对人民的热爱。

10月，在全国摄影优秀人才高级研修班上，推荐一名基础摄影骨干参加中摄协举办的三期培训班。

11月18日，第十二届中国摄影艺术节在河南三门峡市举行。中国电力摄协精心准备、积极参与，举行了中国电力职工优秀摄影作品展览，共有50幅优秀作品在摄影节期间展出。

全年中国电力摄协申报中国摄影家协会会员18人全部获批通过。2018年中国电力摄协发展团体会员2个，审核批准91名新会员。

【推动集邮发展】

按照全国集邮联合会工作要求，组织电力基层邮协积极参加开展“不忘初心 逐梦前行”纪念改革开放四十周年全国集邮文化巡回展活动。

根据全国集邮联《关于组织国家级邮展征集员培训的通知》，选派3名电力职工参加了国家级邮展征集员培训，圆满结业并获得国家级邮展征集员证书。

按照中华全国集邮联合会工作要求，完成中华全国集邮联合会第八届理事和全国集邮联国家级邮展实习评审员的推荐工作。

5月12日，电力邮协召开了秘书长（扩大）会议，传达“全国邮联2018年工作计划和全国邮联第八次全国代表大会的通知”，总结了电力邮协2017年工作，制定2018年度工作计划。

组织具有较丰富集邮文化的会员，积极主动地参与集邮文化的学术研究。据不完全统计，2018年电力邮协李汇祥等6名会员共在《集邮》《苏州邮政史》《艺林邮学》等杂志上共发表十多篇学术文章，在集邮界产生了较大的影响。

【成立电力美协】

7月5日，中国电力美协在京揭牌。中电联党组书记、常务副理事长、中国电力文学艺术协会主席杨昆，中国华电集团有限公司董事长、党组书记赵建国共同为电力美协揭牌。特邀国家电网公司原纪检组组长祝新民、中国能源化学地质工会主席张波担任中国电力美术协会名誉主席。电力美协成立后，按照章程规定，发展了首批会员160多人，核准发放了会员证。

10月25日，“庆祝改革开放40周年全国电力行业美术作品展”在北京开展。这次展览是中国电力美术协会复会以来举办的首次全行业电力美术展览活动，得到了广大电力职工的积极参与踊跃投稿。从征集的大量作品中遴选了120件美术作品参加展览。作品以表现电力内容为主线，表现题材丰富、创作风格多样，展现了在改革开放过程中广大电力职工砥砺奋进、无私奉献的精神风貌。

获奖情况

由电力书协推荐报送的中国能建书法美术协会、国网北京市电力公司职工书画协会、国网天津市电力公司职工书画协会、国网山西省电力公司职工书画协会、大唐书画院等5个单位获得中国书协2018年“万名书法家送万‘福’进万家”活动先进集体。

2018年，电力邮协共推荐入选11部邮集作品分别参加世界邮展和全国邮展。共获得金奖、大镀金奖、镀金奖等6块奖牌。

中国水利文协

综 述

2018年，中国水利文协在水利部党组的领导下，在中国文联和中国作协的指导下，以学习贯彻党的十九大精神为主线，以习近平新时代中国特色社会主义思想为指导，以社会主义核心价值观为引领，以建设水利文艺队伍为重点，以开展优秀水利文艺活动为中心任务，围绕中心，服务大局，不忘初心，牢记使命，锐意进取，开拓创新、深化改革，全面推动水利文艺事业繁荣发展。

会议与活动

【中国水利文协第七届会员代表大会第二次会议召开】

4月24日，中国水利文协第七届会员代表大会第二次会议在湖北省武汉市召开。会议深入学习贯彻党的十九大精神和全国两会精神，落实全国水利厅局长会议和中国文联全委会会议有关部署，总结2017年水利文艺工作，研究部署2018年重点任务，公布水利艺术家走基层送文化活动先进单位和个人名单；审议并表决通过《中国水利文学艺术协会章程（修正案）》、《中国水利文学艺术协会会费收取方案》和有关决议；增补理事20人，常务理事6人，团体会员单位9家。中国水利文协主席何源满，长江水利委员会党组副书记、副主任熊铁以及来自全国各地80位会员代表参加会议。

【水利系统美术书法摄影作品主题展览活动举办】

2月1日，由中国水利政研会、中国水利文协联合举办的“不忘初心、牢记使命、水惠民生——全国水利系统学习贯彻党的十九大精神主题美术书法摄影作品展”在水利部机关开幕，副部长魏山忠出席开幕式并参观展览。水利部有关直属单位、省级水利行政主管部门、高校等16家单位协办展览，活动收到美术、书法作品428件。评选出入展作品193件；优秀组织者13人，优秀组织奖单位21家。入展作品先后在长江水利委员会、黄河水利委员会、珠江水利委员会和四川、湖南、贵州、河南、陕西、湖北、广东省水利厅以及华北水电大学等11家单位巡展。

12月19日，由中国水利政研会、中国水利文协、水利部宣传教育中心、中国水利报社联合主办的“绿色颂歌 水美中国——水利改革发展辉煌40年主题美术书法摄影作品展”在水利部机关开幕。水利部副部长魏山忠出席开幕式并参观展览。水利部有关直属单位、省级水行政主管部门、高校等10家单位协办展览。活动收到美术书法作品401幅、摄影作品5000余件。经专家终评，选出美术作品54幅，书法作品111幅，摄影作品120件334幅（含组照）；优秀组织者41人，优秀组织单位24个。

【水利文艺作品在全国性展览展示活动中展出】

11月18日，由中国摄协主办的“第十二届中国摄影艺术节”在河南省三门峡市开幕。中国水利文协选取重大水利工程摄影作品，现场举办“拼搏——国家重大水利工程掠影”展览。中国水利建设版块首次亮相摄影艺术节，得到各界艺术家和摄影界领导的肯定和称赞。

11月26日，“改革开放好”——中央和国家机关庆祝改革开放40周年书画展在中国人民革命军事博物馆举行，中央和国家机关各部门干部职工嘉宾参加开幕式。中国水利文协受水利部机关工会委托，组织报送书画作品18件，入展14件。

【水利文艺送文化走基层志愿服务活动启动】

1月28日至31日，由中国水利文协组织的“全国水利书法家走基层送文化活动”走进湖北武汉。8位水利书法家走进基层、走进工地，现场笔会、座谈研讨、讲座培训、创作交流，向基层水利建设者赠送书法作品和春联。

9月，中国水利文协会同黄河水利委员会启动“水利改革发展辉煌40年美术书法工作者黄河流域送文化到基层活动”。20余位水利书画艺术家分别到甘肃、陕西、河南等地开展送艺术活动，活动历时两个月，举办职工书画创作交流笔会23场，送出书画作品500余幅。

【水利文艺宣传平台建设】

11月6日，中国水利文协开通“水利文艺之家”微信公众号，利用“互联网+”模式，反映全国水利文艺工作动态，展示水利艺术家风采，为水利文学艺术工作者和爱好者提供信息交流平台。凝练水利文协宗旨、理念和特点的协会徽标推出，提升水利文协品牌识别度。

12月，《大江文艺》推出纪念改革开放四十周年专辑和《纪念创刊三十年专辑》。《中国水利文艺丛书》（第十二辑共7本）出版。

全国公安文联

综 述

2018年，在党的十九大精神和习近平新时代中国特色社会主义思想的指引下，全国公安文联在公安部党委和公安部政治部坚强领导下，在中国文联有力指导下，在全国公安机关和公安文联系统的支持下，认真学习贯彻习近平总书记关于文艺工作系列重要讲话精神，践行习近平总书记“四句话、十六字”总要求，举旗铸魂、凝聚警心、展示形象，奋力谱写文化强警新篇章。全国公安文联团结引领广大公安文艺工作者，坚定正确的政治方向，坚持以人民为中心的工作方向，面向基层、服务民警，积极推动公安文联和公安文化工作不断实现新的突破，创造新的成绩，取得了良好效果。

会议与活动

新一届全国公安文联领导班子从公安文化建设实际和实施文化强警战略时代要求出发，深入贯彻落实公安部党委和国务委员、公安部部长赵克志的讲话精神，引导广大公安文化工作者围绕公安中心工作，全力推进公安文化理论研究、组织各类公安文化活动、打造公安文化惠警工程、文化扶贫等项目任务的落实，有效增强公安民警职业认同感、归属感和荣誉感。

【学习贯彻党的十九大精神和习近平总书记对政法工作的重要指示】

坚持政治学习与定期培训、专题研讨相结合方式，使政治学习形成组织化、制度化、常态化。全国公安文联主席王俭主持召开了三次主席办公会议，专题学习习近平总书记以及中央关于文化和公安工作的指示精神，贯彻公安部领导有关讲话和批示，深刻把握公安文化的历史使命和正确方向，不断提高主动作为、推进实施文化强警战略的能力和水平。同时定期组织公安文联干部进行学习，请专家讲党课，在学习和实践中不断深化对文联工作本质与价值的再认识，把履责的动力、定力和价值引导力作为一种工作境界。

1月15日至16日，公安部宣传局巡视员、全国公安文联副主席兼秘书长杨锦参加中国作协举办的全国省级作协负责人深入学习贯彻党的十九大精神专题研修班。

1月20日至21日，中国文联十届三次主席团会议批准全国公安文联主席王俭任中国文联十届全国委员会委员。全国公安文联副主席张策出席中国文联十届三次全委会。

1月31日，全国公安文联组织全体党员干部，传达学习习近平总书记对政法工作的重要指示，传达学习中共中央政治局委员、中央政法委书记郭声琨在中央政法工作会议上的重要讲话，传达学习国务委员、公安部党委书记、部长赵克志在全国公安厅局长会议上的重要讲话。会议紧密结合文联工作实际，研究部署贯彻落实举措。全国公安文联副主席王亚茹、李冬等有关领导，以及下设10个专业委员会的负责同志参加会议。会议由全国公安文联副主席武和平主持。

3月28日至30日，由中国文联组织的“全国文联系统深化改革座谈会”在湖南省长沙市召开，全国公安文联副主席王亚茹参加会议并作大会交流发言。

5月4日上午，全国公安文联党支部组织党员干部收看纪念马克思诞辰200周年大会实况。会后大家进行讨论交流。

5月9日至10日，中国作家协会第九届全国委员会第三次全体会议在北京举行。中国作协主席铁凝主持会议。公安部宣传局巡视员、全国公安文联副主席兼秘书长杨锦出席会议并发言。

5月11日，由全国公安文联、中国人民公安出版社主办的中国侦探推理文学创作座谈会在北京举行。中国影协顾问、北京侦探推理文艺协会名誉会长苏叔阳，中国社科院文学研究所原党委书记、著名评论家包明德，全国公安文联副主席武和平、张策，中国人民公安出版社党委书记、社长闫继忠，中国作协创研部副主任、著名评论家李朝全等出席座谈会。李迪等从事侦探推理小说创作的知名作家、编辑、翻译家、编导出席座谈会。

6月20日至21日，全国公安文联诗词、散文分会在河北省石家庄市召开全国公安诗词、散文创作研讨会。公安部宣传局巡视员、全国公安文联副主席兼秘书长杨锦，河北省公安厅党委委员、石家庄市副市长、公安局长刘胜出席会议。会议期间，参会代表赴西柏坡革命圣地参观学习，在党的七届二中全会会址前，面向党旗庄严宣誓，重温入党誓词；参会代表前往河北省博物院参观“时代楷模”吕建江同志先进事迹展。

6月20日至22日，全国公安文联诗歌分会在广西柳州开展“诗咏革命老区、歌颂公安英模”主题诗歌采风创作活动。活动期间与会代表到广西兴安县湘江战役遗址，缅怀革命老区英雄先烈。

7月28日，由全国公安文联、中国长城书画院主办的《人•海　观照——邹立颖　李冬水墨双人展》在北京798盛世天空美术馆举行。全国公安文联主席王俭，公安部宣传局巡视员、全国公安文联副主席兼秘书长杨锦，公安部宣传局副局长孙洁出席活动。军旅艺术家邹立颖，现为海军政治部文艺创作室副主任，擅长国画人物绘画。李冬系全国公安文联副主席，擅长人物、花鸟、山水，特别是海洋和中国古建筑绘画。

9月26日，中国文联在北京举办中国文联团体会员主要负责人培训班，学习传达全国宣传思想工作会议精神。公安部宣传局巡视员、全国公安文联副主席兼秘书长杨锦参加培训。

10月11日至12日，中国文艺志愿者协会第二次全国代表大会、全国文联文艺志愿服务工作会在北京召开。公安部宣传局巡视员、全国公安文联副主席兼秘书长杨锦出席会议。

11月21日至23日，中国作协在浙江省绍兴市举办全国省级作协负责人专题研修班。公安部宣传局巡视员、全国公安文联副主席兼秘书长杨锦参加研修班。

【举办第二届中国公安诗歌研讨会】

11月12日至13日，由全国公安文联主办，铁路公安文联、广西公安文联协办，全国公安文联诗歌分会、南宁铁路公安局承办的主题为“盛世兴文运，诗歌铸警魂”第二届中国公安诗歌研讨会在广西壮族自治区柳州市召开。中国作协党组成员、副主席，鲁迅文学院院长吉狄马加，全国公安文联主席王俭，公安部宣传局巡视员、全国公安文联副主席兼秘书长杨锦，全国公安文联副主席、铁路公安局副调研员李冬及部分诗人、评论家出席了研讨会。研讨会上，与会代表围绕“公安诗歌与文化自信”这一深刻主题，对公安诗人的职责、公安诗歌的时代特征及诗歌表达技艺的提高等内容进行广泛而深入地探讨，还就部分公安诗人的作品进行评析。

第二届中国公安诗歌奖颁奖典礼同时举行，张雁超、张振刚、王炜、卢鑫婕、韦廷信等5位诗人获中国公安诗歌新锐诗人奖，陈计会、王晓艳、周孟杰、穆蕾蕾、瞿海燕、邓醒群、王富举、韩芹、王勇、吴庆友、李群等11位诗人获中国公安诗歌年度诗人奖，张策、沈秋伟、徐国志、逯春生、匡后鹏、郭海滨等6位诗人获中国公安诗歌贡献奖。

【高铁诗歌朗诵会举行】

13日上午，在广西柳州开往兴安的G1546次列车上举行主题为“复兴号奔驰在祖国广袤的大地上”高铁诗歌朗诵会，通过诗歌朗诵的形式，传承民族优秀文化，展现中国高铁建设和铁路事业发展的巨大成就，赞美铁路公安民警为铁路运输安全稳定做出的巨大贡献。来自全国各地的数十名公安诗人吟诵起自己的原创诗歌，赞颂高铁时代，讴歌大自然之美。

【获上海之春国际音乐节管乐艺术节荣誉】

4月29日，来自全国21个省、市、区及澳门特别行政区的170支管乐团队汇聚申城，一年一度的上海之春国际音乐节管乐艺术节暨中国第十二届优秀管乐团队展演活动拉开帷幕。全国公安文联选派江苏省南京市公安局交通管理局金盾管乐团和浙江省湖州市公安局警官乐团参加展演活动并荣获第十二届优秀管乐团队展演“示范乐团”最高荣誉称号。

【文化惠警工程，送文化到警营】

1月24日，全国公安文联、北京市公安局“筑梦新时代，万福进万家”书画慰问活动走进北京海淀消防支队。全国公安文联书协原主席李忠信带领全国公安书画家参加慰问活动。北京海淀消防支队官兵代表50余人参加活动。活动共书写春联、福字以及书法作品100余件，受到消防官兵们热烈欢迎。

1月25日，全国公安文联系统“筑梦新时代，万福进万家”书画慰问活动在京启动。公安部宣传局巡视员、全国公安文联副主席兼秘书长杨锦出席仪式并致辞。

2月6日，由中国文联、中国美协主办，全国公安文联协办，北京市公安局承办的“我们的中国梦”——中国文联、中国美协文艺志愿服务团“送欢乐下基层”慰问活动走进北京市公安局西城分局府右街派出所。公安部宣传局巡视员、全国公安文联副主席兼秘书长杨锦，中国美协分党组书记、驻会副主席、秘书长徐里带队出席活动并分别讲话。

2月6日至8日，由公安部宣传局、全国公安文联、中国电影电视报刊协会联合主办的“金盾情——公安部公安文化基层行赴三沙新春慰问演出晚会”在海南省三沙市永兴岛西沙海军礼堂隆重举行。公安部宣传局副局长孙洁，全国公安文联副主席王亚茹，海南省公安厅党委副书记、副厅长国章成，三沙市委常委、纪委书记熊辉，海南省公安边防总队总队长彭志平，三沙市公安局局长陈泽，以及西沙水警区、三沙市警备区、雷达站和三沙市委市政府相关部门的负责同志出席并观看了晚会。

海南省副省长、公安厅党委书记、厅长范华平在海口会见了文艺小分队领队、公安部宣传局副局长孙洁，全国公安文联副主席王亚茹以及殷秀梅、林达信等表文艺小分队成员。

文艺小分队还分别来到三沙市永兴社区、三沙公安边防支队，为民警、公安现役部队官兵和社区群众献上了精彩的文艺节目。

2月8日，全国公安文联“筑梦新时代，万福进万家”书画慰问活动在北京大兴公安分局博兴路派出所举行。全国公安文联副主席、全国公安文联美协副主席李冬，全国公安文联书协原主席李忠信出席活动。

6月28日，全国公安文联收藏专业委员会在济南举办2018年警史研究成果展暨警史书籍捐赠活动。活动组织全国各地警察博物馆、警史专家向济南市公安局捐赠警史书籍300册。全国公安文联副主席武和平出席会议并讲话。全国公安文联收藏专业委员会主任赵志飞，副主任汪志刚，秘书长周斌以及各地公安博物馆负责人参加活动。

9月7日，全国公安文联在浙江省湖州市公安局举办“信仰与梦想”诗文咏诵会活动，全国公安文联副主席王亚茹出席活动。

9月18日，“忠诚唱响新时代”金盾情2018慰问首都公安民警音乐会在国家大剧院举行，公安部老干部局局长、全国公安文联副主席毕晓明出席活动。

10月30日，由人民公安报社举办的“桑榆警晖映初心”全国离退休人民警察书画作品征集活动颁奖仪式在北京举行。全国公安文联主席王俭出席活动并讲话。

【围绕主题，创新文艺活动，唱响主旋律】

4月3日至4日，由公安部宣传局、全国公安文联组织的2018全国公安机关清明诗文咏诵会在南京森林警察学院举行。中央纪委驻公安部纪检组组长、公安部党委委员邓卫平拟定“致敬•缅怀•前行”的活动主题。诗文咏诵会特邀国防大学军事文化学院教授、导演程东海，中央电视台主持人纳森、孙凡迪和国家一级演员温玉娟等人参与表演。全国公安文联副主席王亚茹，公安部宣传局巡视员、全国公安文联副主席兼秘书长杨锦出席活动。活动期间，与会代表集体前往雨花台公安英烈墙进行祭扫，并举行《致敬•缅怀•前行》诗集首发式。

4月25日至28日，由公安部宣传局、全国公安文联主办，浙江省公安厅政治部、浙江公安文联、绍兴市公安局协办，诸暨市公安局承办的“不忘初心•春来枫桥”主题诗歌采风活动在浙江举行。全国公安文联副主席王亚茹出席活动并讲话。活动特邀诗人、中国诗歌学会会长助理杨东彪，山东省诗词学会新诗委员会主任王夫刚参加诗歌采风活动。

5月7日，由全国公安文联主办，全国公安文联朗诵专业委员会和北京首都国际机场公安分局承办“奋斗的青春最美丽”——“五四”主题诗文咏诵活动在首都机场公安分局举行。公安部宣传局巡视员、全国公安文联副主席兼秘书长杨锦，公安部宣传局文化处处长、全国公安文联副秘书长何涛涛出席活动。

6月26日，在国际禁毒日，由全国公安文联、黑龙江省中共七台河市委宣传部、七台河市禁毒委员会共同策划制作的禁毒主题原创歌曲《别碰她》隆重推出。

9月27日，全国公安文联书法专业委员会在北京举办“纪念改革开放40周年暨庆祝新中国成立69周年全国公安书法展”。全国公安文联主席王俭、副主席李冬，公安部宣传局巡视员、全国公安文联副主席兼秘书长杨锦，全国公安文联书法专业委员会主席谢模乾出席活动。

11月12日至14日，由公安部新闻宣传局、全国公安文联主办，天津市公安局承办的第四届全国公安系统相声小品大赛在天津中华剧院举行。来自全国各地基层公安系统选送的50部优秀相声小品佳作分别获得一二三等奖、优秀奖和优秀组织奖。全国公安文联主席王俭出席颁奖仪式，副主席张策担任大赛评委。

11月30日，公安部新闻宣传局在北京召开全国公安题材影视创作座谈会。会议交流公安影视创作审读经验，研讨新形势下公安影视创作发展方向。全国公安文联副主席、全国公安文联影视专业委员会主任张策出席会议。

12月4日至5日，全国公安文联美术专业委员会在江苏省南京市举办全国公安“剑胆琴心”主题美术作品展南京巡展开幕式暨研讨会。公安部宣传局巡视员、全国公安文联副主席兼秘书长杨锦，全国公安文联副主席、全国公安文联美术专业委员会主任李冬出席开幕式。

12月14日至15日，全国公安文联美术专业委员会在河北省邯郸市举办全国公安“剑胆琴心”主题美术作品展邯郸巡展开幕式暨研讨会。全国公安文联副主席、全国公安文联美术专业委员会主任李冬出席开幕式。

12月22日至23日，由全国公安摄影专业委员会主办的“纪念改革开放40周年公安摄影回顾展”在广东省深圳市举行。公安部离退休干部局局长、全国公安文联副主席毕晓明出席开幕式。

12月29日，由中国人民公安大学校团委和中华优秀传统文化研究会共同主办的中国人民公安大学“不忘初心、牢记使命”2019年新年诗会在北京举行。公安部宣传局巡视员、全国公安文联副主席兼秘书长杨锦出席活动。诗会上中国人民公安大学校话剧团同学朗诵杨锦的诗歌《关于胡杨的记忆片段》。

【举办、参加培训班】

6月4日，全国公安美术人才综合提高班在天津美术学院开班。29日，全国公安美术人才综合提高班结业典礼在天津美术学院举行，全国公安文联副主席兼全国公安文联美术专业委员会主席李冬出席仪式并讲话。

9月3日至7日，中国文联网络文艺传播中心在浙江省杭州市举办全国文联“互联网+文艺”工作培训班。全国公安文联联络部同志参加培训。

11月5日至9日，中国曲协在陕西延安举办2018年全国曲协业务干部培训班。全国公安文联副主席、全国公安文联曲艺专业委员会主席艾明波，全国公安文联曲艺专业委员会秘书长王新参加培训。

11月19日至23日，公安部装备财务局在西南财经大学光华校区举办部属单位财务稽查工作培训班。全国公安文联联络部同志参加培训。

11月24日至27日，全国公安文联与中国视协在北京联合举办为期四天的“新时期影视编剧培训班”活动。全国公安文联副主席、全国公安文联影视专业委员会主任张策出席开班、结业式。

11月27日至30日，公安部审计局在中国人民公安大学高级警官培训楼举办公安部直属单位审计业务骨干培训班，全国公安文联办公室同志参加培训。

12月3日至7日，公安部办公厅档案馆在山东警察学院举办公安部机关档案立卷归档工作培训班。全国公安文联办公室同志参加培训。

向中国音协推荐14人次参加中国音协举办的全国青年词曲作者培训班、声乐骨干培训班、网络音乐人才培训班、全国中青年词曲创作骨干培训班、全国基层音乐人才培训班等。

【开展文化扶贫活动】

7月27日，公安部扶贫办组织召开2018年第二次扶贫工作会议，公安部党委副书记、常务副部长、部扶贫开发领导小组组长王小洪出席会议并讲话。公安部宣传局巡视员、全国公安文联副主席兼秘书长杨锦出席会议。

全国公安文联副主席兼秘书长杨锦带队，赴公安部对口扶贫点贵州普安、兴仁两县进行扶贫慰问工作，并参与中央电视台社会与法制频道大型扶贫节目《决不掉队》活动，为该栏目撰写主题歌曲《与爱同行》，歌曲由歌唱演员韩磊演唱。

8月20日至31日，全国公安文联在贵州省普安县青山镇青山小学开展“扶志、扶智”文化扶贫“百位小学教师葫芦丝培训班”活动。活动期间，公安部扶贫工作办公室、全国公安文联特邀公安部退休干部、原全国公安文联副秘书长孙崇大，全国公安文联音乐专业委员会副秘书长刘华为该校100名教师就音乐基础和葫芦丝演奏进行系统培训。

创作与研究

【公安文艺创作成果显著】

3月27日，第九届中国曲艺节在天津举行，全国公安文联曲协报送的相声《速度与激情》入选第九届中国曲艺节。

5月8日，“首届‘娘亲杯’全国征文大奖赛”颁奖典礼在广东省台山市举行。公安作家，山东省济南市公安局苏雨景的作品《拜别婆母冯登美》获“首届‘娘亲杯’全国征文大奖赛”诗歌组金奖，江西省遂川县公安局梁路峰作品《我倔强的娘》获“首届‘娘亲杯’全国征文大奖赛”散文组铜奖，安徽省合肥市公安局许正敏的作品《领着母亲的亡灵去看海》获优秀奖。

5月11日至13日，第18届中华全国集邮展览在江苏省常州国际会展中心举办。全国公安文联副主席王亚茹出席活动并讲话。

期间，全国公安文联参加了由中华全国集邮联合会主办，常州市人民政府、中国邮政集团江苏省分公司、江苏省集邮协会承办，以“百年邮展、魅力龙城”为主题的常州2018第18届中华全国集邮展览。本届集邮展览为全国最高水平的综合性展览，共有1422框邮集及文献作为竞赛性和非竞赛性展品参加了此次展览。经邮展评审委员会评审，集邮专委会参加竞赛性展品13部45框全部获奖。

6月2日，由海润影视集团、全国公安文联、陕西省公安厅共同出品的电影《长安盗》在陕西省公安厅举行开机仪式。全国公安文联顾问祝春林、全国公安文联副主席兼文联影视专业委员会主席张策出席仪式。电影《长安盗》由全国公安文联副主席、作家海岩创作。

6月7日，由全国公安文联、中国人民公安大学组织创作，委托高弘影业（北京）有限公司拍摄的电影《八角街》在西藏自治区拉萨市公安局古城分局举行开机仪式。全国公安文联副主席王亚茹、中国人民公安大学党委书记樊京玉出席仪式并讲话。电影《八角街》展现公安大学历届西藏班的感人事迹，表现西藏公安机关在维护国家安全和服务人民中所做出的巨大牺牲和无私奉献。

6月20日，中国影投家高峰对话暨电影《A级通缉令》发布会在上海举行。全国公安文联副主席、影视专业委员会主任张策出席发布会。由中国检察官文联和全国公安文联联合拍摄的电影《A级通缉令》是一部弘扬法制、充满现实主义色彩的主旋律电影作品。

6月23日，由中国散文学会主办的第八届冰心散文奖在四川省眉山市揭晓，艾诺依、初曰春、韩冬红、夏晓露、穆蕾蕾等五位公安作家，分别凭借《一封时光的情书》《父亲的“一大”情结》《陶山之地说刘嫖》《感受凤山妈祖心》和《冰川下的涌动》获得单篇散文奖。

8月3日，全国公安文联创作室第二批签约作家评审会议在北京举行，全国公安文联副主席张策主持会议。由《光明日报》文艺部主任彭程，《中国作家》杂志社主任颜慧，鲁迅文学院培训部副主任赵兴红，《人民公安报》副刊部主任丁晓璐，中国人民公安出版社文艺分社社长易孟林，全国公安文联创作室副主任初曰春组成的评审组，对报名签约的公安作家材料进行了认真评审。第二批签约作家评审工作结束，经公示后，70人正式签约。

10月9日，由全国公安文联、中国人民公安大学、西藏自治区公安厅、北京三景观颐影视文化传媒有限公司等单位联合摄制的反映西藏公安题材电影《八角街》在中国人民公安大学团河校区礼堂举行首映式。全国公安文联副主席武和平出席首映式并致辞。首映式后，“公安文化与专业人才培养”座谈会举行。

12月14日，由全国公安文联、甘肃公安文联、兰州市公安局等单位联合主办的公安题材影片《丢人》创作研讨会暨首映式在甘肃省兰州市举行。全国公安文联副主席、全国公安文联影视专业委员会主任张策出席研讨会，全国公安文联影视专业委员会秘书长耿慧东，甘肃省公安厅、甘肃省委宣传部、兰州市公安局、兰州市文联等单位领导，中央戏剧学院、北京师范大学、中国人民公安大学的影视专家出席了会议和首映式。

【开展公安文化相关理论调研活动】

全国公安文联领导十分重视理论调研活动，全国公安文联主席王俭率先垂范，先后深入黑龙江、云南、广西、浙江等多地进行调研活动。围绕毛泽东同志批示学习推广“枫桥经验”55周年，习近平同志指示坚持发展“枫桥经验”15周年精神，遵照公安部领导指示，5月3日至6日，全国公安文联组成以有关公安理论专家、学者为主的调研组，深入浙江省诸暨市基层单位开展调研工作；同时多次召开“枫桥经验”专题研讨会，精心打造，形成了两篇集思想性、学术性、理论性于一体的调研报告。经上报，被作为重要研究成果批准在《公安内参》《公安研究》等刊物发表，为公安决策提供了实践理论和参考依据。

按照公安部领导关于调研公安文化工作的批示，公安部宣传局与全国公安文联组成两个调研组，于8月2日至13日分别对陕西、新疆，山东、江苏的公安文化建设进行重点调研。期间，调研组深入31个基层所队实地考察，掌握了大量的第一手资料，形成了完整翔实而富于操作性的调研报告。经公安部上报中央政法委，得到好评。

8月3日至4日，南京森林警察学院主办的“公安文化与思想政治工作”学术研讨会在河北省秦皇岛市南京森林警察学院北戴河校区召开。全国公安文联顾问祝春林，公安部宣传局巡视员、全国公安文联副主席兼秘书长杨锦出席会议。

8月31日，《民意导向警务论》图书研讨会在中国人民公安出版社召开。全国公安文联顾问祝春林、副主席张策，公安部新闻宣传局副局长孙洁出席会议。

9月4日，《枫桥经验永放光芒——浅谈把“枫桥经验”坚持好、发展好（讨论稿）》调研报告座谈会召开。全国公安文联主席王俭，顾问祝春林，副主席武和平、张策，公安部宣传局巡视员、全国公安文联副主席兼秘书长杨锦出席会议。

9月11日，“枫桥经验”理论研讨会在北京召开，会议对“枫桥经验”调研报告（稿）的修改完善、对新时代如何弘扬和发展“枫桥经验”进行研究探讨，对调研报告（稿）提出意见和建议。全国公安文联主席王俭，顾问祝春林，副主席武和平、张策，公安部宣传局巡视员、全国公安文联副主席兼秘书长杨锦出席会议。

10月9日至11日，全国公安文联主席王俭赴云南省昆明市公安局、西双版纳傣族自治州公安局调研基层公安文化建设。

12月22日，由全国公安文联、诸暨市公安局组织编写的《枫桥经验诗歌集》和《枫桥经验故事集》首发式在浙江省诸暨市举行。全国公安文联创作室主任、全国公安文联诗词分会主任李炳天，浙江省公安厅党委委员、副厅长金伯中，诸暨市委常委、公安局局长沈平江出席。

12月28日，由全国公安文联和中国人民公安出版社共同举办的衣向东报告文学《桥——“枫桥经验”55周年风雨历程》研讨会在京召开。全国公安文联副主席武和平、张策出席研讨会。

【加强党建理论研究】

全国公安文联专门组织有关人员参加党建理论研究工作。2018年3月，全国公安文联所承担的中央组织部党建研究所2017年度全国重点党建调研课题“党的历史上共产党人精神家园和生活方式建设的做法经验和启示研究”荣获一等奖。鉴于全国公安文联在党建理论研究方面成绩，中组部党建研究所2018年继续特邀全国公安文联承担年度全国重点党建调研课题。

【围绕公安中心工作进行创作】

3月29日至31日，全国公安文联副主席李冬赴杭州参加新时代“书写文化力量，品味书画清香”警民笔会活动。

7月31日，由公安部刑侦局、全国公安文联和中国人民公安出版社共同主办的报告文学《中国刑警》系列丛书采访创作启动仪式在中国人民公安出版社举行，全国公安文联副主席张策出席会议。

8月28日至9月2日，全国公安文联组织部分公安作家赴吉林开展“走进森林公安”主题采风创作活动。

10月11日，由公安部刑侦局、全国公安文联、中国人民公安出版社主办的报告文学《中国刑警》系列丛书编委会召开第二次会议。全国公安文联副主席张策出席会议。

10月25日，由公安部刑侦局、全国公安文联和中国人民公安出版共同举办的《中国刑警》系列丛书创作交流会在中国人民公安出版社召开，全国公安文联副主席张策出席会议。

12月6日至8日，中国作协在浙江省宁波市召开2018年度中国作协“深入生活、扎根人民”主题实践活动经验交流暨创联工作联席会议。全国公安文联创作室同志参加。

12月25日，由公安部刑侦局、全国公安文联和中国人民公安出版社共同举办的报告文学丛书《中国刑警（一）》首发式在北京举行，公安部党委委员、副部长杜航伟出席活动并讲话，公安部宣传局巡视员、全国公安文联副主席兼秘书长杨锦参加。

12月27日，公安部新闻宣传局、全国公安文联和中国人民公安出版社共同举办“我与改革开放共奋进”主题文学创作活动启动仪式。公安部宣传局副局长孙洁，中国作协创联部副主任包宏烈，中国人民公安出版社党委书记、社长闫继忠，“改革先锋”、一级英模邱娥国出席启动仪式。启动仪式由全国公安文联副主席张策主持。

文化交流

7月16日至17日，第十三届海峡两岸暨香港、澳门警学研讨会第一次筹备会议在广东省广州市召开，会议研究确定研讨会主题、会议规模等内容。全国公安文联副主席、全国公安文联美术专业委员会主席李冬，全国公安文联书法专业委员会秘书长殷昌军出席会议。

8月4日至9日，深圳市公安局蓝盾书画协会与香港警察书画学会在深圳南山博物馆举行“第三届深港警察书画联展”。全国公安文联副主席李冬出席活动。

12月3日至6日，在第十三届海峡两岸暨香港、澳门警学研讨会期间，由全国公安文联、中国警察协会举办的海峡两岸暨香港、澳门警察书画展在江苏省南京举行。公安部宣传局巡视员、全国公安文联副主席兼秘书长杨锦，全国公安文联书法专业委员会主任谢模乾出席会议。

机关建设

【坚持党建引领，完善组织结构，提高公安文联工作效率】

2018年，全国公安文联加强自身建设，以党建为引领，健全了党的组织，不断加强领导班子、干部队伍的思想建设、组织建设、作风建设、廉政建设、制度建设。

在此基础上，2018年会员人数发展到4952人，并成立了朗诵专业委员会、散文分会，将音舞专业委员会分为音乐专业委员会和舞蹈专业委员会，诗歌诗词分会分为诗歌分会和诗词分会，完善组织结构，强化监督管理，加强公安文联规范化建设。建立健全人事、财务、资产和公安文化专项基金等方面管理制度。

中国人民银行文联

综 述

2018年，中国人民银行文联坚持以习近平新时代中国特色社会主义思想为指导，全面贯彻党的十九大精神，广泛团结文艺爱好者，引导推动高质量的文艺创作，为开启文联工作新征程奠定坚实基础。一是加强理论武装，把握思想导向，引导央行文艺工作者承担起讲好央行故事、唱响央行声音、抒发央行情怀、塑造央行形象的文化使命。二是立足本行本业，歌颂新时代，举办“纪念改革开放40周年暨辉煌央行历程摄影作品展”、职工微电影大赛等活动，促进央行文艺作品创作繁荣发展。三是推进文化服务，服务基层职工，依托各专业协会、文联分会组织开展“送文化下基层”“文艺培训到基层”“文艺志愿服务到基层”等文艺惠民活动，成立文联美术创作基地。四是抓好队伍建设，充实新生力量，选树“央行艺术家”，积极参加中国文联各项活动。据统计，截至2018年底，全系统共有会员4285人，134名同志为中国文联下属各专业协会国家级会员，299名同志为省级会员，627名同志为地市级会员。

重要会议活动

【参加中国文联会议】

3月27日至30日，人民银行文联副主席胡碧珠参加在杭州召开的2018年中国文联文艺志愿服务工作会议和中国文艺志愿者协会一届六次理事会议。

【参加中国文联年鉴编撰工作培训班】

7月17日至20日，派员参加在恩施州举办的2018年中国文联年鉴编撰工作培训班。

【参加中国文联办公室业务培训班】

8月21日至24日，派员参加在西安市举办的2018年中国文联办公室业务培训班。

【参加全国文联“互联网+文艺”工作培训班】

9月3日至7日，人民银行文联秘书长鲍其卉参加在杭州举办的全国文联“互联网+文艺”工作培训班。

【人民银行文联二届四次理事会暨文艺志愿者协会一届四次理事会】

9月27日人民银行文联二届四次理事会暨文艺志愿者协会一届四次理事会在江西共青城召开，来自人民银行系统的专业理事、行政理事100余人参加。中国人民银行文联主席郝敬华、副主席胡碧珠出席会议。会议审议通过人民银行文联二届四次理事会、文艺志愿者协会一届四次理事会增（替）补人员名单、主席名单。郝敬华作重要讲话，指出人民银行文联要牢牢把握新时代新要求，重点做好四个方面：一是加强理论学习，把握思想导向；二是立足本行本业，歌颂新的时代；三是推进文化服务，服务基层职工；四是抓好队伍建设，充实新生力量。会议期间举办了音乐舞蹈书法下基层活动和摄影专题讲座。

品牌活动

【人民银行志愿者服务队慰问演出】

5月23日，人民银行志愿者服务队慰问演出在陕西省铜川市宜君县武家塬村开展。人民银行机关党委巡视员张晓晔，人民银行文联副主席胡碧珠等领导出席活动。演出在建设银行铜川分行的舞蹈《张灯结彩》中拉开序幕，中国印钞造币总公司、人民银行营管部、金币总公司、重庆营管部、宜君联社的文艺爱好者相继带来京剧《到韶山》、红灯记选段《学你爹心红胆壮志如钢》，琵琶二胡合奏《映山红》、陕北民歌《山丹丹开花红艳艳》、小提琴独奏《赛里木湖抒情曲》、舞蹈《阳光》、小品《扶贫路上》、歌曲《走西口》、《父老乡亲》等。演出中，人民银行文联三位艺术家王敏、周波、洪祖杰向现场群众送去书法及摄影作品，铜川市金融团工委组织全市金融系统青年志愿者现场开展金融知识宣传活动。

【送文化下基层活动】

9月27日，人民银行文联组织书法、美术、摄影、音乐舞蹈协会理事赴永修县、九江市、共青城举办送文化下基层活动。音乐舞蹈协会理事为九江市中支职工带去歌曲《父老乡亲》《鄂尔多斯》《鹰翔》，舞蹈《初心》《新疆吆喝》《寻梦》等节目。书法美术协会理事现场创作百余幅书画作品。摄协开展专题讲座，摄协主席周波以“真情、妙悟、铸文章”七个字为核心，向职工介绍拍什么、怎么拍，如何在工作和生活中寻找美、发现美、捕捉美，让大家了解相机光圈、快门、曝光、焦距、景深等基础知识。

【中国梦 劳动美——纪念改革开放40周年职工微电影大赛】

4月至7月，组织开展“中国梦 劳动美——纪念改革开放40周年职工微电影大赛”。鼓励文艺爱好者用镜头宣传人民银行自改革开放以来取得的丰硕成果，展示央行人的工匠精神和时代风采，创作反映各辖区重点工作、难点工作的高质量文艺作品。经过评比推荐，印钞造币总公司推荐的《雕刻人生》等17个参赛作品获“工匠篇”各奖项；长沙中支推荐的《唤醒沉睡的土地》等16个参赛作品获“创新篇”各奖项；昆明中支推荐的《凤凰花开》等21个参赛作品获“风采篇”各奖项。其中，《雕刻人生》作为人民银行参加金融工会比赛的优秀作品，取得优异成绩。

【文联美术创作基地在莆田成立】

12月20日，人民银行文联美术创作基地成立揭牌仪式在莆田举行。人民银行文联主席郝敬华、人民银行美协主席徐维，福建分会主席周惠钦出席仪式，共同为创作基地揭牌。成立仪式由文联秘书长鲍其卉主持。郝敬华对美协成立以来坚持围绕中心、服务大局，突出央行特色，打造文化惠民工程所取得的成效予以肯定，并就进一步发挥文联美术创作基地作用提出要求：一是充分发挥创作基地作为文联艺术创作的“桥头堡”作用；二是充分发挥创作基地作为文艺传播的“窗口”作用；三是定期组织开展采风创作、精品展演、志愿服务、人才培训、对外交流等活动。活动中还参观“纪念改革开放40周年、央行成立70周年”福建央行职工书画作品展。

【电子刊物《央行文苑》】

2018年编辑电子刊物《央行文苑》6期。

各文艺家协会

【发展作家协会会员】

3月30日至4月30日，根据《中国人民银行文联作家协会章程》规定，开展2018年作家协会会员申报工作。

【书协二届四次理事会暨书法创作交流会议】

9月12日至13日，人民银行文联书协二届四次理事会暨书法创作交流会议在郑州培训学院召开。9月12日上午人民银行文联书法协会二届四次理事会召开，人民银行文联书协副主席宋汉光主持。会议审议通过书协主席王敏作的《中国人民银行书法协会2017年工作报告及2018年工作安排》及书协理事调整事项。9月12日下午开展书法创作经验交流，人民银行文联书协顾问崔宝堂、副主席宋汉光、李雁春、理事杜尚臣分别就篆书、隶书、楷书、草书的临摹与创作作主题发言。与会主席团成员和理事就如何助力央行文化建设提出建议。9月13日上午理事会成员分两组赴中牟支行和新郑支行开展送文化下基层活动，理事们挥毫泼墨，创作200多幅作品，受到支行职工热烈欢迎。9月13日下午开展书法创作和交流，每位理事精心书写2幅作品以备人民银行文联送文化下基层之用。

【摄协主席团会议暨“送文化下基层”活动】

6月14日，人民银行文联摄协主席团会议暨“送文化下基层”活动在南宁召开，来自人民银行系统8位摄协主席团成员和人民银行文联秘书长鲍其卉出席会议。摄协主席周波对协会2017年工作进行总结回顾，对2018年工作进行安排部署。摄协副主席罗跃华致欢迎词并汇报人民银行文联广西分会摄影工作开展情况。与会成员从完善协会组织、发展会员、培养人才和开展活动等方面提出意见和建议。会议期间举办“送文化下基层”活动，摄协副主席、摄影家徐波带来手机摄影专题讲座，以实践与理论相结合的方式分享手机摄影心得和技巧，广西人民银行系统近1100名职工参加并通过微信群评论。摄影协会主席团成员还参观广西金融文联摄影展，观看介绍广西及广西经济金融工作的短片《美丽广西》。

【纪念改革开放40周年暨辉煌央行历程摄影作品展】

人民银行文联摄协组织开展纪念改革开放40周年暨辉煌央行历程摄影作品展。活动以“改革、创新、务实、奋进”为主题，历时半年，共征集到摄影作品2156幅（组），作品从祖国风光、建设成就、央行履职、社会民生及不同侧面、不同角度、不同领域、不同层面、不同阶段全面反映改革开放40年来的伟大历史进程及人民银行成立70年来的辉煌历程，展现我国经济社会发展、央行及金融事业取得的巨大成就。经专家评审，评选出一等奖10幅、二等奖20幅、三等奖40幅和优秀奖80幅，优秀作品被《金融时报》《中国金融家》杂志陆续选用刊展。

基层文联

【上海分会2018年新春联欢会】

2月9日，上海分会2018年新春联欢会在上海总部举办新春联欢会围绕“快乐工作、幸福生活”以及贯彻党的十九大等主旋律，全部节目由总部各部门职工自编自演，离退休干部、机关俱乐部也积极参加表演。

【辽宁分会2018年春节文艺联欢会】

2月11日，辽宁分会2018年春节文艺联欢会在沈阳分行机关举办，沈阳分行党委副书记、副行长朱志强发表新春致辞。联欢会在欢快喜庆的舞蹈《喜事多》中拉开序幕，机关职工自编自演14个节目，包括相声、小品、器乐合奏、表演唱、诗歌朗诵、舞台剧、舞蹈等。联欢会坚持自编自导和身边人演身边事，用艺术形式营造学习宣传贯彻党的十九大精神的氛围。

【江苏分会迎新春联欢会】

2月8日，江苏分会迎新春联欢会举办，南京分行党委书记、行长郭新明致词，机关33位处室代表送上新春祝福。职工自创自演包括舞蹈、歌唱、表演、综艺、情景剧等14个文艺节目。联欢会上还开展“喜迎新春　互送祝福”活动，在礼物交换中增进职工友谊。

【山东分会辖区系列新春文化活动】

2月8日，山东分会辖区系列新春文化活动在济南分行机关举办，辖区部分分会也举办丰富多彩的新春联欢会，如青岛市分会的“不忘初心跟党走，欢天喜地迎新春”迎新春联欢会，聊城、威海市分会的“贯彻十九大　实现新作为”新春联谊联欢，滨州市分会的“放飞央行情　共圆中国梦”迎新春联欢，菏泽市分会“迸发新活力　筑梦新时代”春节联欢会，淄博市分会的“新时代　新气象　新作为”新春话文明演讲会。

【山东分会第三届理事会】

5月25日，山东分会第三届理事会在济南金融干部培训中心召开，山东分会主席刘振海出席并讲话，分行党委委员、工会主任王珏琰主持会议，山东辖区的60余名行政理事、专业理事参加。会议听取并审议《文联山东分会第三届理事会议工作报告》，审议通过《山东分会章程》和《山东分会专业协会章程》，通过第三届理事会主席、副主席、秘书长、副秘书长、行政理事、专业理事名单。

【山东分会“纪念改革开放40周年”主题摄影创作评选】

8月21日，山东分会“纪念改革开放40周年”主题摄影创作评选在山东烟台举办，山东分会摄协主席及部分专业理事共8人参加。活动分为交流座谈评选及实地摄影创作两大环节。交流座谈评选特邀烟台市摄协副会长孙强参加，大家就主题创作思路及摄影创作技法进行交流，对前期征集的主题摄影作品进行赏析和点评，并从180余幅作品中评选出一、二、三等奖及优秀奖若干。实地摄影创作选取烟台港西港区进行拍摄，对港内的运输船舶、火车、集装箱、货仓等工作场景和设施进行实地采风。

【湖北分会2018年机关迎新春联欢会】

2月11日，湖北分会2018年机关迎新春联欢会举办，武汉分行党委委员、工会主任赵军主持联欢会，分行党委书记、行长王玉玲致新春贺词。节目有舞蹈、诗朗诵、歌曲串烧、葫芦丝等，还穿插有党的十九大精神知识问答、智力抢答等娱乐环节。

【广东揭阳市金融文联红色文艺轻骑兵摄影小分队活动】

2018年初，广东揭阳市金融文联红色文艺轻骑兵摄影小分队在揭阳市惠来县华湖镇犁集村开展慰问活动。摄影爱好者向村民宣传党的十九大精神，为部分贫困、生病村民送去慰问品和慰问金，免费为村民拍摄个人照和全家福，并自主冲洗20寸照片装框免费送给村民。

【陕西分会迎新春系列活动】

2月，陕西分会开展迎新春系列活动。西安分行营管部，商洛、咸阳、延安、铜川中支，杨凌支行举办联欢及团拜活动，职工自编自演歌舞、小品、朗诵、相声、走秀、乐器演奏等节目，绘制央行文化建设的靓丽风景线。安康市中支开展游园会活动，期间穿插大合唱《央行青年力》，歌曲由青年职工作词，自导自演，展现央行青年职工风采。

【陕西分会二届四次理事会】

5月25日，陕西分会二届四次理事会在西安分行营管部召开，分行党委委员、副行长王兆有参加会议并讲话，分行党委委员、营管部主任程军致欢迎词，分会文联全体理事60余人参加。陕西分会副主席雷蕾作二届四次理事会工作报告，总结2017年文联工作成果，安排部署2018年工作，并就文联理事会成员调整变动情况作说明。

【陕西分会“红五月”职工文化艺术节文艺汇演】

5月25日，陕西分会“红五月”职工文化艺术节文艺汇演举办，以“弘扬主旋律，谱写新篇章”为主题，陕西分会全体理事、营管部部分职工100余人观看演出。演出在舞蹈《C哩C哩》中拉开序幕，随后，由西安分行营管部及地市中支自编自导自演的精彩节目轮番上演，有独唱、舞韵瑜伽、歌舞串烧、相声、诗朗诵情景剧、伞舞、吉他演奏等。

【陕西分会职工摄影知识培训班】

6月21日至22日，陕西分会职工摄影知识培训班举办，摄影爱好者近20人参加。培训邀请国家高级摄影师席建武授课，针对摄影基础知识、构图与用光、常用拍摄技法等方面进行介绍，对会议、人物、风光等摄影技巧进行指导。理论讲解结束后，大家到丰庆公园开展摄影实践活动，创作出一张张精彩佳作。

【陕西商洛市分会“书法培训进校园”活动】

7月7日，陕西商洛市分会“书法培训进校园”活动在商洛职业技术学院开展。中国书协会员、央行书法家吴平均为学生作《中国书法的审美欣赏》专题讲座，从什么是书法、书法史、书法的最高境界、书法的审美标准、怎样欣赏书法等方面讲解书法的要领和意义，并即兴示范，学生们在指导下一展身手。

【营业管理部分会2018年春节联欢会】

2月11日，营业管理部分会2018年春节联欢会举办，全体职工300余人参加。党委书记杨伟中致辞。联欢会分“重任在肩膀　砥砺前行”“感恩有您相伴”“不忘初心　共创和谐央行”三个篇章，以弘扬主旋律、传播正能量为主题。部分负责人带头参演、广大职工踊跃参与，有大合唱、小联唱、舞蹈串烧、劲歌热舞、三句半、小品、乐器连奏、歌曲联唱等30个文艺节目，联欢会在集体小合唱《明天会更好》中结束。

【重庆分会迎新春送文化主题活动】

2月9日，重庆分会迎新春送文化主题活动开展，以“喜迎新时代　唱响幸福歌”为主题，重庆营业管理部在家部领导和机关400余名职工参加，党委书记、主任戴季宁发表新春致辞。活动在开场热舞《开门红》中拉开序幕，带来舞蹈、歌声和武术等表演。期间开展以党的十九大报告、习近平新时代中国特色社会主义思想、社会主义核心价值观为主要内容的猜谜。人民银行文联书协会员、机关书画兴趣小组成员现场挥毫泼墨，将对联、“福”字和新春的祝福送给职工。

【重庆分会中国古诗词艺术歌曲鉴赏】

8月，邀请重庆分会副主席、重庆市音乐家协会主席张礼慧主讲，营业管理部党委委员、工会主任邓军主持，500余人参加。讲座在一曲《春晓》中拉开序幕，张礼慧对演出曲目逐一解读，专业演唱者现场咏唱，相继演绎近20首经典古诗词，营业管理部党委书记、主任戴季宁与主讲人就文化自信、文化传播进行交流并现场演唱《西江月·井冈山》，主讲人针对歌唱技巧进行现场指导。活动将古诗词与声乐完美结合，充分展示古诗词的语言美、韵律美，丰富音乐内涵。

【重庆分会中华传统文化与中国书法欣赏讲座】

9月，重庆分会举办中华传统文化与中国书法欣赏讲座，讲座邀请西南大学文学院中国书法研究所所长、教授曹建主讲，营业管理部机关及全辖各中心支行、县支行400余名职工通过现场及电视电话会议形式收看。曹建通过解读中国书法与传统文化，书法的时代风格与特定社会文化思潮之间的关系，引导广大职工理解各书法流派的由来和书法名作的价值。

【重庆分会“建功新时代 共筑中国梦”大型主题活动】

10月，重庆分会举办“建功新时代 共筑中国梦”大型主题活动，全辖1000余名职工在现场或通过电视电话会议、网络视频直播等观看。活动以“信仰的光芒”“榜样的力量”“唱响央行梦”三个篇章进行，通过大合唱、音诗画、诗朗诵、榜样事迹短片、情景剧、歌舞表演、集体宣誓等形式，再现了活跃在基层央行各个战线上讲责任、重担当、勇开拓的事业先锋。

【浙江分会2018年机关新春文艺演出】

2月9日，浙江分会举办演出，以“新时代、新气象、新作为”为主题，全体行领导、机关全体职工和退休老同志共500余人欢聚一堂。杭州中支党委书记、行长殷兴山发表新年致辞，演出在全体行领导小合唱《我的中国心》中拉开序幕，12个节目均由行里职工自导自演，有舞蹈、朗诵、小品、情景剧、太极拳、瑜伽等。

【浙江分会职工演讲比赛】

5月29日，浙江分会通过电视电话会议系统举办职工演讲比赛，比赛以“中国梦 劳动美——学习贯彻习近平新时代中国特色社会主义思想和党的十九大精神”为主题，全省800余名职工收听收看。14位参赛选手结合本职工作和亲身经历，讲述自己对习近平新时代中国特色社会主义思想和党的十九大精神的理解与感悟，分享基层央行职工立足岗位讲奉献、履行职责有担当的感人故事。

【浙江分会二届二次理事会暨文艺志愿者协会一届三次理事会】

10月18日，浙江分会二届二次理事会暨文艺志愿者协会一届三次理事会在绍兴召开，常务理事、行政理事及专业理事48人参加。浙江分会秘书长吴宗润主持会议。会议总结和部署了文联浙江分会及各专业协会、文艺志愿者协会工作，审议通过了专业理事及行政理事增（替）补名单。浙江分会副主席王巧勤宣读杭州中心支行党委委员、副行长张全兴重要讲话。会议期间还开展书法专题讲座，书法、美术笔会，并赴上虞支行举办“送文化、种文化到基层”活动。

【浙江宁波市分会古代货币专题讲座】

5月4日，在宁波市分会举办古代货币专题讲座，特邀中国钱币博物馆馆长、博士生导师周卫荣作《中国古代货币——政治经济与历史文化》专题讲座。宁波市中支行长朱文剑、工会主任宋建江出席，150余名职工参加。讲座讲解了中国货币的起源与发展概况，分析了部分货币历史典故。

【浙江黄岩区分会剪纸活动】

3月15日，浙江黄岩区分举办剪纸活动，以“红红火火我的国”党的十九大精神为主题，职工们拿起红纸、剪子和刻刀，小心翼翼沿着纸样裁剪，随着一幅幅作品渐出雏形，职工们相互交流成果、分享经验、传授技艺，党的十九大精神“金句子”也不断被提起。

【福建分会（龙岩）摄影基地正式成立】

12月21日，福建分会（龙岩）摄影基地在龙岩市中支成立。福建分会主席周惠钦、福建分会秘书长梁曼青等领导出席揭牌仪式，龙岩市14家商业银行和证券、保险机构有关领导、摄影爱好者和龙岩市中支机关全体职工近200人参加。周惠钦致辞，并对基层央行文化建设提出三点要求。

【河北分会2018年“美丽央行”春节联欢会】

2月10日，河北分会2018年“美丽央行”春节联欢会举办，石家庄中支党委书记、行长陈建华送上新春祝福，演出在中支行领导和各部门负责人合唱的《歌唱祖国》《团结就是力量》中拉开序幕，音乐舞蹈协会的戏曲广播操《唱念做打健康中国》形式新颖，集戏曲、体操、舞蹈于一体，展现了中华戏曲文化的博大精深。

【河北分会第一届四次理事会】

12月12日，河北分会第一届四次理事会在邯郸召开。河北分会常务副主席、秘书长于树军、副秘书长石晶等领导参加会议。于树军发表讲话，石晶作《中国人民银行文联河北分会理事会工作报告》，总结2018年全省文化工作开展情况，提出下一步工作思路和主要任务。会后，邯郸市分会进行文联成果汇报演出，呈现11个节目，涉及舞蹈、器乐、书法、相声等内容形式，精彩纷呈。

【山西分会2018年“唱响新时代”迎新春联欢会】

2月11日，山西分会2018年“唱响新时代”迎新春联欢会在太原中支三楼举办，三楼大厅29幅“全家福”高高悬挂，机关全体行领导、干部职工、离退休人员欢聚一堂。职工们奉献12个精彩节目，既有民歌联唱、炫舞串烧秀，又有快板、小品，还有展现晋商票号发展的情景剧，节目中间还穿插行领导、各处室的新春祝福视频和多轮幸运抽奖。

【山西分会“红五月”走基层系列活动】

5月，山西分会“红五月”走基层系列活动在吕梁市兴县开展。“中国梦 劳动美”演讲比赛中，10位选手讲述了新时代三晋央行人对“中国梦 劳动美”的践行，歌颂了劳动光荣薪火相传的红色基因和伟大品格。送文化书画笔会中，通过书画形式传播真善美，涵养时代价值。

【吉林分会2018年“唱响新时代 共筑中国梦”文艺汇演】

2月7日，吉林分会2018年“唱响新时代 共筑中国梦”文艺汇演在长春举办，以宣传贯彻落实党的十九大精神为主题，党委书记、行长张文汇出席并致辞，送上新春祝福，全行干部职工230余人次参演了9个节目，演出中穿插了中支机关工作集锦和各市中支的新春致辞。职工自创自编自导自演，通过合唱、独唱、瑜伽、健美操、舞蹈、快板、配乐朗诵等艺术形式抒发中国梦、央行情。

【安徽六安市分会摄影培训班】

3月7日至8日，安徽六安市分会摄影培训班举办，摄影协会成员及摄影爱好者参加。3月7日下午，安徽分会副主席、安徽省摄影家协会会员吴广军从“观察与发现”、“相机知识”、“会议和活动摄影”三方面讲解摄影的基本知识和拍摄要领、注意事项，运用大量日常摄影照片进行对比，演示和分享了自己摄影作品创作经历，说明人物、风光、会议活动等场景照片拍摄的方法和技巧。3月8日上午，摄影协会骨干赴金寨县铁冲乡望春花谷开展现场采风实地培训，大家以“花”为主题，从不同角度不同意境进行拍摄练习和交流。

【江西分会2018年迎新春系列活动】

2月7日至12日，江西分会2018年迎新春系列活动在江西各中支举办。江西分会开展“践行十九大 展望新时代”联欢会，融团拜、歌舞、小品、快板、朗诵等多种形式于一体。萍乡市分会举办“不忘初心 砥砺奋进”联欢会，近20个节目融合歌舞、小品、情景剧、配乐诗朗诵等多种形式。吉安市分会举办联欢晚会的同时，还融入十九大应知应会知识问答。

【湖南分会书法协会、作家协会工作座谈会】

8月16日至17日，湖南分会书法协会、作家协会工作座谈会在常德召开，湖南分会理事、书法协会理事、作家协会部分理事、2017年优秀书法作品和优秀文学作品获奖人员等40余人参加。会议学习贯彻人民银行文联二届三次理事会会议精神，回顾总结了湖南分会书协、作协成立以来工作开展情况，研究确定了协会今后的工作任务和发展方向，分组交流了创作经验和心得体会，并对2017年湖南省人民银行系统“喜迎十九大——职工书法、文学优秀作品”进行颁奖。会议期间还参观了湖南省人民银行系统“弘扬好家风 翰墨颂辉煌——喜庆十九大”职工书法作品基层巡展，开展了“纪念改革开放40周年暨辉煌央行历程”书法笔会创作交流活动。

【广西分会2018年春节趣味联欢活动】

2月9日，广西分会开展2018年春节趣味联欢活动。以“不忘初心 爱我央行 尊享快乐”为主题，南宁中支党委书记、行长崔瑜致迎春贺词。活动融入了捏面人、做糖画、猜灯谜、写春联等传统特色庙会文化，进行了声乐、舞蹈等才艺表演展示，开展了广西人民银行系统学习贯彻十九大精神活动图片展览。

【海南分会2018年迎春联欢会】

2月9日，海南分会2018年迎春联欢会举办，海口中支行领导、机关干部职工和离退休干部代表380多人参加。迎春联欢会以“新时代、新思想、新征程”为主题，以赞美中国梦、海南美和人民银行广大职工奉献央行事业发展为主要题材，通过多种形式歌颂党、歌颂祖国、歌颂改革开放的伟大成就。

【贵州遵义市分会“送文化下基层”活动】

11月1日，贵州遵义市分会“送文化下基层”

活动在习水县支行开展。遵义市中支党委委员、工会主任葛建刚向习水县支行赠送《共产党宣言》《毛泽东选集》《邓小平文选》四大名著、唐宋诗词等19套书籍，并发表重要讲话。余庆县支行副行长文华现场毛笔书法展示，激起连口称赞。

【贵州黔南州分会“送文化下基层”活动】

6月26日，贵州黔南州分会在独山县支行开展“送文化下基层”活动。黔南州分会共赠送书籍50余册，书的种类有党的理论知识、文学、金融等。独山县支行党组书记、行长狄宁代表全体职工表示感谢，表示将抓好基层文化创建工作，继续推动基层央行文化建设。

【贵州毕节市分会“送文化下基层”专项活动】

6月29日，贵州毕节市分会在大方县支行开展“送文化下基层”专项活动。毕节市分会捐赠了价值近2000元的书籍和辖区书法爱好者创作的书画作品。捐赠书籍内容丰富，有政治读本、金融专著、文学书籍、名人经典文集散文随笔等。书画作品独具匠心，贴近央行文化，展现别样民俗和秀丽自然风光。

【甘肃分会迎新春联欢会】

2月28日，甘肃分会迎新春联欢会举办。甘肃金融培训中心的鼓舞《开门红》拉开演出序幕，庆阳市分会的四重唱《不忘初心》和定西市分会的舞蹈《筑梦黄土地》展现陇原央行儿女不忘初心、同心筑梦的伟大信念。

【青海黄南州分会手工及书画摄影作品展】

5月，青海黄南州分会手工及书画摄影作品展开展，展览以“回顾光辉历程　展望奋进新时代”为主题。共征集职工摄影书画作品百余份，展出40余份，参展作品反映黄南发生的巨大变化，展现基层央行职工的良好精神风貌。活动得到盘锦市中支大力支持，盘锦市中支赠送书法作品10余幅。

【宁夏吴忠市分会“送文化 下基层”活动】

5月，宁夏吴忠市分会在辖区各县（市）支行开展“送文化　下基层”活动。在青铜峡市支行召开座谈会，赠送文化用品，聆听了职工对文联工作的意见和建议，明确当前基层央行文联应发挥的作用；在盐池县支行召开青年座谈会并赠送文化书籍；在同心县支行开展“送文化　下基层”座谈会，参会人员就如何更好地做好文联工作，充分发挥桥梁纽带作用发表看法。

【新疆分会“送文化下基层”赠书活动】

6月11日至14日，“送文化下基层”赠书活动分别在阿克苏中支、塔城中支、昌吉中支、米东中支、五家渠支行开展。活动通过送文化、送知识、送书籍为活动载体，结合工作实际举办“我为大家讲一课”等读书沙龙活动，引导职工读好书、好读书，形成浓郁的读书氛围。

【新疆分会国画赏析讲座及体验活动】

8月15日，新疆分会举办国画赏析讲座及体验活动，乌鲁木齐中支党委委员、工会主任邢辉以《黑白意象大千世界》为主题，讲解了中国画鉴赏、笔墨技巧、布局留白等，分享了国画中蕴含的易经老子庄子哲学，并现场作画教学演示，展示了国画如何运用线条和墨色的变化。新疆分会会员及国画爱好者50人参加讲座，并现场挥笔临摹国画作品。

【新疆分会“不忘初心　辉煌历程”书画摄影作品展】

9月10日，新疆分会在乌鲁木齐中支举办“不忘初心　辉煌历程”书画摄影作品展。中支党委委员、工会主任邢辉出席开展仪式并讲话。展览以“改革、创新、务实、奋进”为主题，结合新疆地域风貌实际，分祖国风光、建设成就、央行履职、社会民生、尘封往事、憧憬未来等六个板块，共收到230幅摄影作品和41幅书画作品。经过遴选，34幅书画作品和123幅摄影作品入展，作品反映了改革开放40年来新疆经济社会发展和变化以及人民银行成立70年来央行及金融事业取得的巨大成就和伟大历史进程。

【中国印钞造币总公司分会“人民币从这里走来”文艺汇演】

11月6日，中国印钞造币总公司分会在石家庄印钞有限公司举行“人民币从这里走来”文艺汇演。中国印钞造币总公司党委书记张汉平、中国金融工会文联副主席兼秘书长郭永琰等领导与行业先进集体和个人代表500余人一起观看演出。张汉平发表讲话。此次演出围绕人民银行初期筹建、人民币印制的发展历史，以70年时间线为纵轴，分设“为了新中国”“匠心传世”“逐梦前行”三个篇章，用歌舞、情景剧等形式，向观众展示了中国人民银行成立暨第一套人民币印制发行70年来，中钞人牢记使命、不断奋进、波澜壮阔的历史。

中国金融文联

综 述

2018年，中国金融文联带领广大金融文艺工作者以崇高的使命感深入基层一线、深入职工群众、投身文艺创作，文艺作品质量稳步提升，精品佳作不断涌现，文艺形式丰富多彩，创新动力更加强劲，金融职工文化需求也更加旺盛，金融文化影响力显著提升，金融文艺事业迈入了崭新的发展阶段。坚持把学习宣传贯彻习近平新时代中国特色社会主义思想和党的十九大精神、学习贯彻习近平总书记有关文艺工作的系列重要讲话精神作为金融文联首要政治任务，认真抓紧抓好抓出实效。通过召开全委会，专题学习会、研讨班，文艺协会骨干培训班，专题讲座等多种形式，深入领会精神实质，准确把握思想精髓，扎实推进贯彻落实。

会议与活动

【参加中国作协2018年度深入生活项目评审活动】

4月27日，中国作协2018年度深入生活项目评审活动在京举行，金融文联和文艺协会领导者积极配合党和国家工作大局，结合金融特点，开展了一系列主题鲜明、特色突出、影响较大的主题文艺活动，引导金融文艺工作者运用艺术表现形式，浓墨重彩地展现党的光辉历史和丰功伟绩，热情讴歌改革开放和现代化建设中金融职工的奋斗历程和卓越贡献。鼓舞了士气，凝聚了共识，讴歌了真善美，传播了正能量。金融作协的作家们创作出不少思想精深、艺术精湛、制作精良的接地气的文学作品。

组织实施“中国梦•劳动美”等主题文艺创作，坚持发挥金融文联的特点和优势，把多出精品、多出人才作为主要任务，精心组织实施“中国梦•劳动美”等主题文艺创作，一批主题突出、形式新颖，深情礼赞中华优秀传统文化，真情描绘党领导人民铸梦之路，大力讴歌金融职工和金融劳模崇高信仰、美好心灵、爱国情操的金融艺术作品脱颖而出。积极参加中国文联举办的各项文艺展演活动，取得可喜成绩。

【打造“金融职工文化月”品牌】

坚持重心下移，打造每年5月的“金融职工文化月”品牌。中国金融文联组织金融书协、美协、摄协、舞协、作协深入基层机构开展“送文化下基层”职工文化月活动，文艺志愿者与基层一线职工现场交流学习。坚持文艺扶贫，倾心惠民服务。按照中国文联开展“文艺扶贫奔小康”志愿服务的要求，确定甘肃临洮县为中国金融文联“文艺扶贫奔小康”志愿服务行动工作示范县，组织文艺志愿服务团到临洮县开展文化扶贫，现场为贫困学校捐赠书画学习材料和书画作品，并为村干部、教师、农民创作300余幅作品，捐赠文学书刊3500多册。开展捐赠书画拍卖活动，所得45万元经费全部用于精准扶贫。

【开展“送万‘福’进万家”公益活动】

坚持常态机制，送暖千家万户。利用重要节日、庆典开展常态化志愿服务，每年在元旦、春节期间开展“送万‘福’进万家”公益活动，组织金融书协、金融美协文艺志愿者把对联、年画送进千家万户。中国文联先后组织慰问了奔赴了黑龙江、江西、北京等金融机构。

【加强学术研究和批评】

中国金融文联提出要加强学术研究和批评，进一步推动金融文艺创作，以实际行动贯彻落实习近平总书记关于“文艺批评是文艺创作的一面镜子、一剂良药，是引导创作、多出精品、提高审美、引领风尚的重要力量”重要讲话精神。通过文艺研讨，深入分析当前存在的艺术低俗、庸俗、媚俗产生的原因，寻找应对的办法，引导金融文艺工作者讲品位、讲格调、讲责任，主动在技艺技法和人格修为上双重修炼，推动金融文艺事业健康良好发展。

机关建设

根据金融系统文联和文艺协会的发展，对文联建立的要求，截至2018年底，全系统已有3个总行（司）工会成立文联，23个省（区、市）金融工会成立了金融文联，其中辽宁、河南、四川等地金融文联还成立了地市级金融文联和金融文艺协会。金融文艺协会队伍不断壮大，个人会员达2400余人，其中，国家级文艺协会会员400余人。各级金融文联紧紧围绕党政中心工作和中国金融文联工作安排，围绕本系统、本单位工作大局，立足实际、发挥优势、锐意进取，以有为求有位，抓住重大工作部署、重大活动和重要时间节点，主动策划、承接承办大型主题文艺活动，通过举办主题展演、主题创作等多种方式，歌颂党的领导，展示金融业辉煌成就，为金融职工追求更加美好的精神文化生活提供了正能量。

各文艺家协会

【中国金融书法家协会】

一是积极组织金融书法家开展各项创作和展览活动，金融书法精品佳作大量涌现，整体书法创作水平有较大提升，金融书法创作呈现蓬勃发展之势。5月26日，由中国金融书协、上海金融文学艺术联合会主办，中国金融书协青年书法家委员会、上海金融书协承办，中国建设银行上海市分行工会协办的全国金融金融系统第一届（建设银行杯）青年书法篆刻展在上海朵云轩艺术中心开幕。此次展览共收到来稿1129件。经中国金融书协和上海书协组建的评审会评选，评出获奖作品10件，其中，一等奖1件、二等奖3件、三等奖6件；入展作品100件；入展提名作品43件。10月16日，由中国金融书协、中国农业银行工会委员会主办，中国金融书协草书委员会承办的中国金融书法（农行杯）草书展举办。展览共征稿作品近800件，经中国金融书协组成的评委评选，评出获奖作品10件。其中，一等奖作品1件、二等奖作品3件、三等奖作品6件、入展作品100件、入选提名作品47件。

二是围绕党和国家的工作大局，开展了一系列的主题鲜明、特色突出、影响广泛的主题性书法公益活动，让书法这一中华文化瑰宝在金融职工中大放异彩。3月6日，金融书协与中国金融工会女职工委员会联合举办“墨韵飘香•三八送暖”活动，慰问中国银行中银金融商务有限公司女劳模和一线女职工。5月25日，由中国金融文联主办，中国印钞造币总公司、上海造币有限公司承办的中国金融工会慰问印制系统劳模工匠一线职工书法笔会在上海造币有限公司举行。7月26日，由中国金融工会、中国金融文联主办，黑龙江金融工会、黑龙江金融文联协办的慰问全国金融劳模公益笔会活动在哈尔滨举行。8月22日，由厦门金融工会、厦门金融书画协会主办，中国民生银行厦门分行工会承办的“走进新时代，翰墨颂鹭岛”——纪念改革开放40周年书画交流研讨活动在厦门举行。9月15日，由中国金融书协、内蒙古金融工会、乌海银监分局工会主办，中国农业发展银行乌海分行工会承办的“中国金融书协慰问乌海金融职工公益笔会”举行。

三是大力推进金融书法学术研究，坚持理论先导，坚决抵制低俗、庸俗、媚俗，用健康的书法作品和高尚的德艺追求陶冶情操、启迪心智，引领风尚。6月23日至24日，全国金融系统中青年书法骨干培训班暨首届金融书法兰亭研讨会在绍兴举办，来自全国金融系统的中青年书法骨干共75人参加了培训和研讨。在开班动员会上，表彰了中国金融书协“送万福进万家”公益活动先进集体和先进个人，并为先进单位和个人颁发荣誉证书。

四是与各团体会员单位携手，积极开展“送万福进万家”“送文化下基层”书法志愿服务活动，据不完全统计，元旦、春节期间，中国金融书协与42个团体会员单位共组织活动981次，参加活动的书法家及爱好者3375人，为基层公司、一线员工和广大群众现场书写春联等书法作品213245件，惠及基层职工十多万人。

【中国金融美术家协会】

一是积极参加中国金融工会、金融文联举办的历次送温暖“文化下基层”活动，先后在1月22日、1月30日、2月2日至3日、3月6日参加了银监会机关、中央结算公司“书画迎新春”交流联谊会，中国金融工会“文化下基层”书画笔会送温暖走进阳光产险以及“大医至善，爱如阳光”新春文艺汇演暨表彰大会，中国金融文联“文化进万家”走进国家开发银行湖南分行长沙公益书画笔会和中国金融工会、中国金融工会女职工委员会、中国金融文联联合举办的“翰墨飘香——三八送暖”大型书画笔会活动。

二是认真落实金融文联工作的各项部署，不断增强协会组织的凝聚力，加强顶层设计，着力推进体制机制创新，不断提升团结服务水平和管理水平。金融美协主席团就关于“理事任免”机制和设立“年度人物”以及“金融画派”的可行性研究，通过微信在主席团群展开“主席团会议”进行了充分讨论。

三是为贯彻落实十九大精神，繁荣金融文艺创作，增强文化自信，提高金融美术创作水平，并为迎接第五届全国金融美展的举行，特举办了“2018中国金融美术创作培训班”。来自全国银行、证券、保险、非银行金融机构的金融美协理事、历届获奖作者和在京会员100多人参加了培训学习。“美术创作培训班”开班仪式暨中国金融美协主席团扩大会议，分别在8月18日和19日在北京国安宾馆举行。培训期间还同时在中信国安艺术馆举办了“2018中国金融美术创作交流展”。

四是在注重内部人才交流、作品交流、学术交流的同时，也在不断拓展对外交流。7月15日，中国金融美协11位美术家参加了在青州九州美术馆举行的“中国金融美术名家国画邀请展暨艺数中国-艺旅天下文旅板块上线仪式”。并接受了主办方向参展作者颁发了“艺数中国”创客导师和“艺旅天下”文旅导师聘书。展览共展出中国金融美术家陈齐堃、陈箫、陈军琪、梁振华、卢冰、孙成刚、王安、王树忠、杨雍、于广生等人的55幅国画力作。

【中国金融摄影家协会】

一是协会认真贯彻落实《中华全国总工会办公厅关于组织开展庆祝改革开放40周年职工群众性主题宣传教育活动的通知》的精神要求作为协会全年工作的中心任务，充分认识开展庆祝改革开放40周年职工群众性主题宣传教育活动的重要意义，坚持从金融系统实际出发，紧紧围绕主题，深化和拓展思想内涵，突出展示广大金融职工庆祝改革开放40周年的实际行动和良好精神风貌。开展了“新时代•新金融”——全国金融系统纪念中国改革开放40周年（平安银行杯）摄影展。此次影展从启动到截稿在短短一个多月的时间，共有万余人成功注册参与，投送稿件达两万多幅，经过评审委员会认真评选，从中评选出80幅反映改革开放以来金融工作对推动社会发展所起到的作用，人民群众精神面貌和日常生活发生的变化；从多方面、全方位呈现出金融工作对城乡建设、经济发展的重要作用及其深刻变革，体现出金融系统自身在40年发展变迁过程中、金融员工精神风貌，行业先进模范事迹、日常生活点滴以及反映金融系统行业文化、服务经济中心等各方面的精彩瞬间。

二是积极参与全总文体协会联合主办的“中国梦•劳动美”第五届全国职工摄影展。今年的第五届全国职工摄影展活动在短短两个月时间组委会便收到各地报送的摄影作品近3万幅（组）。大赛共评选出金奖作品2件、银奖4件、铜奖30件以及优秀作品164件。

三是积极参与由北京金融街商会联合全国社会保障基金理事会机关工会、中国信达资产管理股份有限公司共同举办的金融街2018镜头中的“扶贫之路”摄影大赛。大赛收到了来自全国各地的200余位摄影爱好者共计一千三百余幅精彩作品，中国摄协、中国金融摄影家专家评委评选出三大类别92组获奖作品。中国金融摄协副秘书长郑国华的作品荣获了本次影展的金奖；协会理事和平、任建平，会员李国栋荣获银奖；会员吴朝宏荣获铜奖；理事朱思莲，会员李国栋、梁逸生、王洪志等十多人次获得影展优秀奖。

四是积极助推协会新人，中国金融摄协四名摄影人荣获第二届华夏艺术“金鸡奖”殊荣。8月18日在吉林省敦化市六鼎山文化艺术节第二届华夏艺术金鸡奖颁奖典礼上，由中国金融摄协提名推荐的张海湧、和平、聂振声、张晓萌等四名摄影家荣获“华夏金鸡奖”殊荣；王立东荣获“金鸡年度摄影师奖”。在2018年第五届河南省摄影金像奖评选评选活动中，共有19人荣获本届摄影金像奖，其中摄影创作奖15名，摄影终身成就奖4名。中国金融摄协理事张海勇、会员李文波分别荣获艺术类和记录类“金像奖”；中国摄协副秘书长赵柏杨、理事任建平和河南金融摄协会员王福明三位同志被荣获2018年度“河南省风光摄影十杰”，再次为中国金融摄影人赢得了荣誉。年内，中国金融摄影家协会主席徐波和顾问石广智当选中国摄影家协会第九届专业委员会艺术摄影委员会委员。

【中国金融戏剧家协会】

一是认真学习习近平总书记在中国文联十大、中国作协九大开幕式上的重要讲话精神，指导金融剧协工作开展。为贯彻中国文联第十次代表大会精神，金融戏剧家协会及时召开会议，结合金融戏剧工作实际，深刻领会习总书记讲话内涵，更加坚定文化自信，着力促进行业文化建设，并以此大好契机，拟定了全年金融戏剧活动的规划与目标，以引领、推动剧协各项工作新的发展。

二是获准成为中国戏剧家协会团体会员，促进剧协向更高目标提升。经过几年的稳步发展，金融剧协2017年向中国戏剧家协会正式提出申请成为团体会员，提供相关申请材料，按照剧协要求，在组织建设、活动开展、培训、管理等各方面加大力度，做出成效。并在2018年2月7日获得中国戏剧家协会的正式批准，成为中国戏剧家协会团体会员，这对金融剧协向着规范化、专业化的更高层次迈进具有十分重要意义。

三是全力筹划，办好中国金融戏剧协会第五届戏剧比赛。金融戏剧家协会戏剧比赛每两年举办一届，已连续成功举办了四届。2018年，在前四届的基础上，结合党的十九大报告精神，为更加有效推进金融题材创作，贴近金融现实生活，金融第五届戏剧比赛设定为小品、小戏专项比赛，集中展示金融行业职工小品、小戏创作成果。金融剧协自年初开始筹划，于6月份举办了中国金融戏剧家协会第五届戏剧比赛编剧、导演培训班，来自全国各金融单位60多位戏剧编导、表演骨干参加了两天的培训。本次培训邀请了中国戏剧家协会分党组成员、秘书长崔伟讲授了题为《把握时代脉搏，创作艺术精品》的专题讲座、中国戏曲学院颜全毅教授、著名导演王翼讲授了戏剧编剧和导演理论与技巧。

四是经过基层初选和复赛，由戏剧专家和金融剧协专业理事组成的评委会对来自各金融单位的48个参赛作品进行了评选，13个作品入围决赛。较之往届话剧小品类比赛，本次不但作品增多，且水平也有了明显提升，从中也看到了我们剧协理事发挥了突出的作用。剧协何奇副主席专门为本届大赛创作了3个剧本。贾书名、刁俊平、郭海晓、周菲理事积极组织所在金融机构组队参赛，并亲身参与剧目演出，都展示出了较高的艺术水准。在这次大赛中涌现出很多好的优秀作品，将采取行业网络媒体平台推送展播、基层巡演等多种形式，让行业职工看到反映自己生活的真实、生动、接地气的作品。对活动中发现的优秀金融戏剧人才，将优先发展成为金融剧协理事和剧协会员，不断吸收新生力量，保持金融剧协新鲜活力。

五是深入基层一线调研，积极开展文艺送一线活动。3月，剧协面向行业，深入基层，前往山东金融单位，开展调研与慰问基层活动。期间，山东省7个基层戏剧活动组织分别就活动开展、组织状况和实际困难等进行了汇报。金融剧协也派出了全国大赛和金融历届戏剧比赛部分金奖获得者到建行山东聊城、菏泽支行和网点，把精彩的民族戏剧艺术送到员工身旁。近距离接触欣赏高水平的国粹戏曲，深受基层员工欢迎，使很多员工对戏曲艺术产生了兴趣。

【中国金融作家协会】

一是金融作协组织体系建设进一步增强。8月，在中国金融工会多位领导的理解和有力支持下，批准在没有成立金融作协的18家省市区，设置直属于中国金融作协的18个创作联络组，并明确了各个创联组负责人。创联组主要有四项职责：在中国金融作家协会和各级金融文联领导下开展工作；组织、引导、服务于辖内会员文学创作，开展各类金融文学艺术活动；推荐新会员，维护会员权益；完成中国金融作家协会交办工作。创联组设立时间虽短，由于各负责人尽职尽责，义务地辛勤工作，其作用在四个方面已经得到了充分显现。其一，散落在全国城乡52%的会员，有了自己贴近的组织，能够得到及时关怀、服务、指导与诉求。其二，能够及时了解我们作家的创作、工作以及生活等情况，畅通上下沟通渠道。其三，推荐了一批较高文学水平的会员，为我们补充的新鲜血液。四是促进创作，强化交流，提振会员从事金融文学创作的信心。至此，中国金融作协的延伸机构，已经覆盖全国，并对中国金融文化及金融文学的推动，将会发挥更加有力的作用。

二是作家队伍新生力量得到了良好补充。经各级金融工会、金融作协和会员推荐，秘书处共收到加入中国金融作协申请的，计231人，经与各家作协、创联组的沟通和资格审核，提交理事会审议通过143人，通过率为62%。新会员具有明显的四个特点：学历高；年龄轻；创作题材、体裁丰富，式样新颖；作品发表层次较高，有的已经是当地文学名人，成为金融文化名牌。同时，在资格审核时，也注意向年轻的、会员少的省区和边远地区倾斜。此外，今年金融作协推荐加入中国作协的5人，朱晔、李毓玲、吴群英、胡飞扬、韩芝萍。中国金融作协会员已达946人，其中，中国作协会员71人。

三是金融文学创作继续保持上升势头。据不完全统计，2018年中国金融作协会员公开发表和出版上架发行的长篇小说、小说集、诗歌集、散文集、报告文学集、影视剧本（微电影剧本）、文学理论研究等作品，达到80多部。陈人杰的诗歌集获得第七届鲁迅文学奖提名；宋尚明、陈仓的散文集荣获“冰心文学奖”；梅毅的《梅毅说中华英雄史（十卷本）》研讨会于在北京成功举办；阎雪君的小说《生生不息》荣登《黄河》文学杂志；任茂谷的作品被《人民日报》《人民文学》等报刊刊用。金融作协会员在省级以上报刊上，发表各类体裁的文学作品和文学理论文章，高达1500余篇（首）。

四是作家培训工作形成常态化。8月11日至12日，中国金融作家协会在北京成功举办了“中国金融作协创作培训暨创联工作会议”。来自全国银行、证券、保险、非银行金融机构的金融作协会员及各省市、团体金融作协代表共计116人参加了培训会议。同时，2018年金融作协还推荐了1名会员上鲁迅文学院进修，5名青年作家参加中国作协的业务培训。培训期间，还穿插召开了由各团体金融作协和创联组负责人参加的首次创作联络工作会议。

五是首届金融题材短篇小说征文评奖即将收官。为庆祝中国改革开放四十周年，根据中国金融工会和中国作家协会相关要求，中国金融作协研究并报批准，在全国金融系统开展“金融人的故事”短篇小说征集活动。活动共收到稿件408篇，根据征集要求，通过筛选，263篇近300万字作品进入初评。作者已经覆盖了全国31个省市区和一行两会统领下的主要金融机构，以及全国城乡商业银行和部分中小银行。最终评选出一等奖3名、二等奖6名、三等奖9名、入围奖20名。

六是积极参与了金融工会组织的“五月微表彰征文评奖活动”，金融作协会员投稿400余篇，并完成评奖工作。

七是积极完成金融工会第二届金融道德模范采访宣传工作，派出十名骨干作家对口采访十名劳模。短时间内行程数万公里，采写了20余万字报告文学作品，在国内各大报刊、网站、公众号发表。

【中国金融音乐家协会】

一是举办纪念改革开放40周年全国金融系统音乐创作作品征集活动。为庆祝改革开放40周年，用音乐歌唱祖国40年的进步和发展，展示金融人唱响伟大新时代的情怀，组织举办“纪念改革开放四十周年”原创音乐作品创作比赛，面向全国金融职工征集反映金融人、金融事、金融情的优秀词曲作品。征集活动评出了原创十佳优秀作品、优秀作品纪念奖20个、优秀组织奖若干。

二是组织中国金融音协年度音乐培训活动。在湖南芷江举办了中国金融音乐家协会音乐文化培训班，培训了来自全国各地的金融音协会员及音乐爱好者共60余人。培训班邀请了来自国内知名歌唱家、词作家和中央学校教授就演唱艺术与声音训练，歌曲的创作和技巧等进行了系统教学讲座。

三是组织金融音协演出和其他实践活动。1.与河北省张家口市崇礼区联社联欢。2018年2月9日，受河北省张家口市崇礼区联社邀请，中国金融音协常务副主席叶江篱赴该联社参加了职工迎新春文艺联欢会并表演了节目，带去了中国金融音协对基层金融职工的新春问候。2.赴北京房山养老服务指导中心慰问演出。5月19日，金融音协与中国银保监会机关工会组织文艺志愿者40余人，赴北京房山养老服务指导中心慰问演出，为老人演唱了他们耳熟能详的老歌，受到全体老人及工作人员的热烈欢迎和广泛好评。3.金融“好声音”唱响冰城。为深入贯彻落实党的十九大关于繁荣发展社会主义文艺的有关要求，纪念改革开放40周年，由黑龙江金融工会主办，黑龙江金融团工委、黑龙江金融文联、黑龙江金融音乐舞蹈家协会协办的“纪念改革开放40周年，唱响龙江金融好声音”黑龙江金融系统首届职工歌曲演唱大赛在黑龙江省歌舞剧院成功举办。来自全省银行、保险等金融行业的20家单位的94名选手参加了比赛。参赛选手以优美的歌声、饱满的热情，歌唱祖国、歌唱新时代。4.为基层员工授课。7月24日，中国金融音乐家协会主席叶江篱同志赴甘肃陇南银监分局，参加了该省各地市银监分局工会专兼职干部学习贯彻十九大精神培训班。期间作了“合唱的好处”、“合唱是个综合工程”、“怎样唱好歌”的音乐辅导，并现场教唱了两首合唱歌曲《长征有多长》和《中国金融之歌》，带去了金融音协的声音和温暖，受到了基层干部职工的欢迎和称赞。5.开展金融音乐调研座谈会。9月13日至14日，中国金融音乐家协会主席叶江篱在广东金融工会调研基层音乐工作，召开了荣获全国金融系统第一届“金声奖”等奖项的广东金融音乐工作者座谈会。大家畅谈了如何立足基层、结合本职工作，搞好音乐创作和演唱的体会。6.四川金融音协于11月11日组织举办了改革开放四十周年“四川金融杯”大合唱比赛。

四是建平台、多发声，扩大金融音协知名度。建立中国金融音协微信公众号。并积极维护更新信息，发表20份图文宣传稿件，并同时加大金融音协微信群的传播，极大地方便会员了解金融音协的工作动态，推进了协会的宣传工作。

【中国金融舞蹈家协会】

一是加强政治引领，提高政治站位，举办“中国金融舞蹈家协会舞蹈创作培训班”。10月20、21日，在中国银行北京分行培训中心成功举办“中国金融舞蹈家协会舞蹈创作培训班”。金融舞蹈要按照中国金融工会、中国金融文联统一部署，把学习贯彻习近平新时代中国特色社会主义思想和党的十九大精神作为主线与重点培训内容，纳入金融舞蹈常态性培训计划，并把学习教育辐射覆盖到整个金融舞协队伍。不断深化金融舞协会员对习近平新时代中国特色社会主义思想理论品格、思想魅力、实践价值的认识，不断推动金融舞蹈事业繁荣发展的要求。

二是心系金融职工，发挥舞协优势，创编“金融职工工间健身舞”。学员们通过学习结合自身感受对工间健身舞的实用性和普及性进行了充分研讨，下一步创编组将根据学员们提出的意见，有针对性地进行调整，力争把“金融职工工间健身舞”做成品牌项目，最大限度地把舞蹈这种艺术形式推广到金融职工当中。

三是融入中国舞蹈大家庭。3月20日，中国金融文联驻会副主席杨树润，中国金融文联副主席兼常务副秘书长郭永琰，中国金融舞协主席成淼，中国金融舞协常务副主席兼秘书长赵书欣共同前往中国舞蹈家协会，就中国金融舞协加入中国舞蹈家协会团体会员事项会见中国舞协分党组书记、秘书长罗斌，分党组成员、副秘书长柳斌。12月1日，中国舞协在上海举办“中国舞协第十届第二次理事会”，会上正式审议通过中国金融舞协加入中国舞协团体会员单位。

四是利用协会专业平台，积极支持金融单位走出去。10月30日至11月1日在山西大同举办了“第七届全国职工全健排舞大赛”，选派金融系统舞蹈大赛金奖作品《侨乡鸿雁》代表全国金融系统职工参加此次大赛。中国银行舞蹈选手荣获大赛组委会最高奖项“最佳表演奖”，在全国各参赛队中，中国银行代表队是唯一获此殊荣的参赛单位。与此同时中国银行代表队还荣获了大赛优秀组织推广奖。

五是认真落实金融系统职工文艺工作深入基层，服务一线、服务职工的工作要求。5月2日至4日，受金融文联委托，金融舞协常务副主席兼秘书长赵书欣到广东金融工会参加“颂党恩，听党话，跟党走——2018年广东金融系统先进表彰大会暨文艺汇演”节目评审工作。

2018 China Federation of Literary and Art Circles Events

2019

2018年中国文学艺术界联合会大事记

1月

★1月11日至21日，中国文联、中国书协、中国美术馆、绍兴市政府、浙江省文联联合在北京中国美术馆举办第六届中国书法兰亭奖作品展。孙家正、铁凝、李屹、赵实、左中一、李前光、郭运德等领导出席开幕式。

★1月15日，由中国文联与中国美协联合主办的“纪念潘天寿、李桦、李可染、叶浅予、张仃百年诞辰座谈会”在北京会议中心举行。左中一出席会议并讲话。

★1月19日，中国文联第十届主席团第三次会议在京召开。会议审议通过中国文联十届三次全委会议程。审议《中国文联十届三次全委会工作报告(审议稿)》和《中国文联2018年工作要点(审议稿)》，原则同意这两份文件，提交中国文联十届三次全委会审议。通过关于更替、增补中国文联第十届全国委员会委员的决议。审议《中国文联关于加强全国委员会委员履职工作的暂行办法(讨论稿)》，原则同意这份文件，提交中国文联十届三次全委会讨论。审议通过中国文联十届三次主席团会议决议。

1月19日至21日，中国文联第十届全国委员会第三次会议在京召开。铁凝主持会议。李屹传达了中央领导同志有关重要批示并作题为《深入学习贯彻党的十九大精神 努力推动新时代社会主义文艺繁荣兴盛》的工作报告。赵实、左中一、李前光、郭运德、陈建文出席会议。中国文联主席团成员、全委会委员出席会议。

★1月20日，由中国文联主办的“百花迎春——中国文学艺术界2018春节大联欢”在北京国家会议中心举行，来自全国的文艺家代表齐聚一堂，共迎狗年新春。卢展工、王家瑞、孙家正、铁凝、李屹、赵实、禹光、左中一、李前光、郭运德、陈建文、张秋俭、高占祥、胡振民等观看了演出。

★1月21日，中国文联文艺工作者职业道德建设委员会在京召开“学习贯彻党的十九大精神大力推进行风建设”座谈会，向全国文艺工作者发出《新时代文艺工作者“讲品位、讲格调、讲责任，抵制低俗、庸俗、媚俗”倡议书》。李屹出席会议并讲话。左中一出席会议。

★1月26日至27日和2月1日，由中宣部、中国文联主办的“我们的中国梦——文化进万家”文化文艺小分队分别走进内蒙古科右中旗、铜川耀州区、照金镇开展慰问演出。

★1月30日至2月7日、3月14日至20日，中国文联应印度文化关系委员会、印度音乐家联合会和印中电影学会的邀请，分别在印度新德里、孟买和斋普尔举办中国芭蕾舞专场演出、中国佛教文化遗产摄影展及中国电影周等三大文化交流活动，共同构成了“今日中国”艺术周在印度的主要内容。

3月

★3月12日，“中国精神•中国梦——画乡莲都 美丽乡村行2018中国文联中国美协古堰画乡采风写生活动”在浙江丽水开幕。

★3月21日，中国文联、中国摄协与中国民协联合在中国文艺家之家举行“影像见证新时代 聚焦扶贫决胜期2018-2020大型影像跨界驻点调研创作工程”项目调研阶段总结研讨会。

★3月28日，“花开新时代”中国文联文艺志愿服务团“送欢乐下基层”赴杭州慰问演出、辅导培训。李前光出席活动。

4月

★4月3日，由中国文联推选的殷秀梅、武利平、平安、牛群获得中宣部、中央文明办等部委授予的“最美志愿者”称号，河南省文艺志愿者协会、大同煤矿集团公司文艺志愿者协会、重庆市文艺志愿者协会获得“最佳志愿服务组织”称号，“翰墨薪传•全国中小学书法教师培训”获得“最佳志愿服务项目”称号，北京市朝阳区六里屯街道秀水园社区获得“最美志愿服务社区”称号。

★4月18日，由中国文联、中国书协主办的第三十四届兰亭书法节暨第六届中国书法兰亭奖颁奖在浙江绍兴举行。李屹出席活动并讲话。

★4月25日至26日，中国文联文艺志愿服务团“送欢乐下基层”走进渤船造船厂开展慰问演出、辅导培训活动。

5月

★5月6日至8日，“爱的牵挂”纪念“5•12”汶川特大地震10周年中国文联文艺志愿服务团走进绵阳、北川等地慰问演出、辅导培训。李屹、李前光、甘霖等出席活动。

★5月23日，“向人民学习 向生活学习 潜心创作无愧于新时代的精品力作”座谈会在京召开。铁凝出席并主持会议。李屹出席会议并讲话。赵实、左中一、李前光参加座谈会。

★5月23日，由中国文联、中国美协、中国文学艺术基金会共同主办的“2018中国文联 中国美协‘中国精神•中国梦——美丽乡村行’写生采风作品展”在文化部恭王府博物馆开幕。李屹、左中一出席开幕式。

6月

★6月5日至7日，由中国文联、澳门基金会支持，中国视协、中国文联港澳台办公室、中央政府驻澳门联络办宣传文化部、澳门中华文化联谊会共同主办的“濠江之春”系列活动在澳门成功举办。何厚铧、郑晓松、薛晓峰、耿惠昌、谭俊荣、王冬、张显等出席活动。

★6月8日至21日，根据中国文联统一部署，中国音协、中国舞协组织30余名著名词曲作家、舞蹈家和新兴音乐群体代表赴内蒙古自治区通辽市、呼伦贝尔市等多地，开展2018年“深入生活、扎根人民”知名音乐舞蹈艺术家赴内蒙古采风创作活动，广泛了解当地风土人情，详细调研各种非遗项目并与当地文艺工作者进行深入交流，为创作积累丰富素材。

★6月11日，中国音协与中国音乐学院联合在北京中国文艺家之家举办“纪念马可同志诞辰100周年座谈会”。李前光会见了与会专家和马可亲属并与大家合影。著名作家贺敬之特为此次座谈会发来题词。

★6月11日至13日，“情系新县 致敬英雄”中国文联文艺志愿服务团赴河南新县开展“送欢乐下基层”慰问演出、文艺培训活动。

★6月15日，由中国文联指导，中国影协与上海市文联、上影集团联合在上海福寿园人文纪念公园举办“瑞草芳华留人间”——张瑞芳诞辰100周年纪念活动。

★6月21日，由中国文联指导，中国民协、新疆维吾尔自治区文联联合在乌鲁木齐举办“纪念居素普•玛玛依诞辰100周年座谈会”。

★6月29日，中国文联在京召开“认真学习贯彻习近平总书记重要指示精神 做有信仰、有情怀、有担当的新时代文艺工作者”座谈会，铁凝出席并主持会议，李屹出席会议并讲话。

7月

★7月6日，中国文联与中国舞协联合在北京中国文艺家之家举办“纪念盛婕先生百年诞辰”研讨会。左中一出席。

★7月17日至19日，中国文联对口帮扶甘肃陇南武都区20年，铁凝率中国文联文艺志愿服务团赴武都开展“七月椒红 筑梦小康”慰问演出、辅导培训、扶贫MV和微电影拍摄活动。李前光、吴明明参加活动。

8月

★8月1日，由中宣部、中国文联、财政部、文化和旅游部主办，中国美协承办的“不忘初心继续前进——庆祝中国共产党成立100周年大型美术创作工程”在北京会议中心召开启动动员会。黄坤明出席动员会并作重要讲话。

★8月7日至10日，为庆祝宁夏回族自治区成立60周年，李屹率中国文联文艺志愿服务团赴宁夏石嘴山、中卫、盐池县三地开展“中国梦•宁夏情”慰问演出、辅导培训活动。赵永清参加活动。

★8月12日，李屹一行到西藏自治区文联调研，与西藏艺术家代表座谈。

★8月13日，由中国文联、西藏自治区党委宣传部、中国音协、中国舞协和西藏自治区文联联合主办的中国文联“深入生活、扎根人民”音乐舞蹈艺术家赴西藏采风创作成果汇报演出首站在拉萨市文化体育中心举行。吴英杰会见了李屹一行并深入交流。

9月

★9月12日，中国文联与文化和旅游部在北京人民大会堂联合举办“纪念田汉诞辰120周年座谈会”。铁凝、李屹、李群、陈昊苏、仝广成、林上元出席。

★9月17日，由中国文联、厦门市人民政府共同主办的2018年“传承与发展”——“中华情•中国梦”美术书法作品展在厦门市美术馆开幕。2018年“中华情•中国梦”中秋书画笔会在厦门宾馆举行。2018年“传承与发展”——“中华情•中国梦”中国文联文艺家厦门行惠民慰问演出在厦门大学建南大礼堂举行。

★9月28日至10月3日，在江苏省徐州市举行了“第十四届中国民间文艺山花奖•优秀民间工艺美术作品”初评，发掘出一批优秀的、能展现我国民间文化、增强民族文化自信的艺术精品，从而推动中国民间文艺事业的繁荣与发展。

10月

★10月1日至4日，第十届中国杂技金菊奖全国魔术比赛在深圳欢乐谷举行。

★10月7日，第十届中国曲艺牡丹奖在江苏扬州揭晓。本届牡丹奖颁奖系列活动由中国文联、中国曲协、江苏省委宣传部、江苏省文联联合主办。10月16日至30日，本届中国曲艺牡丹奖颁奖系列活动在扬州、南京、张家港、上海、苏州、宿迁、盐城等地相继展开。

★10月11日至12日，中国文艺志愿者协会第二次全国代表大会、全国文联文艺志愿服务工作会在京召开。会议深入学习贯彻习近平新时代中国特色社会主义思想和党的十九大精神，回顾总结文艺志愿服务过去五年来的工作，研究部署今后五年的任务，修订《中国文艺志愿者协会章程》，选举产生中国文艺志愿者协会新一届领导机构。王晓晖、铁凝、李屹、李前光等出席会议。

★10月12日，中国文艺志愿者协会在北京召开新文艺群体工作座谈会，李屹出席会议并讲话。大会选举冯巩为中国文艺志愿者协会第二届主席，选举卞留念、刘全利、李丹阳、何加林、张继、林永健、岳红、郎昆、居杨、孟广禄、姚建萍、殷秀梅、黄豆豆、龚宇、温玉娟、廖恳为中国文艺志愿者协会第二届副主席。

★10月10日至15日，由中国文联、中国民协、江西省委宣传部、江西省文联联合主办的第十一届中国民间艺术节暨第十四届中国民间文艺山花奖•优秀民间艺术表演（民歌）初评在江西赣州兴国县举行，其间还举行了大型赣南民俗音画《客家儿郎》展演、地方民俗民间文化汇演和大型原创兴国山歌剧《老镜子》展演。

★10月14日，由中国文联、中国视协、湖南省政府联合主办的“第十二届中国金鹰电视艺术节暨第29届中国电视金鹰奖颁奖晚会”在湖南长沙举行。李屹、杜家毫、李微微、胡占凡、赵化勇、乌兰、蔡振江等领导出席。

★10月15日，“广陵牡丹曲 第十届中国曲艺牡丹奖颁奖仪式暨‘讴歌新时代 共筑中国梦’成果汇报演出”在扬州举行，李屹、李前光、杨承志、王燕文等领导出席。

★10月15日至17日，中国文联、中国舞协、广东省文联在广州大剧院联合举办第十一届中国舞蹈“荷花奖”当代舞、现代舞评奖。

★10月17日至27日，中国文联与中国摄协、中国民协联合在北京中国文艺家之家展览馆举办“影像见证新时代 聚焦扶贫决胜期 2018-2020大型影像跨界驻点调研创作工程”2018年汇报展示展览。李屹、李前光、陈建文等参加活动。

★10月19日至24日，向人民汇报——30位中青年美术家“深入生活、扎根人民”主题实践活动作品展在北京炎黄艺术馆举行。李屹等领导以及部分参展画家、美术工作者、美术爱好者出席开幕式。

★10月27日，第十届中国杂技金菊奖全国滑稽比赛文艺晚会暨开封首届国际幽默艺术周开幕式在河南开封万岁山大剧院举行。

★10月27日至28日，“挺起民族脊梁”——中国文联文艺志愿服务团走进中国工程物理研究院慰问演出、辅导培训。

★10月29日至11月7日，中国文联组派以安徽演艺集团、中国摄影家协会等单位组成的艺术团一行51人，在俄罗斯克拉斯诺达尔边疆区首府克拉斯诺达尔市和俄罗斯首都莫斯科举办2018“今日中国”艺术周。李前光率中国文联代表团出席艺术周系列活动。

★10月31日至11月3日，由中国文联指导，中国曲协、中国杂协、江苏省文联、张家港市政府主办的第六届国际幽默艺术周在张家港举办。

11月

★11月1日，第十届中国杂技金菊奖全国滑稽比赛汇报晚会暨“精品杂技下基层”惠民演出在开封市万岁山大剧院举行。陈建文出席并为获奖选手颁发金菊奖奖杯及证书。

★11月9日，中国文联与中央统战部联合主办的自由职业艺术家“凝聚新力量•筑梦新时代——庆祝改革开放40周年”主题活动在广东深圳正式启动，来自全国各地的25名自由职业书画艺术家参加了为期一周的学习交流考察。

★11月10日，第27届中国金鸡百花电影节暨第34届大众电影百花奖闭幕式颁奖典礼在佛山举行。《红海行动》获最佳故事片奖，《建军大业》获优秀故事片奖，林超贤凭《红海行动》《湄公河行动》获最佳导演奖，林咏琛、李媛、许伊萌、吴楠因《七月与安生》获最佳编剧奖，吴京凭《战狼2》获最佳男主角奖，陈瑾因《十八洞村》获最佳女主角奖，杜江凭《红海行动》获最佳男配角奖，蒋璐霞因《红海行动》获最佳女配角奖，王雨甜凭《红海行动》获最佳新人奖。颁奖典礼上还表彰了中国文联终身成就电影艺术家。铁凝、李屹、傅华为祝希娟、郑国恩、张勇手颁发中国文联终身成就电影艺术家荣誉。

★11月10日至12月9日，中国文联与中国舞协、上海市委宣传部联合在上海举办第十一届中国舞蹈“荷花奖”舞剧评奖的现场终评演出和现场评选。

★11月18日，第十二届中国摄影金像奖颁奖典礼在三门峡国际文博城大剧院举行，李屹、李前光、王全书、戴柏华、周春艳等领导出席。本届金像奖共评出了“纪实摄影类”奖8名，“艺术摄影类”奖8名，“商业摄影类”奖4名。颁奖典礼现场表彰了获得“中国文联终身成就摄影家”荣誉称号的牛畏予、黄贵权两位为中国摄影事业做出突出贡献的摄影界元老。

★11月18日至25日，中国文联与中国摄协、河南省委宣传部在河南三门峡联合举办第十二届中国摄影艺术节暨第二届三门峡白天鹅•野生动物国际摄影大展。李前光、徐光春等领导出席开幕式。

★11月24日，第十四届中国民间文艺山花奖•优秀民间艺术表演(鼓舞鼓乐)初评活动在山西祁县千朝观园举行。

★11月26日，中国文联与湖南省人民政府联合举办的第五届中国(湘潭)齐白石国际文化艺术节开幕。以“品白石艺术、传中华文化——故里山花此时开”为主题的开幕式暨齐白石艺术品赏会在白石公园举行。苏辉宣布艺术节开幕，赵实、赵宗鼐出席开幕式。

★11月29日，中国文联印发《中国文联关于学习贯彻习近平总书记重要指示精神 深入开展“扎根生活沃土，服务基层群众”主题实践活动的通知》，决定在全国文联系统开展“扎根生活沃土，服务基层群众”主题实践活动。

12月

★12月4日，中国文联认真学习贯彻习近平总书记重要指示精神，深入开展“扎根生活沃土，服务基层群众”主题实践活动座谈会在京召开，李屹、赵实、左中一、李前光参加座谈会。左中一主持会议。

★12月19日，由中国文联与中国摄协联合主办的“纪念石少华同志诞辰100周年座谈会”在北京中国文艺家之家举行。李前光出席会议。

★12月22日至24日，中国美协第九次全国代表大会在京召开。中共中央政治局委员、中央书记处书记、中宣部部长黄坤明出席会议并讲话。王晓晖、铁凝、李屹、李前光、李群、陈建文等领导出席会议。李屹、李群在开幕式上讲话。大会审议通过了工作报告，修改了《中国美术家协会章程》，选举产生了新一届理事会，新一届理事会选举了新一届中国美协领导机构。范迪安当选主席，王书平、许江、闫平(女)、李翔、李劲堃、李象群(满族)、杨晓阳、吴为山、何家英、周京新、庞茂琨、徐里、鲁晓波、曾成钢当选副主席。

★12月25日，中国文联与中国美协联合在北京会议中心举办“纪念何香凝、丰子恺、吴作人、王琦百年诞辰座谈会”。李屹出席座谈会并讲话。

★12月25日至29日，由中国文联支持，中国视协、中国影协、中华广播电视节目制作商业同业公会、两岸电影交流委员会联合主办的“第10届海峡两岸暨港澳地区艺术论坛•第7届海峡两岸电视艺术节”在台北市举办。

★12月28日至29日，中国影协第十次全国代表大会在京召开。中共中央政治局委员、中央书记处书记、中宣部部长黄坤明出席会议并讲话。王晓晖、铁凝、李屹、陈建文等领导出席会议。李屹在开幕式上讲话。大会审议通过了工作报告，修改了《中国电影家协会章程》，新一届理事会选举产生了中国影协领导机构。陈道明当选主席，于冬、尹力、尹鸿、成龙、任仲伦、苏小卫(女)、吴京(满族)、张宏、张涵予、黄渤、喇培康(回族)当选副主席(按姓氏笔画排序)。

索　引

INDEX

汉语拼音索引

D

H

J

K

L

P

Q

R

S

T

W

X

Y

Z

数字索引

标点符号索引